क्या करें जब माँ बनें

अब क्या होगा?
कैसे होगा?

हैइदी मर्कऑफ व शैरॉन मेजेल

महिलाओं की अपनी पत्रिका

गृहलक्ष्मी

की प्रस्तुति

⬩ डायमंड बुक्स

एम्मा व वयात के नाम (मेरी सबसे बड़ी उम्मीद)
एरिक (मेरे सब कुछ)
हरलीन के लिए, प्यार के साथ
सभी माँ, पिता व शिशुओं के नाम,
चाहे वे कहीं भी हों

© लेखकाधीन

प्रकाशक	:	**डायमंड पॉकेट बुक्स (प्रा.) लि.**
		X-३०, ओखला इंडस्ट्रियल एरिया, फेज- II
		नई दिल्ली-110020
फोन	:	011-40712200
ई-मेल	:	*sales@dpb.in*
वेबसाइट	:	*www.diamondbook.in*

WHAT TO EXPECT WHEN YOU ARE EXPECTING

हिन्दी अनुवादक : रचना भोला 'यामिनी'

करोड़ों माता-पिता और डॉक्टर इस पुस्तक को क्यों चाहते हैं?

''इसके बिना किसी माँ का गुजारा नहीं हो सकता!''

–नीरा, एम.डी.

■ ■ ■

''यह गर्भावस्था के दौरान होने वाली
समस्याओं का अद्भूत समाधान है---
इसे इस्तेमाल करना काफी आसान है तथा इसकी विषय सूची भी
बढ़िया तरीके से दी गई है, आप जो भी विषय सोचें,
उसके बारे में पल भर में जान सकते हैं।''

–ब्रेंडा स्मालेगैन आर एन, बीएसएन

■ ■ ■

''गर्भावस्था के दौरान यह पुस्तक मेरे लिए अत्यधिक मददगार व सहयोगी रही है। इस पुस्तक से आप पूर्ण विश्वास के साथ अपनी उम्मीदों को जान सकते हैं।

–टेरेसा ओल्सन, माँ

■ ■ ■

''यह पुस्तक किसी जीवन रक्षक से कम नहीं है।''

–मिगुल ए. कैनो, एमडी, एफ ए सी ओजी

■ ■ ■

''एक माँ के रूप में यह किसी उपयोगी गाइड से कम नहीं थी।''

–बाला, एम.डी.

■ ■ ■

''नई माँओं के लिए अदभुत पुस्तक है ! मैं इसके
बिना सचमुच कुछ नहीं कर सकती थी।''

–कैथेराइन, माँ

■ ■ ■

''मुझे इस पुस्तक से लगाव है। यह जानकारी से भरपूर है।''

–सूज़ी, एम.डी.

■ ■ ■

''जब से मुझे अपनी गर्भावस्था का पता चला, मैंने इसे पढ़ना शुरू किया। इसने मुझे तनाव मुक्त गर्भावस्था की तरफ निर्देशित किया।''

–कैरोलीन, गोल्डस्टीन, माँ

■ ■ ■

''भावी माता-पिता को चिन्ता मुक्त करने व जानकारी देने के लिए उत्तम.....
मैं इसे ही पढ़ने की सलाह देता हूँ।''

–डॉनिका, एम.डी.

■ ■ ■

''इस किताब ने प्रसव पूर्व देखभाल के क्षेत्र में क्रांति ला दी है।''

–जेम्स, एम.डी.

■ ■ ■

''मैंने अपनी दोनों गर्भावस्था के दौरान इसे पूरी तन्मयता से पढ़ा व बाल विशेषज्ञ होने के नाते पाया कि यह बिल्कुल सटीक है।''

–सूसैन, एम.डी.

■ ■ ■

''मैं अपने मरीजों को सिर्फ यही किताब पढ़ने की सलाह देती हूँ।''

–एलिजाबेथ डॉली

■ ■ ■

''पूरी श्रृंखला बढ़िया है माता-पिता आसानी से समझ सकते हैं।
मैं हमेशा इसे ही पढ़ने की सलाह देता हूँ।''

–जेन, एम.डी

■ ■ ■

''एक मैटरनिटी डिज़ानर व माँ होने के नाते मैं मानती हूँ कि
गर्भवती महिला के लिए इससे बेहतर किताब हो ही नहीं सकती।''

–मदर, फाउंडर सी.ई.ओ, लिज़ लैंगी मैटरनिटी

■ ■ ■

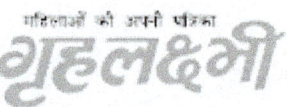

महिलाओं की अपनी पत्रिका

गृहलक्ष्मी

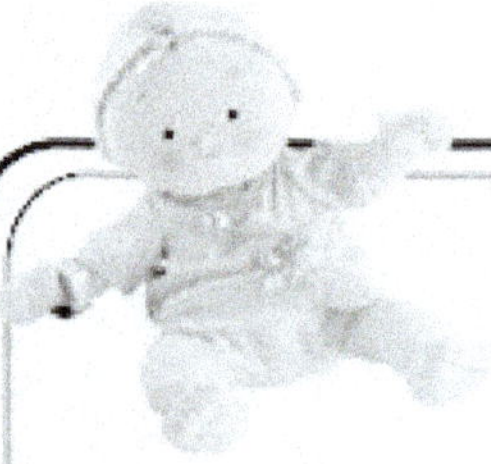

प्रसवोत्तर

मेरे सवाल

_____

_____

_____

_____

मेरे अनुभव

_____

_____

_____

_____

मेरे यादगार पल

_____

_____

_____

_____

_____

मैं अपने पहले साथी एरलीन आइसनबर्ग से यही
कहना चाहूंगी कि आपकी देखभाल से भरे प्रकृति,
करुणा व सत्यनिष्ठा हमेशा जीवित रहेंगे
हम आपको हमेशा प्यार करेंगे व याद रखेंगे।

बहुत-बहुत धन्यवाद

मैंने पिछले 23 वर्षों में दो बातें सीखीं, किताबें अपने-आप नहीं लिखी जातीं और बच्चे अपने-आप को नहीं पालते। हालांकि अब तो मैं अपने बच्चों को पालने का औपचारिक कार्य कर चुकी हूँ, किंतु इस काम में और यह पुस्तक लिखने में मेरे पति ने मेरा पूरा साथ दिया। इस पुस्तक को बनाते समय मेरे अनेक दोस्तों, सहकर्मियों व मित्रों ने अपने अमूल्य सुझाव व दृष्टिकोण प्रदान किए हैं।

कुछ सहायक आते-जाते रहे और कुछ पहले दिन से मेरा साथ निभाते आ रहे हैं। मैं उन सभी को धन्यवाद देना चाहूँगी:

सैंडी हैवावे–तुम्हारे अमूल्य सहयोग के लिए धन्यवाद; तुम एक बहन होने के साथ-साथ अच्छी दोस्त भी हो।

सुजाने रेफर, मित्र व संपादक, जिन्होंने इस पुस्तक के संपादन व नए रूप में लाने में मेरी कई बार मदद की व सैंकड़ों शीर्षक, कार्टून व पैरोडी भी बनाईं।

पीटर वर्कमैन, एक कर्मठ तथा वचनबद्ध प्रकाशक, उन्होंने हमारी पुस्तक पर तब पूरा भरोसा दिखाया जबकि बुकस्टोर ऐसा करने को तैयार नहीं थे। उन्होंने इस पुस्तक की जड़ें जमने व पौधे के फलने-फूलने तक बड़े धैर्य से प्रतीक्षा की व हमारा साथ निभाया। डेविड मैट ने कलात्मक योगदान के साथ-साथ मेकओवर में मदद की। जॉन गिलमैन ने मेकओवर व चित्रों के निर्माण में योगदान दिया। लीज़ हॉलैंडर शुरू से ही मेरी पसंदीदा डिजाइनर महिला रहीं। इसके अलावा वींग टैंग, टिम ओ' ब्रियन व लिनेट का योगदान भी उल्लेखनीय है। कैटन, टासॅम न्यूजमैन व आयरीन ने भी पुस्तक निर्माण में पूरी सहायता की। मैं अपने अन्य मित्रों सूज़ी, हेलने, बेथ, वाल्टर, जेपी, मैंडल, किम व एमी का भी नाम लेना चाहूँगी। प्यारी शेरोन, डैनियेला, एरियाने, कीरा व सोफिया भी बहुत काम आए। घर में डॉक्टर जे.ने काफी बढ़िया जानकारी दी। हमारे मेडिकल सलाहकार, **डॉ. चार्ल्स लॉकवुड;** आपने हर छोटी-बड़ी मेडिकल बारीकी पर ध्यान दिया। आपकी विद्वत्ता देखकर सचमच दाँतों तले अंगुली दबानी पड़ती है। मेरे वाटर फ्रंट मीडिया के मित्रों स्टीवन, माइक, वेन बोलिन, जिम कर्टिस व सराह हटर को बहुत-बहुत धन्यवाद, जिन्होंने अपनी जानकारी व समस्याएं मेरे साथ बांटीं। मार्क कैमलिन को तेज पारखी नजर, व्यावसायिक निपुणता, मित्रता व सहयोग तथा एलिन नैविंस को प्रबंधन, अंतधीन धैर्य, दृढ़ता व समर्थन के लिए धन्यवाद।

जेनीफर ग्रेडीज व फ्रान क्रिटज़ जिनकी मदद से हम अपने तथ्यों की शुद्धता जांच सके। डॉ. जेसिका को गर्भावस्था में त्वचा की देखभाल से जुड़ी सलाह देने के लिए धन्यवाद! डा. हॉवी मंडेल ने हमेशा प्रश्न पूछने के लिए

प्रेरित किया। 'व्हाट टू एक्सपैक्ट फाउंडेशन' की एक्जीक्यूटिव डायरेक्टर लीसा वर्नस्टीन, जो, टैडी व डैन को धन्यवाद!

मेरी पति एरिक ने हर काम में अपना योगदान दिया, उनके सहयोगों की तो मैं गिनती भी नहीं कर सकती। आपके साथ मैं काम के बीच भी पूरा आनंद ले पाई। मुझे आपसे बेहद प्यार है। ईमा और वयात, मैं तुमसे बहुत प्यार करती हूं। तुमने मुझे मां बनने का गौरव प्रदान किया।

स्नेही पिता व मित्र हॉवर्ड आइसनवर्ग; विक्टर शरगई व जॉन एनीयेलो तथा दुनिया के सबसे श्रेष्ठ सास-ससुर ऐवी व नॉरमन मर्कऑफ; रैचल, ईथान, लिज, सैंडी व टिम; आप सबको बहुत-बहुत धन्यवाद!

सभी डॉक्टरों, नर्सों व दाइयों को धन्यवाद जो हर रोज जाने कितने परिवारों में गर्भावस्था को एक सुखद व सहज अनुभव में बदलने में संलग्न है। सबसे बड़ा धन्यवाद तो भावी व पुराने माता-पिता को है, जिन्होंने इस पुस्तक के प्रत्येक संस्करण को पहले से और बेहतर बनाने की कोशिश की जैसा कि मैंने पहले भी कहा। माता-पिता ही मेरी सबसे अनमोल वस्तु है–अपने कार्ड, पत्रों व ई-मेल का सिलसिला जारी रखें!

एक बार फिर धन्यवाद, बहुत-बहुत, धन्यवाद ! ईश्वर करे कि आपकी सभी आशाएँ पूरी हों।

heidi

विषय-सूची

चौथे संस्करण की भूमिका   *xvii*

परिचय : इस पुस्तक का जन्म बार-बार क्यों हुआ.   *xix*

भाग–1 कुछ जरूरी बातें

अध्याय-1 गर्भधारण करने से पहले   2

गर्भधारण से पहले कुछ सुझाव   2

जरा ध्यान दें, पिनप्वाइंट ओवयूलेशन् गर्भधारण से जुड़े मिथक

भावी पिताओं के लिए कुछ सुझाव   9

अध्याय-2 क्या आप गर्भवती है?   12

आप क्या सोच रही होंगीं?   12

गर्भावस्था के प्रारंभिक लक्षण, गर्भावस्था का पता लगना, एक हल्की रेखा, अनियमितता की जांच, पॉजिटिव नहीं रहा, यदि आप गर्भवती नहीं हैं, एक नकरात्मक नतीजा, स्मार्ट टेस्टिंग, डॉक्टर से पहली भेंट कब हो, आपकी ड्यू डेट

डॉक्टर का चुनाव   18

प्रसूति विशेषज्ञ? फैमिली डॉक्टर? मिडवाइफ?, जन्म के लिए चुनाव, प्रैक्टिस के प्रकार, एक सही प्रत्याशी की तलाश, चुनाव आपका है, मरीज व डॉक्टर का संबंध

अध्याय-3 आपका प्रेगनेंसी प्रोफाइल   26

आपकी पूर्ण शारीरिक जानकारी   26

यह पुस्तक सबके लिए है, बर्थ कंट्रोल, फ्रायब्रायड, एंडोमैट्रिओसिस, कोलोपोस्कोपी, एच. पी.वी., अन्य एस टी डी व गर्भावस्था, हरपीज़, जेनीटल हरपीज़ के संकेत व लक्षण

प्रसव संबंधी पूर्व जानकारी   31

दूसरी गर्भावस्था, इतिहास का दोहराव, बहुत जल्दी दूसरी गर्भावस्था होना, एक बड़ा परिवार, गर्भपात की समस्या, डॉक्टर को अपनी सभी समस्याएं बताएं, प्रीटर्म बर्थ, सर्विक्स की कमी, आर एच प्रतिकूलता

आपकी पूर्व चिकित्सीय जानकारी   **41**

रूबेला एंटीबॉडी लेवल, गर्भावस्था व टीकाकरण, मोटापा, गैस्ट्रिक बायपास के बाद गर्भावस्था, वजन कम होना, अनियमित भोजन, 35 वर्ष की आयु के बाद माँ बनना, क्या 35 एक जादुई अंक है?, पिता की आयु, गर्भावस्था और सिंगल मदर, जेनेटिक सलाह

प्रसव-पूर्व निदान   **47**

पहली तिमाही   **48**

पहली तिमाही-अल्ट्रासाउंड, पहली-तिमाही कंबाइंड स्क्रीनिंग, कोरिओनिक विल्लस सैंपलिंग

पहली व दूसरी तिमाही   **51**

इंटीग्रेटिड स्क्रीनिंग

दूसरी तिमाही   **51**

क्वैड स्क्रीनिंग, एमनिओसेंटेसिस, भ्रूण स्क्रीन, दूसरी तिमाही-अल्ट्रासाउंड, यदि कोई समस्या हो तो

अध्याय-4 गर्भावस्था के दौरान आपकी जीवन शैली   **56**

आप क्या सोच रही होंगी?   **56**

खेल-कूद और कसरत, कैफीन, कैफीन काउंटर, शराब पीना, धूम्रपान, शिशु के लिए अनमोल उपहार, धूम्रपान की आदत छोड़ना, सैकेंडहैंड स्मोक, मारिजुआना का प्रयोग, कोकीन व अन्य मादक द्रव्य, सैल फोन, माइक्रोवेव, हॉट टब व सॉना, पालतू बिल्ली, घरेलू रुकावटें, वायु प्रदूषण, ग्रीन-ग्रीन टिप्स, घरेलू हिंसा

वैकल्पिक चिकित्सा   **68**

अध्याय-5 नौ महीने और आपका खान-पान   **71**

नौ माह के सेहतमंद भोजन के नौ बुनियादी नियम, अपने तरीके से चलें, सेहतमंद विकल्प, सिक्स मील सोल्यूशन, अपराध बोध कैसा?, गर्भावस्था के दौरान खान-पान, शाकाहारी प्रोटीन

आप क्या सोच रही होंगी? 83

मिल्क फ्री मॉम, पाश्चराइज़, अपने आहार में रेड मीट शामिल न करें, शाकाहारी आहार, लो-कार्ब डाइट, कॉलेस्ट्रॉल की चिंता, जंक फूड का सेवन, सेहतमंद खान-पान के शॉर्ट कट, घर से बाहर खाना, लेबल पढ़ना, बाहरी आवरण से गुणवत्ता का पता नहीं चलता, बासी भोजन, चीनी के विकल्प, हर्बल चाय, खाद्य पदार्थों में रसायन, ऑर्गेनिक चुनें, दोनों के लिए सुरक्षित भोजन

भाग–2 नौ महीने और उनकी गिनती
(गर्भधारण से प्रसव तक)

अध्याय-6 पहला महीना 95

लगभग 1 से 4 सप्ताह
इस माह आपके शिशु का विकास 95
प्रेगनेंसी कनेक्शन, प्रेगनेंसी टाइमटेबल
आप क्या अनुभव कर रही होंगी? 96
लक्षण जल्दी आरंभ हो गए? एक नजर, पहली गर्भावस्था जांच, एक संपूर्ण शारीरिक जांच,
आप क्या सोच रही होंगी? 98
ब्रेकिंग न्यूज, संपूर्ण स्वस्थ गर्भावस्था, विटामिन सप्लीमेंट, थकान, मॉर्निंग सिकनेस, आपकी नाक जानती है, जरूरत से ज्यादा लार बनना, मैटेलिक स्वाद, बार-बार शौच (मूत्र) होना, वक्षों में आने वाले बदलाव, पेट के निचले हिस्से पर दबाव, हल्का दाग लगना, डॉक्टर को फोन कब करें, एचसीजी लेवल, चिंता न करें, तनाव, रिलैक्स हो जाएं, आशावादी बनें

गर्भावस्था में प्यार भरी देखभाल 112
आपके बाल, आपका चेहरा, आपके दांत, आपका शरीर, स्पा का एक दिन, गर्भावस्था और आपका मेकअप, आपके हाथ और पांव

अध्याय-7 दूसरा महीना 118

लगभग 5 से 8 सप्ताह 118
इस माह आपके शिशु का विकास
आपको क्या लग रहा होगा? एक नजर

आप क्या सोच रही होंगी? — 120

छाती में जलन व अपच, जरा ध्यान दें, छाती की जलन और बाल, भोजन की पसंद-नापसंद, नसें दिखना, स्पाइडर नसें, वैरीकोज़ नसें, कूल्हों में सूजन व दर्द, मुहांसे, शुष्क त्वचा एक्जीमा, उभार दिखना व छिपना, मेरा फिगर, नाभि-छेदन, गर्भाशय का आकार, शौच (मूत्र) में कठिनाई, मूड में उतार-चढ़ाव, डिप्रेशन, घबराहट भरे दौरे

गर्भावस्था और आपका वजन — 130

आपको कितना वजन बढ़ाना चाहिए, किस दर से वजन बढ़ना चाहिए? वजन की बढ़ोत्तरी में रुकावट, वजन बढ़ने से खतरा, वजन बढ़ाना...,

अध्याय-8 तीसरा महीना — 133

लगभग 9 से 13 सप्ताह
इस माह आपके शिशु का विकास — 133
आप क्या महसूस कर सकती हैं — 134
आप क्या सोच रही होंगी? — 135

कब्ज; कब्ज, थकान व मूडी होने की एक और वजह, कब्ज की कमी, डायरिया, गैस, सिर में दर्द, कॉर्पस लूटेयम सिस्ट क्या है?, स्ट्रैच मार्क, दोनों के लिए बॉडी आर्ट, पहली तिमाही और वजन बढ़ना, लड़के तो लड़के ही हैं, गर्भवती दिखना, जुड़वाँ बच्चे, शिशु के दिल की धड़कन, एट-होम डॉपलर, सेक्स की इच्छा, ऑर्गैज्म के बाद ऐंठन

नौकरी और गर्भावस्था — 145

थोड़ी सी तैयारी, काम व आराम साथ-साथ, कारपल टनल सिंड्रोम, शांत रहें, नौकरी पर टिके रहना, नौकरी बदलना, गर्भावस्था व दुर्व्यवहार

अध्याय-9 चौथा महीना — 153

लगभग 14 से 17 सप्ताह
इस माह आपके शिशु का विकास — 153
आप क्या महसूस कर सकती हैं? — 154
आप क्या सोच रही होंगी? — 155

दांतों से जुड़ी समस्याएँ, सावधान, सांस लेने में तकलीफ, एक्स-रे, नथुनों की गंदगी व नाक से खून आना, खर्राटे, नींद नहीं आती? एलर्जी, एलर्जी में आपका आहार, योनिस्राव, बढ़ा हुआ रक्तचाप, मूत्र में शुगर, एनीमिया, एनीमिया के लक्षण, भ्रूण की हलचल, नॉटी ट्रोज़न,

xi

गर्भावस्था की तस्वीरें, गर्भावस्था के वस्त्र, उभार के साथ पतला दिखने की चाहत, प्री.बेबी सिटर, अनचाही सलाह, पेट को छूना, भूलने की आदत

गर्भावस्था और व्यायाम   164

व्यायाम से लाभ, वर्क-आउट, कीगल व्यायाम, एक्सरसाइज़ स्मार्ट, कंधे व टांगों के स्ट्रैच, थर्टी मिनट प्लस, पीठ का तनाव, गर्दन का आराम, उचित गर्भावस्था व्यायाम का चुनाव, पेल्विक टिल्ट, बाइसैप कर्ल, लैग लिफ्ट, टेलर स्ट्रैच, टिप फ्लैक्स, उकड़ूँ मुद्रा, कमर घुमाना, चेस्ट स्ट्रैच, यदि आप व्यायाम नहीं करतीं

अध्याय 10   पांचवां महीना   178

लगभग 18 से 22 सप्ताह
इस माह आपके शिशु का विकास   178
आप क्या महसूस कर सकती हैं?   179
आप क्या सोच रही होंगी?   180
गर्मी लगना, सिर चकराना, जब हो जाए हद, पीठ का दर्द, पेट में दर्द, आपकी नई त्वचा, पैरों की बढ़त, बालों व नाखूनों की तेज बढ़त, नजर, भ्रूण की गतिविधियाँ, दूसरी तिमाही का अल्ट्रासाउन्ड, एक खूबसूरत तस्वीर, प्लेसेंटा का स्थान, सोने की मुद्रा, पांचवां महीना, कोख में ही कक्षा, बड़े बच्चे को उठाना, माता-पिता बनने की उत्सुकता, सीट बेल्ट लगाना, सफर, जैट लैग, गर्भावस्था व ऊंचे क्षेत्र, गर्भवती महिलाओं का स्वाद

सेक्स और गर्भवती महिला   194

सेक्स व तिमाही, आपके मूड का बदलाव, गर्भावस्था में सेक्स, व्यायाम, जब सेक्स सीमित हो सकता है, आरामदेह मुद्रा, थोड़े में ज्यादा आनंद लें

अध्याय 11   छठा महीना   199

लगभग 23 से 27 सप्ताह
इस माह आपके शिशु का विकास   199
आप क्या महसूस कर रही होंगी?   200
आप क्या सोच रही होंगी?   201
नींद आने में परेशानी, समय का महत्त्व, नाभि का उभार, शिशु का लातें मारना, पेट पर खुजली होना, बेडौल, हाथ सुन्न होना, टांगों में ऐंठन, हीमरायड्स, वक्षस्थल में गांठ,

गर्भावस्था के बीच या बाद के दिनों में रक्तस्राव, प्रीक्लैम्पीसया, लेबर से जुड़ा भय

अध्याय-12 सातवां महीना   209

लगभग 28 से 31 सप्ताह
इस माह आपके शिशु का विकास   209
आप क्या महसूस कर रही होंगी   210
आप क्या सोच रही होंगी?   211
बेबी ब्रेन फूड, थकान का लौटना, सूजन, अंगुठियाँ क्या करूँ त्वचा पर उभार, शियाटिका, किक काउंट करें, पैरों में बेचैनी का लक्षण, शिशु की हिचकियाँ, अचानक गिरना, ऑर्गेज्म और बेबी की लातें, सपने व फैंटेसी, सब कुछ संभालना, कुछ खास तैयारी, ग्लूकोज़ स्क्रीनिंग टेस्ट, समय से पूर्व प्रसव के संकेत, कम वजन वाला शिशु
प्रसव के समय दर्द घटाना   219
दवाएं व दर्द, दर्द के बिना..., दर्द व वैकल्पिक चिकित्सा, फैसला करना

अध्याय-13 आठवां महीना   224

लगभग 32 से 35 सप्ताह
इस माह आपके शिशु का विकास   224
आप क्या महसूस कर रही होंगी?   225
आप क्या सोच रही होंगी?   226
ब्रैक्सटन हिक्स कांट्रैक्शन, पसलियों में लातें मारना, सांस लेने में तकलीफ, बाल विशेषज्ञ का चुनाव, ब्लैडर पर नियंत्रण खोना, आप कैसे कैरी कर रही हैं?, आठवें महीने में गर्भ धारण, आपका आकार व डिलीवरी, आपका वजन व शिशु का आकार, शिशु की स्थिति,ब्रीच बेबी ब्रीच बेबी को पलटना, चेहरा कहाँ है, शिशु कैसे लेटा है, सिजेरियन डिलीवरी, जानकारी रखें, इलेक्टिव सिजेरियन, बार-बार सिजेरियन, सिजेरियन के बाद वैजाइनल, ग्रुप बी स्ट्रैप, जम कर खाएँ, स्नान करना, गाड़ी चलाना, यात्रा करना, गर्भावस्था का अंतिम माह व सेक्स, आप दोनों

स्तनपान   237
स्तनपान ही सर्वोत्तम क्यों?, स्तनपान की तैयारी, वक्षस्थल-व्यावहारिक या सेक्सुअल, बोतल का चुनाव क्यों, स्तनपान का चुनाव क्यों, जब आप स्तनपान नहीं करा सकती तो आपको स्तनपान नहीं कराना चाहिए, पापा व स्तनपान

अध्याय 14 नौवां महीना   243

लगभग 36 से 40 सप्ताह
इस माह आपके शिशु का विकास   243
आप क्या महसूस कर रही होंगीं?   244
आप क्या सोच रही होंगी?   245
बार-बार मूत्र आना, स्तनों से रिसाव, हल्का धब्बा लगना, पानी की थैली फटना, शिशु की ड्रॉपिंग, शिशु का रोना शिशु की हलचल में बदलाव, वजन घटना, नेस्टिंग इंस्टिंक्ट, तैयार हो जाएँ, प्रसव-आरंभ के लिए स्वयं क्या करें, ओवर ड्यू-शिशु, थोड़ी सी मालिश, जन्म के समय दूसरों को बुलाना, खाना, एक और लंबा प्रसव, थोड़ी सी जानकारी, मातृत्व, अस्पताल या बर्थिंग सेंटर में क्या ले जाएँ
समय से पूर्व जन्म के लक्षण, फाल्स लेबर, रियल लेबर   253
सब कुछ भरा-पूरा हो, समय से पहले बच्चे के जन्म के लिए उठा दर्द के लक्षण, फाल्सलेबर के लक्षण, रियल लेबर के लक्षण, डॉक्टर को कब बुलाएँ, तैयार हैं आप?

अध्याय 15 लेबर और डिलीवरी   256

आप क्या सोच रही होंगी   256
म्यूकस प्लग, रक्तस्राव, पानी की थैली फटना, गहरा एम्नियोटिक द्रव्य, संकुचन में अनियमितता, प्रसव के दौरान डॉक्टर को बुलाना, सही समय पर अस्पताल न पहुँचना, अगर आप अकेली हैं तो आपातकालीन डिलीवरी, प्रसव का समय कम होना, बैक लेबर, प्रसव आरंभ कराना, लेबर इंडक्शन कैसे होता है? प्रसव के दौरान खान-पान, रूटीन आई.वी., आपातकालीन डिलीवरी (साथी या कोच के लिए टिप्स), अस्पताल ले जाते समय, शिशु पर निगरानी, भीतरी जांच, झिल्ली फूटना, एर्टॉसिओपिमी, फोटरसैप, वैक्यूम का दबाव, प्रसव मुद्राएँ, शिशु का जन्म व स्ट्रैच मार्क्स, खून दिखने पर है

शिशु का जन्म   269
शिशु के जन्म की अवस्थाएँ व चरण
लेबर-पहली स्टेज   269
पहला चरण-लेबर जल्दी होना, डॉक्टर बुलाएँ
दूसरा-चरण सक्रिय प्रसव-पीड़ा, अस्पताल या बर्थ सेंटर जाना, जब मामला धीमा हो जाए. हाइपरवेंटीलेंट न हों , तीसरा चरण-स्थानांतरीय प्रसव

दूसरी अवस्था-धकेलना व डिलीवरी 276
शिशु पर पहली नजर

तीसरी अवस्था-प्लेसेंटा की डिलीवरी 280
आपरेशन द्वारा डिलीवरी

भाग–3-जुड़वाँ, तीन या फिर और शिशु
(जब आप एक से अधिक शिशुओं की मां बनने वाली हों)

अध्याय-16 एक से अधिक शिशु 284

आप क्या सोच रही होंगी? 284
एक से अधिक शिशु की उपस्थिति महसूस करना, एक से अधिक शिशुओं के गर्भ में? साथी अथवा समरूप, डॉक्टर का चुनाव, गर्भावस्था के लक्षण, एक से अधिक शिशुओं के गर्भ में होने पर आपका खान-पान, वजन बढ़ना, एक से अधिक शिशुओं के गर्भ में होने पर आपका वजन, एक से अधिक शिशुओं के जन्म की समय सीमा लाइन, कसरत, मिले-जुले भाव, असंवेदनशील वाक्य, मल्टीपल कनैक्शन, सुरक्षा का सवाल, मल्टीपल फायदे, ट्विन टू ट्विन ट्रांसफ्यूज़न सिंड्रोम, बैड रेस्ट वेनिशिंग ट्विन सिंड्रोम

मल्टीपल शिशुओं का जन्म 292
जुड़वों या उससे अधिक शिशुओं का लेबर, जुड़वां के जन्म का समय, जुड़वां शिशुओं की डिलीवरी, दो शिशुओं का स्तनपान, पोजीशिन-पोजीशन, मल्टीपल डिलीवरी के बाद आराम

भाग–4 शिशु के जन्म के पश्चात

अध्याय-17 प्रसव के पश्चात: पहला सप्ताह 296

आप क्या महसूस कर रही होंगी? 296
आप क्या सोच रही होंगी 297
रक्तस्राव, दर्द के बाद, पैरिनियल का दर्द, शौच (मूत्र) में कठिनाई, प्रसव के बाद डॉक्टर को कब बुलाएँ, शौच में कठिनाई, स्तनों का फैलाव, स्तनों में दूध न होना, घर नागरी,

आपसी प्यार, कमरे में, ऑपरेशन द्वारा हुई डिलीवरी, शिशु के साथ घर वापसी,

स्तनपान का आरंभ   306

स्तनपान व आईसीयू में नवजात शिशु, स्तनपान कैसे कराएँ, रिकॉर्ड रखें, स्तनों की रक्त संकुलता, थोड़ा धीरज रखें, स्तनपान से जुड़ा आहार, दूध का रिसाव, निप्पलों में घाव, जब स्तनपान में आए उलझन, सिजेरियन के बाद स्तनपान, जुड़वां या इससे अधिक शिशुओं का स्तनपान, मल्टीपल नर्सिंग, थोड़ा समय लगेगा।

अध्याय 18 प्रसव के पश्चात-पहले छ: सप्ताह   315

आप क्या महसूस कर रही होंगी?   315
प्रसव के बाद की जांच   316
आप क्या सोच रही होंगी?   316

थकान, बाल झड़ना, मूत्र पर नियन्त्रण, गैस पास होना, डॉक्टर की मदद लें, प्रसव के बाद पीठ में दर्द, शिशु जन्म के बाद, प्रसव के बाद अवसाद, थाइरॉइडिटिस प्रसव के बाद वजन घटना, सी-सैक्शन से दीर्घकालीन आराम, सेक्स, दोबारा गर्भवती होना

अपनी शेप या सही आकार में वापसी   324

बेसिक पोजीशन, पेल्विक टिल्ट, लैग स्लाइड, हैड/शोल्डर (पहले छ: सप्ताह में वर्क आउट), खुशखबरी, गैप भरने दें

पहला चरण-डिलीवरी के चौबीस घंटे बाद, **दूसरा चरण**-डिलीवरी के तीन दिन बाद, **तीसरा चरण**-प्रसव की जांच के बाद

भाग–5 पिताओं के लिए

अध्याय-19 पिता भी गर्भ धारण करते हैं........   329

आप क्या सोच रहे होंगे?
थोड़ी सी तैयारी, पसंद-नापसंद, सहानुभूति के लक्षण, अकेलेपन का एहसास, सेक्स, सेक्स के बारे में, गर्भावस्था से जुड़े सपने, ये आपके हार्मोन हैं? मूड का उतार-चढ़ाव, प्रेगनेंसी में आपका मूड, प्रसव व डिलीवरी की चिंता, जीवन के बदलावों के प्रति उत्कंठा, साथ रहें, पिता के मन का डर, स्तनपान, भावनात्मक बदलाव, रिश्ता, डिलीवरी के बाद, मैम्ब्रेन मूड पर रखें नजर

भाग–6 गर्भधारण व आपका स्वास्थ्य

अध्याय-20 अगर आप बीमार पड़ जाएँ 345

आप क्या सोच रही होंगी? 345

जुकाम–खांसी, साइनसाइटिस, फ्लू का मौसम, स्टैप थ्रोट यू.टी.आई., भीस्ट संक्रमण, पेट की गड़बड़ी, सिस्टीरियोसि, टाक्सोप्लाज़्मोसिस, साइटोमिगेलोवायरस, फिफ्थ डिजीज, मीज़ल्स, ममल्स, स्वस्थ रहें, रूबेला, लाइम डिज़ीज, हेपेटाइटिस–ए, बी., सी., बैल्स पाल्सी

गर्भावस्था व दवाएँ 351

आम दवाएँ, हर्बल देखभाल, गर्भावस्था के दौरान दवा का प्रयोग

अध्याय-21 यदि आप किसी पुराने रोग से ग्रस्त हैं 354

आप क्या सोच रही होंगी? 354

दमा, कैंसर, सिस्टिक फाइब्रोसिस, अवसाद, मधुमेह, एपीलैप्सी, फाइबरोमाइलगिया, दवाओं से लाभ, क्रॉनिक फैटीग सिंड्रोम, हाइपरटेंशन, इरिटेबल बाउल सिंड्रोम, लूपस, मल्टीपल स्कलीरोसिस, फिनाइलकीटोनयूरिया, शारीरिक अपंगता, ट्य्रूमेटॉयड आर्थराइटिस, स्कोलिओसिस, सिकल सैल एनीमिया, थाइरॉइड

सहारा लें 364

भाग–7 जटिल गर्भावस्था

अध्याय-22 जटिल गर्भावस्था का प्रबंधन 366

गर्भावस्था जटिलताएँ 366

अर्ली मिसकैरिज, मिसकैरिज के प्रकार, आप जानना चाहेंगी, यदि पहले मिसकैरिज हो चुका हो, मिसकैरिज का प्रबंधन, लेट मिसकैरिज, मिसकैरिज का दोहराव, इक्टोपिक प्रेगनेंसी, आप जानना चाहेंगी?, सबकोरिओनिक ब्लीड, हाइपरपेसिस ग्रेवीडेरम, आप जानना चाहेंगी, गैस्टेशनल डायबिटीज़, आप जानना चाहेंगी, प्रीक्लैंपसिया, प्रीक्लैंपसिया के कारण, आप जानना चाहेंगी, हेल्लप सिंड्रोम, इंट्रायूटेराइन ग्रोथ रिसट्रिक्शन, आप जानना चाहेंगी, प्लेसेंटा प्रीविया, आप जानना चाहेंगी, प्लेसेंटल एबरप्शन, कोरियो–एमनिओनिटिस, आप जानना

चाहेंगी, ओलिगोहाइड्रामनिओस, हाइड्रामनिओस, पी.पी.आर.ओ.एम., प्रीटर्म प्रीमेच्योर रप्चर ऑफ मैम्ब्रेन प्रीटर्म लेबर का पता लगाना, आप जानना चाहेंगी, सिफिसिस प्यूबिस डिसफंक्शन, कॉर्ड नॉट व टैंगल्स, टू-वैसल कॉर्ड

असामान्य प्रेगनेंसी जटिलताएँ   381
मोलर गर्भावस्था, आप जानना चाहेंगी, कोरियोकारसिनोमा, आप जानना चाहेंगी, इक्लैंपसिया, आप जानना चाहेंगी, कोलिसटेसिस, डीप वीनेस, थ्रम्बोसिस में, प्लेसाटा एक्रीटा, वासा प्रीविया

शिशु का जन्म व उसके बाद होने वाली जटिलताएँ   385
फैटल डिसट्रेस, कॉर्ड प्रोलैप्स, शोल्डर डिस्टोकिया, सीरियरस पैरीनियल टीयर्स, यूटेराइन रप्चर, यूटेराइन इन्वर्जन, पोस्टापार्टम हेमरेज, शिशु जन्म के बाद संक्रमण

अगर आपको बैडरेस्ट की सलाह दी गई है   389
बैडरैस्ट के प्रकार

अध्याय 23 गर्भावस्था में हुई हानि का सामना करना   392

मिसकैरिज   392
व्यक्तिगत प्रक्रिया, दोहरे मिसकैरिज का सामना, गर्भाशय में ही मृत्यु, जन्म के दौरान या उसके बाद शिशु की मृत्यु, प्रसव के बाद अवसाद व मृत्यु, शिशु की मृत्यु के बाद दूध सुखाना, जुड़वां में से एक शिशु की मृत्यु, क्यों? दुःख की अवस्था, दोबारा कोशिश करना।

अध्याय 24 अगले शिशु की तैयारी   399

गर्भधारण करवाने से पहले डैड क्या करें   403

परिशिष्ट   405

चौथे संस्करण की प्रस्तावना

चार्ल्स जे. लॉकवुड, एम.डी.

अनिता ओ, कीफे (याल यूनिवर्सिटी स्कूल ऑफ मेडिसिन, डिपार्टमेन्ट एण्ड ऑब्सट्रिक्स, गायनेक्लॉजी एण्ड रिप्रोडिक्टव में वूमैन हैल्थ की युवा प्रोफेसर

एक दिन मुझे किसी रोगी का धन्यवाद-पत्र मिला, जिसके साथ एक कॉलेज के हॉकी खिलाड़ी की तस्वीर भी थी, मैंने उन्नीस बरस पहले उसकी डिलीवरी की थी। मेरा काम बहुत बढ़िया है। मुझे इंसानों की जिंदगी के सबसे अद्भुत, सुखद व खूबसूरत पलों, 'शिशु का जन्म' को बाँटने का अवसर मिलता है। माना प्रसूति विशेषज्ञ होने के नाते जिंदगी आसान नहीं होती, रात तीन-तीन बजे तक काम, यदि प्रसूति का मामला उलझ जाए, तो उसकी कुंठा वगैरह.... हालांकि कोई चुनौतीपूर्ण मामला सामने आते ही मैं भी उसका सामना करने को तैयार हो जाती हूं, अजीब-सी मिश्रित भावनाओं का ज्वार उमड़ता है लेकिन कुल मिलाकर इस काम का अपना ही आनंद है।

वैसे सच मानें तो मेरी नौकरी भी गर्भावस्था की तरह ही है जो कि थोड़ी रोमांचक होने के बावजूद मस्ती से भरपूर होती है। ये किताब एक तरह की निजी प्रसूति विशेषज्ञ की तरह आपको मार्गदर्शन देती है। मैं वर्षों से अपने रोगियों को यही किताब पढ़ने की सलाह देता आ रहा हूं। इसमें काफी उपयोगी जानकारी है, जो कि प्राय: आपके डॉक्टर, दाई या किसी जानकार से मिलती है।

यह आपको बहुत सुलझे हुए तरीके से राय देती है कि गर्भधारण से पहले क्या-क्या ध्यान रखें। अपनी जीवनशैली, नौकरी या आहार में क्या बदलाव लाएँ। फिर सप्ताह-प्रति सप्ताह, आपके शिशु के विकास का ब्यौरा दिया गया है। इसी बीच आपके शरीर के बाकी अंगों पर गर्भावस्था के प्रभाव की चर्चा होती है व उनके समाधान दिए जाते हैं। आप क्या महसूस कर रही है, आपको कौन से टेस्ट कराने चाहिए या डॉक्टर से कब मिलना चाहिए आदि की जानकारी दी जाती और आखिर में आपको उस आने वाले खास दिन के लिए शारीरिक व मानसिक रूप से तैयार किया जाता है। इसमें ऐसे बहुत से सवालों के जवाब भी हैं, जिन्हें आप डॉक्टर से चाह कर भी नहीं पूछ पातीं।

प्रसव के बाद अवसाद, चेहरे पर पड़ने वाले नीले धब्बों के अलावा सभी दीर्घकालीन रोगों की भी जानकारी दी गई है। इसमें एक

अध्याय में उन लोगों के लिए भी सुझाव हैं, जो अपना शिशु प्रसव से पहले या बाद में खो देते हैं। ये किताब आपके साथी व कोच की भी अच्छी मार्गदर्शक है। यदि जुड़वां या दो से अधिक शिशु हों तो क्या करें; इसकी भी जानकारी दी गई है।

एक विशेषज्ञ होने के नाते मैं इस किताब से काफी प्रभावित हुआ हूं। एक संपादक के रूप में मुझे इसके सटीक-संक्षिप्त लेखन ने प्रभावित किया। पिता व पति होने के नाते मैंने देखा कि लेखक यह भी जानते हैं कि भावी पिता को क्या-क्या जानना चाहिए। मेरे हजारों मरीजों, स्टॉफ व दूसरे मरीजों ने इसे पढ़ा है, वे ही इस किताब को सच्चे निर्णायक रहे हैं।

यदि आप यह किताब पढ़ रही हैं तो संभवत: आप गर्भवती हैं या फिर गर्भ धारण करने वाली हैं। बधाई हो! मैं तो यही सलाह दूंगा कि पीठ के बल आराम से लेट जाएँ और इस रोमांचक सफर पर निकल पड़ें।

इस पुस्तक का जन्म बार-बार क्यों हुआ

चौबीस वर्ष पूर्व, मैंने एक बिटिया को जन्म दिया व इस पुस्तक की शुरूआत की। बिटिया ईमा, किताब और मेरे अगले शिशु (बेटे वयात) का पालन-पोषण अपने-आप में काफी थकाने वाला, आनंददायक व रोचक रहा। अब यह पुस्तक आप लोगों के हाथों में है। मुझे इसका नवीनतम संस्करण प्रस्तुत करने में हार्दिक प्रसन्नता हो रही है।

मैं अपनी पुस्तक के इस संस्करण को लेकर काफी उत्साहित हूं। सप्ताह प्रति सप्ताह भ्रूण का एक नन्हे शिशु के रूप में आकार लेना व शिशु का निरंतर विकास, वह छाती की जलन, समस्याओं व जिज्ञासाओं के जवाब दिए गए हैं। गर्भावस्था के दौरान काम-काज, त्वचा की प्यार भरी देखभाल, नाखून व बालों की देखरेख, गर्भावस्था जीवनशैली व सेक्स, आपके सबंध, भावनाएँ; हर छोटी से छोटी व बड़ी से बड़ी बात पर चर्चा की गई है। आपके आहार से जुड़ा व्यावहारिक अध्याय, जो आपके व शिशु के पोषण के लिए काफी मायने रखता है। गर्भधारण से पूर्व की सावधानी व जुड़वां बच्चों के बारे में एक बड़ा अध्याय दिया गया है। इसके अलावा भावी पिता के विषय में जानकारी व गर्भावस्था से जुड़े हर संभावित पहलू की चर्चा की गई है।

जब यह किताब लिखी गई तो इसका एक ही मिशन था कि भावी माता-पिता चिंता करने की बजाए, गर्भावस्था का पूरा आनंद ले सकें। मिशन तो अब भी वही है पर इसका रूप पहले से काफी विस्तृत हो गया है।

मैं उम्मीद करती हूं कि सभी भावी माताएँ इस पुस्तक का पूरा लाभ पाएँगी व शिशु के विकास से आनंदित होंगी आप सबको स्वस्थ गर्भावस्था की बधाई। आप एक बेहतर माता-पिता के रूप में सामने आएँ। भगवान करें, आप सबकी इच्छाएँ पूरी हों!

heidi

भाग-1

कुछ जरूरी बातें

अध्याय-1

गर्भ धारण करने से पहले

तो आपने परिवार बनाने या फिर उसे बढ़ाने का फैसला ले ही लिया। बहुत जल्दी आपके घर में कोई नन्हा मेहमान आने वाला है या आपके बच्चे को भाई या बहन मिलने वाली है। इससे पहले कि शिशु के कदमों की आहट सुनाई दे, आपको कुछ जरूरी कदम उठाने होंगे ताकि आप व आपका आने वाला शिशु पूरी तरह स्वस्थ रहे। इन सुझावों की मदद से आप और आपके पतिदेव आने वाले समय के लिए स्वयं को पूरी तरह तैयार कर सकते हैं।

अगर आप अभी तक गर्भवती नहीं हो पाईं तो कोई बात नहीं, कोशिश जारी रखें (कोशिश के साथ खुशखबरी सुन चुकी हैं)तो पुस्तक में दूसरे अध्याय से पढ़ना शुरू करें। यह पहला अध्याय उन माताओं के लिए है, जो गर्भ धारण करना चाहती हैं।

गर्भधारण से पहले, कुछ सुझाव

नन्हा-मुन्ना आपके आंगन में आने को बेताब है लेकिन आपको उसे बुलाने से पहले इन छोटी-छोटी बातों पर ध्यान देना होगा।

गर्भधारण से पहले जांच :- हालांकि आपको प्रसव पूर्व देखभाल करने वाले डॉक्टर की जरूरत नहीं है। आप अपनी लेडी डॉक्टर से मिल सकती हैं, जिनसे आप नियमित जांच करवाती आई हैं। इस जांच से किसी की मेडिकल कमी का पहले ही पता चल जाएगा और इलाज में आसानी होगी। डॉक्टर आपको उन दवाओं से भी दूर रख पाएंगी, जिन्हें आपको गर्भावस्था के दौरान नहीं खाना चाहिए। अपने वजन, आहार, खान-पान की आदतें, जीवनशैली व टीकाकरण आदि विषयों पर उनकी राय ले लें।

प्रसव पूर्व डाक्टर की तलाश :- आपको अपने लिए किसी दाई, मिडवाइफ या प्रीनैटल डॉक्टर की तलाश शुरू कर देनी होगी, हालांकि आप अभी गर्भवती नहीं है लेकिन आगे चल कर तो आप काफी व्यस्त होने वाली हैं इसलिए पहले पूछताछ कर लें, राय लें और अपने लिए डॉक्टर का मन ही मन चुनाव कर लें।

डेंटिस्ट से मुलाकात :- गर्भवती होने से पहले एक बार डेंटिस्ट के पास अवश्य जाएं क्योंकि आपकी भावी गर्भावस्था दांतों व मसूड़ों पर अपना असर दिखा सकती है। गर्भावस्था के हार्मोन की वजह से दांतों व मसूड़ों की तकलीफें बढ़ सकती हैं। अध्ययन से यह भी पता चला है कि गर्भावस्था की जटिलताओं में, मसूड़ों के रोग भी शामिल होते हैं। बेबी को इस दुनिया में लाने से पहले स्वयं एक बार डेंटिस्ट के पास हो आएं। दांतों का एक्स-रे, फिलिंग या सर्जरी वगैरह करा लें क्योंकि गर्भावस्था के दौरान यह सब नहीं हो पाएगा।

परिवार-वृक्ष की जांच :- आपको अपने 'फैमिली ट्री' पर एक नजर डालने के अलावा पतिदेव के 'फैमिली ट्री' को भी देखकर पता लगाना होगा कि दोनों खानदानों में किसी रोग का इतिहास तो नहीं? ऐसे रोगों में डाउन सिंड्रोम, टे-शेक रोग, सिकल सैल एनीमिया, थैलासीमिया, हीमोफीलिया, सिस्टिक फाइबरोसिस या फ्रेगाइल एक्स सिंड्रोम का नाम ले सकते हैं।

गर्भावस्था की पूर्व जानकारी :- यदि आपकी पहली गर्भावस्था में कोई परेशानी आई थी, समय से पहले या बाद में प्रसव हुआ था या एक से अधिक गर्भपात हो चुके हैं, तो अपने डाक्टर से मिलें ताकि वही परेशानी फिर से खड़ी न हो जाए।

यदि आवश्यक हो तो, जेनेटिक स्क्रीनिंग कराएं :- यदि किसी भी सिस्टिक अनुवांशिक रोग के बारे में पता चले तो डॉक्टर से जेनेटिक स्क्रीनिंग के बारे में राय लें। यदि आप काकेसियन हैं तो सिस्टिक फाइबरोसिस, यहूदी-यूरोपियन हैं तो टे-शेक अफ्रीकी हैं तो सिकल सैल ट्रैट या फिर ग्रीक, इटैलियन, दक्षिण पूर्वी एशियाई या फिलीपिनो मूल से हैं, तो आप थैलासीमिया रोग से ग्रस्त हो सकती हैं।

पहले-कई गर्भपात होना, किसी रक्त संबंधी से विवाह होना, काफी समय तक गर्भ धारण न कर पाना जैसे कारणों में भी जेनटिक स्क्रीनिंग की आवश्यकता पड़ सकती है।

जांच कराएं :- इस सारी छानबीन के दौरान आपको अपने लिए कुछ टेस्ट कराने को भी तैयार रहना होगा। वे हैं :-

- एनीमिया की जांच के लिए हीमोग्लोबिन या हिमैटोक्रिट जांच।
- आर एच फैक्टर, यह देखने के लिए कि आप पॉजिटिव हैं या निगेटिव। यदि आप निगेटिव हैं तो साथी की जांच की जाएगी (यदि दोनों की जांच निगेटिव आए तो इस बारे में ज्यादा न सोचें)।
- 'रूवेला टिटर', रूवेला के लिए प्रतिरोध क्षमता की जांच के लिए।
- 'वैरीसेला टिटर', वैरीसेला के लिए प्रतिरोध क्षमता की जांच के लिए।
- हेपेटाइटिस बी (यदि आपने इसका टीका नहीं लगवाया और आप कोई हेल्थ वर्कर हैं)।
- साइटोमैगालोवायरस एंटीबॉडीज़ जांच, ताकि पता लग सके कि जांच क्या रही। यदि आपने इसका इलाज कराया है तो इसके 6 माह तक गर्भ धारण न करें।
- टॉक्सोप्लाज़्मोसिस टिटर, आपकी कोई पालतू बिल्ली है, जो बाहर घूमती है, कच्चा मांस खाती है या आप दस्तानों के बिना बागवानी करती हैं। यदि टीका लगा हो तो इस बारे में घबराने की कोई बात नहीं है। यदि नहीं लगा हो, तो सावधानी बरतें।
- थाइरॉइड फंक्शन, इससे गर्भावस्था प्रभावित हो सकती है। यदि आपको या परिवार में किसी को यह रोग था या आपको इसके लक्षण दिखें तो इसकी जांच अवश्य कराएं।
- यौन जनित रोग यौन जनित सभी गर्भवती महिलाओं की नियमित रूप से यौन जनित रोगों (सिफलिस, गोमोरिया, कालमीडिया, हर्पीज़ एच पीवी तथा एचआईवी) की

जांच की जाती है। चाहे आप इन रोगों की ओर से निश्चिंत ही क्यों न हों लेकिन एक बार फिर भी जांच अवश्य कराएं।

इलाज करवाएं :- यदि किसी भी जांच में कुछ पता चले तो उसका इलाज अवश्य कराएं। कोई भी छोटी-मोटी सर्जरी या ऐसा कोई भी इलाज, जिसे आप टालती आ रही थीं, अब करवा लें। कहीं ऐसा न हो कि वह गर्भावस्था में समस्या पैदा कर दे। ऐसी परेशानियों में निम्नलिखित शामिल हो सकती हैं :-

- यूटेराइन पोलिप्स, फिबरॉयड्स सिस्ट या बेनिग ट्यूमर
- एंडोमीट्राओसिस (जब गर्भाशय के आसपास रहने वाली कोशिकाएं, शरीर में कहीं और फैल जाती हैं)
- पेल्विक इंफ्लामेट्री रोग
- मूत्राशय में बार-बार होने वाला संक्रमण या बैक्टीरियल वैजीनोसिस
- कोई एसटीडी रोग

टीकाकरण करवाएं :- अगर आपने पिछले 10 सालों में अब तक टिटनेस-डिप्थीरिया बूस्टर का टीका नहीं लगवाया तो उसे लगवाएं। (रुबेला) मीज़ल्स, मम्स और रूबेया का टीका न लगा हो तो उसे लगवाएं, फिर गर्भधारण के लिए एक महीना इंतजार करें। यदि आप पहले ही गर्भवती हो चुकी हैं, तो भी घबराने वाली कोई बात नहीं है। चाहे आपको हेपेटाइटिस बी या चिकनपॉक्स का कोई डर नहीं है लेकिन अब इसके लिए प्रबंध करें। अगर आपकी आयु 26 साल से कम है तो एचपीवी की तीनों डोज़ लेनी होंगी इसलिए योजना बना कर ही चलें।

क्रॉनिक रोगों पर काबू पाएं :- यदि आप मधुमेह दमा, हृदय रोग एपीलेप्सी या किसी भी क्रॉनिक यानी लंबे समय तक चलने वाले रोग से ग्रस्त हैं तो गर्भधारण से पहले डाक्टर की राय ले लें व अपने रोग पर काबू पाएं। अपना अच्छी तरह से ध्यान रखना शुरू कर दें। यदि आप जन्म से 'फिनाइलकीटोनयूरिया' से ग्रस्त हैं तो अभी से फिनाइलेलेनिन युक्त आहार लेना शुरू कर दें और इसे गर्भावस्था में भी जारी रखें। यह आपके व शिशु के, दोनों के स्वास्थ्य के लिए बेहतर होगा।

यदि आपको एलर्जी शॉटस की जरूरत पड़ती है तो इन पर अभी से ध्यान दें। अवसाद आपकी प्रसन्नता से भरपूर गर्भावस्था में बाधा दे सकता है इसलिए इसका पहले ही इलाज करवा लें।

बर्थ कंट्रोल बंद करें :-अपने कंडोम और डायफ्रागम फेंक दें (हालांकि गर्भावस्था के बाद उनकी फिर से जरूरत होगी) यदि बर्थ कंट्रोल करने की गोलियां, वैजाइनल रिंग या पैच इस्तेमाल कर रही हैं तो इस बारे में डॉक्टर से राय ले लें। आपको इन्हें कई महीने पहले बंद करना होगा ताकि प्रजनन तंत्र सही तरह से काम करने लगे और दो मासिक चक्र सही तरीके से आ जाएं (उस दौरान कंडोम का इस्तेमाल करें) हो सकता है कि आपके मासिक चक्र को नियमित होने में दो-तीन या फिर उससे भी अधिक महीने लग जाएं।

यदि आप 'आईयूडी' लगाती हैं तो इसे निकलवा दें। डेपोप्रोवेरा बंद करने के 6 माह तक इंतजार करें। कई महिलाएं तो इसे बंद करने के 10 माह तक भी गर्भवती नहीं हो पातीं। आप इसी के हिसाब से अपनी योजना बनाएं।

आहार में सुधार :- हो सकता है कि आप अभी से दो लोगों के लिए न खा रही हों लेकिन अच्छी आदत अपनाने में देर कैसी? आप अपनी फॉलिक एसिड की खुराक लेना न भूलें। इससे गर्भधारण की क्षमता बढ़ेगी। अध्ययनों से यह भी पता चला है कि गर्भधारण से पूर्व, आहार में इस विटामिन की अधिक मात्रा लेने वाली गर्भवती स्त्रियों में 'न्यूरल ट्यूब डिफेक्ट' का खतरा काफी घट

जाता है। यह साबुत अनाज व हरी पत्तेदार सब्जियों व रिफाइंड अनाज में पायी जाती है लेकिन आपको इसे खुराक के तौर पर भी लेना होगा। इसके लिए डॉक्टर से पूछें।

जंक और वसा युक्त भोजन को बाय-बाय कहें। भोजन में फल, सब्जियों, कम वसा वाले डेयरी पदार्थों की मात्रा बढ़ाएं। पुस्तक में दिए संतुलित आहार-योजना पर भी ध्यान दें। आपको गर्भधारण से पूर्व हर रोज, दो सर्विंग प्रोटीन, तीन सर्विंग कैल्शियम और छह सर्विंग साबुत अनाज लेना होगा। आपको इसमें कैलोरी की मात्रा बढ़ाने की जरूरत नहीं है।

मछली के बारे में भी दिए गए तथ्यों पर ध्यान दें, लेकिन इसे खाना बंद न करें क्योंकि इसमें काफी पोषक तत्त्व पाए जाते हैं।

यदि आपके खानपान की कुछ आदतें, गर्भावस्था में परेशानी (व्रत रखना, एनोरेक्सिया नर्वॉस, बुलीमिया, विशेष आहार) पैदा कर सकती हैं, तो इसके बारे में पहले ही डॉक्टर की राय लें)

प्रसव पूर्व विटामिन लें :- फॉलिक एसिड की भरपूर मात्रा को भोजन में शामिल करने के बावजूद आपको गर्भधारण से दो माह पहले से, प्रीनैटल पूरक के रूप में 400 एमसीजी की खुराक लेनी होगी। इसके कई फायदे हैं। अध्ययनों से पता चला है कि जो महिलाएं गर्भधारण से पहले या शुरूआती सप्ताहों में मल्टी विटामिन की खुराक लेती हैं, उन्हें उल्टी व जी मिचलाने जैसी शिकायत नहीं होती। इसमें 15 एमजी जिंक की मात्रा भी होनी चाहिए, जिससे गर्भधारण की क्षमता बढ़ेगी। हालांकि कुछ जरूरत से ज्यादा पोषक तत्त्वों की मात्रा नुकसान भी पहुंचा सकती है इसलिए डॉक्टर से राय लेकर ही आगे बढ़ें।

वजन की जांच :- वजन कम या ज्यादा होना, ये दोनों स्थितियां ही गर्भधारण क्षमता को प्रभावित कर सकती हैं। यदि आपने गर्भ धारण कर भी लिया तो गर्भावस्था में कई तरह की जटिलताएं आ सकती हैं इसलिए जरूरत के हिसाब से कैलोरी की मात्रा घटाएं या बढ़ाएं।

वजन घटाना हो तो धीरे-धीरे घटाएं और गर्भधारण की योजना को 2 महीने तक टाल दें। बहुत कड़ी और असंतुलित डायटिंग आपको नुकसान पहुंचा सकती है। यदि कड़ी डायटिंग हो चुकी है तो अब संतुलित भोजन लेना शुरू कर दें ताकि नन्हा-मुन्ना एक स्वस्थ शरीर में अपना घर बना सके।

शेप-अप, लेकिन शांत रहें :- व्यायाम की दिनचर्या होगी तो आपके लिए अच्छा ही है। मांसपेशियां लचीली और मजबूत बनेंगी। फालतू वजन भी घटेगा लेकिन व्यायाम की भी अति न करें क्योंकि इससे ओव्यूलेशन में दिक्कत आएगी और आप गर्भवती नहीं हो पाएंगी। वर्कआउट के दौरान अपने-आप को कूल रखें। हॉट टब, सॉना, हीटिंग पैड और इलैक्ट्रिक केबल का अधिक इस्तेमाल न करें।

मेडिकल कैबिनेट की जांच :-कुछ दवाएं ऐसी होती हैं, जिन्हें गर्भावस्था से पहले व इसके दौरान लेना खतरनाक हो सकता है। यदि आप भी नियमित रूप से या कभी-कभी कोई दवा ले रही हैं तो इस बारे में अपने डॉक्टर से राय ले लें। अगर कोई ऐसी दवा लेनी ही पड़े तो इसका विकल्प तलाशने का सही समय यही है।

वैसे तो हर्बल या वैकल्पिक दवाएं प्राकृतिक मानी जाती हैं लेकिन इसका यह मतलब नहीं कि वे सुरक्षित ही होंगी। कई हर्बल दवाएं (गिंकगो बिलोबा) गर्भधारण में भी रुकावट बन सकती हैं। हर्बल डॉक्टर की अनुमति के बिना ऐसी कोई दवा न लें व उन्हें अपने आने वाली गर्भावस्था का संकेत दे दें।

कैफीन की मात्रा :-हम यह नहीं कह रहे कि आप कैफीन युक्त पदार्थ लेना बिल्कुल छोड़ दें। चूंकि आप गर्भवती होने की योजना बना रही हैं या गर्भवती हो चुकी हैं, तो भी आप दिन

जरा ध्यान दें

इतना तो तय है कि शिशु को जन्म देने का फैसला लेते ही आप दोनों की शारीरिक निकटता काफी बढ़ जाएगी, लेकिन आपके प्रेम संबंध का क्या होगा? कहीं ऐसा तो नहीं कि आप आने वाले मेहमान के चक्कर में सेक्स जीवन को अनदेखा कर रही हैं।

जब आपको हमेशा आने वाले का ध्यान रहता है, तब सेक्स मनोरंजन नहीं सिर्फ एक प्रक्रिया बन जाता है, जब आप इसे एक मशीनी प्रक्रिया मान लेती हैं तो कई बार रिश्तों में दरार पड़ने लगती है, लेकिन आप चाहें तो इन्हें पहले की तरह स्वस्थ रख सकती हैं। गर्भधारण के समय पति से भावनात्मक लगाव बनाए रखने के लिए :

बाहर जाएं- आपको व आपके पति को घर से या शहर से बाहर थोड़ा समय बिताना चाहिए क्योंकि शायद इसके बाद काफी समय तक ऐसी छुट्टियों का मौका नहीं मिल पाएगा। यदि समय नहीं है तो कोई बात नहीं, एक दूसरे के साथ वीकेंड तो मना ही सकते हैं (घुड़सवारी करें, राफ्टिंग करें)। यह सब गर्भावस्था के दौरान नहीं कर पाएंगी? कोई संग्रहालय देख आएं। मल्टीप्लेक्स में मूवी देखने जाएं। (अभी तो बेबीसिटर भी नहीं चाहिए) या फिर अपने मनपसंद रेस्त्रां में भोजन करें।

रोमांस ताजा करें :- सेक्स बोरियत न बन जाए इसलिए बेडरूम में थोड़ी मौज-मस्ती को आने दें। कोई सेक्सी नाइटी, हॉट मूवी या फिर सेक्सी टॉय, कोई नई मुद्रा (कामसूत्र की मदद लें) को शामिल करें। बेड की जगह डाईनिंग टेबल कैसा रहेगा? आईसक्रीम पर हॉट फज खाने की बजाए एक-दूसरे पर लगा कर खाएं तो...? यदि ज्यादा रोमांच पसंद नहीं करतीं तो कोई बात नहीं, चांदनी रात में सैर पर जाए। फायरप्लेस के सामने बांहों में बांहें डालकर रूमानी सपनों में खो जाएं।

कुछ उनके बारे में :- क्या वे आपकी तरह शिशु के लिए चिंतित नहीं है? क्या वे आपको बॉडी टेंपरेचर चार्ट के बनाने में मदद देने की बजाय स्टॉक मार्केट की खबरों में व्यस्त हैं? क्या वे हर बार बेबी बुटीक के सामने से जाते वक्त हाय-हाय कर आहें नहीं भरते? इन सब बातों का मतलब यह न लगाएं कि वे आने वाले शिशु के लिए उत्साहित नहीं हैं। हो सकता है कि वे काम पर ज्यादा ध्यान दे रहे हों ताकि बाद में आपके साथ ज्यादा वक्त बिता सकें। याद रखें कि वे भी पिता बनने जा रहे हैं, यह एक टीमवर्क है और आपकी तरह वे भी इस बारे में काफी गंभीर हैं। जब भी मौका मिले आपस में बातचीत करें। उन पर गुस्सा या झल्लाहट न उतारें। एक-दूसरे का साथ महसूस करते रहेंगे तो आप दोनों के लिए ही बेहतर रहेगा।

में दो कप कैफीनयुक्त कॉफी या कोई पेय पदार्थ ले सकती हैं लेकिन आप जरूरत से ज्यादा आदी हैं तो थोड़ा संभलें। कई अध्ययनों से पता चला है कि इसकी अधिक मात्रा से प्रजनन क्षमता घटती है।

एल्कोहल की मात्रा :- पीने से पहले थोड़ा सोचें। हालांकि गर्भावस्था से पहले दिन में एकाध पैग पीने से कोई फर्क नहीं पड़ेगा, लेकिन अधिक मात्रा लेने से गर्भ धारण करने में अधिक समय लग सकता है या परेशानी हो सकती है। हो सकता है कि आप गर्भवती हो चुकी हों, ऐसे में तो शराब पीने की बिल्कुल मनाही हो जाएगी।

पिनप्वाइंट ओव्यूलेशन

आप तो जानती ही हैं कि गर्भ धारण करने के लिए ओव्यूलेश्न कितनी अहमियत रखता है। यहां कुछ सुझाव दिए गए हैं, जिनकी मदद से आप उस दिन का अंदाजा लगा सकती हैं।

कैलंडर देखें :- आमतौर पर ओव्यूलेशन आपके मासिक चक्र के बीच में होता है। औसत चक्र 28 दिन का होता है, जिसे पहले पीरियड के पहले दिन से अगले पीरियड के पहले दिन तक गिना जाता है लेकिन गर्भावस्था की तरह मासिक चक्र का भी अपना हिसाब हो सकता है। मासिक चक्र के दिन 23 से 25 के बीच हो सकता है। आपका अपना चक्र माह-प्रतिमाह खिसक सकता है। कुछ माह तक मासिक चक्र का कैलंडर रखने से आपको अपने समान्य चक्र का अंदाजा हो सकता है। यदि मासिक चक्र अनियमित हो तो आपको ओव्यूलेशन के बाकी संकेतों पर ध्यान देना होगा।

अपना तापमान लें :- आपको अपने बैसल बॉडी टेंपरेचर का रिकॉर्ड रखना होगा। आपको सुबह बिस्तर से उठते ही एक विशेष थर्मामीटर से अपना तापमान जांचना होगा। यह तापमान आपके चक्र के साथ-साथ बदलता रहता है, ओव्यूलेशन के समय सबसे कम हो जाता है तथा उसके बाद आधी डिग्री तक बढ़ जाता है। इस चार्ट से न केवल ओव्यूलेशन का दिन पता लगेगा बल्कि इसका सबूत भी मिलेगा। कुछ महीनों बाद आपको अपने मासिक चक्र का ढांचा पता चल जाएगा और प्रसव की अनुमानित तिथि का अनुमान भी लगा पाएंगी।

अपने अंडरगारमेंट्स की जांच करें :- सर्वाइकल म्यूकॅस की मात्रा और रंग में बदलाव से भी यह संकेत मिलता है। पीरियड खत्म होने के बाद इसकी ज्यादा उम्मीद न रखें चक्र बढ़ने के साथ-साथ म्यूकस की मात्रा भी बढ़ती है जिसे अंगुलियों में लिया जाए तो वह चिपचिपा पदार्थ टूट जाता है। ओव्यूलेशन के आसपास, यह स्राव पहले से कहीं पतला, साफ व फिसलन भरा हो जाता है। इसे आप अंगुलियों में ले कर-थोड़ी दूरी तक तार की तरह खींच सकती हैं। यह भी इस बात का संकेत है कि अब आपको अपने शयनकक्ष में जाना चाहिए। ओव्यूलेशन के बाद योनि सूखी हो जाएगी या यह स्राव काफी गाढ़ा हो जाएगा। सर्वाइकल की स्थिति और बैसल बॉडी टेंपरेचर इन दोनों की मदद से आप ओव्यूलेशन की सही तिथि जान सकती हैं।

सर्विक्स स्थिति :- सर्विक्स की स्थिति से भी जाने वाले ओव्यूलेशन का पता लग सकता है। चक्र की शुरूआत में योनि व गर्भाशय के बीच का मार्ग थोड़ा खिंचा हुआ व बंद-बंद होता है लेकिन ओव्यूलेशन के बाद पहचान सकती हैं।

ध्यान दें :- आपका शरीर स्वयं ओव्यूलेशन का संकेत देता है। इस दौरान पेट के निचले हिस्से में दर्द या ऐंठन महसूस होती है। इससे पता चलता है कि ओवरी से एग रिलीज़ हो रहा है।

एक स्टिक पर मूत्र की जांच :- अब बाजार में 'ओव्यूलेशन प्रेडिक्टर की किट भी मिलती है। यह इस हार्मोन जांच से ओव्यूलेशन का सही समय बता देती है। आपको अपने मूत्र में यह स्टिक डुबो कर जांच करनी होगी।

अपनी घड़ी पर नजर :- एक ऐसा यंत्र बना है, जिसे आप घड़ी की तरह हाथ पर पहन सकती हैं, यह आपके पसीने में क्लोराइड, सोडियम व पोटैशियम की मात्रा पर नजर रखता है, जो माह में बदलती रहती है। यह क्लोराइडियन टेस्ट चार दिन पहले भी ओव्यूलेशन का पता दे सकता है। आपको सही नतीजों के लिए इस यंत्र को 6 घंटे तक लगातार अपने हाथ पर पहनना होगा।

थूक की जांच :- आपके स्लाइवा टेस्ट में एस्ट्रोजन की मात्रा से पता चल सकता है कि ओव्यूलेशन होने वाला है। उस जांच से काफी हद तक इसकी पुष्टि हो जाती है। यह 'पी ऑन स्टिक' टेस्ट से काफी किफायती भी होता है।

धूम्रपान छोड़ें :-ये आपके अंडों को भी बूढ़ा कर देता है। जी हां गर्भधारण में मुश्किल आती है और गर्भपात का खतरा भी बढ़ जाता है। धूम्रपान की आदत छोड़ दें, यह आने वाले शिशु के लिए अनमोल तोहफा होगा। धूम्रपान छोड़ने में कुछ व्यावहारिक सुझाव इसी पुस्तक में है। उन पर अमल करें और लाभ उठाएं।

गैरकानूनी ड्रग्स से तौबा :-मारिजुआना, कोकेन, क्रेक, हेरोईन या दूसरे ड्रग्स गर्भावस्था में काफी खतरनाक हो सकते हैं। चाहे आप इन्हें हर रोज लेती हैं या कभी कभी, ये आपको गर्भवती नहीं होने देंगे, यदि आप गर्भवती हो भी गईं तो भ्रूण को काफी नुकसान हो सकता है, जिससे गर्भपात या सतमासे शिशु के जन्म लेने के आसार बढ़ सकते हैं। इनका प्रयोग बिल्कुल बंद कर दें। इसके बाद ही गर्भवती होने की योजना बनाएं।

रेडिएशन से बचाव :-जहाँ तक हो सके एक्स-रे के दौरान अपने प्रजनन अंगों का ध्यान रखें। जब आप गर्भ धारण करने वाली हों तो एक्स-रे करने वाले को बता दें कि शायद आप गर्भवती हैं इसलिए वह अपेक्षित सावधानी बरतें।

पर्यावरण में फंसे खतरे :- कुछ रसायन भारी मात्रा में इस्तेमाल हों या आप उनके सम्पर्क में आएं तो गर्भ धारण से पहले या भ्रूण को बाद में नुकसान पहुंचा सकते हैं। काम के दौरान इन रसायनों का सावधानी से इस्तेमाल करें दवाएं, दंत चिकित्सालय, कला, फोटोग्राफी, यातायात, खेतीबाड़ी, लैंडस्केपिंग, निर्माण कार्य, हेयर ड्रेसिंग, कॉस्मैटोलॉजी, ड्राईक्लीनिंग व फैक्ट्री के कामों में विशेष सावधानी बरतें। यदि हो सके तो खतरे वाले स्थान से कुछ समय के लिए तबादला करवा लें।

यदि कार्यक्षेत्र या घर में लैड (सीसा) की मात्रा का स्तर ज्यादा होगा तो आप व शिशु दोनों ही प्रभावित हो सकते हैं। घरेलू जहरीले पदार्थों के प्रभाव से बच कर रहें।

वित्तीय रूप से फिट :- यह काफी खर्चीली प्रक्रिया है इसलिए अपने साथी के साथ मिल कर पहले ही सारा बजट बना लें। अपने हैल्थ इंश्योरेंस से पता करें कि आपको प्रसव से पहले और बाद का खर्च मिलेगा या नहीं। यदि अभी ऐसी पॉलिसी तैयार न हुई तो थोड़ा इंतजार कर लें। अगर आपने अभी तक ऐसी कोई पॉलिसी नहीं कराई है तो उसे कराने का भी यही समय है।

कुछ अहम मुद्दे :- गर्भावस्था के दौरान अपने काम के बारे में सोच लें। अगर आप नौकरी बदलने के बारे में सोच रही हैं तो अभी से तलाश शुरू कर दें। यकीनन आप उभरे हुए पेट के साथ तो इंटरव्यू नहीं देना चाहेंगी।

थोड़ा अनुमान लगाएं :-अपने मासिक चक्र और ओव्यूलेशन का ध्यान रखें। ताकि आप सही समय पर संभोग करें और फिर गर्भधारण के उचित समय का अनुमान लगा सकें। संभोग का समय व तारीख लिखने से भी अनुमान लगाने में आसानी रहेगी।

थोड़ा समय दें :- याद रखें कि एक औसत स्वस्थ 25 वर्षीया युवती को गर्भ धारण करने में 6 महीने और अधिक उम्र की स्त्रियों को ज्यादा समय लग सकता है। यदि आपके साथी की उम्र अधिक है तो और भी अधिक समय लग सकता है। किसी भी डॉक्टर के पास राय लेने से पहले कम से कम 6 महीने तक इंतजार करें। यदि आपकी आयु 35 से अधिक है तो आपको 7 महीने के इंतजार के बाद ही डॉक्टर की राय ले लेनी चाहिए।

विश्राम करें :- शायद यह तो सबसे जरूरी काम है। हालांकि आप आने वाले समय को लेकर काफी उत्तेजित और तनावयुक्त हैं लेकिन यही तनाव गर्भधारण में रुकावट बन सकता है। थोड़ा ध्यान व आराम देने वाला व्यायाम करें। जीवन से तनाव को अलविदा कह दें।

भावी पिताओं के लिए कुछ सुझाव

एक पापा होने के नाते आपको अभी से अलग कमरा बनाने के बारे में सोचने की जरूरत तो नहीं है लेकिन आपको इस प्रक्रिया में पूरा हाथ बंटाना होगा (मम्मी अकेली क्या कर लेगी) इस सुझाव की मदद से यह प्रक्रिया और भी आसान बनाई जा सकती है।

डॉक्टर से मिलें :- हालांकि आपने गर्भ धारण नहीं करना लेकिन इसके बावजूद आपको डॉक्टर से अपनी जांच करा लेनी चाहिए। एक स्वस्थ शिशु का जन्म, दो स्वस्थ शरीरों के मेल से ही तो संभव है। पूरी चिकित्सीय जांच से पता चल जाएगा कि आप टेस्टीकुलर सिस्ट या ट्यूमर जैसे रोग से ग्रस्त तो नहीं है या मानसिक अवसाद (डिप्रेशन) आपके पापा बनने की राह का रोड़ा तो नहीं है। डॉक्टर से सैक्सुअल इफैक्ट, हर्बल दवाओं व स्पर्म काउंट के बारे में जानकारी लें। इन सब बातों की जानकारी के बाद आप एक स्वस्थ शिशु के पिता बनने को तैयार हैं।

जेनेटिक स्क्रीनिंग, यदि आवश्यक हो तो :-यदि आपके परिवार में कोई जेनेटिक रोग रहा है और आपका साथी स्क्रीनिंग करवाने जा रहा है तो आप भी यह जांच अवश्य करवा लें।

आहार में सुधार :- पोषण जितना बेहतर होगा, स्पर्म उतने ही स्वस्थ होंगे। आपको ताजे फल, सब्जियाँ, साबुत अनाज व प्रोटीन से भरपूर संतुलित आहार लेना होगा। इन दिनों आप विटामिन मिनरल की खुराक भी ले सकते हैं क्योंकि आहार से सभी महत्वपूर्ण पोषक तत्त्व नहीं मिल पाएंगे। इसमें फॉलिक एसिड भी शामिल करें। कई बार इसी तत्व की कमी से गर्भधारण में समय लगता है तथा शिशु में जन्मजात विकृतियां भी पाई जाती हैं।

जीवनशैली पर एक नजर :- हालांकि शोध अभी जारी है लेकिन इतना तो स्पष्ट है कि यदि आप ड्रग्स लेते हैं तथा भारी मात्रा में एल्कोहल लेते हैं तो आप आसानी से पिता नहीं बन पाएंगे। इससे न केवल स्पर्म घटते हैं बल्कि उनकी संख्या में भी कमी आती है और टेस्टोस्टेरॉन का स्तर भी घटता है। यह ठीक नहीं है। भारी मात्रा में शराब पीने से बच्चे के वजन में भी गिरावट आ सकती है। यदि आप एल्कोहल की मात्रा घटाएंगे तो साथी के लिए भी ऐसा करना आसान हो जाएगा। यदि आप शराब और ड्रग्स नहीं छोड़ पा रहे तो डॉक्टर की मदद लें।

वजन की जांच :-जिन पुरुषों का बॉडी मास इंडेक्स अधिक होता है वे सामान्य पुरुषों की तुलना में नपुंसक होते हैं। आपके वजन में 20 पौंड की वृद्धि भी इस पर असर डालती है इसलिए गर्भधारण कराने की प्रक्रिया से पहले अपने वजन की जांच करा लें।

धूम्रपान छोड़ें :-यहां कोई बहानेबाजी नहीं चलेगी। धूम्रपान से स्पर्म की संख्या घटती है। इसे छोड़ देंगे तो आपके पूरे परिवार की सेहत के लिए फायदेमंद होगा। उनके लिए भी आपकी सिगरेट का धुंआ कम खतरनाक नहीं है। इससे आपका शिशु एस. आई. डी एस (अचानक संकृमित रोगों के कारण मृत्यु) से भी बच जाएगा।

रसायनों से बचें:- पेंट, गोंद, वार्निश आदि के तीखे रसायनों के सीधे संपर्क में आने से बचें। इनसे भी आपके लिए परेशानी पैदा हो सकती हैं।

उन्हें कूल रखें :- जब टेस्टीकल (वृषण) जरूरत से ज्यादा गर्म हों तो स्पर्म के उत्पादन पर असर पड़ता है। टेस्टीकल शरीर के तापमान से थोड़े ठंडे होते हैं, तभी वे आपके शरीर से अलग लटके रहते हैं। आपको हॉट टब बाथ, सोना, इलैक्ट्रिक केबल व टाइट जींस से बचना होगा। सिंथेटिक की पैंट या अंडरवियर न

कांसेप्शन मिसकांसेप्शन
(गर्भधारण से जुड़े मिथक)

आपने इंटरनेट पर और पुरानी दाइयों से इस बारे में सुना ही होगा। यहां हम आपको थोड़ी तथ्यात्मक जानकारी देना चाहेंगे।

मिथक :-हर रोज़ सेक्स करने से स्पर्म की गिनती कम होती है तथा गर्भधारण करना मुश्किल हो जाता है।

तथ्य :- हालांकि पहले इसे सच माना जाता था लेकिन अध्ययनों पता चला है कि ओव्यूलेशन के दौरान हर रोज सेक्स करने से कहीं बेहतर नतीजे सामने आ सकते हैं।

मिथक :- बॉक्सर शॉट पहनने से प्रजनन क्षमता बढ़ती है।

तथ्य :- वैज्ञानिक तो अभी इसी 'बॉक्सर बनाम ब्रीफ' के विवाद में उलझे हैं। लेकिन विशेषज्ञों का मानना है कि इसका थोड़ा बहुत फर्क तो पड़ता ही है। पुरुषों को ऐसे अंडरगारमेंट्स पहनने चाहिए जिससे वृषणों का तापमान ठंडा रहे व उन्हें हवा लगती रहे।

मिथक :- इंटरकोर्स में मिशनरी पोजीशन गर्भाधान के लिए सबसे बेहतर होती है।

तथ्य :- ओव्यूलेशन के समय जो म्यूकस पतला हो जाता है वहीं शुक्राणुओं को फेलोपियन ट्यूब तक ले जाता है। यदि शुक्राणु वहां नहीं पहुंच पा रहे तो कोई भी पोजीशन काम नहीं आएगी। आपको इंटरकोर्स के बाद थोड़ी देर सीधा लेट जाना चाहिए ताकि स्पर्म, भीतर जाने से पहले वैजाइना से ही बाहर न आ जाएं।

मिथक :- लुब्रीकेंट स्पर्म को सही जगह पहुंचाने में मदद करते हैं।

तथ्य :- यह सच नहीं है। इसकी वजह से वैजाइना का पीएच बैलेंस बदल सकता है जो कि स्पर्म के लिए अच्छा नहीं होता।

मिथक :- दिन में सेक्स करने से गर्भधारण करने में आसानी होती है।

तथ्य :- सुबह स्पर्म का स्तर ऊंचा होता है लेकिन इसके कोई मेडिकल प्रभाव नहीं है। आप चाहें तो सुबह भी इंटरकोर्स करें लेकिन यह न सोचें कि दोपहर को मन करने पर, इसे नहीं किया जा सकता!

पहनें। गोदी में लैपटाप न रखें। इस उपकरण से शरीर में निचले हिस्से का तापमान बढ़ सकता है। यदि लैपटॉप इस्तेमाल करना ही हो तो उसे डेस्कटॉप की तरह इस्तेमाल करें।

उन्हें सुरक्षित रखें :-आप कोई रफ खेल (फुटबॉल, सॉकर, बास्केटबॉल, हॉकी, बेसबॉल, घुड़सवारी) खेलते हैं तो रक्षक गार्ड लगा कर अपने जननांगों की सुरक्षा करें। ज्यादा साइकिल चलाने से भी परेशानी खड़ी हो सकती है। कुछ विशेषज्ञों का मानना है कि साइकिल के सीट का दबाव पड़ने से कई धमनियों को नुकसान पहुंच सकता है। जब जननांगों में सुन्नपन या झनझनाहट बंद न हो तो डॉक्टर को दिखाएं।

विश्राम :-जी हां, आपने सब कुछ सीख लिया है, बस आराम से इस सारी सूची पर अमल करना है। इस व्यस्तता के बीच विश्राम करना न भूलें। तनाव से आपके प्रदर्शन का स्तर घट सकता है और स्पर्म बनने में रुकावट आ सकती है। चिंता जितनी कम करेंगे, परिणाम उतनी जल्दी सामने आएंगे। शांत भाव से कोशिश करते रहें!

■ ■ ■

अध्याय-2

क्या आप गर्भवती हैं

हो सकता है कि आपके पीरियड एक ही दिन की देरी से हों, या फिर तीन सप्ताह हो चुके हों या फिर आपको पहले ही लग रहा हो कि कोई गड़बड़ है या फिर आपने पीरियड न होने की वजह से अंदाजा लगा लिया हो। हो सकता है कि आपको गर्भधारण के स्पष्ट लक्षण दिखने लगे हों। हो सकता है कि आप पिछले छह महीनों से यही कोशिश कर रही थीं या हो सकता है कि आपने दो सप्ताह पहले गर्भनिरोधक के बिना संबंध स्थापित कर लिए हों या फिर आप अभी तक सक्रिय रूप से कोशिश न कर रही हों; चाहे परिस्थितियाँ कोई भी क्यों न हों, चाहे आप किसी भी हालात में यह पुस्तक पढ़ने बैठी हों; आप जरूर यही सोच कर हैरान हो रही होंगी–क्या मैं गर्भवती हूं? चलिए, हम बताने में मदद करते हैं।

आप क्या सोच रही होंगी?

गर्भावस्था के प्रारंभिक लक्षण

''मेरी मित्र ने कहा कि वह प्रेगनेंसी टेस्ट कराने से पहले ही जानती थी कि वह गर्भवती है। क्या मैं भी पहले इस तरह पता लगा सकती हूं?''

इसका सबसे सही तरीका तो यही है कि आपका प्रेगनेंसी टेस्ट पॉजिटिव आए। तभी पता लग पाएगा कि आप मां बनने वाली हैं या नहीं! कई महिलाओं को कई सप्ताह तक गर्भावस्था के लक्षण पता नहीं चलते और कई महिलाएं पहले ही जान जाती हैं कि वे मां बनने वाली

हैं। यदि आपको भी किसी ऐसे लक्षण का अनुभव हो तो होम प्रेगनेंसी टेस्ट किट लाने में देर न करें। यह किसी भी कैमिस्ट स्टोर से आसानी से मिल जाएगी।

नरम वक्ष व निप्पल :- आप जानती ही होंगी कि पीरियड से पहले किस तरह वक्षस्थल को छूने से भी पीड़ा होती है? गर्भधारण से पहले वक्षस्थल काफी नरम हो जाता है। कई महिलाओं में हल्के संवदेनशील, भरे-भरे, छूने पर दुखने वाले वक्ष, गर्भावस्था के लक्षण हो सकते हैं। एक बार गर्भावस्था आरंभ हो जाए तो वक्षों के

आकार में बदलाव आने के साथ-साथ और भी कई तरह के परिवर्तन आते हैं।

स्तनाग्रों का गहरापन :- निप्पलों के आसपास का काला हिस्सा और भी गहरा होने लगता है। गर्भावस्था के दौरान ऐसा होना स्वभाविक ही है। साथ ही इनका आकार भी बढ़ जाता है। त्वचा के रंग में बदलाव आने का अर्थ है कि आपके शरीर में प्रेगनेंसी हार्मोन्स ने अपना काम करना शुरू कर दिया है।

गूज़ बम्प? :- नहीं, सचमुच नहीं, पर निप्पलों के आसपास वाले गहरे हिस्से पर हल्के गूमड़ से उभर आते हैं (मोंटगूमरी टयूबरकल्स)। दरअसल ये वे ग्रंथियां होती हैं जो तेल का स्राव करती हैं और आपके निप्पल व आसपास के हिस्से को तैलीय बना देती हैं। यह सब इसी बात की तैयारी है कि आपको अपने शिशु को स्तनपान कराना होगा। शरीर आने वाले समय के लिए स्वयं को तैयार कर रहा है।

धब्बे :- जब भ्रूण गर्भाशय में अपनी जगह बनाता है तो कई महिलाओं को हल्का स्राव होता है। यह आपके पीरियड से कुछ दिन पहले हो सकता है, यह रंग में हल्का गुलाबी होता है (लाल नहीं)।

बार-बार शौच (मूत्र) जाने की इच्छा :- आपको बार-बार शौच (मूत्र) की इच्छा होती है? गर्भधारण के दो-तीन सप्ताह के बाद आपको बहुत जल्दी-जल्दी शौच (मूत्र) के लिए जाना पड़ता है। इसी पुस्तक में इसका कारण भी जान लेंगी।

थकान :- इतनी थकान महसूस होती है कि पूरा शरीर हार जाता है। ऊर्जा समाप्त हो जाती है और पूरे शरीर में आलस छाया रहता है। आपका शरीर आने वाले समय के लिए तैयार हो रहा है।

उबकाई आना :- पहली तिमाही में उबकाई की वजह से भी बार-बार बाथरूम भागना पड़ सकता है। गर्भधारण के फौरन बाद, कई महिलाओं को उबकाई व उल्टी (मॉर्निंग सिकनेस) की शिकायत हो जाती है। वैसे आमतौर पर यह छठे सप्ताह के आसपास शुरू होती है।

गंध के प्रति संवेदनशीलता :- नई गर्भवती महिलाओं की सूंघने की क्षमता काफी संवेदनशील हो जाती है। उन्हें हर अच्छी-बुरी गंध भी तेजी से पता लगने लगती है।

फूलना या ब्लौटिंग :- ऐसा लगता है कि पेट में कुछ फूल रहा है? हालांकि बाद में तो शिशु की वजह से पेट फूल ही जाएगा, लेकिन आरंभ में इसका हल्का सा एहसास महसूस होता है।

तापमान बढ़ना :- 'बैसल बॉडी तापमान'। यदि आप खास बैसल बॉडी थर्मामीटर से सुबह का तापमान मापें तो आपको पता चलेगा कि शरीर का तापमान 1 डिग्री बढ़ गया है। यह गर्भावस्था के दौरान बढ़ा हुआ ही रहता है। हालांकि यह पक्का संकेत नहीं है लेकिन यह छोटा संकेत, उस बड़ी खबर का अंदाजा तो देता ही है।

पीरियड न होना :- यदि हमेशा आपके पीरियड सही समय पर होते हैं और इस बार नहीं हुए हैं तो प्रेगनेंसी टेस्ट से पहले ही प्रेगनेंसी होने का अंदाजा लगा सकती हैं।

गर्भावस्था का पता लगाना

"मैं यह पक्का पता कैसे लगाऊं कि मैं गर्भवती हूं या नहीं?"

सबसे पहले तो अपने मन की बात सुनें। इसी से आपको कुछ-कुछ अंदाजा हो जाएगा। वैसे सही अंदाजे के लिए चिकित्सा विज्ञान तो

है ही। इन दिनों कई तरह के टेस्ट से अंदाजा लगाया जा सकता है कि आप गर्भवती हैं या नहीं?

होम प्रेगनेंसी टेस्ट :- आप इसे अपने बाथरूम में बड़े आराम से, पूरी गोपनीयता से कर सकती हैं। ये काफी झटपट होते हैं। कई तो ऐसे हैं, जिन्हें आप पीरियड मिस करने से पहले भी कर सकती हैं (हालांकि ज्यादा सही नतीजे तो पीरियड के बाद ही मिलेंगे)।

इसमें मूत्र में एच.सी.जी. हॉर्मोन की जांच होती है, जिसे प्लेसेंटा बनाता है। यह आपके खून में मिलने में देर नहीं करता। मूत्र में इसकी जांच होते ही आपको पॉजिटिव नतीजे मिल जाएंगे। ये संवेदनशील तो होते हैं, पर इतने भी नहीं! गर्भधारण के एक सप्ताह बाद आपके खून में एच.सी.जी. तो होता है पर टेस्ट में इसकी जांच नहीं हो पाती। यदि आप पीरियड से सात दिन पहले भी जांच करेंगी तो गर्भावस्था होने के बावजूद निगेटिव नतीजे आएंगे।

अगर पीरियड से चार दिन पहले जांच करेंगी तो 60 प्रतिशत तक सही नतीजे मिल सकते हैं। पीरियड वाले दिन जांच करेंगी तो 90 प्रतिशत सही नतीजे मिलेंगे और एक सप्ताह बाद यह 97 प्रतिशत हो जाएंगे। ज्यों-ज्यों समय बढ़ता जाएगा, नतीजे उतने ही साफ और स्पष्ट होते जाएंगे। चूंकि आपको इस टेस्ट की मदद से अपनी गर्भावस्था का पहले ही अंदाजा हो जाता है इसलिए आप पहले ही डॉक्टर या दाई की राय लेकर अपनी पूरी देखभाल शुरू कर सकती हैं। हालांकि इसके बाद मेडिकल टेस्ट है। पूरी जांच और रक्त ही जांच से सब कुछ पूरी तरह पक्का हो जाएगा।

रक्त जांच :- गर्भधारण के एक सप्ताह के बाद यदि रक्त की जांच कराई जाए तो उससे 100 प्रतिशत पता चल जाता है कि आप गर्भवती हैं या नहीं! इसमें रक्त में एच.सी.जी. की सही मात्रा व स्तर का अनुमान लगा गर्भावस्था की तारीख भी बताई जा सकती है क्योंकि गर्भावस्था बढ़ने के साथ-साथ रक्त में एच.सी.जी. की मात्रा भी बढ़ती है। कई डाक्टर रक्त के साथ-साथ मूत्र की जांच के निर्देश भी देते हैं।

मेडिकल जांच :- हालांकि रक्त व मूत्र की जांच से गर्भावस्था का सही अनुमान लगाया जा सकता है लेकिन गर्भाशय के आकार, योनि व सरविक्स के रंग या सरविक्स की बनावट में अंतर से भी गर्भावस्था की मेडिकल जांच हो सकती है।

एक हल्की रेखा

"जब मैंने घर में होम प्रेगनेंसी टेस्ट किया तो उसमें सिर्फ हल्की सी रेखा दिखाई दी। क्या मैं गर्भवती हूं।"

आपके रक्त या मूत्र में एच.सी.जी. का स्तर दिखने पर ही इस टेस्ट में पॉजिटिव नतीजे दिखाई देते हैं। यह आपके शरीर में तभी बनता है, जब आप गर्भवती होती हैं। टेस्ट में चाहे हल्की सी रेखा क्यों न आ रही हो, आप गर्भवती हैं।

आपको गाढ़ी की बजाय हल्की रेखा इसलिए दिखी होगी क्योंकि आप जो टेस्ट कर रही हैं, वे संवेदनशीलता के स्तर पर अलग-अलग होते हैं। गर्भावस्था में एच.सी.जी. का स्तर हर रोज बढ़ता है। यह भी देखना होगा कि गर्भधारण किए कितना समय बीत गया है। यदि आपने बहुत जल्दी जांच की है तो उसमें एच.सी.जी. का हल्का संकेत ही मिलेगा।

अपने प्रेगनेंसी टेस्ट की संवेदनशीलता जांचने के लिए पैकेट के पीछे दिए माप व मात्राओं को ध्यान से पढ़ें। इसमें मिली इंटापैशनल यूनिट पर लीटर की मात्रा जितनी कम होगी, टेस्ट उतना ही संवेदनशील होगा। 50 मिली की बजाय 20 मिली वाला टेस्ट आपको जल्दी और बेहतर नतीजे दे सकता है। ज्यादा मंहगे

टेस्ट अधिक संवेदनशील होते हैं।

यह भी याद रखें कि गर्भावस्था में प्रतिदिन एच.सी.जी. का स्तर बढ़ेगा। यदि आप बहुत जल्दी टेस्ट कर रही हैं तो रेखा हल्की ही आएगी। दो दिन बाद फिर से देखें। आपका सारा शक दूर हो जाएगा।

पॉजिटिव नहीं रहा

"मेरा पहला प्रेगनेंसी टेस्ट पॉजिटिव था लेकिन कुछ देर बाद निगेटिव नतीजा आया फिर मेरे पीरियड हो गए। यह क्या हो रहा है?"

लगता है कि आपको कैमिकल प्रेगनेंसी हुई थी। ऐसी गर्भावस्था शुरू होने से पहले ही खत्म हो जाती है। इस गर्भावस्था में अंडा फर्टिलाइज होकर गर्भाशय में इम्प्लांट होने लगता है लेकिन पूरी तरह इंप्लांट नहीं हो पाता। गर्भावस्था में बदलने की बजाय यह पीरियड में खत्म हो जाता है। विशेषज्ञों का अनुमान है कि सभी गर्भाधानों में से करीब 70 प्रतिशत कैमिकल ही होते हैं, अधिकतर महिलाओं को पता तक नहीं चल पाता कि वे गर्भवती हुई थीं (होम प्रेगनेंसी टेस्ट नहीं थे तो महिलाओं को काफी समय तक गर्भावस्था के बारे में कुछ पता नहीं चलता था)। जल्दी से प्रेगनेंसी टेस्ट कर लेना और पीरियड का देर से होना, इसी वजह से कैमिकल प्रेगनेंसी के लक्षण सामने आते हैं।

मेडिकल के नजरिए से, कैमिकल प्रेगनेंसी एक चक्र की तरह होती है, जिसमें प्रेगनेंसी में कोई गर्भपात नहीं होता आप जैसी भावुक महिलाओं के लिए यह दूसरी ही कहानी हो जाती है, जो बहुत पहले टेस्ट कर लेती हैं। हालांकि यह तकनीकी रूप से गर्भावस्था का नुकसान नहीं है। बस एक वादा टूट जाता है, जो आपको और आपके साथी के दिल को दुखा देता है। इस पुस्तक में ही आपको इस परिस्थिति से निबटने के बारे में बताया जाएगा।

अनियमितता की जांच

यदि पीरियड समय पर नहीं होते तो टेस्ट की तिथि तय करना भी मुश्किल हो जाएगा। जब पीरियड का ही पक्का पता नहीं तो टेस्ट कैसे करेंगी? पिछले 6 महीनों में जो सबसे लंबा पीरियड चक्र रहा, उसके हिसाब से इंतजार करके, टेस्ट करें। यदि पीरियड न हों और रिजल्ट भी नेगेटिव हो तो कुछ दिन या कुछ सप्ताह बाद फिर से जांच करें।

एक निगेटिव नतीजा

"मुझे लगा कि मैं गर्भवती हूं, लेकिन मेरे तीनों टेस्ट निगेटिव आए। मुझे क्या करना चाहिए?"

यदि आपको तीन निगेटव टेस्ट के बावजूद लग रहा है कि आप गर्भवती हैं तो कुछ भी पक्का पता लगने तक वे सभी सावधानियां बरतें, जो एक नई गर्भवती स्त्री को ध्यान रखनी चाहिए। अपनी उसी तरह देखभाल करें। हो सकता है कि आपका शरीर, उस टेस्ट से कहीं ज्यादा अच्छे तरीके से जानता हो। एक सप्ताह तक इंतजार करने के बाद दोबारा टेस्ट करें, हो सकता है कि आपने पहले बहुत जल्दी टेस्ट कर लिया हो। अपने चिकित्सक से रक्त की जांच भी करवा सकती हैं वह ज्यादा संवेदनशीलता से मूत्र में एच.सी.जी. के स्तर के बारे में बता देगा।

संभव हो सकता है कि सभी लक्षण महसूस करने के बावजूद गर्भवती न हों। यदि

यदि आप गर्भवती नहीं हैं....

यदि आपकी जांच निगेटिव निकली, आप गर्भवती नहीं हैं और होना चाहती हैं तो गर्भाधान से पहले वाले चरणों पर पूरा ध्यान दें। आपको बहुत जल्दी खुशखबरी मिल जाएगी।

स्मार्ट टेस्टिंग

होम पैकेज टेस्ट काफी आसान है, जिसके लिए कुछ सीखना नहीं पड़ता लेकिन आपको इसके निर्देश अवश्य पढ़ लेने चाहिए और इसी के हिसाब से चलना चाहिए। इन सुझावों पर ध्यान दें ताकि आप क्या होगा, क्या नहीं होगा की उधेड़बुन में कुछ भूल न जाएं।

■ ब्रांड के हिसाब से आप या तो स्टिक को मूत्र के प्रवाह में कुछ सैकंड रखेंगी या फिर एक कप में मूत्र लेकर उसमें स्टिक डुबोएंगी ज्यादातर बीच वाले मूत्र को लेने की सलाह देते हैं क्योंकि इसमें नतीजे ज्यादा बेहतर होते हैं। एक-दो सैकंड तक मूत्र करने के बाद रोकें, हाथ में स्टिक या कप लेकर, उस पर मूत्र की धार छोड़ें।

■ वैसे तो सुबह-सुबह के मूत्र की जांच बेहतर होती है लेकिन अगर आप पीरियड से भी पहले टेस्ट कर रही हैं तो चार घंटे तक मूत्र रोकने के बाद टेस्ट करें ताकि मूत्र में एच.सी.जी. का अधिक स्तर स्पष्ट रूप से आ सके।

■ कंट्रोल इंडीकेटर पर ध्यान दें ताकि पता लग सके कि टेस्ट ठीक काम कर रहा है या नहीं (डिजिटल टेस्ट में एक चमकने वाला कंट्रोल सिंबल बना होता है)

■ ध्यानपूर्वक देखें-किसी भी नतीजे पर पहुंचने से पहले पूरा ध्यान दें। कोई भी लाइन दिखे (गुलाबी या नीली, पॉजिटिव संकेत या डिजिटल रीडिंग) मान लें कि आप गर्भवती हैं। बधाई हो! यदि नतीजा पॉजिटिव न हो और पीरियड भी न आएं तो दोबारा जांच करें। सही नतीजे सामने आ जाएंगे।

टेस्ट निगेटिव आते रहें और पीरियड भी न हुए हों तो डॉक्टर से कहें कि वे इन लक्षणों के दूसरे जैविक कारण का पता लगाएं। हो सकता है कि आप भावनात्मक कारणों से यह लक्षण महसूस कर रही हों। कई बार मन की इच्छा शरीर पर इतनी हावी हो जाती है कि गर्भावस्था न होने के बावजूद उसके लक्षण दिखने लगते हैं। बस एक गर्भावस्था पाने की चाहत (या उससे बचने का भय)।

पहली भेंट कब हो?

''मेरा होम प्रेगनेंसी टेस्ट पॉजिटिव आया है। मुझे डॉक्टर से पहली मुलाकात कब करनी चाहिए।''

किसी भी स्वस्थ शिशु के जन्म के लिए आवश्यक है कि प्रसव से पहले डॉक्टर की देखभाल और राय मिलती रहे। होम प्रेगनेंसी टेस्ट के पॉजिटिव आते ही डॉक्टर के पास जाने में देर न करें। हालांकि कई चिकित्सालय ऐसे हैं, जहां आपको जाते ही जांच के बाद सावधानियां बता दी जाती हैं, लेकिन कई डाक्टर चाहते हैं कि गर्भावस्था आरंभ होने के 7-8 सप्ताह बाद ही जांच शुरू करें। कई जगह गर्भावस्था की जांच के लिए पहली भेंट की उम्मीद की जाती है।

यदि आपके डॉक्टर ने अभी मुलाकात का समय नहीं दिया है तो इसका मतलब यह नहीं कि आप अपनी व शिशु की देखभाल का काम शुरू नहीं करेंगी। अपनी पॉजिटिव जांच का पता लगते ही, अपने आपको एक गर्भवती मानना शुरू कर दें। शायद आप जानती ही हैं कि आपको शराब व सिगरेट छोड़ना होगा,

गर्भावस्था के संभावित लक्षण

संकेत	कब उभरते हैं	अन्य संभावित कारण
योनि स्राव व गर्भाशय मुख के उत्तकों का रंग हल्का बैंगनी पड़ना	पहली तिमाही	मासिक चक्र पूरा न होना
सर्विक्स और गर्भाशय का मुलायम होना	तकरीबन 6 हफ्ते	मासिक चक्र में देरी
पेट के निचले हिस्से व गर्भाशय का फैलाव	गर्भधारण के 8 से 12 सप्ताह के बाद	फायब्रायड ट्यूमर
यूटेराइन आर्टरी पल्सेशन	प्रारंभिक गर्भावस्था	फायब्रायड, ट्यूमर
भ्रूण की हलचल	गर्भावस्था के 16-22 सप्ताह में प्रारंभ	गैस, पेट में संकुचन

गर्भावस्था के सकारात्मक लक्षण

संकेत	ये कब उभरते हैं	अन्य संभावित कारण
अल्ट्रसाऊंड* की मदद से गैस्टेशनल सैक या भ्रूण देखना	गर्भधारण के 4 से 6 सप्ताह बाद	कोई नहीं
भ्रूण के दिल की धड़कन*	गर्भावस्था** के 10-12 स्प्ताह बाद	कोई नहीं

*गर्भावस्था के लक्षणों की मेडीकल जांच होती है।

**निर्भर करता है कि किस यंत्र से जांच हो रही है।

प्रोटीन का आहार लेना होगा-वगैरह-वगैरह! यदि प्रेगनेंसी प्रोग्राम बनाना चाहती हैं तो डॉक्टर को फोन करने में संकोच न करें। वहां आपसे एक प्रश्नोत्तरी भरवाने के बाद पोषक आहार व सुरक्षित दवाओं की सूची बना दी जाती है व आपसे उसी प्रेगनेंसी कार्यक्रम के हिसाब से चलने को कहा जाता है।

यदि आपको मुलाकात का समय नहीं मिल रहा या आप पिछले गर्भपात या मेडिकल हिस्ट्री की वजह से डरने के कारण खतरा महसूस कर रही हैं, तो उनसे पूछकर देखें कि क्या आप पहले जांच करवाने जा सकती हैं।

आपकी प्रसव की तिथि

"मेरे डॉक्टर ने प्रसव की तिथि बता दी है। लेकिन यह कितनी सही है?"

अगर हम यह निश्चित तौर पर कह सकते कि आपका शिशु, डॉक्टर की बताई तारीख पर ही होगा तो यह दुनिया कितनी आसान होती लेकिन ऐसा है नहीं। अधिकतर अध्ययनों से यही पता चला है कि 20 में से 1 शिशु ही डॉक्टर द्वारा दी गई 'ड्यू डेट' पर जन्म लेता है। पूरा वास्तविक गर्भकाल 38 से 42 सप्ताह का हो सकता है। अधिकतर शिशु उस तारीख के दो सप्ताह के आसपास ही जन्म लेते हैं इसलिए माता-पिता के पास अनुमान के सिवा कोई चारा नहीं बचता।

इसे ई.डी.डी. (प्रसव की अनुमानित तिथि) कहते हैं। आपको जो तिथि दी जाती है, वह सिर्फ एक अंदाजा है। इसे इस तरह निकालते हैं-अपने पिछले मासिक चक्र के पहले दिन में से तीन महीने घटा दें और उसमें 7 दिन जोड़ दें। मिसाल के लिए - आपके पिछले पीरियड 11 अप्रैल को शुरू हुए थे। पिछले तीन महीने गिनेंगी तो आप जनवरी तक आ जाएंगी। इसमें 7 दिन जोड़ दें, आपकी प्रसव की तिथि होगी '18 जनवरी'।

यह तरीका वहां काम आता है, जहां महिलाओं का मासिक चक्र नियमित होता है लेकिन अगर आपका चक्र अनियमित है, तो यह तरीका काम नहीं आएगा। मान लें कि हर 6 से 7 सप्ताह में आपके पीरियड नहीं हुए। तीन महीनों में आपको एक बार पीरियड नहीं हुए। जांच से पता चलता है कि आपको गर्भ ठहर गया है। फिर आपने गर्भधारण कब किया। एक विश्वसनीय ई.डी.डी. का होना जरूरी है इसलिए आप व आपके डॉक्टर इसका पता लगाना चाहेंगे। हालांकि बिल्कुल सही तारीख तो नहीं पता लगेगी, लेकिन कुछ सूत्रों व संकेतों से मदद ली जा सकती है।

पहला संकेत है, आपके गर्भाशय का आकार, आपकी भीतरी जांच के दौरान इसे भी जांचा जाएगा। इससे आपकी गर्भावस्था का कुछ अंदाजा हो जाना चाहिए। एक अल्ट्रासाउंड जो तिथि का काफी सही अनुमान दे देगा। वैसे सब महिलाओं का इतनी जल्दी अल्ट्रासाउंड नहीं होता। कुछ डॉक्टर नियमित रूप से इसे करते हैं तो कुछ डॉक्टर तभी करना पसंद करते हैं जब आपके पीरियड अनियमित हों गर्भपात का इतिहास रहा हो या आपकी संभावित प्रसव तिथि का पता न चल पा रहा हो। इसके अलावा और भी कई बातों से तारीख का पता लगा सकते हैं। 9 से 12 सप्ताह में, एक डॉक्टर की मदद से दिल की धड़कन सुन सकते हैं। 16 से 22 सप्ताह में जीवन की पहली आहट को महसूस कर सकते हैं या भ्रूण की लंबाई या स्थिति का अंदाजा लगा सकते हैं। यह करीब 20 वें सप्ताह में नाभि तक पहुंच जाएगी। ये सूत्र सहायक होने के बावजूद पक्के नहीं माने जा सकते। सिर्फ शिशु ही जानता है कि वह कब जन्म लेगा और वह आपको बताने नहीं आ रहा।

डॉक्टर का चुनाव

हालांकि हम सब जानते हैं कि मम्मी-पापा एक शिशु को इस धरती पर लाते हैं लेकिन शायद एक व्यक्ति और भी है, जिसके बिना यह काम काफी मुश्किल हो सकता है। वही तो नन्हे शिशु को सकुशल धरती पर लाता है। जी हां! हम डॉक्टर की बात कर रहे हैं। वैसे तो आप व

आपका साथी गर्भधारण करने के बाद वाली सावधानियों का पालन कर ही रहे हैं, लेकिन अब आपको अपने लिए डॉक्टर का चुनाव भी करना है। हालांकि यह चुनाव काफी सोच-समझ कर करना होगा क्योंकि आपने उसी डॉक्टर की मदद से अपना प्रसव काल बिताना है।

प्रसूति विशेषज्ञ या पारिवारिक चिकित्सक अथवा दाई (मिडवाइफ)

आप कोई ऐसा बढ़िया डॉक्टर कहां से तलाशेंगी जो प्रसव से पहले और बाद तक आपका मार्गदर्शन करता रहे? सबसे पहले तो आपको यह पता लगाना होगा कि आपकी मेडिकल हिस्ट्री के हिसाब से क्या ठीक रहेगा?

प्रसूति-विशेषज्ञ :- क्या आप एक ऐसा डॉक्टर चाहती हैं, जो गर्भधारण से लेकर, प्रसव काल, उसके बाद भी हर तरह के खतरे और हिम्मतों से जूझ सके। तब आपको एक प्रसूति-विशेषज्ञ महिला रोग विशेषज्ञ के पास जाना होगा। न सिर्फ आपको पूरी प्रसूति देखभाल देगी बल्कि गर्भावस्था के अलावा दूसरे स्त्री रोगों की भी जांच कर सकेगी; जैसे-पैप स्मीयर, गर्भ निरोधक, स्तनों की जांच। कई डॉक्टर सामान्य चिकित्सीय देखभाल भी देते हैं। इसलिए छोटे-मोटे रोगों के इलाज भी उनसे करवाए जा सकते हैं।

यदि आपकी हाई-रिस्क प्रेगनेंसी है तब आपको प्रसूति विशेषज्ञ-महिला रोग विशेषज्ञ के पास ही जाना चाहिए। हो सकता है कि आपको किसी ऐसे विशेषज्ञ की भी तलाश करनी पड़े जो आपकी इस विषय में मदद कर सके। सामान्य प्रेगनेंसी होने के आवजूद आप अपना प्रसव किसी विशेषज्ञ से ही करवाना चाहेंगी, जैसे कि 90 प्रतिशत महिलाएं चाहती हैं।

यदि आपने किसी अच्छी स्त्री रोग विशेषज्ञ के पास जाने का विचार बना लिया है, तो उसकी तलाश का सबसे उपयुक्त समय यही है।

इस समय थोड़ा आराम से छानबीन करके किसी अच्छी प्रसूति/स्त्री रोग विशेषज्ञ का पता लगा सकती हैं।

पारिवारिक चिकित्सक :- फैमिली डॉक्टर वे होते हैं जो एम.डी. करने के बाद प्राथमिक देखभाल, मातृत्व संबंधी तथा शिशु संबंधी देखभाल का प्रशिक्षण ले चुके होते हैं।

जन्म के लिए चुनाव

आजकल गर्भावस्था के दौरान भी चुनावों की कमी नहीं रही। आप अपनी इच्छा व सुविधा से तय कर सकती हैं कि अपने शिशु को कहां व कैसी परिस्थितियों में जन्म देना चाहेंगी।

आप निम्नलिखित में से कोई भी स्थान चुन सकती हैं। आप स्वयं व आपका साथी मिल कर इन पर विचार करें व याद रखें कि ऐसे फैसले आखिर तक मझदार में ही रहते हैं। इन्हें अपनी इच्छा से, आखिर तक बदला जा सकता है।

बर्थिंग-रूम :- बर्थिंग रूम में अस्पताल का वह कमरा, बच्चे के जन्म से लेकर, आप दोनों के छुट्टी मिलने तक आपके पास ही रहता है। जन्म के बाद शिशु को आपके पास ही झूले में रखा जाता है। ये काफी आरामदेह भी होते हैं।

कुछ बर्थिंग रूम सिर्फ प्रसव-पीड़ा, प्रसव और स्वास्थ्य लाभ के लिए इस्तेमाल होते हैं, जिन्हें एल.डी.आर. कहते हैं। अगर आप और आपका शिशु एल.डी.आर. में हुए तो एक-दो घंटे बाद, दोनों को पोस्टपार्टम रूम में भेज दिया जाएगा। कई अस्पतालों में इन कमरों में शिशु के पिता व भाई-बहन भी

साथ रह सकते हैं।

अधिकतर बार्थिंग रूम ऐसे होते हैं, जहां दीवारों पर सुंदर वॉलपेपर, हल्की रोशनी, रॉकिंग चेयर, अच्छे पर्दे व खूबसूतरत बेड होते हैं। ये कमरे किसी भी तरह से अस्पताल के कमरे नहीं लगते। हालांकि यहां गर्भावस्था के प्रसव के दौरान होने वाले हर खतरे से निपटने के उपकरण तैयार होते हैं। इन्हें अलमारियों में छिपा कर रखा जाता है, ताकि जरूरत पड़ने पर ही निकाला जाए। बेड को सिर वाले हिस्से से ऊपर-नीचे किया जा सकता है। उसके पैरों वाले हिस्से में भी अटेंडेंट के खड़े होने लायक जगह बन जाती है। प्रसव के बाद थोड़ा सा बदलाव आता है और आप उसी बैड पर वापिस आ जाती हैं। कई अस्पतालों में बर्थिंग रूम के साथ शॉवर या व्हर्लपूल टब की सुविधा भी होती है, वे प्रसव पीड़ा के दौरान हाइड्रोथैरेपी दे सकते हैं। बर्थिंग सेंटर व अस्पतालों में वाटर बर्थ के लिए टब भी होते हैं।

कई जगह सोफे पड़े होते हैं ताकि आपका परिवार व मित्र आदि वहां बैठ कर इंतजार कर सके। कई जगह सोफा कम बेड की सुविधा होती है ताकि आपका साथी वहां रात बिता सके।

कई अस्पतालों में बर्थिंग रूम की सुविधा उन्हीं महिलाओं को मिलती है जिनकी गर्भावस्था को ज्यादा खतरा नहीं होता। यदि आप इस सूची में नहीं आतीं तो आपको पारंपरिक लेबर या डिलीवरी रूम में ही जाना होगा जहां ज्यादा अच्छी तकनीक काम में लाई जा सके। वहां सी-सैक्शन ऑपरेशन भी आराम से किया जा सकता है। वैसे हम तो यही दुआ करते हैं कि आपको पारंपरिक अस्पताल माहौल में भी वही दोस्ताना रवैया और अपनापन मिले।

बर्थिंग सेंटर :- यहां आपको प्रसव संबंधी देखभाल, प्रसव, स्तनपान कक्षाएं आदि सारी सुविधाएं एक ही छत तले मिल जाती हैं। वैसे तकरीबन बर्थिंग सेंटरों में भी प्राइवेट कमरे होते हैं जो काफी आरामदेह और सुख-सुविधाओं से भरपूर होते हैं। इनमें परिवार के बाकी सदस्यों के इस्तेमाल के लिए रसोईघर भी होता है। यहां दाइयां (मिडवाइफ) होती हैं लेकिन प्रसूति विशेषज्ञ भी बुलाए जाते हैं। वे लोग आपातकालीन स्थिति में झटपट पहुंच जाते हैं। हालांकि यहां ज्यादा संवेदनशील उपकरण नहीं होते इसलिए जरूरत पड़ने पर आपको पास के किसी अस्पताल में भी भेजा जा सकता है। ऐसी जगह उन्हीं महिलाओं को जाना चाहिए, जिनकी गर्भावस्था को ज्यादा खतरा न हो। यदि आपकी गर्भावस्था में कई जटिलताएं रही हों तो इस जगह प्रसव का विचार न बनाएं।

लेबोयर बर्थ :- जब फ्रेंच प्रसूति विशेषज्ञ फ्रेडरिक लेबोयर ने हिंसा के बिना शिशु के जन्म का यह सिद्धांत दिया तो चिकित्सा समुदाय हैरानी में पड़ गया। वर्तमान में उनके कई उपाय काम में लाए जाते हैं, ताकि शिशु शांत व सहज वातावरण में जन्म ले सके। बच्चे का जन्म ऐसे कमरे में होता है, जिसकी तेज रोशनी को जरूरत पड़ने पर धीमा किया जा सके। बच्चा मां के गर्भ में अंधकार में पलता है इसलिए उसे बाहर आने पर भी वही माहौल मिले तो ज्यादा बेहतर होगा। अब नवजात को जोर-जोर से थपथपाने की भी जरूरत नहीं समझी जाती। यदि उसकी सांस अपने-आप चालू न हो तो इसके लिए कम अक्रामक तरीके अपनाए जाते हैं। कई अस्पतालों में बच्चे व मां की नाल एकदम नहीं काटी जाती, यही मां व बच्चे का आखिरी शारीरिक बंधन होता है। हालांकि उन्होंने तो बच्चे को हल्के गुनगुने पानी से नहलाने की सिफारिश भी की थी लेकिन मां की बांहों में देने का सिद्धांत

अवश्य अपनाया जाता है।

हालांकि इन सिद्धांतों को कुछ-कुछ अपनाया जाता है लेकिन हल्का संगीत, मध्यम प्रकाश व बच्चे के लिए स्नान जैसी बातें आसानी से उपलब्ध नहीं हैं। यदि आप अपने लिए ऐसा चाहें तो पहले डॉक्टर से पता कर लें।

घर में बच्चे का जन्म :- कई महिलाओं को सिर्फ बीमार पड़ने पर ही अस्पताल जाना पसंद है और गर्भावस्था कोई बीमारी नहीं होती। यदि आप भी उनमें से हैं तो शायद आप भी अपने शिशु को घर में जन्म देना चाहेंगी। ठीक तो रहेगा ही, आपका शिशु परिवार के मित्रों के बीच अपनी आंखें खोलेगा, आपको अपने घर का आराम और गोपनीयता मिलेगी। आपको अस्पताल के कायदे-कानूनों से नहीं उलझना पड़ेगा। नुकसान यह है कि अगर कोई परेशानी खड़ी हो गई तो आपातकाल में क्या करेंगी। फिर नवजात व आपकी जान को खतरा हो सकता है।

आपको निम्नलिखित बातों को ध्यान में रखना चाहिए :-

➔ आप उच्च रक्तचाप, मधुमेह या किसी क्रॉनिक रोग से ग्रस्त न हों, आपका पिछला प्रसव भी सामान्य रहा हो यानी आप कम-खतरे वाली श्रेणी में आती हों।

➔ आपके पास सलाह देने व नर्स या दाई की सहायता के लिए एक डॉक्टर पास होना चाहिए ताकि मुसीबत के वक्त सही राय मिल सके।

➔ आपके पास अस्पताल तक पहुंचने के लिए वाहन तैयार रहना चाहिए, ताकि जरूरत पड़ते ही आपको अस्पताल पहुंचाया जा सके।

पानी में शिशु का जन्म :- हालांकि चिकित्सा समुदाय ने इसे पूरी तरह नहीं अपनाया है। इस विधि में बच्चे का जन्म पानी के भीतर कराया जाता है ताकि उसे बाहर जाकर लगे कि वह अभी मां की कोख में ही है। बच्चे को जन्म के तुरंत बाद पानी से निकाल कर मां की गोद में दिया जाता है। तब तक सांस लेना शुरू नहीं हुआ होता इसलिए डूबने का भी कोई डर नहीं होता। यह तरीका घर, बर्थ सेंटर या अस्पताल में अपनाया जा सकता है। कई पति अपनी पत्नी को सहारा देने के लिए टब में साथ बैठते हैं।

कम खतरे वाली गर्भावस्था हो तो मां यह तरीका अपना सकती है। बशर्ते डॉक्टर इसकी राय दें। यदि आपकी गर्भावस्था जटिलताओं से भरी है तो अपनी दाई की हामी के बावजूद यह तरीका न अपनाएं।

वैसे आप व्हर्लपूल टब या नियमित स्नान का तरीका अपना सकती हैं। पानी से दर्द में आराम मिलता है। गुरुत्वाकर्षण के बल से भी मुक्ति मिलती है। कई अस्पतालों व बर्थ सेंटरों में भी टब उपलब्ध कराए जाते हैं।

वे भी आपको इसी तरह पूरी देखभाल दे सकते हैं। चूंकि वे आपके व आपके पूरे परिवार के इतिहास से अच्छी तरह परिचित होते हैं इसलिए वे आपकी सेहत के हर पहलू पर जानकारी दे सकते हैं। यदि परेशानी खड़ी हो जाए तो वे स्वयं आपको प्रसूति विशेषज्ञ के पास जाने की राय देंगे लेकिन फिर भी आपकी देखभाल के मुद्दे से जुड़े रहेंगे।

प्रमाणित नर्स-दाई :- यदि आप किसी ऐसे व्यक्ति को खोज रही हैं, जो आपको सिर्फ एक मरीज न मान कर इंसान माने और आपकी शारीरिक समस्याओं के साथ-साथ भावनात्मक उलझनें भी सुलझाएं, पोषण व स्तनपान संबंधी हिदायतें दें, बच्चे के जन्म को एक कुदरती प्रक्रिया बना दें तो शायद आप किसी नर्स/दाई की तलाश में हैं।

दाई या नर्स घरेलू प्रसव कराने में आपकी मदद कर सकती हैं। वैसे बर्थ सेंटर, जच्चा-बच्चा गृह व अस्पतालों में भी प्रशिक्षित दाइयां व नर्स

काम करती हैं। वैसे सच तो यही है कि वे कम खतरे वाले प्रसव ही संभाल सकती हैं यदि अचानक कोई परेशानी सामने आ जाए तो उन्हें भी डॉक्टर व अस्पताल की ही शरण लेनी पड़ती है। यदि आप इनमें से किसी को चुनना चाहें तो पहले पता लगा लें कि वे प्रशिक्षित हैं या नहीं!

प्रैक्टिस के प्रकार

आपने अपने लिए चिकित्सक/प्रसूति विशेषज्ञ/नर्स/दाई को चुन लिया है। अब आपको यह तय करना होगा कि आप किस तरह की चिकित्सक कार्य (मेडिकल प्रैक्टिस) अपनाना चाहेंगी। हर कार्य के अपने फायदे और नुकसान होते हैं।

अकेली मेडिकल प्रैक्टिस

यहां डॉक्टर अकेला काम करता है। यदि उसे कहीं बाहर जाना पड़े तो उसके बदले में कोई दूसरा डॉक्टर अपनी सेवाएं देता है। कोई फैमिली डॉक्टर या प्रसूति विशेषज्ञ इसी श्रेणी में आ सकता है। नर्स व दाइयां इनके साथ मिलकर काम करती हैं। इनके साथ रहने से यह फायदा होगा कि वे हर मुलाकात में आपको ज्यादा बेहतर तरीके से जान जाएंगे इसलिए आपको प्रसव के समय सब कुछ काफी आरामदेह लगेगा।

नुकसान यह है कि डॉक्टर कहीं बाहर चले जाएं और पीछे से आपको प्रसव पीड़ा आरंभ हो जाए तो? क्योंकि आप भी नहीं जानतीं कि यह प्रक्रिया कब शुरू हो जाएगी। हालांकि वे इंतजाम तो कर जाएंगे लेकिन वह पर्याप्त न हुआ तो।

एक दूसरा नुकसान यह है कि आपको गर्भावस्था के दौरान महसूस हो सकता है कि डॉक्टर के साथ मामला नहीं जम रहा यानी आप को सही देखरेख व सलाह नहीं मिल रही, ऐसे में आपको नए सिरे से डॉक्टर की तलाश करनी होगी।

डॉक्टर समूह (ग्रुप मेडिकल प्रैक्टिस) :- इस प्रक्रिया में दो या दो से अधिक मरीज की देखरेख करते हैं। वे बारी-बारी से मरीज को देखते हैं। हालांकि आप यही कोशिश करती हैं कि उसी डॉक्टर के पास जांच के लिए जाएं जो आपको सबसे सयाना लगता है। फिर गर्भावस्था के आखिर में वे मिलकर आपकी जांच करते हैं। पारिवारिक चिकित्सक व प्रसूति विशेषज्ञ इस सूची में आ सकते हैं। सबसे बड़ा फायदा यह होगा कि आपकी सभी डॉक्टरों से जान-पहचान हो जाएगी और डिलीवरी रूम में आपको अनजाना चेहरा नहीं दिखेगा। नुकसान यह होगा कि आप अपने प्रिय डॉक्टर को डिलीवरी के समय पास चाहेंगी लेकिन ऐसा होना जरूरी नहीं है। अलग-अलग डॉक्टरों की राय से आप बेचैन हो जाएंगी या आपको तसल्ली मिलेगी, यह आपकी सोच पर निर्भर करता है।

चिकित्सा संगठन कार्य :- इस कार्यान्वियन में डॉक्टर व प्रसूति विशेषज्ञ के साथ नर्स व दाइयां भी शामिल होती हैं। इसके फायदे व नुकसान भी सामूहिक कार्य की तरह ही हैं। एक फायदा यह है कि आपको नर्स या दाई की ओर से अतिरिक्त समय व राय मिल सकती है। आपके पास विकल्प भी होगा कि दाई के साथ-साथ डॉक्टर भी प्रसव के समय मौजूद रहें व किसी भी आपातकाल को संभाल लें।

मातृत्व केंद्र-बर्थ सेंटर प्रैक्टिस :- यहां प्रशिक्षित नर्स ही सब संभालती हैं। डॉक्टर को जरूरत पड़ने पर ही बुलाया जाता है। कई अस्पतालों में भी ये बर्थ सेंटर होते हैं, जहां कम खतरे वाली गर्भवती महिलाओं का प्रसव किया जाता है।

इन जगहों पर जाने का सबसे बड़ा फायदा यही है कि यहां खर्च कम होता है। नुकसान यह है कि कोई परेशानी होने पर आपको डॉक्टर से संपर्क करना होगा या प्रसव के दौरान जरूरत पड़ने पर किसी अजनबी डॉक्टर से प्रसव कराना होगा।

एक सही प्रत्याशी की तलाश

जब आप अपने लिए कोई अच्छा डॉक्टर चुन लें व चिकित्सा कार्य का चुनाव भी कर लें तो आपको इसके बाद एक सही प्रत्याशी की तलाश करनी होगी। इसके निम्नलिखित अच्छे स्रोत हो सकते हैं :-

■ आपकी स्त्री रोग विशेषज्ञ व फैमिली डॉक्टर, वे आपको अच्छी सलाह दे सकते हैं।

■ मित्र व सहकर्मी, जो हाल ही में इस प्रक्रिया से गुजरे हों या आप जैसी सोच व स्तर रखते हों।

■ कोई स्थानीय प्रसूति कराने वाली दाई/नर्स।

■ आपके स्थानीय चिकित्सा-समाज से भी डॉक्टरों के नाम-पते मिल सकते हैं।

■ कोई स्थानीय अस्पताल, जहां से आपको बर्थ सेंटर की भी जानकारी मिल सके।

■ यदि कोई उपाय न बचे तो येलो पेज की मदद लें। वहां से आप अच्छे क्लीनिक व अस्पतालों का नाम-पता ले सकती हैं।

■ यदि आपकी स्वास्थ्य बीमा कंपनी डॉक्टरों की सूची देती है तो अपने मित्रों व सहकर्मियों की मदद से, उसमें से बेहतर डॉक्टर छांट लें। यदि ऐसे बात न बने तो डॉक्टरों से निजी रूप से मिलें। आप स्वयं अपने लिए अच्छा डॉक्टर चुन सकती हैं।

चुनाव आपका है

डॉक्टर का नाम-पता लेने के बाद उनसे मुलाकात का समय तय करें। कुछ ऐसे प्रश्नों की सूची तैयार करें, जो आप पहली मुलाकात में पूछना चाहेंगी। यह मान कर न चलें कि आप दोनों की बातचीत में हर बात पर समझौता हो जाएगा। जानने की कोशिश करें कि वह व्यक्ति आपसे भावनात्मक लगाव दिखाता है या नहीं? पूरी बात ध्यान से सुनता है या नहीं?

बीमा न हो तो...

यदि आपने गर्भवती होने के बावजूद बीमा नहीं कराया तो पहले ही तय कर लें कि प्रसव से पहले व बाद के खर्चे किस तरह पूरे होंगे। आपकी प्रसव संबंधी देखभाल कौन देने वाला है।

फिर उनसे बच्चे के जन्म, स्तनपान, ऑपरेशन जैसी खास बातों पर राय लें। यह पता लगाएं कि हर मुद्दे पर उनकी क्या राय हो सकती है वे कैसे तरीके अपनाना पसंद करेंगे?

डॉक्टर से इसी साक्षात्कार में डॉक्टर के बारे में सब कुछ जानने के साथ-साथ अपने बारे में भी बताएं। एक मरीज की तरह अपने डॉक्टर से कुछ न छिपाएं ताकि वे सहज-भाव से आपसे बातचीत कर सकें।

आपको इस बर्थ सेंटर व अस्पताल के बारे में भी जानना होगा। जिनसे डॉक्टर प्रत्यक्ष या अप्रत्यक्ष रूप से जुड़े हों। पता करें कि उनके अस्पताल में कैसी सुविधाएं हैं। क्या आप समय पड़ने पर उन सुविधाओं का लाभ ले पाएंगी? क्या वहां बच्चों व पिता को जाने की इजाजत होगी? क्या वहां ऑपरेशन की सुविधा है।

आखिरी फैसला करने से पहले सोच लें कि क्या आप आंखें मूंद कर अपने डॉक्टर पर विश्वास कर सकती हैं। गर्भावस्था आपके जीवन की महत्वपूर्ण यात्राओं में से एक है। आपको यहां एक ऐसे मार्गदर्शक की आवश्यकता है, जिस पर आप पूरा भरोसा कर सकें।

मरीज व डॉक्टर का संबंध

सही डॉक्टर का चुनाव पहला कदम होता है। अगला कदम होता है कि मरीज व डॉक्टर

के बीच एक अच्छी हिस्सेदारी निभे। वे मिलकर सही तरह से काम कर पाएं।

- डॉक्टर से सिर्फ सच कहें, सच के सिवा कुछ नहीं। उन्हें अपना पूरा चिकित्सकीय इतिहास बेझिझक बताएं। अपने खान-पान की अस्वस्थ व गलत आदतों के बारे में बताना न भूलें। किसी भी तरह की दवाएं (हर्बल, वैद्य, अवैद्य) तंबाकू, एल्कोहल वगैरह लेती हों तो, उस बारे में बताएं। आपकी कोई सर्जरी हुई हो तो उस बारे में बताएं। याद रखें कि आप जो भी बताएंगी, डॉक्टर उसे पूरी तरह गोपनीय रखेंगे।
- घर में फ्रिज पर, टी.वी. पर, पर्स में, काम की मेज़ पर या दरवाजे के पास राईटिंग पैड रखें, ताकि आपको डॉक्टर से पूछने के लिए जो भी सवाल याद आए, उसे वहां लिख कर रख दें क्योंकि अक्सर डॉक्टर से मिलने के बाद कई जरूरी बातें पूछना याद ही नहीं रहता। इसी तरह डॉक्टर से हुई हर भेंट और बातचीत का रिकॉर्ड रखें क्योंकि वहां से आने के कुछ दिन बाद ही आपको उनकी सलाह भूल जाएगी। अगर डॉक्टर किसी बात या दवा के बारे में पूरा खुलासा न दे रहे हों तो आप स्वयं ऐसी बातें पूछें। उसी समय उनकी बातें रफ में नोट कर लें और उन्हें घर जाकर साफ-साफ लिख लें, ताकि आप कोई भी जरूरी बात भूलें नहीं!
- किसी लक्षण से घबरा गई हैं या किसी बात का शक हो तो डॉक्टर को उसी समय फोन करें। हो सकता है कि कोई दवा माफिक न आ रही हो। बेकार बैठकर चिंता न करें। डॉक्टर से फोन पर बात करें। समस्या ज्यादा गंभीर न हो तो ई-मेल भी कर सकती हैं। अगर कोई बात सचमुच परेशान कर रही हो तो उसे पूछने में हर्ज नहीं है, चाहे वे बातें मूर्खता भरी ही क्यों न लगें, आपकी परेशानी मिटनी ही चाहिए। डॉक्टर और दाई अच्छी तरह जानते हैं कि अगर कोई स्त्री पहली बार मां बन रही है तो उसके पास कई सवाल होंगे, जब भी फोन या ई-मेल करें तो स्पष्ट रूप से लक्षण बताएं।

अगर कहीं दर्द हो रहा हो तो दर्द की जगह, स्थान व समय बताएं? यह बताएं कि दर्द तेज है या हल्का। बर्दाश्त हो रहा है या नहीं? हो सके तो यह भी बताएं कि कोई पोजीशन बदलने से थोड़ा आराम आया या नहीं। यदि योनि से कोई स्राव हो रहा हो तो उसका रंग बताएं। गाढ़ा लाल, गहरा लाल, भूरा, गुलाबी या हल्का पीला। यह कब शुरू हुआ और कम है या ज्यादा। इसके साथ ही बुखार, मिचली, उल्टी, ठंड या दस्त जैसे लक्षण हों, तो वे भी बताएं।

- पूरी तरह से अपडेट रहें, यानी पेरेंटिग पर आने वाली पत्रिकाएं व वेबसाइट देखती रहें। हालांकि आपको हर बात पर पूरा भरोसा करने की जरूरत नहीं है क्योंकि मीडिया में की गई रिपोर्ट, चिकित्सा रूप से प्रमाणित भी हों, यह जरूरी नहीं है। जब कुछ नया पढ़ें या सुनें तो उसे आजमाने से पहले डॉक्टर की राय जरूर लें क्योंकि बेशक आपकी जानकारी का सबसे बेहतर स्रोत तो वहीं हैं।
- अगर कोई ऐसी बात पता चले जो आपके डॉक्टर ने नहीं बताई तो उसे अपने तक ही न रखें। चुनौती वाले अंदाज में नहीं, सामान्य रूप से पूछें ताकि उस तथ्य की पुष्टि हो सके।
- अगर डॉक्टर गलती से किसी बात की हामी भर रहे हों या गलतफहमी में कुछ कह दें (जैसे- किसी मेडिकल हिस्ट्री के बावजूद इंटरकोर्स की इजाजत) तो उन्हें याद दिलाएं कि आपको पहले क्या परेशानी हो चुकी है क्योंकि यह जरूरी नहीं कि उन्हें आपकी मेडिकल हिस्ट्री की एक-एक बात याद ही होगी। आप

भी तो अपने स्वास्थ्य के प्रति जिम्मेवार हैं, इसलिए ध्यान दें कि ऐसी कोई गलती न हो सके।

- उनसे हर बात का खुलासा मांगें। पता लगाएं कि आप जो दवा ले रही हैं, उससे कोई दूसरा प्रभाव तो नहीं हो सकता। या जो टेस्ट बताए गए हैं, उसमें क्या खतरा हो सकता है या उसके नतीजे कब तक मिलेंगे।
- यदि डॉक्टर अपनी मुलाकात के दौरान सभी सवालों के जवाब न दे सकें तो उनकी एक सूची बना लें। उनसे पूछें कि क्या अगली बार मुलाकात का लंबा समय दे पाएंगे या फिर फोन व ई-मेल के माध्यम से बात की जा सकती है।
- डॉक्टर के निर्देशों का पूरी तरह पालन करें जैसे वजन, आराम, दवाएं, विटामिन,

व्यायाम आदि। अगर इनमें से किसी भी निर्देश का पालन करने में कोई समस्या हो तो डॉक्टर से उसका विकल्प पूछें।

- याद रखें कि आपको अपनी देखभाल स्वयं करनी है इसलिए सभी निर्देशों का ध्यान रखें। खान-पान की गलत आदतें छोड़ दें क्योंकि एक स्वस्थ शिशु को जन्म देना आपका ही उत्तरदायित्व है।
- कई बीमा कंपनियां विवाद की स्थिति में डॉक्टर व मरीज के बीच मध्यस्थ बनती हैं। अगर आपको डॉक्टर से कोई समस्या हो तो स्वास्थ्य संगठन से मदद लें।

अगर आपको लगे कि आपने सही डॉक्टर या दाई का चुनाव नहीं किया या आपके शिशु का जन्म उनके हाथों में सुरक्षित नहीं है तो डॉक्टर बदलने में देर न करें।

■ ■ ■

अध्याय-3

आपका प्रेगनेंसी प्रोफाइल

जांच के नतीजे आ चुके हैं; आप मां बनने वाली हैं। गर्भाशय के बढ़ते आकार के साथ-साथ उत्तेजना और प्रश्नों की सूची भी बढ़ रही है। इसमें कोई शक नहीं कि आप कई अजीबोगरीब लगने वाले, गर्भावस्था के लक्षणों से जूझ रही हैं लेकिन इनमें से कई तो आपके प्रेगनेंसी प्रोफाइल से जुड़े हो सकते हैं। प्रेगनेंसी प्रोफाइल क्या है? इसे आप कुल मिलाकर अपनी गर्भावस्था का इतिहास कह सकती हैं जिसका आपकी इस गर्भावस्था पर काफी असर पड़ सकता है। आपको अपने इस प्रोफाइल की पूरी जानकारी लेनी है, ताकि डॉक्टर से मिलने पर, इस बारे में बात की जा सके।

यह बात याद रखें कि इस अध्याय की बहुत सी बातों का आपसे कोई लेना-देना नहीं होगा क्योंकि हर स्त्री का गर्भावस्था ब्यौरा (प्रेगनेंसी रिकॉर्ड)अपने-आप में अलग होता है। आप यहां से अपने काम की चीजें पढ़ें और बाकी छोड़ दें।

यह पुस्तक सबके लिए है

जब आप यह पुस्तक पढ़ेंगी तो पति-पत्नी के साथ जैसे कई पारंपरिक संबोधन आएंगे। इसका मतलब यह नहीं कि अकेली रहने वाली मम्मी या अविवाहित मां या फिर गैर पारंपरिक रिश्तों के लिए यह जानकारी नहीं है। जो वाक्य आपको अपने लिए उपयुक्त नहीं लगता, उसे छोड़ दें और बाकी जानकारी से पूरा लाभ लें।

आपकी पूर्व शारीरिक जानकारी

गर्भावस्था के दौरान गर्भ निरोधक

''मैं गर्भनिरोधक गोलियों का सेवन करने के दौरान ही गर्भवती हो गई। मैं पूरा महीना गोलियां लेती रही क्योंकि मुझे गर्भावस्था का पता ही नहीं चला। क्या इससे मेरे शिशु पर कोई असर पड़ेगा?''

वैसे तो गोलियों का सेवन बंद करने के बाद एक मासिक चक्र पूरा होता और फिर आप गर्भ धारण करतीं तो ठीक रहता लेकिन यह तो अचानक ही हुआ इसलिए कुछ नहीं

किया जा सकता। इसमें इतना गंभीर होने या चिंता करने वाली कोई बात नहीं है। इस बात के कोई सबूत नहीं मिलते कि ऐसी अवस्था में शिशु को कोई हानि हो सकती है। अगर मन की तसल्ली चाहती हैं तो अपने डॉक्टर की राय भी ले लें।

"मैंने कंडोम और स्पर्मीसाइड्स इस्तेमाल करने के दौरान ही गर्भधारण कर लिया और अनजाने में उनका इस्तेमाल करती रही। क्या मुझे शिशु की तरफ से कोई परेशानी हो सकती है?"

अगर आप कंडोम स्पर्मीसाइड के साथ डाइफरागम या फिर स्पर्मीसाइड युक्त डाइफरागम वगैरह रखने के दौरान गर्भवती हो गई हैं तो जान लें कि स्पर्मीसाइड और जन्मजात विकारों में कोई लेने-देन नहीं है। यह भी पता चला है कि गर्भावस्था के आरंभ में इनके इस्तेमाल से कोई समस्या नहीं होती। चाहे आप अनजाने में ही गर्भवती हो गई हैं लेकिन इसका पूरा आनंद लें।

"मैं गर्भनिरोधक के तौर पर आई यू डी इस्तेमाल करती आ रही थी, लेकिन मुझे हाल ही में पता चला कि मैं गर्भवती हूं। क्या मेरा गर्भकाल स्वस्थ व सुरक्षित होगा?"

हालांकि गर्भनिरोधक के इस्तेमाल के बावजूद गर्भवती हो जाना थोड़ा परेशान कर देने वाला हो सकता है। वैसे 1000 में से 1 मामला ही ऐसा होता है, जब आई यू डी होने के बावजूद गर्भ ठहर जाए या तो यह अपने स्थान से खिसक गया होगा या सही तरह से लगा ही नहीं होगा।

आपके सामने दो ही विकल्प हैं, जिनके बारे में जल्द से जल्द डॉक्टर से बातचीत करनी चाहए। आई यू डी रखना है या निकालना है। डॉक्टर जांच के बाद बताएंगे कि आपके मामले में क्या करना चाहिए। अगर आई यू डी अपने स्थान से खिसक गई है और उसका धागा दिख रहा है तो उससे निकाला जा सकता है वरना वह प्रसव के समय बाहर आएगी अगर इसका धागा गर्भावस्था के प्रारंभ में ही दिखाई दे जाता है तो संक्रमण का खतरा काफी बढ़ जाता है। यदि इसे जल्दी से निकाल दिया जाए तभी सफल व स्वस्थ गर्भावस्था की उम्मीद की जा सकती है। यदि इसे न निकाला गया तो गर्भपात भी हो सकता है।

अगर पहली तिमाही के दौरान भी यह अंदर ही हो तो किसी भी तरह के रक्तस्राव, ऐंठन या बुखार के लिए सावधान रहें क्योंकि आपको इसकी वजह से कई तरह की जटिलताओं का सामना करना पड़ सकता है। डॉक्टर को सभी लक्षण बताने में देर न करें।

फायब्रायड

"मुझे काफी समय से फायब्रायड थे पर उसकी वजह से मुझे कोई तकलीफ नहीं हुई। क्या गर्भावस्था में उनकी वजह से कोई परेशानी हो सकती है?"

उम्मीद तो यह है कि फायब्रायड आपके और गर्भावस्था के बीच दीवार नहीं बनेंगे। गर्भाशय की दीवारों पर बने ये नॉनमैलिगनेट उभार, गर्भावस्था में कोई रुकावट नहीं बनते।

हालांकि ऐसी गर्भवती स्त्री को कभी-कभी पेट के निचले हिस्से में दबाव या दर्द की शिकायत हो सकती है। वैसे यह चिन्ता की बात तो नहीं है, पर अपने डॉक्टर से अवश्य कहें। चार-पांच दिन के आराम या सुरिक्षत दर्द निवारक दवा लेने से सब ठीक हो जाएगा।

कभी-कभी फायब्रायड के कारण प्लेसेंटा के अलग होने, प्रीटर्म बर्थ या ब्रीच बर्थ का खतरा बढ़ जाता है, लेकिन सावधानी बरतने पर इन खतरों को भी टाला जा सकता है। अपने डॉक्टर से इस बारे में खुलकर बात करें ताकि वे सभी खतरों और सावधानियों के विषय में बता सकें। यदि डॉक्टर को लगता है कि फायब्रायड की वजह से समान्य प्रसव में दिक्कत आ सकती है तो वे सी-सैक्शन प्रसव

की राय दे सकते हैं। अधिकतर मामलों में, जब प्रसव में गर्भाशय का विस्तार होता है तो बड़ा फायब्रायड भी निकल आता है।

''मैंने कुछ साल पहले दो फायब्रायड निकलवाए थे, क्या इससे मेरी गर्भावस्था प्रभावित हो सकती है।''

अधिकतर मामलों में गर्भाशय के फायब्रायड ट्यूमर निकालने की सर्जरी लैपरोस्कोपिक होती है इसलिए गर्भावस्था में कोई दिक्कत नहीं आती। हालांकि बड़ा फायब्रायड निकला हो तो गर्भाशय कमजोर हो जाता है। उसमें प्रसव के लिए ताकत नहीं बचती। यदि चिकित्सक आपके रिकॉर्ड देखकर यही महसूस करें तो वे सी-सैक्शन से प्रसव की राय दे सकते हैं। अगर सर्जरी के समय से पहले ही प्रसव का दर्द शुरू हो जाए तो उन लक्षणों की पहचान कर, जल्दी से जल्दी डॉक्टर तक पहुंचें।

एंडोमैट्रिओसिस

''वर्षों तक एंडोमैट्रिओसिस से पीड़ित रहने के बाद अब मैं गर्भवती हुई हूं। क्या मेरी गर्भावस्था में कोई समस्या हो सकती है।''

इससे दो तरह की चुनौतियां जुड़ी हैं। गर्भधारण में परेशानी व दर्द! गर्भवती होने का मतलब है कि आपने पहली चुनौती तो पार कर ली है। (मुबारक हो) गर्भवती होने के बाद दूसरी चुनौती पार करने में मदद मिलेगी।

गर्भावस्था में, एंडोमैट्रिओसिस के लक्षणों व दर्द में सुधार होता है। ऐसा हार्मोनल बदलावों की वजह से होता है। ओव्यूलेशन के बाद एंडोमैट्रीयल छोटा व नरम पड़ जाता है। कई महिलाओं में तो और भी बेहतर नतीजे सामने आए हैं। कई महिलाओं में तो सारी गर्भावस्था में इसके लक्षण ही सामने नहीं आते। कुछ महिलाओं को दर्द व झटकों की शिकायत हो सकती है लेकिन शिशु के जन्म में कोई

परेशानी नहीं होती। यदि गर्भाशय का आपरेशन हो चुका हो तो डॉक्टर सी सैक्शन की राय दे सकते हैं।

गर्भावस्था में एंडोमैट्रिओसिस के लक्षणों से छुटकारा मिलता है पर इसका इलाज नहीं होता। गर्भावस्था व उसकी देखभाल के बाद वही लक्षण फिर से उभर जाते हैं।

कोलोपोस्कोपी

''एक वर्ष पहले मैं गर्भवती हुई तो मुझे कोलोपोस्कोपी और सर्वाइकल बायोप्सी कटवानी पड़ी (क्या मेरी गर्भावस्था खतरे में है)।''

अगर पैप स्मीयर में कुछ अनियमित सर्वाइकल कोशिकाएं दिखाई दें तो कोलोपोस्कोपी की जाती है। साधारण प्रक्रिया में योनि व सर्विक्स को एक खास माइक्रोस्कोप की मदद से देखा जाता है। पैप स्मीयर में असामान्य कोशिका दिखाई दें तो डॉक्टर सर्वाइकल या कोन बायोप्सी करते हैं, जिसमें संदिग्ध जगह से नमूना लेकर, लैब में जांच की जाती है। इसके लिए क्रायोसर्जरी (असामान्य कोशिकाएं जमा दी जाती हैं) या लीप चिकित्सा की जाती है, जिसमें प्रभावित सर्वाइकल ऊतकों को दर्द रहित इलैक्ट्रिकल करंट से निकाल दिया जाता है। अच्छी खबर यह है कि इस प्रक्रिया से गुजरने के बावजूद गर्भवती महिलाएं स्वस्थ शिशुओं को जन्म देती हैं हालांकि निकाले गए ऊतकों की मात्रा के हिसाब से, कुछ महिलाओं को गर्भावस्था में दिक्कतें आ सकती हैं। अपने डॉक्टर को ऐसी किसी सर्जरी या टेस्ट के बारे में अवश्य बताएं ताकि वे ज्यादा बेहतर तरीके से देखभाल कर सकें।

अगर पहली प्रसव पूर्व जांच में असामान्य कोशिकाओं का पता चले तो डॉक्टर कोलोपोस्कोपी की राय दे सकते हैं लेकिन बायोप्सी वगैरा तो शिशु के जन्म के बाद ही की जाती है।

एचपीवी(ह्यूमन पैपिलोमावायरस)

''क्या जैनीटल एचपीवी मेरी गर्भावस्था को नुकसान पहुंचा सकता है?''

एच.पी.वी. एक सेक्सुअली ट्रांसमीटिड वायरस है। आमतौर पर इसके लक्षण स्पष्ट रूप से सामने नहीं आते व यह 6 से 10 माह में अपने-आप ठीक हो जाता है।

कई बार ऐसा होता है, जब इसके लक्षण सामने आकर उभरते हैं पैप स्मीयर से कुछ कोशिकाओं की अनयिमितता का पता चलता है। कई बार हल्के पीले या गुलाबी मस्से भी उभर आते हैं जो कि योनि, गुदा व वल्वा पर दिखाई देते हैं। हालांकि इनमें दर्द नहीं होता लेकिन कभी-कभी जलन होती है या फिर खून भी निकल सकता है। अधिकतर मामलों में ये मस्से एक-दो महीने में अपने-आप ठीक हो जाते हैं।

जेनिटल एचपीवी गर्भावस्था को कैसे प्रभावित करता है? हालांकि इसका कोई सीधा असर नहीं होता लेकिन कुछ गर्भवती महिलाओं में ये मस्से अधिक सक्रिय हो जाते हैं। अगर आपके मस्से भी अपने-आप ठीक होने में न आ रहे हों तो डॉक्टर की सलाह लेने में देर न करें। वे इन्हें फ्रीजिंग, इलैक्ट्रिक या लेज़र थैरेपी से हटा देंगे। कुछ मामलों में इलाज को प्रसव तक टालना पड़ता है।

यदि आप भी एचपीवी से ग्रस्त हैं तो डॉक्टर को सर्वाइकल सैल की भी जांच करनी होगी। यदि बायोप्सी करनी भी पड़ी तो उसे शिशु के जन्म तक टाल दिया जाएगा।

एचपीवी संक्रमण जनित रोग है इसलिए किसी एक ही साथी के साथ सुरक्षित सेक्स करें। अब 26 वर्ष से कम आयु की महिलाओं के लिए इसका वैक्सीन भी उपलब्ध है, लेकिन गर्भावस्था में इसका प्रयोग नहीं किया जाना चाहिए। यदि आप वैक्सीन शुरू करने के बाद गर्भवती हो जाती हैं तो बाकी शिशु के जन्म तक रोकनी होगी। इस सीरीज को तीन खुराक में पूरा किया जाता है।

हर्पीज़

''मुझे जेनिटल हर्पीज है। क्या यह मेरे शिशु को भी हो सकती है।''

गर्भावस्था में हर्पीज होने का मतलब है कि आपको काफी सावधानी रखनी होगी लेकिन यह कोई बहुत बड़े खतरे की घंटी नहीं है। अगर आप और आपका डॉक्टर सारी सावधानी रखेंगे तो गर्भावस्था और प्रसव के समय कोई परेशानी नहीं होगी और शिशु भी स्वस्थ रहेगा।

सबसे पहले तो नवजात में ऐसे संक्रमण की संभावना 1 प्रतिशत के करीब होती। ऐसा बहुत कम होता है कि मां के संक्रमण (इंफेक्शन) की वजह से शिशु भी रोगग्रस्त हो जाए। हालांकि पहली तिमाही में होने वाले इंफेक्शन से मिसकैरिज और प्रीमेच्चयोर डिलीवरी का खतरा बढ़ जाता है, लेकिन वहां भी ऐसा उ

वैसे भी आजकल शिशुओं में यह खतरा न के बराबर ही होता है। अच्छी चिकित्सीय देखभाल से आप इसे काफी हद तक संभाल सकती हैं।

हर्पीज ग्रस्त मांओं के शिशुओं के बचाव के लिए उन्हें एंटीवायरल दवाएं दी जाती हैं। यदि शिशु को भी संक्रमण हो जाए तो उसे भी एंटी-वायरल दवाएं दी जाती हैं।

प्रसव के बाद भी संक्रमण बना रहे तो भी अपेक्षित सावधानी के बाद मां अपने शिशु को स्तनपान करा सकती है।

अन्य एस टी डी व गर्भावस्था

इसमें हैरानी की कोई बात नहीं कि ज्यादातर एसटीडी गर्भावस्था को प्रभावित कर सकते हैं। हालांकि इनका पहले से पता लगा कर इलाज किया जा सकता है, लेकिन महिलाओं को इस विषय में जानकारी ही नहीं हो पाती इसलिए सभी गर्भवती महिलाओं की क्लामाइडिया, गोनोरिया, ट्राइकोमोनाइसिस, हेपेटाइटिस बी, एच आई वी व सिफलिस की जांच होनी चाहिए।

यह याद रखें कि एसटीडी रोग किसी एक समुदाय या आर्थिक स्तर के लोगों को नहीं होते। वे हर आयु, जाति, वर्ग, आय, छोटे देहातों व बड़े शहरों में रहने वाले स्त्री-पुरुषों में से किसी को भी हो सकते हैं। प्रमुख एसटीडी रोग हैं:-

गोनोरिया :- गोनोरिया को काफी समय से भ्रूण की कंजक्टिवआइटिस अंधता व गंभीर संक्रमण का कारण माना जाता रहा है जो कि संक्रमित गर्भनाल की वजह से उसे हो सकता है। इसी वजह से पहली ही भेंट में गर्भवती महिलाओं की जांच की जाती है। अगर किसी महिला को इस रोग का काफी खतरा हो तो गर्भावस्था में, बाद में भी इसकी जांच की जा सकती है। यदि गोनोरिया का संक्रमण पाया जाए तो एंटीबायोटिक्स की मदद से इसका इलाज करने की कोशिश की जाती है। इसके बाद एक और कल्चर किया जाता है ताकि वह स्त्री संक्रमण से पूरी तरह सुरक्षित हो जाए। अतिरिक्त सावधानी के तौर पर हर नवजात की आंखों में एक एंटीबायोटिक डाला जाता है। इस इलाज को कम से कम एक घंटे तक टाला जा सकता है।

सिफलिस :- चूंकि इस रोग की वजह से कई जन्मजात विकृतियां पैदा हो सकती हैं इसलिए सबसे पहले इसकी जांच का प्रबंध किया जाता है। यदि संक्रमित महिला को चौथे महीने से पहले ही एंटीबायोटिक चिकित्सा दे दी जाए, तो भ्रूण को नुकसान से बचाया जा सकता है क्योंकि उसी समय संक्रमण भ्रूण तक पहुंचता है। एक अच्छी खबर यह है कि पिछले कुछ सालों में मां से शिशु को होने वाले इस संक्रमण में कमी आई है।

क्लामाइडिया :- 26 वर्ष से कम आयु की महिलाओं में सिफलिस व गोनोरिया की अपेक्षा क्लामाइडिया के मामले ज्यादा सामने आते हैं। यदि यह संक्रमण भ्रूण तक पहुंच जाएं तो मां व शिशु दोनों के लिए खतरा बन सकता है। यदि आपके पहले कई सेक्स पार्टनर रह चुके हों तो स्क्रीनिंग और भी जरूरी हो जाती है क्योंकि ऐसे मामलों में संक्रमण का खतरा अधिक होता है। आधी से अधिक महिलाएं इस संक्रमण के लक्षण नहीं पहचान पातीं। अतः जांच के बिना इसका इलाज भी नहीं हो पाता।

गर्भावस्था से पहले या इसके दौरान क्लामाइडिया का सही तरीके से इलाज हो जाए तो काफी हद तक इसके संक्रमण (निमोनिया, आंखों के गंभीर संक्रमण) से बचा जा सकता है। वैसे तो गर्भधारण से पहले ही इलाज हो जाना चाहिए ताकि मां का संक्रमण शिशु तक न पहुंच सके। जन्म के बाद नियमित रूप से नवजात के लिए जिस एंटीबायोटिक का इस्तेमाल किया जाता है, वह उसे क्लामाइडिया और गोनोरिया संक्रमण से बचाता है।

ट्राइकोमोनाइसिस :- ट्राइकोमोनाइसिस का

सबसे बड़ा लक्षण यही है कि इसके संक्रमण में योनि से हरे रंग का बुरी गंध वाला स्राव होता है। आधे से अधिक रोगग्रस्त महिलाओं को इसके लक्षण का पता ही नहीं चलता। हालांकि इस रोग से कोई गंभीर परेशानी नहीं पैदा होती, किंतु इसके लक्षणों से बेचैनी हो सकती है। गर्भावस्था में उन्हीं महिलाओं का इलाज किया जाता है, जिसके लक्षण साफ दिखाई देते हैं।

एचआईवी (ह्यूमन इम्यूनेडेफिशियेंसी वायरस) संक्रमण :- वैसे सभी महिलाओं की गर्भावस्था के आरंभ में ही एच-आई-वी संक्रमण की जांच होनी चाहिए। उनका इसका कोई पिछला इतिहास हो या न हो! इसकी वजह से ही एड्स होता है, जो न केवल मां बल्कि शिशु के लिए भी हानिकारक है। इलाज के बिना ही, मां शिशु को जन्म दे तो करीब 25 प्रतिशत शिशुओं में यह संक्रमण विकसित हो सकता है (जीवन के पहले 6 महीनों में रोग की पुष्टि हो सकती है)। हालांकि इसके इलाज के बारे में काफी जागरूकता आ गई है। लेकिन जिस भी गर्भवती महिला की जांच पॉजिटिव हो, उसे दोबारा जांच भी करानी चाहिए। जांच काफी सही होती है लेकिन कई बार वायरस न होने के बावजूद पॉजिटिव नतीजे आ जाते हैं। यदि दूसरी जांच भी पॉजिटिव आए तो संक्रमित मां को एंटायरट्रोवायरल दवाएं दी जाएं तो शिशु को संक्रमण हाने का खतरा घट जाता है। यदि सी-सैक्शन की मदद से प्रसव किया जाए तो भी संक्रमण का खतरा घटता है।

यदि आपको लगता है कि आप किसी भी एसटीडी रोग से ग्रस्त हैं तो अपने चिकित्सक की राय से जांच कराएं। जांच पॉजिटिव आए तो जरूरत पड़ने पर पूरी चिकित्सा कराएं। इस चिकित्सा से न केवल आपका बल्कि शिशु का स्वास्थ्य भी सुरक्षित रहेगा।

प्रसव-संबंधी पूर्व जानकारी

विट्रो फर्टिलाइजेशन

'मैंने विट्रो फर्टिलाइजेशन के माध्यम से गर्भधारण किया है? मेरी गर्भावस्था कितनी अलग होगी?

बहुत-बहुत बधाई हो! लेकिन अगर आपने प्रयोगशाला में गर्भधारण किया है, तो इसका मतलब यह नहीं है कि आपकी गर्भावस्था में कोई परेशानी आ सकती है। आईवीएफ गर्भावस्था के मामले में पहले 6 सप्ताह थोड़े अलग होते हैं। आपको कुछ भी पक्का पता नहीं होता। यदि आपका पहले मिसकैरिज हो चुका हो तो इंटरकोर्स व दूसरी शारीरिक गतिविधियों की मनाही हो सकती है। इसके साथ ही गर्भावस्था के पहले दो महीने में प्रोजेस्टेरॉन भी दिया जा सकता है।

एक बार यह समय बीत जाए तो आपको यकीन हो जाएगा कि आपकी गर्भावस्था भी सामान्य होगी बशर्ते आप एक से अधिक भ्रूण विकसित न कर रही हों। 30 प्रतिशत से अधिक आई वी एफ माताओं के साथ ऐसा ही होता है। इसी पुस्तक में आगे इसके बारे में विस्तार से बताया गया है।

दूसरी गर्भावस्था

"यह मेरी दूसरी गर्भावस्था है। यह पहली से कितनी अलग हो सकती है।"

कोई भी दो गर्भावस्थाएं हमेशा एक सी नहीं होती। हम यह भी नहीं कह सकते कि आपके नौ महीने शुरूआत से आखिर तक कितने अलग होंगे। हालांकि कुछ सामान्य

बातों का जिक्र किया जा सकता है लेकिन वे हमेशा सच नहीं होती।

- आपको पहले के मुकाबले गर्भावस्था का जल्दी अंदाजा हो जाएगा। आमतौर पर दूसरी बार में गर्भावस्था के लक्षण पहचानना आसान होता है। हालांकि वे पहले से काफी घटे हुए होंगे। सुबह-सुबह ज्यादा जी नहीं मिचलाएगा पाचन की गड़बड़ी भी ज्यादा नहीं होगी। आपको थकान ज्यादा महसूस होगी क्योंकि पहली गर्भावस्था के मुकाबले इस बार दिन में आराम करने या झपकी लेने का समय कम ही मिलेगा।

  खाने से अरुचि या कोई खास खाने की इच्छा जैसे लक्षण, दूसरी व बाद की गर्भावस्था में अधिक दिखाई नहीं देते। वक्षस्थल में ज्यादा बदलाव नहीं आता। संवेदनशीलता और चिंता भी पहले जैसे नहीं होते। प्रसव में ज्यादा तकलीफ भी नहीं होती।
- आप जल्दी ही गर्भवती दिखने लगेंगी, यानी उभार साफ दिखने लगेगा। आपको स्वयं पता लगेगा यह गर्भावस्था, पहली के मुकाबले थोड़ी अलग है। आपके पेट का उभार पहले से बड़ा होगा क्योंकि यह शिशु, पहले शिशु के मुकाबले बड़ा होगा। पेट व पीठ दर्द और गर्भावस्था की बाकी तकलीफें भी पहले से कम होंगी।
- आपको शिशु की हलचल, पहले के मुकाबले जल्दी सुनाई देगी। मांसपेशियों के ढीलेपन की वजह से ऐसा होगा। आप आसानी से इसे महसूस कर पाएंगी। हो सकता है कि आप पहली गर्भावस्था में इन हलचलों को सही तरीके से महसूस न कर पाई हों।
- आपमें पहली जितनी उत्तेजना नहीं होगी। हालांकि मन ही मन रोमांच तो होगा, लेकिन हर राह चलते को यह खुशखबरी सुनाने की उमंग नहीं होगी। यह एक सामान्य प्रतिक्रिया है, इससे दूसरे शिशु के लिए प्यार में कोई कमी नहीं आएगी। याद रखें कि अब आप पहले शिशु से भी शारीरिक रूप से जुड़ी हैं।
- प्रसव-पहले से कहीं आसानी से हो पाएगा। पहले बच्चे के जन्म के समय वे मांसपेशियां ढीली पड़ गई होंगी इसलिए दूसरे शिशु के जन्म में ज्यादा समय भी नहीं लगेगा। प्रसव पीड़ा और प्रसव का हर चरण छोटा होगा और शिशु को बाहर धकेलने में भी ज्यादा समय नहीं लगेगा।

आपको बड़े ही अच्छे तरीके से पहले बच्चे को दूसरे मेहमान के आने की सूचना देनी होगी। इसके लिए आपको सोच-समझ कर उचित शब्दों का चुनाव करना होगा, ताकि वह बच्चा भी नए भाई-बहन के स्वागत के लिए मानसिक रूप से तैयार हो सके।

''मेरा पहला शिशु स्वस्थ था। अब मैं फिर से गर्भवती हूं। क्या इस बार भी मैं इतनी ही किस्मतवाली रहूंगी?''

जी हां! इस बार भी आपका बेबी जैकपॉट लगने वाला है। सबसे अच्छी बात तो यह है कि इस बार तो पहले के मुकाबले कई खतरे कम होंगे और आप ज्यादा अच्छी चिकित्सकीय देखभाल, आहार, व्यायाम व जीवनशैली के बल पर शिशु को जन्म दे पाएंगी।

प्रसव संबंधी इतिहास का दोहराव

''मेरा पहला प्रसव अधिक आरामदेह नहीं रहा। मैंने सभी तकलीफदेह लक्षण सहे हैं। क्या इस बार भी यही सब होने वाला है?''

हालांकि पहले प्रसव से ही आने वाले प्रसवों की सूचना मिल जाती है इसलिए हो सकता है कि आपको पहले वाली ही कुछ तकलीफों का सामना फिर से करना पड़े लेकिन कुछ बदलाव भी आ सकते हैं क्योंकि सारी गर्भवस्थाएं एक सी नहीं होतीं जैसे पहली गर्भावस्था में जी मिचलाना व खाने से अरुचि

की मात्रा बहुत ज्यादा थी तो इस बार ऐसा नहीं होगा। आपके जेनेटिक अनुभवों से भी अंदाजा लगाया जा सकता है कि यह गर्भावस्था कितनी तकलीफदेह या आरामदेह होगी। इसमें कुछ ऐसे कारण भी शामिल हैं, जिस पर आप स्वयं काबू पा सकती हैं। वे हैं :-

सामान्य स्वास्थ्य :-यदि आप पूरी तरह स्वस्थ होंगी तो गर्भावस्था काफी आरामदेह हो जाएगी इसलिए अपने स्वास्थ्य पर पूरा ध्यान दें।

वजन :- यदि आप डॉक्टर की सलाह के अनुसार धीरे-धीरे वजन बढ़ाएंगी या फालतू वजन घटाएंगी तो वैरीकोज़ वेन्स, स्ट्रेच मार्क, पीठ में दर्द, थकान, अपच व सांस लेने में तकलीफ जैसी सभी परेशानियों से छुटकारा पा सकती हैं।

आहार :- गर्भवती स्त्री जितना अच्छा आहार लेगी, एक स्वस्थ शिशु के जन्म की संभावना बढ़ती जाएगी, साथ ही गर्भावस्था भी काफी आरामदेह रहेगी। इससे न केवल उलटी व जी मिचलाने जैसी तकलीफों से छुटकारा मिलेगा बल्कि, थकान, कब्ज, योनि संक्रमण, एनीमिया व सिर दर्द आदि से भी आराम मिलेगा। यदि गर्भावस्था के दौरान कोई परेशानी हो भी गई, तो भी स्वस्थ शिशु के जन्म की संभावना बनी रहेगी।

स्वस्थता (फिटनेस) :- आपको पूरी तरह से स्वस्थ रहने के लिए स्वस्थता पर भी पूरा ध्यान देना होगा। दूसरी व उसके बाद वाली गर्भावस्थाओं में व्यायाम बहुत महत्व रखता है क्योंकि इससे पेट के निचले हिस्से की मांसपेशियों की लोच बढ़ती है। कई तरह के दर्द व खासतौर से पीठ के दर्द में आराम मिलता है।

जीवनशैली में बदलाव:-आपाधापी से भरी जीवनशैली में आपको गर्भावस्था के तकलीफदेह लक्षणों का सामना करना पड़ सकता है जैसे जी मिचलाना, थकान, सिर दर्द, अपच आदि। काम अधिक हो तो किसी की मदद लें। तनाव अधिक होने लगे तो थोड़ी देर काम छोड़ दें या योग व विश्राम की तकनीकें अपना कर मन को शांत करें। इस तरह आप पहले से बेहतर महसूस करेंगी।

दूसरे बच्चे :-कई गर्भवती महिलाएं, घर में दूसरे बच्चों के साथ इतनी व्यस्त रहती हैं कि उन्हें अपनी गर्भावस्था से जुड़ी तकलीफों का एहसास ही नहीं होता। कुछ महिलाओं को इस भागदौड़ के बीच कई बुरे लक्षणों का सामना करना पड़ता है जैसे-बच्चों को सुबह स्कूल भेजने या रात के खाने के समय की भागदौड़ के तनाव से जी मिचलाने व थकान की शिकायत बढ़ जाती है। पीठ में दर्द रहने लगता है। सही समय पर शौच न करने से कब्ज रहने लगती है। बच्चों के सर्दी-जुकाम व खांसी के कीटाणुओं से संक्रमण भी हो सकता है।

ऐसा तो नहीं हो सकता कि आप अपनी गर्भावस्था की वजह से बड़े बच्चे/बच्चों को अपने से दूर कर दें (न ही आपको पहली गर्भावस्था वाली देखभाल व दुलार मिल सकता है) आपके लिए स्वयं अपनी देखरेख काफी होगी। बच्चे को सुलाते समय खुद भी झपकी ले लें, अपने खाने-पीने का ध्यान रखें व ऐसे काम न करें जिनसे गर्भावस्था में कोई परेशानी पैदा हो जाए या उससे कष्ट बढ़ जाएं।

''मैं पहली गर्भावस्था में कुछ जटिलताएं भुगत चुकी हूं। क्या इस बार भी ऐसा ही होगा?''

एक जटिल गर्भावस्था का मतलब यह नहीं होता कि दूसरी भी वैसी ही होगी। हालांकि इनमें से कुछ जटिलताएं दोबारा सामने आ सकती हैं लेकिन सबके लिए ऐसा नहीं कह सकते। इनमें से कई ऐसी रही होंगी, जो सिर्फ एक ही बार हों, जैसे-कोई संक्रमण या फिर

दुर्घटना! अगर वे जटिलताएं जीवनशैली की वजह से थीं तो शायद जीवनशैली में बदलाव के बाद वे सामने न आएं (जैसे धूम्रपान, मदिरा सेवन, मादक पदार्थ या कोई पर्यावरणीय कारण)। हो सकता है कि आप इस बार पर्याप्त चिकित्सीय देखभाल लें, जो शायद पहले नहीं ले पाई थीं। अगर कोई क्रॉनिक रोग की वजह से जटिलताएं आई थीं जो शायद आपने अब गर्भधारण से पहले ही उनकी चिकित्सा करा ली होगी; जैसे-मधुमेह या उच्च रक्तचाप। उन सब जटिलताओं को ध्यान में रखते हुए ही डॉक्टर इस बार पहले ही संभल गए होंगे और आपको पूरी देखभाल दी जा रही होगी। कारण चाहे कोई भी क्यों न हो, अपेक्षित सावधानी व देखभाल के बल पर स्वस्थ शिशु के जन्म की गारंटी दी जा सकती है।

बहुत जल्दी दूसरी गर्भावस्था होना

''मैं पहले शिशु को जन्म देने के 10 सप्ताह बाद ही दोबारा गर्भवती हो गई। इससे मेरे व गर्भस्थ शिशु की सेहत पर क्या असर पड़ सकता है?''

एक शिशु के जन्म के बाद अचानक दोबारा गर्भवती होना, यह घटना काफी तनावपूर्ण हो सकती है क्योंकि आप इसके लिए मानसिक रूप से तैयार नहीं थीं। सबसे पहले तो अपना मन शांत करें। हालांकि एक के बाद दूसरी गर्भावस्था मां की सेहत पर काफी असर डालती है लेकिन फिर भी आप कुछ बातों का ध्यान रखकर इस चुनौती का सामना कर सकती हैं।

■ गर्भावस्था का पता चलते ही प्रसव संबंधी देखभाल शुरू कर दें।

■ अपने खान-पान की आदतों में बदलाव

लाएं। यदि आप पहले शिशु को स्तनपान भी करवा रही हैं तो शायद अभी आपके शरीर को आवश्यक पोषण नहीं मिल पाया होगा। आपको अपने व गर्भ में पल रहे शिशु के लिए पोषण की भरपूर मात्रा लेनी होगी। डॉक्टर की सलाह से प्रोटीन, आयरन व दूसरे विटामिनों को अपनी खुराक में शामिल करें। खाने के लिए पूरा समय निकालें। हालांकि आपकी दिनचर्या काफी व्यस्त होगी, लेकिन अपने लिए समय तो निकालना ही होगा।

■ पर्याप्त मात्रा में वजन बढ़ाना होगा। नए भ्रूण शिशु को भी वही सब चाहिए जो आपने पहले शिशु के लिए किया था। डॉक्टर से राय लें व उसी के हिसाब से अपना वजन बढ़ाएं। उत्तम-पोषण युक्त आहार की मदद से धीरे-धीरे अपना वजन बढ़ाएं। अगर पूरी कोशिश के बावजूद वजन न बढ़े तो अपनी कैलोरी की मात्रा पर ध्यान दें।

■ यदि अब तक आप अपने शिशु को स्तनपान करवा रही थीं तो अब डॉक्टर की राय से उसे डिब्बे वाला या दूसरा दूध दे सकती हैं। आपको अपने नन्हें शिशु व गर्भ में पल रहे शिशु, दोनों की ही सेहत का ध्यान रखना है लेकिन साथ ही स्वयं आराम करना न भूलें।

■ हो सकता है कि आपके शरीर को दूसरों से ज्यादा आराम की जरूरत पड़े। आपको अपना घर भी संभालना है इसलिए प्राथमिकता तय करें। यह जरूरी नहीं कि हर गैरजरूरी काम भी आपने ही निपटाना है। जब शिशु सो जाए तो खुद भी आराम करें। रात को पापा की ड्यूटी लगाएं कि वे नन्हे को बोतल का दूध बनाकर पिलाएं। यदि स्तनपान कराती हों तो भी रात को शिशु को बहलाने के

लिए तो पापा को उठा ही सकती हैं।

- इतना व्यायाम अवश्य करें, जिससे आपको थकान महसूस न हो। यदि अलग से कसरत के लिए समय निकालना मुश्किल हो तो छोटे बेबी को स्टांलर में लिटाकर चहलकदमी के लिए जाएं। बेबी को किसी के पास छोड़ कर भी व्यायाम की कक्षा में जा सकती हैं।
- अपने-आप को गर्भावस्था से जुड़े खतरों से दूर रखें; जैसे धूम्रपान या मदिरा सेवन! आपको व गर्भस्थ शिशु को हर हालत में तनाव से बचना होगा।

एक बड़ा परिवार

''मैं छठी बार गर्भवती हो रही हूं। क्या इससे मेरे शिशु की सेहत पर बुरा असर पड़ सकता है?''

यदि आपको अपने हर प्रसव से पहले पूरी देखभाल व चिकित्सकीय देखभाल मिलती रही है तो उम्मीद है कि इस बार भी आपके यहां स्वस्थ शिशु ही जन्म लेगा। यदि जुड़वां या तीन बच्चों की गर्भावस्था न हो तो आमतौर पर यह गर्भावस्था भी पहले की तरह सुरक्षित रहेगी।

इस गर्भावस्था का पूरा आनंद लें लेकिन साथ ही निम्नलिखित बातों का ध्यान भी रखें :-

■**आराम करें**:- जितना संभव हो सके, आराम करें। हालांकि आप आराम तो करती ही होंगी लेकिन जिस गर्भवती मां को पहले छोटे-छोटे पांच बच्चों की देखभाल भी करनी हो, उसके लिए आराम और भी जरूरी हो जाता है।

■**मदद लें**:- आपको अपने कामों के लिए मदद लेनी होगी। सबसे पहले तो अपने पतिदेव से मदद मांगें। अपने बड़े बच्चों को स्वयं काम करने की आदत डालें। उन्हें उनकी आयु के हिसाब से काम सौंपें। अगर अपने कुछ काम, घर के किसी दूसरे सदस्य से करवा सकें तो और भी बेहतर होगा।

■**आहार** :-अक्सर छोटे बच्चों की माएं सबका पेट भरने के चक्कर में अपने खाने-पीने पर ध्यान नहीं देती। यदि सही समय पर खाना नहीं खाएंगी या जंकफूड से काम चलाना चाहेंगी तो आपकी ऊर्जा का स्तर घट सकता है। खाने के लिए पूरा समय निकालें। स्वस्थ खान-पान की आदतें कारगर हो सकती हैं।

■**वजन** :- अपने वजन पर ध्यान दें। आमतौर पर कई बार गर्भवती होने वाली महिलाओं का वजन थोड़ा अधिक ही होता है अगर आपके साथ भी ऐसा ही है तो डॉक्टर की राय के हिसाब से वजन को विभाजित करें। साथ ही यह ध्यान भी दें कि जरूरत से ज्यादा वजन भी न घट जाए।

गर्भपात की समस्या

''मैं दो बार गर्भपात करवा चुकी हूं। क्या इससे मेरी गर्भावस्था पर कोई असर पड़ेगा?''

पहली तिमाही में कई बार गर्भपात हुआ

डॉक्टर से कहें

आपकी चिकित्सा या स्त्रीरोग का जो भी इतिहास रहा हो उसे डॉक्टर से अवश्य कहें, जैसे-पहली गर्भावस्था, मिसकैरिज, एबॉर्शन, सर्जरी, या फिर कोई संक्रमण। डॉक्टर को इन बातों की जितनी बेहतर जानकारी होगी, आपकी देखभाल उतनी ही बेहतर तरीके से हो पाएगी। वे इन सब बातों को गोपनीय रखेंगे।

हो तो आने वाली गर्भावस्था पर इसका कोई असर नहीं होता। यदि आपका गर्भपात 14 सप्ताह से पहले हुआ था तो इसमें घबराने वाली कोई बात नहीं है। 14 से 27 सप्ताह के बीच होने वाले गर्भपात से समय से पहले प्रसव का थोड़ा खतरा बढ़ जाता है। डॉक्टर को इन गर्भपातों के विषय में पहले ही बता दें ताकि आपको पूरी चिकित्सीय देखभाल दी जा सके।

प्री-टर्म बर्थ

''मेरी पहली गर्भावस्था में प्री-टर्म बर्थ हुआ था हालांकि मैं इससे जुड़े सभी खतरों का इलाज करा चुकी हूं लेकिन क्या अब भी यही समस्या हो सकती है?''

मुबारक हो! यदि आप पहले ही सारी चिकित्सा करवा चुकी हों तो आपका शिशु बिल्कुल सही समय पर ही इस धरती पर कदम रखेगा।

हालांकि आप डॉक्टर के साथ मिलकर कुछ ऐसे और कदम भी उठा सकती हैं जिससे प्रीटर्म बर्थ का कोई खतरा ही न रहे।

सबसे पहले तो अपने डॉक्टर से पूछें कि इस बारे में कोई ताजा अध्ययन हुए हैं? शोधकर्ताओं ने पता लगाया है कि 16 से 36 सप्ताह के दौरान यदि शॉट या जेल के रूप में प्रोजेस्टेरॉन हार्मोन दिए जाएं तो प्रीटर्म बर्थ के खतरे को काफी हद तक टाला जा सकता है। आप भी अपने डॉक्टर की राय से इसे ले सकती हैं।

फिर अपने डॉक्टर से पूछें कि क्या आपके स्क्रीनिंग टेस्ट करवाने की जरूरत है या नहीं क्योंकि इन टेस्टों के पॉजिटिव नतीजे का मतलब होता है कि आगे और जांच करनी होगी।

फैटल फाइबरोनेक्टीन (*Fatal Fibronectin*) स्क्रीनिंग जांच से योनि में प्रोटीन का पता तभी चलता है अगर एम्नीयोटिक सैक गर्भाशय की दीवारों से अलग हो जाए (यह समय से पहले प्रसव पीड़ा का संकेत है)। अगर इस जांच की रिपोर्ट निगेटिव आती है तो फिर घबराने की कोई बात ही नहीं है। यदि जांच पॉजिटिव आती है और प्रीटर्म लेबर का खतरा दिखाई देता है तो डॉक्टर आपकी गर्भावस्था को लंबा करने का उपाय कर सकते हैं या शिशु के फेफड़ों को समय से पहले होने वाले प्रसव के लिए तैयार कर सकते हैं।

दूसरे स्क्रीनिंग टेस्ट से सर्विक्स की लंबाई पता चलती है। इसे अल्ट्रासाउंड की मदद से मापा जाता है। यदि यह छोटी है या इसके खुलने के संकेत मिलते हैं तो डॉक्टर आपको बेडरेस्ट की सलाह दे सकते हैं या फिर सर्विक्स में टांके लगा सकते हैं। (यदि अभी 22 सप्ताह नहीं हुए)।

जानकारी से हमेशा ताकत मिलती है, लेकिन इस मामले में आप दूसरे शिशु का समय पर प्रसव सुनिश्चित कर सकती हैं और यह एक अच्छी बात है।

सर्विक्स की कमी

''मेरी पहली गर्भावस्था के पांचवे महीने में मिसकैरिज हो गया था। चिकित्सकों ने कहा कि यह सर्विक्स की कमी की वजह से था। हाल ही में मेरे होम प्रेगनेंसी टेस्ट की जांच पॉजिटिव आई है। मुझे चिंता हो रही है कि कहीं फिर वही समस्या न हो जाए।''

आपके लिए अच्छी खबर यही है कि ऐसा दोबारा नहीं होगा क्योंकि अब तक डॉक्टर आपकी इस तकलीफ का पता लगा कर, इसका इलाज कर चुके होंगे ताकि इस गर्भावस्था में ऐसी परेशानी न हो। पूरी देखभाल और चिकित्सा के बाद आप एक स्वस्थ शिशु को जन्म दे पाएंगी।

अगर आपने इस बार डॉक्टर बदला है तो उन्हें भी वे सब बातें अवश्य बताएं ताकि वे अपेक्षित चिकित्सीय देखभाल व चिकित्सा दे

सकें।

अगर सर्विक्स में कमी हो तो वह गर्भाशय पर बढ़ते दबाव की वजह से, समय से पहले खुल जाती है। ऐसा 100 में 1-2 गर्भावस्था में ही होता है। आमतौर पर दूसरी तिमाही के 10 से 20 प्रतिशत मिसकैरिज की वजह भी यही होती है। ऐसा जेनेटिक कमजोरी, प्रसव के दौरान सर्विक्स पर पड़ने वाले खिंचाव, बायोप्सी, सर्वाइकल सर्जरी या लेज़र थैरेपी की वजह से हो सकता है। एक से अधिक शिशु होने की वजह से भी यह दिक्कत हो सकती है लेकिन यदि एक ही शिशु गर्भ में हो तो यह समस्या दोबारा नहीं होती।

जब किसी गर्भवती स्त्री का दूसरी तिमाही में; गर्भाशय संकुचन या योनि के रक्तस्राव के बिना, दर्द रहित मिसकैरिज हो जाता है तो उस समय सर्विक्स की इस समस्या का पता चलता है।

यदि ऐसी समस्या पेश आए तो डॉक्टर सर्विक्स को स्टिच कर देते हैं (12 से 22 सप्ताह के बीच)। वैसे अभी इस विषय में कई और अध्ययन होने बाकी हैं। वैसे अधिकतर डॉक्टर इस प्रक्रिया को तभी अपनाते हैं, जब उन्हें लगता है कि सर्विक्स खुल रहा है। यह प्रक्रिया लोकल एनस्थीसिया द्वारा योनि (वैजाइना) के माध्यम से की जाती है। सर्जरी के बारह घंटे बाद आप अपनी सामान्य गतिविधियां शुरू कर सकती हैं। हालांकि गर्भावस्था के बाकी समय में आप इंटरकोर्स नही कर पाएंगी और समय-समय पर चिकित्सकीय देखभाल के लिए भी जाना होगा। टांके कब निकाले जाएंगे, यह डॉक्टर की राय व आपकी हालत पर निर्भर करता है। वैसे उन्हें अनुमानित प्रसव तिथि से कुछ दिन पहले निकाला जाता है। कई मामलों में इन्हें प्रसव पीड़ा आरंभ होने तक नहीं निकाला जाता, बशर्ते कोई संक्रमण, रक्तस्राव या मैम्ब्रेन की खराबी न हो।

आपको पहली व दूसरी तिमाही में कुछ लक्षणों पर ध्यान देना होगा; जैसे-पेट के निचले हिस्से में दबाव, रक्त के साथ डिस्चार्ज, मूत्राशय का संक्रमण या योनि में किसी के होने का एहसास। ऐसा कोई भी लक्षण महसूस हों तो उसी समय डॉक्टर से संपर्क करें।

आर एच प्रतिकूलता

''मेरे डॉक्टर के अनुसार ब्लड टेस्ट में निगेटिव आया है। इससे मेरे शिशु को क्या नुकसान हो सकता है?''

वैसे अब घबराने वाली कोई बात नहीं है क्योंकि यह बात डॉक्टर व आपकी जानकारी में आ गई है। इसके बाद आप आसानी से कुछ ऐसे कदम उठा सकते हैं, जिससे शिशु पूरी तरह सुरक्षित हो जाएगा।

वैसे आर एच प्रतिकूलता क्या है और आपके शिशु को इससे बचाव की जरूरत क्यों है? जीव विज्ञान के छोटे से पाठ से यह बात समझ आ सकती है। शरीर की प्रत्येक कोशिश पर, सतह पर असंख्य एंटीज होते हैं। इसमें से एक है।

आर एच फैक्टर! हर कोई अपनी रक्त कोशिकाओं में आर एच फैक्टर पाता है या फिर नहीं पाता। आर एच फैक्टर हो तो उसे आर एच पॉजिटिव कहते हैं। आर एच फैक्टर न हो तो उसे आर एच निगेटिव कहते हैं। गर्भावस्था में अगर मां आर एच निगेटिव हो और शिशु अपने पिता से आर एच पॉजिटिव हो, तो वे मां के इम्यून प्रणाली के लिए 'अजनबी' हो जाते हैं। इम्यून प्रतिक्रिया में मां का सिस्टम इस एंटीबॉडी से लड़ने के लिए पूरी फौज तैयार कर लेता है, जिसे हम आर एच प्रतिकूलता कहते हैं।

हर गर्भवती महिला की आरंभ में जांच द्वारा आर एच फैक्टर का पता लगाया जाता है। यदि वह महिला आर एच पॉजिटिव है तो इस बात से ज्यादा फर्क नहीं पड़ेगा कि शिशु आर

एच पॉजिटिव है या आर एच निगेटिव।

यदि मां आर एच निगेटव हो, पिता भी आर एच निगेटिव हो तो शिशु भी आर एच निगेटिव होगा क्योंकि दो निगेटिव साथी एक पॉजिटिव बेबी नहीं बना सकते, लेकिन अगर आपका साथी आर एच पॉजिटिव है तो आपका शिशु भी आर एच पॉजिटिव हो सकता है, जिससे मां व शिशु के बीच प्रतिकूलता पैदा हो सकती है।

पहली गर्भावस्था में यह समस्या नहीं बनती। यदि प्रसव, एबॉर्शन या मिसकैरिज के दौरान शिशु का रक्त मां के रक्त परिसंचरण तंत्र में मिल जाए तो परेशानी खड़ी हो जाती है। तब मां के शरीर में आर एच फैक्टर के लिए एंटीबॉडीज़ पैदा हो जाती हैं। मां जब तक दूसरे आर एच पॉजिटिव शिशु के साथ गर्भवती नहीं होती, तब तक वे एंटीबॉडीज़ कोई नुकसान नहीं पहुंचाती। बाद में वे प्लेसेंटा को पार कर, शिशु की लाल रक्त कोशिकाओं पर हमला कर देती हैं। जिससे भ्रूण में हल्के से ले कर गंभीर एनीमिया तक हो सकता है। ऐसा बहुत कम होता है कि ये एंटीबॉडीज़ पहली गर्भावस्था में कोई नुकसान पहुंचाएं।

ऐसी स्थिति से निबटने का सबसे बड़ा उपाय यही है कि एंटीबॉडीज बनने ही न दिए जाएं। 28वें सप्ताह में डॉक्टर आर एच निगेटिव गर्भवती महिला को आर एच इम्यून-ग्लोव्यूलिन का इंजेक्शन देते हैं। इसे आर एच ओगैम कहते हैं। अगर रक्त की जांच से पता चले कि शिशु आर एच पॉजिटिव है तो प्रसव के 72 घंटे बाद एक और खुराक दी जाती है। अगर शिशु आर एच निगेटिव है तो किसी इलाज की जरूरत नहीं है। यह इंजेक्शन; किसी मिसकैरिज, एक्टोपिक प्रेगनेंसी, एबॉर्शन, कोरिओनिक विल्स सैंपलिंग, एम्निओसेंटेसिस, योनि से रक्तस्राव या सदमे के दौरान भी दिया जाता है। यदि इसे जरूरत पड़ने पर तीन कर दिया जाए तो आने वाली गर्भावस्था काफी सुरक्षित हो जाती है।

यदि किसी आर एच निगेटिव गर्भवती महिला को पिछली गर्भावस्था में आर एच ओगैम नहीं दिया गया था और टेस्ट से पता चलता है कि उसके शरीर में आर एच एंटीबॉडीज पैदा हो गई हैं तो एम्निओसेंटेसिस की मदद से भ्रूण के रक्त की जांच हो सकती है। यदि यह आर एच निगेटिव है तो मां व शिशु का रक्त अनुकूल होगा और किसी इलाज की जरूरत नहीं पड़ेगी। यदि यह आर एच पॉजिटिव है और मां के रक्त से मेल नहीं खाता तो मां के शरीर में एंटीबॉडी के स्तर का नियमित रूप से ध्यान रखना होगा।

यदि यह स्तर खतरनाक रूप से बढ़ जाए तो अल्ट्रासाउंड की मदद से भ्रूण की स्थिति का पता लगाया जाता है। यदि उसके लिए किसी प्रकार का खतरा पैदा हो जाए तो, भ्रूण के आर एच निगेटिव रक्त आधान (ब्लड ट्रोसफ्यूज़न) जरूरी हो जाता है।

आरएच ओगैम के प्रयोग से रक्त आधान (ब्लड ट्रांसफयूजन) की नौबत नहीं आती और आने वाली गर्भावस्थाएं भी काफी हद तक सुरक्षित हो जाती हैं।

रक्त में दूसरी अनियमितताओं की वजह से भी ऐसी प्रतिकूलता पैदा हो सकती है जैसे कैल एंटीजन, हालांकि ये आर एच फैक्टर के मुकाबले कम ही होते हैं। यदि मां को ये एंटीजन नहीं है और पिता के पास हैं तो इससे समस्या पैदा हो सकती है। पहले रूटीन टेस्ट में मां के शरीर में एंटीबॉडीज की जांच की जाती है। यदि एंटीबॉडीज पास आते हैं तो शिशु के पिता की जांच होती है कि कहीं वह पॉजिटिव तो नहीं। ऐसी स्थिति में वही चिकित्सा होती है, जैसे कि आर एच प्रतिकूलता में होती है।

आपका प्रेगनेंसी प्रोफाइल और प्रीटर्म बर्थ

वैसे आपके लिए खुशखबरी यह है कि केवल 12 प्रतिशत प्रसव पीड़ा के मामले ऐसे होते हैं जिन्हें प्रीमेच्योर या प्रीटर्म कहा जा सकता है, यानी जो कि प्रेगनेंसी के 11 वें सप्ताह से पहले होते हैं। इनमें से आधे उन महिलाओं के साथ होते हैं, जो जानती हैं कि उनकी असामयिक (प्रीमेच्योर डिलीवरी) हो सकती है।

यदि आप भी इस खतरे का सामना कर रही हैं तो क्या इस असामयिक प्रसव से निबटने के लिए कोई तरीका अपना सकती हैं। कुछ मामले तो ऐसे हैं, जिनमें खतरा पहचानने के बाद भी उन पर काबू नहीं पाया जा सकता लेकिन कुछ मामलों में खतरे की दर घटाई जा सकती है। इनमें से जो भी लक्षण आपके साथ हों, उसे घटाने की कोशिश करें, उन पर काबू पाएं ताकि नन्हा शिशु सही समय पर इस धरती पर आ सके।

वजन कम या ज्यादा होना :-

वजन जरूरत से ज्यादा कम या अधिक होने पर भी प्रसव जल्दी हो सकता है। आपको बिल्कुल सही तरीके से, डॉक्टर की राय के हिसाब से अपना वजन बढ़ाना होगा। उसके लिए एक सेहतमंद माहौल तैयार करना होगा ताकि वह आसानी से गर्भकाल पूरा होने पर ही दुनिया में कदम रखे।

पोषण में कमी :-

केवल सही तरीके से वजन बढ़ाना ही काफी नहीं है। आपको शिशु के जीवन की सेहतमंद शुरूआत देनी होगी। ऐसा आहार लेना होगा, जिससे समय से पहले प्रसव का डर न रहे। उसके पोषण से ये खतरे काफी हद तक घट जाएं। वैसे कई प्रमाण भी मिले हैं कि दिन में पांच बार नियमित रूप से भोजन करने पर समय से पहले प्रसव का खतरा टाला जा सकता है।

काफी समय तक खड़े रहना व भारी शारीरिक परिश्रम करना :-

गर्भ के आखिरी दिनों में, डॉक्टर की राय से, कम से कम समय तक पैरों पर खड़ी हों। काफी लंबे समय तक खड़े रहने व शारीरिक श्रम करने से प्रीटर्म लेबर के मामले सामने आए हैं।

भावनात्मक तनाव :-

कई अध्ययनों से पता चला है कि भावनात्मक तनाव का भी असामयिक प्रसव-पीड़ा (प्रीमेच्योर लेबर) से गहरा संबंध है। कई बार तो तनाव के कारण ऐसे होते हैं, जिन्हें आप किसी भी तरह कम नहीं कर सकतीं जैसे नौकरी खोना या परिवार में किसी की मृत्यु होना। अच्छे पोषण, रिलैक्सेशन तकनीकी व्यायाम व आराम के सही संतुलन व मित्रों तथा साथी से बातचीत द्वारा इस तनाव को घटाया जा सकता है। आप अपने डॉक्टर की मदद भी ले सकती हैं।

मदिरा व मादक द्रव्यों का सेवन :-

मदिरा व मादक द्रव्यों का सेवन करने वाली गर्भवती महिलाओं के लिए असामयिक प्रसव-पीड़ा का खतरा काफी बढ़ जाता है।

धूम्रपान :-

धूम्रपान की वजह से भी, समय से पहले प्रसव हो सकता है। गर्भधारण से पहले या गर्भकाल के दौरान इसे छोड़ दें। यदि अब भी नहीं छोड़ा तो इससे बेहतर समय और कौन सा होगा।

मसूड़ों का संक्रमण :-

कई अध्ययनों से पता चला है कि मसूड़ों के रोगों का भी कालपूर्व प्रसव-पीड़ा से संबंध है। कुछ शोधकर्ताओं का मानना है कि मसूड़ों में जलन पैदा करने वाले बैक्टीरिया रक्त धारा में जाते हैं।

कई शोधकर्ता एक और संभावना जताते

हैं। उनका मानना है कि मसूड़ों में सूजन पैदा करने वाले बैक्टीरिया प्रतिरोधक तंत्र को उत्तेजित कर देते हैं, जिससे सर्विक्स और गर्भाशय में भी जलन होने लगती है और प्रसव समय से पहले हो जाता है। आपको मुख की साफ-सफाई पर पूरा ध्यान देना होगा। बैक्टीरिया से दांतों का बचाव करना होगा ताकि आप समय से पहले प्रसव-पीड़ा के खतरे को घटा सकें।

गर्भावस्था से पहले ही ऐसे संक्रमण का इलाज करा लिया जाए तो कई प्रकार की जटिलताओं के साथ-साथ कालपूर्व प्रसव-पीड़ा का खतरा भी घट जाता है।

सर्विक्स में कमी :- कई बार सर्विक्स कमजोर होने के कारण पहले खुल जाती है। गर्भवती महिला को मिसकैरिज या असामयिक प्रसव-पीड़ा के बाद ही इसका पता चलता है। अल्ट्रासाउंड द्वारा समय-समय पर इसकी स्थिति की जांच से खतरे को काफी हद तक टाल सकते हैं।

पूर्व असामयिक प्रसव :- यदि आपकी पहली गर्भावस्था में भी ऐसा हो चुका है तो आपके लिए यह खतरा और भी बढ़ सकता है। आपके डॉक्टर इस खतरे को टालने के लिए दूसरी व तीसरी तिमाही में प्रोजेस्टरॉन की खुराक दे सकते हैं।

निम्नलिखित खतरों पर काबू तो नहीं पाया जा सकता, लेकिन कुछ सुधार तो हो ही सकता है। डॉक्टर इन खतरों से निपटने के लिए आपको व स्वयं को पहले से तैयार भी कर सकते हैं।

मल्टीप्लाई :- एक से अधिक शिशु होने पर गर्भवती महिला, औसत से तीन सप्ताह पहले शिशुओं को जन्म देती है। (हालांकि जुड़वां बच्चों का पूरा प्रसव काल 27 सप्ताह का होता है, जिसका अर्थ है कि तीन सप्ताह की जल्दी कोई जल्दी नहीं है) प्रसव पूर्व बढ़िया देखभाल, पर्याप्त पोषण व बाकी खतरों को घटाने, आखिरी तिमाही में पूरा आराम लेने से कुछ खतरों को घटाया जा सकता है।

सर्विक्स की समस्या :- कई महिलाओं में सर्विक्स की वजह से भी समय से पहले प्रसव-पीड़ा की समस्या हो जाती है। यदि समय-समय पर अल्ट्रासाउंड से जांच होती रहे तो खतरे के घेरे में आने वाली महिलाओं की मदद हो सकती है।

गर्भावस्था की जटिलताएं :- गेस्टेशनल मधुमेह, प्रीएक्लेंपसिया व जरूरत से अधिक एमनीयोटिक फ्लड व प्लेसेंटा से जुड़ी समस्याओं के कारण समय से पहले प्रसव-पीड़ा हो सकती है।

इन जटिलताओं पर काबू पाकर गर्भकाल की अवधि बढ़ाई जा सकती है।

दीर्घकालीन रोग :- उच्च रक्तचाप, हृदय, किडनी या लीवर के रोग व मधुमेह आदि दीर्घकालीन रोग भी समय से पहले प्रसव की वजह बनते हैं लेकिन अच्छे चिकित्सा प्रबंधन व देखभाल से इनसे बचा जा सकता है।

सामान्य संक्रमण :- सेक्स जनित रोगों की वजह से, समय से पहले प्रसव हो सकता है। यदि संक्रमण से शिशु को खतरा हो तो शरीर शिशु की रक्षा के लिए समय से पहले प्रसव का तरीका अपनाता है। संक्रमण से बचाव करके काफी हद तक इस समस्या से बचा जा सकता है।

17 वर्ष से कम आयु :- 17 वर्ष से कम आयु की गर्भवती लड़कियों के लिए समय से पहले प्रसव का खतरा काफी ज्यादा होता है। अच्छे पोषण व प्रसव से पूर्व बढ़िया देखभाल से मां व शिशु का पूर्व विकास किया जा सकता है।

एड्स का अर्थ

"मैं और पति, हम दोनों के मिलने से पहले कई अन्य के साथ भी शारीरिक संबंध रहे। चूँकि एड्स के लक्षण कई साल बाद उभरते हैं तो मैं इस बारे में मैं कैसे निश्चिंत होऊँ कि मुझे यह रोग नहीं है और यह मेरे शिशु तक नहीं पहुँचेगा। "

–यदि आप व आपका साथी हाई रिस्क ग्रुप होमोफीलिएम्स, आई बी, ड्रग इस्तेमाल करने वाले, द्विलिंगी या समलिंगी पुरुष से सेक्स करने वालों में से नहीं है तो कई साथियों से शारीरिक संबंध होने के बावजूद एड्स होने की संभावना क्षीण ही है। यदि जांच पॉजीटिव आई भी तो उसी समय इलाज हो जाएगा। आपकी तो नहीं पर शिशु की रक्षा तो हो ही सकती है।

"जब डॉक्टर ने मुझसे एच.आई.वी. टेस्ट के बारे में पूछा तो मैं हैरान हो गई-मैं तो हाई-रिस्क ग्रुप में भी नहीं आती।"

चाहे गर्भवती महिलाओं के मेडीकल इतिहास में एच.आई.वी. का जिक्र हो या न हो, उनकी एच.आई.वी. जाँच सामान्य होती जा रही है। वैसे भी यह बचाव की दृष्टि से भी बेहतर है। परेशान न हों, डॉक्टर आपके भले के लिए ही इस जांच की बात कर रहे हैं।

आपकी पूर्व चिकित्सीय जानकारी

रुबेला एंटीबॉडी लेवल

"जब मैं बच्ची थी तो रुबेला का टीकाकरण हुआ था, लेकिन गर्भवती होने के बाद रक्त की जांच में पता चला कि मेरा रुबेला एंटीबॉडी का लेवल काफी कम है। मुझे क्या करना चाहिए?"

आपको रुबेला के बारे में इतना चिंतित होने की आवश्यकता नहीं है। इससे अजन्मे शिशु को किसी तरह का खतरा नहीं हो सकता। इस रोग के प्रति पहले ही काफी सावधानी बरती जा रही है।

हालांकि आपको गर्भावस्था में तो इसका टीका नहीं लगा सकते लेकिन आपको प्रसव के बाद इसका टीका लगा दिया जाएगा, चाहे आपको स्तनपान क्यों न कराना हो।

गर्भावस्था व टीकाकरण

कई तरह के संक्रमण गर्भावस्था में परेशानी पैदा कर सकते हैं इसलिए गर्भधारण से पहले टीकाकरण पूरा करवा लें क्योंकि गर्भावस्था में उनके टीके नहीं लग सकते जैसे–एमएमआर आदि। गर्भावस्था में कुछ टीके लगाए जा सकते हैं और कुछ नहीं। प्रत्येक गर्भवती महिला को टिटनेस, डिप्थीरिया, हेपेटाइटिस बी के टीके सुरक्षित रूप से दिए जा सकते हैं।

मोटापा

"मेरा वजन 60 पौंड के करीब ज्यादा है या इससे मुझे या मेरे शिशु को गर्भावस्था में कोई खतरा हो सकता है।"

आमतौर पर मोटी गर्भवती महिलाएं भी स्वस्थ शिशुओं को ही जन्म देती हैं। हालांकि

मोटापे की वजह से सेहत को खतरा हो सकता है और गर्भावस्था में भी परेशानी पैदा हो सकती है। गर्भ धारण करने के अलावा अगर आपका अपना वजन भी काफी ज्यादा है तो गैस्टेशनल डायबिटीज के अलावा उच्च रक्तचाप की शिकायत हो सकती है। इससे कई व्यावहारिक गर्भावस्था समस्याएं भी पैदा हो जाती हैं। शुरूआती अल्ट्रासाउंड के बिना आपके प्रसव की अनुमानित तिथि का पता नहीं लगाया जा सकता क्योंकि मोटी महिलाओं में ओव्यूलेशन का समय अनियमित होता है। कई डॉक्टर गर्भाशय के आकार, स्थिति या दिल की धड़कन सुन कर जो अनुमान लगाते हैं, वह वसा की परतों के कारण नहीं लगाया जा सकता।

डॉक्टर भ्रूण के आकार व स्थिति का सही पता नहीं लगा सकते और आपको भी बच्चे की पहली हलचल का आसानी से पता नहीं लग पाएगा।

यदि भ्रूण औसत से बड़ा हुआ तो प्रसव में मुश्किल हो सकती है। आमतौर पर मोटी महिलाओं के साथ ऐसा ही होता है (इनमें वे भी शामिल हैं जो मधुमेह से ग्रस्त हैं या गर्भावस्था में भी ज्यादा नहीं खाती) यदि सीज़ेरियन करना ही पड़े तो सर्जरी के दौरान व उसके बाद भी मुश्किल हो सकती है।

फिर गर्भावस्था के दौरान होने वाली परेशानी व असहजता का अनुमान तो आप स्वयं भी लगा ही सकती हैं अधिक भार बढ़ने से पीठ में दर्द रहेगा, वैरीकोज़ वेन्स सूजन और छाती में जलन की समस्या बनी रहेगी।

घबरा गईं। नहीं, नहीं! डॉक्टर और आप मिलकर शिशु की तरफ बढ़ने वाले इस खतरे को घटा सकते हैं। आपको थोड़ा सा अतिरिक्त ध्यान देना होगा।

मेडिकल स्तर पर कम खतरे वाली गर्भवती महिलाओं की तुलना में ज्यादा जांच करवानी पड़ सकती है। आपको शुरूआती अल्ट्रासाउंड करवाना होगा ताकि प्रसव की अनुमानित तिथि पता लग सके। बाद में

गैस्ट्रिक बायपास के बाद गर्भावस्था

मुबारक हो! आपने काफी वजन घटाने के बाद गर्भ धारण किया है, लेकिन आप सोच रही होंगी कि इस बायपास के बाद आपकी गर्भावस्था कितनी सुरक्षित रहेगी। वैसे तो आपको राय दी गई होगी कि सर्जरी के 12–18 माह तक गर्भधारण न करें क्योंकि उसमें वजन काफी घटता है और कुपोषण का डर भी बना रहता है, लेकिन उस स्थिति को पार कर लेने के बाद आप आसानी से सुरक्षित गर्भावस्था की उम्मीद रख सकती हैं। वैसे आपको इसके लिए थोड़ी अनिश्चित मेहनत करनी होगी।

- अपने गैस्ट्रिक बायपास डॉक्टर की प्रसूति विशेषज्ञ से बातचीत करा दें, ताकि आपके बारे में कोई खास हिदायत हो तो वे उन्हें समझा सकें।
- आपको गर्भधारण करने के बाद विटामिन आयरन, कैल्शियम, फॉलिक एसिड व विटामिन B_{12} की भरपूर मात्रा लेनी होगी। इस बारे में डॉक्टर से राय लेकर दवाएं लें।
- आपको अपने वजन पर भी ध्यान देना होगा। अब इसे थोड़ा-थोड़ा करके बढ़ना चाहिए। अगर वजन नहीं बढ़ा तो शिशु का पूरा विकास नहीं हो पाएगा।
- आपको भोजन की मात्रा की बजाय गुणवत्ता पर ध्यान देना है। ऐसा भोजन चुनें, जिसकी थोड़ी मात्रा भी अधिक से अधिक पोषण दे सके।
- यदि कभी भी पेट में तेज दर्द या रक्तस्राव हो तो उसी समय डॉक्टर से मिलें।

शिशु के आकार व स्थिति ग्लूकोज़ टालरेंस टेस्ट और स्क्रीनिंग करानी होगी ताकि पता लग सके कि आप गैस्टेशनल मधुमेह की रोगी तो नहीं! गर्भावस्था के अंत में भी शिशु की सही अवस्था जानने के लिए नॉनस्ट्रेस व दूसरे टेस्ट कराने होंगे।

आप अपनी देखभाल स्वयं करेंगी तो इससे काफी फर्क पड़ेगा। आपको धूम्रपान व मद्यपान जैसी आदतें छोड़नी होंगी जो गर्भावस्था के खतरों को बढ़ा देती हैं। अपने वजन के लक्ष्य को बनाए रखना होगा, हालांकि वह अन्य संभावित माताओं से कम ही होगा। समय-समय पर डॉक्टरों की राय लेनी होगी। इस बारे में चिकित्सकों की राय अलग-अलग हो सकती है।

आपको अपने रोजमर्रा के भोजन में पोषक तत्व शामिल करने होंगे व कैलोरी की मात्रा पर ध्यान देना होगा। विटामिन, प्रोटीन व खनिज लवण की भरपूर मात्रा लेनी होगी। आपको अपने भोजन में मात्रा की बजाय गुणवत्ता पर ध्यान देना होगा। अपने भोजन के अलावा विटामिन आदि की गोलियां भी लेती रहें। डॉक्टर से पूछ कर सही तरीके से व्यायाम करें ताकि वजन भी न बढ़े और आपको व शिशु को भी पूरा पोषण मिलता रहे।

यदि इसके बाद भी गर्भधारण करने की योजना हो तो अपना आदर्श वजन रखने के बाद ही आगे बढ़ें, ताकि गर्भावस्था का पूरा समय सुरक्षित व सुखद रहे।

वजन कम होना

''मेरा वजन काफी कम है, क्या इससे मेरी गर्भावस्था को कोई खतरा हो सकता है।''

वैसे तो गर्भावस्था में पूरा भोजन लेना चाहिए, ताकि मां व शिशु की सेहत को कोई नुकसान न हो। लेकिन अगर आपका वजन काफी कम हो तो आपको आहार की मात्रा बढ़ानी होगी, नहीं तो कम वजन वाले शिशु के जन्म का खतरा पैदा हो सकता है।

ताजे फल-सब्जियों से भरपूर आहार लें ताकि शरीर में पोषक तत्वों का समावेश हो सके।

हो सकता है कि डाक्टर आपको औसत महिला के वजन की तुलना में थोड़ा ज्यादा वजन बढ़ाने की सलाह दें।

अनियमित भोजन

''मैं पिछले दस वर्ष से बुलीमिया से पीडित हूं। मैंने सोचा था कि मैं गर्भावस्था में इससे मुक्ति पा लूंगी लेकिन ऐसा हो नहीं पा रहा। क्या इससे मेरे शिशु को नुकसान हो सकता है।''

आप कई सालों से बुलीमिया(एनोरेक्सिया) पर काबू नहीं पा सकीं, इसका मतलब है कि आपके शरीर में पोषण का स्तर काफी घटा हुआ होगा। भाग्य से, गर्भावस्था के आरंभ में इतने पोषण की जरूरत नहीं पड़ती इसलिए आपके पास अब भी संभलने का मौका है, आप अपने शरीर के पोषक तत्वों की कमी पूरी कर सकती हैं ताकि एक स्वस्थ शिशु को जन्म दे सकें।

हालांकि इस क्षेत्र में अभी काफी कम अनुसंधान किए गए हैं। इनकी वजह से मासिक स्राव के चक्र में परेशानी आ सकती है। अध्ययनों से निम्नलिखित बातें पता चली हैं:-

- अगर आप खान-पान की आदतें बदल लेती हैं उन्हें नियमित कर लेती हैं तो आपके यहां भी स्वस्थ शिशु का जन्म होगा।
- अपने डॉक्टर को इस बारे में पहले से बता दें वरना हालत और भी बिगड़ सकती है।
- आपके मामले में किसी विशेषज्ञ की सलाह भी काम आ सकती है लेकिन गर्भावस्था के बाद तो यह एक तरह से अनिवार्य हो जाती है।
- अगर आप बुलीमिया के लिए बनाई गई दवाएं ही जारी रखेंगी तो शिशु के विकास को खतरा हो सकता है। वे आपके शरीर से पोषण व द्रव्य को खींच लेंगे और शिशु को उसका लाभ नहीं मिल पाएगा। नियमित

प्रयोग से भ्रूण असामान्यता भी हो सकती है। डॉक्टर की राय के बिना किसी भी गर्भवती स्त्री को इन दवाओं का इस्तेमाल नहीं करना चाहिए।

- बुलीमिया के कारण गर्भपात, समय से पहले प्रसव या अवसाद का खतरा बढ़ जाता है। अब आपको अपनी पुरानी आदतें छोड़ कर, शिशु व अपनी सेहत का ध्यान रखना होगा। अगर ऐसा करने में दिक्कत आ रही हो तो किसी की मदद भी ले सकती हैं।
- गर्भावस्था में सही तरीके से वजन न बढ़ने पर कई तरह की दिक्कतें पैदा हो सकती हैं। हो सकता है कि शिशु अपनी गैस्टेशनल आयु से छोटा पैदा हो।
  आपको सबसे पहले सही कदम उठाना है, ताकि उस अजन्मे शिशु के लिए अपना फर्ज निभा सकें। आपको समझना होगा कि गर्भावस्था में वजन बढ़ाना कितना मायने रखता है।
- गर्भावस्था में आपके शरीर का वह गोल आकार इस बात का संकेत देता है कि नन्हा शिशु सही तरीके से बढ़ रहा है। आपको भी अपने शरीर का वही आकार पाना चाहिए।
- सही समय पर, सही आहार लेने से आपको वजन बढ़ाने में कोई मुश्किल नहीं होगी। इस बारे में निश्चिंत रहें कि प्रसव के बाद आपका शरीर फिर से अपने आकार में आ जाएगा। साथ ही आप एक स्वस्थ शिशु की मां भी बन पाएंगी।
- आप भूखी रहती हैं तो शिशु को भी भूख लगती है। शिशु काफी हद तक पोषक तत्वों के लिए आप पर ही निर्भर करता है। आप नहीं खाएंगी तो वह भी भूखा रहेगा। अगर उल्टी या लेम्सेटिन की वजह से पोषक तत्व शरीर से निकलते रहे तो शिशु को विकसित होने का पूरा मौका नहीं मिलेगा।
- व्यायाम की मदद से भी आप अपना वजन सही तरीके से बढ़ा सकती हैं। बस इतना ध्यान रखें कि आपका वह व्यायाम आपकी गर्भावस्था के अनुसार होना चाहिए। इस बारे में आपको डॉक्टर से पूछना होगा। जरूरत से ज्यादा तेज व्यायाम आपके लिए नुकसानदायक हो सकता है।
- प्रसव के फौरन बाद वजन नहीं घटता। औसतन इसे धीरे-धीरे घटाया जाता है। अपने पुराने फिगर में लौटने के लिए थोड़ा ज्यादा समय भी लग सकता है। बुलीमिया से ग्रस्त महिलाएं, प्रसव के बाद नकारात्मक सोच रखते हुए दोबारा वहीं आदतें अपना लेती हैं। वे चाह कर भी सही तरीके से अपने शिशु को स्तनपान नहीं करा पातीं। ऐसी महिलाओं को प्रसव के बाद भी अपने विशेषज्ञ से सलाह लेते रहना चाहिए ताकि खान-पान की गलत व अनियमित आदतों को सुधारा जा सके।

सबसे जरूरी बात तो यही है कि गर्भावस्था में आपकी सेहत से ही शिशु की सेहत जुड़ी है। अगर आप स्वस्थ नहीं हैं तो शिशु भी स्वस्थ नहीं हो सकता। अपने घर, ऑफिस, फ्रिज, मेज या दराज पर स्वस्थ, हंसते-खिलखिलाते शिशुओं के चित्र लगाएं ताकि आपको भी प्रेरणा मिल सके। कल्पना करें कि आप जो कुछ भी खा रही हैं, उसके पोषक तत्व शिशु तक पहुंच रहे हैं। यदि डिसऑर्डर पर काबू पाना मुश्किल हो तो चिकित्सक की सलाह से अस्पताल में भर्ती होकर इलाज करवाएं।

35 वर्ष की आयु के बाद मां बनना

"मेरी आयु 38 वर्ष है और मैं पहली बार मां बनने वाली हूं। मैंने सुना है कि 35 वर्ष की गर्भावस्था के बाद कई खतरे हो सकते हैं। ऐसे में मुझे क्या ध्यान रखना चाहिए।

पिछले कुछ सालों में ऐसी महिलाओं की संख्या काफी बढ़ी है, जो 35 साल के बाद मां बनती हैं। आपकी उम्र 35 साल से अधिक है तो आप इतना भी जानती ही होंगी कि ज़िंदगी

क्या 35 एक जादुई अंक है

चूंकि आपने 35 साल की उम्र पार कर ली है, इसका मतलब यह नहीं है कि आपको अपने से कम उम्र वाली गर्भवती महिलाओं की तरह स्क्रीनिंग व टेस्ट नहीं करवाने होंगे।

सभी आयु वर्ग की महिलाओं के लिए यह जरूरी है। यदि इन टेस्टों की जांच के बाद कोई असमानता दिखाई दे तो और अधिक टेस्ट या जांच की जरूरत पड़ सकती है।

में कुछ भी खतरे से खाली नहीं होता। हालांकि अब गर्भावस्था में इतने खतरे नहीं रहे लेकिन आयु बढ़ने के साथ-साथ खतरे थोड़े बढ़ जाते हैं। आजकल मेडिकल सुविधाएं इतनी बढ़ गई हैं कि आपके पास अपनी सुविधा के हिसाब से परिवार बढ़ाने की आजादी है।

इस आयु में सबसे बड़ी दिक्कत यही होती है कि महिलाएं गर्भधारण नहीं कर पातीं। यदि आप इस कारण को पार कर गर्भवती हो जाती हैं तो आपको एक और चुनौती का सामना करना पड़ सकता है। आपके यहां डाउन सिंड्रोम से ग्रस्त शिशु का जन्म हो सकता है। मां की आयु बढ़ने के साथ-साथ यह खतरा बढ़ता जाता है। 25 वर्षीय माताओं में; 1250 में से 1, तीस वर्षीय माताओं में; 1000 में से 3, 35 वर्षीय माताओं में; 500 में से 1 (ध्यान दें कि यह खतरा धीरे-धीरे बढ़ता है। 35 वर्ष की आयु में अचानक नहीं बढ़ता)। वैसे माना जाता है कि आमतौर पर इस आयु वर्ग की गर्भवती महिलाओं में क्रोमोसोमल असामान्यताएं अधिक पाई जाती हैं। वे तब तक कई दवाओं, एक्स-रे, संक्रमण व ड्रग्स आदि के संपर्क में आ चुकी होती हैं। हालांकि, जब यह भी पता चला है कि कई बार अधेड़ पिता के स्पर्म की वजह से भी कुछ परेशानियां हो सकती हैं।

उम्र बढ़ने के साथ-साथ कुछ और खतरे भी बढ़ जाते हैं। अगर आपका वजन भी ज्यादा हो तो आप उच्च रक्तचाप की शिकार हो सकती हैं, लेकिन आमतौर पर इन लक्षणों पर काबू पाया जा सकता है। इस आयु की गर्भवती महिलाएं गर्भपात, प्रीएक्लैंपसिया और प्रीटर्म लेबर की परेशानी में पड़ सकती हैं।

औसतन इस आयु में प्रसव-पीड़ा (लेबर) और प्रसव (डिलीवरी) का समय भी थोड़ा लंबा हो जाता है। मांसपेशियों की टोन और लोच की कमी की वजह से प्रसव में थोड़ी कठिनाई हो सकती है। यदि आपका फिगर बिल्कुल सही है, सही समय पर व्यायाम करती हैं और पूरा पोषणयुक्त भोजन करती हैं, तब तो आपको इस बारे में चिंता करने की जरूरत नहीं है।

इन सब बातों के अलावा, आपके लिए एक खुशखबरी भी है। वैसे तो डाउन सिंड्रोम से बचाव नहीं हो सकता लेकिन कई तरह की स्क्रीनिंग और टेस्ट से इसे पहचाना जा सकता है। वे टेस्ट ऐसे हैं, जिनमें चीरफाड़ की कोई आवश्यकता नहीं होती, पैसा तो बचता ही है साथ ही तनाव की मात्रा भी घटती है। अधिक आयु की गर्भवती महिलाओं में कई तरह के दीर्घकालीन रोगों पर आसानी से काबू पाया जा सकता है। दवाओं और चिकित्सकीय देखभाल से कई तरह के खतरों को टाला जा सकता है।

वैसे दवाएं और चिकित्सकीय देखभाल के अलावा, आप स्वयं भी अपनी गर्भावस्था को सुरक्षित व स्वस्थ बनाने के लिए बहुत कुछ कर सकती हैं। आपको भी अपने आहार व्यायाम और प्रसव पूर्व देखभाल पर पूरा ध्यान देना होगा। अगर आप प्रेगनेंसी प्रोफाइल के खतरे घटा सकीं तो उसी तरह एक स्वस्थ शिशु को जन्म दे पाएंगी, जिस तरह युवा माताएं देती हैं या शायद उनसे भी बेहतर नतीजे सामने आ सकते हैं।

इसलिए आराम से अपनी गर्भावस्था का पूरा आनंद लें। 25 वर्ष से अधिक आयु के बाद भी मां बनने में कोई समस्या नहीं होती।

पिता की आयु

"मेरी आयु 31 वर्ष की है पर मेरे पति 50 वर्ष से अधिक आयु के हैं। क्या इससे मेरे शिशु पर कोई असर हो सकता है।"

आमतौर पर अब तक यही माना जाता था कि प्रजनन प्रक्रिया में पिता की जिम्मेदारी सिर्फ गर्भाधान तक सीमित है लेकिन 20वीं सदी में ही पता चल सका कि पिता के स्पर्म से ही यह तय होता है कि पैदा होने वाले शिशु का लिंग क्या होगा। वह लड़का होगा या लड़की! इसी वजह से जाने कितनी रानियों के सिर धड़ से जुदा करवा दिए गए क्योंकि वे एक पुत्र की मां नहीं बन सकती थीं। इसके काफी समय बाद शोधकर्ताओं को यह संदेह भी होने लगा कि अधिक आयु के पिता के शुक्राणुओं (स्पर्म) की वजह से ही जन्मजात विकृति व गर्भपात का खतरा काफी बढ़ जाता है। अधेड़ माता की तरह, अधेड़ आयु के पिता के स्पर्माटोसाइटिस भी पर्यावरणीय कारणों से प्रभावित होते हैं, इन पर भी बुरा असर पड़ सकता है। शोधकर्ताओं ने पाया कि मां की आयु के अलावा, अधेड़ आयु के दंपत्ति के लिए गर्भपात का खतरा ज्यादा होता है। यदि पिता की आयु 50 या उससे अधिक हो तो डाउन सिंड्रोम के मामले भी काफी बढ़ जाते हैं।

हालांकि इस बारे में कोई पक्के प्रमाण नहीं मिलते क्योंकि शोध अभी पूरे नहीं हुए हैं। वैसे जेनेटिक सलाहकार, हर आयु की गर्भवती मां के लिए जिस स्क्रीनिंग की सलाह देते हैं, उससे आपको काफी हद तक निश्चिंत हो जाना चाहिए। यदि आपके स्क्रीनिंग की जांच सामान्य है तो इस बारे में कोई चिंता न करें। आपको 'एमनियोसेंटेनिस' करवाने की भी कोई आवश्यकता नहीं है।

जेनेटिक सलाह

"मुझे यही डर लगा रहता है कि मुझे कोई जेनेटिक रोग हुआ और मुझे उसका पता ही न चला तो फिर? क्या मुझे जेनेटिक सलाह लेनी चाहिए।"

वैसे तो ये विकृतियां थोड़ी-बहुत होती ही हैं, लेकिन यह जरूरी नहीं कि माता-पिता के वे दोष बच्चों में भी दिखाई दें।

गर्भाधान से पहले या बाद में माता-पिता या किसी एक की सारी जांच हो सकती है लेकिन इस जांच की हमेशा आवश्यकता नहीं होती। यह तभी करनी पड़ती है जब कोई निश्चित अनियमितता सामने आए। यह संकेत भौगोलिक या जातीय भी हो सकता है। जैसे सभी कॉकेशियंस को 'सिस्टिक फाइब्रोसिस' की जांच कराने की सलाह दी जाती है। जिन यहूदी दंपत्तियों के पूर्वज पूर्वी यूरोप से आए थे, उन्हें 'टे-शेक' व कानावान रोग के लिए जांच कराने की सलाह दी जाती है। अगर आपके परिवार में किसी भी रोग का इतिहास रहा हो तो उसकी जांच अवश्य की जानी चाहिए। उसी तरह काले रंग वाले दंपत्तियों को 'सिकल सैल एनीमिया ट्रेट' व एशियाई लोगों को पैलासीमिया की जांच करानी चाहिए।

वैसे अधिकतर मामलों में दोनों में से किसी एक की जांच की ही जरूरत पड़ती

गर्भावस्था और सिंगल मदर

अगर आप एक सिंगल मॉम हैं तो इसका मतलब यह नहीं कि गर्भावस्था में आपकी मदद के लिए कोई नहीं होगा। कोई अच्छा दोस्त या सगा, संबंधी सहायक हो सकता है। वह आपकी शारीरिक व भावनात्मक देखभाल कर सकता है। आपके डर, चिंता व तनाव को समझने वाला साथी बन सकता है। इस समय को अकेले काटने की बजाय कोई साथी या सहायक खोज लें, ताकि यह समय आसानी से बीत जाए और आपका साथ देने वाला नन्हा सा साथी इस दुनिया में कदम रख सके।

है। अगर वह जांच पॉजिटिव आई तो दोनों की जांच करनी पड़ती है।

आपको अपने दादा-दादी व अन्य निकट संबंधियों से पुराने रोगों के इतिहास की सारी जानकारी ले लेनी चाहिए ताकि गर्भाधान से पहले ही अपनी तसल्ली की जा सके।

आमतौर पर अधिकतर माता-पिता को किसी भी जेनेटिक सलाह की जरूरत नहीं पड़ती। कुछ मामले ही ऐसे होते हैं, जब चिकित्सक को माता-पिता से इस विषय में बात करनी पड़ती है, वे हैं-

- जिन दंपत्तियों के रक्त की जांच में ऐसे जेनेटिक रोगों का पता चलता है, जो उनके बच्चों तक पहुंच सकते हैं।
- जिन दंपत्तियों के यहां तीन से अधिक गर्भपात हो चुके हैं।
- जिन दंपत्तियों के पारिवारिक इतिहास में कोई जेनेटिक रोग हो। कुछ मामलों में माता-पिता की डी.एन.ए. जांच से भी कई संदेह स्पष्ट हो जाते हैं।
- ऐसे माता-पिता, जिनमें से एक जन्मजात विकृति से ग्रस्त हो।
- ऐसी गर्भवती मां जिसके स्क्रीनिंग टेस्ट की जांच पॉजिटिव आई हो।
- निकट संबंधों वाले दंपत्तियों में भी यह शिकायत पाई जा सकती है।

गर्भाधान से पहले ही जेनेटिक सलाह लेनी चाहिए। वह यह सलाह दे सकता है कि दंपत्ति एक स्वस्थ शिशु को जन्म दे पाएंगे या नहीं! वह उन्हें सभी संभावित जांच व चिकित्सा की जानकारी दे सकता है। जेनेटिक सलाह के बल पर असंख्य दंपत्यिों को बाद में होने वाली टूटन व तकलीफ से छुटकारा मिल जाता है और इलाज के बाद वे स्वस्थ शिशु के जन्म का सपना साकार कर पाते हैं।

''मैं और मेरे पति गर्भपात में यकीन नहीं रखते। मेरी उम्र अभी केवल 37 वर्ष है, मुझे शिशु के जन्म से पूर्व की जांच क्यों करानी चाहिए?''

इस तरह जांच करवाने से आप काफी हद तक निश्चिंत हो सकती हैं। अधिकतर शिशु ऐसी जांच के बाद क्लीन चिट पा लेते हैं।

अगर जांच में कोई खराबी हो और गर्भपात करवाने की नौबत आ ही जाए तो माँ-बाप को इस सदमे से उबरने का वक्त मिल जाता है या फिर वे इस शिशु की देखभाल के लिए मानसिक रूप से तैयार हो जाते हैं जो 'स्पेशल बच्चों' की लिस्ट में आ सकता है। उसकी अपनी कुछ विशेष माँगें हो सकती हैं। जांच से यह पता लगाने में भी मदद मिलेगी कि डिलीवरी कहाँ और कैसे होनी चाहिए।

माता-पिता को डिलीवरी से पहले ही पता चल जाता है कि उन्हें आने वाले समय में कैसे हालात का सामना करना होगा। कई बार यह भी पता चल जाता है कि जन्म से पूर्व ही दोष को सुधारा जा सकता है। उसकी अपनी कुछ विशेष माँगें हो सकती हैं। जांच से यह पता लगाने में भी मदद मिलेगी कि डिलीवरी कहाँ और कैसे होनी चाहिए।

माता-पिता को डिलीवरी से पहले ही पता चल जाता है कि उन्हें आने वाले समय में कैसे हालात का सामना करना होगा। कई बार यह भी पता चल जाता है कि जन्म से पूर्व ही दोष को सुधारा जा सकता है। अगर डॉक्टर ने आपको ऐसी जांच कराने की सलाह दी है तो उसे अनदेखा न करें। अपने डॉक्टर या जेनेटिक विशेष से सलाह लें। अगर डॉक्टर इस जाँच से कोई अमूल्य सूचना पाना चाहते हैं तो उन्हें ऐसा करने से न रोकें।

प्रसव-पूर्व निदान

लड़का होगा या लड़की? उसके बाल भूरे होंगे या सुनहरे? आँखें नीली होंगी या हरी? क्या उसका चेहरा मम्मी जैसा और डिंपल पापा जैसे

होंगे? क्या उसकी आवाज पापा जैसी होगी?

बच्चे अपने जन्म से पहले, यहां तक कि गर्भधारण से भी पहले, माता-पिता के लिए अनुमान का विषय बने रहते हैं लेकिन एक सवाल ऐसा है, जिस पर माता-पिता सबसे ज्यादा हैरान-परेशान होते हैं। क्या हमारा होने वाला शिशु स्वस्थ होगा?

अभी तक, शिशु के जन्म तक इस प्रश्न का उत्तर देना मुश्किल था, लेकिन अब पहली तिमाही में ही इस सवाल का जवाब दिया जा सकता है। क्योंकि अब प्रसव से पहले ही कई तरह की जांच व स्क्रीनिंग की जाने लगी है।

अधिकतर भावी माताएं अपने चालीस सप्ताह के प्रसव काल में कई तरह के परीक्षणों से गुजरती हैं-इनमें वे माताएं भी शामिल हैं जिनके बच्चे आयु, अच्छे पोषण व प्रसव पूर्व बढ़िया देखभाल के कारण स्वस्थ जन्म लेते हैं। इन स्क्रीनिंग टेस्ट से मां या शिशु को कोई नुकसान नहीं होता बल्कि उनके स्वास्थ्य की पुष्टि हो जाती है।

हालांकि सीवीएस व एमनियो जैसे विस्तृत अल्ट्रासाउंड की जरूरत सभी को नहीं पड़ती। जिन माता-पिता के टेस्ट की रिपोर्ट नकारात्मक आती है वे आगे वाले एडवांस टेस्ट भी करवाते रहते हैं कि शायद कहीं से स्वस्थ शिशु के जन्म लेने का आश्वासन मिल सके। ऐसे टेस्टों के लिए निम्नलिखित महिलाओं को उपयुक्त प्रत्याशी माना जा सकता है :-

- **35 वर्ष से ऊपर की महिलाएं :**-हालांकि माताएं प्रारंभिक स्क्रीनिंग जांच से ही संतुष्ट होकर अपने डॉक्टर की राय से आगे वाले टेस्ट को नकार सकती हैं।
- अपने डॉक्टर से पूछकर राय ली जा सकती है कि किसी मामले में प्रसव-पूर्व की सारी जानकारी आवश्यक है या नहीं!
- परिवार में जेनेटिक रोग का इतिहास या रोग का पता लगना।
- किसी भी तरह के संक्रमण का पता चलना, जो कि बच्चे के जन्म से जुड़ा हो (रुबेला/टॉक्सोप्लाज़्मोसिस)
- पहले गर्भपात होना या जन्मजात विकारों वाले शिशु का जन्म
- प्रसव पूर्व स्क्रीनिंग जांच में पॉजिटिव रिजल्ट आना।

ऐसी जांच क्यों करवाई जाए, जिससे शिशु को खतरा हो सकता है। दरअसल इसकी सबसे बड़ी वजह यह है कि अगर शिशु को कोई रोग है तो उसका इलाज हो सके और कुछ नहीं है तो उसके मम्मी-पापा चिंता छोड़ कर, गर्भावस्था का पूरा आनंद ले सकें।

पहली तिमाही

पहली तिमाही-अल्ट्रासाउंड :-यह क्या है? यह एक साधारण सा स्क्रीनिंग टेस्ट है। इसमें ऐसी ध्वनि तरंगों का प्रयोग किया जाता है, जिन्हें कान से सुन सकते हैं, सोनोग्राफी में भ्रूण का एक्स-रे लिए बिना, उसकी जांच की जा सकती है। हालांकि इससे कई जन्मजात विकृतियों का पता लग जाता है लेकिन कई बार बहुत बड़ी कमी छूट भी सकती है। (सब ठीक लगने के बावजूद ठीक न होना) या इसका उल्टा हो सकता है (सब ठीक होने के बावजूद ठीक न लगना)

पहला तिमाही-अल्ट्रासाउंड किया जाता है ताकि :

- गर्भावस्था की वैधता की जांच
- गर्भावस्था की तारीख
- भ्रूणों की संख्या
- यदि रक्तस्राव है तो उसका कारण
- गर्भधारण के समय लगाए गए आईडीयू की तलाश
- सीवीएस से पहले भ्रूण की तलाश
- क्रोमोसोमल असामान्यता के खतरे की जांच

यह कैसे होता है? ट्रांसएबड्रामिनल जांच के लिए ब्लैडर को पूरा भरना पड़ता है। काफी

सारा पानी या पेय पदार्थ लेने के बाद पेट भरा महसूस होने से थोड़ी उलझन होती है। इसके अलावा कोई दर्द या तकलीफ नहीं होती। पेट के निचले हिस्से पर जैल लगाकर एक कॉर्ड को उस पर घुमाया जाता है।

आपको पीठ के बल लिटाया जाता है। जैल लगाने से ध्वनि की तीव्रता में सुधार होता है। यदि ट्रांसवैजाइनल जांच करनी हो तो ट्रासड्यूसर को योनि में डाला जाता है। यंत्र आपके शरीर की ध्वनि तरंगों को स्क्रीन पर, तस्वीर के रूप में प्रस्तुत कर देते हैं।

यह कब होता है? :-यह पहली तिमाही में कभी भी किया जा सकता है, बस इसे करने के कारण अलग-अलग हो सकते हैं। आपके आखिरी पीरियड के साढ़े चार सप्ताह बाद जैस्टेशन सैक को अल्ट्रासाउंड की मदद से देख सकते हैं। 5 से 6 सप्ताह के बाद दिल की धड़कन सुनी जा सकती है।

यह कितना सुरक्षित है? :-वर्षों के अध्ययन से साफ है कि इससे कोई नुकसान नहीं, बल्कि फायदा ही होता है। अधिकतर डॉक्टर, गर्भावस्था में कम से कम एक बार अल्ट्रासाउंड कराने की राय तो देते ही हैं। हालांकि कहा यही जाता है कि कोई ठोस कारण होने पर ही अल्ट्रासाउंड कराना चाहिए।

पहली-तिमाही (एक साथ स्क्रीनिंग)

यह क्या है? :-पहली तिमाही की कंबाइंड स्क्रीनिंग में अल्ट्रासाउंड, शिशु के साथ रक्त की जांच भी होती है। पहले अल्ट्रासाउंड, शिशु की पीठ के पिछले हिस्से में एकत्र, द्रव्य की हल्की-सी परत को मापता है। यदि यह द्रव्य न्यूकल ट्रांसलूसेंसी की मात्रा अधिक हो तो, क्रोमोसोमल असामान्यताओं (डाऊन सिंड्रोम, कॉनजेननिटल हार्ट डिफेक्ट) व दूसरे जेनेटिक डिसआर्डर का खतरा बढ़ जाता है।

फिर रक्त की जांच पीएपीपी-ए और एचसीजी (भ्रूण द्वारा उत्पादित दो हार्मोन, जो मां के रक्तप्रवाह में शामिल होते हैं) का पता लगाया जाता है। इन स्तरों को एनटी की माप और मां की आयु से जोड़ा जाता है और डाऊन सिंड्रोम के खतरे की जांच की जाती है।

कई मेडिकल सेंटर, इस अल्ट्रासाउंड में भ्रूण की नेसल बोन की भी जांच करते हैं। अध्ययनों से पता चला है कि यदि पहले अल्ट्रासाउंड में इस बोन का पता न चले तो डाऊन सिंड्रोम का खतरा बढ़ जाता है। कुछ अध्ययन इसके खिलाफ हैं। नतीजन यह मामला अभी विवादित है।

हालांकि एक साथ होने वाली इस स्क्रीनिंग से आपको वे नतीजे नहीं मिल सकते जो 'इन्वेसिव डायग्नॉस्टिक टेस्ट' से मिलते लेकिन इसकी मदद से आप फैसला ले सकते हैं कि आपको 'डायग्नॉस्टिक टेस्ट' कराना चाहिए या नहीं? यदि आपको इन नतीजों से पता चलता है कि शिशु में क्रोमोसोमल विकार हो सकते हैं तो सी.वी.एस. (कोरिआनिक विल्लस सैम्पलिंग) या एमनियो सेंटेसिस)जांच करने को कहा जायेगा।

यदि टेस्ट में ज्यादा खतरे का संकेत नहीं मिलता तो डॉक्टर आपको दूसरी तिमाही में क्वैड स्क्रीन टेस्ट कराने की सलाह देंगे ताकि न्यूरल ट्यूब डिफेक्ट पता लग सके। चूंकि यह चीज़ हृदय रोगों या विकारों से भी जुड़ी है इसलिए बीसवें सप्ताह के दौरान फैटल इकोकार्डियोग्राम कराने की सलाह भी दी जा सकती है ताकि हृदय के विकारों का पता लगा सके। एन टी की जांच सही न होने पर प्रीटर्म लेबर का खतरा भी बढ़ सकता है इसलिए आपको उसके लिए भी ध्यान देना होगा।

यह कब होता है? :- पहली-तिमाही कंबाइंड स्क्रीनिंग, गर्भावस्था के 11 से 14 सप्ताह के बीच की जाती है।

यह कितनी सही होती है?:- यह स्क्रीन टेस्ट, प्रत्यक्ष रूप से क्रोमोसोमल परेशानियों की जांच नहीं करता और न ही किसी निश्चित स्थिति का निदान करता है। केवल इतना अंदाज हो जाता है कि शिशु को कोई तकलीफ हो सकती है। असामान्य नतीजे का मतलब यह नहीं कि उसे कोई क्रोमोसोमल रोग ही होगा, केवल खतरे का संकेत हो सकता है।

आमतौर पर असामान्य नतीजों वाली स्वस्थ महिलाएं भी सामान्य व स्वस्थ शिशुओं को जन्म देती हैं। सामान्य नतीजे भी इस बात की गारंटी नहीं देते कि स्वस्थ शिशु का ही जन्म होगा, यह भी हो सकता है कि वह क्रोमोसोमल विकार से ग्रस्त हो।

इस कंबाइंड स्क्रीन टेस्ट से 80 प्रतिशत डाऊन सिंड्रोम तथा 80 प्रतिशत ट्राईसोमी समस्याओं का पता चलता है।

यह कितना सुरक्षित है? :-अल्ट्रासाउंड और रक्त की जांच, दोनों ही दर्द रहित हैं (यदि आप सुई चुभोने का दर्द सह लें तो) इनमें आपको या शिशु को कोई खतरा नहीं होता। बस एक ही बात है, इस तरह के स्क्रीन टेस्ट के लिए काफी बढ़िया अल्ट्रासाउंड तकनीक की जरूरत पड़ती है इसलिए आपको इसे विशेष उपकरण (अच्छी क्वालिटी) से ही करवाना चाहिए। डॉक्टर व सोनोग्राफर भी प्रशिक्षित हों, तो ठीक रहेगा। याद रखें कि हल्की मशीनों से टेस्ट करवाने पर झूठे-सच्चे नतीजे भी निकल सकते हैं जो आगे चलकर खतरा बन जाएंगे। इन नतीजों के हिसाब से कोई भी अगला फैसला लेने से पहले इन्हें, जेनेटिक सलाहकार या अनुभवी डॉक्टर को दिखा लें यदि कोई संदेह हो तो इसकी राय भी अवश्य लें।

कोरिऑनिक विल्लस सैंपलिंग

यह क्या है? सीवीएस एक प्रसव पूर्व निदान जांच है, जिसमें प्लेसेंटा के अंगुली जितने आकार से, छोटे कोशिका का नमूना लेकर जांच की जाती है कि कहीं क्रोमोसोमल असामान्यताएं तो नहीं? वर्तमान में, डाऊन सिंड्रोम, टे-शेक, सिकिल सैल एनीमिया व सिस्टिक फाइबरोसिस की जांच के लिए सीवीएस टेस्ट किया जाता है।

इससे न्यूरल ट्यूब व इससे एनाटोमिकल विकारों का पता नहीं चलता। किसी विशेष रोग की जांच तभी की जाती है, जब परिवार में इसका इतिहास रहा हो या माता-पिता में से किसी एक को वह रोग (माना जाता है कि सीवीएस ऐसी 1,000 से अधिक विकारों का पता लगा पाएगा) जिसके लिए विकृत जींस या क्रोमोसोम उत्तरदायी हैं।

यह कैसे होता है? :- यह अस्पताल में ही किया जाता है, हालांकि इसे डॉक्टर के क्लीनिक में भी किया जा सकता है। प्लेसेंटा की स्थिति के अनुसार वैजाइना या सरविक्स ट्रांससर्वाइकल या पेट के निचले हिस्से की दीवार तक सुई घुसा कर (ट्रांसएब्डॉमिनल सी वी एस) कोशिकाओं का नमूना लिया जाता है। कोई भी तरीका ऐसा नहीं जो पूरी तरह दर्द रहित हो। थोड़ी-बहुत तकलीफ सभी तरीकों में होती है। कई महिलाओं को नमूने लेते समय ऐंठन के साथ हल्के दर्द की तकलीफ भी होती है। इन तरीकों में शुरू से आखिर तक 30 मिनट लगते हैं जबकि नमूना लेने में एक-दो मिनट का समय लगता है।

ट्रांसएब्डॉकल तरीके में आपको पीठ के बल लिटा कर, योनि के रास्ते गर्भाशय तक लंबी पतली ट्यूब डाली जाती है इसके साथ ही अल्ट्रसाउंड जुड़ा होता है। डाक्टर ट्यूब की स्थिति को सही करते हैं फिर उस कोशिका का नमूना ले लिया जाता है।

ट्रांसएबडामिनल तरीके में भी पीठ के बल लिटाया जाता है। अल्ट्रासाउंड की मदद से प्लेसेंटा की स्थिति और यूटेरास की दीवारों का अंदाजा लगाया जाता है। फिर पेट के निचले हिस्से में एक सुई डाली जाती है और इसी की मदद से सब काम होता है।

भ्रूण की जांच से उसके जेनेटिक मेकअप

का पूरा अंदाजा हो जाता है। एक-दो सप्ताह में जांच के नतीजे आ जाते हैं।

यह कब होता है? :-यह गर्भावस्था के 10 से 13 सप्ताह के बीच होता है। इसका सबसे बड़ा फायदा यह होता है कि इसे पहली तिमाही में किया जाता है और यह एमनियोसेंटेसिस से कहीं पहले परिणाम दे देता है, जो कि आमतौर पर 16 सप्ताह बाद होता है। प्रारम्भिक निदान उन लोगों के लिए है, जो पहले ही किसी परेशानी या तकलीफ को भांप कर उसका इलाज करना चाहते हैं। इस प्रकार यदि गर्भपात भी पहले ही हो जाए तो ज्यादा मुश्किल नहीं होती और सदमा भी नहीं लगता।

यह कितना सही होता है? :- सीवीएस *98%* तक क्रोमोसोमल समस्याओं का सही-सही पता लगा लेता है।

यह कितना सुरक्षित है? :-यह सुरक्षित और भरोसेमंद है। 370 में से 1 गर्भपात का मामला हो सकता है। आपको अच्छे रिकार्ड वाला जांच केंद्र चुनना चाहिए तथा ठीक 10 सप्ताह तक इंतजार करना चाहिए, ताकि इस विधि से जुड़े किसी भी खतरे को घटाया जा सके।

सीवीएस के बाद योनि से थोड़ा रक्तस्राव हो सकता है। इसे गंभीरता से न लें हालांकि इसके बारे में डॉक्टर को बता देना चाहिए यदि यह तीन से अधिक दिन तक होता रहे, तब तो डॉक्टर को अवश्य बताएं। वैसे तो इंफेक्शन का कोई डर नहीं होता लेकिन कुछ दिन के भीतर बुखार हो जाए तो डॉक्टर को दिखाएं।

पहली व दूसरी तिमाही

इंटीग्रेटेड स्क्रीनिंग

यह क्या है? :-पहली तिमाही की कंबाइंड स्क्रीनिंग की तरह, इंटीग्रेटिड स्क्रीनिंग टेस्ट में अल्ट्रासाउंड और ब्लड टेस्ट दोनों होते हैं, लेकिन इस मामले में; अल्ट्रासाउंड (एन टी की जांच), पहला ब्लड टेस्टपीएपीवी की जाँच आदि पहली तिमाही में किए जाते हैं तथा दूसरा ब्लड टेस्ट (क्वैड स्क्रीनिंग की तरह चारों तथ्यों की जांच के लिए) दूसरी तिमाही में किया जाता है। इन तीनों टेस्ट का मिला-जुला नतीजा दिया जाता है।

दूसरे स्क्रीनिंग टेस्ट की तरह यह भी प्रत्यक्ष रूप से क्रोमोसोमल समस्याओं की जांच नहीं करता और न ही किसी विशेष स्थिति की जांच करता है यह सिर्फ यही अनुमान देता है कि शिशु को कोई तकलीफ हो सकती है। यह जानकारी मिलने के बाद आप डॉक्टर से मिल कर तय कर सकते हैं, कि आप डायग्नॉस्टिक टेस्ट करवाना चाहेंगे या नहीं।

यह कब होता है? :- यह अल्ट्रासाउंड 10 से 14 सप्ताह के बीच होता है। पहला ब्लडटेस्ट, अल्ट्रासाउंड वाले दिन ही होता है और दूसरा ब्लड टेस्ट 16 से 18 सप्ताह के बीच होता है। दूसरे ब्लड टेस्ट के बाद जांच के नतीजे दिए जाते हैं।

यह कितना सही होता है?:-गर्भावस्था में पहली व दूसरी तिमाही की सम्मिलित जांच के परिणाम, एक तिमाही की जांच से अधिक प्रभावी होते हैं। इंटीग्रेटिड स्क्रीनिंग टेस्ट से 90 प्रतिशत डाऊन सिंड्रोम केस व 80 से 85 प्रतिशत तक न्यूरल टेस्ट डिफेक्ट्स का पता लगाया जा सकता है।

यह कितना सुरक्षित है:-अल्ट्रासाउंड और ब्लड टेस्ट में कोई दर्द नहीं होता। इससे मां या शिशु को भी कोई खतरा नहीं है।

दूसरी तिमाही

क्वैड स्क्रीनिंग

यह क्या है? :- इसमें भ्रूण द्वारा बनने वाले

चारों पदार्थों की जांच होती है, जो मां के रक्त प्रवाह में मिलते हैं। एल्फा फीटोप्रोटीन, एसीजी एस्ट्रीओल और इनहिबिन ए, कुछ डॉक्टर सिर्फ तीन पदार्थों की ही जांच करते हैं। एएफवी के बढ़े हुए स्तर से 'न्यूरल ट्यूब डिफेक्ट' का अंदाजा लगाया जा सकता है। एएफपी का घटता स्तर व इसके असामान्य स्तर संकेत दे सकते हैं कि बढ़ते शिशु को क्रोमोसोमल असामान्यता का खतरा है। जैसे–डाऊन सिंड्रोम। सभी स्क्रीन टेस्ट की तरह क्वैड भी जन्मजात विकारों का पता नहीं लगा सकता। यह सिर्फ खतरा भांप सकता है। किसी भी असामान्य नतीजे का यही मतलब होगा कि आगे जांच की आवश्यकता है।

रोचक रूप से, अध्ययनों से पता चला है कि जिन महिलाओं के क्वैड स्क्रीनिंग के नतीजे असामान्य आते हैं लेकिन उसके बाद वाले टेस्ट सही आते हैं, उन्हें गर्भावस्था की कई जटिलताओं का सामना करना पड़ सकता है। यदि आपको भी ऐसे नतीजे मिलें तो इस बारे में अपने डॉक्टर से राय लें। ध्यान रहे कि ऐसी जटिलताओं और असामान्य नतीजों में गहरा संबंध हो सकता है।

यह कब होता है? :- यह 14 से 22 सप्ताह के बीच किया जाता है।

यह कितना सही होता है? :-यह करीब 85 प्रतिशत तक न्यूरल ट्यूब डिफेक्ट का पता लगा सकता है। 80 प्रतिशत तक डाऊन सिंड्रोम व ट्रिसोमी की 18 समस्याओं का पता लगा सकता है। स्वतंत्र क्वैड स्क्रीनिंग में झूठे पॉजिटिव नतीजे भी आ जाते हैं। केवल 50 में से 1 या 2 महिलाओं में हाई रीडिंग के बावजूद भ्रूण प्रभावित होता है। बाकी 48 या 49 में, आगे की जांच से पता चलता है कि हार्मोनल स्तर असामान्य है क्योंकि वहां एक से अधिक भ्रूण है। वह भ्रूण सोची गई आयु से छोटा/बड़ा हो सकता है। या फिर टेस्ट के नतीजे गलत निकलते हैं। यदि महिला एक ही भ्रूण को विकसित कर रही हो और अल्ट्रासाउंड से सही तिथियां पता चल जाएं तो इसके बाद एमनिओसेंटेसिस की सलाह दी जाती है।

यह कितना सुरक्षित है :- इसमें सिर्फ रक्त का नमूना चाहिए इसलिए यह काफी सुरक्षित है। सबसे बड़ा खतरा यही है कि पॉजिटिव नतीजे के बाद खतरनाक जांच करनी पड़ सकती है। इस स्क्रीनिंग के आधार पर कोई भी फैसला लेने से पहले किसी अनुभवी चिकित्सक या जिनेटिक सलाहकार की राय ले लें।

यह एक सरप्राइज़ है

डायग्नॉस्टिक टेस्ट से आपके शिशु का लिंग पता चल सकता है लेकिन यह आपको तय करना है कि आप इस जांच के दौरान इसे जानना चाहेंगे या बर्थ रूम में ही इस राज को खोलना चाहेंगे। अपने डॉक्टर से इस बारे में पहले ही बात कर लें ताकि आपका सरप्राइज़ बना रह सके। भारतवर्ष में लिंग जांच करना अब अपराध है।

एमनिओसेंटेसिस

यह क्या है? :- भ्रूण के आसपास घिरे हुए एमनिओटिक द्रव्य में भ्रूण कोशिका रसायन व माइक्रोआर्गेनिकज्म की मदद से विकसित हो रहे शिशु के बारे में काफी जानकारी ली जा सकती है जैसे-जेनेटिक मेकअप, वर्तमान तथा परिपक्वता की स्थिति। प्रसवपूर्व निदान में यह जांच काफी महत्वपूर्ण होती है। यह तब की जाती है, जब :-

- जब किसी स्क्रीनिंग टेस्ट के नतीजे असामान्य आएं तो भ्रूण के एमनिओटिक द्रव्य की जांच बहुत जरूरी हो जाती है, ताकि पता लग सके कि कहीं भ्रूण में कोई असामानता तो नहीं!
- यदि माँ की आयु 35 से अधिक है तो शिशु डाऊन सिंड्रोम से ग्रस्त हो सकता

है, तब डॉक्टर की राय से यह जांच की जाती है।

- घर में पहले ही एक शिशु जन्म ले चुका है, जो क्रोमोसोमल असामान्यता से ग्रस्त है; जैसे सिंड्रोम, मेटावॉलिक डिसआर्डर या एंजाइम डेफीशियेंसी वगैरह!
- – अगर मां किसी एक्स लिंकड जेनेटिक असामानता जैसे-हीमोफीलिया से ग्रस्त है।
- टॉम्सोप्लाजमोसिस, फिफथो डिज़ीज, साइटोमैगालोवायरस या किसी अन्य से भ्रूण संक्रमण की संभावना है।
- गर्भावस्था में बाद में, भ्रूण के फेफड़ों की जांच अनिवार्य हो जाती है।

यह कैसे होता है? :-आपको पीठ के बल लिटाकर, अल्ट्रासाउंड की मदद से शिशु और प्लेसेंटा का पता लगाया जाता है ताकि डॉक्टर इस प्रक्रिया में उन्हें साफ तौर पर देख सकें। हो सकता है कि लोकल एनस्थीसिया का इंजेक्शन देकर पेट के निचले हिस्से को सुन्न किया जाए लेकिन यह इंजेक्शन की प्रक्रिया अत्यधिक दर्द देने वाली होती है। इसलिए डॉक्टर इसे नहीं लगाते। आपके गर्भाशय में एक लंबी खोखली सुई पहुंचाई जाती है और उसमें थोड़ा एमनिओटिव द्रव्य लिया जाता है। (भ्रूण अपने-आप उस द्रव्य की फिर से पूर्ति कर लेता है)। इसके साथ-साथ अल्ट्रासाउंड भी होता रहता है ताकि गलती से भी भ्रूण को किसी प्रकार की चोट न पहुंचे या उसे सुई न चुभे। इस पूरे तरीके में आधा घंटा लगता है जबकि द्रव्य लेने में मुश्किल से 1-2 मिनट लगते हैं। यदि आप आर एच निगेटिव हैं तो आपको एमनिओसेंटेसिस के बाद आरएच ओगैम इम्यून ग्लोबूलिन का इंजेक्शन दिया जाता है ताकि आरएच से जुड़ी समस्याएं खड़ी न हो जाएं।

यह कब होता है? :- यह गर्भावस्था के 16 से 18 सप्ताह के बीच होता है, लेकिन कई बार 13 या 14 या फिर 23 या 24 वें सप्ताह में भी किया जा सकता है। 10 से 14 दिन में जांच के नतीजे आ जाते हैं। कई प्रयोगशालाओं में फिश तकनीक (फलोरोसेंट इन सिटू हाइब्रीडिजेशन) का प्रयोग किया जाता है। जिसमें कोशिकाओं के निश्चित क्रोमोसोम के नंबर झटपट गिने जा सकते हैं। यह एमनीओसेंटेसिस नमूने में भी झटपट नतीजे पाने के लिए किया जा सकता है। चूंकि यह नतीजे पूरे नहीं होंगे इसलिए लैब में दूसरी क्रोमोसोमल जांच भी की जा सकती है। यह टेस्ट आखिरी तिमाही में भी किया जा सकता है ताकि भ्रूण के फेफड़ों की परिपक्वता जांच हो सके।

यह कितना सही होता है? :- यह 99 प्रतिशत से अधिक सही होता है। एक सामान्य फिश टेस्ट करीब 98 प्रतिशत सही होता है।

यह कितना सुरक्षित है? :- यह पूरी तरह सुरक्षित माना जाता है। 1,600 में से 1 मामले में गर्भपात की संभावना हो सकती है। इस प्रक्रिया के बाद कुछ घंटे तक पेट में हल्की ऐंठन या दर्द महसूस हो सकता है। कुछ डॉक्टर इसके बाद आराम की सलाह देते हैं और कुछ नहीं! कभी-कभी हल्का रक्तस्राव या द्रव्य का स्राव हो सकता है। हालांकि थोड़े आराम से यह ठीक हो जाएंगे लेकिन अपेक्षित सावधानी बरतना न भूलें।

एमनियो जटिलता

वैसे तो समनियोसेंटेसिस मे जटिलताएँ कम हो जाती हैं। 100 में से 1 प्रक्रिया में एमनायोटिक द्रव्य के रिसाव की शिकायत होती है। यदि आपको योनि से किसी रिसाव का पता चले तो उसी समय डॉक्टर को बताएँ हो सकता है कि रिसाव कुछ दिन में बंद हो जाए लेकिन इन दिनों पूरे आराम व सावधानी की जरूरत होगी।

दूसरी–तिमाही अल्ट्रासाउंड

यह क्या है? :-चाहे आप गर्भधारण के बाद पहली तिमाही में या फिर कंबाइंड या इंटीग्रेटिड स्क्रीनिंग टेस्ट में अपना अल्ट्रासाउंड करवा चुकी हैं, लेकिन इसके बावजूद आपको दूसरी तिमाही में यह अल्ट्रासाउंड करवाना होगा क्योंकि इससे भ्रूण के विकास व अंगों की संरचना का पता चलता है। इससे भ्रूण के विकास का भी अनुमान लगाया जा सकता है। इसमें आपके शिशु की ज्यादा बेहतर तस्वीर दिखने लगती है।

आजकल अल्ट्रासाउंड की तस्वीरें इतनी साफ होती हैं कि गैरविशेषज्ञ यानी माता–पिता तक सिर से पांव तक पूरी आकृति पहचान सकते हैं। आप इस अल्ट्रासाउंड में डॉक्टर की मदद से अपने शिशु के धड़कते दिल, उसकी रीढ़ की हड्डी के मोड़, चेहरे, बाजू व टांगों को पहचान सकती हैं। हो सकता है कि वह आपको अपना अंगूठा चूसता हुआ भी दिख जाए, हालांकि लिंग की पहचान भी हो जाती है। यदि आप इसे सरप्राइज़ रखना चाहती हैं तो डॉक्टर को पहले ही बता दें। अधिकतर मामलों में आप इस अल्ट्रासाउंड की 3–डी या 4 डी डिजिटल वीडियो घर ला सकती हैं ताकि उसे परिवार व मित्रों को दिखाया जा सके।

यह कब होता है? :- आमतौर पर इसे 18 से 22 सप्ताह के दौरान किया जाता है।

भ्रूण स्क्रीन

कई बार स्क्रीन में कई बार जांच कराने के बाद भी सही नतीजे सामने नहीं आते। तब आप ऐसी चिंता में पड़ जाते हैं, जिससे आप सचमुच बचना चाह रहे थे। इस बारे में डॉक्टर से राय लेने के बाद ही कोई कदम बढ़ाएं। आमतौर पर 90 प्रतिशत महिलाएं पॉजिटिव स्क्रीन के बाद स्वस्थ शिशुओं को जन्म देती हैं।

यह कितना सुरक्षित है? :- इसमें कोई खतरा नहीं बल्कि कई फायदे ही होते हैं। डॉक्टर आमतौर पर गर्भावस्था में कई बार अल्ट्रासाउंड परीक्षण की सलाह देते हैं। कुछ विशेषज्ञ ऐसे हैं, जिनके अनुसार विशेष परिस्थितियों में ही अल्ट्रासाउंड होना चाहिए।

अन्य प्रकार की जन्म-पूर्व जांच :- दिन व दिन इस क्षेत्र का विस्तार होता जा रहा है। कई नई दवाएं बाजार में आर ही हैं। अनेक प्रकार के टेस्ट व जाँच भी किए जाने लगे हैं। जिनमें से प्रमुख निम्नलिखित हैं।

परक्यूटेनियस अम्बलीकिल ब्लड सैंपलिंग :-पीयूबीएस जाँच गर्भावस्था के 18 वें सप्ताह में की जाती है। इससे कई रक्त व त्वचा रोगों का पता चल जाता है, जो कि फ्रमनिओसेंटेसिस में पता नहीं चलते यदि एमनिओसेंटेसिस के नतीजे असामान्य हों, तो भी यह जांच होती है। इससे पता चल जाता है कि कहीं शिशु किसी गंभीर रोग के संक्रमण से ग्रस्त तो नहीं है; जैसे–रुबेला, टॉक्सो प्लाजमोसिल, फिक्क डिजीज़। हालांकि ये जाँच नई है पर इसके नतीजे प्रामाणिक ही माने जाते हैं।

यह भी एमनिओसेंटेसिस की तरह ही होता बस अंतर इतना है कि अल्ट्रासाउंड की सुई, एमीनायोटिक सैक में डालने की बजाए अजन्मे शिशु के अंबलिकन कॉर्ड की रक्त नलिका में डाली जाती है। इसके नतीजे तीन दिन में मिलते हैं। इस जांच से सम से पहले डिलीवरी होने या तिल्ली फटने का हल्का सा खतरा भी शामिल होता है।

भ्रूण लिंग निर्धारण के लिए मैटरनल ब्लड टेस्ट :- हालांकि यह प्रयोग अवस्था में है लेकिन अ आनुवांशिक कारणों की स्क्रीनिंग के लिए बेहतर है जो केवल नर शिशु पर ही असर डालते हैं।

स्किन सैम्पलिंग :- भ्रूण की त्वचा का थोड़ा सा नमूना ले कर जांच की जाती है।

एम.आर.आई. :- इससे भ्रूण व उसकी

अगर कोई समस्या हो तो..

आमतौर पर तो नतीजों से यही पता चलता है कि सब कुछ ठीक-ठाक ही होगा लेकिन कई बार ऐसी खबर भी सामने आ जाती है जो मां-बाप का दिल तोड़ने के लिए काफी होती है। ऐसी हालत में, आने वाले समय के लिए आप विशेषज्ञ की सलाह लें, जो संभावित विकल्प दे सकते हैं–

गर्भावस्था में परामर्श :- कई मामले ऐसे होते हैं, जब माता-पिता को पता चलता है कि आने वाला शिशु स्वस्थ व सामान्य नहीं है और वे किसी हालत में गर्भपात नहीं कराना चाहते तो वे शिशु के जन्म से पहले ही अपने-आपको उस स्थिति के लिए तैयार करने लगते हैं। वे उस शिशु के जीवन की बेहतरी के उपाय जान सकते हैं। उसकी समस्याओं से निपटने के लिए हिम्मत जुटा सकते हैं और भावनात्मक व व्यावहारिक रूप से चुनौती का सामना कर सकते हैं।

गर्भावस्था की समाप्ति :- यदि कोई ऐसा नतीजा सामने आता है, जिसमें विकृति जानलेवा हो सकती है तो माता-पिता विशेषज्ञ की सलाह से गर्भपात करवाने को तैयार हो सकते हैं। हालांकि वे इससे पहले ऑटोप्सी की राय ले सकते हैं, जिसमें भ्रूण की कोशिका की सावधानी पूर्वक जांच की जाती है, ताकि अगली गर्भावस्था में इस तरह की असामानता न आए। वे इस जांच व विशेषज्ञ की राय के बाद स्वयं को अगली आने वाली सामान्य गर्भावस्था के लिए तैयार करते हैं। अधिकतर मामलों में अगली बार स्वस्थ शिशु का जन्म होता है।

भ्रूण की प्रसवपूर्व चिकित्सा :- इसमें ब्लड ट्रांसफ्यूज़न आरएच रोग में सर्जरी (जैसे बंद ब्लैडर को निकालना), एंजाइम या कोई दवा देना(जब डिलीवरी जल्दी करनी हो तो शिशु के फेफड़ों का विकास तेज करने के लिए) या फिर किसी और प्रसव पूर्व सर्जरी, जेनेटिक मेनीपुलेशन वगैरह को शामिल कर सकते हैं। आजकल ये सब काफी आम होता जा रहा है।

अंग दान करना :- यदि जांच में पता चला कि भ्रूण जीवित नहीं रह पाएगा तो माता-पिता उसके स्वस्थ अंग, किसी दूसरे नवजात को दान में देने का निर्णय ले सकते हैं। इस तरह उन्हें लगता है कि उनके नुकसान की कुछ तो भरपाई होगी। ऐसी स्थिति में कोई नियोनेटोलॉजिस्ट सही जानकारी दे सकता है।

जहां तक प्रसव पूर्व निदान की बात है, यह हमेशा याद रखें कि अच्छी से अच्छी सुविधाओं से युक्त लैब में भी गड़बड़ हो सकती है। विशेषज्ञों व अच्छी तकनीकों के बावजूद गलतियां हो सकती हैं। ऐसी अवस्था में किसी विशेषज्ञ की सलाह लिए बिना कोई कदम न उठाएं।

याद रखें कि आमतौर पर ऐसे मामले कम ही होते हैं, जब इस जांच में शिशु को कोई समस्या हो। आमतौर पर स्वस्थ माँएं, स्वस्थ शिशु को ही जन्म देती हैं। अंत में सभी समस्याओं व संदेहों का कोहरा छंटता है और गर्भावस्था का सुखद नतीजा सामने आता है।

असामान्यता के विषय में पूरी जानकारी मिल जाती है। शोधकर्ता ज्यादा बेहतर चित्र पाने के लिए शोधरत् हैं। गर्भावस्था में इसका प्रयोग पूरी तरह से सुरक्षित है।

कोकार्डियोग्राफी:- इससे भ्रूण के हृदय की जाँच होती है। यह अल्ट्रासाउंड हृदय में जाने व जाने वाले रक्त प्रवाह को भी दर्शाता है।

■ ■ ■

अध्याय-4

आपकी गर्भावस्था की जीवन शैली

निश्चित ही, अब आप अपनी रोज़मर्रा की ज़िदगी में कुछ बदलाव लाना चाहेंगी क्योंकि अब आप सिर्फ अपने लिए नहीं, किसी दूसरे के लिए भी जी रही हैं, लेकिन आपको इस बात की हैरानी होगी कि आपकी जीवन शैली में कितना बड़ा बदलाव आने वाला है। डिनर से पहले वाली कॉकटेल याद करें-क्या उसे प्रसव तक छोड़ना होगा? हॉट टब में डुबकियां और जिम भी छूट जाएगा ना? क्या आप उस बदबूदार तरल पदार्थ से अपने घर का सिंक साफ कर पाएंगी? क्या अब आपको अपनी बिल्ली की थूक वाली बात पर भी ध्यान देना होगा? क्या प्रेगनेंट होने का मतलब है कि आपको अपने कमरे में सहेली द्वारा सिगरेट पीने या माइक्रोवेव में खाना रखने जैसी बातों पर भी दो बार सोचना होगा? ऐसी बातें, जिनके बारे में आपने कभी, सपने में नहीं सोचा था! कई मामलों में तो, हम कहेंगे कि 'हां', यह ठीक है (जैसे–मैं वाहन नहीं लूंगी, धन्यवाद)...लेकिन बाकी कई मामलों में आप थोड़ी-सी सावधानी रखते हुए, पहले की तरह मौज-मस्ती से जी सकती हैं।

आप क्या सोच रही होंगी?

खेलकूद और कसरत

''क्या मैं गर्भवती होने के बावजूद अपना नियमित व्यायाम कर सकती हूं?''

ज्यादातर मामलों में गर्भावस्था का मतलब यह नहीं होता कि आप खेलना छोड़ दें, बस इतना ध्यान रहे कि आपको उस नन्हीं जान का भी ध्यान रखना है। ज्यादातर डॉक्टर गर्भवती महिलाओं को यही सलाह देते हैं कि वे थोड़ी सावधानी के साथ अपना वर्कआउट रूटीन या खेल-कूद जारी रख सकती हैं। यह बात काफी अहमियत रखती है कि आप कोई नया खेल या वर्कआउट शुरू करने से पहले डॉक्टर की सलाह लें। इतना व्यायाम भी न करें कि थकान से हालत खराब हो जाए।

कैफीन

''मैं दिन भर में कई कप कॉफी पीती थी, क्या अब मुझे कैफीन लेना छोड़ना होगा?''

आपको पूरी तरह से कॉफी छोड़ने की जरूरत नहीं है, बस थोड़ा संभलना होगा। कई सबूतों से पता चला है कि इन दिनों में प्रतिदिन 200 मि.ग्रा. तक कैफीन की मात्रा लेना सुरक्षित रहता है। यह इस बात पर भी निर्भर करता है कि आप दूध के साथ कॉफी लेती हैं या ब्लैक कॉफी? तब आपको अपनी कॉफी को दो कपों तक लाना होगा। अगर थोड़ी हल्की कॉफी पीती हैं तो, अच्छा है लेकिन तेज़ कॉफी की मात्रा तो घटानी ही पड़ेगी।

दरअसल आप कॉफी में जो कैफीन लेती हैं, वह कॉफी के अलावा और भी कई तरल पदार्थों में होती है, यह किस हद तक, शिशु तक पहुंचती है, इसके बारे में कह नहीं सकते। वैसे ताजा जानकारी तो नहीं है कि गर्भ के शुरूआती दिनों में कैफीन की अधिक मात्रा से गर्भपात हो सकता है।

कैफीन के बारे में एक और कहानी भी है। इसमें पिक-मी अप ताकत तो है लेकिन ये कैल्शियम और कई दूसरे पोषक तत्वों को शरीर में पूरी तरह घुलने से पहले ही बहा देती है। आपको बार-बार शौचालय (मूत्र) जाना पड़ रहा है। कैफीन के उत्तेजक द्रव्य आपके मूड के उतार-चढ़ाव को बढ़ा सकते हैं। अगर आप इसे दोपहर के बाद लेती हैं तो शायद रात की नींद भी पूरी नहीं ले पाएंगी। ज्यादा कैफीन की मात्रा ली तो आपके व शिशु के लिए आयरन की मात्रा घट सकती है।

सभी डॉक्टर इस बारे में अलग-अलग राय देते हैं इसलिए आप अपने डॉक्टर से इसके सेवन की मात्रा का अंदाजा ले लें तो बेहतर होगा। रोज की कैफीन की मात्रा का अंदाजा, प्रति कप कॉफी की तरह नहीं लगा सकते। कॉफी के अलावा; पेय पदार्थों, कॉफी, आईसक्रीम, चाय, एनर्जी बार व ड्रिंक और चॉकलेट में भी कैफीन होती है। उत्पादों के हिसाब से मात्रा अलग-अलग हो सकती है। आपको यह भी जानना होगा कि घर में बनी ब्रू के मुकाबले कॉफी हाउस की ब्रू में ज्यादा कैफीन होती है।

आप कैफीन की आदत से कैसे छुटकारा पा सकती हैं। वह इस बात पर निर्भर करता है कि आपके लिए कैफीन में क्या है। यह आपकी सुबह का खास हिस्सा है, काम के लिए जरूरी है, दोपहर की नींद के बाद चाहिए या दिन में जब भी मन चाहे... सुबह की मात्रा तो लेती रहें लेकिन दोपहर बाद की कॉफी की मात्रा घटानी होगी। आप कॉफी में एसप्रेसो की मात्रा घटाकर दूध की मात्रा बढ़ाएं। आपको कैल्शियम का बोनस भी मिलेगा।

अगर आप कॉफी की आदी हैं तो यह भी जानती होंगी कि इसे छोड़ना आसान नहीं होता। किसी भी चीज़ की लत पड़ जाए तो उसे छोड़ने पर कई लक्षण उभर सकते हैं, जैसे-सिरदर्द, बेचैनी, थकान, आलस आदि। आपको धीरे-धीरे अपनी खुराक घटानी होगी। पहले एक कप की मात्रा घटाएं। जब कुछ दिन में उसकी आदत पड़ जाए तो हर एक कप को आधे रूप में बदल दें व तब तक मात्रा घटाती रहें, जब तक आप अपनी मंजिल न पा लें।

अगर आप नीचे दिए गए सुझाव अपनाएंगी तो ऊर्जा पाने के लिए कॉफी बार-बार नहीं लेनी पड़ेगी।

- अपनी ब्लड शुगर और ऊर्जा का स्तर ऊंचा रखें। ताजे व स्वस्थ भोजन के सेवन से भी आपको कैफीन लेने की जरूरत महसूस नहीं होगी।
- हर रोज कुछ व्यायाम करें। इससे ऊर्जा का स्तर व एंड्रोफिन का स्राव बढ़ेगा। व्यायाम के साथ मिली ताजी हवा तो कमाल कर देगी।
- सही समय पर पूरी नींद लें। रात को पूरी नींद लेंगी तो सुबह अपने-आप ताजी होंगी। शायद आपको कॉफी लेने की जरूरत ही न पड़े।

कैफीन काउंटर

आप हर रोज़ कैफीन की कितनी मात्रा लेती हैं। यह अनुमान 200 मि.ग्रा. से कम-ज्यादा हो सकता है। इस सूची की मदद लें:-

1 कप ब्रू कॉफी (8 औंस)	=	135 मि.ग्रा.
1 कप इंस्टेंट कॉफी	=	95 मि.ग्रा.
1 कप डीकेफ कॉफी	=	5 मि.ग्रा.
6 औंस कैपेचीनो	=	90 मि.ग्रा.
1 औंस एस्प्रेसो	=	90 मि.ग्रा.
1 कप चाय	=	90 से 60 मि.ग्रा.
(हरी की बजाय काली चाय में ज्यादा कैफीन होती है)		
1 केन कोला (12 औंस) 235 मि.ग्रा., कैफीन		
1 केन डाइट-कोला	=	45 मि.ग्रा.
1 औंस मिल्क चॉकलेट	=	6 मि.ग्रा.
1 औंस डॉर्क चॉकलेट	=	20 मि.ग्रा.
1 कप चॉकलेट मिल्क	=	5 मि.ग्रा.
8 औंस कॉफी आईसक्रीम	=	40-80 मि.ग्रा.

शराब पीना

"मुझे पता नहीं था कि मैं गर्भवती हूं। मैंने अनजाने में दो बार शराब पी ली। क्या इससे शिशु को कोई नुकसान हो सकता है?"

दरअसल आमतौर पर, माँ को शुरूआत में पता ही नहीं चल पाता कि वह गर्भ से है। इस दौरान वे एक-दो ऐसे काम कर लेती हैं; जो इस बारे में पता होने पर शायद न करतीं। तभी हम यहां इन मुद्दों को उठा रहे हैं।

इस बात का कोई सबूत नहीं मिलता कि गर्भ के शुरूआती समय में थोड़ी-बहुत शराब पीने से भ्रूण को नुकसान हो सकता है इसलिए घबराने की कोई बात नहीं है।

यह सच है कि अब आपको पीने की आदत छोड़नी होगी। वैसे आपने उन महिलाओं के बारे में भी सुना होगा, जो पूरे नौ महीने, रात को सोते समय, एक गिलास हल्की वाइन लेने के बावजूद, स्वस्थ बच्चे को जन्म देती हैं लेकिन यह इस बात की गारंटी नहीं है कि आप भी सेफ मान सकती हैं बल्कि अमरीकन अकादमी के बालचिकित्सकों की सलाह है कि गर्भवती माता के लिए अल्कोहल का सेवन नुकसानदायक होता है। इस सिफारिश के बावजूद आप उस शराब के बारे में सोच कर परेशान न हों, जो आपने अनजाने में पी है। आप चाहें तो अपनी डॉक्टर से पूछ कर भी निश्चिंत हो सकती हैं।

जब भी नन्हा मेहमान आने वाला हो तो स्वयं ही संभल कर रहने में क्या बुराई है? हालांकि इसकी सुरक्षित मात्रा के बारे में कोई नहीं जानता लेकिन गर्भावस्था में अल्कोहल के सेवन की बात आती है तो हर महिला के हिसाब से इसकी मात्रा लेने से यह शिशु के रक्त में भी मिल सकती है। एक गर्भवती महिला कभी अकेले शराब नहीं पीती। वह हर वाइन, बीयर या कॉकटेल का गिलास अपने बच्चे के साथ पीती है। ऐसे में कौन सी संभावना हो सकती है, यह आप खुद ही अंदाजा लगा लें।

अगर गर्भवती महिला हर रोज शराब या बीयर पांच-छह पैग ले, तो कई तरह की गंभीर

परेशानियां पैदा हो सकती हैं। कहते हैं कि यह हैंगओवर सारी ज़िन्दगी बना रहता है। ऐसे हालात में जन्म लेने वाले शिशुओं का आकार पूरा नहीं होता, मानसिक विक्षिप्तता पाई जाती है। सिर, मुंह हृदय, हाथ-पैर व केंद्रीय तंत्रिका तंत्र में भी खराबी हो सकती है। वे अल्पायु होते हैं। जो बच्चे बच भी जाते हैं उनके साथ कोई न कोई समस्या हमेशा बनी रहती है। वे सही तरह से फैसले नहीं ले पाते। वे खुद भी 21 साल की उम्र तक आते-आते शराब की चपेट में आ जाते हैं। गर्भावस्था में शराब पीना, जितना जल्दी रोकेंगे; खतरा उतना ही घटेगा।

आपकी पीने की खुराक जितनी ज्यादा होगी, खतरा उतना ही बढ़ता जाएगा। पीने की बुरी लत की वजह से गर्भपात हो सकता है, प्रसव के समय कठिनाई आ सकती है, जन्म के समय शिशु का वजन कम हो सकता है, अस्वभाविक वृद्धि हो सकती है। बच्चा मंद बुद्धि पैदा हो सकता है। इसी वजह से कई विकासात्मक और व्यवहारगत लक्षण भी सामने आ सकते हैं।

कुछ महिलाओं के लिए गर्भावस्था में शराब छोड़ना आसान भी हो सकता है क्योंकि उन्हें इसकी गंध से नफरत होने लगती है; यह गर्भ के शुरूआती समय से लेकर अंत तक हो सकती है। जो महिलाएं इसके बिना रह नहीं पातीं या डिनर में रेड वाइन लेती हैं, उन्हें अपनी जीवनशैली में थोड़ा बदलाव लाना होगा। अगर आप आराम करने के लिए पीती हैं, तो कोई और तरीका खोजें-संगीत सुनें, गर्म पानी से नहाएं, मालिश या व्यायाम करें या कुछ पढ़ें। अगर आप पिए बिना नहीं रह सकतीं या छोड़ना ही नहीं चाहतीं तो ब्रंच में ब्लडी मैरी की बजाए वर्जिन मैरी लें, डिनर में जूस या नॉन-अल्कोहल बीयर लें। जूस में पानी मिलाकर उसी तरह लें, जैसे आप वाइन लेती हैं, गिलास और माहौल भी वही हो। अगर पतिदेव साथ देंगे तो मजा दुगुना हो जाएगा।

अगर अल्कोहल छोड़ने में परेशानी हो रही हो तो अपने डॉक्टर की राय लें। वे किसी कार्यक्रम की मदद से, परेशानी दूर कर सकते हैं।

पाइप व सिगार से बचें

पाइप व सिगार पीना छोड़ेंगी तो शिशु भी आपको धन्यवाद कहेगा। पाइप व सिगार से, सिगरेट से भी ज्यादा धुआं भीतर जाता है और शिशु के लिए खतरा पैदा हो जाता है। यदि आप अपने आने वाले मेहमान की खबर सब को सुनाना चाहती हैं तो चॉकलेट से बने सिगार व पाइप पीकर दे सकती हैं।

धूम्रपान

''मैं पिछले दस सालों से सिगरेट पीती आ रही हूं। क्या इससे मेरे बच्चे को नुकसान होगा।''

बड़ी खुशी की बात है कि आपने गर्भावस्था से पहले जो धूम्रपान किया है उसका आपके अजन्मे शिशु पर कोई असर नहीं होगा, लेकिन गर्भावस्था व खासतौर से तीसरे महीने में धूम्रपान करने से आपको व शिशु की सेहत को खतरा हो सकता है। जब आप धूम्रपान करती हैं, तो भ्रूण को धुएं से भरी कोख में पालती हैं, इसकी हृदयगति बढ़ जाती है और ऑक्सीज़न की कमी की वजह से वह सही तरीके से फल-फूल नहीं पाता।

इसके बड़े खतरनाक नतीजे हो सकते हैं। गर्भावस्था के दौरान भी कई तरह की समस्याएं पैदा हो सकती हैं। जिनमें इक्टोपिक प्रेगनेंसी, एबनॉर्मल प्लेसेंटल डिटैचमेंट, प्रीमेच्योर रप्चर ऑफ मैम्ब्रेन , वगैरह भी शामिल हैं। यहां तक कि समय से पूर्व प्रसव भी हो सकता है। प्रमाण मिले हैं कि धूम्रपान से शिशु का विकास बुरी तरह प्रभावित होता है। सबसे ज्यादा खतरा तो यह होता है कि जन्म लेने वाले शिशुओं का वजन काफी कम होता है, लंबाई कम होती है और सिर का घेरा भी कम होता है। इसी वजह से शिशु प्रसव के दौरान बीमार हो जाते हैं या उनकी मृत्यु तक हो जाती है।

धूम्रपान करने वाली महिलाओं के शिशुओं में सिडस सिंड्रोम पाया जाता है वे उन शिशुओं

जैसे सेहतमंद नहीं होते, जो महिलाएं धूम्रपान नहीं करती। इन शिशुओं में शारीरिक व बौद्धिक कमी भी पाई जाती है, अगर माता-पिता उनके आसपास धूम्रपान करते रहते हैं तो यह खतरा और भी बढ़ सकता है। उनका इम्यून सिस्टम कमजोर होता है, श्वास तंत्र में खराबी होती है, कानों में संक्रमण शीघ्र हो जाता है। अध्ययनों से पता चलता है कि ऐसे बच्चों में आमतौर पर व्यवहार से जुड़ी समस्याएं भी पाई जाती हैं। वे उन बच्चों की तुलना में, जन्म के पहले वर्ष में अधिक बीमार पड़ते हैं, जो धूम्रपान नहीं करतीं। बड़े होकर वे भी आसानी से धूम्रपान करने वालों में शामिल हो जाते हैं।

तम्बाकू का भी बुरा असर पड़ता है। पूरे दिन में एक पैकेट सिगरेट पीने वाली महिलाओं के शिशुओं का वजन, जन्म से ही काफी कम होता है। आप अगर सिगरेट पीती हैं तो गहरे कश लगाने और अधिक सिगरेट पीने का मोह छोड़ना होगा। कम निकोटीन वाली सिगरेट पीने से खतरा नहीं घटेगा। आपको इसे पूरी तरह छोड़ना होगा।

शिशु के लिए अनमोल उपहार

जब भी नन्हे के आने की सूचना मिलती है तो पूरा घर खुशियों से भर जाता है। ऐसे में आपको सिगरेट व शराब को उसी समय छोड़ देना होगा। हालांकि आपने ऐसी महिलाओं के बारे में भी सुना होगा, जो शराब व सिगरेट पीने के साथ-साथ, स्वस्थ बच्चों को जन्म देती हैं लेकिन यह सब इस पर निर्भर करता है कि वे कितनी मात्रा में शराब व सिगरेट लेती हैं। हो सकता है कि आप व आपका शिशु इतने किस्मत वाले न हों। गर्भवती माताएं और शिशु अलग-अलग तरह से प्रतिक्रिया देते हैं। हो सकता है कि उस समय कोई लक्षण न उभरे लेकिन कई साल बाद बच्चा रोगी, व हाइपरएक्टिव हो जाए और कुछ भी सीखने में परेशानी हो।

शराब व सिगरेट जैसी बुरी आदतें छोड़ना आसान नहीं होता लेकिन अगर आप ऐसा कर पाती हैं, तो जान लें कि आप अजन्मे शिशु को एक अनमोल तोहफा दे रही हैं।

धूम्रपान की आदत छोड़ना

बधाई हो! आपने अपने शिशु को धुआँ रहित, स्वस्थ पर्यावरण देने का फैसला कर ही लिया। ऐसा सोचना ही पहला कदम है। सचमुच अब सिगरेट पीना छोड़ने में मुश्किल नहीं होगी। हमारे निम्नलिखित सुझावों की भी मदद लें:

अपने उद्देश्य पहचानें :- आप गर्भवती हैं, सिगरेट छोड़ने का इससे बड़ा उद्देश्य क्या होगा।

छोड़ने का तरीका :- इस आदत को खुशी-खुशी विदा दें। इस दिन के लिए मौज मस्ती से भरे काम चुनें ताकि सिगरेट की कमी महसूस ही न हो और सिगरेट पीने की जरूरत न पड़े।

पीने का उद्देश्य पहचानें :-पता लगाएं कि आप आनंद, उत्तेजना या विश्राम; इनमें से किसके लिए सिगरेट पीती हैं? क्या आप तनाव और कुंठा घटाना चाहती हैं? या मुंह और हाथ में कुछ पकड़े रहना चाहती हैं? अपनी इच्छा शांत करना चाहती हैं या फिर यूं ही सिगरेट जला लेती हैं? यदि एक बार आपने अपना उद्देश्य पहचान लिया तो विकल्प खोजने में आसानी होगी।

- अगर सिर्फ हाथों को व्यस्त रखने के लिए पीती हैं, तो हाथों में पेंसिल, रबड़बैंड या तिनका पकड़ने की आदत डालें। बुनाई करें, कंप्यूटर पर पहेली हल करें, वीडियो गेम खेलें, अपनी ई-मेल जांचें, बस कुछ भी ऐसा करें कि सिगरेट याद ही न आए।
- मुंह में कुछ रखने की आदत के कारण

सिगरेट पीती हैं तो इसकी बजाय टूथपिक, गम, कच्ची सब्जियां, पॉपकॉर्न या लॉलीपॉप आजमाएं।

- यदि उत्तेजना के लिए पीती हैं तो हल्की चहलकदमी करें, कोई किताब पढ़ें या मित्र के साथ गपशप करें।
- यदि तनाव घटाने के लिए पीती हैं तो कसरत करें या आराम करने की तकनीकें अपनाएं। हल्का संगीत सुनें, सैर पर जाएं, मालिश करें या फिर सेक्स के लिए तैयार हो जाएं।
- अगर आदत की वजह से धूम्रपान करती हैं तो ऐसी जगहों पर ज्यादा जाएं, जहां धूम्रपान वर्जित हो।
- अगर आपने धूम्रपान के साथ किसी विशेष खान-पान को जोड़ रखा है तो वे आदतें बदलें। अगर आप नाश्ते के साथ सिगरेट पीती हैं और बिस्तर में नहीं पीतीं तो बिस्तर में नाश्ता करने का विचार बुरा नहीं है।
- जब भी सिगरेट की तलब उठे तो रुक-रुक कर गहरी सांसें लें फिर धीरे-धीरे छोड़ें। ऐसा दिखावा करें कि आप सिगरेट का धुंआ छोड़ रही हैं।

अगर सिगरेट दिख जाए तो...

- अगर सिगरेट दिख भी जाए तो उसकी बजाए उन सिगरेटों के बारे में सोचें, जिन्हें आप पी चुकी हैं। मन ही मन याद करें कि आप जो सिगरेट नहीं पी रहीं, वही बच्चे के लिए कितनी फायदेमंद होंगी।

शिशु से लें प्रेरणा...

- अपनी रसोई की मेज, अलमारी या दराज में शिशु के अल्ट्रासाउंड की तस्वीर लगा दें। अगर वह नहीं है तो सुंदर बच्चों की तस्वीरें भी यह काम कर सकती हैं।

थोड़ी सहायता लें

- हिप्नोसिस एक्यूपंचर व आराम करने की तकनीकों की मदद से धूम्रपान छोड़ा जा सकता है। कई संस्थाएं भी हैं जो इस विषय में आपकी सहायता कर सकती हैं। आप अन्य गर्भवती महिलाओं से ऑनलाइन मदद भी ले सकती हैं, जो धूम्रपान छोड़ने की कोशिश कर रही हैं।

बार-बार कोशिश करें...

निकोटीन एक ताकतवर ड्रग है, जिससे छुटकारा पाना आसान नहीं होता। पहली बार में सफलता न भी मिले, तो भी लगातार कोशिश करती रहें। कोशिशों के लिए अपनी पीठ थपथपाएं। हार पर शर्मिंदा होने की बजाय दुगने जोश से फिर उठ खड़ी हों। आप इसे कर सकती हैं।

नोट :- गर्भावस्था के दौरान निकोटीन पैच, लॉजिस या गम का सेवन भी खतरनाक हो सकता है। डॉक्टर इन्हें लेने की सलाह नहीं देते।

कुछ अध्ययनों से यह भी पता चला है कि जो गर्भवती महिलाएं गर्भ के पहले तीन माह में ही धूम्रपान छोड़ देती हैं, उनके लिए खतरा काफी घट जाता है। कई बार जो महिलाएं आरंभ में निकोटीन नहीं छोड़ पातीं, वे बाद में अपने भीतर की पुकार सुनकर सिगरेट पीना छोड़ देती हैं। यदि पहले छोड़ दें तो बेहतर है लेकिन बाद में भी छोड़ देंगी तो शिशु के लिए ऑक्सीज़न का प्रवाह नियमित हो जाएगा।

अगर आपको लगता है कि धूम्रपान छोड़ने से वजन बढ़ जाएगा तो ध्यान रखें कि अभी तक इस बात के कोई प्रभाव नहीं मिले हैं। कई धूम्रपान करने वाले भी मोटे होते हैं हालांकि छोड़ने की प्रक्रिया में वजन थोड़ा बढ़ सकता है, बाद में वह वजन आसानी से घटाया जा सकता है। इस प्रक्रिया के दौरान डायटिंग का विचार मन से निकाल दें। वैसे भी यह आपके और शिशु की सेहत के लिए ठीक नहीं है।

कई लोगों में सिगरेट छोड़ने के बाद कई तरह के लक्षण भी उभरते हैं, जो अलग-अलग लोगों में अलग-अलग हो सकते हैं। बेचैनी, उत्तेजना, तनाव, जकड़न, शरीर सुन्न पड़ना, हाथ-पांव कांपना, सिर चकराना, थकान, नींद व गैस की परेशानियां सामान्य लक्षण हैं। कुछ लोगों का मानना है कि इससे मानसिक व शारीरिक प्रदर्शन भी प्रभावित होता है। अधिकतर लोगों को कफ की शिकायत हो जाती है।

निकोटीन का असर घटाना चाहते हैं, तो कैफीन लेना छोड़ें। थकान से बचाव के लिए कसरत करें व भरपूर आराम करें। ज्यादा दिमागी थकान वाले काम करने की बजाय हल्के-फुल्के काम करें। यदि अवसाद बहुत बढ़ जाए तो डॉक्टर से राय लेने में देर न करें।

ये प्रभाव कुछ दिनों से कुछ सप्ताह तक चल सकते हैं लेकिन इसका लाभ तो आजीवन मिलेगा न!

सैंकडहैंड स्मोक

''मैं सिगरेट नहीं पीती लेकिन मेरे पति पीते हैं। क्या इससे शिशु को कोई नुकसान हो सकता है?''

धूम्रपान के धुंए से सिर्फ पीने वाले को ही नुकसान नहीं होता। वह उसके आसपास के वातावरण और माता के गर्भ में पल रहे शिशु पर भी बुरा असर डालता है। यदि आपके पति सिगरेट पीते हैं तो अजन्मे शिशु को उतना ही नुकसान हो सकता है, जितना आपके सिगरेट पीने पर होता।

यदि वे सिगरेट पीना नहीं छोड़ सकते तो उनसे कहें कि वे आपसे दूर या घर के बाहर जाकर धूम्रपान करें (हालांकि थोड़ा-बहुत बुरा असर तो फिर भी रहेगा)।

धूम्रपान छोड़ने से न सिर्फ उनकी सेहत अच्छी रहेगी बल्कि शिशु भी स्वस्थ रहेगा। शिशु को इसी धुएं की वजह से श्वसन तंत्र के रोग हो सकते हैं जिससे फेफड़ों को नुकसान पहुंच सकता है। यह भी हो सकता है कि आपका बच्चा भी एक दिन स्मोकर बन जाए।

हालांकि मित्रों व रिश्तेदारों को धूम्रपान से नहीं रोक सकतीं लेकिन जितना संभव हो सके, उनसे दूर ही रहें (जब वे सिगरेट पी रहे हों)। अगर आपके कार्यस्थल पर भी सिगरेट पीना मना हो तो आप खुली व ताजी हवा में सांस ले पाएंगी। अगर ऐसा नहीं है तो अपने सहकर्मियों को बताएं कि धूम्रपान से भ्रूण को कितना खतरा हो सकता है। अगर तब भी बात न बने तो ऐसा कानून बनवाने की कोशिश करें कि वे निश्चित स्थान पर ही धूम्रपान कर सकें। अगर यह भी संभव न हो तो कुछ समय के लिए वहां काम न करें।

मारिजुआना का प्रयोग

''मैं कई वर्षों से, सामाजिक रूप से मारिजुआना का प्रयोग करती आ रही हूं। क्या इससे मेरे गर्भस्थ शिशु को कोई नुकसान हो सकता है? क्या मारिजुआना का सेवन गर्भावस्था में हानिकारक होता है?''

जो बीत गया, उसे भूल जाएं। यदि कोई समस्या आनी होती तो गर्भ धारण करते समय आ सकती थी। अब तो आप गर्भवती हैं इसलिए उससे कोई परेशानी नहीं है। ऐसा कोई सबूत भी नहीं मिलता कि गर्भ धारण से पहले ली गई मारिजुआना का असर भ्रूण पर पड़ सकता है।

लेकिन अब आपको इसे छोड़ना होगा। हालांकि इस बारे में अब तक संतोषजनक अध्ययन नहीं हो पाए हैं इसलिए इस बारे में ज्यादा कुछ नहीं कहा जा सकता। गर्भावस्था के दौरान मारिजुआना लेने वाली अधिकतर महिलाएं; शराब, सिगरेट व दूसरे ड्रग्स की शिकार भी होती हैं। वे प्रराब पूर्व देखभाल भी

नहीं कर पातीं इसलिए यह कहना मुश्किल है कि किस वजह से बुरे नतीजे सामने आते हैं। अब तक के अध्ययनों से तो यही पता चला है कि जब आप यह नशा करती हैं तो इसका असर अजन्मे शिशु तक भी जाता है। इससे भ्रूण पूरी तरह विकसित नहीं हो पाता। कुछ अध्ययनों से तो और भी नकारात्मक प्रभाव सामने आए हैं। इसकी वजह से शिशु के विकास में कई तरह की रुकावटें आ सकती हैं।

आपको इसे भी अन्य मादक द्रव्यों की तरह ही, गर्भावस्था के लिए हानिकारक मान कर छोड़ना होगा। पहले जो हुआ सो हुआ लेकिन गर्भावस्था में यह सब नहीं चलेगा। हमने सिगरेट छोड़ने के जो नुस्खे बताए हैं, उनमें से ही कुछ आजमा सकते हैं। योगा, ध्यान व मालिश जैसी आराम करने की तकनीकों पर ध्यान दें। अगर फिर भी बात न बने तो अपने डॉक्टर की सलाह लें।

कोकीन व अन्य मादक द्रव्य

'' मैंने सप्ताह पहले कोकीन ली थी। फिर मुझे पता चला कि मैं गर्भवती हूं। इससे मेरे शिशु पर कोई बुरा असर तो नहीं पड़ेगा?''

उस कोकीन की चिंता न करें बस यही ध्यान रखें कि वही आखिरी हो। उस कोकीन का आपके शिशु पर कोई बुरा असर नहीं पड़ेगा। गर्भावस्था में भी कोकीन लेती रहेंगी, तो वह खतरनाक हो सकता है। यह कितना हानिकारक हो सकता है, इसका कोई अंदाजा नहीं है। इन प्रभावों को स्पष्ट रूप से नहीं जाना जा सकता क्योंकि आमतौर पर कोकीन लेने वाले सिगरेट भी पीते हैं। अध्ययनों से यह तो पता चला है कि मादक द्रव्यों का प्रभाव भ्रूण पर पड़ता है, रक्त प्रवाह व विकास में बाधा आती है, खासतौर से शिशु के सिर वाले हिस्से में... गर्भपात, समय से पूर्व प्रसव, जन्म के समय वजन में कमी या जन्म के बाद देर से रोने जैसी समस्याओं के अलावा दीर्घकालीन समस्याएं भी पैदा हो सकती हैं। गर्भवती स्त्री कोकीन का जितना प्रयोग करती हैं, शिशु के लिए उतना ही हानिकारक होता चला जाता है।

इस बारे में डॉक्टर को भी बता दें। उन्हें या मिडवाइफ को मेडिकल हिस्ट्री पता होगी तो ठीक रहेगा। अगर चाह कर भी कोकीन छोड़ने में मुश्किल हो रही हो, तो डॉक्टर की सलाह लें।

हेरोइन, एलसीडी, पीसीपी के अलावा नारकोटिक, ट्रैंक्वलाइज़र्स, सिडेटिव व नींद की गोलियां भी हानिकारक हो सकती हैं। अपनी गर्भावस्था को नशे के सेवन से मुक्त रखें ताकि आपका प्रसव सुरक्षित हो सके।

सैल फोन

''मैं प्रतिदिन सैल फोन पर घंटों बात करती हूं। क्या इससे मेरा शिशु प्रभावित होगा''

देखिए, आजकल तो हर कोई सैल फोन का इस्तेमाल करता है। अब आप दो लोग एक साथ फोन इस्तेमाल कर रहे हैं, तो उससे कोई फ़र्क नहीं पड़ता। अब तक ऐसे कोई प्रभाव नहीं मिले कि सैल फोन के इस्तेमाल से गर्भावस्था में कोई नुकसान होता हो। यह तो आपके लिए फायदेमंद ही है क्योंकि इस तरह आप अपने डॉक्टर या मिडवाइफ से किसी भी समस्या के बारे में बात कर सकती हैं। इस तरह आप काम के मामले में भी थोड़ी सोच अपना सकती हैं, जिससे आराम के लिए अधिक समय मिल पाएगा।

वैसे सैल फोन को पूरी तरह खतरे से खाली नहीं माना जा सकता। गाड़ी चलाते समय फोन पर बात करना खतरनाक हो सकता है। चाहे आपके हाथ में मोबाइल न हो, कान से यंत्र लगा होने के बावजूद, बातचीत से ध्यान तो भटकता ही है। जब भी फोन पर बात करें तो किसी सुरक्षित स्थान पर ही बैठें। सैल फोन को हर वक्त अपने बिस्तर या जेब में न रखें।

माइक्रोवेव

"मैं हर रोज़ माइक्रोवेव में खाना पकाती या गर्म करती हूं क्या गर्भावस्था में इसका इस्तेमाल सुरक्षित है?"

आप मां बनने वाली हैं। आपके लिए तो यह किसी दोस्त से कम नहीं है। कम समय और थोड़ी मेहनत में ताजा व स्वादिष्ट भोजन तैयार हो सकता है। अध्ययनों से पता चला है कि इनका,इस्तेमाल पूरी तरह से सुरक्षित है। माइक्रोवेव में वही भोजन पकाएं, जिसे उनमें बनाया जा सके और प्लास्टिक रैप को भोजन से स्पर्श न होने दें।

हॉट टब व सॉना

"मेरे घर में हॉट टब है। क्या गर्भावस्था में इसका इस्तेमाल सुरक्षित रहेगा,"

आपको ठंडे पानी से भी नहाने की जरूरत नहीं है लेकिन हॉट टब में न जाना ही बेहतर होगा। जिस किसी वस्तु से शरीर का तापमान 102^0 फारेनहाइट से बढ़ जाए, वह आपके लिए व शिशु के लिए, खासतौर से शुरूआती महीनों में खतरनाक हो सकता है। अध्ययनों से पता चला है कि पहले दस मिनट में तो शरीर का तापमान नहीं बढ़ता लेकिन आप सुरक्षा के लिहाज से अपना पेट गर्म पानी से बाहर ही रखें। आमतौर पर महिलाएं शरीर का तापमान 102 तक पहुंचने से पहले ही गर्म पानी से बाहर आ जाती हैं और उन्हें असहज लगने लगता है। आप अपने मन की तसल्ली के लिए डॉक्टर की सलाह से भ्रूणसाउंड करा सकती हैं।

सोना या स्टीम रूम में भी ज्यादा देर तक रुकना ठीक नहीं है। गर्भवती महिलाओं में डिहॉइड्रेशन व कम रक्तचाप का खतरा ज्यादा होता है जो कि वहां जाने से और भी बढ़ सकता है। इसी किताब में हमने स्पा चिकित्सा से जुड़ी सावधानियों के बारे में भी बताया है। उन पर भी ध्यान दें।

पालतू बिल्ली

"मेरे घर में दो बिल्लयां हैं। मैने सुना है कि उनकी वजह से शिशु रोगी हो सकता है। क्या मुझसे बिल्लियों से छुटकारा पाना होगा?"

- अपने दोस्तों से यूं छुटकारा पाने की न सोचें। आप उनके साथ काफी समय से हैं इसलिए हो सकता है कि आप में बिल्लियों से जुड़े रोग टोसोप्लाज़्मोसिस के लिए प्रतिरोधक क्षमता पैदा हो गई हो। एक अंदाजा है कि 40 प्रतिशत अमरीकी लोग इसके शिकार हैं। जिन लोगों की पालतू बिल्लियां, घर के बाहर ज्यादा समय बिताती हैं, वहां यह परेशानी और भी ज्यादा है। कच्चा मांस और पाइश्चराइज़र रहित दूध पीने वाली बिल्लियों से भी यह खतरा पैदा हो सकता है। वैसे आप चाहें तो अपना

इलैक्ट्रिक कंबल व हीटिंग पैड

कड़कती सर्दी में हीटिंग पैड या इलैक्ट्रिक कंबल इस्तेमाल करना चाहती हैं तो अपने प्रिय का आलिंगन भी बुरा नहीं है। यदि ठंड ज्यादा है तो उस कंबल से बिस्तर में गर्माहट पैदा करें। फिर वहां सोते समय उसे हटा दें। हीटिंग पैड को किसी तौलिए में लपेट कर ही शरीर के अंगों को आराम दें। वैसे ज्यों-ज्यों गर्भकाल बढ़ेगा आपके अपने शरीर में ही काफी गर्माहट पैदा होगी। हीटिंग पैड भी 15 मिनट से ज्यादा इस्तेमाल न करें और रात को सोते समय तो बिल्कुल भी नहीं। कहीं आप इसे ऑन रख कर ही सो न जाएं। यदि पहले कुछ समय तक हीटिंग पैड या बिजली वाला कंबल इस्तेमाल कर चुकी हैं तो इससे कोई फर्क नहीं पड़ता, निश्चिंत रहें।

टेस्ट भी करवा सकती हैं। यदि टेस्ट से कुछ तय न हो पाए तो निम्नलिखित सावधानियां अपनाएं।

■ बिल्लियों की जांच कराएं कि कहीं वे संक्रमण की शिकार तो नहीं। यदि संक्रमण (इंफैक्शन) हो तो कुछ समय के लिए किसी सहेली के यहां छोड़ दें ताकि वे ठीक हो जाएं। इसके बाद उन्हें कच्चा मांस खाने, जंगली बिल्लियों के साथ घूमने, कमरों में यहां-वहां घूमने व चूहे या पक्षी खाने की इजाजत न दें।

■ किसी दूसरे को उनकी सफाई करने दें। अगर आपको ही यह सब करना हो तो हाथों में दस्ताने पहनें, बिल्लियों को छूने के तुरंत बाद अपने हाथ धोएं।

■ बागवानी के दौरान भी हाथों में दस्ताने पहनें। अगर आपको लगता है कि मिट्टी में बिल्ली ने मल-मूत्र किया होगा तो वहां बागवानी न करें। बिल्ली या दूसरे जानवर द्वारा प्रयोग में लाई गई रेत के साथ बच्चों को खेलने न दें।

■ घर के बगीचे से तोड़े गए फल व सब्जियां धोकर इस्तेमाल करें। उन्हें छील व पकाकर ही खाएं।

■ कच्चा या अधपका मांस न खाएं। रेस्त्रां में अच्छी तरह पकाए गए मांस को ही मंगाएं।

■ कच्चे मांस की सफाई के बाद सही तरह से हाथ धोएं।

कई डॉक्टर कहते हैं कि प्रत्येक गर्भवती महिला को यह जांच करानी ही चाहिए, ताकि उसे अपनी स्थिति पता चल सके। यदि वह संक्रमण से ग्रस्त हो तो, उस विषय में सावधानी बरत सकें। आप अपने डॉक्टर की राय से चलें।

घरेलू रुकावटें

''मुझे घर की साफ-सफाई करने वाले पदार्थों व मच्छर-मार स्प्रे से कितना ध्यान रखना होगा? क्या गर्भावस्था में नल का पानी पीना सुरक्षित रहेगा?''

गर्भावस्था में तो छोटी-छोटी बातें भी बहुत मायने रखती हैं। आपने भी सुना या पढ़ा होगा कि जब आप खास तौर से दो लोगों के लिए जी रही हों, तो सफाई करने वाले पदार्थ, मच्छर मारने की दवाएं व पीने का पानी आदि हानिकारक हो सकते हैं। यदि आप थोड़ी-सी सावधानी बरतें तो आपके व आपके शिशु के लिए घर से सुरक्षित स्थान हो ही नहीं सकता। आपको इन तथा कथित घरेलू रुकावटों के बारे में निम्नलिखित जानकारी होनी चाहिए:

घर की सफाई के लिए बने उत्पाद :- रसोईघर का पोंछा लगाना हो या खाने की मेज चमकानी हो, काम तो आपको ही करना है। बस गर्भावस्था में थोड़ी-सी सावधानी बरतें और इन सुझावों पर दें ध्यान :-

■ यदि इस उत्पाद की गंध बहुत तेज हो तो उसे नाक के पास ले जाकर न सूंघें। इसे ऐसी जगह इस्तेमाल करें, जो हवादार हो। बेहतर होगा कि आप अपने साथी से टॉयलेट की सफाई करने को कहें।

■ अमोनिया व क्लोरीनयुक्त पदार्थ (चाहे गर्भावस्था न भी हो) कभी न मिलाएं। इस मेल से तेज लपटें उठ सकती हैं।

■ ऐसे उत्पादों का प्रयोग न ही करें, जिन पर कई जगह जहरीले होने के लेबल हों या जैसे ओवन साफ करने वाले या ड्राईक्लीनिंग के लिए बने द्रव्य।

■ कोई भी उत्पाद प्रयोग करने से पहले दस्ताने पहनें। इस तरह हाथों की त्वचा सुरक्षित रहेगी और त्वचा का रसायन से सीधा संपर्क भी नहीं हो पाएगा।

(सीसा) लैड :- हालांकि यह बच्चों के लिए इतना हानिकारक नहीं होता, लेकिन गर्भवती

महिलाओं व बच्चों को इससे नुकसान हो सकता है। इससे बचने के लिए :-

- पीने के पानी में लैड पाया जाता है। अपने पानी को इससे बचाएं।
- पुराने पेंट में भी सीसा होता है। अगर आपका घर 50 वर्ष से पहले का हो और पपड़ियों में पेंट उतरता हो तो उसका काम खत्म होने तक कहीं और रहें। अगर घर की किसी दीवार या पुराने फर्नीचर का पेंट उखड़ हो रहा हो तो उसे मरम्मत करवाने में देर न करें।
- मिट्टी, पॉटरी व चीनी मिट्टी के पुराने बर्तनों में भी लैड पाया जाता है। हालांकि इनकी मात्रा स्पष्ट नहीं है, लेकिन आप ऐसी प्लेटों या बर्तन में खट्टे फल, सिरका, टमाटर, शराब या सॉफ्ट ड्रिंक न परोसें।

नल का पानी :- आमतौर पर नलों से आने वाला पानी साफ और सुरक्षित होता है। सुरक्षित पानी ही बेबी तक पहुंचे इसके लिए आपको निम्न लिखित उपाय करने चाहिए :-

- आप स्थानीय स्वास्थ्य विभाग से पेय जल या पीने की पानी की शुद्धता की जांच करवाएं। पता लगाएं कि आपके घर, दूसरों के मुकाबले गंदा या दुर्गंध वाला पानी तो नहीं आ रहा क्योंकि कभी-कभी डिसपोज़बल लाइन भी उसमें मिल जाती हैं या पीने के पानी की पाइपलाइन खराब हो सकती है। उनसे पानी को शुद्ध करने का तरीका पूछें और किसी भी तरह की शिकायत आने पर जांच अवश्य कराएं।
- यदि जांच में पानी खराब आए तो फिल्टर लगवाएं या फिर पीने व भोजन पकाने के लिए बोतलबंद पानी इस्तेमाल करें। यह न सोचें कि सभी बोतल बंद पानी की बोतलें सुरक्षित होती हैं। यह भी हो सकता है कि वे भी सादे पानी से ही भरी गई हों। कुछ बोतलों के पानी में फ्लोराइड भी नहीं होता, जो आपके शिशु के दांतों के लिए आवश्यक है। आसवित (डिस्टिल्ड) पानी भी न लें क्योंकि उसमें से भी फायदेमंद खनिज निकाल दिए जाते हैं।
- अगर जांच के बाद पानी में सीसे की मात्रा अधिक निकले तो पाइप लाइन का कनेक्शन कहीं और से ले लें। हालांकि यह हमेशा संभव नहीं होता इसलिए पीने व पकाने के लिए ठंडा पानी ही इस्तेमाल करें। पानी इस्तेमाल करने से पहले नल को पांच मिनट खुला छोड़ दें।
- अगर आपके पानी में क्लोरीन की ज्यादा गंध आए तो उसे उबालें या बिना ढके 24 घंटे पड़ा रहने दें ताकि वह गंध उड़ जाए।

कीटनाशक उत्पाद (पेस्टीसाइड) :- हमें अक्सर कीड़े-मकोड़ों से सुरक्षा के लिए कीटनाशक उत्पाद इस्तेमाल करने पड़ते हैं। हालांकि गर्भावस्था में भी कुछ सावधानियों के साथ सब ठीक हो सकता है। यदि पास-पड़ोस में छिड़काव हुआ हो तो दवा की गंध रहने तक वहां न जाएं। घर की खिड़कियां बंद कर लें।

अगर अपने ही घर में स्प्रे करवाना पड़े तो ध्यान रहे कि बर्तन व खाने-पीने का सामान उससे सुरक्षित रहे। घर में गंध भगाने के लिए खिड़कियां खुली रखें। सारी जगह धो-पोंछ कर साफ करने के बाद ही उस स्थान पर भोजन पकाएं। वैसे पेस्ट नियंत्रण के लिए कुदरती तरीके अपनाना बेहतर होगा। अपने बाग के बड़े पाइप के पानी की बौछार इस्तेमाल करें। इस काम के लिए खासतौर से बना 'सोप मिक्स' आता है, उसे इस्तेमाल करें। कुछ ऐसे कीड़ों को पालतू बना लें, जो आपको परेशान करने वाले कीड़े-मकोड़ों का काम तमाम कर सकें।

कीटनाशक लेने ही पड़ें तो, ऐसे लें जो जहरीले न हों। घर में नेफ्थलीन बॉल्स रखने की बजाय नीम की पत्तियां रखें। इनसे कपड़े ज्यादा सुरक्षित रहेंगे।

घर में बच्चे या पालतू पशु-पक्षी हों तो उन्हें कीटनाशक उत्पादों से दूर ही रखें। यहां तक कि जहरीले माने जाने वाले कीटनाशकों में भी बोरिक एसिड पाया जाता है, जो निगलने या सूंघने पर जहरीला हो सकता है, आंखों में जलन पैदा कर सकता है। किसी स्थानीय

पर्यावरणीय कैंप से कुदरती तरीकों व विधियों के बारे में राय ली जा सकती है।

हालांकि इन वस्तुओं के थोड़े-बहुत प्रयोग से कोई नुकसान नहीं होता। यदि इन्हें लंबे समय तक इस्तेमाल किया जाए तो -जैसे कि रसायन फैक्ट्री में काम करना तो इनके बुरे प्रभाव सामने आ सकते हैं।

पेंट की गंध:-सारे पशु जगत में नन्हे के आने से पहले जबरदस्त तैयारियां की जाती हैं। पक्षी घोंसले बनाते हैं, गिलहरियां अपने घर को टहनियों व पत्तियों से नरम बनाती हैं, पुरुष व स्त्री, ऑनलाइन डिज़ाइन के नमूने देखने में व्यस्त होते हैं। आमतौर पर इसमें शिशु के कमरे का पेंट भी शमिल होता है (जब आप रंग चुन लें) वैसे आजकल पेंट में सीसा या मर्करी नहीं पाया जाता, इसलिए वे गर्भावस्था में भी पूरी तरह सुरक्षित माने जाते हैं। फिर भी ऐसे कई कारक हैं, जिनकी वजह से आपको अपना पेंटिंग ब्रश किसी दूसरे के हाथ में देना पड़ सकता है। गर्भावस्था में भार ज्यादा होता है, लगातार पेंट करने से पीठ की मांसपेशियों पर दबाव पड़ कर, उनमें दर्द हो सकता है। पेंट करते समय सीढ़ी पर चढ़ने से पैर फिसल सकता है और पेंट की गंध से जी मिचला सकता है।

जब घर में पेंट हो रहा हो, तो इस दौरान बाहर रहने की कोशिश करें। घर की सभी खिड़कियां खुली हों। पेंट रिमूवर के इस्तेमाल से भी बचें क्योंकि वे काफी जहरीले होते हैं। अगर पुराना पेंट उतारा जा रहा है तो उसमें मर्करी या लैड का इस्तेमाल भी हो सकता है।

वायु प्रदूषण

''क्या शहरी प्रदूषण मेरे शिशु को नुकसान पहुंचा सकता है?''

एक गहरी सांस लें। यह गहरी सांस काफी हद तक सुरक्षित ही है। करोड़ों गर्भवती महिलाएं इसी गहरी हवा में सांस ले रही हैं और स्वस्थ बच्चों को जन्म देती आ रही हैं। वैसे आपको हवा में प्रदूषण फैलाने वाले कारकों से थोड़ी सावधानी तो बरतनी ही होगी।

- धुएं से भरे कमरे में न बैठें। तंबाकू का धुआं भ्रूण के विकास पर बुरा असर डाल सकता है। अपने मित्रों, परिवार के सदस्यों व सहकर्मियों से कहें कि वे आपके निकट धूम्रपान न करें। सिगरेट के साथ-साथ सिगार व पाइप से भी दूर रहें क्योंकि इनके इस्तेमाल से ज्यादा धुआं निकलता है।
- अपनी कार के ईंधन की जांच कराएं। गैराज का दरवाजा बंद करके गाड़ी चालू न करें। जब इंजन चालू हो तो गाड़ी का दरवाजा व खिड़की का शीशा बंद कर लें।
- आपके शहर में अधिक प्रदूषण हो तो ज्यादा समय घर पर ही बिताएं। खिड़कियां बन्द रखें व ए.सी. चला दें। स्वास्थ्य अधिकारियों द्वारा दिए गए सभी निर्देशों का पालन करें। यदि वर्क आउट करना चाहें तो जिम जाएं या किसी इनडोर मॉल में सैर करें।
- चाहे कोई भी मौसम हो, गंदे प्रदूषित वातावरण में न तो दौड़ें और न ही साइकिल चलाएं। इस तरह आप ज्यादा प्रदूषित हवा भीतर ले जाएंगी। कोई ऐसा

ग्रीन-ग्रीन टिप्स

घर की हवा को खुशनुमा बनाना चाहती हैं। अपने घर को हरियाली से भर दें। पौधे घर के प्रदूषण को मिटाकर ऑक्सीजन तो देंगे ही, साथ ही आपकी आंखों को भी ठंडक मिलेगी। 'फिलोडेनड्रॉन' या 'इंग्लिश आईवी' जैसे जहरीले पौधे न लगाएं। हालांकि जब शिशु घुटनों के बल चलने लगेगा तो आपको इस योजना में कुछ फेरबदल करनी पड़ सकती है।

रास्ता चुनें-जहां पार्क हो या सड़क के किनारे घने पेड़ हों, मेन रोड से न जाएं। वृक्ष किसी भी स्थान की वायु को शुद्ध करते हैं।

- आपके घर में फायरप्लेस, गैस स्टोव व लकड़ी के चूल्हे के धुएं की निकासी की पूरी व्यवस्था होनी चाहिए। फायरप्लेस में आग जलाने से पहले उसकी चिमनी खोल दें।
- हमारे बताए ग्रीन-ग्रीन सुझाव आजमाएं, वे भी काफी कारगर हैं।

घरेलू हिंसा

हर गर्भवती स्त्री यही चाहती है कि अपने शिशु की हर तरह से सुरक्षा करें लेकिन बड़े अफसोस से कहना पड़ता है कि कई महिलाएं गर्भावस्था के दौरान अपना बचाव तक नहीं कर पातीं क्योंकि उन्हें घरेलू हिंसा का शिकार होना पड़ता है। यदि गर्भावस्था पहले से नियोजित न हो तो कई बार यह उस महिला के साथी के लिए जलन, क्रोध व कुंठा की वजह बन जाती है, उसके मन में नकारात्मक सोच जन्म ले लेती हैं। कई बार वही भावनाएं, मां व अजन्मे बच्चे के लिए हिंसा का रूप ले लेती हैं।

गर्भावस्था की जटिलताओं व कार दुर्घटनाओं के मुकाबले गर्भवती स्त्रियां घरेलू हिंसा से अधिक मरती हैं। करीब 20 प्रतिशत महिलाओं को अपने साथी के हाथों हिंसा का शिकार होना पड़ता है। शारीरिक प्रताड़ना सहने वाली महिलाओं के शिशुओं की समय से पूर्व ही जन्म लेने की संभावना बढ़ जाती है।

गर्भवती महिला व बच्चे को लगी किसी चोट की तुलना में शारीरिक व मानसिक प्रताड़ना कहीं ज्यादा नुकसान पहुंचाती है। कुपोषण व प्रसव पूर्व देखभाल में कमी की वजह से ऐसी मांओं के यहां स्वस्थ शिशुओं का जन्म नहीं हो पाता।

जन्म लेने के तुरंत बाद शिशु भी उस प्रत्यक्ष हिंसा का शिकार होने लगता है। समाज के सभी वर्गों में ऐसी महिलाएं पाई जाती हैं। उनमें हर आयु, जाति व शैक्षिक स्तर की महिलाएं शामिल हैं। यदि आप भी घरेलू हिंसा की शिकार हैं तो याद रखें कि यह आपकी गलती नहीं है। आपने कुछ नहीं किया। आपको ऐसे बुरे रिश्तों से बाहर आने के लिए मदद लेनी होगी। यदि बीच-बचाव न हुआ तो हिंसा बढ़ती ही जाएगी। यदि आप इस संबंध में सुरक्षित नहीं हैं तो आपका बालक भी नहीं रहेगा।

अपने चिकित्सक से बात करें। भरोसमंद दोस्तों से बात करें या किसी स्थानीय घरेलू हिंसा हॉटलाइन पर संपर्क करें। कई राज्यों में ऐसे कार्यक्रम चलाए जाते हैं, जहां आपको रहने-खाने की जगह व प्रसव पूर्व देखभाल मिल सकती है।

पूरक व वैकल्पिक चिकित्सा

पहले-पहल दाइयां ही इन परिस्थितियों का सामना पारंपरिक चिकित्सा पद्धतियों के द्वारा करती थी लेकिन अब ये चिकित्सा शाखाएं, पहले से कहीं सक्षम होकर हमारी चिकित्सा पद्धति की पूरक हो गई हैं। यह आपके व आपके परिवार का एक अंग बनती जा रही हैं।

पूरक व वैकल्पिक चिकित्सक अपने रोगियों के संपूर्ण स्वास्थ पर ध्यान देते हैं, वे पोषक भावनात्मक, आध्यात्मिक व शारीरिक प्रभावों के मेल की भी जांच करते हैं। यह इस सिद्धांत पर विश्वास रखती हैं कि शरीर अपनी स्वास्थ्य रक्षा स्वयं करता है, बस उसे कुछ

प्राकृतिक मित्रों, जड़ी-बूटियों, शारीरिक कौशल, आत्मा व मन की सहायता लेनी पड़ती है।

गर्भावस्था एक रोग नहीं बल्कि जीवन का एक सामान्य अंग है। गर्भवती महिलाओं को पूरक व वैकल्पिक चिकित्सा पद्धयों की मदद लेनी चाहिए। आजकल ये सब पद्धतियां गर्भावस्था व प्रसव के लिए पूरक सिद्ध हो रही हैं। वे हैं–

एक्यूपंचर :- चीनी हजारों वर्षों से जानते थे कि एक्यूपंचर से गर्भावस्था के कई लक्षणों से मुक्ति पाई जा सकती हैं किंतु पारंपरिक प्रसूति विज्ञान ने कुछ ही समय से इस पर ध्यान देना आरंभ किया है। वैज्ञानिक शोध प्राचीन बुद्धिमता की ओर मुड़ रहा है। शोधकर्ताओं ने पता लगाया है कि एक्यूपंचर की मदद से मस्तिष्क से कई तरह के रसायनों का स्राव होता है, जिससे दर्द के लक्षणों में कमी आती है। ऐसा कैसे होता है? एक्यूपंचर पद्धति के विशेषज्ञ, शरीर के विभिन्न मैरीडियनों में पतली सुइयां चुभोते हैं। प्राचीन परंपरा के अनुसार यह मार्ग 'चैनल' हैं, जिनके माध्यम से शरीर की जीवन ऊर्जा 'ची' प्रवाहित होती है।

शोधकर्ताओं ने यह भी पता लगाया है कि जब इलैक्ट्रोपंचर तरीके से यह सुइयां चुभोई जाती हैं तो स्नायु उत्तेजित होते हैं। जिससे एंडोरफिन का स्राव बढ़ता है तथा पीठ दर्द, जी मिचलाने, गर्भावस्था के अवसाद व अन्य लक्षणों से छुटकारा मिलता है। इसे प्रसव के समय होने वाले दर्द को घटाने के लिए भी इस्तेमाल किया जा सकता है। एक्यूपंचर से बांझपन की समस्या में मदद ली जा सकती है।

एक्यूप्रेशर :- एक्यूप्रेशर या 'शिएत्सू' भी एक्यूपंचर के सिद्धांत पर ही काम करता है। इसमें सुइयां चुभोने की बजाय हाथ की अंगुलियों व अंगूठे से दबाव दिया जाता है या फिर अनाज के दानों से दबाव दे कर टेप चिपका दी जाती है। कलाई के भीतरी ओर एक खास बिंदु पर दबाव देने से जी मिचलाने से छुटकारा मिल सकता है। इसी तरह एक्यूप्रेशर में हाथों-पैरों के कई बिंदु होते हैं, जिन्हें किसी प्रोफेशनल की मदद से सीखने के बाद ही आजमाना चाहिए।

बायोफीडबैक :-यह एक ऐसी विधि है, जिसमें रोगियों को सिखाया जाता है कि वे शारीरिक या भावनात्मक तनाव से मुक्ति पाने के लिए अपनी जैविक प्रतिक्रिया का प्रयास कैसे कर सकते हैं। इससे सिरदर्द, पीठ दर्द, शरीर के किसी भी हिस्से में दर्द, अनिद्रा व जी मिचलाना जैसे गर्भावस्था के कई लक्षणों में आराम आ सकता है। रक्तस्राव घटाने, अवसाद, उत्तेजना व तनाव से लड़ने के लिए भी बायोफीडबैक का इस्तेमाल कर सकते हैं।

कीरोप्रैक्टिक चिकित्सा :- इस चिकित्सा में रीढ़ की हड्डी व अन्य जोड़ों तथा स्नायु सामान्य गति से चलते रहें और शरीर की स्वयं चिकित्सा करने की क्षमता बढ़ सके। कीरोप्रैक्टिक की मदद से गर्भवती महिला को वमन, पीठ-दर्द, जोड़ों के दर्द, शियाटिका व अन्य दर्दों से छुटकारा मिल सकता है। कीरोप्रैक्टर गर्भवती महिलाओं के लिए ऐसे ही तरीके आजमाते हैं जिससे महिलाएं सुरक्षित रहें व उनके पेट के निचले हिस्से पर दबाव न पड़े।

मालिश :-मालिश से वमन से छुटकारा मिल सकता है, लेकिन कुछ गर्भवती महिलाएं मालिश के बाद ही जी मिचलाने की शिकायत कर सकती हैं। इससे पीठ दर्द, सिर दर्द व सियाटिका से आराम मिलने के साथ-साथ, शरीर की मांसपेशियां प्रसव के लिए भी तैयार होती हैं।

प्रसव पीड़ा के दौरान भी इसका इस्तेमाल होता है ताकि मांसपेशियों को आराम मिले व दर्द घट सके। इससे तनाव से भी छुटकारा मिलता है। आप मालिश करवाने से पहले देख लें कि उक्त व्यक्ति प्रसव-पूर्व मालिश के लिए प्रशिक्षित है या नहीं!

रिफ्लैक्सोलॉजी :- एक्यूप्रेशर की तरह रिफ्लैक्सोलॉजी में हाथ-पांव व कानों पर हल्का

दबाव दिया जाता है ताकि कई तरह के दर्द के लक्षणों से मुक्ति मिल सके। जब भी आप इस चिकित्सा के लिए जाएं तो अपने गर्भवती होने की सूचना दे दें ताकि वे चिकित्सा में पूरी तरह सावधानी बरतते हुए, निश्चित बिंदुओं पर दबाव दें।

जल चिकित्सा (हाइड्रोथैरपी) :-कई अस्पतालों या बर्थ सेंटरों में भी गर्भवती महिलाओं को गर्म पानी के टब में लिटाया जाता है। कई महिलाएं पानी में ही बच्चे को जन्म देना चाहती हैं।

अरोमा थैरपी :-शरीर, मन व आत्मा के आरोग्य के लिए सुगंधित तेलों का प्रयोग किया जाता है। हालांकि कुछ अरोमा विशेषज्ञों का मानना है कि इस विषय में अपेक्षित सावधानी बरतें क्योंकि कुछ तेल, गर्भवती महिलाओं को नुकसान पहुंचा सकते हैं।

ध्यान, मानसिक चित्रण व रिलैक्सेशन की तकनीकें :- इनकी मदद से गर्भवती महिला को शारीरिक व मानसिक तनावों से छुटकारा दिलाया जा सकता है, जिनमें मॉर्निंग सिकनेस से लेकर, प्रसव पीड़ा तक शामिल हैं। इससे भावी माता की उत्तेजना पर काफी हद तक काबू पाया जा सकता है। आप इस पुस्तक में दिए व्यायाम कर सकती हैं।

सम्मोहन विधि (हिप्नोथैरेपी) :-सम्मोहन से भी गर्भावस्था के लक्षणों से मुक्ति मिलती है। तनाव घटता है, अनिद्रा रोग से छुटकारा मिलता है। प्रसव-पीड़ा के दौरान दर्द का प्रबंधन करना आता है तथा शिशु का जन्म एक कम दर्द वाली सरल प्रक्रिया में बदला जा सकता है। इस स्थिति में शरीर को गहराई से रिलैक्स कर दिया जाता है ताकि शरीर को दर्द की अनुभूति ही न हो। याद रखें कि यह विधि सबके काम नहीं आ सकती। कुछ लोगों पर ही सम्मोहन के सुझावों का प्रभाव होता है। किसी सम्मोहन विशेषज्ञ की सेवाएं लेने से पहले पता लगा लें कि वह प्रमाणित हो तथा गर्भावस्था थैरेपी का अनुभवी हो।

मॉक्सीबशन :-इस वैकल्पिक चिकित्सा पद्धति में एक्यूपंचर के साथ-साथ उस्मा को शामिल किया जाता है ताकि 'ब्रीच बेबी' को धीरे से पलटा जा सके। यदि आप भी इस तकनीक की मदद लेना चाहें तो किसी अनुभवी एक्यूपंचरिस्ट की मदद लें।

जड़ी बूटियों से उपचार :- सदियों से जड़ी-बूटियां रोगों का उपचार करती आ रही हैं। वे गर्भावस्था के लक्षणों से निबटने में पूरी तरह सक्षम हैं। हालांकि विशेषज्ञ इन्हें पूरी तरह प्रयोग में लाने की सलाह नहीं देते क्योंकि इस विषय में अभी पूरी तरह शोध नहीं हुआ है।

हालांकि पूरक और वैकल्पिक चिकित्सा पद्धति, प्रसूति विज्ञान में प्रवेश कर चुकी हैं। इनके प्रयोग से पहले अपेक्षित सावधानी बरतनी चाहिए व इनकी कमियों को भी ध्यान में रखना चाहिए।

- अपनी दाई या लेडी डॉक्टर को भी इस बारे में बता दें ताकि आपको संपूर्ण पूरक चिकित्सा मिल सके। इससे आपको व शिशु को पूरी सुरक्षा भी मिलेगी।
- पूरक दवाओं (जड़ी-बूटियों से तैयार) से आप सुरक्षा के प्रति पूरी तरह आश्वस्त नहीं हो सकते क्योंकि उनकी चिकित्सीय जांच नहीं हुई होती। हालांकि उनके इस्तेमाल में कोई दिक्कत नहीं हैं, बस हम अधिकारिक तौर पर उनके लाभ-हानियों की व्याख्या नहीं कर सकते। जब तक इस विषय में और अधिक जानकारी न मिले, इन दवाओं के प्रयोग से पूर्व अनुभवी विशेषज्ञों की राय अवश्य लें।
- कई पूरक पद्धतियां ऐसी भी हैं जो यूं तो फायदेमंद है। लेकिन गर्भवती महिलाओं को उनके प्रयोग से पहले सावधानी बरतनी पड़ती है इसलिए अपने डॉक्टर को गर्भावस्था के बारे में बताना न भूलें ।
- इन चिकित्सा पद्धतियों के प्रयोग के तरीके पर भी काफी कुछ निर्भर करता है। याद रखें कि प्राकृतिक का मतलब 'सुरक्षित' और रसायन का मतलब 'हानिकारक' नहीं होता। अपनी पूरक चिकित्सा पद्धतियों को गर्भावस्था के साथ लेकर चलें, पर थोड़ी सावधानी के साथ...।

■ ■ ■

अध्याय-5

नौ महीने और आपका खान-पान

आपके भीतर एक छोटा-सा, नन्हा-सा शिशु पल रहा है। नन्हे हाथ-पांव की अंगुलियां, कान और आंख बन रहे हैं और मस्तिष्क की कोशिकाएं तेजी से बढ़ रही हैं। इससे पहले कि आपको पता लगे, वह नन्हा-सा भ्रूण आपका शिशु बन जाएगा, जिसे बांहों में लेकर सुलाया जा सकेगा।

इसमें कोई हैरानी की बात नहीं कि काम में काफी मेहनत लगेगी। खुशी की बात है कि एक-दूसरे से प्यार करने वाले माता-पिता और शिशु का कुदरत भी ध्यान रखती है। इसका मतलब है कि आपके यहां एक प्यारा-सा स्वस्थ शिशु जन्म लेगा, बस आपको इतना ध्यान रखना है कि आपकी गर्भावस्था पूरी तरह आरामदायक और सेहतमंद हो। हालांकि यह सब करना मुश्किल नहीं है, आप पहले से ये काम कर रही हैं।

जी हां, आप दिन में तीन बार भोजन कर रही हैं लेकिन गर्भावस्था में सिर्फ खाने से ही चुनौती पूरी नहीं होती-आपको उतना खाना होगा, जितना आप खा सकती हैं। अच्छी तरह भोजन करने का मतलब होगा कि आप अपने लाड़ले या लाड़ली को अच्छे सेहतमंद जीवन का तोहफा देने जा रही हैं।

गर्भावस्था आहार योजना, आपको व शिशु को समर्पित होती है, इससे शिशु को क्या लाभ होगा? बहुत से फायदों में से एक है कि जन्म के समय उसका वजन अच्छा होगा। दिमाग अच्छी तरह विकसित होगा, जन्म के समय होने वाले नुक्स या रोग नहीं रहेंगे। आप

मानें या न मानें, अगर आप अभी से रात के खाने में हरी गोभी.....व दूसरी हरी सब्जियां शामिल कर लेंगी तो आपका प्रीस्कूलर बच्चा खाने-पीने की स्वस्थ आदतें अपनाएगा और एक सेहतमंद इंसान बनेगा।

इससे सिर्फ आपके शरीर को ही फायदा नहीं होगा। आपका गर्भावस्था आहार इस बात की पुष्टि करता है कि प्रसव सुरक्षित होगा। अच्छे खान-पान वाली महिलाओं में एनीमिया, गैस्टेशनल डायबिटीज़ व प्रीक्लैंपसिया जैसी परेशानियां पैदा नहीं होतीं; सोच-समझ कर चुने गए खाद्य पदार्थों से भी राहत मिलती है, अच्छा पोषण आपके मूड को भी संतुलित बनाए रखता है। ऐसी महिलाओं का प्रसव समय से पहले या बाद में न होकर, समय से ही होता है। प्रसव के बाद शरीर को अपने सही आकार में आने में भी देर नहीं लगती।

अगर आप इन सब फायदों का मतलब समझ गई हैं, तो आपको अपने भोजन को पौष्टिक बनाने के लिए कमर कसनी होगी क्योंकि गर्भावस्था आहार और औसतन पौष्टिक भोजन में खास अंतर नहीं होता। बस गर्भावस्था आहार के लिए थोड़े से बदलाव लाने पड़ते हैं

क्योंकि शिशु के लिए अधिक मात्रा में कैलोरी व पोषण की आवश्यकता होती है। बुनियाद तो वही रहेगी, प्रोटीन व कैल्शियम, साबुत अनाज, फल व सब्जियां और सेहतमंद वसा का पौष्टिक संतुलन सब कुछ सुना हुआ लगता है, न? हमारे पोषण विज्ञानी सालों से आपको यही खाने की राय तो देते आ रहे हैं।

एक और अच्छी खबर है। अगर आप अब तक काफी कम मात्रा में आदर्श भोजन लेती आई हैं तो उन्हें गर्भावस्था आहार में बदलना ज्यादा मुश्किल नहीं होगा क्योंकि बदलाव के बारे में सोचने से ही शुरूआत हो जाएगी। आप अब भी मजे से अपने केक और चिप्स खा सकती हैं, बस उनमें थोड़े से फेर बदल लाने पड़ेंगे। आप कई स्वादिष्ट व्यंजनों के माध्यम से विटामिन और खनिज लवण की मात्रा ले सकती हैं यानी सेहत के साथ-साथ स्वाद पर भी पूरी नजर!

बेहतरी के लिए आहार में बदलाव लाने से पहले एक बात का खासतौर पर ध्यान रखें। इस लेख में गर्भावस्था के समय लिए जाने वाले आदर्श आहार के बारे में बताया गया है लेकिन अगर आपको इस पौष्टिक भोजन से कुछ अरुचि होने लगे तो अपनी इच्छानुसार इसमें थोड़ा बदलाव ला सकती हैं। बस हम इतना कहना चाहते हैं कि बिल्कुल अनजान होने की बजाए थोड़ा सा सोच-समझ कर खान-पान की आदतें अपनाएं। आपके बर्गर या फ्रेंच फ्राई खाने में कोई हर्ज नहीं लेकिन थोड़ा सलाद साथ हो तो क्या कहने।

नौ माह के सेहतमंद भोजन के नौ बुनियादी नियम

कौर गिनें :- आपको पूरे नौ महीने तक अपने शिशु के लिए ढेर-सा पौष्टिक आहार लेना है। उस अजन्मे शिशु को एक सेहतमंद शुरूआत देनी है। जब भी अपना भोजन चबाएं तो अपने शिशु के बारे में सोचें। याद रखें कि हर एक कौर नन्हे शिशु को पोषण पहुंचाने का सुनहरा अवसर होगा।

अपने तरीके से चलें!

क्या आपको अपनी खुराक के बारे में कोई शक है? क्या आप आहार योजना नहीं बनाना चाहतीं? क्या खाएं, कितना खाएं जैसे सवाल नहीं पूछना चाहतीं? कोई बात नहीं, आप अपने तरीके से चलें। संतुलित व पौष्टिक आहार लें, जिसमें फल-दूध, दही, अनाज व सब्जियां आदि सब कुछ शामिल हों। आपको हर रोज 300 कैलोरी अतिरिक्त लेनी है। इसी से बात बन जाएगी।

सभी कैलोरी बराबर नहीं होती :- कैलोरी चुनते समय सावधान रहें, उसकी मात्रा की बजाए गुणवत्ता पर ध्यान दें। 10 आलू चिप्स की 100 कैलोरी, छिलके सहित सिंके आलू की 100 कैलोरी के बराबर नहीं होगी। आपको व बेबी को 2,000 खाली कैलोरी की बजाए 2,000 पोषक कैलोरी से कहीं ज्यादा फायदा होगा। प्रसव के बाद आपके शरीर पर इनका असर दिखाई देगा।

आप भूखी रहेंगी तो बच्चा भी भूखा रहेगा:-क्या आप नन्हे शिशु को भूखा रखना चाहेंगी तो उसे जन्म से पहले भूखा क्यों रखें? उसे प्रतिदिन नियमित रूप से पोषण मिलना जरूरी है आप ही तो 'यूटेराइन कैफे' में भोजन देती हैं। चाहे आपको भूख न भी लगी हो, बच्चा तो भूखा है इसलिए खाना न छोड़ें। सही समय पर संतुलित भोजन लें। अध्ययनों से पता चला है कि दिन में पांच बार खाने वाली (तीन भोजन + दो स्नैक्स या छः बार थोड़ा भोजन) माताएं काफी स्वस्थ रहती हैं। हालांकि यह सिर्फ कहना आसान है, खासतौर पर जब खाने के नाम से ही आपको उबकाई आती हो। इसी किताब में आपको ऐसे सुझाव मिल जाएंगे जो

आपके काम आ सकते हैं।

थोड़ी सी कार्यकुशलता :- कहीं आप यह सोचकर तो नहीं डर रहीं कि इस तरह अंधाधुंध खाने से आप कैसी दिखेंगी। इस बारे में ज्यादा चिंता न करें। आपको थोड़ा कुशल होना होगा। जैसे फुल फैट वसा वाले डेयरी उत्पादों की बजाए लो फैट डेयरी उत्पाद, तले हुए की बजाए सेंका या उबला भोजन, मक्खन की मात्रा कम लें या भूनते समय जैतून के तेल की कम मात्रा लें। अगर आपका वजन कम बढ़ रहा हो तो इस तरह के खाद्य पदार्थ चुनें, जो आपका वजन बढ़ा सकें। अगर आपका वजन ज्यादा हो तो ऐसे खाद्य पदार्थ चुनें, जिससे आपका वजन तो ज्यादा न बढ़े लेकिन शिशु को पूरा पोषण मिल सके।

कार्बोहाईड्रेट का मामला :- कई गर्भवती महिलाएं वजन बढ़ने के डर से अपने भोजन में से कार्बोहाइड्रेट की मात्रा घटा देती हैं जैसे कि 'आलू'। इसमें कोई शक नहीं कि रिफाइंड कार्बोहाइड्रेट अधिक पोषक नहीं होते लेकिन कांप्लैक्स कार्बोहाइड्रेट (साबुत अनाज की डबलरोटी, ब्राउन चावल, ताजे फल व सब्जियां, सूखी बींस व नाशपाती व छिलके सहित आलू, ये विटामिन बी की पूर्ति करते हैं। आवश्यक रेशा व प्रोटीन की मात्रा देते हैं। ये न सिर्फ शिशु बल्कि आपके लिए भी फायदेमंद हैं। इससे जी नहीं मिचलाएगा और न ही कब्ज़ होगा। इससे पेट भरा महसूस होगा तो आपका वजन भी ज्यादा नहीं बढ़ेगा।

एक और अध्ययन से पता चला है कि कांप्लैक्स कार्बोहाईड्रेट की अधिक मात्रा लेने से रेशा अधिक मात्रा में मिलता है और 'गैस्टेशनल डायबिटीज़' होने का खतरा घट जाता है। रेशे की मात्रा धीरे-धीरे बढ़ाएं। एकदम जल्दी से रेशे की मात्रा बढ़ाएंगी तो पेट में गैस बन सकती है।

कुछ मीठा हो जाए :- मीठा खाना किसे पसंद नहीं होता लेकिन शोधकर्ताओं का मानना है कि मीठे की अधिक मात्रा आपके लिए नुकसानदायक हो सकती है। इससे मोटापे के अलावा दांतों व मसूड़ों के रोग, मधुमेह, हृदय रोग व कोलोन कैंसर का खतरा भी बढ़ जाता है। अक्सर कुछ मीठे पदार्थों में पोषक तत्त्वों की मात्रा काफी कम होती है। ऐसे में कैंडी और सोडा सबसे पहले दिमाग में आते हैं।

रिफाइंड चीनी बाजार में कई रूपों में मिलती है, जिसमें आप कॉर्न सीड डीहाईड्रेटेड कैन जूस को शामिल कर सकती हैं।

शहद एक ऐसा शुगर है, जो रिफाइंड नहीं होता। इसमें रोगों से लड़ने वाले एंटीऑक्सीडेंट

सेहतमंद विकल्प

अपने प्रिय भोजन के कुछ सेहतमंद विकल्प चाहिए, तो इस सूची को पढ़ें:-

इनकी बजाय	**इन्हें खाएं**
आलू चिप्स	सोया चिप्स
तला हुआ चिकन	सिंका हुआ चिकन
हॉट फज संडे	फल व ग्रेनोला सहित ठंडा दही
टाको चिप्स व चीज़ सॉस	बैजीस व चीज़ सॉस
फ्रेंच फ्राई	सिंके हुए मीठे आलू चिप्स
सफेद ब्रेड	आटा ब्रेड
मृदु पेय (साफ्ट ड्रिंक)	फलों का रस
शुगर कुकीज़	होलग्रेन फिग न्यूटन

'सिक्स मील' सोल्यूशन

तेज प्यास लगना, छाती में जलन, कब्ज या फिर कोई भी कारण आपके आहार से दूर ले जा रहा हो तो 'सिक्स मील' का समाधान अपनाएं। दिन में तीन बार पूरा भोजन करने की बजाए उसे छोटे-छोटे 6 हिस्सों में बांट लें। इस तरह आपकी ऊर्जा का स्तर बना रहेगा। सिर में दर्द भी कम से कम होगा और मूड में उतार-चढ़ाव भी नहीं आएगा।

पाए जाते हैं। आप इसकी मदद से कई तरह के पौष्टिक व्यंजन तैयार कर सकती हैं। हालांकि आपको उन सभी खाद्य पदार्थों के इस्तेमाल पर रोक लगानी होगी जिनमें शुगर (चीनी) की भरपूर मात्रा पाई जाती है। इस तरह आप कुछ ऐसे पौष्टिक व्यंजन चुन पाएंगी, जिनमें थोड़ा बहुत मीठा भी होता है।

स्वादिष्ट व पौष्टिक मीठा पाना चाहती हैं तो चीनी की बजाय फल, मेवे और फलों का रस लें। इनसे आपको मिठास के अलावा विटामिन, खनिज लवण व फाइटोकैमिकल भी मिलेंगे। आप कैलोरी फ्री शुगर विकल्प भी ले सकती हैं, जो गर्भावस्था में बिल्कुल नुकसान नहीं पहुंचाते।

पौष्टिक भोजन के स्रोत :-प्रकृति का पोषण से गहरा नाता है। अक्सर कई प्राकृतिक खाद्य पदार्थ अपने मूल रूप में पोषण से भरपूर होते हैं। ताजे मौसमी फल खाएं। डिब्बाबंद फल न ही लें तो बेहतर होगा, यदि वे लेने भी पड़ें तो ऐसे पैक चुनें, जिनमें नमक, चीनी व वसा की मात्रा कम से कम हो। हर रोज कच्चे फल व सब्जियां जरूर खाएं। जब फल या सब्जियां पकाने पड़ें तो उन्हें हल्की भाप में ही पकाएं ताकि विटामिन व खनिज लवण नष्ट न हों।

प्रोसेस्ड फूड में कई तरह के रसायन, वसा व चीनी आदि मिलाए जाते हैं जिससे उनका पोषक मूल्य काफी घट जाता है। स्मोक्ड टर्की की बजाय ताजी भुनी टर्की लें। साबुत अनाज से बनी मैकरोनी के साथ चीज लें। चीज़ भी ताजा हो तो बेहतर होगा, आप ताजा और ओटमील भी ले सकती हैं।

अपराधबोध कैसा?

अब तो आप दो लोगों के लिए खा रही हैं इसलिए सभी खाद्य पदार्थों का चुनाव सोच-समझकर करना होगा, हालांकि आप कभी-कभी थोड़ी छूट भी ले सकती हैं। अगर कुछ मनपसंद व्यंजन (कम पोषक तत्वों वाला) खाने की इच्छा हो तो एकाध बार खाने में कोई हर्ज नहीं होता। माना कि ब्ल्यूवैरी मफिन में ब्ल्यूवैरी से ज्यादा चीनी होगी, लेकिन जब मन कर रहा है तो खाना ही चाहिए। जब भी मनपसंद कैंडी, बर्गर, कुकीज़ क्रीम खाने की इच्छा हो तो जरूर खाएं लेकिन साथ में कुछ ऐसा लें, जिससे पोषण तत्वों की मात्रा पूरी हो सके; वैसे–अखरोट वाली कैंडी चुनें, आईसक्रीम पर थोड़े मेवे और केले के टुकड़े डाल लें। चीज़ व टमाटर वाला बर्गर मंगाएं। साथ में थोड़ा सलाद भी मंगाएं।

कोशिश यही रहे कि ऐसे भोजन की मात्रा अधिक न होने पाए। इन्हें सिर्फ स्वाद के लिए खाएं। इससे पेट न भरें। अपनी हद में ही रहें। अगर जरूरत से ज्यादा खा लेंगी तो फिर शर्मिंदगी महसूस होगी।

स्वस्थ भोजन की शुरूआत हो घर से :-हम मानते हैं कि जब आपके पतिदेव सोफे पर साथ बैठे, बड़े से कटोरे में आईसक्रीम खा रहे हों तो आपके लिए अपने मन को समझाना थोड़ा मुश्किल हो सकता है। उस समय आपका मन ताजे फल पर तो बिल्कुल नहीं टिकेगा। रसोई की अलमारी में संतरी चीज़ बॉल्स पड़े हैं तो आपको सोया चिप्स का स्वाद नहीं आएगा इसलिए घर के सभी सदस्यों की मदद से सेहतमंद माहौल बनाने की कोशिश करें।

घर में साबुत अनाज की डबलरोटी रखें, फ्रिज में ताजा दही पड़ा हो। ऐसे स्नैक्स वहां से हटा दें जो स्नैक्स सेहतमंद खाद्य पदार्थों की श्रेणी में नहीं आते। प्रसव के बाद भी यही अभ्यास जारी रखें।

अच्छी खुराक से गर्भावस्था के बेहतर नतीजे सामने आते हैं और कई तरह के रोगों का खतरा भी घटता है जो परिवार मिलकर सेहतमंद भोजन करता है, वह हमेशा स्वस्थ रहता है।

बुरी आदतों से बचें :-प्रसव से पहले सेहतमंद भोजन लेना ही काफी नहीं होगा। आपको

अल्कोहल, तंबाकू व अन्य मादक द्रव्यों का सेवन बंद करना होगा। अगर आपने अब तक अपनी आदतें नहीं बदली हैं तो अभी से अपनी जीवन शैली में बदलाव लाना शुरू कर दें।

गर्भावस्था के दौरान खान-पान

कैलोरीज़

यह तो सब जानते हैं कि गर्भवती महिला को एक नहीं, दो लोगों के लिए खाना पड़ता है, लेकिन यह याद रखें कि इस समय दो में से एक जीव काफी छोटा है। उसे अपनी मम्मी से काफी कम कैलोरी की आवश्यकता होगी। अगर आप औसत वजन वाली हैं तो आपको केवल 300 कैलोरी की अधिक आवश्यकता होगी। जो कि दो गिलास मलाई उतारा हुआ दूध (स्किमड मिल्क) और एक कटोरे ओट मील से ही मिल जाएगी।

पहली तिमाही में वैसे भी अधिक पोषण की आवश्यकता नहीं पड़ेगी क्योंकि उस समय भ्रूण का आकार मटर के दाने के बराबर होता है। दूसरी तिमाही में आपको उसके लिए अतिरिक्त पोषण की आवश्यकता होगी। बाद में शिशु का आकार और बढ़ जाएगा तो आपको प्रतिदिन 500 अतिरिक्त कैलोरी की आवश्यकता पड़ सकती है।

अपनी व शिशु की कैलोरी आवश्यकता से अधिक खाने से कोई फायदा नहीं होगा, इससे आपका वजन काफी फालतू हो सकता है। यह न सिर्फ वजन बढ़ा देगा बल्कि गर्भावस्था बढ़ने के साथ-साथ कैलोरी की पर्याप्त मात्रा नहीं लेंगी तो उनके शिशु का विकास काफी धीमा पड़ सकता है।

इस बुनियादी नियम के चार अपवाद हैं। अगर इसमें से एक भी आप पर लागू होता हो तो पहले अपने डॉक्टर से कैलोरी की आवश्यकता के बारे में सलाह ले लें। अगर आपका वजन पहले से ही ज्यादा है तो आपका

सही पोषण के साथ उसी अनुपात में अधिक कैलोरी की आवश्यकता होगी। अगर आप अभी किशोरी हैं यानी विकासावस्था में हैं तो आपके पोषण की मांग भी अलग होगी। अगर आप जुड़वां बच्चों को जन्म देने वाली हैं तो आपको प्रति शिशु 300 कैलोरी अतिरिक्त लेनी होगी।

गर्भावस्था में कैलोरी की गिनती से यह मतलब न निकालें कि आपने सचमुच उन्हें गिनना है। हर भोजन के बाद उन्हें गिनने की बजाय एक-दो सप्ताह बाद जांच करें व अपनी प्रगति का पता लगाएं। दिन के उसी समय में, अपना वजन जांचें, वही कपड़े पहनें या बिना कपड़ों के वजन लें ताकि किसी एक बात के भारी भोजन या जींस की वजह से वजन में फर्क न आ जाए। अगर आप का वजन दिनचर्या के हिसाब से बिल्कुल सही बढ़ रहा है तो इसका मतलब होगा कि आप कैलोरी की सही मात्रा ले रही हैं। यदि वह कम है तो इसका मतलब होगा कि आप पूरी कैलोरी नहीं ले पा रहीं। आवश्यकता के हिसाब से भोजन की मात्रा घटाएं या बढ़ाएं लेकिन कैलोरी के साथ लिए जाने वाले पोषक तत्वों को अनदेखा न करें।

प्रोटीन आहार : दिन में तीन बार

आपके शिशु का विकास कैसे होगा? आप जो प्रोटीन लेंगी, उसके अमीनो एसिड व अन्य पोषक तत्वों की मदद से वह बढ़ेगा। चूंकि बच्चे की कोशिकाओं की तेजी से वृद्धि हो रही है इसलिए आपके भोजन में प्रोटीन की मात्रा काफी महत्वपूर्ण हो जाती है। आपको प्रतिदिन 95 ग्राम प्रोटीन लेने का लक्ष्य रखना होगा।

अगर सुनने में अजीब लग रहा हो तो जरा ध्यान दें, आमतौर पर अमरीकन नागरिक तो इतनी मात्रा यूं ही प्रतिदिन ले लेते हैं। जो लोग हाई प्रोटीन आहार पर होते हैं, वे इससे भी अधिक मात्रा लेते हैं।

आपको दी गई सूची में से, दिन में तीन बार प्रोटीन युक्त आहार लेना होगा। प्रोटीन की गिनती करते समय उच्च कैल्शियम युक्त आहार में मिलने वाले प्रोटीन को गिनना न भूलें। एक गिलास दूध व एक औंस चीज़ से एक तिहाई प्रोटीन की मात्रा मिलती है। एक कप दही से एक समय के आधे प्रोटीन की पूर्ति होती है। साबुत अनाज व फलियों में भी प्रोटीन की मात्रा पाई जाती है।

प्रतिदिन इस सूची में से प्रोटीन पदार्थों का मेल चुनें व अपने आहार में शामिल करें। याद रखें कि डेयरी उत्पादों से भी प्रोटीन की कमी पूरी होती है।

24 औंस दूध या छाछ
1 कप पनीर
2 कप दही
3 औंस कद्दूकस चीज़
4 बड़े साबुत अंडे
7 अंडे की सफेदी
3.5 औंस डिब्बाबंद ट्यूना या सार्डिन
4 औंस डिब्बाबंद सालमन
4 औंस पकी शैलफिश (श्रिंप, लॉबस्टर क्लाम्स, मूसल)
4 औंस (पकाने से पहले) ताजी मछली
4 औंस (पकाने से पहले) चिकन, टर्की, डक या अन्य पोल्ट्री उत्पाद
4 औंस (पकाने से पहले) लीन बीफ, लैंब, बील, पोर्क या बफैलो

कैल्शियम आहार दिन में चार बार

आपने अपने स्कूल में अवश्य पढ़ा होगा कि बच्चों को दांतों व हड्डियों की मजबूती के लिए ढेर सारे कैल्शियम की आवश्यकता होती है। भ्रूण भी तो विकसित होकर शिशु बनता है। कैल्शियम मांसपेशियों, हृदय, स्नायु विकास, रक्त जमने व एंजाइम गतिविधियों के लिए भी बहुत महत्वपूर्ण होता है। अगर आप भरपूर कैल्शियम नहीं लेंगी तो सिर्फ शिशु को ही नुकसान नहीं होगा। आपकी हड्डियां भी प्रभावित होंगी। शिशु की हड्डियों के लिए कैल्शियम की भरपाई आपके शरीर से होगी और आप आगे चलकर ऑस्टियोपोरोसिस का शिकार हो सकती हैं। आपको हर रोज़ दिन में चार बार कैल्शियम युक्त आहार लेना ही चाहिए।

क्या हर रोज़ चार गिलास दूध की बात हजम नहीं हो रही? वैसे कैल्शियम हमेशा गिलासों में ही नहीं मिलता। इसे आप एक कप योगर्ट या चीज के रूप में भी ले सकती हैं। इन्हें स्मूदीज़, सूप, कैसेरोल, सैरेल, डिप, मांस और डेज़र्ट के रूप में भी ले सकते हैं।

जो लोग डेयरी उत्पाद नहीं ले सकते, उनके लिए कैल्शियम सामान्य रूप में भी उपलब्ध है। कैल्शियम युक्त संतरे के रस का गिलास कैसा रहेगा। 4 औंस डिब्बाबंद सालमन से कैल्शियम के साथ-साथ प्रोटीन भी मिलेगा। ताजी पकी हरी सब्जी से विटामिन सी की पूर्ति भी हो जाएगी।

अगर कुछ गर्भवती स्त्रियों को आहार से कैल्शियम की पूरी मात्रा न मिल पा रही हो तो उन्हें खुराक के रूप में लेने की सलाह दी जा सकती है।

आपको हर रोज़ दिन में चार बार कैल्शियम युक्त आहार लेना है। इस गिनती में उस आधा कप दही (योगर्ट) को शामिल करना न भूलें, जिसे आपने चीज़ छिड़क कर खाया था।

नीचे दी गई सूची में, हर व्यंजन या खाद्य पदार्थ में 300 मि.ग्रा. कैल्शियम की मात्रा शामिल है। किसी-किसी खाद्य पदार्थ में कैल्शियम के साथ-साथ प्रोटीन की भी पूर्ति होती है।

1/4 कप कद्दूकस चीज़
1 औंस सख्त चीज़
1/2 कप पाश्चराइज़्ड रिसोट्टा चीज़
1 कप दूध या लस्सी
5 औंस कैल्शियम युक्त दूध (पीने से पहले हिला लें)
1/3 कप बिना वसा के सूखा दूध (इससे 1 कप तैयार होगा)

1 कप दही

1 कप कैल्शियम युक्त रस (पीने से पहले हिला लें)

4 औंस डिब्बाबंद सालमन (हड्डियों सहित)

3 औंस डिब्बाबंद सार्डिन (हड्डियों सहित)

3 बड़े चम्मच पिसे तिल

1 कप पकी शलगम

1-1/2 कप पकी चीनी पत्ता गोभी

1-1/2 कप पकी एडामामे

1-3/4 बड़ा चम्मच ब्लैकस्ट्रेप मोलासिस

आप कॉटेज चीज़, टोफू, सूखे अंजीर, बादाम, हरी गोभी ब्रोकली, पालक, सूखी बींस वगैरह से भी कैल्शियम प्राप्त कर सकती हैं।

शाकाहारी प्रोटीन

अगर आप हर रोज़ (फलियां, अनाज बीज व मेवों) की मात्रा लेती हैं तो इस सूची के हिसाब से चुनें। यह पोषण सभी गर्भवती महिलाओं के लिए आवश्यक है।

लेग्यूम्स (हॉफ प्रोटीन सर्विंग)

3/4 कप पके बींस, दालें

3/4 कप हरे मटर

1-1/2 औंस मूंगफली

3 बड़े चम्मच पीनट बटर

1/4 कप मीसो

4 औंस टोफू (बीन कर्ड)

3 औंस टेम्पे

1-1/2 कप सोया मिल्क

3 औंस सोया चीज़

1/4 कप वेज 'ग्राउंड बीफ'

1 बड़ा वेज 'हाट डॉग' या बर्गर

1 औंस (पकाने से पहले) सोया या हाई प्रोटीन पास्ता

ग्रेन्स (हॉफ प्रोटीन सर्विंग)

3 औंस (पकाने से पहले) साबुत गेहूं का पास्ता

3/4 कप जई का चोकर

1 कप बिना पके (2 कप पकी) जई

2 कप रेडी टू ईट सेरेल

1/2 कप बिना पके (1-1/2 कप पके) कॉशकोस, वल्गर या बकवीट

1/2 कप बिना पके कुइनोवा

4 स्लाइस गेहूं की ब्रेड

2 साबुत पीटा या इंग्लिश मफिन

नट्स व सीड्स (हॉफ प्रोटीन सर्विंग)

3 औंस नट (अखरोट या बादाम)

2 औंस तिल, सूरजमुखी या कद्दू के बीज

1/2 कप पिसे फलैक्सीड

(प्रोटीन की मात्रा अलग हो सकती है इसलिए हॉफ सर्विंग 12 से 15 ग्राम प्रोटीन के लिए लेवल जांचें)

विटामिन सी भोजन : दिन में तीन बार

आपको व शिशु को ऊत्तकों की मरम्मत, घाव भरने व कई चयापचय क्रियाओं के लिए विटामिन सी चाहिए। मजबूत हड्डियों व दांतों के लिए भी इसकी जरूरत होती है। इसे शरीर स्टोर कर सकता है इसलिए इसकी नियमित मात्रा अवश्य लें। विटामिन सी कुछ ऐसे खास पदार्थों से मिलता है, जो खाने में बेहद स्वादिष्ट होते हैं। आपको सूची से ही पता चल जाएगा कि सिर्फ संतरे का रस ही विटामिन सी का सबसे बेहतर स्रोत नहीं है।

यह भी याद रखें कि विटामिन सी युक्त भोजन हरी पत्तेदार व पीली सब्जियों तथा पीले फलों की कमी भी पूरी करता है।

1/2 मध्यम आकार का ग्रेपफ्रूट

1/2 कप ग्रेपफ्रूट रस

1/2 मध्यम आकार का संतरा

1/2 कप संतरे का रस

2 बड़े चम्मच संतरा, सफेद अंगूर या दूसरे जूस कांसंट्रेट

1/4 कप नींबू का रस

1/2 मध्यम आकार का आम

1/2 मध्यम आकार का पपीता

1/8 छोटे कैंटालोप या हनीड्यू (1/2 कप क्यूब)

1/3 कप स्ट्रॉबेरी

2/3 कप ब्लैकबैरी या रसभरी

1/2 मध्यम आकार की कीवी

1/2 कप ताजा कटा अन्नानास

2 कप तरबूज के टुकड़े

1/4 मध्यम आकार की लाल, पीली या संतरी बैल पैपर

1/2 मध्यम आकार की हरी बैल पैपर

1/2 कप कच्ची या पकी हरी गोभी (ब्रोकली)

1 मध्यम आकार का टमाटर

3/4 कप टमाटर का रस

1/2 कप सब्जियों का रस

1/2 कप कच्ची या पकी फूल गोभी

1/2 कप पके माले

1 पैक्ड कप कच्ची पालक या 1/2 कप पकी हुई

1/4 कप पकी मस्टर्ड या हरे शलगम

2 कप रोमेन सलाद पत्ता

3/4 कप कतरी लाल पत्तागोभी

1 शकरकंदी या छिलके सहित सिके आलू

हरी पत्तेदार व पीली सब्जियां व पीले फल

दिन में 3 से 4 बार लें :-

इनसे विटामन ए की पूर्ति होती है। बीटा केरोटिन बच्चे की कोशिकाओं, स्वास्थ्य त्वचा, हड्डियों व आंखों के लिए फायदेमंद है। हरी पत्तेदार सब्जियों व पीले फलों में विटामिन ई, राइबोफ्लोबिन, दूसरे विटामिन बी, अनेक खनिज लवण, रोगों से लड़ने वाले फोटोकैमिकल व रेशा पाया जाता है। निम्नलिखित सूची से आपको इनकी पूरी जानकारी मिल सकती है। सब्जियां पसंद न करने वालों को यह जानकर हैरानी होगी कि सिर्फ ब्रोकली और पालक ही विटामिन 'ए' का एकमात्र स्रोत नहीं हैं। सूखी खुबानी, पीले आड़ू कैंटालोप और आम में भी विटामिन 'ए' की भरपूर मात्रा होती है। अपनी मनपसंद सब्जियों का रस पीने की इच्छा रखने वालों को जान कर खुशी होगी कि वे हरी व पीली सब्जियों की हर रोज की खुराक में एक गिलास सब्जियों का रस, एक कटोरा गाजर का सूप या आम स्मूदी ले सकते हैं।

दिन में तीन से चार बार खाने की कोशिश करें। इनमें से कुछ कच्चा भी खाएं ताकि रेशेदार पदार्थ भी मिल सकें। याद रखें कि इनमें से कई खाद्य पदार्थ विटामिन 'सी' की कमी भी पूरी करते हैं।

1/8 कैंटालोप (1/2 कप क्यूव)

2 बड़ी ताजी या 6 सूखी खुबानी

1/2 मध्यम आकार का आम

1/4 मध्यम आकार का पपीता

1 बड़ा नेक्टेराइन या पीला आड़ू

3/4 कप गुलाबी ग्रेपफ्रूट का रस

1 गुलाबी या लाल ग्रेपफ्रूट

1 क्लेमेंटाइन

1/2 गाजर (1/4 कप कद्दूकस)

1/2 कप कच्चे या पके हरी गोभी (ब्रोकली) के टुकड़े

1 कॉलेस्ला

1/4 कप पके स्विस कार्ड

1 कप पैक्ड हरी पत्तेदार सलाद

1 पैक्ड कप ताजी पालक या 1/2 कप पकी हुई

1/4 कप पकी हुई विंटर सूंवश

1/2 छोटी शकरकंदी

2 मध्यम आकार के टमाटर
1 मध्यम आकार की लाल शिमला मिर्च
1/4 कप कटी अजमोद (पार्सले)

अन्य फल व सब्जियां

प्रतिदिन 1 या 2 बार लें। बीटा केरोटिन व विटामिन 'सी' की मात्रा लेने के अलावा दूसरी तरह के फल व सब्जियां भी लें ताकि आपके शरीर में खनिज लवण, पोटैशियम व मैग्नीशियम की भरपूर मात्रा जा सके।

इनमें से अनेक फलों में तो भरपूर मात्रा में फाइटोकैमिकल व एंटीऑक्सीडेंट भी पाए जाते हैं। मान लें कि आप हर रोज़ एक सेब खाती हैं तो उनके साथ अनार और ब्ल्यूबैरी भी लें ताकि पोषण में कोई कसर न रहे।

अनेक फलों व सब्जियों की सूची में से आपको मनचाहे फल-सब्जियां मिल ही जाएंगे। निम्नलिखित सूची मे से चुनें :-

1 मध्यम आकार का सेब
1/2 कप सेब का रस या सॉस
1/2 कप अनार का रस
2 बड़े चम्मच सेब का रस कॉन्सन्ट्रेट
1 मध्यम आकार का केला
1/2 कप ताजी बेरी
1/4 कप पकी कार्नबैरी
1 मध्यम आकार का सफेद आड़ू
1 मध्यम आकार की नाशपाती
1/2 कप अन्नानास जूस (मीठा न हो)
2 छोटे आलू बुखारे
1/2 कप ब्ल्यू बैरी
1/2 मध्यम आकार का एवोकैडो
1/2 कप पकी हरी बींस
1/2 कप पकी ओकरा
1/2 कप कटे प्याज
1/2 कप पकी चुकंदर (पार्सनिप्स)
1/2 कप पकी जुकीनी
1 छोटी पकी स्वीटकॉर्न
1 कप कतरा सलाद पत्ता
1/2 कप हरे मटर या स्नो पीज़

साबुत अनाज व फलियां

6 या इससे अधिक बार, दिन में अवश्य लें। अनाज लेना भी बहुत जरूरी है। जौ, गेहूं, ओट, मक्का, चावल, ज्वार और मटर, बींस, मूंगफली जैसे फलीदार खाद्य पदार्थ पोषण से मालामाल होते हैं। इसमें विटामिन B_{12} (वह सिर्फ पशु उत्पाद में होता है) को छोड़कर, विटामिन B के सभी तत्त्व होते हैं जो शिशु के शारीरिक विकास में सहायक होते हैं। ये जटिल कार्बोहाइड्रेट आयरन और खनिज लवण से भी भरपूर होते हैं जैसे –जिंक, सेलेनियम और मैग्नीशियम, ये भी गर्भावस्था में बहुत महत्व रखते हैं।

स्टार्च युक्त खाद्य पदार्थ लेने से भी मॉर्निंग सिकनेस घट सकती है। इनमें कई पोषक तत्त्व एक से हैं और हर तरफ अपने-आप में काफी ताकतवर हैं। भरपूर पोषण पाना चाहें तो अपने आहार में साबुत अनाज व फलीदार पदार्थ शामिल करें।

थोड़े नए प्रयोग करें, आप अपनी मछली या चिकन को साबुत गेहूं की डबलरोटी को चूरे में लपेट कर, हर्ब्स व पारमेज़न चीज़ छिड़क कर खा सकती हैं। अन्य प्रोटीन युक्त अनाज क्विनोआ को साइड डिश की तरह लें। अपनी स्वादिष्ट रेसिपी में थोड़ा ओट मिला लें। सूप में लीमा की बजाय नेवी बींस मिलाएं। हालांकि आपको पता होना चाहिए कि रिफाइंड अनाज में साबुत अनाज के सारे गुण व खूबियां नहीं पाए जाते। उनमें रेशा, प्रोटीन, विटामिन व

सफेद साबुत गेहूं

अब आप सफेद गेहूं की डबलरोटी का स्वाद भी ले सकती हैं। यह कुदरती सफेद गेहूं से बनी होती हैं, जिसमें हल्की मिठास होती है। यह आम ब्रेड की तरह प्रोसेस अनाज से नहीं बनती इसलिए इसके पोषक तत्त्व भरपूर रहते हैं। आप अपने स्वाद व जरूरत के हिसाब से कुछ भी चुन सकती हैं।

खनिज लवण की मात्रा भरपूर नहीं होती।

दी गई सूची में से अपने मनपसंद व्यंजन छांटें व प्रतिदिन लें। भूलें नहीं कि वे शरीर में प्रोटीन की कमी भी पूरी कर देंगे।

1-किसी भी साबुत अनाज; गेहूं या सोया से बनी डबलरोटी का स्लाइस

1/2 साबुत अनाज से बना पीटा, रोल, बैगल या टार्टिला

1 कप साबुत अनाज (खाने के लिए तैयार सैरेल)

1/2 कप ग्रेनोला

2 बड़े चम्मच व्हीट जर्म

1/2 कप पके भूरे चावल

1/2 कप पके ज्वार, बाजरा या क्विनोआ

1 औंस (पकाने से पहले) साबुत अनाज या सोया पास्त्र।

1/2 कप पकी बींस, दालें, स्पिल्ट

2 कप पॉपकार्न

1 औंस साबुत अनाज सोया क्रिस्प

1/4 कप साबुत-अनाज या सोया आटा

आयरन युक्त पदार्थ-प्रतिदिन लें

इन नौ महीनों में आपको व आपके शिशु को शरीर की सभी आवश्यक गतिविधियों के लिए ढेर सारे आयरन की आवश्यकता होगी इसलिए अपने भोजन में आयरन की मात्रा बढ़ाएं। विटामिन सी युक्त आहार लेने के साथ-साथ आयरन से भरपूर भोजन भी लेना होगा। आप हमारी सूची में से मनपसंद व्यंजन छांट सकती हैं।

हालांकि सिर्फ आहार से ही आयरन की पूर्ति नहीं होगी इसलिए डॉक्टर आपको शरीर में आयरन के हिसाब से इसकी गोलियां भी देंगी। आयरन का भरपूर लाभ लेना चाहें तो उसे दो भोजनों के बीच, विटामिन सी से भरपूर रस के साथ लें जैसे (कैफीनयुक्त पेय पदार्थ, रेशायुक्त पदार्थ, अन्य कैल्शियम युक्त पदार्थ)

सभी सब्जियों, फलों, अनाजों व मांस में आयरन की थोड़ी बहुत मात्रा पाई जाती है लेकिन आपको तो आयरन की भरपूर मात्रा चाहिए। ये आयरन युक्त पदार्थ, शरीर की बाकी आवश्यकताएं भी पूरी करेंगे-

बीफ, बफैलो, डक, टर्की,

पके क्लाम्स, ऑयस्टर, सिंके आलू

पालक, कैल, शलगम, सी वीड

कद्दू के बीज

ओट का चोकर

जौ, बल्गर व क्विनोआ

बींस और मटर

सोया उत्पाद

सूखे मेवे

ब्लैकस्ट्रेप मोलेसिज़

सूखे फल

वसा व उच्च वसा युक्त भोजन - दिन में चार बार (आपके वजन के हिसाब से)

आप तो जानती ही हैं कि वसा की पूर्ति कई बार जरूरत से भी ज्यादा हो सकती है इसलिए हरी पत्तेदार सब्जियाँ व विटामिन सी लेने में कोई नुकसान नहीं है। वसा का सेवन सीमित मात्रा में ही करें ताकि थोड़ा फालतू वजन छंट सके। भोजन से वसा को एकदम निकालना भी ठीक नहीं है क्योंकि शिशु को

थोड़ी सी वसा....

कैलोरी घटाना चाहें तो सलाद की ड्रैसिंग व तलने-भुनने के तेल से परहेज करें । अपनी सब्जियों में थोड़ी वसा शामिल करें क्योंकि अध्ययनों से पता चला है कि सब्जियों के साथ थोड़ी वसा लेने से वे पूरी तरह अवशोषित हो पाती हैं। सलाद में ड्रैसिंग, स्टिर फ्राई व नट्स के छिड़काव से वसा को अपनाएं क्योंकि यह थोड़ी सी वसा लंबे समय तक साथ निभाएगी।

वसा चाहिए।

तीसरी तिमाही में तो ये और भी महत्वपूर्ण हो जाते हैं।

गुड फैट के फैक्ट्स

क्या आप वसा से डरती हैं। वसा से डरने की बजाए गुड फैट अपनाएँ। सारी वसा बुरी नहीं होती। कुछ वसा तो गर्भावस्था में बहुत ही फायदेमंद होती है; जैसे ओमेगा 3 फैटी एसिड! आपको अपने आहार में इसे अवश्य शामिल करना चाहिए। डीएचए से भ्रूण व शिशुओं के मस्तिष्क व आंखों का संपूर्ण विकास होता है। अध्ययनकर्ताओं ने पता लगाया है कि गर्भावस्था में भरपूर डीएचए लेने वाली माताओं के शिशुओं में हाथ व आंख का बेहतर तालमेल पाया गया। आखिरी तीन महीनों में व नर्सिंग के दौरान तो इसकी जरूरत और भी बढ़ जाती है।

जो शिशु के लिए अच्छा है, अपितु आपके लिए भी फायेदमंद है। इससे आपके मूड के उतार-चढ़ाव में सुधार होगा और समय से पहले प्रसव व अवसाद की परेशानी नहीं होगी। आपके शिशु की सोने की आदतें काफी बेहतर होंगी। आप जो भोजन पहले से ले रही हैं, उसमें डीएचए की भरपूर मात्रा पाई जाती है; जैसे सॉलमन, दूसरी तैलीय फिश; जैसे-सार्डिन, अखरोट, डीएचए से भरपूर अंडे, आरुगुला, क्रेव व श्रिंप, फलेमनीड व चिकन आप डॉक्टर से गर्भावस्था में सुरक्षित डीएचए सप्लीमेंट के बारे में भी पूछ सकती हैं। कुछ प्रसव पूर्व सप्लीमेंट में डीएचए भी पाया जाता है।

हर रोज की वसा का हिसाब रखें, अपना कोटा पूरा करें, पर जरूरत से ज्यादा वसा न लें। यह न भूलें कि खाना पकाने में भी वसा लगती है। अगर आपने 1/2 चम्मच मक्खन में अंडे फ्राई (आधी सर्विंग) किए हैं या कॉलेस्ला में 1 बड़ा चम्मच मेयोनीज़ (एक सर्विंग) डाली है तो इस डेढ़ सर्विंग को अपनी गिनती में रखें।

अगर पौष्टिक भोजन लेने के बावजूद वजन न बढ़ रहा हो तो थोड़ी वसा की मात्रा बढ़ा दें। यदि वजन तेजी से बढ़ रहा है तो वसा की थोड़ी मात्रा घटा दें।

इस सूची के सभी खाद्य पदार्थ वसायुक्त हैं हालांकि सिर्फ वे ही वसा के स्रोत नहीं हैं लेकिन आपको इनकी काफी जरूरत है। यदि आपका वजन सही तरीके से बढ़ रहा है तो एक दिन में चार पूरी सर्विंग लें। यदि नहीं तो वसा की मात्रा उसी हिसाब से घटा-बढ़ा लें।

- 1 बड़ा च. तेल (जैतून, कनोला, तिल)
- 1 बड़ा च. मक्खन (मार्जरीन)
- 1 बड़ा च. रेगुलर मेयोनीज
- 2 बड़े च. सलाद ड्रैसिंग
- 2 बड़े च. भारी क्रीम
- 1/4 कप हॉफ एंड हॉफ
- 1/4 कप फेंटी क्रीम
- 1/4 कप सॉर क्रीम
- 2 बड़े च. रेगुलर क्रीम चीज़
- 2 बड़े च. मूंगफली या बादाम का मक्खन

नमकीन खाद्य पदार्थ (सीमित मात्रा में)

पहले-पहल गर्भावस्था में कम से कम नमकीन पदार्थ लेने की सलाह दी जाती थी क्योंकि इससे शरीर में सूजन बढ़ती है, किंतु बाद में पता चला कि गर्भावस्था में शरीर में तरल पदार्थों की बढ़त सामान्य होती है। तरल पदार्थों की मात्रा का संतुलन बनाए रखने के लिए सोडियम लेना भी जरूरी है। यदि सोडियम की कमी हो जाए तो उससे भी भ्रूण को नुकसान हो सकता है। हालांकि अचार, चटनी व सॉस की जरूरत से ज्यादा मात्रा भी नुकसान पहुंचा सकती है। सोडियम की अधिक मात्रा का उच्च रक्तचाप से सीधा संबंध है। इससे

गर्भावस्था व प्रसव में कई तरह की परेशानियां पैदा हो सकती हैं। खाने में हल्के नमक का प्रयोग करें। अचार खाने का मन करे तो एकाध टुकड़ा खा लें पर कृपया आधा जार खत्म न करें। आयोडीन युक्त नमक का इस्तेमाल करें ताकि शरीर में आयोडीन की कमी न हो, वैसे थाइराइड की जांच भी अवश्य करा लें।

तरल पदार्थ : 8 औंस के गिलास प्रतिदिन

आप दो लोगों के लिए खाने के साथ-साथ पी भी रही हैं। आपकी तरह शिशु का शरीर भी जल से बना है। इन दिनों शरीर को तरल पदार्थों की काफी जरूरत है। यदि आप वैसे भी कम पानी पीती हैं तो जरा संभल जाएं। इससे आपकी त्वचा बिखरी रहेगी, कब्ज नहीं होगी, शरीर के जहरीले तत्त्व बाहर निकलते रहेंगे। मूत्राशय का संक्रमण नहीं होगा व प्रसव में आसानी रहेगी। दिन में कम से कम 8 गिलास पानी अवश्य लें। यदि बहुत गर्मी है या व्यायाम करती हैं तो पानी की अधिक मात्रा लें। खाने से एकदम पहले काफी पानी न पीएं।

पानी के अलावा दूध, फलों व सब्जियों के रस, जूस, सूप गर्म या ठंडी चाय से भी तरल पदार्थों की मात्रा मिलती है।

फ्रूट जूस में आधा पानी मिला कर लें, कैलोरी भी नहीं बढ़ेगी।

प्रसव पूर्व विटामिन सप्लीमेंट एक प्रेगनेंसी फार्मूला प्रतिदिन

इतना बढ़िया पौष्टिक खाने के बावजूद विटामिन की दवा लेने की जरूरत क्यों पड़ती है? हां, यदि आप किसी प्रयोगशाला में रहतीं तो शायद जरूरत न पड़ती वहां आपको हर तरह की खुराक माप-तोल कर मिलती किंतु वास्तव में ऐसा नहीं हो सकता। आपको व अजन्मे शिशु विटामिन की खुराक हर हालत में चाहिए, इससे वो सब कमी पूरी हो जाएगी जो पौष्टिक खुराक से नहीं हो पाती।

हालांकि दवा तो दवा है, वे कभी भी अच्छी खुराक की जगह नहीं ले सकती बेहतर होगा कि आप भोजन में विटामिन व प्रोटीन को शामिल करें। भोजन से आपको जल व रेशे की मात्रा भी मिलती है। कई महत्वपूर्ण कैलोरी व प्रोटीन तो दवा से मिल ही नहीं सकते।

यह न सोचें कि विटामिन जितने ज्यादा हों, बढिया हैं।

कुछ विटामिनों की अधिक मात्रा लेने से नुकसान भी हो सकते हैं। वे शरीर के लिए जहरीले साबित हो सकते हैं। विटामिन-प्रोटीन की कोई भी दवा डॉक्टर की राय के बिना न लें। इसी तरह हर्बल दवाओं के बारे में सावधान रहना चाहिए। आहार में गाजर और ब्रोकली की अधिक मात्रा लेने से कोई नुकसान नहीं होगा। ये तो आपको फायदा पहुंचाएँगी।

दवा में क्या है?

यह इस बात पर निर्भर करता है कि आप कौन सी दवा ले रही हैं। डॉक्टर आपकी मेडिकल हिस्ट्री के हिसाब से आपके लिए दवा चुनते हैं क्योंकि इनका कोई बंधा-बंधाया नियम नहीं होता। अगर आप स्वयं केमिस्ट की दुकान पर जाना चाह रही हैं तो पहले इसे पढ़ लें।

- विटामिन ए की 4,000 आई यू (के लिए) मि.ग्रा. से अधिक मात्रा न लें। 10,000 आईयू से अधिक मात्रा विषैली हो सकती है। कई निर्माताओं ने विटामिन ए की मात्रा घटा दी है या इसकी जगह बीटा-केरोटिन का प्रयोग करने लगे हैं।
- कम से कम 400 से 600 *mg*

फॉलिक एसिड

- 250 मि.ग्रा. कैल्शियम। यदि आहार में पूरा कैल्शियम नहीं ले पा रहीं तो आपको 1200 मि.ग्रा.तक की खुराक लेनी पड़ सकती है। सप्लीमेंट्री आयरन के साथ कैल्शियम की मात्रा 250 मि.ग्रा. से अधिक न लें क्योंकि मिनरल आयरन के अवशोषण में रुकावट डालते हैं। आयरन सप्लीमेंट लेने के दो घंटे पहले या बाद में कैल्शियम लें।
- 30 मि.ग्रा.आयरन
- 50 से 80 मि.ग्रा. विटामिन सी 15 मि.ग्रा. जिंक
- 2 मि.ग्रा.कॉपर
- 2 मि.ग्रा. विटामिन बी
- विटामिन डी, 500 मि.ग्रा. से अधिक नहीं
- विटामिन ई–(16 मि.ग्रा.) थियामिन (1-4 मि.ग्रा.) राइबोफ्लेविन (1-4 मि.ग्रा.), नियासिन (18 मि.ग्रा.) विटामिन बी-(2.6 मि.ग्रा.)। इस खुराक से किसी तरह का नुकसान नहीं होगा।
- कई दवाओं में मैग्नीशियम, फ्लोराइड, बायोटीन, फास्फोरस, पैंटोथैनिक एसिड, व बी$_6$ भी शामिल हो सकता है।

अपने डॉक्टर की राय के बिना कोई दवा न लें।

आप क्या सोच रही होंगी?

मिल्क फ्री-मॉम

''मैं दूध बर्दाश्त नहीं कर सकती। दिन में चार कप दूध पीना मेरे बस की बात नहीं है लेकिन क्या शिशु को दूध नहीं चाहिए?''

शिशु को दूध नहीं कैल्शियम चाहिए और आपके आहार में दूध ही कैल्शियम का सबसे अच्छा व कुदरती स्रोत है। गर्भावस्था में इसे पीने की राय इसलिए ही दी जाती है लेकिन इसे पीने से आपके मुंह का जायका बिगड़ता है, गैस बनती है तब तो इसे पीने से पहले दो बार सोचती होंगी। शिशु के दांत व हड्डियों के लिए सिर्फ दूध से ही कैल्शियम नहीं मिलेगा। इसके और भी कई विकल्प हो सकते हैं। आप हार्ड चीज़, योगर्ट, या लैक्टोज़ फ्री मिल्क जैसे डेयरी उत्पाद ले सकती हैं। इस तरह के उत्पादों में कैल्शियम फोर्टीफाइड भी होता है। आप दूध में लैक्टोस टैबलेट डाल सकती हैं ताकि दूध पीने के बाद पेट में उथल-पुथल न हो, वह आसानी से पच जाए।

वैसे इसकी तिमाही आते-आते आपको स्वयं थोड़े-बहुत डेयरी उत्पाद लेने की आदत हो जाएगी। उस समय भ्रूण को कैल्शियम की सबसे ज्यादा जरूरत होती है। कुछ ऐसे उत्पादों की तलाश में रहें, जिनसे आपको ज्यादा परेशानी न हो।

अगर आप डेयरी उत्पादों से एलर्जिक हैं तो कैल्शियम युक्त जूस लें या ऐसे नॉन डेयरी उत्पाद लें, जिनमें कैल्शियम पाया जाता है।

अगर आपको दूध के स्वाद से दिक्कत होती है तो कुछ दूसरे विकल्प तलाशें या सेरेल, सूप व स्मूदीज़ में दूध मिलाएँ।

पाश्चराइज़

लुइ पाश्चर ने 1800 के मध्य में पाश्चराइज़ करने की जो तकनीक खोजी, वह सचमुच लाजवाब है। स्वयं को व शिशु को बैक्टीरिया संक्रमण से बचाना चाहती हैं तो हमेशा पाश्चराइज़ दूध पीएं व पाश्चराइज़ डेयरी उत्पाद ही खाएं। आजकल अंडे तो पाश्चराइज़ आते हैं ताकि आप कई तरह की बीमारियों से बच सकें। गर्भावस्था में ये छोटी-छोटी सावधानियाँ भी काफी फायदेमंद होती हैं, इन्हें किसी भी कीमत पर नजरंदाज न करें।

अगर आपको आहार से पूरा कैल्शियम नहीं मिल पा रहा तो डॉक्टर से सप्लीमेंट देने को कहें। आजकल तो इसकी मीठी गोलियां आती हैं, जिन्हें मुंह में रख कर चूसा जा सकता है। आपको कैल्शियम के अलावा विटामिन डी की मात्रा पर भी ध्यान देना होगा जो कि गाय के दूध में पाया जाता है। यह भी कैल्शियम के साथ लेना जरूरी है।

अपने आहार में रेड मीट शामिल न करें

"मैं चिकन और फिश तो खाती हूं पर रैड मीट नहीं खाती। क्या इसके बिना भी शिशु को पौष्टिक तत्त्व मिल पाएंगे?"

गर्भावस्था में फिश व पोल्ट्री उत्पाद आपको यहीं अधिक पौष्टिक तत्त्व देंगे। केवल आपको आयरन नहीं मिलेगा, जो कि रैड मीट में होता है। इसकी पूर्ति आप दूसरे विकल्पों से कर सकती हैं।

शाकाहारी डाइट

"मैं सेहतमंद शाकाहारी हूं लेकिन हर कोई कहता है कि मुझे स्वस्थ शिशु के लिए पशु उत्पाद खाने चाहिए।"

अगर शाकाहारी अपने भोजन को थोड़ा सा भी नियोजित कर लें तो वे भी मांसाहारियों की तरह पूरा पोषण पा सकते हैं। शाकाहारी भोजन में निम्नलिखित को अवश्य शामिल करें।

पर्याप्त मात्रा में प्रोटीन : अगर आप दूध व अंडे लेती हैं तो बेशक आपको पर्याप्त मात्रा में प्रोटीन मिल रहा होगा लेकिन अगर आप कट्टर शाकाहारी हैं यानी दूध व अंडे भी नहीं लेतीं तो, आपको आहार में सूखी बींस, मटर, मसूर, तोफू व सोया उत्पादों की मात्रा बढ़ानी होगी ताकि प्रोटीन की कमी पूरी हो सके।

पर्याप्त मात्रा में कैल्शियम : डेयरी उत्पाद लेने वाले शाकाहारियों के लिए तो कोई मुश्किल नहीं है लेकिन अगर आप डेयरी उत्पाद भी नहीं लेते तो कैल्शियम युक्त जूस, हरी पत्तेदार सब्जियां, तिल, बादाम, सोया उत्पाद वगैरह काम आ सकते हैं। यदि फिर भी बात न बने तो कैल्शियम की दवा भी ले सकते हैं पर उसके लिए डॉक्टर की राय लेनी होगी।

विटामिन B_{12} : वैसे तो B_{12} की कमी दुर्लभ होती है पर कट्टर शाकाहारियों को यह नहीं मिलता क्योंकि यह पशु उत्पादों में पाया जाता है। आपको डॉक्टर से पूछ कर फॉलिक एसिड व आयरन के साथ विटामिन B_{12} की दवा भी लेनी चाहिए। इसके अलावा सोया दूध, फोर्टीफाइड सेरेल, पौष्टिक खमीर आदि से इस कमी को पूरा कर सकते हैं।

विटामिन डी : त्वचा सूर्य की रोशनी में स्वयं इसे बनाती है लेकिन जरूरत से ज्यादा धूप में रहने से त्वचा काली पड़ जाती है। काले रंग की महिलाएँ इसे पर्याप्त मात्रा में ले भी नहीं पातीं। यदि आप गाय का दूध नहीं लेतीं तो विटामिन डी युक्त सोया दूध लें या फिर दवा में इसे शामिल करें। ब्रेड व सेरेल भी विटामिन डी फोर्टीफाइड होते हैं।

लो-कार्ब डाइट

"मैं वजन बढ़ाने के लिए लो कार्ब हाई प्रोटीन डाइट पर थी, क्या मैं गर्भावस्था में भी यही आहार ले सकती हूं?"

गर्भावस्था में किसी भी पौष्टिक तत्व की मात्रा में कमी सही नहीं मानी जाएगी। आपको सभी पौष्टिक तत्व संतुलित मात्रा में लेने हैं। कम कॉर्ब वाले आहार से फॉलिक एसिड की भी कमी हो जाएगी जो शिशु के विकास के लिए बहुत ही जरूरी है। शिशु के लिए जो बुरा

है, वही मां के लिए भी बुरा हो सकता है। कॉप्लैक्स कार्ब आपको कब्ज से बचाता है तो विटामिन बी, मार्निंग सिकनेस से लड़ने की ताकत देता है।

गर्भावस्था डाइटिंग का नहीं, पूरा पोषण लेने का समय है। वजन घटाने की बात भूल जाएं व शिशु को संतुलित पोषण दें।

कॉलेस्ट्रॉल की चिंता

''मैं व मेरे पति ने अपने आहार में कॉलेस्ट्रॉल की मात्रा काफी घटा रखी है। क्या मैं गर्भावस्था में भी ऐसा कर सकती हूं?''

''हमें नहीं पता कि आपने क्या सुना या क्या नहीं सुना। गर्भावस्था में आपको कॉलेस्ट्रॉल घटाने की कोई जरूरत नहीं है। इस आयु में आपको कॉलेस्ट्रॉल की वजह से धमनियों में जमाव की परेशानी नहीं हो सकती। दरअसल यह तो भ्रूण के विकास के लिए भी आवश्यक है। गर्भवती माता के शरीर में स्वयं ही इसका उत्पाद बढ़ जाता है। रक्त कॉलेस्ट्रॉल का स्तर 25 से 40 प्रतिशत तक बढ़ जाता है। हालांकि आपको अपनी ओर से कॉलेस्ट्रॉल बढ़ाने वाला आहार लेने की कोई जरूरत नहीं है पर आप बड़े आराम से अंडों की भुर्जी खा सकती हैं, कैल्शियम की पूर्ति के लिए चीज़ खा सकती हैं या फिर बड़े मजे से अपने बर्गर का स्वाद ले सकती हैं।

जंक फूड का सेवन

''मैं नट्स, चिप्स और फास्ट फूड की दीवानी हूं । मुझे पता है कि मुझे सेहतमंद खाना लेना चाहिए और मैं लेना भी चाहती हूं लेकिन मैं अपनी आदतें नहीं बदल पा रही।''

अगर आप आदतें बदलना चाह रही हैं तो मान लें कि आपने आदतें बदलने की दिशा में पहला कदम उठा ही दिया है। सबसे पहले तो इसके लिए अपने-आप को बधाई दें! हालांकि इस बदलाव के लिए कुछ गंभीर कदम उठाने होंगे लेकिन ऐसे कई रास्ते हैं, जिनकी मदद से हम आपकी आदत बदल सकते हैं।

1. खाना साथ ले जाएं :-अगर नाश्ते की मेज पर कॉफी पीने की इच्छा हो तो घर से ही पौष्टिक व सेहतमंद नाश्ता लेकर जाएं, जिसमें कॉम्पलैक्स कार्ब और प्रोटीन का मिश्रण हो। इस तरह आपका पेट भरा रहेगा और जंक फूड खाने की इच्छा ही नहीं होगी। अगर आप जानती हैं कि दुकान में जाकर आप वहां खाना देखकर मचल जाएंगी तो वहां न ही जाएं। अपने आसपास की दुकान से हैल्दी सैंडविच ऑर्डर करें या फिर ऐसी जगह जाएं जहां तले-भुने व्यंजन न मिलते हों।

2. थोड़ी प्लानिंग जरूरी है :- गर्भावस्था के दौरान लगातार सेहतमंद और पौष्टिक भोजन चाहिए। अपने घर की अलमारियों में ऐसे खाद्य पदार्थ रखना न भूलें। उन होटलों या रेस्त्रां के नंबर अपने पास रखें, जहां से फोन करके साफ-सुथरा पौष्टिक खाना मंगवाया जा सकता है। भूख बहुत तेज होने से पहले ही खाना आर्डर कर दें। घर, काम के स्थान, बैग व कार में ऐसे स्नैक्स रखें जो भूख मिटा सकें, जैसे – फल, ट्रेल मिक्स, सोयाचिप्स, साबुत अनाज से बने ग्रेनोला बार व क्रेकर, योगर्ट या स्मूदीज़, स्ट्रिंग चीज़ या वैजीस। अगली बार प्यास लगने पर सोडा पीने का मन न करे इसलिए अपने पास पानी रखें।

3. लालच से बचें :- कैंडी, चिप्स, कुकीज़ व साफ्ट ड्रिंक को घर से निकाल दें ताकि दिमाग में भी उनका ख्याल न आए। पेस्ट्री के डिब्बे के लालच में न आए। यह लालच आपको महँगा पड़ सकता है।

4. विकल्प तलाशें :- कोई भी पदार्थ जो बहुत स्वादिष्ट लगता हो, आप उसका विकल्प भी तलाश सकती हैं। विकल्प ऐसा हो कि

स्वाद की लत भी पूरी हो जाए और आपको पर्याप्त मात्रा में पोषक तत्त्व भी मिल जाएं। यदि आपका मन आईसक्रीम के लिए ललचा रहा है तो आप मीठे में जूस बार या गाढ़ा क्रीमी फ्रूट स्मूदी भी ले सकती हैं।

5. शिशु का रखें ध्यान :- आप जो खाती हैं, शिशु भी वही खाता है लेकिन कई बार तब आपका मन अपने मनपसंद स्वाद के लिए ललचा रहा हो, तो इस बात को याद रखना थोड़ा मुश्किल हो जाता है। अपने कमरे में आस-पास सुंदर शिशुओं की तस्वीरें लगाएं घर, ऑफिस या कुर्सी के आसपास लगी ये तस्वीरें सही-गलत की पहचान की प्रेरणा देती रहेंगी।

6. अपनी हदें पहचानें :- कुछ जंक कभी-कभार खाए जा सकते हैं लेकिन कुछ न खाने में ही बेहतरी होती है। अगर आप थोड़ी सी मात्रा से तसल्ली नहीं ले पातीं या थोड़ा खाने के बाद और ज्यादा खाने की इच्छा होने लगती है तो आपको अपनी हदें पहचाननी होंगी।

7. अच्छी आदतें लंबे समय तक साथ निभाती हैं :- स्वस्थ आदतें लंबे समय तक साथ निभाती हैं डिलीवरी के बाद भी नई मां को काफी अतिरिक्त ऊर्जा चाहिए, उस समय यही आदतें आपके काम आएंगी। इस तरह शिशु भी शुरू से आदतों के साथ फलेगा-फूलेगा।

सेहतमंद खान-पान के शार्ट कट

फास्ट फूड भी सेहतमंद हो सकता है कैसे–

- यदि आप हमेशा जल्दी में रहती हैं तो याद रखें कि बर्गर के लिए लाइन में लगने की बजाय झटपट भुनी टर्की चीज़, सलाद व टमाटर का सैंडविच तैयार किया जा सकता है।
- यदि हर रात डिनर नहीं खा सकतीं तो दो-तीन रात का डिनर एक साथ बना कर रख लें।
- सेहत से भरपूर व्यंजन बनाते समय ज्यादा तामझाम में न पड़ें, बस ध्यान रखें कि आप जो भी पका रही हैं, वह सादा और पौष्टिक हो। आप पके हुए बोनलेस चिकेन पर टोमैटो सॉस व मॉजरेला चीज़ की परत लगाकर उसे ब्रोलर में तैयार कर सकती हैं। यहां आपको अपनी मर्जी से कुछ फेर-बदल करने होंगे।
- जब सचमुच कुछ भी पकाने का समय न हों तो सुपर मार्केट में मिलने वाले सूप, जूस या रेडीमिक्स खाद्य पदार्थ तो लिए ही जा सकते हैं। ऐसी सब्जियां व खाद्य पदार्थ लें, जिन्हें माइक्रोवेव में आसानी से पकाकर खाया जा सके।

घर से बाहर खाना

''मैं सेहतमंद आहार लेने की पूरी कोशिश कर रही हूं। अधिकतर घर से बाहर खाना खाने की वजह से ऐसा संभव नहीं हो पा रहा।''

- कई गर्भवती महिलाओं के लिए आसान नहीं होता कि वे रेस्त्रां में मिनरल वाटर पीएं और मार्टिनी को नजरंदाज कर दें। आपको अपने लिए ऐसा भोजन चुनना होगा, जो शिशु की सेहत के साथ-साथ आपके कैलोरी बैंक के हिसाब से भी हो। निम्नलिखित सुझावों की मदद से आप घर से बाहर लिए जाने वाले लंच या डिनर को भी अपने अनुकूल बना सकती हैं।
- ब्रेड पर ध्यान देने से पहले साबुत अनाज

से बने पदार्थ या ब्रेड लें उनसे साबुत अनाज से बनी ब्रेड मंगाएं। यदि न हो तो दूसरी ब्रेड ज्यादा न लें ब्रेड पर थोड़ा मक्खन या जैतून का तेल लगा लें। इसके अलावा रेस्त्रां में सलाद की ड्रैसिंग या सब्जियों के मक्खन व तेल में भी वसा होती है।

- पहले कोर्स में ही हरा सलाद लें इसके साथ आप श्रिंप कॉकटेल, स्टीम्ड सी फूड, ग्रिल्ड सब्जियां या सूप ले सकती हैं।
- यदि सूप लें तो वे सब्जियों के बेस वाली (शकरकंदी, गाजर, टमाटर) हों। लेंटिल या बीन सूप में भी प्रोटीन की काफी मात्रा होती है। यदि इस पर कद्दूकस चीज़ डाल दें तो आप इसे खाने के तौर पर भी ले सकती हैं।
- अपने मेन फूड में ग्रिल्ड, बॉयल्ड, स्टीम्ड या पोचर्ड फिश, सी फूड, चिकन ब्रेस्ट या बीफ से प्रोटीन की पूर्ति करें। अगर कोई खास इच्छा हो तो कहने में संकोच न करें। आपको कोई न नहीं कहेगा। आप उनसे कह सकती हैं कि चिकन ब्रेस्ट फ्राई करने की बजाय ग्रिल्ड दें। यदि शाकाहारी हैं तो मेन्यू में टोफू, बींस, मटर, चीज़ या इनके मेल को शामिल करें।
- अपने लिए बेक्ड सफेद या मीठी शकरकंदी, चावल, बींस, मटर व हरी ताजी सब्जियां चुनें।
- आप रेस्त्रां में फल भी ऑर्डर कर सकती हैं जैसे ताजी वैरी आपको सिर्फ फल काट कर खाने की जरूरत नहीं है। कटे फलों पर दो चम्मच फेंटी क्रीम, सोडावाटर या आईसक्रीम डालकर, दूसरों के साथ डेज़र्ट का स्वाद लें।

लेबल पढ़ना

''मैं अच्छा पौष्टिक खाना लेना चाहती हूं लेकिन खरीदे गए डिब्बों के लेबल पढ़ना मुश्किल लगता है। वे मुझे समझ ही नहीं आते।''

लेबल आपकी मदद के लिए ही लगाए जाते हैं। अगली बार जब भी डिब्बाबंद खाद्य पदार्थों की खरीदारी करें तो महीन अक्षरों में लिखी सूची पढ़ें, जिसमें पोषण मूल्य व शामिल की गई सामग्री लिखी होती है।

इस सूची से आपको पता चल जाएगा कि उस उत्पाद में किस पदार्थ की मात्रा सबसे ज्यादा है और किस पदार्थ की सबसे कम!

एक नजर मारने से ही आपको अंदाजा हो जाएगा कि सेरेल में रिफाइंड अनाज है या साबुत! इससे पता चलेगा कि खाद्य पदार्थ में चीनी, नमक, वसा या दूसरे पदार्थों की अधिक मात्रा तो नहीं है। यदि चीनी सबसे ऊपर हो या सूची में अलग-अलग रूपों (कॉर्न सिरप, हनी, चीनी) में दिखे तो इसका मतलब है कि वह खाद्य पदार्थ चीनी से भरपूर है।

कई बार चीनी की मात्रा, पोषक तत्त्वों की मात्रा से अलग से भी दी गई होती है। हो सकता है कि फ्रूट ड्रिंक व संतरे के जूस के डिब्बे पर लगे लेबलों में चीनी की मात्रा एक सी लिखी हो लेकिन इसका मलतब यह नहीं कि वे समान ही होंगे। जैसे ऑरेंज व कॉर्न सिप की तुलना करें–संतरे के असली जूस में फल से चीनी की मिठास आ रही है जबकि फ्रूट ड्रिंक में चीनी डाली गई है।

जो गर्भवती महिला प्रोटीन व कैलोरी का अनुमान लगा कर चल रही हो, उसके लिए ये लेबल पढ़ना काफी फायदेमंद हो सकता है।

बाहरी आवरण से गुणवत्ता का पता नहीं चलता

जी हाँ, फलों सब्जियों के बाहरी रंग पर न जाएं। जिन फलों के रंग (छिलके नहीं) होते हैं। वे विटामिन व खनिज-लवणों से भरपूर होते हैं। गाढ़े हरे छिलके वाले खीरों की बजाए वे खीरे लें जो छीलने के बाद हरे रंग के हों। ऐसे खरबूजे लें, जो बाहर से पीले हों पर अंदर से गहरे रंग के हों।

जिस भी खाद्य पदार्थ में पोषक पदार्थों की मात्रा अधिक दिखाई दे, उसे ही खरीद लें।

कई बार बड़े अक्षरों में लिखा हो सकता है–इंग्लिश मफिन–'साबुत गेहूं, चोकर व अनाज से बने'। यदि आप छोटे अक्षर पढ़ें तो पता चलेगा कि वे तो मैदे से बने हैं और सूची में चोकर का नामोनिशान नहीं है। हनी का तो सिर्फ नाम है, उनमें चीनी ही डाली गई है।

'एनरिच्ड या फोर्टीफाइड' बैनर्स से भी सावधान रहें। किसी भी खाद्य पदार्थ में कुछ विटामिन मिलाने से ही वह अच्छा नहीं हो जाता। आप उस रिफाइंड सेरेल (12 ग्राम शुगर व विटामिन सहित) की बजाए ओटमील को लेना चाहेंगी जिसमें कुदरतन पौष्टिक तत्त्व पाए जाते हैं।

सुशी लूं या नहीं

''सुशी मेरा मन पसंद भोजन है। मैंने सुना है कि इसे गर्भावस्था में नहीं खाना चाहिए। क्या यह सच है?''

माफ कीजिए, आपको सुशी, साशीस, कच्चे ऑयस्टर, सेवियच, फिश टार्टरस, कारपैशियस जैसे खाद्य पदार्थों से दूर ही रहना होगा। कम पकी हुई मछली व रौल फिश आदि सभी सी फूड पके नहीं होते इसलिए आप बीमार पड़ सकती हैं। इसका मतलब यह नहीं कि आप मनपसंद जापानी रेस्त्रां से मुंह मोड़ लें। आप पकी मछली, सी फूड या सब्जियां ले सकती हैं। यदि अब तक आप ऐसा भोजन करती आई हैं तो भी चिंता वाली कोई बात नहीं है।

हॉट-हॉट फिश

''मुझे गर्म व तीखा भोजन बेहद पसंद है। क्या गर्भावस्था में इसे खाना ठीक रहेगा?''

अगर आप छाती में जलन और अपच जैसी तकलीफों से बची हुई हैं तो बड़े आराम से मिर्ची-मसालेदार खाने, साल्सा व स्टिर-फ्राइ का मजा ले सकती हैं। इससे कोई नुकसान नहीं बल्कि कुछ मसालों में तो विटामिन 'सी' भी होता है।

खराब भोजन (बासी)

''आज सुबह मैंने ऐसा योगर्ट खा लिया, जो बासी था और एक हफ्ते पहले उसकी एक्सपायरी हो चुकी थी। स्वाद तो ठीक ही था लेकिन क्या वह नुकसान कर सकता है?''

जो हो गया, सो हो गया। वैसे एक्सपायरी के बाद डेयरी उत्पाद खाना खतरनाक हो सकता है। अगर खाने के आठ घंटे के अंदर फूड प्वायजनिंग के कोई लक्षण नहीं उभरते, इसका मतलब है कि आपको कोई नुकसान नहीं होगा। हो सकता है कि आपका योगर्ट फ्रिज में ही पड़ा रहा है। आगे से कुछ भी खाने से पहले उसकी एक्सपायरी डेट अवश्य पढ़ें।

''मुझे कल रात कुछ खाने से भोजन विषाक्तता हो गई। जिसकी वजह से उल्टी और दस्त हो रहे हैं। क्या इससे मेरे शिशु को कोई नुकसान होगा?

शिशु से अधिक नुकसान आपको होगा। आप दोनों के लिए ज्यादा खतरा तब हो सकता है जब उल्टी व दस्त की वजह से शरीर में पानी की कमी हो जाए। पर्याप्त मात्रा में तरल पदार्थ लेती रहेंगी तो ऐसी नौबत नहीं आएगी। यदि दस्त में खून या म्यूकस भी आने लगे तो डॉक्टर के पास जाने में देर न करें।

चीनी के विकल्प

''मुझे ज्यादा वजन नहीं बढ़ाना लेकिन मीठा बेहद पसंद है। क्या मैं चीनी के विकल्प प्रयोग में ला सकती हूं?

सुनने में चाहे ही भला लगे लेकिन गर्भवती

महिलाओं के लिए चीनी के विकल्पों का मिला-जुला असर ही होता है वैसे तो ये सुरक्षित हैं लेकिन अभी इस विषय में शोध नहीं हो पाया है।

सुक्रालोज़ (स्पलेंडा) :-यह चीनी से बनती है लेकिन इसे रासायनिक रूप से इस तरह बदल दिया जाता है कि शरीर इसे अवशोषित नहीं कर पाता। जो गर्भवती महिलाएं कैलोरी नहीं बढ़ाना चाहतीं, उन्हें इसे लेना चाहिए। आप इसे चाय, कॉफी या फिर कुछ पकाते या बेक करते समय मिला सकती हैं या फिर ऐसे उत्पाद ही लें जिनमें सुक्रालोज़ मिली हो (ड्रिंक, योगर्ट, कैंडी व आईसक्रीम)। याद रखें कि सीमित मात्रा ही ज्यादा बेहतर रहेगी। हालांकि उत्पाद नया है इसलिए इसके बारे में अधिक आंकड़े भी उपलब्ध नहीं है।

एस्पार्टम (इक्वल, न्यट्रास्वीट) :-इसे ड्रिंक, योगर्ट व फ्रोजन फूड में मिला सकते हैं लेकिन पका नहीं सकते या बेक नहीं कर सकते क्योंकि ज्यादा पकाने से इसकी मिठास चली जाती है। अधिकतर डॉक्टर इसे सुरक्षित मानते हुए यही राय देते हैं कि इसका थोड़ा-बहुत प्रयोग किया जा सकता है। कुछ डॉक्टर कहते हैं कि गर्भवती महिलाओं को कृत्रिम मिठास का चुनाव करते समय सावधानी रखनी चाहिए। आप अपने डॉक्टर से राय लेने के बाद ही आगे बढ़ें।

सैक्रीन :- मनुष्यों में सैक्रीन के इस्तेमाल पर ज्यादा शोध नहीं हुए लेकिन जानवरों पर हुए इसके शोधों से पता चला है कि इसकी अधिक मात्रा लेने वाली मादाओं में कैंसर की संभावना बढ़ गई यह स्पष्ट नहीं है कि क्या गर्भवती महिला को भी यह खतरा हो सकता है? अधिकतर डॉक्टर इसके कम से कम प्रयोग की ही राय देते हैं। हालांकि जो सैक्रीन आप पहले ले चुकी हैं, इसके बारे में सोच कर परेशान न हों।

एसुलफेम-के (सुनैट) :- चीनी से भी दो सौ गुना मीठा यह स्वीटनर बेक्ड पदार्थों, जिलेटिन डेवर्ट, गर्म व साफ्ट ड्रिंक में डाला जाता है। एफडीए के अनुसार गर्भावस्था में इसका सीमित मात्रा में प्रयोग किया जा सकता है पर आप अपने डॉक्टर से पूछें कि वे इस बारे में क्या कहते हैं।

सॉरबीटॉल :- यह चीनी (मिठास) कुदरतन कई फलों व बैरी में पाई जाती है। चीनी की आधी मिठास वाली सॉरबीटॉल को खाने-पीने की वस्तुओं में मिलाया जाता है। गर्भावस्था में सीमित मात्रा में सेवन तो ठीक रहेगा, अधिक मात्रा लेने से गैस का दर्द या डायरिया वगैरह हो सकता है।

मैनीटॉल :- यह चीनी से कम मिठास वाली होती है। यह चीनी से बहुत कम कैलोरी देती है। सॉरबीटॉल की तरह, सीमित मात्रा में इसका प्रयोग कर सकते हैं लेकिन ज्यादा लेने से गैस्ट्रोइंटेस्टाइनल गड़बड़ी हो सकती है।

ज़ाइलिटॉल :- यह कुदरतन कई फलों व सब्जियों में पाई जाने वाली मिठास है। शरीर भी सामान्य में मेटाबॉलिज्म की क्रिया में इसे बनाता है। यह च्यूइंगम, टूथपेस्ट कैंडी व कुछ खाद्यपदार्थों में होती है। यह दांतों की सड़न रोकती है। इसमें चीनी से 40 प्रतिशत कम कैलोरी होती है। गर्भावस्था में इसका सीमित प्रयोग करें। जाइलिटॉल युक्त एक च्यूइंगम फायदा करेगी लेकिन आप इसके पांच पैकेट चबाना पसंद नही करेंगे।?

स्टेविया :- दक्षिणी अमरीकी जड़ी-बूटी से बनी स्टेविया एक ऐसा स्वीटनर है, जिसके बारे में अभी तक ऐसे शोध नहीं हुए हैं। इसे इस्तेमाल करने से पहले डॉक्टर से पूछना न भूलें।

लैक्टोज :-इस मिल्क शुगर में चीनी की 1/16 हिस्सा मिठास होती है। यह खाद्य पदार्थों में हल्की मिठास पैदा करती है। लैक्टोज़ इन्टॉलरेंट

के लक्षण हों, तो इसका इस्तेमाल न करें।

शहद :-एंटीऑक्सीडेंट तत्त्वों की वजह से आजकल शहद (हनी) काफी चलन में है। हालांकि यह चीनी का अच्छा विकल्प है लेकिन इसमें कैलोरी की मात्रा कम नहीं होती। इसमें एक बड़ा चम्मच चीनी की कैलोरी के मुकाबले 19 कैलोरी अधिक होती है।

फ्रूट जूस कांसन्ट्रेट :- अंगूर व सेब जैसे जूस कांसन्ट्रेट गर्भावस्था में काफी सुरक्षित रहते हैं आप कई व्यंजनों में चीनी की जगह उनका इस्तेमाल कर सकती हैं। वे सुपरमार्केट से फ्रोजन अवस्था मे मिलते हैं। जैम, जेली, साबुत अनाज की कुकीज़,मफिन, सेरेल, ग्रेनोला बार और पॉप अप टोस्टर पेस्ट्रीज़ में भी इन्हें डाला जाता है।

फ्रूट जूस की मिठास वाले उत्पाद, साबुत अनाज, सेहतमंद वसा जैसे पौष्टिक खाद्य पदार्थों से बनते हैं। ये सचमुच बहुत लाजवाब होते हैं।

हर्बल चाय

''मैं काफी हर्बल चाय पीती हूं। गर्भावस्था में इसे पीना सुरक्षित रहेगा?''

क्या आपको अपने दोनों के लिए हर्बल चाय पीनी चाहिए? दरअसल अभी इस बारे में पर्याप्त शोध नहीं हुए हैं, अतः इस सवाल का सही-सही जवाब नहीं दिया जा सकता। कुछ हर्बल चाय सुरक्षित मानी जाती हैं और कुछ नहीं, जैसे 'रसबैरी लीफ चाय', इसे ज्यादा लेने से कांट्रेक्शन शुरू हो सकता है। यह आपकी अवस्था के हिसाब से अच्छा या बुरा हो सकता है।

वैसे कहा यही जाता है कि गर्भावस्था में इस विषय में सावधानी बरतें या फिर सीमित मात्रा में इनका प्रयोग करें। अपने डॉक्टर से पूछ लें कि वे कौन सी हर्बल चाय को आपके लिए सुरक्षित मानते हैं।

कहीं आप मुसीबत की चुस्की न ले रही हों इसलिए चाय पीने से पहले लेबल को ध्यान से पढ़ें। कुछ वे जो फ्रूट बेस होने के साथ-साथ जड़ी-बूटी युक्त भी होते हैं। आप अपनी साधारण काली चाय में संतरा, सेब, अन्नानास, फ्रूट जूस, नींबू के कतले, नींबू का रस, नाशपाती, दालचीनी, लौंग अदरक या इलायची वगैरह मिलाकर ले सकती हैं। हर चाय के बारे में माना जाता है कि इससे फॉलिक एसिड की मात्रा घट सकती है जो कि गर्भावस्था में बहुत महत्त्व रखता है इसलिए यदि हरी चाय पीती हैं, तो सीमित मात्रा में लें। अपने घर के पिछवाड़े उगी किसी भी चाय को पीने से पहले पता कर लें कि वह गर्भावस्था में सुरक्षित है या नहीं!

खाद्य पदार्थों में रसायन

''डिब्बाबंद भोजन में प्रीजर्वेटिव, सब्जियों पर पेस्टीसाइड, फिश में जी सी बी और मर्करी में एंटीबॉमोटि हॉट डॉग्स' में नाइट्रेस गर्भावस्था में ऐसा क्या खाएं, जो मेरे लिए सुरक्षित हो?''

इतनी परेशान न हों। आपको इन बातों से घबरा कर भूखे रहने की नौबत नहीं आएगी। खाद्य-पदार्थों में शामिल तत्त्वों में से कुछ ही ऐसे होते हैं, जो आपके (अजन्मे) शिशु को नुकसान पहुंचा सकते हैं।

वैसे बेहतर ही है कि आप हमेशा सावधानी के साथ चलें। इन दिनों, ऐसा करने में मुश्किल भी नहीं होगी। अपने व शिशु के स्वस्थ खान-पान के लिए हमारे टिप्स पर ध्यान दें ताकि आपको खरीदारी करते समय ज्यादा सोचना न पड़े।

- गर्भावस्था आहार में से अपना भोजन चुनें, इस तरह आप कई तरह के प्रोसेस्ड फूड से बच जाएंगी। इस तरह आपको हरी व पीली पत्तेदार सब्जियां, फाइटोकैमीकल युक्त फल व सब्जियां मिल जाएंगी जो भोजन के विषैले तत्त्वों को बेअसर कर सकते हैं।
- जब भी संभव हो, ताजे, फ्रोजन या डिब्बाबंद

आर्गेनिक पदार्थ ही खाएं। इस तरह प्रासेस्ड फूड के स्टोरेन्स से बच जाएंगी और आपका भोजन पहले से काफी पौष्टिक हो जाएगा।

- जब भी अवसर मिले, कुदरत के साथ चलें यानी ऐसा खाना खाएं जिसमें कृत्रिम रंग या प्रीजर्वेटिव न हों। लेबल ध्यान से पढ़ें। याद रखें कि ये सभी पदार्थ आपके लिए सुरक्षित नहीं हैं या फिर पौष्टिक नहीं हैं।
- नाइट्रेट युक्त हॉट डॉग, सलामी, बोलोगना, स्मोक्ड फिश व मांस न खाएं। ऐसे ही ब्रांड लें, जिनमें ये प्रीजर्वटिव न हों।
- फिश से आपको लीन प्रोटीन मिलता है। इसमें ओमेगा-3 फैटी एसिड भी होते हैं, जो शिशु के मस्तिष्क निर्माण में सहयोग देते हैं। यह आपके लिए काफी फायदेमंद है, हालांकि अगर आपने इसे पहले कभी नहीं खाया तो इससे अरुचि हो सकती है। अध्ययन व शोध ने भी इस तथ्य की पुष्टि कर दी है कि गर्भवती महिलाएं मछली खाएं तो तेज दिमाग वाले शिशुओं को जन्म देती हैं। मछली खाएं पर वही किस्म चुनें, जो आपके लिए सुरक्षित हो। शार्क, स्वोंड फिश, किंग मैकेरेल, टाइलफिश और क्यूना स्टीट्स से दूर रहें। इन बड़ी मछलियों में मिथाइल मर्करी नामक रसायन हो सकता है जो भ्रूण के विकासशील स्नायुतंत्र को नुकसान पहुंचा सकता है। अगर पहले से खा चुकी हैं तो कोई बात नहीं पर अब से खाना छोड़ दें।

अगर आपने एक-दो बार स्वोंडफिश खा भी ली तो उससे कोई फर्क नहीं पड़ता क्योंकि इनकी नियमित खपत से नुकसान होता है। डिब्बाबंद ट्यूना व ताजे पानी से पकड़ी गई मछली की खपत भी घटा दें। आपको अधिकतर बाजार में मिलने वाली फिश ही इस्तेमाल करनी चाहिए। कई बार कुछ मछलियां प्रदूषण की वजह से जहरीली भी हो जाती हैं। आप डॉक्टर की राय से ही अपने लिए फिश की खपत तय करें।

सालमन, सोल, फ्लाउंडर, हैडडॉक, टिलापिआ, हैलीबट, ओशन पर्च, पैलोक, कॉड व ट्राउट के अलावा छोटी समुद्री फिश भी लें। वे ओमेगा 3 से भरपूर होती हैं। बस याद रखें कि सारा सी फूड व फिश अच्छी तरह से पके होने चाहिए।

- मीट के लीन कट ही चुनें व पकाने से पहले उनकी फालतू वसा हटा दें। पोल्ट्री में वसा के साथ-साथ थोड़ी खाल भी हटा दें ताकि कम से कम रसायनों की मात्रा भीतर जाए। लीवर या किडनी जैसे मीट न ही खाएं तो बेहतर होगा।
- यदि आपका बजट हो तो आर्गनिक मीट व पोल्ट्री उत्पाद ही खाएं, इसमें हार्मोन व एंटी बायोटिक्स शामिल नहीं होते। आपके डेयरी उत्पाद व एग भी आर्गेनिक होंगे तो बेहतर होगा। ये रसायनों से विषाक्त नहीं होते व इनसे संक्रमण की संभावना भी नहीं होती। यह कैलोरी में कम तथा प्रोटीन व रेशे से भरपूर होते हैं। इनमें शिशु के लिए फायदेमंद ओमेगा 3 फैटी एसिड भी पाए जाते हैं।
- यदि हो सके तो आर्गेनिक उत्पाद ही खरीदें।

आर्गेनिक चुनें

हमेशा अपनी जेब खाली करने की न सोचें। ऑर्गेनिक उत्पाद चुनते समय निम्नलिखित बातों का ध्यान रखें।

इन्हें ऑर्गेनिक ही लें : इन पर धोने के बाद भी पेस्टीसाइड का असर रह जाता है, जैसे-सेब, चैरी, अंगूर, आड़ू, नाशपाती, रसभरी, वैल पेपर, आलू व पालक।

इन्हें ऑर्गेनिक न लें : आमतौर पर इन उत्पादों पर पेस्टीसाइड नहीं टिकते जैसे केला, लीची, आम, अन्नानास, अजमोद, अवोकैडो ब्रोकली, फूल गोभी, कॉर्न, प्याज व मटर बीफ व पोल्ट्री उत्पाद यदि आर्गेनिक लेने हों तो जेब ढीली करनी होगी क्योंकि ये थोड़े महंगे आते हैं।

यह सभी तरह के रासायनिक प्रभावों से अछूते होते हैं अतः काफी हद तक सुरक्षित माने जा सकते हैं। यदि यह सब कुछ स्थानीय रूप से उपलब्ध है और वजह की चिंता नहीं है तो इन्हें बेझिझक खरीदें लेकिन अगर बजट की चिंता है तो कुछ खास जैविक उत्पाद ही खरीदें।

- सावधानी के तौर पर सभी फल-सब्जियां धोकर ही इस्तेमाल करें हालांकि धोने से कुछ फर्क तो पड़ेगा लेकिन अगर पानी में डुबोएंगी या स्प्रे वाश इस्तेमाल करेंगी तो ज्यादा बेहतर होगा। सब्जियों के छिलके हाथ से भी मलें ताकि किसी भी तरह की गंदगी या रासायनिक परत न रह जाए।
- स्थानीय उत्पादों में पोषक तत्त्वों की मात्रा अधिक होती है इसलिए स्थानीय उत्पाद खरीदें। उनके उत्पाद जैविक न होने के बावजूद ज्यादा हानिकारक नहीं होंगे क्योंकि कई किसान चाह कर भी 'आर्गेनिक' का प्रमाणपत्र नहीं ले पाते।
- अपने आहार में विविधता लाएं। विविधता से ही पोषण मिलेगा। महंगे बेमौसमी फल-सब्जियां खाने की बजाए मौसमी फल व सब्जियां लें।
- माना कि आप सेहत की बहुत परवाह करती हैं लेकिन हैल्थ फूड के पीछे अंधाधुंध न भागें। कहीं ऐसा न हो कि आप इसी की वजह से तनाव ग्रस्त हो जाएं। प्रकृति के साथ रहें व कुदरती भोजन का स्वाद लें व चैन की बंसी बजाएं।

प्रोटीन की पूर्ति

वैसे तो अधिकतर महिलाएँ गर्भावस्था में प्रोटीन की पूर्ति कर ही लेती हैं लेकिन अगर आपको लगता है कि आप भरपूर मात्रा में प्रोटीन नहीं ले पा रहीं तो हाई-प्रोटीनवैडटाइम स्नैक ले कर वह कमी पूरी कर लें। 1 अंडे और 2 अंडे की सफेदी से एग सलाद बना कर आधी प्रोटीन सर्विंग की कमी पूरी हो सकती है। इसके साथ सबुत अनाज से बने क्रेकर्स लें। दुगना मिल्क शेक दो तिहाई सर्विंग की कमी पूरी करेगा। 3/4 कप कम वसा युक्त चीज़ से भी प्रोटीन सर्विंग की आवश्यकता पूरी होगी। इसे आप ताजे फलों, किशमिश, मुनक्कों, कटे टमाटरों या साल्सा से सजा सकती हैं। आपको तरल या चूर्ण रूप में प्रोटीन पाऊडर से इस कमी को पूरा नहीं करना चाहिए। इनमें ऐसे तत्व हो सकते हैं जो आपको गर्भावस्था में नुकसान पहुँचा सकते हैं। ये काफी महँगे भी होते हैं। इस तरह आपके भीतर प्रोटीन की जरूरत से अधिक मात्रा भी जा सकती है।

दोनों के लिए सुरक्षित भोजन

आप फलों पर छिड़के गए कीटनाशक के बुरे असर से चिंतित हैं। होना भी चाहिए क्योंकि इस समय आप दो लोगों के लिए खा रही हैं लेकिन क्या आपने सोचा कि जिस स्पंज से आपने आड़ू को साफ किया, वह तीन सप्ताह से आपकी सिंक में यूं ही पड़ा था। क्या वह साफ था।

क्या आप उसी चाकू से नाशपाती नहीं काट रहीं-जिससे आपने रात को कच्चा चिकन काटा था। इन छोटी-मोटी बातों के कारण ही बड़ी-बड़ी परेशानियां खड़ी हो जाती हैं। पेट में हल्के दर्द से लेकर गंभीर उथल-पुथल तक...। छाती में जलन भी एक लक्षण हो सकता है इसलिए जरा स्मार्ट मॉम बनें।

- जब भी किसी खाने-पीने की सुरक्षा पर सवाल खड़ा हो तो उसे फेंकने में ही भलाई

है। खाने से पहले पैकेट पर दिए लेबल पढ़ना न भूलें।

■ जो मीट, अंडे या फिश फ्रिज में रखें हों या बर्फ पर न पड़े हों, उन्हें कभी न खरीदें। डिब्बे खोलने से पहले धोएं और अपना कैन ओपनर भी समय-समय पर गर्म पानी से धोएं।

■ खाने से पहले, मीट अंडे व मांस छूने के बाद अपने हाथ धोएं। हाथ में कट हो तो खाना पकाने से पहले दस्ताना पहनें। समय-समय पर दस्ताने भी धोएं।

■ किचन का काउंटर व सिंक साफ रखें। बर्तन धोने का स्पंज व कपड़ा साफ रखें व समय-समय पर बदलें।

■ ठंडा खाना ठंडा व गर्म खाना गर्म ही परोसें। बचा खाना उसी समय फ्रिज में लगाएं और भाप में गर्म करने के बाद ही खाएं। फ्रिजर में रखा सामान यदि पिघल गया हो तो दोबारा फ्रीज करके न खाएं।

■ फ्रिज के तापमान की समय-समय पर जांच करें। फ्रिज का तापमान 0^0F पर होना चाहिए। अगर आपका फ्रिजर ऐसा नहीं है तो भी कोई बात नहीं!

■ फ्रीज में रखे जाने वालों भोजन को कमरे के तापमान पर न गलाएं। अगर आप जल्दी में हैं तो उसे ठंडे पानी में गलाकर इस्तेमाल करें।

■ मीट, फिश या पोल्ट्री को काउंटर की बजाय फ्रिज में मैरीनेट करें। बाद में मैरीनेट हटा दें क्योंकि इसमें जहरीले बटन हो सकते हैं। अगर आप मैरीनेट को डिप की तरह इस्तेमाल करना चाहें तो कुछ हिस्सा पहले ही निकाल कर रखें। हर बार मैरीनेट के लिए क्या लगाएं।

■ गर्भावस्था मे कच्चा या अधपका मीट, पोल्ट्री, फिश या सी-फूड न खाएं। ये सभी खाद्य पदार्थ उचित तापमान पर पकाए जाने चाहिए।

■ अंडे अच्छी तरह फेंट कर ही पकाएं। अगर किसी व्यंजन में कच्चे अंडे डाले गए हैं तो उन्हें अपनी अंगुलियां काटने से बाज आएं। यदि अंडे पाश्चराइज़ हों तो बेहतर होगा।

■ कच्ची सब्जियां अच्छी तरह धोएं। यह जरूरी नहीं कि ऑर्गेनिक सब्जी की धूल मिट्टी और प्रदूषण से रहित होगी।

■ ऐसे अंकुरित पदार्थ न लें, जिनमें बैक्टीरिया पनपने की संभावना हो।

■ पाश्चराइज़ डेयरी उत्पाद ही लें व इन्हें फ्रिज में रखें। अनपाश्चराइज़ दूध से बने चीज़ व डेयरी उत्पाद न ही लें तो बेहतर होगा। यदि खाने ही हों तो उन्हें अच्छी तरह पका लें।

■ हॉट डॉग, डेली मीट व कोल्ड स्मोक्ड सी फूड भी संक्रमित हो सकता है। सावधानी के तौर पर कोई भी मीट खाने से पहले भाप में गर्म कर लें।

■ जूस को पाइश्चराइज़ होना चाहिए। ईख फूड स्टोर हो या रोड के किनारे बना स्टैंड, हमेशा पाश्चराइज़ जूस ही पीएं। यदि उसके बारे में पक्का पता न हो तो उसे न पीएं।

■ बाहर खाना खाते समय साफ-सफाई पर पूरा ध्यान दें। यदि खराब होने वाले खाद्य पदार्थ बाहर ही पड़े हों और बाथरूम गंदे पड़े हों तो वहां मक्खियों को आने का खुला निमंत्रण मिलता है, ऐसी जगह न जाना ही ठीक रहेगा।

भाग-2

नौ महीने और उनकी गिनती

(गर्भधारण से प्रसव तक)

अध्याय-6

पहला महीना

लगभग 1 से 4 सप्ताह

बधाई हो! गर्भावस्था में आपका स्वागत है। हालांकि अभी आप देखने में गर्भवती नहीं लगतीं लेकिन उम्मीद है कि आपको ऐसा महसूस होना शुरू हो गया होगा। हो सकता है कि थकान और ब्रेस्ट में आने वाले बदलावों के अलावा दूसरे लक्षण भी सामने आने शुरू हो गए हों। जैसे-जैसे समय बीतेगा, आपको अपने शरीर के हर हिस्से में बदलाव नजर आएगा, ऐसे हिस्सों में भी, जिनकी आपने उम्मीद तक नहीं की थी। आपकी जीवनशैली में भी काफी बदलाव आने वाला है।

अरे, घबराएं नहीं! अभी तो आराम से बैठकर अपनी गर्भावस्था के आरंभ का मज़ा लें। यह आपके जीवन के बड़े रोमांचों में से एक है।

इस माह आपके शिशु का विकास

पहला सप्ताह :- इस सप्ताह बेबी का काउंटडाउन शुरू हो गया है। बस फर्क यह है कि अभी शिशु न तो दिखता है और न ही भीतर है तो इसे गर्भावस्था का पहला सप्ताह क्यों कहते हैं। दरअसल हम उस सही समय का अंदाज नहीं लगा सकते जब स्पर्म एग से मिलता है (आपके साथी का स्पर्म आपके शरीर में काफी समय तक रह सकता है, जब तक कि वह एग से न मिले या फिर आपका एग, स्पर्म से मिलने के लिए एक दिन तक ठहर सकता है)

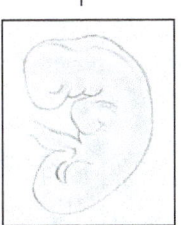

पहले महीने में आपका बच्चा

हम आपके पिछले मासिक धर्म के पहले दिन का पता लगा लेते हैं। इसी से आपकी 40 सप्ताह की गर्भावस्था की शुरूआत मानी जाती है। इस तरीके से आप गर्भावस्था शुरू होने से पहले ही उसकी गिनती में आ जाती हैं।

दूसरा सप्ताह :- जी नहीं, बेबी तो अभी भी नहीं है पर वह ब्रेक लेने को तैयार है। दरअसल ओव्यूलेशन की तैयारी चल रही है। आपके गर्भाशय की दीवारें मोटी हो रही हैं (फर्टीलाइज्ड एग का घोंसला तैयार हो रहा है) आपकी ओवरी के फॉलिकल परिपक्व हो रहे हैं जिनमें से कुछ काफी फूर्ती से अपना काम कर रहे हैं। किसी एक फॉलिकल में एक अंडा बड़ी उत्सुकता से अपनी यात्रा आरंभ करने की प्रतीक्षा कर रहा है। वह

एक कोशीय जीव एक लड़का या लड़की बनने वाला है लेकिन पहले इसे फैलोपियन ट्यूब में मि0 राइट (लकी स्पर्म) से मिलना होगा।
तीसरा सप्ताह :- बधाई हो! आपने गर्भ धारण कर लिया है। जिसका मतलब है कि बहुत जल्दी ही आपके गर्भ में एक शिशु होगा, जिसे जन्म के बाद जी-भर के दुलारा-पुचकारा जा सकता है। कुछ ही घंटों में जब स्पर्म व एग मिलेंगे तो फर्टिलाइज्ड सेल (एका ज़ाइगोट) बंटेगा और फिर लगातार बंटता जाएगा। कुछ ही दिनों में आपका शिशु कोशिकाओं का माइक्रोस्कोपिक बॉल बन जाएगा। ब्लास्टोसाइट फेलोपियन टयूब से गर्भाशय तक यात्रा आरंभ कर देगा।

चौथा सप्ताह :- यह इम्प्लांटेशन का समय है। अब वह भ्रूण (एम्ब्रियो) कहलाने लगा है। यह डिलीवरी तक गर्भाशय में ही रहेगा। एक बार अपनी जगह बनाने के बाद यह दो हिस्सों में बंट जाएगा। आधा आपका बेटा/बेटी व बाकी आधा प्लेसेंटो जो आपके बेबी की लाइफलाइन होगी। हालांकि यह अभी भी कोशिकाओं की छोटी गेंद से ज्यादा नहीं है पर इसे कम न समझें। यह काफी लंबी यात्रा तय कर आया है (एमनीयोटिक सैक) पानी की थैली तैयार हो रही है। भ्रूण की हर परत, शरीर के विशेष अंगों में बदलने जा रही है। भीतरी परत (एंडोडर्म)पाचनतंत्र, लीवर, और फेफड़े बनेगी। बीच की परत (मेसोंडर्म), दिल, सेक्स अंग, हड्डियां, किडनी व मांसपेशियां बनेंगी और तीसरी परत (एक्टोडर्म) स्नायु-तंत्र, बाल, त्वचा व आंखें बनेगी।

प्रेगनेंसी टाइमटेबल

वैसे तो गर्भावस्था महीनों में मापी जाती है लेकिन डॉक्टर व मिडवाइफ इसे सप्ताह में गिनते हैं। आपके लिए यह थोड़ा मुश्किल हो सकता है। चूंकि हर औसत गर्भावस्था 40 सप्ताह की होती है, लेकिन इसकी गिनती आपके आखिरी मासिक धर्म के पहले दिन से की जाती है। ओव्यूलेशन व गर्भधारण उसके दो सप्ताह तक नहीं होता। आप अपनी गर्भावस्था के तीसरे सप्ताह में सही मायने में गर्भवती होती हैं। ज्यों-ज्यों आप इन चरणों में बढ़ती जाएंगी। आपको भी साप्ताहिक कैलेंडर के हिसाब से बदलावों को मापना आ जाएगा। यह किताब महीनों के हिसाब से बंटी है पर इसमें सप्ताह भी दिए गए हैं।

1 से 13 सप्ताह=पहली तिमाही=1 से 3 माह
14 से 27 सप्ताह=दूसरी तिमाही=4 से 6 माह
28 से 40 सप्ताह=तीसरी तिमाही=7 से 9 माह
तकरीबन माने जा सकते हैं।

आप क्या अनुभव कर रही होंगी

गर्भावस्था सचमुच एक अजीब सी अवस्था है, जिसमें आपको कई नए अनुभवों व लक्षणों से गुजरना होता है। कई बार तो आप सबके सामने उनका जिक्र कर लेती हैं लेकिन कई बार कुछ कह भी नहीं पातीं। उबकाई आने के बारे में तो बताया जा सकता है लेकिन गैस पास हो रही हो तो? कई बार तो भूलने की भी समस्या हो जाती है।

गर्भावस्था लक्षणों के बारे में कुछ बातें खासतौर पर ध्यान रखें। हर महिला व उसकी गर्भावस्था अपने आप में अलग होती है केवल कुछ लक्षण ऐसे हैं, जो सब जगह एक से होते हैं। यदि आपकी बहन या सहेली को गर्भावस्था में एक भी उल्टी नहीं हुई तो हो सकता है कि आपको हर सुबह सिंक पर उल्टी करने से ही शुरू होती हो। वैसे तो आने वाले समय में आपको कई शारीरिक व मानसिक लक्षणों व बदलावों से गुजरना है, जिसमें से अधिकतर सामान्य ही होते हैं लेकिन फिर भी यदि आपके मन में जरा-सी भी शंका हो तो डॉक्टर से राय लेने में देर न करें।

हो सकता है कि आपको निम्नलिखित लक्षणों का एहसास हो।

शारीरिक

- जब फर्टीलाइज एग आपके गर्भाशय में इम्प्लांट होगा तो हल्का खून का

धब्बा लग सकता है। इसे महिलाएं इम्प्लांटेशन ब्लीडिंग भी कहती हैं।

- ब्रेस्ट में कई तरह के बदलाव आएंगे, हल्का भारीपन, मुलायम, पहले से कहीं
  अधिक संवेदनशील, निप्पलों के आसपास का रंग गहराना
- पेट भरा-भरा महसूस होना, अफारा
- थकान, ऊर्जा में कमी, उनींदापन
- बार-बार शौच (मूत्र) जाना।
- उबकाई आना या जी मिचलाना। कई महिलाओं में यह छठे सप्ताह तक शुरू नहीं होती या ज्यादा लार बनना।
- गंध के प्रति संवदेनशीलता बढ़ना

भावनात्मक

- पीएमएस की तरह भावनात्मक उतार चढ़ाव, ज्यादा रोना आना, चिड़चिड़ापन व बेचैनी वगैरह
- होम प्रेगनेंसी टेस्ट करने की व्याकुलता व उत्सुकता

लक्षण जल्दी आरंभ हो गए

ज्यादातर लक्षण छठे सप्ताह में सामने आते हैं लेकिन हो सकता है कि आपके सामने ये लक्षण पहले आ जाएं या फिर बाद में आएं क्योंकि हर गर्भावस्था अपने-आप में अनूठी होती है।

पहली गर्भावस्था जांच

गर्भावस्था में पहली बार जांच के लिए जा रही हैं, यह आपके लिए काफी अहमियत रखती है। कई तरह की मेडिकल जांच व टेस्ट के अलावा नए-नए सवाल पूछे जाएंगे ताकि आपकी मेडिकल हिस्ट्री का अंदाजा हो सके। डॉक्टर आपको कई तरह की सलाह देंगे और आप अपनी कई जिज्ञासाओं को शांत करना चाहेंगी, जैसे आप विटामिन की गोलियां लें या नहीं या आपको कैसा व्यायाम करना चाहिए वगैरह-वगैरह!

घर से ही ऐसे सवालों की सूची साथ ले कर चलें। आपके पास अपनी डायरी और पेन हो ताकि खास बातें नोट की जा सकें। आमतौर पर डॉक्टरों की जांच का तरीका थोड़ा अलग हो सकता है–

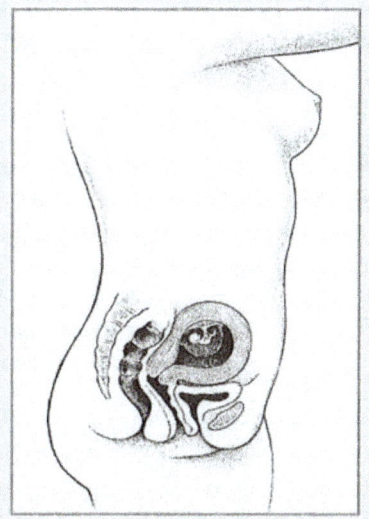

एक नजर

हालांकि ऊपर से देखकर अंदर का हाल मालूम नहीं हो सकता लेकिन आप अपने शरीर में होने वाले कुछ शारीरिक बदलावों को तो पहचान ही सकती हैं। आपके पेट में हल्का अफारा रहेगा, वक्ष संवेदनशील हो जाएंगे। इस समय अपनी कमर पर एक नजर जरूर मारें क्योंकि अगले नौ महीने तक पेट आगे आने की वजह से आप इसे देख नहीं पाएंगी।

गर्भावस्था की पुष्टि :- आपके डॉक्टर निम्नलिखित की जांच करेंगे–

आपके गर्भावस्था के लक्षण, आपके आखिरी मासिक धर्म का पहला दिन ताकि प्रसव की अनुमानित तिथि का पता लग सके, गर्भावस्था की सही आयु का अनुमान लगाने के लिए यूट्रस और सर्विक्स की जांच, गर्भावस्था का पता लगाने के लिए प्रेगनेंसी टेस्ट (मूत्र व रक्त) किया जाएगा। कई डॉक्टर इसी अवस्था में अल्ट्रासाउंड भी करते हैं जो गर्भावस्था की तारीख निकालने का सही तरीका है।

पूरी हिस्ट्री :-आपकी पूरी देखभाल के लिए जरूरी है कि डॉक्टर को सब कुछ पता हो। डॉक्टर से मिलने से पहले, घर से ही तैयारी करके आएं। अपने पिछले मेडिकल रिकॉर्ड पढ़ें। कोई गंभीर बीमारी, एलर्जी पौष्टिकता से जुड़ी दवाएं या कोई ऐसी दवा जो अभी या गर्भधारण तक लेती रहीं, आपके परिवार का मेडिकल इतिहास (जेनेटिक डिसऑर्डर, लंबे रोग गर्भावस्था के असाधारण नतीजे आदि), आपका स्त्री रोगों संबंधी इतिहास (पहले मासिक धर्म के समय आयु, चक्र की अवधि, समय व नियमितता), गर्भावस्था संबंधी पिछला रिकॉर्ड (जन्म, मिसकैरिज या एबॉर्शन) इसके अलावा पिछले प्रसव व डिलीवरी! आपसे आपकी आयु, पेशे जीवनशैली से जुड़ी आदतों (खान-पान, व्यायाम व धूम्रपान) आदि व निजी जीवन से जुड़े उन कारणों के बारे में भी पूछा जाएगा, जो कि आपकी गर्भावस्था को प्रभावित करेंगे; जैसे बच्चे का पिता व उसकी अन्य जानकारी।

एक संपूर्ण शारीरिक जांच :- इसमें आपके दिल, फेफड़े , छाती, पेट, रक्तचाप आदि की जांच होगी। आपके वजन व ऊंचाई का माप लिया जाएगा। आपकी बाजू व टांगों की जांच द्वारा पता लगाने की कोशिश होगी कि कहीं आप वैरीकोज़ वेन्स से ग्रस्त तो नहीं होंगी। इसके अलावा आपके सभी अंदरूनी अंगों के आकार व आपसी अनुपात की जांच होगी।

कई प्रकार के टेस्ट :- हर गर्भवती महिला को कई तरह के टेस्ट नियमित रूप से करवाने पड़ते हैं; कुछ क्षेत्रों में डॉक्टर उन्हें जरूरी मानते हैं। तो कुछ क्षेत्रों में नहीं, कुछ टेस्ट ऐसे हैं, जो सिर्फ जरूरत पड़ने पर ही किए जाते हैं। पहली मुलाकात में आमतौर पर निम्नलिखित टेस्ट होंगे–

- रक्त के प्रकार व *Rh* स्तर की जांच, एचसीजी स्तर व एनीमिया की जांच के लिए ब्लड टेस्ट
- ग्लूकोज़, प्रोटीन, सफेद रक्त कोशिकाओं, रक्त व बैक्टीरिया की जांच के लिए यूरीनलेसिस
- एंटीबॉडी स्तर व रूवेला जैसी बीमारियों के लिए इम्यूनिटी की जांच के लिए ब्लड स्क्रीन
- सिफलिस, गोनोरिया, हेपेटाइटिस बी, क्लमाइडिया या एचआइवी जैसे संक्रमण की जांच
- असमान्य सर्वाईकल कोशिकाओं की जांच के लिए पैप स्मीयर आपकी निश्चित अवस्था के हिसाब से निम्नलिखित टेस्ट भी कराने पड़ सकते हैं।
- सिस्टिक फाइब्रोसिस, सिक्ल सैल एनीमिया व दूसरे जेनेटिक रोगों के लिए जेनेटिक टेस्ट
- मधुमेह, उच्च रक्तचाप, यदि पहले काफी अधिक वजन वाले शिशु का जन्म हुआ हो, जन्मजात विकृति हो, पहली गर्भावस्था में वजन काफी बढ़ गया हो तो ब्लड शुगर स्तर की जांच (सभी महिलाओं के गैस्टेशनल मधुमेह की जांच के लिए ग्लूकोज स्क्रीनिंग टेस्ट किया जाता है, यह करीब 28वें सप्ताह में होता है)।

चर्चा का अवसर :- इस समय आपके पास अपनी कई जिज्ञासाओं व प्रश्नों का उत्तर पाने का उचित अवसर है।

आप क्या सोच रही होंगी?

ब्रेकिंग न्यूज़

''हमें दोस्तों व मित्रों को कब बताना चाहिए कि मैं गर्भवती हूं?''

इस सवाल का जवाब तो आप ही दे सकती हैं। कुछ भावी माता-पिता तो इस खुशखबरी को हर अपने-पराए को झटपट सुना देना चाहते हैं जबकि कुछ ऐसे भी होते हैं, जो केवल निकट संबंधियों को धीरे-धीरे, चुपके-चुपके खुशखबरी देना चाहते हैं। वे चाहते हैं कि लोगों को बताना न पड़े, समय आने पर सबको स्वयं ही पता चल जाएगा। कुछ लोग पहली तिमाही व उससे जुड़े टेस्ट होने तक का इंतजार करते हैं।

आपको जैसा पसंद हो, वैसा ही करें बस याद रखें कि सबसे पहले यह खुशखबरी आप दोनों से जुड़ी है।

संपूर्ण स्वस्थ गर्भावस्था

इसमें कोई शक नहीं कि इस पहली गर्भावस्था की मुलाकात का आपकी पूरी गर्भावस्था से गहरा नाता है। इस तरह आप एक स्वस्थ शिशु को जन्म देंगी और किसी भी तरह की गंभीर प्रसव समस्या से बची रहेंगी।

हालांकि स्वास्थ्य की देखभाल यहीं से शुरू होती है लेकिन सिर्फ डॉक्टर के पास नियमित रूप से जाना ही काफी नहीं होगा। आपको शरीर के सभी अंगों का पूरा ध्यान रखना होगा।

पूरे नौ महीने तक अपने संपूर्ण स्वास्थ्य को पाने के लिए कमर कस लें। दांतों के डॉक्टर के पास दांतों की जांच कराने जाएं अगर किसी पुराने रोग की दवा ले रही हैं तो अपने फैमिली डॉक्टर के पास जाएं। यदि एलर्जी हो तो डॉक्टर की राय लें। हो सकता है कि इलाज में कुछ बदलाव लाना पड़े।

यदि कोई नई मेडिकल समस्या सामने आ जाए तो उसे अनदेखा करने की बजाए उसी समय डॉक्टर की राय लें। छोटी-मोटी बीमारी को भी गंभीरता से लें। आपके शिशु को एक संपूर्ण स्वस्थ मां की जरूरत है।

विटामिन सप्लीमेंट

''क्या मुझे विटामिन सप्लीमेंट लेने चाहिए?''

कोई भी पूरी तरह पौष्टिक आहार नियमित रूप से नहीं ले पाता। वैसे भी शुरूआती दिनों में मॉर्निंग सिकनेस की वजह से पूरी खुराक लेना काफी मुश्किल होता है। चाहे विटामिन की दवा, पौष्टिक आहार की जगह नहीं ले सकती, लेकिन इससे आहार से जुड़ी कुछ जरूरतें अवश्य पूरी होती हैं। इन दिनों तो यह इसलिए भी जरूरी है कि शिशु का विकास आरंभ हो रहा है।

विटामिन या फॉलिक एसिड लेने वाली गर्भवती माताओं के शिशु कई जन्मजात रोगों से बच जाते हैं। अध्ययनों से पता चला है कि विटामिन B^6 की खुराक से मॉर्निंग सिकनेस भी घटती है।

आप डॉक्टर की मदद से अपनी दवा की खुराक तय कर सकती हैं। कई महिलाओं को मॉर्निंग सिकनेस की वजह से दवा लेने में मुश्किल होती है। दवा उस समय लें, जब मन पूरी तरह शांत हो और उबकाई न आ रही हो। कोटेड गोली लेने व निगलने में आसानी रहती है। यदि आप चाहें तो चूसने वाली गोली भी ले सकती हैं। उबकाई ज्यादा आए तो कुछ घरेलू उपाय करें-जैसे 'अदरक' आपकी दवा गर्भावस्था की जरूरतों के हिसाब से ही होनी चाहिए। दवा बदलने से पहले डॉक्टर की राय लें।

कई महिलाओं को आयरन की वजह से कब्ज या डायरिया की शिकायत हो जाती है। डॉक्टर आपकी शिकायत के हिसाब से दवा बदल देंगे। वे कोशिश करेंगे कि आपको दूसरे

रूप में आयरन दिया जा सके।

"मैं काफी पौष्टिक सेरेल व ब्रेड लेती हूं और साथ में विटामिन की खुराक भी ले रही हूं। कहीं विटामिन की मात्रा ज्यादा तो नहीं हो जाएगी?"

औसत खुराक के साथ विटामिन लेना तो ठीक रहता है लेकिन यदि आप फोर्टीफाइड उत्पादों के साथ विटामिन की दवाएं ले रही हैं तो आपको कई सप्लीमेंट शामिल करने होंगे पर डॉक्टर की राय लेना जरूरी है। जिन उत्पादों से विटामिन की रोज की खुराक ज्यादा हो रही हो, उन्हें लेते समय ध्यान रखें क्योंकि विटामिन 'ए', 'डी', 'ई' व 'के' की अधिक मात्रा लेने से वे नुकसान पहुंचा सकते हैं।

वैसे बाकी विटामिन पानी में घुलनशील होते हैं इसलिए उनकी अधिक मात्रा मूत्र के साथ बाहर निकल जाती है तभी तो सप्लीमेंट के दीवाने अमरीका वालों के मूत्र को, दुनिया में सबसे महंगा कहा जाता है।

थकान

"इन दिनों मैं गर्भवती हूं। मुझे सारा दिन थकान महसूस होती है। कई बार तो ऐसा लगता है कि दिन काटना भारी पड़ जाएगा।"

क्या सुबह तकिए से सिर भी नहीं उठा सकतीं। सारा दिन अपने पांव घसीटने पड़ते हैं? रात को सोने के समय का भी इंतजार नहीं होता? वैसे इसमें हैरानी वाली कोई बात नहीं है क्योंकि आप इन दिनों गर्भवती हैं। चाहे ऊपर से कुछ न दिखे लेकिन भीतर ही भीतर शिशु के बनने की प्रक्रिया जोरों पर है इस समय आपका शरीर एक आम महिला की तुलना में काफी मेहनत कर रहा है इसलिए आपको अक्सर थकान महसूस होती है।

तो फिर आपका शरीर क्या चाहता है? इस समय शिशु का जीवन-रक्षक तंत्र प्लेसेंटा तैयार हो रहा है, जो पहली तिमाही तक ही पूरा होगा। आपके शरीर में हार्मोन का स्तर काफी बढ़ गया है। आप ज्यादा खून बना रही हैं, आपकी हृदय दर ऊंची है और ब्लड शुगर कम है, चयापचय (मेटाबॉलिज्म) हमेशा ऊर्जा ले रहा है (चाहे आप लेटी ही क्यों न हों) आप ज्यादा पानी व पोषक पदार्थों की मात्रा खपा रही हैं। आपका शरीर गर्भावस्था की कई शारीरिक व मानसिक मांगों की पूर्ति में जुटा है। इसमें कोई शक नहीं कि इसी वजह से आप सारा दिन थकी-थकी व निढाल महसूस करती हैं।

वैसे कुछ तरीके हैं, जिनकी मदद से आपको आराम पहुंचाया जा सकता है। चौथे महीने के करीब जब हार्मोनल और भावनात्मक बदलाव पूरे हो जाएंगे तो आप थोड़ा बेहतर करेंगी।

तब तक याद रखें, थकान का मतलब है कि आपको सब कुछ सहज रूप में लेना है। अपने शरीर की आवाज सुनें और उसे पूरा आराम दें। आप हमारे कुछ टिप्स भी आजमा सकती हैं:-

अपना ध्यान रखें :-अगर आप पहली बार मां बनने वाली हैं तो इस समय का पूरा आनंद लें क्योंकि जिंदगी में यह वक्त दोबारा नहीं आने वाला। अगर घर में पहले से एक-दो बच्चे हैं, तब तो आपका ध्यान उनमें भी बंट जाएगा। बस इस समय सुपरमॉम बनने की कोशिश न करें। घर में बढ़िया व्यंजन पकाने या घर की साफ-सफाई से कहीं बेहतर है कि आप अपने शरीर को आराम दें। सिंक में जूठे बर्तन पड़े रहने दें, मेज के नीचे धूल जमी है, कोई बात नहीं! खरीदारी की माथापच्ची करने की बजाए ऑनलाइन शॉपिंग करें। दूसरे आपका ध्यान रखें, सासू माँ घर की साफ-सफाई में मदद करना चाहें, तो इंकार न करें। अगर कोई सहेली अपनी खरीदारी के साथ-साथ आपके लिए भी सामान ले आए तो बहुत बढ़िया रहेगा। इस तरह आप अपने लिए काफी ऊर्जा बचा

लेंगी और रात को बिस्तर में पड़ने से पहले थोड़ी चहलकदमी कर पाएंगी।

नींद का रखें ध्यान :- दिन चढ़ने तक काफी थक जाती हैं? दोपहर की झपकी लेने का कोई मौका न छोड़ें। यदि नींद न आए तो लेटकर कुछ पढ़ें। इससे शरीर को आराम मिलेगा। अगर आप कामकाजी हैं तो ऑफिस में नींद लेना शायद मुश्किल होगा क्योंकि हर ऑफिस में आरामदायक सोफा और काम करने का माहौल नहीं होता। यदि आपके यहां लेडीज रूम है तो वहां कुर्सी या सोफे पर पांव ऊंचा करके बैठें। अगर-आप लंच के समय आराम कर रही हैं तो खाने का भी ध्यान रखें)।

बच्चों से लें मदद:-क्या आपके और बच्चे हैं? कई बार अधिक काम की वजह से थकान काफी ज्यादा हो जाती है। शरीर को आराम का समय ही नहीं मिल पाता। हालांकि आपको थकान की आदत पड़ चुकी है लेकिन गर्भावस्था में तो अपने ऊपर ध्यान देना ही होगा। बच्चों को बताएं कि वे आपका ध्यान रखें, आपके काम में हाथ बंटाएं ताकि आपको आराम का समय मिल सके। पार्क में बच्चों के पीछे भागने-दौड़ने की बजाए, लेटकर कुछ पढ़ें, पहेलियां हल करें या फिर कोई डी.वी.डी देखें। जब बच्चे झपकी लें तो आप भी सारा काम छोड़ कर आराम करें।

थोड़ी और नींद लें :- रात को एक घंटे की भी नींद ज्यादा ले लेंगी तो अगली सुबह तरोताजा होंगी। रात को लेट शो देखने की बजाए सो जाएं। पतिदेव से कहें कि वे सुबह का नाश्ता लगाएं ताकि आप आराम से उठ सकें, लेकिन याद रखें कि जरूरत से ज्यादा नींद भी थका देती है।

खान-पान पर दें ध्यान :- ऊर्जा का स्तर बनाए रखने के लिए खान-पान पर पूरा ध्यान देना होगा। हर रोज के लिए कैलोरी की भरपूर मात्रा लें। ऐसे एनर्जी बूस्टर पर ध्यान दें, जो लंबे समय तक ऊर्जा का स्तर बनाए रखे; वैसे – प्रोटीन, कांप्लैक्स कार्बोहाइड्रेट व आयरन युक्त भोजन। इसके अच्छे विकल्प हैं। हालांकि कैफीन या चीनी से एक दम ऊर्जा तो मिलती है लेकिन बाद में शरीर एकदम निढाल हो जाता है। एनर्जी ड्रिंक से ब्लड शुगर हाई होती है लेकिन उसके बाद पहले से भी ज्यादा थकान होने लगती है। वैसे भी कुछ डिब्बाबंद एनर्जी ड्रिंक में ऐसे तत्त्व हो सकते हैं, जो गर्भावस्था में नुकसान पहुंचा सकते हैं।

थोड़े-थोड़े समय बाद खाएं :- गर्भावस्था के बाकी लक्षणों की तरह थकान भी हमेशा छाई रहेगी इसलिए दिन में थोड़े-थोड़े समय बाद कुछ खाती रहें, ताकि शरीर में ऊर्जा का स्तर बना रहे। खाने के समय पर खाना अवश्य खाएं और वह पूरी तरह पौष्टिक होना चाहिए।

थोड़ी सी कसरत :- थोड़ी कसरत व चहलकदमी जारी रखें। योगाभ्यास करें। इसमें कोई शक नहीं कि बिस्तर इतना प्यारा कभी नहीं लगा होगा पर ज्यादा आराम करने से भी थकान बढ़ती है। शरीर हिलाती-डुलाती रहेंगी तो ठीक रहेगा। अपने काम व आराम के बीच अच्छा सा संतुलन बनाए रखें।

हालांकि चौथे महीने तक थकान काफी घट जाएगी लेकिन आखिरी तिमाही में यह लौट आएगी। आप रातों को जाग कर बिताएंगी, शायद कुदरत इसी तरह सिखाती है क्योंकि शिशु के जन्म के बाद आपकी जिम्मेवारी जो बढ़ने वाली है।

मॉर्निंग सिकनेस

"मुझे अभी तक कोई मॉर्निंग सिकनेस नहीं हुई है। क्या मैं अब भी गर्भवती हो सकती हूं?"

गर्भावस्था में मॉर्निंग सिकनेस कुछ इसी तरह होती है जैसे अचार या आइसक्रीम खाने की इच्छा! अध्ययनों से पता चला है कि करीब 75 प्रतिशत

आपकी नाक जानती है?

क्या आपने ध्यान दिया, गर्भवती होने के बाद रेस्त्रां में पांव रखने से पहले ही आप जान जाती हैं कि वहां क्या पक रहा है? दरअसल गर्भावस्था के हार्मोनों की वजह से ही आपकी सूंघने की शक्ति बढ़ जाती है। इसी के कारण कई बार मॉर्निंग सिकनेस होती है। आप इस समस्या से बचने के लिए निम्नलिखित उपाय अपना सकती हैं :-

■यदि गंध बर्दाश्त न हो तो रसोई से बाहर हो जाएं। डिपार्टमेंटल स्टोर के परफ्यूम कॉर्नर या उस रेस्त्रां से विदा ले लें।

■बुरी गंध को भगाने के लिए कमरे की खिड़कियां खोल दें या फिर एक्जास्ट फैन चलाएं

■टॉयलेट में भी कम गंध वाला सामान इस्तेमाल करें।

■अपने साथी से कहें कि वह अपनी शारीरिक साफ-सफाई का ध्यान रखे। कुछ खाने के बाद ब्रश करें व कपड़े बदलें। तेज परफ्यूम लगाने वालों व धूम्रपान करने वालों से दूर रहें।

■ऐसी गंध के आसपास रहें जो आपके मन को राहत पहुंचाए जैसे पुदीना, नींबू व अदरक आदि। वैसे कुछ मम्मी बनने वाली महिलाओं को बेबी पाउडर की गंध भी भली लगने लगती है।

गर्भवती महिलाएं, मॉर्निंग सिकनेस से होने वाली मिचली व उलटियों से परेशान होती हैं इसका मतलब है कि बाकी 25 प्रतिशत महिलाओं के साथ सिर्फ एकाध बार जी घबराया हो या उलटी आने को हुई हो तो आप सिर्फ गर्भवती ही नहीं बल्कि किस्मतवाली भी हैं।

''मेरी मॉर्निंग सिकनेस सारा दिन रहती है। मुझे डर है कि मैं शिशु को पूरे पोषक तत्त्व नहीं दे पा रही।''

हालांकि यह मॉर्निंग सिकनेस; दिन, दोपहर, शाम या रात, किसी भी समय हो सकती है पर इसे मॉर्निंग सिकनेस ही कहा जाता है। इस समय आपके शिशु को पोषक तत्वों की मात्रा अधिक नहीं चाहिए क्योंकि उसका आकार मटर के दाने से ज्यादा नहीं है। जो महिलाएं इस दौरान अपना वजन काफी घटा लेती हैं, उनके शिशुओं को भी कोई नुकसान नहीं होता क्योंकि वे बाद के महीनों में अपना वजन बढ़ा लेती हैं। मॉर्निंग सिकनेस 12 से 14 सप्ताह तक ही चलती है (कुछ अपवादों में यह स्थिति दूसरी तिमाही तक और कुछ मामलों में तीसरी तिमाही तक भी चल सकती है)

मॉर्निंग सिकनेस क्यों होती है? इसके बारे में पक्की तरह से तो कोई नहीं जानता लेकिन कुछ लोगों का मानना है कि पहली तिमाही में रक्त में एचसीजी की अधिक मात्रा, एस्ट्रोजन का बढ़ता स्तर, गैस्ट्रोईसोफाजियल रिफ्लक्स, पाचन में कमी व गंध के प्रति बढ़ी हुई संवेदनशीलता के कारण ऐसा होता है।

सभी गर्भवती महिलाओं को एक सी मॉर्निंग सिकनेस नहीं होती। कुछ महिलाओं का समय-समय पर जी मिचलाता है, उबकाई आती है पर उलटी नहीं होती। कुछ महिलाएं लगातार उलटियां करती हैं कुछ कभी-कभी! इसके भी कई कारण हो सकते हैं :-

हार्मोन के स्तर :- औसत से ऊंचा स्तर मॉर्निंग सिकनेस बढ़ा सकता है। घटते स्तर इसे घटा सकते हैं या मिटा सकते हैं, हालांकि सामान्य स्तर वाली गर्भवती महिलाओं को भी मॉर्निंग सिकनेस हो सकती है या बिल्कुल नहीं होती।

संवदेनशीलता :- कुछ दिमाग जरूरत से ज्यादा संवेदनशील होते हैं, यानी ऐसी गर्भवती महिलाओं का जी अधिक घबराता है। अगर आप भी जल्दी से 'कारसिक, सी सिक या ट्रैबल सिकनस' का शिकार हो जाती हैं तो

गर्भावस्था में यह सब काफी ज्यादा हो सकता है। उन दिनों आपको यह सब झेलना ही होगा।

तनाव :- यह सभी जानते हैं कि भावनात्मक तनाव की वजह से भी गैस्ट्रोइंटेस्टाइनल समस्याएं हो सकती हैं इसलिए यदि आप तनावग्रस्त हैं तो मॉर्निंग सिकनेस के लक्षण बुरे हो सकते हैं।

थकान :- शारीरिक या मानसिक थकान भी मॉर्निंग सिकनेस के लक्षणों को उभार देती है (जरूरत से ज्यादा मॉर्निंग सिकनेस आपको थका भी देती है)

पहली बार में गर्भावस्था स्तर :- पहली गर्भावस्था में प्रायः मॉर्निंग सिकनेस का स्तर काफी गंभीर होता है, जिसमें शारीरिक व मानसिक दोनों ही कारण शामिल हो सकते हैं। पहला कारण तो यह है कि शरीर अभी इस तरह के बदलावों के लिए तैयार नहीं होता। भावनात्मक रूप से भी पहली बार गर्भवती होने वाली महिलाएं काफी उत्तेजित होती हैं जिसकी वजह से उनकी परेशानी बढ़ जाती है। बाद के मामलों में आमतौर पर उनका ध्यान पहले बच्चे की देखरेख में लगा रहता है इसलिए ऐसे लक्षण नहीं उभरते हालांकि इसके कुछ अपवाद भी हैं।

कारण चाहे कोई भी हो, मॉर्निंग सिकनेस का प्रभाव एक सा ही होता है। हालांकि इसका कोई पक्का इलाज नहीं है पर किसी तरह यह समय बिताने और इसे थोड़ा सहज बनाने के लिए निम्नलिखित उपाय अपना सकते हैं–

- जल्दी खाएं। मॉर्निंग सिकनेस, आपका सोकर उठने तक इंतजार नहीं करेगी। यह खाली पेट ज्यादा तंग करती है, खासतौर पर रात की लंबी नींद के बाद। जब पेट खाली होता है तो पेट के भीतर बनने वाले अम्लों को पचाने के लिए कुछ नहीं मिलता, नतीजतन मिचली बढ़ जाती है। रात को सोने से पहले बिस्तर के पास ही खाने के लिए कुछ रख लें ताकि रात को भूख लगे तो आपको रसोई में न जाना पड़े। रात को शौचालय जाने के लिए भी उठें तो एकाध टुकड़ा मुंह में डाल लें ताकि सुबह आने पर पेट को खालीपन का एहसास न हो।
- रात को देर से खाएं। रात को सोने से ठीक पहले एक मफिन व दूध का गिलास, स्ट्रिंग चीज़ या सूखी खुबानी खाएं। सुबह सो कर उठेंगी तो पेट भरा-भरा होगा।
- हल्का खाना खाएं। जरूरत से ज्यादा पेट भरा होने से भी मिचली बढ़ सकती है। भूख लगी हो तो एक साथ सारा खाना खाने की बजाए थोड़े समय के बाद खाएं।
- बीच-बीच में खाएं। अपने ब्लड शुगर के स्तर को एक सा बनाए रखें ताकि आपका पेट हमेशा भरा-भरा सा रहे। दिन में तीन बार भारी भोजन करने की बजाय कम से कम छह बार हल्का भोजन करें। घर से बाहर जा रही हैं तो हल्के स्नैक्स (सूखे फल-मेवे, ग्रेनोला बार, सूखा सेरेल, क्रैकर्स, सोया चिप्स या प्रेज़ल्स) खाए बिना बाहर न निकलें।
- अच्छी तरह खाएं। आपकी खुराक प्रोटीन व कांप्लैक्स कार्बोहाइड्रेट से भरपूर होनी चाहिए। अच्छे पोषण से भी आपको काफी मदद मिल सकती है।
- जो खा सकती हों, खाएं। अब पेट में कुछ डालना ही आपकी पहली प्राथमिकता होनी चाहिए यानी आपको कुछ न कुछ तो खाना ही है। गर्भावस्था में बाद में, संतुलित भोजन करने के लिए काफी समय होगा। अब तो जो मन चाहे, खाएं। यदि वह पौष्टिक हो सके तो और भी बेहतर होगा।
- तरल पदार्थ लें। उलटी की वजह से शरीर का पानी घट सकता है इसलिए अधिक से अधिक तरल पदार्थों की मात्रा लें। यदि तरल पदार्थ लेने में आसानी हो तो उन्हीं से पौष्टिकता लेने की कोशिश करें। स्मूदीज़, सूप व जूस के माध्यम से अपने विटामिन व खनिज लवण लें। यदि तरल

पदार्थों से भी मिचली आती हो तो ऐसे ठोस पदार्थ लें, जिनमें पानी की मात्रा अधिक हो; जैसे ताजे फल व सब्जियां, सलाद, नींबू व खट्टे फल। अगर एक साथ लेने से पेट पर भारीपन महसूस हो तो खाने के बीच में तरल पदार्थ लें।

- तापमान बदल कर भी देखें। कई गर्भवती महिलाओं को ठंडे तरल पदार्थ व भोजन लेने में आसानी होती है जबकि कुछ हल्के गर्म खाद्य पदार्थ खाना पसंद करती हैं (ठंडे की बजाए गर्म चीज़ सैंडविच)
- भोजन बदलें। जिन क्रेकर्स पर आप जान देती थीं यदि अब उनके नाम से ही मिचली आने लगी है तो अपने लिए कुछ और चुनें।

- जो खाना या उसकी गंध सहन न हो, उसे जबरदस्ती न खाएं और न ही ऐसी जगह जा कर बैठें। आपको स्वयं पता होगा कि मीठा ज्यादा पसंद आ रहा है या नमकीन। अगर मीठा पसंद आ रहा हो तो ब्रोकली या चिकन की बजाए, आड़ू व योगर्ट से विटामिन ए व प्रोटीन की खुराक लेने की कोशिश करें या नमकीन पसंद आए तो नाश्ते में पिज्जा ले लें।
- गर्भवती महिलाएं स्वयं जानती हैं कि कौन सी गंध सहन कर पाएंगी या किस गंध से उनका जी मिचला रहा है इसलिए इस आवाज को पहचानें और उन चीज़ों से दूर रहें। अपने पति के जिस ऑफ्टर शेव की गंध की आप दीवानी थीं, वही अब आपको बाथरूम में भागने के लिए मजबूर कर सकता है यानी आपको उल्टी हो सकती है।
- सप्लीमेंट! जो पोषक तत्त्व आपको नहीं मिल पा रहे उस कमी को पूरा करने के लिए विटामिन की खुराक लें। जिस समय जी मिचला रहा हो, उस समय दवा न लें वह उलटी के साथ बाहर आ जाएगी। यदि आपके लक्षण ज्यादा गंभीर हो तो डॉक्टर से विटामिन B_6 की अतिरिक्त खुराक के बारे मे पूछें। इससे आपकी तबियत काफी हद तक संभल सकती है।
- अदरक ले कर देखें। यदि जी मिचला रहा हो तो यह बढ़िया असर दिखाता है। खाने में, सूप में या मफिन में इसका इस्तेमाल करें। अदरक वाली चाय पीएं। आप जिंजर कैंडी या लॉलीपॉप भी खा सकती हैं। अदरक से बना पेय भी राहत दे सकता है।

  यदि जी मिचला रहा हो तो अदरक का टुकड़ा सूंघने से भी आराम मिलता है। कई महिलाओं को नींबू चूसने से आराम मिलता है। अगर नीबू भी काम न आए तो आप खट्टी मीठी गोलियां चूस सकती हैं।
- थोड़ा फालतू आराम और नींद लें क्योंकि शारीरिक और भावनात्मक थकान मिचली बढ़ा सकती है।
- सुबह उठते ही हड़बड़ाहट न मचाएं। इससे तो जी जरूर घबराएगा। आराम से उठें। पास की मेज से उठ कर कुछ खाएं। फिर आराम से नाश्ता करें। हालांकि आपकी पहले से कोई संतान है तो ऐसा होना मुश्किल ही है लेकिन उनके उठने से थोड़ा पहले उठने की कोशिश करें या अपने पति से कहें कि वे सुबह का काम संभाल लें।
- तनाव घटाएं। तनाव से मिचली बढ़ सकती है।
- दांतों की साफ-सफाई का पूरा ध्यान रखें। अपने दांतों को ब्रश करें। उलटी आने के बाद अच्छी तरह कुल्ला करें इससे दांत साफ होंगे और दांतों व मसूड़ों को नुकसान नहीं होगा।
- सी-बैंड ट्राई करें। 1'' चौड़े इलास्टिक बैंड दोनों कलाइयों पर पहन लें। इससे भीतर कलाइयों के एक्यूप्रेशर बिंदुओं पर दबाव पड़ेगा और जी नहीं मिचलाएगा। ये आमतौर पर दवा की

दुकानों से मिलते हैं और इनसे कोई नुकसान भी नहीं होता। आपके डॉक्टर बैटरी युक्त बैंड पहनने की सलाह भी दे सकते हैं। इसे 'रिलीफ बैंड' कहते हैं, इलेक्ट्रॉनिक स्टिमुलेशन के लिए इसका इस्तेमाल होता है।

- मॉर्निंग सिकनेस के गंभीर लक्षणों से बचाव के लिए वैकल्पिक चिकित्सा पद्धतियों–एक्यूपंचर, एक्यूप्रेशर, बायोफीडबैक, हिप्नोसिस आदि का प्रयोग करें। ध्यान व विज़ुलाइजेशन (मानसिक चित्रण) भी कारगर हो सकता है।

हालांकि मॉर्निंग सिकनेस के लिए कुछ दवाएं भी बनी हैं (डॉक्सीलेमाइन)। यह तभी दी जाती हैं जब हालत ज्यादा खराब हो। इनसे उनींदापन महसूस होता है। नींद लेना तो अच्छी बात है लेकिन अगर आप गाड़ी चला कर काम पर जाने वाली हैं तो यह ठीक नहीं है। डॉक्टर से पूछे बिना किसी भी तरह की पारंपरिक या हर्बल दवा न लें।

केवल 5 प्रतिशत मामले ही ऐसे होते हैं, जहां मेडिकल चिकित्सा की जरूरत पड़ती है।

जरूरत से ज्यादा लार बनना

''मेरे मुंह मे हमेशा लार बनती रहती है और इसे निगलने से मुझे मिचली आती है। ऐसा क्यों हो रहा है?''

गर्भावस्था में अक्सर मुंह में ज्यादा लार बनती है। मॉर्निंग सिकनेस से ग्रस्त महिलाओं के साथ ऐसा ज्यादा होता है। वैसे पहले कुछ महीनों के बाद यह समस्या अपने-आप ठीक हो जाती है।

बार-बार थूकने से परेशान हैं। दांतों को मिंटयुक्त पेस्ट से ब्रश करें। समय-समय पर कुल्ला करती रहें या बिना चीनी की बबलगम चबाएं।

मैटेलिक स्वाद

''मेरे मुंह में हमेशा मैटेलिक स्वाद रहता है। यह गर्भावस्था की वजह से है या कुछ खाने की वजह से ऐसा हो रहा है?''

हार्मोनल बदलावों की वजह से गर्भवती महिलाओं के मुंह का स्वाद अजीब सा रहता है। हार्मोन आपके स्वाद पर काफी हद तक नियंत्रण रखते हैं। जब वे बेकाबू हो जाते हैं तो स्वादग्रंथियों पर भी इसका असर होता है। जब हार्मोन का स्तर संभलने लगता है (दूसरी तिमाही) तो यह समस्या भी अपने-आप घटने लगती है।

तब तक आपको इसका सामना करना ही होगा खट्टे फल, लेमनेड, व कैंडी लें। इससे लार भी कम बनेगी। दांतों के साथ-साथ जीभ भी साफ करें। मुंह में पी एच स्तर को न्यट्रालाइज़ किया जा सके। आप डॉक्टर की राय से विटामिन की खुराक भी बदल सकती हैं।

बार-बार शौच (मूत्र) जाना

''मुझे हर आधे घंटे बाद शौच (मूत्र)के लिए जाना पड़ता है। क्या यह सामान्य है?''

माना यह आपके घर की सबसे बेहतर जगह नहीं है लेकिन अधिकतर गर्भवती महिलाओं को इसे अपनाना पड़ता है। जब जरूरत पड़े तो जाना ही पड़ेगा। दिन हो या रात, आपको उठ कर बाथरूम जाना होगा। हालांकि यह इतना आरामदेह नहीं लगता लेकिन यह पूरी तरह सामान्य है।

बार-बार मूत्र की इच्छा क्यों होती है? हार्मोनों की वजह से रक्त के साथ-साथ मूत्र के प्रवाह में भी तेजी आती है। दूसरे, गर्भावस्था में किडनी की क्षमता में सुधार होता है, शरीर आसानी से व्यर्थ पदार्थों से छुटकारा पा लेता है (आप दो लोगों के लिए शौच जा रही है) गर्भाशय के बढ़ते आकार से ब्लैडर पर दबाव पड़ता है और आपको बार-बार मूत्र करने जाना पड़ता है। जब दूसरी तिमाही में गर्भाशय पेट के खाली हिस्से की ओर उठ जाता है तो यह दबाव अपने-आप घट जाता है यह तीसरी तिमाही तक नीचे नहीं आता, जब तक शिशु का सिर पेल्विस तक नहीं पहुंचता। शरीर के

भीतरी अंगों की कार्यप्रणाली के हिसाब से महिलाओं के शरीर में इसकी प्रतिक्रिया अलग-अलग हो सकती है। कुछ महिलाओं को इससे कोई फर्क नहीं पड़ता और कुछ पूरे नौ महीने इसकी वजह से परेशान रहती हैं।

आपको बाथरूम करते समय ब्लैडर पूरी तरह खाली करना चाहिए। इस तरह बार-बार बाथरूम जाने की कवायद कुछ तो घटेगी। इस परेशानी से घबरा कर, तरल पदार्थों की मात्रा न घटाएं। आपको व आपके शरीर को तरल पदार्थों की भरपूर मात्रा चाहिए क्योंकि डीहाईड्रेशन की वजह से मूत्राशय का संक्रमण भी हो सकता है।

वैसे आपको कैफीन की मात्रा घटाने पर ध्यान देना चाहिए। अगर रात को बार-बार बाथरूम के लिए उठना पड़े तो सोते समय तरल पदार्थों की अधिक मात्रा न लें।

यदि बाथरूम जाने के एकदम बाद भी, फिर से बाथरूम आने को हो तो डॉक्टर की राय लें। हो सकता है कि आपको मूत्राशय का संक्रमण हो।

''मुझे बार-बार शौच (मूत्र) के लिए क्यों नहीं जाना पड़ता?''

अगर आपको बार-बार शौच के लिए नहीं जाना पड़ रहा तो हो सकता है कि आपके लिए यही सामान्य हो। आपको दिन में कम से कम 8 गिलास पानी पीना होगा। उलटियां आ रही हों तो पानी की मात्रा और भी बढ़ा दें। अगर पानी व तरल पदार्थों की कम मात्रा लेंगी तो मूत्राशय में संक्रमण के साथ-साथ डिहाईड्रेशन भी हो सकता है।

वक्षों में आने वाले बदलाव

''मेरी ब्रेस्ट इतनी बड़ी हो गई हैं कि पहचान में ही नहीं आतीं वे पहले से काफी नरम भी हो गई हैं। वे हमेशा ऐसी रहेंगी या शिशु के जन्म के बाद ठीक हो जाएंगी?''

लगता है आपने गर्भावस्था में सबसे पहले बड़ी होने वाली वस्तु देख ली है। हालांकि दूसरी तिमाही तक भी पेट काफी नहीं फैलता लेकिन गर्भधारण के कुछ समय बाद ही छाती या ब्रेस्ट बड़ी होने लगती है। हो सकता है कि आपकी ब्रा का कप साइज तिगुना हो जाए। आपकी छातियों में वसा जमा हो रही है और रक्त का प्रवाह भी तेज हो रहा है। आपकी वक्ष, नन्हे शिशु को भोजन देने के लिए तैयार हो रही है।

आपको ब्रेस्ट के आकार के अलावा और भी कई बदलाव दिखाई देंगे। निप्पल के आस-पास का भूरा हिस्सा फैलेगा व रंग भी काफी गहरा जाएगा। इसके ऊपर छोटे-छोटे से उभार दिखाई देंगे। ये ग्रंथियां हैं, जो गर्भावस्था में और भी साफ दिखाई देंगी, बाद में सामान्य हो जाएंगी। आपके वक्षस्थल पर नीली नसों का उभार भी दिखाई दे सकता है, जिससे पता चलता है मां की ओर से शिशु को पोषक तत्त्व पहुंच रहे हैं। शिशु को स्तनपान कराने या फिर प्रसव के बाद ये नीली धारियां मिट जाएंगी।

हालांकि पूरे नौ महीने तक इनके आकार में बदलाव आएगा लेकिन संवेदनशीलता, पहले दो-चार महीने में ही ज्यादा होगी। उस समय हल्का गर्म-ठंडा सेंक फायेदमंद हो सकता है।

वैसे यदि आप ब्रेस्ट को सही तरह से सपोर्ट नहीं देंगी तो वे लटक भी सकती हैं। आपको अच्छी सहारा देने वाली ब्रा चुननी होगी। कॉटन की स्पोर्ट्स ब्रा पहनें, यह काफी सही रहेगी।

कई महिलाओं को स्तनों के आकार में एकदम बदलाव दिखता है और कइयों में यह बदलाव इतना धीमा होता है कि इसका एकदम पता नहीं चल पाता। गर्भावस्था के बाकी बदलावों की तरह ब्रेस्ट में होने वाले सभी बदलाव भी सामान्य ही हैं। यदि स्तनों के आकार में ज्यादा बदलाव नहीं आया तो आपको ब्रा के ज्यादा नंबर नहीं बदलने पड़ेंगे पर इससे स्तनपान करने की क्षमता पर भी कोई असर नहीं होगा।

''पहली गर्भावस्था मे मेरी छाती का आकार काफी बड़ा हो गया था। दूसरी गर्भावस्था में ऐसा नहीं हो रहा । क्या यह सामान्य है?''

पिछली बार आपकी पहली गर्भावस्था थी। इस बार ब्रेस्ट को उसका अनुभव हो चुका है। इसलिए हो सकता है कि उनमें वैसा नाटकीय बदलाव न आए। हो सकता है कि उनके आकार में धीरे-धीरे बदलाव आए या फिर प्रसव के बाद स्तनपान के लिए आकार बढ़े। वैसे यह धीरे -धीरे बढ़ने की प्रक्रिया बिल्कुल सामान्य है। इनमें आने वाला यह बदलाव, दो गर्भावस्थाओं के बीच होने वाले अंतर में से एक है।

पेट के निचले हिस्से पर दवाब

''मेरे पेट के निचले हिस्से में हल्का सा दबाव बना रहता है। क्या मुझे इस ओर ध्यान देना चाहिए?''

ऐसा लगता है कि आप अपने शरीर की हर आवाज़ को पहचानती हैं, यह एक अच्छा संकेत है लेकिन जब आप इससे जुड़े दर्द व तकलीफों से ज्यादा जुड़ती हैं तो उसे अच्छा नहीं कहा जा सकता।

चिंता न करें। पहली गर्भावस्था में, पेट के निचले हिस्से में हल्की ऐंठन या दबाव का मतलब है कि सब कुछ सही है, कुछ गलत नहीं हो रहा।

हो सकता है कि आपका संवेदनशील बॉडी राडार, उन नाटकीय बदलावों का संकेत दे रहा हो, जो पेट के निचले हिस्से में हो रहे हैं। हो सकता है कि आपको बढ़े हुए रक्त प्रवाह, यूटेराइन लाइनिंग के बनने या गर्भाशय के बड़े होने का एहसास हो रहा है। कई बार कब्ज या गैस के दर्द की वजह से भी ऐसा होता है।

अगर यह एहसास लगातार बना रहे, तो आप डॉक्टर की राय भी ले सकती हैं।

हल्का दाग लगना

''मैं टॉयलेट इस्तेमाल कर रही थी तभी पोंछते समय मुझे खून का हल्का सा धब्बा दिखा, क्या मेरा मिसकैरेज हो गया है।''

गर्भावस्था में इस तरह खून का धब्बा दिखना, काफी डरा देने वाला होता है। लेकिन इसका मतलब यह नहीं होता कि आपके साथ कुछ गलत ही हुआ होगा। 5 में से 1 गर्भवती महिला को अक्सर इसी तरह के हल्के रक्स्राव (ब्लीडिंग) का अनुभव होता है और वे स्वस्थ शिशु को जन्म देती हैं। हो सकता है कि यह हल्का धब्बा पीरियड के शुरूआत या आखिर का संकेत हो। दिल थाम कर आगे लिखी बातें पढ़ें। इस हल्के से धब्बे के निम्नलिखित कारण हो सकते हैं।

युटेराइन वॉल में एम्ब्रिओ का पनपना :- 20 से 30 प्रतिशत महिलाओं को इस स्पॉटिंग यानी 'इंप्लान्टेशन ब्लीडिंग' की शिकायत होती है। गर्भधारण के पांच से दस दिन के बाद, जब आपके पीरियड आने वाले होते हैं, तब ऐसा हो सकता है। यह आपकी माहवारी से काफी कम, कुछ घंटों से कुछ दिनों की हो सकती है। यह हल्के गुलाबी या भूरे रंग की ब्लीडिंग होती है। यह तब होता है जब कोशिकाओं की छोटी गेंद, गर्भाशय की दीवार से अपना रास्ता बनाती है। 'इंप्लान्टेशन ब्लीडिंग' का यह मतलब कतई नहीं है कि कुछ गलत हो रहा है।

इंटरकोर्स (सहवास) या भीतरी पेल्विक जांच या पैम स्मीयर :- गर्भावस्था मे सर्विक्स पहले से काफी नाजुक हो जाती है और रक्त नलिकाएं उभर आती हैं, वे इंटरकोर्स की भीतरी जांच की वजह से हल्की ब्लीडिंग की वजह बन सकती है।

ऐसी ब्लीडिंग गर्भावस्था में किसी भी समय हो सकती है। यह आमतौर पर किसी समस्या का संकेत नहीं होती लेकिन आप अपनी तसल्ली के लिए डॉक्टर से चेकअप करवा सकती हैं।

वैजाइना (योनि) या सर्विक्स संक्रमण :- इन दोनों के संक्रमण की वजह से भी हल्का रक्तस्राव (ब्लीडिंग) हो सकता है।

डॉक्टर को फोन कब करें

कोई भी आपातकाल आने से पहले उसका प्रोटोकॉल तय कर लें। यदि अचानक कोई नया लक्षण सामने आ जाए तो निम्नलिखित तरीका अपनाएं :-

सबसे पहले डॉक्टर के ऑफिस में फोन करें। वे वहां नहीं हैं, तो लक्षण बताते हुए संदेश छोड़ें। यदि कुछ ही मिनटों में वहां से फोन न आए तो दोबारा फोन करें या पास के आपातकालीन कक्ष में नर्स को सारी स्थिति बताएं। यदि वे आने को कहें तो डॉक्टर को सूचना देकर वहां पहुंचें।

अपनी समस्या या तत्काल लक्षण बताते समय, हर उस लक्षण के बारे में बताएं, जिसका एहसास हुआ हो। उन्हें बताएं कि लक्षण को सबसे पहले कब देखा या वह कितनी बार हुआ। या कितना हल्का या गंभीर था।

तत्काल फोन करें :-
- हल्की ऐंठन का पेट के निचले हिस्से में दर्द के साथ ब्लीडिंग होना।
- पेट के निचले हिस्से, बीच में या दोनों तरफ लगातार होने वाला दर्द, चाहे ब्लीडिंग।
- जरूरत से ज्यादा प्यास लगना, शौच (मूत्र) में कमी या पूरा दिन शौच (मूत्र) न होना।
- शौच (मूत्र) के समय जलन या दर्द, तेज बुखार के साथ सिर-दर्द।
- 101.5^0 फारेनहाइट से तेज बुखार
- हाथ-पांव और आंखों में अचानक भारी सूजन, धुंधली नजर, अचानक वजन बढ़ना।

- नजर धुंधलाना या दो-दो चीजें दिखना (कुछ समय तक)।
- तेज सिर दर्द (लगातार दो-तीन घंटे)
- खूनी डायरिया

उसी दिन फोन करें (अगली सुबह यदि रात को तकलीफ हो)
- मूत्र के साथ रक्त आना
- हाथों-पैरों व आंखों में सूजन
- जलन के साथ मूत्र आना
- बेहोशी
- कोल्ड या फ्लू के लक्षणों के बिना तेज बुखार
- जी मिचलाना व उल्टी होना (गर्भावस्था के बाद के दिनों में)
- मूत्र का गहरा रंग, मल में पीलापन या पीलिया के लक्षण

डॉक्टर अपने हिसाब से व लक्षणों के हिसाब से आपको बुलाना चाहेंगे इसलिए आपको पहले ही इस प्रोटोकाल के विषय में पूछ लेना चाहिए।

याद रखें कि कई बार कोई लक्षण न दिखने के बावजूद आप बेचैनी या थकान महसूस कर सकती हैं। यदि एक-दो दिन ध्यान देने के बावजूद थकान न मिटे तो डॉक्टर को दिखाएं। हो सकता है कि आपमें खून की कमी हो या शरीर में किसी तरह का संक्रमण हो। जैसे 'यूटीआई', बिना किसी लक्षण के भी अपना काम करते रहते हैं, जब भी किसी तरह का शक हो, डॉक्टर को अवश्य दिखाएं।

सबकॉरिओनिक ब्लीडिंग :- ऐसी ब्लीडिंग तब होती है, जब कोरियन (प्लेसेंटा के साथ बाहरी फैटल मैम्ब्रेन) या गर्भाशय व प्लेसेंटा के बीच रक्त इकट्ठा हो जाता है। इसकी वजह से हल्की या भारी ब्लीडिंग हो सकती है जो आमतौर पर सामान्य अल्ट्रासाउंड की पकड़ में नहीं आती। यह ब्लीडिंग स्वयं ही ठीक हो जाती है और इसकी वजह से कोई समस्या पैदा नहीं

होती।

गर्भावस्था के बाकी लक्षणों की तरह हल्की ब्लीडिंग भी सामान्य लक्षण है। कई महिलाओं को पूरी गर्भावस्था के दौरान ऐसी ब्लीडिंग होती रहती है। कुछ महिलाओं को सिर्फ एक या दो दिन के लिए होती है। कुछ महिलाओं को म्यूकस के साथ भूरी या गुलाबी रंग की ब्लीडिंग होती है तो कुछ को लाल कतरों में. ...इन सबमें सबसे सामान्य बात यह है कि उनकी गर्भावस्था पूरी तरह सुरक्षित रहती है और वे स्वस्थ शिशुओं को जन्म देती हैं। आपको चिंता करने की जरूरत नहीं है लेकिन इस ओर से बिल्कुल लापरवाही भी ठीक नहीं है।

यदि हल्की ऐंठन के साथ लाल खून के धब्बे दिखें (जिनसे पूरा पैड भर जाए) तो आपको डॉक्टर से जरूर पूछ लेना चाहिए। वे अल्ट्रासाउंड की राय दे सकते हैं। यदि 6 सप्ताह बीत गए हैं तो आप शिशु के दिल की धड़कन भी सुन सकती हैं, जिससे आपको पता चल जाएगा कि सब ठीक-ठाक है।

यदि ये हल्के धब्बे भारी ब्लीडिंग में बदल जाएं तो आपको उसी समय डॉक्टर से मिलना होगा। हालांकि तब भी मिसकैरेज का ख्याल मन में न लाएं। कई गर्भवती महिलाओं को बिना किसी कारण से भी भारी ब्लीडिंग होती है और बाद में जच्चा-बच्चा दोनों ही स्वस्थ रहते हैं।

एचसीजी लेवल

''डॉक्टर ने मुझे ब्लड टेस्ट की रिपोर्ट दी है, जिसमें एचसीजी का लेवल (स्तर) 412 ml U/L आया है। इस नंबर का क्या मतलब है?''

इसका मतलब है कि आप निश्चित रूप से गर्भवती हैं। नई विकसित प्लेसेंटा कोशिकाएं फर्टिलाइज्ड एग के इम्पलांट होने के कुछ दिन के भीतर ही एचसीजी बनाती हैं। यह आपके मूत्र की जांच में पता चलता है। इसके बाद डॉक्टर, रक्त में इसकी जांच के बाद गर्भावस्था की पुष्टि कर देते हैं। गर्भावस्था की शुरूआत में, रक्त में इसका स्तर अधिक नहीं होता लेकिन कुछ ही दिनों में यह काफी बढ़ने लगता है। यह गर्भावस्था के 7 से 12 सप्ताह में अपनी चरमावस्था पर होता है। फिर घटने लगता है।

आपको दूसरी गर्भवती सहेलियों के साथ इस नंबर का मेलजोल नहीं करना चाहिए क्योंकि जिस तरह उनके एचसीजी के स्तर भी एक नहीं होते। वे हर व्यक्ति व समय के हिसाब से अलग-अलग हो सकते हैं।

एचसीजी स्तर

क्या आप एचसीजी नंबर गेम खेलना चाहती हैं? यहां आपके लिए कुछ रेंज दी गई हैं।

गर्भावस्था के सप्ताह	**एचसीजी की मात्रा ml U/L में**
3 सप्ताह	5 से 50
4 सप्ताह	5 से 426
5 सप्ताह	19 से 7,340
6 सप्ताह	1,080 से 56,500
7 से 8 सप्ताह	7,650 से 229,000
9 से 12 सप्ताह	25,700 से 288,000

सबसे ध्यान देने लायक बात तो यह है कि आपके एचसीजी का स्तर अपनी संख्या के हिसाब से एक निश्चित स्तर से बढ़ेगा और फिर अपने आप घटने लग जाएगा। यहां दिए बॉक्स की मदद से आपको इसका अंदाजा हो जाएगा। हालांकि यह जरूरी नहीं कि बॉक्स में दी गई रीडिंग आपके नंबर से मेल खाएगी। आपको इस बारे में चिंता नहीं करनी चाहिए।

यदि आपकी गर्भावस्था सामान्य रूप से आगे बढ़ रही है, तो आपको इस बारे में ज्यादा सोचना नहीं चाहिए। इस बारे में डॉक्टर ही ध्यान रख लेंगे। अल्ट्रासाउंड के नतीजों से भी काफी हद तक साफ तस्वीर सामने आ जाती है। वैसे किसी भी तरह के शक की गुंजाइश हो तो हमेशा की तरह डॉक्टर की राय ले लें।

चिंता न करें

कुछ गर्भवती महिलाएं बिना किसी वजह के अपनी पहली तिमाही में या पूरी गर्भावस्था के दौरान चिंतित रहती हैं। इन सब चिंताओं में सबसे ऊपर होती है–'गर्भपात की चिंता'।

अधिकतर गर्भवती महिलाएं सामान्य लक्षणों व छोटी-मोटी परेशानियों के बावजूद स्वस्थ शिशुओं को जन्म देती हैं। हर सामान्य लक्षण की तरह पेट के निचले हिस्से में ऐंठन, दर्द, हल्का रक्तसाव आदि भी सामान्य होता है। ये सब संकेत आपकी घबराहट की वजह तो बन सकते हैं लेकिन आपको यह नहीं मानना चाहिए कि इससे गर्भावस्था को कोई खतरा है। हालांकि आपको अपनी अगली मुलाकात में डॉक्टर की राय अवश्य ले लेनी चाहिए। यदि निम्नलिखित कारण उपस्थित हों तो अकारण चिंतित न हों।

- हल्की ऐंठन, दर्द, पेट के निचले, बीच वाले या किनारों वाले हिस्से पर हल्का दर्द। कई बार गर्भाशय को सहारा देने वाले लिगामेंट में खिंचाव की वजह से भी ऐसा होता है। यदि तेज ऐंठन के साथ ब्लीडिंग न हो, तब तक घबराने वाली कोई बात नहीं है।
- रक्तस्राव या ब्लीडिंग सिर्फ गर्भपात की वजह से नहीं होता। हम इसके कारण पहले ही स्पष्ट कर चुके हैं।

कई बार लक्षणों की कमी से भी गर्भवती महिलाएं घबराती हैं। आमतौर पर पहली तिमाही में उन्हें लगता है कि वे गर्भवती ही नहीं हैं। इसी वजह से वे काफी परेशान हो जाती हैं। अपनी गर्भावस्था की पुष्टि होने के बाद घबराना कैसा?

जरूरी नहीं कि सबकी तरह आपको भी मॉर्निंग सिकनेस हो या वक्षस्थल का आकार बढ़े। हो सकता है कि आप में यह लक्षण पैदा न हों, या देर से पैदा हों लेकिन हर गर्भवती महिला में अलग तरह के लक्षण होते हैं या होते ही नहीं!

तनाव

''मेरे काम में काफी तनाव रहता है। हालांकि मैं अभी मां नहीं बनना चाहती थी लेकिन अचानक गर्भवती हो गई। क्या मुझे काम छोड़ देना चाहिए?''

तनाव को आप किस रूप में लेती हैं, यह उसी आधार पर अच्छा या बुरा हो सकता है। यदि आप इसे अच्छे तरीके से लेना जानती हैं तो इसी के बल पर बेहतर से बेहतर प्रदर्शन कर सकती हैं वरना यह आप पर हावी होकर आपको तहस-नहस कर सकता है। अध्ययनों से पता चला है कि गर्भावस्था कुछ खास तरह के तनाव के स्तर से प्रभावित नहीं होती, यदि आप उस तनाव से उबर सकती हैं तो आपका शिशु भी उसका सामना कर लेगा लेकिन अगर इस तनाव की वजह से आपकी रातों की नींद उड़ जाए या आप अवसाद से घिर जाएं, सिर-दर्द, पेट-दर्द या भूख की कमी महसूस करने लगें। इसकी वजह से धूम्रपान या मदिरापान जैसी गलत आदतें अपना लें या बुरी तरह निढाल हो जाएं तो बेशक यह एक समस्या बन सकता है। अगर दूसरी व तीसरी तिमाही में भी तनाव के लिए यह नकारात्मक प्रतिक्रिया जारी रहे तो उसे खत्म करना एक प्राथमिकता बन जाना चाहिए। निम्नलिखित उपाय आपके काम आ सकते हैं।

भार हल्का करें :- अपने मन का भार किसी के सामने हल्का कर दें। अपने साथी के साथ मन की हर बात बांटें। रात को बिस्तर पर जाने से पहले हर तनाव, हर चिंता से छुटकारा पा लें। हर समस्या का समाधान तलाशें। मिलकर हंसें बोलें। यदि वे भी तनावग्रस्त हों तो किसी दूसरे साथी की मदद लें। यदि तनाव के शारीरिक

रिलैक्स हो जाएं

क्या तनाव हावी हो रहा है? तब तो आपको योग की रिलैक्सेशन तकनीकें अपनानी होंगी। आप किसी योग कक्षा में या डीवीडी की मदद से घर बैठे इस आसान तकनीक को आप कहीं भी व किसी भी समय आसानी से सीख सकती हैं। आप जब भी चिंता में हों इसे (योग) दिन में एक बार करके इसका (चिंता) निवारण कर सकती हैं। आंखें बंद करके बैठ जाएं। किसी सुंदर दृश्य की कल्पना करें व सोचें कि आप शिशु को बांहों में लिए बैठी हैं। शरीर की हर मांसपेशी को ढीला छोड़ें तो 'हां' या 'न' शब्द जोर से बोलें।

इसे 10 से 20 मिनट तक दोहराएं। 1-2 मिनट भी कर लेंगी तो भी काफी फर्क पड़ेगा। आपको तनाव व उत्तेजना से मुक्ति मिलेगी।

लक्षण भी सामने आ रहे हों तो डॉक्टर की राय लें। दूसरी गर्भवती मांओं से मेलजोल बढ़ाएं। दोस्ताना माहौल में आप अपने मन को काफी हद तक शांत कर सकती हैं।

इस बारे में कुछ करें :-अपने जीवन में तनाव के स्रोतों का पता लगाएं और देखें कि उन्हें कैसे सुधारा जा सकता है। कुछ ऐसे काम छोड़ दें, जो प्राथमिकता की सूची में न आते हों। अगर आपने घर व आफिस में कई जिम्मेवारियां ले रखी हों तो तय करें कि उन्हें किसे सौंपा जा सकता है या कब तक स्थगित किया जा सकता है।

जब ज्यादा घबराहट हो तो कागज-कलम लेकर बैठ जाएं और किए जाने वाले कामों की सूची बनाएं व तय करें कि आप उन्हें कब करना चाहेंगी। इस तरह आपको सब कुछ नियंत्रित लगेगा जो काम होते जाएं सूची में से काटती जाएं ताकि आपको लगे कि भार कुछ हल्का हुआ है।

पूरी नींद लें :- नींद भी किसी दवा से कम नहीं है इससे तन-मन दोनों ही शांत हो जाते हैं। कई बार सोने से भी काफी तनाव और उत्तेजना शांत हो जाते हैं। अगर आपको सोने में दिक्कत हो रही हो तो इसी पुस्तक में दिए गए उपाय आजमाएं।

पर्याप्त पोषण :- व्यस्त दिनचर्या आपकी खानपान की आदतों को भी प्रभावित करती है।

आशावादी बनें

माना जाता है कि आशावादी ज्यादा लंबा व स्वस्थ जीवन जीते हैं। गर्भवती मां आशावादी हो तो बालक का नजरिया भी बदल सकता है। शोधकर्ताओं ने देखा और पाया है कि गर्भवती महिलाओं में प्रसव से पहले खतरों की संभावना काफी कम होती है। इस तरह गर्भावस्था से जुड़े खतरे भी घट जाते हैं।

तनाव के निम्न स्तर की आशावादी महिलाओं के गर्भावस्था के खतरे निश्चित रूप से घट जाते हैं। तनाव के उच्च स्तर पर गर्भावस्था के समय व बाद में महिलाएं स्वास्थ्य की अनेक समस्याओं से उलझती हैं। तनाव में वे पूरी बातें नहीं बताती। ऐसी महिलाएं जो आशावादी हों कहीं बेहतर तरीके से अपना ध्यान रख पाती हैं, उचित खान-पान, व्यायाम, उचित देखभाल करें, धूम्रपान व मद्यपान से दूर रहकर दवाओं के उचित उपयोग द्वारा। वे अपने सकारात्मक व्यवहार व चिंतन से गर्भावस्था पर सकारात्मक व्यवहार डालती हैं।

आप भी अपनी गर्भावस्था में इन आशावादी रवैए को अपना कर बहुत कुछ पा सकती हैं, बस आपको दूध से भरे आए गिलास को 'आधा खाली' देखने की बजाय 'आधा भरा हुआ' देखना होगा।

गर्भावस्था में तो गलत खान-पान की आदतें और भी कष्ट देती हैं। दिन में कम से कम 6 बार हल्का भोजन करें जटिल कार्बोज व प्रोटीन पर जोर देते हुए, कैफीन व चीनी की मात्रा घटाएं। पोषक आहार लेने से भी तनाव घटता है।

स्नान करें :- हल्के गुनगुने पानी से नहा लें। इससे तनाव घटेगा और मन शांत हो जाएगा। आपको गहरी नींद भी आएगी।

योग अपनाएं :- अपना तनाव घटाने के लिए योग या तैराकी जैसी कसरत की मदद लें। अपनी व्यस्त दिनचर्या में से इनके लिए समय अवश्य निकालें।

वैकल्पिक चिकित्सा :- कई पूरक व वैकल्पिक चिकित्सा पद्धतियों के माध्यम से भी तनाव घटाया जा सकता है; जैसे एक्यूपंचर, बायोफीडबैक, सम्मोहनथैरेपी या मालिश। ध्यान व मानसिक चित्रण भी कारगर हो सकते हैं। मन ही मन सुंदर कुदरती दृश्यों की कल्पना करें। रिलैक्सेशन तकनीकों का अभ्यास भी कारगर हो सकता है।

इससे दूर हो जाएं :- तनाव से लड़ें, इसका सामना करें। कोई अच्छी फिल्म देखें, किताब पढ़ें या संगीत सुनें। बेबी के लिए सुंदर जूते बुनें। किसी दोस्त के साथ मंच पर जाएं। डायरी लिखें। ऑनलाइन सर्च करें। या फिर यूं ही चहलकदमी के लिए निकल जाएं।

कारण ही मिटा दें :- अगर कोई कारण ऐसा है, जिसे मिटाया या हटाया जा सकता है तो उसमें देर न लगाएं। काम का ज्यादा बोझ हो तो, उसे दूसरों के साथ बांटें। यदि ज्यादा तनाव की वजह से नौकरी बदलना चाह रही हैं तो कम से कम कुछ समय तो रुक ही जाएं। शिशु के जन्म के बाद ही इस बारे में सोचें।

याद रखें कि शिशु आने के बाद तनाव की मात्रा बढ़ने वाली है इसलिए अभी से इससे निपटना सीख लें।

गर्भावस्था में प्यार भरी देखभाल

इसमें कोई शक नहीं कि गर्भावस्था में चेहरे पर एक अलग-सी सुंदरता व नूर झलकने लगता है। लेकिन इसके बावजूद आपकी सुंदरता को मेकओवर की जरूरत पड़ेगी। गर्भवती होने के बाद; अपनी एक्ने क्रीम इस्तेमाल करने से पहले या बिकनी वैक्सं का स्पा लेने से पहले या फिर फेशियल कराने से पहले आपको काफी कुछ जानना होगा। यहां आपको सिर से लेकर पांव तक की देखभाल से जुड़े टिप्स दिए जाएंगे, जिनकी मदद से आप सुंदर दिखने के साथ-साथ सुरक्षित भी रहेंगी।

आपके बाल

गर्भावस्था में या तो आपके बाल बहुत भद्दे हो सकते हैं या फिर पहले से काफी बेहतर हो सकते हैं। हार्मोन की वजह से इनकी संख्या पहले से काफी बेहतर हो सकती हैं। हार्मोन की वजह से इनकी संख्या पहले से काफी बढ़ेगी लेकिन अफसोस की बात यह है कि ऐसा सिर्फ सिर के बालों के साथ नहीं होगा। पूरे शरीर के बालों की बढ़त पर असर होगा।

कलरिंग :- जब आप गर्भावस्था में भी बालों को रंगना चाहती हैं तो अक्सर त्वचा में रिसने वाले रसायनों पर चर्चा होती है परंतु जब तक इस बात के कोई प्रमाण नहीं मिले कि यह नुकसानदायक हो सकती है। कई विशेषज्ञ अब भी यह सलाह देते हैं कि आपको पहली तिमाही में इस ओर से सावधानी बरतनी चाहिए। कइयों का मानना है कि पूरी गर्भावस्था में बाल डाई करने में कोई हर्ज नहीं! आपको इस बारे में अपने डॉक्टर की राय लेनी होगी। यदि सारे बालों को रंगने में दिक्कत हो तो उन्हें हाइलाइट

करें। इस तरह कैमिकल बालों तक नहीं पहुंचेंगे और आपके हाइलाइट किए गए बाल लंबे समय तक बने रहेंगे। आपको गर्भावस्था के दौरान बार-बार पार्लर भी नहीं जाना पड़ेगा।

आप अपने हेयर कलरिस्ट से पूछ सकती हैं कि क्या वे आपके बालों को अमोनिया-रहित डाई कर देंगे। यह याद रखें कि हार्मोनल बदलावों की वजह से आपके बाल अजीब तरह से प्रतिक्रिया दे सकते हैं। वे उस तरह नहीं रहेंगे, जैसे कि सामान्य तौर पर होते थे। पूरे सिर के बाल रंगने से पहले थोड़ा पैच टेस्ट कर लें, कहीं ऐसा न हो कि लाल बालों की चाहत में आप बैंगनी बाल रंग लें।

बालों को स्ट्रेट करने वाली तकनीकें :- क्या आप अपने घुघराले बालों को स्ट्रेट करने के बारे में सोच रही हैं? हालांकि ऐसा कोई सबूत तो नहीं मिला है कि गर्भावस्था में इनके इस्तेमाल से कोई नुकसान होता पर ऐसा भी कोई सुबूत नहीं मिला कि ये पूरी तरह सुरक्षित होते हैं इसलिए अपने डॉक्टर की राय लें। वैसे आपने भी सुना होगा कि पहली तिमाही में बालों को उनकी कुदरती अवस्था में छोड़ना ही बेहतर होगा।

अगर आप इन्हें सीधा करना ही चाहती हैं तो हो सकता है कि हारमोनल बदलावों की वजह से आपको मनचाहे नतीजे न मिल सकें। दूसरे गर्भावस्था में बालों की बढ़त भी काफी होती है। हो सकता है कि बाल सीधे कराने के बावजूद वे जड़ों से बहुत जल्दी घुंघराले होने लगे। वैसे आप 'थर्मल रीकंडीशनिंग प्रक्रिया' इस्तेमाल कर सकती हैं क्योंकि इसमें सख्त रसायन इस्तेमाल नहीं होते लेकिन यहां भी पहले डाक्टर से पूछ लें या एक फ्लैट आयरन खरीद लें और बालों को आराम से स्ट्रेट करें।

परमानेंट या बॉडी वेव:- आपके बाल इतने लहरदार नहीं है, जितने आप चाहती हैं लेकिन गर्भावस्था में परमानेंट या बॉडी वेब के बारे में न ही सोचें क्योंकि हम नहीं चाहते कि हार्मोनल बदलावों का वजह से प्रतिक्रिया क्या होगी या यह तकनीक पूरी तरह सुरक्षित है भी या नहीं! कहीं ऐसा न हो कि बालों की बची हुई सुंदरता भी नष्ट हो जाए।

हेयर रिमूवल और लाइटनिंग ट्रीटमेंट :- गर्भावस्था में शरीर पर उगने वाले बालों की वजह से परेशान हैं तो चिंता न करें। यह अवस्था अधिक समय तक नहीं रहेगी। हो सकता है कि इन हार्मोनों की वजह से आपकी बगलों, होठों के नीचे पीठ व पेट पर बालों की बढ़त काफी ज्यादा हो जाए लेकिन इनके लिए लेज़र, इलेक्ट्रोलिसिस, डेपिलेटरीज़ (ब्लीचिंग) इस्तेमाल करने से पहले दो बार सोचें और डॉक्टर की राय लें। कोई ऐसे सबूत नहीं मिलते कि गर्भावस्था में बाल हटाने या उनका रंग हल्का करने की ये तकनीकें सुरक्षित हैं। बेहतर होगा कि आप कम से कम पहली तिमाही निकलने का इंतजार कर लें। हालांकि आप जो कोई ट्रीटमेंट ले चुकी हैं, उसके लिए बेकार में चिंता न करें क्योंकि इनसे कोई ऐसा नुकसान नहीं होता।

शेविंग, बाल खींच कर उखाड़ना व वैक्सिंग करना :- गर्भावस्था में शरीर के किसी भी अंग पर अनचाहे बाल उग सकते हैं। यह अच्छी बात नहीं है। पर एक अच्छी बात यह है कि आप ऐसे बालों को शेव कर सकती हैं, वैक्स कर सकती हैं, यहां तक कि बिकनी वैक्स भी इस्तेमाल कर सकती हैं लेकिन थोड़ी सावधानी रखनी होगी क्योंकि गर्भावस्था में त्वचा काफी संवेदनशील हो जाती है और आसानी से नुकसान हो सकता है। यदि आप किसी सैलून में जा रही हैं तो कोई भी ट्रीटमेंट लेने से पहले उन्हें बता दें कि आप गर्भवती हैं। ताकि वे अतिरिक्त सावधानी बरत सकें।

आपका चेहरा

चाहे गर्भावस्था आपके पेट से पता न चले

लेकिन चेहरे पर जल्दी झलकने लगती है गर्भावस्था के दौरान चेहरे के साथ अच्छा, बुरा या बहुत बुरा, कुछ भी हो सकता है।

फेशियल :- आपने चेहरे के जिस नूर के बारे में पढ़ा है, हर गर्भवती मां को यह वरदान नहीं मिलता। हालांकि गर्भावस्था के दौरान फेशियल कराना सुरक्षित रहेगा लेकिन हार्मोनल बदलावों की वजह से त्वचा काफी संवेदनशील हो जाती है इसलिए 'ग्लाइकोलिक पील' या 'माइक्रोडर्माब्रेसियन' जैसे उपचार न ही करवाएं, तो बेहतर होगा। इनसे फायदे की बजाए नुकसान हो सकता है। फेशियल के दौरान माइक्रोकरंट भी दिया जाता है। आप पार्लर में अपनी गर्भावस्था की सूचना दे दें ताकि वे इस विषय में पूरा ध्यान रख सकें। अगर किसी उपचार की सुरक्षा पर संदेह हो तो डॉक्टर की राय लेकर ही आगे बढ़ें।

एंटीरिंकल ट्रीटमेंट :- झुर्रीदार बच्चे तो प्यारे लगते हैं लेकिन मम्मी नहीं! किसी डर्मेटॉलौजिस्ट के पास जाने से पहले इन बातों पर ध्यान दें-कोलांजन, रिस्टाइलेन, जुवेडर्म या बोटोक्स और गर्भावस्था जैसे विषय पर कुछ खास अध्ययन नहीं हुए हैं इसलिए इनसे तो जरा दूर ही रहें। यदि एंटीरिंकल क्रीम इस्तेमाल करना चाहती हैं तो इस्तेमाल से पहले उसके निर्देश पढ़ें व अपने डॉक्टर की राय भी ले लें आपको अस्थायी तौर पर उन उत्पादों को अलविदा कहना होगा, जिनमें विटामिन ए, के या बी एच ए (बीटा हाइड्रॉक्सी एसिड) की मात्रा हो। जिन अन्य बातों के बारे में संदेह हो, उन्हें भी अपने डॉक्टर से पूछें। वे फ्रूट एसिड एएचए (एल्फा-हाइड्रॉक्सी एसिड) के लिए हामी भर सकते हैं। लेकिन उसके लिए भी पहले राय ले लें। वैसे आपने ध्यान दिया होगा कि गर्भावस्था में चेहरे की झुर्रियां काफी हद तक दिखाई नहीं देतीं और आप कॉस्मेटिक प्रक्रियाओं के बिना भी गुजारा चला सकती हैं।

एक्ने का उपचार :- क्या युवावस्था से अधिक एक्ने हो गए हैं? आप गर्भावस्था हार्मोन को इसका दोषी ठहरा सकती हैं। अपनी जानी-पहचानी क्रीम व दवाओं के इस्तेमाल से पहले, डॉक्टर से पूछना न भूलें। आपको प्रसव से पहले, लेज़र ट्रीटमेंट और कैमिकल पील जैसे उपचारों से सावधानी रखनी होगी। एक्ने की दो जानी-मानी दवाओं बीटा हाइड्रोक्सी एसिड व सेलीसाइकलिक एसिड की गर्भावस्था के लिए जांच नहीं हुई, हो सकता है कि वे उपचार के दौरान त्वचा पर असर करें। डॉक्टर से ऐसे उत्पादों की सुरक्षा के बारे मे पूछें। आमतौर पर ऐसी दवाओं व बेनीजोल पैराक्साइड की मात्रा वाली दवाओं को सुरक्षित नहीं माना जाता। ग्लाइकोलिक एसिड एक्सफोलिएटिंग स्क्रब व एरीप्रोमाइसिन जैसी एंटीबायोटिक इस्तेमाल हो सकती हैं लेकिन पहले डॉक्टर की राय लें क्योंकि वे भी त्वचा में बेचैनी पैदा कर सकती हैं। आप अपने कुदरती नुस्खे भी आजमा सकती हैं; जैसे-ढेर सा पानी पीना, सही खानपान व चेहरे की नियमित सफाई। इनसे कोई नुकसान भी नहीं होगा।

आपके दांत

आपको गर्भावस्था के दौरान काफी मुस्कुराना है लेकिन क्या आपके दांत इसके लिए तैयार है? हालांकि कॉस्मेटिक दंतचिकित्सा काफी लोकप्रिय है लेकिन गर्भावस्था में इसका इस्तेमाल नहीं होता।

दांतो की सफेदी :- मोतियों जैसे चमचमाते दांत चाहती हैं। हालांकि गर्भावस्था में दांतों की सफेदी लाने वाले उत्पादों से कोई परेशानी नहीं होती लेकिन यदि आप कुछ महीने इंतजार कर ही लें तो बेहतर होगा। अपने दांतों की नियमित साफ-सफाई पर ध्यान दें। इस समय आपके संवेदनशील मसूड़े भी यही चाहते हैं।

मुलम्मा या पृष्ठावरण (वीनर्स:- यहां की खतरे वाली तो कोई बात नहीं है लेकिन फिर भी आपको दांतों से जुड़ी किसी भी चिकित्सा या ट्रीटमेंट से पहले, डिलीवरी तक इंतजार कर लेना चाहिए क्योंकि इस अवस्था में मसूड़े काफी संवेदनशील हो जाते हैं और कोई भी दंतचिकित्सा पहले से कहीं अधिक तकलीफदेह हो सकती है।

आपका शरीर

गर्भावस्था में आपका शरीर कितनी मेहनत करता है, शायद आप इसकी कल्पना भी नहीं कर सकतीं। इस समय तो इसे आपका ढेर सा लाड़ और देखभाल चाहिए। आइए, आपको सिखाएं कि इसे सुरक्षित रूप से कैसे किया जा सकता है।

मालिश (मसाज) :- पीठ दर्द या रात को जगाने वाली बेचैनी से छुटकारा पाना चाहती हैं तो शरीर की मालिश करें। गर्भावस्था में तनाव और पीड़ा से बचने का इससे बेहतर उपाय हो ही नहीं सकता लेकिन फिर भी आपको इससे जुड़े कुछ निर्देशों का पालन करना होगा ताकि यह मालिश आरामदायक होने के साथ-साथ सुरक्षित भी हो।

■सही हाथों से मालिश करवाएं। यह देख लें कि मालिश देने वाले के पास इसका लाइसेंस है या नहीं? उन्हें गर्भावस्था से जुड़ी सारी सावधानियों की जानकारी है या नहीं?

■गर्भावस्था की पहली तिमाही में मालिश से परहेज करें क्योंकि इससे मॉर्निंग सिकनेस उनींदापन बढ़ सकते हैं। अगर आप पहली तिमाही में मालिश करा चुकी हैं तो भी, कोई बात नहीं, इसमें कोई खतरे वाली बात नहीं होती।

■सही मुद्रा में आराम करें चौथे महीने के बाद जरूरत से ज्यादा पीठ के बल न लेटें अपने मसाज थेरेपिस्ट से कहें कि वे मालिश के समय खास तरह के तकिए का इस्तेमाल करें या फोम वाले कुशन लगाएं, जिससे आपके शरीर को आराम मिल सके।

■बिना गंध वाले लोशन का इस्तेमाल करें। तेज गंध से आपको परेशानी हो सकती है।

■केवल सही जगह पर ही मलें। शरीर के कई हिस्से ऐसे हैं, जिन पर दबाव देने से कांट्रक्शन बढ़ सकता है। आप के मालिश करने वाले के पास गर्भावस्था से जुड़ी देखभाल का प्रशिक्षण होना चाहिए। पेट के निचले हिस्से पर मालिश न करवाएं। यदि वे ज्यादा तेज हाथ लगा रहे हों या आपको तकलीफ महसूस हो रही हो। तो उन्हें उसी समय बताएं। इस बारे में आप ही ज्यादा बेहतर राय दे सकती हैं।

अरोमाथैरेपी :- गर्भावस्था में सेंट के मामले में थोड़ा कॉमन सेंस का इस्तेमाल करें क्योंकि इसके कुछ तेल आपके लिए नुकसानदायक हो सकते हैं। किसी भी तरह की अरोमाथेरेपी का सावधानी से प्रयोग करें। गुलाब, लैवेडर, चमेली, जैसमिन, टैंगिन, नैरोली व यलांग-यलांग जैसे तेल कुछ हद तक इस्तेमाल हो सकते हैं।

लेकिन गर्भवती महिलाओं को बेसिल, जूनीपर, रोजमैरी, सेग पिपरमिंट, मारीनो व थाइम आदि तेलों के इस्तेमाल से बचना चाहिए क्योंकि इससे यूटेराइन कांट्रक्शन हो सकता है। (मिडवाइफ प्रसव के समय इन तेलों का इस्तेमाल करती हैं।) यदि आप इन तेलों का इस्तेमाल कर चुकी हैं तो भी घबराने वाली कोई बात नहीं है। ये तेल त्वचा में अब शोषित नहीं हो पाते क्योंकि पीठ की त्वचा काफी मोटी होती है। बाथ व ब्यूटी शॉप पर बिकने वाले सारे उत्पाद सुरक्षित होते हैं बशर्ते उनकी सेंट कन्संट्रेटेड न हो।

बॉडी ट्रीटमेंट, स्क्रब, रैप, हाइड्रोथैरेपी :-यदि बॉडी स्क्रब आपकी संवेदनशील त्वचा को नुकसान न पहुंचाए तो उन्हें सुरक्षित माना जा सकता है। कुछ हर्बल रैप फायदेमंद होते हैं लेकिन इनसे आपके शरीर का तापमान बढ़ सकता है। हाइड्रोथैरेपी में भी 100^0 फारेनहाइट तक का गुनगुना स्नान

किया जा सकता है लेकिन सोना बाथ, स्टीम रूम व हॉट टब से दूर ही रहें।

टैनिंग बैड, स्प्रे व लोशन :-गर्भावस्था में चेहरे पर छाए पीलेपन से परेशान हैं। सॉरी लेकिन टेनिंग बैड आपके काम नहीं आएंगे। इनसे आपके शरीर का तापमान इतना बढ़ सकता है, जो कि शिशु के शारीरिक विकास में घातक होगा। अगर आप सनग्लास टैनिंग लोशन या स्प्रे इस्तेमाल करने जा रही हैं तो पहले अपने डॉक्टर की राय ले लें। आपको पता होना चाहिए कि कई बार हार्मोनल बदलाव की वजह से भी रंग बदलता है। हम आपको इसी किताब में टैटू, हिना व शरीर छिदवाने जैसी प्रक्रियाओं से जुड़ी सुरक्षा के बारे में भी बताएंगे। इसलिए उस पर भी ध्यान दें।

स्पा का एक दिन

आह! स्पा गर्भवती महिला के लिए एक आरामदायक स्पा से बढ़ कर कुछ हो ही नहीं सकता। आजकल कई जगह स्पा की यह सुविधा विशेष रूप से दी जाने लगी है। स्पा के लिए जाते ही बता दें कि आप गर्भवती हैं। यदि डॉक्टर ने कुछ सावधानियां रखने को कहा है तो उन्हें वे भी बता दें ताकि वे उसी हिसाब से ट्रीटमेंट दे सकें, यदि डॉक्टर से पूछ कर जाएं तो और भी अच्छा रहेगा।

गर्भावस्था और आपका मेकअप

गर्भावस्था में चेहरे पर आई सूजन, रंग में आए बदलाव की वजह से चेहरे को काफी चुनौतियों का सामना करना पड़ सकता है। हालांकि आप थोड़े मेकअप के इस्तेमाल से इन्हें काफी हद तक छिपा सकती हैं।

क्लोज़्मा व डिकलरेशन की वजह से चेहरे में आई कमियों को छिपाने के लिए करेक्टिव कंसीलर इस्तेमाल करें। डार्क स्पॉट के लिए ऐसे ब्रांड लें जो हाइपर पिगमेंटेशन को छिपा सकें पर ध्यान रखें कि वह मेकअप नॉन कार्मेडोजीनिक हो। अपनी रंगत से एक टोन हल्का कंसीलर इस्तेमाल करें इसे कोने पर लगाकर, पूरे चेहरे पर एकसार करें। फिर उसे पाउडर से सैट करें।

पिंपल (मुहांसों) को ढकना चाहें तो ज्यादा मेकअप न लगाएं। फाउंडेशन के बाद त्वचा से, मेल खाता कंसीलर लगाएं फिर अंगुलियों से एकसार करें।

अपनी गालों को खूबसूरत गुलाबी आभा दें ताकि आपकी सुरक्षा में चार चांद लग जाएं।

हो सकता है कि गर्भावस्था की वजह से आपकी नाक पर हल्की सूजन आ जाए। आप इसे फाउंडेशन की मदद से पतला दिखा सकती हैं। फाउंडेशन को अच्छी तरह एक सार करें।

आपके हाथ व पांव

वैसे आप तीसरी तिमाही के बाद अपनी टांगों को ढंग से देख ही नहीं पाएंगी पर फिर भी गर्भावस्था हाथों-पांवों पर अपना असर तो दिखाती ही है। हालांकि आपके हाथों-पैरों में सूजन होगी पर फिर भी वे अच्छे ही दिखेंगे।

मैनीक्योर व पैडीक्योर :-आप गर्भावस्था में आसानी से मैनीक्योर व पैडीक्योर कर सकती हैं। इन दिनों आपके नाखून भी पहले से मजबूत व लंबे हो जाएंगे। जिस भी सैलून में जाएं, वह हवादार होना चाहिए। उन तीखे रसायनों की गंध आपको थोड़ा परेशान कर सकती है। मैनीक्योर करने वाले से कहें कि वह पैडीक्योर के दौरान टखने की हड्डी और एड़ी के बीच मसाज न करें। जहां तक एक्रेलिक का सवाल है, इस बारे में थोड़ी सावधानी ही रखें क्योंकि गर्भावस्था में हर मामले में सावधानी हीं बेहतर होती है। यह आपको कई तरह की उलझनों से बचा लेती है।

रिलैक्स हो जाएँ

आप योग व ध्यान के अतिरिक्त और भी कई उपायों से रिलैक्स होना सीख सकती है। आप किसी समूह में शामिल हो सकती हैं या किसी योग शुरु से निर्देश ले सकती हैं। यदि आपके पास इनके लिए भी वक्त नहीं है तो आसान रिलैक्शन तकनीकें अपनाएँ। थोड़ा सा तनाव बढ़ते ही इनका अभ्यास करें:

1. आँखें बंद करके बैठ जाएँ। किसी शांत व सुंदर दृश्य की कल्पना करें। फिर धीरे-धीरे अपने शरीर के सभी अंगों की मांसपेशियों को शिथिल करना आरम्भ कर दें। यदि संभव हो तो नाक से सांस लें और मन ही मन कोई भी आसान शब्द दोहराएँ। दस से बीस मिनट तक अभ्यास करें।
2. नाक से धीमी व गहरी साँस लें व पेट को बाहर की ओर धकेलें। चार तक गिनें। फिर कंधे और गले की मांसपेशियों को ढीला छोड़ दें। धीरे से साँस छोड़ते हुए 6 तक गिनें। इसे भी 4 से 6 बार दोहरा कर तनाव को दूर भगाएँ।

गर्भपात के संभावित लक्षण

डॉक्टर को जल्दी से कब बुलाएँ :-

1. जब पेट के निचले हिस्से में दर्द के साथ रक्तस्राव हो। प्रारंभिक गर्भावस्था में ये इक्टोपिक गर्भावस्था के लक्षण भी हो सकते हैं।
2. जब एक दिन से ज्यादा तेज दर्द रहे और रक्त का हल्का धब्बा दिखे।
3. जब भारी रक्तस्राव हो या हल्का रक्तस्राव दो-तीन दिन तक रहे।
4. यदि गर्भपात, रक्तस्राव या ऐंठन की मेडिकलन हिस्ट्री रही हो।

आपातकालीन सहायता कब लें :-

1. जब बहुत भारी रक्तस्राव हो या असहीनीय हो जाए।
2. जब हल्का सलेटी या गुलाबी स्राव हो तो जान लें कि गर्भपात शुरू को चुका है यदि अपने डॉक्टर के पास न जा सकें तो किसी दूसरे क्लीनक में तुरंत पहुँचे। वे आपको इस स्राव को जार में रखने को कहेंगे ताकि पता लग सके कि गर्भपात पूरा हुआ या नहीं, कोई खतरा है या नहीं, डी एंड सी करनी होगी या नहीं!

अध्याय-7

दूसरा महीना

लगभग 5 से 8 सप्ताह

चाहे आपने अभी तक यह खबर किसी को नहीं सुनाई, हालांकि कोई भी इसे आपके बताए बिना जान भी नहीं सकता (जब तक आप स्वयं न चाहें), इसके बावजूद शिशु की हरकत भीतर ही भीतर शुरू हो चुकी है। कई लक्षण सामने आने लगे हैं। आप जहां भी जाती हैं, उबकाई और मुंह की लार–आपका पीछा नहीं छोड़ते। दिन-रात बाथरूम के चक्कर लग रहे हैं और पेट गैस की वजह से फूला रहता है।

इन सब लक्षणों ने आपको इतना यकीन तो दिला ही दिया होगा कि आपके भीतर एक नया जीवन पल रहा है। आपने पता भी तो लगा लिया है कि आप गर्भवती हो चुकी हैं, ये सब पेट की किसी गड़बड़ी के लक्षण नहीं हैं। आपने स्वयं को समझाना भी शुरू कर दिया होगा। जब थकान ज्यादा लगे या बाथरूम के लिए बार-बार जाना पड़े। कि आप गर्भवती हैं इसलिए यह सब हो रहा है। दिल थामकर बैठें, यह तो अभी शुरूआत है।

इस माह आपके शिशु का विकास

पांचवां सप्ताह :- आपका छोटा सा पूंछ सहित भ्रूण इस समय एक शिशु से ज्यादा टैडपोल लगता है। वह तेजी से बढ़ते हुए संतरे के बीज जितना हो गया है। –अभी भी छोटा है पर पहले से कहीं बड़ा हुआ है। इस सप्ताह हृदय भी अपना आकार लेने लगा है

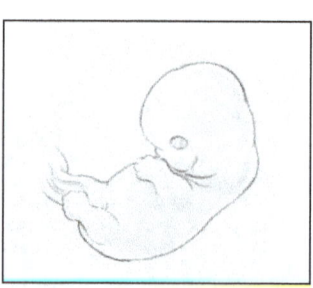

आपका दो महीने का बच्चा

सबसे पहले रक्त परिसंचरण तंत्र व हृदय ही तैयार होते हैं। हृदय का आकार पॉपीसीड जितना है और दो ट्यूब से मिल कर बना है, हालांकि अभी यह पूरी तरह से काम करने लायक नहीं है। वैसे आप अल्ट्रासाउंड में इसकी धड़कन सुन सकती हैं। न्यूटल ट्यूब भी काम कर रही है जो आपके शिशु का ब्रेन और स्पाइनल कॉर्ड बनने वाली है। अभी यह ट्यूब खुली है लेकिन अगले सप्ताह तक बंद हो जाएगी।

छठा सप्ताह :- गर्भाशय में शिशु का पूरा आकार मापने में थोड़ी मुश्किल होती है क्योंकि उसकी नई छोटी-छोटी टांगें मुड़ी हुई होती हैं इसलिए उसे सिर्फ क्राउन से बॉटम तक मापा जाता है। इस सप्ताह उसका माप नाखून के सिरे से ज्यादा नहीं होगा। इस सप्ताह शिशु के जबड़े, गाल व चिबुक का विकास भी शुरू होगा। कानों के बनने की तैयारी भी शुरू हो जाएगी। चेहरे पर दो छोटे छेदों में से आंखें बनेंगी। सिर के आगे छोटा-सा उभार, कुछ ही दिनों में बटन जितनी नाक में बदल जाएगा। इस सप्ताह किडनी, लीवर व फेफड़े भी अपना आकार लेना शुरू कर देंगे। आपके शिशु का नन्हा-सा दिल एक मिनट में 80 बार धड़कता है और प्रतिदिन इसकी गति तेज होती जाएगी।

सातवां सप्ताह :-आपके शिशु के बारे में एक हैरत अंगेज बात-अब वह गर्भधारण की तुलना में 10,000 गुना बड़ा हो चुका है-एक ब्लयूबैरी जितना यह विकास ज्यादातर सिर वाले हिस्से में हुआ है। मस्तिष्क की नई कोशिकाएं 100 कोशिका प्रति मिनट के हिसाब से पैदा हुई हैं। इस सप्ताह आपके शिशु का मुंह और जीभ बन रहे हैं। उसके शरीर में बाजू व टांगों के अंग बन रहे हैं। बेबी की किडनी भी सही जगह पर जाकर अपना काम करने लगी है। मूत्र निर्माण मूत्र विसर्जन) आपको अभी से गंदे डायपरों की चिंता करने की जरूरत नहीं है।

आठवां सप्ताह :- आपका शिशु तूफानी गति से बढ़ रहा है। वह इस समय लंबाई में आधा इंच या बड़ी रसभरी जितना हो गया है। वह छोटी सी रसभरी अब काफी हद तक मानवीय आकृति लगने लगी है क्योंकि उसके होंठ, नाक, पलकें, टांगें व पीठ अपना आकार लेने लगे हैं। हालांकि आप बाहर से नहीं सुन सकतीं। लेकिन आपके शिशु का दिल एक मिनट में 150 बार धड़कने लगा है। जो कि (आपकी हृदय गति से दुगना है) इस सप्ताह कुछ और नया भी हो रहा है-आपका शिशु लगातार हरकतें भी करने लगा है लेकिन आप अभी महसूस नहीं कर सकतीं।

आपको क्या लग रहा होगा? :-हमेशा की तरह याद रखें कि दो गर्भावस्थाएं एक सी नहीं होतीं। हो सकता है कि आपको इन सभी लक्षणों का सामना करना पड़े या फिर एक-दो लक्षण ही सामने आएं। कुछ पिछले महीने से ही चले आ रहे होंगे और कुछ, बिल्कुल नए होंगे। यह भी हो सकता है कि ज्यादा लक्षण प्रकट ही न हों। हैरान-परेशान न हों। लक्षण होने या न होने से आपकी गर्भावस्था पर कोई फर्क नहीं पड़ता। इस माह आप निम्नलिखित लक्षण महसूस कर सकती हैं-

शारीरिक :- थकान, ऊर्जा में कमी, उनींदापन, बार-बार मूत्र की इच्छा, उबकाई, उल्टी सहित या उल्टी के बिना ज्यादा लार बनना, कब्ज, छाती में जलन, अपच, पेट में अफारा, खाने की पसंद, नापसंद

■**ब्रेस्ट में बदलाव :** संवेदनशीलता, भारीपन, निप्पलों के आसपास के पिगमेंट का गहराना, उन पर मोटे-मोटे गूमड़ों का उभार, हल्की नीली रेखाओं का जाल, आपकी ब्रेस्ट के लिए रक्त की आपूर्ति बढ़ जाएगी।

■योनि से हल्का सफेद स्राव

■कभी-कभी सिर में दर्द

■हल्की बेहोशी या सिर चकराना

■पेट का हल्का गोलाई में आना

भावनात्मक :- भावनात्मक उतार-चढ़ाव (जैसा पीएमएस में होता है) मूड में उतार-चढ़ाव, बेचैनी, व्याकुलता या यूं ही रोने की इच्छा

●भय, आनन्द या ऐसे ही भावों का प्रकट होना

●गर्भावस्था न होने का भय

इस माह का चेकअप :- अगर यह आपकी पहली मेडिकल जांच है तो इसके बारे में हम पहले ही बता चुके हैं। यह दूसरी जांच है तो यह पहले से छोटी रहेगी। अगर पहले सभी

टेस्ट हो चुके हैं तो इस बार ज्यादा खींचतान की जरूरत नहीं है। हालांकि सभी डॉक्टर अपनी-अपनी स्टाइल में जांच करते हैं लेकिन आप इस टेस्ट में निम्नलिखित जांच की उम्मीद रख सकती हैं।

—वजन एवं रक्तचाप

—मूत्र, शुगर व प्रोटीन की जांच के लिए

—सूजन के लिए हाथ-पांव तथा वैरीकोज़ वेन्स के लिए टांगें

—कुछ ऐसे लक्षण, जो आप महसूस कर रही हों।

—कुछ प्रश्न व जिज्ञासाएं, जो आप जानना चाहें (सूची साथ ले जाएं)

एक नजर

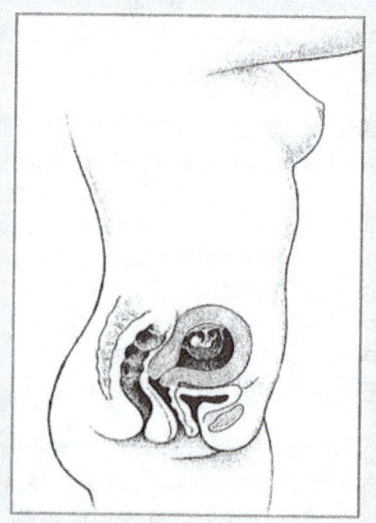

हालांकि आप अभी भी अपने आसपास वालों को गर्भवती नहीं दिखतीं लेकिन आपको अपने कपड़े कमर से थोड़े टाइट लगेंगे। शायद आपको पहले से बड़ी ब्रा की जरूरत होगी। इस माह के अंत तक आपका मुट्ठी के आकार का गर्भाशय, बड़े ग्रेपफ्रूट जितना बड़ा हो जाएगा।

आप क्या सोच रही होंगी?

छाती में जलन व अपच

''मुझे हमेशा छाती में जलन व अपच की शिकायत रहती है क्यों? इसके लिए मैं क्या कर सकती हूं?''

किसी को भी गर्भवती महिला की तरह छाती में जलन नहीं होती। यही नहीं, ऐसा आपके साथ पूरी गर्भावस्था में हो सकता है।

गर्भावस्था की शुरूआत में आपके शरीर में काफी अधिक मात्रा में प्रोजेस्टेरॉन व रिलेक्सिन नामक हार्मोन बनते हैं, जो पूरे शरीर की मांसपेशियों व ऊतकों को शिथिल कर देते हैं, जिसमें गैस्ट्रोइंटेस्टाइनिल ट्रैक्ट भी शामिल है। नतीजतन भोजन आपके पाचन तंत्र में देर से हजम होता है और आपको अपच की शिकायत रहती है। पेट के ऊपरी हिस्से में अफारा व छाती में जलन दोनों ही अपच के लक्षण हैं। यह आपके लिए तकलीफदेह हो सकता है लेकिन शिशु के लिए फायदेमंद है। इस धीमी प्रक्रिया में पोषक तत्त्व ज्यादा बेहतर तरीके से रक्त प्रवाह में घुलते हैं व प्लेसेंटा तक पहुंचते हैं।

जब इसोफैगस को पेट से अलग करने वाली मांसपेशियों का रिंग शिथिल हो जाता है तो खाना देर से पचने लगता है। पेट में बनने वाले एसिड संवेदनशील इसोफैगियल दीवारों को उत्तेजित कर देते हैं, जिनकी वजह से आसपास के हिस्से व छाती में जलन होने लगती है हालांकि इस समस्या का आपके दिल से कोई लेना-देना नहीं होता। आखिरी दो तिमाही में यह समस्या और भी बढ़ सकती है क्योंकि आपका बढ़ा हुआ गर्भाशय, पेट पर दबाव डालता है।

ऐसा नहीं हो सकता कि गर्भावस्था के पूरे नौ महीने आप इस परेशानी से बची रहें। हालांकि इस अपच की जलन से बचने व तकलीफ घटाने की थोड़ी कोशिश की जा सकती है।

- अगर किसी खाने-पीने की चीज़ से तकलीफ बढ़ती है तो उसे मेन्यू से हटाने में देर न करें। आपको तीखे व मसालेदार भोजन से परहेज करना होगा। तला-भुना वसा युक्त भोजन, प्रोसेस्ड मीट, चॉकलेट, कॉफी, कार्बोनटेड पेय पदार्थ व मीट का भी अधिक मात्रा में सेवन करें।

- पाचन तंत्र पर ज्यादा जोर न डालें। थोड़ी-थोड़ी देर बाद, खाने की थोड़ी मात्रा लें आपके लिए 'सिक्स मील सोल्यूशन' सबसे बढ़िया रहेगा।

- जब आप जल्दी-जल्दी खाती हैं तो खाने के साथ बहुत सी हवा भी भीतर चली जाती है, जिससे गैस बनती है। जल्दी-जल्दी खाने का मतलब है कि आप भोजन को अच्छी तरह चबाती भी नहीं है, जिससे पेट को ज्यादा मेहनत करनी पड़ती है। चाहे बहुत भूख लगी हो या फिर आप जल्दी में हों, छोटे-छोटे कौर चबाते हुए आराम से खाना खाएं।

जरा ध्यान दें

अगर आप जी.ई.आर.डी. से ग्रस्त हैं तो गर्भावस्था में इसके इलाज में बदलाव लाना होगा। हो सकता है कि छाती में जलन की जो दवाएं, आप ले रही हों, वे अब सुरक्षित न हों। पहले डॉक्टर की राय ले लें व साथ ही हमारे दिए उपायों पर भी अमल करें।

छाती की जलन और बाल?

कहते हैं कि छाती में जलन होगी तो शिशु के बाल उतने ही घने होंगे। इन दोनों के लिए जिम्मेवार हार्मोन एक ही होते हैं तो अभी से बेबी शैंपू इकट्ठा करना शुरू कर दें।

- खाने के साथ-साथ पेय पदार्थन पीएं। खाने के साथ-साथ बहुत सारा पेय पदार्थ लेने से अपच होगा। यदि कुछ पीना हो तो दो खाद्य पदार्थों के दौरान पीएं।

- लेटकर कुछ भी न खाएं-पीएं। इस तरह पाचक रसों को ज्यादा उछल-कूद मचाने की गुंजाइश नहीं रहेगी या खाने के एकदम बाद बिस्तर पर न पड़ें। एक तरीका यह है कि कमर की बजाय घुटनों के बल झुकें, आपका सिर जितनी बार नीचे की ओर होगा, जलन उतनी अधिक होगी।

- अपना वजन धीरे-धीरे बढ़ाएं। धीरे-धीरे वजन बढ़ने से पाचन तंत्र पर कम से कम दबाव पड़ेगा।

- कमर या पेट के आसपास शरीर कसने वाले कपड़े न पहनें। कस कर पेट बंधा होने से भी ज्यादा जलन होती है।

- कैल्शियम युक्त पॉप आपकी जलन को थोड़ा शांत कर सकते हैं। डॉक्टर की राय के बिना, जलन के लिए कोई दूसरी दवा न लें। एंटीएसिड से तंग हैं तो घरेलू उपाय अपनाएं–गुनगुने दूध में 1 चम्मच शहद में, थोड़े बादाम या फिर ताजा पपीता खाएं।

- खाने के बाद चीनी रहित गम चबाने से भी राहत मिलती है। कई लोगों का मानना है कि मिंट से परेशानी बढ़ती है इसलिए मिंट युक्त गम न लें।

- यदि अब तक धूम्रपान करती आ रही हैं, तो कृपया छोड़ दें।

- तनाव भी जलन व अपच की मुख्य वजह होती है। थोड़ा शांत रहना सीखें। ध्यान, मानसिक चित्रण बायोफीडबैक व हिप्नोसिस जैसी तकनीकें अपनाएं।

भोजन की पसंद-नापसंद

''जो भोजन या खाद्य पदार्थ शुरू से ही पसंद थे, वे अब बेस्वाद लगने लगे हैं मैं

ऐसे खाद्य पदार्थ पसंद करने लगी हूं, जो मैं कभी नहीं खाती थी। यह क्या हो रहा है?''

- आपने भी फिल्मों में देखा होगा या पढ़ा होगा किस तरह गर्भवती महिला का पति, आधी रात को पजामे पर रेनकोट पहन कर अपनी पत्नी की मनपसंद आईसक्रीम लेने निकलता है लेकिन हकीकत में ऐसा नहीं होता। पतिदेव को इतनी जहमत नहीं उठानी पड़ती।

हालांकि अधिकतर मांओं के मुंह के स्वाद में फर्क आ जाता है। उन्हें कोई एक खाने की वस्तु प्रिय लगने लगती है या फिर किसी खाने की वस्तु से अरुचि हो जाती है। पहली तिमाही में आने वाले हार्मोनल बदलावों को इसका दोषी ठहरा सकते हैं। कई बार हमारे शरीर को जो चीज़ अच्छी लगती है, हमें उसका स्वाद आने लगता है और जो अच्छी नहीं लगती, शरीर उसे स्वीकार ही नहीं करता।

आपको अपने शरीर के इन संकेतों को पहचान कर इन्हीं के हिसाब से चलना चाहिए। अगर आप कॉटेज चीज़ खाना चाह रही हैं तो खाकर अपना मन शांत करें। चाहे आपकी डाइट थोड़ी सी असंतुलित ही क्यों न हो जाए। जब आपकी यह इच्छा शांत हो जाएगी तो, डाइट को किसी दूसरे रूप में संतुलित कर सकते हैं।

यदि आपको लगता है कि आपकी पसंदीदा चीज बिल्कुल अलग है तो उसका ऐसा विकल्प तलाशें, जो थोड़ा बहुत पौष्टिक हो और उसमें सिर्फ कैलारी न हों। फ्रोजन चॉकलेट बार की जगह चॉकलेट फ्रोजन योगर्ट लें, जैली बींस की जगह ब्रोद्य मिक्स का बैग लें, बेक्ड चीज़ पकाएं खाएं। अपने मन को थोड़ा बहलाएं। कहीं घूमने निकल जाएं, दोस्तों से गप्पें लड़ाएं। यदि आप कोई पौष्टिक स्नैक्स नहीं खा रहीं तो उसका अपराध न पालें बस यह ध्यान रहे कि वह आपके और शिशु के लिए खतरनाक न हो और वे खाद्य पदार्थ आपकी आदत का हिस्सा न बन जाएं।

चौथे महीने तक ये लक्षण काफी हद तक शांत हो जाते हैं। कई बार भावनात्मक मांगों की वजह से मनपसंद भोजन के लिए इच्छा शेष रह जाती है। अगर आप व आपका साथी इसे समझते हैं तो इसे शांत करना काफी आसान होगा। अगर आधी रात को कुछ अटपटा खाने की इच्छा होने लगे तो कुछ और खाकर तसल्ली कर लें या फिर साथी के साथ एक रोमांटिक स्थान का मजा लेनें चल दें।

कुछ महिलाएं मिट्टी, राख या कागज जैसी चीजें खाने लगती हैं पर आदत काफी हद तक खतरनाक हो सकती है, इससे पौष्टिक तत्त्वों की कमी का पता चलता है। खासतौर पर आयरन की कमी। अपने डॉक्टर को इस बारे में बताएं। बर्फ खाने का मन हो तो भी आयरन की कमी हो सकती है।

नसें दिखना

''मेरी छाती व पेट पर हल्की नीले रंग की नसें दिखने लगी हैं। क्या ये सामान्य हैं?''

इनकी वजह से आपकी छातियां और पेट रोडमैप जैसे तो दिखते हैं लेकिन चिंता वाली कोई बात नहीं है। यह इस बात का संकेत है कि शरीर सही तरीके से अपना काम कर रहा है। ये उन नसों के जाल का हिस्सा हैं, जो गर्भावस्था में अतिरिक्त रक्त प्रवाह की पूर्ति के लिए हैं। मोटी या पतली त्वचा की औरतों में ये नसें साफ और जल्दी दिखने लगती हैं। गहरे रंग वाली महिलाओं में ये नसें नहीं दिखतीं या फिर काफी बाद में दिखती हैं।

स्पाइडर नसें

''जब से मैं गर्भवती हुई हूं। मेरी जांघों पर हल्की मकड़े जैसी बैंगनी लाल धारियां पड़ गई हैं। क्या ये बैरीकोज़ बेन्स हैं?''

वे सुंदर तो नहीं लगतीं पर वे बैरीकोज़ वेन्स नहीं हैं। इन्हें 'स्पाडर वेन्स' के नाम से

जाना जाता है। ये आपकी टांगों पर अपना घर क्यों बना लेती हैं, इसके भी कुछ कारण हैं। रक्त की बड़ी मात्रा की वजह से रक्त नलिकाओं पर दबाव पड़ता है और वे सूज कर दिखने लगती हैं। दूसरे प्रेगनेंसी हार्मोन की वजह से भी ऐसा होता है। तीसरे यह जेनेटिक कारणों से भी हो सकता है।

यदि आपके शरीर में स्पाइडर वेंस बननी ही हैं तो आप इन्हें किसी भी कीमत पर रोक नहीं सकतीं लेकिन इन्हें फैलने से रोका जा सकता है। वे आपके आहार जितनी ही स्वस्थ होती हैं इसलिए अपने आहार में विटामिन सी युक्त भोजन शामिल करें। इनसे शरीर कोलाजन और इलास्टिन बनाता है, ये रक्त नलिकाओं की मरम्मत करते हैं। आपको प्रतिदिन व्यायाम करना चाहिए व टांगें मोड़ कर नहीं बैठना चाहिए।

बचाव से भी बात न बने तो घबराएं नहीं। डिलीवरी के बाद ये नसें हल्की पड़कर गायब हो जाएंगी। यदि न हुई तो किसी त्वचा रोग विशेषज्ञ की मदद ली जा सकती है। वे आपको सेलाइन या ग्लिसरीन के इंजेक्शन देंगे या फिर लेज़र की मदद लेंगे। गर्भावस्था में यह इलाज नहीं करवा सकतीं तब तक तो आपको इन्हें खास तौर से बने क्लींजर की मदद से छिपाना होगा।

वैरीकोज़ वेंस

''मेरी मां व दादी दोनों ही गर्भावस्था में वैरीकोज वेन्स का शिकार हुई थीं। क्या मैं गर्भावस्था में इनसे बचाव कर सकती हूं?''

ये अनुवांशिक हैं और उम्मीद है कि आपकी टांगों में भी होंगी। लेकिन यदि आप चाहें तो थोड़े से परहेज से इस पारिवारिक परंपरा को तोड़ सकती हैं।

ये आमतौर पर पहली गर्भावस्था में उभरती हैं और बाद की गर्भावस्थाओं में काफी बुरी हो जाती हैं। गर्भावस्था में रक्त का अतिरिक्त प्रवाह रक्त नलिकाओं पर दबाव डालता है, खासतौर पर टांगों की नसों में, जिसे गुरूत्वाकर्षण के विरुद्ध काम करना पड़ता है यानी फालतू रक्त को आपके हृदय की ओर धकेलना पड़ता है। गर्भाशय की वजह से पेल्विक रक्त नलिकाओं पर भी दबाव पड़ता है। कुछ हार्मोन का असर होता है और आप वैरीकोज़ वेन्स से ग्रस्त हो जाती हैं।

इसके लक्षण पहचानना मुश्किल नहीं हैं–पर वे काफी हद तक अलग हो सकते हैं। जिनमें टांगों में हल्का या तेज दर्द, भारीपन, सूजन या फिर कुछ भी नहीं हो सकता। हल्की नीली नसों की रेखा दिख सकती है या फिर टखने से ऊपरी जांघ तक सर्पीली नसें हो सकती हैं।

गंभीर मामलों में नसों की ऊपरी त्वचा सूजी हुई व शुष्क हो जाती है। (डॉक्टर की राय से माइश्चराइज़र का इस्तेमाल कर सकती हैं)। कई बार नसों की सतह पर हल्की जलन भी हो सकती है इसलिए डॉक्टर से इसके लक्षण बताने में देर न करें।

- रक्त का प्रवाह बनाए रखें। जरूरत से ज्यादा देर तक खड़ा होना या बैठना ठीक नहीं है। बीच-बीच में अपने टखने हिलाएं। लेटते समय अपनी टांगों के नीचे तकिया रख लें। आराम करते या सोते समय अपनी बाईं करवट लेटें इससे रक्त का प्रवाह सही रहेगा। (इसी तरह दूसरी ओर से भी रहेगा)
- वजन पर नजर रखें। जरूरत से ज्यादा वजन होगा तो रक्तपरिसंचरण तंत्र को दुगनी मेहनत करनी पड़ेगी।
- भारी सामान न उठाएं। इससे वे नसें सूज सकती हैं।
- शौच के समय ज्यादा जोर न लगाएं। इससे नसों पर भी दबाव पड़ेगा कब्ज न रहनें दें।
- सहारा देने वाले पैंटी होज़ पहनें या इलास्टिक की स्टाकिंस पहनें। इन्हें रात को सोने से पहले उतार दें।
- ऐसे कपड़े न पहनें, जिनसे रक्त के

प्रवाह में बाधा आती हो।

- टाइट पैंटी, बेल्ट, पैंटी होज़ या इलास्टिक वाली सॉक्स वगैरह न पहनें। ऊंची हील भी नुकसान पहुंचा सकती है।
- हर रोज थोड़ी कसरत व चहलकदमी करें। यदि तकलीफ हो तो एरोबिक्स, जॉगिंग, साईकलिंग या भार उठाने जैसी कसरतें न करें।
- आहार में विटामिन सी की भरपूर मात्रा शामिल करें ताकि नसों की लोच व सेहत बनी रहे।

गर्भावस्था में इन नसों की सर्जरी की सलाह नहीं दी जाती है। इसे आप डिलीवरी के कुछ माह बाद करवा सकती हैं वैसे तो आमतौर पर डिलीवरी के बाद यह समस्या स्वयं ही सुलझ जाती है।

पेल्विक (कूल्हों) में सूजन व दर्द

''मेरे पेल्विक एरिया में काफी सूजन व दर्द है। मुझे लगता है कि मेरे वल्वा में भी कोई दिकक्त है। यह सब क्या हो रहा है?''

टांगों में वैरीकोज़ वेन्स की शिकायत होती है लेकिन इनका एकाधिकार नहीं चलता। वैरीकोज वेन्स आपके रैक्टम के आसपास भी हो सकती हैं, यहां इन्हें 'हीमोरायड्स' कहते हैं। लगता है कि आपको भी वही समस्या हो गई है। इसे पेल्विक कंजेशन सिंड्रोम कहते हैं।

इसमें इस हिस्से या पेट में दर्द रहता है व सूजन का लगातार एहसास बना रहता है। कई बार इंटरकोर्स के बाद भी दर्द होता है। वैरीकोज़ वेन्स वाले सभी उपाय यहां भी आजमाएं लेकिन डॉक्टर को अवश्य दिखाएं, हालांकि इसका इलाज भी डिलीवरी के बाद ही हो सकता है।

मुंहासे

''मेरी त्वचा पर मुंहांसे रहते हैं, जिस तरह किशोरावस्था में हुआ करते थे।''

गर्भावस्था में चेहरे पर छाने वाली लाली या आभा, प्रसन्नता की वजह से नहीं होती। यह हार्मोनल बदलावों व तैल ग्रंथियों के स्राव की वजह से होता है। कुछ गर्भवती महिलाओं की त्वचा पर मुहांसे होने लगते हैं। कुछ सुझावों की मदद से आप इस अवस्था पर थोड़ा काबू पा सकती हैं।

- किसी हल्के क्लींजर से दिन में दो-तीन बार मुंह धोएं लेकिन जरूरत से ज्यादा स्क्रब न करें, वरना आपके चेहरे की त्वचा और भी संवेदनशील होगी और मुंहासे हो जाएंगे।
- मुंहासों वाली कोई दवा डॉक्टर की राय के बिना इस्तेमाल न करें, जरूरी नहीं कि वे सब सुरक्षित ही होंगी।
- त्वचा को सूखा रखने के लिए तैल-रहित मॉइश्चराइजर इस्तेमाल करें। कई बार जरूरत से ज्यादा सूखी त्वचा पर भी मुंहासे होने लगते हैं।
- ऐसे कॉस्मेटिक्स इस्तेमाल करें, जो आपके चेहरे के रोम छिद्र बंद न करें। इन पर नॉन-कॉमेडोजैनिक लिखा होता है।
- चेहरे को छूने वाली हर चीज़ साफ-सुथरी रखें। आपके मेकअप बैग के सारे ब्रश साफ होने चाहिए।
- अपने मुंहासों को न तो नोचें और न ही छीलें वरना इंफेक्शन हो सकता है। गर्भावस्था में तो इसका और भी ज्यादा डर होता है। इससे त्वचा पर निशान भी पड़ जाते हैं।
- संतुलित मात्रा में पौष्टिक खान-पान लें।
- पानी पीने में कसर न छोड़ें। इससे आपकी त्वचा नम व साफ रहेगी।

शुष्क त्वचा

''मेरी त्वचा बहुत सूखी है। क्या यह भी गर्भावस्था की वजह से है?''

- आप अपने हार्मोनों को इस शुष्क त्वचा के लिए दोषी ठहरा सकती हैं। हार्मोन आपकी त्वचा की नमी और लोच चुरा लेते हैं। त्वचा को अपने शिशु की तरह कोमल बनाए रखने के लिए निम्नलिखित उपाय आजमाएं—
- ऐसा क्लींजर अपनाएं जो सोप रहित हो। इसे दिन में एक बार या फिर रात को मेकअप उतारने के बाद इस्तेमाल करें। इसके अलावा पानी से चेहरा धोएं।
- हल्की गीली त्वचा पर मॉइश्चराइज़र लगाएं व दिन में कई बार इस्तेमाल करें।
- नहाने का समय घटाएं। ज्यादा धोने से भी त्वचा शुष्क हो जाती है। पानी गर्म न होकर हल्का गुनगुना होना चाहिए। गर्म पानी चेहरे के कुदरती तेल सोख लेता है व उसे रूखा और बेजान बनाता है।
- अपने टब में बिना गंध वाले बाथ ऑयल मिलाएं। वहां फिसलन में सावधानी से पैर रखें। कहीं आपका पांव ही न फिसल जाए।
- सारा दिन पर्याप्त मात्रा में पानी पीएं व अपने भोजन में वसा को शामिल करें। ओमेगा 3 शिशु के साथ आपकी त्वचा के लिए फायदेमंद हैं।
- अपने कमरों में उमस न रहने दें।
- धूप में निकलने से पहले सनस्क्रीन लगाएं।

एक्ज़ीमा

''मुझे हमेशा से एक्ज़ीमा की शिकायत रही है लेकिन गर्भावस्था में हालत और भी बिगड़ गई है। मैं क्या कर सकती हूं?''

बदकिस्मती से गर्भावस्था के हार्मोन एक्ज़ीमा को और भी बुरा बना देते हैं। जो महिलाएं इससे पीड़ित होती हैं उनके लिए त्वचा की खारिश व दर्द बरदाश्त से बाहर हो जाते हैं। कुछ एक्ज़ीमा रोगियों का रोग, कुछ महीने के लिए गायब भी हो जाता है, सचमुच वे बड़े किस्मत वाले हैं।

वैसे आप गर्भावस्था में कम डोज़ वाली हाइड्रोकॉर्टीसॉन दवाएं व क्रीम इस्तेमाल कर सकते हैं। अपने त्वचा विशेषज्ञ की राय ले लें एंटीहिस्टेमाइन से भी आराम आ सकता है लेकिन पहले डॉक्टर से पूछ लें। हो सकता है कि आमतौर पर इस्तेमाल होने वाले एंटीबायोटिक्स यहां सुरक्षित न हों इसलिए पहले डॉक्टर से पूछ लें। नए नॉनस्टीरॉयडल वस्तु इस्तेमाल करने की इजाजत नहीं दी जाती क्योंकि उन्हें गर्भावस्था के लिए जांचा नहीं गया है।

यदि आप एक्ज़ीमा से पीड़ित हैं तो यह भी जानती होंगी कि इलाज से परहेज बेहतर होता है।

- हल्की खुजली के लिए नाखून नहीं ठंडा सेंक इस्तेमाल करें। खुरचने से हालत बिगड़ जाएगी और इंफेक्शन भी हो सकता है। अपने नाखून छोटे रखें ताकि एकदम खुजली होते ही आप नाखून न लगा सकें।
- लांड्री डिटर्जेंट, हाउसहोल्ड क्लीनर, सोप, बनल बाथ, कॉस्मेटिक्स, परफ्यूम, वूल, पौधे, गहने व मांस तथा फलों के रस जैसे उत्तेजकों से बचें।
- हल्की गीली त्वचा पर ही मॉइश्चराइज़र लगाएं ताकि वह सूखे नहीं और न ही उस पर निशान पड़ें।
- पानी में ज्यादा समय न बिताएं (खासतौर से गर्म पानी में)
- पसीना न आने दें। वैसे भी भावी मां को पसीना काफी आता है। हल्के सूती कपड़े पहनें। सिंथेटिक कपड़ों से तौबा करें।
- तनाव से बचें। जब भी तनाव होने लगे तो हल्की गहरी सांसें लें।

वैसे तो यह अनुवांशिक होता है। अगर आपको एक्ज़ीमा है तो यह शिशु को भी हो सकता है पर कहते हैं कि स्तनपान करने वाले शिशुओं में इसकी संभावना घट जाती है। आप अपने शिशु को स्तनपान कराएं, यह उसके लिए बोनस हो सकता है।

उभार दिखना व छिपना

''बड़ी अजीब बात है, एक दिन मेरा उभार दिखने लगता है तो अगले दिन पेट सपाट दिखता है। यह सब क्या है?''

यह सब कब्ज व गैस का कमाल है। इससे फूले हुए पेट को सपाट बनने में देर नहीं लगती। जितनी जल्दी उभार दिखता है, उतनी जल्दी गायब भी हो जाता है। चिंता न करें, बहुत जल्दी आपका उभार ऐसा होगा जो गायब नहीं होगा और उसमें आपका नन्हा शिशु मजे से रहेगा।

मेरा फिगर

''क्या शिशु के जन्म के बाद मेरा फिगर पहले जैसा हो जाएगा?''

यह काफी हद तक आप पर ही निर्भर करता है। हर औसत महिला का वजन 2 से 4 पौंड तक बढ़ता है और फिर डिलीवरी के बाद घट जाता है। अगर आप सही तरीके से, सही दर से व सही भोजन ग्रहण कर रही हैं, तो हो सकता है कि डिलीवरी के बाद आपका फिगर बिल्कुल पहले की तरह हो जाए। अगर आप शिशु के जन्म के बाद भी उचित खानपान और व्यायाम की आदतें बरकरार रखती हैं तो शेप लौट आएगी लेकिन इस प्रक्रिया में कम से कम छह महीने लगेंगे।

गर्भावस्था में वजन बढ़ने की चिंता छोड़ दें क्योंकि यह आपके शिशु के पोषण व बाद में उसके स्तनपान के लिए बहुत जरूरी है।

नाभिछेदन

यह कूल है, स्टाइलिश है, अपनी सुंदर नाभि दिखाने का बढ़िया तरीका है लेकिन जब पेट बढ़ने लगेगा तो? तो क्या आपको अपनी बैली रिंग निकालनी होगी? वैसे यह जगह सूजी हुई या संक्रमित नहीं होनी चाहिए। यह वो स्थान है जहां से आप अपनी मम्मी से जुड़ी थीं। शिशु से इसका कोई नाता नहीं है यानी नाभि छेदन से आपके शिशु को कोई तंगी नहीं होगी। उसके जन्म या आप्रेशन के समय भी कोई परेशानी नहीं होगी।

लेकिन जब आपका पेट बढ़ेगा तो यह बैली रिंग कपड़ों में फंस सकता है या आपको चुभ सकता है। अगर आप इसे उतारना चाहती हैं तो कुछ दिन बाद रिंग को छेद में से घुमा लिया करें वरना वह बंद हो जाएगा। यदि पहन कर रखना चाहती हैं तो टैफ्लॉन से बना रिंग पहनें जो लोचदार होता है।

यदि गर्भावस्था में नाभिछेदन करवाना चाहती हैं तो ऐसा न करें। इसे डिलीवरी के बाद ही कराएं। गर्भावस्था में त्वचा में छेद करवाना अच्छी बात नहीं है क्योंकि इसे संक्रमण का खतरा काफी बढ़ जाता है।

गर्भाशय का आकार

''जांच के दौरान मिडवाइफ ने बताया कि मेरे गर्भाशय का आकार थोड़ा छोटा है। क्या इसका मतलब है कि शिशु का विकास सही तरीके से नहीं हो रहा है?''

माता-पिता अक्सर अजन्मे शिशु के वजन को लेकर चिंतित रहते हैं लेकिन इसमें चिंता करने वाली कोई बात नहीं होती। बाहर

से आपके गर्भाशय के आकार को माप कर वैज्ञानिक तरीके से कुछ नहीं कह सकते। हो सकता है कि आपकी मिडवाइफ अल्ट्रासाउंड करना चाहे क्योंकि उसके बिना तो कुछ भी करना संभव नहीं है। उसी से उन्हें गर्भाशय का आकार व गर्भावस्था की संभावित तारीख का अंदाजा होगा।

गर्भाशय का बड़ा आकार

''मुझे कहा गया कि मेरे गर्भाशय का आकार दस सप्ताह के हिसाब से है जबकि मासिक धर्म के हिसाब से मेरी गर्भावस्था आठ सप्ताह की है। मेरे गर्भाशय का आकार बड़ा क्यों है?''

यह भी हो सकता है कि आप से कोई गलती हुई हो या फिर आपको अपनी तारीख ध्यान न हो। हो सकता है कि पेट में जुड़वा हों, हालांकि वे इतनी जल्दी गर्भाशय के आकार को प्रभावित नहीं करते। डॉक्टर आपको अल्ट्रासाउंड की राय देंगी, उसके बाद ही कुछ पता चल पाएगा।

शौच (मूत्र) में कठिनाई

''पिछले कुछ दिनों से मुझे मूत्र करने में काफी मुश्किल हो रही है। ब्लैडर भरा लगने के बावजूद शौच (मूत्र) नहीं कर पा रही।

यह संभव है कि आपका गर्भाशय आगे की बजाय पीछे की ओर झुका हो। पांच में से एक गर्भवती महिला के साथ यह समस्या होती है। यह ब्लैडर की ओर से आने वाली टयूब यूरेथ्रा पर दबाव डालता है जिससे मूत्र करने में कठिनाई होती है। जब ब्लैडर काफी भर जाता है तो बाथरूम लीक (रिसाव) भी होने लगता है।

सभी मामलों में किसी मेडिकल दखलंदाजी के बिना गर्भाशय, पहली तिमाही के अंत तक अपनी स्थिति में आ जाता है। अगर आपको सचमुच ज्यादा मुश्किल हो रही है तो अपने डॉक्टर से मिलें। हो सकता है कि वे गर्भाशय को हाथ से सही जगह बिठाने की कोशिश करें ताकि यूरेथ्रा पर दबाव न पड़े। वैसे यह तरीका काम आ जाता है वरना कैथेटराइजेशन (ट्यूब से मूत्र निकालना) जरूरी हो जाता है।

यह भी हो सकता है कि मूत्र-मार्ग में संक्रमण के कारण मूत्र करने में कठिनाई हो रही हो।

मूड में उतार-चढ़ाव

''मैं जानती हूं कि मुझे अपनी गर्भावस्था में प्रसन्न रहना चाहिए और मैं कभी-कभी रहती भी हूं, लेकिन कभी-कभी मैं काफी उदास हो जाती हूं और रोने का मन करता है।''

उतार-चढ़ाव तो आते ही रहते हैं। गर्भावस्था में तो यह मूड इस कदर बनता बिगड़ता है कि क्या करें! एक पल में आप चांद पर होती हैं और दूसरे ही पल बीमे की राशि के लिए रो रही होती हैं। क्या हार्मोन को इसके लिए दोषी ठहरा सकते हैं? पहली तिमाही में जब हार्मोन अपना असली रंग दिखाते हैं, तब तो यह समस्या पूरे जोरों पर होती है। आमतौर पर जो महिलाएं अपने पी एम एस के दौरान भी मूड के उतार-चढ़ाव से गुजरती हैं। उनके लिए गर्भावस्था में भी यह आम बात होती है। कोई भी शारीरिक, भावनात्मक या मानसिक बदलाव आपके मूड में बदलाव ला सकता है।

हालांकि पहली तिमाही के बाद यह सब कुछ काफी हद तक शांत हो जाता है। आप गर्भावस्था के उन बदलावों की आदी भी हो जाती हैं। हालांकि हम इस चीज़ से पूरा बचाव नहीं कर सकते लेकिन बचाव के उपाय तो कर ही सकते हैं।

■ अपनी ब्लड शुगर का स्तर ऊंचा रखें। इसका मूड से क्या लेना-देना है? बहुत! जब ब्लड शुगर घटती है तो मूड बिगड़ने लगता है। अपने तीन समय के भारी भोजन को सिक्स मील सोल्यूशन में बदलें और उसमें कॉम्पलैक्स कार्ब व प्रोटीन को शामिल करें। ब्लड शुगर का स्तर ऊंचा रहेगा तो मूड भी ठीक रहेगा।

■ चीनी व कैफीन की मात्रा घटाएं। इन्हें खाने से ब्लड शुगर का स्तर जितनी तेजी से बढ़ता है। उतनी ही तेजी से घट भी जाता है। इन दोनों का सीमित मात्रा में सेवन करें।

■ अपनी गर्भावस्था आहार योजना का सही तरीके से पालन करें। आहार में ओमेगा 3 फैटी एसिड शामिल करें (अखरोट, मछली व अंडे आदि) इससे मूड में सुधार के साथ-साथ शिशु के मस्तिष्क का भी विकास होगा।

■ व्यायाम से एंडोरफिन का स्राव होता है और आप पहले से बेहतर महसूस करती हैं। अपने डॉक्टर की राय से रोज़मर्रा के रूटीन में व्यायाम को शामिल करें।

■ थोड़ा रोमांटिक हो जाएं। सेक्स न भी हो लेकिन एक-दूसरे का हाथ थाम कर सोफे पर बैठना, बीती बातें दोहराना, आलिंगन व चुंबन आदि भी मूड सुधार सकता है। आप दोनों ही उस समय नई चुनौतियों का सामना कर रहे हैं। आत्मीयता दोनों को और निकट लाएगी और मूड भी बन जाएगा।

■ अपनी जिंदगी में रोशनी लाएं। सर्वे से पता चला है कि सूरज की रोशनी से भी मूड संवरता है लेकिन इसके साथ ही सनस्क्रीन लगाना न भूलें।

■ चिंता, तनाव, परेशानी, असुरक्षा! गर्भावस्था में ऐसे मिश्रित विचारों का आना स्वाभाविक है। जब भी इनसे घिर जाएं तो किसी से बात करें। अपने साथी, दोस्त या किसी गर्भवती सहेली से मन की बात कहें। आपका मूड संभल जाएगा।

■ आराम करें। थकान से मूड का उतार-चढ़ाव काफी बढ़ जाता है। पूरी नींद लें। जरूरत से ज्यादा नहीं। वरना थकान और भावनात्मक असुरक्षा बढ़ सकती है।

■ आराम करना सीखें। तनाव आपको बुरी तरह थका देता है। इसे हटाने के कुछ उपाय करें।

■ आपके जीवन में, एक व्यक्ति ऐसा है, जो आपके इस बर्ताव से आहत होगा, आपका जीवन साथी, उसे यह समझना होगा कि आप इस तरह से पेश क्यों आ रही हैं। इस तरह उसे यह भी समझ आ जाएगा कि वह आपकी किस तरह मदद कर सकता है। उसे बताएं कि आप क्या चाहती हैं। या क्या नहीं चाहतीं। किस बात से आपको बुरा लगता है या किस बात से आप बेहतर महसूस करती हैं। अपनी बात साफ शब्दों में कहें ताकि किसी गलतफहमी की गुंजाइश न रहे।

डिप्रेशन

''मुझे गर्भावस्था के मूड में उतार-चढ़ाव का लक्षण तो पता था लेकिन मैं तो हमेशा ही डिप्रेशन से घिरी रहती हूं।''

■ हर गर्भवती महिला मूड में उतार-चढ़ाव का सामना करती है। लेकिन अगर आप लगातार निराशा से घिरी रहती हैं तो आप उन 10 से 15 प्रतिशत गर्भवती महिलाओं में से हैं। जो गर्भावस्था के दौरान डिप्रेशन की चपेट में आ जाती हैं। निम्नलिखित कारणों की वजह से कोई भावी माता अवसाद ग्रस्त हो

सकती है–

- मूड डिसऑर्डर का निजी या पारिवारिक इतिहास
- वित्तीय या वैवाहिक तनाव
- शिशु के पिता की ओर से भावनात्क सहारे व संप्रेषण की कमी
- गर्भावस्था की जटिलताओं के कारण अस्पताल में दाखिल होना या बिस्तर पर आराम
- यदि कोई महिला क्रॉनिक रोगी रही है तो अपनी सेहत की चिंता या पिछली गर्भावस्था के दौरान हुई जटिलता या बीमारी
- यदि मिसकैरेज, जन्मजात विकृति या दूसरी समस्याओं का निजी या पारिवारिक इतिहास रहा है तो अपने शिशु की चिंता।

उदासी, खालीपन, भावनात्मक चिंता, नींद का ज्यादा या कम आना, खानपान की आदतों में बदलाव, लंबी थकान, काम, खेल व अन्य गतिविधियों में अरुचि, एकाग्रता शक्ति में कमी, मूड में उतार-चढ़ाव, अपने आप को चोट पहुंचाने का भाव, शरीर में कहीं न कहीं दु:ख या पीड़ा का एहसास आदि डिप्रेशन के लक्षण हैं। यदि आप भी इन्हीं से जूझ रही है तो हमारे दिए गए सुझाव आजमाएं।

यदि ये लक्षण दो सप्ताह तक न रहें तो डॉक्टर को बताएं, वे थॉयराइड जांच के लिए कह सकती हैं। क्योंकि जैसे ही डिप्रेशन बढ़ता है या फिर साइकोथैरेपी भी दी जा सकती है। सही तरीके की मदद मिलना बहुत जरूरी है। डिप्रेशन की वजह से आप अपनी व शिशु की देखरेख नहीं कर पाएंगी। गर्भावस्था में अवसाद की वजह से कई जटिलताएं भी बढ़ जाती हैं। यह आपकी सेहत को भी बुरी तरह नुकसान पहुंचा सकता है। डॉक्टर या थेरेपस्टि ही तय करेंगे कि इलाज में एंटीडिप्रेशन की दवा को शामिल करना है या नहीं या इसके क्या-क्या फायदे-नुकसान हो सकते हैं।

कोई भी वैकल्पिक चिकित्सा लेने से पहले भी डॉक्टर की राय लें। वैकल्पिक चिकित्सा पद्धतियां काफी हद तक सहायक हो सकती हैं। ओमेगा 1 फैटी एसिड युक्त खान-पान भी सहायक है। आप डॉक्टर की राय से ओमेगा 3 फैटी एसिड की सप्लीमेंट भी ले सकती हैं।

गर्भावस्था में अवसाद ग्रस्त होने से डिलीवरी के बाद भी डिप्रेशन का खतरा काफी बढ़ जाता है। अच्छी खबर यह है कि गर्भावस्था के पहले व बाद में सही तरह का इलाज मिलने से डिप्रेशन को रोका जा सकता है। अपने डॉक्टर से इस बारे में राय लें।

घबराहट भरे दौरे

पहली बार होने वाली गर्भावस्था किसी भी गर्भवती महिला के लिए चिंता और घबराहट की वजह बन सकती है लेकिन यदि यह चिंता डर में बदल जाए तो?

यदि आपको पहले भी डर के दौरे पड़ते हैं, तब तो और भी ध्यान देना होगा। दौरे में डर की वजह से हृदयगति बढ़ जाती है, पसीना आता है, हाथ-पैर कांपते हैं, सांस लेने में कठिनाई होती है, गला सूखता है व छाती में दर्द होने लगता है। पेट में गड़बड़ी, हॉट फ्लैश या चिल्स फ्लैश की शिकायत हो जाती है। वैसे यह न मानें कि उनका शिशु पर भी कोई असर होता है।

ऐसा कोई दौरा पड़ते ही डॉक्टर को बताएं। यदि इसकी वजह से आपका खाना-पीना व सोना दूभर हो रहा हो तो डॉक्टर थेरपिस्ट की मदद से हल्की दवा की खुराक दे सकते हैं।

दवा के साथ-साथ कोई दूसरी चिकित्सा पद्धति की मदद भी लेनी पड़ सकती है। अपने आहार में ओमेगा 3 फैटी एसिड शामिल करें, चीनी व कैफीन से बचें, नियमित समय से व्यायाम करें। ध्यान व दूसरी रिलैक्सेशन तकनीकें सीखें। दूसरी गर्भवती मांओ से बातचीत करें तभी आप अपनी उत्तेजना पर काफी हद तक काबू पा सकती हैं।

गर्भावस्था और आपका वजन

किन्हीं दो गर्भवती महिलाओं को डॉक्टर के कमरे के बाहर वेटिंग लिस्ट, लिफ्ट या बिजनेस मीटिंग में खड़ा कर दें। वे कुछ ऐसे ही सवाल पूछती हैं......"आपकी ड्यू डेट क्या है?"
"क्या शिशु लातें मारता है?"
"क्या आप बीमार महसूस करती हैं?"
सबसे खास सवाल होता है...."आपका वजन कितना बढ़ा है?"

गर्भावस्था में सभी महिलाओं का वजन बढ़ता है और यह काफी हद तक जरूरी भी है क्योंकि सही तरह से वजन बढ़ने से, शिशु का विकास भी पूरी तरह होता है लेकिन वजन की सही मात्रा क्या हो? कितना ज्यादा होने पर ज्यादा होगा? या कितना कम होने पर कम माना जाएगा? आपको कितनी तेजी से इसे पाना चाहिए? क्या डिलीवरी के बाद वजन छंट जाएगा।

उत्तर :- जी हां, यदि आप सही दर से, सही प्रकार के भोजन से सही मात्रा में वजन बढ़ाती हैं, तो।

आपको कितना वजन बढ़ाना चाहिए?

हालांकि शिशु का विकास करते समय आपका वजन बढ़ना बहुत जरूरी होता है लेकिन अगर आप ज्यादा वजन बढ़ा लेती हैं तो इससे परेशानी हो सकती है। आपके शिशु व गर्भावस्था के लिए भी समस्या पैदा हो सकती है। यदि आप पूरा वजन नहीं बढ़ातीं तो भी यह सब हो सकता है।

प्रेगनेंसी में वजन बढ़ाने का सही फार्मूला क्या है? चूंकि यह गर्भावस्था व गर्भवती महिला अपने-आप में अलग होते हैं इसलिए यह फार्मूला भी एक सा नहीं होता। आपको 40 सप्ताह की गर्भावस्था के लिए कितने पाउंड वजन बढ़ाना है, यह इस बात पर निर्भर करता है कि गर्भावस्था से पहले आपका वजन क्या था।

डॉक्टर आपको सही तरीके से वजन बढ़ाने का लक्ष्य देंगे, वे आपकी गर्भावस्था के हिसाब से भी राय दे सकते हैं। आमतौर पर प्री प्रेगनेंसी बी एम आई के हिसाब से वजन का लक्ष्य दिया जाता है यह शरीर की वसा का माप है जिसमें आपके वजन को पौंड्स में 70 से गुणा किया जाता है। फिर इसे आपकी इंच स्क्वेयर हाईट से भाग दिया जाता है। यदि बी एम आई औसत है(18.5 से 26 के बीच) तो आपको 25 से 35 पौंड वजन बढ़ाने की सलाह दी जाएगी जो कि आमतौर पर औसत गर्भवती महिलाओं के लिए है। यदि आप प्रेगनेंसी की शुरूआत में ओवरवेट हैं(26 से 29 बी एम आई) तो आपका लक्ष्य 15 से 25 पौंड का होगा। यदि आप मोटी हैं (29 से अधिक वी एम आई) तो 15 से 20 पौंड या उससे भी कम वजन बढ़ाने की सलाह दी जाएगी। बहुत ज्यादा पतली हैं (18. 5 से कम वी एम आई) तो आपको 28 से 40 पौंड तक वजन बढ़ाना होगा। यदि शिशु एक से ज्यादा है तो जरूरत भी उसी के हिसाब से बढ़ जाएगी।

आदर्श वजन का लक्ष्य बनाना एक अलग बात है और उसे पाना एक अलग बात है क्योंकि आदर्श कभी हकीकत से मेल नहीं खाते। सही पौंड पाने का मतलब यह नहीं कि बस आपको सही खानपान पर ध्यान देना है। इसके अलावा और भी कारण हो सकते हैं। आपका मेटाबॉलिज्म, जींस गतिविधि का स्तर, गर्भावस्था के लक्षण (छाती में जलन, उबकाई, भोजन से अरुचि), ये सब आपको सहीं पौंड की गिनती से दूर ले जाने में खास भूमिका निभाते हैं। इसलिए आपको लगातार वजन के कांटे पर नजर रखनी चाहिए।

किस दर से वजन बढ़ाना चाहिए?

गर्भावस्था में आपको यह काम काफी धीमी गति से करना होगा। यह आपके व शिशु के, दोनों के शरीर के लिए ठीक रहेगा। पौंड की

गिनती के साथ-साथ किस दर से वजन बढ़ाना है, यह भी काफी महत्व रखता है। ऐसा इसलिए है क्योंकि शिशु को आपकी कोख में रहने के दौरान पोषक तत्वों व कैलोरी की भरपूर मात्रा चाहिए।

सही तरीके से वजन बढ़ने से आप पर किसी भी तरह का शारीरिक दबाव नहीं बढ़ेगा व स्किन पर स्ट्रैच मार्क भी नहीं होंगे। इस तरह शिशु के जन्म के बाद आपको अपना शेप फिर से पाने में भी देर नहीं लगेगी।

क्या धीरे का मतलब है कि उन 30 पौंड को पूरे 40 सप्ताह के हिसाब से बांटा जाए। नहीं यह कथन ठीक नहीं रहेगा। पहली तिमाही में शिशु का आकार छोटे दाने से बड़ा नहीं होता, उस समय कम से कम वजन बढ़ाने की जरूरत होती है। पहली तिमाही में 2 से 4 पौंड काफी है। हालांकि कुछ महिलाएं इसे बिल्कुल नहीं बढ़ा पातीं (मॉर्निंग सिकनेस व उल्टियों की वजह से) कई महिलाएं कैलोरीयुक्त भोजन लेने के कारण ज्यादा बढ़ा लेती हैं। जो महिलाएं धीरे-धीरे वजन बढ़ाती हैं। उनके लिए आगे चलकर भी आसानी रहती है। उन्हें अपने लक्ष्य तक पहुंचने में मुश्किल नहीं होती।

दूसरी तिमाही में शिशु बढ़ने लगता है इसलिए आपको भी अपना वजन बढ़ाना चाहिए। आपका वजन 4 से 6 सप्ताह में औसतन प्रति सप्ताह 1 से 1 1/2 पौंड बढ़ना चाहिए यानी कुल 12 से 14 पौंड।

आखिरी तिमाही में आपका वजन 8 से

वजन बढ़ोतरी में रूकावट

(वजन अंदाजन है)

शिशु	7 1/2 पौंड
प्लेसेंटा	1 1/2 पौंड
एमीनायोटिक फ्ल्यूड	2 पौंड
यूटेराइन एन्लार्जमेन्ट	2 पौंड
मैटरनल ब्रेस्ट टिश्यू	2 पौंड
मैटरनल ब्लड् वाल्यूम	4 पौंड
मैटरनल टिश्यू में फ्ल्यूड	4 पौंड
मैटरनल फैट स्टोर	7 पौंड
कुल औसत	30 पौंड कुल वजन बढ़ेगा

वजन बढ़ने से खतरा

यदि आप दूसरी तिमाही में एक सप्ताह में 3 पौंड से ज्यादा वजन बढ़ा लेती हैं। और यह फालतू खान-पान से नहीं जुड़ा है या आप चार से 8 माह के बीच लगातार दो सप्ताह तक वजन नहीं बढ़ाती तो दोनों स्थितियों में डॉक्टर से मिलें।

वजन बढ़ाना......

गर्भावस्था में जरूरत से ज्यादा वजन बढ़ाना कई तरह की समस्याओं को न्यौता दे सकता है। आपके बच्चे की माप का अंदाजा नहीं हो पाएगा। गर्भावस्था के लक्षण और भी बुरे हो जाएंगे। इससे प्रीटर्म लेबर, गैस्टेशनल डायबिटीज या हाइपरटेंशन का खतरा बढ़ जाएगा। बड़े आकार के शिशु के लिए योनि मार्ग से आना मुश्किल होगा व स्तनपान में भी दिक्कतें आएंगी।

गर्भावस्था के दौरान जमा किया गया फालतू वजन बाद में भी आसानी से नहीं घट पाता। कई बार तो इसके बढ़ने का भी खतरा हो जाता है। जिन शिशुओं की माँएं 20 पौंड से कम वजन बढ़ाती हैं तो शिशु प्रीमेच्योर हो सकते हैं व गर्भाशय में उनका आकार सही तरीके से नहीं बढ़ पाता (वैसे इसके अपवाद भी हैं)।

10 पौंड से ज्यादा नहीं बढ़ना चाहिए। उस समय शिशु का वजन बढ़ना जरूरी है। कई महिलाओं का वजन, नवें महीने में बिल्कुल नहीं बढ़ता या फिर एकाध पौंड घट जाता है।

आप इस लक्ष्य को किस हद तक पा सकती हैं? कभी खाने का मन नहीं होगा तो कभी उबकाई आएगी, आप अपने लक्ष्य तक कैसे पहुंचेंगी? कई सप्ताह ऐसे होंगे जब खाते ही सब बाहर आ जाएगा। उस समय वजन के कांटे की चिंता न करें। यदि आपका औसत वजन प्रति सप्ताह सही तरीके से बढ़ रहा है तो आपको घबराने की जरूरत नहीं है। दिन में एक ही समय पर, एक जैसे कपड़ों में, सप्ताह में एक बार वजन जांचें। अगर आप ज्यादा संभल कर चलना चाहती हैं तो सप्ताह में दो बार जांचें। यदि आप पहली तिमाही में जरूरत से ज्यादा वजन बढ़ा चुकी हैं या दूसरी तिमाही में मनचाहा वजन नहीं बढ़ा पाई हैं तो उसे पटरी पर लाने की पूरी कोशिश करें। गर्भावस्था में हम आपको कभी भी डायटिंग की सलाह नहीं देंगे। यह खतरनाक हो सकता है। अपने डॉक्टर की मदद से वजन का लक्ष्य फिर से तय करें और अपने शिशु को संपूर्ण विकास दें।

सुरक्षित रहना सीखें

घर, हाई-वे, आँगन; अधिकतर गर्भवती महिलाओं को गर्भावस्था की जटिलताओं की बजाए इन स्थानों पर दुर्घटनाओं से ज्यादा हानि होती हैं हालांकि ये दुर्घटनाएँ हमारी ही लापरवाही का नतीजा होती हैं। थोड़ी सी सावधानी व सूझ-बूझ से इन दुर्घटनाओं को टाल सकते हैं। गर्भावस्था में आप निम्नलिखित बातों को ध्यान में रखते हुए सुरक्षित रह सकती हैं।

- ध्यान दें कि आप पहले जैसी नहीं रहीं। पेट का घेरा बढ़ने के साथ-साथ गुरुत्वाकर्षण का केन्द्र बिंदु भी बदल गया है। आप कहीं भी आसानी से अपना संतुलन खो सकती हैं। धीरे-धीरे आपको अपने पाँव तक दिखने बंद हो जाएँगे और ये बदलाव दुर्घटनाओं के कारण बनेंगे।
- चाहे आटो में हो या प्लेन में हो, अपनी कुर्सी की पेटी बाँध कर ही बैठें। यदि आप कार की अगली सीट पर एयर बैग के साथ बैठी हैं तो सीट पीछे की ओर रखें। यदि कार चला रही हैं तो स्टीयररिंग व्हील को छाती की ओर झुका लें व उससे कम से कम 10^0 की दूरी पर बैठें ताकि वह पेट से न टकराए। अपनी गोदी या डैशबोर्ड पर कोई सामान न रखें। यदि हो सके तो कार में पीछे ही बैठें।
- किसी भी ढीली कुर्सी या सीढ़ी पर न चढ़ें। इनसे गिर कर नुकसान हो सकता है।
- ऊंची एड़ी के या फिसलने वाले जूते-चप्पल न पहनें। फिसलन भरे फर्श पर जुराबें या स्टॉकिंग पहन कर न चलें।
- बाथ टब में जाते व बाहर निकलते समय सावधानी रखें। उसमें ऐसी मैट लगी हो, जो आपको फिसलने से बचा सके।
- घरेलू रुकावटों को दूर करें। सीढ़ियों पर आलतू-फालतू सामान न पड़ा हो। सीढ़ियों पर अंधेरा न हो। फर्श पर कोई तारें न हों। सीढ़ियों पर बर्फ न जमी हो।
- रात को टॉयलेट के रास्ते में बत्तियाँ जला कर सोएँ व वहाँ कोई सामान न रखें। आपको रात को कई बार वहाँ का सफर करना होगा इसलिए सावधानी जरूरी है।
- जो भी खेल खेलें, उसके सुरक्षा के नियमों का पूरा पालन करें किसी भी काम की अति न करें। कई बार थकान की वजह से भी दुर्घटनाएँ हो जाती हैं। ■ ■ ■

अध्याय-8

तीसरा महीना

लगभग 9 से 13 सप्ताह

जब आप पहली तिमाही के आखिरी महीने में कदम रखेंगी तो गर्भावस्था के कई प्रारंभिक लक्षण पहले से कहीं तेज हो जाएंगे। तब यह कहना मुश्किल होगा कि आप पहली तिमाही की थकान से निढाल हैं या पिछली रात आपको तीन बार बाथरूम जाने के लिए उठना पड़ा, उसकी थकान है। यदि हिम्मत है तो सिर उठाकर बात करें। अच्छे दिन आने ही वाले हैं। यदि मॉर्निंग सिकनेस ने हालत खराब कर दी है तो वह सब काफी हद तक संभलने वाला है। ऊर्जा का स्तर ऊंचा होगा और बाथरूम के चक्कर भी कुछ घट जाएंगे। इस माह की जांच में आप शिशु के दिल की धड़कन भी सुन पाएंगी, तब आपको वे सब तकलीफदेह लक्षण भी इतने दुःखदायी नहीं लगेंगे।

इस माह आपके शिशु का विकास

9 वां सप्ताह :- अब आपके शिशु की लंबाई 1'' यानी एक मध्यम हरे जैतून के बराबर हो गई है। उसका सिर काफी हद तक शिशु की तरह विकसित हो रहा है। इस सप्ताह छोटी मांसपेशियां बन रही हैं ताकि वह अपने हाथ-पांव हिला सके। करीब एक माह बाद आपको भी उसके मुक्के और लातें पता चलेंगे। फिलहाल आपको कुछ सुनाई नहीं देने वाला। हां, आप डॉपलर उपकरण से उसके दिल की धड़कन सुन सकती हैं। जिसे सुनकर आपके दिल की धड़कन तेज हो सकती है।

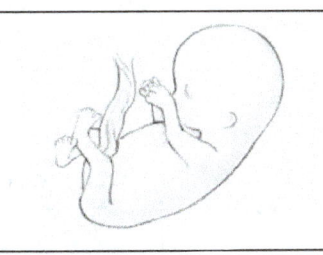

आपका तीन महीने का बच्चा

10 वां सप्ताह :- करीब 1 1/2'' लंबा, आपका शिशु दिन दूनी रात चौगुनी तरक्की कर रहा है। उसकी हड्डियां, कार्टीलेज, घुटने व टखने बन रहे हैं। उनके हाथ की कोहनियां भी अभी से काम करने लगी हैं। मसूड़ों में बेबी के दांत उगने शुरू हो गए हैं। पेट में पाचक रस बन रहे हैं, किडनी मूत्र बना रही है। अगर आपका शिशु एक लड़का है तो उसके वृषण टेस्टॉस्टीरॉन बना

रहे हैं (चाहे जो भी, लड़के तो लड़के ही रहेंगे)

11 वां सप्ताह :- अब आपका शिशु 2'' से लंबा है और उसका वजन एक तिहाई औंस है। उसका शरीर लंबा हो रहा है। सिर पर बाल और हाथों-पैरों में नाखून के पोर उगने की तैयारी चल रही है (अगले कुछ महीनों में नाखून बनेंगे)। चाहे आप अल्ट्रासाउंड से उसका लिंग पता न कर सकें लेकिन अगर वह लड़की है तो उसकी ओवरी बननी शुरू हो चुकी है।

अब तो उसमें सारी मानवीय विशेषताएं आ चुकी हैं। शरीर के अगले हिस्से में हाथ-पांव हैं, कान अपनी आखिरी अवस्था में तैयार होने को है। नाक के दोनों ओर नथुने तैयार हो रहे हैं। मुंह में जीभ और तालू है और निप्पल दिखने लगे हैं।

12 वां सप्ताह :-शिशु का आकार पिछले तीन सप्ताह से दुगना हो गया है। अब उसका वजन करीब 1 1/2 औंस और लंबाई 2 1/2'' हो गई है। उसका शरीर सभी अंगों के विकास के लिए कड़ी मेहनत कर रहा है। हालांकि उसके सभी तंत्र पूरी तरह बन चुके हैं पर फिर भी अभी काफी काम बाकी है। पाचन तंत्र ने संकुचन का अभ्यास शुरू कर दिया है ताकि वह खाने लायक बन सके। बोन मैरो सफेद रक्त कोशिकाएं बना रहा है ताकि शिशु आसपास के सभी कीटाणुओं से लड़ सके। ब्रेन में पिटयूरी ग्लैंड हार्मोन बनने लगा है ताकि एक दिन आपका शिशु अपने शिशु तैयार कर सके।

13 वां सप्ताह :- पहली तिमाही जन्म होने को है। इस समय शिशु का आकार करीब 3'' लंबे आडू जितना है। अब इसका सिर उसकी लंबाई का तकरीबन आधा है लेकिन बहुत जल्दी सिर अनुपात में आ जाएगा। तब तक शिशु की आंते (जो अब तक अंबलिंकल कॉड में थीं) पेट में सही जगह बनाने जा रही हैं। इस सप्ताह उसके वोकल कॉड भी बन जाएंगे यानी (वह रोने की तैयारी कर रहा है.....)

आप क्या महसूस कर सकती हैं?

हमेशा की तरह याद रखें कि हर गर्भावस्था अपने-आप में अनूठी होती है। और हर महिला भी अलग होती है। आप एक ही समय में या फिर अलग-अलग साल में इन सभी लक्षणों को महसूस कर सकती हैं। कुछ लक्षण तो पिछले महीने से चल रहे होंगे और कुछ नए लगेंगे। इसके अलावा कुछ ऐसे लक्षण भी हो सकते हैं जो समान्य न हों। इस महीने आप निम्नलिखित लक्षणों को महसूस कर सकती हैं।

शारीरिक :-

- थकान, ऊर्जा की कमी, उनींदापन
- बार-बार मूत्र के लिए जाने की इच्छा

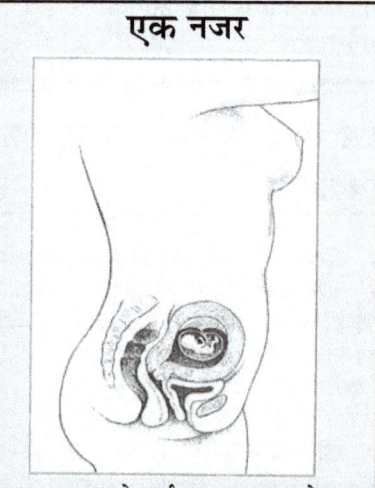

एक नजर

इस माह आपके गर्भाशय का आकार ग्रेपफ्रूट से बड़ा होगा और कमर मोटी होने लगेगी माह के अंत में, आपकी व्यूनिक बोन के ऊपर पेट के निचले हिस्से में गर्भाशय को महसूस किया जा सकता है।

- उबकाई-, उल्टी या उल्टी के बिना
- अधिक लार बनना
- कब्ज
- छाती में जलन, अपच, अफारा
- भोजन की पसंद-नापसंद
- भूख खुलना, अगर मॉर्निंग सिकनेस ठीक हो जाएं
- ब्रेस्ट में बदलाव-भारीपन, संवेदनशीलता, छाती के निप्पल के आसपास का रंग गहराना, उस हिस्से पर हल्के गूमड़ उभरना, त्वचा के नीचे नीली रेखाओं के जाल का फैलाव
- पेट, टांगों या शरीर के कुछ अंगों पर नसें दिखना
- योनि स्राव में हल्की बढ़त
- कभी-कभी सिर में दर्द होना
- कभी-कभी सिर चकराना
- पेट की हल्की गोलाई, कपड़े तंग महसूस होना

भावनात्मक :-

- भावनात्मक उतार-चढ़ाव, मूड अच्छा होना या बिगड़ना, अचानक रोने का मन करना, बेचैनी, चिड़चिड़ापन
- ईर्ष्या, भय, आनंद आदि भाव प्रकट होना
- शांति का नया एहसास
- गर्भावस्था के न होने का भय.......

इस माह का चेकअप :-इस माह आप डॉक्टर से निम्नलिखित जांच की उम्मीद रख सकती हैं, हालांकि हर डॉक्टर अपने-अपने हिसाब से चेकअप करते हैं :

- वजन व रक्तचाप
- प्रोटीन के लिए मूत्र व शुगर की जांच
- भ्रूण के दिल की धड़कन
- गर्भाशय का आकार (बाहरी ओर से)
- फंडस (गर्भाशय का ऊपरी हिस्सा) ऊंचाई
- हाथों-पैरों की सूजन, वैरीकोज़ वेंस के लिए टांगें
- कुछ प्रश्न व जिज्ञासाएं, जो आप जानना चाहें

आप क्या सोच रही होंगी?

''मुझे पिछले कुछ सप्ताह से कब्ज की शिकायत है। क्या यह आम बात है?''

अनियमितता :- पेट में अफारा, गैस वगैरह गर्भावस्था की आम समस्याएं हैं। इनके भी कारण हैं। प्रोजेस्टेरॉन हार्मोन की उपस्थिति आपके शरीर की सभी मांसपेशियों को शिथिल करती है और भोजन काफी समय तक पाचन तंत्र में बना रहता है यानी पाचन की क्रिया भी मंद हो जाती है। फायदा यह होता है कि इस समय पोषक तत्त्व आपके रक्त प्रवाह में घुलते हैं व ज्यादा बेहतर तरीके से शिशु तक पहुंचते हैं। नुकसान यह होता है कि आपके शरीर के व्यर्थ पदार्थों का ट्रैफिक जाम हो जाता है। आपका बढ़ता गर्भाशय भी आंतों पर दबाव डालता है। इस तरह आप समझ सकती हैं कि आपको कब्ज क्यों रहती है।

ऐसा नहीं कि सारी गर्भावस्था में कब्ज आपके साथ रहेगी। आप इससे निबटने के लिए निम्नलिखित उपाय अपना सकती हैं।

रेशेदार पदार्थ :- आप व आपके कोलोन को हर रोज़ 25 से 35 ग्राम रेशे की मात्रा चाहिए। हालांकि आपको गिनने की जरूरत नहीं है बस रेशेदार पदार्थ लेने की कोशिश करें; जैसे ताजे फल व सब्जियां (कच्चे या हल्के पके, छिलके सहित) साबुत अनाज के सेरेल व ब्रेड, फलीदार पदार्थ (बींस व मटर) व सूखे मेवे। हरी सब्जियां काफी फायदेमंद रहेंगी। इनके साथ ही आप रसीली मीठी कीवी (छोटा सा फल जिसमें काफी लेक्सेटिव पाया जाता है) को अपना सकती हैं। अगर आपने आज से पहले रेशेदार पदार्थों की ज्यादा मात्रा नहीं ली तो इस मात्रा को धीरे-धीरे बढ़ाएं वरना पाचन तंत्र विद्रोह कर सकता है। उदर वायु भी बढ़

सकती है क्योंकि आपके आहार में रेशे की मात्रा बढ़ी है।

आप अपने खाने में गेहूं की चोकर भी शामिल कर सकती हैं। जोश-जोश में जरूरत से ज्यादा फाइबर न लें। ये तेजी से आपके तंत्र में पहुंचते हैं। इस तरह तो महत्वपूर्ण पोषक तत्त्व भी शरीर में घुले बिना बाहर निकल जाएंगे।

रिफाइंड पदार्थों की मनाही :- जिस तरह फाइबर कब्ज के लिए फायदेमन्द है उसी तरह रिफाइंड पदार्थ कब्ज बढ़ाते हैं। सफेद ब्रेड, चावल व अन्य बेक्ड पदार्थों से दूर रहें।

तरल पदार्थों का सेवन :- अगर आप पर्याप्त मात्रा में तरल पदार्थ लेती हैं तो कब्ज टिक ही नहीं सकती। पानी, फलों व सब्जियों के रस, भोजन को पाचन तंत्र में आगे ले जाते हैं। अगर हल्का गुनगुना पानी लेंगी तो और भी बेहतर होगा : जैसे हल्के गर्म पानी में नींबू का रस! इससे आपके पेट की आंतों में संकुचन होगा या दूसरे शब्दों में प्रेशर बनेगा।

सही समय पर जाएं :- आंतों की प्रक्रिया को लगातार रोका जाए तो नियंत्रण रखने वाली मांसपेशियां कमजोर पड़ जाती हैं। उसके लिए सही टाइमिंग अपनाएं। अपना फाइबर युक्त नाश्ता समय से थोड़ा पहले लें ताकि ट्रैफिक में फंसी कार में शौच जाने की इच्छा न हो। आप घर से ही पेट साफ करके जा सकें।

सिक्स मील सोल्यूशन :- भारी भोजन से आपके पाचनतंत्र पर काफी दबाव पड़ता है, जिससे कब्ज होती है। दिन में तीन बार भारी भोजन करने की बजाय सिक्स मील सोल्यूशन अपनाएं यानी दिन में छ: बार हल्का भोजन करें। इस तरह गैस व अफारा से भी बची रहेंगी।

सप्लीमेंट व दवाएं :- कई गर्भावस्था सप्लीमेंट व दवाएं ताकत देने के बावजूद कब्ज को भी न्यौता देते हैं एंटीएसिड गर्भवती महिलाओं के मित्र कहे जा सकते हैं। अपने डॉक्टर से पूछ कर उन्हें ले सकती हैं। वैसे मैग्नीशियम सप्लीमेंट भी कब्ज से लड़ने में मदद करते हैं।

कुछ बैक्टीरिया लें :- प्रोबॉयोटिक्स बैक्टीरिया, आंतों के बैक्टीरिया से उत्तेजित कर सकते हैं, जिससे भोजन का पाचन सही तरीके से हो सके। दही व योगर्ट से बने पेय पदार्थों का स्वाद लें। आप डॉक्टर की राय से प्रोबॉयोटिक्स सप्लीमेंट भी ले सकती हैं। इसका कोई स्वाद नहीं होता। इसके पाउडर फार्म को आसानी से किसी भी स्मूदीज़ में मिला सकते हैं।

व्यायाम करें :- सक्रिय-शरीर में कब्ज नहीं रहती। अपने रूटीन में कम से कम आधे घंटे की चहलकदमी शामिल करें। इसके साथ गर्भावस्था में सुरक्षित व्यायाम भी दिए जा सकते हैं।

अगर आपके सभी उपाय नाकामयाब हो जाएं तो डॉक्टर की राय लें। अपनी मर्जी से कोई भी हर्बल उपाय या कैस्टर ऑयल वगैरह इस्तेमाल न करें।

कब्ज

''मेरी सभी गर्भवती सहेलियों को कब्ज की शिकायत रहती है जबकि मुझे नहीं रहती। मैं नियमित समय पर शौच जाती हूं। क्या मेरा सिस्टम सही तरीके से काम कर रहा है?

हो सकता है कि आप शुरू से ही एक संतुलित जीवनशैली जी रही हों या फिर गर्भ धारण के बाद अपनी जीवनशैली में बदलाव ले आई हों। तरल पदार्थ, व्यायाम व फाइबर युक्त भोजन से निश्चय ही गर्भावस्था की कब्ज को काबू किया जा सकता है। अगर आपके लिए फाइबर युक्त आहार की शैली थोड़ी नई हो तो थोड़ी मुश्किल हो सकती है क्योंकि आपके शरीर को रेशे की आदत नहीं है लेकिन आपका पेट रोज़ सही समय पर साफ होता रहेगा।

थकान, कब्ज व मूडी होने की एक और वजह

वैसे तो यह सब गैस्टेशनल हार्मोन की देन है लेकिन कई बार थायरॉक्सिन हार्मोन की कमी की वजह से भी ऐसा होता है। त्वचा की समस्याएं, वजन बढ़ना, मांसपेशियों का दर्द व ऐंठन, याददाश्त में कमी, हाथों-पैरों की सूजन, ठंड के प्रति संवेदनशीलता आदि इसी के लक्षण हैं। इसके अलावा 'हाइपोथयराइडिज्म' की शिकायत हो सकती है। इसमें थायराइड की कमी होती है। 'हाइपरथायराइडिज्म' में थायराइड अधिक मात्रा में बनता है। इनके लक्षण आमतौर पर गर्भावस्था के लक्षणों से ही मिलते हैं। यदि आप पहले कभी थाइरॉइड की दवा खा चुकी हैं तो अपने डॉक्टर को बताएं क्योंकि गर्भावस्था में थाइरॉइड की जरूरत घट-बढ़ सकती है। यदि परिवार में किसी को यह रोग रह चुका है और आप भी यही लक्षण नोट कर रही हैं तो तुरंत डॉक्टर को दिखाएं। एक छोटे से ब्लड टेस्ट से इसकी पुष्टि हो सकती है।

डायरिया

''मुझे तो बिल्कुल कब्ज नहीं है बल्कि पिछले दो सप्ताह से मुझे पतले दस्त हो रहे हैं—डायरिया भी कह सकते हैं। क्या यह सामान्य है?''

जब भी गर्भावस्था के लक्षणों की बात आती है तो वही सामान्य होता है, जो आपके लिए सामान्य है। आपके मामले में लूज़ मोशन (पतले दस्त) भी सामान्य हो सकते हैं। हर शरीर गर्भावस्था हार्मोन के प्रति अलग तरह से प्रतिक्रिया देता है। हो सकता है कि आपके शरीर में पाचन की प्रक्रिया धीमी होने की बजाए तेज हो गई हो। यह भी हो सकता है कि यह आपके आहार में सकारात्मक बदलाव और व्यायाम की आदतों का नतीजा हो।

आप चाहें तो खाने में सूखे मेवे जैसे खाद्य पदार्थों की मात्रा घटाकर केले शामिल कर सकती हैं ताकि आपका मल बिल्कुल पतला न रहे। पतले दस्त की वजह से शरीर में पानी की कमी हो सकती है इसलिए पर्याप्त मात्रा में तरल पदार्थ लें।

यदि आपको दिन में कम से कम तीन बार पतले, खून युक्त या म्यूकस युक्त दस्त आ रहे हों तो डॉक्टर से मिलें, आपको इलाज की जरूरत पड़ सकती है।

गैस

''मेरा पेट हमेशा फूला रहता है और गैस पास होती रहती है। क्या सारी गर्भावस्था में ऐसे ही होगा?''

क्या आप बहुत गैस पास कर रही हैं? क्या आपके आसपास का माहौल भी इसी वजह से बदबूदार रहता है? माफ करें, गर्भवती महिला के लिए यह आम बात है।

गैस की उस भद्दी आवाज व बदबू से बचना चाहती हैं तो आपको निम्नलिखित उपाय अपनाने चाहिए।

नियमित समय पर जाएं :- कब्ज व पेट फूलने की वजह से भी गैस बनती है, हर रोज सही समय पर शौच जाएं।

सिक्स मील :- दिन में तीन बार ठूंस कर खाना खाने की बजाए हर थोड़ी देर बाद कुछ खाएं। पेट ज्यादा भरा रहेगा तो अफारा होगा और पाचन तंत्र पर भी ज्यादा दबाव बढ़ेगा 'सिक्स मील सोल्यूशन' अपनाएं।

खाना निगलें नहीं :-जब आप भगदड़ में कुछ खाती हैं तो जल्दबाजी में बहुत सी हवा भी भीतर चली जाती है। यही आपके पेट में जा

कर गैस बनती है। खाने से पहले कुछ गहरी सांसें लेने से आपको आराम मिल सकता है।

शांत रहे :-खाने के बीच तनाव व उत्तेजना के कारण पेट में काफी हवा चली जाती है और आप गैस का टैंक बन जाती हैं।

गैस बनाने वाले खाद्य पदार्थ :-हर आदमी के लिए इनका असर अलग-अलग होता है। आप स्वयं पता लगा सकती हैं कि किन चीजों को खाने से आपके पेट में गैस बनती है, वैसे आपको प्याज, पत्तागोभी, तले भुने, भारी सॉस, चीनी वाली मिठाइयों, कार्बोनेटेड पेय पदार्थ, बींस से बचना चाहिए।

जल्दी न मचाएं :- अपनी मर्जी से कोई भी एंटीगैस दवा लेने की बजाए डॉक्टर से पूछ लें। हल्के गर्म पानी में नींबू का रस मिला कर पीएं इससे गैस दूर होगी, यह एक अचूक दवा है।

सिर में दर्द

''मुझे पहले से काफी ज्यादा सिर-दर्द रहने लगा है। क्या मुझे कुछ लेना चाहिए?''

गर्भावस्था में महिलाओं को पेनकिलर दवाओं से बचना होता है और इन्हीं दिनों उनका सिर ज्यादा दुखने लगता है। आपको इसके साथ ही रहना होगा लेकिन बचाव का कोई उपाय तो कर ही सकते हैं। हम ऐसे उपाय अपना सकते हैं, जिनमें दवा लेने की जरूरत न पड़े।

सबसे पहले तो पता लगाना होगा कि सिर में दर्द क्यों हो रहा है। कई हार्मोनल बदलावों की वजह से भी गर्भावस्था में सिर दर्द होता है। इनकी वजह से ही सिरदर्द, थकान, तनाव, भूख शारीरिक या मानसिक तनाव वगैरह काफी बढ़ जाते हैं।

हालांकि इससे बचाव के कई उपाय हो सकते हैं पर इनमें से कोई भी दवा या कैप्सूल के रूप में नहीं आता। कई मामलों में थोड़ी सी कोशिश करने पर सफलता मिल सकती है।

रिलैक्स :- गर्भावस्था में उत्तेजना व तनाव की वजह से अक्सर सिरदर्द हो जाता है। कई महिलाओं को ध्यान व योगा से काफी आराम मिलता है। आप भी रिलैक्सेशन तकनीकें सीख कर अपना सकती हैं। या अंधेरे कमरे में 10 मिनट के लिए लेट जाएं या 10-15 मिनट के लिए डेस्क या सोफे पर पांव ऊंचे कर लें। इससे भी तनाव और सिर दर्द में राहत मिलेगी।

पूरा आराम लें :- गर्भावस्था में आराम की कमी से भी सिर दर्द हो सकता है। खासतौर पर पहली और तीसरी तिमाही में थकान ज्यादा होती है। जो महिलाएं लंबे घंटों तक काम करती हैं या जिन्हें बच्चों की देखरेख करनी पड़ती है। ऐसे में नींद भी नहीं आती। आप अपने पेट का उभार देख-देख कर सोचना शुरू कर देती हैं :- क्या मुझे कभी आराम मिलेगा? शिशु के आने के बाद सारे काम कैसे पूरे होंगे? इससे थकान दुगनी हो जाती है। जब भी मौका मिले आराम करें, सिर दर्द में फर्क पड़ेगा। जरूरत से ज्यादा नींद न लें क्योंकि इससे सिर दर्द बढ़ सकता है।

नियमित समय पर खाएं :- ब्लड प्रेशर घटा हुआ हो तो भूख की वजह से भी सिर में दर्द होने लगता है। खाली पेट न रहें। अपने बैग, कार के कंपार्टमेंट या घर में हमेशा पौष्टिक स्नैक्स (सोया चिप्स, ग्रेनोला बार, सूखे मेवे) रखें ताकि भूख लगते ही कुछ खाया जा सके।

थोड़ा शांत रहें :- यदि आप शोर के प्रति संवदेनशील हैं तो शोर से भी सिर दुखने लगता है। शोर व भीड़-भाड़ वाले इलाके में जाने से बचें। यदि आपकी नौकरी शोर-शराबे वाले इलाके में है तो अपने बॉस से बात करें या

कॉरपस लूटेयम सिस्ट क्या है?

आप भी जानना चाहेंगी कि भला कॉरपस लूटेयम सिस्ट क्या है? आपके प्रजनन जीवन के हर माह में ओव्यूलेशन के बाद कोशिकाओं का पीला शरीर सा बनता है, जिसे यलो बॉडी (कॉरपस लूटेयम्) कहते हैं। यह कुछ मात्राएं प्रोजेस्टोरॉन व हस्ट्रोजन बनाता है। जब आप गर्भवती होती हैं तो यह घटने की बजाय पनपने लगता है। (प्लेसेंटा बनने तक) आमतौर पर करीब 10वें सप्ताह तक काम करना बंद कर देता है लेकिन कुछ गर्भावस्थाओं में यह सिस्ट में बदल जाता है।

यह गर्भावस्था पर-कोई असर नहीं डालता। यह अपने-आप दूसरी तिमाही में खत्म हो जाता है। वैसे डॉक्टर इस पर नजर रखते हैं और अल्ट्रासाउंड के माध्यम से इसकी ताजा जानकारी देते रहते हैं यानी आपको अपने शिशु की झलक पाने के कुछ और मौके मिल जाते हैं।

किसी शांत इलाके में तबादला करवा लें। घर में टी.वी. टेलीफोन व रेडियो की आवाज धीमी रखें।

हवादार जगह में रहें :-भीड़-भाड़ व उमसभरी जगह में न रहें वरना आपका सिर दुखने लगेगा। यदि आप किसी ऐसी जगह फंस गई हैं तो बाहर निकल कर ताजी हवा में सांस लें। स्वेटर वगैरह उतार दें। यदि बाहर जाने का हिसाब न बने तो कम से कम खिड़की तो खोल दें।

लॉइट का रखें ध्यान :- अपने आसपास की रोशनी को एक नई नजर से देखें। कई जगह फ्लोरोसैंट बल्ब की रोशनी भी सिर में दर्द कर सकती है। यदि बत्तियां जलाए बिना बात न बने तो बीच-बीच में बाहर की हवा भी खाएं।

विकल्प आजमाएं :-एक्यूपंचर, एक्यूप्रेशर, बायोफीडबैक व मालिश जैसी वैकल्पिक चिकित्सा पद्धतियां आजमाएं।

गर्म व ठंडा सेंक :-सॉइनस के सिर दर्द से बचाव के लिए दिन में चार बार 10 मिनट तक, 30-30 सैकेंड के लिए सिर पर गर्म-ठंडा सेंक करें। तनाव की वजह से सिर दर्द हो तो गर्दन के पिछले हिस्से पर बर्फ लगाएं व आंखें बन्द करें। सामान्य आइस पैक या जैल बेस्ड नैक पिलो इस्तेमाल करें।

पोश्चर सीधा रखें :-झुक कर या आड़ा-तिरछा बैठ कर लंबे समय तक काम (शिशु की जुराबें बुनना वगैरह) न करें। अपने पोश्चर पर पूरा ध्यान दें।

दवा लें :-यदि आराम न आए तो दवा लें। वैसे टाइलीजोल से काफी आराम आ जाता है। इसे गर्भावस्था में सुरक्षित भी माना जाता है। डॉक्टर की मदद से सही खुराक लें। अगर कुछ घंटों तक लगातार अलग सा दर्द रहे, बुखार हो और दर्द बार-बार हो या हाथों-पांवों में सूजन आ जाए तो डाक्टर की मदद लें।

"मुझे माइग्रेन का दर्द होता रहता है। मैंने सुना है कि यह गर्भावस्था में काफी बढ़ जाता है। क्या यह सच है?"

कुछ गर्भवती महिलाओं को ऐसा लगता है कि गर्भावस्था में उनका माइग्रेन का दर्द काफी बढ़ गया है। कुछ किस्मतवाली महिलाएं ही ऐसी होती हैं, जिनके मामले में यह दर्द घटता है। यह पता नहीं लग पाया कि माइग्रेन की मात्रा कम या ज्यादा क्यों हो जाती है।

यदि आप पहले से ही माइग्रेन से पीड़ित हैं तो अपने डॉक्टर से पूछें कि गर्भावस्था में कौन सी दवाएं लेना सुरक्षित रहेगा। इस तरह आप पहले से ही जानलेवा दर्द से बचाव का

उपाय कर पाएंगी।

अगर आप जानती हैं कि माइग्रेन किस वजह से होता है, तो आप उसे रोकने का उपाय भी कर सकती हैं। चॉकलेट, चीज़, कॉफी या फिर तनाव! अपने मुंह पर ठंडे पानी के छींटे मारें, चेहरे पर ठंडा कपड़ा मलें। शोर, रोशनी और गंध से दूर किसी अंधेरे कमरे में 2-3 घंटे लेटें। आंखें बंद करके ध्यान करें या संगीत सुनें। कुछ पढ़ें नहीं और न ही टी.वी. देखें। बायोफीडबैक या एक्यूपंचर जैसी तकनीकें भी अपना सकती हैं।

स्ट्रैच मार्क

"मुझे डर है कि मेरे शरीर पर स्ट्रैच मार्क्स हो जाएंगे। क्या इन्हें रोका जा सकता है?"

इन्हें तो कोई भी पसंद नहीं करता लेकिन ज्यादातर गर्भवती महिलाओं को गर्भावस्था के दौरान ब्रेस्ट, हिप्स या पेट पर हल्के लाल। गुलाबी स्ट्रैच मार्क हो ही जाते हैं।

जब आपकी त्वचा के नीचे ऊतकों की परत में हल्की दरारें आ जाती हैं तो ये निशान पड़ते हैं। ये अपनी हद से खिंच जाते हैं जिन गर्भवती मांओं की त्वचा में काफी लोच होती है या उन्होंने पोषण व व्यायाम से त्वचा को पोषित किया हो, वे कई बार मां बनने के बावजूद ऐसे स्ट्रैच मार्क से बची रहती हैं। अगर आपकी मम्मा को भी गर्भावस्था में ऐसे स्ट्रैच मार्क हुए थे तो शायद आप भी नहीं बचेंगी अगर वे उन किस्मत वाली महिलाओं में से हैं, जो इनसे बची रहती हैं तो शायद आपका भी बचाव हो जाए।

वैसे आप चाहें तो अपनी ओर से भी बचाव के कुछ उपाय अपना सकती हैं, जैसे–वजन धीरे-धीरे बढ़ाना (त्वचा जितनी तेजी से खिंचेगी, उतनी जल्दी निशान पड़ेंगे) अपनी त्वचा को विटामिन सी युक्त आहार दें ताकि उसकी लोच बनी रहे। वैसे आप चाहें तो कोको वाटर जैसा कोई मॉइश्चराइज़र भी इस्तेमाल कर सकती हैं। इससे कम से कम त्वचा पर सूखापन नहीं आएगा और न ही दर्द होगा। अपने पतिदेव से कहें कि वे इसे आपके पेट पर मलें, बेबी को भी मसाज का मजा आ जाएगा।

अगर आपके निशान गहरा गए हों तो भी घबराएं नहीं, डिलीवरी के कुछ महीने बाद ही वे धारियां हल्की पड़ने लगेंगी। वैसे बाद में आप किसी त्वचा विशेषज्ञ की राय भी ले सकती हैं। तब तक इन्हें बड़ी शान से अपनाएं।

दोनों के लिए बॉडी आर्ट

'हॉट मम्मा' का टैटू खुदवाने जा रही हैं तो जरा रुकें। वैसे उसकी इंक अपने आप तो आपके खून में नहीं मिलेगी लेकिन सुई से संक्रमण हो सकता है। खतरा क्यों मोल लें?

कई बार ऐसा भी होता है कि गर्भावस्था के दौरान बना टैटू, डिलीवरी के बाद अजीब सा लगने लगता है इसलिए बॉडी आर्ट करने से पहले थोड़ा इंतजार करें। अपने शिशु को इस दुनिया में आने दें।

वैसे शौक पूरा ही करना हो तो हिना भी इस्तेमाल कर सकती हैं। आपको कुदरती हिना (मेहंदी) इस्तेमाल करनी है। कैमिकल युक्त हिना (काली मेहंदी) नुकसान पहुंचा सकती है। इसके लिए भी पहले अपने डॉक्टर से पूछ लें क्योंकि आपकी अति संवेदनशील त्वचा पर एलर्जी हो सकती है। इसे अपनी त्वचा पर लगाकर पैच टेस्ट करें। यदि 24 घंटे तक कोई लक्षण न दिखे तो इसे इस्तेमाल करना सुरक्षित रहेगा।

पहली तिमाही और वजन बढ़ना

"पहली तिमाही खत्म होने को है पर अभी तक मेरा वजन नहीं बढ़ा?"

कुछ गर्भवती महिलाएं शुरूआत में वजन

नहीं बढ़ा पातीं बल्कि कई महिलाओं का वजन घट भी जाता है ऐसा मॉर्निंग सिकनेस की वजह से हो सकता है। किस्मत से, कुदरत स्वयं आपके शिशु का बचाव करती है, फिर चाहे आप उबकाई और भोजन नापसंद होने के कारण उसे न खाएं। छोटे से भ्रूण को अधिक पोषण की आवश्यकता नहीं होती, इसका मतलब है कि अभी वजन न बढ़ने से उस पर कोई बुरा असर नहीं पड़ेगा। ज्यों-ज्यों बेबी बढ़ेगा, शरीर को अधिक पोषण व कैलोरी की आवश्यकता होगी उस समय आपको वजन बढ़ाना होगा।

अभी इस बारे में चिंता न करें चौथे महीने से आपका वजन सही तरीके से बढ़ने लगेगा। यदि वजन बढ़ाने में दिक्कत हो तो अपने भोजन में कैलोरी की मात्रा बढ़ा दें। बीच-बीच में स्नैक्स खाती रहें। भोजन की मात्रा बढ़ाएं। एक ही बार में ज्यादा न खा सकें तो कोई बात नहीं। सिक्स मील सोल्यूशन अपनाएं। सलाद व सूप को मेन कोर्स से अलग करें क्योंकि हो सकता है कि सलाद व सूप ही आपका पेट भर दें और आपके पास खाने लायक भूख ही न रहे। वसा युक्त भोजन (मेवे, बीज, एवोकाडो, जैतून का तेल) का मजा लें लेकिन जंक फूड न खाएं। इस तरह का वजन बढ़ा तो उसका असर शिशु पर नहीं, आपके नितंबों व जांघों पर पड़ेगा।

''मुझे 12 सप्ताह का गर्भ है। मैं यह देख कर चौंक गई थी कि मैंने अभी से 13 पौंड वजन बढ़ा लिया है। अब मुझे क्या करना चाहिए?''

सबसे पहले तो घबराएं नहीं, कई महिलाओं को पहली तिमाही के बाद ऐसे झटके का सामना करना पड़ता है। वे वजन के कांटे से उतरते ही हैरान हो जाती हैं कि उनका वजन इतना कैसे बढ़ गया। कई बार ऐसा खानपान की वजह से भी होता है। उन्हें पहले दिन से ही लगने लगता है कि वे दो लोगों के लिए खा रही हैं।

कई बार वे जी मिचलाने या उबकाई आने पर जरूरत से ज्यादा आईसक्रीम, पास्ता, बर्गर या ब्रेड लेने लगती हैं।

इस वजन से घबराने की जरूरत नहीं है। आप इसी वजन को छः महीने तक नहीं ले जा सकतीं क्योंकि शिशु को बढ़ने के साथ धीरे-धीरे अतिरिक्त पोषण की जरूरत होगी इसलिए कैलोरी घटाने के बारे में न सोचें। वैसे आप थोड़ी सावधानी बरत कर इसे धीमा कर सकती हैं।

डॉक्टर की राय लें। अगली दो तिमाही के लिए वजन का लक्ष्य बनाएं व उसी के हिसाब से चलने की कोशिश करें क्योंकि यदि इसी हिसाब से वजन बढ़ाएंगी तो शिशु को पूरा पोषण मिलेगा और आपको डिलीवरी के बाद फालतू वजन घटाने में भी समय नहीं लगेगा।

गर्भवती दिखना

''मैं अभी पहली तिमाही में हूं और मेरा उभार दिखने लगा है?''

कुछ गर्भवती महिलाओं का उभार काफी समय तक नहीं दिखता और कुछ शुरूआत से ही पेट का उभार महसूस करने लगती हैं। ऐसा इसलिए है क्योंकि हर गर्भावस्था अपने आप में अलग है। आपको यही डर है कि अभी इतना उभार है तो मैं आगे चल कर कैसी दिखूंगी। घबराएं नहीं, कम से कम आपको यह डर तो नहीं सताएगा न कि आप गर्भवती नहीं है।

लड़के तो लड़के ही हैं

दूसरी तिमाही खत्म होते ही आपकी खोई हुई भूख लौट आएगी लेकिन यदि बहुत ज्यादा भूख लगी है तो शायद आपके भीतर एक नर भ्रूण पनप रहा है। अध्ययनों से पता चला है कि लड़कों की मांए लड़कियों की मांओं के मुकाबले ज्यादा खाती हैं। तभी तो जन्म के समय लड़कों का वजन ज्यादा होता है। आप बस भोजन और भोजन के बारे में ही सोचती रहती हैं।

जल्दी उभार दिखने के निम्नलिखित कारण हो सकते हैं:-

■ आपकी गढ़न छोटी है तो आपके बढ़ते गर्भाशय को छुपने की कोई जगह नहीं मिलेगी और आपका उभार साफ दिखेगा।

■ आपकी मांसपेशियों की टोन कम होगी तो भी पेट का उभार जल्दी दिखेगा। तभी दूसरी गर्भावस्था में भी उभार जल्दी दिखने लगता है क्योंकि उनकी पेट की मांसपेशियां पहले से खिंच चुकी होती हैं।

■ अगर आप गर्भवती होने की खबर पाते ही जरूरत से ज्यादा खाने-पीने लगी हैं तो आपके पेट का उभार जल्दी दिखेगा। आखिर वसा कहां जाएगी?

■ अगर आपको गर्भधारण की सही तिथि का अंदाजा नहीं है तो भी ऐसा हो सकता है।

■ कई बार पेट में गैस व अफारे की वजह से भी पेट फूला हुआ दिखता है।

■ कई बार पहली तिमाही में उभार दिखने लगता है। ऐसी महिलाओं के पेट में जुड़वां बच्चे भी हो सकते हैं। वैसे आमतौर पर पेट के इस उभार का यह मतलब नहीं कि आपको दो शिशु संभालने होंगे।

जुड़वाँ बच्चे

''डॉक्टर कैसे पता करेंगे कि मेरे पेट में जुड़वां बच्चे हैं या नहीं?''

क्या आपको लग रहा है कि पेट में जुड़वां हैं। इसे पता लगाने के भी कई तरीके हो सकते हैं।

समय से पहले बड़ा गर्भाशय :-जुड़वाँ बच्चों का पता लगाने के लिए पेट नहीं, गर्भाशय के आकार पर ध्यान दिया जाता है। यदि ड्यू डेट की तुलना में गर्भाशय ज्यादा तेजी से बढ़ रहा

है तो आपको मल्टीपल प्रेगनेंसी हो सकती है। सिर्फ बड़े पेट से ही अंदाजा नहीं हो सकता।

गर्भावस्था में बढ़े हुए लक्षण :- जुड़वाँ बच्चों के मामले में गर्भावस्था के लक्षण ज्यादा बिगड़े हुए रूप में (मॉर्निंग सिकनेस व अपच आदि) सामने आ सकते हैं लेकिन यह सब कई बार एक भ्रूण वाली गर्भावस्था में भी हो सकता है।

झुकाव :-कई कारक तय करते हैं कि मां एक या दो बच्चों को जन्म देगी। 35 वर्ष से अधिक आयु की महिलाओं व आईवीएफ में ऐसा हो सकता है। कई बार जेनेटिक प्रभाववश भी ऐसा होता है।

डॉक्टर दोनों के दिल की धड़कन अलग-अलग सुनने की कोशिश कर सकते हैं लेकिन यह कोई वैज्ञानिक तरीका नहीं है। अल्ट्रासाउंड से ही जुड़वाँ बच्चों का सही तरीके से पता चल सकता है। आमतौर पर यह तरीका कारगर होता है। (यदि एक भ्रूण दूसरे भ्रूण के पीछे छिपा न हो) इसी तरीके से मल्टीपल प्रेगनेंसी का पता चल सकता है।

शिशु के दिल की धड़कन

''मेरी सहेली ने शिशु की धड़कन 10वें सप्ताह में सुनी थी। मैं उससे एक सप्ताह आगे हूं लेकिन अब भी डॉक्टर शिशु की धड़कन नहीं सुन सके।''

किसी भी भावी माता-पिता के लिए नन्हे शिशु के दिल की धड़कन मधुर संगीत से कम नहीं होती। चाहे आप इसे पहले अल्ट्रासाउंड में देख चुकी हैं लेकिन डॉक्टर के ऑफिस में डॉपलर की मदद से सुनने का अपना ही आनंद है।

हालांकि 10 से 12 सप्ताह के बी डॉपलर की मदद से शिशु के दिल की धड़कन सुनी जा सकती है लेकिन सभी माता-पिता को यह मौका इतनी जल्दी नहीं मिल पाता। कई बार शिशु या प्लेसेंटा की स्थिति की वजह से यह

लड़का या लड़की

पुरानी दाइयों व कुछ डॉक्टरों का मानना है कि हृदय गति से शिशु के लिंग का अंदाजा हो सकता है। 140 से अधिक हृदयगति होने पर लड़की या 140 से कम होने पर लड़का हो सकता है। इसे मौज-मस्ती के हिसाब से तो सच मान सकते हैं लेकिन इसके हिसाब से नर्सरी के रंगों का चुनाव न करें।

संभव नहीं होता। या फिर आपके पेट पर वसा की कई परतें जमा होती हैं। ड्यू डेट का गलत अनुमान भी इसकी एक वजह हो सकती है। 14वें सप्ताह तक निश्चित रूप से आप शिशु के दिल की धड़कन सुन पाएंगी। यदि आप इतना भी रुकने को तैयार नहीं तो डॉक्टर उसे अल्ट्रासाउंड पर दिखा देंगे।

जब भी शिशु के दिल की धड़कन सुनें, तो थोड़ा ध्यान दें। आपकी औसत हृदय दर प्रति मिनट 100 बार होती है। शिशु की उत्तम दर गर्भावस्था के आरंभ में 110 से 160 प्रति मिनट, मध्यकाल में 120 से 160 बार प्रति मिनट होगी। हर शिशु के दिल की धड़कन अलग-अलग हो सकती है। इसकी किसी दूसरे शिशु से तुलना न करें।

एट-होम डॉपलर

आप भी एक प्रीनैटल हार्ट लिसनर लेना चाहती हैं। इससे आप घर बैठे शिशु के दिल की धड़कन सुन सकते हैं। ये उपकरण सुरक्षित तो हैं पर इतने संवेदनशील नहीं होते और पांचवे महीने तक शिशु के दिल की धड़कन नहीं सुना सकते। अगर उससे पहले इसका इस्तेमाल करेंगी तो आपके हाथ निराशा ही आएगी। यदि शिशु सही स्थिति में न हो तो भी आपके दिल की धड़कन सुनने में दिक्कत आ सकती है। याद रखें, उपकरण जितना बढ़िया होगा, नतीजे भी उतने ही अच्छे आएंगे।

18 से 20 सप्ताह के बाद आप इस धड़कन को डॉपलर के बिना रेगुलर स्टेथोस्कोप की मदद से भी सुन सकती हैं।

सेक्स की इच्छा

''मेरी सभी सहेलियों ने बताया कि गर्भ की प्रारंभिक अवस्था में उनकी सेक्स की इच्छा काफी बढ़ गई थी, मैं ऐसा महसूस क्यों नहीं कर पा रही?''

गर्भावस्था से आपके जीवन के कई पहलुओं में बदलाव आता है। सेक्स लाइफ भी इनमें से एक है। हार्मोन आपको शारीरिक या मानसिक रूप से उत्तेजित करते हैं व निढाल कर देते हैं लेकिन हर महिला पर इनका असर अलग तरह से होता है। कुछ तो गर्म हो जाती है और कुछ पर बर्फ का ठंडा पानी पड़ जाता है। कुछ गर्भवती महिलाएं तो सही मायनों में पहली बार चरम सुख (आर्गेज्म) को महसूस करती हैं। कुछ महिलाएं जो सेक्स जीवन में पूरी रुचि लेती रही हैं-वे अचानक ही अपने आप को इनसे विरक्त महसूस करने लगती हैं। हालांकि हार्मोन सेक्स इच्छा को जागृत करते हैं लेकिन उल्टी, थकान व दूसरे लक्षण बीच की रुकावट बन जाते हैं। ये सभी बदलाव सामान्य होने के बावजूद मन में अपराध बोध की भावना पैदा करते हैं व सेक्स से विमुख कर देते हैं।

आपको यह याद रहना होगा कि इन दिनों आपकी भावनाओं में काफी बदलाव आता है। अगर एक पल आप सेक्सी महसूस करती हैं तो कुछ ही घंटों में मूड उखड़ जाता है। आपसी समझ, संप्रेषण व हास्यप्रियता की मदद से इन स्थितियों से निपटा जा सकता है। दूसरी तिमाही आते-आते सब कुछ पहले जैसा हो जाएगा।

''जब से मैं गर्भवती हुई हूं। सेक्स की काफी

इच्छा रहने लगी है लेकिन मेरी इच्छा पूरी नहीं हो पा रही। क्या यह सामान्य है?''

इसमें असामान्य वाली भी कोई बात नहीं है। आप तो किस्मत वाली हैं कि पहली तिमाही के उन मुश्किल लक्षणों के बावजूद आपकी सेक्स की इच्छा बरकरार है आप इसके लिए उन हार्मोनों का धन्यवाद दे सकती हैं, जिनकी वजह से पेल्विक रीजन में रक्त का प्रवाह बढ़ गया है और आप हॉट महसूस कर रही है। इस समय तो आप किसी सेक्सी मम्मा से कम नहीं हैं। शायद यही वो पल हैं जब आपको संबंध बनाने के बाद किसी तरह की चिंता नहीं करनी पड़ रही या पीरियड के दिनों के हिसाब से नहीं चलना पड़ रहा। सेक्स संबंधों की ये रोचक दास्तान पहली तिमाही तक चलेगी या फिर पूरी गर्भावस्था तक आपका साथ निभा सकती है।

आपकी यह इच्छा बिल्कुल स्वभाविक है और आपको इसके लिए शर्मिंदा होने की कोई जरूरत नहीं है। यदि आप बहुत अच्छे तरीके से चरम सुख को महसूस कर रही हैं तो यह घबराने वाली बात नहीं है। अगर ऐसा पहली बार हो रहा है तो फिर तो जश्न मनाने वाली बात है। यदि डॉक्टर इजाजत देते हैं तो पेट का उभार बनने से पहले कुछ नए आसन आजमाएं और इन पलों का भरपूर आनंद लें।

''इन दिनों मेरे मन में सेक्स की इच्छा रहती है लेकिन मेरे पति का बिल्कुल मूड नहीं होता। अब मुझे यह बुरा लगने लगा है।''

जब आप बिल्कुल तैयार हैं तो वे क्यों नहीं मान रहे? इसकी कई वजह हो सकती हैं। हो सकता है कि उन्हें यह डर हो कि आपको या शिशु को चोट न पहुंचे (जबकि ऐसा होता नहीं) बच्चे के सामने संबंधी बनाने का एहसास या फिर इस बात का एहसास कि शिशु उनके लिंग को देख या महसूस कर सकता है। हो सकता है कि वे इस समय आपके शरीर में आने वाले बदलावों को देखते हुए स्वयं को समझा रहे हों कि आप किसी की मां बनने वाली हैं।

हो सकता है कि प्रेमी की जगह पिता ने ले ली हो वैसे कई बार भावी पिताओं के मन में सेक्स की इच्छा घट सी जाती है।

कारण चाहे कोई भी हो, आप उनके इस बर्ताव का बुरा न मानें। हां, अपने इस समय को भी यूं ही न जाने दें। उनसे खुल कर बात करें। उन्हें एहसास दिलाएं कि इन दिनों में सेक्स बिल्कुल सुरक्षित है और इससे अजन्मे शिशु का कोई लेना-देना नहीं है इस तरह उन्हें अपने मन की गांठ खोलने में आसानी रहेगी। उनकी ओर से पहल की उम्मीद न रखते हुए स्वयं पहल करें। एक नई सेक्सी नाइटी, मूनलाइट व हल्का संगीत कैसे रहेंगे? यदि मालिश से भी उनका मूड न बने तो सोफे पर ही प्यार जताने में क्या हर्ज है।

हो सकता है कि मन शांत होते ही उनका भी मूड बन जाए।

ऑर्गैज्म के बाद ऐंठन

''मुझे ऑर्गैज्म के बाद पेट में ऐंठन सी होती है। क्या यह सामान्य है या कुछ गलत हो रहा है?''

चिंता न करें और इसी वजह से सेक्स से दूर न भागें। कम खतरे वाली गर्भावस्था में भी कई बार ऑर्गैज्म के बाद या उसके दौरान, पीठ में दर्द व पेट में ऐंठन की शिकायत हो सकती है। गर्भाशय में सामान्य संकुचन व इंटरकोर्स के बाद ऐसा हो सकता है। कई बार यह सब मानसिक भी होता है। सेक्स के दौरान शिशु को चोट लगने का भय सताता रहता है। यह मानसिक व शारीरिक कारणों का मेल भी हो सकता है।

दूसरे शब्दों में ऐंठन का मतलब यह नहीं कि आपके आनंद से शिशु को तकलीफ हो

रही है। यदि डॉक्टर ने हरी झंडी दिखा दी है तो आपको कैसा डर?

यदि फिर भी ऐंठन महसूस हो तो साथी से कहें कि वह हल्के हाथ से पीठ मले। इससे आपका तनाव भी दूर हो जाएगा।

कुछ महिलाओं को सेक्स के बाद टांगों में भी ऐंठन महसूस होती है। आपको इसी पुस्तक में इससे बचाव के उपाय भी मिल जाएंगे।

नौकरी और गर्भावस्था

अगर आप मां बनने वाली हैं तो आपने अपना काफी काम पहले ही बढ़ा लिया है। नौकरी के साथ शिशु को जन्म देने का काम भी आपके जिम्मे है यानी ओवरआइम जॉब! आपका वर्कलोड दुगना हो गया है। आपको ग्राहकों व डॉक्टरों से मीटिंग, बॉथरूम व मॉल रूम के ट्रिप, बिजनेस लंच व मॉर्निंग सिकनेस, सहेली से लेकर बॉस को बताने की उत्सुकता, स्वस्थ व प्रेरणा से भरपूर रहने की कोशिश, शिशु के आने व मेटरनिटी लीव लेने की तैयारी जैसी चुनौतियों से जूझना होगा। यहां हम आपकी मदद के लिए कुछ टिप्स दे रहे हैं–

बॉस से कब कहें :- आप भी सोच रही होंगी कि यह खबर बॉस को कब सुनानी चाहिए? हालांकि इसका कोई खास नियम नहीं है पर आपको थोड़ी जल्दी करनी होगी, कहीं आपके पेट का उभार ही सब कुछ न कह दे। यह सब इस बात पर निर्भर करता है कि आपके काम करने का माहौल कितना दोस्ताना या औपचारिक है या शारीरिक अथवा भावनात्मक रूप से इसे कैसे लेती हैं।

आप कैसा महसूस कर रही हैं :- अगर मॉर्निंग सिकनेस की वजह से आपका काफी समय सिंक पर बीत रहा है, अगर आप पर पहली तिमाही की थकान इतनी बुरी तरह से हावी है कि आप बिस्तर से सिर भी नहीं उठा पा रहीं है, तो यह राज ज्यादा समय तक नहीं टिकेगा। बेहतर होगा कि आप स्वयं ही सबको और बॉस को इस बारे में बता दें। अगर आप बिल्कुल ठीक महसूस कर रही हैं तो अपनी मर्जी से इस खबर को कुछ समय तक छिपा सकती हैं।

आप कैसा काम करती हैं :- अगर आप ऐसे हालात में काम करती हैं, जो आपके व शिशु के लिए हानिकारक हो सकते हैं तो आपको तबादले या काम बदलने के लिए यह खबर देनी ही होगी।

काम कैसा चल रहा है :- जब भी कोई गर्भवती महिला यह सूचना ऑफिस में देती है तो सामने वाले के मन में यही सवाल पैदा होता है कि "क्या वह गर्भावस्था के दौरान काम कर पाएंगी?" कहीं उसका मन काम की बजाए अजन्मे बच्चे में तो नहीं रमा रहेगा? कहीं वह हमारे काम को अधूरा तो नहीं छोड़ देगी? आप यह खबर तभी दें जब कोई रिपोर्ट पूरी करें, कोई डील करें, कोई नया आइडिया दें या यह साबित कर दें कि आप गर्भवती होने के बावजूद काम में कोई कोताही नहीं बरतने वाली हैं।

कोई खबर आनी हो तो :- अगर आपके किसी प्रदर्शन का नतीजा आने वाला है, वेतन बढ़ने वाला है या फिर प्रमोशन का चांस है तो अपनी इस खबर को तब तक दबा कर ही रखें क्योंकि अगर आपने पहले यह खबर सुना दी तो तरक्की के रास्ते में रुकावट आ सकती है। उन्हें लगेगा कि आप आने वाले समय में एक बेहतर वर्कर बनने की बजाय बेहतर मदर बनने पर ध्यान देंगी।

गप्पों की फैक्ट्री :- जी हां। अगर आप गप्पों की फैक्टरी में काम करती हैं तो थोड़ा संभल जाएं। क्या आप चाहेंगी कि आपके बताने से पहले ही कोई इस खबर को बॉस तक पहुंचा दे। आपको सिर्फ भरोसेमंद साथियों को ही यह बात बतानी चाहिए ताकि वे आपकी मर्जी के

बना दूसरों के आगे मुंह न खोलें।

नियोजक का रवैया :- आपको इस बारे में अपने नियोजक का रवैया जानना होगा। उन महिलाओं से पूछें जो हाल ही में मां बनी हों लेकिन यह बातचीत गुपचुप तरीके से होनी चाहिए। पता करें कि ऑफिस में मेटरनिटी लीव के लिए क्या नीति अपनाई जाती है। आप एच.आर के किसी व्यक्ति से भी मीटिंग कर सकती हैं वे आपको इस बारे में बेहतर जानकारी दे पाएंगे। यदि कंपनी गर्भवती मांओं की सुविधा का पूरा ध्यान रखती है, फिर तो आपको जल्द से जल्द यह खबर देनी होगी। यदि नहीं तो आप बेहतर जानती हैं कि क्या करना होगा।

खबर सुनाना :- अगर एक बार आप खबर सुनाने के बारे में फैसला ले लेती हैं तो फिर आपको यह तय करना चाहिए कि यह सही तरीके से पहुंचे।

अपने-आपको तैयार करें :- अपनी खबर सुनाने से पहले थोड़ी छानबीन कर लें, अपने ऑफिस की मेटरनिटी लीव पॉलिसी की जानकारी लें। कई जगह वेतन सहित छुट्टी मिलती है तो कई जगह वेतन नहीं दिया जाता। कई जगह आपको अपनी सिकलीव को इन छुट्टियों में शामिल करने की इजाजत दी जाती है।

अपने अधिकार जानें :- आपको पता होना चाहिए कि गर्भवती होने के नाते आपको कौन से अधिकार प्राप्त हैं। जानकारी होने पर ही आप उन सुविधाओं का लाभ ले पाएंगी।

योजना बनाएं :- हर काम पूरी तरह योजनाबद्ध होना चाहिए। आपकी कार्यकुशलता की तारीफ भी होगी। जब भी यह खबर सुनाएं तो योजना भी बना लें कि आप अंदाजन कितने समय तक ऑफिस आ पाएंगी, कितने दिन की छुट्टी लेंगी, जाने से पहले काम कैसे खत्म करेंगी या अपना काम दूसरों को कैसे सौंपेंगी? यदि आप

बाद में पार्ट-टाइम आना चाहें तो उसे भी अभी बता दें। यदि यह योजना लिखित होगी तो आप कुछ भूलेंगी नहीं और अतिरिक्त कार्य कुशलता के अंक भी पाएंगी।

समय निकालें :- सीढ़ी, लिफ्ट या मीटिंग में आते-जाते यह खबर न सुनाएं। अपने बॉस से मिलने का समय लें ताकि वे भगदड़ मचाए बिना आपकी बात सुन सकें। ऐसा समय चुनें-जब ऑफिस में काम का ज्यादा तनाव न हो। अगर अचानक माहौल गर्म हो जाए तो अपनी मीटिंग टाल दें।

सकारात्मक रहें :- अपनी खबर को माफी और बहानों से शुरू न करें। बड़े आत्मविश्वास से बताएं कि आप गर्भवती होने से प्रसन्न हैं और बखूबी घर व दफ्तर के कामों को संभाल पाएंगी।

लोच बनाए रखें :- अपनी योजना बना कर, उसमें फेर बदल की थोड़ी गुंजाइश रखें ताकि उन्हें लगे कि आप अपनी जिद पर नहीं अड़ी हैं लेकिन बिल्कुल ही हथियार न डालें एक व्यावहारिक बॉटम लाइन तय कर लें व उसी के हिसाब से चलें।

लिखित रूप हो :- अपने प्रेगनेंसी प्रोटोकॉल व मेटरनिटी लीव की योजना बना लेने के बाद उसे लिखित रूप दें ताकि किसी भी गलतफहमी की गुंजाइश न रहे (मैंने ऐसा तो नहीं कहा था.....)

काम व आराम साथ-साथ : थकान,
उबकाई, पीठ व सिर दर्द, सूजे हुए टखने और बार-बार मूत्र की इच्छा। इन सबके बीच कोई गर्भवती महिला, नौकरी के घंटों में आरामदेह कैसे महसूस कर सकती है। अगर उसे सूजे हुए पांव ले कर बार-बार झुकना पड़े या सामान उठाना पड़े तो गर्भावस्था के आराम पाने के लिए हमारे टिप्स पढ़ें :-

■　आरामदेह कपड़े पहनें। तंग या कसे हुए

थोड़ी सी तैयारी

माना कि अभी आपके घर में कोई बच्चा नहीं है। आपको अपनी गर्भावस्था और नौकरी के घंटों के बीच ही तालमेल बिठाना है। यदि आप पहले से ही सारी तैयारी व अभ्यास कर लेंगी तो आने वाले समय में काफी आसानी रहेगी। हमारे सुझावों की मदद से आप अपने दो-तीन काम एक साथ करते हुए भी सहज रूप से चल सकती हैं।

■ सोच-समझ कर दिनचर्या चुनें। अपने हर तरह के टेस्ट व जांच का समय दोपहर का रखें। यदि आधे दिन की छुट्टी लेनी है तो पहले बॉस से पूछ लें इन दिनों का सारा हिसाब भी रखें।

■ अपने दिमाग की याददाश्त बनाए रखें। हर काम की लिस्ट बनाएं अपने पास कागज पैन रखें ताकि कुछ भी याद आते ही नोट हो सके।

■ अपनी हदें पहचानें व उनसे आगे न बढ़ें। इस समय फालतू काम हाथ में लेने की बजाए दूसरों को अपने काम सौंपे व एक बार में एक ही काम करें।

■ यदि कोई मदद देना चाहे तो 'हां' कहने में संकोच न करें। हो सकता है कि आगे चल कर वे भी आपसे मदद मांगें लेकिन इस समय तो उनकी बारी है।

■ अपने आप को रिचार्ज करें। थोड़ी चहलकदमी करें, बाथरूम तक हो आएं। रिलैक्सेशन तकनीकें अपनाएं या फिर कुछ समय के लिए अपनी दीवानगी में खो जाएं।

■ जब भी मन उदास हो तो अपनी बात कहने से पीछे न हटें। आखिर आप भी एक इंसान हैं। यदि मेज पर फाइलों का ढेर हो और सिर उठाने की हिम्मत न हो तो बॉस से फालतू मदद या समय मांगे। याद रखें कि आप नाकाबिल या आलसी नहीं, इन दिनों आप गर्भवती हैं।

वस्त्र न पहनें, जिनसे रक्त प्रवाह में बाधा आए। ऊंची हील भी तंग कर सकती है। स्पोर्टिंग होज़ पहनेंगी तो वैरीकोज़ वेन्स से बच सकती हैं क्योंकि हो सकता है कि आपको कई घण्टे खड़ा रहना पड़ता हो।

■ अपने भीतर का मौसम जानें। शहर का तापमान जो भी हो। गर्भावस्था में आपके शरीर का तापमान बदलता रहता है। एक मिनट में पसीना छूटता है तो दूसरे मिनट में कंपकंपी होने लगती है। आपको अपने कपड़े इसी हिसाब से पहनने हैं कि गर्म व सर्द दोनों तापमान का मुकाबला हो सके। यदि संभव हो तो अपने ड्राअर में स्कार्फ व स्वेटर रखें। जब अचानक ठंड लगने लगे तो आपको झट से गरमाहट मिल जाए। इन दिनों आपके शरीर का तापमान तेजी से घट-बढ़ सकता है।

■ अपने पांव पर भार देकर न खड़ी हों। यदि काम के घंटों में लगातार खड़ा होना पड़ता हो तो बीच-बीच में बैठे या हल्की चहलकदमी करें। एक पांव छोटे स्टूल पर रखें व घुटना मोड़ लें। इस तरह थोड़ा भार घटेगा। बार-बार पांव बदलती रहें व उन्हें हिलाएं-डुलाएं।

■ कोई भी बॉक्स या ऊंची चीज़ दिखाई दे तो थोड़ी देर के लिए पांव ऊंचे कर लें।

■ बीच-बीच में ब्रेक लें। बैठी हैं तो उठकर एक चक्कर लगा लें। खड़ी हैं तो पांव ऊंचे करके बैठ जाएं। यदि केबिन में सोफा हो तो मौका मिलते ही पीठ के बल लेट जाएं। शरीर में खिंचाव देने वाले कुछ व्यायाम करें ताकि पीठ, टांगों व गर्दन को आराम मिल सके। तकरीबन हर घंटे बाद अपने दोनों बाजू टिका कर पीठ अकड़ाएं। यदि बैठे -बैठे झुक सकें तो अपने हाथों को पैरों तक ले जाकर गर्दन व कंधों का तनाव दूर करें।

- अपनी कुर्सी ठीक करें। यदि पीठ को आराम देना चाहती हैं तो कुशन लगाएं। अपनी सीट के नीचे एक हल्का सा तकिया रखें। अगर कुर्सी खिसक सकती है तो मेज व कुर्सी के बीच थोड़ी जगह बना लें ताकि आपके पेट को पूरी जगह मिल सके।
- वाटर कूलर के आसपास रहें। जी नहीं, गप्पें मारने के लिए नहीं, पानी भरने के लिए। आपको दिन में पर्याप्त मात्रा में पानी पीना है ताकि शरीर में सूजन न आए और मूत्राशय संक्रमण भी न हो। इसके अलावा और भी कई तरह की तकलीफों से छुटकारा मिलेगा।
- हर दो घंटे बाद मूत्र के लिए शौचालय जाएं। इस तरह आप संक्रमण से बची रहेंगी चाहे जरूरत हो या न हो, टॉयलेट जरूर जाएं चूंकि अब आपके हड़बड़ाहट में भागने के दिन नहीं रहे इसलिए हर थोड़ी देर बाद मूत्र के लिए जाएं।
- हर गर्भवती मां के लिए सबसे जरूरी काम है, अपने शिशु का पेट भरना। अपने व्यस्त शैड्यूल के बीच भी खाने का समय निकालना न भूलें। आपकी मेज पर भी पौष्टिक स्नैक्स होने चाहिए। अगर पर्स बड़ा है तो उसमें भी कुछ रखें। आपके लिए व शिशु के लिए सही समय पर कुछ न कुछ खाना जरूरी है।
- वजन के कांटे पर रखें नजर! कहीं ऐसा न हो कि ऑफिस के तनाव की वजह से आप अंधाधुंध खाने लगें और फालतू वजन बढ़ा लें। अगर आपका ऑफिस किसी वेंडिंग मशीन या जंकफूड रेस्त्रां के पास है, तब तो और भी ध्यान रखना होगा।
- अपने पास दांतों का ब्रश रखें। उलटियों से परेशान हैं तो बीच-बीच में ब्रश करने से दांतों की सफाई होगी और सांस भी तरोजाता रहेगी। माऊथवाश भी काम आ सकता है। अगर बहुत ज्यादा लार बन रही हो तो इससे फर्क पड़ेगा (पहली तिमाही में अक्सर ऐसा होता है, जो कि ऑफिस में काफी बुरा लग सकता है)।
- सामान आराम से उठाएं ताकि पीठ पर किसी तरह का दबाव न पड़े।
- धुंए से भरे स्थानों से दूर रहें। धुंआ आपके व शिशु के लिए हानिकारक है इससे थकान भी हो सकती है।
- जरूरत से ज्यादा तनाव न पालें। कूल रहें। आईपॉड से संगीत सुनें। आंखें बंद करके ध्यान लगाएं। इमारत के आसपास चक्कर लगाएं।
- अपने शरीर की सुनना सीखें। अगर थकान हो रही है तो जल्दी छुट्टी लेकर घर जाने में कोई हर्ज नहीं है।

नौकरी व आपकी सुरक्षा :- कई नौकरियां ऐसी होती हैं जहां अधिकतर मां बनने वाली

कारपल टनल सिंड्रोम

दिन-रात की-बोर्डों पर अंगुलियां चलाने वाले इस बारे में जानते हैं। इससे हाथों में दर्द होता हे, वे सुन्न हो जाते हैं। भावी माताओं को भी यही परेशानी हो सकती है। यह खतरनाक नहीं, पर थोड़ा तकलीफदेह तो है ही। हमारे कुछ सुझाव शायद आपके काम आ सकें।

- ऐसा की-बोर्ड रखें जोकि कलाई के अनुकूल हो।
- टाइपिंग करते समय कलाई का बैंड पहनें।
- कंप्यूटर से थोड़ा-थोड़ा ब्रेक लें।
- फोन पर लंबी बात के लिए स्पीकरफोन या हैडसैट इस्तेमाल करें।
- शाम को ठंडे पानी में हाथ डालें ताकि सूजन उतरे।
- डॉक्टर की राय से दवा लें व एक्यूपंचर आदि कराएं।

महिलाएं अपने अजन्मे शिशु को पूरा पोषण व सुरक्षा दे सकती हैं, जो कि उन महिलाओं के लिए बहुत बड़ी खुशखबरी है, जो नौकरी व गर्भावस्था दोनों साथ-साथ संभालना चाहती हैं।

फिर भी कुछ जॉब ऐसे हैं, जो दूसरों की तुलना में अधिक सुरक्षित माने जाते हैं। यदि कुछ सावधानियां रखी जाएं तो आप काम करने के माहौल को अपने हिसाब से ढाल सकती हैं। अपने मामले में डॉक्टर की राय लेकर ही आगे बढ़ें।

ऑफिस का काम :- हर कोई जानता है कि लगातार मेज पर काम करने वालों की गर्दन, पीठ, टांगों व सिर में कितना दर्द होता है, फिर गर्भवती महिला के लिए तो यह परेशानी और भी बढ़ जाती है। शिशु को तो कोई नुकसान नहीं होता लेकिन मां के शरीर को तकलीफ झेलनी पड़ती है। यदि आप बैठकर काफी समय तक काम करती हैं तो बीच-बीच में उठ कर चहलकदमी करें। अपने बाजू फैलाएं। कुर्सी में बैठे-बैठे ही गर्दन व कंधे अकड़ाएं। कुर्सी के पास ही कोई छोटा स्टूल रख लें, ताकि सूजे हुए पांव वहां रखकर आराम दिया जा सके। अपनी पीठ को कुशन से सहारा दें।

कंप्यूटर से सुरक्षा? शुक्र है कि कंप्यूटर स्क्रीन व लैपटाप गर्भवती महिला के लिए हानिकारक नहीं होते! हां, कम्प्यूटर के सामने कई घंटे बिताने से सिर चकराना, सिर दर्द, कलाई में मोच व बाजू में अकड़न की शिकायत हो सकती है। ऐसी कुर्सी इस्तेमाल करें जिससे पूरी पीठ को आराम मिल सके। मॉनीटर भी सही ऊंचाई पर पड़ा हो। उसकी टॉप का आंखों के साथ लेबल हो और यह एक बाजू की दूरी पर हो। ऐसा स्क्रीन इस्तेमाल करें, जिससे 'कारपल टर्निंग सिंड्रोम' का डर न रहे। जब भी की-बोर्ड पर हाथ रखें तो वे आपकी कुहनियों से नीचे होने चाहिए।

स्वास्थ्य सेवा से जुड़े कार्य :- हर हैल्थ केयर प्रोफेशनल की सबसे पहली प्राथमिकता यही होती है कि वह स्वयं स्वस्थ रहे लेकिन अगर आप मां बनने वाली हैं तो यह और भी जरूरी हो जाता है। सबसे पहले तो आपको उपकरण स्टरलाइज़ करने वाले कैमिकलों से स्वयं को व शिशु को बचाना होगा (जैसे एथलीन ऑक्साइड व फॉरमलडिहाइड) कुछ एंटीकैंसर दवाएं, हेपेटाइटिस बी व एड्स जैसे कुछ संक्रमण व रेडिएशन आदि। कम डोज़ वाली एक्स-रे के साथ काम करने वाले तकनीशियनों को रेडिएशन का खतरा नहीं होता। सिफारिश की जाती है कि जो महिलाएं संतान उत्पन्न करने की आयु में हैं वे अधिक डोज वाले रेडिएशन के संपर्क में आने से पहले, विशेष प्रकार का उपकरण पहनें ताकि वे सुरक्षित रह

शांत रहें

करीब 24 सप्ताह में आपके शिशु के बाहरी, मध्य और भीतरी कान विकसित हो गए हैं। 27 से 30 सप्ताह तक वह बाहरी आवाजों को सुनने लायक हो जाएगा। हालांकि तेज शोर उस तक नहीं पहुंच सकता लेकिन फिर भी आपको गर्भावस्था में तेज शोर से बचाव करना चाहिए। ज्यादा शोर से बच्चे की सुनने की क्षमता पर असर पड़ सकता है यदि शोर की तीव्रता 40 से 60 डेसीबल तक है तो इससे प्रिमेच्योर बेवी या कम वजन वाले शिशु के जन्म का खतरा हो सकता है। 150 से 155 डेसीबल ध्वनि तीव्रता से भी यही समस्या हो सकती है। तेज संगीत वाले क्लब, शोर-शराबे वाली मशीनों के साथ काम करने वाली गर्भवती महिलाओं को कुछ समय के लिए काम छोड़ कर सुरक्षित स्थान पर तबादला करवा लेना चाहिए। यदि कैसर्ट सुनना हो तो एम्फीथियेटर के बीच में बैठें। गाड़ी में तेज स्वर में संगीत न सुनें। तेज कानफोड़ू संगीत सुनने की बजाए कानों पर हैड फोन लगा लें।

सकें। आपको काम के हिसाब से सुरक्षा के उपाय अपनाने चाहिए थे फिर कोई दूसरी सुरक्षित नौकरी खोज लेनी चाहिए।

निर्माण कार्य :- यदि आप ऐसी जगह काम करती हैं जहां काफी भारी और खतरनाक मशीनरी बनती है, तो आपको अपने बॉस से ड्यूटी बदलने के बारे में बात करनी चाहिए। आप उत्पाद की सुरक्षा के बारे में उनके निर्माणकर्ता से भी जानकारी ले सकती हैं। किसी फैक्ट्री में क्या बनता है और वे लोग उसे कैसे बनाते हैं, इन बातों पर भी काफी कुछ निर्भर करता है।

भारी शारीरिक श्रम :- यदि कोई गर्भवती महिला भारी समान उठाने, शारीरिक श्रम करने या घंटों खड़े रहने का काम करती है तो प्रीटर्म लेबर का खतरा बढ़ जाता है। आपको बॉस से आग्रह करना चाहिए कि आपको 20 से 28 सप्ताह तक किसी ऐसी जगह काम पर लगा दें। जहां भारी शारीरिक श्रम न हो। डिलीवरी के बाद आप अपने काम पर लौट सकती हैं।

भावनात्मक रूप से तनावमुक्त कार्य :- कई बार कार्यक्षेत्र में तनाव का भी गर्भवती महिला पर बुरा असर पड़ता है। आपको तनाव की मात्रा घटाने की पूरी कोशिश करनी चाहिए। या तो मेटरनिटी लीव जल्द ले लें या किसी कम तनाव वाली जगह नौकरी करें। ऐसा करना हमेशा संभव नहीं होता; अगर यह आर्थिक रूप से और भी जरूरी है तो नौकरी छोड़ने से बचाव और परेशानी बढ़ा जाएंगे।

आपको नियमित व्यायाम, ध्यान व स्वास्थ्य क्रियाओं से तनाव घटाना सीखना होगा। अपने बॉस से बात करें कि जरूरत से ज्यादा काम, दबाव व तनाव आपकी गर्भावस्था के लिए नुकसानदायक हो सकता है। अगर आप सेल्फ-इंपलॉयड हैं तो काम का बोझ घटाना थोड़ा मुश्किल होगा क्योंकि आप स्वयं ही बॉस हैं, लेकिन यहाँ तो थोड़ा ध्यान देने में ही अक्लमंदी है।

दूसरे कार्य :-अध्यापिकाएं व समाज सेविकाएं छोटे बच्चों के साथ रहने के कारण ऐसे संक्रमणों की चपेट में आ सकते हैं। जो गर्भावस्था पर असर डालते हैं जैसे चिकनपॉक्स, फिफ्थ डिसीज़ व सीएमवी। पशुओं के साथ काम करने वाले या मांस बेचने वाले 'टॉक्सोप्लाज़मोसिस' से ग्रस्त हो सकते हैं (हालांकि यदि उनमें प्रतिरोधक क्षमता पैदा हो चुकी है तो शिशु को कोई खतरा नहीं है) यदि ऐसी जगह काम करती हैं जहां किसी भी तरह के इंफेक्शन की पूरी-पूरी संभावना है, तो अपनी ओर से पूरा ध्यान रखें। समय-समय पर हाथ धोएं, दस्ताने व मास्क आदि पहनें।

फ्लाइट अटेंडेंट या पॉयलटस् के लिए प्रीटर्म लेबर का खतरा थोड़ा बढ़ जाता है। हाई-एल्टीट्यूड वाली फ्लाइट में सूर्य के रेडिएशन के संपर्क में आने के कारण ऐसा होता है। उन्हें कम दूरी की यात्राएं करनी चाहिए या प्रेगनेंसी के दौरान ग्राउंड वर्क करना चाहिए।

कलाकारी फोटोग्राफी, कैमिस्ट, कॉस्मेटीशियन, व ड्राईक्लीनिंग के काम में लगी गर्भवती महिलाएं कई तरह के कैमिकलों के संपर्क में आ सकती हैं। ऐसे में पूरी सावधानी बरतें या फिर कुछ समय के लिए वह स्थान छोड़ दें।

नौकरी पर टिके रहना : क्या आपने बिल्कुल आखिर तक काम करने का फैसला कर लिया है? कई गर्भवती महिलाएं पूरे नौ महीने तक दोनों काम बखूबी निभा लेती हैं। हालांकि कुछ नौकरियां भी ऐसी होती हैं जहां उन्हें ज्यादा मुश्किल नहीं आती अगर आप मेज का काम संभालती हैं तो शायद आपने सीधा बर्थ रूम में जाने का फैसला लिया होगा। अगर नौकरी आरामदेह है, तब तो आप घर बैठ कर वैक्यूम क्लीनर से नहीं जूझना चाहेंगी, फिर तो ऑफिस में ज्यादा आराम रहेगा। ऑफिस से पैदल आने-जाने का फायदा भी मिल जाएगा। (बशर्ते आप ज्यादा वजन न उठा रही हों)

एक अध्ययन से पता चला है कि एक सप्ताह में 65 घंटे काम करने वाली गर्भवती

गर्भावस्था व दुर्व्यवहार

क्या गर्भावस्था की वजह से कार्यक्षेत्र में आपके साथ बुरा बर्ताव हो रहा है? चुपचाप बैठने की बजाए किसी भरासेमंद आदमी से अपने मन को बात कहें। ऐसी सारी बातों या घटनाओं की सूची व रिकॉर्ड अपने पास रखें ताकि जरूरत पड़ने पर सबूत पेश हो सके।

महिलाएं भी गर्भावस्था की जटिलताओं से उतना ही सुरक्षित रहीं, जितना कि कम काम करने वाली गर्भवती महिलाएं। अगर कोई महिला पहले से मां है, यदि वह गर्भावस्था में कई घंटे तक खड़े रहकर काम करती है तनाव के साथ जीती है या भारी काम करती है तो उसके लिए प्रीटर्म लेबर, अन्य रक्तचाप व कम वजन वाले शिशु के जन्म का खतरा बढ़ सकता है।

क्या सेल्सगर्ल, शेफ, रेस्त्रां वर्कर, पुलिस अधिकारी, डॉक्टर व नर्स को 28 सप्ताह के बाद काम करना चाहिए? डॉक्टर तो यही कहते हैं कि यदि वे आराम महसूस करती हैं तो वे सामान्य रूप से काम जारी रख सकती हैं। वैसे शारीरिक तकलीफों की मात्रा तो बढ़ ही जाती है : जैसे –पीठ में दर्द, वैरीकोज़ वेन्स व हेमरॉयड आदि।

हो सके तो थोड़ा पहले छुट्टी लें। ज्यादा थकान देने वाले काम न करें या ऐसे काम न करें, जिनमें गिर कर चोट लगने का भय हो। खास बात तो यही है कि हर गर्भवती महिला, हर जॉब व हर गर्भावस्था अपने-आप में अलग होती है। आप डॉक्टर के साथ मिलकर अपनी स्थिति के हिसाब से कोई भी फैसला ले सकती हैं।

नौकरी बदलना :- जिंदगी में आने वाले कई बदलावों के अलावा शायद आप एक और बदलाव लाना चाहेंगी। वैसे इनकी दर्जनों वजह हो सकती हैं कि कोई भावी मां अपनी नौकरी क्यों बदलना चाहती है। हो सकता है कि माहौल दोस्ताना न हो और काम व मातृत्व के बीच संतुलन साधना मुश्किल लग रहा हो। हो सकता है कि काम के घंटे काफी ज्यादा हों। हो सकता है कि आप काम से उकता गई हों। हो सकता है कि वहां आपके व शिशु के लिए खतरा हो। कारण चाहे जो भी हो, काम छोड़ने से पहले कुछ बातों पर विचार कर लें।

नया काम देखने के लिए समय, ऊर्जा व फोकस चाहिए। चूंकि आप स्वस्थ प्रेगनेंसी पर ध्यान दे रही हैं। आपको नौकरी देने से पहले कई तरह के इंटरव्यू देने होंगे व मुलाकातें करनी होंगी। इसलिए शायद इस ओर ध्यान न दे सकें। गर्भावस्था की मुश्किलों के साथ पहली छाप छोड़ना थोड़ा चुनौतीपूर्ण हो सकता है। नई नौकरी पर भी काफी ध्यान देना होगा सबकी निगाहें आप पर होंगी इसलिए गलती करने की गुंजाइश भी नहीं रहेगी। तय कर लें कि क्या आपके पास इतनी हिम्मत और जोश है?

नई जगह जाने से पहले अच्छी तरह देख लें कि वहां जाने से कोई फायदा होगा भी या नहीं! क्या कंपनी आपको फालतू छुट्टियां देने के बदले हैल्थ इंश्योरेंस की दुगनी रकम ले लेगी? क्या वे लोगों को घर से काम करके लाने की छूट देते हैं? क्या वेतन इस जगह से अच्छे हैं? याद रखें कि दिखने में आसान लगने के बावजूद सब कुछ आसान नहीं होता। आपके घर का माहौल वैसे ही काफी अस्त-व्यस्त रहेगा। क्या आप चाहेंगी कि ऑफिस में भी ऐसा ही हो? यह भी याद रखें कि कई कंपनियां अपने नियोजकों को पहले साल में कम वेतन व सुविधाएं देती हैं।

वैसे तो कोई भी संभावित नियोजक को यह हक नहीं कि वह आपको गर्भावस्था की वजह से काम पर न रखे लेकिन अगर आप यह बात छिपाती हैं और काम के कुछ दिन बाद ही मेटरनिटी लीव मांगती हैं तो इससे आपके संबंध खराब हो सकते हैं। जब वे आपको रखने को तैयार हो जाएं तो उन्हें उसी समय इस बारे में बता दें।

यदि आपको नई नौकरी पर जाने के बाद पता चले कि आप गर्भवती हैं, तो? जो भी हो, उसी को आगे बढ़कर स्वीकारें और आपसे जो उम्मीद की जाए। वह काम पूरा करें। बस आपको नौकरी की सुरक्षा के बारे में अपने अधिकार पता होने चाहिए ताकि हालात नकारात्मक न हो जाएं।

नौकरी के दौरान सुरक्षा व आराम

माना यह आपका पहला शिशु होगा लेकिन आपको नौकरी और परिवार के बीच संतुलन साधना तो सीखना ही होगा। पहली और आखिरी तिमाही में जब गर्भावस्था के लक्षण खुल कर सामने आएँगे तो आप पर थकान हावी हो सकती है। हमारे टिप्स अपना कर, आप न केवल दोनों मोर्चे सही तरीके से संभाल पाएँगी बल्कि यह सब काफी हद तक आसान व सुरक्षित भी हो जाएगा।

- दिन में तीन बार भोजन करें। बीच-बीच में हल्का नाश्ता लें। अपनी पूरी व्यस्तता के बीच हैल्दी स्नैक्स खाना न भूलें। आप चाहें तो पर्स में भी कुछ खाने का सामान रख सकती हैं।
- अपना वजन जांचें। पता करें कि कहीं तनाव आपका वजन तो नहीं घटा रहा।
- वॉटर कूलर को अपना दोस्त बनाएँ। आपको बार-बार अपना खाली गिलास भरने वहाँ जाना होगा या फिर मेज पर पानी की बोतल रखें, जिसे दिन में बार-बार भरा जाए। जितना भरपूर पानी पीएँगीं मूत्राशय संक्रमण से बची रहेंगी।
- शौच (मूत्र) की इच्छा को रोकें नहीं। हर दो घंटे बाद स्वयं ही मूत्र के लिए जाएं।
- आपके वस्त्र आरामदेह हों। टाइट या रक्तसंचार रोकने वाले कपड़े न पहनें यदि कई घंटे तक खड़ी रह कर काम करती हैं तो स्पोटिंग होज़ पहनना न भूलें।
- यदि कई घंटे खड़े होने की मजबूरी है तो बीच-बीच में बैठें या चक्कर लगाएँ। यदि कोई छोटा स्टूल मिल सके तो खड़े होते समय अपना एक पाँव बारी-बारी से उस पर टिकाएँ।
- काम से ब्रेक लें। खड़ी थीं तो बैठ जाएँ। बैठी थीं तो चक्कर लगा लें। यदि संभव हो तो सोफे पर लेट कर कमर सीधी कर लें। पीठ, टाँगों व गर्दन के लिए खिंचाव वाले व्यायाम करें।
- अपने श्वास पर ध्यान केंद्रित करें। धुएँदार स्थानों पर न जाएँ। धुएँ से शिशु को नुकसान होगा और आप थकान महसूस करेंगी।
- कोई भी सामान उठाते समय पीठ पर दबाव न पड़ने दें।
- हर बार खाना खाने के बाद दाँत साफ करें। साँस ताजा रहेगी, दाँत स्वस्थ होंगे और आपका जी भी नहीं मिचलाएगा। मुँह में ज्यादा लार बने तो माउथवाश का इस्तेमाल करें। पहली तिमाही में अक्सर ऐसा होता है।
- कोटपल टनल सिंड्रोम का पीठ दर्द ऑफिस जाने वालों को इन दोनों परेशानियों का सामाना करना पड़ सकता है। इस बारे में आपको पूरा ध्यान देना चाहिए।
- तनाव से दूर ही रहें। जब भी मौका मिले तो थोड़ा रिलैक्स हो जाएँ। संगीत सुनें, आँखें बंद करके लेट जाएँ, ध्यान रमाएँ या चहलकदमी करें। कुछ भी ऐसा करें जिससे आप नए सिरे से तरोजाता हो सकें।
- अपने शरीर को सुनें। यदि थकान महसूस हो तो काम की गति घटा दें, थोड़ा आराम कर लें। शाम को छुट्टी ले कर घर चली जाएँ।

अध्याय-9

चौथा महीना

लगभग 14 से 17 सप्ताह

तो दूसरी तिमाही की शुरूआत आ ही गई। यह अधिकतर गर्भवती महिलाओं के लिए काफी आरामदायक रहती है। इसके साथ ही शरीर में कुछ बदलाव आते हैं। गर्भावस्था के तकलीफदेह लक्षण काफी हद तक घट जाते हैं। खाने-पीने की वस्तुओं में फिर से स्वाद आने लगता है। ऊर्जा का स्तर पहले से काफी बढ़ जाता है वक्षस्थलों की संवेदनशीलता भी कुछ घट जाती है। इन्हीं दिनों आपके गर्भ का उभार भी दिखने लगता है।

इस माह आपके शिशु का विकास

14वां सप्ताह :-इस सप्ताह में भ्रूणों की विकास दर अलग-अलग होती है। इस दर के अलावा सभी शिशुओं के विकास का पथ एक ही होता है। इस माह तक आपका शिशु बंद मुट्ठी के आकार जितना था, अब वह काफी हद तक सीधी अवस्था में आ रहा है। गर्दन पहले से लंबी हो रही है और सिर सीधा हो रहा है। शायद छोटे से सिर पर हल्के बाल उगने भी शुरू हो गए हैं। शरीर के बालों के साथ-साथ भौंहों के बाल भी उगने लगे हैं। बालों की यह परत उसे गर्माहट देगी। शरीर में वसा जमा होगी तो बालों की परत घट जाएगी। जल्दी पैदा होने वाले कुछ शिशुओं में बालों की अस्थायी परत देखी जा सकती है।

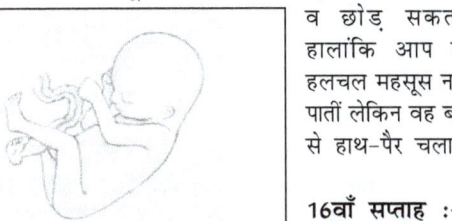

आपका चार महीने का बच्चा

15वाँ सप्ताह :- इस सप्ताह शिशु का नाप 4 1/2'' तथा वजन 2 से 3 औंस होगा। वह एक छोटे संतरे जितना है। उसके कान सही जगह पर आ गए हैं। आंखें भी सिर के कोनों से घूमकर चेहरे पर आ गई हैं। वह अपने पाँव की अंगुलियाँ हिला सकता है। अपना अंगूठा चूस सकता है। वह बड़ी आसानी से सांस ले व छोड़ सकता है, हालांकि आप उसकी हलचल महसूस नहीं कर पातीं लेकिन वह बड़े मजे से हाथ-पैर चलाता है।

16वाँ सप्ताह :- अब उसका वजन 3 से 5 औंस और लंबाई 4 से 5'' होगी। उसकी मांसपेशियाँ पहले से मजबूत

हो रही हैं। उसका चेहरा सुंदर होता जा रहा है। आंखें काम करने लगी हैं। हालांकि पलकें अभी बंद हैं। वह स्पर्श के लिए भी संवेदनशील हो रहा है। आप पेट का उभार छूती हैं तो उसे इस छुअन का एहसास होता है। आप उसकी हलचल को पहचान नहीं पातीं।

17वाँ सप्ताह :- अब शिशु आपकी हथेली जितना हो गया है। उसका वजन 5 औंस से ज्यादा और ऊंचाई 5'' के करीब है। उसकी पारदर्शी त्वचा है और शरीर की वसा बनने लगी है। उसने इन दिनों चूसने और निगलने की कला सीख ली है क्योंकि दुनिया में आते ही उसे पेट भरने के लिए सबसे पहले यही काम करना होगा। अब उसकी हृदय गति भी नियमित हो गई है।

आप क्या महसूस कर सकती हैं?

हमेशा की तरह याद रखें कि हर महिला और गर्भावस्था अपने-आप में अलग होती है। आप इनमें से सभी लक्षण महसूस करती हैं या फिर कोई एक-दो महसूस कर सकती हैं। कुछ पिछले माह से चले आ रहे होंगे और कुछ इस माह से शुरू होंगे। कुछ लक्षणों का तो पता तक नहीं चलेगा क्योंकि आप उनकी आदी हो गई हैं। आपके कुछ कम गर्भावस्था लक्षण भी हो सकते हैं। इस माह आप निम्नलिखित लक्षण महसूस कर सकती हैं।

शारीरिक

- थकान
- बार-बार मूत्र के लिए जाने में कमी
- उबकाई व उल्टी आना बंद होना या कम होना। कुछ महिलाओं के लिए मॉर्निंग सिकनेस जारी रहेगी।
- कब्ज

- छाती में जलन, अपच, अफारा, पेट फूलना
- वक्षस्थल का आकार बढ़ना लेकिन कोमलता में कमी
- कभी-कभी सिर में दर्द होना
- कभी-कभी बेहोशी या सिर चकराना
- नाक बंद होना व कभी-कभी नाक से खून आना, कान में गंदगी
- ब्रश करते समय मसूड़ों से खून आना
- भूख बढ़ना
- टखनों व पैरों या फिर हाथों-पैरों में सूजन
- टाँगों की वैरीकोज़ वेन्स। हेमरॉयडस
- योनि स्राव में हल्की बढ़त
- माह के अंत में भ्रूण की गतिविधि बढ़ना (इतनी जल्दी नहीं...)

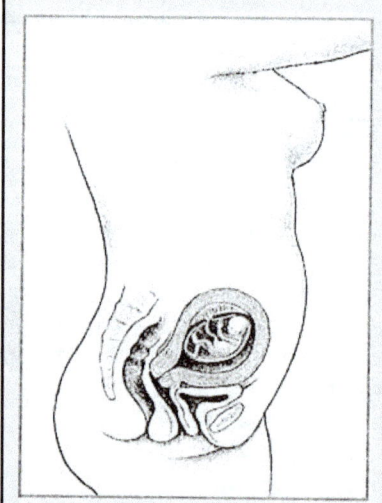

एक नजर

आपका छोटे खरबूजे के आकार का गर्भाशय इस माह पेल्विक के केविटी से बाहर आ जाएगा। आप नाभि के 2'' नीचे इसके टॉप को महसूस कर सकती हैं। डॉक्टर की मदद से ही पता लगा पाएँगी। इन दिनों आपके पहले कपड़े तंग होने लगेंगे।

भावनात्मक

मूड में उतार-चढ़ाव, बेचैनी, चिड़चिड़ापन, अचानक रोने को मन करना

- गर्भवती दिखने की उत्सुकता
- किसी भी तरह के कपड़े फिट न आने की कुंठा, क्योंकि अभी आप गर्भावस्था के विशेष कपड़ों के लायक भी नहीं हैं।
- अपनी तबीयत सही न होने का एहसास, भूलने व एकाग्रता में कमी

इस माह का चेकअप

इस माह डॉक्टर आपका निम्नलिखित चेकअप कर सकते हैं। यहाँ काफी कुछ आपकी जरूरत और डॉक्टर की शैली पर भी निर्भर करता है।

- वजन व रक्तचाप
- शुगर व प्रोटीन की जांच के लिए मूत्र जांच
- भ्रूण की हृदयगति
- गर्भाशय का आकार (बाहरी जांच)
- गर्भाशय के ऊपरी हिस्से की ऊँचाई
- हाथों-पैरों की सूजन व वैरीकोज़ वेन्स
- कुछ अलग तरह के लक्षण
- प्रश्न व जिज्ञासाएँ, जो आप पूछना चाहें।

आप क्या सोच रही होंगी?

दाँतों से जुड़ी समस्याएँ

''मेरे मुँह की हालत काफी खराब है। ब्रश करते समय मसूड़ों से खून निकलता है शायद उनमें छेद है। क्या अभी दंत चिकित्सा कराना ठीक रहेगा?

- मुस्कुराएँ! आप गर्भवती हैं लेकिन अपने बढ़ते पेट पर ध्यान देने की वजह से आप अपने मुँह व दाँतों पर इतना ध्यान नहीं दे पा रही होंगी। गर्भावस्था हार्मोन आपके मसूड़ों के लायक नहीं होते। वे आपके दूसरे म्यूकस मेम्ब्रेन की तरह सूज जाते हैं, उनमें जलन होती है व खून निकलता है। इन्हीं की वजह से मसूड़े प्लॉक बैक्टीरिया के लिए काफी संवेदनशील हो जाते हैं। कई महिलाओं की स्थिति तो काफी बिगड़ जाती है। उन्हें 'जिंजीवाइटिस' हो जाता है। हमारे सुझाव आजमाएँ, स्वस्थ दाँत व मसूड़े पाएं।
- प्रतिदिन दाँतों की सफाई व ब्रश करें। क्लोराइड युक्त टूथपेस्ट इस्तेमाल करें। जीभ की भी सफाई करें। इससे सांस ताजा रहेगी और बैक्टीरिया नहीं पनपेंगे।
- डॉक्टर की सलाह से कुल्ले करने की कोई दवा लें ताकि दाँत व मसूड़े स्वस्थ रहें।
- यदि खाने के बाद ब्रश न कर सकें तो शुगररहित गम चबाएँ। इससे मुँह में लार बढ़ेगी जो दाँत साफ करेगी। यदि गम जाइलोटोल युक्त होगी तो दाँतों की सड़न भी रुकेगी। या सख्त चीज़ का टुकड़ा चबाएं इससे मुँह की अम्लता घटेगी।
- भोजन के बीच जो भी खाएँ, उस पर नजर रखें। मीठा तभी खाएँ, जब आप उसके बाद ब्रश कर सकें। विटामिन सी युक्त खाद्य पदार्थ लें ताकि मसूड़े स्वस्थ रहें व उनसे खून न निकले। कैल्शियम की रोज़ की खुराक भी लें।

> **सावधान**
>
> यदि दांतों में ब्रश करते समय मसूड़ों से खून आए तो डॉक्टर को दिखाएँ। हो सकता है कि यह 'प्रेगनेंसी ट्यूमर' की वजह से हो। हालांकि इससे कोई नुकसान नहीं होता। वैसे तो यह डिलीवरी के बाद स्वयं ही ठीक हो जाता है लेकिन यह ज्यादा तकलीफ देने लगे तो डॉक्टर या डेंटिस्ट इसका इलाज कर देंगे।

- चाहे कोई तकलीफ हो न हो, गर्भावस्था के नौ महीने के दौरान, एक बार दाँतों की जांच अवश्य कराएं। दांतों की सफाई न हो तो मसूड़ों की हालत और भी बिगड़ सकती है। यदि पहले भी मसूड़ों में तकलीफ रह चुकी हो तो अपने डॉक्टर को दिखाएँ।

डॉक्टर या दंत चिकित्सक से मिलने में बिल्कुल देर न करें। जिंजीवाइटिस का इलाज न हो तो मसूड़ों की गंभीर समस्याएँ पैदा हो सकती हैं, जो गर्भावस्था की जटिलता से जुड़ी हैं। दाँतों की सड़न से संक्रमण हो सकता है जो आप दोनों के लिए खतरनाक है।

यदि गर्भावस्था में दंत चिकित्सा जरूरी हो जाए तो? वैसे तो लोकल एनस्थेटिक व पहली तिमाही के बाद नाइट्रस ऑक्साइड की हल्की खुराक सुरक्षित है लेकिन ज्यादा गंभीर चिकित्सा को टालना चाहिए। कई बार दंत चिकित्सा से पहले व बाद में भारी एंटीबायोटिक्स लेने पड़ते हैं इसलिए पहले अपने डॉक्टर से पूछ लें।

एक्सरे

वैसे तो सुरक्षा के लिहाज से किसी भी डेंटल एक्से-रे को डिलीवरी तक टाला जाता है। हालांकि इनके खतरे को काफी हद तक घटाया जा सकता है। एक्स-रे मुँह में होगा इसलिए वह गर्भाशय से काफी दूरी पर है। इसका रेडिएशन इतना ही होता है जितना आमतौर पर कुछ दिन के सन-बाथ से मिलता है। फिर भी यदि एक्स-रे करवाना ही पड़े तो निम्नलिखित सावधानियाँ बरतें।

- एक्सरे करने वाले को पहले ही गर्भावस्था की सूचना दे दें।
- किसी अच्छे अनुभवी तकनीकी विशेषज्ञ से ही एक्स-रे करवाएँ।
- केवल जरूरी हिस्सा ही रेडिएशन के संपर्क में आए। गर्भाशय के बचाव के लिए लीड एप्रन व गरदन के बचाव के लिए थाइरॉइड कॉलर पहनें।
- तस्वीर लेते समय हिलें नहीं ताकि दोबारा एक्स-रे लेने की नौबत न आए।
- यदि आप अनजाने में पहले भी एक्स-रे करवा चुकी हैं तो उसकी चिंता न पालें।

सांस लेने में तकलीफ

''कभी-कभी मुझे सांस लेने में तकलीफ होती है। क्या यह सामान्य है?''

गहरी सांस लें व शान्त हो जाएँ। दूसरी तिमाही की शुरूआत में अक्सर कई महिलाओं के साथ ऐसा हो सकता है। इसके लिए आप गर्भावस्था हार्मोन को दोषी ठहरा सकती हैं। इनसे आपके सांस की गहराई और बारंबारता बढ़ जाती है, इससे आपको काफी थकान हो सकती है। इससे शरीर की कैलीपरीज़ सूज जाती हैं जिनमें श्वसन तंत्र भी शामिल हैं। फेफड़ों व ब्रोकाइल टयूब की मासपेशियाँ शिथिल हो जाती हैं व सांस लेने में तकलीफ होने लगती है। गर्भावस्था बढ़ने पर, गर्भाशय की वजह से भी ऐसा होता है। फेफड़ों का पूरा विस्तार नहीं हो पाता।

हालांकि इससे आपको थोड़ा असहज लग सकता है लेकिन इससे शिशु में कोई तकलीफ नहीं होती। उसके पास प्लेसेंटा में ऑक्सीजन की भरपूर मात्रा होती है। अगर आपको सांस लेने में ज्यादा तकलीफ हो, होंठ व अंगुलियों के पोर नीले पड़ने लगें, छाती में दर्द हो या नब्ज तेज चले तो डॉक्टर से मिलने में देर न करें।

नथुनों की गंदगी व नाक से खून आना

''मेरी नाक गंदगी से काफी भर जाती है। कभी-कभी बिना किसी वजह के नाक से खून निकलने लगता है। क्या यह गर्भावस्था की वजह से है?''

इन दिनों सिर्फ आपका पेट ही नहीं फूल रहा बल्कि एस्ट्रोजन व प्रोजेस्टेरॉन की बढ़ती मात्रा नाक में म्यूकस या गंदगी को भी बढ़ा रही है। इस म्यूकस को पैदा करने की एक ही वजह है कि आप संक्रमण फैलाने वाले कीटाणुओं से बच सकें। गर्भावस्था में नाक की गंदगी भी बढ़ेगी और कभी-कभी नाक से खून भी आएगा।

यदि नाक बुरी तरह बंद हो जाए तो आप सेलाइन स्प्रे या सेलाइन स्ट्रिप इस्तेमाल कर सकती हैं। यदि कमरे में हयूमडीफायर लगा होगा तो भी नाक खुलने में आसानी रहेगी। गर्भावस्था के दौरान एंटीहिस्टेमाइन स्प्रे इस्तेमाल करने की इजाजत नहीं होती लेकिन आप अपने डॉक्टर से पूछ कर कुछ और इस्तेमाल कर सकती हैं।

विटामिन सी युक्त आहार के साथ विटामिन सी की 250 मि.ग्रा की खुराक भी आपको आराम देगी और नाक से रक्तस्राव का खतरा घट जाएगा।

यदि नाक से खून आए तो हल्का सा झुक कर खड़ी हों या बैठ जाएँ, उस समय लेटें नहीं। अपने अंगूठे व तर्जनी की मदद से नथुने का ऊपरी हिस्सा दबाएँ व पांच मिनट तक पकड़े रखें; यदि खून निकलना बंद न हो तो यही प्रक्रिया दोहराएँ। यदि तीन बार कोशिश करने पर भी खून निकलना बंद न हो या खून काफी अधिक मात्रा में निकले तो डॉक्टर को दिखाएँ।

खर्राटे

''मेरे पति ने बताया कि मैं अक्सर रात को खर्राटे लेने लगती हूँ। ऐसा क्यों होता है।''

खर्राटे लेने वाले और सुनने वाले, दोनों की नींद खराब कर सकते हैं। लेकिन गर्भावस्था में यह एक आम बात है। यदि नाक में गंदगी भरने की वजह से या नाक बंद होने की वजह से ऐसा हो रहा है तो नोज़ल ड्रॉप डालने या सिर ऊँचा करके सोने से तकलीफ से काफी हद तक छुटकारा मिल सकता है। वजन ज्यादा होने से भी खर्राटे आते हैं इसलिए अपना वजन जरूरत से ज्यादा न बढ़ने दें।

> **नींद नहीं आती?**
>
> क्या प्रेगनेंसी हार्मोन्स और पेट का उभार अच्छी नींद में बाधा दे रहे हैं? कोई भी नींद लाने की दवा लेने से पहले डॉक्टर से पूछें या हमारे सुझाव आजमाएँ, जो कि इसी पुस्तक में दिए गए हैं।

कभी-कभी खर्राटे, 'स्लीप एपनिया' के लक्षण भी होते हैं, जिसमें सोते समय, सांस कुछ देर के लिए रुक जाती है। चूंकि आप दो लोगों के लिए सांस ले रही हैं इसलिए अगली बार डॉक्टर को इस बारे में बताना न भूलें।

एलर्जी

''गर्भावस्था की शुरूआत के साथ ही मेरी एलर्जी बिगड़ती जा रही है। मेरी नाक हमेशा बहती रहती है।''

वैसे तो गर्भावस्था में नाक में म्यूकस बढ़ जाता है, कहीं आप सामान्य कंजैशन को एलर्जी तो नहीं समझ रहीं। हालांकि कुछ लोगों का मानना है कि गर्भावस्था में उनकी एलर्जी काफी हद तक संभल जाती है लेकिन कुछ लोगों के लक्षण और भी बदतर हो जाते हैं। कुछ ऐसे भी हैं, जो कहते हैं कि उनके लक्षण पहले जैसे ही रहते हैं। लगता है आपके लक्षण भी बिगड़ रहे हैं और आप उन किस्मत वालों की लिस्ट में नहीं हैं। कैमिस्ट की दुकान से एलर्जी की कोई भी दवा लेने से पहले अपने डॉक्टर से पूछ लें क्योंकि सभी एंटीहिस्टेमाइन दवाएँ गर्भावस्था में सुरक्षित नहीं होतीं। हालांकि आप अनजाने में जो दवाएँ ले चुकी हों, उनके बारे में चिंता न करें।

गर्भधारण से पहले एलर्जी शॉट लिए जा

एलर्जी में आपका आहार

अक्सर यही डर रहता है कि माँ की एलर्जी बच्चे को भी न हो जाए। अध्ययनों से पता चला है कि स्तनपान कराने वाली महिलाएँ यदि एलर्जी करने वाले खाद्य पदार्थों का अधिक मात्रा में सेवन करती रहें तो उनके शिशु को भी एलर्जी हो सकती है।

यदि आपको भी कोई एलर्जी है तो अपने खान-पान में से एलर्जी करने वाले खाद्य पदार्थों को हटाने से पहले डॉक्टर की राय ले लें। यदि वे कहें कि आपको ऐसा करना चाहिए, तभी ऐसा करें।

सकते हैं। वैसे एलर्जिस्ट का मानना है कि गर्भधारण के बाद एलर्जी शॉट लेना ठीक नहीं होता।

वैसे तो आपने भी सुना होगा—इलाज से परहेज बेहतर। सबसे पहले तो अपनी एलर्जी का कारण पहचानें, फिर उससे बचने की कोशिश करें। इस तरह आने वाला शिशु भी उस एलर्जी के खतरे से बच सकता है।

हमारे सुझाव आजमाएँ, काफी कारगर हैं

■ यदि आप बाहरी प्रदूषणों से परेशान हैं तो घर में ए.सी. कमरे में ही रहें। जब भी बाहर से आएँ तो मुँह-हाथ और कपड़े धो लें। घर से बाहर बड़े फ्रेम का चश्मा पहनें ताकि प्रदूषण आपकी आंखों में न जाएँ।

■ यदि धूल से परेशानी है तो किसी दूसरे से घर की साफ-सफाई व झाड़-पोंछ करने को कहें। आम झाड़ू की बजाय वैक्यूम क्लीनर इस्तेमाल करें। धूल भरी अलमारियों व पुरानी पुस्तकों से दूर रहें।

■ यदि आपको किसी खास तरीके के खाने से एलर्जी होती है, तो कुछ दूसरे खाद्य पदार्थों का चुनाव करें। आप हमारे पांचवें अध्याय की मदद से गर्भावस्था का आहार चुन सकती हैं।

■ यदि जानवरों से भी एलर्जी है तो अपने दोस्तों को भी इस बारे में बता दें ताकि आप उनके घर जाएँ तो वे अपने जानवरों को वहां से हटा दें। यदि आपके अपने घर में ऐसा कोई जानवर है तो अपने सोने के कमरे में उसे डेरा न डालने दें।

■ आप आसानी से सिगरेट व तंबाकू के धुएँ से बच सकती हैं क्योंकि सरकार ने कई जगह इसके लिए पाबंदी लगा दी है। सिगरेट, पाइप व सिगार के धुएँ से बचें।

योनि स्राव

"मेरी योनि (वैजाइना) से हल्का पतला व सफेद डिस्चार्ज हो रहा है। क्या मुझे कोई इंफेक्शन (संक्रमण) हो गया है?"

■ पतला, दूधिया व हल्की गंध वाला डिस्चार्ज (ल्यूकोरिया) आमतौर पर गर्भावस्था में हो ही जाता है। यह आपकी योनि को संक्रमण से बचाता है और बैक्टीरिया का स्वस्थ संतुलन बनाए रखता है। बदकिस्मती से इसकी वजह से आपके अंडरवियर की हालत काफी बुरी हो जाती है। चूंकि यह आखिरी महीनों तक जाते-जाते गाढ़ा हो जाता है इसलिए कई महिलाएँ पैंटी लाइनर पैड लगाना पसंद करती हैं। इनके लिए टैंपून न लगाएँ क्योंकि उनकी वजह से योनि में अनचाहे कीटाणु पैदा हो सकते हैं।

हालांकि उससे आपके साथी को ओरल सेक्स करने में थोड़ी परेशानी भी हो सकती है और आपको थोड़ी दिक्कत हो सकती है लेकिन इसमें चिंता करने वाली कोई बात नहीं है। अपने-आप को साफ-सुथरा रखेंगी तो सब ठीक रहेगा लेकिन इसके लिए डाऊच न करें। इससे योनि में माइक्रोआर्गेनिज्म का सामान्य संतुलन बिगड़ सकता है व 'बैक्टीरियल वैजाइनोसिस' हो सकता है।

बढ़ा हुआ रक्तचाप

''जब मैं पिछली बार डॉक्टर के पास गई तो मेरा रक्तचाप कुछ बढ़ा हुआ था। क्या चिंता की कोई बात है?''

घबराएं नहीं, यदि ब्लडप्रेशर की चिंता करेंगी तो यह और बढ़ जाएगा हो सकता है कि उस दिन ट्रैफिक में फंसने की वजह से या घर जाकर काम निपटाने की हड़बड़ाहट से परेशान थी। हो सकता है कि आपको अपने घटते-बढ़ते वजन या नए तरह के लक्षण उभरने की वजह से चिंता हो या हो सकता है कि आपमें शिशु के दिल की धड़कन सुनने की उत्तेजना हो। हो सकता है कि एक घंटे बाद आपके सामान्य होते ही आपका रक्तचाप भी सामान्य हो गया है। अगली बार जब भी रक्तचाप की जांच के लिए जाएँ तो मन को शांत करने की कुछ तकनीकें अपनाएँ। अच्छी खुशनुमा बातें सोंचें।

यदि अगली बार भी रक्तचाप थोड़ा बढ़ा हुआ निकलता है तो इसमें घबराने की कोई बात नहीं है, इससे कोई नुकसान नहीं होगा यह डिलीवरी के बाद अपने-आप ठीक हो जाएगा।

अधिकतर गर्भवती मांओं का रक्तचाप दूसरी तिमाही में हल्का गिर जाता है क्योंकि शरीर को शिशु के विकास के लिए कई लंबे घंटों तक मेहनत करनी पड़ती है।

लेकिन तीसरी तिमाही में यह थोड़ा बढ़ने लगता है। यदि एक-दो मुलाकातों व जांच के बाद भी यह यूं ही बढ़ा रहा तो डॉक्टर थोड़ा ध्यान से चेकअप करेंगे क्योंकि इसका संबध मूत्र में प्रोटीन, हाथों-पैरों की सूजन व अचानक वजन बढ़ने से भी हो सकता है।

मूत्र में शुगर

''पिछली बार डॉक्टर ने बताया कि मेरे मूत्र में शुगर पाई गई है लेकिन चिंता वाली कोई बात नहीं है। क्या यह मधुमेह का लक्षण नहीं है?''

डॉक्टर की सलाह मानें-चिंता न करें। आपका शरीर वही कर रहा है जो इसे करना चाहिए। वह इस बात का पक्का इंतजाम कर रहा है कि आपके भ्रूण को पर्याप्त मात्रा में ग्लूकोज़ (शुगर) मिले।

इंसुलिन हार्मोन आपके शरीर में ग्लूकोज़ के स्तर को नियन्त्रित रखता है और इस बात का ध्यान रखता है कि शरीर की कोशिकाओं को पर्याप्त पोषण मिले। गर्भावस्था में आपका शरीर कोशिश करता है कि रक्तप्रवाह में पर्याप्त मात्रा में शुगर हो ताकि आपके भ्रूण का पोषण हो सके लेकिन यह हमेशा सही तरीके से काम नहीं करता। कई बार एंटी-इंसुलिन प्रभाव इतना ज्यादा होता है कि माँ व बच्चे की जरूरत से ज्यादा शुगर रक्त प्रवाह में घुल जाती है और किडनी भी इसे संभाल नहीं पाती। यही अतिरिक्त मात्रा मूत्र (यूरीन) में आ जाती है। दूसरी तिमाही में इसे एक आम बात कहा जा सकता है। आमतौर पर 50 प्रतिशत महिलाओं को ऐसी स्थिति का सामना करना पड़ता है।

अधिकतर महिलाओं में, ब्लड शुगर बढ़ने पर, शरीर इंसुलिन की मात्रा बढ़ाकर प्रतिक्रिया देता है। आप जब अगली बार जांच के लिए जाएंगी तो सबकुछ सामान्य होगा लेकिन कुछ महिलाएँ, जो मधुमेह से ग्रस्त थे, मधुमेह से ग्रस्त होने के लक्षण रखती हों, अधिक मात्रा में शरीर में इंसुलिन न बनता हो, उनके मूत्र व रक्त में शुगर की अधिक मात्रा आती रहती है। जो महिलाएँ पहले से मधुमेह से ग्रस्त नहीं थीं, उनके लिए यह 'गैस्टेशनल डायबिटीज़' कहलाती है।

आपको भी हर गर्भवती महिला की तरह 26 वें सप्ताह में ग्लूकोज़ स्क्रीनिंग टेस्ट करवाना होगा ताकि गैस्टेशनल डायबिटीज की जांच हो सके। तब तक मूत्र में आने वाली शर्करा (शुगर) पर इतना ध्यान न दें।

एनीमिया (रक्ताल्पता)

''मेरी एक सहेली गर्भावस्था में एनीमिया से ग्रस्त हो गई थी। क्या यह सामान्य है?

आमतौर पर गर्भावस्था में आयरन की कमी से एनीमिया (खून की कमी) हो जाता है लेकिन आप इससे बच सकती हैं। डॉक्टर से पहली भेंट के बाद एनीमिया के लिए आपकी जांच हुई होगी लेकिन यह जरूरी नहीं कि उस समय आपके शरीर में आयरन की कमी रही होगी।

जैसे-जैसे समय बढ़ेगा तो करीब 20 सप्ताह बाद शरीर में लाल रक्त कोशिकाओं के निर्माण के लिए आयरन की आवश्यकता बढ़ेगी। वैसे अगर आप हर रोज सही तरीके से आयरन की खुराक लेती रहेंगी तो एनीमिया की शिकार नहीं होंगी। गर्भावस्था के दौरान डॉक्टर ही आपको दवा लिख देंगे। आपको आहार में आयरन युक्त पदार्थों की मात्रा भी बढ़ा देनी चाहिए। इसके साथ ही विटामिन-सी युक्त आहार लेने से भी आयरन के अवशोषण में मदद मिलेगी।

एनीमिया के लक्षण

एनीमिया से ग्रस्त मां का चेहरा पीला पड़ जाता है, वह काफी कमजोर हो जाती है, जल्दी थक जाती है, कभी-कभी बेहोशी भी होने लगती है। वैसे तो सभी डॉक्टर आयरन की गोलियाँ देते हैं लेकिन जो माएँ जल्दी-जल्दी दो-तीन शिशुओं को जन्म दे चुकी हों, उल्टियाँ बंद न होती हों, मॉर्निंग सिकनेस की वजह से कुछ खाती-पीती न हों यह ईटिंग डिसआर्डर की वजह से अल्पपोषक हों, वे एनीमिया की आसानी से शिकार हो सकती हैं। डॉक्टर की सही दवा व आहार लेने से इससे बचा जा सकता है।

भ्रूण की हलचल

''मुझे अभी तक शिशु की हलचल महसूस नहीं हुई क्या कुछ गलत हो सकता है? या शायद मुझे इस हलचल को पहचानना नहीं आ रहा। ''

वे सारे टेस्ट, अल्ट्रासाउंड, पेट का उभार, शिशु के दिल की धड़कन वगैरह सब कुछ भूल जाएँ। केवल शिशु की हलचल ही उस बात का सच्चा सबूत देती है कि आप माँ बनने वाली हैं।

अब आपको इसे महसूस करना है। आमतौर पर कई माँओं को इस हलचल का पता चौथे महीने से चलता है जबकि एम्ब्रियो सांतवे सप्ताह से हलचल शुरू कर देता है। मां को उन नन्हीं टांगों व हाथों की हलचल पता नहीं चल पाती। 14 से 26 सप्ताह के बीच अक्सर यह हलचल सुनाई देने लगती है लेकिन 18 से 22 सप्ताह में ज्यादा आसार होते हैं। पहले माँ बन चुकी महिला इस हलचल को जल्दी पहचान लेती है, उसके पेट व गर्भाशय की मांसपेशियाँ भी ढीली होती हैं इसलिए ज्यादा दिक्कत नहीं होती। पहली बार माँ बनने वाली महिला यदि मोटी है तो उसे भी शिशु की हलचल इतनी जल्दी महसूस नहीं होगी। प्लेसेंटा की स्थिति से भी काफी असर पड़ता है। इसकी वजह से हलचल महसूस करने में कई सप्ताह का समय लग सकता है।

कई बार गर्भावस्था की ड्यू डेट का गलत अंदाज होने से भी शिशु की हलचल महसूस नहीं हो पाती। कई बार माँ इसे गैस या पाचन संस्थान की गड़गड़ाहट समझ लेती हैं। इन आरंभिक हलचलों के बारे में कुछ कहना या इन्हें सुनना, दोनों ही काफी मुश्किल है। कई बार लगता है कि पेट में घबराहट सी हो रही है या कोई नन्हीं चीज पेट को बाहर की ओर धकेल रही है या फिर......क्योंकि हर माँ इस हलचल या एहसास को अपने ही तरीके से लेती है चाहे जो भी हो, इससे आपके चेहरे पर एक मुस्कान तो आ ही जाती है।

बॉडी इमेज

''मैंने हमेशा से अपने वजन पर नजर रखी है अब जब मैं शीशे में देखती हूँ या वजन

के कांटे पर पाँव रखती हूँ तो तनाव से घिर जाती हूँ। मैं काफी मोटी दिखने लगी हूँ.''

माना कि आप हमेशा अपनी शारीरिक छवि के लिए काफी सचेत रही हैं और अपने वजन के काँटे पर भी हमेशा नजर रखी है इसलिए यह सब कुछ काफी टेंशन से भरा हो सकता है लेकिन ऐसा होना नहीं चाहिए। गर्भावस्था में तो ऐसा होगा ही। आपका वजन बढ़ना ही चाहिए। आपके शिशु को भी तो पर्याप्त पोषण चाहिए न!

गर्भावस्था की तस्वीरें

बहुत जल्दी आपको ये दिन भूल जाएंगे क्योंकि आप शिशु के लालन-पालन में व्यस्त होने वाली हैं। गर्भावस्था के सभी महीनों में एक-एक तस्वीर खिंचवा कर फोटो एलबम बनाएँ। इसमें आप अल्ट्रासाउंड की कॉपी भी लगा सकती हैं। इन दिनों की सुंदर यादें आपके बच्चे को भी बहुत भाएँगी।

वैसे अधिकतर लोगों को गोल-मटोल गर्भवती माएँ प्यारी लगती हैं। उनके साथी भी उन्हें पसंद करते हैं। अपने बीते दिनों की याद में परेशान होने की बजाए इस गोल-मटोल फिगर का पूरा आनंद लें। अपने बढ़ते वजन की चिंता छोड़कर नन्हे शिशु के सपने देखें यदि आप डॉक्टर की सलाह से, सही तरीके से खाती रहेंगी तो गर्भावस्था में सिर्फ वजन बढ़ेगा, आप मोटी नहीं होंगी। बढ़ा हुआ वजन इस बात का सबूत है कि शिशु को पर्याप्त पोषण मिल रहा है। शिशु के इस धरती पर आते ही आपका वजन पहले जैसा हो जाएगा।

यदि आपने डॉक्टर की सलाह पर ध्यान नहीं दिया तो तनाव बार-बार आपको फ्रिज की ओर खींच ले जाएगा और आप सचमुच मोटी हो जाएँगी। आपको एकदम से वजन घटाने से भी बचना है बस यह उचित दर से बढ़ना चाहिए। आपको अपने आहार में फालतू कैलोरी घटानी है लेकिन पोषक आहार की मात्रा कम नहीं करनी।

अपने वजन पर नजर रखें और व्यायाम

उभार के साथ पतला दिखने की चाहत

गर्भावस्था में मोटी होने के बावजूद आप पतला दिखने के कुछ तरीके अपना सकती हैं। आइए, आपको बताएँ कि ऐसा कैसे हो सकता है।

काला रंग :- काला, नेवी ब्ल्यू, चॉकलेट या भूरे जैसे गाढ़े रंग आपके शरीर को छरहरा आकार देते हैं, फिर चाहे आपने टी-शर्ट और चोंगा पैंट ही क्यों न पहन रखी हो।

एक ही रंग का चुनाव :-पूरे शरीर पर एक जैसे रंग वाले कपड़े पहनने से भी पतली व छरहरी दिखेंगी। दो रंग वाले कपड़ों में, अक्सर सबका ध्यान उसी ओर जाएगा जहां मांस की परतें चढ़ने लगी हैं।

खड़ी धारियाँ :- जी हाँ, खड़ी धारियों वाले कपड़े पहनने से आप लंबी व पतली लगेंगी। तिरछी धारियाँ पहनने से मोटापा और भी बेडौल दिखेगा। ऐसे ही कपड़े पहनें जिनमें लंबाई में जिप, बटन या सिलाइयाँ लगी हों।

कुछ खास :- अपने शरीर के जिन अंगों को छिपाना चाहती हों उन्हें कपड़ों से ढकें जैसे सूजे हुए टखने किसी को नहीं दिखाना चाहेंगी, उन्हें आरामदायक जूतों या पैंट से ढक लें।

फिट रहें :- ऐसे कपड़े चुनें जो तंग तो न हों लेकिन पूरी तरह फिट हों लटकते हुए कंधों से आपकी ढीली-ढाली तस्वीर ही सामने आएगी। कपड़े फिट होंगे तो आप छरहरी व स्मार्ट दिखेंगी।

करें ताकि आपके शरीर के सभी अंगों में सही तरीके से वजन बढ़े। व्यायाम करने से एंडोरफिन का स्राव भी होगा और आप प्रसन्न रहेंगी।

अपने लिए कुछ गर्भावस्था के लिए खासतौर से बने फैशनेबुल कपड़े चुनें क्योंकि उन्हें पहनने का सही मौका यही है। यदि आप पहले समय की छोटी सी टॉप पहनने की कोशिश करेंगी तो बेशक नमूना ही लगेंगी। अपने बालों की शैली व मेकअप के तौर-तरीकों में थोड़ा बदलाव लाएं और खूबसूरत दिखें।

गर्भावस्था के वस्त्र

''मैं अपनी पुरानी ड्रेस नहीं पहन पा रही लेकिन मुझे गर्भावस्था के वस्त्र खरीदने की हिम्मत नहीं पड़ती।''

वो जमाने चले गए जब गर्भवती महिलाएँ चोगों जैसी लम्बी पोशाकों में नौ महीने काट देती थीं। अब तो स्टाइल का जमाना है आजकल तो एक से एक खूबसूरत रंगों व नमूनों के कपड़े आ रहे हैं। अपने घर के आसपास के किसी मेटरनिटी स्टोर या किसी बड़े स्टोर के 'मेटरनिटी कार्नर' से अपने लिए पोशाक चुनें। तब आप सचमुच रोमांच से भर उठेंगी।

अपनी खरीददारी करते समय निम्नलिखित सुझावों पर ध्यान दें :-

- अभी आपके शरीर की काफी बढ़त होनी है। ये कपड़े काफी महंगे हो सकते हैं इसलिए सोच-समझ कर ही इन्हें चुनें। बाजार जाने से पहले अपनी अलमारी खंगाल लें। हो सकता है कि कुछ काम के कपड़े वहीं से निकल आएँ। मेटरनिटी स्टोर्स में 'प्रेगनेंसी पिलो' भी होते हैं। कपड़े ट्राई करते समय उन्हें लगाएँ ताकि आपको अंदाजा हो जाए कि कुछ माह बाद भी वे कपड़े आपको फिट आएंगे या नहीं!
- कपड़ा किसी भी स्टोर से क्यों न लिया जाए, अगर आपको फिट आता है, तो आराम से पहनें। इस तरह काफी फालतू खर्च भी बच जाएगा। अगर आप जरूरत से ज्यादा फैशन के चक्कर में पड़ेंगी तो नुकसान ही होगा क्योंकि 'मेटरनिटी क्लॉथ' कुछ समय ही पहनने हैं। डिलीवरी के बाद जब बेबी फैट खत्म हो जाएगी तो आपका उन्हें देखने को भी मन नहीं करेगा।
- कपड़े ऐसे पहनें जिनसे उभार थोड़ा छिप जाए, लो-कट जींस व पैंट पहनना भी ठीक रहेगा।
- अपने अधोवस्त्रों के साथ समझौता न करें किसी अच्छे स्टोर से ऐसी ब्रा चुनें, जो आपके बढ़ते वक्षस्थल को सही आकार व सहारा दे सके। एक बार में दो से ज्यादा ब्रा न लें। जब आपके वक्ष का आकार और बढ़ जाए तो फिर नई ब्रा खरीद लें।
- वैसे तो विशेष मेटरनिटी अंडरवियर पहनना जरूरी नहीं लेकिन यदि पहनना ही चाहें तो हम आपको बता दें कि नए स्टाइलिश थांग्स और बिकनी पैंटीज़ आपके लिए हाजिर हैं। अपने साइज से थोड़ा बड़ा साइज़ लें। ये ज्यादा सेक्सी लगती है। मनपसंद रंग चुनें, बस ध्यान रखें कि कपड़ा सूती ही हो।
- अपने साथी के कपड़ों की अलमारी में झांकें। उसके कई ढीले-ढाले कपड़े आपके काम आ जाएँगे। पहले पाँच-छह महीने में तो आप मजे से उसके पैंट, टी-शर्ट, लैगिंग, शर्ट या शार्ट पहन सकती हैं। इसके बाद आपको अपने कपड़ों का इंतजाम करना होगा।
- मेटरनिटी कपड़ों के मामलों में 'लेना व देना', दोनों को सीखने पड़ेंगे। दूसरों के कपड़े फिट आते हों तो पहनने में कोई हर्ज नहीं है। आप उस पोशाक को अपनी सहायक सामग्री के मेल से पहनें। अपने-आप थोड़ा नयापन आ जाएगा। जो मेटरनिटी

कपड़े पहनना न चाहें, उन्हें अपनी सहेलियों को दे दें। इस तरह काफी कम खर्च में ही गुजारा हो जाएगा।

- गर्भावस्था में मेटाबॉलिक दर ज्यादा होने की वजह से आपका शरीर गर्म रहता है इसलिए सूती कपड़े चुनना ही बेहतर होगा। इस तरह आप 'हीट रैश' से भी बच जाएँगीं। हल्के रंगों के ढीले आरामदेह कपड़े चुनें। मौसम ठंडा हो तो कई परतों में कपड़े पहनें ताकि घबराहट होने पर कपड़ों का भार हल्का किया जा सके।

प्री-बेबी सिटर

''अब मेरे पेट का उभार साफ दिखने लगा है, मैं सचमुच गर्भवती हूँ हालांकि हमने सोच-समझ कर यह फैसला लिया था लेकिन अब हमें डर लग रहा है।''

लगता है कि आपका मामला भी प्री-बेबी सिटर का ही है। आप जैसे कई माता-पिता गर्भावस्था में इस मानसिकता के शिकार हो जाते हैं। उन्हें अपने ही फैसले पर शक होने लगता है। जरा सोचिए न कि इस एक फैसले की वजह से आपकी पूरी जिंदगी बदलने वाली है। आप लोग कब खाएँगे, पीएँगे, सोएँगे या फिर कैसे जीएँगे, यह सब कुछ आने वाला शिशु तय करेगा। मानों आपकी लाइफ नए सिरे से प्रोग्राम होगी। कई मानसिक और शारीरिक माँगें बढ़ जाएँगी।

वैसे तो इस समय होने वाली यह घबराहट ठीक ही है। इस तरह शिशु के आने से पहले ही आप लोग मानसिक रूप से तैयार हो जाएँगे और हर तरह की चुनौती का सामना कर पाएँगे। अपने दोस्तों व सहायकों से इस बारे में बात करें ताकि वे आपके मन को तसल्ली और सहारा दे सकें।

हालांकि जीवन पूरी तरह से बदल जाएगा लेकिन आपको जल्दी ही यह भी समझ आ जाएगा कि यह बदलाव बेहतरी के लिए ही था।

अनचाही सलाह

''सबको दिखाई देता है कि मैं इन दिनों गर्भ से हूं। रिश्तेदारों से लेकर हर आता-जाता जानकार भी मुझे सलाहें देने लगता है। मुझे लगता है कि मैं पागल हो जाऊँगी।''

दरअसल आपके पेट का उभार, हर अनुभवी महिला को सलाह देने के लिए मजबूर कर देता है। आप सुबह पार्क में जॉगिंग करें, किसी न किसी कोने से आवाज आ ही जाएगी। ऐसी हालत में दौड़ना ठीक नहीं होता है। सुपरमॉर्केट से दो थैले उठाकर चलेंगी तो कोई न कोई जरूर कहेगा। आपको ऐसी हालत में इतना वजन नहीं उठाना चाहिए। आईसक्रीम पार्लर में आईसक्रीम पर डबल डिप डालेंगी तो कोई जरूर कहेगा–

''हनी, इतना बेबी फैट घटाना मुश्किल हो जाएगा।''

इस दौरान सलाह देने वाले यह भी अंदाजा लगाते रहते हैं कि आपके यहाँ लड़का पैदा होगा या लड़की। हालांकि हमारी दाइयों की काफी बातें वैज्ञानिक कसौटी पर कसी गई हैं लेकिन जो बातें बे सिर पैर की हों, उन्हें एक कान से सुनकर दूसरे कान से निकाल दें। अगर किसी की कोई सलाह शक में डाल दे तो डॉक्टर से पूछने में देर न करें। वैसे फालतू बातें सुन-सुनकर तनाव मोल न ही लें तो बेहतर होगा। अपने मजाकिया स्वभाव की मदद लें। सलाह लेने वाले को उसी समय बता दें कि आप अपने भरोसेमन्द डॉक्टर के सिवा किसी दूसरे की सलाह लेना पसंद नहीं करतीं या फिर मुस्कुरा कर फटकार दें और आगे बढ़ जाएँ।

वैसे धीरे-धीरे आप इसकी आदी हो जाएँगी क्योंकि आने वाले समय में तो यह भीड़ और भी बढ़ने वाली है। नन्हे शिशु की मां को सलाह देने वालों की भी कमी नहीं होती।

पेट को छूना

"दोस्तों, सहकर्मियों व यहाँ तक कि अजनबी महिलाओं को भी मेरे पेट के उभार को छूना पसंद है लेकिन मुझे यह बिल्कुल अच्छा नहीं लगता, क्या करूँ॥"

नन्हें शिशु का गोल-मटोल उभार वाकई काफी प्यारा लगता है। हालांकि मां की मर्जी के बिना उसके अजन्मे शिशु को छूना अच्छी बात नहीं है।

कई महिलाओं को आकर्षण का केंद्र बनना पसंद है तो कइयों को इससे काफी उलझन होती है। यदि आपको यह अच्छा नहीं लगता तो कहने में संकोच न करें। आप साफ शब्दों में कह सकती हैं, हालांकि आपको मेरा पेट छूना अच्छा लग रहा है लेकिन मुझे यह पसंद नहीं है। या फिर हँस कर कहें, हाथ न लगाएँ, बेबी सो रहा है। आप अपना पेट थोड़ा घुमा सकती हैं या फिर सामने वाले को ऐसी चिकोटी भरें कि वह किसी को भी छूने से पहले सौ बार सोचें। कुछ भी कहे बिना, दोनों हाथ पेट पर बांध लें या सामने वाले का हाथ अपनी ओर आते ही, उसे बीच में ही रोक दें।

भूलने की आदत

"पिछले सप्ताह मैं अपना पर्स घर पर भूल गई; आज तो मुझे इतनी खास मीटिंग भी याद नहीं रही। मैं अपना दिमाग फोकस नहीं कर पा रही, लगता है मेरा दिमाग खराब हो गया है।"

अक्सर कई गर्भवती महिलाओं को लगता है कि उनकी भूलने की आदत बढ़ती जा रही है। अपनी संगठनात्मक शक्ति पर भरोसा करने वाली महिलाएँ भी जटिल हालात से घबराने लगती हैं। वे अपना सामान भूलने के अलावा अपना आपा भी खोने लगती हैं।

अध्ययनों से पता चला है कि गर्भवती महिलाओं के दिमाग की कोशिकाओं की मात्रा में कमी आती है कहते हैं कि बेटे को जन्म देने वाली मांओं के मुकाबले लड़कियों की माएँ ज्यादा भुलक्कड़ हो जाती हैं। अच्छी बात यह है कि यह सब कुछ अस्थायी तौर पर होता है।

डिलीवरी के कुछ ही महीनों में दिमाग पूरी फूर्ति से काम करने लगता है। यह भी हार्मोन बदलावों की वजह से ही होता है। नींद पूरी न होने से भी ऊर्जा घटती है और दिमाग केंद्रित नहीं रह पाता। भावी मां का पूरा दिमाग नन्हें शिशु के कपड़ों के रंग व नाम चुनने में ही व्यस्त रहने लगता है।

अगर आप इस आदत को लेकर तनाव पाल लेंगी तो मामला और बिगड़ जाएगा। थोड़े हंसी-मजाक से बात बन जाएगी। आप स्वयं बेहतर महसूस करेंगी। दरअसल इस समय आप शिशु बनाने के जरूरी काम में जुटी हैं इसलिए पहले जैसी योग्यता कहाँ से आ सकती है? घर में किए जाने वाले कामों की सूची बना कर रखें। घर की चाबियाँ रखने की एक जगह बनाएँ। इस आदत से छुटकारा पाने के लिए किसी भी तरह की दवा न लें।

धीरे-धीरे आपको इसी तरह काम करने की आदत पड़ जाएगी। शिशु के आने के बाद दिमाग की चुस्ती-फूर्ति फिर से लौट आएगी क्योंकि तब आप भरपूर नींद भी ले पाएँगी।

गर्भावस्था और व्यायाम

पूरे शरीर में तकलीफ है, आप सो नहीं सकतीं, पीठ में तेज दर्द है, टखनों में सूजन है, बुरी तरह से कब्ज है, पेट में अफारा है और आप इतनी बदबूदार गैस छोड़ रही हैं जितनी पूरी बस के हाईस्कूल फुटबाल खिलाड़ी मिल कर छोड़ते हैं। दूसरे शब्दों में कहें तो आप गर्भवती हैं। आप तो उतना ही कर सकती हैं कि इन दुख-तकलीफों को घटाने की थोड़ी कोशिश करें, बस इसके सिवा कोई उपाय नहीं है।

वर्क आउट-?

आपने गर्भावस्था में हर रोज 30 मिनट वर्कआउट का समय निकालना ही है। अगर यह मुश्किल लगे तो इसे 10-20 मिनट में बाँट लें। दिन में तीन बार दस-दस मिनट टहलने से भी वर्कआउट होगा। इसे अपने रुटीन में शामिल करें, तभी आप इसकी आदी हो पाएँगी। यदि रूटीन में जिम जाने का समय नहीं है तो ऑफिस लौटते समय बस से दो स्टॉप पहले उतर कर, पैदल घर आएँ। कार थोड़ी दूरी पर पार्क करके पैदल चलें। लिफ्ट की जगह सीढ़ियाँ इस्तेमाल करें। अपने ऑफिस में सबसे दूरी पर बने लेडीज़ टॉयलेट का इस्तेमाल करें।

समय तो है पर प्रेरणा की कमी है। प्रेगनेंसी व्यायाम कक्षा में जाएँ। प्रेगनेंसी योगा करें। प्रेगनेंसी डी.वी.डी. की मदद से भी वर्कआउट कर सकती हैं।

हालांकि ऐसा समय भी आएगा जब सचमुच हिलने को भी जी नहीं करेगा लेकिन आपने भी हिम्मत नहीं हारनी और किसी न किसी रूप में वर्कआउट करना ही है।

वैसे दिन में 30 मिनट के व्यायाम से काफी मुश्किलें हल हो सकती हैं। आपको अपना आलस छोड़, दिन में कम से कम आधा घंटा तो व्यायाम करना ही चाहिए।

ज्यादातर महिलाएँ इस सलाह को अपना कर फिट रहती हैं। यदि डॉक्टर मना न करें तो आप भी इस सलाह पर अमल कर सकती हैं। आपको पता होना चाहिए कि इस व्यायाम से आपको व शिशु को कितना लाभ हो सकता है।

व्यायाम से लाभ

नियमित व्यायाम से :-

- कई बार ज्यादा आराम भी आपको थका देता है। थोड़े से व्यायाम से आपकी ऊर्जा का स्तर बढ़ता है।
- व्यायाम करने से आपकी नींद पहले से काफी बेहतर हो जाती है और आप सो कर उठने के बाद तरोताजा महसूस करती हैं ।
- व्यायाम करेंगी तो गैस्टेशनल मधुमेह से बची रहेंगी।
- व्यायाम करने से मस्तिष्क से एंडोरफिन का स्राव होता है आप का मूड काफी बेहतर व खुशनुमा रहता है। तनाव व उत्तेजना घटते हैं।
- पीठ के दर्द व दबाव से राहत पाने का भी अच्छा उपाय है।
- स्ट्रैचिंग करने से मांसपेशियों को आराम मिलता है व उनकी लोच काफी बढ़ जाती है। मांसपेशियों का तनाव घटता है। ये व्यायाम कहीं भी, कभी भी किए जा सकते हैं। इनके लिए पसीना बहाने की भी जरूरत नहीं पड़ती।
- 10 मिनट की चहलकदमी भी आपको

कीगल व्यायाम

यदि आप सिर्फ एक ही व्यायाम करना चाहें तो इसे ही करें। कीगल से आपके पेल्विक क्षेत्र को मजबूती मिलती है। इस तरह आप अनचाहे मूत्र रिसाव की समस्या पर काबू पा सकती हैं। इस तरह आपका शरीर लेबर और डिलीवरी के लिए भी तैयार होगा व आप ऑप्रेशन और चीर फाड़ से बच जाएँगी।

कीगल के दौरान आपने अपने शरीर की मांसपेशियाँ को इस तरह सिकोड़ना है, जिस तरह मूत्र करते समय रोक लिया जाए इससे डिलीवरी के बाद आपकी सेक्स क्षमता भी बढ़ेगी। इसी किताब में कीगल के विषय में और भी जानकारी दी गई है।

कीगल व्यायाम

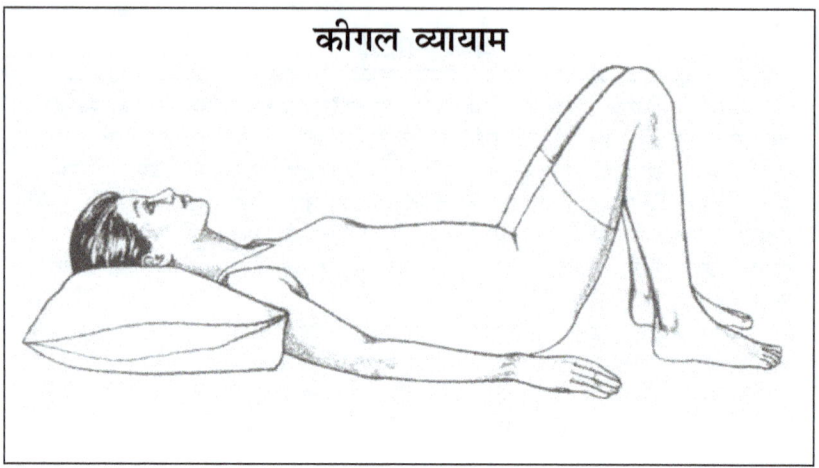

एक्सरसाइज़ स्मार्ट

शिशु के साथ व्यायाम करने जा रही हैं तो हमारे सुझावों का पालन करें :-

- व्यायाम से पहले कुछ पीएँ चाहे प्यास हो न हो, कुछ पीने से, शरीर में पानी की कमी नहीं होगी। वर्कआउट के बाद भी कुछ पीना न भूलें। पसीना बहने से जो तरल पदार्थ घट गए हैं, उनकी पूर्ति करना भी न भूलें।
- हल्के-फुल्के स्नैक्स लें। व्यायाम से कुछ समय पहले थोड़ा खा लेंगी तो ऊर्जा का स्तर बना रहेगा। यदि आप ज्यादा कैलोरी गला रही हैं तब तो यह और भी जरूरी हो जाता है।
- ठंडे तापमान में रहें। ऐसा कोई व्यायाम न करें, जिससे आपके शरीर का तापमान 1.5^0 से अधिक बढ़े। सोना, स्टीम रूम, व हॉट टब से दूर रहें। ज्यादा गर्म माहौल या भीड़-भड़ाक्के वाली जगह में न रहें। जब तापमान ज्यादा हो तो किसी ए.सी. मॉल में चहलकदमी करें।
- खुले, लोचयुक्त कपड़े पहनें, जिन्हें पहनकर आसानी से सांस ली जा सकेगी। ऐसी ब्रा पहनें, जिससे वक्षस्थल को सहारा मिले। वैसे स्पोर्ट ब्रा ठीक रहेगी।
- सबसे पहले पैरों पर ध्यान दें। यदि स्लीपर्स बदलने वाले हैं तो पैरों पर चोट आने से पहले उन्हें बदल लें। ऐसे जूते लें, जो वर्कआउट के लिए उपयुक्त हों।
- सही सतह का चुनाव करें। टाइल या सीमेंट के फर्श पर वर्कआउट करने की बजाए लकड़ी या कारपेट युक्त फर्श चुनें। रपटीली सतह पर वर्कआउट न करें। सख्त सड़कों की बजाए घास या मिट्टी वाले फुटपाथ व ऊबड़-खाबड़ जगह की बजाए समतल सतह कहीं बेहतर है।
- ढ़लान वाले हिस्सों से दूर रहें क्योंकि गिरते ही सबसे पहले पेट पर चोट आ सकती है। ऐसा कोई भी खेल न खेलें, जिसे आप पहली बार खेल रही हों या जिससे चोट आने की संभावना हो।
- सतह पर रहें। यदि आप ऊंचाई पर नहीं रहती तो 6000 फुट से ऊपर जाने वाली

किसी गतिविधि में हिस्सा न लें। इस समय स्कूवा डाइविंग जैसे खेलों के बारे में तो बिल्कुल न सोचें।

- चौथे महीने के बाद पीठ के बल लेट कर व्यायाम न करें। गर्भाशय के बढ़े हुए भार की वजह से रक्त नलिकाओं पर दबाव पड़ेगा और रक्त प्रवाह में रुकावट आएगी।
- ऐसी कोई भी गतिविधि न करें जिससे शरीर के किसी भी हिस्से में ऐंठन हो या चोट पहुंचे। अचानक लगने वाले झटके या सदमे से भी नुकसान हो सकता है। शरीर की लोच बनाए रखें। खतरनाक तरीके से उठना-बैठना छोड़ दें। याद रखें कि अब आप एक नहीं 'दो' हैं।

कब्ज से छुटकारा दिला सकती है। आपका पेट साफ रहता है और चेहरे की ताजगी बनी रहती है।

- कहते हैं कि व्यायाम करने वाली गर्भवती महिलाओं को प्रसव के समय ज्यादा तकलीफ नहीं उठानी पड़ती। उनका प्रसव जल्दी व सुगमता से हो जाता है। सी. सैक्शन की नौबत भी नहीं आती।
- व्यायाम करने से आप गर्भावस्था के बाद

थर्टी मिनट प्लस

यदि डॉक्टर ने हरी झंडी दिखा दी है तो आप अपनी मर्जी से दिन में घंटे से ज्यादा वर्कआउट कर सकती हैं इस हालत में थकान जल्दी होती है और थकान होने पर चोट लग सकती है। जरूरत से ज्यादा थकान से शरीर में पानी की कमी हो सकती है या आपको सांस लेने में तकलीफ हो सकती है। इस हालत में ज्यादा कैलोरी खर्च करेंगी तो आपको ज्यादा कैलोरी लेनी भी पड़ेगी। इसलिए इसका इंतजाम भी पहले से ही कर लें।

भी फिट रहेंगी। फिगर अपने पहले वाले आकार में आ जाएगी और आप मजे से अपनी पुरानी जींस पहन सकेंगी।

- शिशु के व्यायाम से क्या फायदा हो सकता है। कई अध्ययनों से पता चला है कि शिशु वर्कआउट के दौरान होने वाली आवाजों व कंपन का अनुभव करते हैं।
- व्यायाम करने वाली माताओं के यहां स्वस्थ शिशु जन्म लेते हैं। उन्हें प्रसव के समय नई दुनिया में कदम रखने में कठिनाई नहीं होती और वे जन्म के तनावों से शीघ्र मुक्ति पा लेते हैं।
- मानें न मानें, अध्ययनों से पता चला है कि व्यायाम करने वाली माँओं के शिशु औसत बच्चों से अधिक बुद्धिमान व चुस्त होते हैं। इससे उनकी मांसपेशियों के साथ-साथ दिमागी ताकत भी बढ़ती है।
- ऐसे बच्चे रात को सही समय पर पूरी नींद लेते हैं, कॉलिक नहीं होते और स्वयं को बेहतर तरीके से संभाल पाते हैं।

सही तरीके से व्यायाम करना

जिस तरह गर्भावस्था में पुराने कपड़े फिट नहीं आते। उसी तरह आपको अपने फिटनेस रूटीन में भी थोड़ा बदलाव लाना होगा। अब आपको सिर्फ एक के लिए नहीं, दो लोगों के लिए व्यायाम करना है। चाहे आप जिम जाएं या चहलकदमी करें, हमारे इन सुझावों पर ध्यान दें।

डॉक्टर के पास :- अपने स्पीकर्स के फीते बांधने से पहले डॉक्टर के पास जाना न भूलें। यदि आपकी गर्भावस्था में कोई जटिलता है तो डॉक्टर आपको व्यायाम के लिए मना कर सकते हैं या फिर कुछ व्यायामों की ही अनुमति दे सकते हैं। उनसे अच्छी तरह जान लें कि आपकी अवस्था के हिसाब से कैसा फिटनेस रूटीन ठीक रहेगा। यदि आप पूरी तरह स्वस्थ हैं। तो भी कुछ खेल ऐसे हैं, जो गर्भावस्था के लिए ठीक नहीं रहेंगे।

कंधे व टांगों के स्ट्रैच

कंधों के तनाव को घटाने के लिए अपने पाँव खोलकर खड़ी हों व घुटने थोड़े मोड़ें। बाईं बाजू छाती तक लाकर हल्की-सी झुकाएँ। अपनी दाईं बाजू, बाईं कुहनी पर टिकाएँ व सांस छोड़ते हुए उसे दाएं कंधे की ओर धकेलें। इस स्ट्रैच को 5 से 10 मिनट तक करें फिर सारा बदलें।

खड़े होकर टांगें स्ट्रैच करने के लिए किसी कुर्सी या काउंटर का टॉप पकड़ें। ढांचा घुटना मोड़कर पांव को नितंबों तक ले जाएँ दाएँ हाथ से पांव पकड़ें व एड़ी को नितंब के पास ले जाकर जांघ को फैलाएं। पीठ सीधी रखें। स्ट्रैच को 10 से 30 सेकंड तक रखने के बाद बाईं टांग से दोहराएँ।

शरीर के बदलावों का आदर करें :- शरीर के हिसाब से अपने रूटीन में भी बदलाव लाएँ। शरीर का संतुलन बदलने के साथ-साथ वर्क आउट में भी बदलाव लाने होंगे। कुछ व्यायामों की संख्या घटानी होगी। चाहें आप सालों से चहल कदमी करती आ रही हैं लकिन गर्भावस्था में आपके जोड़ ढीले पड़ जाते हैं। टांगों में सूजन आ जाती है इसलिए आपको अपना अभ्यास घटाना पड़ सकता है। पीठ के बल लेटने वाली ताई ची की कुछ मुद्राएँ भी रक्त के प्रवाह मेंबाधा दे सकती हैं। उन्हें बिल्कुल न करें।

शुरूआत धीमी हो :-धीमे-धीमे शुरूआत करें। जरूरत से ज्यादा जोश दिखाने से फायदे की बजाए नुकसान हो जाएगा पहले दिन 10 मिनट हल्का वार्मअप करके 5 मिनट वर्कआउट करें। थकान लगने पर बंद कर दें व कूल-डाउन हो जाएँ। कुछ ही दिन में शरीर को इसकी आदत हो जाए तो आप वर्कआउट का समय बढ़ा सकती हैं। यदि आप पहले से जिम जाती हैं, जो भी इन दिनों में कोई नया व्यायाम अपनी मर्जी से न चुनें।

वर्कआउट से पहले :-माना आप वर्कआउट शुरू करने की जल्दी में हैं लेकिन आपको वर्कआउट से पहले शरीर को वार्मअप करना है ताकि हृदय गति अचानक न बढ़े। कम से कम चोट आए। सर्दी व गर्भावस्था में इसका खास ध्यान रखें। दौड़ने से पहले चलें व तैराकी से पहले धीरे तैरें या जॉगिंग करें।

वर्कआउट के बाद :-यदि आप अचानक वर्कआउट बंद करती हैं तो मांसपेशियों में ही रक्त रह जाता है और शरीर के बाकी हिस्सों को रक्त नहीं मिल पाता। नतीजन सिर चकरा सकता है। बेहोशी या उल्टियाँ आ सकती हैं। दौड़ने के पाँच मिनट बाद चलें, तेज तैराकी के बाद हल्की तैराकी करें। शरीर को हल्का शिथिल होने दें। यदि जमीन पर बैठकर व्यायाम कर रही हों तो वहां से धीरे से उठें।

घड़ी पर रखें नजर :- थोड़े ज्यादा व्यायाम, दोनों से ही कोई फायदा नहीं होगा। वार्मअप से लेकर कूल डाउन तक पूरे वर्कआउट में आधे घंटे से लेकर एक घंटा तक लग सकता है। थकान का स्तर ज्यादा न होने दें।

वर्कआउट को बाँटें :- 30 मिनट के वर्क आउट का समय नहीं मिलता? अपने व्यायाम को दो-तीन या फिर चार हिस्सों में बांट लें। इस तरह मांसपेशियों की लोच बनी रहेगी।

व्यायाम अवश्य करें :- हर सप्ताह में चार बार और अगले सप्ताह में बिल्कुल व्यायाम न करना, ऐसी आदत न डालें। यदि आप कड़े वर्कआउट से थक गई हैं तो भी वार्मअप कसरत तो कर ही सकती हैं। इस तरह आपके व्यायाम की निरंतरता बनी रहेगी। कई गर्भवती महिलाओं का मानना है कि चाहे वे प्रतिदिन पूरा वर्कआउट न करें, थोड़े-बहुत व्यायाम से

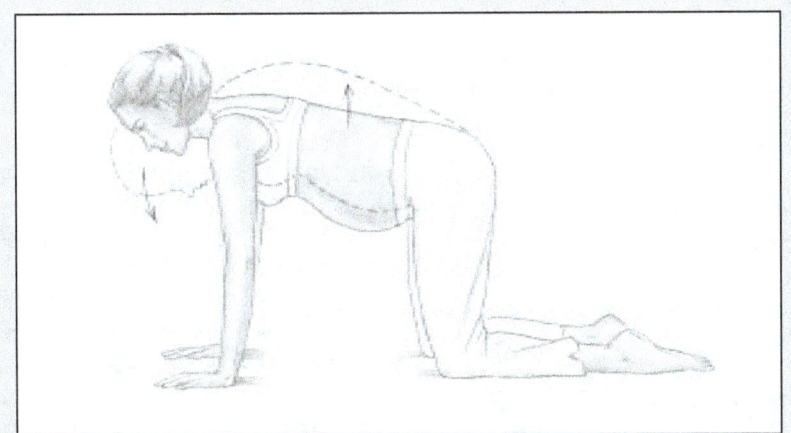

ड्रोमड्रे ड्रूप

पीठ का तनाव घटाने के लिए हाथों व घुटनों के बल बैठें। सिर सीधा हो, गर्दन रीढ़ की हड्डी की सीध में हो। पीठ को धनुषाकार दें ताकि नितंबों में अकड़न महसूस हो। सिर थोड़ा नीचे झुकाएँ। फिर पहले वाली मुद्रा में लौट आएँ। यदि खड़े होकर या बैठ कर काम करती हैं तो इस व्यायाम को दिन में कई बार दोहराएँ

गर्दन का आराम

इससे गर्दन के तनाव से राहत मिलेगी। एक अच्छे सहारे वाली कुर्सी में सीधा बैठें। आंखें बंद करके गहरी सांस लें, गर्दन एक ओर झुकाते हुए कंधे तक ले जाएं। कंधा उठा कर सिर से न छुएँ या सिर को जबरन नीचे न ले जाएं। उसे 6 सेकंड रोकने के बाद दूसरी ओर से करें। फिर अपना सिर आगे की ओर लाएँ। चिबुक को छाती तक लाएँ। गले को दाईं ओर कंधे तक आराम से घुमाएँ। इसे भी 3 से 6 सेकंड तक करें। इन्हें 3-4 बार प्रतिदिन दोहराएँ।

बेहतर महसूस होता है।

कैलोरी की पूर्ति करें :- आपको प्रतिदिन के वर्कआउट में लगने वाली कैलोरी के लिए फालतू भोजन करना होगा। प्रतिदिन के आधे घंटे के व्यायाम के लिए 150 से 200 अतिरिक्त कैलोरी लेनी पड़ सकती है।

यदि आपको लगता है कि आप काफी कैलोरी लेने के बाद भी वजन नहीं बढ़ा पा रहीं, तो ऐसा भी हो सकता है कि आप जरूरत से ज्यादा व्यायाम कर रही हों।

तरल पदार्थों की मात्रा :- हर आधे घंटे की गतिविधि के बाद आपको एक गिलास फालतू तरल पदार्थ चाहिए ताकि उस पसीने की भरपाई हो सके। यदि पसीना ज्यादा आए, मौसम गर्म हो तो ज्यादा पानी चाहिए। व्यायाम से पहले, बाद व उसके दौरान पानी पीएँ लेकिन एक बार में 16 औंस से ज्यादा न लें। अपने वर्कआउट से 30-45 मिनट पहले से तरल पदार्थों की मात्रा लेना आरंभ कर दें।

सही समूह का चुनाव :-यदि आप व्यायाम के लिए किसी समूह का चुनाव करने जा रही हैं तो ऐसा समूह चुनें, जो गर्भवती महिलाओं के लिए ही हो (पता कर लें कि समूह का संचालक कैसा है) कई महिलाओं के लिए अकेले व्यायाम करने की बजाय समूह में व्यायाम करना ठीक रहता है। उन्हें किसी के सहारे व फीडबैक की लगातार जरूरत होती है। इन कार्यक्रमों में हर महिला की निजी जरूरत व क्षमता के हिसाब से, सप्ताह में तीन दिन कक्षाएँ दी जाती हैं। उनके पास मेडिकल व एक्सरसाइज विशेषज्ञ भी होते हैं, जो आपके सभी प्रश्नों के उत्तर दे सकते हैं।

थोड़ी मस्ती हो जाए :- कोई भी व्यायाम या गतिविधि, आपके लिए सजा नहीं मजा होना चाहिए। आप जो कुछ भी अपने मन से चुनें, उसी के साथ चलें। इसमें प्रसव पूर्व योग से लेकर डिनर के बाद की रूमानी चहलकदमी शामिल है। किसी दोस्त या सखी से भी साथ चहलकदमी करने को कह सकती हैं।

जरा आराम से :- इतना व्यायाम न करें कि वह आपको थका दे। चाहे बढ़िया एथलीट ही क्यों न हों, पूरी क्षमता तक व्यायाम न करें। अति से बचें। तब तक ही व्यायाम करें, जब तक मन को अच्छा लगे। हल्का सा दर्द या दवाब महसूस होते ही व्यायाम रोक दें। थोड़ा

पसीना आना या हल्का सांस चढ़ना, यहाँ तक तो ठीक है लेकिन इतनी बुरी तरह सांस न चढ़ा लें कि आपसे बोला भी न जाए। वर्कआउट के बाद झपकी आने का मतलब होगा कि आपने काफी कड़ी मेहनत कर ली है। कसरत के बाद आपको थोड़ा अच्छा लगना चाहिए, ऐसा नहीं कि किसी ने शरीर की ताकत निचोड़ ली है।

कब रुकना है:- आपका शरीर स्वयं थकान का संकेत देता है। उस संकेत को समझें व कसरत करना बंद कर दें। यदि नितंबों, पीठ, पेल्विस, छाती या सिर में अचानक दर्द हो तो डॉक्टर से मिलने में देर न करें। कसरत रोकने के बाद भी ऐंठन बनी रहे, मूत्राशय में संकुचन हो, हल्का सिर चकराए, दिल की धड़कन तेज हो जाए, सांस लेने में काफी तकलीफ हो, चलना भी मुश्किल हो जाए, मांसपेशियों पर काबू न रहे, अचानक सिर-दर्द हो, हाथ-पाँव व टखनों पर सूजन बढ़ जाए, एमनीयोटिक द्रव्य रिसने लगे या योनि से रक्तस्राव हो या 28 वें सप्ताह के बाद शिशु की हलचल घट जाए या बंद हो जाए; तो भी डॉक्टर को बुलाएं। दूसरी व तीसरी तिमाही में आपकी क्षमता व प्रदर्शन में थोड़ी कमी आ सकती है। यह एक सामान्य प्रक्रिया है।

आखिरी तिमाही में :-ज्यादातर महिलाओं को लगता है कि आखिरी तिमाही खासतौर से नौवें महीने में उन्हें थोड़ा प्रदर्शन घटाना पड़ता है जब स्ट्रैचिंग रूटीन, हल्की चहलकदमी या वाटर वर्कआउट से ही काफी कसरत हो जाती है। यदि आप अच्छी एथलेटिक शेप में हैं और ज्यादा कठिन व्यायाम करना चाहती हैं तो डॉक्टर की राय से अपना व्यायाम जारी रख सकती हैं।

चाहे व्यायाम न करें :- बिना किसी काम के लंबे समय तक बैठे रहने से भी आपकी टांगों की नसों में खून इकट्ठा हो जाता है और पाँव सूज जाते हैं। इससे और भी कई तकलीफें पैदा हो सकती हैं। यदि आप कई घंटे तक बैठकर टी.वी. देख रही हैं, काम कर रही हैं या लंबी यात्रा कर रही हैं तो बीच-बीच में ब्रेक लें। 5 से 10 मिनट तक पैदल चलें। सीट पर बैठे-बैठे ही थोड़ा व्यायाम करें। गहरी सांसें लें, थोड़ी टांगें फैलाएं, अपनी पैरों की अंगुलियां घुमाएँ। अपने पेट व नितंबों की मांसपेशियाँ सिकोड़ें। यदि हाथों में भी सूजन आती हो तो बाजुओं को सिर से ऊपर ले जाएँ। बार-बार मुट्ठियाँ खोलें व बंद करें।

पेल्विक टिल्ट

इससे पोश्चर में सुधार होगा, मांसपेशियों को मजबूती मिलेगी व लेबर में आसानी रहेगी। अपनी पीठ दीवार से लगा कर रीढ़ की हड्डी को सहारा दें। सांस लेते व छोड़ते समय पीठ के हिस्से को दीवार की ओर दबाएँ। शियाटिका के लिए पीठ सीधी रखते हुए, पेल्विस को इधर-उधर झुलाएँ। इसे दिन में कई बार दोहराएं।

बाइसैप कर्ल

यदि पहली बार भार उठा रही हैं तो उसे 5 पौंड से शुरू करें। 12 पौंड से ज्यादा भार कभी न उठाएं। अपनी टांगें कंधों की चौड़ाई जितनी खोलें, घुटने जाम न हों। कुहनियाँ अंदर की ओर व छाती ऊंची हो। दोनों बाजू सामने रखते हुए, हाथों का भार कंधों की ओर लाएं व सांस लें। जब भार छाती की ओर हो जाए तो धीरे से नीचे लाएं व फिर से दोहराएँ। 8 से 10 बार करें। यदि थकान हो तो ब्रेक ले लें। मांसपेशियों में जलन सी महसूस होगी लेकिन अपने ऊपर दवाब न डालें और न ही सांस रोकें।

टाँगें उठाना

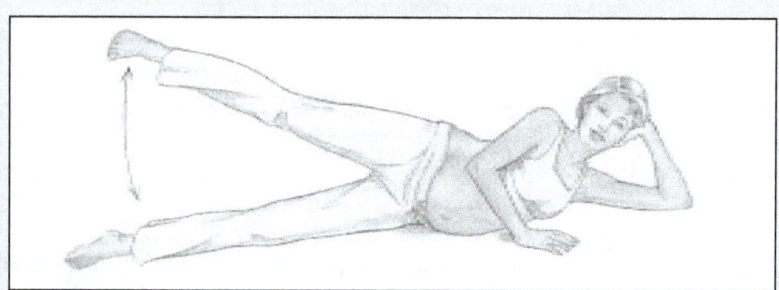

इसमें आपके शरीर के भार से ही जांघों को मांसपेशियों को टोन किया जाता है। अपनी बाईं ओर लेटें। कंधे, नितंब व घुटने एक ही सीध में हों। दायाँ हाथ फर्श पर टिका कर अपने सिर को सहारा दें। सांस लेते हुए अपने दाएँ पांव को जितना हो सके, ऊंचा ले जाएं, फिर वापिस लाएं। इसे 10 बार करने के बाद दूसरी टांग से भी करें।

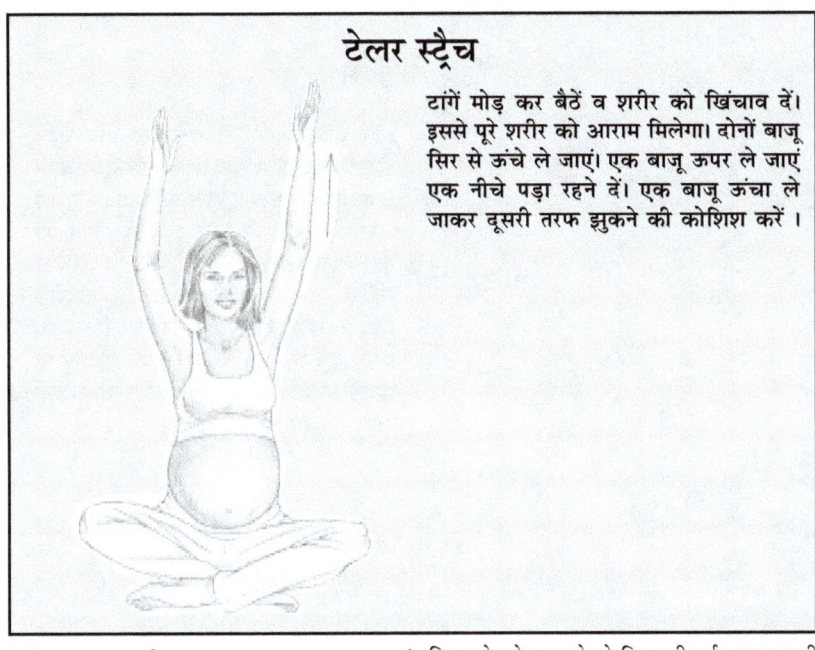

टेलर स्ट्रैच

टांगें मोड़ कर बैठें व शरीर को खिंचाव दें। इससे पूरे शरीर को आराम मिलेगा। दोनों बाजू सिर से ऊंचे ले जाएं। एक बाजू ऊपर ले जाएं एक नीचे पड़ा रहने दें। एक बाजू ऊंचा ले जाकर दूसरी तरफ झुकने की कोशिश करें।

उचित गर्भावस्था व्यायाम का चुनाव

यह सच है कि आप गर्भावस्था में वाटर स्की या घुड़दौड़ प्रतियोगिता में हिस्सा नहीं ले सकतीं लेकिन फिर भी कुछ फिटनेस व्यायाम तो कर ही सकती हैं। गर्भवती महिलाओं के लिए कसरत के कार्यक्रम चुनने से पहले अपने डॉक्टर से पूछ लें। आपको पता चलेगा कि ऐसी अवस्था में कितनी ही ऐसी गतिविधियाँ हैं, जो आपके लिए खरतनाक हो सकती हैं। जैसे फुटबॉल, बास्केटबॉल, स्कूबा डाइविंग या फिर मांउटेन बाइकिंग, प्रेगनेंसी वर्कआउट में क्या करें व क्या न करें। यह जानने के लिए निम्नलिखित टिप्स पर ध्यान दें।

टहलना :- यह व्यायाम तो कहीं भी, कभी भी हो सकता है। आपकी व्यस्त दिनचर्या में इससे आसान व्यायाम हो ही नहीं सकता। याद रखें कि कुत्ते को टहलाने के लिए की गई चहलकदमी या फिर बाजार से सामान खरीद लाना भी इसमें शामिल है। इसे आप नौवें महीने तक बेहिचक जारी रख सकती हैं। इसके लिए किसी उपकरण जिम की सदस्यता या फीस की जरूरत नहीं पड़ती। बस आपको बढ़िया व आरामदेह जूते और कपड़े चाहिए। यदि नया-नया टहलना शुरू किया हो तो ज्यादा न टहलें। अपने दोस्तों, पति या साथी के साथ टहलें। आप चाहें तो वॉकिंग क्लब भी शुरू कर सकती हैं। मौसम साथ न दे तो मॉल में चहलकदमी करें।

जॉगिंग :- यदि आप अनुभवी नहीं हैं तो आपको अपनी जॉगिंग का समय व दूरी ध्यान में रखने होंगे। ट्रेडमिल पर भी इसी बात का ध्यान रखें। याद रखें कि गर्भावस्था में लिगामेंट व जोड़ों के ढीलेपन की वजह से, दौड़ना मुश्किल हो सकता है व चोट लग सकती है इसलिए इसे जरूरत से ज्यादा न करें।

हिप फ्लैक्सर्स

इन्हीं मांसपेशियों की मदद से आप घुटने मोड़ते हैं व कमर झुकाते हैं। इससे प्रसव के समय काफी आसानी होगी। सीढ़ियों के निचले हिस्से पर खड़ी हों, एक हाथ से रेलिंग का सहारा लें। पहली या दूसरी सीढ़ी पर एक पैर रखें व घुटना मोड़ें। इसकी टांग अपने पीछे रखें, घुटना सीधा व पांव फर्श पर टिका हो। अपने मुड़े घुटने की तरफ झुकें। पीठ सीधी रहे। सीधी टांग में खिंचाव महसूस होगा। इसी तरह टांगें बदल कर दोहराएं।

उकडूँ मुद्रा

इस मुद्रा से जांघों की मांसपेशियां टोन होती हैं। उकडूं मुद्रा में डिलीवरी चाहने वाली महिलाएं यह व्यायाम अवश्य करें। अपनी टांगें कंधों की चौड़ाई के बराबर फैला कर खड़ी हों। पीठ सीधी रहे, घुटने मोड़ कर धीरे-धीरे नीचे बैठ जाएं। 10 से 30 सेकंड तक इसी मुद्रा में रहें। फिर धीरे-धीरे खड़ी हो जाएं । 5 बार दोहराएं। वैसे व्यायामों में जोड़ों का भी ध्यान रखें। उन्हें आसानी से चोट पहुँच सकती है।

कसरत की मशीनें :- गर्भावस्था में ट्रेडमिल, एलिप्टिकल्स व स्टेयर क्लाइम्बर्स ठीक रहते हैं। मशीन की गति, झुकाव व तनाव इस तरह तय करें कि वे आपके लिए आरामदायक हों। पहले-पहल धीरे-धीरे शुरूआत करें। आखिरी तिमाही में मशीनों का वर्कआउट काफी कड़ा हो सकता है।

एरोबिक्स :-अच्छी शेप वाले अनुभवी एथलीट गर्भावस्था में भी डांस एरोबिक चालू रख सकते हैं। अपने-आप को जरूरत से ज्यादा न थकाएँ। यदि आप नई हैं तो पानी वाले व्यायाम करें, वे आपके लिए सही रहेंगे।

स्टेप रूटीन :-यदि आप पहले से अच्छी शेप में हैं और स्टेप रूटीन का अनुभव भी है, तो इसे गर्भावस्था में भी जारी रख सकती हैं। बस याद रखें कि इन दिनों जोड़ों में आसानी से चोट आ सकती है इसलिए अपने को जरूरत से ज्यादा न थकाएँ। किसी ऐसी ऊंची जगह पर पाँव न रखें, वहां से गिरने का खतरा रहता है पेट फैल रहा है इसलिए ऐसी गतिविधियाँ न करें जिनमें संतुलन साधना पड़ता है।

किकबॉक्सिंग :-इसके लिए काफी कड़ी मेहनत और गति चाहिए। गर्भवती महिला के लिए ये दोनों ही ठीक नहीं हैं। यदि आप इस मामले में काफी अनुभवी हैं तो इसका थोड़ा अभ्यास कर सकती हैं। नए खिलाड़ियों को तो हम मना ही करेंगे। ऐसी कोई गतिविधि न करे, जिससे आप पर दबाव पड़े। दूसरे किकबॉक्सर्स से दूरी रखें। आप नहीं चाहेंगी कि कोई गलती से आपके पेट पर किक लगा दे। कक्षा में सबको पता होना चाहिए कि आप गर्भवती हैं या फिर आप गर्भवती महिलाओं की कक्षा में ही जाएँ।

तैराकी व पानी में वर्कआउट :- माना आप इन दिनों छोटी सी बिकनी पहनने के मूड में नहीं है लेकिन पानी में वर्कआउट आपके लिए काफी फायदेमंद है। इससे आपकी मजबूती व लोच बढ़ेगी, जोड़ों का कोई नुकसान नहीं होगा

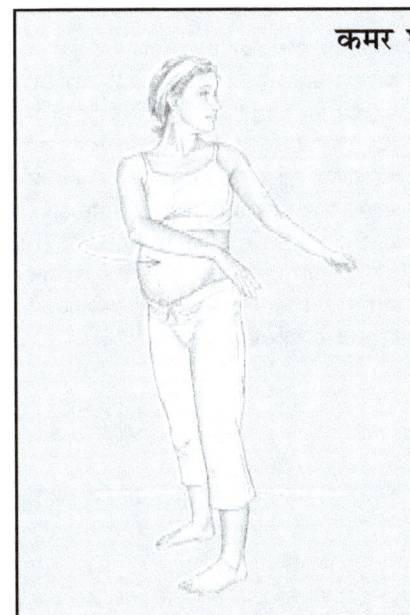

कमर घुमाना

यदि आप थोड़ी देर बैठ चुकी हैं या फिर यूं ही बेचैनी महसूस कर रही हैं तो रक्त प्रवाह बढ़ाने वाला यह व्यायाम करें। दोनों टांगे फैला कर खड़ी हों। एक से दूसरी ओर धीरे-धीरे मुड़ें। पीठ सीधी रखें व बाजुएं झूलने दें। आप बैठे-बैठे भी यह कसरत कर सकती हैं।

और जरूरत से ज्यादा गर्मी लगने का डर नहीं रहेगा। टांगों व पैरों की सूजन व शियाटिका के दर्द से राहत मिलेगी। कई जगह पूल में एरोबिक्स की सुविधा भी दी जाती है। बस वहाँ फिसलन भरी जगह का ध्यान रखें व छलांग न लगाएँ, क्लोरीनयुक्त पूल में ही जाएँ।

आउटडोर खेल (हाइकिंग, स्केटिंग, बाइसाइकलिंग व स्कीइंग) :- गर्भावस्था किसी नए खेल की चुनौती लेने का समय नहीं है, खासतौर पर जिसमें अधिक संतुलन साधना पड़ता है वैसे अनुभवी खिलाड़ी अपने अभ्यास को जारी रख सकते हैं। वैसे हाइकिंग करते समय थोड़ा सावधान रहें। बाइकिंग करते समय हेलमेट पहनें, फिसलन भरी जगह पर बाइक न चलाएँ (गिरने से बचें) रेस लगाते समय ज्यादा न झुकें। वैसे भी यह समय कोई रेस लगाने का नहीं है। आइस स्केटिंग शुरूआत में तो कर सकती हैं लेकिन बाद में आपको

संतुलन बनाने में मुश्किल हो सकती है। इसी तरह घुड़सवारी में भी सावधान रहें। कोई भी आउटडोर खेल क्यों न हों, स्वयं को थकान से बचाएँ।

भार प्रशिक्षण :- भार उठाने से आपकी मांसपेशियों की टोन बढ़ सकती है लेकिन ऐसा भार न उठाएँ, जिसमें सांस रोकनी पड़ती है। इससे गर्भाशय की ओर रक्त प्रवाह में बाधा आएगी। आप चाहें तो हल्का भार उठा सकती हैं।

योग :- योग से शिथिलता आती है व केंद्रित होने में मदद मिलती है यह गर्भावस्था के लिए सबसे श्रेष्ठ है इससे शिशु को अधिक ऑक्सीजन मिलती है। शरीर की लोच बढ़ती है। डिलीवरी व प्रेगनेंसी दोनों ही काफी आसान हो जाते हैं। ऐसी कक्षा चुनें, जहां गर्भवती महिलाओं को ही योग सिखाया जाता हो क्योंकि समय-बढ़ने के

छाती को खींचना

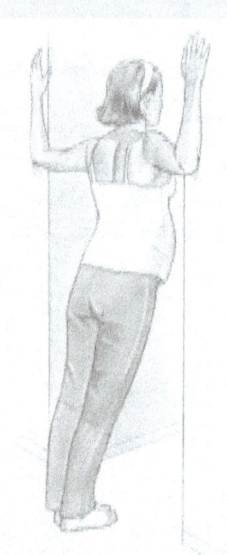

गर्भावस्था से पोश्चर व गुरुत्वाकर्षण केंद्र में बदलाव आता है। शरीर को कई तरह के समझौते करने पड़ते हैं नतीजन कई हिस्सों में तकलीफ या दर्द रहने लगता है। छाती की मांसपेशियों को हल्का खिंचाव देने से आराम आएगा और रक्त प्रवाह में सुधार होगा। अपने दोनों हाथ दरवाजे के दोनों ओर टिका लें। आगे की ओर हल्का झुककर छाती में खिंचाव महसूस करें। 10 से 20 सेकंड तक इसी मुद्रा में रहें 5 बार दोहराएं।

साथ-साथ मुद्राओं में थोड़ा बदलाव लाना पड़ता है।

नोट :- बिक्रम योग न करें क्योंकि यह गर्म तापमान में किया जाता है।

पिलैट्स :-यह भी योग की तरह ही होता है। इससे भी मांसपेशियों की लोच व ताकत बढ़ती है। आपके पोश्चर में सुधार होता है व पीठ दर्द में आराम मिलता है। गर्भवती महिलाओं की कक्षा में जाएँ या प्रशिक्षक को बता दें कि आप गर्भ से हैं।

ताई ची :- यह ध्यान की एक प्राचीन पद्धति है। इसकी धीमी प्रक्रियाओं से शरीर को कोई चोट नहीं पहुँचती लेकिन शरीर को मजबूती मिलती है। यदि आप इस क्षेत्र की अनुभवी हैं तो गर्भावस्था में भी इसे जारी रख सकती हैं। गर्भवती महिलाओं की कक्षा में ही जाएँ व ऐसी मुद्राएँ ही करें, जिनमें आप आसानी से संतुलन बना सकें।

श्वसन क्रिया :- मानें या न मानें, यदि सही तरीके से की जाए तो श्वसन क्रिया भी एक व्यायाम बन सकती है। गहरी सांस लेने से शरीर के प्रति सजगता बढ़ती है। आप अधिक मात्रा में ऑक्सीजन ले पाती हैं। सीधा बैठकर अपने दोनों हाथ पेट पर रखें। सांस लेते व छोड़ते समय पेट का गिरना व उठना महसूस करें। नाक से सांस लें व मुँह से छोड़ें। गिनते हुए अपनी श्वास पर ध्यान एकाग्र करें सांस लेते समय 4 तक व सांस छोड़ते समय 6 तक गिनें। प्रतिदिन श्वास पर ध्यान केंद्रित करने का अभ्यास करें।

यदि आप व्यायाम नहीं करतीं

यूँ तो गर्भावस्था में व्यायाम काफी फायदेमंद होता है लेकिन यदि आप किसी मजबूरी या समय की कमी की वजह से व्यायाम नहीं करती तो कोई बात नहीं! डॉक्टर की बात मान कर भी आप शिशु का ही ध्यान रख रही हैं यदि आपका कोई मिसकैरिज, समय से पहले डिलीवरी, सर्विक्स में कमी, दूसरी-तीसरी तिमाही में रक्तस्राव हृदयरोग या प्रीक्लैंपसिया की पूर्व मेडिकल हिस्ट्री रही है तो वे आपको व्यायाम करने की अनुमति नहीं देंगे।

यदि आप जुड़वां को जन्म देने वाली हैं, उच्च रक्तचाप, थाइरॉइड, एनीमिया या किसी दूसरे रोग से ग्रस्त हैं, आपका वजन जरूरत से ज्यादा या कम है, अब तक काफी आरामदायक जीवनशैली नीति आई है तो भी व्यायाम की मनाही हो सकती है। कुछ मामलों में कुछ गिने-चुने व्यायाम करने की ही अनुमति दी जाती है। गर्भावस्था में कोई भी व्यायाम करने से पहले डॉक्टर की राय लेना न भूलें।

■ ■ ■

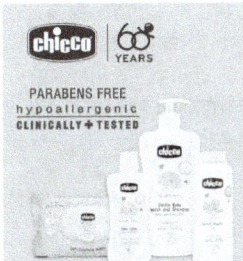

अध्याय-10

पांचवां महीना

लगभग 18 से 22 सप्ताह

अब से कुछ समय पहले तक जिसका कोई अस्तित्व तक नहीं था, वही अब एक सुंदर-सा आकार ले चुका है। अब बहुत जल्दी शिशु की हलचल आप सुन पाएँगी। आपके पेट का गोल उभार आपको गर्भावस्था की हकीकत के और निकट ले जाएगा। हालांकि अभी शिशु आपकी नर्सरी में नहीं है लेकिन यह एहसास ही काफी है कि बहुत जल्द वह वहां खेलेगा।

इस माह आपके शिशु का विकास

18 वां सप्ताह:- अब आपका शिशु करीब 5 1/2'' लंबा और वजन में 5 औंस का हो गया है। यह चिकन ब्रेस्ट जितना है लेकिन उससे कहीं ज्यादा प्यारा है। आपको उसकी लातों, घूंसों और हलचलों से इस बात का अंदाजा हो ही गया होगा। अब उसे जंभाई और हिचकी लेना भी आ गया है। शायद आप भी उसकी हिचकियाँ महसूस कर सकती हैं। उसके हाथों व पैरों की अनूठी छाप तैयार हो गई है।

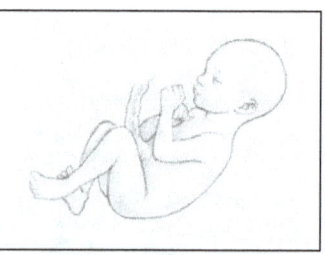

19 वां सप्ताह :- इस सप्ताह आपके शिशु की लंबाई 6'' और वजन करीब आधा पौंड है। इस सप्ताह वह एक फल की तरह है? वह एक बड़े आकार का आम बन गया है। ग्रीसी चीज़ में डूबा आम! एक ग्रीसी सफेद पदार्थ उसकी त्वचा को घेरे है, जो उसे एम्नियोटिक द्रव्य से बचाता है। इस सुरक्षा के बिना, शिशु जन्म के बाद काफी झुर्रीदार लगता है। डिलीवरी से पहले यह कोटिंग हट जाती है लेकिन कुछ शिशु जो समय से पहले जन्म लेते हैं, वे इस कोटिंग के भीतर ही होते हैं।

आपका चार महीने का बच्चा

20 वां सप्ताह :- इस सप्ताह आपके खरबूजे के आकार के पेट में कैंटालोप जितना बड़ा शिशु पल रहा है जो कि करीब 6 1/2'' लंबा और 10 औंस का है। अल्ट्रासाउंड की मदद से, इस माह शिशु के लिंग का पता लगाया जा सकता है। यदि वह लड़की

है तो उसका गर्भाशय पूरी तरह बन चुका है, उसकी ओवरीज़ भी हैं। योनि मार्ग भी तैयार हो रहा है। यदि वह लड़का है तो उसके वृषण तैयार हो रहे हैं। शिशु के पास आपकी कोख में उछलने-कूदने, कलाबाजी खाने व पलटने के लिए काफी जगह है। आने वाले कुछ सप्ताह में आप ज्यादा बेहतर तरीके से इसे महसूस कर पाएँगी।

21वां सप्ताह :- इस सप्ताह शिशु का आकार क्या है? वह करीब 7'' लंबा और 11 औंस का है। यदि आप चाहती हैं कि शिशु को केले अच्छे लगें तो इस माह से खाना शुरू कर दें क्योंकि एम्निओटिक द्रव्य, हर रोज आपके भोजन के हिसाब से बदलेगा। शिशु हर रोज उसे ही खाकर निगलने व पचाने का अभ्यास कर रहा है। आप जो भी खा रही हैं, उसका स्वाद उसे भी मिल रहा है। उसके हाथ-पैर पूरी तरह संतुलन में हैं। दिमाग व मांसपेशियों के बीच न्यूरॉन जुड़ गए हैं। अब उनकी हलचल पहले से कहीं अधिक ठोस होगी।

22वां सप्ताह :-इस सप्ताह शिशु का वजन 1 पौंड और लंबाई करीब 8'' होगी। वह एक छोटी सी गुड़िया जितना है लेकिन आपकी इस गुड़िया की सभी इंद्रियां विकसित हो रही हैं। वह अभी से आपके बाल नोचने का अभ्यास करने लगी है। हालांकि वहां काफी अंधेरा है लेकिन शिशु अंधेरे व उजाले का थोड़ा-बहुत अंतर समझने लगा है। यदि आप पेट पर फ्लैशलाइट जलाएंगी तो शिशु प्रतिक्रिया देगा और रोशनी से परे होने की कोशिश करेगा। शिशु आपके व आपके साथी की आवाज पेट की गड़गड़ाहट, रक्त प्रवाह का स्वर, आपके दिल की धड़कन, टी.वी. की तेज आवाज, तेज सायरन व कुत्ते के भौंकने का स्वर यह सब सुन सकता है उसे क्या खाना पसंद है? वही सब, जो आप उसे खिलाना चाहेंगी तो फिर झट से सलाद की प्लेट सामने ले आएँ और खाना शुरू कर दें।

आप क्या महसूस कर सकती हैं?

हमेशा की तरह याद है न, हर गर्भावस्था व गर्भवती महिला अपने-आप में अलग होती है। हो सकता है कि आप एक ही बार में ये सब लक्षण महसूस कर रही हों या इनमें से कुछ लक्षण महसूस कर रही हों। कुछ लक्षण ऐसे होंगे, जिनकी आप आदी हो गई होंगी। वैसे इस माह आप निम्नलिखित लक्षणों की उम्मीद रख सकती हैं :-

शारीरिक

- अधिक ऊर्जा
- भ्रूण की हलचल
- योनिस्राव में वृद्धि
- पेट के निचले हिस्से व किनारों में दर्द
- कब्ज
- छाती में जलन, अपच, अफारा
- कभी-कभी सिर में दर्द, सिर चकराना
- पीठ में दर्द
- नाक व कान में गंदगी, कभी-कभी नाक से खून आना
- ब्रश करते समय मसूड़ों से खून आना
- खुल कर भूख लगना
- टांगों में ऐंठन
- टखनों, पैरों, चेहरे व हाथों पर हल्की सूजन
- टांगों की वैरीकोज़ वेन्स
- त्वचा, पेट-या चेहरे के रंग में बदलाव
- नाभि में उभार
- हृदयगति तेज होना
- आर्गेज्म में आसानी या फिर कठिनाई

एक नजर

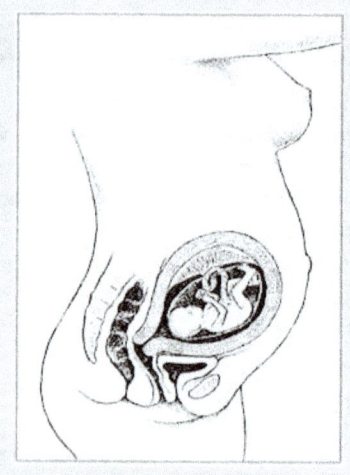

आधी गर्भावस्था बीत चुकी है। करीब 20 वें सप्ताह में गर्भाशय आपकी नाभि को छुएगा। इस माह के अंत में गर्भाशय, नाभि से करीब 1'' ऊपर होगा यानी अब आप किसी से छिपा नहीं सकतीं कि आप गर्भवती हैं।

भावनात्मक

■ गर्भावस्था की वास्तविकता का ज्ञान
■ मूड के उतार-चढ़ाव में कमी
■ दिमाग व मन का भटकना

इस माह डॉक्टर निम्नलिखित जांच कर सकते हैं। वैसे यह काफी हद तक आपकी अवस्था व डॉक्टर की जांच शैली पर भी निर्भर करता है।

■ वजन व रक्तचाप
■ मूत्र, शुगर व प्रोटीन के लिए
■ भ्रूण के दिल की धड़कन
■ बाहर से गर्भाशय के आकार की जांच
■ गर्भाशय की ऊँचाई
■ कुछ खास लक्षण
■ आपके प्रश्न व जिज्ञासाएं

आप क्या सोच रही होंगी?

गर्मी लगना

''मुझे हमेशा गर्मी लगती है और पसीना आता रहता है जबकि बाकी सबको तापमान सामान्य लगता है। यह क्या है?''

इन दिनों आप काफी गर्मी महसूस कर रही हैं, यह गर्भावस्था के हार्मोन की वजह से हो रहा है। हम आपकी इस उलझन को सुलझा तो नहीं सकते लेकिन कुछ ऐसे उपाय बता सकते हैं, जिनसे आपको चैन की सांस आ सके।

■ ढीले व आरामदायक कपड़े पहनें। एक ही मोटा कपड़ा पहनने की बजाए दो-तीन परतों में कपड़े पहनें ताकि उन्हें गर्मी लगने पर उतारा जा सके।
■ गर्मी में व्यायाम न करें। अपनी सैर रात को खाने के बाद करें या ए.सी. फिटनेस सेंटर में जाएं। जरूरत से ज्यादा गर्मी लगने से पहले कसरत बंद कर दें।
■ गर्मी लगे तो नहा लें या तैराकी करें। इस व्यायाम से आपको गर्मी नहीं लगेगी।
■ घर में ए.सी लगवाएँ। सिर्फ पंखे की हवा से गर्मी का फर्क नहीं पड़ेगा। अगर ए. सी. न हो तो अपना अधिकतर समय फिल्म, म्यूजियम, मॉल या किसी दोस्त के घर बिताएं।
■ घर में तापमान को अपने हिसाब से आरामदायक बनाएँ, चाहे आपके पतिदेव को स्वेटर ही क्यों न पहनना पड़े।
■ ढेर सा पानी पीएँ। शरीर में पानी की कमी न होने दें। एक दिन में कम से कम 8 गिलास पानी अवश्य लें। यदि व्यायाम करती हैं तो इसकी मात्रा और भी बढ़ा दें।
■ थोड़ा भीनी सुगंध वाला पाउडर छिड़कने

से भी गर्मी से राहत मिलेगी।

- वैसे शरीर से जितना पसीना निकलेगा, बदबू उतनी ही घट जाएगी।

सिर चकराना

''जब मैं लेटकर या बैठने के बाद एकदम उठती हूँ तो सिर चकरा जाता है। कल तो मैं खरीदारी करते-करते बेहोश सी हो गई थी। क्या मैं ठीक हूँ?''

गर्भावस्था में अक्सर ऐसा हो जाता है इसलिए घबराएं नहीं, इसे गर्भावस्था का एक सामान्य लक्षण माना जा सकता है।

- पहली तिमाही में रक्त की आपूर्ति कम होने की वजह से ऐसा हो सकता है। दूसरी तिमाही में, गर्भाशय फैलकर रक्त नलिकाओं को दबाने लगता है, उसकी वजह से सिर चकरा सकता है।
- पूरी गर्भावस्था में आपकी रक्त नलिकाएं शिथिल हो जाती हैं। शिशु की ओर रक्त प्रवाह तेज होता है जबकि माँ की ओर प्रवाह धीमा होता है। इससे रक्तचाप घटता है व दिमाग को पूरा रक्त नहीं मिल पाता जिससे सिर चकराने लगता है।

> **जब हो जाए हद?**
>
> जॉगिंग करते समय थकान महसूस होती है? साफ-सफाई करते समय वैक्यूम क्लीनर चलाना भारी पड़ जाता है। अपने-आप को हद से ज्यादा थकाने का विचार बिल्कुल अच्छा नहीं है। इस तरह शिशु पर भी गलत असर पड़ता है। अपने-आप को थोड़ा विराम दें। काम के बाद थोड़ा आराम करें। अगर कभी-कभी ज्यादा थकान होने लगे तो इसे आने वाले समय की ट्रेनिंग मान लें क्योंकि शिशु के आने के बाद तो कामों की लिस्ट कभी कम नहीं होगी और आप हमेशा व्यस्त रहेंगी।

- एकदम अचानक उठने से भी हल्का सा सिर चकरा सकता है। आपको धीरे-धीरे उठना चाहिए। यदि भाग कर फोन उठाने जाएँगी तो सिर घूमेगा और आपको दोबारा सोफे पर बैठना पड़ेगा।
- ब्लड शुगर कम होने से भी सिर चकराता है। अपने भोजन में प्रोटीन व कांप्लैक्स कॉर्ब को शामिल करें व दो भोजन के दौरान भी कुछ हल्का-फुल्का खाती रहें। अपने साथ कुछ स्नैक्स अवश्य रखें।
- डिहाइड्रेशन की वजह से भी ऐसा होता है तरल पदार्थों की भरपूर मात्रा लें। यदि पसीना आता है तो तरल पदार्थों की मात्रा बढ़ा दें।
- किसी भीड़ वाले इलाके, बस, ऑफिस या घुटन वाले माहौल में सिर चकराता है। ज्यादा कपड़े पहनने से भी घबराहट होती है, ऐसे में कपड़ों का भार कुछ हल्का करें। थोड़ा ताजी हवा में निकलें। यदि बाहर न जा सकें तो खिड़की खोल दें। कपड़े उतारना मुमकिन न हो तो गले व कमर के आसपास के कपड़े ढीले कर लें।

यदि बेहोशी आए तो अपनी बाईं करवट लेटें व टाँगे ऊँची रखें या घुटनों में सिर देकर बैठ जाएँ। गहरी सांस लें व कपड़े ढीले करें। थोड़ा बेहतर महसूस करते ही कुछ खाएँ पीएँ।

अगली मुलाकात में डॉक्टर को अवश्य बताएँ। वैसे तो आप बेहोश नहीं होंगी यदि हल्की बेहोशी आ भी जाए तो इससे शिशु को कोई खतरा नहीं है। डॉक्टर को इस बारे में बताना न भूलें।

पीठ का दर्द

"मेरी पीठ में काफी दर्द रहता है। मुझे डर है कि मैं पूरे नौ महीने कैसे बिताऊँगी?''

हालांकि गर्भावस्था में पीठ व शरीर के दूसरे हिस्सों में तकलीफ होती है लेकिन इसका मतलब यह नहीं कि आप बिल्कुल हथियार

डाल दें। वे इस बात का संकेत हैं कि शरीर हर क्षण अपने-आप को आने वाले प्रसव के लिए तैयार कर रहा है। पीठ दर्द भी अपवाद नहीं है गर्भावस्था के दौरान पेल्विस के जोड़ खुलने लगते हैं ताकि बेबी को डिलीवरी के समय बाहर आने में आसानी रहे। तभी तो आपके कंधों व गरदन में दर्द रहता है। पेट का उभार बढ़ने से सबको गर्भावस्था की सूचना तो मिलती है लेकिन आपकी पीठ का मोड़; मांसपेशियों में दर्द व दवाब का संदेश ले आता है।

आप निम्नलिखित उपायों की मदद से पीठ दर्द में राहत पा सकती हैं।

सही तरीके से बैठें। बैठने से रीढ़ की हड्डी पर काफी असर पड़ता है। घर में या ऑफिस में आपकी कुर्सी ऐसी हो जो पीठ को पूरी तरह सहारा दे सके। उसकी पीठ सीधी, दो बाजू व सख्त कुशन होना चाहिए। कुर्सी की पीठ यदि हल्की सी पीछे जा सके तो उससे भी फायदा होगा। कुर्सी पर बैठ कर पाँवों को हल्का ऊँचा रखें। टाँगे क्रॉस न करें नहीं तो आपकी पेल्विस आगे की ओर झुक जाएगी और मांसपेशियों का दबाव काफी बढ़ जाएगा।

- लंबे समय तक बैठे रहने से भी पीठ का दर्द काफी बढ़ जाता है। यदि आप एक घंटे तक बैठी रही हैं तो उठ कर थोड़ा टहलें व टांगों की स्ट्रैचिंग करें; वैसे आधे घंटे की एक बैठक ठीक रहेगी।
- ज्यादा लंबे समय तक खड़े भी न रहें। यदि ऐसा हो तो अपना एक पाँव स्टूल पर रखें इससे पीठ के निचले हिस्से पर ज्यादा भार नहीं पड़ेगा। यदि सख्त फर्श पर खड़ी हों तो पैरों के नीचे पायदान रख लें ताकि पैरों पर दवाब कम पड़े।
- भारी सामान उठाने से बचें। यदि उठाना ही पड़े तो धीरे-धीरे उठाएँ। अपना संतुलन स्थिर करें, घुटनों के बल झुकें और अपने बाजू की मदद से सामान उठाएँ। यदि राशन के भारी थैले उठाने हों तो सामान को दो थैलों में कर लें व दोनों हाथों से

उठते समय घुटने मोड़ें

एक-एक थैला उठाते हुए संतुलन बनाएँ।

- दिए गए निर्देशों के हिसाब से ही वजन बढ़ाएँ। ज्यादा भार होने से पीठ पर दबाव काफी बढ़ जाएगा।

- सही तरह के जूते पहनें। ज्यादा ऊंची हील से पीठ में दर्द हो सकता है वैसे फ्लैट चप्पल से भी पीठ में दर्द हो सकता है। इसलिए 2'' की हील पहनना ठीक रहेगा वैसे आप मांसपेशियों को आराम देने वाले आर्थोपेडिक जूते भी पहन सकती हैं।

- रात को एक बॉडी पिलो लगाकर शरीर को आरामदायक मुद्रा में रखकर सोएंगी तो सुबह उठकर दर्द में काफी आराम मिलेगा। इसके अलावा सुबह सोकर उठने के बाद बिस्तर से उतरने से पहले अपनी टांगें नीचे उतार कर झुलाएँ।

- ऊँची शेल्फों पर रखा सामान स्वयं उठाने की हड़बड़ाहट न दिखाएँ। छोटा स्टूल इस्तेमाल करें वरना पीठ का दवाब बढ़ जाएगा।

- ठंडे व गर्म पानी का सेंक राहत दे सकता है। 15 मिनट के लिए आइस पैक और 15 मिनट के लिए हीटिंग पैड लगाएँ। इन दोनों को कपड़े में लपेटकर ही इस्तेमाल करें।

- हल्के गर्म पानी से स्नान करें व पीठ की मालिश करवाएँ।

- अपनी पीठ सही तरीके से मलें। किसी जानकार व्यक्ति से मालिश करवाएँ। उसे पता होना चाहिए कि गर्भवती महिला की मालिश कैसे की जाती है।

- आराम करना सीखें। कई बार तनाव से भी पीठ-दर्द काफी बढ़ जाता है। दर्द ज्यादा हो तो शिथिलता तकनीकें अपनाएँ। तनाव घटाने के उपायों पर भी अमल करें।

- पेट की मांसपेशियों को मजबूती देने वाले सादे व्यायाम करें। जिमनास्टिक या योगा की कक्षा में जाएँ।

- यदि दर्द में आराम न मिले तो डॉक्टर की राय से वैकल्पिक चिकित्सा पद्धति (एक्यूपंचर) की मदद लें।

पेट में दर्द

''पेट के निचले हिस्से में दर्द व तकलीफ क्यों रहने लगी है?''

आप भी सोच रही होंगी कि गर्भावस्था बढ़ने के साथ तरह-तरह के दर्द भी बढ़ने लगे हैं। आपके बढ़ते गर्भाशय को सहारा देने के लिए मांसपेशियों व लिगामेंट में खिंचाव आ रहा है। तकनीकी तौर पर इसे 'राउंड लिगामेंट पेन' कहते हैं। अधिकतर गर्भवती माँओं को इसका एहसास होता है लेकिन इसके अनुभव अपने आप में काफी अलग भी होते हैं। यह काफी तीखा, हल्का, चुभन वाला या मीठा हो सकता है। यदि इसके साथ बुखार, सर्दी लगना, रक्तस्राव, सिर चकराना जैसा लक्षण न हो तो यह अपने-आप में एक सामान्य लक्षण है।

अपने पाँव थोड़े ऊँचे करके लेटने से

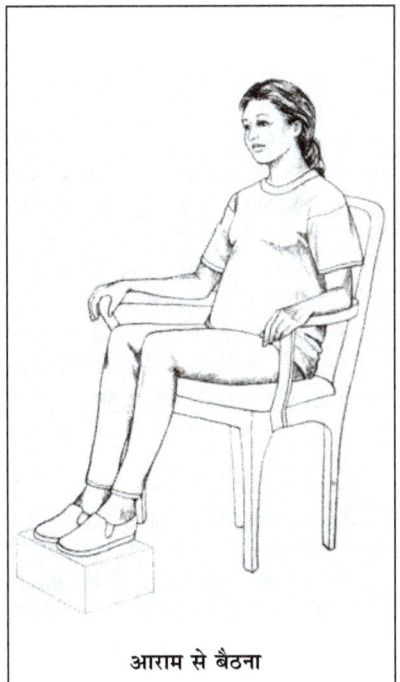

आराम से बैठना

आपकी नई त्वचा

गर्भावस्था आपके पूरे शरीर पर किसी न किसी रूप में अपना असर दिखाती है। त्वचा पर भी उसका काफी असर दिखता है। इन दिनों आपकी त्वचा में निम्नलिखित बदलाव आ सकते हैं।

लीनिआ निग्रा :- जिस तरह गर्भावस्था हार्मोन की वजह से निप्पल के आस-पास का रंग गहरा जाता है उसी तरह नाभि से लेकर नीचे तक जाने वाली सफेद रेखा भी गहरा जाती है काली महिलाओं में यह ज्यादा स्पष्ट रूप से दिखती है। यह दूसरी तिमाही में उभरती है व डिलीवरी के कुछ महीने बाद हल्की पड़ जाती है। दाइयां कहती हैं कि अगर ये लाइन नाभि तक जाती है तो शिशु लड़की होती है यदि यह लाइन आपकी पसलियों तक चली जाती हैं तो होने वाला शिशु लड़का होता है।

गर्भावस्था की झाइयां:- 50 से 75 प्रतिशत गर्भवती महिलाओं के चेहरे पर झाइयां होती हैं। सांवली महिलाओं के माथे, नाक व गालों पर चकत्ते से पड़ जाते हैं। वैसे तो ये डिलीवरी के कुछ माह बाद अपने आप हल्की पड़ जाती हैं। यदि नहीं तो ब्लीच, पील या लेज़र की मदद ली जा सकती है। अभी आपको इन इलाजों से बचना है। फिलहाल कंसीलर की मदद से इन्हें छिपाएं।

हाइपर पिगमेंटेशन :- कई महिलाओं के शरीर की त्वचा कुछ अंगों में काफी गहरा जाती है व तिल भी काफी गहरे हो जाते हैं यह भी डिलीवरी के बाद हल्के हो जाते हैं। सूरज की धूप में ज्यादा समय न बिताएं। सनस्क्रीन का इस्तेमाल करें। एक बड़ा हैट व पूरी बाजू के कपड़े आपके साथी हो सकते हैं।

हथेलियों व तालुओं की लाली :- रक्त प्रवाह बढ़ने से ऐसा होता है। ठंडे पानी से थोड़ी राहत मिलती है। हाथों को सीधा सेंक देने वाली वस्तुओं से दूर रहें। कड़े साबुन व खुशबूदार लोशन को अलविदा कहें। यह भी डिलीवरी के बाद ठीक हो जाएगा।

मस्सा :- अक्सर गर्भवती महिलाओं में मस्से की समस्या बढ़ जाती है। त्वचा पर फालतू त्वचा का जमाव-सा हो जाता है। ये दूसरी-तीसरी तिमाही में होते हैं। और डिलीवरी के बाद ठीक हो जाते हैं। यदि नहीं, तो डॉक्टर इन्हें हटा भी सकते हैं।

हीट रैशेज़ :-गर्भवती माँएं अक्सर हीट रैश से परेशान रहती हैं। पसीने वाली त्वचा जब आपस में रगड़ खाती है तो त्वचा लाल हो जाती है और वहाँ जलन होने लगती है। छाती के नीचे, बगलों में, जांघों के बीच व पेट के निचले हिस्से में ज्यादा तकलीफ होती है। अपने शरीर को साफ-सुथरा रखें। उस जगह कपड़े से थपथपा कर सुखाएं व पाउडर लगाएं। थोड़ा कैलेमाइन लोशन भी राहत देगा लेकिन पहले अपने डॉक्टर से पूछना न भूलें। अगर दो-तीन दिन में भी ये ठीक न हों तो डॉक्टर की राय लें।

कुछ भी हो सकता है:- ये सब तो कुछ उदाहरण हैं। आपकी त्वचा किसी भी तरह से प्रतिक्रिया प्रकट कर सकती है।

थोड़ा आराम आएगा। वैसे बाकी लक्षणों की तरह इसे भी डॉक्टर को बताना न भूलें।

पैरों की बढ़त

"मेरे जूते काफी तंग होते जा रहे हैं। क्या मेरे पैरों का आकार भी बढ़ रहा है?"

गर्भावस्था में सिर्फ पेट ही नहीं बढ़ता। कई गर्भवती महिलाओं की तरह आपको भी एक एहसास होगा कि पैरों का आकार भी बढ़ रहा है। यदि आप नए तरह के जूते-चप्पल लेना चाहती हैं, तब तो यह अच्छी बात है लेकिन अगर आपने हाल ही में दो-तीन कीमती जोड़े लिए हैं, तब तो यह बहुत बुरी बात है।

इन दिनों पाँव का साइज क्यों बढ़ता है? गर्भावस्था में तरल पदार्थ की मात्रा व सूजन होने के अलावा इसका एक और कारण हो सकता है। गर्भावस्था हार्मोन 'रिलैक्सिन' आपकी पेल्विस के आसपास के लिगामेंट व जोड़ों को ढीला कर देता है ताकि वहाँ शिशु के लिए जगह बन सके। इस तरह पैरों के लिगामेंट पर भी असर पड़ता है। जब पाँवों के लिगामेंट ढीले पड़ जाते हैं तो उनके नीचे की हड्डियाँ हल्की सी फैल जाती हैं, जिससे कई महिलाओं के पाँव आधा या एक इंच तक बढ़ जाते हैं। हालांकि गर्भावस्था के बाद जोड़ फिर से टाइट हो जाते हैं। लेकिन हो सकता है कि पाँव का साइज हमेशा के लिए बड़ा हो जाए।

तब तक आपको पाँव की सूजन घटाने वाले सुझावों पर अमल करना चाहिए। यदि साइज एक इंच तक बढ़ गया हो तो नए आरामदायक जूते ले लें ताकि गर्भावस्था में आपको नंगे पांव न रहना पड़े। जूते खरीदते समय फैशन से पहले आराम पर ध्यान दें। जूते की हील 2'' से ज्यादा न हो। सोल ऐसा हो कि आपका पाँव आराम से फिट हो जाए। शाम के समय खरीदारी करें, उस समय पाँव से वैसे ज्यादा सूजन होती है। जूते ऐसी सामग्री के बने हों, जिसमें आपके सूजे व पसीने से भरे पाँवों को भी सांस मिलती रहे (सिंथेटिक लें)।

क्या शाम को आपके पैर व टाँगें दर्द होने लगते हैं? खासतौर से बने जूते आपकी तकलीफ घटा सकते हैं। इसके अलावा आपको पीठ व टांगों के दर्द से भी राहत मिलेगी। जब भी मौका मिले, पाँव ऊंचा करके लेटें। घर में इलास्टिक वाले स्लीपर पहनें, हालांकि ये फैशन में नहीं हैं पर पैरों की थकान और दर्द से छुटकारा तो मिलेगा।

बालों व नाखूनों की तेज बढ़त

"ऐसा लगता है कि इन दिनों मेरे बाल व नाखून काफी तेजी से बढ़ रहे हैं ऐसा क्यों?"

लगता है कि प्रेगनेंसी हार्मोन ने मिलकर आपकी पूरी गर्भावस्था को बदतर बनाने का ठेका ले लिया है (कब्ज, छाती में जलन, उल्टी) लेकिन इसके अलावा इनमें कुछ हार्मोन ऐसे भी हैं जो गर्भावस्था में कुछ चीजों की बढ़ोत्तरी भी करते हैं। आप तेजी से बढ़ते नाखूनों को मेनीक्योर कर सकती हैं। अपने हेयर स्टाइलिस्ट के पास जाने से पहले बाल लंबे कर सकती हैं। बाल पहले से कहीं घने भी हो सकते हैं। इनसे रक्तसंचार व मेटाबॉलिज्म में वृद्धि होती है जिससे बालों व नाखूनों की कोशिकाओं का पोषण होता है, वे पहले से कहीं ज्यादा सेहतमंद हो जाते हैं।

हालांकि हर फायदे की एक कीमत होती है। इस पोषण की वजह से कई दूसरे प्रभाव भी सामने आएंगे। इनकी वजह से शरीर के ऐसे हिस्सों पर भी बालों की बढ़त हो जाएगी, जहां आप नहीं चाहतीं। होंठ, चिबुक व गालों के अलावा बाजू, टांगों, छाती, पीठ व पेट पर भी काफी बाल उगने शुरू हो जाते हैं। आपके लंबे नाखून भी सूख कर कड़े हो सकते हैं।

याद रखें कि बालों व नाखूनों की यह बढ़त अस्थायी है डिलीवरी के बाद सब कुछ पहले जैसा हो जाएगा। बाल पहले की तरह

छोटे व पतले हो जाएंगे। नाथूनों की बढ़त भी रुक जाएगी, चलिए वैसे भी आपको शिशु के लिए तो अपने नाखून काटने ही हैं।

नजर

''गर्भावस्था के बाद से मेरी नजर पहले से भी कमजोर हो गई है। मेरे कांटैक्ट लैंस भी सही तरीके से काम नहीं कर रहे। कहीं यह मेरी कल्पना तो नहीं?''

नहीं, यह आपकी कल्पना नहीं है। इन दिनों न केवल नजर कमजोर हो सकती है बल्कि आपके कांटैक्ट लेंस भी इतने आरामदेह नहीं रहेंगे। आंखों में सूखेपन की वजह से जलन, खुजली व बेचैनी हो सकती है। यदि आंखों में ज्यादा पानी आने लगे तो कांटैक्ट लेंस लगाने वाली महिलाओं की नजर धुंधला सकती है। डिलीवरी के बाद सब कुछ पहले की तरह सामान्य हो जाएगा इसलिए कोई भी नया बदलाव लाने से पहले सोच लें।

यह 'करेक्टिव लेज़र आई सर्जरी' कराने का समय नहीं है, हालांकि शिशु पर कोई असर नहीं होगा लेकिन आपको संभलने में थोड़ा वक्त लग सकता है इसलिए इसे डिलीवरी के बाद ही कराएँ, यह भी हो सकता है कि आंखों में डालने वाली कुछ दवाएँ गर्भवती महिलाओं के काम की न हों। आंखों के डॉक्टर कहते हैं कि गर्भ धारण करने के छह माह पहले व डिलीवरी के छह माह बाद तक आई सर्जरी को टालना चाहिए।

हालांकि नजर में थोड़ी बहुत खराबी से कोई फर्क नहीं पड़ता लेकिन यदि ज्यादा असर दिखाई दे तो डॉक्टर से संपर्क करने में देर न करें। अगर अचानक नजर धुंधला जाए, आंखों के आगे धब्बे दिखाई दें और दो-तीन घंटे तक ऐसा ही रहे तो डॉक्टर से मिलें। अचानक खड़े होते समय अगर आंखों के आगे धब्बे से दिखें तो घबराएँ नहीं, पर फिर भी अगली मुलाकात में डॉक्टर से अवश्य कहें।

भ्रूण की गतिविधियाँ

''पिछले सप्ताह मुझे हर रोज पेट में हल्की हलचल महसूस होती रही लेकिन आज कुछ पता नहीं चल रहा। सब ठीक है, न ?''

शिशु का पेट में किक मारना, पलटना, उछलना व मुक्के लगाना तो काफी रोमांचक लगता है। यह इस बात का पक्का सबूत होता है कि एक ऊर्जा से भरपूर जीती-जागती जिंदगी आपके अंदर पल रही है। हालांकि यही हलचलें कई बार भावी मां के लिए कई सवाल व शंकाएं भी खड़ी कर देती हैं। एक पल में आपको लगता है कि शिशु लातें चला रहा है। दूसरे ही पल लगता है कि कहीं ऐसा गैस की वजह से तो नहीं था। एक दिन तो उसकी हलचलें रुकती ही नहीं और दूसरे दिन वह बिल्कुल नहीं हिलता मानो गहरी नींद सोया हो।

घबराएँ नहीं, गर्भावस्था में इस समय शिशु की हलचलों के बारे में सोचने या चिंता करने की कोई जरूरत नहीं है। हलचल कब व कितनी बार होगी, इसका ढांचा काफी हद तक अलग हो सकता है। कई बार शिशु अपनी स्थिति बदल लेता है। उस वजह से भी उसकी हलचल महसूस नहीं होती या फिर आप स्वयं चल रही होती हैं या गहरी नींद में होती हैं। कई बार ऐसा होता है कि व्यस्तता की वजह से भी उसकी हलचल महसूस नहीं होती। कई बच्चे आधी रात को अपनी हलचल शुरू करते हैं और उनकी माँ उस समय गहरी नींद में होती है।

यदि आप कई घंटों से शिशु की हलचल न सुन पाई हों तो एक गिलास दूध संतरे का रस या कोई स्नैक्स लेकर एकाध घंटे के लिए लेट जाएँ। आपकी निष्क्रियता व भोजन से मिली ऊर्जा से शिशु हलचल में आ सकता है। यदि तब भी बात न बने तो चिंतित न हों क्योंकि कई शिशुओं की हलचल प्राय: दो-तीन दिन तक भी महसूस नहीं होती। यदि चिंता न मिटे तो डॉक्टर से मिलें।

28वें सप्ताह के बाद उसकी हलचल पहले से कहीं तेज हो जाएगी इसलिए आपको हर क्षण उसकी हलचल पर नजर रखने की आदत डालनी चाहिए।

दूसरी तिमाही का अल्ट्रासाउन्ड

''मेरी गर्भावस्था सहज व सामान्य रूप से चल रही है लेकिन फिर भी मेरे डॉक्टर चाहते हैं कि मुझे इस बार अल्ट्रासाउंड कराना चाहिए। क्या सचमुच इसकी जरूरत है?''

आजकल सभी गर्भवती महिलाओं का दूसरी तिमाही में अल्ट्रासाउंड किया जाता है, चाहे उनकी प्रेगनेंसी कितनी भी सहज व सामान्य क्यों न हो। डॉक्टर देखना चाहते हैं कि शिशु का पूरी तरह से विकास हो रहा है या नहीं, जितना विकास अब तक होना चाहिए। दूसरे आपको भी तो अपने शिशु का अल्ट्रासाउंड की मदद से देखने का मौका मिल जाता है। इसी समय शिशु के लिंग का भी पता चलता है।

चाहे आप गर्भावस्था की तारीख जानने के लिए पहली तिमाही में अल्ट्रसाउंड करवा चुकी हों या फिर विस्तृत जानकारी पाने के लिए स्कैन करवा चुकी हों फिर भी इससे आपके डॉक्टर को काफी अतिरिक्त जानकारी मिलती है; जैसे-बेबी का आकार व सभी अंग, एम्नियोटिक द्रव्य की सही मात्रा व प्लेसेंटा का सही स्थान आदि। इससे डॉक्टर को आपकी व शिशु की साफ सेहतमंद तस्वीर मिल जाती है।

यदि आप उस अल्ट्रासाउंड को अच्छी तरह समझ न पाएँ तो डॉक्टर से पूछने में संकोच न करें।

एक खूबसूरत तस्वीर

दूसरी तिमाही के अल्ट्रासाउंड में आपको शिशु की प्यारी सी तस्वीर मिल गई है। इसे अपने कंप्यूटर में स्कैन करके सेव करें। इसे फोटो वेबसाइट पर स्कैन करके रियल फोटों इंक से एसिड फ्री पेपर पर प्रिंट कर लें। इस तरह आपकी यादें कभी धुंधली नहीं पड़ेंगी।

प्लेसेंटा का स्थान

''डॉक्टर के अनुसार मेरे प्लेसेंटा से पता चलता है कि वह नीचे सर्विक्स के पास है। हालांकि उनके हिसाब से अभी चिंता वाली कोई बात नहीं है पर मुझे अभी से चिंता होने लगी है।''

आपका शिशु गर्भाशय में यहाँ-वहाँ घूमता है? भ्रूण की तरह प्लेसेंटा ही गर्भाशय में अपनी स्थिति बदल सकता है। केवल 10 प्रतिशत प्लेसेंटा गर्भाशय के निचले हिस्से तक जाते हैं। डिलीवरी का समय आने तक ज्यादातर प्लेसेंटा ऊपर की ओर जाते हैं। यदि ऐसा न हो और प्लेसेंटा सर्विक्स (गर्भाशय के मुख) को ढके तो प्लेसेंटा प्रीविया का पता लगाया जाता है। करीब 200 में से 1 मामले में ही ऐसा होता है। दूसरे शब्दों में डॉक्टर सही कह रहे हैं। अभी से चिंतित न हों, सब ठीक हो जाएगा।

''अल्ट्रासाउंड के दौरान तकनीशियन ने मुझे बताया कि मेरा 'एंटीरियर प्लेसेंटा' है। इसका क्या मतलब है?''

इसका मतलब है कि आपका शिशु प्लेसेंटा के पीछे है। आमतौर पर एक फर्टीलाइज्ड अंडा स्वयं ही गर्भाशय के पिछले हिस्से में, आपकी रीढ़ की हड्डी के पास स्थित हो जाता है, वहीं प्लेसेंटा विकसित होता है। कभी-कभी यह अंडा, गर्भाशय के उल्टी तरफ, नाभि के पास स्थित हो जाता है। यह आपके गर्भाशय के आगे की ओर बढ़ने लगता है और शिशु इसके पीछे होता है। आपके मामले में भी ऐसा ही हुआ है।

वैसे शिशु को इस बात से कोई फर्क नहीं पड़ता कि वह किस ओर है। प्लेसेंटा का उसके विकास से कोई लेना-देना नहीं है।

आपको नुकसान यह हो सकता है कि आप उसकी हलचल, घूंसे और कलाबाजियों को सही तरीके से महसूस नहीं कर पाएंगी। प्लेसेंटा आप दोनों के बीच कुशन का काम करेगा।

इससे बेकार की चिंता बढ़ेगी। इसी वजह से डॉक्टर को भी भ्रूण के दिल की धड़कन सुनने में मुश्किल होगी लेकिन इस सारी असुविधाओं के बावजूद घबराने वाली कोई बात नहीं है। एंटीटियर प्लेसेंटा अक्सर अपने-आप पोस्टीरियर पोजीशन में आ जाता है।

सोने की मुद्रा

"मैं हमेशा पेट के बल सोती आई हूँ। अब मुझे डर लगता है। मुझे किसी दूसरे तरीके से सोना आरामदायक नहीं लगता।"

बदकिस्मती से गर्भावस्था में पेट व पीठ के बल (आरामदायक मुद्राएँ) सोना सही नहीं होता। पेट के बल सोने का मतलब होगा कि आप किसी तरबूज पर सो रही हैं। पीठ वाली मुद्रा आरामदायक तो है लेकिन आपके गर्भाशय का सारा भार; पीठ, आंतों व प्रमुख रक्त नलिकाओं पर पड़ेगा। इस दवाब से पीठ का दर्द बढ़ जाएगा। पाचन में कठिनाई होगी रक्त प्रवाह में बाधा आएगी! आप हाइपोटैंशन या लो ब्लड प्रेशर की शिकार हो सकती हैं, जिससे आप हमेशा उनींदा महसूस करेंगी।

इसका मतलब यह नहीं कि आपको खड़े होकर सोना पड़ेगा। अपनी बाईं ओर करवट लें व दोनों टांगों के बीच एक तकिया रखें। यह शिशु के लिए भी ठीक रहेगा। इससे प्लेसेंटा के रक्त प्रवाह में बाधा नहीं आएगी। किडनी सही तरीके से काम करेगी यानी व्यर्थ पदार्थ शरीर से बाहर निकलते रहेंगे। हाथों, पाँवों व टखनों में कम से कम सूजन होगी।

बहुत कम लोग, सारी रात एक ही करवट में सो पाते हैं। यदि आंख खुलने पर आप स्वयं को पीठ या पेट के बल पाएँ तो चिंता न करें।

इससे कोई नुकसान नहीं होगा, बस अपनी करवट बदल लें। हो सकता है कुछ रातों तक थोड़ा अजीब लगे पर जल्दी ही आपको इसकी आदत हो जाएगी। यदि 5 फीट लंबा या बैज के आकार के तकिया लगा लेंगी तो आपको इस तरह सोने में आसानी रहेगी। यदि आपके पास ऐसे तकिए न हों तो फालतू तकिए लेकर शरीर को इतनी आरामदायक मुद्रा में लाएं कि आपको गहरी नींद आ सके।

कोख में ही कक्षा

"मेरी सहेली का कहना है कि अजन्मे बच्चे को कॉंसर्ट में ले जाने से वह संगीत प्रेमी पैदा होगा। दूसरी सहेली के पति अपने अजन्मे बच्चे को प्यारी-प्यारी कहानियाँ सुनाते हैं। क्या मुझे भी ऐसा ही कुछ करना चाहिए?"

हर माता-पिता किसी न किसी तरीके से अपने बच्चे की बेहतरी चाहते हैं लेकिन आपको

पांचवां महीना

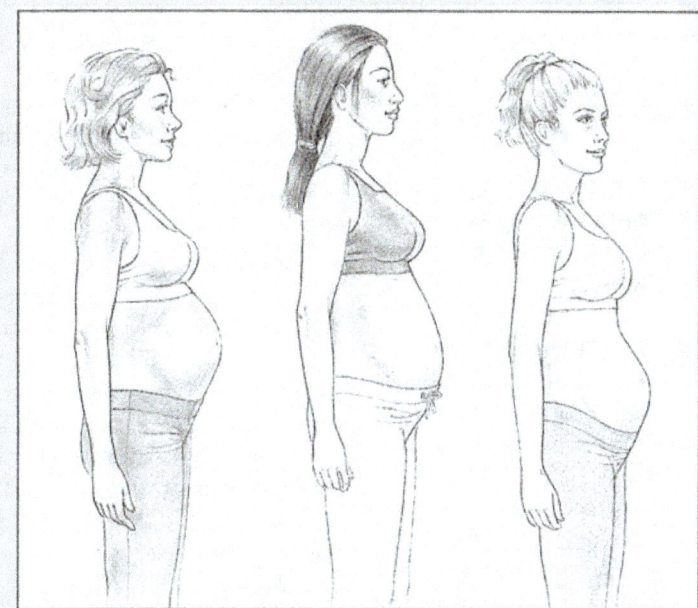

पाँचवें महीने के अंत में गर्भवती महिलाएँ तीन अलग तरह से दिखाई देती हैं। यह सब आपके आकार-प्रकार, वजन, व गर्भाशय की स्थिति पर निर्भर करता है। आपको ऊँचा, थोड़ा नीचा, हल्का भारी या चौड़ा गर्भ ठहर सकता है।

अभी से उनकी पढ़ाई की चिंता करने की जरूरत नहीं है।

यह तो सच है कि दूसरी तिमाही के अंत में शिशु के सुनने की क्षमता विकसित हो जाती है लेकिन इसका मतलब यह नहीं है कि वह कँसर्ट में संगीत सुनेगा और जन्म लेने के बाद संगीत विशारद बन जाएगा।

नन्हे अजन्मे शिशु पर अभी से इतनी जिम्मेवारियों का बोझ न लादें। वह बड़ा होकर स्वयं ही अपनी इच्छा व प्रतिभा के बल पर सब कुछ सीख लेगा। यदि आप कोख को ही कक्षा बनाने की कोशिश करेंगी तो शायद उसकी कुदरती नींद में खलल पड़ सकता है या उसके कुदरती विकास में रुकावट आ सकती है।

हालांकि अपने शिशु को पास से महसूस करने के लिए आप कोई भी तरीका अपना सकती हैं। उसके लिए कुछ गाएँ, उसे कुछ पढ़कर सुनाएं। उसे अपने हाथों का स्पर्श दें। इस तरह पढ़ाई-लिखाई के माहौल में उसे किसी विश्वविद्यालय की डिग्री तो नहीं मिल जाएगी लेकिन उसकी व आपकी निकटता काफी बढ़ जाएगी।

अजन्मे शिशु को शास्त्रीय संगीत की स्वरलहरियाँ भी पसंद आ सकती हैं इससे जन्म के बाद भी उसे हल्के संगीत के बीच सुकून मिला करेगा।

अपने पेट को हल्के हाथों से छुएँ। नन्हे को संगीत सुनाएँ। उसे आपकी आवाज़ सुनने का अभ्यास हो जाएगा और नजदीकियाँ काफी बढ़ जाएँगी। शिशु से प्यार का नाता जोड़िए

उसे अभी से पढ़ाने का चक्कर छोड़ दीजिए, इसके लिए तो पूरी जिंदगी पड़ी है। कम से कम जन्म से पहले तो उसे इस प्रतियोगी दुनिया की भाग-दौड़ से दूर रखिए।

बड़े बच्चे को उठाना

''मेरा तीन साल का बच्चा है, जो हमेशा गोद में आने की जिद करता है। क्या गर्भावस्था में ऐसा करना ठीक रहेगा।? इससे मेरी पीठ में तेज दर्द होता है।''

यदि डॉक्टर ने मना नहीं किया तो गर्भावस्था में हल्का भार (35 से 40 पौंड) उठाया जा सकता है लेकिन यह आपकी पीठ के लिए दर्द की वजह बन सकता है। यदि आपने उसकी आदत न बदली तो पीठ का कचूमर निकल जाएगा। बच्चे को पैदल चलने के लिए कहें। उससे छोटी-छोटी दौड़ लगाएं, सीढ़ियों पर चढ़ें या साथ चलते हुए गाएं। अगर वह आपकी गोद में जाने की बजाए दो कदम भी पैदल चलने को मान जाए तो उसकी तारीफ जरूर करें। जब बैठ जाएं तो गोद में ले कर ढेर सा प्यार दें। कभी-कभी जब गोद में उठाने के सिवा कोई चारा न हो तो ऐसे मौकों के लिए अपनी पीठ का दम-खम बचा कर रखें।

माता-पिता बनने की उत्सुकता

''मुझे हैरानी हो रही है कि क्या मुझे इन सब से कोई खुशी मिलेगी। मुझे कोई अंदाजा नहीं है कि मैं क्या महसूस करने वाली हूँ।''

अधिकतर लोग जीवन में नए-नए बदलावों से गुजरते हैं और आपके यहाँ किसी शिशु का जन्म भी बड़े बदलाव से कम नहीं है। निश्चय ही यह बदलाव आपके जीवन में खुशियाँ लाएगा। बस आपको अपनी उम्मीदें वास्तविकता के दायरे में रखनी हैं।

यदि आप एक हँसता-खिलखिलाता शिशु अस्पताल से लाने का सपना देख रही हैं। तो आपको यह भी जान लेना चाहिए कि अधिकतर नवजात जन्म के बाद कैसे दिखते हैं। हो सकता है कि आपका शिशु रोते हुए घर आए क्योंकि अभी तक उसका आपसे लगाव नहीं हुआ होगा या उसे हंसना नहीं आता होगा। जब आप कुछ खाने बैठेंगी, बाथरूम जाने वाली होंगी या गहरी नींद में होंगी, तभी उसे आंसू बहाना और चीख-चीख कर रोना याद आएगा।

अगर आप सोच रही हैं कि आने वाले समय में आप हर सुबह सैर पर जाएंगी। दोपहर को जरूर चिड़ियाघर जाएंगी और शिशु को सुंदर कपड़ों में सजाएंगी। हालांकि आप सैर पर जा सकेंगी लेकिन कई सुबह ऐसी भी होंगी, जिन्हें शाम में बदलते देर नहीं लगेगी। आप व आपका शिशु रोशनी का कतरा तक नहीं देख पाएंगे। कई मीठी धूप कपड़े धोते बीतेंगी। बहुत कम जोड़े ही ऐसे होंगे, जिन्हें शिशु ने दाग-धब्बों से नहीं भरा होगा।

वैसे यदि हकीकत में कुछ उम्मीद रखना चाहती हैं तो आपके जीवन में कुछ ऐसे करिश्माई पल आएंगे, जो और किसी के हो ही नहीं सकते। अपने गोल-मटोल शिशु को गोद में उठाने व चूमने का सुख, उसकी पोपली मुस्कान, जो सिर्फ आपके लिए होगी, ये सब आपको रात-रात भर जागने, देर से खाना खाने, ढेर से कपड़े धोने व साथी के साथ समय न बिता पाने की पीड़ा भुला देंगे।

खुश! बस उन पलों का इंतजार करें!

सीट बेल्ट लगाना

''क्या कार में सीट बेल्ट लगाना ठीक रहेगा?

गर्भवती मां व अजन्मे शिशु के लिए सफर के दौरान सीट बेल्ट लगाना बहुत जरूरी होता है। वैसे भी कई जगह तो यह कानूनन भी जरूरी है। सुरक्षा व आराम के लिहाज से बेल्ट को पेट के नीचे, जांघों के पास बांधें। कंधे

वाली बेल्ट, दोनों वक्षों के मध्य ले जाते हुए बांधें। ऐसा न सोचें कि बेल्ट के दबाव से शिशु को नुकसान हो सकता है वह आपके गर्भाशय में पूरी तरह सुरक्षित है।

यदि आप पैसेंजर सीट पर बैठती हैं तो अपनी सीट पीछे की ओर धकेल लें ताकि टाँगें लंबी करके बैठा जा सके यदि आप गाड़ी चला रही हैं तो ड्राइविंग व्हील को छाती के पास लें आएं, यदि हो सके तो व्हील से 10" की दूरी रखें।

सफर

"क्या मैं इस महीने छुट्टियाँ बिताने जा सकती हूँ?"

इसके बाद फिर कभी शिशु के साथ इतनी आसान यात्रा करने का मौका नहीं मिलेगा क्योंकि अगले साल तो आपकी कार में शिशु के साथ खिलौने, कपड़े, डायपर व बोतलें होंगीं। इस समय आप पहली तिमाही की थकान, उबकाई व घबराहट से छूट चुकी हैं और अभी उस बिंदु पर नहीं पहुंची हैं कि जहाँ शिशु भी एक सामान बन जाए।

लेकिन अपना सामान बांधने से पहले डॉक्टर की राय जरूर ले लें। यदि कोई मेडिकल रुकावट न हो तो गर्भावस्था में यात्रा के लिए कोई पाबंदी नहीं होती। एक बार डॉक्टर की आज्ञा लाने के बाद बस आपको सुरक्षित सफर के लिए थोड़ी सी योजना बनानी होगी।

समय सही है :- अच्छी व सुखद यात्रा के लिए सही समय का होना जरूरी है क्योंकि यदि आपने पहली तिमाही में सफर की योजना बनाई तो सिर चकराना, उल्टी, उबकाई आदि लक्षण चैन नहीं लेने देंगे और आखिरी तिमाही के अंत में कई बार सफर की इजाजत भी नहीं मिलती।

सही जगह का चुनाव :- गर्म व उमस भरा माहौल आपकी परेशानी बढ़ा सकता है। यदि आपने ऐसी जगह चुनी है तो आपका होटल व यातायात वातानुकूलित होना चाहिए। आपको सूरज के तेज ताप से अपना बचाव करना चाहिए। ज्यादा ऊँचे स्थानों की यात्रा से आपको व शिशु को ऑक्सीजन की कमी हो सकती है। कुछ ऐसी जगह हैं, जहाँ जाकर कुछ टीकाकरण जरूरी हो जाते हैं जबकि आपकी गर्भावस्था में उनकी मनाही हो सकती है। अपने डॉक्टर से पूछें। किसी खास जगह से संक्रमण का खतरा भी हो सकता है, जिसे आप गर्भावस्था में बिल्कुल मोल नहीं लेना चाहेंगी। खाने-पीने से जुड़ी बीमारियों को भी अनदेखा न करें।

जाकर मन को सुख मिल सके। आपको किसी ग्रुप गाइड के साथ यात्रा करने की बजाए अपने हिसाब से घूमना चाहिए क्योंकि घूमने व खरीद्दारी करने के बाद आपका शरीर अपने हिसाब से आराम चाहेगा और बाकी लोग शैड्यूल के हिसाब से चलना चाहेंगे।

प्रेगनेंसी किट साथ रखें :- आपके पास अपने विटामिनों की पूरी खुराक होनी चाहिए। कुछ बढ़िया स्नैक्स, सी बैंड, डॉक्टर की सलाह से पेट की गड़बड़ी की दवाएँ, आरामदायक जूते व सनस्क्रीन अपने पास रखें।

यदि आप विदेश जा रही हैं तो किसी

जैट लैग

यदि गर्भावस्था की थकान के साथ जैट लैग को शामिल करेंगी तो सफर शुरू होने से पहले ही खत्म हो जाएगा। अगर आप टाइम ज़ोन से होने वाली परेशानी मिटा नहीं सकतीं तो उसे घटा तो सकती हैं–

- जाने से पहले अपनी घड़ी उसी टाइम ज़ोन में सैट करें व अपने-आप को उसी के हिसाब से ढालें। यदि जहाज यात्रा के दौरान टाइम ज़ोन के हिसाब से सोने का समय है तो सो जाएँ वरना जागती रहें।
- लोकल टाइम के हिसाब से ही सफर करें। यदि आप वहाँ सुबह पहुँच जाती हैं तो सोने की बजाए नहाकर टहलने निकलें। थोड़ा आराम कर लें लेकिन नींद न लें। रात को वहाँ के हिसाब से खाना खाने के बाद ही सोने जाएँ ताकि आपका शरीर वहाँ के टाइम के हिसाब से चल सके।
- धूप सेंकने से भी शरीर को बायोलॉजिकल ब्लॉक के हिसाब से चलने में मदद मिलेगी। अगर वहाँ धूप न हो तो थोड़ा समय खुले में बिताएँ।
- खाना-पीना सही रखें वरना जैट लैग के लक्षण और भी थका देंगे सही समय पर खाएँ-पीएँ व ऊर्जा का स्तर बनाए रखें। थोड़ा बहुत व्यायाम भी थकान मिटाएगा।
- करिश्मे की उम्मीद न करें। अपने डॉक्टर की मर्जी के बिना जैट लैग की कोई दवा न लें।
- आप दो-एक दिन में वहाँ के स्थानीय समय के हिसाब से शरीर को ढाल लेंगी।

इसके साथ ही आपको नींद न आने की शिकायत हो सकती है। यह सिर्फ जैट लैग की वजह से नहीं, उस भार की वजह से भी है जिसे आपने उठा रखा है। इसे उठाने के लिए आप किसी कुली की मदद भी नहीं ले सकतीं।

गर्भावस्था व ऊँचे क्षेत्र

यदि गर्भावस्था में ज्यादा उँचे इलाकों में जाने का विचार छोड़ दें तो ही ठीक रहेगा क्योंकि वहाँ जाकर आपके लिए परेशानी बढ़ सकती है। यदि समुद्रतल से ऊंचे इलाके में जाना ही पड़े तो एक ही दिन में काफी ऊंचाई तय न करें जैसे एक ही दिन में 8000 फुट जाने की बजाए 2000 फुट की ऊंचाई तय करें। माउंटेन सिकनेस से बचने के लिए डॉक्टर से पूछ कर दवा लें। भारी खाना खाने की बजाए दिन में कई बार कुछ न कुछ खाएँ व पानी की मात्रा बढ़ा दें।

स्थानीय डॉक्टर का पता रखें। 'इंटरनेशनल एसोसिएशन फॉर मेडिकल असिस्टेंस टू ट्रैवलर्स' से आपको ऐसी डिक्शनरी मिल सकती है जिसमें पूरी दुनिया के अंग्रेजी जानने वाले डॉक्टरों के नाम-पते होंगे कई बड़े होटलों में भी यह सुविधा दी जाती है। यदि आपने मेडिकल ट्रैवल इंश्योरेंस करवा रखा है तो आपके पास उनका नबंर भी होना चाहिए।

खान-पान की स्वस्थ आदतें :-चाहे आप छुट्टियों पर हैं। लेकिन शिशु तो दिन-रात मेहनत कर रहा है। उसको तो पोषक तत्त्वों की भरपूर मात्रा चाहिए। सोच-समझ कर खाने का ऑर्डर करें ताकि आप स्थानीय भोजन का स्वाद लेने के अलावा शिशु की पोषण संबंधी आवश्यकता भी पूरी कर सकें। सबसे जरूरी बात यह है कि आपका भोजन नियमित होना चाहिए। छः कोर्स वाले डिनर के लिए नाश्ता या लंच न छोड़ें।

चुन कर खाएँ :- कुछ इलाके ऐसे होते हैं जहाँ छिलका छीले बिना फल-सब्जियाँ खाना

गर्भवती महिलाओं का स्वाद

जी हाँ, गर्भवती महिलाएं काफी स्वादिष्ट होती हैं। वैज्ञानिकों का भी मानना है कि वे आम औरतों के मुकाबले मच्छरों को दुगुनी तेजी से आकर्षित करती हैं। शायद वे मच्छरों की मनपसंद कार्बन डाई ऑक्साइड गैस ज्यादा छोड़ती हैं। इन महिलाओं के शरीर का तापमान भी अधिक होता है। यदि आप भी किसी इलाके में जा रही है, जहाँ काफी मच्छर होते हैं तो अपना पूरा बचाव करके चलें।

नुकसानदायक हो सकता है। अपने-आप फल छीलें। फिर फल और अपने हाथ धोने के बाद फल खाएं। कच्चा या अधपका मीट, पोल्ट्री या फ्रिज में रखे गए डेयरी उत्पाद कभी न लें। यदि फल खाने ही हों तो केला या संतरा जैसा फल लें क्योंकि इनका छिलका मोटा होता है।

यदि पानी साफ न हो तो न पीएँ और न ही उससे ब्रश करें

पीने का पानी साफ न हो तो बोतल बंद पानी इस्तेमाल करें। बर्फ भी तभी लें, अगर वह बोतलबंद या उबले पानी से बनी हो।

गंदे पानी में तैराकी :-कुछ इलाकों में झीलें व सागर प्रदूषित हो सकते हैं। पानी में डुबकी लगाने से पहले यह पता कर लें। आप जिस भी पूल में तैराकी करने जाएँ, वह क्लोरीनयुक्त होना चाहिए।

कब्ज से बचें :- घर से बाहर जाते ही खान-पान अनियमित हो जाता है और कब्ज की शिकायत हो जाती है रेशे, तरल पदार्थ व व्यायाम, इन तीनों को अपने रूटीन से न निकालें। अगर आप सुबह नाश्ता जल्दी ले लेंगी तो होटल छोड़ने से पहले फ्रेश होने के लिए भी समय मिल जाएगा।

बाथरूम अवश्य जाएं :- बाथरूम जाना हो तो अवश्य जाएं। मल-मूत्र रोकने से या तो मूत्राशय में संक्रमण होगा या फिर कब्ज हो जाएगी। ज्यों ही मल या मूत्र के लिए शौचालय जाने की इच्छा हो, आसपास रैस्ट रूम खोजकर अवश्य जाएं।

टांगों का आराम :- चाहे आपको वैरीकोज़ वेन्स की समस्या नहीं है लेकिन यात्रा के दौरान लंबे समय तक खड़ा रहना पड़ेगा या फिर गाड़ी में बैठना पड़ेगा। ऐसे में अपने पांवों व टखनों को सूजन से बचाने के लिए स्पोर्ट होज़ का इस्तेमाल करें।

शरीर हिलाती डुलाती रहें :- यदि आप लंबे समय तक बैठकर काम करेंगी तो टांगों के रक्त प्रवाह में बाधा आ सकती है। अपनी टांगे फैलाएं, हिलाएं, थोड़ा आसपास टहलें। अपनी टांगें मोड़ कर न बैठें। थोड़ी देर के लिए टांगें ऊंची कर लें। यदि ट्रेन या जहाज में हैं तो हर आधे घंटे बाद वहीं पर चक्कर लगाएं। यदि गाड़ी में हैं तो दो घंटे से ज्यादा सफर न करें। बीच में रुक कर थोड़ी चहलकदमी कर लें।

यदि जहाज में हैं तो :- यदि जहाज में यात्रा कर रही हैं तो पता कर लें कि वहाँ गर्भवती स्त्रियों के लिए कुछ खास नियम तो लागू नहीं है या नहीं अगर है तो बाथरूम के आसपास सीट लें ताकि बार-बार वहाँ तक जाने में दिक्कत न हो।

यह भी पता कर लें कि उड़ान में भोजन मिलेगा या आपको खरीद कर खाना होगा। यदि वहां सिर्फ हल्के-फुल्के स्नैक्स मिलते हैं तो आप अपना खाना घर से ले जाएं। खाना सही तरीके से पैक हो। पानी साफ-सुथरा होना चाहिए। बोतलबंद पानी पीना ही बेहतर होगा। इस तरह बार-बार बाथरूम जाना पड़ेगा और टांगों को आराम मिल जाएगा।

अपनी सीट बेल्ट बड़े आराम से पेट के नीचे बांधें। यदि आप दूसरे टाइम-ज़ोन में जा रही हैं तो जैट लैग का ध्यान रखें। वहां पहुंच कर ट्रिप में अपने आराम की भी गुंजाइश रखें।

यदि कार से यात्रा करनी है तो :- अपने साथ एक थैला पौष्टिक स्नैक्स व थर्मस भर कर जूस या दूध रखें ताकि भूख लगने पर सड़क के किनारे बने होटलों से कुछ न खाना पड़े। आपकी सीट आरामदेह होनी चाहिए, जिसके पीछे पीठ को सहारा देने के लिए कुशन लगा हो। गर्दन के लिए खासतौर से बना कुशन भी बड़ा काम आएगा।

यदि ट्रेन से यात्रा कर रही हैं तो :- यह पता लगा लें कि उसमें फुल मेन्यू के साथ डाईनिंग कार है या नहीं। यदि सारी रात का सफर है तो स्लीपर कार बुक करें। कहीं ऐसा न हो कि सफर शुरू होने से पहले ही आप पर थकान हावी हो जाए।

सेक्स और गर्भवती महिला

धार्मिक और मेडिकल करिश्मों को छोड़ दें तो हर गर्भावस्था सेक्स से ही शुरू होती है तो फिर उस चीज़ से अपने को इतना दूर क्यों रखा जाए, जो आपको यहाँ तक लाई है?

चाहे आप इसे थोड़ा कर रही हैं या ज्यादा, चाहे आप इसका पूरा आनंद ले रही हैं या नहीं, ज्यादा अंदेशा तो इसी बात का है कि पेट में शिशु आने के बाद आपके सेक्स जीवन में काफी बदलाव आ गया होगा। बेडरूम, किचन या कमरे के पायदान में से क्या सुरक्षित है और क्या नहीं, आपके बढ़े हुए पेट के साथ कौन सी मुद्राएं ठीक रहेंगी, आप दोनों के मूड एक साथ क्यों नहीं बनते, इन सब बातों के साथ प्रेगनेंसी सेक्स काफी चुनौतीपूर्ण हो जाता है लेकिन चिंता न करें। थोड़ी सी सृजनशीलता, थोड़ी सी हास्यप्रियता और ढेर से धैर्य के साथ

सेक्सरसाइज़

सेक्स के दौरान कीगल करेंगी तो आनंद के साथ-साथ व्यायाम भी हो जाएगा। यह काफी फायदेमंद व्यायाम है। वैसे तो आप इसे कहीं भी, कभी भी कर सकती हैं लेकिन सेक्स के दौरान करेंगी तो मजा भी दुगना हो जाएगा। आज तक कभी किसी व्यायाम में इतना मजा नहीं सुना था।

आप प्रेगनेंसी सेक्स को भी पहले से ज्यादा आकर्षक बना सकती हैं।

सेक्स व तिमाही

सभी दंपत्ति जानते हैं कि गर्भावस्था के नौ महीनों में उनकी सेक्स लाइफ रोलर-कोस्टर की तरह ऊपर-नीचे होती रहती है। पहली तिमाही में गर्भावस्था हार्मोन की वजह से कई महिलाओं में सेक्स की इच्छा बढ़ जाती है और फिर धीरे-धीरे सेक्स में रुचि घटने लगती है। थकान, उबकाई, उल्टी और वक्षों का हल्का दर्द, सेक्स में रुचि लेने ही नहीं देता। लेकिन हर गर्भावस्था की तरह दो महिलाएं भी एक सी नहीं होतीं। आपने भी ध्यान दिया होगा कि पहली तिमाही काफी हद तक हॉट बना देती हैं। इसे आप हार्मोन का सुखद बदलाव कह सकती हैं। आपकी गुप्तेंद्रियाँ पहले से कहीं अधिक संवेदनशील हो जाती हैं।

जब दूसरी तिमाही में गर्भावस्था के कई लक्षण सामने आते हैं तो सेक्स के लायक ऊर्जा ही नहीं बचती। बेडरूम की बजाय बाथरूम में ही ज्यादा समय बीतता है। इससे पहले आपने कभी चरम सुख नहीं पाया शायद आपको बार-बार इस ऑर्गैज्म को पाने का मौका मिलेगा ऐसा इसलिए होता है क्योंकि शरीर के गुप्तांग को पहले से कहीं अधिक रक्त प्रवाह मिलता है। ऑर्गैज्म पहले से कहीं लंबा और मजबूत होता है लेकिन कुछ महिलाएं ऐसी भी हैं जो दूसरी तिमाही में इस प्यारे से एहसास को

खो देती हैं।

कई महिलाओं को पूरे नौ महीने तक इसका एहसास नहीं होता और गर्भावस्था में आप इसे भी सामान्य कर सकते हैं।

जैसे-जैसे डिलीवरी नजदीक आती-जाती है बढ़े हुए पेट के साथ सेक्स करना नामुमंकिन सा लगने लगता है। गर्भावस्था के दुख व कष्ट सारे हॉट पैशन को ठंडा कर देते हैं और उस समय आने वाले समय के इंतजार के सिवा कहीं और ध्यान ही नहीं जाता। फिर भी कुछ दंपत्ति गर्भावस्था की इन बाधाओं को पार कर आखिर तक सेक्स लाइफ का मजा लेते हैं।

आपके मूड का बदलाव

गर्भावस्था में आने वाले इन शारीरिक बदलावों की वजह से सेक्स इच्छा भी सकारात्मक या नकारात्मक रूप से प्रभावित होती है। आपको उन नकारात्मक प्रभावों को ज्यादा से ज्यादा घटाना सीखना होगा ताकि सेक्स जीवन पर उनका अधिक असर न पड़े।

उबकाई व उल्टी :- मार्निंग सिकनेस आपके अच्छे पलों के बीच रुकावट बन सकती है डिनर के समय तो आप कुछ और नहीं कर सकती, न! इसलिए अपने वक्त का सोच-समझ कर इस्तेमाल करना सीखें। यदि सूरज निकलने पर आप ज्यादा परेशान होती हैं तो सेक्स के लिए शाम के घंटे रखें। यदि शाम को ज्यादा जी मिचलाता है तो सेक्स के लिए सुबह वाला समय ठीक रहेगा। यदि आपकी सुबह-शाम हालत खराब रहती है तो आप दोनों को इन लक्षणों के संभलने तक ठहरना होगा। पहली तिमाही के आखिर तक काफी कुछ संभल जाएगा। चाहे जो भी हो, अगर तबियत ठीक न हो तो स्वयं को सेक्सी बनाने की कोशिश न करें। इससे कोई नतीजा नहीं निकलेगा।

थकान :- जब आपमें कपड़े उतारने तक की हिम्मत न हो तो ऐसे में सेक्स का तो सवाल ही नहीं पैदा होता। वैसे चौथे महीने के अंत तक यह थकान काफी हद तक संभल जाएगी। हालांकि यह आखिरी तिमाही में लौट आएगी। तब तक जब भी मौका मिले, थोड़ा रुमानी हो जाएं। इसके लिए रात के खाने के बाद का इंतजार न करें। दोपहर की झपकी के साथ थोड़ा सेक्स ठीक रहेगा या फिर बिस्तर में

गर्भावस्था में सेक्स

सेक्स का कौन सा तरीका सुरक्षित रहेगा। इसके लिए इन्हें पढ़ें-

मुख मैथुन (ओरल सेक्स) :- ओरल सेक्स से कोई नुंकसान नहीं होगा बस साथी से कहें कि वह आपके गुप्तांगों में जोर से हवा न फूंकें। यदि इंटरकोर्स की इजाजत न हो तो इससे दोनों आनंद ले सकते हैं। बशर्ते साथी को कोई एस टी डी रोग न हो।

गुदा मैथुन (एनल सेक्स) :- यदि आप करना चाहें तो यह भी सुरक्षित है लेकिन थोड़ी सावधानी रखें। वहाँ के लिए भी कंडोम लगाएं। गुदा से योनि मैथुन की ओर जाने से पहले साफ कर लें वरना हानिकारक वैक्टीरिया योनिमार्ग से भीतर जा सकते हैं व शिशु को संक्रमण का खतरा हो सकता है।

हस्तमैथुन (मास्टरबेशन) यदि गर्भावस्था खतरे वाली हो या आर्गैज्म भी मना हो तो हस्तमैथुन किया जा सकता है। यह पूरी तरह सुरक्षित है इससे आपका सारा तनाव दूर हो जाएगा।

वाइब्रेटर :- यदि डॉक्टर आज्ञा दें तो आप योनि में उत्तेजना के लिए वाइब्रेटर इस्तेमाल कर सकती हैं बस उसे ज्यादा भीतर न ले जाएं आपके सेक्स टॉय साफ होने चाहिए। इस तरह यांत्रिक तरीके से भी सेक्स का आनंद लिया जा सकता है।

सुबह का ऐसा नाश्ता लें, जो सारा दिन याद रहे ।

आपका बदलता आकार :- जब आपका पेट हिमालय पर्वत की तरह फूल रहा हो तो प्यार करना काफी असहज और बेतुका सा लग सकता है। वैसे भी ऐसी देह आपको सेक्सी महसूस ही नहीं करने देती जबकि कुछ पुरुषों में ऐसा शरीर देखकर सेक्स की स्वाभाविक इच्छा पैदा होती है। अपने शरीर को लेस वाली लिंगरी से सजाएं या प्यार के घोंसले को हल्की कैंडल लाइट से रौशन करें। अपने मन से नकारात्मक सोच को निकाल दें और हमेशा याद रखें कि प्रेगनेंसी में 'बिग इज ब्यूटीफुल'।

कोलोस्ट्रम का रिसावः-गर्भावस्था के अंतिम कुछ महीनों में कई महिलाओं के वक्ष से कोलोस्ट्रम का रिसाब होने लगता है। फोरप्ले के दौरान आपको इससे थोड़ी उलझन हो सकती है। इससे परेशान न हो, आपके साथी को कोई दिक्कत नहीं होगी। आप यहां से ध्यान हटाकर शरीर के दूसरे हिस्सों पर लगाएं।

संवेदनशील वक्ष :- कुछ दंपत्तियों के लिए तो इन दिनों वक्ष का आकर्षण काफी बढ़ गया है लेकिन कई महिलाओं के वक्ष सूज जाते हैं। और हाथ लगाने से ही दर्द होने लगता है। यदि आपका साथ भी ऐसा है तो साथी को पहले ही बता दें व उसे यह भी याद दिला दें कि पहली तिमाही के बाद यह सब ठीक हो जाएगा।

योनि के स्राव में बदलाव :- गर्भावस्था में योनि का स्राव अक्सर बढ़ जाता है। उसके रंग व गंध में भी बदलाव आ सकता है यदि आपकी योनि पहले काफी सूखी रहती थी तो यह गीलापन सेक्स को आनंददायक बना सकता है, कई बार गीलापन इतना ज्यादा होता है कि आपके साथी के लिए सेक्स करना मुश्किल हो जाता है। स्राव की गंध व स्वाद की वजह से मुख मैथुन भी नहीं हो पाता प्यूबिक एरिया व जांघों पर हल्के सुगंधित तेल की मालिश से थोड़ी राहत मिल सकती है कुछ गर्भवती मांओं को अक्सर योनि में सूखेपन की शिकायत रहती है वे सेक्स के दौरान वाटर बेस्ड ल्यूब्रीकेंट (के-वाई या एस्ट्रोग्लाइड) इस्तेमाल कर सकती हैं।

सर्विक्स की संवेदनशीलता से रक्तस्राव :- गर्भावस्था में गर्भाशय के मुख की संवदेनशलता भी काफी बढ़ जाती है यदि संयोग के समय शिश्न काफी भीतर तक जाए तो हल्का रक्तस्राव हो सकता है। इससे घबराएं नहीं लेकिन अपने डॉक्टर को इसकी जानकारी अवश्य दें।

इसके अलावा और भी कई भावनात्मक कारण आपके सेक्स आनंद को घटा सकते हैं। बेहतर होगा कि सभी विषयों पर खुलकर बात की जाए।

भ्रूण को चोट लगने या मिसकैरेज होने का भय :- चिंता छोड़ें व सेक्स का भरपूर आनंद लें। सामान्य गर्भावस्था में सेक्स से कोई नुकसान नहीं होता। शिशु बड़े आराम से एम्नियोटिक द्रव्य में सुरक्षित है। आपका गर्भाशय भी पूरी तरह से बंद है यदि डॉक्टर नहीं चाहेंगे कि आप गर्भावस्था में सेक्स करें तो वह इसका कारण पहले ही रूप में देंगे वरना आप बड़े आराम से अपनी सेक्स लाइफ जी सकती हैं।

ऑर्गेज्म से मिसकैरेज पर जल्दी प्रसव होने का डर :- हालांकि चरम सुख के बाद गर्भाशय में काफी संकुचन हो सकता है और यह कई महिलाओं में काफी अधिक होता भी है। यह संभोग के बाद आधे घंटे तक भी जारी रह सकता है लेकिन यह लेबर का संकेत नहीं है। सामान्य गर्भावस्था में इससे कोई नुकसान नहीं होता। यदि इससे बचने का कोई कारण (मिसकैरेज या प्रीटर्म लेबर का डर, प्लेसेंटा की समस्या) होता जो डॉक्टर ने पहले ही बता दिया होता।

इस बात का डर कि भ्रूण सब देख रहा है या उसे पता चलता है :- ऐसा हो ही नहीं

सकता! हालांकि चरमसुख के संकुचन से उसे हल्के झूले का मजा तो मिलेगा लेकिन वह नहीं देख सकता कि आप क्या कर रहे हैं और न ही उसके पास इसकी कोई याद रहेगी। मूत्राशय की गतिविधि के कारण ही भ्रूण की प्रतिक्रिया (सेक्स के दौरान हलचल घटना फिर हलचल व लाते मारना तेज होना, चरम सुख के बाद हृदय गति बढ़ना) सामने आती है।

शिशु के सिर पर चोट लगने का डर :- हालांकि आपका साथी मुंह से नहीं कहेगा लेकिन उसके मन में यह डर होता है। दरअसल कोई भी लिंग इतना बड़ा नहीं होता कि वह शिशु के सिर के पास पहुंच सके। बेबी बड़े आराम से अपने घर में है। यहां तक आपके शिशु का सिर पेल्विस के पास भी है, तो भी लिंग उसे नुकसान नहीं पहुंचा सकता। हां यदि इससे बेचैनी होती हो, तो न करें?

सेक्स से संक्रमण का डर :- यदि आपके सर्विक्स का मुंह बंद है और साथी को यौन रोग नहीं है तो संभोग से आपको या शिशु को संक्रमण का कोई खतरा नहीं है। शिशु, वीर्य व संक्रमण के कीटाणुओं से पूरी तरह सुरक्षित है।

आकर्षण पर हावी होती चिंता :- माना आप इस समय तनावग्रस्त हैं। शिशु आने का समय नजदीक आ रहा है। ऐसे में सेक्सी भावनाएं पैदा नहीं हो पातीं। आने वाली नई जिम्मेवारियाँ, भावनात्मक व आर्थिक चुनौतियाँ दिमाग में चक्कर काटती रहती हैं। बेहतर होगा कि इन बातों को बिस्तर पर साथ लाने की बजाए पहले ही कह दें।

रिश्तों में आता बदलाव :- हो सकता है कि आपको इन बदलते रिश्तों के साथ समझौता करने में मुश्किल हो रही हो। आपको लग रहा होगा कि अब आप सिर्फ प्रेमी-प्रेमिका, या पति-पत्नी नहीं बल्कि माता-पिता बनने वाले हैं। यह भी हो सकता है कि यह बदलाव आपके संबंधों को पहले से भी मजबूत और मधुर बना दे।

जलन :- हो सकता है कि साथी के मन में जलन आ जाए। उसे लगने लगे कि गर्भावस्था ने आपको सबके आकर्षण का केन्द्र बना दिया है। या फिर आपको लगने लगे कि आपको फंसा कर वह जिन्दगी के मजे ले रहा है। ऐसी भावनाएं बिस्तर से बाहर ही बाँट लें तो बेहतर होगा।

गर्भावस्था के अंत में सेक्स से प्रसव जल्दी हो सकता है :- यह सच है कि गर्भावस्था पास आने पर चरमसुख के बाद होने वाला संकुचन शक्तिशाली हो जाता है लेकिन जब तक सर्विक्स तैयार नहीं होगा, इस संकुचन से प्रसव नहीं होगा। अध्ययन तो कहते हैं कि गर्भावस्था के अंत तक सेक्स के लिए सक्रिय रहने वाली महिला सही समय पर ही प्रसव करती है।

वैसे एक बात और भी है, पहले-पहल आपके सेक्स का उद्देश्य था-एक शिशु का जन्म। अब आप सिर्फ मनोरंजन के लिए यह सब कर रहे हैं इसलिए मासिक धर्म की तिथि, चार्ट, कैलेंडर या गर्भनिरोधकों का कोई झंझट ही नहीं है। साथ ही कई दंपत्ति मानते हैं कि गर्भावस्था उन्हें और भी नजदीक ले आती है इसलिए वे बढ़े हुए पेट को रुकावट न मान कर प्यार का प्रतीक ही मानते हैं।

आरामदेह मुद्रा

गर्भावस्था में सेक्स की मुद्रा बदलनी पड़ती है। यदि आपका साथी आपके ऊपर भार डाले बिना आ सके तो ठीक है वरना आप एक ओर लेट जाएं या फिर आप साथी के ऊपर भी लेट सकती हैं। मुद्रा चाहे जो भी हो, यह आपके लिए आरामदेह होनी चाहिए।

जब सेक्स सीमित हो सकता है

हालांकि गर्भावस्था में भी आपके व साथी के लिए सेक्स काफी आनददायक हो सकता है और आप दोनों इसका पूरा मजा ले सकते हैं

लेकिन सभी इतने किस्मत वाले नहीं होते। खतरे वाली गर्भावस्था में कुछ समय के लिए या फिर पूरे नौ महीने के लिए सेक्स पर पाबंदी लगा दी जाती है। या फिर महिला के चरमसुख के बिना संभोग की इजाजत दी जाती है या केवल फोरप्ले की इजाजत मिलती है या फिर कंडोम के साथ लिंग प्रवेश की इजाजत मिलती है। यदि डॉक्टर ने आप पर भी यही पाबंदियाँ लगाई गई हैं तो उनसे इस विषय में बेहिचक पूरी जानकारी ले लें। पता करें कि मनाही क्यों की गई है या यह कितने समय के लिए मना है? निम्नलिखित अवस्थाओं में सेक्स पर पाबंदी हो सकती है—

■   यदि प्री टर्म लेबर के संकेत हों या पहले ऐसा हो चुका हो।

■   यदि गर्भाशय की कमी हो या प्लेसेंटा की परेशानी हो।

■   यदि आपको रक्तस्राव हो रहा है या पहले मिसकैरेज हो चुका हो।

यदि केवल ऑर्गैज्म की आज्ञा है तो हस्तमैथुन करें यदि संभोग कर सकते हैं पर ऑर्गैज्म तक जाना मना है तो आप संभोग करें लेकिन चरम सुख पाने से उसे रोक दें। हालांकि इससे पूरी संतुष्टि तो नहीं मिलेगी लेकिन आपको साथी के नजदीक आने का मौका तो मिल जाएगा। यदि किसी भी बात की इजाजत न हो तो इस पाबंदी को अपने रिश्ते के बीच न आने दें। पास आने के रोमांटिक तरीके अपनाएं; जैसे हाथ थामना, आलिंगन करना या एक साथ बाहर जाना।

थोड़े में ज्यादा लें आनंद

अच्छे यौन संबंध एक ही दिन-रात में नहीं बन जाते। इनके लिए धैर्य, समझदारी और आपसी प्यार चाहिए। यह भी सच है कि गर्भावस्था में यौन संबंधों को कई तरह के मानसिक व शारीरिक बदलावों से गुजरना पड़ता है। यहां उन्हीं से निबटने के कुछ उपाय प्रस्तुत हैं।

■   सेक्स का विश्लेषण करने की बजाए उसका आनंद लें। इन पलों को यूं ही न जाने दें। मात्रा की बजाए गुणवत्ता पर ध्यान दें। अपनी पिछली सेक्स लाइफ और इन दिनों की सेक्स लाइफ की तुलना न करें। अब तो इसमें काफी अंतर आ गया है।

■   सकारात्मक सोच बनाए रखें। याद रखें कि सेक्स से आपका शरीर आने वाले प्रसव के लिए भी तैयार हो रहा है। यदि आप इंटरकोर्स (संभोग) के दौरान कीगल कर सकें तो यह और भी बेहतर होगा। अपने गोल-मटोल शरीर को सेक्सी मानें। सोचें कि हर आलिंगन से आप दोनों मन से भी पास आ रहे हैं।

■   थोड़ा रोमांच अपनाएं। यदि पुरानी पोजीशन से बात नहीं बन रही तो कुछ नया सोचें। याद रखें कि किसी भी नई पोजीशन में फिट होने में समय लगता है।

■   अपनी उम्मीदें वास्तविकता की सीमा में रखें। इन दिनों आपको कई तरह की चुनौतियों का सामना करना पड़ सकता है। कुछ महिलाओं को चरम सुख पाने में देर नहीं लगतीं तो कुछ पूरे नौ महीने तक इसका इंतजार करती रह जाती हैं। याद रखें कि कई बार चरमसुख न मिलने पर भी, एक-दूसरे का साथ ही काफी होता है।

याद रखें कि रिश्तों में संप्रेषण की भी बहुत अहमियत होती है। आपसी बातचीत से आप इन नई चुनौतियों के साथ बेहतर समझौते कर पाएँगी। कोई भी समस्या हो तो उसे बिस्तर पर ले जाने से पहले ही सुलझा लें। यदि फिर भी बात न बने तो व्यावसायिक मदद लें। अभी तो आप दोनों के बारे में सोच रही हैं लेकिन आने वाले समय में तीनों के बारे में सोचना होगा।

याद रखें कि सभी दंपत्ति गर्भावस्था सेक्स के लिए अलग-अलग तरह से प्रतिक्रिया देते हैं। आप दोनों के लिए इस समय वही सामान्य है, जो आपको अच्छा लगे। एक-दूसरे की बांहों में खो जाएं, इससे बढ़िया समय फिर नहीं मिलेगा।

■   ■   ■

अध्याय-11

छठा महीना

लगभग 23 से 27 सप्ताह

अब तो पेट में होने वाली हलचल के लिए शक की कोई गुंजाइश ही नहीं रही, नहीं गैस नहीं जीते-जागते शिशु का कमाल है हालांकि गैस भी काफी होती होगी। अब तो छोटे-छोटे लातों व बाजुओं ने मुक्के बरसाने शुरू कर दिए होंगे, कभी-कभी आपको उसकी हिचकी महसूस करने का मौका भी मिलता होगा। इस महीने के बाद दूसरी तिमाही का अंत हो जाएगा। अब आप दोनों को विकास की कई सीढ़ियाँ चढ़नी हैं। अपने पैरों को एक नजर देख लें क्योंकि धीरे-धीरे पेट का उभार आपको यह मौका नहीं देगा।

इस माह आपके शिशु का विकास

23वां सप्ताह :- यदि कोख में कोई खिड़की होती आप देख पातीं कि इस समय शिशु की त्वचा कैसे लटक रही है। ऐसा इसलिए है क्योंकि त्वचा, वसा से जल्दी बढ़ती है और अभी इतनी वसा नहीं है कि त्वचा को भर सके। इस सप्ताह में शिशु की लंबाई तकरीबन 8'' और वजन एक पौंड के करीब होगा। महीने के आखिर में उसका वजन दुगुना हो जाएगा। एक बार वसा बननी शुरू हो गई तो उसकी पारदर्शिता भी घट जाएगी। अभी तो त्वचा के नीचे के अंग व हड्डियां देखे जा सकते हैं लेकिन आठवें महीने तक आपका शिशु इस तरह पारदर्शी नहीं रहेगा।

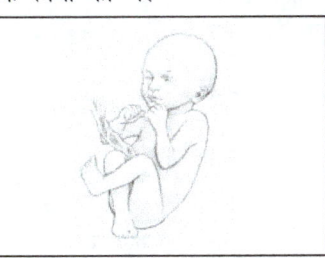

आपका 5 माह का बच्चा

24वां सप्ताह :-उसकी लंबाई तकरीबन 8 1/2'' व वजन 1 1/2 पौंड होगा। अब आपके शिशु की तुलना फलों के आकार से नहीं की जा सकती। वह हर सप्ताह तकरीबन 6 औंस वजन बढ़ा रहा है यह सारा वजन अंगों, हड्डियों, मांसपेशियों व वसा की वजह से बढ़ रहा है अब उसका प्यारा सा चेहरा पूरी तरह बन चुका है पर उसके बालों में पिगमेंट का असर नहीं है इसलिए हम उसके बालों का रंग नहीं बता सकते।

25वां सप्ताह :- बेबी दिन दूनी रात चौगुनी तरक्की कर रहा है। इस समय उसकी लम्बाई करीब 9''

और वजन 1 1/2 पौंड के करीब है। और भी कई रोचक विकास हो रहे हैं। उसकी रक्त नलिकाओं में रक्त भर रहा है। इस सप्ताह के अंत तक फेफड़े भी ताजी हवा लेने के लिए पूरी तरह तैयार हो जाएंगे। हालांकि अभी फेफड़े पूरी तरह तैयार नहीं है, उसके लिए तो थोड़ा समय लगेगा। वे अभी रक्तप्रवाह में ऑक्सीजन पहुंचाने लायक तैयार नहीं हुए। इस सप्ताह उसके बंद नथुने भी खुलने वाले हैं। इस तरह वह सांस लेने का अभ्यास कर पाएगा। उसके वोकल कॉड भी काम कर रहे हैं। आपने उसकी हिचकियाँ तो महसूस की होंगी।

26वां सप्ताह :- 2 पौंड का कोई मीट का टुकड़ा देखें, बस शिशु भी इस समय इतना ही है। उसकी लंबाई तकरीबन 9'' है। उसकी आंखें धीरे-धीरे खुलने लगी हैं। अभी आंखों का रंग नहीं बताया जा सकता। हालांकि वह अंधेरे में थोड़ा-बहुत देख सकता है। कोई तेज रोशनी या आवाज होने पर वह प्रतिक्रिया अवश्य देता है। वह तेजी से अपनी पलकें झपकाने लगता है।

27वां सप्ताह :- इस सप्ताह उसका विकास चार्ट नए सिरे से बनाना होगा अब हम उसे सिर से पाँव तक माप सकते हैं। इस सप्ताह उसकी लंबाई करीब 15^0 होगी और वजन 2 पौंड से ज्यादा होगा। उसकी स्वादेंद्रद्रियाँ जाग जाएँगी और आप जो भी (खाएंगी) एम्नियोटिक द्रव्य के माध्यम से उसे उसका स्वाद मिलेगा। मिसाल के तौर पर कुछ शिशु तीखे भोजन के बाद हिचकियाँ लेने लगते हैं या फिर तेजी से लातें चलाने लगते हैं।

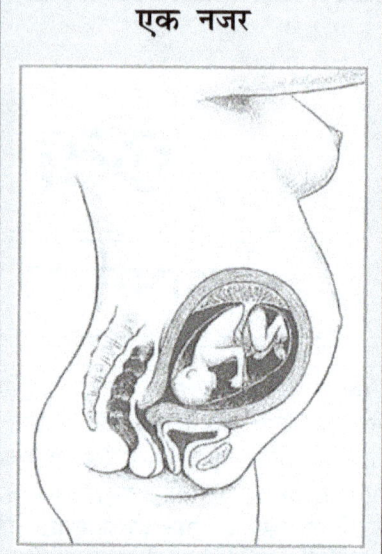

एक नजर

इस महीने की शुरूआत में आपका गर्भाशय नाभि से करीब 1 1/2'' ऊपर होगा। महीने के अंत में इसकी ऊँचाई 2 1/2'' तक पहुँच सकती है। अब इसका आकार एक बॉस्केट बॉल जितना है।

आप क्या महसूस कर रही होंगी?

हमेशा की तरह याद है न कि हर गर्भवती महिला और गर्भावस्था अपने-आप में अनूठी होती है। हो सकता है कि आप एक साथ या फिर कभी-कभी इन सभी लक्षणों को महसूस कर रही हों। कुछ लक्षण पिछले माह से चले आ रहे होंगे और कुछ बिल्कुल नए होंगे। कुछ लक्षणों की इतनी आदी हो जाएंगी कि उन्हें पहचानना भी मुश्किल होगा। आपके लक्षण इनसे कुछ कम भी हो सकते हैं। इस माह आप निम्नलिखित लक्षण महसूस कर सकती हैं :-

शारीरिक :-

- भ्रूण की हलचल में वृद्धि
- योनि से लगातार स्राव
- पेट के निचले हिस्से व दोनों ओर दर्द
- कब्ज
- छाती में जलन, अपच व अफारा

■ कभी-कभी सिर में दर्द, बेहोशी या सिर चकराना
■ नाक बंद होना या कभी-कभी नाक से खून आना, कान में गंदगी
■ ब्रश करते समय मसूड़ों से खून आना
■ खुल कर भूख लगना
■ टांगों में ऐंठन
■ टखनों व पैरों की हल्की सूजन
■ पैरों की वेरीकोज़ वेंज हेमॅरॉयड्स
■ पेट के निचले हिस्से में खुजली
■ नाभि का बाहर उभरना
■ पीठ में दर्द
■ पेट के निचले हिस्से व चेहरे पर पिगमेंटेशन
■ स्ट्रैच मार्क्स
■ छाती का फैलाव

भावनात्मक

■ मूड के उतार-चढ़ाव में कमी
■ दिमाग खोया-खोया सा रहना
■ गर्भावस्था से हल्की ऊब
■ भविष्य के प्रति थोड़ा तनाव
■ भविष्य के प्रति ढेर सी उत्तेजना

इस माह का चेकअप

दूसरी तिमाही के आखिर में डॉक्टर निम्नलिखित जांच कर सकते हैं। हालांकि यह आपकी अवस्था और डॉक्टर की जांच शैली पर भी काफी हद तक निर्भर करता है।

■ वजन व रक्त चाप
■ शुगर व प्रोटीन की जांच के लिए मूत्र
■ गर्भाशय की ऊँचाई
■ गर्भाशय का आकार व भ्रूण की स्थिति (बाहर से अनुमान)
■ हाथों-पैरों की सूजन
■ कुछ खास तरह के लक्षण, जो आप महसूस करें
■ कुछ प्रश्न व जिज्ञासाएं, जो आप पूछना चाहें।

आप क्या सोच रही होंगी

नींद आने में परेशानी

''मुझे अपने पूरे जीवन में कभी भी सोने में दिक्कत नहीं आई। अब मैं रातों को सो नहीं पाती।''

आधी रात को बार-बार बाथरूम जाना, टांगों में जकड़न, छाती में जलन, शरीर में गर्मी महसूस होना और पेट पर इतना उभार लेकर अच्छी नींद आ भी कैसे सकती है। वैसे तो चलो ठीक ही है, आप आने वाले समय का प्रशिक्षण ले रही हैं। नन्हे शिशु ने धरती पर आने के बाद भी आपको इसी तरह जगाना है लेकिन अभी से इतना अभ्यास न करें। अच्छी नींद लाने के कुछ खास उपाय आजमाएं–

■ दिन में शरीर से थोड़ा काम लें। दिन में काम करने वाला शरीर, रात को गहरी नींद सोता है। यदि काम नहीं है तो वर्कआउट करें लेकिन रात को सोने से पहले कसरत न करें वरना आपकी बची-खुची नींद भी उड़ जाएगी।
■ अपना दिमाग शांत रखें। घर या ऑफिस में काम का बोझ ज्यादा हो तो उसे दूसरों के साथ बांट लें। यदि कोई बात सुनने वाला न हो तो सारी चिंताएं एक कागज पर लिखें और फिर चैन की नींद सोएं। इस तरह समस्या का कोई न कोई हल भी निकल आएगा। रात को सोते समय प्रश्नानुसार विचार मन में लाएं।
■ अपना रात का खाना ठूंसने की बजाए बड़े आराम से धीरे-धीरे खाएं ताकि रात को छाती में जलन की वजह से करवटें न बदलनी पड़ें। खाना खाते ही बिस्तर में न पड़ें। पेट भरने से हम ऊर्जा से भरपूर हो जाते हैं और इस तरह सोना भी मुश्किल हो जाता है।

- जरूरत से ज्यादा भोजन भी नींद में रुकावट बनता है। अपने-पास हल्के-फुल्के स्नैक्स रखें ताकि रात को भूख महसूस होने पर खा सकें। दादी मां का नुस्खा आजमाएं, सोने से पहले एक गिलास गुनगुना दूध पीएं। प्रोटीन और कॉप्लैक्स कार्ब के मेल से भी यही प्रभाव मिलता है। कोई फल खाएं, चीज़ या किशमिश वाला दही लें। अपने दूध में एक मफिन या ओटमील कुकीज़ डुबोकर खाएं।
- यदि रात को बार-बार बाथरूम जाने से नींद टूटती है। तो शाम 6 बजे के बाद तरल पदार्थों की मात्रा थोड़ी घटा दें। प्यास लगने पर पानी जरूर पीएं लेकिन सोने से ठीक पहले 16 औंस को पूरी बोतल न पीएं।
- दोपहर के बाद किसी भी रूप में कैफीन से बचें। यह आपको छः घंटे तक चुस्त बनाए रखता है। चीनी भी काम करती है। यह भी आपकी ऊर्जा के स्तर को ऊँचा कर देती है।
- अपना सोने का रूटीन तय करें। यह सिर्फ बच्चों के लिए नहीं होता यदि आप भी पुराना रूटीन अपनाएंगी तो गहरी नींद ले पाएंगी। खाने के बाद अपनी गतिविधियां घटा दें। कुछ हल्का-फुल्का पढ़ें या कुछ मिनट तक टी वी देखें। हल्का संगीत सुनें, योगा या शिथिलता तकनीकों का अभ्यास करें। गुनगुने पानी से नहाएं या फिर थोड़ा रोमांस कर लें।
- गर्भावस्था में बिस्तर पर कई सारे तकिए आपके शरीर को काफी आराम पहुंचा सकते हैं। उनसे अपने शरीर को सही तरह से सहारा दें व आरामदायक मुद्रा में लेटें। आपका गद्दा ठीक होना चाहिए। बेडरूम भी ज्यादा ठंडा या फिर ज्यादा गर्म न हो।
- घुटन भरे माहौल में भी नींद नहीं आती। सोने का कमरा थोड़ा हवादार होना चाहिए। अपना सिर ढक कर न सोएं। इससे ऑक्सीजन की कमी होगी और कार्बन डाई ऑक्साइड बढ़ जाएगी। आपके सिर में दर्द होने लगेगा।
- नींद लाने की कोई भी दवा लेने से पहले डॉक्टर से पूछ लें। अगर डॉक्टर ने मैग्नीशियम की दवा लिख रखी है तो उसे बिस्तर पर जाने से पहले लें क्योंकि मैग्नीशियम शरीर को शिथिल कर देता है।
- बिस्तर पर नींद व सेक्स के सिवा दूसरी गतिविधियां न करें। ऐसे काम घर के दूसरे हिस्सों में करें ताकि बिस्तर पर जाते ही नींद आए।
- थकान होने पर ही सोने जाएं। अगर घड़ी देख कर लेटेंगी तो नींद नहीं आएगी। इसके साथ ही जरूरत से ज्यादा थकान भी न होने दें उससे भी नींद आने में मुश्किल होती है।
- अपनी नींद को घंटों से न बांधें। कुछ लोग जो कहते हैं कि उन्हें नींद से जुड़ी तकलीफें हैं, वे दरअसल जरूरत से ज्यादा नींद लेते हैं यदि आप लगातार थकान महसूस नहीं करतीं तो इसका मतलब है कि आप पूरी नींद ले रही हैं।
- यदि नींद न आए तो यूं बिस्तर पर पड़े रहने की बजाय कुछ और काम करें। उस समय नींद न आने की चिंता तो बिल्कुल ही न करें।
- अपनी अधूरी नींद की चिंता में आगे की नींद खराब न करें।

समय को कर लें कैद

एक बॉक्स लें, उसमें अपनी गर्भावस्था की तस्वीर, अपने साथी व पालतू की तस्वीर वगैरह डालें। इसमें शिशु के अल्ट्रासाउंड की रिपोर्ट रखें। आपके मनपसंद रेस्त्रां का मेन्यू इस समय की कोई मैगजीन या अखबार डालें। इस बॉक्स को यूं ही बंद करके रखें। जब शिशु थोड़ा बड़ा होगा तो उसे अपने जन्म से पहले की इन चीजों को देखकर बड़ा मजा आएगा।

नाभि का उभार

''**मेरी नाभि बिल्कुल अंदर की ओर थी। अब यह बाहर की ओर उभर आई है। क्या यह डिलीवरी के बाद भी ऐसी रहेगी?**''

क्या यह इन दिनों आपके कपड़ों को छूने लगी है? चिंता न करें, गर्भावस्था में अक्सर ऐसा हो ही जाता है। जब सूजा हुआ गर्भाशय ऊपर की ओर आता है तो नाभि आगे की ओर उभर आती है। यह डिलीवरी के कुछ समय बाद अपने-आप ठीक हो जाएगी। तब तक आप इसमें जमी गंदगी निकालें। वैसे यदि यह फैशन में न हो तो इसे बैंडेज से ढक भी सकती हैं वैसे याद रखें कि इसमें शरमाने वाली कोई बात नहीं, यह भी गर्भावस्था के गौरवशाली पुरस्कारों में से एक है।

शिशु का लातें मारना

''**कभी-कभी मेरा शिशु सारा दिन लातें चलाता रहता है और कभी-कभी पूरा दिन शांत रहता है। क्या यह सामान्य है?**''

वे भी इंसान हैं, कभी-कभी उसका मन करता है कि वह जी-भरकर उछल-कूद मचाए, कभी-कभी दिल करता है कि बस चुपचाप पड़ा रहे। उसकी हलचल आपकी गतिविधियों पर भी निर्भर करती है। अगर आप सारा दिन गतिशील रहेंगी तो वह आपकी ताल पर हिलता रहेगा और बहुत कम हलचल करेगा। आप व्यस्तता की वजह से उस हलचल को भी महसूस नहीं कर पाएँगी। जब आप शांत होकर बैठेंगी तो उसकी हलचल बढ़ जाएगी। तभी अक्सर रात को सोते समय या दिन में आराम करते समय ही उसकी हलचल ज्यादा महसूस होती है। आपकी घबराहट या उत्तेजना के समय भी उसकी गतिविधि बढ़ जाती है। शिशु आमतौर पर 24 से 28 सप्ताह में सबसे ज्यादा सक्रिय होते हैं। उस समय वे

ज्यादा उछल-कूद या कलाबाजियाँ तो नहीं खा सकते इसलिए व्यस्त मां उनकी थोड़ी-बहुत हलचल का अंदाजा नहीं लगा पाती। 28 से 32 सप्ताह में भ्रूण की हलचल कहीं साफ, तेज और संगठित हो जाती है।

यदि एंटीटियर प्लेसेंटा की स्थिति हो तो शिशु की हलचल महसूस होने में और भी ज्यादा वक्त लग सकता है।

अपने शिशु की हलचल का दूसरे गर्भस्थ शिशु को हलचल से मुकाबला न करें। हर शिशु की हलचल व विकास का ढांचा अलग-अलग होता है। कुछ शिशु हमेशा सक्रिय रहते हैं तो कुछ शांत रहना पसंद करते हैं। कुछ इतने नियमित होते हैं कि मांए उनकी हलचलों से घड़ी मिलाती हैं और कुछ शिशु को अपने तरीके से चलना पसंद करते हैं। 28वें सप्ताह तक शिशु की हलचल का रिकॉर्ड रखना जरूरी नहीं है।

''**कभी-कभी शिशु इतनी बुरी तरह से लात मारता है कि मुझे चोट पहुँचती है**''

गर्भाशय में आपका शिशु परिपक्व होता जा रहा है। वह दिन ब दिन मजबूत हो रहा है इसलिए हल्की-फुल्की लात अब भारी-भरकम किक बन जाएगी। अगर आपको पेट, सर्विक्स या पसलियों में जोर की लात पड़ने से चोट पहुंचे तो हैरान न हों, जब भी ऐसा हमला हो तो अपनी स्थिति बदलने की कोशिश करें। इस तरह शिशु का संतुलन बदलेगा और वह कुछ देर के लिए अपनी लातें चलाना बंद कर देगा।

''**शिशु हमेशा लातें चलाता रहता है। क्या मेरे पेट में जुड़वां बच्चे हैं?**''

हर गर्भवती महिला को किसी न किसी वजह से लगने लगता है कि उसके पेट में जुड़वां पल रहे हैं। दरअसल शिशु कई तरह से कलाबाजियां खाता है। अगर आपको लगता है कि दो हाथों के अलावा आपको और भी मुक्के पड़ रहे हैं तो वे शिशु के घुटने, कोहनी

या पाँव की हलचल हो सकती है। अगर सचमुच आपके पेट में जुड़वां शिशु होते तो आपको अब तक अल्ट्रासाउंड से पता चल चुका होता।

पेट पर खुजली होना

''मेरे पेट पर लगातार खुजली होती रहती है। इसने मुझे पागल बना रखा है''

गर्भावस्था में पेट पर खुजली होती है। ज्यों-ज्यों पेट फूलेगा खुजली बढ़ती ही जाएगी क्योंकि त्वचा लगातार खिंच रही है, जिससे उसकी नमी खत्म हो रही है और उस पर खुजली हो रही है। यदि आपने उसे नाखून से खरोंचा तो बात और बिगड़ जाएगी। मॉइश्चराइज़र से थोड़ा आराम मिल सकता है। खुजली रोकने के लिए कैलेमाइन लोशन लगाएं या ओटमील बाथ लें। अगर आपको कोई ऐसी खुजली हो रही है, जिसका शुष्क त्वचा से कोई लेना-देना नहीं दिखता या आपके पेट पर रैशेज़ पड़ रहें हैं तो डॉक्टर को दिखाने में देर न करें।

बेडौल (बेढंग)

''मैं जो भी उठाती हूं, हाथ से छूट जाता है। मैं अचानक इतनी बेडौल कैसे हो गई?''

पेट पर फालतू मांस चढ़ने के अलावा इस गर्भावस्था में और भी कई तरह के बदलाव आते हैं। जोड़ों व लिगामेंट का ढीलापन व पानी जमा होने से आपकी पकड़ ढीली होने लगती है। आप गर्भावस्था की चुनौतियों से जूझ रही हैं, भुलक्कड़ बनती जा रही हैं इसलिए आप किसी भी वस्तु पर विषय पर पूरी तरह एकाग्र नहीं हो पातीं। पेट का भार बढ़ने से आपके गुरुत्वाकर्षण का केंद्र बदल गया है इसलिए कभी-कभी आपका संतुलन भी बिगड़ जाता होगा। जब आप सीढ़ियां चढ़ती हैं, ढलान से

उतरती हैं या भारी सामान उठाती हैं तो इस बिगड़े हुए संतुलन का ज्यादा एहसास होता है। पेट आगे आने की वजह से आप पाँव के आगे आया सामान नहीं देख पातीं और उलझ कर गिर जाती हैं। गर्भावस्था की थकान को भी इसके लिए काफी हद तक दोषी ठहरा सकते हैं।

इस तरह के फूहड़ या अनाड़ीपन से चिड़चिड़ापन महसूस होता है। कार की चाबियों का गुच्छा बार-बार फर्श पर गिरेगा तो उसे उठाने के चक्कर में पीठ या गरदन में दर्द हो सकता है।

यदि आप अचानक गिरती हैं तो कोई गंभीर चोट आने से मुसीबत भी खड़ी हो सकती है।

अब आपको रोजमर्रा के कामों में थोड़ा बदलाव लाना होगा। अपने घर के कांच के बर्तनों को साफ करने का जिम्मा किसी दूसरे को सौंप दें। जमीन बर्फ हो तो जरा संभल कर चलें। टब में फालतू कुशन रखें। सीढ़ियों में सामान न रखें, आप उलझ सकती हैं। कुर्सी पर चढ़ कर कोई काम न करें। थकान हो रही है तो ज्यादा काम न करें। अपनी हदें पहचानें व उसी के अनुसार चलें और इसे थोड़ा हल्के अंदाज में लेना सीखें।

हाथ सुन्न होना

''आधी रात को अक्सर आंख खुलती है तो मुझे अपने हाथ की अंगुलियाँ सुन्न महसूस होती हैं। क्या यह भी गर्भावस्था की वजह से है?''

जब सूजे हुए ऊतकों की वजह से नसों पर दवाब पड़ता है तो अक्सर गर्भवती महिलाएँ हाथों-पैरों की अंगुलियों में सुन्नपन महसूस करती हैं। यह एक सामान्य लक्षण है यदि यह दर्द और सुन्नपन आपके दाएं हाथ में है तो आप कारपल टनल सिंड्रोम से भी ग्रस्त हो सकती हैं। एक ही हाथ से काफी काम करने वाले लोगों को अक्सर यह तकलीफ हो जाती है। कई गर्भवती महिलाओं में कारपल टनल है तो

इससे अंगुलियां भी प्रभावित होकर सुन्न हो सकती हैं। इसी वजह से सुन्न होना, जलन व दर्द का एहसास भी हो सकता है। यही लक्षण हाथ व कलाई पर असर डालते हुए बाजुओं पर भी जा सकते हैं।

हालांकि सी.टी.एस का दर्द दिन में कभी भी हो सकता है लेकिन यह अक्सर रात को ज्यादा महसूस होता है। अपने हाथों के बल सोने से हालत और बिगड़ सकती है। सोते समय हाथों को ऊंचे तकिए पर अलग से रखकर सोएं। सुन्नपन महसूस हो तो हाथ झटकें। यदि इनसे नींद में रुकावट आ रही हो तो डॉक्टर की राय लें। कलाई स्पिंल्ट पहनने या एक्यूपंचर कराने से राहत मिलती है।

सीटीएस के लिए दी जाने वाली नॉनस्टीरॉयडल व एंटी इंकजामेट्र दवाएँ गर्भावस्था के दौरान नहीं दी जा सकतीं। अपने डॉक्टर से पता कर लें। वैसे डिलीवरी के बाद जब शरीर की सूजन उतर जाएगी तो सीटीएस में भी अपने-आप आराम आ जाएगा।

टाँगों में ऐंठन/जकड़न

"टाँगों में अक्सर ऐंठन होने की वजह से मैं रात को सो नहीं पाती"

- दूसरी तीसरी तिमाही में अक्सर टाँगों में ऐंठन की शिकायत देखी जाती है। हालांकि इनका निश्चित कारण कोई नहीं जानता। कई सिद्धांत ऐसे हैं जो गर्भावस्था के भार, रक्त नलिकाओं का टांगों पर दबाव व आहार (फास्फोरस की अधिकता, कैल्शियम व मैग्नीशियम की कमी) को इसका दोषी ठहराते हैं। आप हार्मोन को भी इसका दोषी ठहरा सकती हैं क्योंकि उनकी वजह से भी गर्भावस्था में कई तकलीफें हो जाती हैं।

कारण कोई भी हों, आप उनसे बचाव के उपाय कर सकती हैं।

- जब भी टाँगों में जकड़न हो तो टाँगें सीधी करें। अपने टखने व पंजे ऊपर की ओर खींचें। इससे दर्द घटेगा। रात को सोने से पहले इसे दोनों टाँगों से कई बार करें।
- स्ट्रैचिंग व्यायाम से, दर्द होने से पहले ही उसे रोका जा सकता है। सोने से पहले, दीवार से 2 फुट की दूरी पर खड़े हों। अपनी हथेलियाँ दीवार पर टिकाएँ। आगे की ओर झुकें। आपकी एड़ियाँ फर्श पर टिकी रहें। 10 सेकंड तक यही मुद्रा बनाए रखें। फिर 5 सेकंड आराम करें। इसे तीन बार दोहराएँ।
- अपने पैरों का फालतू भार घटाने के लिए

जब कुछ ठीक न लगे

कभी-कभी पेट में तेज दर्द, योनि के स्राव के रंग में बदलाव, पीठ या पेल्विक क्षेत्र में दर्द जैसा कोई भी लक्षण गंभीर लगे तो डॉक्टर को बुलाने में देर न करें। उन्हें अपने पिछले लक्षण भी बताएँ ताकि वे उन्हें इनके साथ जोड़ कर देख सकें। याद रखें कि आप ही अपने शरीर को सबसे बेहतर जानती हैं। सुनें कि ये आपसे क्या कहना चाहता है।

इन्हें ऊंचा करके बैठें दिन में स्पोर्ट होज़ पहनें। पैरों की लोच बनाए रखें।

- ठंडी जगह खड़े होने से भी इस जकड़न से आराम मिलता है।
- आप मालिश या सेंक की मदद भी ले सकती हैं लेकिन फ्लैक्सिंग या ठंडे फर्श से भी आराम न मिले तो मालिश या सेंक न आजमाएं।
- दिन में कम से कम आठ गिलास पानी अवश्य पीएँ।
- पूरी तरह से संतुलित आहार लें, जिसमें कैल्शियम व मैग्नीशियम की भरपूर मात्रा हो।

कई बार ज्यादा ऐंठन से मांसपेशियों में भी सूजन आ जाती है। उससे बिल्कुल न घबराएँ। यदि दर्द ज्यादा हो तो डॉक्टर को दिखाएँ। हो सकता है कि नस में खून का कतरा जम गया हो।

हीमरॉयड्स

"मुझे हीमरॉयड्स की शिकायत है। सुना है कि गर्भावस्था में इनकी हालत और भी खराब हो जाती है। मैं बचाव के लिए क्या कर सकती हूं?"

तकरीबन 50 प्रतिशत महिलाएँ इस तकलीफ को झेलती हैं। जिस तरह टाँगों में वैरीकोज़ वेन्स होने का डर रहता है। उसी तरह (मलाशय) रैक्टम की वेंस पर भी असर पड़ता है। गर्भाशय का बढ़ता दबाव पेल्विक क्षेत्र में रक्त के प्रकार की अधिकता से मलाशय की नसें सूज जाती हैं व उनमें हल्की खुजली होने लगती है। कब्ज हो सकती है या फिर पाइल्स हो सकती है, इसे पाइल्स इसलिए कहते हैं क्योंकि नसें; अंगूरों के पाइल की तरह हो जाती हैं।

सबसे पहले तो कब्ज से अपना बचाव करें–कीगल व्यायाम करें, लंबे घंटों तक खड़े होने पर बैठे रहने का काम न करें। टॉयलेट जाना हो तो उसे न टालें। स्टेप स्टूल पर बैठने से शौच में आसानी हो जाएगी।

हैज़ल पैक या आईस पैक से थोड़ी राहत मिल सकती है। गुनगुने पानी का स्नान भी आराम देगा। यदि बैठने से दर्द हो तो नीचे तकिया लगाएँ। कोई भी दवा लेने से पहले डॉक्टर से पूछें। दादी मां का नुस्खा न आजमाएँ। वे एक चमच्च मिनरल ऑयल लगाने को कहेंगी जिससे कई अनमोल पोषक तत्त्व पिछले दरवाजे से बाहर निकल जाएँगे।

जब भी इनसे रक्तस्राव हो तो अपने डॉक्टर की राय लें वैसे हेमोरायड्स डिलीवरी के बाद ठीक हो जाते हैं, ये इतने खतरनाक नहीं होते। वैसे ये डिलीवरी के बाद भी हो सकते हैं।

वक्षस्थल में गांठ

"मेरे वक्ष के एक कोने में हल्की सी गांठ है। यह क्या हो सकता है।"

हालांकि अभी शिशु को स्तनपान कराने में काफी समय है लेकिन वक्षस्थलों ने अपना काम शुरू कर दिया है। गर्भावस्था के इन दिनों में अगर लाल व नरम गांठें वक्ष पर दिखाई देती हैं। हल्के सेंक व मालिश से ये गांठें कुछ ही दिन में बैठ जाती हैं। विशेषज्ञ मानते हैं कि इन दिनों अंडरवायर ब्रा नहीं पहननी चाहिए लेकिन जो भी पहनें, उससे वक्षों को पूरा सहारा मिले।

याद रखें कि आपने गर्भावस्था में भी

वक्षों की मासिक जांच करानी है। हालांकि वक्ष में आने वाले बदलावों की वजह से यह जांच थोड़ी मुश्किल हो सकती है लेकिन इस गांठ को डॉक्टर को अवश्य दिखाएं।

बच्चे के जन्म से होने वाला दर्द

"मैं मां बनने को बेताब हूं लेकिन बच्चे के जन्म का अनुभव कैसा होगा। मुझे दर्द के बारे में सोचकर काफी चिंता होती है।"

अक्सर हर मां बड़ी बेताबी से शिशु के जन्म का इंतजार करती है लेकिन उन्हें लेबर, डिलीवरी व दर्द के नाम से ही घबराहट होने लगती है। वे इस दर्द के बारे में सोच-सोचकर परेशान रहती हैं। इसमें हैरानी की कोई बात नहीं हैं। जिसने कभी थोड़ा भी दर्द सहन न किया हो, यह दर्द उसके लिए हौव्वा बन सकता है।

यह भी याद रखें कि गर्भावस्था का दर्द जीवन की प्रक्रिया का एक हिस्सा है। सदियों से औरतें ही इसे सहती आई हैं और इस दर्द का एक सकारात्मक उद्देश्य होता है। इसी दर्द के बाद तो नन्हा शिशु आपकी बाँहों में आएगा। यह दर्द कुछ समय के लिए ही होता है। यह सारी जिंदगी आपके साथ नहीं रहने वाला। दर्द घटाने की दवा भी माँगने या चाहने पर ही दी जाती है। इस दर्द से न घबराएं। इसके लिए वास्तविक रूप से तैयार हों। अपने मन व शरीर दोनों को ही इस दर्द के लिए तैयार करें।

जानकारी लें :- दरअसल औरतों या महिलाओं को पता ही नहीं चल पाता कि उनके शरीर के साथ क्या हो रहा है इसलिए वे ज्यादा घबराती हैं। उन्हें बस इतना पता है कि उससे तकलीफ होती है, हमें जिसके बारे में पता न हो। यह बात हमें ज्यादा डराती है इसलिए इस बारे में ज्यादा से ज्यादा जानकारी पाने की भी कोशिश करें।

गर्भावस्था के बीच या बाद के दिनों में रक्तस्राव

दूसरी या तीसरी तिमाही में हल्का गुलाबी रक्तस्राव देख कर न घबराएं, यह अंदरूनी चेकअप या संभोग की वजह से हो सकता है। यदि इसके साथ तेज दर्द हो और ब्लीडिंग काफी तेज हो तो डॉक्टर के पास जाने में देर न करें। वे अल्ट्रासाउंड से सही स्थिति का पता लगा लेंगे।

प्रीक्लैम्पसिया का निदान

प्रीक्लैमपसिया यानी गर्भावस्था के दौरान 'हाइपरटेंशन' यह प्राय: 3 से 7 प्रतिशत गर्भवस्थाओं में होता है। यदि इसे सही समय पर पहचान कर इलाज हो सके तो कई जटिलताओं से बचा जा सकता है। इसके प्रारंम्भिक लक्षणों में अचानक वजन बढ़ना, हाथों-पैरों की सूजन, सिर दर्द , पेट दर्द या नजर धुंधलाना हो सकते हैं यदि ऐसा कोई लक्षण दिखे तो डॉक्टर को दिखाने में देर न करें। नियमित मेडिकल देखभाल आपको किसी भी रोग की जटिलता से बचा सकती है।

व्यायाम करें :- यह सारी प्रक्रिया शरीर से जुड़ी है इसलिए अपने डॉक्टर की सलाह से स्ट्रैचिंग व टोनिंग के सभी व्यायाम करती रहें ताकि शरीर की मजबूती व लोच, प्रसव व डिलीवरी के समय काम आ सकें। अपना कीगल व्यायाम भी करना न भूलें।

टीम बनाएँ :- किसी को अपना हमदर्द बनाएं। यह आपका कोई साथी, पति या रिश्तेदार हो सकता है। वे प्रसव के समय आपको सहारा देंगे ताकि आपका डर व तनाव दूर हो सके।

प्रसव से जुड़ा भय

''मुझे डर है कि मैं प्रसव के दौरान कोई गड़बड़ कर बैठूंगी।''

चूंकि अभी आप उन हालात में नहीं हैं इसलिए चीखने-चिल्लाने, रोने या फिर कुछ गड़बड़ करने की सोच से भी डर लगता है लेकिन एक बार प्रसव शुरू हो गया तो यह बात आपके दिमाग में भी नहीं आएगी। आपके कमरे में जो भी नर्स या सहायक होंगे, उन्होंने यह सब कुछ पहले देख रखा है। वे जानते हैं कि स्त्रियां इस अवस्था में कैसा व्यवहार करती हैं। यदि आप खुलकर अपने मन के भाव प्रकट करना चाहती हैं तो दिल खोलकर चीखिए लेकिन यदि आपको चुप रहकर तकलीफ झेलनी आती है तो जरूरी नहीं कि आप दूसरों की देखादेखी हाय-तौबा मचाएं।

■ ■ ■

अध्याय–12

सातवां महीना

लगभग 28 से 31 सप्ताह

तीसरी व आखिरी तिमाही में आपका स्वागत है! मानें या न मानें दौड़ में काफी आगे आ चुकी हैं। नन्हे से शिशु का बांहों में लेकर चूमने के लिए थोड़ा ही समय रह गया है! इन दिनों गर्भावस्था की तकलीफ व पेरशानियों के अलावा आपकी उत्तेजना व उत्सुकता भी अपनी चरम सीमा पर होगी, जिससे आपका बोझ कई गुना भारी लगने लगेगा।

गर्भावस्था के अंत का यह भी मतलब है कि प्रसव व डिलीवरी का समय नजदीक आ रहा है। आपने उसकी भी योजना बनानी है, तैयारी करनी है और उसके बारे में जानकारी लेनी है।

इस माह आपके शिशु का विकास

28 वां सप्ताह :- इस माह आपका प्यारा सा शिशु 2 1/2 पौंड का हो गया है और तकरीबन 10'' लंबा हो सकता है। इसके साथ ही उसने खांसना, चूसना, हिचकी लेना भी सीख लिया है। शिशु के सपनों में खो गईं। हो सकता है वह भी नन्हीं पलकें झपका कर मम्मा को सपने में देख रहा हो क्योंकि उसे भी अब रैम (रैपिड आई मूवमेंट) स्लीप आने लगी है हालांकि अभी यह जन्मदिन के लिए तैयार नहीं है। वैसे उसके फेफड़े पूरी तरह परिपक्व हो गए हैं। अभी भी बहुत से विकास होने बाकी हैं।

आपका 6 माह का बच्चा

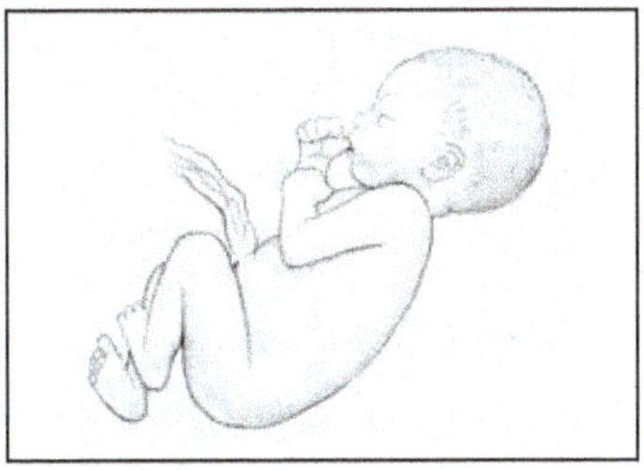

29वां सप्ताह :- इस समय आपका शिशु करीब 17'' लंबा और उसका वजन करीब 3 पौंड हो सकता है हालांकि उसकी लंबाई जन्म के लिए काफी हद तक तैयार है लेकिन अब भी कई काम बाकी हैं। दरअसल अगले 11 सप्ताह में शिशु का वजन दुगना या फिर तिगुना भी हो सकता है। यह सारा वजन उसके शरीर में जमा होने वाली वसा से आएगा। अब आपकी कोख काफी हद तक भरी-भरी महसूस होगी और किक की बजाए, घुटने या कोहनी चुभने का एहसास होगा।

30वां सप्ताह :-17'' इंच लंबा और 3 पौंड का प्यारा सा शिशु! वह दिन प्रतिदिन बढ़ रहा है आप अपने पेट के बाहर से इसका अंदाजा नहीं लगा सकतीं। उसका दिमाग भी बाहरी दुनिया में आने के लिए तैयार हो रहा है। उसके दिमाग के उत्तक धीरे-धीरे विकसित होंगे क्योंकि उसे जन्म लेकर घुटनों के बल रेंगना है, स्कूल जाना है और फिर एक परिपक्व मस्तिष्क वाला व्यक्ति बनना है। उसके शरीर का तापमान भी नियमित होने लगा है। उसके शरीर पर बाल उग गए हैं।

31वां सप्ताह:-हालांकि शिशु का वजन 3 से 5 पौंड के बीच है लेकिन अभी उसे डिलीवरी तक काफी वजन बढ़ाना है। इस सप्ताह उसका वजन 5 पौंड से भी अधिक हो सकता है। वह अपने जन्म की लंबाई तक बड़ी तेजी से बढ़ रहा है। उसके मस्तिष्क के संपर्क बनने लगे हैं। वह अपनी पांचों इंद्रियों के संकेत समझने लगा है। इन दिनों वह काफी हद तक रैम स्लीप में भी रहने लगा है। उसके किक मारने या हलचल करने के पैटर्न से भी आप काफी हद तक उसके सोने-जागने का पता लगा सकती हैं।

आप क्या महसूस कर रही होंगी?

हमेशा की तरह याद रखें कि हर गर्भावस्था और हर महिला अपने-आप में अनूठी होती है। हो सकता है कि आप एक साथ या फिर कभी-कभी इन लक्षणों को महसूस कर रही हों। कुछ लक्षण पिछले माह से चले आ रहे होंगे और कुछ नए होंगे। कुछ लक्षणों की इतनी आदी हो जाएँगी कि उन्हें पहचानना भी मुश्किल होगा। आपके लक्षण इनसे कुछ कम भी हो सकते हैं। इस माह आप निम्नलिखित लक्षण महसूस कर सकती हैं।

शारीरिक :-

- भ्रूण की पहले से ज्यादा गतिविधियाँ

बेबी ब्रेन फूड

क्या आप शिशु के मस्तिष्क को पोषण दे रही हैं? उसके दिमाग के विकास के लिए तीसरी तिमाही में ओमेगा-3 देना जरूरी है।

एक नजर

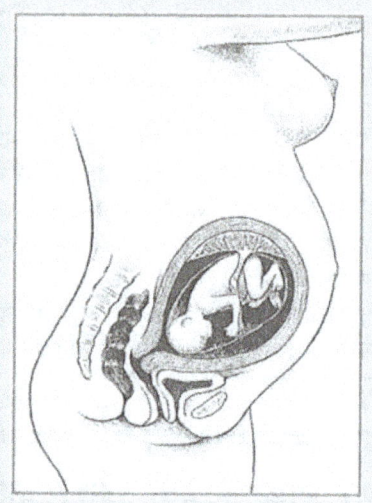

इस महीने की शुरूआत में गर्भाशय प्यूबिक बोन से करीब 11'' ऊपर होगा अगले महीने शिशु का सिर थोड़ा बड़ा हो जाएगा आप इसे नाभि से 4 1/2'' ऊपर महसूस कर पाएँगी। अभी इसने 8 से 10 सप्ताह तक और भी विस्तार पाना है, हैरान हो गईं न!

- योनि के स्राव में वृद्धि
- पेट के निचले हिस्से व दोनों ओर दर्द
- कब्ज
- छाती में जलन, अपच व अफारा
- सिर में दर्द, बेहोशी या सिर चकराना
- नाक बंद होना व नाक से खून आना, कान में गंदगी
- ब्रश करते समय मसूड़ों से खून आना
- टांगों में ऐंठन

- पीठ-दर्द
- टांगों के बैरीकोज़ वेंस ।
- हेमरॉयड्स
- पेट पर खुजली
- नाभि का उभार
- स्ट्रैच मार्क्स
- सांस लेने में तकलीफ
- नींद न आना
- गर्भाशय का संकुचन
- बेडौल
- छाती का फैलाव

भावनात्मक

- उत्तेजना में वृद्धि
- दिमाग खोया-खोया रहना
- अजीब व निराले स्वप्न
- उदासी या ऊब का बढ़ना
- यदि शारीरिक तौर पर फिट हैं तो संतुष्टि का भाव

इस माह का चेकअप

इस माह के चेकअप में दो नई बातें शामिल हो जाएँगी। तीसरी तिमाही की शुरूआत में आपके निम्नलिखित चेकअप हो सकते हैं। हालांकि यह काफी हद तक आपकी अवस्था या डॉक्टर की जांच शैली पर भी निर्भर करता है:

- वजन व रक्तचाप
- शुगर व प्रोटीन के लिए मूत्र की जाँच
- गर्भाशय की ऊंचाई
- गर्भाशय का आकार व स्थिति
- हाथों-पैरों की सूजन
- ग्लूकोज़ स्क्रीनिंग टेस्ट
- एनीमिया के लिए रक्त की जांच
- कुछ नए लक्षण, जो आप महसूस कर रही हों

आप क्या सोच रही होंगी?

थकान का लौटना

''पिछले कुछ महीनों में मेरी खोई ऊर्जा लौट आई थी लेकिन अब मैं दोबारा हारने लगी हूँ। क्या तीसरी तिमाही में इसी तरह थकान हावी रहेगी?''

गर्भावस्था तो उतार-चढ़ावों से भरी है। सिर्फ मूड ही नहीं, ऊर्जा स्तर के लिए भी यही बात कही जा सकती है। पहली तिमाही की थकान के बाद दूसरी तिमाही में अक्सर खोई ऊर्जा लौट आती है इसलिए आप दूसरी तिमाही में कुछ भी कर सकती हैं (कसरत! सेक्स! यात्रा!) लेकिन तीसरी तिमाही आते-आते ज्यादातर मम्मियां फिर से थकान की गिरफ्त में आने लगती हैं और सोफे पर पड़ने के सिवाय कोई उपाय नहीं बचता।

वैसे इसमें हैरानी वाली कोई बात नहीं है। हालांकि तीसरी तिमाही में थकान होना स्वभाविक है लेकिन इसके बावजूद और भी कई कारणों से आप थकती हैं। देखिए न, इस समय आपने कितना भार उठा रखा है। यही बढ़ा हुआ वजन आपकी थकान की वजह बन गया है। इसकी वजह : इन दिनों बढ़े हुए पेट की वजह से आप रात को गहरी नींद नहीं ले पा रही होंगी। आपके दिमाग में ढेर से कामों की लिस्ट (सामान, शिशु का नाम, डॉक्टर से पूछे जाने वाले प्रश्न वगैरह) घूमती रहती है और ऊर्जा का स्तर घटता चला जाता है। इसके अलावा दूसरे बच्चे को खिलाना-पिलाना, ऑफिस व घर की कई जिम्मवारियाँ दिमाग उलझाए रखती हैं। इन सबकी वजह से थकान दुगनी-चौगुनी हो जाती है।

लेकिन अक्सर तीसरी तिमाही के साथ थकान आती है, इसका मतलब यह नहीं कि आप तीन महीने काम से छुट्टी लेकर सोफे पर पसर जाएँगी। थकान तो एक संकेत है कि

आपका शरीर आराम चाहता है। अपनी तेजी से भागती जिंदगी को थोड़ा आराम दें। गैर जरूरी कामों को लिस्ट में से काट दें। अपनी दिनचर्या में कुछ शिथिलता तकनीकें शामिल करें। थोड़ी कसरत करें लेकिन वह आपके लिए उपयुक्त होनी चाहिए। 30 मिनट की चहलकदमी आपको ऊर्जा देगी लेकिन एक घंटे की चहलकदमी करेंगी तो दोबारा सोफे पर लेटना पड़ेगा। कसरत भी सही समय पर करें। यदि सोने से पहले कसरत करेंगी तो बची-खुची नींद भी भाग जाएगी क्योंकि शरीर को शांत होने में समय लगता है। खाली पेट न रहें अपनी ऊर्जा का स्तर बनाए रखने के लिए समय-समय पर पौष्टिक स्नैक्स लेती रहें जैसे-चीज व क्रैकर्स, ट्रेल मिक्स, योगर्ट व स्मूदीज़ या अपना मन पसंद स्नैक, कैफीन या चीनी की बजाए इससे आपको ज्यादा बेहतर ऊर्जा मिल सकती है।

वैसे तो तीसरी तिमाही की थकान के माध्यम से कुदरत संकेत देती है कि अब भावी माता को अपनी ऊर्जा का एक-एक कतरा संजोना होगा। प्रसव के लिए अपनी सारी ताकत बचाकर रखनी होगी और उसके बाद तो ताकत व ऊर्जा की और भी जरूरत पड़ेगी।

यदि अतिरिक्त आराम के बावजूद आपकी थकान नहीं घटती तो अपने डॉक्टर से मिलें। कभी-कभी एनीमिया के कारण भी तीसरी तिमाही में थकान रहने लगती है। इसी वजह से डॉक्टर सातवें महीने में रक्त की जांच भी करते हैं ताकि समय रहते एनीमिया का इलाज हो सके।

सूजन

"दिन के ढलते ही मेरे पैरों और टखनों में अक्सर सूजन आ जाती है। ऐसा क्यों होता है?"

इन दिनों सिर्फ आपका पेट ही नहीं फूल रहा है। गर्भवती मां को इसके अलावा और भी बहुत कुछ सहना पड़ता है। न केवल आपके जूते टाइट लगते होंगे बल्कि हाथों से अंगूठियाँ उतारना भी मुश्किल हो रहा होगा। गर्भावस्था में हाथों-पैरों व टखनों की सूजन एक आम बात है क्योंकि इन दिनों शरीर में द्रव्यों की मात्रा बढ़ जाती है। गर्भावस्था में तकरीबन 75 प्रतिशत महिलाएं कभी-न कभी सूजन की शिकायत करती हैं जबकि 25 महिलाओं को ऐसी कोई शिकायत नहीं होती। आपने ध्यान दिया होगा कि गर्म मौसम में, ज्यादा देर तक खड़े होने या बैठने से या फिर दिन के आखिर में यह सूजन काफी बढ़ जाती है। यदि कई घंटे आराम किया जाए या गहरी नींद ले ली जाए तो यह सूजन काफी हद तक घट सकती है।

अंगूठियाँ क्या करूँ?

आपके हाथों की अंगुलियाँ धीरे-धीरे सूज रही हैं। इनमें पहनी हुई अंगूठियाँ बाद में मुसीबत बन सकती हैं। इन्हें अभी से उतारने में परेशानी हो रही है तो इन्हें सुबह-सुबह अपने हाथ ठंडे करने के बाद उतारें व उतारते समय हाथों पर थोड़ा साबुन लगा लें।

आमतौर पर इस सूजन से हल्की-सी परेशानी होती है या फिर फैशन से समझौता करना पड़ता है। आप अपने स्टाइलिश शू नहीं पहन पातीं। यदि फिर भी आप इस सूजन से राहत पाने के कुछ उपाय जानना चाहती हैं तो इन्हें पढ़ें :

- यदि बहुत देर तक खड़ी रहकर काम किया है तो थोड़ी देर बैठ जाएं। यदि बहुत देर तक बैठकर काम किया है तो कुछ देर टहल लें। ऑफिस में हर थोड़ी देर बाद खड़ी हों। 5 मिनट की चहलकदमी से शरीर का रक्तसंचार सुचारु हो जाएगा।
- अपनी टाँगें ऊंची रखें। बैठते समय अपने पांव ऊंचे रख लें केवल आप ही हैं, जिसे बैठते समय टाँगें ऊंची रखने का पूरा हक है।
- अपनी एक साइड लेटकर आराम करें।

यदि आप अब तक ऐसे नहीं सोतीं तो इसकी आदत डाल लें। इससे किडनी पूरी गति से अपना काम करती रहेगी। व्यर्थ के द्रव्य शरीर से निकलते रहेंगे और सूजन घटेगी।

- इस समय आपने फैशन नहीं, शरीर का आराम पहले देखना है। ठीक है थोड़ी देर के लिए फैशन का साथ दें लेकिन घर आते ही आरामदेह स्लीपर्स पहन लें।
- यदि डॉक्टर ने हरी झंडी दे रखी है तो कसरत करती रहें, सूजन काफी हद तक घट जाएगी। चलने से रक्त संचार होता रहेगा। एक जगह रक्त जमेगा नहीं। तैराकी या पानी में एरोबिक्स भी फायदेमंद हो सकते हैं क्योंकि पानी से ऊतकों पर दबाव पड़ेगा, द्रव्य आपकी नसों से होते हुए किडनी तक जाएंगे और फिर आप उन्हें शरीर से बाहर निकाल पाएंगी।
- आप जितना पानी पीएँ, उतना ही बेहतर होगा। दिन में कम से कम 8 गिलास पानी पीने से शरीर के व्यर्थ पदार्थ बाहर निकलते रहेंगे द्रव्य या तरल पदार्थ की मात्रा घटाने से सूजन नहीं घटेगी।
- स्वाद के हिसाब से ही नमक का इस्तेमाल करें। कहते हैं कि नमक कम लेने से सूजन घटती है लेकिन अब पता चला है कि नमक कम लेने से भी सूजन बढ़ती है इसलिए नमक लें लेकिन सीमित मात्रा में....
- स्पोर्ट होज़ देखने में चाहे सेक्सी न लगे लेकिन इससे आपकी टांगों को सहारा मिलता है। गर्भावस्था में पहनने के लिए कई तरह के होज़ मिलते हैं। आप अपनी पसंद के हिसाब से कुछ भी चुन सकती हैं।

सूजन के बारे में अच्छी बात यह है कि यह अस्थायी होती है। डिलीवरी के बाद आपके हाथों-पैरों की सूजन उतर जाएगी। कई महिलाओं में यह सूजन उतरने में एक सप्ताह या फिर पूरा महीना भी लग सकता है तब तक तो इसका ही आनंद लें क्योंकि पेट बढ़ा होने की वजह से आपको पैरों की सूजन दिखाई ही नहीं देगी।

यदि आपकी सूजन सामान्य से कुछ ज्यादा लग रही है तो अपने डॉक्टर को दिखाएं। जरूरत से ज्यादा सूजन 'प्रीक्लैंपसिया' की वजह से भी हो सकती है लेकिन इसके साथ अचानक वजन बढ़ना, रक्तचाप बढ़ना या मूत्र में प्रोटीन बढ़ने जैसे लक्षण भी होते हैं। डॉक्टर हर बार इन लक्षणों की जांच करते हैं। इसलिए इनकी चिंता न करें। यदि सूजन के साथ वजन काफी बढ़ जाए, सिर में दर्द होने लगे या फिर नजर कमजोर लगे तो डॉक्टर के पास जाने में देर न करें।

त्वचा पर उभार (गूमड़)

"हालांकि ये स्ट्रैच मार्क्स अब तक इतने भद्दे तो नहीं लगते थे लेकिन अब इन स्ट्रैच मार्क्स पर कुछ गूमड़ से भी उभर आए हैं, ये क्या हैं?

खुश हो जाएं, डिलीवरी में तीन महीने से भी कम समय रह गया है। आप बड़ी आसानी से इन सब बेहूदे और भद्दे लक्षणों को अलविदा कह पाएंगी। तब तक इतना जान लें कि ये आपके व आपके शिशु के लिए खतरनाक नहीं हैं। इसे मेडिकल भाषा में पॉलीमॉर्फिक ईप्शन ऑफ प्रेगेनेंसी कहते हैं। डिलीवरी के बाद ये ठीक हो जाते हैं और आने वाली दूसरी गर्भावस्था में प्रकट नहीं होते वैसे तो ये पेट के स्ट्रैच मार्क्स पर उभरते हैं। लेकिन कभी-कभी जांघों, नितंबों या बाजुओं पर भी दिखाई देते हैं। डॉक्टर को दिखाएं वे कोई दवा, एंटीहिस्टेमाइन या इन्हें घटाने का तरीका बताएंगे।

गर्भावस्था में त्वचा पर किसी भी तरह की प्रतिक्रिया दिखाई दे सकती है। किसी भी तरह के लक्षण सामने आ सकते हैं। हालांकि आपको इन्हें डॉक्टर को जरूर दिखाना चाहिए लेकिन इन्हें इतनी गंभीरता से नहीं लेना चाहिए।

पीठ के निचले हिस्से व टांग में दर्द (शियाटिका)

"मेरी पीठ के निचले हिस्से व नितंबों से होते हुए टांग में दर्द हो रहा है। यह क्या है?

ऐसा लगता है कि आपके शरीर की शियाटिका नस दब रही है। अब आपका शिशु डिलीवरी के लिए सही स्थिति में आ रहा है। इस प्रक्रिया में उसका सिर व बढ़ा हुआ गर्भाशय शियाटिका नस पर भार डाल रहे हैं। इसी शियाटिका की वजह से आपकी पीठ के निचले हिस्से व नितंबों से होते हुए टांग तक तेज, हल्का, तीखा दर्द जा रहा है या सुन्न होने का आभास हो रहा है।

शियाटिका का दर्द काफी तेज होता है। यदि शिशु अपनी स्थिति बदल लें तो थोड़ा आराम आ सकता है। यह डिलीवरी तक भी चल सकता है या फिर डिलीवरी के बाद भी कुछ समय तक रह सकता है।

आप शियाटिका से राहत पाने के लिए निम्नलिखित उपाय आजमा सकती हैं :

- जब भी मौका मिले, थोड़ा आराम करें। लेटने से भी टांग को आराम मिलता है, बशर्ते आपको आरामदायक मुद्रा मिल जाए।
- टाँग की सिंकाई करें। हीटिंग पैड से दर्द में राहत मिलती है। हल्के गर्म पानी का सेंक भी कर सकती हैं।
- पेल्विक टिल्ट या स्ट्रैच व्यायाम से दवाब थोड़ा घट जाएगा।
- तैराकी और पानी के व्यायाम, शियाटिका के दर्द को घटाने का बढ़िया उपाय है। इससे पीठ की मांसपेशियों में खिंचाव और मजबूती आती है और शियाटिका के दर्द से राहत मिलती है।
- कोई वैकल्पिक उपचार अपनाएं। एक्यूपंचर, कीरोप्रेक्टिक या मालिश वगैरह से थोड़ा आराम आ सकता है।

यदि दर्द सचमुच बरदाशत के बाहर हो तो डॉक्टर को दिखा कर कोई दवा लें।

पैरों में बेचैनी का लक्षण

"मैं रात को थकान के बावजूद सो नहीं पाती क्योंकि मेरी टांगों में बड़ी बेचैनी रहती है। मैं टाँगों की ऐंठन मिटाने के सभी उपाय आजमा चुकी हूं और मैं क्या कर सकती हूँ?"

आखिरी तिमाही में अक्सर रैस्टलैस लेग सिंड्रोम भी आपके व अच्छी नींद के बीच रुकावट बन जाता है। टाँगों में बेचैनी, छटपटाहट और अजीब सी व्याकुलता का एहसास होता रहता है। वैसे तो यह अक्सर रात को होता रहता है लेकिन दोपहर को लेटते समय भी यह शिकायत हो सकती है।

विशेषज्ञ नहीं कह पाते कि गर्भवती स्त्रियों में पैरों में बेचैनी का लक्षण क्यों होता है। शायद इसका कोई जेनेटिक कारण होता हो। उन्हें इसके इलाज के बारे में भी कुछ खास पता नहीं है। टाँगों की ऐंठन मिटाने के सभी उपाय यहाँ फेल हो जाते हैं। दवा भी सुरक्षित नहीं है क्योंकि पैरों में बेचैनी की सभी दवाएं गर्भावस्था में जांची नहीं गई हैं। इसके बारे में आप पहले अपने डॉक्टर की राय लें।

हो सकता है कि तनाव, आहार व पर्यावरण के दूसरे कारकों की वजह से समस्या बढ़ रही हो। अपने खान-पान और जीवनशैली की आदतों पर ध्यान दें। कुछ महिलाएं यदि रात को कार्बोहाइड्रेट लेती हैं तो पैरों में बेचैनी की समस्या बढ़ जाती है। कई बार आयरन की कमी से होने वाले एनीमिया की वजह से भी पैरों में बेचैनी हो जाती है। अपने डॉक्टर से पूछ कर ही कोई भी उपाय करें। योगा, एक्यूपंचर व ध्यान आदि से थोड़ी-बहुत राहत मिल सकती है। अगर आप नींद के मामले में भी

बदकिस्मत हैं तो शायद आपको डिलीवरी तक पैरों में बेचैनी का सामना करना ही पड़ेगा। यह भी हो सकता है कि आप डिलीवरी के बाद भी दवा न ले पाएं क्योंकि उस समय आप शिशु को स्तनपान करा रही होंगी।

शिशु की हिचकियाँ

''कभी-कभी मुझे पेट में हल्का सा झटका महसूस होता है। यह किक है या फिर कुछ और?''

मानें या न मानें, पेट में भी नन्हा भ्रूण हिचकियाँ लेता है। कइयों को दिन में काफी देर तक हिचकियाँ आती हैं तो, कुछ शिशुओं को बिल्कुल ही नहीं आतीं जन्म के बाद ही यही ढांचा बना रहता है।

आपको अभी से हिचकी रोकने के उपाय आजमाने की जरूरत नहीं है क्योंकि इससे आपके गर्भस्थ शिशु को कोई तकलीफ नहीं हो रही। अभी तो आप पेट में होने वाले इस मनोरंजन का मजा लें।

अचानक गिरना

''जब मैं घर से बाहर थी तो अचानक गिर पड़ी और मेरा पेट फुटपाथ से टकराया। क्या इससे शिशु को चोट पहुँच सकती है?''

तीसरी तिमाही में अक्सर ऐसा होता है कि आप अपना संतुलन नहीं रख सकतीं। आपका पेट बढ़ने से गुरुत्वाकर्षण का केन्द्र बदल जाता है। जोड़ इतने मजबूत नहीं रहते इसलिए आपको गिरने में, खासतौर पर पेट के बल गिरने में देर नहीं लगती। आपके हाथ से सामान छूट-छूट कर गिरने लगता है। आप दिन में भी सपने देखती हैं और पेट के नीचे अपने पांवों को नहीं देख पातीं, नतीजन कहीं भी गिरने का डर बना रहता है।

आपका शिशु पूरी तरह से गर्भ में सुरक्षित है। आपके हल्के झटके या खरोंचे उसका कुछ नहीं बिगाड़ सकते वह शॉक एब्सार्बशन सिस्टम में सुरक्षित है जो कि एम्नियोटिक द्रव्य, कठोर मैम्ब्रेन, इलास्टिक, मांसपेशियों के गर्भाशय और पेट की कैविटी से मिलकर बना है। यदि आप गंभीर रूप से घायल होती हैं, तभी शिशु को चोट पहुंच सकती है और आपको अस्पताल जाना पड़ सकता है। यदि आप चिंतित हैं तो डॉक्टर से मिलकर अपनी तसल्ली कर लें।

ऑर्गेज्म और बेबी की लातें

''मेरे आर्गेज्म के बाद शिशु अक्सर आधे घंटे तक लातें चलाना बंद कर देता है, क्या इसका मतलब है कि इस समय सेक्स सुरक्षित नहीं है?''

आप जो भी करेंगी, शिशु इन दिनों आपके साथ रहेगा। जब सेक्स की बात आती है तो इस दौरान शिशु को नींद आ जाती है। सेक्स के दौरान रॉकिंग गति और ऑर्गेज्म से गर्भाशय में होने वाले संकुचन से वह सपनों की दुनिया में पहुँच जाता है। वहीं दूसरी ओर कुछ शिशु ऐसे भी हैं, जो इस प्रक्रिया के बाद और भी सक्रिय हो जाते हैं इस प्रतिक्रिया का यह मतलब बिल्कुल नहीं है कि सेक्स सुरक्षित नहीं है। ऐसा भी नहीं कि शिशु को पता चल रहा है कि आप दोनों के बीच क्या चल रहा है। वह तो इस समय बड़े मजे से अंधेरे में है।

यदि डॉक्टर ने मना नहीं किया तो बड़े आराम से डिलीवरी तक सेक्स कर सकती है। क्योंकि आने वाले समय में आपको ऐसे मौके जल्दी नहीं मिलेंगे।

सपने व कल्पनाएं

''मुझे शिशु के बारे में दिन-रात अजीब-अजीब से सपने आते रहते हैं। क्या मेरा दिमाग खराब हो रहा है?''

गर्भावस्था में अक्सर अच्छे-बुरे सपने आते ही रहते हैं। कभी आपको लगता है कि आपने शिशु को बस में अकेला छोड़ दिया, कभी लगता है कि आप उसे पार्क में घुमा रही हैं तो कभी लगता है कि आपने पूंछ वाले एलियन को जन्म दिया है। ये सभी सपने इन दिनों पूरी तरह से सामान्य हैं। हाँ, आपको ऐसा लग सकता है कि आपका दिमाग खराब हो गया। इस समय आपका अवेचतन मन शिशु के लिए तरह-तरह की चिंता, उत्तेजना, कुंठा, उत्साह व सुरक्षा आदि भावों से भरा है। आप चाह कर भी इन सभी भावों को प्रकट नहीं कर पातीं और रात को सपनों के माध्यम से वे भाव प्रकट होते हैं।

इसमें हार्मोन का भी पूरा-पूरा हाथ होता है यदि आपकी नींद गहरी न हो तो उठने पर भी आपको वे सपने याद रहते हैं। चूंकि आप रात को जरूरत से ज्यादा उठ रही हैं तो पूरी उम्मीद है कि आप रैम ड्रीम साइकिल के बीच भी उठती होंगी इसलिए वे सपने आपको पूरी तरह से याद भी रहते हैं।

गर्भावस्था में अक्सर महिलाएं निम्नलिखित सपने व फैंटेसी देखती हैं–

- ओह! सपने। कोई चीज़ खोने या गलत जगह रखने का सपना (कार की चाबी से लेकर शिशु तक); बच्चे को खिलाना भूल गई; डॉक्टर के पास जाना भूल गई, बाजार चली गई और बच्चा घर में अकेला रह गया, शिशु को संभालने के लिए पूरी तरह से तैयार न होना।
- ओह! सपने, हमलावर, गुंडे या जानवर–हमला करके चोट पहुँचा रहे हैं; आप धक्का खाकर गिर गई हैं।
- बचाओ! सपने, किसी कार, छोटे कमरे, सुरंग में फंसने का डर; किसी तालाब में डूबा, नन्हें शिशु के आ जाने के बाद जिंदगी का बंध जाना।
- अरे नहीं, सपने! वजन नहीं बढ़ रहा या रातों-रात वजन बढ़ गया; कुछ नहीं खाया या जरूरत से ज्यादा खा लिया।
- ऊँह, सपने! आप अपने साथी को पसंद नहीं आतीं, वह किसी और से बात करता है। आपको डर है कि गर्भावस्था वाली यह फिगर सारी जिंदगी ऐसी ही रहेगी और आप कभी आकर्षक नहीं लग पाएँगी।
- सेक्सुअल सपने–संभोग के सकारात्मक या नकारात्मक सपने, गर्भावस्था में सेक्स के प्रति भ्रामक धारणा की वजह से ऐसा होता है।
- मरने या पुनर्जन्म के सपने, माँ-बाप या रिश्तेदार की मृत्यु; शायद मन नई पुरानी पीढ़ी के बीच संबंध बनाना चाह रहा है।
- शिशु के साथ समय बिताने के सपने यानी आप डिलीवरी से पहले ही स्वयं को पेरेंटिंग के लिए तैयार कर रही हैं।
- बेबी के बारे में तरह-तरह की कल्पनाएँ। वह छोटा-बड़ा या टेढ़ा पैदा होगा, इससे आपकी उसकी सेहत के लिए चिंता झलकती है बच्चे में जन्मजात प्रतिभा है। उठते ही बोलने या चलने लगेगा। इससे पता चलता है कि आप इसके बौद्धिक भविष्य के लिए चिंतित हैं। इसी तरह आपको सपना आ सकता है कि शिशु की आंखें और बाल मम्मी-पापा, दोनों में किसी एक जैसे हैं। शिशु के बारे में आने वाले डरावने सपने इस बात का संकेत हैं कि आप अभी नवजात को संभालने में डरती हैं।

  प्रसव से जुड़े सपने भी आ सकते हैं, जैसे आप शिशु को जन्म नहीं दे पा रहीं। इससे शिशु के प्रति आपकी चिंता झलकती है।

सपने जरूर देखें लेकिन इनके पीछे अपनी नींद खराब न करें। वे छाती में जलन या स्ट्रैच मार्क्स की तरह बिल्कुल सामान्य हैं। याद रखें कि सिर्फ आप ही ऐसे सपने नहीं देख रहीं शिशु के भावी पिता भी ऐसे सपने देखते हैं, वहाँ तो हम हार्मोन को भी दोषी नहीं ठहरा सकते। यदि आप दोनों अपने सपने एक-दूसरे को सुना सकें तो एक-दूसरे के और पास आने में मदद मिलेगी।

सब कुछ संभालना

"मुझे चिंता होने लगी है कि मैं घर, नौकरी, शादी और फिर शिशु सब कैसे संभाल पाऊँगी?"

यह याद रखें कि आप सब कुछ एक साथ नहीं संभाल सकतीं बस इतना याद रखें कि जो भी करें, अच्छे तरीके से करें। आप सुपर मॉम नहीं बन सकतीं बस एक अच्छा इंसान बनने की कोशिश करें। हर नई मां चाहती है कि घर साफ-सुथरा हो, शिशु की परवरिश अच्छी तरह से हो, मैले कपड़ों का ढेर न बने, घर में स्वादिष्ट खाना पकता रहे और वह साथी के लिए सेक्सी बनी रहे लेकिन यह सब सिर्फ कहना आसान है क्योंकि यह सब एक साथ हो पाना संभव नहीं है।

आप अपने नए जीवन को किस रूप में लेंगी यह इसी बात पर निर्भर करता है कि आप कितनी जल्दी इस हकीकत को जान लेती हैं।

चुनौतियाँ सामने आने से पहले ही इस हकीकत को समझ लेंगी तो बेहतर होगा।

कपड़े धोने वाली रख सकती हैं। यदि आप कुछ समय के लिए नौकरी छोड़ सकती हैं या घर से ही काम कर सकती हैं तो आप उस हिसाब से भी अपनी प्राथमिकता तय कर सकती हैं।

प्राथमिकताएँ तय करने के बाद ऐसी उम्मीदें न करें जो बिल्कुल भी वास्तविक न हों। किसी भी अनुभवी मां से पूछें, उसे देर-सबेर पता चल ही जाता है कि वह संपूर्ण नहीं है, वह अकेले सब कुछ नहीं संभाल सकती। यदि आपने भी ऐसा ही करने की कोशिश की तो आखिर में तनाव के सिवा कुछ हाथ नहीं आएगा। कुछ ऐसे पल भी आएँगे जब आपको लगेगा कि सब बेकार है बिस्तर संभला नहीं होगा, मैले कपड़ों से टोकरी भर जाएगी, सेक्सी दिखने का मतलब यह होगा कि पहले आपको तेल वाले बाल धोने होंगे। इतने ऊंचे स्तर बनाएँगी तो उन तक पहुँचना मुश्किल ही नहीं नामुमकिन हो

कुछ खास तैयारी

हालांकि शिशु डिलीवरी के लिए तैयार नहीं है लेकिन आपको तो अपना शरीर तैयार करना है। पेल्विक की मांसपेशियाँ ही गर्भाशय व मूत्राशय आदि अंगो को सहारा देती हैं। इन्हें इसी तरह बनाया गया है कि शिशु बाहर आ सके। यही मांसपेशियाँ हंसते या खांसते समय मूत्र का रिसाव भी रोकती हैं। यही मांसपेशियाँ आपकी यौन संतुष्टि का भी माध्यम बनती हैं। कीगल व्यायामों की मदद से आप बड़ी आसानी से इन मांसपेशियों का व्यायाम कर सकती हैं। दिन में तीन बार कीगल व्यायाम दीर्घकालीन व अल्पकालीन लाभ देते हैं। गर्भावस्था व उसके बाद वाली परेशानियाँ भी आसानी से दूर हो जाती हैं। प्रसव के बाद योनि को सही आकार में आने में भी

समय नहीं लगता।

आपके योनि व गुदा के आसपास की मांसपेशियों को इस तरह सिकोड़ें मानो आप मूत्र का प्रवाह रोक रही हों। 10 सेकंड तक रुकें, फिर इन्हें ढीला छोड़ दें। कीगल करते समय आपका पूरा ध्यान इसी हिस्से की मांसपेशियों पर होना चाहिए। यदि पेट जांघों व नितंबों की मांसपेशियां सिकुड़ती हैं तो इसका मतलब कि आप पूरी तरह केंद्रित नहीं हो पा रहीं। आप दुकान में खरीददारी करते समय या किसी लाइन में इंतजार करते समय भी यही व्यायाम कर सकती हैं। इससे पेल्विक फ्लोर की मांसपेशियाँ मजबूत होंगी। इसे सेक्स के दौरान भी करें। एक नया ही आनंद आएगा।

जाएगा।

हर सफल मम्मा के पीछे एक पापा होते हैं। वे घर के काम में हाथ बंटाते हैं। रात को शिशु के साथ जागते हैं यदि वे व्यस्त हों तो आप परिवार के किसी अन्य सदस्य या सहेली की मदद ले सकती हैं।

ग्लूकोज़ स्क्रीनिंग टेस्ट

"डॉक्टर ने कहा है कि मुझे गैस्टेशनल डायबिटीज की जांच के लिए ग्लूकोज स्क्रीनिंग टेस्ट करवाना होगा। मुझे इसकी जरूरत क्यों है और इस टेस्ट में क्या होगा?"

इससे घबराएँ नहीं। अधिकतर डॉक्टर 24 से 28 सप्ताह के बीच मोटी गर्भवती महिलाओं या मधुमेह का पारिवारिक इतिहास रखने वाली महिलाओं को इस टेस्ट की सलाह देते हैं।

यदि आप मीठे की शौकीन हैं, तब तो यह आपके लिए और भी आसान होगा। आपको मीठा ग्लूकोज़ ड्रिंक पीना होगा, जिसका स्वाद आरेंज सोडे जैसा होता है। इसे पीने से कोई नुकसान नहीं होगा यदि आप मीठे की शौकीन नहीं हैं तो हल्की उबकाई आ सकती है। यदि आप टेस्ट के हिसाब से पर्याप्त मात्रा में इंसुलिन नहीं बना रहीं तो आपको 'ग्लूकोज टॉलरेंस टेस्ट' कराना पड़ेगा। इसमें गैस्टैशनल मधुमेह की जांच होती है।

यह अक्सर 4 से 7 प्रतिशत गर्भवती महिलाओं को होता है और कई तरह की जटिलताएँ पैदा हो जाती हैं। वैसे आहार, व्यायाम व जीवनशैली से काफी हद तक बचाव हो सकता है। जरूरत पड़ने पर दवा दी जा सकती है।

कम वजन वाला शिशु

"मैं कम वजन वाले शिशु जन्म के बारे में कई जगह पढ़ चुकी हूँ। क्या मैं इससे बचाव के लिए कुछ कर सकती हूँ?

कम वजन वाले शिशुओं के जन्म वाले कुछ मामलों का बचाव किया जा सकता है। वैसे तो अगर आप यह किताब पढ़ रही हैं तो आप पहले से ही यह काम कर रही हैं। आमतौर पर मदिरा, तंबाकू या ड्रग्स लेने वाली

समय से पूर्व प्रसव के संकेत

वैसे तो शिशु के पहले जन्म लेने के आसार कम ही हैं लेकिन हर माँ बनने वाली महिला को समय से पूर्व प्रसव के संकेत पता होने चाहिए। पहले पता लगने से कई तरह की उलझनों से बचा जा सकता है। माना कि आपको इसकी जरूरत नहीं होगी लेकिन आपको इसके बारे में पता होना चाहिए। यदि 37 सप्ताह से पहले निम्नलिखित में से कोई लक्षण उभरे तो डॉक्टर को फोन करें।

1. डायरिया, उल्टी या अपच के बिना लगातार पेट में ऐंठन।
2. हर दस मिनट बाद दर्दनाक संकुचन। "ब्रेक्सन हिक्स कंट्रैक्शन" के साथ उन्हें न जोड़ें।
3. पीठ के निचले हिस्से में लगातार दर्द महसूस होना।
4. योनि स्राव में बदलाव, यदि यह गुलाबी या भूरे रक्त के साथ हो
5. पेल्विक एरिया में दर्द या दबाव
6. योनि से लगातार रिसाव

याद रखें कि इनमें से कुछ ही लक्षण उभर सकते हैं, सभी नहीं। ऐसा कोई लक्षण सामने आते ही डॉक्टर को दिखाने में देर न करें। सुरक्षा को हमेशा ध्यान में रखना चाहिए। यह गर्भावस्था का पहला नियम है।

महिलाओं में बच्चों का वजन जन्म से ही कम होता है। भावनात्मक तनाव, कुपोषण, प्रसव पूर्व देखभाल में कमी जैसे कारकों का उपाय किया जा सकता है। इसके अलावा अगर माँ लम्बे समय से बीमार हो तो डॉक्टर की सलाह से भी बात बन सकती है। कई बार 'समय से पहले प्रसव' को भी रोका जा सकता है।
कई शिशु बिना किसी वजह के, जन्म से ही छोटे होते हैं, जिसका कोई उपाय नहीं है।

अगर माँ का वजन भी जन्म के समय कम रहा हो, जैसे प्लेसेंटा में कमी या 'जनेटिक डिसऑर्डर'। नौ महीने से कम की गर्भावस्था भी एक कारण हो सकती है लेकिन ऐसे मामलों में भी अच्छे आहार व प्रसव पूर्व देखभाल से शिशु का वजन बढ़ाया जा सकता है। यदि शिशु छोटा भी हो तो मेडिकल केयर उसे बचाने व स्वस्थ होकर फलने-फूलने में मदद करती है।

यदि आप इस बारे में खासतौर पर चिंतित हैं तो अपने डॉक्टर से संपर्क करें। वे अल्ट्रासाउंड देख कर बता देंगे कि भ्रूण सामान्य गति से बढ़ रहा है या नहीं। यदि उसका विकास पूरा नहीं हो रहा तो उसके लिए संभावित कदम उठाए जाएंगे।

प्रसव के समय दर्द घटाना

आपको इसका सामना करना ही होगा। वे तकरीबन 15 घंटे जो 'प्रसव' कहलाते कि आपको पार्क में सैर करने जैसे नहीं हैं। प्रसव और डिलीवरी अपने-आप में कड़ी मेहनत का काम है। बच्चे के जन्म के समय आपके गर्भाशय में बार-बार संकुचन होता है ताकि आपके सर्विक्स (गर्भाशय के मुख) व योनि मार्ग से शिशु बाहर आ सके। जी हाँ, यह वही वैजाइना है जिसे आप एक टैंपून के लिए भी छोटा समझती थीं। एक बात और भी है कि इस दर्द का एक सकारात्मक पहलू होता है। यह आपके शिशु को आपकी बाँहों तक पहुँचाता है।

यदि आपका ऑप्रेशन नहीं हो रहा और आपने लेबर पेन झेलना है तो इसे घटाने की भी कई तकनीकें हो सकती हैं। आप मेडिसिन या नॉनमेडीसिनल, किसी भी तरीके से दर्द घटाने का उपाय खोज सकती हैं या फिर इन दोनों का मेल भी चुना जा सकता है। आप बिना किसी दवा के प्रसव करवा सकती हैं या फिर एक्यूपंचर, एक्यूप्रेशर या सम्मोहन जैसी वैकल्पिक चिकित्सा पद्धति भी चुन सकती हैं या आप किसी दर्द निवारक दवा की मदद से शिशु को जन्म दे सकती हैं इस तरह आपको कोई दर्द महसूस नहीं होगा और आप पूरी प्रक्रिया में जागती रहेंगी।

आप कौन सा विकल्प अपनाना चाहेंगी? आपको इन सबकी जानकारी लेनी होगी। इसके बारे में अपने डॉक्टर की सलाह लें। 'प्रसव' की प्रक्रिया से गुजरी सहेलियों से पूछें। फिर इसके बाद सोचें कि आपके लिए सही विकल्प क्या हो सकता है। क्या आप एक ही तकनीक अपनाना चाहेंगी या फिर कई तकनीकों का मेल सूट करेगा। इन सबके अलावा शरीर की लोच बनाए रखना न भूलें। इसकी तो वहाँ सबसे ज्यादा जरूरत होगी। यदि डॉक्टर की ओर से आपको सामान्य प्रसव के संकेत मिले हैं तब तो आप अपनी मर्जी से कोई भी विकल्प चुन सकती हैं।

दवाएं व दर्द

यदि दर्द निवारक दवा की बात करें तो प्रसव के दौरान ऐसी कई दवाएँ ली जा सकती हैं। इसमें एनस्थेटिक (दर्द महसूस नहीं होगा व नींद आ जाएगी।,एनालजैसिक (दर्द निवारक), एट्रैक्ज़िस, (टैंक्विलाइजर्स) शामिल होते हैं। आप स्वयं चुन सकती हैं कि इनमें से कौन सा तरीका आपके लिए आरामदेह रहेगा। यदि आपकी कोई मेडिकल हिस्ट्री या वर्तमान अवस्था थोड़ी अलग है तो आपका चुनाव सीमित हो सकता है।

आपको यह भी देखना होगा कि कोई दवा दर्द को किस हद तक घटाएगी या आप पर उसका क्या असर होगा क्योंकि अलग-अलग दवाएँ, लोगों पर अलग-अलग असर डालती

हैं। यह भी हो सकता है कि जो दवा आपने चुनी हो, वह उस समय न मिल पाए और आपको कोई दूसरी दवा दे दी जाए। हालांकि दर्द की दवाएँ उसी रूप में दी जाती हैं, जैसा आप व आपके डॉक्टर चाहते हैं।

यहां लेबर व दर्द के लिए खास दवाओं के बारे में बताया जा रहा है।

एपीड्यूलरल :- दो-तिहाई गर्भवती महिलाएँ अस्पतालों में दर्द घटाने के लिए इसी दवा का इस्तेमाल करती हैं इसकी लोकप्रियता की एक वजह यह भी है कि इसकी अधिक मात्रा की जरूरत नहीं पड़ती। शरीर के निचले हिस्से में लोकल पेन रिलीफ दिया जाता है। इस तरह आप पूरी तरह जागती रहती हैं और शिशु जन्म के बाद उसका स्वागत करने को तैयार रहती हैं। इसे दूसरी दवाओं के मुकाबले शिशु के लिए भी सुरक्षित माना जाता है क्योंकि इसका इंजेक्शन रीढ़ की हड्डी में लगता है। यह दवा दूसरी दवाओं की तरह आपके रक्तप्रवाह में नहीं मिलती। यह आपको उसी समय दी जा सकती है, जब आप चाहें। अध्ययनों से पता चला है कि इससे ऑप्रेशन में खतरा भी नहीं बढ़ता और लेबर की प्रक्रिया भी धीमी नहीं पड़ती। यदि लेबर की प्रक्रिया धीमी पड़ भी जाए तो डॉक्टर आपको पीटोसिन हार्मोन दे सकते हैं ताकि प्रसव अपनी गति में आ जाए।

एपीड्यूरल के दौरान आप क्या उम्मीद कर सकती हैं :-

- एपीड्यूरल देने से पहले, आई.वी. चालू की जाती है ताकि आपका ब्लडप्रेशर कम न हो जाए।
- कुछ अस्पतालों में, ब्लैडर में कैथेटर डाल दिया जाता है ताकि उस प्रक्रिया के दौरान मूत्र किया जा सके। दवा की वजह से मूत्र रुक सकता है। कई अस्पतालों में जरूरत पड़ने पर कैथेटर का इस्तेमाल होता है।
- आपकी पीठ के बीच वाले व निचले हिस्से पर एंटिसैप्टिक लोशन लगाया जाता है और पीठ के उस हिस्से को लोकल एनस्थीसिया से सुन्न कर देते हैं। सुन्न हिस्से में से एक बड़ी सुई रीढ़ की हड्डी के एपीड्यूरल वाली जगह में डाली जाती है। ऐसा तब किया जाता है जब आप एक ओर करवट लेकर लेटती हैं या किसी की मदद से मेज पर झुकी होती हैं। कइयों को सुई चुभने का दर्द महसूस होता है यदि आप किस्मत वाली हैं तो ज्यादातर महिलाओं की तरह आपको कुछ भी महसूस नहीं होगा। प्रसव के दर्द के मुकाबले तो सुई का दर्द कुछ भी नहीं है।
- सुई निकाल कर वहाँ एक पतली कैथेटर ट्यूब डाल दी जाती है यह टयूब पीठ पर टेप से चिपका दी जाती है ताकि आप हिल-डुल सकें। पहली खुराक देने के 3 से 5 मिनट के भीतर ही गर्भाशय के स्नायु सुन्न होने लगते हैं। 10 मिनट बाद पूरा आराम आ जाता है। दवा से शरीर का पूरा निचला हिस्सा सुन्न हो जाता है और आप कांट्रैक्शन (संकुचन) महसूस नहीं कर पातीं।
- आपका ब्लॅड प्रेशर लगातार जांचा जाता है।
- कई बार एपीड्यूल की वजह से भ्रूण के दिल की धड़कन धीमी पड़ जाती है इसके लिए भ्रूण पर भी लगातार नजर रखी जाती है। हालांकि इससे आपके हिलने-डुलने में बाधा आती है लेकिन डॉक्टर को आप दोनों व संकुचन पर नजर रखने में आसानी होती है।

खुशी की बात यह है कि इस प्रक्रिया के साइड इफेक्ट काफी कम होते हैं। हालांकि कई महिलाओं को शरीर का एक हिस्सा ही सुन्न महसूस होता है। यदि बैक लेबर का मामला हो तो ये पूरी तरह से दर्द पर काबू नहीं कर पाते।

स्पाइनल एपीड्यूरल :-यह भी पारंपरिक

एपीड्यूरल की तरह ही दर्द-निवारक का काम करता है लेकिन इसमें दवा की थोड़ी खुराक ली जाती है। हर जगह यह सुविधा भी नहीं मिलती, आप पहले इसके बारे में पता कर लें। एनस्थीसिया के डॉक्टर आपको स्पाइनल द्रव्य में इसकी थोड़ी खुराक देकर दर्द से छुटकारा दिला सकते हैं, लेकिन आपकी टाँगें व मांसपेशियाँ सुन्न नहीं होतीं इसलिए आप उनका इस्तेमाल कर सकती हैं। अगर आपको दर्द में आराम न आए तो कैथीटर की मदद से और दवा दी जा सकती है। हालांकि टाँगें सुन्न तो नहीं होतीं पर आप काफी कमजोरी महसूस करती हैं इसलिए उस समय आप चलना नहीं चाहेंगी।

स्पाइनल ब्लॉक या सैडल ब्लॉक :- इन दिनों, इन दोनों ब्लॉकों का इस्तेमाल न के बराबर होता है अगर आपने एपीड्यूरल नहीं लिया और डिलीवरी के लिए दर्द निवारक चाहती हैं तो प्रसव के दौरान स्पाइनल ब्लॉक दे सकते हैं। इसमें भी स्पाइनल कॉर्ड के द्रव्य में इंजेक्शन दिया जाता है। इनकी वजह से भी ब्लडप्रेशर कम हो सकता है।

पुडेंडल ब्लॉक :- इसे वैजाइनल डिलीवरी के दौरान इस्तेमाल किया जाता है। सुई के जरिए दवा दी जाती है जिससे वह हिस्सा सुन्न पड़ जाता है। यदि फोरसैप या वैक्यूम एक्ट्रैक्शन करना हो तो यह तरीका कारगर है। इसका असर एपीसिओटोमी तक होता है।

जनरल एनस्थीसिया :- आजकल आम डिलीवरी में इसका इस्तेमाल काफी कम होता है। केवल आपातकालीन सर्विकल जन्म के मामले में ही इसे दिया जाता है। इससे नींद आ जाती है और आप डिलीवरी के दौरान बेहोश रहती हैं। होश में आने के बाद जी मिचलाने, उल्टी या खांसी की शिकायत हो सकती है।

इससे माँ के साथ-साथ शिशु पर भी असर पड़ता है। वैसे कोशिश यही की जाती है कि शिशु तक ज्यादा असर होने से पहले उसे बाहर निकाल लिया जाए। डॉक्टर आपको ऑक्सीजन भी दे सकते हैं ताकि शिशु को पूरी ऑक्सीजन मिले व उस पर दवा का ज्यादा असर न हो।

दर्द के बिना....

क्या धकेलने के लिए दर्द की जरूरत है, नहीं अधिकतर महिलाओं ने माना है कि एपीड्यूरल के बाद भी उन्हें शिशु को बाहर धकेलने में दिक्कत नहीं आती। नर्स उन्हें संकुचन का समय बता देती है और वे जोर लगाती हैं। यदि दर्द के बिना बात न बन रही हो तो एपीड्यूरल रोक दिया जाता है। फिर डिलीवरी के बाद दोबारा दवा देकर उस हिस्से को सुन्न कर सकते हैं।

डैमेरोल :-यह दर्द-निवारक काफी इस्तेमाल होता है। इससे दर्द घटता है व माँ को कॉन्ट्रैक्शन झेलने में आसानी होती है। इसे दो से चार घंटे में दोहरा सकते हैं। इसके कुछ साइड इफेक्ट भी हो सकते हैं; जैसे-उलटी, जी मिचलाना या रक्तचाप में कमी। नवजात पर इसका असर इस बात पर निर्भर करता है कि आपने डिलीवरी के कितने पास आकर दवा दी है। यदि इसे डिलीवरी के साथ ही दिया गया है तो शिशु सो सकता है, सांस लेने में तकलीफ होगी और उसे ऑक्सीजन देनी पड़ सकती है। ये प्रभाव अस्थायी होते हैं, जिनका इलाज हो सकता है।

इसे आमतौर पर डिलीवरी से दो-तीन घंटे पहले ही देने की कोशिश की जाती है।

टैक्वलाइजर्स :- इनसे माँ पूरी तरह शांत होकर बच्चे को जन्म देने की प्रक्रिया में सहयोग दे पाती हैं। इनसे दर्द निवारकों की ताकत भी बढ़ जाती है। अगर माँ की व्यग्रता के कारण प्रसव में दिक्कत आ रही हो तो इन्हें दिया जाता है। कुछ महिलाएँ हल्के उनींदेपन का स्वागत करती हैं तो कइयों को लगता है कि वे इन पलों को खो रही हैं, जो उनकी

जिंदगी के सबसे यादगार पल हैं। खुराक से काफी फर्क पड़ता है। ज्यादा खुराक थोड़ा नुकसान भी कर सकती है। हालांकि इनसे शिशु को कोई खतरा नहीं होता लेकिन डॉक्टर बहुत जरूरत पड़ने पर ही इनका इस्तेमाल करते हैं। वैसे आपको अपनी उत्तेजना शांत करने के लिए दवाएँ लेने की बजाए रिलैक्सेशन तकनीकें सीखनी चाहिए।

दर्द व वैकल्पिक चिकित्सा

कोई भी महिला प्रसव के दौरान दवाएँ नहीं लेना चाहती लेकिन उस अवस्था को आरामदायक तो बनाना चाहती है। इनके लिए वैकल्पिक चिकित्सा पद्धतियों की मदद ले सकते हैं। आजकल कई पारंपरिक डॉक्टर भी इन तकनीकों की मदद लेने लगे हैं। चाहे आपने एपीड्यूरल ही क्यों न लेना हो, प्रसव से पहले ही इन तकनीकों का अभ्यास शुरू कर दें व किसी लाइसेंसशुदा विशेषज्ञ से ही प्रशिक्षण लें, उसे गर्भावस्था प्रसव व डिलीवरी का अनुभव होना चाहिए।

एक्यूपंचर व एक्यूप्रेशर :-वैज्ञानिक अध्ययनों ने माना है कि चीनी हजारों वर्षों से एक्यूपंचर व एक्यूप्रेशर की दर्द निवारक तकनीक जानते थे। एक्यूपंचर की मदद से शरीर के कुछ खास बिंदुओं में सुई चुभो कर प्रसव का दर्द घटाया जा सकता है। एक्यूप्रेशर में सिर्फ अंगुलियों से बिंदुओं पर दबाव दिया जाता है। यदि आप प्रसव के समय इनमें से किसी एक विशेषता को साथ रखना चाहती हैं। तो अपने डॉक्टर को पहले ही बता दें।

रिफ्लैक्सोलॉजी :-वे मानते हैं कि घाव के कुछ बिंदुओं पर मालिश करने से प्रसव का दर्द घटाया जा सकता है। इससे प्रसव काल की अवधि भी घटती है। कुछ बिंदु तो इतने शक्तिशाली हैं कि आपको प्रसव में जाने से पहले, उन्हें नहीं दबाना चाहिए या उत्तेजित नहीं करना चाहिए।

फ़िज़िकल थैरेपी :- मालिश व गर्म-ठंडे सेंक से भी प्रसव का दर्द घटाया जा सकता है। किसी अनुभवी हाथों से मालिश होने पर दर्द घटने में मदद मिलती है।

हाइड्रोथैरेपी :-लेबर के दौरान गुनगुना पानी बहुत आराम देता है। लेबर के दौरान पानी से भरे टब में लिटा कर, प्रसव का दर्द घटा सकते हैं। कई अस्पतालों में यह सुविधा दी जाने लगी है।

हिप्नोबर्थिंग:-हालांकि सम्मोहन न तो दर्द घटाएगा और न ही शरीर के किसी हिस्से को सुन्न करेगा बस आप गहराई से रिलैक्स हो जाएँगी। यह सब पर असर नहीं करता। आपको गर्भावस्था के दौरान ही किसी अनुभवी विशेषज्ञ की मदद से इसका अभ्यास भी करना होगा। तब आप उस समय के दर्द व तकलीफों से भी छुटकारा पा सकती हैं इसका एक फायदा यह है कि आप शिशु के जन्म की सारी प्रक्रिया स्वयं देख पाएँगी। शिशु पर भी कोई शारीरिक प्रभाव नहीं होगा।

डिस्ट्रैक्शन :-आप डिस्ट्रैक्शन यानी ध्यान हटाने वाली तकनीकें भी इस्तेमाल कर सकती हैं जैसे टी.वी. देखना, संगीत सुनना, ध्यान करना आदि। इससे आपका ध्यान दर्द से थोड़ा हट जाएगा। आप किसी प्यारी तस्वीर या सीनरी पर भी ध्यान केन्द्रित कर सकती हैं। इसके अलावा मानसिक चित्रण का व्यायाम करें। कल्पना करें कि शिशु गर्भाशय से बाहर आ रहा है और आप उसे बांहों में ले रही हैं। इस तरह आप काफी आरामदायक महसूस करेंगी।

ट्रांसक्यूटेनियस इलैक्ट्रिकल नर्व्स स्टिम्युलेशन :- इस विधि में इलैक्ट्रोड, हल्के वोल्टेज के पल्स से गर्भाशय व सर्विक्स के स्नायु उत्तेजित कर देते हैं जिससे दर्द घट जाता है। हालांकि इस बारे में कोई पक्के सबूत नहीं मिले हैं।

फैसला करना

अत: आपने प्रसव के समय दर्द घटाने की सारी तकनीकें सीख ली हैं इसलिए आपने फैसला करना है लेकिन कोई भी फैसला लेने से पहले:-

■ डॉक्टर से खुलकर बात करें वे फैसला लेने में मदद करेंगे। दवाओं व पद्धतियों के सभी फायदे नुकसान पहले से जान लें।

■ विकल्प खुले रखें क्योंकि आप नहीं जानतीं कि डिलीवरी के समय हालात में क्या बदलाव आ सकते हैं। यदि आपने दवा न लेने की सोची है तो दवा लेनी पड़ सकती है, यदि आपने दवा लेने की सोची है तो हो सकता है कि उसके

बिना ही काम चल जाए इसलिए कई तरह की तकनीकों का अभ्यास व जानकारी रखें।

चाहे प्रसव का दर्द आपके तरीके से घटे या फिर डॉक्टर के तरीके से, अंत में बस नतीजा सकारात्मक आना चाहिए यानी नन्हा सा गोल-मटोल शिशु बांहों में आना चाहिए, यही तो सबसे बड़ी बात है।

आठवां महीना

लगभग 32 से 35 सप्ताह

आँठवे महीने में भी आप दिन ब दिन अपने-आप को उस आने वाले पल के लिए तैयार कर रही होंगी। आप शिशु जन्म को लेकर काफी उत्साहित होंगीं। वैसे यदि यह आपकी पहली गर्भावस्था है तो आप दोनों को यही लग रहा होगा कि बस शिशु आने वाला है। यदि आपको इससे घबराहट हो रही है तो अपने माता-पिता, सहेलियों व दोस्तों से बात करें, उन्होंने भी पहली गर्भावस्था के दौरान ऐसा मानसिक दबाव महसूस किया होगा।

इस माह आपके शिशु का विकास

32वां सप्ताह :-इस माह आपके शिशु का वजन करीब 4 पौंड और लंबाई 19'' होगी। इन दिनों सिर्फ विकास ही नहीं हो रहा। जिस तरह आप आने वाले कल की तैयारी में हैं। उसी तरह शिशु भी उन पलों की तैयारी कर रहा है। इन कुछ पिछले सप्ताहों में उसे चूसने, सांस लेने, निगलने व लातें चलाने का अभ्यास करना है ताकि कोख से बाहर आने पर दुनिया में जी सके। अब उसे अपना अंगूठा चूसना भी आ गया है। अब आपके शिशु की त्वचा पारदर्शी नहीं रही। यह आपकी तरह हो गई है क्योंकि उसके नीचे वसा जमा हो गई है।

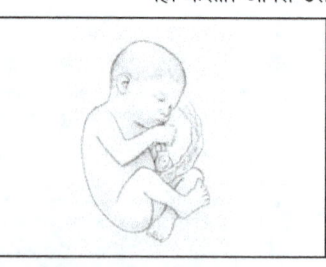

33वां सप्ताह :- शिशु भी आपकी तरह तेजी से वजन बढ़ा रहा है। उस हिसाब से उसका वजन करीब 4 1/2 पौंड होगा। इस सप्ताह में लंबाई पूरे 1'' बढ़ सकती है और वजन दिन ब दिन बढ़ेगा। अब पेट में एम्नियॉटिक द्रव्य के लिए जगह नहीं बची। तभी तो शिशु की लातों से तकलीफ होती है। अब द्रव्य आप दोनों के बीच कुशन का काम नहीं करता। आपसे उसके पास एंटीबॉडीज भी जा रही हैं ताकि उसका इम्यून सिस्टम बन सके। जब वह बाहर आएगा तो ये एंटीबॉडीज उसके साथ होंगे और वह कई तरह के कीटाणुओं से बच जाएगा।

आपका 8 माह का बच्चा

34वां सप्ताह :- इस

समय शिशु की लंबाई करीब 20'' और वजन 5 पौंड होगा। यदि वह नर है तो इसी सप्ताह उसके गुप्तांग तैयार होंगे। अब सभी शिशुओं के नाखून उनकी अंगुलियों के पोरों तक आ गए हैं। अपने सामान की लिस्ट में नेलकटर लिखना न भूलें।

35वां सप्ताह :- शिशु यदि खड़ा हो सकता तो उसकी लंबाई इस समय 20'' होती और वजन करीब 5 1/2 पौंड के करीब! डिलीवरी तक उसका वजन व दिमाग की कोशिकाएँ बढ़ेंगे। उसके दिमाग का विकास तेजी से हो रहा है। शीघ्र ही वह आपके गर्भाशय में सिर नीचे व धड़ ऊपर वाली मुद्रा में आने वाला है। डिलीवरी के दौरान पहले शिशु का सिर बाहर आना ही ठीक रहता है। शिशु का सिर चाहे बड़ा हो लेकिन अभी भी वह काफी नरम है–

एक नजर

प्यूबिक बोन से गर्भाशय की ऊंचाई से.मी. में मापी जाए तो गर्भावस्था के सप्ताह से उसका संबंध बनता है। तो 34 सप्ताह में, प्यूबिक बोन से गर्भाशय की ऊंचाई करीब 34 से.मी. होगी।

आप क्या महसूस कर रही होंगी?

हमेशा की तरह याद रखें कि हर महिला व गर्भावस्था अपने आप में अनूठी होती है। हो सकता है कि आप एक साथ सारे लक्षण महसूस करें या फिर अलग-अलग समय पर लक्षण उभरें कुछ लक्षण पुराने होंगे और कुछ इस माह नए शामिल होंगे। कुछ पर तो आप ध्यान ही नहीं देंगी, क्योंकि आप उनकी आदी हो चुकी हैं। इस माह आप क्या महसूस कर सकती हैं।

शारीरिक

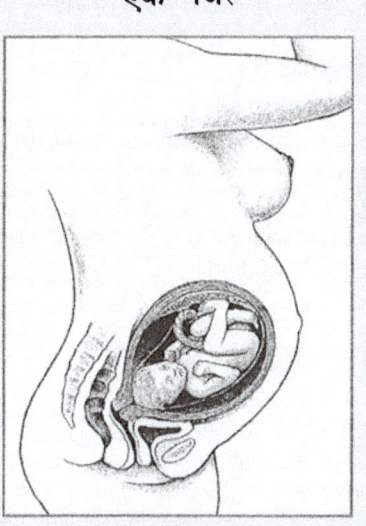

- भ्रूण की गतिविधियों में तेजी व मजबूती
- भ्रूण की दृढ़ व नियमित गतिविधियां
- योनि स्राव में वृद्धि
- कब्ज अधिक होना
- छाती में जलन, अपच, अफारा
- सिर में दर्द, बेहोशी, सिर चकराना
- नाक बंद होना, नाक से खून आना या कान में गंदगी जमा होना
- संवेदनशील मसूड़े
- टांगों में ऐंठन
- पीठ में दर्द
- कूल्हों पर दबाव या दर्द
- टखनों व पैरों या हाथ व चेहरे पर हल्की सूजन
- टांगों के वैरीकोज़ वेन्स
- हेमोरॉयड्स
- नाभिका उभार
- स्ट्रैच मार्क्स
- सांस लेने में तकलीफ
- सोने में तकलीफ
- संकुचन का अभ्यास (ब्रैक्सटन हिक्स)

- वक्ष का फैलाव
- निप्पल से कोलैस्ट्रम का रिसाव

भावनात्मक

- गर्भावस्था समाप्त होने की उत्सुकता
- लेबर व डिलीवरी की चिंता
- दिमाग खोया-खोया रहना
- यदि पहली बार है, तो मां बनने की व्यग्रता
- एक अजीब सी उत्तेजना

इस माह का चेकअप

32वें सप्ताह के बाद डॉक्टर आपको हर दो सप्ताह बाद आने को कह सकते हैं ताकि आपके व शिशु के विकास पर पूरी नजर रखी जा सके। इस माह के चेकअप में आप निम्नलिखित की अपेक्षा रख सकती हैं। वैसे यह काफी हद तक डॉक्टर की जांच शैली व आपकी अवस्था पर भी निर्भर करता है।

- वजन व रक्तचाप
- शुगर व प्रोटीन के लिए मूत्र जांच
- भ्रूण के हृदय की धड़कन
- गर्भाशय की ऊँचाई
- बाहर से भ्रूण का आकार व स्थिति
- हाथ-पैरों की सूजन
- ग्रुप बी स्ट्रेप टेस्ट
- कुछ नए व अनजाने लक्षण
- आपके कुछ प्रश्न व जिज्ञासाएँ

आप क्या सोच रही होंगी ?

ब्रैक्सटन हिक्स कांट्रैक्शन

''कभी-कभी मेरा गर्भाशय ऊपर की ओर होकर सख्त हो जाता है यह क्या है?''

यह अभ्यास है डिलीवरी होने वाली है

इसलिए शरीर अपने आप को उस समय के लिए वॉर्म अप कर रहा है। इसे ब्रैक्सटन हिक्स कांट्रैक्शन' कहते हैं। ये वैसे तो 20वें सप्ताह के बाद शुरू हो जाते हैं लेकिन आखिरी महीनों में ज्यादा बेहतर पता चलते हैं। यदि गर्भावस्था पहले हो चुकी हो तो ये और भी गहन होते हैं। गर्भाशय ऊपर से थोड़ा सिकुड़ता है और फिर नीचे तक इसका एहसास जाता है। यह स्थिति 15 से 30 सेकंड तक रहती है कभी-कभी ये दो मिनट या उससे भी अधिक हो सकते हैं।

यदि उस समय आप अपने पेट पर ध्यान दें तो आपको पता चल सकता है कि आप कैसा महसूस कर रही हैं। इसे देखें लेकिन गंभीरता से न लें।

जब गर्भावस्था समाप्त होने वाली हो तो कई बार इन्हें पहचानना थोड़ा मुश्किल हो सकता है। ऐसा लगता है कि सच्चा दर्द शुरू हो गया। हालांकि इससे शिशु की डिलीवरी तो नहीं हो सकती लेकिन सर्विक्स की प्रक्रिया शुरू होने में आसान हो जाती है।

ऐसी अवस्था में अपनी स्थिति बदलें। यदि खड़ी हैं तो लेट जाएँ। यदि बैठी हैं तो टहलना शुरू कर दें। पर्याप्त मात्रा में तरल पदार्थ लें। डिहाइड्रेशन से भी संकुचन शुरू हो सकता है। आप इस दौरान अपनी लेबर व्यायाम व शिशु के जन्म की तकनीकों का अभ्यास कर सकती हैं। इस तरह बाद में आसानी हो जाएगी।

यदि संकुचन रुकने में न आए व पहले से भी तेज हो तो डॉक्टर को सूचित करें। यदि एक घंटे में चार बार से ज्यादा ऐसा हो तो डॉक्टर को बताना चाहिए। उन्हें सारी स्थिति स्पष्ट रूप से समझा देनी चाहिए।

पसलियों में लातें मारना

''ऐसा लगता है कि शिशु की लात मेरी पसलियों में फंसी है, इससे काफी दर्द होता है।''

— आखिर के महीनों में ऐसा अक्सर हो जाता है। यदि आप अपनी स्थिति बदलेंगी तो शिशु

भी अपनी स्थिति बदल लेगा। या फिर आप एक व्यायाम करें : सिर के ऊपर एक बाजू ले जाते हुए सांस लें, जब हाथ नीचे करें तो सांस छोड़ें; दो बाजुओं के साथ ऐसा कुछ बार दोहराएँ। यदि कोई तरीका काम न आए तो यह जांच लें कि कई बार जोड़ों के ढीलेपन की वजह से भी ऐसा होता है, जो कि गर्भावस्था हार्मोन की देन है। 'एसीटेमिनोफेन' से दर्द में आराम तो आएगा लेकिन इस दौरान भारी सामान उठाने से बचें वरना हालत और खराब हो सकती है।

सांस लेने में तकलीफ

"कभी-कभी मुझे सांस लेने में तकलीफ होती है हालांकि उस समय मेरी ऊर्जा भी भरपूर होती है। ऐसा क्यों हो रहा है? क्या शिशु को पूरी ऑक्सीजन नहीं मिल पा रही है?"

इन दिनों सांस फूलना एक आम बात है। आपके गर्भाशय को बढ़ते शिशु के लिए अपना आकार फैलाना पड़ रहा है, जिसकी वजह से सभी अंगों पर दबाव पड़ रहा है। आपके फेफड़े सांस लेते समय पूरी तरह से फूल नहीं पाते। इन दिनों सीढ़ियाँ चढ़कर भी ऐसा लगता है कि आप मैराथन में जीत के आई हैं। वैसे आपके शिशु को कोई परेशानी नहीं हो पा रही होगी। उनके पास भरपूर मात्रा में ऑक्सीजन है।

डिलीवरी से दो-तीन सप्ताह पहले तक इस स्थिति में आराम आ जाएगा। तब तक आप झुकने की बजाए सीधी बैठें या दो-तीन तकियों का सहारा लगाएँ।

कई बार यह आयरन की कमी का भी संकेत होता है इसलिए डॉक्टर से इस बारे में पूछें। यदि सांस लेने में लगातार तकलीफ हो तो अपने डॉक्टर की राय लें। होंठों या अंगुलियों का नीलापन, छाती में दर्द या नब्ज तेज होने के संकेत को अनदेखा न करें।

ब्लैडर पर नियंत्रण खोना

"मैं कल रात एक मजाकिया फिल्म देख रही थी। बार-बार हंसने से मेरे ब्लैडर से लगातार मूत्र का रिसाव होता रहा। यह क्या है?"

- बार-बार भागकर बाथरूम जाना ही काफी नहीं था कि तीसरी तिमाही में एक और परेशानी खड़ी कर दी है। जब भी आप खांसेंगी, छींकेंगी या भारी सामान उठाएंगी, तो मूत्राशय से मूत्र का रिसाव होगा। गर्भाशय के बढ़ते आकार की वजह से मूत्राशय पर दबाव बढ़ रहा है। कई महिलाओं को बार-बार मूत्र की इच्छा होती है। हमारे निम्नलिखित उपाय आपके काम आ सकते हैं—
- जब भी मूत्र के लिए शौच जाएं तो आराम से पूरा मूत्राशय खाली करें।
- कीगल व्यायाम करती रहेंगी तो अभी आराम आएगा और आप आने वाले समय

बाल-विशेषज्ञ का चुनाव

आपको बहुत सोच-समझ कर शिशु के लिए बाल-विशेषज्ञ चुनना होगा। यदि आधी रात को भी जरूरत पड़ जाए तो आप उससे बेहिचक संपर्क कर सकें। अपने डॉक्टर, दोस्तों, सहकर्मी, अस्पताल या बर्थ सेंटर से इस बारे में राय लें। यदि आपने कोई बीमा करा रखा है तो आपको उनकी लिस्ट में से भी यह चुनाव करना पड़ सकता है।

दो-तीन चुनाव करने के बाद मुलाकात का समय लें। खास-खास मुद्दों पर बात करें। क्या हर मुलाकात में डॉक्टर मिलेंगे या फिर खास मौकों पर ही भेंट होगी? यह भी पता करें कि वह डॉक्टर तथा अस्पताल प्रमाणित है या नहीं? क्या वह नवजात की देख रेख के लिए अस्पताल आ सकेंगे?

■ में भी अपना फिगर फिर से पा लेंगी।

■ खांसते, छींकते या हंसते समय कीगल करें या टाँगें मोड़ लें।

■ पैंटी में लाइनर का इस्तेमाल करें।

■ यदि सही समय पर शौच के लिए न जाए तो उससे भी ब्लैडर पर दबाव पड़ता है। कब्ज से भी पेल्विक की मांसपेशियाँ कम हो जाती हैं। इससे बचाव करें।

■ यदि बार-बार मूत्र की इच्छा हो तो ब्लैडर को नियंत्रित करना सीखें। घंटे की बजाए हर आधे घंटे बाद बाथरूम जाएँ। धीरे-धीरे इस समय सीमा को बढ़ाएँ ताकि आपको हड़बड़ाहट में भाग कर बाथरूम न जाना पड़े।

■ चाहे जो भी हो, दिन में आठ गिलास पानी पीना न भूलें। यदि पानी की मात्रा घटाई तो योनिमार्ग में संक्रमण हो सकता है।

यह भी पता कर लें उस समय सिर्फ मूत्र का ही रिसाव हो रहा है, एम्निओटिक द्रव्य का नहीं, इसके लिए उसे सूंघें। यदि यह गंध मूत्र जैसी नहीं है तो डॉक्टर से पूछें।

आप कैसे कैरी कर रही हैं?

''हर कोई कहता है कि मेरा गर्भ आठ महीने से कम का दिखता है। मेरी दाई का कहना है कि सब ठीक है लेकिन मेरे शिशु

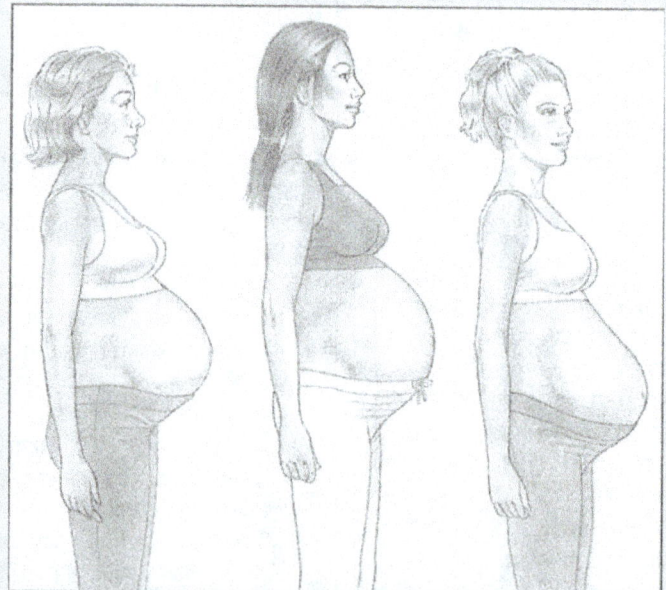

आठवें महीने में गर्भ धारण

महिलाएँ आठवें महीने में इन तीन अलग तरीकों से गर्भ धारण कर सकती हैं। यह सब आपके अपने आकार व स्थिति, वजन व शिशु की स्थिति व वजन पर निर्भर करता है। आप थोड़ा ऊंचा, नीचा छोटा, चौड़ा या फिर दिखने में बहुत छोटा गर्भ धारण कर सकती हैं।

का विकास अधूरा तो नहीं?''

किसी माँ का पेट देखकर शिशु का पता नहीं लगा सकते आप गर्भ को कैसे धारण कर रही हैं, यह ज्यादा मायने रखता है–

■ **आपका अपना शरीर**, आकार व हड्डियों का ढांचा पेट के आकार कई तरह के हो सकते हैं एक कम कद वाली महिला का उभार, लंबी महिला के मुकाबले थोड़ा छोटा हो सकता है वहीं दूसरी ओर ज्यादा मोटी महिलाओं का उभार दिखाई ही नहीं देता क्योंकि उनके पेट में पहले से ही शिशु के लिए काफी जगह होती है।

■ **आपकी मांसपेशियों की टोन**–यदि मांसपेशियाँ सख्त होंगी तो ढीली मांसपेशियों वाली माँ की तुलना में आपका उभार ज्यादा नहीं दिखेगा।

■ **शिशु की स्थिति**–आपका शिशु भीतर किस स्थिति में है, इससे भी तय होना कि बाहर से उभार कैसा दिखता है।

■ **आपका वजन**–माँ का वजन बढ़ने का मतलब यह नहीं कि भीतर शिशु का वजन भी बढ़ा है।

आपकी ननद, भाभी या सहकर्मी की बजाय डॉक्टर ही बेहतर बता सकते हैं कि शिशु का विकास कैसा हो रहा है क्योंकि वे लगातार आपके गर्भाशय व विकास पर नजर रखे हुए हैं। सिर्फ पेट देखकर ही शिशु के विकास का पता नहीं चलता। इसके लिए अल्ट्रासाउंड वगैरह, दूसरी मेडिकल जांच की भी जरूरत होती है। इसके शब्दों में, भीतर जो चल रहा है, उसका बाहर से अंदाजा नहीं लगाया जा सकता।

''**हर कोई कहता है कि मेरा बेटा होगा क्योंकि मेरे नितंबों का उभार नहीं है, सिर्फ पेट ही उभरा हुआ है। क्या इसमें कोई सच्चाई है?**''

यह तो दाइयों के अपने अनुमान हैं जो कि 50 प्रतिशत सच निकलते हैं। ऐसा हो भी सकता है, नहीं भी हो सकता है। आप ऐसे अंदाजे लगा सकते हैं लेकिन इसकी वजह से शिशु के कमरे का रंग या कपड़ों का चुनाव न ही करें तो बेहतर होगा।

आपका आकार व डिलीवरी

''**मेरा कद 5 फुट है। क्या मुझे डिलीवरी के समय कोई परेशानी हो सकती है?**''

जब शिशु को जन्म देने की बात आती है तो उस समय आपका बाहरी नहीं, भीतरी आकार ज्यादा मायने रखता है। पेल्विस व शिशु के सिर का आकार तय करेगा कि डिलीवरी आराम से हो पाएगी या नहीं। इसका आपके कद से कोई लेना-देना नहीं है। कम कद का मतलब यह नहीं कि आपका पेल्विक एरिया भी छोटा होगा। वह लंबे कद वाली महिला से भी बड़ा हो सकता है।

आप इस आकार का पता कैसे करेंगी क्योंकि यह लेवल के साथ तो नहीं आते (छोटा, मध्यम, थोड़ा बड़ा)? डॉक्टर अपने पहले चेकअप में इसके आकार का थोड़ा अंदाजा लगा सकते हैं। यदि उन्हें शक हो कि शिशु का सिर निकलने में परेशानी हो सकती है तो वे अल्ट्रासाउंड की मदद लेते हैं।

आमतौर पर तो कुदरत ऐसा नहीं करती कि शिशु का सिर बड़ा हो और मां का शरीर उसके लिए छोटा हो। शिशु बड़े आराम से इस दुनिया में कदम रखते हैं और मुझे पूरी उम्मीद है कि आपके साथ भी ऐसा ही होगा।

आपका वजन व शिशु का आकार

''**मेरा वजन काफी बढ़ गया है। मुझे लगता है कि शिशु भी बड़ा हो गया होगा और डिलीवरी में दिक्कत आएगी।**''

आपका वजन बढ़ गया है इसका मतलब

यह नहीं कि शिशु का वजन भी बढ़ गया होगा। आपके शिशु का वजन कई दूसरे कारकों पर भी निर्भर करता है-जेनेटिक, जन्म के समय आपका अपना वजन, गर्भावस्था से पहले आपका वजन, आप कैसा भोजन लेती रही हैं। इस हिसाब से 35-40 पौंड वजन बढ़ने से 6-7 पौंड का शिशु हो सकता है और 25 पौंड वजन बढ़ने से 8 पौंड का शिशु हो सकता है। औसतन वजन जितना लगातार बढ़ता है, शिशु उतना ही बड़ा होता है।

डॉक्टर आपके पेट व गर्भाशय की ऊंचाई मापकर शिशु के आकार का अंदाजा दे सकते हैं। हालांकि इसमें एकाध पौंड ऊपर-नीचे हो सकता है। अल्ट्रासाउंड से भी अंदाजा हो सकता है लेकिन इसे भी बिल्कुल सटीक न मानें।

यदि शिशु बड़ा भी है तो उसका मुश्किल डिलीवरी से कोई लेना-देना नहीं है। हालांकि 6-7 पौंड का शिशु 9-10 पौंड वाले शिशु की तुलना में तेजी से बाहर आता है। अधिकतर महिलाएँ ज्यादा वजन वाले शिशु को भी बिना किसी दिक्कत के आसानी से जन्म देती हैं। यहाँ सिर्फ देखना यही होता है कि आपकी पेल्विस के मुकाबले शिशु का सिर कितना बड़ा है।

शिशु की स्थिति

''मैं कैसे पता लगाऊं कि मेरे शिशु का मुँह किस ओर है? मैं तय करना चाहती हूँ कि वह डिलीवरी के लिए सही रास्ते पर है?''

हालांकि बाहर से शिशु के हाथ-पैर, कुहनियों व घुटनों का अंदाजा लगाना काफी मनोरंजक हो सकता है लेकिन यह शिशु की सही स्थिति का पता लगाने का तरीका नहीं है। डॉक्टर आपको शिशु के अंगों की सही स्थिति का अंदाजा दे सकते हैं।

शिशु के दिल की धड़कन से भी उसकी स्थिति का अंदाजा लगा सकते हैं। यदि उसका सिर पहले है तो दिल की धड़कन पेट के निचले आधे हिस्से में सुनाई देगी। यदि शिशु की पीठ आपके आगे की ओर है तो यह तेज सुनाई देगा। यदि कोई संदेह हो तो अल्ट्रासाउंड से काफी कुछ पता लगा सकते हैं।

वैसे आप दिलबहलाव के लिए ये साधन भी आजमा सकती हैं–

- शिशु की पीठ का हिस्सा सपाट होता है तथा इसके नन्हे हाथ-पांव होते हैं।
- आठवें महीने उसका सिर आपके पेल्विस के करीब होता है।
- उसके नितंब सिर से ज्यादा नरम होते हैं।

ब्रीच बेबी

''पिछली मुलाकात में डॉक्टर ने मुझे बताया कि शिशु का सिर मेरी पसलियों के पास है। क्या इसका मतलब वह ब्रीच है?''

हो सकता है कि शिशु कुछ जिमनेस्टिक कर रहा हो दरअसल, अधिकतर शिशु 32 से 38 सप्ताह के बीच सही स्थान पर आ जाते हैं। कुछ शिशु ही जन्म से कुछ दिन पहले तक सही तरीके से स्थिर नहीं हो पाते। उसका निचला हिस्सा नीचे की ओर है। इसका मतलब यह नहीं कि वह जन्म के समय में भी ब्रीच होगा।

यदि उसने डिलीवरी से पहले भी ब्रीच स्थिति रखी तो डॉक्टर आपसे पूछ कर इसका कोई न कोई उपाय कर सकते हैं इसलिए घबराने वाली कोई बात नहीं है।

ब्रीच बेबी को पलटना

कुछ डॉक्टर ब्रीच बेबी को पलटने के लिए व्यायाम करने की सलाह देते हैं अपना सिर नीचा करके हाथों व घुटनों के बल बैठें व आगे-पीछे घूमें पेल्विक टिल्ट में लेकिन इन व्यायामों को करने से पहले डॉक्टर की राय लेना न भूलें।

चेहरा कहाँ है

शिशु की पोजीशन की बात करें तो यदि शिशु का सिर नीचे, मुंह आपके पीछे व चिबुक छाती से लगी है तो आप किस्मत वाली हैं। यह ऑकीपुट एटीरियर पोजीशन जन्म के लिए आदर्श मानी जाती हैं क्योंकि प्रसव के समय उसका सिर आसानी से पहले बाहर आ जाता है। यदि शिशु का मुँह आपके पेट की तरफ है (ऑकीपुट पोस्टीरियर) तो या नुकसानदायक है। उसकी खोपड़ी आपकी रीढ़ की हड्डी पर दबाव डाल सकती है व उसे बाहर आने में भी देर लगेगी।

डिलीवरी के दिन पास आने पर डॉक्टर उसकी स्थिति जानने की कोशिश करेंगे यदि उसकी स्थिति पोस्टीरियर है तो चिंता न करें। कई शिशु प्रसव के समय सही पोजीशन में आ जाते हैं। कई जगह डॉक्टर अपने व्यायामों से भी स्थिति में बदलाव लाने की कोशिश करते हैं।

शिशु कैसे लेटा है?

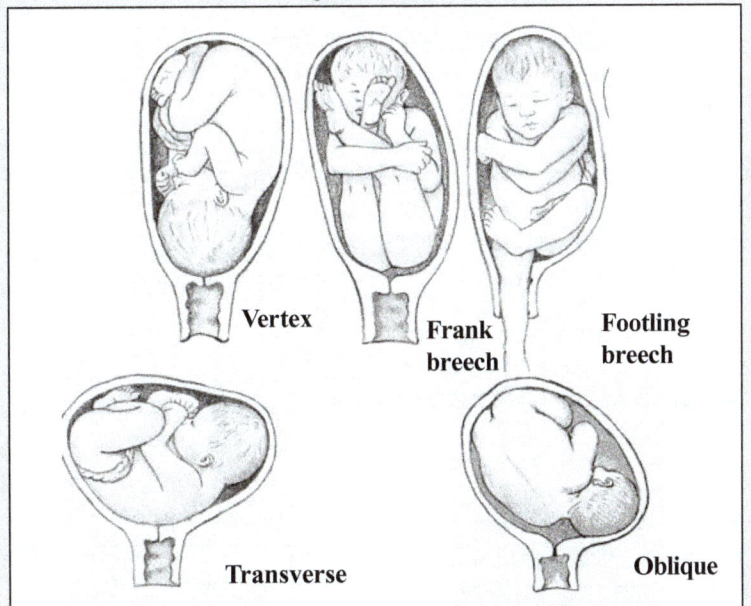

Vertex
Frank breech
Footling breech
Transverse
Oblique

जब डिलीवरी की बात आती है तो शिशु की लोकेशन बहुत मायने रखती है। अधिकतर शिशु सिर नीचे, यानी वर्टिक्स पोजीशन में होते हैं। ब्रीच शिशु कई लोकेशनों में हो सकते हैं। जैसे-फ्रेंक ब्रीच में उसके नितंब नीचे की ओर होते हैं तथा दानों टांगे ऊपर की ओर, जिन्हें हाथों ने जकड़ा होता है। फुटलिंग ब्रीच में शिशु की एक या फिर दोनों टांगें नीचे की ओर होती हैं। ट्रांसवर्स पोजीशन में शिशु की पीठ गर्भाशय मुख की ओर होती है। ओब्लिक पोजीशन में शिशु का सिर माँ के नितंबों की ओर होता है।

"ब्रीच बेबी को पलटने के लिए क्या कर सकते हैं?"

शिशु की स्थिति को पलटने के लिए कई उपाय किए जा सकते हैं। डॉक्टर आपको कुछ आसान से व्यायाम भी बता सकते हैं जैसे कि किताब में भी बताए गए हैं। वैसे एक्यूपंचर और जड़ी-बूटी की मदद भी ली जा सकती है।

यदि शिशु तब भी न माने तो डॉक्टर उसकी स्थिति को हाथों से ठीक बिठाने का फैसला ले सकते हैं। जिसे एक्सटरनल सिफेलिक वर्जिल ईसीवी कहते हैं। यह ईसीवी अक्सर 37 या 38 वें सप्ताह में की जाती है जब शिशु थोड़ा आरामदायक स्थिति में होता है। कई डॉक्टर एपीड्यूरल के बाद इसे करना पसंद करते हैं। वे धीरे-धीरे शिशु को हाथों से नीचे की ओर लाने की कोशिश करते हैं। हर चीज पर लगातार नजर रखी जाती है।

ईसीवी के 2/3 मामले बिल्कुल सफल रहते हैं। जो महिलाएँ पहले गर्भवती रही हों, उनके लिए यह सफलता दर और भी अधिक होती है। कुछ शिशु तो इस बात के लिए तैयार ही नहीं होते और कुछ कलाबाजी खाकर दोबारा ब्रीच स्थिति में आ जाते हैं।

"यदि शिशु ब्रीच स्थिति में रहा तो लेबर व डिलीवरी पर क्या असर होगा। क्या मैं योनि मार्ग द्वारा शिशु को जन्म दे पाऊंगी?"

आप योनि मार्ग से शिशु (वैजाइनल बर्थ) को जन्म दे पाएँगी या नहीं, यह काफी कारणों पर निर्भर करता है जिसमें आपके डॉक्टर की नीति व आपकी अवस्था भी शामिल है। कई डॉक्टर ब्रीच शिशु की स्थिति में सी सैक्शन करना पसंद करते हैं क्योंकि अनेक अध्ययनों से पता चला है कि ऐसा करना काफी हद तक सुरक्षित रहता है। यदि फ्रैंक ब्रीच स्थिति है तो पेल्पिबरन में काफी जगह होती है फिर सी-सैक्शन के बिना भी काम चल सकता है। सबसे बड़ी बात तो यही है कि आखिरी घड़ियों में शिशु किस स्थिति में होगा,

डॉक्टर उसी के हिसाब से फैसला लेंगे। आप डॉक्टर से पूछकर सभी संभावित विकल्पों पर विचार कर लें ताकि आपको उस समय घबराहट या डर महसूस न हो।

"डॉक्टर का कहना है कि शिशु ओब्लिक स्थिति में है यह क्या है व डिलीवरी पर इसका क्या असर होगा?

इस स्थिति का मतलब है कि शिशु ने थोड़ी अटपटी मुद्रा बना ली है। उसका सिर नीचे की ओर सर्विक्स में जाने की बजाय आपके नितंब की ओर है। डॉक्टर के हाथों की मदद से उसकी स्थिति में सुधार लाना होगा अन्यथा योनि मार्ग से जन्म में दिक्कत होगी। यदि ऐसा नहीं हो पाता तो फिर सी-सैक्शन करना होगा। कई बार शिशु 'ट्रांसवर्स' स्थिति में भी आ जाता है, तब यही तरीका अपनाया जाता है।

सिजेरियन डिलीवरी

"डॉक्टर ने मुझे सिजेरियन डिलीवरी के बारे में कहा है, जिससे मैं बहुत निराश हो गई हूँ।"

माना यह आप्रेशन बड़ा है लेकिन फिर भी इसे सुरक्षित माना जाता है आमतौर पर भी यही तरीका अपनाया जाता है। 30 प्रतिशत महिलाएँ इसी तरीके से अपने शिशु को जन्म दे रही हैं।

माना यह खबर आपका दिल तोड़ने वाली हो सकती है क्योंकि आप ऐसा नहीं चाहती थीं। आप उसे कुदरती तरीके से धरती पर लाना चाहती थीं लेकिन अब आपरेशन से जुड़े सभी मुद्दों पर ध्यान देना होगा।

हालांकि अब अस्पतालों में इस प्रक्रिया को भी काफी सुविधाजनक बना दिया गया है। जरा सोचें कि यह शिशु के लिए भी कितनी आरामदेह होती है। जब मेडिकल टर्म की बात

करते हैं तो वही डिलीवरी बेहतर होती है, जो शिशु के लिए सुरक्षित हो, इस समय शिशु के लिए इससे अधिक सुरक्षित कुछ नहीं हो सकता जिस डिलीवरी के बाद स्वस्थ शिशु आपकी बाँहों में होगा, उसे अच्छा ही तो माना जाएगा।

''ऐसा क्यों लगता है कि मेरी सभी जानकार गर्भवती महिलाएं इन दिनों सी-सैक्शन से ही शिशु को जन्म दे रही हैं?''

पिछले कुछ सालों में सी-सैक्शन काफी होने लगे हैं, जिसके निम्नलिखित कारण हो सकते हैं।

सुरक्षा :- यह माँ व शिशु के लिए सुरक्षित है क्योंकि आजकल उन्नत तकनीकों का प्रयोग होता है।

बडे शिशु :- अक्सर शिशु का आकार बड़ा होने पर उसे योनिमार्ग से बाहर नहीं निकाला जा सकता इसलिए यह ऑपरेशन करना पड़ता है।

बड़ी माएँ :- जी हाँ मोटापे की वजह से भी सी–सैक्शन करना पड़ता है। यदि माँ मोटी है तो उसका प्रसव काल लंबा होगा और आप्रेशन की मेज पर ही पूरा हो पाएगा।

बड़ी आयु की मांएँ :- तीस वर्ष की आयु से अधिक वाली मांओं को भी सी-सैक्शन करवाना पड़ सकता है या फिर वे किसी लंबी बीमारी से पीड़ित हों।

दोबारा सी-सैक्शन होना :- कुछ मामलों में डॉक्टर एक सी-सैक्शन के बाद दूसरी बार योनिमार्ग से जन्म देने को कहते हैं यदि उससे बात न बने तो वे दूसरे आप्रेशन की इजाजत देते हैं।

कम से कम उपकरणों के साथ डिलीवरी :-आजकल बहुत थोड़े शिशु फोरसेप या फिर दूसरे उपकरणों की मदद से जन्म लेते हैं। इसका मतलब है कि डॉक्टर ऐसा करने की बजाए ऑप्रेशन करना ज्यादा सुरक्षित मानते हैं।

माँओं की गिनती :- आजकल मांएं भी ऐसा करना चाहती हैं क्योंकि यह सुरक्षित व दर्द रहित तरीका है।

संतुष्टि :- अस्पतालों में इस प्रक्रिया को पहले से काफी संतुष्टिदायक बना दिया गया है। इस प्रक्रिया में प्रसव की तुलना में समय भी काफी कम लगता है।

''क्या पहले ही पता चल जाता है कि सिजेरियन होगा यह ऐन मौके पर बताया जाता है। उसके क्या कारण हो सकते हैं?

जानकारी रखें

जानकारी जितनी ज्यादा होगी, जन्म देने का अनुभव उतना ही बेहतर होगा प्रसव शुरू होने से पहले डॉक्टर से निम्नलिखित बातें जान लें

- यदि प्रसव शुरू न हो तो सी-सैक्शन से पहले कुछ दूसरे उपाय अपना सकते हैं?
- किस तरह का चीरा दिया जाएगा?
- यदि बेबी ब्रीच है तो क्या किया जाएगा?
- क्या आप कोच को साथ रख सकती हैं?
- क्या आपकी साथी, शिशु के जन्म के तुरंत बाद उसे गोद में ले पाएगी?
- आपको ठीक होने में कितना समय लगेगा।
- आपको किस हद तक तकलीफ या परेशानी सहनी पड़ सकती है।
- इसी तरह सी-सैक्शन के बारे में भी पूरी जानकारी लें।

कई महिलाओं को पहले से इस बात का अंदेशा नहीं होता जबकि कुछ पहले से ही इसके लिए तैयार होती है। इसके लिए सभी डॉक्टर अलग-अलग प्रोटोकॉल इस्तेमाल करते हैं।

- जब माँ प्रसव करने की स्थिति में न हो तो ऑप्रेशन करना पड़ता है।
- यदि शिशु का सिर माँ के पेल्विस से काफी बड़ा लगे।
- जब पेट में दो या तीन बच्चे हों
- ब्रीच या फिर कोई दूसरी स्थिति में शिशु हो
- कोई बीमारी, जिसकी वजह से माँ प्रसव का खतरा न उठा सके।
- माँ का मोटापा
- कोई यौन जनित संक्रमण
- जब प्लेसेंटा गर्भाशय की दीवारों से जल्दी अलग हो जाए यह प्लेसेंटा सर्वाइकल के द्वार को पूरी तरह बंद कर दे।

कभी-कभी लेबर शुरू होने तक सी-सैक्शन का फैसला नहीं हो पाता :-

- यदि प्रसव काल बहुत लंबा हो जाए और शिशु बाहर न निकल सके और डॉक्टर के सारे उपाय व्यर्थ हो जाएं।
- नाल का खिसकना
- गर्भाशय का फटना

यदि आपको पहले से इसका अंदेशा हो जाए या डॉक्टर इसे अपनी ओर से पक्का कर दें तो इससे जुड़ी हर तरह की जानकारी लें।

इलेक्टिव सिजेरियन

''कई महिलाएँ सी-सैक्शन चुनती हैं। क्या मुझे भी ऐसा करना चाहिए?''

इन दिनों इसका काफी चलन है लेकिन यह जरूरी नहीं कि इसी वजह से आप इसे चुन लें। इसे गंभीरता से लें व डॉक्टर के साथ सभी मुद्दों पर बात करने के बाद ही फैसला कर लें।

आपके पास अपने जो भी कारण हों आप्रेशन का फैसला तभी करें अगर –

योनि मार्ग से शिशु जन्म के समय होने वाला दर्द :- दर्द से बचने के लिए ऑप्रेशन का चुनाव करना कोई अक्लमंदी नहीं है। दर्द से बचाव के लिए और भी कोई उपाय अपनाया जा सकता है।

वैजाइना बर्थ के बाद के प्रभावों का डर :- आपको योनिमार्ग की मांसपेशियों के ढीली पड़ने का डर है तो कीगल व्यायाम से इस खतरे को काफी हद तक टाल सकते हैं। ऑप्रेशन के बाद भी तो साइडइफेक्ट होते हैं।

इच्छानुसार शिशु का जन्म :- आपको आप्रेशन के बाद लंबे समय तक अस्पताल में रहना होगा। आपके व शिशु को सर्जरी से कोई खतरा भी हो सकता है।

दूसरे शिशु का जन्म :- यदि आप पहले ही यह मौका उठा लेंगी तो इस शिशु के जन्म के समय आप वैजाइना बर्थ का चुनाव नहीं कर पाएँगी' तब भी आपको यही तरीका अपनाना होगा।

डिलीवरी का सही समय वही होता है जब शिशु आने के लिए पूरी तरह तैयार हो यदि आपने पहले ही ऑप्रेशन करवाया तो यह उसके आने का गलत समय हो सकता है।

यदि अब भी आप ऐसा करवाना चाहें तो डॉक्टर की राय ले लें कि यह आपके व शिशु के लिए ठीक रहेगा या नहीं।

बार-बार सिजेरियन

''मेरे दो सी-सैक्शन हो चुके हैं। मैं कम से कम दो और बच्चे चाहती हूँ। हम कितने सी-सैक्शन करवा सकते हैं?''

वैसे तो इस बात पर कोई पाबंदी नहीं है।

कोई भी महिला कितनी बार सी-सैक्शन करवा सकती है। यह इस बात पर निर्भर करता है कि पिछले सी-सैक्शन में कैसा चीरा लगा था कितना बड़ा घाव बना था। इस बारे में पहले अपने डॉक्टर की राय ले लें।

चीरा कहां व कैसे लगा। कितने समय में ठीक हुआ, इन्हीं बातों के आधार पर सी-सैक्शन खतरनाक भी हो सकता है। आपको इस गर्भावस्था के दौरान थोड़ी सावधानियाँ बरतनी होंगी ताकि सब कुछ ठीक-ठाक हो सके।

सिजेरियन के बाद वैजाइनल बर्थ

''पिछली बार मेरा सिजेरियन हुआ था। क्या इस बार मुझे वैजाइनल बर्थ की कोशिश करनी चाहिए।?''

पहले-पहले डॉक्टर व दाइयाँ इसकी सलाह देते थे लेकिन अध्ययनों से पता चला कि चीरे वाली जगह से नुकसान हो सकता है इसलिए दूसरी बार भी सी-सैक्शन करना ही सुरक्षित रहता है। वैसे 60 प्रतिशत महिलाएँ सी-सैक्शन के बाद भी वैजाइनल बर्थ कर पाती हैं यदि सावधानी बरती जाए तो दो सी-सैक्शन के बाद भी ऐसा संभव हो सकता है। अध्ययन से सामने आने वाला डर सिर्फ 10 प्रतिशत मामलों में ही होता है।

यदि आपने इसका फैसला कर ही लिया है तो ऐसा डॉक्टर चुनें जो इस मामले में आपकी पीठ थपथपा सके। यदि पूरी कोशिश के बावजूद यह संभव न हो सके तो निराश न हों। बस इतना याद रखें कि आपके लिए वही बेहतर है, जो आपके शिशु के लिए बेहतर है।

ग्रुप बी स्ट्रैप

''मेरे डॉक्टर ने ग्रुप बी स्ट्रैप संक्रमण की जांच के लिए कहा है। यह क्या होता है?''

इसका मतलब है कि आपके डॉक्टर सुरक्षा का पूरा इंतजाम कर लेना चाहते हैं। वे चाहते हैं कि शिशु को पैदा होते ही गले का संक्रमण न हो जाए।

जी वी एस एक बैक्टीरिया होता है जो एक स्वस्थ महिला की योनि में हो सकता है। 10 से 35 प्रतिशत महिलाएँ इस संक्रमण से ग्रस्त होती हैं। शिशु को इससे गले का गंभीर संक्रमण हो सकता है।

माना कि आपको इसके कोई लक्षण पता नहीं चलेंगे लेकिन इतना तो पता चल ही जाएगा कि आपको ये संक्रमण हैं या नहीं। डॉक्टर आपको कुछ दवाएँ देंगे, जिससे संक्रमण समाप्त हो जाएगा और शिशु सुरक्षित रूप से जन्म ले पाएगा।

35 से 37 सप्ताह के बीच अक्सर यह जांच की जाती है। यदि आपके डॉक्टर नहीं कर रहे तो आप कहकर भी करवा सकती हैं। इसे 'पैप स्मीयर टेस्ट' की तरह किया जाता है। अगर जाँच पॉजिटिव हो तो एंटीबायोटिक्स के इंजेक्शन दिए जाते हैं। मूत्र की जांच से भी इसका पता लगाया जा सकता है। यदि आप चाहें तो इसके लिए दवा भी ले सकती हैं।

यदि प्रसव के कुछ समय पहले भी जांच कराने पर पॉजिटिव आए तो इलाज से खतरा टाला जा सकता है। अगर आपके पहले शिशु को भी यह संक्रमण हुआ था तब तो डॉक्टर बिना किसी जांच के ही आपको इसकी दवा दे देंगे ताकि किसी तरह का खतरा न रहे।

जम कर खाएँ

इन दिनों आपको लग रहा होगा कि आप एक गाय की तरह सारा दिन जुगाली करती रहती हैं। दरअसल यह आपके व शिशु के पोषण के लिए बहुत जरूरी है। दिन में कम से कम छः बार खाने का नियम बनाएँ रखें व जम कर खाएँ।

स्नान करना

"क्या गर्भावस्था के अंतिम दिनों में भी स्नान करना ठीक रहेगा?"

जी हां, गुनगुने पानी से स्नान करने से शरीर को राहत मिलेगी। यदि आपको लगता है कि नहाने का पानी आपकी योनि से भीतर चला जाएगा तो ऐसा होता नहीं है। यदि इसे बलपूर्वक डाला जाए तो ही यह भीतर जाता है। यदि किसी भी तरह थोड़ा पानी भीतर चला भी गया तो सरवाइकल म्यूकस गर्भाशय के मुख को बंद कर देगा ताकि कोई भी संक्रामक तत्व भीतर न जा सकें।

यहाँ तक कि आप लेबर के दौरान भी नहा सकती हैं। हाइड्रोथेरेपी से लेबर के दर्द में काफी आराम मिलता है। आप शिशु को टब-में जन्म देने का विकल्प भी चुन सकती हैं।

बस आपके टब में मैट बिछा होना चाहिए-ताकि आपका पांव न फिसले। हमेशा की तरह बबल बाथ से भी दूर ही रहें।

गाड़ी चलाना

"मैं व्हील के पीछे फिट नहीं आती। क्या मैं अब भी गाड़ी चला सकती हूँ?"

आप जब तक सीट में फिट आएँ, गाड़ी चला सकती हैं। सीट पीछे करें व व्हील ऊपर की ओर झुकाएँ ताकि आपको बैठने की पर्याप्त जगह मिले।

कार में एक घंटे से ज्यादा लगातार न बैठें, चाहे आप पीछे ही क्यों न बैठी हों। अगर लंबी दूरी की यात्रा करती हैं तो चाहे गाड़ी चलाएँ या न चलाएँ, यह आपको थका सकता है। अगर जाना बहुत जरूरी हो तो गाड़ी से हर घंटे उतर कर थोड़ा पैदल चलें। गर्दन और पीठ की अकड़न दूर करने के लिए थोड़ा व्यायाम करें।

लेबर के दौरान स्वयं गाड़ी चला कर अस्पताल न जाएँ। यदि जोर का संकुचन हुआ तो सड़क पर खतरनाक हो सकता है। चाहे आप पीछे बैठ कर ही क्यों न जा रही हों, सीट बेल्ट बांधना न भूलें।

यात्रा करना

"इस माह मुझे एक जरूरी बिजनेस ट्रिप पर जाना है। क्या इन दिनों यात्रा करना सुरक्षित रहेगा या मैं अपना दौरा कैंसिल कर दूँ?"

दौरे की तैयारी से पहले अपने डॉक्टर से मिल लें। सभी डॉक्टर इस बारे में अलग-अलग राय रखते हैं। वह आपकी अवस्था और बाकी कारणों पर भी निर्भर करता है कि जाने की इजाजत मिलेगी या नहीं। अगर गर्भावस्था जटिल नहीं है तो आपको जाने की इजाजत मिल सकती है यदि आपके साथ समय से पहले प्रसव होने का अंदेशा है तो आपको यह इजाजत नहीं मिलेगी। इस समय यात्रा से आपकी गर्दन व पीठ में दर्द बढ़ सकता है। शारीरिक या भावनात्मक तनाव में वृद्धि हो सकती है इसलिए सबसे पहले यह देखें कि आप कैसा महसूस कर रही हैं। इस दौरे को गर्भावस्था तक टाला जा सकता है या नहीं। या इस वजह से आप पर कितना दवाब पड़ेगा। यदि हवाई यात्रा करें तो उनके सभी निर्देशों का पालन करें। कई एयरलाइन तो नवें महीने की गर्भवती महिलाओं को डॉक्टर की आज्ञा के बिना यात्रा ही नहीं करने देते।

यदि डॉक्टर हामी भर दें तो भी आपको बहुत सी बातों पर ध्यान देना होगा। अपने आराम पर पूरा ध्यान दें। यदि लंबी दूरी की यात्रा कर रही हैं तो साथी को साथ ले जाएँ ताकि किसी भी घड़ी में वे काम आ सकें।

गर्भावस्था के अंतिम माह व सेक्स

"मैंने आखिरी महीने व सेक्स के बारे में कई अलग-अलग बातें सुनी हैं इसलिए मैं

उलझन में हूँ। कहीं इससे प्रसव तो जल्दी नहीं होगा?''

ऐसा नहीं कि इस विषय में अनुसंधान ही नहीं हुए दरअसल यह काफी हद तक आप दोनों पर निर्भर करता है। आपको व आपके साथी को मिल कर तय करना है कि आप दोनों इसे जारी रखना चाहेंगे या नहीं। संयोग या चरम सुख से लेबर का कोई लेना-देना नहीं है। यदि अंदर से प्रसव की पूरी तैयारी हो चुकी हो तो इससे थोड़ा-बहुत फर्क पड़ सकता है। वैसे डॉक्टर व दाइयाँ अपने सामान्य मरीजों को आखिर तक सेक्स की इजाजत देते हैं और कई दंपत्ति बिना किसी परेशानी के ऐसा करते भी हैं।

डॉक्टर से पता करें कि आपकी हालत के हिसाब से यह आपके लिए सुरक्षित है या नहीं! अगर हरी झंडी मिल जाए तो जी भर कर, कुछ भी करें लेकिन अगर लाल झंडी मिले तो आपको एक-दूसरे के नजदीक आने के कुछ और उपाय करने होंगे। एक रोमांटिक कैंडल लाइट डिनर या फिर लंबी चहलकदमी, कैसी रहेगी। एक-दूसरे के साथ नहाने का मजा लें। गपशप लगाएँ। मालिश करें। कुछ भी करें पर डॉक्टर की चेतावनी को अनदेखा न करें। इसके बाद तो ऐसे मौके भी तब ही मिलेंगे जब शिशु पूरी रात सोएगा।

आप दोनों

''शिशु अभी पैदा भी नहीं हुआ। मेरे व पति के रिश्तों में अभी से बदलाव आने लगा है। हम दोनों अपने-आप में मग्न होने की बजाए शिशु व उसके जन्म के बारे में ही सोचते रहते हैं।''

नन्हे शिशु आपके जीवन में ढेर सी चीजें लाते हैं—खुशी, उत्तेजना, उत्साह और ढेर सारे गंदे डायपर लेकिन अपने छोटे से आकार के बावजूद उन्हें बड़ा बदलाव लाने में देर नहीं लगती।

आप दोनों को अपने रिश्ते में भी यही बदलाव नजर आ रहा होगा। जब आप दो से तीन होंगे तो सचमुच आप दोनों की प्राथमिकताओं में थोड़ा अंतर आ जाएगा लेकिन इस उठापटक को सभी दंपत्ति, गर्भावस्था में आने वाला कुदरती बदलाव समझकर अपना लेते हैं क्योंकि शिशु के आने से पहले ही यह बदलाव आपकी बेहतरी के लिए हो रहा है। जो दंपत्ति पहले ही जान लेते हैं कि अब जिंदगी को रूमानी बनाने के तरीकों में बदलाव आएगा वे शिशु के आने के बाद की चुनौतियों का सामना अच्छे तरीके से कर पाते हैं।

इसलिए पहले से ही सोचें व इस बदलाव के लिए तैयार हो जाएँ। अब आपको अपनी थोड़ी सी भावनात्मक ऊर्जा उस नन्हे-मुन्ने के लिए भी बचानी हैं, जो घर में ढेर सी खुशियाँ लाने वाला है। अब आपको शिशु के साथ-साथ अपने विवाह की देख-रेख करना भी सीखना है। अपने शिशु के लिए तैयारी करते समय, जीवन के रोमांस को अनदेखा न करें। कम से कम सप्ताह में कुछ पल ऐसे हों, जिसमें शिशु की कोई बात नहीं की जाएगी। एक साथ फिल्म देखें। नन्हें के लिए कुछ खरीदते समय अपने साथी के लिए खरीदारी करना न भूलें। उनके लिए किसी खेल या शो के टिकट खरीदें। डिनर के समय उनसे हालचाल पूछें, पिछले दिनों की खुशनुमा यादें दोहराएँ। अपने दूसरे हनीमून की योजना बनाएँ। सेक्स चाहे न भी हो, लेकिन स्पर्श सुख तो दे ही सकते हैं।

इस तरह बहुत जल्द आपको दो की बजाए तीन के परिवार का रस व आनंद लेना आ जाएगा।

स्तनपान

आप पिछले 30 सप्ताह से देख रही हैं कि किस तरह आपके स्तनों का आकार बढ़ता जा रहा है। दरअसल इनके आकार का बदलाव यूँ ही नहीं हुआ है। ये एक बहुत बड़ी जिम्मेदारी निभाने के लिए अपने-आप को तैयार कर रहे

थे। कुदरत ने इन्हें शिशु को दूध पिलाने का जिम्मा सौंपा है और वे यही काम करने को तैयार हैं।

यह तो तय है कि स्तनपान के लिए वक्ष तैयार हैं लेकिन अभी आपको इनके बारे में काफी कुछ जानना है। चाहे आप शिशु को दूध पिलाने के लिए स्तनपान के अलावा दूसरे विकल्प भी आजमाना चाहें लेकिन फिर भी आपको स्तनपान से होने वाले फायदे पता होने ही चाहिए।

स्तनपान ही सर्वोत्तम क्यों?

जिस तरह बकरी का दूध उसके बच्चों के लिए अमृत है, गाय का दूध बछड़े के लिए अमृत है, उसी तरह स्तनपान शिशु का सर्वोत्तम आहार है। यहाँ इसके कुछ कारण दिए गए हैं :-

यह पौष्टिक है :- यह इस तरह से बनाया गया है कि एक नवजात की पोषण संबंधी आवश्यकताएँ पूरी हो सकें। इसमें कम से कम 100 पदार्थ ऐसे हैं, जो गाय के दूध में नहीं पाए जाते । इस दूध का प्रोटीन 'लेक्टलव्यूमीन' होता है, जिसे पचाना आसान है और यह ज्यादा पौष्टिक भी है। हालांकि इसमें गाय के दूध जितनी ही वसा होती है लेकिन माँ के दूध की वसा शिशु के लिए ज्यादा बेहतर है।

यह सुरक्षित है :- आप पूरी तरह निश्चिंत होकर शिशु को अपना दूध पिला सकती हैं। यह पूरी तरह से तैयार व कीटाणु रहित होता है। यह खराब या बासी नहीं होता।

पेट के लिए बढ़िया :- स्तनपान करने वाले शिशुओं को कब्ज की शिकायत नहीं होती। वे बड़ी आसानी से मां का दूध पचा लेते हैं। पाचन संबंधी गड़बड़ी के अलावा शिशुओं को डायरिया भी नहीं होता। जब-तक उसे ठोस आहार न दिया जाए, उसके मल में से बदबू भी नहीं आती। ऐसे शिशुओं को डायपर रैश भी अधिक नहीं होते।

वसा को पतला करता है :- इस तरह बच्चे का वजन ज्यादा नहीं बढ़ता और अगर उसे छः महीने माँ का दूध मिल जाए तो आने वाले जीवन में भी मोटापे की संभावना घट जाती है। किशोरावस्था में कॉलेस्ट्रॉल के घटे हुए स्तर से भी इसे जोड़ सकते हैं।

ब्रेन बूस्टर :- स्तनपान से शिशु की बौद्धिक क्षमता का भी विकास होता है इसे आप दिमाग बनाने वाले फैटी एसिड डी.एच.ए. के अलावा माँ व शिशु की निकटता से भी जोड़ सकते हैं। स्तनपान के दौरान मां व शिशु की निकटता से बौद्धिक क्षमता विकसित होती है।

एलर्जी से बचाव :- यदि शिशु को मां के दूध से मिलने वाले किसी आहार विशेष की वजह से एलर्जी न हो तो कोई भी शिशु अपनी मां के दूध से एलर्जिक नहीं होता। गाय के दूध में मिलने वाले बीटा-लैक्टो-ग्लोब्यूलिन की वजह से गंभीर या हल्की एलर्जी के लक्षण उभर सकते हैं। अध्ययनों से पता चलता है कि फार्मूला दूध पीने वाले शिशुओं की तुलना में स्तनपान करने वाले शिशुओं को दमे की शिकायत कम होती है।

संक्रमण से बचाव :- ऐसे शिशु डायरिया और भी कई प्रकार के संक्रमणों से बचे रहते है। जिनमें यू.टी.आई. व कान के संक्रमण भी शामिल हैं। अध्ययनों से पता चला है कि स्तनपान करने वाले शिशुओं में वैक्टीरियल मैनिनजाइटिस, एस.आई. ओ.एस. मधुमेह, व बच्चों में पाए जाने वाले कैंसर का खतरा काफी हद तक घट जाता है। स्तनपान से उन्हें कोलॅस्ट्स मिलता है, जो कई रोगों से बचाव करता है।

मसूड़ों व दांतो की मजबूती :-बोतल की बजाए वक्ष से दूध पीते समय शिशु को चूसने के लिए ज्यादा मेहनत करनी पड़ती है, जिससे

मसूड़ों, दांतों व तालू का पूरा विकास होता है। ताजा अध्ययनों से यह भी पता चला है कि स्तनपान करने वाले शिशुओं में आगे चल कर दांतों की समस्याएं भी कम से कम होती हैं।

स्वादेन्द्रियों का विस्तार :- आप जो भी खाएंगी, दूध में उसका स्वाद आएगा, इससे शिशु की स्वादेन्द्रियां विकसित होंगी। इस तरह उसे बोतल से दूध पीने वाले शिशुओं की तुलना में नए स्वादों का जल्दी पता चल जाएगा। अध्ययनकर्ताओं का मानना है कि ऐसे शिशु थोड़े बड़े होने पर नए स्वादों को ललक से अपनाते हैं व खाने-पीने के लिए तंग नहीं करते।

स्तनपान कराने से मम्मा को भी काफी सुविधा होती है :-

सुविधा :- स्तनपान के लिए पहले से कोई योजना बनाने की जरूरत नहीं है। न ही कोई सामान चाहिए। आप पार्क में, उड़ान में या घर में आधी रात को स्तनपान करा सकती हैं। कहीं भी जाने से पहले शिशु की बोतलें, निप्पल, फार्मूला व बिब साथ रखने की जरूरत नहीं है। आप उसका मिल्क बैंक साथ लेकर चलती हैं। आपको आधी रात को रसोई में जाकर दूध नहीं बनाना पड़ता, आप शिशु को बिस्तर में ही दूध पिलाकर मीठी नींद सुला सकती हैं। यदि आप व शिशु साथ न हों। आप ऑफिस में हों। तो दूध पहले से ही निकालकर फ्रीजर में रख सकते हैं। सबसे बड़ी बात तो यह है कि इस पर कोई खर्च भी नहीं आता।

सुधार की गति :- जब शिशु स्तनपान करता है तो ऑक्सीटॉसिन नामक हार्मोन का स्राव होता है; जिससे गर्भाशय को अपने आकार में वापिस लौटने में कम समय लगता है। गर्भावस्था के बाद होने वाला रक्तस्राव भी घटता है शिशु को स्तनपान कराने से आपको भी बैठकर आराम करने का समय मिलता है। गर्भावस्था के बाद यह आराम भी आपके लिए जरूरी होता है।

गर्भावस्था से पहले का आकार :- आप दूध बढ़ाने के लिए आहार में कैलोरी से जो भी मात्रा बढ़ाएंगी; वह शिशु के काम आएगी आपको अपना पहले जैसा फिगर पाने में देर नहीं लगेगी। इस तरह बहुत जल्द आप फिर से अपनी पतली कमरिया देख पाएँगी।

मासिक धर्म में देरी :-आपको मासिक धर्म देर से शुरू होगा। इससे किसी को क्या शिकायत हो सकती है। यदि आप बच्चों में अंतर रखना चाहती हैं तो परिवार नियोजन के लिए कोई और उपाय भी अपनाएं। कुछ माएँ केवल स्तनपान कराने से ही गर्भ धारण से बची रहती हैं लेकिन चार माह के भीतर मासिक चक्र शुरू हो सकता है और वे पहले पीरियड से पहले ही गर्भवती हो सकती हैं।

हड्डियों की मजबूती :- स्तनपान कराने से आपकी हड्डियों के खनिजीकरण में सुधार होता है। मेनोपॉज के बाद टिप फ्रैक्चर का खतरा काफी घट जाता है, यदि आप दूध बनाने के लिए व अपनी आवश्यकताओं की पूर्ति के लिए भरपूर कैल्शियम लेंगीं, तो ठीक रहेगा।

सेहत को लाभ :- शिशु को स्तनपान कराने से कई प्रकार के कैंसरों का खतरा घट जाता है। ऐसी महिलाओं में ओवरी व ब्रेस्ट कैंसर की संभावना घट सकती है। वे टाइप - *II* मधुमेह से भी ग्रस्त नहीं होतीं।

सबसे बड़ा बोनस :- स्तनपान की वजह से आप व शिशु दिन में कम से कम 6 या 8 बार एक-दूसरे के पास आते हैं इस निकटता से मां-शिशु के बीच भावनात्मक लगाव पैदा होता है व शिशु की बौद्धिक क्षमता का विकास होता है।

यदि आपने जुड़वां बच्चों को जन्म दिया है तो आपके लिए ये सब लाभ दुगने हो जाएंगे।

स्तनपान की तैयारी

कुदरत ने सारी तैयारी कर दी है इसलिए आपको ज्यादा मेहनत नहीं करनी है। गर्भावस्था में आखिरी दिनों में निप्पलों की साफ-सफाई पर ध्यान दें। यदि वे शुष्क हैं तो लेनोलिन बेस्ड क्रीम लगाएँ। समय से पहले छोटे निप्पलों को हाथ से खींचने या दबाने की कोशिश न करें। इससे सूजन या संक्रमण का खतरा हो सकता है।

अगर आपके निप्पल भीतर की ओर धंसे हैं तो शिशु को दूध पिलाने में मुश्किल हो सकती है। इस बारे में पहले ही डॉक्टर की राय लेकर संभावित उपाय कर लें।

वक्षस्थल-सेक्सुअल या व्यावहारिक?

या फिर दोनों हो सकते हैं? आपको इनसे दोनों रोल निभाने हैं (प्रेमिका व माँ)। यह दोनों ही अपनी-अपनी जगह खास हैं। कई बार स्तनपान भी आपके साथी को सेंसेशनल लग सकता है इसलिए स्तनपान कराने का फैसला करते समय इसे भी ध्यान रखें।

बोतल का चुनाव क्यों

हो सकता है कि आपने स्तनपान न कराने का फैसला लिया हो या फिर सिर्फ स्तनपान न करा पा रही हों। ऐसे में बोतल का चुनाव करने से न घबराएं; इसके भी अपने फायदे हैं–

जिम्मेदारी का बंटवारा :– इस तरह पापा को भी बोतल बनाने की जिम्मेदारी दी जा सकती है। हालांकि स्तनपान कराने वाले शिशुओं के पिता भी उन्हें नहला धुला सकते हैं व दूसरे कामों में मदद कर सकते हैं।

अधिक स्वतंत्रता :– बोतल से दूध पीने वाले शिशुओं की माँएं ज्यादा आजाद होती हैं। वे घर से बाहर जाकर आसानी से काम करती हैं। उन्हें दूध निकालने या संभालने की चिंता नहीं रहती। वे शिशु को छोड़ कर कहीं भी जा सकती हैं। कहीं भी रात में रुक सकती हैं। हालांकि यही विकल्प स्तनपान कराने वाली माँ के पास भी है।

रोमांस का समय :– बोतल से दूध पीने वाला शिशु आपके रोमांस में बाधा नहीं देता वैसे

ब्रेस्ट सर्जरी के बाद स्तनपान

कई माँएँ इसके बाद भी शिशु को दूध पिलाती हैं तो कइयों को पूरा दूध ही नहीं उतरता। अपने सर्जन से पता करें कि क्या आप सर्जरी के बाद स्तनपान करा सकेंगी या उसके साथ बोतल का दूध भी देना होगा? यदि आप इसे पिलाने लगें तो यह ध्यान रखें कि कितना दूध बन रहा है। शिशु तक दूध से कितना पोषण व मात्रा पहुंच रही है। उसके गीले डायपर से अंदाजा लगा सकती हैं। यदि दूध पूरा न हो तो शिशु को बोतल का दूध भी देना पड़ सकता है। याद रखें कि माँ के दूध की थोड़ी सी भी मात्रा शिशु को फायदा पहुँचाती है।

यह सब काफी हद तक ब्रेस्ट की सर्जरी व उसके तरीके पर निर्भर करता है आपको शिशु के विकास पर भी पूरी नजर रखनी होगी ताकि आपको पता लग सके कि उसे पूरा दूध मिल रहा है या नहीं।

स्तनपान भी इसके लिए ठीक नहीं रहता है। लैक्टेशन हार्मोन आपकी योनि को थोड़ा सूखा बना सकते हैं। स्तनों से निकलने वाला दूध

उलझन पैदा करता है। बोतल से दूध पीने वाले शिशुओं की माँएं रोमांस के लिए पूरा समय निकाल पाती हैं।

आहार की आजादी :- इस तरह आप अपनी मनमर्जी से कुछ भी खा सकती हैं। स्तनपान कराने वाली माँओं को बादी व मिर्च मसाले वाले भोजन से थोड़ा परहेज रखना पड़ता है। आप आसानी से वाइन या कॉकटेल पी सकती हैं। आपको शिशु की पौष्टिकता संबंधी आवश्यकताएँ पूरी करने के लिए चिंतित नहीं होना पड़ेगा।

जनता में प्रदर्शन नहीं :- यदि आप लोगों के बीच शिशु को स्तनपान नहीं करा सकतीं तब तो बोतल का विकल्प ही ठीक रहेगा। वैसे स्तनपान कराने वाली महिलाएँ कुछ ही समय में, सबके बीच भी, शिशु को चोरी-चोरी से स्तनपान कराना सीख लेती हैं।

तनाव में कमी :- कई महिलाओं को स्तनपान कराने के नाम से ही घबराहट या तनाव होने लगता है। आप एक बार कोशिश तो करें, कुछ ही दिन में अच्छी तरह सीख जाएँगी। इससे आपका तनाव भी काफी हद तक घटेगा।

स्तनपान का चुनाव क्यों :-अधिकतर महिलाओं के लिए यह चुनाव बिल्कुल स्पष्ट है। वे गर्भवती होने से पहले ही तय कर लेती हैं कि वे शिशु को स्तनपान कराएँगी। कई महिलाएँ स्तनपान के फायदे जानने के बाद इसे अपना लेती हैं। कुछ महिलाएँ इतनी आसानी से कोई फैसला नहीं ले पातीं। कुछ तो मन ही मन मान लेती हैं कि स्तनपान कराना उनके बस में नहीं है। बेहतर होगा कि चाहे थोड़े समय के लिए ही सही, आप शिशु को स्तनपान का लाभ अवश्य दें।

हो सकता है कि पहले कुछ सप्ताह में यह सब काफी उलझन भरा लगे। पहले महीने या 6 सप्ताह में ही माँ को अंदाजा हो जाता है कि वह स्तनपान जारी रख पाएगी या नहीं।

बोतल व स्तनपान-साथ-साथ :-वैसे बेहतर होगा कि आप अपनी जीवनशैली के हिसाब से ही यह फैसला करें। उसे स्तनपान कराने के साथ-साथ फार्मूला भी दें। स्तनपान के लिए अभ्यास कराना होगा वरना शिशु को बोतल की आदत पड़ गई तो वह स्तनपान कहीं करना चाहेगा क्योंकि स्तन का निप्पल चूसने में उसे ज्यादा मेहनत करनी पड़ती है।

जब आप स्तनपान नहीं करा सकती तो या आपको नहीं कराना चाहिए

बदकिस्मती से, हर नई माँ को स्तनपान कराने का अवसर नहीं मिलता। कई माएँ चाह कर भी शिशु को स्तनपान नहीं करा सकतीं। माँ व शिशु की सेहत, भावनात्मक या शारीरिक कारणों की वजह से कई बार उसी समय स्तनपान शुरू नहीं हो पाता। इनमें निम्नलिखित कारण हो सकते हैं :-

- कोई गंभीर रोग, जिसमें मां शिशु को स्तनपान न करा सके।
- कोई गंभीर संक्रमण जैसे टी.बी., ऐसे में कई बार शिशु को वक्ष से दूध निकाल कर भी दे सकते हैं।
- एंटी थाइरॉइड, एंटीहाइपरटेंसिव ड्रग्स या एंटीकैंसर दवाओं का सेवन।
- यदि आप कोई दवा लंबे समय से लेती आ रही हैं तो डॉक्टर से पूछें कि क्या स्तनपान के दौरान उसे लेना सुरक्षित

पापा व स्तनपान

अध्ययनकर्ता कहते हैं कि यदि पापा सहयोग दें तो 96 प्रतिशत माएँ स्तनपान कराने को राजी होती हैं वरना यह आंकड़ा 26 प्रतिशत पर आ जाता है। पप्पा बड़ी आसानी से स्तनपान कराने वाली मम्मा की मदद कर सकते हैं जिससे आपस में प्यार बढ़ेगा। तो पापा इस टीम में शामिल होने को तैयार हो जाएँ।

धूम्रपान व स्तनपान

निकोटीन आपके दूध में मिल जाती है इसलिए यदि आप शिशु को स्तनपान कराना चाहती हैं तो आपको सिगरेट पीना छोड़ना होगा। यह आपके व शिशु के, दोनों के ही हित में होगा। यदि आप धूम्रपान नहीं छोड़ सकतीं तो शिशु को स्तनपान कराने की बजाए कोई दूसरा विकल्प तलाशें ताकि उसे सैकंड हैंड स्मोक के खतरे से बचाया जा सके। इस तरह शिशु में भी आगे आने वाले समय के लिए धूम्रपान की प्रकृति को रोका जा सकता है।

- सिगरटों की संख्या घटा दें।
- कम निकोटीन युक्त ब्रांड लें।
- सिगरेट पीने के कम से कम 95 मिनट बाद स्तनपान कराएँ ताकि आपके दूध में निकोटीन की मात्रा न रहे।
- बच्चे की उपस्थिति में या उसके आसपास रहने पर कभी धूम्रपान न करें। इससे उसे साँस की तकलीफ होने का खतरा बढ़ सकता है।

रहेगा? यदि नहीं, तो उसकी जगह कौन सी दवा ली जाए।

- कार्यक्षेत्र में किसी विषैले रसायन के बीच काम करना।
- जरूरत से ज्यादा शराब पीना।
- किसी भी तरह के ड्रग्स लेना।
- एच.आई.वी. या एड्स जैसा कोई भी संक्रमण।
- कई बार नवजात शिशु भी माँ का दूध पीने में असमर्थ होते हैं।
- समय से पहले जन्मे शिशुओं को स्तन चूसने में परेशानी होती है। कई बार शिशु को गहन सुरक्षा यूनिट में रखा जाता है। ऐसे में नर्स की मदद से वक्ष का दूध निकाल कर उसे दे सकते हैं।

- लैक्टोज़ इनटॉलरेंस: जब मनुष्य व गाय का दूध हजम नहीं होता। यदि उन्हें इसके साथ कोई दूसरा फार्मूला भी दिला दिया जाए तो ऐसे बच्चे माँ का दूध ले सकते हैं।
- मुँह की कुछ विकृतियाँ, जिसमें शिशु स्तन को चूस नहीं पाता। उन्हें भी स्तन से दूध निकाल कर पिला सकते हैं।
- कई बार लाख कोशिश करने पर भी दूध पूरा नहीं बनता और शिशु भूखा रह जाता है।

यदि आप कोशिश के बावजूद शिशु को स्तनपान नहीं करा पा रही हैं तो अपने मन में हीन-भावना या अपराध-बोध न लाएँ। आप अपने शिशु को जी भरकर दुलार व सेवा तो दे ही सकती हैं।

अध्याय-14

नौवां महीना

लगभग 36 से 40 सप्ताह

आखिर, वह महीना आ ही गया, जिसका आप एक लंबे समय से इंतजार कर रही थीं। ऐसे में थोड़ी चिंता होना तो स्वभाविक ही है। हो सकता है कि आप शिशु के स्वागत के लिए पूरी तरह से तैयार हों या फिर न भी हों। हो सकता है कि कई तरह की गतिविधियों (डॉक्टर से भेंट, दुकान से खरीदारी, प्रोजेक्ट, शिशु के कमरे के रंग का चुनाव) के बावजूद आपको यह महीना सबसे लंबा लगे। यदि आप सही समय पर प्रसव नहीं करतीं तो शायद दसवाँ महीना ज्यादा लंबा लग सकता है।

इस माह आपके शिशु का विकास

36वां सप्ताह :- इस समय आपके शिशु का वजन करीब 6 पौंड और लंबाई करीब 20'' होगी, शिशु आपकी बाँहों में झूलने के लिए लगभग तैयार है। इस समय शिशु के तंत्र बाहरी जीवन के लिए तैयार हैं। हालांकि पाचन तंत्र का काम अभी शुरू नहीं हुआ है। अभी उसके पास नाल से अपना पोषण पहुँच रहा है इसके लिए पाचन की जरूरत नहीं है। ज्यों ही शिशु स्तनपान करेगा या बोतल से दूध पीएगा, उसका पाचन तंत्र काम करने लगेगा और डायपर गंदे होने शुरू हो जाएँगे।

आपका 9 माह का बच्चा

37वां सप्ताह :-एक मजेदार खबर! यदि वह आज जन्म ले ले तो उसे फुलटर्म माना जाएगा। इसका मतलब यह नहीं कि उसका विकास पूरी तरह हो चुका है इस सप्ताह में उसका आधा पौंड वजन भी बढ़ सकता है, इस समय औसत भ्रूण का वजन करीब 6 1/2 पौंड होता है (हालांकि भ्रूण का वजन अलग-अलग हो सकता है)। आपके शिशु के सुंदर गालों, कुहनियों, कंधों व कलाइयों में वसा जमा हो रही है।

38वां सप्ताह :- शिशु का वजन 7 पौंड व लंबाई करीब 20'' होगी। वह अब आने वाले समय के लिए काफी हद तक तैयार है। उसे थोड़े बहुत काम निपटाने हैं। अपने फेफड़ों को तैयार करना है और फिर वह आपकी बाँहों में होगा।

39वां सप्ताह :- इस समय डिलीवरी तक विकास थोड़ा थम सा जाता है। औसतन वजन 7 से 8 पौंड व लंबाई 19 से 21'' के बीच होगी। वैसे उसके दिमाग का तेजी से विकास हो रहा है। गुलाबी त्वचा हल्की सफेद हो रही है लेकिन उसकी असली त्वचा का रंग तो पिगमेंटेशन के बाद ही सामने आएगा अब उसका सिर आपके पेल्विस तक आ गया होगा। इसका मतलब है कि आपको सांस लेने में तो आसानी हो जाएगी लेकिन चलने में दिक्कत होगी।

40वां सप्ताह :-बधाई हो! गर्भावस्था का अंत होने का समय आ गया है। इस समय शिशु का वजन 6 से 9 पौंड के बीच और लंबाई 19 से 22'' के करीब हो सकती है हालांकि वजन व लंबाई कम-ज्यादा हो सकती है। हालांकि शिशु आपको पहली बार देखेगा लेकिन वह आपकी आवाज पहचानता है। अब देखना यह है कि वह आपकी ड्यू डेट से थोड़ा पहले जन्म लेगा या फिर बाद में–

41वां सप्ताह :- लगता है कि उसे चेकआउट करने में समय लग रहा है। 5 प्रतिशत से भी कम बच्चे दी गई तारीख पर पैदा होते हैं। 80 प्रतिशत बच्चे अपने गर्भाशय होटल को इतनी आसानी से छोड़ना पसंद नहीं करते। याद रखें, कि कई बार डेट ओवरड्यू नहीं होती आपकी निकाली गई तारीख भी गलत हो सकती है। जन्म की तिथि के कई दिन बाद पैदा होने वाले शिशु झुर्रीदार, शुष्क त्वचा वाले होते हैं क्योंकि डिलीवरी डेट से पहले उनकी सुरक्षा का आवरण खत्म हो चुका होता है। हालांकि ये लक्षण अस्थायी होते हैं। उनके नाखून काफी बड़े होते हैं। वे दूसरे शिशुओं से ज्यादा चौकन्ने होते हैं, आँखें पूरी तरह खुली होती हैं। डॉक्टर ऐसे शिशुओं पर लगातार नजर बनाए रखते हैं।

आप क्या महसूस कर रही होंगी

हो सकता है कि आप सभी लक्षण एक साथ महसूस कर रही हों या फिर कुछ ही लक्षण सामने आएँ। कुछ लक्षण पिछले महीने से चले आ रहे होंगे तो कुछ नए होंगे। कुछ इतने पुराने हो गए होंगे कि आप उन पर ध्यान भी नहीं देंगी या फिर प्रसव से पहले के कुछ संकेत सामने आ रहे होंगे।

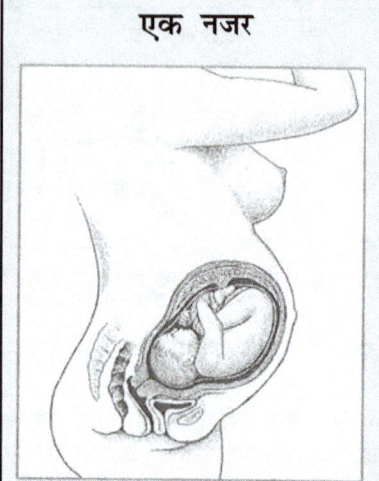

एक नजर

अब आपका गर्भाशय ठीक पसलियों के नीचे है और उसके माप में भी खास बदलाव नहीं आ रहा। प्यूबिक बोन से गर्भाशय की ऊंचाई करीब 30 से 40 से.मी. है। आपका वजन काफी कम बढ़ रहा है। आपके पेट का फैलाव बढ़ता जा रहा है क्योंकि शिशु इस धरती पर कदम रखने की तैयारी कर रहा है।

शारीरिक

''भ्रूण की गतिविधि में थोड़ा बदलाव, शिशु की हलचल में कमी क्योंकि उसे उछलने-कूदने की कम जगह मिलती है''

- योनि स्राव पहले से गाढ़ा हो जाता है और ज्यादा म्यूकस बनने लगता है जो संभोग के बाद या पेल्विक परीक्षण के बाद

हल्का गुलाबी या लाल हो सकता है।

- कब्ज
- छाती में जलन, अपच, अफारा
- कभी-कभी सिर चकराना, बेहोशी छाना
- नाक बंद होना व नाक से खून आना, कान में गंदगी जमा होना
- संवेदनशील मसूड़े
- रात को टांगों में ऐंठन
- पीठ में दर्द व भारीपन
- नितंबों व पेल्विक में बेचैनी व दर्द
- पेट में दर्द, नाभि का उभार
- स्ट्रेच मार्क्स
- टाँगों में वैरीकोज़ वेन्स
- हेमरॉयड्स
- बेबी ड्रॉपिंग के बाद सांस लने में आसानी
- मूत्राशय पर बढ़ते दबाव की वजह से बार-बार मूत्र आना
- 'ब्रेक्सटन हिक्स कांट्रैक्शन' (कुछ दर्दनाक भी सकते हैं)
- शरीर में ढीलापन
- निप्पल से कोलॅस्ट्रम का रिसाव
- ज्यादा थकान या ज्यादा ऊर्जा (बेस्टिंग सिंड्रोम), या फिर दोनों
- भूख खुलना या भूख में कमी

भावनात्मक

- ज्यादा उत्तेजना, ज्यादा तनाव दिमाग का खालीपन
- यहाँ तक पहुँचने की तसल्ली
- संवेदनशीलता और बेचैनी
- अधैर्य व चिड़चिड़ापन
- शिशु के बारे में कल्पनाएं व सपने देखना

इस माह का चेकअप

आप डॉक्टर के पास जरूरत से ज्यादा समय बिताएँगी। अपने पास कुछ ऐसी किताबें रख लें, जिन्हें वेटिंग रूम में पढ़ा जा सके। इन दिनों में डॉक्टर शिशु की जांच करके बताएँगे कि आप डिलीवरी से कितनी दूर हैं। इस माह के चेकअप के बारे में बताया गया है। हालांकि यह काफी हद तक आपकी अवस्था व डॉक्टर की जांच शैली पर भी निर्भर करता है।

- आपका वजन बढ़ना बंद हो जाता है या धीरे होता है।
- आपका रक्तचाप थोड़ा बढ़ सकता हैं
- आपका मूत्र (शुगर व प्रोटीन की जांच के लिए)
- हाथ-पैर में सूजन की जाँच
- आपका सर्विक्स (भीतरी जांच, यह देखने के लिए कि सर्विक्स (गर्भाशय का मुख) खुलना शुरू हुआ या नहीं)
- गर्भाशय की ऊंचाई
- भ्रूण के दिल की धड़कन
- भ्रूण का आकार (आप थोड़ा बहुत अंदाजा पा सकती हैं)
- कुछ प्रश्न व जिज्ञासाएँ, जिनका समाधान आप चाहें

  डॉक्टर आपको प्रसव व डिलीवरी से जुड़े कुछ निर्देश भी दे सकते हैं। यदि वे न दें तो आप उनसे इस बारे में पूछ सकती हैं।

आप क्या सोच रही होंगी

बार-बार मूत्र आना

"पिछले कुछ सप्ताह से मुझे बाथरूम के लिए जाना पड़ता है। क्या इस तरह बार-बार मूत्र के लिए जाना सामान्य है?"

पहली तिमाही की समस्या फिर से लौट आई है। गर्भाशय फिर से मूत्राशय पर दवाब डाल रहा है लेकिन इस बार उसका भार पहले से कहीं ज्यादा है। अगर इस मूत्र के साथ किसी तरह का संक्रमण नहीं होता तो हम इसे सामान्य मान सकते हैं। इससे बचने के लिए तरल पदार्थों की मात्रा न

घटाएँ क्योंकि इस समय शरीर को उनकी काफी जरूरत है। जब भी मूत्र- की इच्छा हो तो बेहिचक जाएँ।

स्तनों से रिसाव

"मेरी एक सहेली कह रही थी कि उसके स्तनों से नवें महीने में दूध का रिसाव होने लगा था। मेरे साथ ऐसा नहीं हो रहा। क्या मेरे शरीर में दूध नहीं बन रहा?"

दूध तब तक नहीं बनता, जब तक कि इसे पीने वाला शिशु न आ जाए। कई बार तो डिलीवरी के तीन-चार दिन बाद तक भी नहीं बनता। आपकी सहेली कोलॅस्ट्रम के बारे में कह रही होगी। यह हल्के पीले रंग का तरल पदार्थ होता है जो स्तनों में दूध उतरने से पहले बनता है। इसमें ढेर से एंटीबॉडीज होते हैं। इसके अलावा अधिक प्रोटीन, कम वसा व मिल्क शुगर पाए जाते हैं। फिर इसके बाद स्तनों में दूध आता है।

कोलॅस्ट्रम का रिसाव नहीं हो रहा, तो भी यह आपके शरीर में बन रहा है। अपने निप्पल में हल्के से दबाएँ, आपको इसकी कुछ बूँदें दिखेंगी। यदि जोर से दबाएँगी तो निप्पल में घाव भी हो सकता है। यदि बूँदें नहीं भी दिखतीं तो घबराएँ नहीं, शिशु आते ही अपने आहार का इंतजाम कर लेगा। रिसाव न होने का मतलब यह नहीं कि आप उसे पर्याप्त मात्रा में दूध नहीं पिला पाएँगी।

यदि कोलॅस्ट्रम का ज्यादा रिसाव हो तो आपको अपनी ब्रा के अंदर नर्सिंग पैड लगाने होंगे, ताकि कपड़े खराब न हों। वैसे अब आपको हल्के गीले गाउन, टी-शर्ट, ब्रा व नाइट गाउन की आदत डाल लेनी चाहिए।

हल्का धब्बा लगना

"आज सुबह सेक्स के बाद मुझे हल्का धब्बा दिखाई दिया। क्या लेबर शुरू होने वाला है?"

अगर भीतरी जांच या संभोग के बाद हल्का लाल या भूरा धब्बा दिखे तो इसका मतलब प्रसव की शुरूआत नहीं होती। यदि गुलाबी या भूरे म्यूकस के साथ संकुचन भी शुरू हो जाए तो यह लेबर की शुरूआत हो सकती है, फिर चाहे आपने इंटरकोर्स किया हो या नहीं।

अगर संभोग के बाद एकदम से लाल रंग का तेज रक्तस्राव होने लगे तो डॉक्टर को अवश्य दिखाएँ।

पानी की थैली फटना

"मुझे इस बात का बहुत डर है कि पानी की थैली लोगों के बीच फट जाएगी।"

अधिकतर महिलाएँ गर्भावस्था के आखिरी दिनों में इसी बात से डरती हैं कि कहीं लोगों के सामने एम्निओटिक द्रव्य की थैली न फट जाए। 85 प्रतिशत महिलाओं के साथ तो ऐसा लेबर रूम में पहुँचने के बाद ही होता है। करीब 15 प्रतिशत महिलाएँ ही ऐसी होती हैं, जिनकी यह थैली पहले ही फट जाती है लेकिन ऐसा खुले आम तो नहीं होता। यह तभी हो सकता है, जब आप लेटी हों। कम से कम आप खुलेआम सड़क पर लेटने तो नहीं जा रहीं न! यदि थैली फटती भी है तो सब कुछ एक ही बहाव में नहीं होता। जब आप खड़ी या बैठी होती हैं तो शिशु का सिर बोतल के कॉर्क का काम करते हुए एम्निओटिक द्रव्य को गर्भाशय के भीतर ही रखता है।

यदि कभी ऐसा हो भी जाए तो निश्चित रहें, आपको कोई भी नहीं घूरेगा। वे आपकी इस हालत को अनदेखा करते हुए मदद करने की कोशिश करेंगे। हर कोई जानता है कि आप गर्भवती हैं। इसका फायदा यह भी है कि आप लेबर के काफी नजदीक पहुँच जाएँगी यानी 24 घंटे के भीतर शिशु का जन्म हो जाएगा। यदि प्रसव शुरू नहीं होता तो डॉक्टर इसे आपके लिए शुरू करेंगे।

वैसे यदि चाहें तो आखिरी दिनों में हल्का पैड लगाएँ ताकि आप स्वयं को सुरक्षित महसूस करें। अपने घर में भी चादर के नीचे भारी तौलिया या मोमजामा बिछा लें क्योंकि आधीरात को भी आपके साथ ऐसा हो सकता है।

शिशु की ड्रॉपिंग

''38 सप्ताह बीतने के बाद भी शिशु की ड्रॉपिंग नहीं हुई तो क्या मेरा प्रसव देर से होने वाला है?''

यदि शिशु अभी बाहर आने के रास्ते तक नहीं पहुँचा तो इसका मतलब है कि इस प्रक्रिया में समय लग सकता है। यह तब होती है जब शिशु खिसककर माँ के पेल्विक एरिया में आ जाता है। पहली गर्भावस्था में ड्रॉपिंग डिलीवरी से दो-चार सप्ताह पहले होती है। दूसरी-तीसरी गर्भावस्था वाली महिलाओं को लेबर तक नहीं होती। हालांकि अपवाद तो हर जगह होते हैं। आपकी ड्रॉपिंग पहले भी हो सकती है और बाद में भी। आपके शिशु का सिर नीचे आकर फिर से ऊपर जा सकता है।

वैसे इस फर्क को आप स्वयं भी महसूस कर सकती हैं। ज्यों-ज्यों डायफ्राग्म से गर्भाशय का दवाब घटेगा। आपको सांस लेने में आसानी होती जाएगी। आप पहले से कहीं आसानी से खाना खा सकेंगी। छाती में जलन व अपच भी नहीं होगा। हालांकि कई और परेशानियां साथ जुड़ जाएँगी आप को बार-बार मूत्र के लिए जाना होगा, जोड़ों की तकलीफ बढ़ जाएगी। अपना संतुलन डांवाडोल सा लगेगा।

कई बार तो यह होने पर भी आपको फर्क पता नहीं चलता क्योंकि कुछ लक्षण तो पहले से ही साथ होते हैं। आप उन्हें गहराई से महसूस नहीं कर पातीं।

डॉक्टर शिशु के सिर की स्थिति जांचने के लिए अंदरूनी जांच करेंगे व पेट को दबा कर उसकी स्थिति जांचेंगे।

शिशु अपनी गति के हिसाब से किसी भी व्यवस्था में हो सकता है। हो सकता है कि उसने नीचे आना शुरू ही किया हो। यह भी हो सकता है कि उसके बिल्कुल नीचे आने के बाद प्रसव हो, ऐसी अवस्था में आपको थोड़ी कम मेहनत करनी पड़ सकती है।

शिशु का रोना...

जन्म के बाद सबसे पहले शिशु के रोने की आवाज सुनाई देती है लेकिन आपको विश्वास नहीं होगा कि वे गर्भ में भी रोते हैं। अध्ययन से पता चला है कि तेज आवाज होने पर गर्भस्थ शिशु के चेहरे पर रोने के भाव उभर आते हैं। वे पहले से ही रोने की तैयारी करके आते हैं ताकि आपकी नाक में दम कर सकें।

शिशु की हलचल में बदलाव

''मेरा शिशु बहुत तेज़ लातें चलाता था और मैं अब भी उसकी हलचल महसूस कर सकती हूं लेकिन वह पहले जितना सक्रिय नहीं रहा।''

पाँचवे महीने में उसके पास कलाबाजियाँ खाने व लातें चलाने के लिए काफी जगह थी। अब हालात थोड़े बदल गए हैं। उसके पास ज्यादा जगह नहीं है। एक बार उसका सिर पेल्विस की ओर चला गया तो उसकी हलचल और भी घट जाएगी। इस समय में हलचल के घटने-बढ़ने से कोई खास फर्क नहीं पड़ता लेकिन अगर आपको अचानक लगे कि कोई झटका लगने के बाद हलचल बिल्कुल बंद हो गई तो झटपट डॉक्टर को दिखाएँ।

''आज मुझे शिशु की हलचल बिल्कुल पता नहीं चली, इसका क्या मतलब है?''

हमने आपको 'बेबी किट काउंट' का फार्मूला बताया है। उसके हिसाब से शिशु की

> **वजन घटना**
>
> गर्भावस्था के अंतिम दिनों में माँ का वजन बढ़ना भी बंद हो जाता है। ऐसा क्यों होता है। दरअसल यह सामान्य सी बात है। इसका मतलब है कि शरीर प्रसव के लिए तैयार है। आपके शरीर का एम्निओटिक द्रव्य घटने लगा है पसीना व दस्त भी वजन घटा रहे हैं यदि यह आपको अच्छा लग रहा है तो डिलीवरी वाले दिन का इंतजार करें, उस दिन अचानक इतना वजन घटेगा, जितना पूरी जिंदगी में कभी नहीं घट पाएगा।

हलचल का अंदाजा रखें। अगर वह उस हिसाब से हलचल नहीं करता तो अपने डॉक्टर को दिखाएँ। डॉक्टर इस कमी की वजह जान लेंगे तो ठीक रहेगा हालांकि कम हलचल करने वाले सुस्त शिशु भी स्वस्थ रूप से जन्म लेते हैं।

वैसे कई बार इस हालत में पूरी तरह से हलचल बंद होने की कोई गंभीर वजह भी हो सकती है। इस वजह को भी अनदेखा न करते हुए डॉक्टर की राय ले लें।

> **तैयार हो जाएँ**
>
> चाइल्ड बर्थ के लिए तैयारी से ज्यादा कुछ भी मायने नहीं रखता। इस बारे में किताब या डी.वी.डी. आदि किसी भी स्रोत से जानकारी मिलें, उसे अवश्य पढ़ें-सुनें। उस समय आप दर्द से अपना ध्यान हटाने के लिए क्या करना चाहेंगी? यदि डॉक्टर इजाजत दें तो आप संगीत सुनें, टी.वी. देखें, साथी के साथ पोकर खेलें, अपने लैपटॉप पर काम करें या फोन पर गप्पें लड़ाएँ।
>
> यह भी हो सकता है कि आपको इन चीजों को इस्तेमाल करने का मौका ही न मिले लेकिन फिर भी अपना जरूरी सामान साथ ले जाना न भूलें।

''मैंने सुना है कि डिलीवरी पास आने पर शिशु की हलचल घटती है लेकिन मेरा शिशु तो अभी भी उतना ही सक्रिय है?''

हर शिशु अपने-आप में अलग होता है। उसकी सक्रियता का स्तर अलग होता है। कुछ शिशु सुस्त होते हैं तो कुछ अपनी पूरी चुस्ती-फूर्ति बनाए रखते हैं। वैसे डिलीवरी के आखिरी दिनों में उसके पास जगह की कमी होने की वजह से हलचल थोड़ी घट जाती है लेकिन अगर आप उसकी हलचल का पूरा अंदाजा रखती हैं तो आपको घबराने की कोई जरूरत नहीं है।

नेस्टिंग इंस्टिंक्ट

''नेस्टिंग इंस्टिंक्ट बनी-बनाई बात है या सच है?''

पक्षियों की तरह मनुष्य में भी यह भावना पाई जाती है। जिस तरह पक्षी अंडे देने से पहले घोंसला बनाते हैं। उसी तरह इंसान के मन में भी यह व्यग्रता आ जाती है। डिलीवरी से कुछ समय पहले माँएँ घर का हर कोना झाड़-पोंछ कर चमका देना चाहती हैं। हर चीज़ ठीक-ठिकाने पर रख देना चाहती हैं। कुछ तो घर में 6 महीने का राशन भरने के लिए बेचैन हो जाती हैं। कुछ नर्सरी का कोना-कोना साफ करती हैं। रसोईघर को नए सिरे से सजाती हैं। घंटों शिशु का सामान सहेजती हैं।

कई बार एड्रेनलिन के स्तर की वजह से भी ऐसा होता है। याद रखें कि ऐसा सभी के साथ नहीं होता। कुछ महिलाएँ बड़े मजे से टी. वी. के आगे बैठकर खाते-पीते अपना सारा वक्त बिताती हैं। उन्हें कोई ऐसी इच्छा नहीं होती।

प्रसव आरंभ के लिए-स्वयं क्या करें

प्रसव की अनुमानित तिथि निकलने के बावजूद आप गर्भवती हैं। कुदरत पता नहीं और कितना समय लेगी? क्या आपको यह मामला अपने हाथ में लेकर प्रसव आरंभ करने की कोई तकनीक अपनानी चाहिए? क्या यह तकलीफें कारगर होती हैं। क्या दाइयों के नुस्खे काम आते हैं? दरअसल इस बारे में कहना मुश्किल है क्योंकि कई बार ऐसे तरीके अपनाते समय अचानक प्रसव अपने-आप भी शुरू हो जाता है। फिर भी आप निम्नलिखित नुस्खे आजमाना चाहती हैं, तो आपकी मर्जी :-

चहलकदमी :-टहलने से गुरुत्वाकर्षण के कारण, शिशु को नीचे की ओर आने में आसानी होती है। इससे प्रसव शुरू नहीं होता लकिन प्रसव के लिए शरीर को तैयार होने में मदद मिलती है।

सेक्स :- माना कि आप इस समय एक छोटे दरियाई घोड़े से कम नहीं लगतीं लेकिन सेक्स का मजा लेने में क्या हर्ज है। इसके साथ ही दूसरा काम भी बन सकता है। अध्ययनों से पता चला है कि वीर्य के कारण संकुचन उत्तेजित होते हैं। कुछ अध्ययन कहते हैं कि आखिर तक सेक्स करने वाली महिलाओं के शिशु, उन महिलाओं के मुकाबले देर से पैदा होते हैं, जो सेक्स नहीं करतीं हम तो यही कहेंगे कि आपको जो अच्छा लगे, वही करें।

इसके अलावा सदियों से कुछ घरेलू नुस्खे चलते आए हैं। इन्हें आजमाने से पहले डॉक्टर की राय अवश्य लें। वे हैं-

निप्पल उत्तेजना :- निप्पल उत्तेजित करने से आपके शरीर में कुदरतन ऑक्सीटोसिन बनता है और प्रसव-पीड़ा शुरू होती है। कहते हैं कि यह काम दिन में कई घंटे तक करना होगा। वैसे हम बता दें कि इससे तेज व लंबी प्रसव-पीड़ा हो सकती है। यह तरीका आजमाने से पहले कम से कम चार बार सोच लें।

कैस्टर ऑयल :- कैस्टर ऑयल कॉकटेल से प्रसव शुरू करना चाहती हैं। इससे शौच के लिए बार-बार जाना होगा और गर्भाशय में संकुचन शुरू हो जाएगा। इसे लेने से आपको डायरिया, पेट में ऐंठन या उल्टी हो सकती है इसलिए ऐसा काम करने से पहले थोड़ा सोच लें।

आयुर्वेदिक चाय और उपचार :- रसभरी की पत्तियों की चाय आदि कई तरह के उपचार दादी माँ बताती हैं लेकिन उनकी सुरक्षा के लिहाज से कोई अध्ययन नहीं हुए हैं इसलिए डॉक्टर से पूछे बिना कोई कदम न उठाएँ।

यह याद रखें कि एकाध सप्ताह में आप स्वयं या डॉक्टर की मदद से उस प्रक्रिया तक पहुँच जाएँगी, जिसका आपको बेसब्री से इंतजार है।

यदि आपको भी ऐसा लग रहा है तो कृपया शिशु की नर्सरी को अपने-आपको भेंट न करें। आप सीढ़ियों से गिर सकती हैं। अपने-आप को घर के काम से पूरी तरह न थकाएँ। आपको अभी बहुत सी ऊर्जा बचा कर रखनी है। अपनी हदें कभी न भूलें। आप एक इंसान हैं और आप अकेले ही सारे काम नहीं कर सकतीं।

नौ माह पूर्ण होने के पश्चात पैदा होने वाले शिशु (ओवरड्यू शिशु)

''प्रसव के लिए एक सप्ताह ऊपर हो गया

है। क्या मेरा प्रसव अपने आप शुरू हो जाएगा?''

आप बड़ी उत्सुकता से प्रसव की अनुमानित तिथि का इंतजार कर रही थीं। वह बीतने के बाद भी प्रसव पीड़ा शुरू नहीं हुई। आशा निराशा में बदल गई। अध्ययनों से पता चला है कि 70 प्रतिशत मामलों में आप जिसे ओवरड्यू कहते हैं, ऐसा नहीं होता क्योंकि अक्सर प्रसव की अनुमानित तिथि निकालने में गलती हो जाती है। अगर आपका सचमुच ओवरड्यू का मामला है तो डॉक्टर इतना लंबा इंतजार नहीं करते। 41वें सप्ताह में ही प्रसव शुरू कराने की प्रक्रिया शुरू कर दी जाती है क्योंकि अध्ययनों से पता चला है कि इसके एम्निओटिक द्रव्य का स्तर घटने लगता है और शिशु के लिए गर्भाशय का घर अनुपयुक्त होने लगता है।

''मैंने सुना है कि ओवरड्यू शिशु अंदर सही तरह से रह नहीं पाते। मैंने अभी-अभी 40 सप्ताह पूरे किए हैं। क्या मेरे शिशु की डिलीवरी हो जानी चाहिए?

40 सप्ताह बीतने का मतलब यह भी नहीं कि शिशु गर्भाशय से बाहर निकलने को तड़पना शुरू कर देगा।

अगर गर्भावस्था सचमुच 42 सप्ताह की हो जाए तो वह घर उसके लिए अनुपयुक्त होने लगता है। प्लेसेंटा से पर्याप्त पोषण व ऑक्सीजन नहीं मिल पाते। एम्नियोटिक द्रव्य की मात्रा घटने लगती है।

ऐसे शिशु 'पोस्टमैच्योर' कहलाते हैं। उनकी त्वचा सूखी, उतरी हुई, ढीली और झुर्रियों वाली होती है क्योंकि त्वचा की सुरक्षात्मक परत उतर चुकी होती है। उनके नाखून व बाल भी दूसरे नवजातों की तुलना में बड़े होते हैं। वे दूसरे बच्चों के मुकाबले ज्यादा चौकन्ने होते हैं व आँखें पूरी तरह खुली होती हैं। इन्हें आपरेशन से बाहर निकालना पड़ता है, इनके सिर का घेरा भी थोड़ा बड़ा होता है। इन्हें जन्म होने के कुछ समय बाद तक नर्सरी में रखना पड़ता है। हालांकि ये पूरी तरह स्वस्थ होते हैं।

डॉक्टर गर्भावस्था का 41वाँ सप्ताह लगते ही प्रसव शुरू करना चाहते हैं जबकि कुछ डाक्टर थोड़ा इंतजार करना पसंद करते हैं। वे शिशु की पूरी जांच करते रहते हैं। वैसे उम्मीद

थोड़ी सी मालिश

शिशु के आने का इंतजार है तो कुछ न करें अपने पैरीनियम की मालिश करें। इससे आपकी योनि व गुदा के बीच का मार्ग शिशु के आने के लिए थोड़ा तैयार हो जाएगा। कुछ विशेषज्ञ मानते हैं कि इस तरह आप एपीसियोटॉमी से भी बच सकती हैं। आपके हाथ साफ व नाखून कटे हों। हाथ पर हल्की के-वाई जैली लगाकर योनि में डालें। गुदा की ओर दबाव देते हुए मालिश करें। गर्भावस्था के अंतिम हफ्तों में हर रोज पाँच-सात मिनट तक ऐसा करें। अगर आप ऐसा नहीं भी करना चाहतीं तो घबराने की कोई बात नहीं। समय आने पर शरीर स्वयं को इसके लिए तैयार कर लेगा। अगर आप पहले भी माँ बन चुकी हैं तो फिर इसकी बिल्कुल जरूरत नहीं है।

यदि मालिश करना चाहती हैं तो थोड़ा हल्के हाथ से आराम से करें। आप भी नहीं चाहेंगी कि प्रसव से पहले ही त्वचा पर कोई खरोंच आ जाए या फिर सूजन हो जाए इसलिए थोड़ा संभल कर चलने में ही भलाई है।

तो यही है कि आपका शिशु बिना किसी उलझन के अपने गर्भाशय होटल से चैकआउट करने को राजी हो जाएगा।

जन्म के समय दूसरों को बुलाना :-

''मैं शिशु जन्म को लेकर काफी उत्साहित हूँ और इस खुशी को अपनी बहनों व सहेलियों के साथ बाँटना चाहती हूँ। क्या उन सबको मेरे व मेरे पति के साथ बर्थ रूम में बुलाना ठीक रहेगा?

आप अपने इस अनुभव को दूसरों के साथ बाँटना चाहती हैं, अपनों को साथ देखना चाहती हैं तो इसमें कोई बुराई नहीं है।

दरअसल एपीड्यूरल के इस्तेमाल से प्रसव का दर्द घट जाता है इसलिए ज्यादातर महिलाओं को इसके बाद दर्द महसूस नहीं होता और वे इस समय को खुशी-खुशी बिताना चाहती हैं। कई जगहों पर ऐसे मेहमानों को बिठाने की पूरा इंतजाम होता है। कुछेक जगह तो पति को ऑपरेशन के कमरे तक भी जाने की इजाजत होती है।

कई डॉक्टर कहते हैं कि अपनों का सहारा व साथ मिलने से गर्भवती माँ की हिम्मत बनी रहती है। वैसे आपको ऐसे मेहमानों को बुलाने से पहले कुछ बातों पर ध्यान देना चाहिए। क्या आपके डॉक्टर व अस्पताल का माहौल इस बात की इजाजत देते हैं? क्या आप चाहेंगे कि आपकी उस बदहाल अवस्था में कई जोड़ी आँखें आप पर टिकी हों? कहीं उनकी असहजता आपको भी परेशान तो नहीं कर देगी? कहीं आप उनकी गपशप से घबरा कर शांति की इच्छा तो नहीं करने लगेंगी? कहीं आप अपना ध्यान शिशु के जन्म पर लगाने की बजाए उनके चाय-पानी में तो व्यस्त नहीं हो जाएंगी?

यदि आप किसी का साथ चाहती भी हैं तो उन लोगों को बता दें कि सी-सैक्शन होने पर, सबको बाहर बैठकर ही इंतजार करना होगा। अगर आप किसी को बुलाना नहीं चाहतीं तो अपने पति के साथ जाएं और शिशु को घर लाने के बाद सबसे मिलवाएं।

खाना?

प्रसव के समय क्या खाएँ। पुरानी दाइयाँ कहती हैं कि कुछ तीखा लें ताकि पेट साफ हो जाए वैसे कुछ टमाटर या अन्नानास खाने की सलाह भी देती हैं।

आप जो कुछ भी खाएँ, वह आपके और शिशु के माफिक होना चाहिए, बाकी बेकार की बातों में क्या रखा है?

एक और लम्बा प्रसव?

''पहली बार मेरा प्रसव 30 घंटे का था और तीन घंटे तक धकेलने के बाद यह खत्म हुआ। हालांकि सब ठीक रहा लेकिन मैं दोबारा इस प्रक्रिया से गुजरने में डर रही हूं।''

ऐसी बड़ी चुनौती का सामना करने के बाद कोई बहादुर ही इसे दोबारा अपना सकता है। हालांकि उम्मीद है कि दूसरी बार प्रसव व डिलीवरी के बारे में कुछ भी पक्का नहीं कर सकते। यह सब शिशु की स्थिति और बहुत सी दूसरी बातों पर निर्भर करता है।

वैसे कहते हैं कि दूसरी डिलीवरी में पहले के मुकाबले कम समय लगता है। भीतर की मांसपेशियां ढीली पड़ने की वजह से प्रक्रिया पहले से आसान हो जाती है। कई बार तो घंटों धकेलने की बजाए मिनटों में ही शिशु बाहर आ जाते हैं।

मातृत्व

''अब जबकि शिशु आने वाला है तो मुझे उसकी देखभाल के बारे मे चिंता होने लगी

थोड़ी सी जानकारी

आप प्रसव-पीड़ा शुरू होने के कितने समय बाद डॉक्टर को बुलाना चाहेंगी? क्या थैली फटने का इंतजार करेंगी? या फिर हल्का सा दर्द उठते ही अस्पताल फोन कर देंगी? इन सब बातों के बारे में डॉक्टर से पहले ही राय ले लें व उनके निर्देश कहीं लिख लें। आपको यह भी पता होना चाहिए कि अस्पताल पहुँचने में कितना समय लगेगा और आप किस रास्ते से जाना चाहेंगी। घर में बच्चों, पालतू व बुजुर्गों का भी इंतजाम कर दें ताकि ऐन मौके पर हड़बड़ाहट न हो।

अपने सामान के बीच एक कॉपी में सब लिख कर रखें या फिर इन निर्देशों को फ्रिज पर चिपका दें।

है। मैंने आज से पहले कभी किसी नवजात को गोद में नहीं लिया।''

अधिकतर महिलाएँ जन्म से ही माँ नहीं होती। रोते शिशु को चुप कराना, डायपर बदलना या फिर नहलाना; यह सब काम तो कुदरतन आ जाते हैं। मातृत्व भी एक कला है,

---

अस्पताल या बर्थिंग सेंटर क्या ले जाएँ

वैसे तो आप कभी भी खाली हाथ अस्पताल जा सकती हैं लेकिन यह अच्छी बात नहीं है। अपना सामान साथ ले जाने से आसानी रहेगी। हालांकि सामान इतना ज्यादा भी न हो कि पूरा सूटकेस भर जाए। सिर्फ वही चीजें लें, जो आपके काम आ सकती हैं। जैसे :-

लेबर या बर्थिंग रूम के लिए

- एक पैन व पैड ताकि आप डॉक्टर के निर्देश, देखभाल करने वाले स्टाफ के नाम वगैरह नोट कर सकें।
- संकुचन का ध्यान रखने के लिए एक हाथघड़ी! वैसे कोशिश करें कि आपका साथी इन दिनों घड़ी बाँधें।
- आपकी मनपसंद ऑडियो-वीडियो सीडी के साथ एम.पी. थ्री प्लेयर व टेपरिकॉर्डर आदि।
- अगर अस्पताल वाले इजाजत दें तो कैमरा व वीडियो कैमरा, फालतू बैटरी ले जाना न भूलें।
- आपके मनपसंद तेल, लोशन, ये मालिश के काम आएंगे।
- पीठ दर्द से राहत के लिए मसाजर या टेनिस बॉल, बॉल काउंटर प्रेशर के काम आएगी।
- आपकी पसंद का तकिया

- बिना चीनी की लॉलीपॉप या कैंडी
- टूथब्रश, टूथपेस्ट, माउथ वाश वगैरह
- भारी जुराबें
- आरामदायक चप्पलें, ताकि टहलते समय दिक्कत न हो।
- लंबे बाल समेटने के लिए क्लिप व हैंडब्रश
- आपके साथी के लिए थोड़ा खान-पान
- सैल फोन व चार्जर

प्रसव के बाद के लिए

- रात को पहनने के लिए गाउन या खुले कपड़े। स्तनपान कराना हो तो छाती से बटनों वाली कमीज व नर्सिंग ब्रा
- कुछ किताबें (बच्चों के नाम वाली भी)
- थोड़े स्नैक्स ताकि अस्पताल में भूख लगने पर उनके खाने के वक्त का इंतजार न करना पड़े।
- घर व परिवार वालों के फोन नंबर
- घर जाते समय पहनने के लिए कपड़े, तब तक भी आपका शरीर पाँच महीने की गर्भवती जैसा होगा।
- घर जाते समय शिशु को पहनाए जाने वाले कपड़े। टी.शर्ट, बूट, कंबल, डायपर वगैरह।
- छोटी कार सीट। अस्पताल वाले शिशु को कार सीट के बिना जाने नहीं देंगे।

जिसके लिए थोड़ा सा अभ्यास व धैर्य चाहिए।

अब वो समय नहीं रहा जब महिलाएँ दूसरों के बच्चे खिलाती थीं या परिवार में किसी के नवजात को घंटों संभालती थीं। आजकल तो कई गर्भवती माँओं ने इससे पहले किसी नवजात शिशु को गोद में भी नहीं लिया होता। वे शिशु के आने के बाद ही अपनी ट्रेनिंग लेती हैं। आप पेरेंटिंग की किताबों, वेबसाइट या बेबी-केयर क्लास से काफी कुछ सीख सकती हैं। पहले एक-दो सप्ताह में थोड़ी परेशानी होगी लेकिन धीरे-धीरे शिशु की जरूरतें ही आपको बहुत कुछ सिखा देंगी।

डर घटने लगेगा, आप पूरी रात उसके साथ जाग सकेंगी और एक जिम्मेदारी का एहसास आ जाएगा। आप बड़े आराम से उसे गोद में बिठा कर कंप्यूटर पर काम करेंगी या फिर उसे एक ओर दबाकर वैक्यूम क्लीनर से घर साफ करेंगी। आप अपने-आप खुद को मम्मी मानने लगेंगी और उसके लिए कविताएँ व लोरियाँ गाने लगेंगी लेकिन दिक्कत यही है कि यह सब अभी महसूस नहीं किया जा सकता । वैसे अभी आप पुरानी मम्मियों से मिलें। ताजा-ताजा माता-पिता बने लोगों से मिलें आप सब कुछ सीख जाएँगी।

सब कुछ भरा-पूरा हो

इन दिनों जमकर खरीददारी करें। रसोई, बाथरूम व घर के किसी भी कोने में सामान की कमी न रहे। आपको अभी से कार सीट और डायपर ले लेने चाहिए क्योंकि डिलीवरी के बाद शरीर में इतनी ताकत नहीं होगी और आप शिशु को छोड़कर बाजार भी नहीं जा पाएँगी।

फ्रिज में खाने-पीने का सूखा व पैकेटबंद सामान भर दें। इस्तेमाल के बाद फेंके जाने वाले बर्तन, तौलिए व रूमाल ले आएँ। शायद आप कुछ दिन तक झूठे बर्तन मांजने के हाल में नहीं होंगी।

कुछ ऐसे व्यंजन पकाकर फ्रीजर में लगा दें जिन्हें कभी भी माइक्रोवेव में गर्म करके खाया जा सके।

कॉर्ड ब्लड बैंक

यद्यपि यह प्रक्रिया अभी प्रयोगशील अवस्था में है लेकिन कई माता-पिता अपने नवजात की गर्भनाल की रक्त कॉर्ड ब्लड बैंक में रखवाने लगे हैं ताकि आने वाले समय में किसी भी गंभीर बीमारी का आसानी से इलाज हो सके।

कॉर्ड ब्लड लेने का तरीका बिल्कुल दर्दरहित है। जब शिशु की नाल काटी जाती है तो उसके बाद यह रक्त लिया जाता है। यह माँ व शिशु के लिए पूरी तरह सुरक्षित है लेकिन इसके भंडरण की प्रक्रिया खर्चीली है। कम खतरे वाले परिवारों के लिए इसके लाभ पूरी तरह से स्पष्ट नहीं हैं।

अतः यह प्रक्रिया अभी विशाल स्तर पर लोकप्रिय नहीं हो पाई है। यदि ब्लड हो तो ल्यूकीमिया, लिम्फोमा, न्यटोब्लसासटोमा, सिक्ल-सैल एनीमिया, सबलास्टिक एनीमिया व थैलासिमिया जैसे रोगों के निदान में सहायता मिलती है। यदि आपके यहाँ भी कॉर्ड ब्लड वैंक की सुविधा उपलब्ध है और आप इसके इच्छुक हैं तो इसे अपनाने में कोई हर्ज नहीं है।

प्री लेबर, फाल्स लेबर, रियल लेबर

टी.वी. पर तो सब कुछ अच्छा लगता है। आधी रात को 3 बजे एक महिला उठकर पेट पर हाथ रखती है और तेज आवाज में पति को उठाती है :- ''हनी, वक्त आ गया है''

लेकिन हैरानी तो इस बात की होती है कि उसे सही वक्त का पता कैसे चला? उसने इतने

भरोसे के साथ प्रसव के बारे में कैसे बता दिया? जबकि यह पहली बार गर्भवती हुई है? वह बड़े आराम से अस्पताल जाने की तैयारी करती है और डिलीवरी के लिए पहुंच जाती है। बेशक, यह सब पहले से स्क्रिप्ट में लिखा होता है।

अगर हमारी बात की जाए तो हमारे पास कोई स्क्रिप्ट नहीं होती। हम रात को 3 बजे भी उठते हैं तो हमें कुछ पता नहीं होता कि वह सचमुच प्रसव का दर्द है या ब्रेक्सटन हिक्स? क्या मुझे उस समय उठकर लाइट जलानी चाहिए और सही समय का इंतजार करना चाहिए? क्या मुझे अपने साथी को जगाना चाहिए? क्या मुझे डॉक्टर को आधी रात जगाकर यह सुनना होगा कि मुझे झूठे दर्द उठे थे? क्या मैं उन गर्भवती महिलाओं में से हूँ, जो झूठे दर्दों में ही चिल्लाने लगती हैं और फिर कोई उन पर ध्यान नहीं देता। या फिर चाइल्ड बर्थ क्लास में मैं ही एक ऐसी महिला हूँ जिसे लेबर की पहचान नहीं है? क्या मैं देर से अस्पताल जाऊँगी और रास्ते में ही शिशु का जन्म हो जाएगा? ऐसे सवाल तो कांट्रैक्शन से भी तेज गति से दिमाग में चक्कर काटने लगते हैं।

सच्चाई तो यह है कि हर गर्भवती महिला को ऐसे डर का सामना करना पड़ता है लेकिन आपको इस बारे में ज्यादा परेशान होने की जरूरत नहीं है। हम आपको हर तरह के लेबर से जुड़े संकेतों व लक्षणों की जानकारी दे रहे हैं।

समय से पूर्व प्रसव के लक्षण

लेबर से पहले समय से पूर्व प्रसव के लक्षण उभरते हैं, जिसका मतलब है कि प्रमुख घटना शुरू होने वाली है। समय से पूर्व प्रसव के शारीरिक बदलाव लेबर से एक महीना पहले भी उभर सकते हैं या फिर एक घंटे पहले भी .... डॉक्टर उस समय जांच करके बता सकते हैं कि गर्भाशय का मुख फैल रहा है या नहीं! इसके अलावा और भी कई लक्षण हैं, जिन पर आप स्वयं ध्यान दे सकती हैं।

ड्रोपिंग :- पहली बार माँ बनने वाली महिलाओं में, लेबर शुरू होने के 2-4 सप्ताह पहले भ्रूण पेल्विस की ओर आ जाते है। दूसरे प्रसव में यह काम तभी होता है जब प्रसव बिल्कुल शुरू होने वाला होता है।

पेल्विस व गुदा मार्ग पर दबाव :- मासिक धर्म की ऐंठन की तरह हल्का दर्द महसूस होता है। इसके अलावा पीठ के निचले हिस्से में दर्द भी होता है।

वजन घटना या बिल्कुल न बढ़ना :- नवें महीने में प्रसव पास आने पर वजन धीरे-धीरे बढ़ता है। आप 2-3 पौंड वजन घटा भी सकती हैं।

ऊर्जा स्तर में बदलाव :- कुछ महिलाओं को बहुत ज्यादा थकान महसूस होने लगती है। तो कुछ कहती हैं कि उनकी ऊर्जा पहले से काफी बढ़ गई है। 'नेस्टिंग इंस्टिंक्ट' के चलते वे शिशु को घर लाने से पहले सजा-संवार लेना चाहती हैं। घर के हर कोने को व्यवस्थित कर देना चाहती हैं।

योनि स्राव में बदलाव :- यदि आप ध्यान देंगी तो पता चलेगा कि स्राव पहले से बढ़ जाता है व गाढ़ा हो जाता है।

म्यूकस प्लग का हटना :- सर्विक्स पतला होकर खुलने लगता है तो गर्भाशय पर सील की तरह लगा प्लग वहाँ से हट जाता है। असली प्रसव से एक दो सप्ताह पहले आपको योनि से म्यूकस के छोटे कतरे निकलते दिखाई दे सकते हैं।

गुलाबी या लाल धब्बे :- सर्विक्स का फैलाव होने के कारण हल्का लाल या गुलाबी म्यूकस निकलने लगता है। यह प्रसव से 24 घंटे पहले शुरू होता है लेकिन कई दिन पहले भी हो सकता है।

ब्रेक्सटन हिक्स कांट्रैक्शन :- ये पहले से ज्यादा ताकतवर और दर्दनाक हो जाते हैं।

डायरिया :- कई महिलाओं को प्रसव से ठीक पहले पतले दस्त आने लगते हैं।

फाल्स लेबर के लक्षण

लेबर है या नहीं? यदि यह सब न हो तो रियल लेबर शुरू नहीं होता; जैसे –

■ संकुचन नियमित नहीं होता और इसकी

संख्या भी नहीं बढ़ती।
असली संकुचन धीरे-धीरे तेज, लंबे व ज्यादा दर्द भरे होते जाते हैं।

- यदि आप स्थिति बदल लें या चक्कर लगाएँ तो कांट्रैक्शन रुक जाते हैं। वैसे कई बार समय से पहले वाले असली प्रसव में भी ऐसा होता है।
- भूरे रंग का स्राव, जो कि भीतरी जांच या संभोग की वजह से हो सकता है।
- संकुचन के साथ भ्रूण की गतिविधियाँ भी गहन हो जाती हैं।

या रखें कि झूठे लेबर से भी कोई नुकसान नहीं होता। अगर आप सामान के साथ अस्पताल पहुँच भी गई हैं तो यही मान लें कि आप आने वाली घटना की तैयारी व अभ्यास कर रही हैं ताकि समय आने पर आपको दिक्कत न हो।

रियल लेबर (असली प्रसव) के लक्षण

कोई नहीं जानता कि असली प्रसव कैसे शुरू होता है? लेकिन इसमें कई तरह के कारकों को शामिल कर सकते हैं। शिशु के मस्तिष्क से माँ को संदेश मिलता है कि माँ! मुझे यहाँ से बाहर निकालो। यह संदेश पाते ही माँ के शरीर में हार्मोनल प्रतिक्रिया होने लगती है। जिनकी वजह से संकुचन प्रारंभ करने वाले प्रोस्टाग्लैंडिन्स व ऑक्सीटोसिन का स्राव होने लगता है।

प्रीलेबर के संकुचन, असली लेबर में बदलते हैं, अगर

- संकुचन कम होने के बजाय बढ़ जाएँ व स्थिति बदलने से भी कोई फर्क न पड़े।
- संकुचन पहले से ज्यादा लगातार व दर्दनाक हो जाते हैं व नियमित होने लगते हैं। हालांकि हर संकुचन लंबा व दर्दनाक (30 से 70 सेकंड) नहीं होता लेकिन उसकी गहनता बढ़ने लगती है।
- पहले-पहले संकुचन मासिक धर्म की ऐंठन या गैस की उथल-पुथल जैसे होते हैं। या फिर पेट के निचले हिस्से पर दबाव पड़ता है। पेट या पीठ के निचले हिस्से से होते हुए दर्द, जांघों तक फैल जाता है लेकिन कई बार झूठे लेबर में भी ऐसा हो सकता है।
- गुलाबी या हल्का लाल रक्तस्राव हो सकता है।

15 प्रतिशत लेबर में पानी की थैली लेबर शुरू होने से पहले झटके से फटती है। कई औरतों में यह लेबर के साथ-साथ फटती है या फिर डॉक्टर द्वारा कृत्रिम रूप से फाड़ा जाता है।

डॉक्टर को कब बुलाएँ

वैसे तो डॉक्टर ने आपको इस बारे में बता ही दिया होगा। जब संकुचन 5 से 7 मिनट के अंतराल पर होने लगे। वैसे इस तरह के अंतराल का इंतजार भी न करें, कोई जरूरी नहीं कि ऐसा ही होगा। यदि संकुचन हो रहा है और आपको असली प्रसव को यकीन नहीं हो पा रहा तो डॉक्टर को फोन करने में कोई हर्ज नहीं है। उन्हें आधी-रात उठाने से न हिचकें, चाहे आपके प्रसव के संकेत झूठे ही क्यों न हों। आप ऐसा करने वाली पहली या आखिरी गर्भवती महिला नहीं है। चाहे वे आपको झूठ ही लग रहे हों फिर भी सावधानी बरतने में क्या हर्ज है।

यदि आपकी ड्यू डेट कई सप्ताह दूर हो और फिर भी अचानक संकुचन शुरू हो जाए या पानी की थैली फट जाए तो डॉक्टर को बुलाने में देर न करें। अगर लाल रंग का रक्तस्राव हो या लाल आपके सर्विक्स या योनि में महसूस हो तो झट से डॉक्टर को बुलाएँ।

तैयार हैं आप?

शिशु के स्वागत के लिए आप तैयार हैं या नहीं? इसके लिए हमारा अगला अध्याय पढ़ें।

अध्याय-15

लेबर और डिलीवरी

क्या आप इन दिनों गिनती में व्यस्त हैं? क्या फिर से अपने पाँव देखने को बेताब हैं? अपने पेट के बल या फिर चैन से सोना चाहती हैं? चिंता न करें, गर्भावस्था समाप्त होने को हो। वो पल आने ही वाला है जब शिशु आपके पेट की बजाए बाँहों में होगा। आप शायद उस प्रक्रिया के बारे में भी सोच रही होंगी जो शिशु को आप तक लाएगी। प्रसव पीड़ा कब आरंभ होगी, आप यही सोचकर परेशान हैं? दूसरी खास बात कि वह खत्म कब होगी? क्या मैं दर्द सह पाऊँगी? क्या मुझे एपीड्यूरल की जरूरत होगी?

भ्रूण की देखरेख? एपीसिओटॉमी? क्या मैं उकडूं मुद्रा में प्रसव कर सकती हूँ? कहीं अस्पताल पहुँचने से पहले देर तो नहीं हो जाएगी?

ऐसे सवालों, जवाबों, साथी, नर्सों, दाई व डॉक्टरों से घिरे होने के साथ-साथ आप उस प्रक्रिया को पूरा कर लेंगी। बस, यहाँ यह याद रखें कि प्रक्रिया चाहे जो भी हो, यह शिशु को आप तक लाने में सहायक होगी।

आप क्या सोच रही होंगी?

म्यूकस प्लग

''मुझे लगता है कि मेरा म्यूकस प्लग निकल गया है? क्या मुझे डॉक्टर को फोन करना चाहिए?''

कई बार सर्विक्स के फैलाव के समय वह जिलेटिन-सा फूला हुआ म्यूकस प्लग निकल जाता है। कई महिलाओं को टॉयलेट में इसका पता चल जाता है और कुछ इस बारे में ध्यान नहीं दे पातीं। हालांकि इसके निकलने का मतलब है कि आपका शरीर आने वाले समय के लिए तैयार हो रहा है, लेकिन यह इस बात का संकेत नहीं है कि वह दिन आ ही पहुँचा है। इस बिंदु पर प्रसव का समय; एक दिन, दो दिन या फिर कई सप्ताह दूर हो सकता है, जिसके साथ आपका सर्विक्स धीरे-धीरे खुलता जाएगा। इसलिए डॉक्टर को बुलाने या घबराने की कोई जरूरत नहीं है।

अगर म्यूकस प्लग नहीं खुला है तो भी इसके लिए परेशान न हों। दूसरा आपके प्रसव के समय से कोई लेना-देना नहीं है।

रक्तस्राव

''मुझे हल्के गुलाबी म्यूकस का स्राव हो रहा है। क्या प्रसव का समय आ गया है?''

इसे हम प्रसव से पहले की तैयारी कह सकते हैं। खून के साथ हल्के गुलाबी या भूरे रंग के स्राव का मतलब है कि सर्विक्स की रक्त नलिकाएँ फूट रही हैं क्योंकि उसका

फैलाव हो रहा है डिलीवरी की प्रक्रिया शुरू हो गई है। उम्मीद है कि शिशु एक-दो दिन में आपके पास होगा। हालांकि प्रसव का समय पूरी तरह से अनिश्चित होता है इसलिए हम प्रसव का दर्द शुरू होने से पहले कुछ नहीं कह सकते।

अगर यह स्राव अचानक गाढ़े लाल रंग का हो जाए तो डॉक्टर से मिलने में देर न करें।

पानी की थैली फटना

''आधी रात को गीले बिस्तर पर मेरी आंख खुल गई। मैंने बिस्तर पर मूत्र त्याग किया होगा या पानी की थैली फटी है।''

चादर सूंघकर थोड़ा-बहुत अंदाजा लगा सकती हैं। अगर यह गंध तेज अमोनिया (मूत्र) जैसी नहीं है तो यह एम्निओटिक द्रव्य हो सकता है। हो सकता है कि आपके शिशु का सुरक्षा कवच बनी पानी की थैली फटी हो। आपको एक हल्के से पीले रंग का स्राव लगातार होता रहेगा जो कि डिलीवरी के बाद ही बंद होगा।

आप कीगल व्यायाम करें। अगर यह बहाव रुक जाता है तो यह मूत्र है, यदि नहीं रुकता तो एम्निओटिक द्रव्य ही है।

लेटते समय इसका रिसाव ज्यादा होता है क्योंकि खड़े होने पर तो शिशु का सिर आगे आने से बहाव रुक जाता है। आपके डॉक्टर ने इस बारे में पहले ही निर्देश दे दिए होंगे लेकिन यदि कोई शक हो तो उन्हें फोन कर लें।

''पानी की थैली फटने के बावजूद प्रसव पीड़ा शुरू नहीं हुई। प्रसव कब तक शुरू होगा और इस दौरान मुझे क्या करना चाहिए?''

प्रसव होने ही वाला है। कई महिलाओं को थैली फटने के 12 घंटे के भीतर प्रसव पीड़ा होने लगती है तो कइयों को 24 घंटे तक लग जाते हैं।

10 में से 1 मामले में यह समय और भी ज्यादा हो जाता है। यह समय जितना बढ़ेगा, खतरा उतना ही बढ़ेगा। इस संक्रमण से बचाव के लिए डॉक्टर 24 घंटे के भीतर ही प्रसव शुरू कर देते हैं। कुछ तो सिर्फ 6 घंटे का ही इंतजार करते हैं।

कई महिलाएँ भी इस स्थिति के बाद ज्यादा लंबे समय तक रुकना पसंद नहीं करतीं।

सबसे पहले तो अपने पास पैड या तौलिया रखकर डॉक्टर को फोन करें। योनि को साफ-सुथरा रखें ताकि संक्रमण की संभावना न रहे। बहाव-रोकने के लिए टैंपून की बजाए पैड लें। सेक्स न करें। वैसे तो इस समय आप भी नहीं चाहेंगी। अपने-आप भीतरी जांच न करें और टॉयलेट जाने पर आगे से पीछे की ओर पोंछें।

कई बार ऐसा भी होता है कि अभी शिशु का सिर पेल्विस एरिया में नहीं आया होता और द्रव्य के साथ नाल की योनि तक आ जाता है। ऐसा कुछ महसूस होते ही डॉक्टर को सूचित करें।

गहरा एम्निओटिक द्रव्य

''मेरी झिल्ली फट गई है और द्रव्य साफ नहीं है। यह हल्के-भूरे रंग का है। इसका क्या मतलब है?

हो सकता है कि एम्निओटिक द्रव्य के साथ हल्का हरा-भूरा मीकोनियम भी आ रहा हो। दरअसल वह शिशु का पहला मल है जो कि अक्सर जन्म के बाद होता है। लेकिन कभी-कभी जब भ्रूण कोख में काफी तनाव में होता है या फिर समय ज्यादा हो जाता है तो जन्म से पहले ही शिशु मल कर देता है।

इसकी सूचना अपने डॉक्टर को अवश्य दें। इसका मतलब है कि शिशु काफी दबाव में हैं। वे जल्द से जल्द प्रसव शुरू करेंगे और

शिशु पर लगातार निगरानी रखेंगे।

प्रसव के दौरान एम्निओटिक द्रव्य में कमी

''मेरे डॉक्टर ने कहा कि एम्निओटिक द्रव्य काफी कम है, जिसको पूरा करना पड़ेगा। क्या इसमें घबराने वाली कोई बात है?''

वैसे तो कुदरत इस द्रव्य की कमी नहीं होने देती। अगर कमी हो जाए तो मेडिकल सांइस की मदद ली जा सकती है। गर्भाशय में सर्विक्स से एक कैथेरेटर भीतर डाला जाता है, जिससे एम्निओटिक सैक में सेलाइन सोल्यूशन डालते हैं। यह प्रक्रिया एमनिओइंफ्यूजन कहलाती है। इसके बाद ऑप्रेशन की संभावना काफी हद तक घट जाती है।

संकुचन में अनियमितता

''चाइल्डबर्थ क्लास में हमें सिखाया गया था कि जब प्रसव पीड़ा नियमित हो जाए व हर पाँच मिनट बाद संकुचन होने लगे, तभी अस्पताल जाना चाहिए। मेरे तो पाँच मिनट से भी कम समय पर हैं लेकिन अभी भी नियमित नहीं हैं, मैं क्या करूँ?''

जिस तरह दो महिलाओं की गर्भावस्था एक सी नहीं होती, उसी तरह उनके प्रसव भी एक से नहीं होते। अक्सर किताबों, चाइल्ड-बर्थ कक्षाओं में या फिर डॉक्टर द्वारा जो बताया जाता है, जरूरी नहीं कि सबके साथ वैसा ही हो। हालांकि यह भी सच है कि संकुचन नियमित होने चाहिए।

अगर आपको 20 से 60 सेकंड के तेज संकुचन हो रहे हैं व 5-7 मिनट के अंतराल पर हैं पर नियमित नहीं हैं तो इंतजार किए बिना अस्पताल या बर्थ सेंटर जाएँ, फिर चाहे आपने कुछ भी पढ़ा या सुना क्यों न हो। हो सकता है कि वहाँ पहुँचने तक वे नियमित हो जाएँ और आप प्रसव के सक्रिय फेस में पहुँच जाएँ।

प्रसव के दौरान डॉक्टर को बुलाना

''मेरे संकुचन हर 3-4 मिनट बाद हो रहे हैं। मुझे डॉक्टर को यह बताना बेवकूफी लग रही है क्योंकि उन्होंने कहा था कि हमें लेबर के कई शुरूआती घंटे घर में ही बिताने चाहिए?''

इसमें कोई हर्ज नहीं है। यह सच है कि पहली बार माँ बनने वाली महिलाएँ अपनी लेबर के शुरूआती घंटों में बड़े आराम से अस्पताल जाने की तैयारी कर सकती हैं और शिशु का सामान सहेज सकती है। लेकिन ऐसा लगता है कि आपका लेबर उस ढांचे से मिलता-जुलता नहीं है। अगर आपको हर 5 मिनट में 45 सेकंड तक के तेज संकुचन हो रहे हैं तो आपकी प्रसव पीड़ा का आखिरी दौर तेजी से शुरू हो सकता है। यह भी हो सकता है कि प्रसव का पहला चरण दर्द रहित हो और इसी दौरान सर्विक्स का मुख खुल जाए! इसका मतलब होगा कि आपको अचानक अस्पताल या बर्थ सेंटर भागना पड़ सकता है।

इसलिए डॉक्टर को फोन करने में देर न करें। उन्हें संकुचन का समय, अंतराल वगैरह साफ-साफ बताएँ। हालांकि डॉक्टर फोन पर आपकी आराम से गंभीरता का अंदाजा लगाने की कोशिश कर सकते हैं इसलिए दर्द दबा कर, बहादुर बनने की कोशिश न करें। तकलीफ या चीजों को अपने-आप उन तक पहुँचने दें।

यदि डॉक्टर न मानें तो उनसे पूछें कि क्या आप उनके ऑफिस में जांच कराने आ सकती हैं। अपना बैग साथ ले जाएँ। अगर अभी काफी देर हो तो घर लौटने में भी शर्म महसूस न करें।

सही समय पर अस्पताल न पहुँच पाना

''मुझे डर है कि मैं सही वक्त पर अस्पताल नहीं पहुँच पाऊँगी?''

खुशकिस्मती से आप टी.वी. में ऐसी जो भी डिलीवरी देखती हैं, वह सब झूठ होता है। आमतौर पर पहली बार माँ बनने वाली महिलाओं के पास प्रसव की सूचना बहुत पहले पहुँच जाती है बहुत कम मौके ऐसे आते हैं जब अचानक ही नीचे की ओर दबाव पड़ता है और उसे लगता है कि मूत्र की इच्छा हो रही है। वैसे बेहतर होगा कि आप और आपका कोच दोनों ही इमरजेंसी डिलीवरी के बारे में जानकारी लें ताकि कभी ऐसे हालात बन भी जाएँ तो मामला संभालने में परेशानी न हो।

अगर आप अकेली हैं तो आपातकालीन डिलीवरी

वैसे तो ऐसी नौबत नहीं आएगी लेकिन फिर भी आपको जानकारी होनी चाहिए।

- शांत रहने की कोशिश करें।
- लोकल आपातकाल नंबर मिलाकर अस्पताल बात करें।
- किसी पड़ोसी की मदद माँगेंगे।
- धकेलने का मन होने पर भी जोर न लगाएँ
- अपने बिस्तर पर साफ तौलिया या चादर बिछा लें व दरवाजा खोल दें ताकि आसानी से मदद मिल सके।
- अगर शिशु बाहर आने को तैयार हो जाए तो जब भी दर्द उठे तो उसके साथ जोर लगाएँ।
- शिशु का सिर दिखने लगे तो जोर लगाने की बजाए पैरीनियम पर हल्का दबाव दें। सिर को एकदम खींचने की बजाए धीरे-धीरे बाहर निकालें।
- अगर उसके गले में नाल फँसी दिखे तो उसे आराम से निकाल दें।
- सिर निकालने के बाद एक कंधा निकालें। सिर को थोड़ा उठाएँ व हल्का जोर लगाएँ ताकि दूसरा कंधा निकालें।
- बाकी शिशु आसानी से बाहर आ जाएगा।
- नाल छेड़े बिना शिशु को पेट पर लिटा दें। उसे किसी साफ कंबल या तौलिए में लपेट दें। उसका मुँह व नाक कपड़े से साफ करें। सिर पैरों से नीचे रखें। अगर सांस चालू न हो तो अंगुलियों से मुँह साफ करें व मुँह और नाक में दो-तीन बार हवा फूँकें।
- प्लेसेंटा खुद न निकालें। अगर बाहर आ जाए तो किसी तौलिए में लपेट कर, शिशु के स्तर से थोड़ा ऊँचा रखें। आपको इसे काटने की जरूरत नहीं है।
- मदद आने तक स्वयं को व शिशु को गरम रखने की कोशिश करें।

प्रसव का समय कम होना

''मैं हमेशा ऐसी महिलाओं के बारे में सुनती हूँ, जिनका प्रसव काल काफी छोटा होता है। यह कितना आम है?''

वैसे वे इतने छोटे भी नहीं होते, जितना आपने सोच लिया है, दरअसल कई बार गर्भवती माँ को कई घंटे, दिनों या फिर सप्ताह तक दर्दरहित संकुचन होते रहते हैं और गर्भाशय ग्रीवा का मुख धीरे-धीरे खुलता रहता है। जब उसे इनका एहसास होता है तब तक प्रसव अपने आखिरी चरण में आ जाता है।

कई बार औसतन जिस सर्विक्स को खुलने में घंटों लगते हैं वह कुछ ही मिनटों में खुल जाती है इस तरह के प्रसव में कोई खास

समय नहीं लगता और शिशु को भी कोई नुकसान नहीं होता।

यदि आपको बड़े तेज संकुचन शुरू हो जाएँ तो अस्पताल या बर्थ सेंटर जाने में देर न करें। दवाई से उनका असर घटा सकते हैं ताकि आप पर व शिशु पर ज्यादा दबाव न पड़े।

बैक लेबर

''संकुचन शुरू होने के बाद से मेरे पीठ के निचले हिस्से में इतना दर्द हो रहा कि मैं बरदाश्त नहीं कर पा रही।

शायद आपको 'बैक लेबर' की समस्या है। तकनीकी रूप से, ऐसा तब होता है जब भ्रूण पोस्टीरियर पोजीशन में होता है। उसका चेहरा ऊपर होता है और इसके सिर का पिछला हिस्सा पेल्विस के पीछे दबाव डालता है। जब तक शिशु सही स्थिति में न आ जाए, तब तक लगातार तेज दर्द बना रहता है।

जब इस तरह का दर्द महसूस हो तो कारण की बजाए उसकी रोकथाम पर ध्यान देना ज्यादा जरूरी होता है। अगर दर्द बहुत ज्यादा हो तो एपीड्यूरल की हामी भरें। हो सकता है कि आपको आम खुराक से ज्यादा खुराक देनी पड़े। कई बार नारकोटिक्स से भी दर्द में आराम आ जाता है। वैसे अगर आप दवा नहीं लेना चाहतीं तो कुछ हल्के-फुल्के नुस्खे आजमाए जा सकते हैं।

दबाव घटाना :- अपनी पोजीशन बदलने की कोशिश करें। पैदल चलें, हालांकि तेज संकुचनों के बीच ऐसा करना संभव नहीं होगा। उकड़ूँ बैठें या चौपायों की तरह झुकें, शरीर की कोई भी आरामदायक मुद्रा बनाएँ। अगर लेटने के सिवा कोई उपाय न हो तो पीठ को सही मुद्रा में रखते हुए लेटें।

ठंडा या गर्म :- ठंडा या गर्म; जिस भी सेंक से थोड़ा आराम आए। वही लेने की कोशिश करें या फिर गर्म-ठंडा सेंक दोनों ही लें।

उल्टा दबाव या मालिश :- नर्स या किसी साथी की मदद से उन हिस्सों पर दबाव दें, जिन्हें दबाने से आराम आता हो। इसके लिए दोनों हाथ टेनिस बॉल, बैक मसाजर के दबाव की मदद ले सकते हैं। मालिश से भी हल्का दबाव दे सकते हैं। बारी-बारी से क्रीम, तेल या पाउडर से मालिश की जा सकती है।

रिक्लक्सोलॉजी :- बैक लेबर के लिए इस थैरेपी में, पैर के बॉल के बीचों-बीच अंगुलियों से तेज दबाव दिया जाता है।

दूसरे वैकल्पिक उपाय :- हाइड्रोथैरेपी से दर्द थोड़ा घट सकता है। यदि ध्यान, आत्मसम्मोहन या मानसिक चित्रण का अभ्यास है तो उन्हें भी आजमाएँ। एक्यूपंचर भी करवा सकती हैं लेकिन इसके लिए पहले से एक्यूपंचर विशेषज्ञ से समय लेना होगा।

प्रसव आरंभ कराना

''मेरे डॉक्टर प्रसव शुरू करना चाहते हैं जबकि अभी प्रसव की तिथि निकली नहीं है। मैं तो यही सोचती थी कि प्रसव की तिथि निकलने के बाद ही प्रसव शुरू कराने की जरूरत होती है।''

कभी-कभी कुदरत की भी किसी गर्भवती महिला को माँ बनाने के लिए मदद की जरूरत होती है। तकरीबन 20 प्रतिशत मामलों में ऐसा होता है। यह तब भी जरूरी हो जाता है, जब प्रसव की तिथि निकल जाए। निम्नलिखित मामलों में डॉक्टर को लग सकता है कि हमें कुदरत की मदद करनी होगी।

■ आपकी झिल्ली फटने के 24 घंटे बाद भी प्रसव पीड़ा शुरू न हुई हो। कई डॉक्टर 24 घंटे तक इंतजार नहीं करते।

■ टेस्टों से पता चले कि गर्भाशय आपके

शिशु के लिए एक सेहतमंद घर नहीं रहा, एम्निओटिक द्रव्य का स्तर घट गया है या फिर ऐसा ही कोई कारण।

- अध्ययन से पता चला कि शिशु सामान्य प्रसव के लिए कमजोर है।
- आपको प्रीक्लैम्पसिया, गैस्टेशनल मधुमेह या फिर कोई और लंबी बीमारी है, जिसमें गर्भावस्था बनाए रखने में खतरा हो सकता है।
- यह डर हो कि आप प्रसव शुरू करने के बाद सही समय पर अस्पताल नहीं पहुँच पाएँगी या फिर आपका कम समय के प्रसव का रिकॉर्ड रहा हो।
- आप चाहें तो डॉक्टर से इस बारे में खुलासा माँग सकती हैं। वैसे आपको इस प्रक्रिया की भी जानकारी होनी चाहिए?

प्रसव आरंभ (लेबर इंडक्शन) कैसे होता है?

'लेबर इंडक्शन' एक ऐसी प्रक्रिया है, जिसमें लंबा समय भी लग सकता है।

इस प्रक्रिया में आमतौर पर कई चरण होते हैं, यह जरूरी नहीं कि आपको उन सभी चरणों से गुजरना पड़े।

- सबसे पहले, आपके गर्भाशय मुख को नरम करना होगा। अगर यह पहले से तैयार है तो मान लें कि पहला चरण पूरा हो गया यदि उसका फैलाव शुरू नहीं हुआ तो डॉक्टर आपको वैजाइल जैल के रूप प्रोस्टागलैनडिन ई जैल दे सकते हैं, इसकी एक गोली भी आती है। इस दर्दरहित प्रक्रिया में योनि में सीरिंज डाल कर सर्विक्स के पास जैल पहुंचाते हैं। कुछेक घंटों में जैल अपना काम शुरू कर देता है, डॉक्टर जांच करते हैं कि जैल का असर हुआ या नहीं। यदि न हुआ हो तो जैल की दूसरी खुराक देनी पड़ती है। अगर गर्भाशय का मुँह तैयार है और संकुचन शुरू नहीं हुआ तो इंडक्शन की

प्रक्रिया जारी रहती है। कई डॉक्टर गर्भाशय का मुख तैयार करने के लिए मैकेनिकल एजेंट इस्तेमाल करते हैं; जैसे—एक गुब्बारे के साथ कैथेटर, डाइलेटर या बोटेनिकल आदि।

- अगर एम्निओटिक थैली अभी साथ है तो वे कृत्रिम तरीके से इसे अलग करने की कोशिश करते हैं। हालांकि इस प्रक्रिया में कभी भी पानी की थैली फट भी जाती है। अगर अब भी नियमित प्रसव पीड़ा शुरू न हो तो 'इंट्रावीनस पिटोसिन' देना पड़ता है। यह हार्मोन गर्भावस्था में शरीर में भी बनता है और काफी खास भूमिका निभाता है। इसके अलावा 'मीसोप्रोस्टॉल' नामक दवा भी दी जा सकती है। कुछ अध्ययनों से पता चला है कि इसे देने से आक्सीटोसिन की जरूरत को थोड़ा घटा देती है व प्रसव की अवधि को भी कम करती है।
- प्रसव के दौरान आपके शिशु पर लगातार नजर रखी जाती है। आप पर भी ध्यान दिया जाएगा कि कहीं दवा के कारण ज्यादा तेज और शक्तिशाली संकुचन तो नहीं हो रहा। ऐसा होने पर दवा की मात्रा घटा देते हैं या पूरी प्रक्रिया को ही रोक देते हैं। प्रसव आरंभ होने के बाद दवा रोक देते हैं ताकि आगे की प्रक्रिया कुदरतन चल सके।
- अगर 8 से 12 घंटे के बाद भी प्रसव शुरू न हो तो डॉक्टर प्रक्रिया को रोक सकते हैं या फिर ऑप्रेशन की सलाह दे सकते हैं।

प्रसव के दौरान खान-पान

क्या प्रसव के दौरान खाना-पीना ठीक रहता है?

- यह इस बात पर निर्भर करेगा कि आप इस बारे में किससे पूछ रहे हैं कुछ डॉक्टर इसे सही मानते हैं जबकि कुछ डॉक्टरों का मानना है कि ऐसा करने पर

जनरल एनस्थीसिया देने की नौबत आ सकती है। कुछ डॉक्टर मानते हैं कि कम खतरे वाली गर्भावस्था में महिला हल्का खान-पान ले सकती हैं ताकि उसकी ऊर्जा का स्तर बना रहे और शरीर को ताकत मिलती रहे। अध्ययनों से पता चला है कि प्रसव पीड़ा के दौरान खाने-पीने वाली महिलाओं के प्रसव की अवधि 90 मिनट तक घट जाती है और दर्द निवारक दवाओं की ज्यादा खुराक नहीं देनी पड़ती। आप अपने डॉक्टर से पूछें कि वे इस बारे में क्या करते हैं।

- वैसे डॉक्टर के हामी भरने के बावजूद हो सकता है कि उस समय आपको भूख ही न लगे। वैसे आप पॉपसिकल, जैल-ओ एपलसॉस, पके फल, सादा पास्ता या जैम वाला टोस्ट खाकर अपनी एलर्जी बरकरार रख सकती हैं। उस समय आपको उल्टी भी आ सकती है। कई महिलाओं को तो बिना कुछ खाए भी उल्टी आ जाती है।

आपको अस्पताल जाते समय साथी पर भी ध्यान देना होगा कि वह भी थोड़ी सी पेट-पूजा कर ले।

इमरजेंसी डिलीवरी-साथी या कोच के लिए टिप्स

घर या दफ्तर में

- शांत रहने की कोशिश करें व माँ को तसल्ली दें। चाहे आप डिलीवरी के बारे में ज्यादा नहीं जानते लेकिन शिशु व उसकी माँ ही काफी काम कर लेंगे।
- अस्पताल फोन करके डॉक्टर बुलवाएँ।
- यदि समय है तो अपने हाथ व माँ के योनि प्रदेश को किसी एंटीबायोटिक्स साबुन से धोएं।
- अगर समय है तो माँ को बिस्तर पर इस तरह लिटाएँ कि वह नितंबों को नीचे से पकड़ कर आ सके। पाँवों को सहारा देने के लिए कुर्सियाँ लगा दें। कुछ कुशन व तकिए पीठ के पीछे लगा दें ताकि वह डिलीवरी के लिए आप उकड़ूँ मुद्रा में आ जाए। अगर शिशु का सिर दिखना शुरू नहीं हुआ और आप मदद का इंतजार करना चाहते हैं तो माँ को सीधा लिटा दें, डिलीवरी की प्रक्रिया धीमी हो जाएगी।
- अपने पास तौलिया, अखबार, साफ कपड़े वगैरह रख लें। योनि के नीचे कोई बर्तन या डिशपैन रखें ताकि उसमें एम्निओटिक द्रव्य रखा जा सके।
- यदि बिस्तर या मेज पर ले जाने का समय न हो तो माँ के नीचे अखबार बिछा कर, डिलीवरी के स्थान को साफ रखने की कोशिश करें।

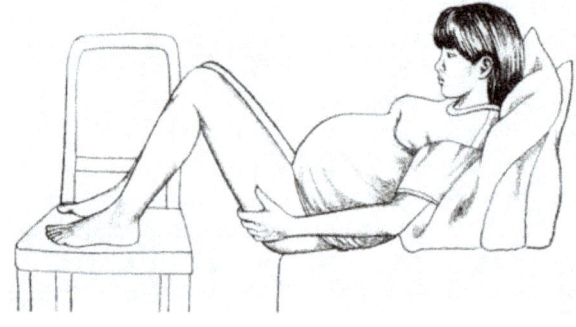

- शिशु का सिर दिखने लगे तो माँ से कहें कि वह धक्का न लगाए। उसके पैरीनियम पर हल्का दबाव दें। सिर को धीरे-धीरे निकलने दें। उसे जोर लगाकर न खींचें। अगर नाल दिखाई दे तो उसे शिशु की गर्दन से निकाल दें।

- सिर को दोनों हाथों में थाम कर नीचे की ओर लाएं व माँ से कहें कि वह धकेले ताकि कंधे बाहर आ सकें। बारी-बारी से दोनों कंधे बाहर आ जाएँ तो बाकी शरीर निकलने में देर नहीं लगती।

- शिशु को माँ के पेट पर लिटा दें। उसे किसी साफ कपड़े या तौलिए में लपेट दें।

- साफ कपड़े से मुँह या नाक पोंछें व सिर को पाँवों से नीचे रखें। मुँह में अंगुलियाँ डाल कर साफ करें व थोड़ी सांस फूँकें ताकि उसकी सांस चालू हो जाए।

- प्लेसंटा को खींचने की बजाए अपने-आप उभरने दें। आपको नाल काटने की भी जरूरत नहीं है।

- माँ व शिशु को गरमाहट में रखें।

अस्पताल ले जाते समय

- अगर कार में ले जाते समय डिलीवरी शुरू हो जाए तो कार को किसी सुरक्षित जगह ले जाएं। अपना फोन पास रखें। कार की सिग्नल बत्ती जला दें। यदि टैक्सी में हैं तो ड्राइवर से अस्पताल फोन करने को कहें।
यदि हो सके तो कार में कंबल या जैकेट बिछाकर उसे पिछली सीट पर लिटा दें। यदि मदद न आए तो शिशु की डिलीवरी करें व फिर उन्हें अस्पताल ले जाएँ।

रूटीन आई.वी.

''क्या यह सच है कि प्रसव के दौरान अस्पताल में जाते ही मुझे आई.वी. लगा देंगे?''

आप जिस अस्पताल में प्रसव के लिए जा रही हैं, यह उसकी नीति पर निर्भर करता है। कई अस्पतालों में तो जाते ही आपके हाथ की नस में एक पतला कैथेटर लगा देते हैं। ताकि कोई भी दवा देने में आसानी हो। इस तरह डी-हाइड्रेशन से भी बचाव होता है और इमरजेंसी के समय दवा देने में आसानी हो जाती है। कई जगह जरूरत पड़ने पर ही आई.वी. देते हैं। आप अपने डॉक्टर से इस बारे में पूछें और अगर आप ऐसा नहीं चाहतीं तो डॉक्टर को पहले ही बता दें।

अगर एपीड्यूरल लेना है तो यह करना ही पड़ेगा। एपीड्यूरल के दौरान व उसके बाद भी आई.वी. से फ्लयूड दिया जाता है।

वैसे हम आपको बता दें कि यह इतना तकलीफदेह नहीं होता। पहले-पहल हल्की सुई चुभने की तकलीफ होगी उसके बाद आपका ध्यान भी इस ओर नहीं जाएगा। आप इसे अपने साथ लेकर बाथरूम जा सकती हैं या बरामदे में टहल सकती हैं। यदि आप इसे बिल्कुल न चाहें तो डॉक्टर से 'हीपारिन लॉक' के बारे में पूछें। इसमें नस में एक छोटी पतली कैथेटर लगाकर दवा डाल देते हैं ताकि खून न जमे, फिर इसे बंद कर देते हैं ताकि आपातकाल में नस खुली मिल जाए और झट से इंजेक्शन या दवा दी जा सके। इस तरह आपको यूँ ही आई.वी. के चक्कर में नहीं फँसना पड़ेगा।

शिशु पर निगरानी

''क्या प्रसव के दौरान शिशु की गतिविधियों पर लगातार नजर रखी जाएगी? इसका क्या फायदा है?''

जिस शिशु ने बड़े आराम से माँ की

कोख में नौ-महीने बिताए हों, उसके लिए जन्म की यात्रा तय करके बाहर आना आसान नहीं होता। कुछ शिशु तो बड़े आराम से यह सफर तय कर लेते हैं लेकिन कुछ शिशुओं की हिम्मत टूट जाती है। कई लक्षणों से पता चलता है कि वे थकान महसूस कर रहे हैं। उनके दिल की धड़कन कम हो जाती है।

डॉक्टर लगातार शिशु की हलचल पर नजर रखते हैं ताकि उन्हें शिशु की सही अवस्था पता चल सके। अगर आपके मामले में भी डॉक्टर को सही लगता है तो वे शिशु पर पूरे प्रसव के दौरान फैटल मॉनिटरिंग से नजर रखेंगे।

फैटल मॉनीटरिंग तीन तरह की होती है।

बाहरी जांच :- इसमें पेट पर दो तरह के उपकरण लगाए जाते हैं। एक अल्ट्रासाउंड ट्रांसड्यूसर, (दिल की धड़करन पर नजर रखता है) दूसरा दबाव–संवेदनशील यंत्र, वह संकुचन की गहनता व अवधि मापता है। ये दोनों मॉनीटर से जुड़े रहते हैं व कागज पर इनकी रिपोर्ट निकलती रहती है। आप इस दौरान बिस्तर या कुर्सी पर हिल-डुल सकती हैं लेकिन आपको ज्यादा आजादी नहीं होती।

लेबर की दूसरी अवस्था में जब संकुचन इतने तेज हो जाते हैं कि शुरूआत या समाप्ति का पता ही नहीं चलता तो उस समय मॉनीटर की मदद ली जाती है। अगर इस दौरान मॉनीटर की मदद न ली जाए तो डॉपलर से शिशु के दिल की धड़कन जांची जाती है।

भीतरी जांच

जब ज्यादा सटीक नतीजों की जरूरत पड़ती है तो इसका इस्तेमाल किया जाता है। इसमें योनि मार्ग से शिशु की खोपड़ी पर छोटा सा इलैक्ट्रोड लगा देते हैं। फिर आपके गर्भाशय में एक कैथीटर डाला जाता है या पेट पर उपकरण लगाकर संकुचन की गहनता व अवधि मापी जाती है।

ऐसा तभी किया जाता है जब बहुत जरूरी हो क्योंकि इससे संक्रमण होने का डर रहता है। शिशु के सिर पर हल्की खरोंचे आ सकती हैं, जो कुछ दिन में ठीक हो जाती है। इस समय आपकी गतिविधि काफी कम हो जाएगी।

टैलीमैट्री जांच

यह जांच कुछ खास अस्पतालों में ही उपलब्ध होती है। इसके दौरान आपकी जांच पर एक ट्रांसमीटर लगाया जाता है ताकि शिशु के दिल की धड़कन पता चलती रहे। इस दौरान आप घूम भी सकती हैं और जांच भी जारी रहती है।

ऐसी जांचों के दौरान कई बार झूठे संकेत भी मिल जाते हैं। शिशु घूम गया तो इलैक्ट्रोड हिल जाएगा और मॉनीटर पर सही रिकॉर्ड नहीं आएगा। डॉक्टर इन सब बातों पर ध्यान देने के बाद ही तय करते हैं कि शिशु खतरे में है या नहीं। अगर लगातार शिशु के थकने के संकेत आते रहें तो ऑप्रेशन की तैयारी की जाती है।

झिल्ली फूटना

''मुझे डर है कि मेरी पानी की थैली अपने-आप नहीं फटेगी। डॉक्टर को उसे फोड़ना पड़ेगा। क्या इससे मुझे दर्द होगा?''

नहीं, कई बार तो उसे कृत्रिम रूप से फोड़ने पर कई महिलाओं को पता तक नहीं चलता। वे प्रसव-पीड़ा में इतनी गुप होती हैं कि इस छोटी-सी बात पर उनका ध्यान तक नहीं जाता। बस आपको एकदम पानी बहने का एहसास होगा। कई बार शिशु की भीतरी जांच के लिए भी कृत्रिम रूप से झिल्ली भंग करनी पड़ती है।

वैसे अध्ययनों से पता चला है कि इससे

प्रसव काल छोटा नहीं होता लेकिन कई डॉक्टर आज भी प्रसव को गति देने के लिए ऐसा कहते हैं। यदि कोई वाजिब कारण न हो तो डॉक्टर उसे कुदरतन अपना काम करने का मौका दे सकते हैं।

कई बार शिशु इस थैली के साथ बाहर आता है। इसे जन्म के बाद ही फोड़ा जाता है। यह भी ठीक रहता है।

एपिसिओटॉमी

"मैंने सुना है कि आजकल एपिसिओटॉमी का चलन नहीं रहा (क्या यह सच है)"

आपने सही सुना है। आजकल योनि व गुदा मार्ग के बीच के हिस्से को फैलाने के लिए चीरा नहीं दिया जाता । आजकल बिना वजह चीरा लगाने से बचा जाता है।

हमेशा से ऐसा नहीं था। चीरा लगाने के बाद ही शिशु बाहर आते थे लेकिन अध्ययनों से पता चला कि औसतन प्रसवों में इसके बिना भी काम चल जाता है। माँ रक्तस्राव व संक्रमण के डर से बच जाती हैं।

कई बार यह चीरे इतने बड़े हो जाते थे कि इनसे खतरा पैदा हो जाता था। हालांकि अब भी अगर शिशु बड़ा हो, फोरसैप या वैक्यूम डिलीवरी करनी हो या फिर आपातकाल हो, तो चीरा लगाना पड़ सकता है।

चीरे से पहले आपको लोकल दर्द निवारक इंजेक्शन दिया जाएगा। नीचे का हिस्सा सुन्न होने की वजह से आपको कोई दर्द महसूस नहीं होगा। शिशु व प्लेसेंटा की डिलीवरी के बाद डॉक्टर इस चीरे पर टाँका लगा देंगे।

कई दाइयाँ इससे बचाव के लिए पैरीनियम मालिश की सलाह देती हैं। उनका मानना है कि पहली बार माँ बनने वाली महिलाओं को प्रसव से कुछ सप्ताह पहले से इस हिस्से की मालिश करनी चाहिए।

वैसे डिलीवरी के दौरान डॉक्टर आपके पैरीनियम पर हल्का दबाव देकर सहारा देते हैं ताकि शिशु का सिर अचानक बाहर आने से अनावश्यक चीरा न पड़ जाए।

आप डॉक्टर से इस बारे में राय ले सकती हैं याद रखें कि पहले से सब तय नहीं होता। कई फैसले डिलीवरी रूम में जाने के बाद ही लिए जाते हैं।

फोरसैप

"क्या मुझे डिलीवरी के दौरान फोरसैप की जरूरत पड़ेगी?"

वैसे आजकल फोरसैप की मदद से शिशु को निकालने की बजाय वैक्यूम की मदद ली जाती है। आप निश्चिंत रहें कि फोरसैप भी वैक्यूम या ऑप्रेशन की तरह सुरक्षित होता है।

जब माँ जोर लगाकर इतनी थक जाए कि शिशु बाहर न आ रहा हो तो शिशु को परेशानी से बचाने के लिए फोरसैप की मदद ली जा सकती है।

आपके गर्भाशय का मुँह पूरी तरह खुला होना चाहिए। मूत्राशय खाली हो और पानी की थैली फटी हो। फिर आपको लोकल एनस्थीसिया से सुन्न किया जाएगा। हो सकता है कि योनि मार्ग में चीरा भी देना पड़े। कई बार इसी वजह से शिशु के सिर पर खरोंच या सूजन आ जाती है, जो कुछ दिन में ठीक हो जाती है।

अगर फोरसैप का प्रयास भी असफल रहता है तो ऑपरेशन करना पड़ सकता है।

वैक्यूम का दबाव

"मेरी सहेली को शिशु की डिलीवरी के लिए वैक्यूम एक्सट्रेक्टर की मदद लेनी पड़ी। क्या यह भी फोरसैप की तरह होता है?"

इसमें शिशु के सिर पर प्लास्टिक की एक कैप लगाते हैं व धीरे से उसे बाहर की ओर खींचा जाता है। इस खिचाव से शिशु को

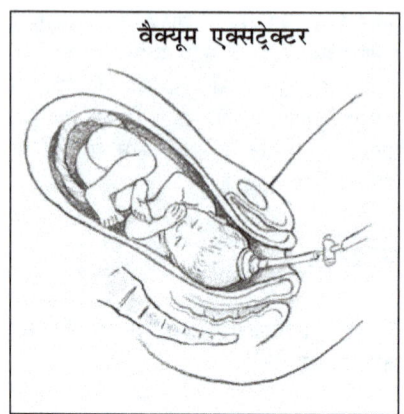

वैक्यूम एक्सट्रेक्टर

बाहर आने में मदद मिलती है। कई बार तो यह फोरसैप और ऑप्रेशन से भी बचा लेता है।

खिचाव के दौरान योनिमार्ग पर चीरा नहीं लगाना पड़ता। ऐसे जन्म लेने वाले कुछ शिशुओं के सिर पर हल्की सूजन आ जाती है जो कुछ दिन के इलाज से ठीक हो जाती है।

यदि वैक्यूम से भी बात न बने तो डिलीवरी के लिए आप्रेशन की मदद लेनी पड़ सकती है।

कई बार डॉक्टर दर्द के दौरान आराम की सलाह भी देते हैं ताकि आप पूरी ताकत व ऊर्जा बटोरकर फिर से जोर लगा सकें। आप अपनी पोजीशन बदल कर भी कोशिश कर सकती हैं। कई बार गुरुत्वाकर्षण की मदद से भी बात बन जाती है।

प्रसव-पीड़ा आरंभ होने से पहले डॉक्टर से पता कर लें कि कैसी स्थिति में कैसा फैसला लेना पड़ सकता है।

प्रसव मुद्राएँ

"मैं जानती हूँ कि प्रसव के दौरान पीठ के बल सीधा नहीं लेट सकते लेकिन कौन सी पोजीशन ठीक रहती है?

आपको प्रसव के दौरान पीठ के बल लेटने की जरूरत नहीं है क्योंकि यह तरीका ज्यादा कारगर भी नहीं होता, इस तरह कई रक्त नलिकाएँ दबने का डर होता है और गुरुत्वाकर्षण की मदद भी नहीं मिल पाती। आप किसी भी पोजीशन में प्रसव कर सकती हैं व उसे अपनी इच्छानुसार बदल भी सकती हैं। इस तरह पोजीशन बदलने से प्रसव की गति भी तेज होती है और बेहतर नतीजे सामने आते हैं।

आप निम्नलिखित में से कोई भी आरामदायक पोजीशन चुन सकती हैं–

खड़े होकर चलते समय :- लम्बवत होने से दर्द घटेगा और गुरुत्वाकर्षण की मदद भी मिलेगी। शिशु को नीचे तक आने में मदद मिलेगी। हालांकि जब प्रसव पीड़ा तेज होने के कारण चलना मुश्किल हो जाए तो आप लेट भी सकती हैं।

रॉकिंग :- हालांकि शिशु अभी धरती पर नहीं आया लेकिन उसे झूलने में तो आनंद अवश्य आएगा। संकुचन शुरू होने के बाद रॉकिंग कुर्सी में बैठकर आगे-पीछे झूलें। इससे श्रोणि प्रदेश खुलेगा व शिशु नीचे की ओर आएगा। इस प्रक्रिया में गुरुत्वाकर्षण की मदद भी मिलेगी।

उकड़ूँ मुद्रा :- जब शिशु के जन्म का समय पास आ जाए तो उकड़ूँ मुद्रा फायदेमंद हो सकती है। इस तरह पेल्विस खुल जाता है और शिशु को नीचे तक आने के लिए खुली जगह मिलती है। आप उकड़ूँ मुद्रा में बैठने के लिए साथी की मदद ले सकती हैं या वहाँ लगे डंडे को पकड़ सकती हैं। इस तरह आपकी टाँगों को भी ज्यादा थकान नहीं होगी।

बर्थिंग बॉल :- ऐसी बड़ी बर्थ बॉल पर बैठने या झुकने से पेल्विस खुलती है और आप लंबे समय तक उकड़ूँ मुद्रा बना सकती हैं।

बैठने की मुद्रा :- आप बिस्तर पर, साथी की बाँहों, या बर्थ बॉल का सहारा लेकर बैठ सकती हैं। इससे गुरुत्वाकर्षण की मदद मिलेगी,

प्रसव मुद्राएं

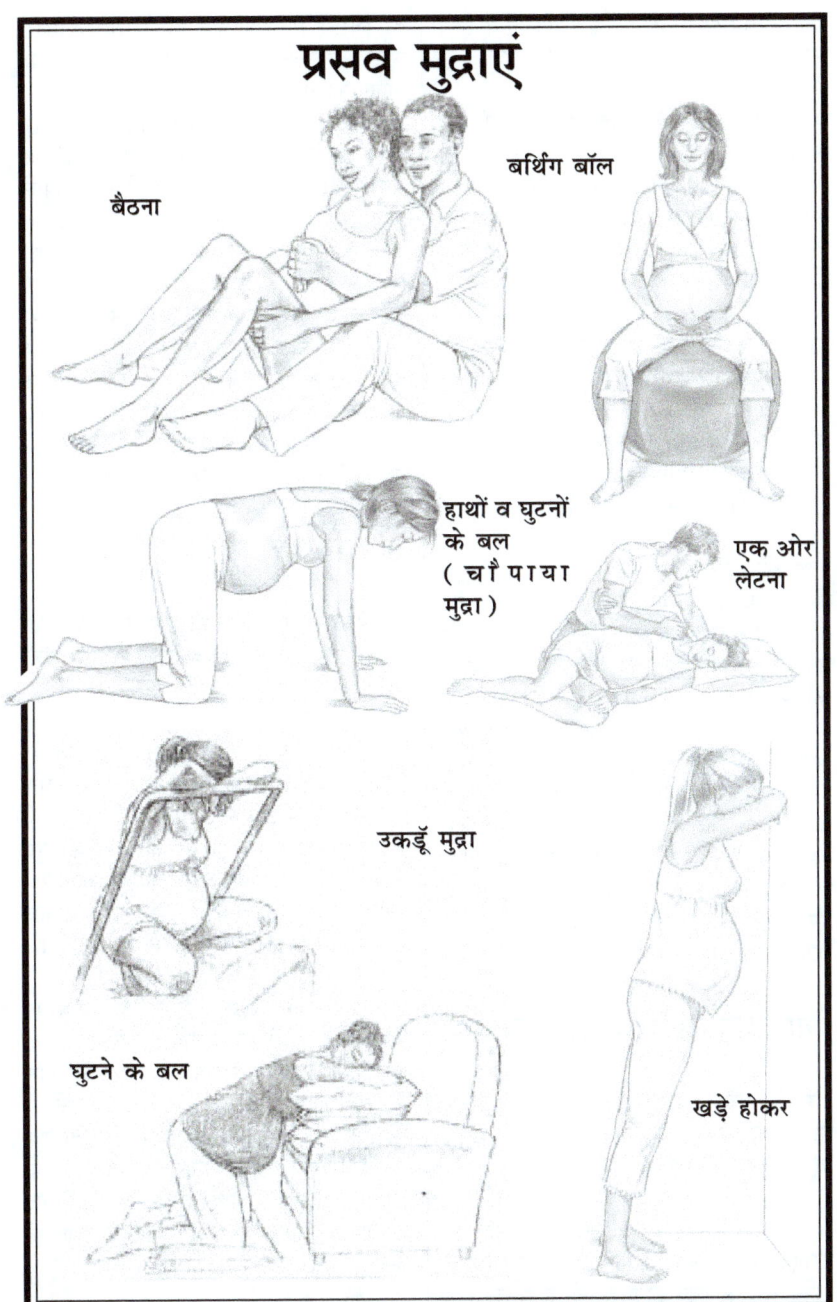

बैठना
बर्थिंग बॉल
हाथों व घुटनों के बल (चौपाया मुद्रा)
एक ओर लेटना
उकडूँ मुद्रा
घुटने के बल
खड़े होकर

संकुचन का दर्द घटेगा। यदि बर्थिंग कुर्सी मिल सके तो उसका प्रयोग कर सकती हैं।

घुटनों के बल :- बैक लेबर है? घुटनों के बल कुर्सी या साथी की गोद में झुकें, खासतौर से जब शिशु का सिर आपकी रीढ़ की हड्डी पर दबाव डाल रहा हो। इससे आप पर दबाव घटेगा और शिशु आगे की ओर आएगा। इसमें जन्म के समय होने वाला दर्द भी काफी घटता है।

हाथ व घुटने :- बैक लेबर में चौपाया मुद्रा भी कारगर हो सकती है। इस तरह आप आराम से पेल्विक टिल्ट कर सकती हैं साथ ही पीठ की मालिश भी की जा सकती है। प्रसव चाहे कैसा भी हो, इस मुद्रा में दर्द घटेगा व गुरुत्वाकर्षण की मदद मिलेगी।

एक ओर लेटना :- बैठ कर या उकड़ूँ मुद्रा में थक गई हैं? तो एक ओर करवट लेकर लेट जाएँ। इससे खास रक्त नलिकाओं पर दबाव नहीं पड़ेगा। संकुचन का दर्द घटेगा व प्रसव की प्रक्रिया भी तेज होगी।

याद रखें कि प्रसव की सबसे बेहतर पोजीशन वही है, जो आपके अनुकूल हो। जब भी मन चाहे, अपनी पोजीशन में थोड़ा बदलाव लाएँ। अगर आप की लगातार जांच हो रही है तो चलना मुमकिन नहीं होगा लेकिन आप एक ही जगह पर कई तरह की पोजीशन बदल सकती हैं। एपीड्यूरल के दौरान भी बैठकर, करवट लेकर लेटकर, या रॉकिंग पोजीशन बनाई जा सकती है।

शिशु का जन्म व स्ट्रैच मार्क्स

''मैं डिलीवरी के दौरान होने वाले स्ट्रैच मार्क्स के कारण परेशान हूँ। क्या मेरी योनि पहले जैसी हो जाएगी।?''

प्रकृति हमेशा माँ के बारे में सोचती है, उसका ध्यान रखती है। योनि शिशु के जन्म के समय बड़े आश्चर्यजनक तरीके से फैल जाती है। जिसमें से 7-8 पौंड का शिशु आराम से बाहर आ सके। फिर कुछ ही सप्ताह में यह अपने आकार में आ जाती है।

वैसे गर्भावस्था में पैरीनियम की मालिश करने से उसकी लोच भी थोड़ी बढ़ाई जा सकती है। कीगल व्यायाम भी योनि को अपने आकार में वापिस आने में मदद करते हैं।

कई महिलाओं का मानना है कि गर्भावस्था के बाद योनि का हल्का फैलाव, उनके सेक्स को आनन्ददायक बना देता है और दर्द भी काफी घट जाता है। कुछ महिलाओं में यौनानंद घट जाता है। यदि वे कीगल व्यायाम करें तो योनि को सही आकार में आने में वक्त नहीं लगता। अगर डिलीवरी के छह महीने बाद भी यह सही न लगे तो डॉक्टर से राय लें।

खून दिखने पर

''मुझे तो खून देखते ही सिर चकरा जाता है पता नहीं मैं अपनी डिलीवरी देख पाऊँगी या नहीं?''

इस समय उतना ही खून निकलता है, जितना आमतौर पर मासिक धर्म के समय होता है। दूसरे, आप उस समय एक दर्शक होने की बजाए प्रसव में सक्रिय होंगी और आपकी पूरी ऊर्जा शिशु को बाहर धकेलने में लग रही होगी। आप इस बारे में उन महिलाओं से बात कर सकती हैं, जो हाल ही में माँ बनी हों।

अगर तब भी घबराहट हो तो उस समय सामने लगे शीशे में न देखें या फिर पेट के नीचे वाले हिस्से पर ध्यान दें, जहाँ से शिशु निकलता दिखेगा। अपनी डिलीवरी देखने से पहले किसी दूसरे की डिलीवरी की वीडियो टेप देखें। तब आपको डर से ज्यादा हैरानी होगी! यदि आपका साथी भी इस बारे में चिंतित हो तो उसे प्रसव से जुड़े सभी पहलुओं की जानकारी दें।

शिशु का जन्म

शिशु को जन्म देना एक बहुत बड़ी चुनौती है यह काफी भावनात्मक और शारीरिक उलझन भी होती है। यह एक ऐसा अनुभव है, जिसे झेलने के बाद आपके हाथ में खुशियाँ ही खुशियाँ होंगी। खुशकिस्मती से इस प्रक्रिया में आप अकेली नहीं होंगी।

शिशु के जन्म की अवस्थाएँ व चरण

इसकी तीन अवस्थाएँ होती हैं–लेबर, शिशु की डिलीवरी, प्लेसेंटा की डिलीवरी अगर ऑप्रेशन न हो तो हमें तीनों अवस्थाओं से गुजरना पड़ता है। लेबर के तीन चरण होते हैं। इनके दौरान उठने वाले दर्द व लक्षण भी अलग-अलग होते हैं। भीतरी जांच से प्रगति का अंदाजा लगाया जाता है।

पहली अवस्था :–लेबर–(अर्ली लेबर) इसमें गर्भाशय का मुख फैलता है। संकुचन 30 से 45 सेकंड के व 20 मिनट या इससे कम फासले पर होते हैं।

सक्रिय लेबर :- गर्भाशय का मुख 7 सें. मी., संकुचन 40 से 60 सेकंड, 3 से 4 मिनट का फासला।

ट्रांज़ीशनल लेबर :- गर्भाशय का मुँह पूरी तरह खुल जाता है। संकुचन 60 से 90 सेकंड, 2 से 3 मिनट के फासले पर।

दूसरी अवस्था :- शिशु की डिलीवरी

तीसरी अवस्था :- प्लेसेंटा की डिलीवरी

आपको अपने कोच व डॉक्टर की मदद तो मिलेगी लेकिन स्वयं भी सारी जानकारी रखना बहुत जरूरी होता है।

पूरे नौ महीने तक गर्भावस्था के दौरान आप काफी कुछ सीख गई हैं लेकिन प्रसव पीड़ा व डिलीवरी के दौरान क्या होगा।

वैसे इसका अंदाजा लगाना काफी मुश्किल है। हर गर्भावस्था की तरह प्रसव-पीड़ा व प्रसव भी अलग होते हैं लेकिन इस बारे में थोड़ी सी जानकारी भी आपके डर व घबराहट पर काबू पा सकती हैं हालांकि यह सब कुछ काफी समान्य होगा और नन्हा-सा शिशु आपकी बाँहों में आ जाएगा।

लेबर-पहली स्टेज

पहला चरण : लेबर जल्दी होना

यह चरण काफी लंबा होता है पर ज्यादा गहन नहीं होता। यह कई घंटों, दिनों या हफ्तों का हो सकता है। दो से छह घंटे में संकुचन के बिना गर्भाशय का मुख पतला होकर 3 सें. मी. तक खुल जाता है।

इस चरण के संकुचन या प्रसव-पीड़ा 20 से 45 सेकंड तक होती है, यह और कम भी हो सकती है। वे हल्के, तेज, नियमित या अनियमित हो सकते हैं। वे धीरे-धीरे पास भी आ सकते हैं।

अर्ली लेबर में निम्नलिखित लक्षण हो सकते हैं :

- पीठ दर्द (लगातार या फिर संकुचन के साथ)

- मासिक धर्म की तरह ऐंठन
- पेट के निचले हिस्से में दबाव
- अपच
- डायरिया
- पेट के निचले हिस्से में गर्माहट का एहसास
- रक्त के साथ म्यूकस का स्राव
- एम्नियोटिक झिल्ली का फटना, जैसे फटती है वो सक्रिय प्रसव के दौरान

भावनात्मक रूप से आपकी अनियमितता, भय या उत्तेजना महसूस कर सकती हैं जबकि कुछ महिलाएँ काफी शांत हो जाती हैं।

आप क्या कर सकती हैं :- इस समय उत्तेजित होने या घबराने की बजाए शांत हो जाएं।

- रात का समय है तो प्रसव पीड़ा तेज होने से पहले थोड़ी नींद लेने की कोशिश करें। यदि नींद न आए तो ध्यान बंटाने के लिए कोई काम करें। फ्रिज में कुछ पका कर रख दें। शिशु के कपड़े तह कर समेटें। यदि दिन का समय है तो रोजमर्रा के काम करें लेकिन सेल फोन के बिना घर से ज्यादा दूर न जाएँ थोड़ा टहलें, टी.वी. देखें, दोस्तों या परिवार को ई-मेल करें या अस्पताल ले जाने वाला सामान तैयार कर लें।
- यदि साथी पास नहीं है, तो उसे सूचना दे दें। यदि आप अपनी मदद के लिए किसी रिश्तेदार को बुलाना चाहती है। तो उन्हें भी पहले ही सूचना दें दें।
- यदि भूख लगी हो तो हल्का-फुल्का नाश्ता कर लें ताकि ऊर्जा का स्तर बना रहे। वैसे ज्यादा भारी खाना न खाएँ, उसे पचाना मुश्किल हो जाएगा। पानी की भरपूर मात्रा लें व संतरे का जूस, लैमनेड न पीएँ।
- अपने-आप को आराम दें। गुनगुने पानी से नहाएँ। पीठ को हीटिंग पैड से सेंकें। कोई भी दवा अपनी मर्जी से न लें।
- अपने संकुचन के समय पर थोड़ा ध्यान दें लेकिन हाथ में घड़ी लेकर बैठने की जरूरत नहीं है।
- शिथिलता तकनीकें इस्तेमाल करें लेकिन अभी से श्वास व्यायाम न करें, वरना आप अभी से ऊब जाएँगी।

साथी के लिए :- यदि आप वहाँ पहुँच गए हैं तो भावी माँ को आराम देने के लिए निम्नलिखित उपाय अपनाएं।

- संकुचन के समय का रिकॉर्ड रखें। जब वे दस मिनट से भी कम समय पर होने लगें तो उन पर ज्यादा ध्यान दें।
- शांति बनाए रखें। अपने साथी को आराम पहुँचाएँ। कहीं ऐसा न हो कि आपकी उत्तेजना की धूम उस तक भी पहुँच जाए हल्की मालिश दें व माहौल खुशनुमा बनाए रखें।
- उसे थोड़ा सहारा व तसल्ली दें। इस समय इसकी सबसे ज्यादा जरूरत है।
- समय बिताने के लिए हल्की-फुल्की गप लगाएँ।
- ध्यान बँटाने की कोशिश करें। वीडियो गेम खेलें, टी.वी. देखें, थोड़ा टहलें या फिर किचन में कुछ पकाएं।
- आप स्वयं भी कुछ खा-पी लें ताकि आपकी ताकत व ऊर्जा का स्तर बना रहे इस तरह अस्पताल में भी आपको, जाते ही कैंटीन नहीं खोजनी पड़ेगी। बस कुछ ऐसा न खाएँ, जिससे आपकी साँसों से तेज बदबू आए।

डॉक्टर बुलाएँ.....

अगर दिन में झिल्ली फट जाए और प्रसव शुरू हो जाए तो डॉक्टर को फोन कर देना चाहिए। अगर लाल या हरा स्राव होने लगे या शिशु की हलचल बंद होती जान पड़े तो डॉक्टर को बुलाएँ।

चाहे ऐसा कुछ न भी हो, फिर भी उन्हें फोन करके बताने में कोई हर्ज नहीं है।

प्रसव पीड़ा के आयाम

इसमें कोई शक नहीं कि प्रसव के समय दर्द तो होता ही है लेकिन इस दर्द की मात्रा को कई कारणों से घटाया या बढ़ाया जा सकता है ये काफी हद तक आपके नियंत्रण में हैं, बस आपको थोड़ी सी योजना बना कर चलना होगा।

दर्द का एहसास बढ़ सकता है	दर्द का एहसास घट सकता है
अकेले रहने से	अपने किसी प्यारे, भरोसेमंद साथी या अनुभवी मेडीकल विशेषज्ञ के साथ रहने से
थकान	थकान से दूर रहें। नौवें महीने में जितना हो सके, शरीर को आराम दें।
भूख व प्यास	प्रसव के आरंभ कुछ हल्का-फुल्का खा-पी लें यदि इजाजत मिले तो उस दौरान भी कुछ न कुछ खाएँ।
दर्द के बारे में सोचना	अपना ध्यान दूसरी ओर लगाएँ। संकुचन के नमूने पर ध्यान न दें। यह न सोचें कि उससे बहुत दर्द होगा याद रखें कि यह पीड़ा बहुत जल्दी खत्म होने वाली है।
तनाव तथा उद्वेग-संकुचन के दौरान तनावग्रस्त होना अनजाना भय	रिलैक्स होने की व ध्यान तकनीकें अपनाएँ। अपनी साँस पर ध्यान न दें। यह न सोचें कि उससे बहुत दर्द होगा याद रखें कि यह पीड़ा बहुत जल्दी खत्म होने वाली है।
आत्मदया	मन ही मन सोचें कि आप भगवान से कितना खूबसूरत उपहार पाने वाली हैं।
नियंत्रण से बाहर व असहाय आपका महसूस करना	बच्चे के जन्म की तैयारी पहले से कर लें ताकि आत्मविश्वास व आत्मनियंत्रण बना रहे।

दूसरा चरण :- सक्रिय प्रसव-पीड़ा (लेबर)

यह सक्रिय चरण पहले के मुकाबले छोटा होता है। जो कि दो से साढ़े तीन घंटे का हो सकता है। प्रसव-पीड़ा पहले से कहीं तेज हो जाती है। 40 से 60 सेकंड का एक संकुचन हो सकता है। उसे 4 मिनट के बाद संकुचन हो सकता है हालांकि जरूरी नहीं कि यह नियमित ही हो। कई बार तो संकुचन के दौरान आराम करने या सांस लेने का मौका भी नहीं मिलता।

अब तक आप अस्पताल या बर्थ सेंटर में होंगी व दर्द सह रही होंगी। यदि एपीड्यूरल इस्तेमाल होगा तो दर्द नहीं होगा।

- संकुचन के साथ दर्द और तकलीफ बढ़ेगी।
- पीठ के दर्द में तेजी आएगी।
- टांगों में तकलीफ व भारीपन होगा।
- थकान।
- रक्तस्राव बढ़ेगा।
- यदि थैली नहीं फटी तो फटेगी या उसे कृत्रिम रूप से फाड़ा जाएगा।

आप काफी बेचैन होंगी और प्रसव पीड़ा में डूब जाएँगी। आपका आत्म विश्वास डगमगाने लगेगा। आप सक्रिय रूप से किए जाने वाले काम के लिए अपने आप को तैयार करेंगी।

सक्रिय प्रसव-पीड़ा के दौरान नर्स या डॉक्टर बीच-बीच में चक्कर लगाने के सिवा आपको अकेला छोड़ देंगे। उस समय कोई साथी या रिश्तेदार ही पास होगा। वे आपकी निम्नलिखित जांच करते रहेंगे—

- रक्तचाप लेंगे।
- डॉपलर या फैटल मॉनीटर से शिशु की जांच।
- संकुचन की ताकत व समय की जांच।
- रक्तस्राव की मात्रा व गुणवत्ता।
- एपीड्यूरल लेना है तो आई.वी. लगाएंगे।
- यदि प्रसव-पीड़ा काफी कम है तो उसे दवा देकर तेज किया जाएगा।
- गर्भाशय के मुख की जांच के लिए समय-समय पर अंदरूनी जांच होगी।
- यदि आप चाहेंगी तो कोई दर्द निवारक दिया जाएगा।
- यदि आप कोई प्रश्न पूछना चाहें तो वे उसका उत्तर भी देंगे। ऐसे समय में कुछ भी पूछने में न हिचकिचाएँ।

अस्पताल या बर्थ सेंटर जाना

आपको इस दौरान अपने साथी या कोच को बुला लेना चाहिए। अगर आपने पहले से ही सारी योजना बना रखी होगी तो कोई मुश्किल पेश नहीं आएगी। टैक्सी या गाड़ी में बैठकर अपनी सीट बेल्ट बांध लें व सर्दी से बचाव के लिए कंबल कर लें।

- अस्पताल पहुँचते ही रजिस्ट्रेशन होगा। यह औपचारिक कार्रवाई आपका साथी पूरी कर लेगा। वैसे आप लोगों को कई तरह के फार्म भी भरने पड़ सकते हैं।
- नर्स आपको आपकी अवस्था के हिसाब से लेबर या डिलीवरी रूम में ले जाएगी। वहाँ आपके गर्भाशय का मुख और शिशु के दिल की धड़कन की जांच होगी। कई जगह साथ आने वालों को भीतर नहीं आने दिया जाता। वे लोग कमरे के बाहर इंतजार करते हैं। आप पता कर लें कि आपके पति भी भीतर आ पाएँगे या नहीं। उम्मीद है आपने पहले ही इन सब बातों का पता लगा लिया होगा। अगर आप घर से खाने को कुछ नहीं लाईं तो फोन करके मँगा लें। हो सकता है कि आपको अपने कपड़ों के ऊपर एक साफ गाउन पहनने को दिया जाए।
- नर्स आपसे जरूरी सवाल जवाब करेगी

जैसे–दर्द कब शुरू हुआ, संकुचन का समय क्या है, आपने कितनी देर पहले कुछ खाया था।

- वह आपके दिल की धड़कन, नब्ज, तापमान वगैरह देखेंगी। आपसे मूत्र का नमूना भी लिया जा सकता है। एम्निओटिक द्रव्य की जांच करने के बाद शिशु की भी अच्छी तरह जांच करेंगी।
- अस्पताल की नीति के हिसाब से आपको आई.वी. भी लगा सकते हैं। समय-समय पर आपकी अंदरूनी जांच से प्रगति का अंदाजा लगाया जाएगा। झिल्ली को कृत्रिम रूप से फाड़ा जा सकता है। इस प्रक्रिया में कोई दर्द नहीं होता बस आपको गर्म पानी के बहाव का एहसास होगा।

इस समय आप डॉक्टर से अपनी जिज्ञासाएँ शांत कर सकती हैं। आपका साथी भी आपकी ओर से सवाल-जवाब कर सकता है ताकि आप को ज्यादा से ज्यादा तसल्ली हो सके।

जब मामला धीमा हो जाए....

वैसे तो आप यही चाहेंगी कि सब कुछ फटाफट निबट जाए लेकिन कई बार प्रसव की प्रक्रिया धीमी हो जाती है। गर्भाशय का मुँह पूरा नहीं खुलता, शिशु बाहर आने को तैयार नहीं होता या आप सही तरीके से जोर नहीं लगा पातीं। कई बार एपीड्यूरल के बाद भी संकुचन हल्के हो जाते हैं। वैसे इसमें चिंता वाली कोई बात नहीं है।

- अर्ली लेबर में डॉक्टर आपको चक्कर लगाने की सलाह दे सकते हैं या शिथिलता तकनीकें आजमाने को कह सकते हैं। वे इसी समय पता लगाते हैं कि वे फाल्स लेबर के लक्षण तो नहीं थे।
- गर्भाशय का मुख न खुला हो तो उसे कुछ दवाओं के इंजेक्शन देकर खोला जा सकता है।
- लेबर के सक्रिय चरण में गर्भाशय का मुँह पूरी तरह न खुला हो या शिशु नीचे की ओर न आए या संकुचन कम हो जाए तो दवा की खुराक बढ़ानी पड़ सकती है।
- यदि दो घंटे तक जोर लगाने के बाद भी डिलीवरी न हो तो डॉक्टर को कोई दूसरा फैसला लेना पड़ सकता है। वे आप्रेशन, वैक्यूम या फोरसैप की मदद ले सकते हैं।

अपना मूत्राशय खाली रखें क्योंकि यह प्रसव की गति में बाधा देता है। आपका पेट भी साफ होना चाहिए। डिलीवरी के लिए अपनी पोजीशन बदलती रहें। धकेलने के समय सही तरीके से जोर लगाएं।

यदि सक्रिय प्रसव के 20-24 घंटे तक भी डिलीवरी न हो पाए तो डॉक्टर ऑपरेशन की सलाह देते हैं। यदि मां व शिशु की अवस्था ठीक हो तो कुछ डॉक्टर थोड़ा और इंतजार करना पसंद करते हैं।

आप क्या कर सकती हैं?-

यह सब आपके आराम के लिए है इसलिए :

- जो भी मन चाहे, वहीं करें, पीठ पर मालिश करवाएँ। मुँह पोंछने के लिए गीला कपड़ा मांगें। आप की मदद करने वाले तैयार हैं पर बोलना तो आपको ही है।
- यदि आपने पहले से सोच रखा है तो श्वास से जुड़े व्यायाम शुरू करें। अपनी नर्स से इस बारे में सुझाव माँगें। याद रखें

हाइपरवेंटीलेट न हों

कई महिलाएँ जरूरत से ज्यादा सांस ले लेती हैं। जिससे रक्त में कार्बन डाई ऑक्साइड का स्तर घटता है। सिर चकराता है। हाथ-पैर सुन्न पड़ते हैं तो अपने डॉक्टर या नर्स को बताएँ। वे आपको एक पेपर बैग में सांसें लेने को कहेंगे। थोड़ी सांसें उसके भीतर लेने के बाद आपको अच्छा महसूस होगा।

कि इस समय आपने वही करना है, जिससे शरीर को ज्यादा से ज्यादा आराम मिले। यदि व्यायाम से आराम न आ रहा हो तो उसे करना जरूरी नहीं है।

■ यदि कोई दर्द निवारक दवा चाहती हैं तो उसके बारे में कहने का सही समय यही है। आपको जरूरत महसूस होने पर कभी भी एपीड्यूरल दिया जा सकता है।

■ यदि आप किसी दर्द निवारक के बिना प्रसव-पीड़ा सह रही हैं तो हर दर्द के बाद थोड़ा आराम करें क्योंकि जब वे पहले से तेज और जल्दी होने लगेंगे तो आराम का समय ही नहीं मिलेगा। शिथिलता की तकनीकें इस्तेमाल करें ताकि आपकी ऊर्जा का स्तर बना रहे।

■ अपने डॉक्टर से पूछकर कुछ भी हल्का-फुल्का खाती-पीती रहें। अगर डॉक्टर हामी नहीं भरती तो मुँह गीला करने के लिए आइस चिप्स चूसें।

■ अगर एपीड्यूरल नहीं है और चल सकती हैं तो टहलें या फिर कम से कम पोजीशन जरूर बदलें।

■ मूत्र के लिए शौच जाती रहें। पेल्विक पर पड़ने वाले दबाव के कारण आपको इसका पता नहीं चल पाएगा लेकिन मूत्राशय भरा होने से दिक्कत आ सकती है। अगर एपीड्यूरल लगा हो तो बार-बार उठने की जरूरत नहीं पड़ती क्योंकि वे मूत्राशय खाली करने के लिए कैथीटर लगा देते हैं।

साथी या कोच : क्या कर सकते हैं?

■ आपको सारी प्राथमिकताएँ पता होनी चाहिए। अगर ममा को दवा की जरूरत है तो दवा दिलवाएं। अगर वह दवा नहीं चाहती तो उसे यूँ ही अपना काम करने दें।

■ वह जो भी चाहे, उसे मिलना चाहिए। उसकी इच्छा मिनट दर मिनट बदल सकती है। एक पल में वह टी.वी. देखना चाहेंगी और दूसरे ही पल उसे बंद करना चाहेंगी। अगर इस समय वह आप पर ध्यान न दे या आपकी तारीफ न करे तो इसे निजी रूप से न लें। वह अगले दिन, सब ठीक हो जाने पर ही आपकी ओर ध्यान दे पाएगी।

■ अपने व उसके मूड का ध्यान रखें। कमरे में हल्की रोशनी रखें।

■ अगर वह चाहे तो हल्का संगीत भी बजा सकते हैं। संकुचनों के दौरान श्वास व शिथिलता तकनीकें जारी रखें। अगर वह ऐसा न करना चाहे तो उसे मजबूर न करें। उसका ध्यान बँटाने के लिए बातचीत करें या वीडियो गेम खेलें। ध्यान उतना ही बँटाएँ, जितना वह चाहे।

■ उसे तसल्ली दें। उसे हिम्मत बंधाएं। किसी भी तरह की आलोचना न करें। उसे याद दिलाएं कि हर दर्द के बाद वह अपने शिशु के पास आ रही है। यदि वह ज्यादा दुखी दिखाई दे तो उसके लिए सहानुभूति दिखाएं।

■ संकुचन का पूरा रिकॉर्ड रखें। नर्स से इस बारे में मदद ले सकते हैं। मॉनीटर पर देख कर आप उसे बता सकते हैं कि दर्द उठने वाला है। यदि वहाँ मॉनीटर न हो तो नर्स से सीखें कि किस तरह पेट पर हाथ रख कर दर्द उठने का पता लगा सकते हैं।

■ उसकी पीठ या पेट की मालिश करें, ताकि उसे कुछ आराम मिल सके। उससे पूछें कि उसे किस तरह की मालिश से

आराम आ रहा है। यदि उसे मालिश से आराम न आए तो सिर्फ बातों के जरिए तसल्ली दें। याद रखें कि एक मिनट पहले वो अच्छा लग रहा था, दूसरे मिनट उससे ही झल्लाहट हो सकती है या फिर इससे उल्टा हो सकता है।

■ हर एक घंटे बाद उसे बाथरूम जाना याद दिलाएं। मूत्राशय भरा होने से प्रसव में दिक्कत हो सकती है।

■ यदि संभव हो तो टहलने या पोजीशन बदलने में उसकी मदद करें।

■ यदि उसे कुछ खाने-पीने की इजाजत है तो कुछ हल्का-फुल्का खाने को दें या फिर चूसने के लिए आइस-चिप्स दें।

■ गीले कपड़े से उसका चेहरा व बदन पोंछते रहें।

■ अगर पांव ठंडे हो रहे हों तो जुराबें पहना दें।

■ वह काफी तकलीफ में है इसलिए ज्यादा ऊँचा नहीं बोल पाएगी। उसकी हर बात सुनने व उसका जवाब देने की कोशिश करें। डॉक्टर से हर दवा व प्रक्रिया के बारे में पूछताछ करें ताकि आपको उसे देने के लिए जानकारी हो। यदि उसके बारे में कोई बात करनी हो तो कमरे से बाहर जाकर करें ताकि उसे दिक्कत न हो।

तीसरा चरण :- स्थानांतरीय प्रसव

यह प्रसव का सबसे मुश्किल, लेकिन छोटा चरण होता है। अचानक दर्द की तीव्रता बढ़ जाती है। वे 60 से 90 सेकंड लंबे हो जाते हैं और 2 से 3 मिनट में उठने लगते हैं। जो महिलाएँ पहले माँ बन चुकी होती हैं उन्हें दर्द की कई लहरों का एक साथ सामना करना पड़ सकता है। आपको लगने लगता है कि दर्द की लहरें कभी खत्म नहीं होंगी और आपको आराम करने का मौका नहीं मिल पाएगा। 7 सेमी. से 10 सेमी. के फैलाव में औसतन 15 मिनट से 1 घंटे का समय लग सकता है। हालांकि कुछ मामलों में तीन घंटे तक लग जाते हैं।

अगर आपने कोई दर्द निवारक नहीं ले रखा तो इस चरण में आप निम्नलिखित लक्षण महसूस कर सकती हैं:

■ संकुचन के साथ बहुत तेज दर्द
■ पीठ के पिछले हिस्से व पैरीनियम में तेज दर्द
■ गुदा पर दबाव (यह शौच वाले दबाव से थोड़ा अलग होगा)
■ रक्तस्राव में वृद्धि
■ बहुत गर्मी या फिर सर्दी महसूस होना
■ टाँगों की ऐंठन, जो कि बरदाशत के बाहर होगी।
■ संकुचन के मध्य हल्की नींद सी आना
■ गले या छाती में अजीब सी जकड़न
■ थकान

भावनात्मक रूप से आपको लगेगा कि सब्र की हद पार हो गई है। अभी धकेलने का समय नहीं आया इसलिए आपके मन में थोड़ी निराशा, बेचैनी या चिड़चिड़ाहट पैदा होगी। आप इन सबके विपरीत शिशु के और पास आने की उमंग में उत्साहित भी हो सकती हैं।

आप क्या कर सकती हैं

इस चरण के बाद गर्भाशय का मुँह पूरी तरह खुल जाएगा और आपको शिशु को बाहर निकालने के लिए जोर लगाना होगा। आगे आने वाले समय की चिंता करने की बजाय यह देखें कि आप कितना लंबा सफर तय करके यहाँ तक पहुँची हैं।

यदि मदद मिलती हो तो खास तकनीकें जारी रखें। जब तक निर्देश न मिलें, जोर न लगाएँ। इससे उस हिस्से में सूजन आ सकती है और डिलीवरी में समय लग सकता है।

अगर साथी के हाथ लगाने से आपको बेचैनी हो रही है तो उसे बताने में न हिचकें।

- हल्की लययुक्त श्वांस के साथ संकुचनों के बीच आराम करने की कोशिश करें।
- अपना ध्यान शिशु पर लगाएँ, शीघ्र ही वह आपकी बाँहों में होगा।

जब गर्भाशय का मुँह पूरी तरह खुल जाएगा तो उसके बाद आपको डिलीवरी रूम में ले जाया जाएगा। अगर आप बर्थिंग बेड पर हैं तो उसके पाँव हटा कर, उसे डिलीवरी के लिए तैयार कर दिया जाएगा।

साथी या कोच :- आप क्या कर सकते हैं

अगर वह एपीड्यूरल पर है तो उससे पूछें कि दूसरी खुराक चाहिए या नहीं। इंजीशन काफी तकलीफदेह होता है। अगर दवा की खुराक पूरी न मिली तो दर्द हो सकता है। अगर दवा चाहिए तो डॉक्टर को बोलें। अगर दवा के बिना प्रक्रिया चल रही हो तो शायद उसे इस समय सबसे ज्यादा आपकी जरूरत है।

- उसके पास बने रहें पर उस पर हावी न हों। यदि वह न चाहे तो उसे न छुएँ। पीठ पर हल्के दबाव से आराम मिल सकता है लेकिन अगर वह यह भी न चाहे तो कुछ न करें।
- इस समय लंबी-चौड़ी बातचीत न करें। उसे छोटे व साफ निर्देश दें। यह चुटकुले सुनाने का समय नहीं है।
- यदि वह चाहे तो उसे सांत्वना दें। इस समय शब्दो की बजाए हल्की सी छुअन या आँखों में आँखें डाल कर बहुत कुछ कहा जा सकता है।
- यदि संकुचनों के बीच श्वास तकनीक से आराम मिलता हो तो उसकी मदद करने की कोशिश करें।
- उसका पेट छूकर संकुचन का पता दें। उसे संकुचन के बीच हल्की लय युक्त श्वास बनाए रखना याद दिलाएँ।
- यदि संकुचन बहुत जल्दी होने लगे और उसे धकेलने की इच्छा हो तो डॉक्टर को बताएँ, हो सकता है कि गर्भाशय का मुख पूरी तरह खुल गया हो।
- उसे पानी का घूँट या आइस-चिप्स देते रहें। उसका मुँह गीले कपड़े से पोंछें। अगर सर्दी महसूस हो तो कंबल ओढ़ाएँ या पैरों में जुराबें पहना दें।
- दोनों अपना ध्यान उस आने वाले पल पर केंद्रित रखें, जब खुशियों से भरी पोटली आपकी बाँहों में होगी।

दूसरी अवस्था : धकेलना व डिलीवरी

इस चरण तक तो शिशु के जन्म में आपकी कोई सक्रिय भूमिका नहीं थी। आपके गर्भाशय के मुँह ने काफी हद तक काम आसान बना दिया है लेकिन अब आपको शिशु को बाहर लाने में मदद करनी है। इस प्रक्रिया में तकरीबन आधे से एक घंटे का समय लगता है। लेकिन कई बार यह 10 मिनट या फिर 2-3 घंटे में पूरी हो पाती है।

इस दौर के संकुचन, पहले चरण की बजाए ज्यादा नियमित होते हैं। वे 60 से 90 सेकंड के तो होते हैं लेकिन कभी-कभी दर्द बढ़ जाता है और कभी-कभी घट जाता है। हालांकि आपको अभी भी यह पता लगाने में मुश्किल होगी कि दर्द कब उठ रहा है। इस समय आप निम्नलिखित लक्षण महसूस कर सकती हैं।

- संकुचन के साथ दर्द, लेकिन थोड़ा कम
- धकेलने की तीव्र इच्छा (एपीड्यूरल के साथ नहीं)
- ऊर्जा का तेज आवेग या थकान
- संकुचन का तेज लहर के साथ उठना व पता चलना

- रक्तस्राव में वृद्धि
- शिशु का सिर उभरने की वजह से योनि में हल्की जलन, खिंचाव या बेचैनी (इसे 'रिंग ऑफ फायर' भी कहते हैं)
- हल्की फिसलन व नमी का एहसास

भावनात्मक रूप से आपको संतुष्टि मिलेगी कि आपने धकेलना शुरू कर दिया है। अगर धकेलने व जोर लगाने में एक घंटे से ज्यादा समय लग गया है तो आप थकान व कुंठा भी महसूस कर सकती हैं। इस समय आपके मन में बस एक ही बात होगी, यह सारी प्रक्रिया कब समाप्त होगी।

आप क्या कर सकती हैं :-

इस समय शिशु ने बाहर आना है इसलिए अपने व डॉक्टर ने आराम के हिसाब से जो भी मुद्रा चुनी हो, उसी में पूरा जोर लगाएं। आधी बैठी या उकड़ूँ मुद्रा कारगर हो सकती है क्योंकि इसमें गुरुत्वाकर्षण की मदद मिलेगी और शिशु नीचे की ओर आएगा इस पोजीशन में अपना चिबुक छाती से लगा लें ताकि आप पूरी तरह से जोर लगा सकें। अगर जोर न लग पा रहा हो तो अपनी पोजीशन बदलने की कोशिश करें। उकड़ूँ मुद्रा में आ जाएँ या हाथों-पैरों के बल बैठ जाएँ।

जब जोर लगाने की बारी आए तो बाकी सब भूल जाएँ। आप धकेलने में जितनी ऊर्जा लगाएँगी, शिशु उतनी जल्दी बाहर आ पाएगा। अगर गलत तरीके से धकेलेंगी तो सिर्फ ऊर्जा व्यर्थ जाएगी और थकान के सिवा कुछ हाथ नहीं आएगा।

- अपने शरीर व जांघों को ढीला छोड़ कर ऐसे जोर लगाएँ, मानो शौच के लिए बैठी हो। अपना पूरा ध्यान शरीर के ऊपरी अंगों पर लगाने की बजाए योनि व गुदा पर लगाएँ। चेहरे पर भी दबाव न दें हल्के नीले निशान उभर सकते हैं। इस तरह शिशु भी बाहर नहीं आ पाएगा।

- इस तरह जोर लगाने से मल भी बाहर आ सकता है। उस बारे में सोचकर शर्मिंदा न हों। डिलीवरी के दौरान मल या मूत्र का निकलना बड़ी बात नहीं है। कमरे में कोई भी इस बारे में परवाह नहीं करेगा और न ही आपको करनी चाहिए। पैड से झटपट सब साफ हो जाएगा।

- जब दर्द उठने वाला है तो कुछ गहरी सांसें ले कर अपने-आप को धकेलने के लिए तैयार करें। फिर दर्द उठे तो गहरी सांस के साथ पूरा जोर लगाएँ। अगर आप नर्स या साथी की मदद चाहती हैं तो उन्हें बताएँ। धकेलने की प्रक्रिया कितनी लंबी होनी चाहिए इसका कोई जादुई फार्मूला नहीं होता। आपको हर दर्द के साथ धकेलना है। जब भी धकेलने की इच्छा हो पूरा जोर लगाएँ। शिशु को बाहर आने में देर नहीं लगेगी। कई बार कुदरतन धकेलने की इच्छा पैदा नहीं होती। तब डॉक्टर या नर्स आपकी एकाग्रता बनाने में मदद कर सकते हैं।

- यदि शिशु का सिर दिखने के बाद गायब हो जाए तो कुंठित न हों ऐसा कई बार हो जाता है। आप तो इतना ही याद रखें कि आप सही दिशा में जा रही हैं।

- संकुचन के मध्य आराम करें। अगर आप धकेलने से थक गई हैं तो डॉक्टर को बताएँ। वे कुछ दर्दों के दौरान न धकेलने की सलाह देंगे ताकि आप अपनी खोई ताकत पा लें।

- जब धकेलना रोकने को कहा जाए तो रुक जाएं। इच्छा होने पर मुँह से फूँकें।

- सामने वाले शीशे पर नजर रखें। शिशु का उभरता सिर आपको धकेलने के लिए प्रोत्साहित करता रहेगा। अगर आप इस प्रक्रिया की वीडियोटेपिंग नहीं कर रहीं तो इसका रिप्ले दोबारा देखने का मौका नहीं मिलेगा।

एक बच्चे का जन्म

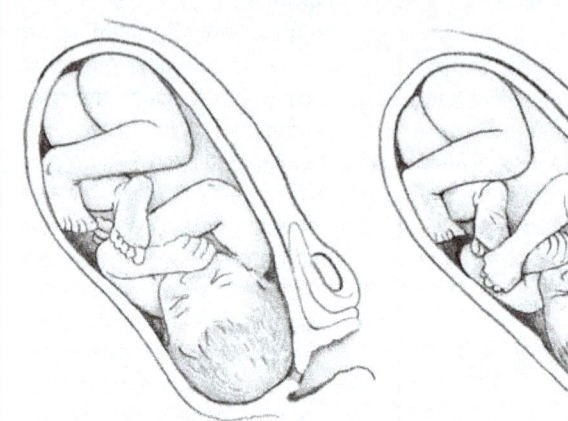

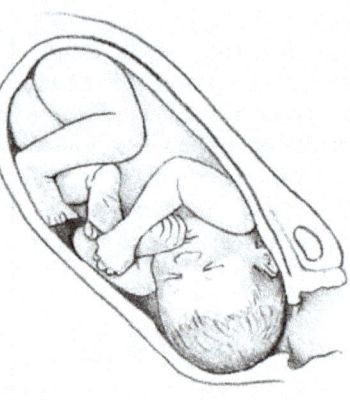

1. गर्भाशय का मुँह थोड़ा खुला है किन्तु अभी पूरी तरह नहीं खुल पाया है।

2. कई बार माँ के पेल्विस क्षेत्र में अपना सिर निकालने के लिए, शिशु प्रसव के दौरान हल्का घूम जाता है। यहां आप ऐसा देख सकते हैं।

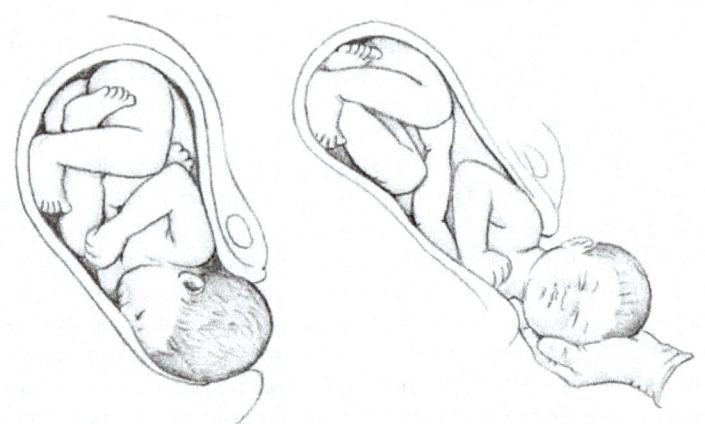

3. गर्भाशय का मुँह पूरी तरह खुल गया है और सिर योनि मार्ग को धकेल रहा है।

4. शिशु का सिर बाहर निकलने के बाद बाकी डिलीवरी काफी जल्दी और आसानी से हो जाती है।

जब आप धकेलने की प्रक्रिया में होंगी तो डॉक्टर आपको सहारा देंगे। शिशु के दिल की धड़कन पर ध्यान रखेंगे। वे अपनी सर्जरी का सामान तैयार करेंगे। एंटीसैप्टिक दवा लगाएँगे। यदि जरूरत पड़ी तो हल्का चीरा लगा सकते हैं। वैक्यूम या फोरसैप का इस्तेमाल भी कर सकते हैं।

शिशु का सिर दिखने लगे तो वे शिशु के नाक व मुँह से फालतू म्यूकस निकाल देंगे व उसे बाहर निकालने की कोशिश करेंगे। सिर निकलने में ही समय लगता है। इसके बाद तो हल्का सा ही धक्का काफी होता है। इसके बाद तो नाल काट कर, शिशु को आपको दे दिया जाएगा या पेट पर लिटा देंगे। इस समय आप शिशु को हाथों से छू सकती हैं। अध्ययनों से पता चला है कि पैदा होते ही जिन शिशुओं को अपनी माँ की त्वचा का संपर्क मिलता है वे बाद में गहरी नींद लेते हैं व शांत रहते हैं।

इसके बाद डॉक्टर शिशु की स्थिति पर ध्यान देंगे व 'अपगार स्केल' पर एक मिनट और पाँच मिनट के हिसाब से जांच करेंगे। उसकी पीठ हल्के से थपथपाएंगे। आपकी कलाई व शिशु के टखने में पहचान के लिए एक बैंड पहना दिया जाएगा। नवजात की आँखों को संक्रमण से बचाने के लिए दवा डाली जाएगी। वैसे आप चाहें तो पहले शिशु को बाँहों में लेने के लिए कह सकती है।। उसके वजन की जांच होगी और फिर उसे तौलिए में लपेट दिया जाएगा। अस्पतालों में अलग-अलग हिसाब से यह काम होते हैं।

फिर शिशु को स्तनपान के लिए आपको सौंपा जाता है कई बार शिशु की पूरी जांच के लिए व कुछ टेस्ट करने के लिए नर्सरी में भी ले जाना पड़ता है। इसके बाद शिशु को आपके कमरे के पालने में पहुँचा देते हैं।

साथी के लिए : आप क्या कर सकते हैं

- धकेलते समय सारी ऊर्जा उसी ओर लगानी पड़ती है इसलिए आप मम्मा की मदद करें। अपना प्यार का आश्वासन दें। अगर वह आपकी ओर ध्यान न दे सके तो बुरा न मानें।
- मुँह की नमी बनाए रखने के लिए आइस चिप्स देते रहें।
- उसकी पीठ को सहारा दें। मुँह को गीले कपड़े से पोछें अगर वह अपनी पोजीशन से हट जाए तो उसे वापिस पोजीशन बनाने में मदद करें।
- उसे साथ-साथ शीशे की ओर देखना याद दिलाएँ। यदि शीशा न हो तो उसे सब कुछ मुँहजबानी बताते जाएँ।

शिशु पर पहली नजर

नौ महीने तक पेट में रहने के बाद साफ-सुथरे, गोल-मटोल शिशु बाहर नहीं आते। उन्हें भी बाहर आने में मेहनत करनी पड़ती है नतीजन उनके रूप-रंग पर इसका असर पड़ता है। हालांकि सभी लक्षण अस्थायी होते हैं। अस्पताल से घर आने तक शिशु अपने सुंदर मनमोहक रूप में आ जाता है।

टेढ़ा-मेढ़ा सिर :- कई बार शिशु के सिर का घेरा उसकी छाती से भी बड़ा होता है। कई बार जन्म की प्रक्रिया में भी सिर का आकार टेढ़ा-मेढ़ा हो जाता है। अगर सिर बाहर निकलते समय गलत तरीके से दबाया जाए तो उस पर गूमड़ उभर आता है। यह दो-तीन सप्ताह में ठीक हो जाता है और शिशु का सिर सही आकार में आने लगता है।

नवजात के बाल :- कुछ नवजात गंजे होते हैं तो कुछ के सिर पर घने बाल होते हैं। वैसे ये सारे बाल धीरे-धीरे झड़ जाते

हैं और नए रंग व बनावट के बाल उगते हैं।

शरीर पर मोमी परत :- मोमी परत उसके शरीर को एम्निओटिक द्रव्य के असर से बनाती है। कई बार प्रीमेच्योर बच्चों में यह परत दिखाई देती है। पोस्टमेच्योर बच्चों में यह बिल्कुल नहीं होती।

जननेंद्रियों की सूजन :- नवजात लड़का व लड़की दोनों की जननेंद्रियों में सूजन हो सकती है। छाती में भी सूजन हो सकती है। कई बार उनसे हल्का सा द्रव्य भी निकलता है। लडकियों में माँ के हार्मोन की वजह से, योनि से हल्का स्राव हो सकता है। ये सब असर 7 से 10 दिन में खत्म हो जाते हैं।

आँखों की सूजन :- कई बार नवजातों की आँखों के पपोटों में भी सूजन होती है। यह भी कुछ दिन में ठीक हो जाती है।

त्वचा :- शिशु हल्की सफेद, गुलाबी या सलेटी सी त्वचा के साथ पैदा होते हैं। जन्म के कुछ घंटों तक पिगमेंटेशन शुरू नहीं हुआ होता। चेहरे पर अस्थायी दाग-धब्बे भी दिख सकते हैं। उनकी त्वचा हवा के संपर्क में आने के कारण रूखी व शुष्क भी हो सकती है।

लैंगो :- कई बार नवजात के कंधों, पीठ व माथे पर काफी बाल होते हैं जो जन्म के समय से पहले या बाद में जन्म लेने वाले शिशुओं में भी पाए जाते हैं। ये बाल कुछ ही समय में अपने-आप झड़ जाते हैं।

बर्थ मार्क :-शिशुओं के शरीर पर जन्म से ही कुछ निशान हो सकते हैं। जिन्हें बर्थमार्क कहते हैं। त्वचा पर हल्का या गहरा चकत्ता हो सकता है। बाजू या जांघ पर काला धब्बा हो सकता है। कई बार छोटे से मस्से जितना उभार भी होता है। कई बार तो ये मस्से स्वयं ही झड़ जाते हैं। शरीर पर अलग-अलग रंग के चकत्ते बाद में हल्के पड़ जाते हैं पर पूरी तरह नहीं मिटते।

तीसरी अवस्था-प्लेसेंटा की डिलीवरी

बुरा समय बीत गया और अच्छा आने को तैयार है। शिशु जन्म के इस आखिरी चरण में कोख से प्लेसेंटा बाहर आएगा। हल्के संकुचन जारी रहेंगे लेकिन आप नवजात में मग्न होंगी इसलिए उनका एहसास नहीं हो पाएगा। गर्भाशय सिकुड़ने से प्लेसेंटा योनि तक आ जाएगा ताकि उसे बाहर निकाला जा सके।

डॉक्टर आपको सही समय पर धकेलने के लिए कहेंगे व प्लेसेंटा को बाहर निकालने में मदद करेंगे। आपको इंजेक्शन की मदद से ऑक्सीटॉसिन दिया जा सकता है ताकि संकुचन तेज हो और प्लेसेंटा बाहर आ सके। इससे गर्भाशय जल्दी ही अपने आकार में आ जाएगा और रक्तस्राव कम से कम होगा। यदि प्लेसेंटा साथ जुड़ा न हुआ तो डॉक्टर आपके गर्भाशय में उसके टुकड़े देखेंगे।

प्रसव समाप्त होने के बाद आप काफी थकान महसूस करेंगी या फिर ऊर्जा से भरपूर हो जाएँगी। कुछ महिलाओं को इस समय सर्दी लगती है तो कुछ भूख महसूस कर सकती हैं।

इस समय मासिक धर्म की तरह रक्तस्राव भी होता है। शिशु के जन्म के बाद आप भावनात्मक रूप से कैसा महसूस करेंगीं? हर महिला अलग तरह से प्रतिक्रिया देती है। आप अपने शिशु व साथी के लिए प्यार महसूस कर सकती हैं। लंबे प्रसव के बाद निढाल पड़ सकती हैं या फिर शिशु को छूकर थोड़ी हैरानी महसूस कर सकती हैं या फिर नन्हे मेहमान को देखकर थोड़ा बेचैन हो सकती हैं, उसने भी आपके मिलने की तकलीफें झेली हैं। आपकी प्रतिक्रिया चाहे जो भी हो, आप शिशु को

गहराई से प्यार करेंगी। हालांकि ये सब बातें थोड़ा समय लेंगी।

आप क्या कर सकती हैं

- अपने शिशु को जी भरकर प्यार करें। शिशु अपनी मम्मी की आवाज पहचानता है इसलिए उससे बातें करें। उसके कान में धीरे से कुछ गुनगुनाएँ ताकि वह इस दुनिया में थोड़ा अपनापन महसूस कर सके। अगर शिशु को नर्सरी में रखा गया है तो थोड़ा इंतजार करें।
- अपने साथी के साथ भी कुछ वक्त बिताएँ।
- प्लेसेंटा को बाहर निकालने में मदद करें। कई बार तो धकेलने की भी जरूरत नहीं पड़ती। डाक्टर बता देंगे कि आपको क्या करना चाहिए।
- चीरा लगा हो तो उसकी मरम्मत होने तक चुपचाप लेटें।
- अपनी उपलब्धि पर गर्व महसूस करें।
- आप अपने पैरीनियम की सूजन उतारने के लिए आईस पैक मँगाएँ। नर्स आपको पैड लगाने में मदद करेगी क्योंकि इस समय आपको रक्तस्राव होगा। इसके बाद आपको साफ-सुथरा करके अपने कमरे में भेज दिया जाएगा।

साथी के लिए : आप क्या कर सकते हैं?

- आपके पास पत्नी व बच्चे के साथ बिताने के लिए काफी समय होगा। नर्स व डॉक्टर बाकी बचा काम संभाल लेंगे।
- अपने नन्हे मेहमान और उसकी मम्मा के लिए प्यार भरे दो शब्द कहें व बधाई दें।
- शिशु से थोड़ी सी बातचीत हो जाए तो कैसा रहेगा, वह आपका भी स्वर पहचानता है। उसे इस अनजाने माहौल में अपनापन मिलेगा।
- हाँ, मम्मा को भी थोड़ा सा दुलार देना न भूलें।
- उसके लिए जूस मगाएँ। अगर आप शैंपेन साथ लाए हैं तो जश्न मनाने में क्या हर्ज है।
- अगर कैमरा या वीडियो पास है तो नन्हे नटखट की तस्वीरें उतारना शुरू कर दें।

सिजेरियन डिलीवरी

आप सिजेरियन डिलीवरी में आम डिलीवरी की तरह सक्रिय रूप से हिस्सा नहीं ले पाएँगी लेकिन इसके भी अपने कुछ फायदे हैं। धकेलने व जोर लगाने की बजाए आप सिर्फ आराम से लेटी रहेंगी। बस आपको इस बारे में जानना जरूरी है। जानकारी जितनी ज्यादा होगी, यह उतना ही आरामदेह हो जाएगा। आपको पहले से ही इस बारे में जान लेना चाहिए क्योंकि कई बार अचानक भी यह फैसला लेना पड़ता है।

लेकिन एनस्थीसिया व अस्पतालों की बदलती नीतियों की वजह से ज्यादातर महिलाएं अपना सिजेरियन देख पाती हैं। उस समय वे काफी हद तक शांत भी होती हैं। सिजेरियन जन्म में निम्नलिखित चरण हो सकते हैं।

- आपको एनस्थीसिया दिया जाएगा। या फिर शरीर के निचले हिस्से में एपीड्यूरल देंगे। अगर आपातकाल में शिशु का जन्म होना हो तो जनरल एनस्थीसिया दिया जा सकता है।
- पेट के निचले हिस्से को एंटीसैप्टिक सोल्यूशन से धोया जाएगा। डॉक्टर कैथीटर से आपका ब्लैंडर भी खाली कर सकते हैं।
- स्ट्राइल ड्रेप को पेट के आसपास लगाएँगे व एक स्क्रीन इस तरह लगाएंगे कि आप पेट पर लगा चीरा न देख सकें।
- उस समय साथी या कोच आपको सहारा दे सकता है या उसे सर्जरी

देखने का मौका भी मिल सकता है।

■ यदि यह आपातकाल ऑप्रेशन है तो घबराएँ नहीं, सब ठीक हो जाएगा; अस्पतालों में तो यह रोज़ की बात है।

■ एनस्थीसिया का असर होने के बाद आपका पेट चीरा जाएगा। आपको एक जिप सी खुलने का एहसास होगा पर दर्द नहीं होगा।

■ फिर गर्भाशय में दूसरा चीरा लगेगा। एम्नियोटिक थैली खोली जाएगी और उसका द्रव्य निकाला जाएगा। आपको उसकी आवाज सुनाई दे सकती है।

■ फिर शिशु को बाहर निकाला जाएगा और सहायक साथ-साथ गर्भाशय को दबाएगा। एपीड्यूरल के साथ हल्का दबाव या खिंचाव महसूस हो सकता है। अपने शिशु का आगमन देखना चाहती हैं तो डॉक्टर से स्क्रीन थोड़ा नीचे करने को कहें। इस तरह आपको सिर्फ शिशु दिखेगा लेकिन बाकी अंग नहीं दिखेंगे।

■ शिशु के नाक और मुँह से म्यूकस निकाला जाएगा और नाल कटते ही आप उसे देख पाएँगी।

■ जिस तरह योनि से जन्म लेने वाले शिशु की देखभाल होती है, ऐसी ही देखभाल इस शिशु की भी होगी। डॉक्टर प्लेसेंटा निकाल देंगे।

■ शिशु की रूटीन जांच के बाद आपके प्रजनन अंगों की जांच होगी। गर्भाशय को धुलने वाले टाँकों से सिल देंगे और पेट पर कटने वाले टाँके लगेंगे।

■ गर्भाशय को सिकोड़ने व रक्तस्राव रोकने के लिए ऑक्सीटोसिन का इंजेक्शन दिया जा सकता है। कई तरह के एंटीबॉयोटिक्स दिए जाएंगे ताकि संक्रमण का खतरा न रहे।

हो सकता है कि डिलीवरी रूम में ही शिशु को दुलारने का मौका मिल जाए लेकिन कई जगह सिजेरियन के बाद शिशु को सीधा नर्सरी में ले जाकर जांच करते हैं इसलिए निराश न हों। आपको बाद में शिशु को प्यार करने का ढेर सा मौका मिलेगा।

बधाई हो! आपने इसे कर दिखाया।

अब अपने शिशु के साथ जीवन का पूरा आनंद लें।

शुभकामनाओं सहित
हैइदी

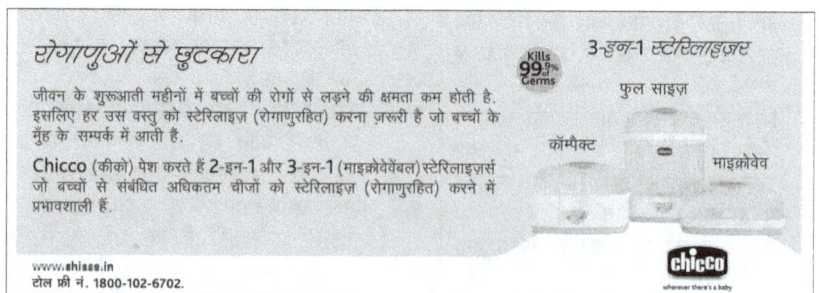

भाग–3

जुड़वाँ, तीन या और शिशु

(जब आप एक से अधिक शिशुओं की माँ बनने वाली हों)

अध्याय-16

एक से अधिक शिशु

क्या आपने एक से अधिक शिशुओं का गर्भ धारण किया? आपको यह खबर सुनते ही दु:ख, खुशी व हैरत का एक साथ सामना करना पड़ा होगा। इन सब भावों के बीच ही कुछ सवालों ने भी सिर उठाया होगा—क्या मेरे शिशु स्वस्थ होंगे? क्या मैं स्वस्थ रहूँगी? क्या मुझे अपना डॉक्टर बदल कर किसी विशेषज्ञ के पास जाना होगा? मुझे कितना भोजन करना होगा या कितना वजन बढ़ाना होगा? क्या मेरे पेट में दो शिशुओं लायक जगह होगी? क्या मेरे घर में दो शिशुओं लायक जगह होगी? क्या मैं पूरे नौ महीने तक अपना गर्भ रख पाऊँगी? क्या मुझे सारा समय बिस्तर पर काटना होगा? क्या दो शिशुओं को जन्म देना मुश्किल होगा?

मल्टीपल प्रेगनेंसी

इन दिनों मल्टीपल प्रेगनेंसी काफी बढ़ती जा रही है क्योंकि 35 वर्ष से अधिक आयु की महिलाएँ माँ बन रही हैं। वे हारमोन में बदलाव की वजह से अधिकतर जुड़वाँ को जन्म देती हैं। इसके अलावा फर्टीलिटी के इलाज व मोटापे को भी इसकी एक वजह बताया जाता है।

आप क्या सोच रही होंगी?

एक मल्टीपल गर्भावस्था का पता लगाना

"मुझे हाल ही में पता चला कि मैं गर्भवती हूं और लगता है कि मैं जुड़वाँ बच्चों की माँ बनूँगी। इसका पक्का पता कैसे लगाऊँ?"

वो दिन चले गए, जब डिलीवरी कक्ष में अचानक जुड़वाँ बच्चे देख कर माँ-बाप हैरत में पड़ जाते थे अब तो माँ-बाप को काफी पहले ही यह खुशखबरी मिल जाती है।

अल्ट्रासाउउंड :-अल्ट्रासाउंड की तस्वीर में सबूत आपके सामने होगा। अगर आप पक्का सबूत चाहती हैं तो अल्ट्रासाउंड से बेहतर सबूत हो ही नहीं सकता। पहली तिमाही में इसे 6 से 8 हफ्ते के बीच एक अल्ट्रासाउंड होता है,

जिसमें आपके मल्टीपल्स का पता चल सकता है लेकिन अगर आप इस मामले में और भी पक्का होना चाहती हैं तो 12 सप्ताह तक इंतजार करें। पहले अल्ट्रासाउंड में दोनों शिशु एक साथ दिखाई नहीं देते।

डॉपलट :- करीब नवें महीने के बाद डॉक्टर डॉपलर से शिशु के दिल की धड़कन जांचते हैं। हालांकि एक ही डॉपलर से दो शिशुओं के दिल की धड़कन जांचना थोड़ा मुश्किल है लेकिन अगर डॉक्टर अनुभवी हुए तो वे ऐसा कर पाएंगे और फिर अल्ट्रासाउंड से खबर पक्की हो जाएगी।

हार्मोन का स्तर :- गर्भधारण के 10 दिन बाद आपके मूत्र में प्रेगनेंसी हॉर्मोन एचसीजी आ जाता है जो कि पहली तिमाही में काफी तेजी से बढ़ता है। कई बार इसके बढ़ते स्तर से भी, एक से अधिक शिशु होने का अंदाजा लगाया जा सकता है लेकिन कई बार जुडवाँ होने पर भी हार्मोन का स्तर सामान्य होता है इसलिए आप पक्का संकेत नहीं मान सकते।

जांच के नतीजे :- दूसरी तिमाही में ट्रिपल या क्वैड स्क्रीन जांच से अच्छी तरह पता चल जाता है कि आपके पेट में एक से अधिक शिशु हैं।

आपकी माप :- शिशु जितने ज्यादा होंगे, गर्भाशय का आकार उतना ही ज्यादा होगा। हर बार डॉक्टर आपके गर्भाशय का आकार उतना ही ज्यादा माप होने पर भी मल्टीपल प्रेगनेंसी का अंदाजा लगाया जा सकता है। हालांकि हर बार ऐसा नहीं होता।

वैसे कई सारी बातों से जब आप अंदाजा

फ्रेटरनल या आइडेंटिकल

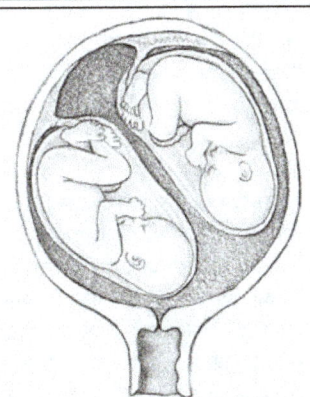

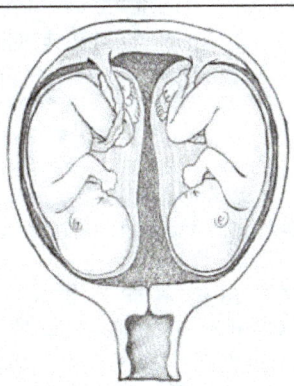

फ्रेटरनल जुड़वाँ में दो अंडे एक साथ फर्टीलाइज होते हैं। आइडेंटिकल जुड़वां में एक ही अंडा फर्टीलाइज होकर दो भ्रूणों में बँट जाता है। इनके प्लेसेंटा एक से भी हो सकते हैं और अलग-अलग भी।

आमतौर पर फ्रेटरनल जुड़वां शिशु ही अधिक होते हैं। यदि आपके परिवार में जुड़वां शिशुओं की परंपरा रही है तो हो सकता है कि आप भी जुड़वां शिशुओं को जन्म दें।

लगा लेंगी तो अल्ट्रासाउंड से इसकी पुष्टि हो जाएगी।

डॉक्टर का चुनाव

" मुझे हाल ही में पता चला कि मैं जुड़वाँ बच्चों को जन्म दूँगी। क्या मुझे अपनी नियमित प्रसूति विशेषज्ञ के पास जाना चाहिए या फिर किसी दूसरी विशेषज्ञ को दिखाऊँ?

अगर आप अपने डॉक्टर से खुश हैं तो उसे जुड़वाँ बच्चों की वजह से बदलने की न सोचें। आप नियमित रूप से अपने चेकअप के लिए जाती रहें।

क्या आप इसके अलावा थोड़ी अतिरिक्त देखभाल भी चाहती हैं? कई बार डॉक्टर भी ऐसे मरीजों को विशेषज्ञ के पास सलाह-मशवरे के लिए भेजते हैं। अगर आप भी इन दोनों का मेल कर सकीं तो बेहतर होगा क्योंकि जुड़वां को जन्म देने वाली माँ की कुछ खास जरूरतें होती हैं। उनके लिए 'प्रीनेटोलॉजिस्ट' की सलाह काफी कारगर हो सकती है अगर आपकी गर्भावस्था खतरे के निशान वाली है, तब तो यह सलाह और भी जरूरी हो जाती है।

ऐसे विशेषज्ञ को चुनते समय उनके अस्पताल पर भी ध्यान दें। आपको ऐसा अस्पताल चुनना होगा जहाँ प्रीमेच्चोर शिशुओं के लिए विशेष देखभाल की व्यवस्था हो क्योंकि जुड़वाँ के मामलों में अक्सर ऐसा होता है।

डॉक्टर से इस बारे में उनकी नीतियों पर भी चर्चा करें। क्या 37-38 सप्ताह में डिलीवरी कर दी जाएगी या फिर सब कुछ ठीक रहने पर इंतजार कर सकते हैं? क्या योनिमार्ग से डिलीवरी होगी या ऐसे मामलों में ऑप्रेशन ही करना पड़ता है? आप लेबर या डिलीवरी रूम में शिशुओं को जन्म दे पाएँगीं या सुरक्षा के लिहाज से पहले ही ऑप्रेशन थियेटर में ले जाएँगे?

डॉक्टर के चुनाव के बारे में, इस पुस्तक में अन्यत्र जानकारी भी दी गई है।

गर्भावस्था के लक्षण

मैंने सुना है कि जुड़वां बच्चों का गर्भ होने पर लक्षण सामान्य के मुकाबले दुगने बुरे हो जाते हैं। क्या यह सच है?

कई बार जुड़वाँ बच्चों की वजह से गर्भावस्था में काफी मुश्किलें होती हैं लेकिन हमेशा ऐसा नहीं होता।
सिंगल प्रेनेंसी की तरह मल्टीपल प्रेगनेंसी भी अपने-आप में अलग होती है। हो सकता है कि एक शिशु वाली माँ सारी गर्भावस्था में उल्टियों से परेशान रहे और मल्टीपल प्रेगनेंसी वाली माँ का जी एक बार भी न मिचलाए। ऐसा ही बाकी लक्षणों के साथ भी होता है।

हालांकि आपको यह नहीं समझना चाहिए कि टाँगों की ऐंठन, उल्टियाँ, वैरीकोज़ वेन्स आदि दुगने हो जाएँगे। आप इन्हें गिन नहीं सकतीं। औसतन प्रेगनेंसी में ये लक्षण थोड़े ज्यादा हो सकते हैं।

- ऐसे मामलों में मार्निंग सिकनेस, उल्टी व जी मिचलाना जैसे लक्षण ज्यादा हो सकते हैं जो कि जल्दी शुरू होते हैं व देर तक चलते हैं। ऐसा हार्मोन के बढ़े हुए स्तर की वजह से होगा।
- पेट में जितने शिशु होंगे, अपच की तकलीफें (छाती में वजन, अपच व अफारा वगैरह) उतनी ज्यादा होंगीं।
- 'थकान'। इसके बारे में क्या कहें। आप जितना भार उठाएँगी, थकान उतनी ही ज्यादा होगी। आपकी ऊर्जा का क्षय होने से भी थकान होगी। पेट बड़ा होने की वजह से नींद पूरी नहीं ले पाएंगी तो भी थकान होगी।
- इसके अलावा बाकी सभी शारीरिक तकलीफें-हर गर्भावस्था अपने साथ दु:ख और तकलीफे लाती हैं। हो सकता है कि जुड़वाँ गर्भावस्था में उससे कुछ ज्यादा हो। जितने ज्यादा शिशु गर्भ में होंगे; पेट में जलन, टाँगों में ऐंठन, टाँगों की सूजन

वैरीकोज़ वेन्स व सांस लेने की तकलीफ उतनी ही बढ़ जाएगी।

बुरा न मानें, तकलीफ तो थोड़ी ज्यादा होगी लेकिन आपको ईनाम भी तो दुगना मिलेगा।

मल्टीपल प्रेगनेंसी और खानपान

''मैंने अपने तीन बच्चों के लिए अभी से बढ़िया खाने-पीने का फैसला ले लिया है लेकिन क्या मुझे तिगुना खाना लेना पड़ेगा?''

तीन शिशुओं के गर्भ का मतलब है कि मम्मा हमेशा कुछ खाती-पीती रहे। हालांकि आपको अपना खाना दुगना करना ही काफी होगा। आने वाले दिनों में आपकी प्रति शिशु के हिसाब से 150 से 300 कैलोरी लेनी होगी। जुड़वां के मामले में 300 से 600 कैलौरी और तीन के मामले में 450 से 900 अतिरिक्त कैलोरी लेनी पड़ सकती है। अपने खाने में सब कुछ फालतू शामिल करने से पहले, मात्रा के साथ-साथ गुणवत्ता पर ध्यान दें। अच्छे पोषण का मल्टीपल प्रेगनेंसी से गहरा नाता है। आप इसी किताब में प्रेगनेंसी डाइट की जानकारी ले सकती हैं।

छोटे हिस्सों में:-पेट जितना बड़ा हो, एक बार में खाने की मात्रा उतनी ही कम लें। दिन में 5-6 बार हल्का खाना खाने से पेट पर भार नहीं बढ़ेगा और तीनों के लिए पोषण भी भरपूर मिलता रहेगा।

कैलोरी की गिनती :- ऐसा खाना चुनें, जिससे कैलोरी की भरपूर मात्रा मिले अध्ययनों से पता चला है कि पौष्टिक कैलौरी लेने से आप भी समय पर सेहतमंद शिशुओं को जन्म दे सकती हैं। जंक फूड से पेट भरेंगी तो पौष्टिक भोजन के लिए जगह नहीं बचेगी।

अतिरिक्त पोषण लें :- अपने भोजन में पौष्टिकता की फालतू मात्रा शामिल करें। जैसे प्रोटीन, कैल्शियम व आयरन की एक-एक फालतू सर्विंग लेनी शुरू कर दें। डॉक्टर से इस बारे में राय भी ले लें।

आयरन की पूर्ति :- आयरन की मदद से शरीर में लाल रक्त कोशिकाएं बनती हैं। इस तरह आप एनीमिया से बची रहेंगीं। लाल मीट, सूखे मेवे, कद्दू के बीज व पालक, आयरन के अच्छे स्रोत हैं। बाकी कमी आयरन की गोली से पूरी हो जाएगी, इसे अपने डॉक्टर की सलाह से लें।

ढेर-सा पानी पीएँ :-मल्टीपल प्रेगनेंसी में डी-हाइड्रेशन की समस्या भी हो सकती है इसलिए दिन में कम से कम 8-9 गिलास पानी पीएँ।

वजन बढ़ना

''जुड़वाँ बच्चों के लिए मेरा वजन ज्यादा होना चाहिए लेकिन कितना ज्यादा?

वजन बढ़ाने को तैयार हो जाएं डॉक्टरों के अनुसार जुड़वाँ की माँ का वजन 35 से 45 पौंड व तीन शिशुओं की माँ का वजन 50 पौंड तक बढ़ना चाहिए। हालांकि अगर आपका वजन पहले से कम ज्यादा है तो इसमें थोड़ा फेर-बदल हो सकता है। वैसे वजन बढ़ाना हमेशा इतना आसान भी नहीं होता। गर्भावस्था में वजन बढ़ाते समय कई तरह की चुनौतियों का सामना करना पड़ सकता है।

पहली तिमाही की मॉर्निंग सिकनेस सबसे पहले आड़े आएगी आप चाहकर भी कुछ खा-पी नहीं पाएँगी। उस समय एक हफ्ते में एक पाउंड वजन बढ़ाने का लक्ष्य रखें, अगर न बढ़ा सकें तो निराश न हों। बस अपनी विटामिन की दवाएँ लेती रहें व खूब सारा पानी पीएँ।

दूसरी तिमाही थोड़ी आरमदेह हो जाएगी, तब आप शिशुओं को काफी मात्रा में पौष्टिक

तत्त्व देकर अपना वजन बढ़ा सकती हैं। अगर पहली तिमाही में बिल्कुल वजन नहीं बढ़ता या फिर वजन घट जाता है तो आपको जुड़वां के लिए हर सप्ताह 1 1/2 से 2 पौंड और तीन बच्चों के लिए 2 से 2 1/2 पौंड वजन बढ़ाने की सलाह दी जा सकती है। आपको प्रोटीन कैल्शियम व साबुत अनाज की फालतू सर्विंग लेकर अपना वजन तेजी से बढ़ाना होगा। अगर अपच व छाती में जलन से परेशान हों तो अपने खाने को 6 हिस्सों में बांट लें।

तीसरी तिमाही में सातवें महीने तक 1 1/2 से 2 पौंड वजन बढ़ाने का लक्ष्य रखें। 32 सप्ताह तक आपका हर बच्चा 4 पौंड तक हो जाएगा और पेट में ज्यादा खाने की जगह नहीं बचेगी। फिर भी आप काफी कुछ खा सकती हैं। संतुलित पौष्टिक आहार में मात्रा की बजाए गुणवत्ता पर ध्यान दें। आपको भूलना नहीं चाहिए कि मल्टीपल प्रेगनेंसी 40वें सप्ताह तक नहीं होती।

मल्टीपल प्रेगनेंसी में वजन

गर्भावस्था का स्तर	पहली तिमाही वजन	दूसरी तिमाही वजन	तीसरी तिमाही वजन	कुल वजन
जुड़वां के साथ कम वजन	4-6 पौंड	19-23 पौंड	17-21 पौंड	40-50 पौंड
जुड़वां के साथ सामान्य से अधिक वजन	3-4 पौंड	19-22 पौंड	13-19 पौंड	34-45 पौंड
तीन शिशु	4-5 पौंड	30 + पौंड	11-15 पौंड	45 + पौंड

मल्टीपल टाइम लाइन

आपको 40 सप्ताह तक गिनती नहीं करनी होगी। जुड़वां प्रेगनेंसी 37वें सप्ताह तक ही हो पाती है यानी 3 सप्ताह पहले! मल्टीपल प्रेगनेंसी भी आखिर तक माता-पिता को हैरानी में रखती है यानी कुछ भी निश्चित नहीं होता। वह 39 सप्ताह तक भी टिक सकती है या फिर 37वें सप्ताह से पहले ही शिशु का जन्म हो सकता है। यदि 37वें सप्ताह तक सब ठीक रहे तो डॉक्टर 38वें सप्ताह में प्रसव शुरू करवा सकते हैं। इस बारे में डॉक्टर से पहले ही पता कर लें कि वे मल्टीपल प्रेगनेंसी के आखिरी समय में कैसी नीति अपनाना चाहेंगे।

कसरत

"मैं एक धावक हूँ लेकिन क्या मैं जुड़वां बच्चों के गर्भ के साथ अभ्यास जारी रख सकती हूँ?"

वैसे तो व्यायाम से गर्भावस्था में फायदा ही होता है लेकिन अगर आप जुड़वां बच्चों की माँ बनने वाली है. तो थोड़ी सावधानी रखनी होगी। डॉक्टर आपको दौड़ने की बजाय किसी दूसरे व्यायाम की सलाह दे सकते हैं। ऐसा कोई भी वर्क आउट न करें, जिससे सर्विक्स पर दबाव पड़े या शरीर का तापमान बढ़ जाए। इससे प्री-टर्म लेबर की संभावना बढ़ जाती है।

आप तैराकी, वाटर एरोबिक्स, स्ट्रैचिंग, योग या साइकलिंग चुन सकती हैं। इसके साथ ही कीगल करना न भूलें यह आपके पेल्विक फलोर को मजबूती देता है।

किसी भी वर्कआउट के दौरान थकान हो, तो वहीं रुक जाएँ। थोड़ा पानी पी कर आराम करें। अगर तबीयत न संभले तो डॉक्टर को फोन करें।

मिले-जुले भाव

''हर किसी को लगता है कि जुड़वाँ बच्चों को अपना मजा है लेकिन हम दोनों काफी निराश और डरे हुए हैं। हमारे साथ ऐसा क्यों हो रहा है?''

कुछ भी नहीं! आमतौर पर शिशु के जन्म से पहले सपनों में दो छोटी कुर्सियां, पालने या बिस्तरे नहीं दिखते। आप एक शिशु के लिए स्वयं को शारीरिक, मानसिक रूप से तैयार करती हैं और आपको अचानक पता चलता है कि दो शिशु आने वाले हैं। निराशा तो होनी ही है। अचानक आपके ऊपर दोहरी जिम्मेदारियाँ पड़ जाती हैं।

वैसे कुछ माता-पिता ऐसी खबर सुन कर जल्दी संभल जाते हैं व दिल से इसका स्वागत करते हैं। आपको यह सुन कर झटका सा लगा क्योंकि हम कभी भी कल्पना में दो शिशुओं को खिलाते, सुलाते या झुलाते नहीं देखते। जब अचानक पता चलता है कि एक नहीं दो या तीन शिशु आने वाले हैं तो निराशा होना स्वभाविक ही है। आने वाले शिशु की जिम्मेवारियाँ बढ़ने का डर ही काफी होता है।

आपको इस बारे में सोच कर शर्मिंदा नहीं होना चाहिए और न ही घबराना चाहिए। डिलीवरी से पहले वाले कुछ महीनों में अपनी सोच को आने वाले दो शिशुओं पर केंद्रित कर दें। पति-पत्नी आपस में खुल कर ईमानदारी से बातचीत करें। जो कोई इस बारे में जानकारी रखता हो या जिसके जुड़वाँ बच्चे हो, उससे इस बारे में बात करें। इस तरह आपको पता चलेगा कि आप पहले माँ-बाप नहीं हैं, जिनके यहाँ एक से अधिक शिशु जन्म लेंगे। इस तरह आपके मन में अपनी गर्भावस्था के लिए उमंग पैदा होगी और आपको एहसास होगा कि जुड़वां बच्चे आने पर जिम्मेवारियों के साथ-साथ खुशियाँ भी दुगनी होंगी।

असंवेदनशील वाक्य

''मैंने अपनी सहेली को जुड़वाँ बच्चों के बारे में बताया तो वह काफी असंवेदनशील तरीके से पेश आई। उसने ऐसा क्यों किया?''

हो सकता है कि जुड़वाँ बच्चों की गर्भावस्था में आपके साथ पहली बार यह वाकया हुआ हो। लेकिन इसे आखिरी न मानें। सभी सहकर्मी, मित्र, परिवार जन अलग-अलग तरीके से इस बारे में अपनी राय देते रहेंगे। अलग-अलग तरह की छींटाकशी करेंगे।

दरअसल वे जानते ही नहीं कि ऐसी खबर मिलने पर उनकी क्या प्रतिक्रिया होनी चाहिए। वैसे तो बधाई हो! कहना काफी है लेकिन उन्हें लगता है कि इस खास खबर पर कोई खास बात कहनी चाहिए। उन्हें सही प्रतिक्रिया का पता नहीं होता इसलिए वे गलत जवाब दे बैठते हैं। हालांकि उनकी नीयत में कोई बुराई नहीं होती।

ऐसी रूखी प्रतिक्रिया से बचने का उपाय यही है कि आप इसे निजी रूप से व गंभीरता से न लें। याद रखें कि सामने वाला आपका शुभचिंतक है। वह आपका बुरा कभी नहीं चाहेगा।

''लोग मुझसे अक्सर ऐसे सवाल पूछते रहते हैं कि मेरे परिवार में जुड़वाँ ही पैदा होते हैं या मैंने कोई इलाज कराया था। मुझे यह कहने में कोई शर्म नहीं कि मैंने दवाओं के जरिए गर्भ धारण किया है लेकिन मैं इस जानकारी को अजनबियों के साथ नहीं बाँटना चाहती।''

मल्टीपल कनेक्शन

आप मल्टीपल कनेक्शन से जुड़ सकती हैं यानी ऐसी महिलाओं से मिलें, जिन्होंने जुड़वां शिशुओं को जन्म दिया हो इस तरह आप अपने डर, शंका व जिज्ञासाओं को शांत कर सकती हैं। जब भी डॉक्टर से मिलें, इस बारे में सवाल पूछें ताकि आपके मन में कोई शक न रहे।
मल्टीपल प्रेगनेंसी से जुड़ी किताबें या आनलाइन जानकारी भी आपके काम आ सकती है।

गर्भवती महिला सबके आकर्षण का केंद्र होती है अगर आप जुड़वाँ को जन्म देने वाली हैं तो यह खबर और भी खास हो जाती है और आप सबके लिए कौतूहल का विषय हो जाती हैं। अनजान लोग भी आपके निजी जीवन में तांक-झांक करने लगते हैं। दरअसल वे सिर्फ अपना कौतूहल मिटाने के लिए ऐसे सवाल पूछते हैं। उन्हें इस बारे में बातचीत करने का सामान्य शिष्टाचार पता नहीं होता। अगर ऐसा कोई मिल जाए तो उसे अपने मामले में छोटी से छोटी बात बताना शुरू कर दें। पहले हमने फलां दवा ली, फिर हम उस क्लीनिक में गए, फिर उस डॉक्टर से मिले। इस तरह वह जल्दी ही उकता जाएगा और वहां से भागने की कोशिश करेगा। या फिर आप निम्नलिखित जवाब भी दे सकती हैं।

■हाँ, अब तो परिवार में जुड़वाँ होंगे। इस तरह उन्हें जवाब भी मिल जाएगा और वे अपना अंदाजा भी लगाते रहेंगे।

■हमने एक रात में दो बार सेक्स किया था चाहे आपने ऐसा सिर्फ हनीमून के समय किया हो लेकिन इससे उनकी जुबान पर ताला लग जाएगा।

■मैंने बड़े प्यार से उन्हें अपने गर्भ में धारण किया है।

■आप क्यों पूछना चाहते हैं? हो सकता है कि उनके पास यह सब पूछने की कोई वाजिब वजह हो। अगर न हो तो इसके बाद उनकी किसी बात का जवाब न दें।

अगर कोई भी जवाब या प्रतिक्रिया देने के मूड में न हो तो सिर्फ इतना कहकर टाल दें कि ''यह तो अंदर की बात है, हमारा निजी मामला है''।

सुरक्षा का सवाल

''हमने बड़ी मुश्किल से इस सच्चाई को स्वीकार है कि मैं जुड़वाँ बच्चे पैदा करने जा रही हूँ। क्या इससे उनके लिए यह मेरे लिए कोई खतरा बढ़ सकता है?''

अतिरिक्त शिशु, थोड़े से अतिरिक्त खतरे के साथ ही आते हैं लेकिन इतना भी नहीं जितना आप सोच रही हैं। वैसे ऐसी गर्भावस्था को 'हाई-रिस्क प्रेगनेंसी का नाम दिया जाता है। अगर आपको इससे जुड़े खतरों व जटिलताओं की पहले से जानकारी होगी तो आप पहले से हर खतरे का सामना करने के लिए तैयार होंगी। इसलिए यह सब सुरक्षित ही है, बस आपको सारी जानकारी होनी चाहिए।

शिशु से जुड़े खतरे

समय से पहले डिलीवरी :-जुड़वाँ बच्चे समय से थोड़ा पहले ही पैदा होना पसंद करते हैं। सभी एक साथ जन्म लेने वाले तीन शिशु तो हमेशा ही प्रीमेच्चोर होते हैं। सामान्य डिलीवरी 39वें सप्ताह में होती है तो जुड़वाँ की डिलीवरी 35 से 36 सप्ताह में हो जाती है। तीन बच्चे तो 32 वें सप्ताह में ही पैदा हो जाते हैं। शिशु बड़े होते हैं तो गर्भाशय में उनके लिए जगह तंग होने लगती है। आपको प्रीमेच्चोर डिलीवरी के लक्षण पता होने चाहिए। इनका एहसास होते ही डॉक्टर को फोन करने में न हिचकिचाएँ।

जन्मजात वजन में कमी :-मल्टीपल प्रेगनेंसी

से पैदा होने वाले शिशु 5 1/2 पौंड से कम ही होते हैं लेकिन मेडीकल देखभाल की वजह से उनकी सेहत ठीक रहती है। अगर शिशु 5 पौंड से भी कम वजन का है तो उसकी सेहत के साथ कई तरह की परेशानियाँ खड़ी हो सकती हैं। उसके लिए खतरा काफी बढ़ जाता है। आप गर्भावस्था में अपनी खुराक पर ध्यान दें ताकि अधिक वजन वाले शिशु पैदा हो सकें।

ट्विन टू ट्विन ट्रांसफ्यूज़न सिंड्रोम

सिंड्रोम :-आइडेंटिकल ट्विन प्रेगनेंसी में शिशुओं को प्लेसेंटा एक ही होता है। इस वजह से एक शिशु के शरीर में रक्त का प्रवाह काफी अधिक तथा दूसरे शिशु में काफी कम हो सकता है। यह स्थिति शिशुओं के लिए घातक होती है, यदि आपके साथ भी ऐसा हुआ तो डॉक्टर 'एमनियोसेंटेसिस' की मदद से फालतू द्रव्य निकाल देंगे जिससे प्लेसेंटा के रक्त प्रवाह में सुधार होगा व प्रीटर्म लेबर की संभावना घट जाएगी।

डॉक्टर लेज़र सर्जरी का भी इस्तेमाल कर सकते हैं मल्टीपल प्रेगनेंसी की वजह से माँ की सेहत पर निम्नलिखित असर हो सकते हैं।

प्रीक्लेंपसिया :-जितने शिशु होंगे, उतने ही प्लेसेंटा होंगे। जिससे कई बार हाई ब्लड प्रेशर या प्रीक्लेंपसिया की शिकायत हो सकती है वैसे इसका पहले पता चल जाए तो मेडिकल देखभाल से इस पर काबू पाया जा सकता है।

गैस्टेशनल मधुमेह :-आपको गैस्टेशनल मधुमेह का खतरा, दूसरी माँओं की तुलना में अधिक हो सकता है क्योंकि हारर्मोन के अधिक स्तर की वजह से इंसुलिन के उत्पादन में कमी आती है। आहार से आराम आ सकता है लेकिन कई बार अतिरिक्त इंसुलिन भी लेनी पड़ती है।

प्लेसेंटल दिक्कतें :- ऐसी महिलाओं को प्लेसेंटा प्रीविया (प्लेसेंटा नीचे होना) या प्लेसेंटल एवरप्शन (प्लेसेंटा का समय से पहले अलग होना) की शिकायत हो सकती है। सावधानी पूर्वक की गई देखभाल से 'प्लेसेंटल प्रीविया' से बचाव हो सकता है। एवरप्शन का तो पहले पता ही नहीं चल सकता लेकिन आने वाली जटिलताओं पर काबू पाया जा सकता है।

बैड रेस्ट

''क्या जुड़वां बच्चों की गर्भावस्था के कारण मुझे सारा समय बिस्तर पर बिताना होगा?''

बिस्तर पर आराम करना है या नहीं? कई जुड़वां शिशुओं की भावी माँएं यही सवाल

मल्टीपल फायदे

मल्टीपल प्रेगनेंसी को सुरक्षित बनाने के लिए मेडिकल सांइस को धन्यवाद। आपको गर्भावस्था की शुरूआत में इसका पता चल जाता है इसलिए प्रसव पूर्व देखभाल भी कर सकती है। आने वाले शिशुओं के लिए तैयारी का पूरा समय मिल जाता है। आप डॉक्टर के पास कई बार जाकर अपनी जिज्ञासाएँ शांत कर सकती हैं। शिशुओं की जांच करवा के निश्चिंत हो सकती हैं। आपके कई सारे अल्ट्रासाउंड भी होंगे ताकि शिशुओं की सही स्थिति का अंदाजा होता रहे। आपको अपनी पूरी गर्भावस्था में तसल्ली मिलती रहेगी कि नन्हे मेहमान पूरी तरह सुरक्षित हैं।

आप अपनी सेहत पर पूरा ध्यान दे पाएँगीं जिससे प्रेगनेंसी से जुड़ी कई जटिलताओं (एनीमिया, हाइपरटेंशन, प्लेसेंटा एवरप्शन आदि) समस्या को सिर उठाने से पहले ही कुचल दिया जाएगा।

पूछती हैं और डॉक्टर आसानी से जवाब नहीं दे पाते। डॉक्टर अब भी यह मानते हैं कि बैड रेस्ट से कई तरह की जटिलताएं घट जाती हैं इसलिए वे पूरे आराम की सलाह देते हैं। शिशु जितने ज्यादा होंगे, सलाह उतनी ही मजबूत होगी क्योंकि जितने शिशु, उतने खतरे।

अपने डॉक्टर से इस बारे में पूरी राय लें क्योंकि मल्टीपल प्रेगनेंसी का हर मामला अपने-आप में अलग होता है।

अगर आराम की सलाह दी जाए तो निर्देशों का सावधानी से पालन करें। अगर बैड रेस्ट की सलाह न भी दी जाए तो आपको काम के घंटे घटाकर, पांव ऊंचे रखकर आराम करने को कहा जाएगा, इसके लिए भी तैयार रहें।

वेनिशिंग ट्विन सिंड्रोम क्या होता है?

अल्ट्रासाउंड में मल्टीपल प्रेगनेंसी का पहले पता लग जाने से कई फायदे होते हैं क्योंकि उतनी जल्दी आप व आपका डॉक्टर मिलकर शिशुओं की देखभाल शुरू कर सकते हैं पर कई बार इसका नुकसान भी होता है। 20 से 30 प्रतिशत मल्टीपल प्रेगनेंसी में ऐसा होता है पहली तिमाही में एक शिशु खत्म हो सकता है (माँ के यह जानने से पहले ही उसके गर्भ में जुड़वा पल रहे हैं)। पिछले कुछ सालों में यह प्रवृत्ति काफी बढ़ी है। 30 साल से अधिक आयु की महिलाओं के साथ ऐसा होता है।

इसके कोई खास लक्षण भी नहीं उभरते। माँ को मिसकैरेज की तरह हल्का रक्तस्राव होता है या पेल्विक क्षेत्र में तकलीफ होती है। हार्मोन का स्तर घटने से भी पता चल जाता है कि एक भ्रूण समाप्त हो गया है।

पहली तिमाही में ऐसा होने पर गर्भावस्था सामान्य हो जाती है और माँ एक स्वस्थ शिशु को जन्म दे पाती है। यदि ऐसा दूसरी तीसरी तिमाही में हो तो वह जीवित शिशु के विकास के लिए खतरा हो सकता है या प्रीटर्म लेबर की नौबत आ सकती है। संक्रमण या रक्तस्राव भी हो सकता है। इसके बाद बचे हुए शिशु पर पूरी मेडिकल निगरानी रखी जाती है ताकि किसी भी तरह की जटिलता सामने न आए।

मल्टीपल शिशुओं का जन्म

आप भी बड़ी बेसब्री से उस दिन के इंतजार में हैं, जब आम जुड़वां या तीन शिशुओं को जन्म देंगीं। वैसे तो हर शिशु का जन्म अपने-आप में एक घटना होता है लेकिन आपकी कहानी इससे थोड़ी अलग होगी क्योंकि आपके सामने कई तरह की जटिलताएँ या परेशानियाँ आ सकती हैं। आपके शिशु जिस भी तरीके से आप तक पहुँचे, वही उनके लिए सबसे सुरक्षित व स्वस्थ तरीका माना जा सकता है।

जुड़वाँ या उससे अधिक शिशुओं का लेबर

यह आम शिशुओं के लेबर से अलग कैसे हो सकता है :

यह अपेक्षाकृत छोटा होगा। क्या आपको जुड़वाँ शिशुओं के लिए दुगना दर्द सहना होगा? नहीं! मल्टीपल प्रेगनेंसी में प्रसव का पहला चरण छोटा होता है। आपको धकेलने वाले बिंदु तक पहुंचने में काफी कम समय लगता है। योनिमार्ग से प्रसव कराते समय अंतिम पड़ाव जल्दी आ जाता है।

- यह लंबा भी हो सकता है क्योंकि मल्टीपल प्रेगनेंसी में गर्भाशय जरूरत से ज्यादा खिंचाव वाला होने से संकुचन कम होता है और गर्भाशय का मुख खुलने में ज्यादा समय लगता है।
- आपकी ज्यादा मेडिकल देखरेख की जाती है क्योंकि खतरों की संभावना अधिक होती है। प्रसव के दौरान दो मॉनीटर जुड़े रहते हैं। ताकि शिशुओं की संकुचन पर प्रतिक्रिया का पता लगाया जा सके। उनके दिल की धड़कन भी

बीच-बीच में मापी जाती है।

प्रसव का समय पास आने पर पहले बाहर आने वाले शिशु की भीतरी और दूसरे शिशु की बाहरी जांच होती है। आपको पहले से इन प्रतिक्रियाओं के लिए तैयार रहना होगा।

●आपकी डिलीवरी ऑपरेशन-कक्ष में होगी। यदि सी-सैक्शन की जरूरत पड़ जाए तो परेशान हो। हो सकता है कि पहले कुछ घंटे आलीशान कमरे में बीतें, बाद में आपको वहीं ले जाया जाएगा।

पोजीशन/पोजीशन्स

मल्टीपल प्रेगनेंसी में शिशुओं की पोजीशन काफी अहमियत रखती है। यदि उनके सिर नीचे की ओर हैं तो वे बड़ी आसानी से जन्म ले सकते हैं हालांकि इसमें भी सी-सैक्शन करना पड़ सकता है। शिशु **वर्टेक्स ब्रीच पोजीशन** में भी हो सकते हैं। इस पोजीशन में पहला शिशु तो वर्टेक्स पोजीशन में होता है लेकिन दूसरे शिशु को ब्रीच से वर्टेक्स पोजीशन में लाना पड़ता है। यदि वह हाथों से सही स्थिति में न आ सके तो उसके लिए ब्रीच एक्सट्रेक्शन करना पड़ सकता है।

ब्रीच/वटैक्स या ब्रीच/ब्रीच :- यदि दोनों शिशु ब्रीच हो तो डॉक्टर सी-सैक्शन की सलाह देंगे क्योंकि ऐसी स्थिति में हाथों से शिशु की पोजीशन बदलना खरतनाक हो सकता है।

पहला शिशु, ओब्लीक :- यदि पहले शिशु का सिर नीचे तो हो लेकिन गर्भाशय की ओर न होकर नितंब की ओर हो तो वह ओब्लीक कहलाता है। यदि एक शिशु हो तो उसे हाथ से सीधा करने की कोशिश कर सकते हैं। लेकिन जुड़वां में ऐसा करना खतरनाक होगा। कई बार प्रसव पीड़ा में ही शिशु सही पोजीश्न में आ जाता है। या फिर डाक्टर सी-सैक्शन की सलाह देते हैं ताकि किसी तरह का कोई खतरा न रहे।

ट्रांसवर्स/ ट्रासवर्स :- ऐसी स्थिति में दोनों शिशु गर्भाशय में ट्रांसवर्स पोजीशन में होते हैं। जिनके लिए सी-सैक्शन के सिवा कोई उपाय नहीं होता।

जुड़वां शिशुओं की डिलीवरी : आप निम्नलिखित की उम्मीद रख सकती हैं।

योनिमार्ग से डिलीवरी :- आधे से अधिक जुड़वाँ शिशु पारंपरिक तरीके से ही जन्म लेते हैं लेकिन उनका अनुभव अकेले शिशु के जन्म जैसा नहीं होता। पहले शिशु के जन्म में तीन मिनट से लेकर तीन घंटे तक का समय लग सकता है। यह काफी हद तक दूसरे शिशु की पोजीशन पर भी निर्भर करता है। डॉक्टर कई बार वैक्यूम की मदद से भी डिलीवरी की गति बढ़ाने की कोशिश करते हैं। तभी डॉक्टर ऐसी माँओं के लिए एपीड्यूरल की सलाह देते हैं। गर्भाशय के भीतर से शिशु को बाहर लाना है तो दर्द निवारक दवा के बिना कैसे चलेगा?

जुड़वां के जन्म का समय

आपके मल्टीपल के जन्म में कितना अंतर होगा? योनिमार्ग से जन्म के समय उनके जन्मकाल में 10 से 30 मिनट का फर्क हो सकता है जबकि सी-सैक्शन में यह फर्क कुछ सैकंड या मिनटों का होता है।

मिली-जुली डिलीवरी :- ऐसा कभी-कभी होता है कि एक शिशु का योनिमार्ग से जन्म होने के बाद दूसरे के लिए ऑप्रेशन करना पड़े ऐसा आपातकाल में ही होता है, जब दूसरा शिशु खतरे में हो, जैसे 'प्लेसेंटल एरप्शन

या कॉर्ड प्रोलैप्स'(फैटल मॉनीटर पर डॉक्टर को यह सब दिख जाएगा। यह सब माँ के लिए मजाक नहीं होता। योनिमार्ग से डिलीवरी के बाद अप्रेशन का झंझट लेकिन जब शिशु की सुरक्षा का प्रश्न हो तो और कुछ दिखाई नहीं देता।

सी-सैक्शन :-सी-सैक्शन की तारीख डॉक्टर से मिलकर पहले ही तय हो जाती है। कई तरह की परेशानियां ऐसी हैं जिनकी वजह से मल्टीपल प्रेगनेंसी में सी-सैक्शन करना ही सुरक्षित रहता है। ऐसी स्थिति में आपका साथी या कोच मदद के लिए ऑप्रेशन कक्ष में आ सकता है। ऐसी स्थिति में शिशुओं के जन्म के समय में सैकेंड से कुछ मिनटों का अंतर हो सकता है।

अनियोजित सी-सैक्शन :-शिशु इस तरीके से भी दुनिया में कदम रख सकते हैं। ऐसी स्थिति में आप जांच कराने जाती हैं और पता चलता है कि शिशु तो उसी दिन प्रसव के लिए तैयार हैं। ऐसा अनुमानित तिथि से काफी पहले भी हो सकता है इसलिए अपना सारा सामान तैयार रखें। यदि शिशुओं के विकास में रुकावट आए, आप उच्च रक्तचाप की शिकार हो जाएँ या फिर प्रसव पीड़ा लंबी खिंचने के बावजूद कोई प्रगति न हो तो ऐसे हालात पैदा हो जाते हैं। 10 पौंड से ज्यादा भार वाले शिशुओं के लिए सिजेरियन डिलीवरी का ही रास्ता बचता है।

दो शिशुओं का स्तनपान

आप तो जानती ही हैं कि आपके शिशुओं के लिए स्तनपान कितना जरूरी है लेकिन क्या आप जानती हैं कि स्तनपान कराने वाली माएँ बहुत जल्दी अपना खोया फिगर वापिस पा लेती हैं। उनके रक्तस्राव में भी कमी आती है। दो शिशुओं को स्तनपान कराएँगी तो आपके शरीर से फटाफट चर्बी घटेगी। यदि वे नवजात शिशु आई सी यू में हो तो आप घबराएं नहीं, उनके लिए अपना अमृत समान दूध निकाल कर रखें व पिलाएँ ताकि स्तनों में दूध बनने की प्रक्रिया में बाधा न आए।

तीन शिशुओं की डिलीवरी :-इस हाई-रिस्क डिलीवरी में सिर्फ सी-सैक्शन की ही मदद ली जाती है। कुछ डॉक्टरों का मानना है कि ऐसे शिशु यदि सही स्थिति में हो तो योनि मार्ग से भी डिलीवरी संभव है। यहाँ भी ऐसा बहुत कम होता है कि दो शिशु योनिमार्ग से जन्म लें और तीसरे के लिए आप्रेशन करना पड़े। वैसे तरीका चाहे जो भी हो, अगर आप चारों डिलीवरी कक्ष से सुरक्षित बाहर आते हैं तो वही सबसे सफल माना जाएगा।

मल्टीपल डिलीवरी के बाद आराम

आपकी मल्टीपल डिलवरी में भी सिंगल डिलीवरी की तरह ही आराम आएगा। इस प्रसव के बाद निम्नलिखित अंतर हो सकते हैं :-

■पेट को अपने आकार में लौटने में थोड़ा ज्यादा वक्त लगेगा।

■आपके योनिमार्ग से अधिक समय तक रक्तास्राव हो सकता है।

■फिगर वापिस पाने में ज्यादा समय लगेगा क्योंकि गर्भ के आखिरी महीनों में आपके शरीर की सक्रियता धीमी हो गई थी।

■आपके शरीर में दर्द होते रहेंगे। आपका वजन भी काफी बढ़ा होगा और उसे घटने में वक्त लगेगा।

भाग–4

शिशु के जन्म के पश्चात

प्रसव के पश्चात

पहला सप्ताह

बधाई हो! आप चालीस सप्ताह से जिस पल की प्रतीक्षा में थीं, वह आ पहुँचा है। गर्भावस्था के लंबे दौर व प्रसव पीड़ा को भी आप काफी पीछे छोड़ आई हैं। अब आप अधिकारिक रूप से माँ हैं और खुशियों की नन्हीं-सी पोटली, पेट से निकल कर बाँहों में आ पहुंची है। लेकिन यह दौर शिशु के अलावा और बहुत कुछ अपने साथ लाता है कई नई तरह के लक्षण (प्रेगनेंसी की विदाई से जुड़े दर्द, तकलीफें आदि) कई नए तरह के सवाल (पसीना इतना क्यों आ रहा है? डिलीवरी के बाद भी संकुचन क्यों हो रहा है। क्या मैं दोबारा कभी बैठ पाऊंगी? अभी भी मुझे 6 महीने का गर्भ जैसा क्यों दिखता है? ये छातियां किसकी हैं? उम्मीद है कि आपके पास पहले से इनमें से कई सवालों के जवाब होंगे क्योंकि एक बार मम्मा बनने के बाद पढ़ने की फुर्सत किसे होती है?

आप क्या महसूस कर रही होंगी?

डिलीवरी के प्रकार के अनुसार ही प्रसव के बाद पहले सप्ताह की स्थिति निर्भर करती है। इसके अलावा कुछ व्यक्तिगत लक्षण भी हो सकते हैं।

शारीरिक लक्षण :-

योनि से रक्तस्राव (मासिक धर्म की तरह) पेट के निचले हिस्से में ऐंठन (गर्भाशय संकुचन के कारण)

- थकान
- टांकों वाली जगह खिंचाव, दर्द व बेचैनी

- सी-सैक्शन के बाद पैरीनियल बेचैनी चीरे के आसपास दर्द या सुन्नपन
- उठते-बैठते समय दर्द व चुभन
- एक-दो दिन मूत्र शौच में कठिनाई
- कब्ज, पहले कुछ दिन शौच में कठिनाई
- पूरे शरीर में दर्द
- लाल आँखें, आंखों के आसपास काले धब्बे
- रात को बहुत पसीना आना
- छातियों में काफी तकलीफ व रक्त संकुलता
- स्तनपान के दौरान निप्पलों में दर्द या दरारें

भावनात्मक लक्षण

- दोनों के बीच मूड में उतार-चढ़ाव
- शिशु की देखरेख के लिए तनाव
- स्तनपान शुरू कराने में कठिनाई होने पर कुंठा
- शारीरिक, भावनात्मक चुनौतियों को बाधा
- शिशु के साथ नया जीवन आरंभ करने की उत्तेजना

आप क्या सोच रही होंगी?

''मैंने डिलीवरी के समय थोड़े रक्तस्राव की अपेक्षा की थी लेकिन जब मैं पहली बार बिस्तर से उठी तो तब भी रक्तस्राव हो रहा था, मैं घबरा सी गई''

अपने पास पैड रखें और निश्‍चिंत हो जाएं। गर्भाशय से निकलने वाला रक्त, म्यूकस व उत्तक, 'लोकिया' कहलाते है। ये मासिक धर्म से अधिक मात्रा में निकलते हैं। शुरू-शुरू में लेटकर उठने पर तेज बहाव पता चलता है। यह स्राव पहले कुछ दिनों में गाढ़े लाल रंग का होता है फिर धीरे-धीरे गुलाबी, भूरा, फिर सफेद हो जाता है। बहाव रोकने के लिए टैंपून की बजाए पैड इस्तेमाल करें। ये तकरीबन 6 सप्ताह तक इस्तेमाल करने पड़ सकते हैं। कुछ महिलाओं में तीन माह तक हल्का स्राव होता रहता है। हर किसी का बहाव अलग-अलग होता है।

स्तनपान या ऑक्सीटोसिन के कारण यह स्राव घटता है डिलीवरी के बाद होने वाला संकुचन, गर्भाशय को सही आकार में लौटाने के लिए सहायक होता है। यदि अस्पताल में ही आपको लगे कि रक्तस्राव ज्यादा हो रहा है तो नर्स को बताएँ। यदि घर में असामान्य रक्तस्राव हो तो डॉक्टर को बताने में देर न करें या आपातकालीन कक्ष में जाए।

दर्दों के बाद

''जब मैं स्तनपान कराती हूं तो पेट के निचले हिस्से में ऐंठन के साथ दर्द क्यों महसूस होता है?''

बदकिस्मती से वे दर्द भरे संकुचन, प्रसव के बाद भी खत्म नहीं होते। गर्भाशय को 2 1/3 पौंड से सिकुड़ कर कुछ औंस में आना है। प्रक्रिया में दर्द तो होगा ही। शिशु के जन्म के बाद शरीर धीरे-धीरे अपने पुराने आकार में लौटता है। आप गर्भाशय के सिकुड़ने का अंदाजा स्वयं लगा सकती हैं।

इस दर्द में तकलीफ तो होती है लेकिन यह फायदेमंद भी है। इनसे गर्भाशय तो सिकुड़ता ही है, रक्तस्राव भी घटता है। स्तनपान के दौरान यह दर्द बढ़ सकता है क्योंकि उस समय सुकुचन बढ़ाने वाले ऑक्सीटोसिन का स्राव होता है।

चार से सात दिन में दर्द अपने-आप कम हो जाते हैं। तब तक टाइलीनोल से आराम आ सकता है। यदि दर्द का आराम न आए तो डॉक्टर से पूछें, कोई संक्रमण भी हो सकता है।

पैरीनियल का दर्द

''मेरी एपीसिओटॅमी नहीं हुई और कोई चीरा भी नहीं आया। फिर निचले हिस्से में इतना दर्द क्यों है?''

आप 7 पौंड के शिशु के आगमन को नजरंदाज कर रही हैं। चाहे कोई चीरफाड़ नहीं हुई लेकिन उस हिस्से में खरोंचें, तकलीफ या सूजन तो हो ही सकती है। खांसते या छींकते समय यह दर्द बढ़ जाता है व कई दिन तक तो उठने-बैठने में भी तकलीफ होती है। आप अगले भाग में दिए गए टिप्स यहां भी आजमा सकती हैं। यह भी हो सकता है कि शिशु को धकेलने की प्रक्रिया में इस हिस्से में हीमरॉयड्स या फिशर हो गए हों जो कि काफी दर्दनाक हो सकते हैं।

"डिलीवरी के दौरान मुझे टाँके आए हैं। कहीं उनमें संक्रमण तो नहीं हो जाएगा?"

योनिस्राव से डिलीवरी होने पर या लंबी प्रसव पीड़ा के कारण पैरीनियल हिस्से में दर्द तो होता ही है लेकिन कोई टाँके आएँ तो स्थिति और भी बिगड़ जाती है। किसी भी ताजे घाव की तरह इसे भरने में 7 से 10 दिन का समय लगता है। इस समय के दौरान होने वाले दर्द का यह मतलब नहीं होता कि आपको संक्रमण है।

वैसे भी उस हिस्से की इतनी देखरेख होती है कि संक्रमण का सवाल ही नहीं पैदा होता। नर्स दिन में एक बार सूजन या लाली की जांच करती है। वह आपको संक्रमण से बचाव के निर्देश भी देती है। वहीं निर्देश सबके लिए लागू होते हैं। फिर चाहे उस हिस्से में टांके न भी हों।

- हर 4 से 6 घंटों में ताजा पैड लगाएँ।
- डॉक्टर के कहने पर उस हिस्से पर एंटीवायोरिट सोल्यूशन मिला गर्म पानी डालकर सेंक करें। मूत्र के बाद उस हिस्से को साफ करें। सुखाते समय पैड को आगे से पीछे की ओर ले जाएँ। इसे रगड़ने की बजाए आराम से करें।
- उस हिस्से को हाथों से न छुएँ।
- अगर टांकों की वजह से ज्यादा दर्द हो तो:

बर्फ लगाएं :- सूजन घटाने व राहत पाने के लिए उस हिस्से पर बर्फ मलें। सर्जिकल दस्ताने में बर्फ भरें या मैक्सीपैड में बर्फ डालकर पैक बना लें। दिन में हर दो घंटे बाद सेंक करें।

गर्माहट दें :- सिज़ बाथ लें। कटिस्नान में नितबों को गर्म पानी के टब में डुबो कर बैठते हैं बाकी शरीर पानी से बाहर होता है। हर रोज 20 मिनट के गर्म सेंक से भी काफी फायदा होगा ।

सुन्न करें :-स्प्रे, क्रीम या ट्यूब के रूप में कोई दर्द निवारक दवा लगाकर उस हिस्से को सुन्न रखें। इस बारे में अपने डॉक्टर की मदद लें।

भार हटाएं:-नीचे वाले हिस्से पर शरीर का कम से कम भार डालें। सीधे लेटने की बजाए करवट ले कर लेटें। बैठते समय नीचे कोई तकिया रख लें। बाजार में ऐसे ट्यूब उपलब्ध हैं, जिन पर बैठने से पैरीनियम पर दबाव नहीं पड़ता।

ढीला छोड़ें :- तंग अंत:वस्त्र न पहनें। उनकी रगड़ से भी तकलीफ बढ़ सकती है। इससे आराम आने में भी ज्यादा समय लग जाएगा।

व्यायाम करें : चाहे उस हिस्से में सुन्नपन के कारण कीगल व्यायाम करने से पता न चले लेकिन इससे फायदा जरूर होता है उस हिस्से के रक्त प्रवाह में सुधार होता है व मसल टोन भी सुधरती है।

अगर निचले हिस्से में काफी सूजन, दर्द या लाली हो या कोई बुरी गंध आए तो संक्रमण की संभावना हो सकती है। तब डॉक्टर को बताने में देर न करें।

डिलीवरी की चोटें

"ऐसा लगता है कि मैं किसी बर्थिंग रूम से नहीं, बाक्सिंग रिंग से वापिस आई हूं। ऐसा क्यों लग रहा है?"

ऐसा लग रहा है व महसूस हो रहा है कि आपकी पिटाई हुई है प्रसव के बाद ऐसा होना स्वभाविक है। क्योंकि आपने रिंग में लड़ते मुक्केबाजों से कहीं ज्यादा मेहनत की है, तभी तो शिशु धरती पर आया है। आपने उन तेज संकुचनों व गहरे धकेलने को इस शरीर पर झेला है। हो सकता है कि आँखों के नीचे काले धब्बे आ गए हों। कहीं बाहर जाएँ तो धूप का चश्मा पहनें व दिन में कई बार ठंडा सेंक दें। छाती में दर्द या सांस लेने में भी मुश्किल हो सकती है। गर्म पानी के स्नान या हीटिंग पैड

से आराम आ सकता है। टेल बोन के आसपास दर्द हो तो गरमाहट या मालिश से आराम आएगा।

शौच (मूत्र) में कठिनाई

''डिलीवरी के कई घंटे बाद भी मैं मूत्र नहीं कर पा रही।''

- प्रसव के पहले 24 घंटों में, कई महिलाओं को मूत्र में कठिनाई होती है। कई महिलाएँ मूत्र करना चाहती हैं परंतु इसके बावजूद कर नहीं पातीं। मूत्र के साथ काफी जलन और दर्द होता है। ऐसा कई कारणों से होता है–
- ब्लैंडर की रोककर रखने की क्षमता बढ़ जाती है इसलिए आपको बार-बार मूत्र की इच्छा ही नहीं होती।
- ब्लैडर या मूत्राशय डिलीवरी के दौरान चोटिल हो जाता है और भरा होने पर भी खाली होने का संकेत नहीं दे पाता।
- एपीड्यूरल के कारण भी मूत्राशय की संवेदनशीलता घट जाती है।
- पैरीनियल की दर्द या सूजन भी मूत्र में कठिनाई पैदा करते हैं।
- चीरे या टाँकों की वजह से मूत्र करते समय जलन या दर्द महसूस होते हैं। कई बार मूत्र की पोजीशन बदलने से भी जलन घट सकती है या फिर मूत्र करते समय गर्म पानी की बौछार डालने से भी आराम आता है।
- यदि आपने लंबे प्रसव के दौरान कोई तरल पदार्थ नहीं लिया तो डीहाइड्रेशन की वजह से भी ऐसा हो सकता है।
- कई बार दर्द का डर, प्राइवेसी की कमी, बेचैनी, बैडपैन या बाथरूम में किसी के साथ जाने जैसे मनोवैज्ञानिक कारण भी उत्तरदायी होते हैं।

यदि आप डिलीवरी के 6 से 8 घंटे के दौरान मूत्र नहीं करतीं तो संक्रमण हो सकता है। नर्स आपसे यह भी आग्रह कर सकती है कि आप पहला मूत्र बैडपैन या किसी बर्तन में करें ताकि वह उसकी मात्रा नाप कर मूत्राशय की स्थिति का अंदाजा लगा सकें। इसके लिए आप निम्नलिखित उपाय आजमाएँ

- अधिक मात्रा में तरल पदार्थ लें।
- बिस्तर से उठकर थोड़ा टहलें ताकि मल व मूत्र की प्रक्रिया सुचारू हो सके।
- यदि बाथरूम में नर्स के जाने से अजीब लगे तो उसे बाहर इंतजार करने को कहें। वह आपको पैरीनियल की साफ-सफाई के बारे में बाद में बता सकती हैं।
- यदि कमजोरी की वजह से बैडपैन लेना पड़े तो उस हिस्से में गरम पानी की धार डालें ताकि मूत्र की इच्छा हो। पैन पर लेटने की बजाए बैठने की कोशिश करें। यदि कमरे में अकेली होंगी तो बेहतर होगा।
- अपने निचले हिस्से को गरम या ठंडा सेंक दें।
- मूत्र करते समय पानी चला दें इससे भी मूत्र में आसानी होगी।

यदि सभी उपाय फेल हो जाएँ डॉक्टर को ट्यूब से मूत्राशय खाली करना पड़ेगा। इससे बचना चाहती हैं तो हमारे उपाय ही आजमा लें।

अगर कुछ दिन बाद भी मूत्र करने में कठिनाई हो तो शायद आपको संक्रमण भी हो सकता है।

''मेरा मूत्र पर नियंत्रण नहीं रहा। यह अपने-आप रिसने लगता है''

शिशु के जन्म के समय होने वाला शारीरिक तनाव, शरीर की कई व्यवस्थाएं अनियमित कर देता है। या तो मूत्र हो नहीं पाता या फिर अपने-आप होने लगता है। पैरीनियल की मसल टोन घटने की वजह से ऐसा होता है। प्रसव के बाद कीगल व्यायाम काफी असरकारक हो सकते हैं। यदि फिर भी यह परेशानी कम न हो तो डॉक्टर की मदद लें।

प्रसव के बाद डॉक्टर को कब बुलाएँ

कुछ महिलाएँ तो प्रसव के बाद स्वयं को शारीरिक व मानसिक रूप से काफी फिट पाती हैं और जल्दी ही संभल जाती हैं लेकिन कुछ के लिए मुश्किलों का भी अंत नहीं होता। ऐसे में डॉक्टर को कब बुलाएँ या फोन मिलाएँ–

कुछ ही घंटों में दो-दो पैड बदलने पड़ें यानी रक्तस्राव ज्यादा हो तो नर्स से फोन पर पूछें कि अस्पताल जाने की जरूरत है या नहीं यदि बात न बने तो बर्फ का सेंक भी कर सकती हैं।

■प्रसव के पहले सप्ताह में गाढ़े लाल रंग का स्राव हो तो डॉक्टर को बताएँ। मासिक धर्म जैसा हल्का रक्त स्राव तो कई सप्ताह तक जारी रहेगा। स्तनपान के दौरान इसका प्रवाह बढ़ सकता है।

■गंदी बदबू से भरा रक्तस्राव! इसकी गंध सामान्य मासिक धर्म जैसी ही होनी चाहिए।

■रक्तस्राव में खून के बड़े थक्के आना। कभी-कभी एकाध थक्का आना तो सामान्य बात है।

■पहले कुछ दिनों में बिल्कुल रक्तस्राव न होना।

■बिना सूजन के दर्द, बेचैनी डिलीवरी के कुछ समय बाद पेट के निचले हिस्से में ऐंठन

■पहले कुछ दिनों के बाद पैरीनियल हिस्से में लगातार दर्द

■24 घंटे बाद पूरा दिन 100^0 फॉरेनहाइट से ज्यादा बुखार

■सिर चकराना

■जी मिचलाना व उल्टी

■वक्ष संक्रमण के लक्षण एवं दर्द

■चीरे के आस-पास हल्की सूजन, लाली

■24 घंटे बाद मूत्र में कठिनाई, दर्द, बदबूदार मूत्र। डॉक्टर तक जाने से पहले ढेर सा पानी पीएं

■छाती में तेज दर्द, दिल की तेज धड़कन, पांव पसारने में दर्द। डॉक्टर तक जाने से पहले पांव ऊंचे करके रखें।

■यदि अवसाद पर काबू न पा सकें। बच्चे के प्रति क्रोध, हिंसा के भाव। वैसे इस विषय में विस्तृत जानकारी दी चुकी है।

शौच में कठिनाई

"डिलीवरी के दो दिन बाद भी मैं मल-त्याग नहीं कर पाई हूँ, जाने की इच्छा होने के बावजूद ऐसा लगता है कि कहीं टांके न खुल जाएँ।"

हर माँ को प्रसव के बाद इस हालात से दो-चार होना ही पड़ता है। जब तक आप इससे निकल नहीं जाएँगी। बेचैनी और डर बना रहेगा।

कई बार इसके लिए कई मनोवैज्ञानिक कारण भी उत्तरदायी होते हैं। कई बार शिशु के जन्म के समय पेट की मांसपेशियों पर ज्यादा खिंचाव पड़ने से उनकी कार्यक्षमता घट जाती है। कई बार प्रसव से पहले व बाद में भी शौच हो चुका होता है। इसके बाद आपने कुछ ठोस खाया नहीं होता इसलिए पेट साफ होता है। वैसे सबसे ज्यादा डर तो यही होता है कि मल के लिए जोर लगाने से दर्द होगा या टाँके खुल जाएँगे। ऐसा लगता है कि हीमरॉयड्स की हालत और बिगड़ जाएगी। अस्पताल में गोपनीयता की भी कमी होती है।

हालांकि आप आसानी से इन हालात का सामना कर सकती हैं, हमारे दिए गए उपाय आजमा कर देखें।

चिंता न करें:- इस बारे में चिंता करने से कोई फायद नहीं होने वाला। टांके खुलने की चिंता न करें। यदि कुछ दिन तक शौच न हो सके,

तो भी घबराएं नहीं!

रेशेदार पदार्थ :- अस्पताल या बर्थ सेंटर में हैं तो अपने आहार में फल, सब्जियों व साबुत अनाज से बने खाद्य पदार्थ लें। सेब, नाशपाती, सूखे मेवे वगैरह लेने से रेशे की पूर्ति होगी। ऐसा खाना न खाएँ, जिससे कब्ज हो। बेड के किनारे पड़ा चॉकलेट का डिब्बा लुभावना तो है मगर उसे खाने से कब्ज हो सकती है।

तरल पदार्थों की मात्रा :- भारी मात्रा में तरल पदार्थ लें ताकि कब्ज न हो सके। वैसे तो पानी से बात बन जाएगी लेकिन सेब का जूस भी मददगार हो सकता है। गर्म पानी में नींबू निचोड़ कर भी पी सकती हैं।

चबाकर खाएँ :- चबा कर खाने से खाना जल्दी हजम होगा और पाचन तंत्र सही तरीके से काम करने लगेगा।

चहलकदमी करें :- माना आप डिलीवरी के बाद दौड़ने की हालत में नहीं हैं लेकिन हल्की चलहकदमी तो कर ही सकती हैं। बिस्तर में बैठे-बैठे कीगल व्यायाम करें, इससे गुदा मार्ग को भी फायदा होगा। घर में शिशु के साथ टहलें।

तनाव न पालें :- तनाव न पालें, इससे टांके तो नहीं खुलेंगे पर हीमरॉयड्स की हालत और भी बिगड़ सकती है। कटि-स्नान करें। दवा लगाएँ। गर्म या ठंडा सेंक करें।

मल पतला करने की दवा :- अस्पताल मल पतला करने की दवा भी मिलती है ताकि शौच करने में कठिनाई न हो।

हालांकि पहली बार शौच में थोड़ा दर्द हो सकता है लेकिन डरें नहीं। मल नरम हो जाएगा तो आपकी तकलीफ घट जाएगी और सब कुछ पहले की तरह ठीक हो जाएगी।

जरूरत से ज्यादा पसीना आना

''मैं रात को अचानक पसीने-पसीने होकर उठ जाती हूँ। क्या सामान्य है?''

यह उलझन भरा होने के बावजूद सामान्य है। नई माताओं को कई कारणों से काफी पसीना आता है। आपके हार्मोन का स्तर घटने लगता है क्योंकि अब आप गर्भवती नहीं हैं। बार-बार शौच से भी शरीर में से फालतू द्रव्य निकलते हैं। पसीना बहुत ज्यादा आता है जो कि असुविधाजनक लग सकता है। आप अपने तकिए के ऊपर तौलिया बिछा कर लेटें ताकि वह रात को भीगे नहीं और आपको अच्छी नींद आए।

पसीने की इस पूर्ति के लिए भारी मात्रा में तरल पदार्थ लें चाहे आप स्तनपान करा रही हों या नहीं।

बुखार

''मैं हाल ही में अस्पताल से लौटी हूं और मुझे 101° बुखार है। क्या मुझे डॉक्टर को फोन करना चाहिए?''

अगर डिलीवरी के बाद आपकी तबियत ठीक न हो तो डॉक्टर को बताने में ही भलाई है। यह बुखार कई बार प्रसव के बाद होने वाले संक्रमण के कारण हो सकता है या फिर इसकी कोई दूसरी वजह भी हो सकती है। कई बार उत्तेजना व थकान की वजह से भी बुखार हो सकता है। वैसे तो स्तनपान के शुरूआती दिनों में भी शरीर का तापमान हल्का सा बढ़ जाता है लेकिन प्रसव के पहले तीन सप्ताह में, बुखार एक दिन से ज्यादा रहे तो डॉक्टर को दिखाएँ। तेज बुखार के साथ सर्दी या उल्टियां हों तो तत्काल इलाज की जरूरत होगी।

स्तनों का फैलाव

'' मेरी छातियों में दूध उतर आया है। मेरी छातियां सामान्य से तीन गुना फैल गई हैं। ये

काफी सख्त हो गई हैं। छूने से इतना दर्द होता है कि मैं ब्रा तक नहीं पहन पा रही। जब तक शिशु स्तनपान करेगा, ऐसे ही चलता रहेगा?''

आपके न सोचने के बावजूद छातियों का आकार बढ़ गया। वे सूज गईं और छूने से भी दर्द हो रहा है। अगर सूजन की वजह से निप्पल भी भीतर की ओर धंस गए तो आपको स्तनपान कराते समय दर्द होगा और शिशु को भी दूध पिलाने में तकलीफ होगी।

हालांकि खुशखबरी यह है कि ऐसा लंबे समय तक नहीं चलेगा। दूध की पूर्ति व माँग का संतुलन बनते ही ये परेशानियाँ मिट जाएँगी।

''मैं स्तनपान नहीं कराना चाहती पर मैंने सुना है कि दूध सुखाने में काफी तकलीफ होगी?''

प्रसव के दो-तीन दिन के भीतर ही स्तनों में दूध उतर आता है स्तनों में दूध तभी बनता है जब आपको उसकी जरूरत होती है अगर दूध इस्तेमाल नहीं होगा तो वह बनना बंद हो जाएगा। हालांकि कई दिनों या सप्ताह तक दूध का रिसाव हो सकता है लेकिन स्तन कुछ ही दिन में सामान्य हो जाएँगे। इस समय आप आइसपैक या सहारा देने वाली ब्रा इस्तेमाल कर सकती हैं। निप्पल न मलें, दूध न निकालें या गर्म पानी से स्नान न करें। इससे दूध बनेगा और तकलीफदेह प्रक्रिया जारी रहेगी।

दूध कहां गया?

''डिलीवरी के दो दिन बाद भी मेरे स्तनों में कोलोस्ट्रम तक नहीं बना है। क्या मेरा शिशु भूखा रहेगा?

नहीं, शिशु भूखा नहीं रहेगा। उसे अभी भूख भी नहीं लगी है। शिशु जन्म से ही भूखे नहीं होते। प्रसव के तीसरे-चौथे दिन तक, जब उसे भूख लगेगी तब तक आपकी छातियों में उसके लिए काफी दूध होगा।

अभी भी आपके स्तन खाली नहीं हैं। उनमें शिशु के पोषण के लिए आवश्यक कोलोस्ट्रम के अंश अवश्य होंगे। इस समय शिशु को एक चम्मच भी मिल जाए तो काफी है लेकिन जब तक स्तन पूरी तरह भर न जाए हाथों से दबाकर दूध नहीं निकाल सकते एक दिन का शिशु स्वयं स्तन चूसकर ही अपना पेट भर लेगा।

आपसी प्यार

''मुझे उम्मीद थी कि शिशु को देखते ही मेरे मन में उसके लिए प्यार उमड़ आएगा लेकिन अब भी मेरे मन में ऐसी भावनाएँ पैदा नहीं हो रहीं। ऐसा क्यों हो रहा है?''

डिलीवरी के तुरंत बाद जब आपके हाथों में कपड़े की पोटली आती हैं तो उसमें लिपटे सलोने शिशु का मुखड़ा आपका मन मोह लेता है। वह आपकी ओर देखता है तो आप उसके मुख पर चुंबनों की झड़ी लगा देती हैं और उसी पल माँ और बच्चे का आपसी प्यार और भी गहरा जाता है।

हर गर्भवती माँ ऐसा ही सपना देखती है लेकिन हकीकत में ऐसा नहीं हो पाता। प्रसव की लंबी थकान के बाद लाल, झुर्रीदार चेहरे वाला या फिर सूजे हुए चेहरे वाला शिशु आपकी बांहों में दिया जाता है। आपको उसके चेहरे में अपनी कोई पहचान दिखाई नहीं देती न ही उसका चेहरा, विज्ञापनों में दिखाए गए गोल-मटोल शिशुओं जैसा होता है। आपकी लाख कोशिशों के बाद वह स्तन से दूध नहीं पी पाता और अजीब से स्वर में रोता रहता है आपको यही लगने लगता है कि क्या हमारे बीच प्यार का कोई विकल्प नहीं है।

दरअसल हर माँ व शिशु के बीच इस रिश्ते को पनपने में अलग-अलग समय लगता है। कुछ माँओं को प्रसव में कोई दिक्कत नहीं

घर वापसी

आपको व शिशु को डिलीवरी के बाद अस्पताल में कब तक रुकना है। यह आपकी स्थिति पर निर्भर करता है। यदि आप व शिशु फिट है तो डॉक्टर से पूछ कर जल्दी छुट्टी ले सकते हैं। ऐसे में पहले ही तय कर लें कि आप अपने शिशु के साथ अगली जांच के लिए किस दिन व किस समय आएँगी। डॉक्टर से पता कर लें कि आने वाले दिनों में आपको किस तरह की परेशानी हो सकती है। डॉक्टर अगली जांच से पहले ही यह जानना चाहेंगे कि कहीं शिशु को पीलिया तो नहीं या उसे पर्याप्त मात्रा में स्तनपान मिल रहा है या नहीं!

यदि आप 48 से 96 घंटे तक अस्पताल में रुकती हैं तो पूरा आराम लेने की कोशिश करें घर लौटकर आपको ढेर सी ऊर्जा की आवश्यकता होगी।

आती। वे पूरे जोश और उमंग से शिशु का स्वागत करती हैं और दूसरी ओर से प्रतिक्रिया भी मिलती है जबकि कई मामलों में माँ प्रसव के बाद इतनी निढाल हो जाती है कि शिशु को गोद में लेने की हिम्मत तक नहीं बचती।

आपको भी अपने-आप को थोड़ा समय देना होगा। अपने शिशु की सभी जरूरतें पूरी करें। उसे बांहों में लेकर दुलारें। उसके लिए कुछ गाएँ, उससे बातें करें, उसके नन्हें हाथ-पांव की मालिश करें। धीरे-धीरे आपको उसके बदन से आती बदबू भी अच्छी लगने लगेगी। जल्दी ही आप स्वयं को एक स्नेही व परिपूर्ण माँ के रूप में देख पाएँगी।

''मेरा शिशु प्रीमेच्योर था इसलिए उसे आई.सी.यू में ले जाना पड़ा। डॉक्टर ने कहा कि उसे वहाँ दो सप्ताह तक रखा जाएगा। क्या उससे प्यार का रिश्ता बनाने में देर नहीं हो जाएगी?''

हालांकि जन्म के एक दम बाद शिशु को दुलारने का सुख ही कुछ और होता है लेकिन इस चरण को आप उसकी तबीयत संभलने के बाद भी पूरा कर सकती हैं। इससे शिशु व माता-पिता के बीच एक दीर्घकालीन संबंध पनपता है।

आप शिशु को आई.सी.यू में रखने के दौरान भी छू सकती हैं, उससे बात कर सकती हैं। अस्पतालों में माता-पिता को ऐसा करने की छूट दी जाती है। वहाँ मौजूद नर्स से पूछें कि आप अपने शिशु के साथ अधिकतर समय कैसे बिता सकती हैं। याद रखें कि जब आप शिशु के साथ घर में रहना शुरू करेंगी तो आपके बीच एक गहरा स्नेह विकसित होगा।

कमरे में शिशु

''गर्भावस्था के दौरान तो सोचकर अच्छा लगता था कि प्रसव के बाद शिशु मेरे कमरे में रहेगा लेकिन मैं नहीं जानती थी कि उस समय मेरी थकान से क्या हालत होगी। अब मैं शिशु को दूसरी जगह ले जाने को कह रही हूँ। मैं कितनी बुरी मां हूँ''

आप सचमुच एक अच्छी माँ हैं और माँ होने की चुनौती को पूरा करके हटी हैं। अब आप दूसरी चुनौती लेने जा रही हैं। इस दौरान थोड़ा आराम आपके लिए सामान्य है और जरूरी भी है। डिलीवरी की थकान की वजह से आप शिशु की देखरेख नहीं कर पा रहीं तो इसमें शर्मिंदा होने वाली कोई बात नहीं है। प्रसव व डिलीवरी के बाद आपका शरीर निढाल है, आप कई घंटों से सोई नहीं हैं। दवाओं का नशा सिर चढ़ रहा है। ऐसे में अगर आप कुछ समय नींद पूरी करना चाहती हैं तो कोई हर्ज नहीं है।

अपने शिशु के साथ बीते घंटे नहीं समय की गुणवत्ता पर ध्यान दें। घर जाकर तो उसने

सारा दिन आपके पास ही रहना है। अभी पूरा आराम ले लें क्योंकि आगे यह मौका नहीं मिलने वाला।

सिजेरियन डिलीवरी

''सी-सैक्शन के बाद मुझे कब तक आराम आ जाएगा?''

किसी भी पेट के ऑप्रेशन के बाद ठीक होने में जितना समय लगता है। आपको भी उतना ही समय लगने वाला है। बस फर्क इतना है कि आपका गोल ब्लैडर या एपेंडिक्स नहीं निकलेगा, आपके पास एक नन्हा-सा शिशु आ जाएगा। सर्जरी से आराम के साथ-साथ आपको शिशु के जन्म से होने वाली तकलीफों से भी राहत मिल जाएगी। थकान, हार्मोनल बदलाव, पसीना वगैरह ऐसे ही कुछ लक्षण हैं। ऑप्रेशन से निम्नलिखित लक्षण जुड़े होंगे—

चीरे के आसपास दर्द :- एनस्थीसिया का असर कम होते ही आपके घाव या चीरे में दर्द होगा। यह दर्द कई कारकों पर निर्भर करते हैं कि चीरा किस स्थिति में लगा है या इससे पहले भी आपका सी-सैक्शन हो चुका है। आपको दर्द निवारक दवा दी जाएगी जिससे नींद आ जाए। वैसे आप स्तनपान कराएँगी तो घबराएँ नहीं, यह कोलोस्ट्रम पर असर नहीं करेगी। बाद में आपको इतने भारी दर्द निवारकों की जरूरत नहीं रहेगी। अगर दर्द कई दिन तक रहे तो आप कभी-कभी दर्द निवारक दवा ले सकती हैं। पहले कुछ सप्ताह में भारी सामान न उठाएँ।

जी मिचलाना, उल्टी या उल्टी के बिना :- हो सकता है कि आपके साथ ऐसा न हो लेकिन हुआ तो आपको इसकी दवा दे दी जाएगी।

थकान :- आपका काफी खून निकल जाने के कारण काफी कमजोरी महसूस करेंगी। अगर

ऑप्रेशन से कुछ घंटे पहले प्रसव-पीड़ा भी सही है तो थकान और भी ज्यादा होगी। यदि सी-सैक्शन पहले से तय नहीं था तो आप भावनात्मक रूप से भी आहत हो सकती हैं।

अवस्था की नियमित जांच :- एक नर्स नियमित रूप से आपका तापमान, नब्ज व रक्तचाप वगैरह जांचेगी। आपके मूत्र व रक्तस्राव की भी जांच होगी।

कमरे में लौटने के बाद आप निम्नलिखित की अपेक्षा रख सकती हैं।

ज्यादा जांच :- नर्स लगातार आपकी स्थिति जांचती रहेगी।

मूत्र के लिए ट्यूब निकालना :- मूत्र के लिए डाली गई नली निकाली जाएगी। आपको पहली बार मूत्र मे मुश्किल होगी। इसके लिए हमारे टिप्स आजमाएँ। यदि वे उपाय काम न आएँ तो मूत्र नली दोबारा डालनी पड़ सकती है।

सर्जरी के 8 से 24 घंटे बाद :- सर्जरी के 8 से 24 घंटे के दौरान आपको धीरे-धीरे पहले उठकर बैठना है। फिर जमीन पर खड़े होने को कहा जाएगा। अगर सिर न चकराए तो आप खड़ी हो सकती हैं। फिर आपसे कुछ कदम चलने को कहा जाएगा। जल्दी ही आप सहारे के साथ उठने-बैठने लायक हो जाएँगी।

सामान्य आहार की ओर :- कई जगह सी-सैक्शन के 24 घंटे बाद भी आई वी पर रखा जाता है और पहले एक दो दिन तरल पदार्थ दिए जाते हैं। फिर धीरे-धीरे ठोस आहार देते हैं। सभी अस्पतालों व डॉक्टरों की नीति इस बारे में अलग-अलग हो सकती है। आपकी अवस्था पर भी निर्भर करता है कि खान-पान देना कब से शुरू किया जाएगा। तरल पदार्थों के बाद आपको ऐसे कई ठोस पदार्थ दिए जा सकते हैं, जो आसानी से हजम हो सकें। ठोस आहार शुरू होने के बाद भी तरल पदार्थों की मात्रा न घटाएँ, ये भी आपके लिए बहुत जरूरी हैं।

कंधे में दर्द :- कई बार आपके कंधों में तेज दर्द हो सकता है, दवा लेने से इससे आराम आ जाएगा।

कब्ज :- एनास्थीसिया व सर्जरी की वजह से आपकी शौच की प्रक्रिया धीमी पड़ जाएगी। इसमें कई दिन भी लग सकते हैं। कब्ज की वजह से गैस का दर्द भी हो सकता है। इसके लिए आपको कोई दवा दी जा सकती है ताकि आसानी से शौच हो जाए।

पेट की तकलीफ :- पाचन तंत्र काम करना शुरू करेगा तो पेट में जमा गैस अपना असर दिखा सकती है। हँसने, खांसने या छींकने से हालत और भी बिगड़ सकती है। नर्स या डॉक्टर आराम के उपाय सुझा सकते हैं। चीरा थामकर गहरी सांस लेने या फिर चहल कदमी करने से थोड़ा आराम मिल सकता है।

शिशु के साथ समय बिताएँ :- अगर आपकी हालत थोड़ी संभल गई है तो शिशु को दूध पिलाने के अलावा थोड़ा समय बिताएँ। उसे दुलार दें। अपने कमरे में किसी को मदद के लिए रखें ताकि आपका पूरा ध्यान शिशु की ओर केंद्रित हो सके।

टांके खुलना :- यदि टाँके स्वयं घुलने वाले नहीं हैं तो डिलीवरी के चार-पांच दिन बाद टाँके खोले जाएंगे। इसमें दर्द नहीं होता, हल्की बेचैनी हो सकती है। टांके खुलने के बाद चीरे को ध्यान से देखें और डाक्टर से पूछें कि वह कब तक ठीक हो जाएगा, उसकी कैसे देखरेख करनी है या उसमें क्या-क्या बदलाव आ सकते हैं।

वैसे आप प्रसव के तीन-चार दिन बाद घर जा सकती हैं लेकिन घर जाकर भी आपको व शिशु को देखभाल की जरूरत होगी। शुरूआत के कुछ सप्ताहों में किसी को अपने पास देखभाल के लिए रखें।

शिशु के साथ घर वापसी

''अस्पताल में तो नर्सें मेरे बच्चे के डायपर बदलती थी, नहलाती थीं, मुझे बताती थीं कि शिशु के दूध पीने का समय हो गया अब मैं काफी परेशान हूँ।''

यह सच है कि शिशु अपने साथ कोई निर्देश लिखकर नहीं लाते लेकिन जब आप अस्पताल से घर लौटती हैं तो आपको शिशु को नहलाने, धुलाने व खिलाने से जुड़े निर्देश दिए जाते हैं हो सकता है कि पहली बार डायपर बदलते समय आपसे थोड़ी गड़बड़ हो जाए लेकिन इस बारे में किताबों से व ऑन लाइन जानकारी मिल जाती है। बाल विशेषज्ञ भी काफी कुछ समझा देते हैं। अपने प्रश्नों के उत्तर लिख लें ताकि आपको कुछ भी भूले नहीं।

हालांकि एक समझदार माता-पिता बनने में समय लगता है। इसके लिए आपको धीरज और अभ्यास की जरूरत होगी। शिशु इस प्रक्रिया में आपको माफ कर देगा यदि आप उनका डायपर उल्टा लगा दें या नहलाते समय कान साफ करना भूल जाएं तो वे बुरा नहीं मानते। वे अपनी फीडबैक देने में भी नहीं शरमाते। भूख लगने पर चीख-चीख कर रोते हैं। नहाने का पानी ज्यादा ठंडा या गर्म हो तो चिल्लाने लगते हैं। शिशु के पास दूसरी माँ नहीं होती, जिससे वह आपकी तुलना कर सकें। आप उसके लिए दुनिया की सबसे बेहतरीन माँ हैं और रहेंगी।

आप अपनी थकान मिटाने के लिए आराम करें व ऊर्जा का स्तर बनाए रखने के लिए जम कर खाएँ। धीरे-धीरे बेबी केयर सहज व सरल होती जाएगी। तब बड़ी आसानी से शिशु को गोद में उठाकर घर के कपड़े भी धो सकेंगी और वैक्यूम क्लीनर भी चला पाएँगी। फिर आपको एक ही बार में कई काम करने का हुनर भी आ जाएगा।

स्तनपान का आरंभ

शिशु को स्तनपान कराना एक स्वभाविक-सी प्रक्रिया है लेकिन फिर भी मांएँ इसे सही तरीके से नहीं कर पातीं। स्तनों में दूध भी अपने-आप उतर आता है लेकिन आपने यह हुनर सीखना है कि स्तन का निप्पल शिशु के मुंह में कैसे दिया जाए।

इस हुनर को सीखना ही पड़ता है। कई बार कुछ शारीरिक तकलीफों की वजह से यह प्रक्रिया पूरी नहीं हो पाती क्योंकि दोनों ओर से तर्जुबे की कमी होती है। माँ को दूध पिलाना नहीं आता और शिशु को दूध पीना नहीं आता।

अगर आपको पहले से इस बारे में थोड़ी जानकारी होगी तो यह मामला काफी हद तक संभल जाएगा। इसके लिए किताबों व कक्षाओं या ऑनलाइन जानकारी लें।

- बर्थिंग रूम में ही इसकी शुरूआत करें। अगर शिशु व आपको पहले-पहल स्तनपान का मौका न मिले तो निराश न हों। इसका मतलब यह नहीं कि आप इसकी शुरूआत नहीं कर पाएँगी। आप दोनों को ही इस बारे में काफी कुछ सीखना है।
- शिशु के भूख लगने पर स्वयं को तैयार रखें। कहीं ऐसा न हो कि वह भूख से रोए और आपकी आंखें नींद से बोझिल हो रही हों।
- जितना हो सके, दूसरों की मदद लें। लेक्टेशन विशेषज्ञ भी इस बारे में मदद कर सकते हैं। यदि यह सुविधा न हो तो अनुभवी नर्स या डॉक्टर से मदद लें। वे आपको उपयोगी टिप्स दे सकते हैं।
- शुभचिंतकों की भीड़ से बचें। मुलाकाती आपकी व शिशु की इस प्रक्रिया में बाधा दे सकते हैं आपको एक आरामदायक माहौल बनाना है। पूरी एकाग्रता के साथ शिशु को स्तनपान कराना है ताकि दोनों ओर से भरपूर संतुष्टि मिल सके।
- यदि शिशु की शुरूआत धीमी हो तो निराश न हों। हो सकता है कि उसे भी डिलीवरी की थकान हो। नवजात शिशु को नींद भी बहुत आती है। उनके पास पहले से कुछ दिन का पोषण होता है इसलिए खुलकर भूख लगने पर उनके पास पर्याप्त मात्रा में दूध पीने की ताकत भी आ जाएगी।
- शिशु को बोतल के दूध से बचाएँ। कहीं ऐसा न हो कि वह स्तनपान करने से पहले फार्मूला दूध से ही अपना पेट भर लें बोतल के दूध से उसकी भूख भी शांत नहीं होगी और उसे उपयोगी कोलोस्ट्रम भी नहीं मिल पाएगा। अगर सप्लीमेंट्री खुराक दे भी रही हैं तो उसे स्तनपान के आसपास न दें उसे बोतल का चस्का पड़ गया तो मुश्किल होगी क्योंकि उसमें दूध पीने में कम मेहनत लगती है। हो सकता है कि स्तनपान में उसकी रुचि ही खत्म हो जाए।
- दिन में कम से कम 8 से 12 बार दूध

स्तनपान व आई.सी.यू में शिशु

यदि नवजात शिशु को किसी कारण से आई.सी.यू (इन्सेंटिव केयर यूनिट) में रखा गया है तो स्तनपान कराना न छोड़ें यदि प्रत्यक्ष रूप से स्तनपान न करा सकें तो पंप की मदद से दूध निकाल कर बोतल से दें। पंप से दूध निकालने से दूध की आपूर्ति भी बनी रहेगी।

पिलाएँ। दूध भी पूरा बनेगा। शिशु भी प्रसन्न रहेगा। अगर चार घंटे बाद दूध पिलाएंगी तो दूध भी नहीं बन पाएगा और स्तनों में रक्तसंकुलता हो जाएगी। शिशु को सही पोजीशन में दूध पिलाएं जोकि निप्पलों में सूजन या दर्द न बन जाए। यदि पोजीशन सही हो तो आप कितनी भी देर आराम से दूध पिला सकती हैं।

- शिशु को दोनों स्तनों से दूध पिलाएँ। एक स्तन खाली होने के बाद दूसरा स्तन मुंह से लगाएँ। इस तरह उसकी भूख भी शांत होगी और पूरा पोषण भी मिलेगा। उसे एक ही स्तन से पूरा दूध पीने दें। यदि वह चाहे तो उसे दूसरा स्तन दें लेकिन जबरदस्ती न करें। याद रखें कि आपने अगली बार भरे हुए स्तन से दूध पिलाना है। यही क्रम बनाए रखें।

स्तनपान कैसे कराएँ

- कोई शांत सी जगह चुनें। शांत जगह पर आपको भी आराम मिलेगा और शिशु भी आराम से अपना पेट भर सकेगा।
- अपने पास कोई पेय पदार्थ रखें। यह तेज गर्म न हो वरना यह शिशु पर छलक सकता है। यदि आपको खाना खाए काफी देर हो गई हो तो कोई पौष्टिक स्नैक्स भी साथ-साथ खाएँ।
- अपने पास कोई किताब रख लें लेकिन स्तनपान के दौरान किताब पढ़ते समय, बीच-बीच में शिशु पर भी नजर डालें। शुरूआती दिनों में टी.वी. चलाने से काफी बाधा हो सकती है, फोन भी न लें। उसे, वॉइस मेल पर डाल दें या किसी दूसरे को फोन उठाने दें।
- शिशु को आरामदायक तरीके से उठाने के लिए गोद में तकिया रख लें। बिना सहारे न उठाने से बाजुओं में ऐंठन या दर्द हो सकता है। यदि हो सके तो टाँगे भी उँची रखें।
- शिशु का मुँह अपने निप्पल की ओर करके लिटाएँ। उसका पूरा शरीर आपकी ओर होना चाहिए। सही पोजीशन होने से आप भी स्तनपान से जुड़ी कई तकलीफों से बच जाएँगीं।
- पहले कुछ सप्ताहों में स्तनपान की दो पोजीशन उचित बताई जाती हैं। पहली है 'क्रासओवर होल्ड'–एक हाथ से शिशु के सिर को सहारा दें व दूसरे हाथ से उसका पूरा शरीर संभालें। फिर शरीर संभालने के बाद उसी हाथ से अपना निप्पल उसके मुँह में डालें। स्तन को हल्के से दबाएँ ताकि उसके भार से शिशु का नाक न दबे। अब आप स्तनपान कराने के लिए तैयार हैं।
- दूसरी पोजीशन 'फुटबॉल होल्ड' कहलाती है। इसे 'क्लच होल्ड' भी कहते हैं। सी-सैक्शन के बाद यह काफी फायदेमंद होती है क्योंकि इससे पेट पर फालतू दबाव नहीं पड़ता। अगर आपकी छातियाँ बड़ी हैं या शिशु प्रीमेच्योर है या आप जुड़वां को

दूध पिला रही हैं तो शिशु को अधलेटी मुद्रा में लिटाएँ। उसके हाथ पैर आपकी बाजू के नीचे हों। एक हाथ से उसके सिर को सहारा दें व दूसरे हाथ से स्तन संभालें। जब आपको अच्छी तरह स्तनपान कराना आ जाएगा तो आप चित्र में दी गई स्थिति के अनुसार 'क्रेडल होल्ड' भी अपना सकती हैं।

- निप्पल को शिशु के नाक के पास से निचले होंठ तक ले जाएँ ताकि वह चौड़ा मुँह खोल सके। इस तरह स्तनपान के दौरान उसका निचला होंठ नहीं दबेगा। यदि वह अपना सिर घुमा ले तो उसे प्यार से वापिस लौटा लाएँ।
- जब शिशु मुंह खोल ले तो स्तन को आगे की ओर लाने की बजाए उसके मुँह को स्तन के पास लाएँ। जब माँ स्तन को जबरन शिशु के मुंह में देती है तो कई तरह की परेशानियां हो सकती हैं। अपनी पीठ सीधी रखते हुए, शिशु को स्तन के पास लाएं।
- शिशु को निप्पल अपने मुँह में लेने से दूध नहीं निकलेगा। उसके आसपास का कुछ हिस्सा भी शिशु के मुँह में जाना चाहिए क्योंकि वही दूध ग्रंथियाँ हैं जिन्हें दबाने से दूध निकलता है। कई शिशु तो भूखे होने पर स्तन का कोई भी हिस्सा चूसने लगते हैं, चाहे दूध न निकले। इससे स्तन पर चोट पहुँच सकती है।
- यदि स्तन से शिशु का नाक दबे तो स्तन को अंगुली से दबाएँ शिशु को थोड़ा ऊँचा उठा कर सांस लेने दें लेकिन इस प्रक्रिया में एरिओना से उसकी पकड़ ढीली न पड़ने दें।
- अगर शिशु का मुँह फूल रहा है तो पता चल जाएगा कि उसके मुँह में दूध की पूरी धार जा रही है।
- यदि वह दूध पीना बंद करने के बाद भी स्तन न छोड़े तो अचानक खींचने से निप्पल में दर्द हो सकता है। शिशु के मुंह के एक कोने में अंगुली डाल कर थोड़ी हवा निकलने दें। फिर धीरे से निप्पल बाहर निकालें।

- शिशु को खाली पेट ज्यादा देर तक सोने न दें। अगर वह पिछले चार घंटे से सो रहा है तो अब उसे दूध पिलाने के लिए जगाना होगा। उसके भारी कपड़े हटा दें ताकि नींद खुल जाए।

उसे गोद में उठाकर धीरे से पीठ मलें। हाथों-पैरों की मालिश करें या माथे पर एक-दो बूंद पानी डालें।

ज्यों ही वह जाग जाए। दूध पिलाने की पोजीशन में आ जाएं । या सोते हुए शिशु को अपनी नंगी छाती पर लिटाएँ। आपकी छाती की सुगंध ही उसे उठाने के लिए काफी होगी।

- चीखने-चिल्लाने वाले शिशु को दूध न दें। भूखे शिशु का रोना बंद करने के लिए उसे थोड़ा हिलाएं-डुलाएँ या मुँह में अंगुली डाल कर बहला दें। जब तक निप्पल उसके मुँह में आएगा। वह काफी हद तक शांत हो चुका होगा।
- शांत रहें, स्तनपान कराते समय स्वयं ही बेचैन न हों। स्तनपान से पहले आसपास का माहौल शांत करें। थोड़ी गहरी सांसें लें, संगीत सुनें। तनाव से दूध बनने की प्रक्रिया में बाधा आ सकती है। यदि शिशु भी तनाव में आ

रिकॉर्ड रखें

आपको हर बार भरे स्तन से दूध पिलाना है। इसके लिए अपने हाथ में एक कड़ा पहनें। जब एक स्तन से दूध पिला लें तो कड़े को दूसरे हाथ में पहन लें। अगली बार आपको कड़े वाले हाथ की ओर वाले स्तन से दूध पिलाना होगा।

गया तो वह पेट भरकर दूध नहीं पी पाएगा।

- स्तनपान सही तरीके से शुरू हो जाए तो शिशु के दूध का रिकार्ड रखें। उसके सूखे व पीले डायपर कितने रहे। उसने दिन में कितनी बार, कितनी देर तक दूध पिया। डॉक्टर यह रिकार्ड देखकर ही अंदाजा लगा लेंगे कि उसे पर्याप्त मात्रा में पोषण मिल रहा है या नहीं।
उसके वजन से भी आपको पता चल जाएगा कि उसे पूरा दूध मिल रहा है या नहीं। दिन में कम से कम 6 डायपर मूत्र वाले तथा कम से कम तीन मल वाले होने चाहिए।

स्तनों की रक्त संकुलता

कोलोस्ट्रम तक तो सब ठीक रहता है लेकिन इसके बाद जब छातियों में दूध उतरता है तो वे काफी बड़ी व सख्त हो जाती हैं। जिनमें छूने से भी दर्द होता है। यह अवस्था 24 से 48 घंटे में सामान्य हो जाती है ऐसे स्तनों से स्तनपान कराना, मां व शिशु दोनों के लिए थोड़ा तकलीफ देह हो सकता है। इस दौरान होने वाली तकलीफ से बचाव के लिए निम्नलिखित उपाय आजमाए जा सकते हैं

- दूध पिलाने से पहले स्तनों का हल्का सेंक करें। गुनगुने पानी में डूबे कपड़ों को स्तनों पर रखें। वे नरम पड़ जाएंगे।
- जिस स्तन से शिशु दूध पी रहा हो, उसकी हल्के हाथ से मालिश करें।
- स्तनपान के बाद आइसपैक लगाएं। स्तनों पर ठंडी पत्ता गोभी के पत्ते लगाने से भी राहत मिलेगी।
- बढ़िया नर्सिंग ब्रा पहनें। यह ज्यादा तंग न हो। ऐसे कपड़े न पहनें जिनमें स्तनों का दम घुट

थोड़ा धीरज रखें

जी हां, स्तनपान से जुड़ी शुरूआती तकलीफें लंबे समय तक नहीं रहतीं। मां का स्तनपान शिशु का नैसर्गिक अधिकार है और वह बड़ी आसानी से अपना अधिकार ले लेता है। तब तक आपको कुछ ऐसे प्रयास करने हैं, जिनसे दूध के उत्पादन में बाधा न आए।

जाए।

- दर्द की वजह से स्तनपान को न टालें। शिशु जितना कम दूध पिएगा, तकलीफ उतनी बढ़ेगी।
- हर छाती से अपने दोनों हाथों से दबा कर थोड़ा दूध निकालें। इस तरह निप्पल भी नरम होंगे और शिशु स्तन पर अपनी पकड़ बना पाएगा।
- नर्सिंग पोजीशन बदलती रहें व एक स्तन खाली होने पर ही दूसरा स्तन शिशु के मुंह में दें।
- तेज दर्द से राहत पाने के लिए टाइलीनोल या फिर कोई दूसरी हल्की दर्द निवारक दवा लें।

स्तनपान से जुड़ा आहार

स्तनपान कराने से प्रतिदिन 500 कैलोरी लगती हैं इसलिए आपके आहार में अतिरिक्त 500 कैलोरी होनी चाहिए।

आहार में मात्रा की बजाय गुणवत्ता पर ध्यान दें। हालांकि आप पिछले नौ महीनों में पौष्टिक खान-पान के कई तरीके सीख चुकी हैं या उन्हें अपना भी रही हैं लेकिन यहां थोड़ा और ध्यान देना जरूरी है। स्तनपान से जुड़े आहार के नियमों का पालन करें।

दूध का रिसाव

स्तनपान के पहले कुछ सप्ताह में स्तनों से कभी भी दूध का रिसाव हो सकता है। यह आपके स्तन से फुहार बनकर भी निकल सकता है। यह कभी

भी, बिना किसी चेतावनी के हो सकता है। अचानक ही गीलेपन का एहसास होता है और पैड या स्वेटर उठाने से पहले ही आपके कपड़ों पर गीलापन दिखने लगता है। ऐसे हालात में झेंपने या शर्मिंदा होने की बजाय इसका इंतजाम कर लें क्योंकि यह एक सामान्य प्रक्रिया है। कई बार सोते समय गर्म पानी से नहाते समय या शिशु के रोने पर भी दूध निकलने लगता है। अगर शिशु नियमित समय पर दूध पीने लगा है तो नियमित अंतराल पर दूध रिस सकता है। अगर वह एक स्तन से दूध पी रहा है तो दूसरे स्तन से दूध आ सकता है। वैसा हमेशा नहीं, कभी-कभी ही होता है। पहली बार मां बनने वाली महिलाओं के साथ ऐसा अधिक होता है। स्तनपान का समय व्यवस्थित होने के बाद इस रिसाव में काफी कमी आ जाती है। आप इसके लिए निम्नलिखित उपाय अपना सकती हैं।

■अपने पास नर्सिंग पैड रखें ताकि दूध पिलाने के बाद आप उनका इस्तेमाल कर सकें। याद रखें कि इन्हें भी डायपर की तरह गीला होने पर बदलना पड़ेगा। ऐसे पैड न लें जो प्लास्टिक या वाटरप्रूफ लाइनर वाले हों। उनकी नमी के कारण निप्पलों में तकलीफ हो सकती है। कई महिलाएँ इस्तेमाल के बाद फेंकने वाले पैड लगाती हैं तो कई सूती कपड़ा लगाती हैं जो धुलकर दोबारा काम आ जाता है।

■अपने बिस्तर का ध्यान रखें। अगर सोते समय ज्यादा दूध रिसता है तो अपनी चादर हर रोज बदलें।

■रिसाव से बचने के लिए दूध न निकालें। इस तरह तो पंपिंग करने से ज्यादा दूध बनेगा और रिसेगा।

जरूरत से ज्यादा बहाव को रोकने की कोशिश करें। पहले कुछ सप्ताह में ऐसा करने पर दूध की गांठें बन सकती हैं इसलिए जब स्तनपान का क्रम व्यवस्थित हो जाए तो बहाव रोकने के लिए आप छातियों के ओर बाजुएं बांध सकती हैं या अकेले में निप्पल दबा सकती हैं।

निप्पलों में घाव

नाजुक निप्पलों के कारण स्तनपान कई बार

क्या खाएँ

प्रोटीन : 3 सर्विंग

कैल्शियम 5 सर्विंग, आयरन युक्त भोजन : 1 या इससे अधिक सर्विंग, विटामिन सी : 2 सर्विंग, हरी पत्तीदार व पीली सब्जियाँ व फल : 3 से 4 सर्विंग दूसरे फल व सब्जियां; 1 से अधिक सर्विंग। साबुत अनाज व कांप्लैक्स कार्ब, 3 से अधिक उच्च वसा युक्त आहार, 8 गिलास से ज्यादा पानी व जूस आदि। शिशु के सर्वांगीण मस्तिष्क के विकास के लिए डीएम युक्त आहार, प्रसव पूर्व विटामिन प्रतिदिन शिशु के बड़े होने के साथ-साथ कैलोरी की मात्रा बढ़ानी होगी। यदि उसे फार्मूला देंगी तो आपको कैलोरी की मात्रा घटानी होगी।

क्या न खाएँ :- स्तनपान के दौरान मदिरा का सेवन न करें। हां शिशु को दूध पिलाने के बाद आप एक गिलास ले सकती है। ताकि अगले कुछ घंटों में उसका असर घट जाए थोड़ी-बहुत कॉफी दोबारा शुरू कर सकती हैं। इसके अलावा गैस बनाने वाला भारी भोजन न करें। यदि आपके परिवार में किसी को या आपको एलर्जी है तो ऐसा भोजन न करें। जिससे एलर्जी हो सकती है। कोई भी जड़ी-बूटी युक्त खाद्य पदार्थ लेने से पहले उस पर लिखा लेबल पढ़ लें।

आपका भोजन व शिशु :- शिशु को मां के दूध से ही कई तरह के स्वाद मिल जाते हैं। यदि आप विविध प्रकार के भोजन करेंगी तो बड़ा होने पर शिशु भी खाने-पीने में ज्यादा जिद नहीं करेगा। इसके अलावा ऐसे खाद्य पदार्थ न खाएँ, जिनसे आपको तकलीफ होती हो, ये शिशु के लिए भी नुकसानदायक हो सकते हैं।

तकलीफदेह हो जाता है। वैसे अधिकतर महिलाओं के निप्पल स्तनपान कराने लायक हो जाते हैं व उन्हें कोई मुश्किल नहीं होती। कई माँए जो स्तनपान कराते समय शिशु को सही तरह से नहीं उठातीं या जिनके शिशु बहुत जोर से चूसते हैं, उन्हें निप्पलों में दर्द व घाव की समस्या का सामना करना पड़ता है। इसके लिए निम्नलिखित उपाय अपनाए जा सकते हैं :

- शिशु को सही तरीके से उठाएँ। शिशु का मुंह स्तन की ओर हो। अपने स्तनपान की स्थिति बदलती रहें ताकि निप्पल के आसपास के हिस्से पर एक समान दबाव पड़े।
- अपने निप्पलों को थोड़ी सांस लेने दें। घर में दर्द भरे निप्पलों को थोड़ी देर कपड़ा हटा कर छोड़ दें। उन पर ऐसा कपड़ा न पहनें, जिससे चुभन या तकलीफ हो।
- उन्हें सूखा रखें। नर्सिंग पैड गीला होते ही बदलें। नर्सिंग पैड में प्लास्टिक का लाइनर न हो। इससे नमी बढ़ जाती है। अगर आप उमस वाले माहौल में रहती हैं तो दूध पिलाने के बाद स्तनों को कुछ मिनट तक ब्ले ड्रायर के आगे रखें। इससे काफी आराम मिलेगा हालांकि यह कहना मुश्किल है कि इस दौरान कोई आ गया तो कैसा दृश्य होगा।
- दूध से ही उपचार करें। स्तनों का दूध ही उनके घाव भर सकता है। दूध पिलाने के बाद स्तनों पर लगा दूध न पोंछें या दूध पिलाने के बाद कुछ बूंद दूध निकाल कर निप्पलों पर मल दें। ब्रा पहनने से पहले निप्पल सूखने दें।
- इन्हें मलें। निप्पलों की पसीने व तैल ग्रंथियों से कुदरतन सुरक्षा होती है। वे इन्हें तैलीय बनाए रखते हैं लेकिन निप्पलों में दरार आने पर बाजार में उपलब्ध 'लेनोलिन' की मदद ली जा सकती है। दूध पिलाने के बाद 'लेनसिनोह' दवा लगाएँ लेकिन पैंशलियम जैली युक्त पदार्थों व वैसलीन का प्रयोग न करें। निप्पलों को साबुन, एल्कोहल या वाइन्स धोने की बजाय पानी का प्रयोग करें। शिशु कीटाणुओं से पूरी तरह सुरक्षित हैं और आपका दूध उसके लिए अमृत समान है।
- आप ठंडे पानी में डूबे टी बैग इस्तेमाल करें। इन्हें निप्पलों पर रखें। चाय के तत्त्व घाव को राहत देंगे व जख्म भरेंगे।
- दोनों स्तनों पर बराबर ध्यान दें। निप्पलों को मजबूत बनाने का एक ही तरीका है कि उनका इस्तेमाल किया जाए। दोनों स्तनों को बराबर दूध बनाने के लिए जरूरी है कि दोनों को एक सा समय दिया जाए। अगर एक निप्पल में ज्यादा तकलीफ है तो इसका इस्तेमाल कम करें। थोड़ा आराम आते ही दोनों ओर से दूध पिलाएँ क्योंकि एक ही ओर से दूध पिलाने पर दूध बनने में कमी आ सकती है।
- दूध पिलाने से पहले थोड़ा शांत हो जाए तब शिशु को दूध पीने के लिए जोर से निप्पल नहीं चूसना पड़ेगा और आपको ज्यादा दर्द नहीं होगा।
- घावों को राहत देने के लिए स्तनपान से पहले 'टाइलीनोल' लें।
- निप्पलों में पड़ी दरारों पर नजर रखें। इनकी वजह से संक्रमण भी हो सकता है। यदि दरार से किसी दूध की गांठ में कीटाणु घुस जाएं तो ऐसा हो सकता है।

जब स्तनपान में आए उलझन

एक बार स्तनपान कराने का क्रम व्यवस्थित हो जाए तो कोई दिक्कत नहीं आती लेकिन कभी-कभी छोटी-मोटी उलझन हो सकती है।

दूध की गांठ बनना :- कई बार दूध की गांठ बन जाती है और दूध चढ़ जाता है। इसमें स्तन पर छोटा लाल गूमड़ दिखता है, सही इलाज न होने पर संक्रमण भी हो सकता है। बेहतर इलाज तो यही है कि शिशु को उसी स्तन से दूध पिलाएँ ताकि वह पूरी तरह खाली हो जाए। अगर शिशु यह काम पूरा न कर सके तो अपने हाथों या ब्रेस्ट

पंप की मदद से इसे करें।
आपकी ब्रा इतनी तंग न हो कि वह उन गांठों पर ज्यादा दबाव डालें। नर्सिंग की पोजीशन भी बदलती रहें। गर्म सेंक, या मालिश से भी आराम आ सकता है। अगर शिशु को स्तनपान के समय सही पोजीशन में लिटाया जाए तो उसके चिबुक से भी अच्छी मालिश हो सकती है। शिशु जितना ज्यादा दूध पीएगा, गांठ उतनी आसानी से खत्म हो जाएगी।

छाती का संक्रमण :- कई बार एक या फिर दोनों स्तनों में संक्रमण भी हो जाता है। यह स्तनपान के वक्त कभी भी हो सकता है। कई बार निप्पल की दरारों से, कीटाणु स्तनों में प्रवेश कर जाते हैं। तनावग्रस्त माएँ इसका जल्दी शिकार होती हैं।

इसके लक्षणों में प्रमुख हैं–तेज दर्द, सख्ती, लाली, गर्माहट, स्तनों की सूजन, हल्की सर्दी लगना, 101 या 102^0 तक बुखार होना। ऐसे लक्षण सामने आते ही डॉक्टर के पास जाने में देर न करें। इसमें आपको आराम, एंटीबायोटिक्स, दर्द निवारक दवाएँ, तरल पदार्थों की अधिक मात्रा व नम गर्म सेंक की जरूरत होगी। दवाएँ लेना शुरू करने के 2-3 दिन में ही काफी आराम आ जाएगा। अगर तब तक आराम न आए तो डॉक्टर को बताकर कोई और एंटीबायोटिक दवाएँ लें।

इलाज के दौरान भी शिशु को स्तनपान कराएं।

शिशु के कीटाणुओं से ही संक्रमण हुआ है इसलिए उनसे अब कोई हानि नहीं होगी। एंटीबायोटिक दवाएँ भी सुरक्षित होती हैं। स्तनों से दूध खाली होता रहेगा तो उसकी गांठें भी नहीं बनेंगी। अगर दूध पिलाने से काफी दर्द हो तो गर्म पानी के टब में लेटकर पंप से दूध निकालें, इससे दर्द घट जाएगा। उस समय इलैक्ट्रिक पंप का इस्तेमाल न करें।

अगर इलाज में देरी हो या उसे रोक दिया जाए तो लक्षण काफी बिगड़ने लगते हैं।

सिजेरियन के बाद स्तनपान

सिजेरियन के कितने समय बाद आप शिशु को स्तनपान करा पाएँगी यह काफी हद तक आपकी व शिशु की स्थिति पर निर्भर करता है। अगर आप दोनों ठीक है तो रिकवरी रूम में ही स्तनपान शुरू कराया जा सकता है। अगर आपको एनस्थीसिया दिया गया है या शिशु को नर्सरी में रखा गया है तो आपको इंतजार करना पड़ सकता है। अगर 12 घंटे बाद भी स्तनपान शुरू न हो सके तो आप पंप की मदद से कोलोस्ट्रम निकाल सकती हैं ताकि उसे शिशु को पिलाया जा सके।

पहले-पहल दूध पिलाने में थोड़ी तकलीफ हो सकती है आप कोशिश करें कि चीरे पर कम से कम दबाव पड़े। शिशु के नीचे तकिया लगाएँ, करवट के बल लेटें या फिर उसे फुटबॉल की तरह उठाएँ। स्तनपान कराने के कुछ ही दिन में सारी दिक्कतें घट जाएँगी।

जुड़वां या इससे अधिक शिशुओं का स्तनपान

दो बच्चों को स्तनपान कराना अपने-आप में काफी चुनौतीपूर्ण लगता है। हालांकि एक बार आपको इसकी आदत पड़ जाए तो आप दो-तीन शिशुओं को भी आसानी से दूध पिला सकती हैं।

इसके लिए आपको निम्नलिखित बातों पर ध्यान देना चाहिए–

बढ़िया हो खानपान :- डेयरी खाद्य पदार्थों की भरपूर मात्रा लें। शिशु के बड़ा होने के साथ-साथ आपको अपनी कैलोरी की मात्रा भी बढ़ानी चाहिए। अगर आप उसे साथ में फार्मूला दूध भी दे रही हैं तो उसी हिसाब से कैलोरी की मात्रा घटेगी। अपने भोजन में प्रोटीन व कैल्शियम की मात्रा भी बढ़ाएं

पंप करें :- अगर शिशु नर्सरी में है और स्तनों में दूध की मात्रा बढ़ानी चाहती हैं तो इलैक्ट्रिक पंप का इस्तेमाल करें। तब आप थोड़ा चैन से

सो पाएंगी और कोई दूसरा शिशुओं को बोतल से वह दूध पिला देगा। अगर पंप से पूरी बात न बनें तो हताश न हों। कोई भी पंप शिशु की जगह नहीं ले सकता। हालांकि कभी-कभी पंप का इस्तेमाल फायदेमंद हो सकता है।

दो शिशुओं को एक साथ स्तनपान :- क्या आप दोनों शिशुओं को एक साथ स्तनपान कराने के लिए तैयार हैं? नर्सिंग तकिए की मदद से यह काम आसानी से हो सकता है दिन रात बारी-बारी से शिशुओं को स्तनपान कराने के चक्कर में न पड़ें। आप थक जाएंगी। अगर आप दोनों को एक साथ स्तनपान न करा सकें तो दूसरे शिशु को बोतल से दूध दें। जब उसे स्तनपान कराएँ तो पहले शिशु को बोतल से दूध दें। अगर आपका शिशु चुस्त है तो वह 10 से 15 मिनट में अपना पेट भर लेगा और यह आपके लिए किसी वरदान से कम नहीं होगा।

क्या तीन शिशुओं को दूध पिलाना है? शिशुओं को दूध पिलाते समय बारी-बारी से स्तन बदलना न भूलें।

घर के काम में मदद लें :- बच्चों के साथ घर के काम में किसी की मदद लें ताकि आपकी ऊर्जा बनी रहे और पूरा दूध बने।

डिनर में विविधता :- आपके दोनों शिशुओं की भूख व स्वाद में अंतर है इसलिए आपको दोनों की पूर्ति करनी है। अपने डिनर में विविध ता लाएँ व उनके दूध का रिकार्ड रखें ताकि पता लग सके कि वे भरपेट दूध पी रहे हैं। या नहीं।

दोनों स्तनों से दूध पिलाएं :- दोनों स्तनों से बारी-बारी से दूध पिलाएँ ताकि उनमें बराबर दूध उतरता रहे।

मल्टीपल नर्सिंग

कुछ माँए जुड़वां में से एक ही शिशु को एक बार में दूध पिलाना पसंद करती हैं कई दोनों को एक साथ दूध पिलाती हैं ताकि उन्हें सारा दिन यही काम न करना पड़े। 1. आप एक पोजीशन में दोनों को 'फुटबॉल होल्ड' की तरह पकड़ सकती हैं 2. दूसरी पोजीशन में क्रेडल होल्ड व फुटबाल होल्ड को मिलाया जाता है । सहारे के लिए तकिया लगाएँ व अपनी सुविधा के हिसाब से पोजीशन चुनें।

थोड़ा समय लगेगा

अभी आप काफी अस्त-व्यस्त हैं। मन व शरीर दोनों की हालत नाजुक है। आपको यह नहीं पता कि शिशु को चुप कैसे कराएँ। आपको उसके रोने के अलग-अलग मतलब पता नहीं चलते। आपको उसे नहलाना नहीं आता। डायपर बदलते समय वह पांव से गंदगी फैला देता है। दरअसल अभी आपको सही मायनों में 'माँ' बनने में समय लगेगा। हालांकि यह प्रक्रिया थोड़ी कठिन है लेकिन कुछ ही समय में आप सब सीख जाएंगी। मम्मा! अपने-आप को थोड़ा समय दें।

अध्याय-18

प्रसव के पश्चात

पहले छः सप्ताह

अब तक तो आपको शिशु की देखभाल करना काफी अच्छे तरीके से आ गया होगा। साथ ही आप अपने बड़े बच्चों की माँगे भी पूरी कर पा रही होगीं हालांकि दिन-रात आपका पूरा ध्यान उस नन्हे शिशु की ओर होगा। शिशु अपनी देखरेख नहीं कर सकते लेकिन वे यह नहीं कहते कि आप अपना ध्यान रखना छोड़ दें। मम्मी को भी देखभाल चाहिए। हालांकि अभी आपके सभी सवाल शिशु से जुड़े हैं लेकिन आपको अपना भी ध्यान रखना है। आपको अपने-आप से जुड़े सवालों की जिज्ञासा शांत करनी चाहिए।

आप क्या महसूस कर रही होंगी?

यह 'रिकवरी पीरियड' कहलाता है। आसान प्रसव व डिलीवरी के बावजूद शरीर की मांसपेशियों में काफी खिंचाव आया है और उन्हें संभलने में थोड़ा वक्त लगेगा। हर नई माँ भी भावी माँ की तरह अपने-आप में अलग होती है। हर माँ की रिकवरी में अलग-अलग समय लगता है यह इस बात पर भी निर्भर करता है कि आप कितना आराम कर रही हैं या आपको कितनी मदद मिल रही है। आप निम्नलिखित लक्षण महसूस कर रही होंगी:

शारीरिक

■योनि से हल्का सफेद स्राव हो रहा होगा।
■थकान
■हल्का, दर्द बेचैनी या टांके वाली जगह पर चुभन
■चीरे वाली जगह पर दर्द घटेगा।
■कब्ज व हीमरॉयड्स का आराम आएगा।
■वजन में धीरे-धीरे कमी
■सूजन में धीरे-धीरे कमी
■छातियों व निप्पलों में तकलीफ
■पेट की कमजोर मांसपेशियों व शिशु को गोद में आने की वजह से पीठ में दर्द
■जोड़ों का दर्द
■बाजू व गले में दर्द

भावनात्मक लक्षण

■मूड में उतार-चढ़ाव

- जिम्मेवारी का बढता बोझ
- सेक्स के प्रति उदासीनता

प्रसव के बाद की जांच

डॉक्टर प्रसव के 4 से 6 सप्ताह के बीच जांच के लिए बुला सकते हैं यदि सी-सैक्शन हुआ होगा तो तीन सप्ताह बाद चीरे की जांच के लिए बुला सकते हैं। इस जांच में वे अपनी शैली के हिसाब से जांच करेंगे। आप अपने प्रश्न लिखकर जाएँ व वहां से उनके उत्तर लिखकर लाएं। वे निम्नलिखित की जांच कर सकते हैं–

- रक्तचाप
- वजन जो कि 17 से 20 पौंड घट सकता है।
- गर्भाशय का घटता आकार व स्थिति
- गर्भाशय मुख की जांच
- योनि की जांच
- सी-सैक्शन के चीरे या एपीसियोटामी की जांच
- आपकी छातियाँ
- हीमेरॉयड्स वैरीकोज़ वेन्स आदि
- आपके प्रश्न व जिज्ञासाएँ

इस मुलाकात में आप डॉक्टर से परिवार नियोजन उपाय की जानकारी भी ले सकती हैं। अगर आप डायफ्रागम लगवाना चाहती हैं और गर्भाशय का मुख ठीक नहीं हुआ तो कुछ समय तक कंडोम इस्तेमाल करें। यदि आप चाहें तो बर्थ कंट्रोल के लिए कोई गोलियां भी लिखवा सकती हैं।

आप क्या सोच रही होंगी?

थकान

''मैं जानती थी कि प्रसव के बाद थकान होती है लेकिन पिछले चार सप्ताह से मैं पूरी नींद तक नहीं ले पा रही। यह कोई मजाक नहीं है।''

नहीं, आपकी हालत पर कोई भी हँस नहीं रहा। सभी जानते हैं कि नए-नए माता-पिता को कितने मुश्किल हालातों से गुजरना पड़ता है। शिशु को नहलाना, धुलाना, खिलाना, सुलाना, बहलाना आदि कई काम आपके जिम्मे हैं। परिवार के बाकी सदस्य भी आपके हाथ का खाना चाहते हैं। आपको फिर से खरीदारी के लिए जाना है। इन सब कामों के साथ रात को सिर्फ तीन घंटे की नींद ले रही हैं और अभी प्रसव की थकान भी नहीं मिटी है। थकान तो अपने-आप ही भयंकर होगी, न!

क्या इस थकान का कोई उपाय है? नहीं, जब तक शिशु रात को सोने का क्रम नहीं बनाता, आपको उसके साथ जागना ही होगा। यदि वह दिन में कुछ समय तक सोने का क्रम बना ले तो आप भी सो जाएँगी।

थोड़ी मदद लें :- अपनी मदद के लिए आया या नौकरानी रखें। किसी दोस्त, माँ या सासू माँ को पास बुला लें। जब वे शिशु को टहलाने ले जाएँ तो आप एक झपकी ले लें। वे आपके शिशु का जरूरी सामान भी बाजार से खरीद के ला सकते हैं।

काम बांटें :- अपने साथी के साथ काम बाँट लें। खाना, बर्तन, कपड़े, सफाई, कामों का तो अंत नहीं है। मिलकर काम बाँट लें व अपने हिस्से में ऐसे काम रखें, जिनमें ज्यादा थकान न हो।

थोड़ा ध्यान हटाएँ :- माना आपको घर में गंदगी पसंद नहीं, बिस्तर पर ब्रेड या बिस्कुट का चूरा गिरने से आपको गुस्सा आता है। अपनी खोई ऊर्जा वापिस लौटने तक इन बातों को नजरअंदाज करें। बेबी की बधाई के थैंक्यू नोट नहीं भेज पा रही तो उसकी तस्वीर के साथ सबको ई-मेल कर दें। अपना समय व ऊर्जा बचाएं।

माल की डिलीवरी :- अब आपकी डिलीवरी तो हो चुकी। अब ऐसे स्टोर खोजें, जो आपके

सामान की फ्री होम डिलीवरी कर सकें। अगर कुछ पैसे भी देने पड़ें तो कोई हर्ज नहीं है। जरूरी सामान एक साथ मंगा लें ताकि छोटी-छोटी जरूरतों के लिए बाजार का मुंह न देखना पड़े।

शिशु के साथ सोएँ :- हालांकि शिशु के सोने के बाद आपको 300 काम निपटाने हैं लेकिन नींद लेने का इससे बेहतर समय नहीं हो सकता। 15 मिनट भी लेट लेंगी तो शरीर को आराम आ जाएगा।

शिशु के साथ-साथ स्वयं भी खाएँ :- शिशु को दूध पिलाते समय खुद भी खाना-पीना न भूलें। प्रोटीन व कांप्लैक्स कार्बयुक्त स्नैक्स लें। कोई ताजा फल, दही का कटोरा, चॉकलेट या सेहतमंद स्नैक्स भी ऊर्जा के स्तर को भरपूर कर देगा। अपने घर में खाने-पीने का सामान रखें ताकि आसानी से कभी भी, कुछ भी खा सकें। ऐसा आहार न लें जो एकदम से ऊर्जा को बढ़ा देते हैं और फिर थोड़ी ही देर में फिर से थकान हावी हो जाती है। तरल पदार्थों की भरपूर मात्रा लें व याद रखें कि आपने दो लोगों के लिए खाना है।

यदि काफी कमजोरी या थकान लगती रहे तो डॉक्टर को दिखाना न भूलें। तनाव व अवसाद से बचें। बहुत जल्दी आपकी दिनचर्या सामान्य हो जाएगी।

बाल झड़ना

''मेरे बाल अचानक झड़ने लगे हैं। क्या मैं गंजी हो रही हूँ?

आप गंजी नहीं हो रहीं। अपनी सामान्य अवस्था में लौट रही हैं। वैसे औसतन प्रतिदिन 100 बाल झड़ते हैं। उन्हें कई दिन तक झड़ने का मौका नहीं मिला इसलिए वे एक साथ झड़ रहे हैं। गर्भावस्था के हार्मोनल बदलाव की वजह से भी ऐसा हो रहा है। उस समय आपके बाल काफी घने व मजबूत हो गए होंगे। अब वे अपनी सामान्य अवस्था में आ रहे हैं।

अपने बालों को स्वस्थ रखने के लिए विटामिन की खुराक लें, बढ़िया खान-पान रखें और बालों के पोषण का ध्यान रखें। कम से कम शैंपू करें। कंडीश्नर का इस्तेमाल करें ताकि उलझे बाल कम से कम टूटे, खुले दाँतों वाली कंघी इस्तेमाल करें। बालों के साथ कोई प्रयोग न करें। अगर फिर भी बाल झड़ने बंद न हों तो अपने डॉक्टर की राय लें।

मूत्र पर नियंत्रण

''मैंने सोचा था कि शिशु के जन्म के बाद मैं मूत्राशय पर अच्छी तरह नियंत्रण रख पाऊंगी लेकिन अब प्रसव के दो महीने बीतने के बाद भी हंसते या खांसते समय मूत्र का रिसाव होने लगता है। क्या हमेशा ऐसे ही होगा?''

जी हां, डिलीवरी के कुछ महीने बाद तक ऐसा होना बिल्कुल सामान्य है। हंसते, खांसते, छींकते समय या कोई भारी काम करते समय मूत्राशय पर दबाव पड़ता है और मूत्र रिसने लगता है। प्रसव व डिलीवरी के दौरान मूत्राशय व पेल्विक के आसपास की मांसपेशियाँ कमजोर हो जाती हैं और आप मूत्र का बहाव नहीं रोक पातीं। गर्भाशय सिकुड़ता है तो मूत्राशय पर इसका भी दबाव पड़ता है। हार्मोनल बदलाव भी इसके जिम्मेवार होते हैं।

इस प्रक्रिया को समाप्त होने में 3 से 6 महीने का समय लग सकता है। तब तक आप पैड लगाएँ। हां, टेंपून लगाने से कोई फायदा नहीं होगा। इसके अलावा निम्नलिखित उपाय भी आजमा सकती हैं।

कीगल व्यायाम :- कीगल व पेल्विक एरिया से जुड़े व्यायाम जारी रखें। ये आपके काफी सहायक हो सकते हैं।

वजन घटाएँ :- गर्भावस्था के समय बढ़ा हुआ वजन घटाना होगा क्योंकि उसी फालतू वजन के कारण अब भी मूत्राशय पर दबाव पड़ रहा है।

मूत्राशय को प्रसिक्षित करें :- हर आधे घंटे बाद, इच्छा न होने पर भी मूत्र के लिए जाएँ। इसी तरह धीरे-धीरे बीच का समय अंतराल बढ़ाएं।

कब्ज से बचें :- कब्ज की वजह से भी मूत्राशय पर दबाव बढ़ता है। नियमित समय पर शौच करें।

तरल पदार्थ लें :- दिन में कम से कम आठ गिलास पानी पीएँ। यह न सोचें कि कम पानी पीएंगी तो मूत्र का रिसाव कम होगा बल्कि डी-हाईड्रेशन से मूत्र का संक्रमण हो सकता है। संक्रमित मूत्राशय से ज्यादा रिसाव होगा और रिसते मूत्राशय में आसानी से संक्रमण होगा।

गैस पास होना

''आजकल मैं काफी गैस पास कर रही हूँ। जिससे मुझे लोगों के बीच काफी शर्मिंदा होना पड़ता है। ऐसा क्यों हो रहा है?''

नई मां बनने के बाद शरीर अपने आप को साफ करने की प्रक्रिया में जुटा है। प्रसव के बाद माँएं इसी तरह गैस पास करती हैं इसमें शर्मिंदा होने वाली कोई बात नहीं है। आपके पेल्विक क्षेत्र को कुछ मांसपेशियां खिंच गई हैं व कई नष्ट हो गई हैं, जिसमें आप गैस पास होने की प्रक्रिया पर काबू नहीं पा रहीं।

कुछ सप्ताह में जब मांसपेशियां अपनी पहले वाली स्थिति में लौट आएँगी तो आपको अपने-आप आराम आ जाएगा।

तब तक आराम से खाना खाएँ। जितनी हवा भीतर ले जाएँगी वह गैस बनकर निकलेगी। कीगल व्यायाम भी करती रहें, इनसे भी आपको फायदा होगा।

प्रसव के बाद पीठ में दर्द

''मैंने सोचा था कि डिलीवरी के बाद मेरी पीठ के दर्द में आराम आ जाएगा लेकिन ऐसा नहीं हुआ, क्यों?''

आपका पुराना साथी पीठ का दर्द लौट आया है। कह सकते हैं कि हारमोनों की वजह से ढीले पड़ गए लिगामेंट अभी तक ढीले हैं। उन्हें अपनी ताकत पाने में कई दिन या सप्ताह का समय लग सकता है। पेट की कमजोर मांसपेशियाँ भी आपकी पीठ पर अपना असर दिखा रही हैं। शिशु को उठाने, झुलाने या सुलाने के कारण भी पीठ में दर्द रहने लगता है। शिशु का आकार बढ़ रहा है और साथ ही पीठ पर दबाव और तनाव भी बढ़ता जा रहा है।

समय के साथ-साथ आपकी पीठ के दर्द में काफी आराम आ जाएगा।
- पेट से जुड़े कुछ व्यायाम और पेल्विक टिल्ट करें ताकि पीठ को सहारा देने वाली मांसपेशियाँ मजबूत हो सकें।
- सामान उठाते या झुकते समय पीठ का ध्यान रखें।
- सारा दिन बिस्तर पर न पड़ी रहें। अपनी पीठ को तकिए का सहारा देकर टिकाएँ।
- जब भी मौका मिले, पैरों को थोड़ा आराम

डॉक्टर की मदद लें

आपने अपनी तरफ से पूरी कोशिश कर ली लेकिन अब भी मूत्र का रिसाव बंद नहीं हो पा रहा। कोई बात नहीं, अपने डॉक्टर से बात करें। वह कोई इलाज बताएँगे ताकि जरूरत पड़ी तो सर्जरी भी करेंगे। बस, आप हिम्मत न हारें।

दें। जब खड़ा होना हो तो पाँव छोटे स्टूल पर टिका लें।

■अपने पोश्चर पर ध्यान दें। कंधे तने रहेंगे तो पीठ नहीं दुखेगी शिशु बड़ा हो जाए तो उसे उठाते समय एक ही नितंब पर सारा भार न डालें। इससे भी पीठ में दर्द होगा।

■अक्सर मम्मियां बच्चे को एक हाथ से उठाए रखती हैं और दूसरे हाथ से काम करती हैं। आपको बीच-बीच में हाथ बदलना चाहिए।

■यदि समय और मौका मिले तो पीठ की मांसपेशियों की मालिश करें अपने साथी की मदद लें।

■शिशु को दूध पिलाते समय पीठ की सिंकाईं कर लें।

जब शिशु थोड़ा संभल जाएगा तो आपके शरीर की खोई ताकत भी लौट आएगी। तब डायपर का बैग खाली कर दें और उसे तभी भरें, जब बहुत जरूरी हो।

शिशु जन्म के बाद

''मैंने सोचा था कि मैं शिशु के जन्म से काफी रोमांचित हो जाऊँगी लेकिन अब मैं काफी निराश महसूस कर रही हूँ, ऐसा क्यों हो रहा है?''

यही समय सबसे बेहतर होता है और यही सबसे बुरा भी...। 60 से 80 प्रतिशत मम्मियां शिशु के जन्म के बाद ऐसा ही महसूस करती हैं। डिलीवरी के पांच दिन के भीतर वे काफी निराशा महसूस करने लगती हैं। उन पर एक अजीब सी उदासीनता छा जाती है, रोने को जी चाहता है। काफी बेचैनी और चिड़चिड़ापन महसूस होता है।

दरअसल यह सब इसलिए होता है क्योंकि इस समय हार्मोनो का स्तर बदलता है। गर्भावस्था के बाद थका देने वाला प्रसव और डिलीवरी, फिर घर लौट कर शिशु की चिंता, स्तनपान की समस्याएँ, आपके चेहरे की बिगड़ती हालत, घर की अस्त-व्यस्तता, यही सब बातें आपको परेशान कर रही हैं। कुछ ही सप्ताह में जब आप नए माहौल में घुल-मिल जाएँगी तो सब ठीक हो जाएगा। तब तक निम्नलिखित उपाय आजमाएं।

अपनी उम्मीदें घटाएं :- अभी आपमें इतनी ताकत नहीं कि एक संपूर्ण माँ की तरह शिशु और घर की जिम्मेवारी संभाल सकें। अभी थोड़े आराम और किसी की मदद की आवश्यकता है तब तक अपनी उम्मीदें घटाएं। केवल उतना ही काम हाथ में लें, जिसे आसानी से कर सकें।

अकेली न रहें :- घर में मैले बर्तन-कपड़ों का ढेर, रोता हुआ शिशु, और रातों का उनींदापन। ऐसे में मदद के बिना कैसे बात बनेगी अपने साथी, माँ, सास, आया, बहन या किसी सहेली की मदद लें।

सुंदर दिखें :- यह सुनने में अजीब लगता है, पर सच है। थोड़ा समय अपने ऊपर लगाएँ ताकि मन को अच्छा लगे। नहा-धोकर साफ-कपड़े पहनें। अपने बाल सैट करें। कंसीलर से दाग-धब्बे छिपाकर थोड़ा मेकअप करें।

घर से निकलें :- घर से बाहर निकलें। घूमने-फिरने से मन की अवस्था बदलेगी। आपकी आँखों के आगे से काम का ढेर हट जाएगा। सप्ताह में कम से कम एक बार ऐसा करें। किसी मित्र के यहाँ जाएँ। शिशु को पार्क में घुमा लाएं। किसी मॉल का चक्कर लगा लें।

अपने-आप को दावत दें :- कोई फिल्म देख आएँ। अपने साथी के साथ रात का खाना बाहर खाएँ। देर तक नहाएँ। कभी-कभी अपने-आप को भी प्राथमिकता दें। यह भी जरूरी है।

व्यायाम करें :- व्यायाम आपके तन-मन को चुस्त-दुरस्त रखेगा। कोई डी.वी.डी. देखकर कसरत करें या कक्षा में जाएँ। यदि कुछ नहीं कर सकतीं तो टहलने तो जा ही सकती हैं।

खाने-पीने का रखें ध्यान :- आपको हमेशा अपनी ऊर्जा का स्तर बनाए रखना है। शिशु का पेट भरने के साथ-साथ अपने खाने-पीने का भी ध्यान रखें। शारीरिक व भावनात्मक स्तर से संतुष्टि के लिए जरूरी है कि आप पौष्टिक खान-पान जारी रखें आपके आसपास ऐसे ही स्नैक्स हों, जिन्हें खाने से आपको ऊर्जा मिल सके।

हँसना-रोना :-यदि रोने को जी चाहे तो खुल कर रो लें फिर उन्हीं बातों पर खुलकर हंसे, जिन पर आपका वश नहीं था। बाजार में अचानक बच्चे ने पौटी कर दी। आपके स्तनों से अचानक दूध निकलने लगा वगैरह-वगैरह! हँसी एक बहुत बढ़िया दवा है जो गहरा जख्म भी भर देती हैं।

अपने-आप को हमेशा याद दिलाएँ कि कुछ ही दिन में सब कुछ ठीक होने वाला है। आपके जीवन में खुशियों के पल लौट आएँगे।

यदि अवसाद बहुत ज्यादा गहरा जाए तो डॉक्टर की मदद लेने में संकोच न करें।

''जब से मेरी डिलीवरी हुई है मैं काफी संतुष्ट और बेहतर महसूस कर रही हूँ। कहीं यह सब किसी निराशा में खत्म होने वाला तो नहीं है?''

माना 'बेबी ब्ल्यू' भी कॉमन है लेकिन हर मम्मा के साथ ऐसा नहीं होता। आपने शुरू से ही सारी स्थिति को संभाल लिया है, यह बहुत अच्छी बात है। इसके साथ ही आपको अपने साथी की ओर भी ध्यान देना चाहिए। कई बार नए-नए पापा भी अवसाद से घिर जाते हैं व अपनी भावनाएँ छिपाने की कोशिश करते हैं।

प्रसव के बाद डिप्रेशन

'' मेरा शिशु एक महीने का हो गया है और मैं अब तक डिप्रेशन की स्थिति में हूँ। क्या मुझे संभल नहीं जाना चाहिए था?''

प्रसव के बाद डिप्रेशन (अवसाद) और बेबी ब्ल्यू' इन दोनों स्थितियों में थोड़ा अंतर होता है। यदि कोई महिला पहले कभी डिप्रेशन का शिकार रही हो, उसे जटिल गर्भावस्था व डिलीवरी का सामना करना पड़ा हो तो उसके लिए अवसाद ग्रस्त होना काफी सरल हो जाता है।

अवसाद या डिप्रेशन के लक्षणों में रोने को जी चाहता है। नींद व खान-पान से जुड़ी समस्याएँ शुरू हो जाती हैं। उदासी व निराशा छाई रहती है। ऐसा लगता है कि आप अपनी व शिशु की देखरेख नहीं कर पाएँगी, आप समाज से कट जाती हैं। चिंता व तनाव घेरे रहते हैं। शिशु के लिए प्यार नहीं उमड़ता। अकेलापन महसूस होता है और याददाश्त घटने लगती है।

आप बेबी ब्ल्यू वाले टिप्स आजमाएँ। लेकिन फिर भी आराम न आए तो डॉक्टर के पास जाने में देर न करें। वे आपका थाइरॉइड टेस्ट कर सकते हैं। कई बार थाइरॉइड हाइमोन के स्तर में अनियमितता की वजह से भी भावनात्मक अस्थिरता हो जाती है। यदि यह जांच सामान्य हो तो इसके बाद डिप्रेशन की चिकित्सा के लिए थेरेपिस्ट के पास भेजा जाता है, वे एंटडिप्रेशन दवाएँ देते हैं जो स्तनपान के दौरान भी सुरक्षित मानी जाती हैं। अगर लक्षण बहुत गहरे हैं तो 'ब्राइट लाइट थेरेपी' दी जाती है। आपको आँखें खोलकर एक ऐसे बॉक्स के सामने बिठा दिया जाता है, जिससे दिन का प्रकाश निकलता है। इससे आपके शरीर में एक सकारात्मक बायोकैमिकल बदलाव आता है व मस्तिष्क शांत होता है। थेरेपिस्ट अवस्था के हिसाब से कई मिले-जुले इलाज सोच सकते हैं।

अवसाद की वजह से आपको शिशु के साथ अपनापन महसूस करने या उसे प्यार देने में दिक्कत आ सकती है। आपके दूसरे पारिवारिक संबंधों पर भी इसका गहरा असर पड़ता है। सेहत भी ठीक नहीं रहती। कई महिलाओं को भय के दौरे पड़ने लगते हैं। गर्म-ठंडे पसीने आने लगते हैं, छाती में दर्द रहने लगता है, सिर चकराता है और घबराहट होने लगती है। इन

लक्षणों का तत्काल इलाज न होने से मामला बिगड़ सकता है।

अवसाद से ग्रस्त 30 प्रतिशत महिलाओं में पोस्ट-पार्टम ऑफ ऑब्सेसिव कम्पल्सिव डिऑडार (पी.पी.ओ.सी.डी.) के लक्षण भी दिखाई देते हैं। ऐसी महिलाएँ हर पंद्रह मिनट बाद यह देखती हैं कि शिशु की सांस चल रही है या नहीं, बुरी तरह से घर की साफ-सफाई पर उतर आती हैं या उनके मन में शिशु को नुकसान पहुँचाने के विचार आने लगते हैं। वे अपने शिशुआं के प्रति लापरवाही बरतने लगती हैं। ऐसे कोई भी लक्षण या विचार सामने आते ही डॉक्टर को दिखाने में देर न करें।

पोस्ट-पार्टम साइकोसिस में भ्रम की स्थिति बढ़ने लगती है। आत्महत्या या हिंसा का विचार मन में आने लगता है। अजीब-अजीब बातें दिखने व सुनने लगते हैं। साइकोसिस के लक्षण दिखते ही इमरजेंसी रूम में जाने में देर न करें। अपनी भावनाओं को सामान्य न समझे, उन्हें गंभीरता से लें। सहायता आने तक अपनी खतरनाक भावनाओं पर काबू रखें। पड़ोसी, सहेली या किसी रिश्तेदार के पास शिशु को सुरक्षित रखवा दें।

थाइरॉइडिटिस

कई नई माँए काफी थक जाती हैं, उनका वजन घटने लगता है या अवसाद से बाल झड़ने लगते हैं। प्रसव के बाद थायराइडिटिस होना आम बात है। कई बार लक्षणों की पहचान न हो पाने की वजह से इसका इलाज नहीं हो पाता।

इसके लक्षण डिलीवरी के एक से तीन माह के बीच कभी भी शुरू हो सकते हैं इस दौरान रक्तप्रवाह में काफी अधिक मात्रा में थाइरॉइड हार्मोन घुल जाता है। महिला थकान, बेचैनी व घबराहट महसूस करती है। रात को नींद नहीं आती व काफी पसीना आता है। इसके बाद हाइपोथाइरॉइडिज्म की स्थिति आती है। थकान के साथ-साथ अवसाद, मांसपेशियों में दर्द, बाल झड़ना, त्वचा का सूखापन व याददाश्त में कमी जैसे लक्षण सामने आते हैं।

यदि आप भी ऐसे लक्षणों से गुजर रही हैं तो डॉक्टर के पास जाने में देर न करें। कुछ महिलाओं को तो डिलीवरी के साल के भीतर ही आराम आ जाता है लेकिन कुछ महिलाओं को हमेशा थाइरॉइड की दवा लेनी पड़ती है व टेस्ट कराना पड़ता है। कई बार ठीक होने के बावजूद अगली गर्भावस्था में यही परेशानी फिर से लौट आती है। जिन महिलाओं को पहले यह रोग हो चुका हो, उन्हें इस बारे में अपने डॉक्टर को पहले ही बता देना चाहिए क्योंकि इसकी नजर से गर्भधारण व गर्भावस्था के दौरान भी कठिनाइयां आ सकती हैं।

प्रसव के बाद वजन घटना

''मुझे पता था कि मैं डिलीवरी के एकदम बाद तो बिकनी नहीं पहन पाऊंगी लेकिन डिलीवरी के दो सप्ताह बाद भी मैं छः माह की गर्भवती लग रही हूँ, क्यों?''

हालांकि शिशु के जन्म के समय रातों रात करीब 12 पौंड वजन घट जाता है पर महिलाओं को यह भी कम ही लगता है। दरअसल डिलीवरी कक्ष से निकलने के बाद भी आपके गर्भाशय का आकार काफी फैला होता है। जो कि आने वाले छः सप्ताह में धीरे-धीरे घटता है। पेट में भरे तरल पदार्थों की वजह से भी मोटापा दिखाई देता है। आपके पेट व त्वचा की मांसपेशियाँ भी खिंच जाती हैं जो कि धीरे-धीरे ही सामान्य अवस्था में आती हैं।

इस समय डायटिंग के बारे में न सोचें। इन पहले छः सप्ताह में आप स्तनपान भी करा

रही हैं। आपको पर्याप्त मात्रा में पोषण चाहिए ताकि ऊर्जा का स्तर बना रहे व किसी प्रकार का संक्रमण न हो। स्वस्थ आहार लें ताकि आपका वजन धीरे-धीरे घट सके। कैलोरी की कम मात्रा लेने से दूध की मात्रा कम बनेगी और जल्दी वसा घटाने के चक्कर में जहरीले तत्त्व आपके दूध में मिल सकते हैं। यदि आप स्तनपान नहीं करा रहीं तो छः सप्ताह बाद पूर्व संतुलित तरीके से वजन घटाने की डाइट ले सकती हैं।

कई बार स्तनपान कराने से भी वजन घटने लगता है। यदि आपके साथ ऐसा न हो तो निराश न हों। आपने गर्भावस्था में कितना वजन बढ़ाया था उसी हिसाब से इस समय आपका वजन घटेगा। अगर आपने 25 से 35 पौंड वजन बढ़ाया तो वह डिलीवरी के कुछ ही महीने में छंट जाएगा। 35 पौंड से ज्यादा वजन बढ़ाया था तो उसे घटाने के लिए थोड़ी मेहनत करनी पड़ेगी इसमें 10 महीने से 2 साल का समय भी लग सकता है। अपने-आप को थोड़ा समय दें। याद रखें कि आपको वजन बढ़ाने में नौ महीने लगे थे, इसे घटने में कुछ तो समय लगेगा ही न!

सी-सैक्शन से दीर्घकालीन आराम

"सी-सैक्शन हुए एक सप्ताह बीत गया। मैं क्या उम्मीद रख सकती हूं?"

माना आपको सी-सैक्शन के बाद एक सप्ताह हो चुका है लेकिन पूरा आराम आने में थोड़ा समय लग सकता है। याद रखें कि डॉक्टर की हिदायतें मानने व आराम करने से, तबीयत जल्दी संभल जाएगी। तब तक आप निम्नलिखित की उम्मीद रख सकती हैं।

थोड़ा या बिल्कुल दर्द न होना :-वैसे तो अब तक दर्द में आराम आ गया होगा। यदि आराम नहीं आया तो 'टाइलीनोल' जैसी दवाओं की मदद लें।

प्रगतिमूलक सुधार :- कुछ सप्ताह घावों में दर्द व संवेदनशीलता बनी रहेगी। इनमें धीरे-धीरे आराम आएगा। हल्की ड्रेसिंग व खुले कपड़ों से बेचैनी व दर्द घटेगा। इस प्रक्रिया में चीरे के आसपास हल्का खिंचाव, दर्द या खुजली होना सामान्य है। डॉक्टर से पूछ कर कोई मलहम लगा सकती हैं। घाव के ऊतकों की गांठें घुल जाएगी यह खत्म होने से पहले सूख कर हल्का गुलाबी हो जाएगा।

यदि दर्द बना रहे, आसपास सूजन या लाल हो, घाव से मवाद रिसे तो इसका मतलब है कि उसमें संक्रमण हो गया है। वैसे थोड़ा तरल पदार्थ तो रिसता ही है, पर उसे भी डॉक्टर को दिखा दें।

सेक्स के लिए चार सप्ताह तक प्रतीक्षा :- जब तक आपके चीरे का घाव नहीं भर जाता। आपको सेक्स के लिए इंतजार करना होगा।

व्यायाम :- दर्द घटते ही आप कसरत शुरू कर सकती हैं इस समय भी कीगल से आपके पेल्विक क्षेत्र की मांसपेशियों को आराम मिलेगा। पेट की मांसपेशियों को सुगठित बनाने वाले व्यायामों पर ध्यान दें। अपना लक्ष्य तय कर लें व उसी के हिसाब से आगे बढ़ें। आपको अपनी पहले वाली फिगर में लौटने में कई सप्ताह तक लग सकते हैं।

सेक्स

"हम सेक्स दोबारा कब शुरू कर सकते हैं?"

वैसे तो दंपत्तियों को यही सलाह दी जाती है कि जब महिला मानसिक रूप से इसके लिए तैयार हो जाए तो वे सेक्स कर सकते हैं लेकिन उसका शारीरिक रूप से फिट होना भी जरूरी

है। तकरीबन चार सप्ताह बाद इसके लिए हरी झंडी दी जा सकती है। कई डॉक्टर छः सप्ताह वाला नियम ही अपनाते हैं। क्योंकि कई बार आराम आने में देर लग जाती है या फिर संक्रमण हो सकता है। आपको डॉक्टर से इस बारे में राय लेने के बाद ही काम बढ़ाना चाहिए। शिशु की देखभाल में समय कैसे बीत जाएगा आपको पता ही नहीं चलेगा। तब तक एक-दूसरे को आपसी प्रेम व स्पर्श सुख दें, संभोग न करें।

''मेरी दाई ने कहा कि मैं सेक्स कर सकती हूँ लेकिन मुझे लगता है कि इससे मुझे तकलीफ होगी। दूसरे, मेरा मन भी नहीं मान रहा.''

सेक्स अभी टू डू लिस्ट में नहीं आ रहा तो कोई बात नहीं! इस समय आप नाना कारणों से व्यस्त हैं। यदि आप योनिमार्ग से शिशु को जन्म दिया है तो वह इस समय अंदर से खिंची हुई है, उसमें कोई घाव या चीरा भी हो सकता है। अभी तो आपको बैठने से भी दर्द होता है। शरीर में कुदरतन चिकनाई नहीं लौटी है। एस्ट्रोजन का स्तर घटने से योनि के ऊतक भी पतले हो गए हैं।

इस समय आपका पूरा ध्यान शिशु की भूख और डायपर पर टिका है। आपके बिस्तर की चादर मैली है। पांव के पास गंदी बदबू वाले कपड़ों का ढेर है। ऐसे में सेक्स का मूड बन भी कैसे सकता है?

धीरे-धीरे जब जिंदगी अपने ढ़र्रे पर आ जाएगी तो आप स्वयं को शारीरिक व मानसिक तौर पर सेक्स के लिए राजी कर पाएँगी इसलिए तब तक अपने आप को तैयार करने के लिए हमारे टिप्स आजमाएँ।

चिकनाहट :- के-बाई जैली इस्तेमाल करें। कोई और लुब्रीकेंट इस्तेमाल करने से भी दर्द घटेगा।

थोड़ी सी वाइन :- एक गिलास वाइन भी आपको इसके लिए तैयार कर सकती है। शिशु को स्तनपान कराने के बाद ही वाइन लें या मालिश करवाएँ।

वार्म-अप :-आपको इस समय काफी फोर-प्ले की जरूरत पड़ेगी। साथी को अपनी इस जरूरत के बारे में बताएँ। हालांकि ऐसा वक्त चुनें, जब शिशु गहरी नींद में हो। कहीं ऐसा न हो कि मेन इवेंट से पहले ही उसकी आँख खुल जाए।

खुल कर बताएँ :- अपने साथी को बताएँ कि आपको क्या अच्छा लगता है या किस हिस्से को छूने से दर्द होता है। इस तरह आप पूरी तरह आनंद ले पाएँगी व उसे दे भी पाएँगी।

सही पोजीशन :- प्रयोग द्वारा ऐसी पोजीशन चुनें जिसमें आपके नाजुक अंगों पर कम से कम दवाब पड़े। ऊपर या साइड वाली पोजीशन भी बेहतर हो सकती है। अपनी गति को धीमा ही रखें।

कीगल :-जी हाँ, आप सुन-सुन कर बोर हो गई हैं लेकिन कीगल व्यायाम यहाँ भी काफी काम आ सकते हैं। इन्हें संबंध बनाते समय भी करें। इससे दोनों को ही आनंद प्राप्त होगा।

वैकल्पिक साधन :-यदि आपको इंटरकोर्स की इजाजत नहीं मिली तो हस्तमैथुन या मुख मैथुन की मदद लें या इसका भी मन न चाहे तो एक-दूसरे के साथ बिस्तर में लेटकर प्यार से बातचीत करें।

यदि सेक्स करने पर एक-दो बार तकलीफ हो तो इससे निराश होकर छोड़ें नहीं। ऐसा हमेशा नहीं रहेगा और आप बहुत जल्दी फिर से वहीं आनंद पा सकेंगी।

दोबारा गर्भवती होना

''मैं स्तनपान को गर्भ निरोधक समझती

थी लेकिन अब पता चला कि इस दौरान भी, मासिक धर्म शुरू होने से पहले ही, गर्भ ठहर सकता है।''

यदि आप अभी इतनी जल्दी गर्भवती नहीं होना चाहतीं तो स्तनपान जैसे गर्भनिरोधक पर विश्वास न करें। यह सच है कि स्तनपान कराने वाली महिलाओं का मासिक धर्म, दूसरी महिलाओं की तुलना में देर से शुरू होता है। स्तनपान न कराने वाली माँओं का मासिक धर्म 6 से 12 सप्ताह में और दूसरी महिलाओं का 4 से 6 माह में शुरू होते है। हालांकि इस बात का अंदाजा लगाना मुश्किल होता है कि पहली मासिक धर्म कब शुरू होगा। स्तनपान की अवधि व बारंबारता से भी इस पर असर पड़ता है।

आपको इस बारे में ज्यादा उलझाव न रखते हुए सही गर्भनिरोधक का इस्तेमाल करना चाहिए ताकि शक की कोई गुंजाइश न रहे।

अपनी शेप या सही आकार में वापसी

डिलीवरी के बाद भी छह महीने की गर्भवती दिखना कितना अजीब लगता है। डिलीवरी के बाद पहनने के लिए जो जींस घर से लाई गई थी। उसे यूं ही वापिस ले जाना पड़ता है क्योंकि आपकी कमर अभी तक वैसी ही मोटी है।

नई माँ, भावी माँ कब तक लगती रहेगी?

यह उत्तर चार कारकों पर निर्भर करता है : गर्भावस्था में कितना वजन बढ़ा था, कैलोरी की मात्रा पर कितना काबू है कितना व्यायाम करती है या आपका मेटाबॉलिक कितना है।

व्यायाम की क्या जरूरत है? दरअसल शिशु के काम से जुड़ी भागदौड़ व थकान को व्यायाम मानने की गलती न करें। इससे आपके पैरीनियल या पेट की मांसपेशियाँ अपने सही आकार में नहीं लौटती। आपको गर्भावस्था

पहले छः सप्ताह के लिए कुछ नियम

- आरामदायक वस्त्र व ब्रा पहनें।
- व्यायाम सत्र को दो-तीन हिस्सों में बाँटें। एक ही बार में अधिक व्यायाम करने से नुकसान हो सकता है।
- हल्के व्यायाम से सत्र आरंभ करें।
- धीरे-धीरे व्यायाम करें व बीच-बीच में आराम करें।
- पहले 6 हफ्तो में किसी भी तरह के झटके, सदमे या तेज गति से बचें। सिट-अप या डबल लैग लिफ्ट जैसे व्यायाम न करें।
- अपनी हृदय गति जानें।
- व्यायाम के बाद पर्याप्त मात्रा में द्रव्य लें।
- जरूरत से ज्यादा व्यायाम न करें। थकान महसूस होते ही रुक जाएँ वरना आप अगले दिन व्यायाम करने की हालत में नहीं रहेंगी।
- अपना पूरा ध्यान रखें। शिशु को भी यही अच्छा लगेगा।

पहले छः सप्ताह में वर्कआउट

- सहारा देने वाली ब्रा व आरामदायक कपड़े पहने।
- व्यायाम के सैशन को दिन में दो-तीन बार में बाँटें।
- हल्के व्यायाम से शुरूआत करें।
- धीरे-धीरे व्यायाम करें। शरीर को झटका न लगने दें। आपके लिगामेंट ढीले है। इसलिए व्यायाम सोच कर ही करें।
- तरल पदार्थों की भरपूर मात्रा लें ताकि पानी की कमी न हो जाए।
- जरूरत से ज्यादा व्यायाम के चक्कर में न पड़ें। थकान से पहले ही रुक जाएं।
- शिशु के साथ-साथ आपकी देखभाल भी जरूरी है। इस तथ्य को कभी न भूलें।

बेसिक पोजीशन

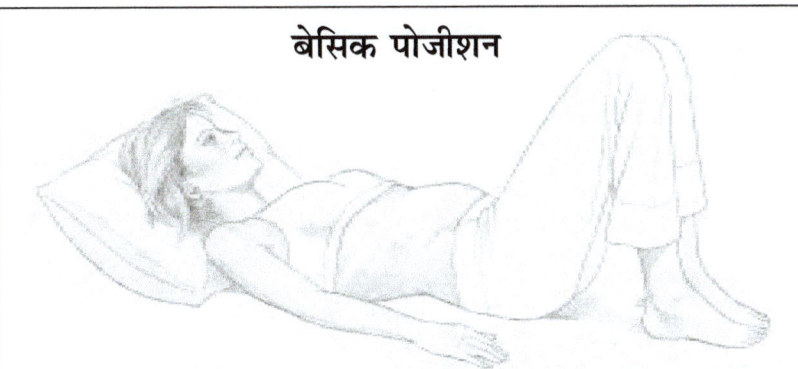

पीठ के बल लेटकर घुटने मोड़ें, पाँव करीब 12 इंच की दूरी पर हों। तलवे फर्श पर टिके रहें। सिर व कंधों को कुशन से सहारा दें व बाजुएं दोनों ओर रहें।

पेल्विक टिल्ट

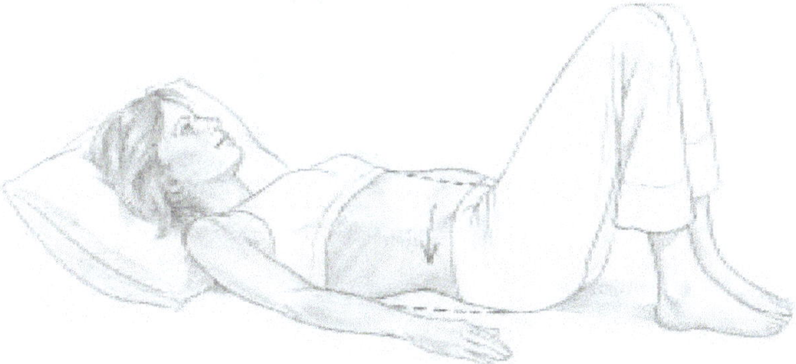

पीठ के बल बेसिक मुद्रा में लेटें। सांस लें। सांस छोड़ते हुए पीठ को फर्श की ओर धकेलें। फिर आराम में इसे 3-4 बार दोहराते हुए 12 और फिर 24 बार करें।

के बाद किए जाने वाले सही तरह के व्यायाम करने होंगे। इससे प्रसव व डिलीवरी की थकान घटेगी और आप अपने पहले आकार में वापिस आ सकेंगी। कीगल व्यायाम से मूत्राशय पर नियंत्रण बढ़ेगा और सेक्स से जुड़ी समस्याएँ दूर होंगी। आपकी काम करने की क्षमता बढ़ेगी और मूड भी बेहतर रहेगा आप अपने तनाव का बेहतर तरीके से सामना कर सकेंगी। यदि आपकी डिलीवरी योनिमार्ग से हुई है तथा जटिल नहीं थी तो आप डिलीवरी के कुछ समय बाद ही व्यायाम शुरू कर सकती है। पहले डॉक्टर से भी पूछ लें।

लैग स्लाइड

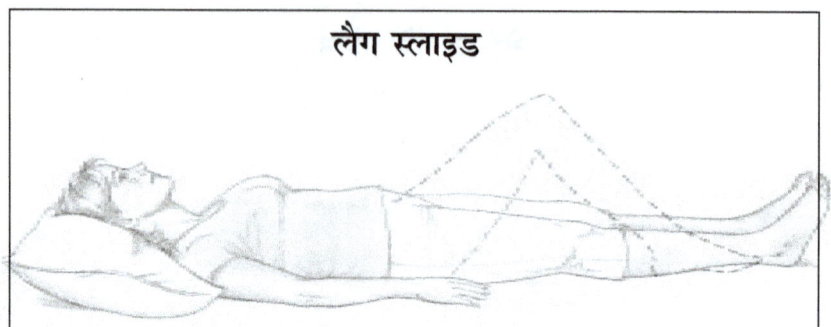

बेसिक मुद्रा में लेट कर टाँगे फर्श पर बिछाएँ। सांस लेते हुए दाईं टांग को ऊपर की ओर मोड़ें। कमर को फर्श से जोड़े रखें। टांग नीचे ले जाते हुए सांस छोड़ें फिर बाएँ पांव से दोहराएँ। इस मुद्रा को कई बार दोहराएँ। कुछ सप्ताह बाद आप इसी व्यायाम में थोड़ा बदलाव भी ला सकती हैं।

हैड/शोल्डर लिफ्ट

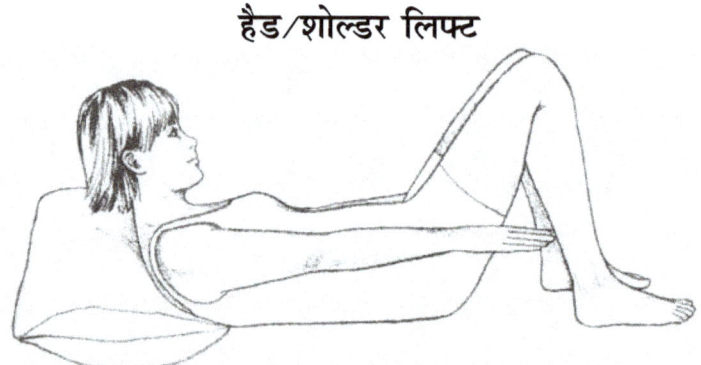

बेसिक मुद्रा में लेटें। गहरी सांस लेते हुए सिर उठाकर बाजू फैलाएं व सांस छोड़ें। सिर नीचे करते हुए सांस लें। हर रोज ज्यादा सिर उठाने की कोशिश करें। पहले छः सप्ताह में अपनी गति धीमी रखें। इसे करने से पहले 'पेट के सेपरेशन' वाले बिंद पर ध्यान दें।

एक ही झटके में या तेजी से व्यायाम न करें। यह व्यायाम धीरे-धीरे करना होगा क्योंकि शरीर अभी काफी कमजोर है। कुछ कसरत करें, शिशु के साथ चहलकदमी करें व निम्नलिखित चरणों का पालन करें।

पहला चरण :- डिलीवरी के चौबीस घंटे बाद

कीगल :- डिलीवरी के बाद आप आसानी से कीगल व्यायाम शुरू कर सकती हैं हालांकि

> ### खुशखबरी
> व्यायाम से आपके निप्पलों पर जो पसीना आता है। उससे शिशु को दूध में एक नया स्वाद मिल सकता है इसलिए डॉक्टर की राय लेने के बाद व्यायाम करें पर स्तनों को सहारा देने वाली ब्रा पहनना न भूलें।

दवा के असर से आप उन्हें महसूस नहीं कर पाएँगी लेकिन आपको इसका फायदा जरूर मिलेगा। शिशु को स्तनपान कराते समय इसका अभ्यास करें। दिन में चार से छह बार, 25-25 बार करें। इससे आपके पेल्विक की सेहत भी ठीक रहेगी और सेक्स का भरपूर आनंद भी मिलेगा।

गहरी सांस :- बेसिक पोजीशन में लेट कर अपने पेट पर हाथ रखें ताकि आप नाक से सांस लेते समय इसे उठता हुआ महसूस कर सकें। दो-तीन गहरी सांसों से इसे शुरू करें व धीरे-धीरे बढ़ाएँ। यदि ज्यादा कर लेंगी तो सिर चकराने या घबराहट के लक्षण उभर सकते हैं।

दूसरा चरण :- डिलीवरी के तीन दिन बाद

यदि सेहत इजाजत दे तो आप आसानी से हेड/शोल्डर लिफ्ट, लैग स्लाइड या पेल्विक टिल्ट कर सकती हैं।

इन्हें पहले बिस्तर में करें। फिर कुशन युक्त फर्श पर करें। ये कुल मिला कर आपकी

> ### गैप भरने दें
> आपको अपनी नाभि के पास पेट में एक हल्की-सी खाली जगह दिख सकती है जिसे मेडिकल भाषा में डास्सटेसिस कहते हैं। ऐसा होने पर पेट से जुड़ा कोई व्यायाम न करें। इसे भरने में एक से दो महीने का समय लग सकता है। आप बेसिक मुद्रा में लेट जाएँ व सिर ऊँचा उठाएँ व हाथों से नाभि के आसपास दबाएँ। वहाँ आपको यह गड्ढा सा बना दिखाई देगा। इसे भरने के लिए आप किसी अनुभवी व्यक्ति से पूछकर व्यायाम भी कर सकती हैं।

भावी सेहत के लिए भी फायदेमंद हैं। यदि व्यायाम के लिए मैट ले लेंगी तो अभी आपके काम आएगी बाद में आपका लाडला उस पर क्लाबाजियाँ खा सकता है।

तीसरा चरण :- प्रसव की जांच के बाद

डॉक्टर से जांच के बाद आप अपना वर्कआउट प्रोग्राम तय कर सकती हैं। जिसमें दौड़, टहलना, साईकिल चलाना, तैराकी, पानी में कसरत, एरोबिक्स, योग, भार उठाना या फिर ऐसी ही किसी कसरत को शामिल कर सकते हैं। किसी कक्षा में भी जा सकती हैं पर ज्यादा तेजी न मचाएँ। अपने शरीर को मार्गदर्शक मान कर, उसी के हिसाब से चलें।

भाग-5

पिताओं के लिए

पिता भी गर्भ धारण करते हैं....

हालांकि मेडिकल साइंस और हॉलीवुड की फिल्मों का मानना है कि आने वाले वक्त में केवल महिलाएँ ही गर्भवती नहीं पिता भी गर्भ धारण कर सकेंगे। पिता होने के नाते आप भी शिशु निर्माण की इस टीम का एक अभिन्न अंग हैं। आने वाले महीनों में आपको भी इस पूरे रोमांच को जीना है और उसके दौरान व उसके बाद उतनी ही तसल्ली की जरूरत है, जितनी कि आपके साथी को...

यह अध्याय खासतौर से पिताओं को समर्पित है, जिन्हें गर्भावस्था की इस प्रक्रिया में नजरंदाज कर दिया जाता है। बेहतर होगा कि आप इस अध्याय के अलावा पूरी पुस्तक ध्यान से पढ़ें ताकि आपको पता चल सके कि आपकी पत्नी/साथी किन मानसिक/शारीरिक या भावनात्मक हालातों से गुजर रही हैं। इस तरह आप स्वयं को भी अपनी जिम्मेवारियाँ उठाने के लिए बेहतर तरीके से तैयार कर पाएँगे।

आप क्या सोच रहे होंगे

उसके लक्षणों से निपटना

''मेरी पत्नी में वे सब लक्षण हैं, जो इस पुस्तक में दिए गए हैं। जी मिचलाना, कुछ पसंद न आना, बार-बार मूत्र वगैरह! मुझे समझ नहीं आ रहा कि मैं उसके लिए क्या कर सकता हूँ?

इस समय आपकी पत्नी गर्भावस्था के हार्मोनों की जकड़ में है और उसी हिसाब से उसके शरीर में बदलाव आ रहे हैं। इस बारे में न तो वह कुछ कर सकती हैं और न ही आप उसकी कोई मदद कर सकते हैं।

वैसे आप थोड़ी-बहुत सहायता के लिए आगे

थोड़ी सी तैयारी

अभी शिशु को लाने के बारे में सोचा नहीं है उससे पहले ही आपको अपने व साथी पर पूरा ध्यान दे देना चाहिए। हमारे पहले अध्याय में इसके बारे में बताया गया है। इसकी जानकारी लें व इन नियमों के हिसाब से चलें।

आ सकते हैं। उसे थोड़ा बेहतर महसूस करने में मदद कर सकते हैं।

मॉर्निंग सिकनेस :- मॉर्निंग सिकनेस एक ऐसा लक्षण है, जो अपने नाम के हिसाब से सही नहीं है। यह सिर्फ सुबह के समय नहीं होता। आपकी पत्नी को पूरे दिन में कभी भी बाथरूम की ओर भागना पड़ सकता है। उसे थोड़ा बेहतर महसूस करने में मदद करें। उस आफटर शेव को न लगाएँ, जिसकी गंध से उसे उबकाई आए। उसे पंप पर गैस भराने न भेजें। उसे पूछ कर ऐसा खाना लाकर दें, जिसे खाने से उसे उल्टी न आए या उसका जी न मिचलाए। उसकी पीठ मलें, थोड़ा ठंडा पानी पिलाएँ। उसे दिन में कई बार थोड़ा-थोड़ा खाने को कहें। उसके साथ इस बारे में मजाक न करें।

पसंद-नापसंद :- उसे इस समय कुछ ऐसा भोजन पसंद आने लग सकता है, जिसे वह कभी नहीं खाती थी या उसे ऐसा भोजन पसंद लग सकता है, जिसे वह कभी नहीं खाती थी या उसे अपने मनपसंद भोजन से नफरत हो सकती है। अपनी पसंद नापसंद भुलाकर उसके हिसाब से चलने की कोशिश करें। रात को उसके लिए आइसक्रीम लाने के लिए पैदल भी जाना पड़े तो इसमें कोई हर्ज नहीं है।

थकान :- अगर आपको लगता है कि दिन के अंत में आप थक जाते हैं तो जरा अपने साथी के बारे में सोचें। वह इस समय शिशु निर्माण की प्रक्रिया में है। उसे कितनी थकान हो जाती होगी। उसे घर में मेहनत वाले कामों से दूर रखें। टॉयलेट क्लीनर की गंध से उसका सिर चकरा सकता है। ऐसी सफाई आप स्वंय ही कर लें। उस समय वह आपको सोफे पर बैठ कर देख सकती है हालांकि सालों से वह आपकी प्रिय मुद्रा रही है।

हमारे इस अध्याय में

हमारे इस अध्याय में गर्भवती महिला के पति को संबोधित किया है लेकिन आप उसके साथ। दोस्त भी हो सकते हैं। आप वही प्रश्न पढ़ें, जो आपकी स्थिति के अनुकूल हों।

नींद की परेशानी :- इस समय वह एक शिशु बना रही है लेकिन उसके पास शिशु जैसी गहरी नींद नहीं है। यदि रात को उसे नींद न आए तो पास लेट कर खर्राटे लेने की बजाए उसके साथ जागें। उसकी पीठ मलें। एक कप गर्म दूध या कुछ खाने को दें। उससे बातें करें। उसे दुलारें। इस तरह आप दोनों आराम से सो पाएंगे। यह न सोचें कि इस तरह वह सेक्स के मूड में आ जाएगी। इन दिनों उसका मन इससे विमुख भी हो सकता है।

मूत्र :- पहली तिमाही में बार-बार मूत्र की समस्या काफी अधिक हो सकती है। उसके लिए बाथरूम हमेशा खाली रखें। रात को बाथरूम के रास्ते में सामान न पड़ा रहने दें। वहां एक लाइट जलती रहे ताकि रात को उसका पांव न उलझे। अगर वह मूवी के दौरान तीन बार या आपके माता-पिता के यहां जाते समय रास्ते में छः बार शौच के लिए रुके तो बुरा न मानें, उसे समझने की कोशिश करें।

सहानुभूति के लक्षण

''मेरी पत्नी गर्भ से है। मुझे मॉर्निंग सिकनेस क्यों महसूस हो रही है?''

आप भी गर्भ से महसूस कर रहे हैं? अक्सर ऐसा होता है, पति भी स्वयं को अपनी पत्नी की तरह महसूस करने लगते हैं। यह 'सिंपेथेटिक प्रेगनेंसी' कहलाती है। उन्हें भी उबकाई आने लगती है, उल्टियाँ आती हैं, खाने की पसंद-नापसंद बढ़ जाती है, थकान होने लगती है और मूड में उतार-चढ़ाव आता है।

इन दिनों आप उसके दुख से दुखी हैं आपको बार-बार यही लगता है कि काश!

आप उसकी तकलीफ घटा सकते। दरअसल आपकी पत्नी के गर्भावस्था हार्मोन के अलावा आपमें भी ऐसे ही कुछ हार्मोन सिर उठा रहे है। हालांकि ऐसा तो नहीं होगा कि आपका पेट निकल आएगा, छातियाँ बड़ी होंगी या फिर आप भी रात को फ्रिज खोलकर खाने के लिए कुछ खोजेंगे पर आप मातृत्व के इस पक्ष को महसूस अवश्य कर सकते हैं। इस सहानुभूति के बदले में अपनी पत्नी के लिए घर साफ करें, खाना पकाएं उससे बातचीत करें ताकि आप दोनों इस दौर से आसानी से गुजर सकें।

डिलीवरी के बाद यह लक्षण मिट जाएंगे लेकिन प्रसव के बाद पैदा होने वाले कुछ लक्षण सामने आएंगे। अगर आपको ऐसे लक्षण महसूस न हों तो निराश न हों, हो सकता है कि आप किसी दूसरे तरीके से अपनी भावनाएँ प्रकट कर रहे हों हर भावी माँ की तरह भावी पिता भी अलग होता है।

अकेलेपन का एहसास

''मुझे ऐसा लगता है कि इस गर्भावस्था से मेरा कोई लेना-देना नहीं है। मैं काफी अकेला पड़ गया हूं।''

अधिकतर पिता को ऐसा लगने लगता है कि पत्नी की गर्भावस्था के बाद वे अलग-थलग पड़ गए हैं क्योंकि उस समय उनकी पत्नी सबके ध्यान का केंद्र बिंदु होती है। उसका अपने शिशु के साथ शारीरिक संबंध होता है। आप जानते हैं कि आप भी पिता बनेंगे आप किसी तरीके से दिखा नहीं सकते।

चिंता न करें। यह सब आपके शरीर में नहीं घट रहा इसका मतलब यह नहीं कि आप इसे बाँट नहीं सकते आप अपनी पत्नी के साथ अपनी भावनाएँ बांटें। कहीं ऐसा न हो कि आपके रूखेपन का गलत मतलब निकाला जाए। पत्नी को ऐसा न लगे कि आपको उनकी गर्भावस्था में कोई रुचि नहीं है।

इसके लिए आपको क्या करना होगा?

- डॉक्टर के पास जाते समय उसके साथ जाएँ। उसे पूरा सहारा दें। डॉक्टर की हिदायतें ध्यान से सुनें क्योंकि आपने ही पूरे नौ महीने तक अपनी पत्नी व नन्हे मेहमान की देखरेख करनी है। इस तरह आपको अपनी पत्नी के शरीर में होने वाले बदलावों की भी जानकारी मिलेगी।
- आप भी अल्ट्रासाउंड में अपने शिशु के दिल की धड़कन सुन सकेंगे।
  आपकी गर्भावस्था से जुड़े नियमों का पालन करें। आपको पेट पर तकिया बांधने या मैं गर्भवती हूँ' लिखी टी-शर्ट पहनने की जरूरत नहीं है। इन दिनों शराब व सिगरेट पीना छोड़ दें। अपनी पत्नी के साथ पोषक आहार लेने पर बल दें।
- गर्भावस्था, शिशु के जन्म व देखभाल से जुड़ी जानकारी लें क्योंकि यहाँ आपकी बड़ी-बड़ी डिग्रियाँ भी किसी काम नहीं आने वालीं। अपने दोस्तों व सहकर्मियों से इस बारे में बात करें ताकि आपकी जिज्ञासाओं का समाधान हो सके।
- अपने शिशु से संपर्क बनाएँ। आप भी पत्नी के गर्भाशय में पल रहे नन्हे मेहमान से दोस्ती कर सकते हैं।
  उससे बातचीत करें, उसे अपनी आवाज मे गाने सुनाएँ ताकि डिलीवरी के फौरन बाद वह आवाज से अपने पापा को पहचान ले।
- अपने साथी के साथ मिलकर कोई छोटा झूला, पालना या पलंग तैयार करें। उसके नाम के लिए किताबें लाएं। उसके आने की तैयारियों में जुट जाएँ।

सेक्स

''मेरी पत्नी गर्भवती होने के बाद से सेक्स में काफी रुचि लेने लगी है क्या यह सामान्य है? मैं शिकायत नहीं कर रहा क्या ऐसा करना सुरक्षित रहेगा?''

दरअसल हार्मोनों की वजह से आपकी पत्नी के शरीर के अंग सूज गए हैं व उनमें

सेक्स के बारे में

माना आप इसे पहले कर चुके हैं लेकिन अब आपको इसे प्रेगनेंसी स्टाइल से करना होगा। काफी कुछ बदल रहा है, उसी हिसाब से अपना स्टाइल बदलें।

■ दूसरी ओर से मूड बनने का इंतजार करें। गर्भवती महिला का मूड बनते बिगड़ते देर नहीं लगती।

■ वार्म-अप करना जरूरी है। आपको फोरप्ले से अपने साथी को सेक्स के लिए तैयार करना होगा।

■ उसकी हिदायतों पर ध्यान दें। उसके शरीर में किसी भी जगह तकलीफ या दर्द हो सकता है। उनसे पूछ कर ही आगे बढ़ें।

■ ऐसी पोजीशन चुनें जो उनके लिए आरामदायक हो जिसमें उसके पेट पर कम से कम दबाव पड़े। आप दोनों स्पूने मुद्रा में भी लेट सकते हैं ताकि पेट का उभार बीच में न आए।

■ हो सकता है कि आपको संभोग का अवसर न मिले तो आनंद पाने के कुछ वैकल्पिक उपाय खोजने हों; जैसे-हस्तमैथुन, मुखमैथुन या फिर दोतरफा मालिश वगैरह।

रक्त प्रवाह बढ़ गया है। इसलिए वह कामेच्छा महसूस करती है। ऐसा भी हो सकता था कि उसकी सेक्स में बिल्कुल रुचि न रहती। यदि डॉक्टर ने हरी झंडी दिखा रखी है तो इसमें कोई हर्ज नहीं है। जब भी उसका मूड हो तो आप भी तैयार हो जाएँ। हाँ, इस समय पुराने ढर्रे पर चलने की बजाए उसकी पसंद नापसंद का खास ध्यान रखें। इन महीनों में उसकी कामेच्छा में कई तरह के बदलाव आएँगे और आपको उसके मूड के हिसाब से चलना होगा।

'मेरी पत्नी काफी सेक्सी थी लेकिन गर्भावस्था का समाचार पाने के बाद से तो उसने सेक्स में रुचि लेना ही छोड़ दिया है।''

इन दिनों सामान्य रूप से सेक्स संबंध जीने वाले पति-पत्नी के संबंधों में भी बदलाव आ जाता है। क्योंकि कई शारीरिक व मानसिक कारण, सेक्स की इच्छा, आनंद व प्रदर्शन को प्रभावित करते हैं। हो सकता है कि पत्नी का भरा-भरा, बदला हुआ रूप आपका मूड बना देता हो या आपको अपने शिशु की होने वाली माँ पर ज्यादा लाड आने लगे लेकिन जिस तरह आपकी यह इच्छा स्वाभाविक है।

उसी तरह आपके साथी की सेक्स में रुचि घटना भी स्वभाविक है। इन दिनों इसकी पीठ व टांगों में दर्द हो सकता है। उसकी ऊर्जा का स्तर घटा हुआ हो सकता है या उसे अपने पेट के उभार से चिढ़ हो सकती है। या वह माँ/प्रेमिका के रोल में संतुलन नहीं बना पा रही हो।

यदि वह मूड में न हो तो इसे व्यक्तिगत रूप से न लें। उसका मूड बनने का इंतजार करें। उसकी 'न' को सुनने के बाद भी मुसकुराएँ व उसे एहसास दिलाएँ कि आप अब भी उसे पहले की तरह ही चाहते हैं। याद रखें कि इस समय उसका दिमाग काफी उलझा हुआ है वह आपकी सेक्स इच्छा को ज्यादा अहमियत नहीं दे पाएगी।

हो सकता है कि दूसरी तिमाही में उसकी यह इच्छा स्वभाविक रूप से लौट आए लेकिन आने वाले महीनों में किसी भी तरह के बदलाव आ सकते हैं। आपको शारीरिक संबंध बनाए बिना भी एक-दूसरे के बीच प्यार का रिश्ता बनाए रखना है। उसे एहसास दिलाना है कि आप दोनों का नाता केवल तन का ही नहीं, मन का भी है।

रोमांस व आपसी बातचीत और आलिंगन को न भूलें। उसे इस समय इन्हीं की सबसे ज्यादा जरूरत है। उसे यह कहना न भूलें कि गर्भवती होने के बावजूद वह कितनी सेक्सी और सुंदर दिखती है। यह सुनकर उसे अच्छा लगेगा।

''इन दिनों मेरी सेक्स में इतनी रुचि नहीं

रही। क्या यह सामान्य है?''

भावी माताओं की तरह भावी पिता को भी सेक्स के मामले में मूड के उतार-चढ़ाव का सामना करना पड़ता है। आपकी सेक्स में रुचि क्यों नहीं रही, इसकी भी कई वजहें हो सकती हैं। हो सकता है कि आप दोनों ने गर्भधारण को इतनी गंभीरता से लिया हो कि अब यह कड़ी मेहनत लगने लगा है। हो सकता है कि आपका पूरा ध्यान आने वाले शिशु पर केंद्रित हो गया हो या फिर आप अपनी साथी के बदलते आकार के साथ तालमेल न बिठा पा रहे हों। यह डर भी हो सकता है कि कहीं आप सेक्स के दौरान अपनी साथी या शिशु को चोट न पहुंचा दें। या आपको लग सकता है कि आप किसी माँ बनने वाली स्त्री से संबंध कैसे बना सकते हैं। कई बार भावी पिता में आने वाले हार्मोनल कारण भी इसकी वजह होते हैं।

कई बार आपसी बातचीत की कमी से भी गलतफहमी पैदा होती है। आपको लगता है कि वह इसमें रुचि नहीं ले रही इसलिए आप अवचेतन से सेक्स की इच्छा मिटा देते हैं। उसे लगता है कि आप सेक्स में रुचि नहीं ले रहे इसलिए वह अपना कदम पीछे हटा लेती है।

अपने संबंधों में सेक्स की मात्रा की बजाय गुणवत्ता पर ध्यान दें। चाहे थोड़ा हो लेकिन यह अनुमान अपने-आप में भरपूर होना चाहिए। आप अचानक दिए गए आलिंगन चुंबन या भावनाएँ प्रकट करने के नए तरीकों से भी सेक्स का मूड बना सकते हैं। गर्भावस्था के शारीरिक व भावनात्मक बदलावों से समझौता करने के बाद अचानक आप दोनों का मूड बन जाए तो इसमें हैरानी वाली कोई बात नहीं होगी।

यह भी हो सकता है कि पूरे नौ महीने या फिर उसके आगे तक भी आप सेक्स में बिल्कुल रुचि न ले पाएँ शिशु आने के कुछ महीने तक तो वैसे ही दंपत्ति इस ओर से उदासीन हो जाते हैं। यह सब बिल्कुल ठीक है तथा अस्थायी है। तब तक यह ध्यान दें कि शिशु का पोषण, आपके संबंधों के आड़े न आए। रोमांस को अपने बीच जीवित रखें। आप उसके लिए कैंडल लाइट डिनर तैयार कर सकते हैं। उसे सेक्सी नाइटी या फूलों का तोहफा दे सकते हैं। चांदनी रात में टहलने जा सकते हैं या बिस्तर में बैठकर गर्म कोको का मजा ले सकते हैं। अपने डर व भावनाएँ उसके साथ बाँटें व उसे भी ऐसा करने को प्रेरित करें। आलिंगन व चुंबनों की बौछार थमने न दें। इस तरह आप दोनों का जुड़ाव बना रहेगा।

अपनी पत्नी को एहसास दिलाएँ कि उसकी शारीरिक या भावनात्मक अवस्था की वजह से, आपकी सेक्स में रुचि नहीं घटी है। अपनी गर्भावस्था छवि की वजह से वह पहले ही काफी परेशान होगी। उसे अपने स्पर्श व शब्दों से जताएँ कि वह आपको पहले से भी कहीं आकर्षक व खूबसूरत लग रही है।

''हालांकि डॉक्टर ने कह दिया है कि गर्भावस्था के दौरान सेक्स करना सुरक्षित रहेगा लेकिन मुझे डर है कि ऐसा करने से मेरी पत्नी या शिशु को चोट न पहुँचे।''

कई भावी पिताओं को अक्सर इसी डर का सामना करना पड़ता है इसमें हैरानी की कोई बात नहीं है। अपनी पत्नी व शिशु की सुरक्षा को प्राथमिकता देना स्वभाविक ही है।

लेकिन यहाँ डरने की बजाय डॉक्टर की बात पर ध्यान दें। यदि उन्होंने आपको डिलीवरी तक सेक्स करने की हरी झंडी दे दी है तो डर कैसा। शिशु अपने गर्भाशय वाले घर में पूरी तरह सुरक्षित व सीलबंद है तथा आपकी पहुँच से काफी दूर है वह आपकी गतिविधियों से पूरी तरह अनजान है और न ही उसे इस प्रक्रिया से कोई चोट पहुँच सकती है। आपकी पत्नी को चरमसुख के बाद जो हल्का संकुचन होगा, वह इतना तेज नहीं होगा कि किसी सामान्य गर्भावस्था में समय से पहले प्रसव हो जाए। हालांकि अध्ययनों से पता चला है कि इस वाली गर्भावस्था में जो महिलाएँ सेक्स में सक्रिय रहती हैं, उनका प्रसव काल समय से

पहले नहीं होता। इस तरह आपकी पत्नी को कोई चोट नहीं पहुँचेगी बल्कि उसकी शारीरिक व भावनात्मक जरूरतें पूरी होंगी। उसे आपसे अपनेपन का एहसास होगा, इस समय उसे इसी की सबसे अधिक आवश्यकता है। हालांकि आपको इस प्रक्रिया में थोड़ी सावधानी बरतनी होगी, इसके अलावा और कोई डर की बात नहीं है।

यदि अब भी इस बारे में चिंतित हैं तो अपनी पत्नी को पूरी ईमानदारी के साथ खुलकर अपनी भावनाएँ बता दें।

गर्भावस्था से जुड़े सपने

''मुझे काफी विचित्र सपने आ रहे हैं मैं समझ नहीं पा रहा कि मैं क्या करूँ''?

इन दिनों आपके सपनों की दुनिया, हकीकत से कहीं ज्यादा रोचक हो गई है। भावी माँ की तरह पिता के लिए भी गर्भावस्था गहन भावनाओं का समय है, जिसमें अच्छी, बुरी व खुशनुमा भावनाएँ, रोलर कोस्टर की तरह दिमाग में चक्कर काटती रहती हैं। इनमें से कई भावनाएं हमारे अवचेतन में बसी होती हैं और मौका पाते ही सपनों में खुलकर सामने आ जाती हैं। हो सकता है कि आपको सेक्स से जुड़े सपने आते हों। आपको यह चिंता सताती हो कि इस शिशु के आने से आपके सेक्स जीवन पर क्या असर पड़ने वाला है। यह सब डर सामान्य होने के साथ-साथ वर्जित भी है।

हो सकता है कि आगे आने वाले सपनों में आपको पूरा परिवार दिखने लगे। हो सकता है कि आप माता-पिता या दादा-दादी से जुड़े सपने देखें, अवचेतन अतीत को भावी पीढ़ी से जोड़कर देखना चाह रहा हो। हो सकता है कि आप स्वयं को सपने में एक बच्चे के रूप में देखें इसका मतलब है कि आप बेफिक्र अतीत को याद कर रहे हैं और आने वाली जिम्मेवारियों से मुंह मोड़ रहे हैं। आप स्वयं को भी गर्भ धारण किए हुए देख सकते हैं। ऐसा साथी के प्रति सहानुभूति, ईर्ष्या की वजह से होगा क्योंकि वही सबके आकर्षण का केंद्र बिंदु है या आप अजन्मे शिशु से अपना नाता जोड़ना चाह रहे हैं यह भी हो सकता है कि आप सपने में देखें कि आप शिशु की कार सीट की बेल्ट बांधना भूल गए। इससे आपके मन में छिपी असुरक्षा का पता चलता है। सपने में शिशु को संभालते देख आप स्वयं को नई भूमिका के लिए तैयार करना चाह रहे हों। अकेलेपन व उदासी से जुड़े सपने आना भी सामान्य है।

इनके अलावा आप कोई बच्चा पाने, उसके साथ पार्क में टहलने का सपना भी देख सकते हैं। इससे आपके मन की उत्तेजना पता चलती है। एक बात तो तय है कि आप अकेले ही ऐसे सपने नहीं देख रहे। एक दूसरे के साथ सपने बाँटने से दोनों का आपसी प्यार बढ़ेगा व आप उन्हें ज्यादा गंभीरता से नहीं लेंगे।

ये आपके हार्मोन हैं

अध्ययनों से पता चला है कि भावी पिता के शरीर में भी फीमेल सेक्स हार्मोन बनने लगता है। उनमें भी गर्भावस्था के वही लक्षण आने लगते हैं, जो महिलाओं में पाए जाते हैं। उनमें एक तरह की कोमलता आ जाती है।

डिलीवरी के 3 से 6 महीने बाद ये हार्मोन्स अपनी सामान्य अवस्था में आ जाते हैं। फिर से सेक्स जीवन उसी तरह सामान्य रूप से चलने लगता है और सेक्स में रुचि बढ़ जाती है।

मूड का उतार-चढ़ाव

''मैंने गर्भावस्था में मूड के उतार-चढ़ाव के बारे में पढ़ा था लेकिन मैं इसके लिए तैयार नहीं था। एक दिन उसका मूड अच्छा होता है और दूसरे दिन बिगड़ जाता है। मुझे तो कुछ समझ नहीं आ रहा।''

गर्भावस्था हार्मोन की अनोखी दुनिया में आपका स्वागत है। वे आपके साथी के गर्भ में पल रहे नन्हे शिशु को बनाने में जी-जान से जुटे हैं। उन्होंने आपके साथी के तन-मन पर अपना काबू कर रखा है। वो कभी भी रो सकती है, उत्तेजित हो सकती है बहुत खुश हो सकती है या निराशा के भँवर में खो सकती है दूसरी तिमाही में ये हार्मोन्स सैट हो जाएँगे तो भी आपको उसके भावनात्मक उतार-चढ़ाव का सामना करना होगा। ऐसे में होने वाले पापा क्या करेंगे :-

धीरज रखें :- गर्भावस्था नौ महीने में ही खत्म हो जाएगी। इसके बीतते ही खुशियों से भरी पोटली आपके हाथों में होगी तब तक अपना नजरिया आशावादी रखें व धीरज धारण करें।

निजी रूप से न लें :- उसकी चीख-चिल्लाहट को निजी रूप से न लें यह सब उसके भी बस के बाहर है। यह सब हार्मोन की वजह से हो रहा है। उसे यह सब पता तो चलता है पर वह कुछ नहीं कर पातीं वह भी इस बर्ताव से खुश नहीं है लेकिन बेबस है।

मदद करें :- जी हाँ, उसे आपकी मदद चाहिए। जब भी उसका मूड उखड़े तो उसे कुछ खाने के लिए दें। व्यायाम से भी फायदा हो सकता है। उससे डर व असुरक्षा के बारे में बात करें। रात को दोनों खाने के बाद टहलने निकलें।

घर के काम :- लांड्री, बर्तन वगैरह घर के कितने ही काम होते हैं, जो आप कर सकते हैं। वह आपके इस बर्ताव की सराहना करेगी और आपको उसका खुशनुमा मूड देखकर अच्छा लगेगा।

प्रेगनेंसी में आपका मूड

''जब से उसकी प्रेगनेंसी का पता चला है। मेरा मिजाज काफी अजीब सा हो गया है। मुझे नहीं पता था कि इन दिनों पिता भी डिप्रेशन में आ जाते हैं।''

पिता को भी प्रेगनेंसी के डिप्रेशन का सामना करना पड़ता है। हालांकि आप पूरी तरह से अपने हार्मोन्स को इसके लिए दोषी नहीं ठहरा सकते लेकिन फिर भी मूड में उतार-चढ़ाव तो आता ही है। डर, घबराहट व बेचैनी आपका भी पीछा नहीं छोड़ते।

अपनी भावनाएँ प्रकट करें। हर रोज आपसी बातचीत के लिए समय निकालें किसी नए-नए पिता बने मित्र से बात करें या इस विषय में किताबों व ऑनलाइन जानकारी से मदद लें।

- थोड़ा सा वर्कआउट काफी फायदेमंद हो सकता है। आपके शरीर में बनने वाले एंडोरफिन से मूड काफी बेहतर हो जाएगा।
- शिशु आने वाला है। क्यों न उसके आने की तैयारियों में थोड़ा समय लगाया जाए।
- अल्कोहल से बचें। शराब की वजह से ही आपकी हर सुबह खिली-खिली व ताजी नहीं होती। शराब के अलावा दूसरे मादक द्रव्यों से भी बचें।
- यदि इन सुझावों को अपनाने के बाद भी डिप्रेशन न जाए। वह आपके आपसी संबंधों पर असर डालने लगे तो व्यावसायिक मदद लेने में न हिचकिचाएँ।

प्रसव व डिलीवरी की चिंता

''मैं शिशु के जन्म को लेकर काफी उत्साहित हूँ लेकिन इस वजह से काफी तनाव भी है।''

बहुत कम पिता ऐसे होते हैं, जिन्हें इस बारे में तनाव न होता हो। यहां तक कि सैकड़ों डिलीवरी करवाने वाले डॉक्टर भी अपने शिशु के जन्म के समय घबरा जाते हैं।

लेकिन वे सब अपनी घबराहट पर काबू पाकर, अपने साथी को पूरी तरह से संभालने

के लिए तैयार भी हो जाते हैं। यदि आप चाइल्ड बर्थ कक्षाओं में जाएँ तो अपने डर व घबराहट पर काफी हद तक काबू पा सकते हैं।

आपको इस विषय का विशेषज्ञ बनना होगा क्योंकि जानकारी से आधा डर निकल जाता है। इंटरनेट या किताबों से इस बारे में जानकारी लें। लेबर व डिलीवरी की डीवीडी देखें। अस्पताल या बर्थ सेंटर में समय से पहले पहुँचें ताकि वहाँ के माहौल से परिचित हो सकें। अपने ऊपर इतना दबाव महसूस न करें। वहाँ आपके अलावा डॉक्टर नर्स व दाई वगैरह भी होंगे। अगर आप कुछ भूल भी गए तो वो सब संभाल लेंगे। आपकी पत्नी भी उस समय इस हालत में नहीं होगी कि आपकी किसी बात का बुरा माने या नाराजगी दिखाए। आपका वहां होना व आपका स्पर्श ही उसके लिए काफी होगा।

अब भी प्रदर्शन के लिए चिंतित हैं। अपने किसी पारवारिक सदस्य को ले जाएँ।

"खून देखते ही मेरी हालत खराब हो जाती है। डिलीवरी के वक्त क्या होगा?"

अधिकतर भावी पिता डिलीवरी के समय दिखने वाले खून के बारे में सोचकर घबरा जाते हैं। जबकि उम्मीद यही है कि इस ओर तो आपका ध्यान तक नहीं जाएगा। शिशु को देखने की उत्सुकता इतनी हावी होगी कि कुछ और दिखाई ही नहीं देगा।

यदि खून देखते ही घबराहट हो तो अपनी साथी के चेहरे पर ध्यान दें। सब ठीक हो जाएगा।

"मेरी पत्नी की डिलीवरी सी-सैक्शन से होने वाली है। ऐसे में मुझे पहले से क्या-क्या जानना होगा?"

सी-सैक्शन के बारे में जितना जानेंगे, आपके लिए उतना ही बेहतर होगा। आपकी प्रतिक्रिया का साथी पर गहरा असर होगा।

अगर आप ही डरकर घबरा गए तो उसे सहारा कौन देगा। इस बारे में जानकारी पाना ही तनाव घटाने का सबसे बेहतर तरीका हो सकता है। दोनों मिलकर चाइल्ड बर्थ कक्षा में जाएँ व डॉक्टर से बातचीत करें।

सी-सैक्शन पूरी तरह सुरक्षित होता है। अस्पतालों में इसे और भी सहज बनाने की कोशिश की जा रही है ताकि आप लोग ऑप्रेशन के नाम से ही थर-थर काँपने न लगें।

जीवन के बदलावों के प्रति उत्कंठा

"अल्ट्रासाउंड देखने के बाद मैं बेटे के जन्म को लेकर काफी उत्साहित हूँ लेकिन मुझे इस बात की चिंता भी है कि उसके आने के बाद हमारे जीवन में कितना गहरा बदलाव आ जाएगा।"

इसमें कोई शक नहीं कि छोटे शिशु अपने साथ बड़े-बड़े बदलाव लाते हैं सभी भावी पिता इस विषय में चिंतित होते हैं। जब वे गर्भावस्था की प्रक्रिया में भावनात्मक रूप से जुड़ जाते हैं तो उनके मन में यह डर नहीं रहता। वे इन बदलावों को अपनाने लगते हैं। आप भी धीरे-धीरे इस जिंदगी की हकीकतों को जानने लगेंगे हमें लगता है कि आप निम्नलिखित के विषय में चिंतित होंगे–

क्या मैं एक अच्छा पिता साबित होऊँगा? :- आपको इस भय से उबर कर अपने-आप को यकीन दिलाना है कि आपके अलावा, शिशु के लिए कोई बेहतर पिता हो ही नहीं सकता।

क्या संबंधों में बदलाव आएगा? :- हर नए माता-पिता के संबंधों में थोड़ा बदलाव तो आता ही है। सबको प्रसव के बाद होने वाली उलझनों व व्यस्तताओं से जूझना पड़ता है।

साथ रहें

पिता के रूप में नए जीवन की शुरूआत करने जा रहे हैं तो शिशु के साथ ज्यादा से ज्यादा समय बिताने की कोशिश करें। हो सके तो ऑफिस से छुट्टी ले लें। यदि ऐसा न हो सके तो घर में ऑफिस का काम न लाएँ। ओवरटाइम न करें। घर का वक्त सिर्फ पत्नी व नवजात के लिए ही हो। आपका निजी काम कितना भी मुश्किल क्यों न हो, नवजात की देखभाल का जिम्मा उससे भी बड़ा होता है। घर के काम में हाथ बंटाएँ।

शिशु के साथ-साथ अपनी पत्नी पर भी ध्यान दें। उसे एहसास दिलाएँ कि ऑफिस जाने पर भी आप उसे याद करते हैं। ऑफिस से घर पर फोन करें। दवा लेना याद दिलाएं। उसे फूल देकर या किसी मनपसंद रेस्त्रां में ले जाकर सरप्राइज़ दें।

शिशु के घर में कदम रखते ही रोमांस एक किनारे हो जाता है और आप उसकी जरूरतों का सामान जुटाने में लग जाते हैं। उन दिनों शिशु के खान-पान, नींद व शौच के अलावा कुछ और नहीं सूझता लेकिन जब आप दोनों इस रूटीन में रम जाएँगे तो अपने लिए समय निकालना आ जाएगा। जब उसे दूसरे बच्चे खिलाएं या वह रात को सो जाए तो अपने लिए समय निकालें। इस तरह आपका संबंध पहले से भी कहीं गहरा, मजबूत व प्यारा हो जाएगा।

बच्चे की देखभाल का जिम्मा :- शिशु की देखभाल के लिए माता-पिता दोनों को ही आगे आना पड़ता है। शिशु का पहला डायपर बदलते समय इस बारे में बहस करने की बजाय अभी से यह जिम्मेवारी बाँटना शुरू कर दें। इस बातचीत से आप दोनों का मन हल्का होगा और आपको व्यावहारिक रूप से समझ आएगा कि शिशु के लिए कौन-कौन से काम करने पड़ेंगे।

काम कैसे प्रभावित होगा? :- यह आपके काम के रुटीन पर निर्भर करता है यदि आप लंबे घंटों तक काम करते हैं तो पिता की जिम्मेदारी निभाने के लिए शिशु की देखभाल को प्राथमिक बनाना होगा। घर के काम-काज में हाथ बंटाना सीखें। ऑफिस के काम को घर लाने का लालच न करें। शिशु जन्म से पहले या कुछ दिन बाद तक किसी यात्रा पर न जाएँ। यदि हो सके तो शिशु जन्म के बाद कुछ दिन तक छुट्टी लें।

जीवन शैली में बदलाव लाना होगा? :- माना आपको अपनी सामाजिक गतिविधियों को पूरी तरह से अलविदा नहीं कहना होगा लेकिन थोड़े-बहुत समझौते तो करने पड़ सकते हैं। एक नया शिशु सबके आकर्षण का केंद्र होता है। हो सकता है कि आपको अस्थायी तौर पर अपनी पुरानी जीवनशैली से विदा लेनी पड़े। कैंडल लाइट डिनर या फिर मनपसंद खेल की बजाय आपको शिशु की छोटी-मोटी जरूरतों में व्यस्त रहना होगा। दोस्तों का दायरा भी बदल सकता है क्योंकि आप नन्हे शिशुओं के माता-पिता से ज्यादा दोस्ती रखना चाहेंगे। प्राथमिकताएँ तय होने के बाद आप फिर से अपनी पुरानी जीवन शैली में लौट सकते हैं।

क्या मैं बड़े परिवार को संभाल सकूँगा :- शिशु के बढ़ते खर्चों के बारे में सोचकर कई भावी पिताओं की रातों की नींद उड़ जाती है लेकिन आप कई तरह से इन खर्चों में कटौती कर सकते हैं । यदि माँ शिशु को स्तनपान कराए तो बोतल व डिब्बे के दूध का खर्च घटेगा। अपने मित्रों व रिश्तेदारों से शिशु के काम का सामान लाने को कहें। उसके ममेरे-चचेरे भाई बहनों के सामान व कपड़ों से काम चलाएँ। अतिरिक्त काम करके चार पैसे बचाने के चक्कर में न पड़ें व शिशु के साथ प्यार भरा समय बिताएँ। यह नुकसान कोई ज्यादा नहीं होगा।

सबसे खास बात तो यह है कि आप

उसके बारे में सोचना शुरू कर दें कि आपके जीवन में कोई खास आने वाला है। वह आपके जीवन को बेहतरी के लिए बदल देगा।

पिता के मन का डर

''मैं एक अच्छा पिता बनना चाहता हूं लेकिन सोचकर ही डर जाता हूँ मैंने कभी किसी नवजात की देखभाल नहीं की।''

कोई भी जन्म से माता-पिता नहीं होता जब शिशु आएगा तो कुदरतन आपके मन में पितृत्व की भावना पैदा होगी आपको भी पहली रात उसके साथ जागना, उसे नहलाना या डायपर बदलना चुनौती लग सकता है लेकिन धीरे-धीरे आप इन सब कामों में निपुण हो जाएंगे। थोड़ी सी रातों की नींद, मेहनत और लगन से आप एक अच्छे पिता साबित होंगे। हालांकि इस काम की पूरी ट्रेनिंग पहले से नहीं ली जा सकती। आप अपनी भूलों से ही सबक लेंगे। यदि पहले से थोड़ी बहुत जानकारी व तैयारी होगी तो काफी हद तक सब कुछ आसान होगा।

अपने किसी परिचित पिता से मिलें। उसके अनुभव जानें। उसके शिशु को खिलाएँ ताकि आपके मन का डर जाता रहे।

स्तनपान

''मेरी पत्नी शिशु को स्तनपान कराने के बारे में सोच रही है हालांकि यह अच्छी बात है लेकिन मैं उससे थोड़ा परेशान हूँ।''

माना कि आज तक पत्नी के वक्षस्थल आपके लिए कामुक थे, लेकिन वह एक कुदरती प्रक्रिया शुरू होने वाली है। स्तन सिर्फ सौंदर्य व सेक्स के लिए नहीं होते। उन्हें शिशु को दूध पिलाने का माध्यम बनाया गया है। माँ का दूध शिशु के लिए अमृत समान होता है।

इससे शिशु का स्वास्थ्य भी ठीक रहता है। उसके मस्तिष्क का तेजी से विकास होता है। माँ को भी प्रसव के बाद अपनी फिगर में लौटने में ज्यादा समय नहीं लगता। बाद में ब्रेस्ट कैंसर का खतरा भी काफी हद तक टल जाता है।

बेशक स्तनपान से आपके शिशु व आपकी पत्नी के जीवन में नाटकीय बदलाव आने वाला है। यहाँ इस विषय में आपकी सहमत उसके लिए बहुत मायने रखती है। अध्ययनों से पता चला है कि जो मांएँ अपने पति की सहमति से शिशुओं को स्तनपान कराती हैं, उनके लिए यह प्रक्रिया काफी सहज और सरल होती है। इस बारे में आप भी जानकारी लें। हालांकि यह एक कुदरती प्रक्रिया है लेकिन इसे सीखने में समय लगता है। इस प्रक्रिया को सीखने में शिशु व उसकी माँ की सहायता करें। कुछ समय तक आप लोगों को इसमें थोड़ी उलझन होगी लेकिन यह प्राकृतिक समान्य और एक खास काम दिखने लगेगा।

''मेरी पत्नी पुत्र को स्तनपान कराती है। उसके और शिशु के बीच जो निकटता है। मैं उसे नहीं बाँट पाता और अकेलापन महसूस होता है।''

आप गर्भ धारण नहीं कर सकते, शिशु को जन्म नहीं दे सकते, उसे स्तनपान नहीं करा सकते किंतु इसके बावजूद आप उसके पिता हैं। आप उसकी हर छोटी बड़ी खुशी-गम में शामिल हो सकते हैं। आप अपनी पत्नी की गर्भावस्था, प्रसव व डिलीवरी के साथ जुड़ कर उसका दर्द हल्का कर सकते हैं। आपकी सक्रिय हिस्सेदारी ही काफी है।

जब शिशु स्तनपान करे :- जब शिशु स्तनपान करे तो आप कोई मदद नहीं कर सकते लेकिन कभी-कभी बोतल का दूध बनाना पड़े तो मदद के लिए आगे आएँ। इस तरह माँ को थोड़ा आराम मिलेगा और आपको शिशु की

निकटता पाने का अवसर! उसे बोतल से दूध पिलाते समय अपनी शर्ट के बटन खोल दें ताकि शिशु को आपके शरीर की महक और स्पर्श मिल सके। दूध पिलाते समय बोतल सावधानी से पकड़ें व अपना पूरा ध्यान उसी पर लगाएँ।

शिशु से पहले न सोएँ :– माना आप स्तनपान नहीं करा सकते लेकिन रात को उसके दूध पीते समय, उसके साथ जाग तो सकते हैं रात को उसका डायपर बदलें। दूध पिलाने के लिए माँ की गोद में लिटाएँ। जब वह सो जाए तो उसे उसके पालने में लिटाएँ।

बाकी कामों में मदद :– आप शिशु को नहलाने, धुलाने, सुलाने व खिलाने के काम में मदद कर सकते हैं।

रिश्ता

"मैं अपनी बेटी के लिए काफी उत्साहित हूँ। मुझे लगता है कि मैं उस पर जरूरत से ज्यादा ध्यान दे रहा हूँ।"

जिंदगी में प्यार व स्नेह की अति नहीं होती। आप शिशु के साथ जितना समय बिताएंगे।

भावनात्मक बदलाव

माना कि जीवन में काफी बड़ा बदलाव आया है। एक नन्हे से शिशु ने आप दो लोगों के जीवन का पूरा रुटीन बदल दिया है और भावनात्मक रूप से काफी कमजोर महसूस कर रहे हैं। इस समय हिम्मत हारने से काम नहीं चलेगा। यह बदलाव तो एक न एक दिन आना ही था। अवसाद से ऊपर उठें। शिशु के साथ समय बिताएँ, हंसें, गुनगुनाएँ। हर कठिन दौर की तरह यह वक्त भी निकल जाएगा और आप हर हाल में समझौता करना सीख जाएँगे।

आप लोगों का रिश्ता उतना ही गहरा और मजबूत होता जाएगा। अध्ययनों से पता चला है कि पिता का बेटी पर वैसे भी ज्यादा स्नेह होता है। पिताजी मातृत्व भाव रखते हैं। इस रिश्ते को पोसने के साथ-साथ अपनी पत्नी पर ध्यान देना न भूलें। उसे भी समय-समय पर एहसास दिलाएँ कि आप उसे कितना चाहते हैं। उस पर भी पूरा ध्यान दें।

"शिशु जन्म के चार दिन बाद मुझे उससे हल्का-सा प्यार महसूस हुआ लेकिन अब तक सच्चा लगाव नहीं बन पाया।"

हालांकि पहले आलिंगन से ही आप दोनों का रिश्ता बन गया था। यह एक शुरूआत थी। जैसे-जैसे समय बीतेगा आपके प्यार का नाता और भी गहराएगा और आप लोगों का संबंध मजबूत होता जाएगा। जब भी आप उसे गोद में लेंगे, डायपर बदलेंगे, नहलाएँगे, हाथों में ले कर सुलाएँगे या अपने हाथों से कुछ खिलाएंगे। यह संबंध व अपनापन बढ़ता ही जाएगा। उसे गोद में झुलाते समय अपनी त्वचा का संपर्क होने दें। हालांकि यह संपर्क शुरूआत में एकतरफा होगा। केवल आप ही बातें करेंगे व मुस्कुराएँगे लेकिन धीरे-धीरे वह भी आपको प्रतिक्रिया देगा।

जब आपकी पत्नी उसके सारे काम कर रही हो तो आप स्वयं काम का हिस्सा बनने के लिए आगे आएँ। पत्नी को घर से बाहर जाना हो तो आप शिशु के साथ समय बिताएँ। यदि आप बाहर जा रहे हैं तो उसे बड़े मजे से स्ट्रॉलर या कार सीट में बिठाएँ। डायपर बैग बनाएँ व साथ ले जाएँ।

डिलीवरी के बाद

"मेरे शिशु की डिलीवरी काफी तकलीफदेह रही। लगता है कि इसी वजह से मेरी सेक्स में रुचि नहीं रही।"

इंसान की सेक्स में रुचि एक नाजुक मसला है।

प्रसव के बाद सेक्स

माना आपकी पत्नी को सेक्स के लिए डॉक्टर ने इजाजत दे दी है लेकिन अब भी उसका शरीर पूरी तरह नहीं संभला। जब तक वह न चाहे आप उसे मजबूर न करें। उसके हामी भरने के बाद भी सब कुछ काफी संभाल कर करना होगा। उसकी भावनाओं को जानना होगा। नौ महीने के दौरान उसके शरीर में काफी बदलाव आए हैं इसलिए यहाँ उसे थोड़ी परेशानी हो सकती है। यदि आप उसकी परेशानी समझ कर कदम आगे बढ़ाएँगे तो यह एक सराहनीय कदम होगा।

हो सकता है कि उस समय शिशु की डिलीवरी देखने के बाद आपका मन सेक्स से विमुख हो गया हो। आपको थकान हो गई हो, शिशु की नींद टूटने का डर हो, अपनी पत्नी के शरीर को चोट पहुँचाने का डर हो, या फिर अपनी जिंदगी के इस बदलते दौर में, ऊर्जा को शिशु से जुड़े कामों पर ही केंद्रित करना चाहते हों। कुदरतन आपके मन में सेक्स की इच्छा घटी हुई है ताकि आप अपनी प्राथमिकता पर ध्यान दे सकें।

दूसरे शब्दों में, आपकी इच्छा इसलिए भी मर गई है क्योंकि आपकी पत्नी भी मानसिक व शारीरिक रूप से ऐसा नहीं चाहतीं। आप दोनों इसके लिए कब तक राजी होंगे, इस बारे में कोई भी अंदाजा लगाना मुश्किल है। हालात पर काफी हद तक निर्भर करता है। कुछ सप्ताह में धीरे-धीरे सब सामान्य होने लगता है। योनि को सेक्स के अलावा दूसरा खास काम भी निपटाना है और अपने उस काम के बाद उसे सेक्स के लिए तैयार होने में थोड़ा समय लगता है।

इस दौरान आप अपनी पत्नी से भावनात्मक निकटता बनाए रखने की पूरी कोशिश करें। यदि वह सेक्स में रुचि नहीं ले रही, तो भी आप उसे इतना तो जता ही सकते हैं कि वह कितनी सुंदर और सेक्सी दिखती है। शिशु सो जाए तो कुछ सुगंधित मोमबत्तियाँ जलाएँ ताकि डायपर की गंदी बदबू हट जाए।

हल्का संगीत चलाएँ। एक दूसरे के साथ थोड़ा रूमानी होने में कोई हर्ज नहीं हैं।

''मेरी पत्नी इन दिनों स्तनपान करा रही है और अब मुझे उसका वक्षस्थल इतना सेक्सी नहीं लगता।''

इन दिनों वक्षस्थल अपने व्यावहारिक रूप में है। स्तन शिशु को दूध पिलाने का काम कर रहे हैं। कई दंपत्तियों को ऐसे स्तनों को सेक्सी मानने में परेशानी होती है। उन्हें लगता है कि वे अपने आनंद के लिए शिशु के भोजन के स्रोत के साथ खिलवाड़ नहीं करना चाहिए।

हालांकि यह सारी सोच सामान्य है। यदि आपको वह हिस्सा कामुक नहीं लग रहा तो इस बारे में अपनी पत्नी से साफ शब्दों में बात करें। तब तक शरीर के दूसरे अंगों पर ध्यान दें। इसी वजह से शिशु पर अपना गुस्सा न उतारें। आपको कुछ समय इंतजार करना होगा लेकिन गोल मटोल शिशु भी तो आपका ही कहलाएगा।

मूड पर रखें नजर

यदि नई माँ शिशु के काम के बोझ से इतना दब जाए कि उसे अपने खाने-पीने या सोने का होश न रहे तो उसकी मदद करें। उसके मूड को बिगड़ने न दें। यदि वह डिप्रेशन में है तो उसका ध्यान रखें। उसके न कहने के बावजूद उसे डॉक्टर के पास ले जाएँ। हो सकता है कि इलाज से उसे आराम मिले। तब वह मन ही मन आपका आभार मानेगी।

नानी-नानी का मुद्दा

''मैं और मेरी पत्नी इस बारे में बहस करते रहते हैं कि हमें अपने शिशु के जन्म के बाद उसके माता-पिता को देखभाल के लिए बुलाना चाहिए या नहीं!''

उन दिनों में अगर आपको किसी अनुभवी वृद्ध या वृद्धा का सहारा मिल जाएगा तो बहुत बेहतर होगा। आप कई तरह की परेशानियों से बच जाएँगे। वे लोग घर के कामकाज में भी मदद करेंगे और बहुत सी ऐसी बातें भी बताएँगे जिनके बारे में आप अब तक नहीं जानते थे। हालांकि इस तरह थोड़ा नुकसान भी होगा। आप अपने तरीके से शिशु का पालन नहीं कर सकते। आपको उनके कहे अनुसार ही चलना होगा। आपको न तो गलतियाँ करने का मौका मिलेगा और न ही उनसे उबरने का! घर में ज्यादा लोगों का काम होने से थकान बढ़ेगी, आपकी गोपनीयता घटेगी और नए शिशु की माँ पर काम का अतिरिक्त बोझ आ जाएगा। अगर वे दूर रहते हैं तो उन्हें शिशु जन्म के कुछ समय बाद बुलाएँ ताकि शिशु और माँ दोनों थोड़ा संभल जाएँ इस तरह आप उन्हें अपना समय भी दे पाएँगे।

यदि वे स्थानीय हैं तो उनसे कहें कि वे दिन में कुछ घंटों के लिए आया करें। इस दौरान वे शिशु को संभाल लेंगे और आप एक साथ कुछ समय बिता पाएँगे, कोई मूवी देखने भी जा सकते हैं।

वैसे दादा-दादी, नाना-नानी को साथ रखने या न रखने का फैसला आप दोनों ही कर सकते हैं क्योंकि यह काफी हद तक आपके परिवार की जरूरतों, प्राथमिकताओं व हालात पर भी निर्भर करता है। आपकी अपने माता-पिता के साथ मधुर संबंधों की पहल काफी मायने रखती है।

■ ■ ■

भाग-6

गर्भावस्था व आपका स्वास्थ्य

अगर आप बीमार पड़ जाएँ

हो सकता है कि आपको गर्भावस्था से जुड़े तकलीफदेह लक्षणों; अपच, उल्टी, टाँगों में ऐंठन व थकान वगैरह का सामना करना पड़े। आप खांसी जुकाम से पीड़ित रहें क्योंकि इन दिनों जुकाम और इंफैक्शन भी आपके पीछे पड़ सकते हैं। आपका रोग प्रतिरोधक तंत्र थोड़ा कमजोर पड़ जाता है। दूसरी बात यह भी है कि दो शिशुओं के साथ बीमार पड़ने पर तकलीफ थोड़ी ज्यादा महसूस हो सकती है। आप अभी तक अपनी बीमारियों के जो इलाज करती आई थीं, उन्हें अलमारियों में बंद रखना होगा।

हालांकि इन छोटी-मोटी तकलीफों से आपकी गर्भावस्था पर कोई असर नहीं पड़ेगा लेकिन फिर भी इलाज से परहेज बेहतर होता है। जब परहेज से बात न बने, आपको जुकाम या फिर कोई दूसरा इंफैक्शन हो जाए तो तत्काल इलाज व डॉक्टर की देखभाल से आराम आ सकता है।

आप क्या सोच रही होंगी?

जुकाम-खांसी

'' मैं छींक व खांस रही हूँ। मेरा सिर दर्द से फट रहा है क्या इस गंदे जुकाम का असर मेरे शिशु पर भी हो सकता है?''

गर्भावस्था में तो रोग प्रतिरोधक क्षमता दबने के कारण, आमतौर पर जुकाम हो जाता है। खुशी की बात यह है कि सिर्फ आप पर ही उनका असर होगा। शिशु का कुछ नहीं बिगड़ेगा। लेकिन आपको उन दवाओं के बारे में सावधानी बरतनी होगी, जो आप जुकाम के लिए लेने वाली हैं क्योंकि उनका असर शिशु पर हो सकता है। कोई भी दवा खाने से पहले डॉक्टर को फोन करके पूछ लें कि गर्भावस्था में कौन सी दवा लेना सुरक्षित रहेगा। वे आपको कुछ विकल्प दे देंगे, जिनमें से आप कोई भी चुन सकती हैं। यदि आपने डॉक्टर से बिना पूछे, मनमर्जी से दवा की एकाध खुराक ले ली है तो घबराने वाली कोई बात नहीं है लेकिन डॉक्टर को बताकर तसल्ली जरूर कर लें।

अगर अभी तेज जुकाम नहीं हुआ है तो इसकी हालत को बिगड़ने से पहले ही संभाल लें वरना यह काफी बुरे संक्रमण में बदल

सकता है या आपको बंद व बहती नाक के साथ बिस्तर पर लेटना पड़ सकता है।

- यदि जरूरत महसूस हो तो आराम करें। यदि आराम करेंगी तो जुकाम जल्दी ठीक नहीं होगा पर शरीर को आराम मिल जाएगा। आपको बुखार या खांसी भी नहीं होगी। इसके अलावा थोड़े व्यायाम से भी लाभ हो सकता है।
- जुकाम की वजह से स्वयं व शिशु को भूखा न रखें। भूख न लगने पर भी पौष्टिक भोजन लें। थोड़ा मनपसंद भोजन खाने में भी कोई हर्ज नहीं है। विटामिन सी युक्त फल या जूस लेने की कोशिश करें लेकिन विटामिन सी की अतिरिक्त खुराक न लें। जिंक व एक्नीशिया के मामले में भी यही ध्यान रखें।
- तरल पदार्थों की मात्रा में कमी न आने दें। बुखार, छींकों या जुकाम की वजह से आपके शरीर में तरल पदार्थों की मात्रा घट सकती है हल्के गुनगुने तरल पदार्थों से आराम आएगा। गर्म सूप पीएँ। पानी व ठंडे जूस ले सकती हैं, यह आपके स्वाद पर निर्भर करता है।
- सोते समय अपना सिर को तकिया लगाकर ऊँचा कर लें। इस तरह नाक बंद होने पर भी आसानी से सांस आएगी। 'नेसल स्ट्रिप' भी बंद नाक खोलने में मदद कर सकती है। वे बाजार में उपलब्ध हैं तथा उनमें कोई दवा नहीं होती।
- अपनी नाक में सेलाइन नोज़ ड्रॉप डालकर उसे नम बनाए रखें यह भी पूरी तरह सुरक्षित है।
- यदि गले में दर्द या खराश हो, खांसी हो तो हल्के गुनगुने पानी से गरारे करें।
- यदि बुखार हो तो उसे जल्द से जल्द उतारने की कोशिश करें।
- डॉक्टर की बताई गई दवा जरूर लें। यह न मान लें कि गर्भावस्था में सभी दवाएँ लेना हानिकारक होता है। बीमारी का इलाज होना भी जरूरी है।
- यदि जुकाम की वजह से खाने या सोने में दिक्कत हो तो या खांसी के साथ हरा-पीला कफ आए, छाती में दर्द हो, नाक में तकलीफ हो, एक सप्ताह तक यही लक्षण बने रहें तो डॉक्टर से मिलें हो सकता है कि जुकाम संक्रमण में बदल गया हो, ऐसे में आपकी व शिशु की सुरक्षा के लिए दवा लेना जरूरी होगा।

साइनसाइटिस

''मुझे एक सप्ताह से जुकाम है। मेरा माथा और गाल काफी दुख रहे हैं। मुझे क्या करना चाहिए?''

लगता है कि आपका जुकाम साइनसाइटिस में बदल गया है। इसके लक्षण यही हैं कि माथा, गला व जबड़ा भी दुखने लगते हैं व नाक से काफी गंदा हरा-पीला म्यूकस निकलता है। गर्भावस्था में अक्सर ऐसा हो जाता है क्योंकि आपके हार्मोन म्यूकस मैम्ब्रेन में भी सूजन पैदा कर देते हैं। जिससे नाक बंद होती है और कीटाणुओं को डेरा डालने का मौका मिल जाता है। इम्यून कोशिकाएँ इनके डेरे तक आसानी से नहीं पहुँच पातीं और साइनस की बीमारी लंबी खिंच जाती है। सुरक्षित एंटीबायोटिक दवाओं की मदद से इस पर काबू पा सकते हैं।

सर्दी या फ्लू

आपको इन दोनों का फर्क पता होना चाहिए। सर्दी लगने पर गले में दर्द व खराश होती है, नाक बहती है व छींकें आने लगती हैं। शरीर में हल्की हरारत व दर्द भी हो जाता है।

फ्लू में 104 तक बुखार हो सकता है। मांसपेशियों में सूजन आ जाती है। थकान व कमजोरी महसूस होती है। कई बार उल्टी भी आ सकती है। छींके व खांसी भी हो जाती है। आप दवा लेकर आसानी से राहत पा सकती हैं।

फ्लू का मौसम

"अगर मुझे फ्लू की बीमारी हो गई तो? क्या यह गर्भावस्था में सुरक्षित है?"

आपको इस मौसम में बचाव के लिए फ्लू शॉट ले लेना चाहिए। गर्भावस्था में तो यह और भी जरूरी है। इस बारे में अपने डॉक्टर की राय लें। फ्लू फैलने से पहले ही उसकी रोकथाम की दवा लेनी चाहिए। हालांकि यह पूरी तरह प्रभावी नहीं होती लेकिन यह फ्लू वायरस से बचाव करती है। इस तरह आप फ्लू के खतरे से बच सकती हैं। चाहे संक्रमण न भी रोक पाए, इससे लक्षणों की गंभीरता में कमी आ जाती है।

आपको 'नैज़ल स्प्रे वैक्सीन' की बजाए सुई के जरिए दवा लेनी चाहिए। यदि फ्लू का अंदेशा हो तो इलाज करवाने में देर न करें वरना यह निमोनिया में बदल सकता है। इस दौरान भरपूर मात्रा में पानी पीएँ व आराम करें ताकि डीहाईड्रेशन न होने पाए।

बुखार

" मुझे हल्का बुखार है। ऐसे में मुझे क्या करना चाहिए?"

गर्भावस्था के दौरान शरीर की हल्की हरारत को ज्यादा गंभीरता से नहीं लें लेकिन इसे अनेदखा भी न करें यानि आपको बुखार उतारने के लिए फटाफट कुछ करना होगा। तापमान पर नजर रखें।

100.4^0F से अधिक तापमान होने पर, उसी समय अपने डॉक्टर को फोन करें। इस दौरान बुखार उतारने के लिए टाइलीनॉल लें पर अपने-आप कोई दूसरी दवा न खाएँ। स्नान, ठंडे पेय पदार्थ व हल्के कपड़ों से तापमान कम हो सकता है। गर्भावस्था में डॉक्टर की राय के बिना एस्प्रिन या इबूफेन कभी न लें।

यदि इससे पहले भी तेज बुखार हो चुका हो तो उस बारे में भी डॉक्टर को बताएँ।

स्टैप थ्रोट

"मेरे तीन साल के बच्चे को 'स्ट्रैप थ्रोट' हो गया है। क्या इससे मुझे व अजन्मे शिशु को भी संक्रमण हो सकता है?"

बच्चों को अपने कीटाणु दूसरों तक फैलाने में देर नहीं लगती गर्भावस्था में तो आप और भी जल्दी ऐसे संक्रमण की चपेट में आ सकती हैं।

बच्चे का जूठा पानी न पीएँ या उसका बचा जूठा खाना न खाएँ। अपने हाथ बार-बार धोएँ। बढ़िया पौष्टिक खाने व आराम से अपनी रोग प्रगतिरोधक क्षमता बनाए रखें।

यदि आपको संक्रमण का डर लगे तो थ्रोट कल्चर के लिए डॉक्टर के पास जाएँ। यदि सही तरह की एंटीबायोटिक ली तो शिशु को संक्रमण का डर नहीं रहेगा। घर में बच्चे या किसी दूसरे पारिवारिक सदस्य को दी गई दवा न लें।

मूत्राशय मार्ग का संक्रमण (यू. टी.आई.)

"मुझे डर है कि मुझे मूत्राशय मार्ग का संक्रमण हो गया है।"

आपके ब्लैडर को गर्भाशय के बढ़ते भार का दबाव सहना पड़ रहा है। इन दिनों संक्रमण फैलाने वाले कीटाणुओं (बैक्टीरिया) को आगे आने का काफी मौका मिल जाता है इसलिए (यू.टी.आई.) होते देर नहीं लगती। गर्भावस्था के हार्मोन भी इसमें अपनी खास भूमिका अदा करते हैं। कई महिलाओं में तो इसके लक्षण

सामान्य से गंभीर हो सकते हैं; जैसे—बार-बार मूत्र की इच्छा होना, मूत्र का रिसाव, मूत्र करते समय जलन, दर्द, पेट के निचले हिस्से में तेज दर्द या दबाव। मूत्र में से गंदी बदबू भी आ सकती है।

मूत्र की जांच से आसानी से इस संक्रमण का पता लगा सकते हैं। लाल रक्त कोशिकाओं से रक्तस्राव व सफेद रक्त कोशिकाओं से संक्रमण का पता चलता है। एंटीबायोटिक्स का पूरा कोर्स करके इस रोग से बचा जा सकता है। वैसे पहले तो आपको इससे बचाव की ही कोशिश करनी चाहिए। इसके लिए आप गर्भावस्था के दौरान कई कदम उठा सकती हैं।

■ अधिक मात्रा में तरल पदार्थ व पानी लें ताकि बैक्टीरिया मूत्र-मार्ग से बाहर आ सके। इस दौरान चाय, कॉफी व एल्कोहल के सेवन से बचें।
■ योनिमार्ग अच्छी तरह साफ करें व सेक्स के पहले व बाद में मूत्राशय अच्छी तरह खाली करें।
■ जब भी मूत्र के लिए जाएँ, ब्लैडर पूरी तरह खाली करें। मूत्र के बाद रुकें, फिर दोबारा कोशिश करें। मूत्र की इच्छा होने पर उसे रोकें नहीं, इस तरह संक्रमण की संभावना काफी बढ़ जाती है।
■ अपने पैरीनियल एरिया को हवा लगने दें। सूती अधोवस्त्र पहनें। यदि संभव हो तो रात को सोते समय पजामे के साथ अधोवस्त्र न पहनें।
■ योनिमार्ग व इसके आसपास के क्षेत्र को साफ-सुथरा व सूखा रखें। शौच के बाद आगे से पीछे की ओर पोंछें ताकि बैक्टीरिया योनिमार्ग में प्रवेश न करें। बबल बाथ व परफ्यूम युक्त पाउडर, शॉवर जैल, सोप, स्प्रे, डिटर्जेंट व टॉयलेट पेपर का इस्तेमाल न करें। यदि पूल क्लोरीनयुक्त न हो तो उसका इस्तेमाल न करें।
■ पौष्टिक आहार लें, भरपूर आराम करें। व्यायाम करें व ज्यादा तनाव न पालें।
■ कुछ डॉक्टर इस दौरान दही खाने की सलाह देते हैं ताकि एंटीबायोटिक लेने के साथ-साथ लाभदायक बैक्टीरिया का संतुलन भी बना रहे। आप इसके अलावा डॉक्टर से पूछकर और प्रोबायोटिक्स भी ले सकती हैं।

मूत्राशय मार्ग के निचले हिस्से का संक्रमण काफी गंभीर होता है लेकिन अगर इलाज न हो और ये किडनी तक पहुंच जाए तो इसकी वजह से प्रीमेच्योर प्रसव, जन्म से कम वजन वाला शिशु व दूसरी समस्याएँ जन्म ले सकती हैं। इसके लक्षण तो वही होते हैं लेकिन बुखार 103^0 से ज्यादा हो जाता है, सर्दी लगती है, मूत्र के साथ रक्त आने लगता है। पीठ में दर्द, उल्टी या चक्कर आने की शिकायत भी हो सकती है। ऐसे लक्षण सामने आते ही डॉक्टर को दिखाने में देर न करें।

यीस्ट संक्रमण

''मुझे लगता है कि मुझे यीस्ट इंफैक्शन है। क्या मुझे अपनी मर्जी से कोई दवा लेनी चाहिए या डॉक्टर को दिखाऊँ?''

गर्भावस्था के दौरान अपने-आप कोई भी इलाज करने या दवा लेने की कोशिश न करें, फिर चाहे वह यीस्ट इंफैक्शन के लिए ही क्यों न हो चाहे यह आपको सैकड़ों बार हो चुका हो। आपको इसके सारे लक्षण (पीला, हरा व गाढ़ा चीज़ युक्त स्राव व दुर्गंध लाली, जलन, सूजन व खारिश वगैरह) पता हों या आप कई बार दवा ले कर इसका इलाज कर चुकी हों लेकिन इस बार इसे डॉक्टर को दिखाएँ।

आपका इलाज कैसे होगा, यह डॉक्टर संक्रमण देखने के बाद तय करेंगे यदि यह सामान्य यीस्ट संक्रमण हुआ तो डॉक्टर योनि के लिए जैल, मलहम या क्रीम लिख देंगे। गर्भावस्था में एटी यीस्ट स्नेंट 'फ्लूकोनाज़ोल' की दवा भी दे सकते हैं लेकिन इसकी खुराक हल्की व दो दिन से अधिक की नहीं होगी।

बदकिस्मती से यह इलाज अस्थायी होता है। संक्रमण दोबारा लौट आता है व डिलीवरी

तक बना रहता है व इसके बाद दोबारा इलाज कराना पड़ सकता है।

अपने शरीर के गुप्तांगों की साफ-सफाई पर पूरा ध्यान दें। तंग अधोवस्त्र न पहनें। इस हिस्से को थोड़ी हवा लगने दें। दही आपके लिए फायदेमंद हो सकता है। आप डॉक्टर से पूछकर कोई असरकारक प्रोबायोटिक भी ले सकती हैं। कई पुराने मरीज मानते हैं कि चीनी, बेक्ड खाद्य पदार्थ व मैदा वगैरह न लेने से भी उन्हें आराम आता है। डूश न करें क्योंकि इससे योनि में बैक्टीरिया का सामान्य संतुलन बिगड़ जाता है।

पेट की गड़बड़ी

''मेरा पेट काफी गड़बड़ है। कहीं इससे शिशु को नुकसान तो नहीं होगा?''

पेट में गड़बड़ी के लक्षण मॉर्निंग सिकनेस से इतने मिलते हैं कि कई बार इन्हें पहचानना मुश्किल हो जाता है। हालांकि इससे शिशु को कोई नुकसान नहीं होता पर इसका मतलब यह नहीं कि आप अपना इलाज ही न करवाएँ। चाहे आपके पेट में हार्मोन वायरस या फिर अण्डे की सलाद की वजह से तकलीफ हो, इलाज तो एक ही होगा। शरीर को आराम दें। तरल पदार्थों की मात्रा बढ़ा दें यदि उल्टी-दस्त ज्यादा हैं तब तो ज्यादा ध्यान देना होगा।

यदि मूत्र नहीं कर पा रहीं या वह गाढ़े रंग का है तो आप डीहाईड्रेशन का शिकार हो सकती हैं। धीरे-धीरे घूंट-घूंट कर पानी पीएँ, जूस को पतला करके पीएँ या गुनगुने पानी में नींबू डालकर लें। यदि पानी पी न सकें तो आइस चिप्स या पॉपरीक्षण चूसें। ठोस आहार लेते समय उतना ही खाएँ, जितना हो सके। पेट की तकलीफ में अदरक की चाय या किसी दूसरे रूप में अदरक लेने से आराम आएगा। जब उल्टी आने की कम से कम संभावना हो तो अपनी विटामिन की खुराक लें। यदि कुछ दिन न भी ले सकें तो कोई हर्ज नहीं!

यदि आराम न आए तो डॉक्टर को दिखाएँ क्योंकि शरीर में पानी की कमी होने से परेशानी बढ़ सकती है। एंटीएसिड दवाएँ काम आ सकती हैं, पर पूछे बिना न खाएँ।

यह भी याद रखें कि पेट की तकलीफ लंबे समय तक नहीं टिकेगी। सही दवा लेने से आपको जल्दी ही आराम आ जाएगा।

लिस्टीरियोसिस

''मेरी एक सहेली को गर्भावस्था के दौरान कुछ खास तरह के डेयरी उत्पादों से दूर रहने को कहा गया है क्योंकि वे बीमार कर सकते हैं, क्या यह सच है?''

पाश्चराइज़ न किया गया दूध व उससे बना चीज़, गर्भावस्था के दौरान आपको बीमार कर सकता है। अधपका भोजन, मांस व हॉट डॉग आदि में 'लिस्टीरिया' पाया जाता है। कम रोग प्रतिरोध क्षमता वाले किशोर व गर्भवती महिलाएँ लिस्टीरियोसिस के शिकार जल्दी हो जाती हैं। इनके कीटाणु रक्त प्रवाह में घुलकर शिशु तक पहुँचने में देर नहीं लगाते। इसे पहचानना कठिन होता है। संक्रमित भोजन के 12 से 30 घंटों के दौरान कभी भी इसके लक्षण उभर सकते हैं (पेट दर्द, बुखार, ऐंठन, मांसपेशियों में दर्द, जी मिचलाना व डायरिया) कई बार इन लक्षणों को सही तरीके से समझने में भी देर हो जाती है। एंटीबायोटिक की मदद से इनका इलाज हो सकता है।

बेहतर होगा कि आप इस तरह के खाने से दूर रहें ताकि संक्रमण ही न हो। इलाज से परहेज बेहतर होता है। हालांकि इससे पहले आप इस तरह का भोजन ले चुकी हैं तो अब उसके बारे में सोचकर चिंता मोल न लें।

टॉक्सोप्लाज्मोसिस

''हालांकि बिल्ली के सारे काम मेरे पति

ही करते हैं लेकिन मैं बिल्ली के साथ रहती हूँ इसलिए टाम्सोप्लाजमोसिस के बारे में सोचते ही मुझे घबराहट होने लगती है। यदि मुझे यह रोग हो गया तो मुझे इसका पता कैसे चलेगा?''

उम्मीद है कि आपको यह बीमारी नहीं होगी। यदि आप लंबे समय से बिल्ली के साथ रह रही हैं, तो हो सकता है कि आपको पहले से ही इंफैक्शन हो चुका हो और आपके शरीर में उसकी एंटीबॉडीज़ बन चुकी हों।

यदि आपको इसके लक्षण महसूस हों तो जांच करा लें। घर में इसकी जांच न करें, उसे विश्वसनीय नहीं माना जा सकता। यदि जांच में यह रोग पता चला तो आपको एंटीबायोटिक दिए जाएँगे ताकि रोग शिशु तक न पहुँचे।

यदि इंफैक्शन हो तो गर्भावस्था के शुरूआती दौर में इसकी रोकथाम हो जाती है। ऐसे मामले बहुत कम हो पाते हैं कि यह रोग शिशु तक पहुँचें आजकल अल्ट्रासाउंड द्वारा भ्रूण की जांच से भी पता चल जाता है कि उस तक संक्रमण पहुँचा है या नहीं।

वैसे तो इसका सबसे बड़ा इलाज बचाव ही है।

साइटोमिगेलोवायरस (सी.एम. वी.)

''मेरा बच्चा स्कूल से एक नोट लाया है कि स्कूल में साइटोमिगेलोवायरस फैला है। क्या यह मेरे गर्भस्थ शिशु को भी हो सकता है?''

आपके बेटे से शिशु तक (सी.एम.वी.) के वायरस नहीं पहुँच सकते। आपको तो बचपन में ही यह हो चुका होगा, हालांकि यह फिर से सक्रिय भी हो सकता है। चाहे आप भी गर्भावस्था में सी. एम. वी. की चपेट में आ जाएँ, फिर भी शिशु के लिए कोई खास खतरा

नहीं है। यदि यह आपको दूसरी बार हो रहा है तो खतरा और भी घट जाता है।

वैसे तो आपको बचाव ही रखना चाहिए। अपने बच्चे का बचा हुआ खाना न खाएँ। उसका मल साफ करने के बाद अपने हाथ अच्छी तरह धोएँ व साफ-सफाई के नियमों का पालन करें।

इस रोग के लक्षणों में बुखार, थकान, गले में दर्द, व ग्रंथियों की सूजन को शामिल कर सकते हैं। ऐसे लक्षण सामने आते ही डॉक्टर को दिखाएँ। आपको थोड़े इलाज की जरूरत होगी।

फिफ्थ डिज़ीज

''मैंने सुना है कि फिफ्थ डिज़ीज से भी गर्भावस्था में परेशानी हो सकती है।''

यह छ: रोगों के समूह में से पांचवे रोग का नाम है, जिसकी वजह से बच्चों को बुखार होता है। चिकनपॉक्स व मीज़ल्स इसकी बहनें हैं और कई बार तो इसके लक्षण पता तक नहीं चलते। केवल 15 से 30 प्रतिशत मामलों में ही बुखार का पता चलता है इसके लिए लक्षणों को प्राय: रूबेला के लक्षण ही मान लिया जाता है।

हालांकि सभी बच्चों को बचपन में ही यह रोग हो चुका होता है। अत: किशोरावस्था में इसके संक्रमण की संभावना न के बराबर है। यदि आप इसकी शिकार होती हैं और भ्रूण तक संक्रमण पहुँचता है तो उसे एनीमिया हो सकता है। डॉक्टर अल्ट्रासाउंड की मदद से सारी जानकारी लेते रहते हैं। यदि गर्भावस्था के शुरूआती दौर में यह संक्रमण हो तो गर्भपात का खतरा बढ़ जाता है।

हालांकि इस संक्रमण के होने की संभावना न के बराबर होती है लेकिन गर्भावस्था में हर तरह का बचाव ही सबसे बड़ा मूलमंत्र है।

मीज़ल्स

''मुझे याद नहीं कि मैंने बचपन में मीजल्स का टीका लगवाया था या नहीं। क्या मुझे अब टीका लगवाना चाहिए?''

नहीं, आमतौर पर गर्भावस्था में इसका टीका नहीं लगाया जाता। ज्यादातर महिलाओं को बचपन में मीज़ल्स हो चुका होता है या उसका टीका लगा होता है। यदि आपकी मेडिकल हिस्ट्री से कुछ पता नहीं चलता या आपके माता-पिता को इस बारे में कुछ याद नहीं। डॉक्टर जांच कर सकते हैं कि आप इसके लिए इम्यून हैं या नहीं!

यदि मान लें कि आपको यह संक्रमण हो भी जाता है तो डॉक्टर लक्षण दिखाई देते ही इसे संभाल लेंगे। इससे प्रीमेच्योर लेबर या गर्भपात का डर तो बढ़ता लेकिन जन्मजात विकृति का कोई डर नहीं होता। यदि प्रसव के आसपास मीज़ल्स हो तो शिशु को संक्रमण होने का डर है। गामा ग्लोब्यूलिन की मदद से संक्रमण को काफी हद तक घटा सकते हैं। वैसे इसके होने की संभावना न के बराबर है।

मम्स

''मेरी एक सहकर्मी को मम्स हैं। क्या मुझे बचाव के लिए इसका टीका लगवाना चाहिए?''

ऐसा होना असंभव है। पूरी उम्मीद है कि आपको भी एम.एम.आर का टीका लगा होगा। इस बारे में अपने माता-पिता या परिवार के डॉक्टर से पूछ कर निश्चिंत हो सकती हैं।

यदि यह हो और आपको टीका न लगा हो तो इसे अब लगवा सकते हैं। इससे भ्रूण को कोई नुकसान नहीं होगा। हाँ इससे समय से पहले प्रसव या गर्भपात का डर हो सकता है। इसलिए पहला लक्षण सामने आते ही संभल जाएँ। इसके लक्षण हैं –बुखार, भूख में कमी, कान में दर्द, चबाने पर मुँह में दर्द आदि। डॉक्टर को इस बारे में तुरंत सूचित करें ताकि किसी तरह की कोई परेशानी न हो। सुरक्षा के लिहाज से, गर्भावस्था से पूर्व ही एम एम आर का टीका लगवाएँ।

स्वस्थ रहें

गर्भावस्था में तो बचाव ही सबसे बड़ा मूलमंत्र माना जाता है। सबसे पहले तो आप पौष्टिक आहार लें ताकि आपकी रोग प्रतिरोधक क्षमता बनी रहे। पूर्ण नींद व व्यायाम पर ध्यान दें और तनाव को दूर रखें। बीमार लोगों से दूर रहें क्योंकि आप आसानी से संक्रमण की चपेट में आ सकती हैं। घर से बाहर मुँह व नाक ढक लें। जिसकी नाक बह रही हो उससे हाथ न मिलाएँ। हाथों से ही संक्रमण फैलता है इसलिए दिन में कई बार गुनगुने पानी से हाथ धोना न भूलें। खाने से पहले तो हाथ धोना और भी जरूरी होता है। घर में बीमार बच्चे या पति का जूठा न खाएं। उन्हें चुंबन भी न दें। उनके मैले कपड़े धोने के बाद अपने हाथ अवश्य धोएँ। उन्हें खांसते, छींकते समय मुँह पर हाथ रखने की बजाए कुहनी रखने को कहें क्योंकि हाथों से संक्रमण जल्दी फैलता है। जहाँ-जहाँ वे हाथ लगाएँ (फोन, बोर्ड, रिमोट) वहां स्प्रे करें।

यदि आपके बड़े बच्चे को किसी भी संक्रमण के लक्षण दिखाई दें तो डॉक्टर को दिखाने में देर न करें। अपने पालतू जानवरों को साफ रखें व समय पर टीके लगवाएँ। यदि आपके घर में बिल्ली है तो टॉक्सोप्लाजमोसिस से अपना बचाव करें।

यदि लाइम डिजीज़ का खतरा हो तो अपना तुरंत बचाव करें।

टूथब्रश जैसी चीज़ न बाँटें व कुल्ला करने के लिए डिस्पोज़ेबल कप इस्तेमाल करें।

खाना साफ व पौष्टिक होना चाहिए। बाजारों में खुला बिकने वाला भोजन न करें।

रूबेला

''देश से बाहर के दौरे में रूबेला हो सकता है, क्या मुझे इस बारे में चिंता करनी चाहिए?''

मुझे लगता है कि आपको इस बारे में ज्यादा चिंतित होने की जरूरत नहीं है। यदि आप इसके टीके के बारे में आश्वस्त नहीं हैं तो एक जांच से पता लगा लें। रूबेला एंटीबॉडी हिटर से शरीर में एंटीबॉडीज के स्तर की जांच की जाती है। डॉक्टर से पहली मुलाकात में यह जांच करवा लें। यदि अब तक आपने यह जांच नहीं करवाई तो इसे अब करवा लें।

यदि आपको गर्भावस्था में इसका संक्रमण हुआ भी तो शिशु पर इसका असर इसी बात पर निर्भर करेगा कि आपको किस समय में यह संक्रमण हुआ। पहले माह में शिशु में जन्मजात विकृति होने का डर ज्यादा है। तीसरे महीने के बाद से खतरा थोड़ा घट जाता है।

यदि आप गर्भधारण से पहले इसका टीका लगवाती हैं तो आपको एक माह तक गर्भ धारण न करने की सलाह दी जाती है। यदि इस दौरान आप गर्भधारण कर भी लें तो घबराने की कोई बात नहीं है। इसमें कोई डर नहीं है।

चिकन पॉक्स

''मेरे पहले शिशु को बाहर दूसरे बच्चे से चिकन पॉक्स हो गया। क्या इससे मेरे गर्भस्थ शिशु को खतरा हो सकता है?''

शिशु को केवल अपनी मां से ही संक्रमण पहुँच सकता है। उम्मीद है कि आपको बचपन में यह संक्रमण हो चुका होगा और उसका टीका भी लगा होगा। अपने डॉक्टर या माता-पिता से इस बारे में पता करें।

यदि आपको किसी से संक्रमण हो भी जाए तो 96 घंटे के भीतर टीका लग जाना चाहिए। इस तरह आप कई तरह की जटिलताओं से बच जाएँगी। यदि आपके लक्षण ज्यादा गंभीर हुए तो बचाव के लिए एंटीवायरस दवा दे सकते हैं।

यदि गर्भावस्था के शुरूआती दौर में यह संक्रमण हुआ तो शिशु में जन्मजात विकृति हो सकती है। बाद में होने पर ऐसा कोई खतरा नहीं है। यदि डिलीवरी के आसपास संक्रमण हो तो शिशु को संक्रमण हो सकता है। जिसके लिए डॉक्टर पहले ही एंटीबॉडीज़ दे देंगे।

यदि हर्प्स जॉस्टर हो जाए तो इससे ज्यादा डर नहीं रहेगा क्योंकि आप लोगों के पहले ही एंटीबॉडीज़ दी जा चुकी होंगी।

यदि आपको इसका टीका नहीं लगा तो डिलीवरी के फौरन बाद टीक लगावाएँ ताकि आने वाली गर्भावस्थाएं सुरक्षित हों। टीका लगाने के एक महीने बाद तक गर्भ धारण न करें।

लाइम डिज़ीज

''मेरे क्षेत्र में लाइम डिजीज़ का काफी खतरा है। क्या यह गर्भावस्था में नुकसान पहुँचा सकती हैं?''

आमतौर पर वनों के आसपास वाले क्षेत्रों में हिरण या चूहों व दूसरे जानवरों के साथ रहने वाले लोगों में यह रोग पाया जाता है लेकिन आप शहर में रहने पर भी इसका शिकार हो सकती हैं क्योंकि आपके घर में किसान के खेत से ही सब्जी आती है।

बचाव ही सबसे बड़ा मंत्र है। प्यास वाले मैदान में जाने से पहले लंबी पैंट, जूते व जुराबें पहनें। यह देख लें कि आपके पाँवों में कोई जोंक या टिक न चिपके। यदि यह आपको काट ले तो थकान, सिर दर्द, गर्दन में जकड़न व बुखार जैसे लक्षण उभर सकते हैं। उसी समय डॉक्टर को दिखाएँ। स्थिति बिगड़ने पर लक्षण गंभीर हो सकते हैं।

यदि सही समय पर लाइम संक्रमण की दवा ले लेंगी तो शिशु को कोई खतरा नहीं रहेगा।

हेपेटाइटिस ए

''शिशुगृह में एक बच्चे को हेपेटाइटिस हो गया। मैं वहाँ काम करती हूँ। क्या मेरे गर्भस्थ शिशु को कोई नुकसान हो सकता है?''

इसके लक्षण प्राय: दिखाई नहीं देते व यह अक्सर भ्रूण तक नहीं पहुँचता। यदि आपको यह संक्रमण हुआ भी तो गर्भावस्था में कोई खतरा नहीं है पर आप बचाव ही रखें। आप उन शिशुओं की देखभाल के समय बार-बार हाथ धोएँ व कुछ खाने से पहले भी हाथ धोएं। आप इसके टीके के बारे में भी डॉक्टर से पूछ सकती हैं।

हेपेटाइटिस बी

''मुझे हेपेटाइटिस बी है और मैं गर्भवती भी हूँ। क्या इससे मेरे शिशु को कोई नुकसान हो सकता है?''

इसका संक्रमण डिलीवरी के समय शिशु तक जाता है। उससे पहले ही डॉक्टर बचाव का कदम उठा लेंगे। आपके नवजात को जन्म के 12 घंटे के भीतर ही दवा मिल जाएगी ताकि उसे यह संक्रमण न हो। उसे जब सारे टीके लग जाएँगे वो 12 से 15 महीने के बाद एक जांच होगी ताकि पता लग जाए कि इलाज पूरा हुआ या नहीं।

हेपेटाइटिस सी

''क्या मुझे गर्भावस्था में 'हेपेटाइटिस सी' की चिंता करनी चाहिए?''

यह डिलीवरी के दौरान माँ से शिशु तक पहुँच सकता है हालांकि आपको इसके संक्रमण की संभावना काफी कम है। इस संक्रमण का इलाज गर्भावस्था के बाद ही हो सकता है।

बैल्स पाल्सी

''सुबह उठी तो कान के पीछे दर्द था और जीभ पर सुन्नपन महसूस हुआ। मैंने चेहरा देखा तो पूरा एक हिस्सा लटका हुआ लग रहा था। यह क्या है?''

इस अवस्था में चेहरे की मांसपेशी को नुकसान होने से एक ओर लकवा मार जाता है। गर्भावस्था की तीसरी तिमाही या प्रसव के समय इसके होने की संभावना ज्यादा होती है। यह अचानक होता है और सुबह सोकर उठने पर यह दिखाई देता है।

इस अस्थायी रोग का कारण नहीं पता। माना जाता है कि ऐसा बैक्टीरिया के संक्रमण की वजह से होता है। कई बार लकवे के साथ-साथ कान के पीछे दर्द, सिर दर्द, मुँह सूखना, या बोलने में कठिनाई जैसे लक्षण भी सामने आते हैं।

यह ज्यादा गंभीर नहीं होता। 6 माह में इलाज से सब ठीक हो जाता है। इससे शिशु को कोई खतरा नहीं होता। हालांकि आपको इस बारे में डॉक्टर को अवश्य बता देना चाहिए।

गर्भावस्था व दवाएँ

कोई भी दवा उठा लें, उस पर चेतावनी होती है कि गर्भवती महिला डॉक्टर की राय के बिना दवा न ले। यदि आप भी कभी-कभी केमिस्ट से दवा लेकर खाती हैं तो पता कैसे लगाएँगी कि दवा सुरक्षित है या नहीं?

माना कि कोई भी दवा अपने-आप न खाना ही 100 प्रतिशत सुरक्षित है लेकिन कुछ

दवाएँ ही गर्भावस्था में हानिकारक होती हैं। अनेक दवाएँ ऐसी हैं, जिनसे आपको व शिशु को कोई नुकसान होने की संभावना नहीं है। दरअससल कई बार हालात ऐसे बनते हैं कि गर्भावस्था में दवा लेना जरूरी हो जाता है।

कोई भी दवा लेने से पहले उसके फायदों के साथ-साथ नुकसान का भी अंदाजा लगा लें। डॉक्टर को अपने हर फैसले में शामिल कर सकें तो बेहतर होगा। कई बार दवाओं को सुरक्षा के लिहाज से ए, बी, सी, डी, ई की श्रेणी में बाँट दिया जाता है। वैसे आप इस चक्कर में न पड़ें, बस इतना ध्यान रखें कि अपने डॉक्टर या दाई से पूछे बिना कोई भी एलोपैथी, होम्योपैथी व आयुर्वेदिक दवा न लें।

आम दवाएँ

बहुत सी दवाएँ ऐसी हैं जो गर्भावस्था में पूरी तरह से सुरक्षित हैं। वे चुटकियों में बहती नाक व सिरदर्द से आराम दिला सकती हैं। कुछ दवाएँ ऐसी हैं, जो पहली तिमाही में नुकसानदायक हो सकती हैं। कुछ दवाएँ पूरी गर्भावस्था में बिल्कुल मना होती हैं।

टाइलीनोल :- एसीटैमिनोफेन को गर्भावस्था में थोड़ा सुरक्षित माना जाता है लेकिन आप पहली बार इसकी खुराक लेते समय डॉक्टर की राय लें।

एस्प्रिन :- आपको तीसरी तिमाही में यह दवा न खाने की सलाह दी जाती है क्योंकि इससे नवजात को कठिनाई हो सकती है। डिलीवरी के दौरान अधिक रक्तस्राव हो सकता है। अध्ययनों से पता चला है कि एस्प्रिन की थोड़ी मात्रा से प्रीक्लैंपसिया में फायदा हो सकता है लेकिन इस बारे में डॉक्टर ही बताएँगे कि आपको लेनी चाहिए या नहीं। यदि इसे रक्त पतला करने वाली दवा के साथ दिया जाए तो गर्भपात का खतरा भी टल सकता है, बस अपनी अवस्था के हिसाब से व डॉक्टर की राय से चलें।

हर्बल देखभाल

माना कि गर्भावस्था में आराम दिलाने का आश्वासन देने वाली हर चीज़ अच्छी लगती है लेकिन हर कुदरती दवा को सुरक्षित नहीं मान सकते। जब भी हर्बल दवा लें तो अतिरिक्त सावधानी बरतें। उसे तभी लें, जब डॉक्टर ने लेने की सलाह दी हो। यदि आपको कुदरती इलाज इतने ही पसंद हैं तो दवाओं की बजाय वैकल्पिक चिकित्सा पद्धतियों पर ध्यान दें। उनसे कोई नुकसान होने का डर नहीं है।

एडविल या मोट्रिन :- पहली व तीसरी तिमाही में इब्रूफेन का इस्तेमाल सोच-समझकर करें। इसके भी एस्प्रिन की तरह नकारात्मक प्रभाव हो सकते हैं। डॉक्टर की जानकारी के बिना इसका इस्तेमाल न करें।

एलीव : - इसे आप गर्भावस्था में बिल्कुल इस्तेमाल नहीं कर सकतीं।

नैज़ल स्प्रे :- बंद नाक से छुटकारा पाने के लिए नैज़ल स्प्रे का प्रयोग कर सकती हैं। डॉक्टर से पूछ कर सही ब्रांड का नाम नोट कर लें। इसके अलावा नैज़ल स्ट्रिप भी ठीक रहती है।

एंटीएसिड :- छाती में जलन होने पर कोई एंटीएसिड ले सकती हैं, लेकिन उसकी खुराक डॉक्टर से पूछ लें।

गैस एड्स :- कभी-कभी गैस भगाने के लिए दवा ले सकती हैं।

एंटीहिस्टेमाइन :- कुछ एंटीहिस्टेमाइन ऐसे हैं, जिन्हें गर्भावस्था में सुरक्षित माना जाता है। बेनेड्रिल को सुरक्षित माना जा सकता है। कई

डॉक्टर क्लोर-ट्रिमसेन लेने की भी सलाह देते हैं।

नींद की दवा :- गर्भावस्था में यूनीसोम, टाइलीनोल, सोमीनेक्स व नाइलीटोल जैसी दवाओं को सुरक्षित माना जाता है। डॉक्टर इन्हें कभी-कभी लेने की सलाह देते हैं।

डीकांजेस्टेंट :- यदि इस्तेमाल करना ही पड़े तो सीमित मात्रा में सूडाफेड इस्तेमाल करें। पहले अपने डॉक्टर से पूछ लें।

एंटीडायरियल :- इसमें सभी दवाएँ गर्भावस्था के लिए सुरक्षित नहीं मानी जातीं इसलिए डॉक्टर से पूछे बिना कोई दवा न लें।

एंटीबायोटिक्स :- यदि डॉक्टर ने बैक्टीरिया इंफेक्शन की वजह से एंटीबायोटिक्स दिए हैं तो वे पेंसिलीन या एंटीथ्रोमाइसिन परिवार की दवा दे सकते हैं। आप उसी डॉक्टर से एंटीबायोटिक लें, जिसे आपकी गर्भावस्था का पता हो।

एंटीडिप्रेसेंट :- यदि डिप्रेशन का सही तरीके से इलाज न हो सके तो शिशु पर बुरा असर हो सकता है। ये दवाएँ शिशु की बढ़त के हिसाब से समय-समय पर बदलनी पड़ती हैं।

एंटीनाज़िया :- कुछ दवाओं के मेल से मॉर्निंग सिकनेस तो घटती है लेकिन उनकी वजह से दिन में उनींदापन छाता है इसलिए सोच-समझ कर ही इस्तेमाल करें।

टॉपिकल एंटीबायोटिक्स :- वैक्टीरेसिन या नियोसपोरिन जैसे टॉपिकल एंटीबायोटिक्स सीमित मात्रा में ले सकते हैं।

टॉपिकल स्टीरॉयड्स :- टॉपिकल हाइड्रोकार्टिज़ोन की सीमित मात्रा ले सकते हैं।

गर्भावस्था के दौरान दवा का प्रयोग

यदि डॉक्टर गर्भावस्था में कोई दवा लेने की सलाह दें तो लाभ बढ़ाने व खतरे घटाने के लिए निम्नलिखित कदम उठाएँ :

- डॉक्टर से पूछें कि आप कम समय के लिए थोड़ी खुराक से काम चला सकते हैं।
- दवा तभी लें, जब वह ज्यादा से ज्यादा फायदा करे, जैसे सर्दी की दवा रात को सोते समय लें।
- निर्देशों का पालन करें। पढ़ लें कि उसे पानी से लेना है या दूध से। उसके साइडइफेक्ट भी पता करें। यदि उस पर गर्भावस्था में न लेने की चेतावनी लिखी हो तो घबराएँ नहीं। ज्यादातर दवाओं पर ऐसा लिखा होता है पर वे सुरक्षित होती हैं। डॉक्टर भी बिना सोचे-समझे तो दवा नहीं देंगे न!
- घर में एलर्जी बढ़ाने वाले पदार्थ हटाएँ और दवा लें ताकि उनका असर ज्यादा हो। हर्बल दवाएँ सुरक्षित हैं पर डॉक्टर की राय लेना जरूरी है।
- दवा निगलने से पहले एक घूंट पानी पीएँ ताकि वह गले से नीचे जा सके फिर पूरा गिलास पानी पीएँ ताकि वह शरीर में जा कर घुल जाए।
- अपनी दवाएँ किसी एक ही दुकान से लें। दवा का नाम व खुराक जांचकर ही दवा खाएँ। एक्सपायरी डेट पढ़ लें व दवा लेने के बाद स्वयं ही नाम पढ़ें। कई बार केमिस्ट भी गलती से दूसरी दवा दे सकता है।

जब कोई दवा गर्भावस्था में पूरी तरह सुरक्षित हो तो उसे लेने में न हिचकिचाएँ। उससे शिशु को कोई नुकसान नहीं होगा और आपका इलाज हो जाएगा।

■ ■ ■

अध्याय-21

यदि आप किसी पुराने रोग से ग्रस्त हैं

दीर्घकालीन रोग (क्रॉनिक अवस्था) में रहने वाले की जिंदगी काफी जटिल हो जाती है। उसे विशेष आहार, दवा व जांच के सहारे जीना पड़ता है। यदि इसके साथ ही गर्भावस्था हो तो आहार, दवा व जांच; इन तीनों के रुटीन में फेर-बदल करना पड़ता है। शुक्र है कि थोड़ी-सी सावधानी व देखभाल से ऐसी गर्भावस्था को भी पूरी तरह सुरक्षित बनाया जा सकता है। गर्भावस्था का रोग व रोग का गर्भावस्था पर क्या असर पड़ेगा, यह काफी कारणों पर निर्भर करता है। इस अध्याय में ऐसे ही कुछ कारकों पर चर्चा की गई है। इस गाइड से लाभ उठाएँ लेकिन कोई भी फैसला लेने से पहले अपने डॉक्टर की राय ले लें क्योंकि वे आपकी व्यक्तिगत जरूरत के हिसाब से ही सलाह या दवा देंगे।

आप क्या सोच रही होंगी?

दमा

''मुझे बचपन से ही दमा है। दमे के दौरे के लिए भी ली जाने वाली दवा गर्भावस्था में सुरक्षित रहेगी?''

हम समझ सकते हैं कि आपको इस अवस्था में अपनी थोड़ी अतिरिक्त देखभाल करनी होगी। यह सच है कि दमे की वजह से गर्भावस्था खतरे वाली मानी जाती है लेकिन इस खतरे के डर को पूरी तरह मिटाया जा सकता है। यदि आप किसी अनुभवी विशेषज्ञ, स्त्री रोग विशेषज्ञ व दूसरे डॉक्टरों की टीम की देखरेख में हैं तो गर्भावस्था भी सामान्य रहेगी और आप एक स्वस्थ शिशु को जन्म दे पाएंगी।

यदि दमा पूरी तरह नियंत्रण में हो तो गर्भावस्था पर काफी मामूली सा असर होता है। इसका असर हर भावी मां पर अलग तरीके से हो सकता है। एक तिहाई मामलों में, दमे की स्थिति में सुधार होता है। कुछ मामले ज्यों के त्यों रहते हैं और कुछ मामलों में स्थिति गंभीर हो सकती है। आप पाएँगी कि दमा गर्भावस्था में भी वैसा ही है, जैसे कि पहले था।

वैसे बेहतर होगा कि गर्भधारण से पहले ही आप अपने दमे पर काबू पा लें। यह आपके व आने वाले शिशु के लिए बेहतर नीति है।

यदि आपने निम्नलिखित कदम नहीं उठाए हैं, तो पहले इनका पालन करें।

- पर्यावरण में दमा या एलर्जी फैलाने वाले कारक पहचानें। आप तो पहले ही जानती होंगी कि आपको किस चीज़ से ज्यादा परेशानी होती है। उस चीज से दूर रहें ताकि आप गर्भावस्था में खुलकर सांस ले सकें। वैसे तो परागकण, जानवरों के बाल, धूल, आदि ही उत्तरदायी होते हैं। तंबाकू के धुएँ, इत्र या घर साफ करने वाले डिटर्जेंट वगैरह से भी स्थिति बिगड़ती है। आपको व आपके साथी, दोनों को धूम्रपान छोड़ देना चाहिए। यदि आपको एलर्जी की दवा दी गई है तो आप इसे गर्भावस्था में भी जारी रख सकेंगी।
- व्यायाम करते समय ध्यान रखें। वर्कआउट से पहले दवा लें ताकि दमे का दौरा न पड़े। इस बारे में डॉक्टर की राय भी ले लें।
- सर्दी, जुकाम, फ्लू व साँस से जुड़ी तकलीफों से बचें। स्वस्थ रहें। आपको डॉक्टर की राय से फ्लू की दवा भी ले लेनी चाहिए। यदि आप साइनसाइटिस या रिफ्लक्स की समस्या है तो डॉक्टर से पूछकर चिकित्सा करवाएँ वरना दमा के प्रबंधन में दिक्कत आ सकती है।
- डॉक्टर के निर्देशों का पालन करें ताकि आपको व शिशु को पर्याप्त मात्रा में ऑक्सीजन मिलती रहे। आप पीक-फ्लो मीटर से भी अपनी जांच कर सकती हैं।
- अपनी दवाओं पर फिर से एक नजर डालें। गर्भावस्था में वे ही दवाएँ लें, जिनकी इजाजत डॉक्टर ने दी हो। यदि लक्षण हल्के हों तो दवा की जरूरत नहीं लेकिन सामान्य से गंभीर लक्षण होने पर, ऐसी दवा दी जा सकती है जो गर्भावस्था में सुरक्षित हो। वैसे तो नाक के जरिए ली जाने वाली दवा ठीक रहती है। दवा लेने में कोताही न बरतें क्योंकि अब आपको दो लोगों के लिए सांस लेनी है।

दमे का दौरा पड़े तो इलाज में देर न करें वरना शिशु को ऑक्सीजन की कमी हो सकती है। इसकी वजह से हल्का संकुचन भी हो सकता है लेकिन दौरा समाप्त होने पर वे रुक जाते हैं।

> **कैंसर**
>
> गर्भावस्था में कैंसर होना सामान्य नहीं है लेकिन यह हो भी सकता है। उस समय इलाज का सही संतुलन बनाना बहुत जरूरी हो जाता है। गर्भकाल, कैंसर का प्रकार, उसकी अवस्था, आपकी प्रतिरोध क्षमता आदि कई कारकों पर उसका इलाज निर्भर करता है। पहली तिमाही में कैंसर के इलाज से भ्रूण को खतरा हो सकता है इसलिए डॉक्टर दूसरी तिमाही तक इंतजार करते हैं। यदि कैंसर का बाद में पता चले तो डॉक्टर डिलीवरी के बाद इलाज करते हैं ताकि शिशु का जन्म हो जाए।

गर्भावस्था के आखिरी दिनों में यह बात थोड़ी उलझन वाली हो सकती है लेकिन यह इतनी खतरनाक नहीं होगी। बस आप इतना ध्यान दें कि इस दौरान दमे के दौरे को लंबा न खिंचने दें।

दमे का प्रसव व डिलीवरी पर क्या असर होगा? आप बिना किसी दवा के काम चला सकती हैं। एपीड्यूरल में भी कोई दिक्कत नहीं आएगी लेकिन डैमीरोल जैसे नारकोटिक दर्द निवारकों से दमे का दौरा उभर सकता है। यदि उस दौरान दवा से बात न बने तो डॉक्टर आपको आई वी स्टीरॉयड दे सकते हैं। आक्सीजिनेशन की भी जांच होगी। यदि यह कम पाई गई तो इसकी दवा दी जाएगी ऐसी माँओं के शिशुओं की जन्म के बाद काफी तेज सांस चलती है लेकिन यह परेशानी अस्थायी होती है। डिलीवरी के तीन महीने बाद दमे के वही लक्षण उभर आएँगे जो कि गर्भावस्था से पहले होने थे।

सिस्टिक फाइब्रोसिस

''मुझे सिस्टिक फाइब्रोसिस है। इससे गर्भावस्था कितनी जटिल हो सकती है?''

आप तो पहले ही जानती हैं कि सी एफ के साथ जीना कितना चुनौतीपूर्ण हो सकता है। हालांकि गर्भावस्था में यह चुनौती और भी बढ़ जाती है लेकिन आप व आपका डॉक्टर मिलकर गर्भावस्था को सुखद व सुरक्षित बना सकते हैं।

सबसे पहले तो आपको वजन बढ़ाना है। इसके लिए किसी आहार विशेषज्ञ की राय लें। आपको अपनी व शिशु के विकास की जांच के लिए डॉक्टर के पास कई बार जाना होगा। आपकी गतिविधियाँ सीमित हो सकती हैं क्योंकि यहाँ समय से पहले प्रसव का खतरा रहता है। खतरा घटाने के लिए अतिरिक्त सावधानी बरती जाती है ताकि शिशु का प्रसव समय पर हो। समय से पहले अस्पताल ले जाने की जरूरत भी पड़ सकती है।

जेनेटिक काउंसिलिंग से पता चल सकता है कि होने वाला शिशु सी एफ से ग्रस्त हैं या नहीं! यदि आपके साथी को यह बीमारी नहीं है तो शिशु को शायद न हो लेकिन यदि उसे यह परेशानी है तो खतरा थोड़ा बढ़ सकता है।

डॉक्टर इस दौरान इस बात का पूरा ध्यान रखेंगे कि आपको पल्मोनरी संक्रमण न हो। कुछ महिलाओं को गर्भावस्था में फेफड़ों का संक्रमण बढ़ जाता है। हालांकि इसका कोई स्थायी नकारात्मक प्रभाव नहीं होता।

यदि डॉक्टर की पूरी देखरेख में गर्भावस्था बीते तो शिशु ही गोद में आता है और किसी तरह की कोई समस्या नहीं होती।

अवसाद (डिप्रेशन)

"मुझे पिछले कुछ साल से क्रॉनिक डिप्रेशन (लंब समय तक रहने वाला अवसाद) है। तब से मुझे हल्की एंटीडिप्रेसेंट दवाएँ दी जा रही हैं। क्या गर्भवती होने पर, वे दवाएँ ली जा सकती हैं?"

कई महिलाएँ गर्भावस्था के दौरान डिप्रेशन का सामना करती हैं। सही इलाज से उनकी गर्भावस्था सामान्य हो सकती है। दवाओं के मामले में थोड़े संतुलन से काम लेना होगा। आपको अपने डॉक्टर व मनोवैज्ञानिक से पूछकर तय करना होगा कि किस तरह की दवाएँ ली जाएँ।

शिशु की शारीरिक व आपकी भावनात्मक व्यवस्था, दोनों का ही ध्यान रखना जरूरी है। गर्भावस्था हार्मोन शुरूआत में आपकी भावनात्मक अवस्था को प्रभावित कर सकते हैं जिन महिलाओं के मूड में कभी उतार-चढ़ाव न आया हो, वे भी इन हार्मोनों की वजह से अवसाद की शिकार हो जाती हैं। जो पहले से अवसादग्रस्त हों, उनके लिए स्थिति और भी नाजुक हो सकती है। यदि वे दवाएँ लेना भी बंद कर दें तो उनकी हालत का अंदाजा आप खुद लगा सकते हैं।

यह अवसाद शिशु की सेहत पर भी बुरा असर डाल सकता है। अवसादग्रस्त माँ न तो ढंग से खाती-पीती हैं और न ही शिशु की सेहत पर ध्यान दे पाती हैं। वह मदिरा व धूम्रपान के शिकंजे में भी होती है। अधिक तनाव व दबाव की वजह से कई बार शिशु का जन्म समय से पहले हो जाता है, जन्म से ही वजन में कमी होती है व जन्म के बाद भी कई तरह की समस्याएं पैदा हो सकती हैं। यदि डिप्रेशन का सही तरीके से इलाज हो जाए तो माँ अपना व शिशु का पूरा ध्यान रख सकती है।

अपनी दवाएँ छोड़ने से पहले दो बार सोचें। अपने डॉक्टर से पूछ कर तय करें कि कौन सी एंटी डिप्रेसेंट दवाएं, इस समय आपके लिए ठीक रहेंगी। डॉक्टर आपको बिल्कुल सही जानकारी देंगे क्योंकि वे दिन-रात इसी तरह के मामले सुलझाते हैं। यदि किन्हीं दवाओं का थोड़ा-बहुत असर हो भी तो उसे नजरंदाज किया जा सकता है क्योंकि अवसाद का इलाज न होने पर दीर्घकालीन परिणाम सामने आ सकते हैं।

कई बार दवा के साथ-साथ मनोचिकित्सा भी सहायक होती है। वैकल्पिक चिकित्सा पद्धतियाँ भी कारगर हैं। व्यायाम, ध्यान व पौष्टिक आहार भी अपना महत्व रखते हैं

इसलिए इन्हें नजरंदाज न करें।

मधुमेह

''मैं मधुमेह से ग्रस्त हूँ। क्या शिशु पर इसका असर हो सकता है?''

इन दिनों गर्भवती मधुमेह ग्रस्त महिलाओं के लिए बहुत सी खुशखबरियाँ हैं। मेडिकल व स्वयं की बढ़िया देखभाल से आप भी स्वस्थ शिशु की माँ बन सकती हैं।

अध्ययनों से पता चला है कि मधुमेह टाइप-1 हो या टाइप-2, गर्भधारण से पहले सामान्य रक्त ग्लूकोज के स्तर पर आ जाता है व पूरे नौ महीने तक ठीक ही रहता है।

चाहे आपको पहले से मधुमेह हो या आप गर्भावस्था के दौरान गैस्टेशनल डायबिटीज से ग्रसित हो गई हो, निम्नलिखित की मदद से सुरक्षित डिलीवरी व स्वस्थ शिशु पा सकेंगी।

उपयुक्त डॉक्टर का चुनाव :- आपके प्रसूति विशेषज्ञ को मधुमेह के विषय में जानकारी होने के साथ साथ आपके मधुमेह का इलाज कर रहे डॉक्टर के साथ भी तारतम्य बैठना होगा। आपको दूसरी माँओं की तुलना में डॉक्टरों के ज्यादा चक्कर लगाने होंगे।

अच्छी आहार योजना :- आपको किसी डॉक्टर व पोषण विज्ञानी की मदद से अपनी खुराक के लिए पूरी योजना बनानी होगी ताकि शिशु व आपके लिए पौष्टिक तत्त्वों का अभाव न हो। इसमें कॉम्पलैक्स कार्बोहाइड्रेट की मात्रा अधिक, प्रोटीन की मात्रा सीमित तथा वसा व कॉलेस्ट्रॉल की मात्रा कम होगी। रेशेदार भोजन की पर्याप्त मात्रा भी बहुत महत्त्व रखती है।

वैसे कार्बोहाइड्रेट की अनियमितता को इंसुलिन की मदद से पूरा कर सकते हैं। देखना यह है आपका शरीर कुछ निश्चित कार्बोहाइड्रेट युक्त पदार्थों के लिए कैसी प्रतिक्रिया देता है। अधिकतर मरीज फलों की बजाय सब्जियों, फलीदार पदार्थों व साबुत अनाजों से ही इसकी भरपूर मात्रा ले लेते हैं। ब्लड शुगर का सामान्य स्तर बनाए रखने के लिए सुबह के समय कार्बोहाइड्रेट की पर्याप्त मात्रा लें। स्नैक्स में भी कॉम्पलैक्स कार्ब व प्रोटीन की भरपूर मात्रा होनी चाहिए। खाना न खाने से ब्लड शुगर का स्तर घट सकता है। दिन में हर कुछ घंटे बाद कुछ न कुछ खाएँ। नियमित रूप से स्वस्थ व पौष्टिक स्नैक्स खाने से आप कई परेशानियों से बची रहेंगी।

वजन बढ़ाना :- गर्भधारण से पहले ही अपना आदर्श वजन पा लें। यदि आपका वजन ज्यादा है तो उसे घटाने की योजना रखें। डॉक्टर के कहे अनुसार धीरे-धीरे वजन बढ़ाएँ। डॉक्टर अल्ट्रासाउंड की मदद से शिशु की बढ़त जांचते रहेंगे।

व्यायाम :- यदि आप टाइप-2 मधुमेह से पीड़ित हैं तो व्यायाम को सीमित मात्रा में रखना होगा। इससे आपको ज्यादा ऊर्जा मिलेगी, ब्लड शुगर का स्तर बना रहेगा व डिलीवरी के बाद अपनी फिगर पाने में ज्यादा समय नहीं लगेगा। इसे अपने मेडिकल प्लान के साथ मेल करके ही आगे बढ़ाएं। यदि आपकी गर्भावस्था में कोई जटिलता नहीं है तो आप हल्की चहलकदमी व तैराकी को वर्कआउट में शामिल कर सकती हैं। यदि शिशु की बढ़त से जुड़ी कोई समस्या दिखी तो शायद आपको ज्यादा व्यायााम करने की इजाजत नहीं दी जाएगी।

वैसे वर्कआउट से पहले कुछ सावधानियाँ रखना न भूलें । वर्कआउट से पहले कुछ खाएँ। थकान की हद तक व्यायाम न करें। गर्म वातावरण में कसरत न करें। यदि इंसुलिन लेती हैं तो इसे शरीर के उन अंगों में न लें, जहाँ से वर्कआउट करती हैं, जैसे चहलकदमी व टाँगें। व्यायाम से पहले इंसुलिन की मात्रा भी न घटाएँ।

आराम:-तीसरी तिमाही में पर्याप्त विश्राम बहुत

महत्वपूर्ण है। ज्यादा थकान से बचें व दोपहर को थोड़ा पाँव ऊँचा करके लेटें या झपकी लें यदि नौकरी में ज्यादा बोझ हो तो आपको पहले ही छुट्टी लेने की सलाह दी जा सकती है।

दवाएँ :–यदि आहार व व्यायाम से बात न बने तो आपको इंसुलिन लेनी होगी। यदि इंसुलिन के इंजेक्शन पर डाला जा सकता है। इंसुलिन की खुराक समय-समय पर बदलनी पड़ सकती है। आपका व शिशु का वजन बढ़ने के साथ-साथ खुराक नए सिरे से तैयार की जाएगी। अध्ययनों से पता चला है कि 'ग्लाइबुराइड' दवा लेने से भी कम गंभीर मामलों में इंसुलिन की खपत घटाई जा सकती है। इंसुलिन लेते समय बाकी दवाओं पर भी ध्यान दें क्योंकि वे भी इंसुलिन के स्तर को प्रभावित कर सकती हैं। अपने डॉक्टर की राय से केवल सुरक्षित दवा ही लें।

ब्लॅड शुगर :– आपको दिन में चार से दस बार ब्लॅड शुगर के स्तर की जांच करनी पड़ सकती है। यदि आपको टाईप-1 मधुमेह है तो ग्लाइकोसिलेटिड हीमोग्लोबिन के लिए भी आपके रक्त की जांच की जा सकती है। इसका ऊंचा स्तर होने का मतलब है कि शुगर का स्तर पूरी तरह नियंत्रित नहीं है। ब्लॅड ग्लूकोज का सामान्य स्तर बनाए रखने के लिए आपको नियमित समय से खाना-पीना होगा, आहार व व्यायाम पर ध्यान देना होगा व जरूरत पड़ने पर दवा भी लेनी होगी। यदि आप गर्भावस्था से पहले भी इंसुलिन ले रही थीं तो आप हाइपोग्लाइसीमिया की शिकार हो सकती हैं इसलिए पहली तिमाही में जांच पर पूरा ध्यान दें। घर से निकलते समय खाने-पीने का सामान अवश्य रखें।

मूत्र की जांच :– आपके शरीर में कीटोन बन सकते हैं इसलिए इस दौरान मूत्र की जांच भी होनी चाहिए।

सावधानीपूर्वक जांच :– टेस्टों के बारे में सोचकर परेशान न हों। आपको गर्भावस्था से कई सप्ताह पहले ही अस्पताल में भी भर्ती होना पड़ सकता है। इसका मतलब यह नहीं कि कुछ गलत है, बस डॉक्टर आपकी पूरी सुरक्षा चाहते हैं। टेस्टों की जांच से आपकी व शिशु की ताजा जानकारी मिलती रहेगी ताकि डॉक्टर जरूरत पड़ने पर कोई और कदम उठा सकें।

आपको आंखों की भी नियमित रूप से जांच करानी होगी। कई बार गर्भावस्था में रेटीना व किडनी की समस्याएँ काफी बढ़ जाती हैं। यदि गर्भाशय में शिशु का आकार बढ़ जाए तो योनिमार्ग से डिलीवरी के अलावा दूसरे विकल्प के बारे में सोचा जाता है। 10वें व 22वें सप्ताह में अल्ट्रासाउंड की मदद से भ्रूण की बारीकी से जांच की जाती है ताकि सब-कुछ पता चलता रहे।

21वें सप्ताह के बाद आपको दिन में तीन बार शिशु की हलचल जांचने को कहा जा सकता है। मधुमेह से ग्रस्त महिलाओं को प्रीक्लैंपसिया का डर भी रहता है इसलिए डॉक्टर इस बारे में भी पूरी तरह से निश्चिंत होना चाहेंगे।

इलेक्टिव अर्ली डिलीवरी :– गैस्टेशनल मधुमेह या कम गंभीर लक्षणों वाली गर्भवती महिलाएं सही समय से प्रसव करती हैं किंतु जब प्लेसेंटा जल्दी क्षीण होने लगता है या माँ की रक्त शर्करा का स्तर सामान्य नहीं रहता तो शिशु समय से एक-दो सप्ताह पहले पैदा हो सकता है। डॉक्टर ही जांच के बाद बता सकते हैं कि सी-सैक्शन करना होगा या डिलीवरी सामान्य होने की प्रतीक्षा की जा सकती है।

यदि शिशु को जन्म के तुरंत बाद आई सी.यू. में रखा जाए तो घबराएँ नहीं। ऐसे सभी शिशुओं को इसी तरह रखा जाता है। वहां उनके फेफड़ों व मधुमेह से जुड़े लक्षणों की जांच होती है। आपको शिशु को स्तनपान कराना हो तो उसका भी प्रबंध हो जाता है।

एपीलैप्सी

''मुझे एपीलैप्सी है लेकिन मैं माँ बनना चाहती हूँ। क्या मेरी गर्भावस्था सुरक्षित हो सकती है?''

सही देखभाल के साथ आप भी एक स्वस्थ शिशु की माँ बन सकती हैं। गर्भधारण से पहले अपने डॉक्टर व न्यूरो सर्जन से मिलें व उनकी देखरेख में रहें। वे आपको दवा व अपेक्षित सावधानी के बारे में बताएँगे। अधिकतर गर्भवती महिलाओं ने पाया है कि एपीलैप्सी, गर्भावस्था में ज्यादा नहीं उभरती। रोग में कोई खास बदलाव भी नहीं आता। केवल उतना देखने में आया है कि ऐसी माँओं को उल्टी आने व सिर चकराने की शिकायत ज्यादा होती है, जिसके कोई खास गंभीर परिणाम सामने नहीं आते।

ऐसी माँओं के शिशुओं में हल्की जन्मजात विकृति पाई जा सकती है लेकिन इसे भी आप एपीलैप्सी का नहीं, गर्भावस्था के दौरान की गई एंटीकंवलसेंट दवाओं का असर मान सकते हैं।

गर्भधारण से पूर्व ही डॉक्टर से इसकी दवाओं के बारे में चर्चा करें। अपने रोग को काबू में करने के बाद ही कदम आगे बढ़ाएँ। डॉक्टर आपको एक या फिर कई दवाओं का मेल दे सकते हैं ताकि गर्भावस्था सुरक्षित रहे व रोग पर भी नियंत्रण बना रहे। शिशु को खतरा होने के डर से दवा लेना बंद न करें। इससे नुकसान हो सकता है।

इस दौरान अल्ट्रासाउंड द्वारा बारीक जांच व गर्भास्थिा से पूर्व स्क्रीनिंग के निर्देश दिए जा सकते हैं। यदि आप वैल्प्रोहक एसिड ले रही हैं तो डॉक्टर 'न्यूरल ट्यूब डिफेक्ट' की भी जांच करना चाहेंगे।

आपको ढेर सी नींद व पौष्टिक आहार पर बल देना चाहिए। तरल पदार्थों की भरपूर मात्रा व विटामिन डी की खुराक लें। गर्भावस्था के आखिरी चार सप्ताह में विटामिन के की खुराक दी जा सकती है। प्रसव व डिलीवरी में भी इस वजह से कोई खास हिम्मत नहीं आती और आप अपने शिशु को स्तनपान भी करा सकती हैं। दवाओं का दूध में बहुत हल्का असर ही जाता है।

फाइबरोमाइलगिया

''मुझे कुछ साल पहले फाइबरोमाइलगिया हुआ था। इसका मेरी गर्भावस्था पर क्या असर होगा?''

यदि आपको अपनी किसी अवस्था का पहले से पता हो तो इससे काफी फायदा हो जाता है। इसके लक्षणों में दर्द, जलन, मांसपेशियों व ऊतकों में दर्द आदि प्रमुख हैं। गर्भावस्था में थकान की वजह से ये आसानी से पहचान में नहीं आते। इससे उत्पन्न तनाव को भी गर्भावस्था का ही एक लक्षण मान लिया जाता है। आपके शिशु पर इस रोग का कोई असर नहीं होगा हालांकि गर्भावस्था आपके लिए थोड़ी जटिल हो सकती है। आपके शरीर में ज्यादा थकान व दर्द रहता है। इससे बचाव के लिए तनाव घटाने की कोशिश करें। योग ध्यान व व्यायाम द्वारा शरीर को राहत दें। वजन को जरूरत से ज्यादा बढ़ने न दें। डॉक्टर से पूछकर ऐसी अवस्था में ली जाने वाली दवाएँ लें जो कि गर्भावस्था में पूरी तरह से सुरक्षित हों।

क्रॉनिक फॅटीग सिंड्रोम

इसका गर्भावस्था व स्वस्थ शिशु से कोई लेना-देना नहीं होता। यह पता नहीं चल पाया कि इस सिंड्रोम से गर्भावस्था पर कैसा असर होता है। कई महिलाओं के लक्षण पहले जैसे रहते हैं तो कइयों के काफी बिगड़ जाते हैं। यदि आप भी इस सिंड्रोम से ग्रस्त हैं तो अपने डॉक्टर को गर्भावस्था की सूचना दें ताकि वे पहले से चली आ रही दवा में बदलाव ला सकें वे आपको इस दौरान कुछ और सलाह भी दे सकते हैं ताकि आपको शिशु के प्रसव या देखभाल में कोई परेशानी न हो।

दवाओं से लाभ

यदि आप लंबी बीमारी से रोकथाम के लिए दवाएँ लेती हैं तो थोड़ा ध्यान दें। उन्हें रात को सोते समय लें ताकि वे आपके सिस्टम को पूरा आराम दे सकें। सुबह उल्टी आने की वजह से सारी दवा बाहर निकल सकती है। कई बार गर्भकाल में दवा की खुराक बदलनी पड़ सकती है इस बारे में समय-समय पर डॉक्टर की राय लें। इस बारे में कोई भी शक होने पर पहले डॉक्टर से पूछ लें।

हाइपरटेंशन

''मुझे कई सालों से हाइपरटेंशन है। मेरा उच्च रक्तचाप गर्भावस्था को कैसे प्रभावित कर सकता है?''

जितनी भी अधिक आयु की महिलाएं गर्भधारण कर रही हैं, उनमें उच्च रक्तचाप की यह समस्या पाई जा रही है, यह अवस्था उम्र बढ़ने के साथ-साथ बढ़ती जाती है।

आपकी प्रेगनेंसी को हाई रिस्क माना जाएगा यानी आपको डॉक्टर के पास ज्यादा चक्कर लगाने होंगे। नियंत्रित रक्तचाप, बढ़िया मेडिकल देखभाल व अपनी देखरेख से गर्भावस्था पूरी तरह सुरक्षित होगी व आप स्वस्थ शिशु को जन्म दे पाएंगी। आपको निम्नलिखित सुझावों का पालन करना चाहिए:-

सही मेडिकल टीम :- आपके डॉक्टर को हाइपरटेंशन के बारे में अच्छी तरह जानकारी होनी चाहिए। आप अपने प्रसूति विशेषज्ञ से इस डॉक्टर को मिला दें।

मेडिकल देखरेख :- आपको डॉक्टर के पास ज्यादा चक्कर लगाने होंगे व कई तरह की जांच-पड़ताल भी की जाएगी। प्रेगनेंसी में कई जटिलताओं के अलावा प्रीक्लैंपसिया भी हो सकता है इसलिए डॉक्टर पूरे 40 सप्ताह तक आपकी सेहत का खास ध्यान रखेंगे।

रिलैक्सेशन :- हाइपरटेंशन के महीनों के लिए रिलैक्सेशन तकनीकें बहुत मायने रखती हैं। अध्ययनों से पता चला है कि इन तकनीकों के माध्यमों से रक्तचाप घटाया जा सकता है।

दूसरे वैकल्पिक उपचार :- अपने डॉक्टर की राय से बायोफीडबैक, एक्यूपंचर या मालिश जैसे वैकल्पिक उपचारों की भी मदद लें।

आराम :- मानसिक या शारीरिक तनाव उच्च रक्तचाप की वजह बन सकता है अत: किसी भी काम की अति न करें। दिन में पांव ऊंचे रखकर आराम करें। यदि नौकरी में काफी काम करना पड़ता है तो कुछ दिन की छुट्टी लें क्योंकि आपके लिए आराम बहुत जरूरी है। यदि घर में दूसरे बच्चे भी हैं तो काम-काज में किसी की मदद लें।

रक्तचाप की देखरेख :- आपको घर में अपने रक्तचाप का रिकॉर्ड रखना पड़ सकता है। पूरी तरह रिलैक्स होने पर ही रक्तचाप मापें।

अच्छा आहार:- प्रेगनेंसी के दौरान अच्छा पोषक आहार लें व अपने डॉक्टर की राय से उसमें बदलाव लाएं। फल व सब्जियों की मात्रा बढ़ाते हुए, कम वसा वाले खाद्य पदार्थ लें, साबुत अनाज लेने से आपके रक्तचाप की बढ़ी हुई मात्रा घट सकती है।

तरल पदार्थ :- दिन में कम से कम आठ गिलास पानी अवश्य पिएं ताकि पैरों व टखनों की सूजन घट सके।

सही दवा :- प्रेगनेंसी में आपकी दवा बदली जाएगी या नहीं, यह डॉक्टर की राय के हिसाब से ही होगा क्योंकि कुछ दवाएं गर्भावस्था में सुरक्षित नहीं मानी जातीं।

इरिटेबल बाउल सिंड्रोम

"मुझे 'इरिटेबल बाउल सिंड्रोम' है क्या गर्भावस्था में इसके लक्षण ज्यादा नहीं बिगड़ जाएंगे?"

यह अलग-अलग महिलाओं पर अलग-अलग तरीके से अपना असर दिखाती हैं। कह नहीं सकते कि आप पर इसका कैसा असर होगा। कुछ महिलाओं में कोई लक्षण नहीं उभरते और कुछ महिलाओं के लक्षण पहले से काफी बिगड़ जाते हैं।

दरअसल गर्भावस्था में कुछ लक्षण तो पहले हो सकते हैं। कब्ज हो सकती है या फिर पतले दस्त आते हैं। गैस की वजह से हालात और भी बिगड़ जाते हैं। गर्भावस्था के हार्मोन इतने असरकारक होते हैं कि 'इरिटेबल बाउल सिंड्रोम' का पता तक नहीं चल पाता। डायरिया ग्रस्त महिला को अचानक कब्ज हो सकती है ओर कब्जग्रस्त महिला को शौच में काफी आसानी हो सकती है।

इन दिनों एक बार में सब खाने की बजाय थोड़ी मात्रा में खाएं, रेशायुक्त आहार लें, पर्याप्त मात्रा में तरल पदार्थ लें, मसालेदार भोजन से बचें, ज्यादा तनाव न पालें। अपने आहार में थोड़े प्रोबायोटिक्स शामिल कर लें।

इस सिंड्रोम की वजह से प्रीमेच्योर डिलीवरी का खतरा हो सकता है। इस हालत में सी-सैक्शन की नौबत भी आ सकती है।

लूपस

"कहीं लूपस की वजह से मेरी गर्भावस्था प्रभावित तो नहीं होगी?"

गर्भावस्था में कई महिलाओं के लिए इसके लक्षण काफी बुरे होते है। और कइयों को पता तक नहीं चलता। जरूरी नहीं कि एक गर्भावस्था पर पड़ने वाले प्रभाव भी अस्पष्ट हैं। बेहतर होगा कि आप रोग शांत होने पर ही गर्भ धारण करें लेकिन अगर आप गर्भवती हो चुकी हैं तो डॉक्टर के पास जांच, टेस्ट व दवाओं द्वारा स्थिति को गंभीर बनने से रोका जा सकता है। अपने लूपस का इलाज करने वाले डॉक्टर को प्रसूति विशेषज्ञ से मिलवा दें ताकि वे मिलकर आपके बारे में सही फैसला ले सकें।

मल्टीपल स्क्लीरोसिस

"मुझे कई साल पहले मल्टीपल स्क्लीरोसिस हुआ था। मुझे दो बार हल्का एम.एस. दिया गया था। क्या उस वजह से मेरी गर्भावस्था प्रभावित हो सकती है?"

आप दोनों के लिए अच्छी खबर है। इस खबर से आपकी गर्भावस्था को कोई नुकसान नहीं होने वाला। प्रसव पूर्व अच्छी देखभाल, न्यूरोलॉजिस्ट की सलाह व देखरेख से बेहतर नतीजे ही सामने आएंगे। इसका लेबर व डिलीवरी पर भी कोई असर नहीं होता। इस दौरान आप एपीड्यूरल व दर्द निवारक दवा का इस्तेमाल भी कर सकती हैं।

वैसे अधिकतर महिलाएं लक्षणों से अछूती ही रहती हैं लेकिन कुछ महिलाओं का वजन बढ़ सकता है जिससे चलने में तकलीफ हो सकती है इसलिए लक्षण उभरें या न उभरें, इलाज से परहेज कहीं बेहतर होता है।

तनाव से बचें व भरपूर आराम लें। अपने शरीर का तापमान न बढ़ने दें व मूत्रमार्ग के संक्रमण से बचें।

गर्भावस्था की वजह से एम.एस. के इलाज पर असर पड़ सकता है। आपको डॉक्टर से मिलकर गर्भावस्था में सुरक्षित मानी जाने वाली दवाएं इस्तेमाल करनी होंगी।

यदि डिलीवरी के बाद स्तनपान की इजाजत न मिले तो निराश न हों, फार्मूला दूध भी शिशु के लिए बुरा नहीं होता। आपको एकदम से काम का बोझ सिर पर नहीं लेना चाहिए वरना इससे तनाव बढ़ जाएगा। इस रोग का मां से

शिशु को होने का खतरा न के बराबर ही होता है अतः इस बारे में तनाव न पालें।

फिनाइल कीटोनयूरिया

"मुझे जन्म से ही पी.के.यू. रोग था। डॉक्टर ने मुझे किशोरावस्था में लो-फिनाइलालेनाइन डाइट पर रखा था और मैं ठीक हो गई। अब वे गर्भवती होने पर मुझे वही डाइट लेने को कह रहे हैं। क्या यह जरूरी है?"

इसमें दवाओं के साथ फल, सब्जी व ब्रेड आदि आहार की सीमित मात्रा होती है तथा हाई-प्रोटीनयुक्त आहार नहीं लिया जाता। इसे खाना सचमुच आसान नहीं है लेकिन गर्भावस्था में आपके लिए यह बहुत जरूरी है। यदि आपने इस डाइट का पालन न किया तो शिशु को कई तरह की मेडिकल दिक्कते हो सकती हैं। आपको गर्भधारण से तीन माह पहले ही यह डाइट लेनी चालू कर देनी चाहिए ताकि रोग काबू में रहे।

हालांकि कई साल बाद डाइट पर लौटना थोड़ा मुश्किल होगा लेकिन बच्चे की सेहत के लिए ऐसा करना आवश्यक है। इस बारे में आहार विशेषज्ञ से राय ले लें तो बेहतर होगा।

शारीरिक अपंगता

"मैं स्पाइनल कॉर्ड की चोट के कारण व्हीलचेयर पर हूं। मैं व मेरा पति काफी समय से एक शिशु चाहते थे। अब मैं गर्भ से हूं, अब क्या होगा?"

सबसे पहले तो आपको अपनी अवस्था के हिसाब से किसी सही डॉक्टर का चुनाव करना होगा। उन्हें आप जैसे मरीजों का विशेषज्ञ होना चाहिए आजकल कई अस्पतालों में इस ओर खास तौर से ध्यान दिया जाने लगा है।

आपकी शारीरिक अपंगता के हिसाब से ही तय होगा कि आपकी गर्भावस्था को स्वस्थ व सुखद बनाने के लिए क्या किया जाना चाहिए।

अपने शरीर का वजन नियंत्रित रखें। ऐसा आहार लें, जिससे गर्भावस्था की जटिलताएं घटाई जा सकें। व्यायाम से शरीर की मजबूती बढ़ानी की कोशिश करें। वैसे आपके लिए वाटर थेरेपी सुरक्षित रहेगी।

हालांकि दूसरी महिलाओं की तुलना में गर्भावस्था आपके लिए थोड़ी तकलीफदेह हो सकती है, लेकिन शिशु के लिए ऐसा नहीं है। ऐसे कोई सबूत भी नहीं मिले कि स्पाइनल कॉड या फिर किसी दूसरी वजह से अपंग मां के यहां अपंग शिशु ने जन्म लिया हो। हालांकि आपको किडनी संक्रमण, ब्लैडर से जुड़ी परेशानियां, पसीना आना व एनीमिया की शिकायत हो सकती है। अपनी चोट की वजह से आपका प्रसव दर्द रहित होगा इसलिए आपको दूसरे लक्षण देखकर पहचान करनी होगी। आपसे अपने गर्भाशय को समय-समय पर महसूस करने को कहा जाएगा ताकि आपको प्रसव पीड़ा शुरू होने का पता चल सके।

अस्पताल में भी आपकी इस अवस्था का पता होना चाहिए ताकि डिलीवरी के समय आपकी जरूरतों के हिसाब से प्रसव कराया जा सके।

शिशु जन्म के पहले कुछ सप्ताह तो वैसे ही चुनौती से भरे होते हैं पर आप दोनों के लिए थोड़े ज्यादा मुश्किल हो सकते हैं। अपने घर में उसी हिसाब से तैयारी कर लें। किसी को मदद के लिए बुला लें। घर में सामान को इस तरह व्यवस्थित करें कि आपको शिशु की देखभाल में कोई दिक्कत न आए।

रयूमेटायड आर्थराइटिस

"मुझे रयूमेटायड आर्थराइटिस है। इससे मेरी गर्भावस्था कैसे प्रभावित होगी?"

आपकी अवस्था का गर्भावस्था पर कोई असर नहीं होगा लेकिन गर्भावस्था आपकी

अवस्था को बेशक प्रभावित कर सकती है। इन दिनों आपके जोड़ों का दर्द व सूजन घट सकते हैं हालांकि प्रसव के बाद यह परेशानी थोड़ी बढ़ सकती है।

आपकी गर्भावस्था के दिनों में काफी बदलाव आ सकता है। आपको अपनी गर्भावस्था के दिनों में पुरानी दवाएं छोड़कर दूसरी सुरक्षित दवाएं लेनी पड़ सकती हैं।

लेबर के दौरान ऐसी मुद्रा चुनें, जिससे जोड़ों पर ज्यादा दबाव न पड़े। आपके डॉक्टर इस बारे में बेहतर राय दे सकते हैं।

स्कॉलिओसिस

''मुझे किशोरावस्था में स्कॉलिओसिस हुआ था। मेरी रीढ़ की हड्डी के मोड़ का गर्भावस्था पर क्या असर पड़ सकता है?''

आमतौर पर आप जैसी महिलाएं स्वस्थ शिशुओं को जन्म देती हैं। अध्ययनों से पता चला है कि स्कॉलिओसिस से कोई परेशानी नहीं होती।

जिन महिलाओं के स्कॉलिओसिस में नितंब पेल्विस व कंधे भी शामिल होते हैं, उन्हें सांस लेने में तकलीफ या गर्भावस्था के आखिर में वजन उठाने की तकलीफ झेलनी पड़ सकती है। अगर उन दिनों पीठ का दर्द काफी बढ़ जाए तो अपने पांव ऊँचे रखें, गुनगुने पानी से नहाएं, पीठ की हल्की मालिश करवाएं। आप किसी फिजियोथेरेपिस्ट की मदद ले सकती हैं लेकिन उसे अपनी गर्भावस्था की सूचना अवश्य दें। यदि आप लेबर के दौरान एपीड्यूरल लेना चाहें तो इस विषय के विशेषज्ञ की राय लें। अनुभवी विशेषज्ञ इस काम को ज्यादा बेहतर तरीके से कर पाएगा।

सिकल सैल एनीमिया

''मुझे सिकल सैल एनीमिया है और मुझे अभी अपनी गर्भावस्था का पता चला। क्या मेरा शिशु ठीक रहेगा?''

अब यह खबर इतनी डरावनी नहीं रही। जटिल रोग होने के बावजूद आप स्वस्थ शिशु की मां बन सकती हैं। वैसे आपकी गर्भावस्था को हाई रिस्क वाली माना जाएगा क्योंकि इसकी वजह से मिसकैरिज, प्रीटर्म लेबर, प्रीक्लैंपसिया या शिशु की बढ़त रुकने का खतरा हो सकता है।

आपको डॉक्टर के पास कई बार जांच के लिए जाना पड़ेगा। आपके डॉक्टर को भी सिकल सैल के बारे में पता होना चाहिए ताकि उसी हिसाब से आपकी देखरेख की जा सके। आप भी दूसरी मांओं की तरह योनिमार्ग से शिशु को जन्म देंगी। प्रसव के बाद संक्रमण से बचाव के लिए आपको एंटीबायोटिक्स दिए जा सकते हैं।

यदि आप व आपका पति दोनों ही इस रोग से ग्रस्त हैं तो शिशु में यह रोग होने की संभावना बढ़ जाती है तब आप को किसी जेनेटिक सलाहकार से मिलकर एमनिओसेंटेसिस कराना पड़ सकता है।

थॉइरॉइड

''किशोरावस्था में मैं हाइपोथाइरॉइड से और अब भी थाइरॉइड की दवा लेती हूं। गर्भावस्था में इसे लेना सुरक्षित रहेगा?''

यह न सिर्फ सुरक्षित बल्कि आपकी व शिशु की सेहत के लिए भी जरूरी है। यदि हाइपोथाइरॉइड का इलाज न हुआ तो मिसकैरिज की संभावना बढ़ जाती है। शिशु के दिमागी विकास के लिए भी थाइरॉइड हार्मोन जरूरी हैं। पहली तिमाही में शिशु को ये हार्मोन न मिलें तो उसे जन्मजात न्यूरो समस्याएं हो सकती हैं। पहली तिमाही के बाद उसके शरीर में स्वयं ये हार्मोन बनने लगते हैं। थाइरॉइड का स्तर कम होने से अवसाद की संभावना भी बढ़ जाती है इसलिए आपका अपना इलाज लगातार जारी रखना चाहिए।

शरीर के थाइरॉइड हार्मोन की जरूरत के हिसाब से खुराक को घटाना-बढ़ाना पड़ सकता

है। डॉक्टर समय-समय पर जांच के बाद ही खुराक तय करेंगे। अपने थाइरॉइड के घटने या बढ़ने के संकेत पहचानें व डॉक्टर को सूचित करें हालांकि इन लक्षणों को गर्भावस्था के लक्षणों से थोड़ा अलग करना मुश्किल हो जाता है।

आपको आयोडीन की पूर्ति के लिए आयोडीन युक्त नमक व सी-फूड का सेवन करना चाहिए।

''मुझे ग्रेव्स रोग है। क्या इससे मेरी गर्भावस्था प्रभावित होगी?''

इस रोग में थाइरॉइड ग्रंथि से अधिक मात्रा में थाइरॉइड हार्मोन बनने लगता है कुछ मामले गर्भावस्था के दौरान थोड़ा संभल जाते हैं। हालांकि सही तरीके से इलाज न हाने पर मिसकैरिज या प्रीटर्म बर्थ की संभावना बढ़ जाती है इसलिए सही इलाज होना जरूरी है।

सही इलाज होने पर बेशक आप एक स्वस्थ शिशु की मां बन सकती हैं। इस दौरान आपको एंटी थाइरॉइड दवा दी जाती है। यदि किसी दवा से बात न बने तो इस ग्रंथि को निकालने के लिए सर्जरी करनी पड़ सकती है, जिसे दूसरी तिमाही में किया जाना चाहिए ताकि पहली तिमाही में मिसकैरिज का डर न रहे। गर्भावस्था में रेडियोएक्टिव आयोडीन का इस्तेमाल आपके हित में नहीं होगा। यदि आप गर्भवती होने से पहले रेडियोएक्टिव आयोडीन उपचार ले चुकी हैं तो थाइरॉइड रिप्लेसमेंट थेरेपी जारी रखना ही ठीक रहेगा यह न केवल सुरक्षित है बल्कि शिशु के विकास के लिए भी जरूरी है।

सहारा लें

हालांकि हर गर्भवती मां को किसी न किसी का सहारा चाहिए लेकिन पुराने व लंबे रोग से ग्रस्त गर्भवती को इसकी अधिक जरूरत पड़ती है। हालांकि आप अपने रोग के बारे में सब जानती हैं लेकिन गर्भावस्था में उसके सारे नियम कानून व दवाएं बदल जाते हैं। आपको निम्नलिखित सहारों की जरूरत पड़ सकती है:

मेडिकल सपोर्ट :- आपको गर्भधारण से पूर्व ही डॉक्टर के पास जाकर राय लेनी होगी ताकि अपने रोग को काबू में कर सकें। इसके अलावा आपको अपने प्रसूति विशेषज्ञ के साथ-साथ दूसरे डॉक्टरों को भी टीम में शामिल करना पड़ सकता है वे सब मिलकर आपका व शिशु का ध्यान रखेंगे। सभी डॉक्टरों को एक-दूसरे द्वारा किए गए टेस्ट व रिपोर्ट का पता हो यदि कोई डॉक्टर नई दवा दें तो उसे खाने से पहले अपने दूसरे डॉक्टरों की भी राय लें लें।

इमोशनल सपोर्ट :- आपको इस समय ढेर सारे इमोशनल सपोर्ट की जरूरत होगी। जब आप ढेर सी दवाओं, टेस्ट व डाइट प्लान से घबरा जाएं तो आपको रोने के लिए कंधा चाहिए। आप अपने साथी पति से इस बारे में मदद ले सकती हैं। अपने दोस्तों रिश्तेदारों की मदद लें। यदि किसी ऐसी मां से मिल सकें, जो आपकी तरह इसी रोग से ग्रस्त रही हो तो आपकी काफी जिज्ञासाएं शांत हो जाएंगी। वे आपको कई ऐसे सुझाव दे सकती हैं, जो सचमुच काम आएंगे।

फिज़िकल सपोर्ट :- आपको ढेर सा फिज़िकल सपोर्ट भी चाहिए यानी कोई आपके लिए खरीदारी करे, घर में खाना पका दे, मैले कपड़ों का ढेर धो दे। ऐसी मदद लेने में संकोच न करें यदि कोई नौकरानी/आया रख सकें तो और भी बेहतर होगा।

■ ■ ■

भाग–7

जटिल गर्भावस्था

जटिल गर्भावस्था का प्रबंधन

यदि आपकी गर्भावस्था को जटिल या उलझा हुआ माना गया है तो उसके सभी लक्षण व संकेत आपको इस अध्याय में मिल जाएंगे। अगर आपकी गर्भावस्था सामान्य है तो आपको यह अध्याय पढ़ने की कोई जरूरत नहीं है क्योंकि इस जानकारी से आपको कोई फायदा हो या न हो तनाव जरूर हो जाएगा। इसे न पढ़ें व बेकार की चिंता से बचें।

गर्भावस्था जटिलताएं

आमतौर पर किसी सामान्य गर्भावस्था में ऐसी जटिलताएं नहीं आतीं। आपको इसे तभी पढ़ना चाहिए जब डॉक्टर की ओर से इसका कोई संकेत दिया गया हो या आपको ऐसे कोई लक्षण दिखे। इस अध्याय को पढ़ने के बाद उस विषय की जानकारी तो लें किंतु उचित सलाह के लिए किसी विशेषज्ञ से संपर्क करें।

अर्ली मिसकैरिज

यह क्या हुआ? गर्भाशय का अनियोजित अंत यानी गर्भपात हो जाना मिसकैरिज कहलाता है। पहली तिमाही में इसे मिसकैरिज कहते हैं। 80 प्रतिशत मिसकैरिज पहली तिमाही में ही होते हैं। पहली तिमाही के अंत में, 20वें सप्ताह में होने वाला मिसकैरिज, लेट मिसकैरिज कहलाता है।

अर्ली मिसकैरिज, भ्रूण में क्रोमोसोमल या जिनेटिक विकृति के कारण होता है लेकिन यह हार्मोनल व दूसरे कारणों से भी हो सकता है अधिकतर इसका कारण पता नहीं चल पाता।

यह कितना सामान्य है? अर्ली प्रेगनेंसी की एक आम जटिलता है। अध्ययनकर्ताओं ने अनुमान लगाया है कि 40 प्रतिशत गर्भधारण मिसकैरिज में बदल जाते हैं। इनमें से आधे तो इतनी जल्दी हो जाते हैं कि गर्भावस्था होने का शक तक नहीं हो पाता। मिसकैरिज किसी भी महिला के साथ हो सकता है चाहे वह हाई किस्म की श्रेणी में आती हो या नहीं! हालांकि कुछ कारणों से मिसकैरिज का खतरा बढ़ सकता है। पहला कारण है; अधिक आयु का होना। दूसरा है- विटामिन की कमी!, वजन कम या ज्यादा होना, धूम्रपान, हार्मोनल असंतुलन,

एस.टी.डी. व क्रॉनिक अवस्था।

संकेत व लक्षण क्या हैं? मिसकैरिज के संकेत व लक्षणों में निम्नलिखित को शामिल कर सकते हैं–

- ऐंठन या दर्द, पेट के निचले हिस्से या पीठ में तेज दर्द भी हो सकता है।
- पीरियड की तरह योनि से भारी रक्तस्राव
- तीन दिन से ज्यादा हल्का धब्बा लगना।
- गर्भावस्था के लक्षण समाप्त होना।

आप व डॉक्टर क्या कर सकते हैं? :- हर रक्तस्राव का मतलब यह नहीं कि आपका मिसकैरिज हुआ है। कई दूसरी स्थितियों में भी ऐसा हो सकता है। कोई रक्तस्राव देखते ही डॉक्टर से मिलें। वे अल्ट्रासाउंड से इसका पता लगाएंगे। यदि गर्भावस्था होगी तो आपको अस्थायी बैड रेस्ट की सलाह दी जाएगी। यदि गर्भावस्था प्रारंभ है तो हार्मोन के स्तर पर नजर रखी जाएगी व रक्तस्राव अपने-आप रुक जाएगा।

यदि डॉक्टर को लगे कि गर्भाशय का मुख खुला है या भ्रूण के दिल की धड़कन नहीं सुनाई दे रही तो इसे मिसकैरिज माना जाएगा और बदकिस्मती से इसके बचाव का कोई उपाय नहीं होता।

मिसकैरिज के प्रकार

हालांकि आपके साथ ऐसा हो चुका है तो यकीनन आपको इन नामों से कोई फर्क नहीं पड़ता क्योंकि आपने तो शिशु खो ही दिया है पर आपको इसकी जानकारी होनी चाहिए।

कैमिकल प्रेगनेंसी :- जब अंडा फर्टीलाइज्ड होने के बावजूद गर्भाशय में इम्पलांट नहीं हो पाता तो ऐसा होता है। महिला का मासिक धर्म न हो और उसकी जांच भी पॉजिटिव आ जाएगी क्योंकि प्रेगनेंसी हार्मोन भी पाया जाएगा लेकिन अल्ट्रासाउंड से पता चलेगा कि कोई प्लेसेंटा मौजूद नहीं है।

ब्लाइटेड ओवम :- इस अवस्था में फर्टीलाइज्ड एग युटेरसवॉल से जुड़ जाता है पर भ्रूण नहीं बन पाता। ऐसे में खाली गैस्टेशनल सैक रह जाता है।

मिस मिसकैरिज :- भ्रूण मरने के बाद भी गर्भाशय में बना रहता है। इसमें भूरा स्राव होने लगता है तथा अल्ट्रासाउंड से ही असली स्थिति पता चलती है।

इनकंपलीट मिसकैरिज :- जब प्लेसेंटा के कुछ ऊतक गर्भाशय में रहते हैं। और कुछ योनि के रक्तस्राव के साथ बाहर आ जाते हैं। इसमें ऐंठन के साथ रक्तस्राव होता रहता है। अल्ट्रासाउंड में प्रेगनेंसी के अंश देखे जा सकते हैं।

थ्रेटनड मिसकैरिज :- जब योनि से रक्तस्राव के बावजूद सर्विक्स बंद रहता है व भ्रूण की हृदयगति पता चलती रहती है। ऐसे मामलों में प्रायः गर्भावस्था, बाद में सामान्य हो जाती है।

आप जानना चाहेंगी

आम गर्भावस्था में व्यायाम, सैक्स, भारी सामान उठाना, भावनात्मक तनाव, गिरने के डर, या पेट पर दबाव पड़ने से मिसकैरिज नहीं होता। मॉर्निंस सिकनेस से भी नहीं होता यदि एक बार मिसकैरिज हो भी जाए तो आगे आने वाली गर्भावस्था सामान्य होती है।

आप सीखना चाहेंगी?

कई बार स्वस्थ गर्भावस्था में भी अल्ट्रासाउंड से शिशु की हृदयगति पता चलने में समय होता है। यदि सर्विक्स बंद है, हल्का धब्बा लग रहा है तो मोनोग्राम से साफ तस्वीर सामने आ जाएगी। आपके एच जी सी स्तर का भी ध्यान रखा जाएगा।

यदि पहले आपका मिसकैरिज हो चुका है

हालांकि अर्ली मिसकैरिज में भ्रूण सामान्य जीवन बिताने लायक नहीं होता लेकिन मां-बाप के लिए यह किसी सदमे से कम नहीं है। यह एक कुदरती प्रक्रिया है जिसमें जीवित न रहने योग्य भ्रूण स्वयं ही नष्ट हो जाता है।

हालांकि इससे दुख तो होता पर इसमें आपकी कोई गलती नहीं होती। अपने दु:ख व मन के भार को किसी की मदद से हल्का करें व हमारा अध्याय 23 मे लिखे उपायों पर अमल करें।

कई महिलाओं को दोबारा जल्दी से जल्दी गर्भवती होना ही बेहतर जान पड़ता है, पर पहले आपको डॉक्टर से हरी झंडी लेनी चाहिए। वैसे ऐसा अक्सर एक बार ही होता है।

मिसकैरिज का कारण कोई भी हो, डॉक्टर गर्भ धारण के लिए दो-तीन महीने रुकने की सलाह देते हैं। कई कहते हैं कि शरीर को अपनी जरूरत के हिसाब से चलने दें। यदि आपसे रुकने को कहा जाए तो विश्वसनीय गर्भनिरोधक इस्तेमाल करें। अपने शरीर की खोई ताकत लौटाएं।

उम्मीद तो यही है कि आप अगली बार एक शिशु की मां बन पाएंगी। दरअसल मिसकैरिज इस बात का भी आश्वासन होता है कि आपमें गर्भ धारण करने की क्षमता है।

मिसकैरिज के बाद महिलाएं अपनी सामान्य गर्भावस्था जीती हैं व शिशु को जन्म देती हैं।

यदि ऐंठन की वजह से काफी दर्द हो तो डॉक्टर कोई दर्द निवारक दवा दे सकते हैं। अपनी स्थिति बताने में संकोच न करें।

क्या इससे बचाव हो सकता है? यह भ्रूण की विकृति की वजह से होता है अत: इसका बचाव नहीं हो सकता हालांकि खतरा घटाने के लिए निम्नलिखित कदम उठाए जा सकते है—

■ गर्भधारण से पहले क्रॉनिक अवस्था पर काबू पाएं।

■ फॉलिक एसिड व विटामिन बी की दवा लें। अध्ययनों से पता चला है कि कई महिलाओं को इसी वजह से गर्भावस्था में दिक्कतें आती हैं। सही दवा लेते ही उनकी गर्भावस्था सामान्य हो जाती है।

■ गर्भधारण से पहले अपने वजन को आदर्श रूप में लाने की चेष्टा करें। जरूरत से ज्यादा या कम वजन से गर्भावस्था को खतरा हो सकता है।।

■ शराब व धूम्रपान त्याग दें।

■ दवा लेते समय ध्यान दें। केवल वही दवा लें, जिसे गर्भावस्था के लिए सुरक्षित माना जा सके।

■ संक्रमण से बचाव का उपाय करें

यदि दो से ज्यादा मिसकैरिज हो चुके हों तो पहले उनका कारण पता लगाने की कोशिश करें ताकि आने वाले समय में बचाव हो सके।

मिसकैरिज का प्रबंधन

कई बार पहली तिमाही में जब मिसकैरिज पूरी तरह नहीं होता तो प्रेगनेंसी के अंश बीच में ही रह जाते हैं। शिशु के दिल की धड़कन पता नहीं चलती और रक्तस्राव भी नहीं होता। ऐसे में आपको अपना गर्भाशय खाली कराना होगा। इसके कई तरीके हो सकते हैं।

एक्सपेक्टेंट मैनेजमेंट :- आप गर्भावस्था में कुदरती तरीके से खत्म होने की प्रतीक्षा कर सकती हैं। इसमें कुछ दिन से लेकर, तीन-चार सप्ताह का समय लग सकता है।

दवाएँ :- दवाओं के माध्यम से भ्रूण के उत्तर व प्लेसेंटा को निकालने की कोशिश की जाती है। रक्तस्राव शुरू होने में कुछ दिन लग सकते हैं। इस दवा की वजह से उल्टी, जी मिचलाना, ऐंठन या डायरिया हो सकता है।

सर्जरी :- डी एंड सी प्रक्रिया डॉक्टर आराम से गर्भाशय का मुख खोलते हैं प्रेगनेंसी के अंश बाहर निकाल देते हैं। इसके बाद एक सप्ताह तक रक्तस्राव होता है। इसमें संक्रमण का थोड़ा भय रहता है।

आप कैसे तय करेंगी कि आपको क्या करवाना चाहिए। यह निम्नलिखित बातों पर निर्भर करता है।

- मिसकैरिज कितने समय बाद हुआ है। यदि अब भी रक्तस्राव व ऐंठन जारी है तो इसका मतलब है कि वह अभी चल रहा है। ऐसे में डी एंड सी करवा सकते हैं या दवाएँ ले सकते हैं।
- गर्भावस्था को कितना समय हुआ है। यदि भ्रूण के ऊतक ज्यादा हैं तो डी एंड सी करवाना जरूरी हो जाएगा ताकि अंदर की पूरी सफाई हो सके।
- आपकी शारीरिक व भावनात्मक अवस्था कैसी है। उसी के अनुसार यह फैसला लिया जाएगा।
- खतरे व लाभ। डी एंड सी से संक्रमण हो सकता है। यदि कुदरती तरीके के लिए प्रतीक्षा की तो कई बार गर्भाशय पूरी तरह खाली नहीं हो पाता। ऐसे में डी एंड सी करानी पड़ सकती है।
- डी एंड सी के दौरान यह भी पता लग जाता है कि मिसकैरिज की वजह क्या थी।
- तरीका चाहे जो भी हो, भ्रूण के जाने के बाद दुःख तो अक्सर होता है।

लेट मिसकैरिज

यह क्या है? पहली तिमाही व 20वें सप्ताह के अंत में होने वाला मिसकैरिज, लेट मिसकैरिज कहलाता है। 20वें सप्ताह के बाद इसे 'स्टिलबर्थ' कहते हैं। इस मिसकैरिज का संबंध माँ की तबीयत, सर्विक्स या गर्भाशय की दशा, कुछ खास दवाओं व जहरीले तत्त्वों तथा प्लेसेंटा की समस्या से होता है।

यह कितना सामान्य है? 1000 में से 1 गर्भावस्था में ऐसे होता है।

संकेत व लक्षण क्या हैं? पहली तिमाही के बाद कई दिन तक होने वाला गुलाबी या भूरा स्राव इसका संकेत हो सकता है। यदि भारी रक्तस्राव के साथ ऐंठन हो, फिर तो लक्षण बिल्कुल साफ है। हालांकि प्लेसेंटा प्रीविया, प्लेसेंटा एबरप्शन, प्रीमेच्योर लेबर या यूटेराइन लाइनिंग में टियर की वजह से भी रक्तस्राव हो सकता है।

आप व डॉक्टर क्या कर सकते हैं? ऐसा कोई स्राव देखते ही डॉक्टर से मिलें। वे रक्तस्राव का पता लगाने के लिए अल्ट्रासाउंड करेंगे व

गर्भाशय के मुख की जांच करेंगे व बैड रेस्ट की सलाह देंगे। स्राव रुक गया तो इसका मतलब है कि यह मिसकैरिज नहीं था कई बार भीतरी जांच या संभोग की वजह से भी ऐसा हो जाता है। इसका मतलब है कि आप सामान्य गतिविधि चालू रख सकती हैं। यदि कोई दर्द या स्राव के बिना गर्भाशय का मुख खुल रहा है तो उसे 'इनकंपीटेंट सर्विक्स' का केस माना जाएगा। ऐसे में उसे स्टिच करके लेट मिसकैरिज को रोक सकते हैं यदि तेज ऐंठन के साथ भारी रक्तस्राव हो तो यह लेट मिसकैरिज का ही लक्षण है। डॉक्टर कुछ नहीं कर पाएंगे। बस आपकी डी एंड सी की जाएगी ताकि गर्भावस्था का कोई अंश भीतर न रह जाए।

क्या इसे रोका जा सकता है? यदि यह शुरू हो चुका हो तो इसे रोकना नामुमकिन है। यदि पहले भी ऐसा हो चुका हो तो बचाव के उपाय खोज सकते हैं। यदि यह इनकंपीटेंट की वजह से था तो उसे रोकने का उपाय किया जाएगा यदि यह हाइपरटेंशन, मधुमेह या थाइरॉइड जैसी क्रॉनिक अवस्था (पुराने रोग से ग्रस्त) की वजह से था तो उसे गर्भ धारण से पहले रोकने का प्रयास किया जाएगा। गंभीर संक्रमण का भी उपचार हो सकता है। सर्जरी से गर्भाशय बिगड़े आकार को भी सुधार सकते हैं। एंटीबॉडीज होने पर एस्प्रिन या हीपेरिन की हल्की खुराक दे सकते हैं।

मिसकैरिज का दोहराव

हालांकि एक बार मिसकैरिज का मतलब यह नहीं कि दोबारा भी आपके साथ यही होगा लेकिन ऐसा कई बार हो चुका हो तो उसके कारक पता लगाने की कोशिश करें। मेडिकल जांच-पड़ताल होना जरूरी है। अब ऐसे कई टेस्ट भी होते हैं, जिसे मिसकैरिज के कारणों का पता लगाया जा सकता है। दोनों साथियों की जांच भी की जा सकती है। अल्ट्रासांउड, एम आर आई या सी.टी. स्कैन की मदद से कई तरह की असामान्यताओं का पता चल जाता है।

कारण जानने के बाद डॉक्टर से इलाज के विकल्प पूछें। कई बार सर्जरी, थाइरॉइड की दवा या विटामिन की दवा से कमी पूरी हो जाती है। हारमोन ट्रीटमेंट से भी मदद मिलती है। चाहे आपको लगातार मिसकैरिज क्यों न हुए हों, फिर भी आप एक स्वस्थ शिशु की माँ बनने की पूरी क्षमता रखती हैं। आपको अपने डर से ऊपर उठकर मिसकैरिज के कारणों का इलाज कराना होगा। ऐसे में अपने परिवार वालों की मदद लें। साथी से भावनात्मक मदद मांगें। अपने साथी से मन की भावनाएं बांटें क्योंकि इस प्रक्रिया में आप दोनों बराबर के हिस्सेदार हैं।

इक्टोपिक प्रेगनेंसी

यह क्या है? इसे ट्यूवल प्रेगनेंसी भी कहते हैं। इसमें भ्रूण गर्भाशय में पनपने की बजाय फैलोपियन ट्यूब में पनपने लगता है या सर्विक्स, ओवरी या पेट में भी पनप सकता है। बदकिस्मती से इसे सामान्य बनाने का कोई तरीका नहीं है। पहले पांच सप्ताह में ही अल्ट्रासांउड से इसका पता लगा सकते हैं लेकिन पहले पता न चलने पर फर्टीलाइज्ड एग फैलोपियन ट्यूब में ही पनपता रहता है व गर्भाशय को नष्ट कर देता है। यदि इसकी चिकित्सा न हो तो भीतरी रक्तस्राव व सदमा काफी जानलेवा हो सकता है। हालांकि सर्जरी दवा से तत्काल आराम आ जाता है व महिला दोबारा माँ बनने की स्थिति में भी रहती है।

यह कितना सामान्य है? करीब 2 प्रतिशत गर्भावस्थाएँ ऐसी ही होती हैं। इन मामलों में ऐसी महिलाओं को शामिल कर सकते हैं,

जिन्हें एंडोमैट्रओसिस, पेल्विक इन्कलामेट्री रोग या ट्यूबल सर्जरी का खतरा हो। 'जो महिलाएँ आई यू डी लगे होने के बावजूद गर्भवती हो जाती हैं, एसटीडी रोग से ग्रस्त होती हैं या धूम्रपान करती हैं। हालांकि आजकल लगने वाले आईयूडी में ऐसा कोई खतरा नहीं होता।

इक्टोपिक प्रेगनेंसी

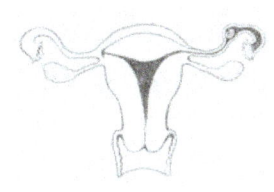

इस प्रेगनेंसी में फर्टीलाइज्ड एग गर्भाशय की बजाए कहीं और इम्पलांट हो जाता है यहाँ एग फैलोपियन ट्यूब में इम्पलांट हुआ है।

संकेत व लक्षण क्या हैं? इसके संकेत व लक्षण निम्नलिखित हैं–

- पेट के निचले हिस्से में तीखा दर्द व ऐंठन, खांसने या छींकने से दर्द बढ़ सकता है।
- असामान्य रक्त स्राव
- यदि यह पता न लग सके और फैलोपियन ट्यूब फट जाए तो–
- जी चकराना व उल्टी
- कमजोरी
- नींद आना या बेहोशी
- पेट के निचले हिस्से में तेज दर्द
- गुदा पर दबाव
- कंधों में दर्द
- योनि से भारी रक्तस्राव

आप व आपके डॉक्टर क्या कर सकते हैं? गर्भावस्था की शुरूआत में हल्की ऐंठन या स्राव से कोई खतरा नहीं है लेकिन आप डॉक्टर को जरूर बताएँ। यदि इक्टोपिक प्रेगनेंसी का कोई लक्षण दिखे तो डॉक्टर को बताने में देर न करें। यदि यह आरंभ हो चुका हो तो रोकने का कोई तरीका नहीं है। आपको दवा लेनी होगी या सर्जरी करवानी पड़ सकती है। कई बार ऐसे मामले भी सामने आते हैं जब सर्जरी की जरूरत नहीं रहती। ट्यूब में गर्म का कोई कतरा न रह जाए इसलिए एचसीजी का स्तर जांचने के लिए एक टेस्ट होता है। इससे पता चलता है कि ट्यूबल प्रेगनेंसी खत्म हो गई या नहीं।

आप जानना चाहेंगी....

पेट के निचले हिस्से में हल्की ऐंठन इम्पलांटेशन की वजह से होती है। लिगामेंट के खिंचाव का मतलब यह नहीं कि आपको इक्टोपिक प्रेगनेंसी है।

सब कोरिओनिक ब्लीड

यह क्या है? इसे 'सब कोरिओनिक टीमाटोमा' भी कहते हैं। इसमें यूटेराइन लाइनिंग व कोरियन के बीच या प्लेसेंटा के नीचे खून जम जाता है।

हालांकि ऐसे मामले में भी ज्यादातर महिलाएँ स्वस्थ शिशुओं को जन्म देती हैं लेकिन प्लेसेंटा के नीचे रक्त की वजह से कई तरह की समस्याएं हो सकती हैं।

यह कितना समान्य है? करीब 1 प्रतिशत मामलों में ऐसा होता है। पहली तिमाही में होने वाले रक्तस्राव में 20 प्रतिशत मामले इसी के होते हैं।

इसके संकेत व लक्षण क्या हैं? पहली तिमाही में रक्तस्राव इसका लक्षण हो सकता है लेकिन कई बार बिना किसी लक्षण के भी रुटीन अल्ट्रासाउंड में इसका पता चलता है।

आप जानना चाहेंगे

सब कोरिओनिक रक्तस्राव से शिशु को हानि नहीं होती। टीमाटोमो का सुधार अपने-आप ही हो जाता है।

आप व आपके डॉक्टर क्या कर सकते हैं?
यदि ऐसा रक्तस्राव हो तो डॉक्टर को बुलाएं।
वे जांचेंगे कि किस वजह से और किस जगह
पर रक्तस्राव हो रहा है।

हाइपरमेसिस ग्रेवीडेरम

यह क्या है? यह मार्निंग सिकनेस से मिलता
जुलता है लेकिन इसमें स्थिति कहीं ज्यादा
गंभीर होती है। यह 12 से 16 सप्ताह के बीच
होता है हालांकि यह पूरी गर्भावस्था में भी जारी
रह सकता है।

इसकी वजह से वजन घटता है–कुपोषण
होता है व डीहाइड्रेशन हो सकता है। इसमें
अस्पताल ले जाकर आई वी फ्ल्यूड व एंटीनाज़िया
दवा देनी पड़ती है क्योंकि उल्टी व जी मिचलाना
काफी गंभीर होता है। इस इलाज के बाद ही
आपका शिशु सुरक्षित हो सकता है।

यह कितना सामान्य है? 200 मामलों में से
किसी एक मामले में ऐसा होता है। पहली बार
माँ बनने वाली महिलाओं में यह तकलीफ
ज्यादा पाई जाती है। इसके अलावा छोटी उम्र
की, मोटी, मल्टीपल, गर्भावस्था वाली महिलाओं
या फिर उन महिलाओं में ज्यादा होता है, जिन्हें
पिछली गर्भावस्था में भी ऐसा हो चुका हो।
भावनात्मक तनाव से इसका खतरा और भी
बढ़ सकता है। एंडोक्राइन असंतुलन व विटामिन
बी की कमी भी इसकी एक वजह है।

इसमें संकेत व लक्षण क्या हैं ?
■बहुत ज्यादा जी मिचलाना व उल्टी होना
■कोई भी ठोस खाद्य पदार्थ हजम न होना
■डीहाइड्रेशन के लक्षण
■5 प्रतिशत वजन में कमी
■उल्टी में खून आना

आप व डॉक्टर क्या कर सकते हैं? यदि
लक्षण ज्यादा न हों तो मॉर्निंग सिकनेस के
उपचार की तरह घरेलू उपाय अपनाए जाते हैं।

अदरक, एक्यूपंचर व एक्यूप्रेशर से बात न बने
तो डॉक्टर से दवा लें। अगर फिर भी आराम
न आए और वजन तेजी से घटे तो अस्पताल
जाने की नौबत आ सकती है वहाँ आपको
एंटीनॉज़िमा दवा दी जाएगी। फिर आपको अपने
खान–पान पर ध्यान देना होगा। मिर्च-मसालेदार
भारी भोजन से दूर रहना होगा। पर्याप्त मात्रा में
तरल पदार्थ लें। खाने को कई हिस्सों में बाँट
लें। कुछ समय बाद थोड़ा-थोड़ा खाएँ।

आप जानना चाहेंगी

हाइपरमोसिस की वजह से शिशु पर कोई
असर नहीं होता और न ही उनके स्वास्थ्य
पर कोई बुरा असर पड़ता है।

गैस्टेशनल डायबिटीज

यह क्या है? ऐसा मधुमेह गर्भावस्था में ही
होता है जब शरीर में पर्याप्त मात्रा में इंसुलिन
नहीं बनता। यह गर्भावस्था के 24 से 28 सप्ताह
के दौरान शुरू होता है। तभी इस दौरान ग्लूकोज़
स्क्रीनिंग टेस्ट किया जाता है। यह डिलीवरी के
बाद भी जारी रहता है।

यदि मधुमेह का कोई भी प्रकार
गर्भधारण से पहले होता है तो इसे नियंत्रित
करने पर मां या भ्रूण को कोई हानि नहीं होती
लेकिन यदि माँ के रक्त में जरूरत से ज्यादा
शर्करा घुल जाए तो यह प्लेसेंटा तक पहुँच
कर, माँ व शिशु दोनों के लिए घातक हो
सकता है। वे शिशु भी काफी बड़े होते हैं,
जिनकी वजह से गर्भावस्था जटिल हो जाती है।
तब प्रीक्लैंपसिया होने का भी डर रहता है।
मधुमेह का इलाज न हो तो शिशु को जन्म के
बाद पीलिया, सांस लेने में तकलीफ या ब्लड
शुगर के घटे हुए स्तर की समस्या हो सकती
है हो सकता है कि वह आगे चलकर मोटापे
व टाईप-2 मधुमेह का भी शिकार हो जाए।

यह कितना सामान्य है? 4 से 7 प्रतिशत गर्भवती महिलाओं में यह हो सकता है। मोटापे की वजह से यह रोग भी बढ़ता जा रहा है। यदि परिवार में पहले से मधुमेह की हिस्ट्री हो, माँ की उम्र ज्यादा हो तो जी.डी. का खतरा और भी बढ़ जाता है।

इसके संकेत व लक्षण क्या हैं? हालांकि इसके लक्षण अस्पष्ट ही होते हैं।

- अचानक प्यास लगना
- बार-बार मूत्र आना
- थकान (गर्भावस्था की थकान से अलग)
- मूत्र में शुगर। (जांच से पता चलेगा)

आप व डॉक्टर क्या कर सकते हैं?
28वें सप्ताह में आपकी ग्लूकोज स्क्रीनिंग जांच की जाती है यदि ज्यादा जरूरी लगे तो तीन घंटे की ग्लूकोज़ टॉलरेंस जांच भी कर सकते हैं। यदि इस जांच से जी.डी. का पता चले तो डॉक्टर आपको विशेष डाइट व व्यायाम की सलाह देंगे। आपको घर पर भी ग्लूकोज़ मीटर से अपने ग्लूकोज का स्तर जांचना होगा।

यदि डाइट व व्यायाम से ब्लड शुगर का स्तर नियंत्रित न हो तो आपको इंसुलिन देना पड़ सकता है। इसके इंजेक्शन के अलावा ग्लोब्यूराइड दवा के तौर पर दे सकते हैं।

हालांकि सही तरीके से ब्लड शुगर का स्तर नियंत्रित हो जाए तो गर्भावस्था की जटिलताएँ खत्म की जा सकती हैं। आपको अच्छी चिकित्सा देखभाल की जरूरत होगी।

आप जानना चाहेंगी

यदि गैस्टेशनल मधुमेह नियंत्रित रहे तो चिंता की कोई बात नहीं है आपकी गर्भावस्था सामान्य रहेगी व शिशु को भी कोई नुकसान नहीं होगा।

क्या इससे बचाव हो सकता है? गर्भावस्था से पहले व इसके दौरान अपने वजन पर नजर रखें। बढ़िया खानपान पर ध्यान दें। पोषक आहार के साथ-साथ व्यायाम को भी न भूलें। फॉलिक सीसा की पूरी मात्रा लें। इस तरह जन्म लेने वाले शिशु को भी आगे चलकर मधुमेह का खतरा नहीं रहेगा।

याद रखें कि गर्भावस्था में जी.डी. होने पर, गर्भावस्था के बाद टाईप-2 मधुमेह का डर बढ़ जाता है। अपना आदर्श आहार लें, वजन पर नजर रखें व शिशु के जन्म के बाद भी व्यायाम करती रहें ताकि खतरे को टाला जा सके।

प्रीक्लैंपसिया

यह क्या है? यह अक्सर गर्भावस्था में 20 वें सप्ताह के बाद होता है इसमें रक्तचाप काफी ऊँचा हो जाता है, जरूरत से ज्यादा सूजन हो जाती है व यूरीन में प्रोटीन आने लगता है।

आप जानना चाहेंगी

सही देखभाल से प्रीक्लैंपसिया का इलाज हो सकता है। गर्भवती का रक्तचाप भी सामान्य स्तर का बना रहता है।

यदि इलाज न हो तो स्थिति और भी गंभीर हो सकती है। इसकी वजह से गर्भावस्था की अन्य जटिलताएं भी सामने आ सकती हैं।

यह कितना सामान्य है? तकरीबन 8 प्रतिशत महिलाएँ इससे ग्रस्त होती हैं। 40 वर्ष से ऊपर की महिलाएँ, मल्टीपल शिशुओं की माँ व मधुमेह या रक्तचाप के रोग से ग्रस्त महिला को प्रीक्लैंपसिया का खतरा ज्यादा होता है। यदि आपको पहले भी गर्भावस्था में ऐसा हो चुका हो तो इस गर्भावस्था में होने की संभावना भी बढ़ जाती है।

इसके संकेत व लक्षण क्या हैं? इसमें निम्नलिखित लक्षण शामिल हो सकते हैं–

■हाथों व पैरों में गंभीर सूजन

■टखनों की सूजन, जो 12 घंटे आराम के बाद भी न जाए।

■अचानक वजन बढ़ना

■सिर दर्द, जो दर्द निवारक दवा से ठीक न हो।

■पेट के ऊपरी हिस्से में दर्द

■नजर धुंधलाना

■रक्तचाप बढ़ना

■मूत्र में प्रोटीन

■दिल की धड़कन तेज होना

■मूत्र में दुर्गंध

■किडनी के कार्य में अनियमितता

■रिलैक्स रिएक्शन में वृद्धि

आप व आपका डॉक्टर क्या कर सकते हैं शुरूआती दौर में बढ़िया मेडिकल देखभाल जरूरी है। यदि पहले से इस रोग की हिस्ट्री रही है, तो आपको और भी सावधान रहना होगा।

आपको बैडरेस्ट लेना होगा व घर में रक्तचाप की जांच करनी होगी। यदि हालत ज्यादा खराब हो तो पता लगने के तीन दिन के भीतर डिलीवरी करनी पड़ती है। हालांकि

प्रीक्लैंपसिया के कारण

■कोई जेनेटिक संबंध, अनुवांशिक कारणों से भी प्रीक्लैंपसिया हो सकता है।

■रक्तनलिका में विकृति! इस वजह से भी कुछ महिलाओं को प्रीक्लैंपसिया हो जाता है।

■यदि गर्भवती महिला को मसूड़ों के रोग हों तो उनके संक्रमण की वजह से भी प्रीक्लैंपसिया हो सकता है। हालांकि इसे पक्के सबूत के तौर पर नहीं कह सकते।

■कई बार माँ का शरीर शिशु व प्लेसेंटा के लिए एलर्निक हो जाता है। इस वजह से माँ के शरीर में प्रतिक्रिया होती है। इसकी रक्त नलिकाओं को नुकसान पहुँचता है।

कुछ समय के लिए दवा तो दी जा सकती है लेकिन इसका आखिरी इलाज डिलीवरी ही है। शिशु के शारीरिक रूप से परिपक्व होते ही डिलीवरी की सलाह दी जाती है। डिलीवरी के बाद 97 प्रतिशत महिलाओं का रक्तचाप सामान्य हो जाता है।

कई वैज्ञानिक व अध्ययनकर्ता मूत्र व रक्त की जांच के ऐसे प्रयोग कर रहे हैं, जिनसे पहले ही रोग का अंदाजा हो सके। इस तरह प्रीक्लैंपसिया के इलाज में और भी आसानी होगी।

क्या इससे बचाव हो सकता है? अध्ययन से पता चलता है कि इस मामले में एंटीक्लॉटिंग दवाओं से फर्क पड़ सकता है। इसके अलावा भरपूर मात्रा में पोषण लिया जाए, जिसमें एंटीऑक्सीडेंट, मैग्नीशियम, विटामिन व खनिज आदि शामिल हों। दांतों से जुड़ी देखभाल भी इसमें शामिल है।

हेल्लप सिंड्रोम

यह क्या है? यह अवस्था व्यक्तिगत रूप से या प्रीक्लैंपसिया के साथ मिल कर, आखिरी तिमाही में पैदा हो सकती है। इसमें लाल रक्त कणों की मात्रा घटती है तथा लीवर के एंजाइम बढ़ जाते हैं। रक्त में थक्के नहीं बन पाते और लीवर की कार्यक्षमता पर भी बुरा असर पड़ता है।

इस सिंड्रोम से माँ व शिशु, दोनों की जान को खतरा हो सकता है। यदि सही समय पर इलाज न हो तो गंभीर जटिलताएँ पैदा हो सकती हैं। लीवर भी नष्ट हो सकता है।

यह कितना सामान्य है? यह प्रीक्लैंपसिया के साथ 10 में से 1 मामले व आम गर्भावस्था के 500 मामलों में से 1 मामले में होता है।

इसके संकेत व लक्षण क्या हैं? तीसरी तिमाही

में इसके निम्नलिखित लक्षण हो सकते हैं–

- जी मिचलाना
- उल्टी आना
- सिर दर्द
- पेट में ऊपरी दाएँ हिस्से में दर्द
- वायरल जैसे संक्रमण के लक्षण

रक्त की जांच में रक्त कणों की कमी का पता चलता है। इस अवस्था में लीवर तेजी से नष्ट होता है इसलिए इलाज में देरी नहीं करनी चाहिए।

आप व आपके डॉक्टर क्या कर सकते हैं? सबसे सही इलाज है, शिशु की डिलीवरी। लक्षणों का अंदाजा होते ही डॉक्टर से मिलें। आपको इलाज में स्टीरॉयड व मैग्नीशियम सल्फेट दिया जाएगा।

क्या इससे बचाव हो सकता है? यदि पहले भी यह हो चुका हो तो मेडिकल देखरेख बहुत जरूरी हो जाती है। बदकिस्मती से इस अवस्था से बचाव का कोई उपाय नहीं है।

इंट्रायूटेराइन ग्रोथ रिसट्रिक्शन

यह क्या है? आई.यू.जी.आर.उस शिशु के लिए कहते हैं, जो सामान्य शिशुओं की तुलना में छोटा होता है। यदि शिशु का वजन उसकी गर्भाशय के 10 प्रतिशत से भी कम हो तो आई.यू.जी.आर. का पता चलता है। यदि शिशु को पर्याप्त पोषण न मिल रहा हो तो ऐसी स्थिति बन सकती है।

यह कितना सामान्य है? यह तकरीबन 60 प्रतिशत गर्भावस्था में होता है। यह पहली, पांचवीं व उसके बाद की गर्भावस्था, 17 से कम व 25 से अधिक आयु की महिलाओं या पहले कम वजन वाले शिशु को जन्म दे चुकी महिलाओं या प्लेसेंटा व यूटेराइन की असमानताओं वाली महिलाओं में होता है। यदि महिला का वजन भी जन्म के समय कम रहा हो तो इससे उससे यहाँ की कम वजन वाले शिशु के जन्म का खतरा बढ़ जाता है। यदि शिशु के पिता का वजन भी जन्म के समय कम था तो खतरा और भी ज्यादा हो जाता है।

> **आप जानना चाहेंगी**
>
> एक बार कम वजन वाले शिशु को जन्म देने वाली माँ के लिए अगली बार का भी खतरा बढ़ जाता है। हालांकि पहले से वजन का कुछ फर्क होता है पर आपको इस बारे में काफी ध्यान देना चाहिए।

इसके संकेत व लक्षण क्या हैं? भ्रूण की लंबाई-ऊंचाई मापते समय, डॉक्टर को पता चलता है कि शिशु अपनी गर्भावधि की तुलना में छोटा लग रहा है। अल्ट्रासाउंड से भी कम बढ़त वाले शिशु का पता लग सकता है।

आप व आपके डॉक्टर क्या कर सकते हैं? जन्म के वजन से ही शिशु की सेहत का पता चलता है। यदि शिशु का वजन कम होगा तो उसे कई तरह के संक्रमण हो सकते हैं तभी इस समस्या का पहले पता चलना जरूरी है ताकि शिशु की सेहत का खास ध्यान रखा जा सके। यदि हर तरह के प्रयत्न व दवा के बावजूद शिशु का विकास न हो तो उसके थोड़ा परिपक्व होते ही डिलीवरी कर दी जाती है ताकि उसे बेहतर देखभाल दी जा सके।

क्या इससे बचाव हो सकता है? सही मात्रा में पोषण दें व गलत आदतों को त्याग दें, जैसे धूम्रपान, मदिरापान, मादक द्रव्यों का सेवन व अन्य रक्तचाप आदि। इस तरह परहेज व चिकित्सा के बावजूद कम वजन वाला शिशु पैदा हो तो

नियोनेटल देखभाल से उसकी हालत सुधारी जा सकती है।

प्लेसेंटा प्रीविया

यह क्या है? इस अवस्था में प्लेसेंटा सर्विक्स को थोड़ा या फिर पूरी तरह से ढक लेता है। अर्ली प्रेगनेंसी में प्लेसेंटा नीचा ही होता है लेकिन ज्यों-ज्यों गर्भावस्था के साथ-साथ गर्भाशय का आकार बढ़ता है तो प्लेसेंटा सर्विक्स के आगे से हट जाता है। यदि यह वहाँ से न हटे या सर्विक्स को थोड़ा ढक ले तो यह 'पार्शियल प्रीविया' कहलाता है। यदि यह सर्विक्स को पूरी तरह ढक ले तो इसे टोटल प्रीविया कहते हैं। इन दोनों की वजह से शिशु का जन्म योनि मार्ग से नहीं हो पाता। इससे गर्भावस्था में अंत में या डिलीवरी के समय रक्तस्राव भी हो सकता है। प्लेसेंटा सर्विक्स के जितना पास होगा रक्तस्राव की संभावना उतनी ज्यादा होगी।

यह कितना सामान्य है? हर 200 गर्भावस्थाओं में से 1 मामला ऐसा होता है। यह 20 से कम व 30 से ज्यादा अधिक आयु की महिला में होता है या फिर उस महिला का डी एंड सी, या सी सैक्शन हुआ हो। धूम्रपान व जुड़वां बच्चों के जन्म से भी यह खतरा बढ़ जाता है।

इसके संकेत व लक्षण क्या हैं? यह आमतौर से लक्षणों से नहीं पहचाना जाता। दूसरी तिमाही के अल्ट्रासाउंड में इसका पता चलता है कई बार तीसरी तिमाही में रक्तस्राव से भी स्थिति पता चल जाती है। रक्तस्राव इसका एक मात्र लक्षण है, जिसके साथ कोई दर्द नहीं होता।

प्लेसेंटा प्रीविया

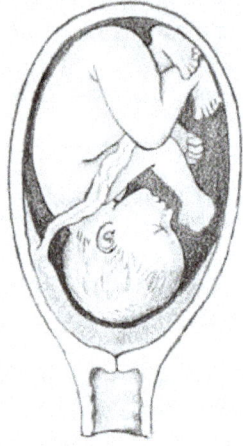

यहां प्लेसेंटा ने गर्भाशय मुख को पूरी तरह ढक रखा है इसलिए योनि मार्ग से डिलीवरी होना संभव नहीं है।

आप व आपके डॉक्टर क्या कर सकते हैं? आपको कुछ करने की जरूरत नहीं है। तीसरी तिमाही के आखिर तक प्लेसेंटा प्रीविया के कई मामले अपने-आप सुलझ जाते हैं। यदि प्रीविया के साथ रक्तस्राव न हो तो कई बार किसी इलाज की भी जरूरत नहीं होती। यदि रक्तस्राव होगा तो बैडरैस्ट की सलाह दी जाएगी, सेक्स की मनाही होगी व आपकी ज्यादा बेहतर देखभाल की जाएगी। यदि समय से पूर्व प्रसव का खतरा लगा तो आपके शिशु के फेफड़े परिपक्व करने के लिए स्टीरॉयड के इंजेक्शन देने होंगे। चाहे आपको कोई और तकलीफ न हो, किंतु आपके शिशु की डिलीवरी सी सैक्शन से की जाएगी।

प्लेसेंटल एबरप्शन :-**यह क्या है?** जब प्लेसेंटा डिलीवरी से पहले, गर्भावस्था के दौरान ही यूटेराइन वॉल से अलग हो जाता है तो इसे प्लेसेंटल एवरप्शन कहते हैं। यदि यह अधिक मात्रा में नहीं है तो थोड़े से इलाज व सावधानी के साथ माँ व शिशु को ज्यादा खतरा नहीं रहता। यदि यह गंभीर हो तो शिशु को थोड़ा खतरा रहता है। इसका मतलब है कि प्लेसेंटा अलग होने के बाद शिशु को ऑक्सीजन व पोषण नहीं मिलेगा।

यह कितना सामान्य है? :- ऐसा 1 प्रतिशत से भी कम गर्भावस्था में होता है। यह अक्सर तीसरी तिमाही के आसपास होता है। यह किसी के भी साथ हो सकता है लेकिन जिन महिलओं के यहाँ जुड़वाँ होने वाले हों, ऐसा पहले भी हो चुका है, धूम्रपान या मादक द्रव्यों का सेवन करती हों या गैस्टेशनल मधुमेह की मरीज हों। इसके अलावा प्रीक्ले पसिंया या रक्तचाप की वजह से भी ऐसा हो सकता है।

इसके संकेत व लक्षण क्या हैं? ये निम्नलिखित हैं :

■भारी या कम रक्तस्राव
■पेट के निचले हिस्से में ऐंठन या दर्द
■पीठ या पेट में दर्द

आप व आपके डॉक्टर क्या कर सकते हैं
गर्भावस्था के बीचोंबीच ऐसा कोई भी रक्तस्राव या पेट में ऐंठन होते ही डॉक्टर को सूचना दें। मरीज की मेडिकल हिस्ट्री, उसकी हालत, संकुचन व शिशु की प्रतिक्रिया देखने के बाद ही कोई फैसला लिया जाता है। अल्ट्रासाउंड से मदद मिल सकती है, केवल 25 प्रतिशत एबरप्शन ही इसकी पकड़ में आते हैं। यदि पता चल जाए कि प्लेसेंटा पूरी तरह से अलग नहीं हुआ तो आपके सिर्फ आराम की सलाह दी जाएगी। यदि रक्तस्राव जारी रहे तो आई वी फ्ल्यूड देना पड़ सकता है यदि डिलीवरी जल्दी करनी हो तो स्टीरॉयड के इंजेक्शन दिए जाएंगे। ताकि शिशु के फेफड़े मजबूत हो सकें। यदि एवरप्शन जारी रहे तो फिर सी-सैक्शन का उपाय ही बचता है।

कोरियोएमनिओनिटिस

यह क्या है? यह एम्नियोटिक मैम्ब्रेन व द्रव्य का संक्रमण है जो कि शिशु की सुरक्षा करता है। यह बैक्टीरिया की वजह से होता है।

इसे ही प्रीमेच्योर डिलीवरी व मैम्ब्रेन करने की वजह माना जाता है।

यह कितना सामान्य है? यह 1 से 2 प्रतिशत गर्भावस्था में होता है। मैकब्रेन जल्दी फटने के बाद इस संक्रमण का खतरा बढ़ जाता सकता है क्योंकि योनि से बैक्टीरिया वहां प्रवेश कर सकते हैं। जिन महिलओं को पहली गर्भावस्था में यह संक्रमण हो चुका हो, उन्हें दूसरी गर्भावस्था में भी ऐसा होने की संभावना बढ़ जाती है।

इसके संकेत व लक्षण क्या हैं ? :- संक्रमण की उपस्थिति की जांच के लिए कोई सादा टेस्ट नहीं किया जाता। इसके लक्षण निम्नलिखित हो सकते हैं :-

■बुखार
■गर्भाशय में दर्द
■शिशु व आपकी हृदय गति बढ़ना

आप जानना चाहेंगी

यदि सही समय पर कोटियोएमनिओनिटिस को पहचान कर इलाज किया जाए तो माँ व शिशु दोनों के लिए खतरा घट जाता है।

■मैम्ब्रेन फटने पर, एम्नियोटिक द्रव का रिसाव
■मैम्ब्रेन न फटने पर, दुर्गंधयुक्त योनिस्राव
■सफेद रक्तकणों की संख्या बढ़ना

आप व आपका डॉक्टर क्या कर सकते हैं?
किसी भी तरह के दुर्गंधयुक्त स्राव का पता चलते

ही डॉक्टर को बताएँ ताकि संक्रमण रोकने के लिए एंटीबायोटिक्स दिए जा सकें। जल्दी से डिलीवरी की जाएगी व उसके बाद भी शिशु व आपको एंटीबायोटिक्स दिए जाएँगे ताकि आपको व शिशु को दोबारा संक्रमण न हो सके।

ओलिगोहाइड्रामनिओस

यह क्या है? इस अवस्था में शिशु के आसपास एम्नियोटिक द्रव्य की कमी हो जाती है। यह तीसरी तिमाही के अंत में होता है हालांकि ऐसा पहले भी हो सकता है। वैसे तो ऐसी महिलाओं की गर्भावस्था सामान्य होती है बस गर्भ नाल की वजह से थोड़ी परेशानी हो सकती है। कई बार इसकी वजह से यह भी पता चलता है कि शिशु की बढ़त में कोई कमी है।

यह कितना सामान्य है? प्राय: 4 से 8 प्रतिशत गर्भवती महिलाओं में यह रोग पाया जाता है। यदि प्रसव की अनुमानित तिथि निकल जाए तो ऐसे मामलों की संख्या 12 प्रतिशत तक पहुँच जाती है।

इसके संकेत व लक्षण क्या हैं? माता में कोई लक्षण नहीं दिखते किंतु गर्भावस्था का आकार सामान्य से छोटा होता है। एम्नियोटिक द्रव्य की मात्रा भी कम होती है। कुछ मामलों में शिशु की हलचल भी थोड़ी घट सकती है।

आप व आपके डॉक्टर क्या कर सकते हैं? ढेर सा आराम करें व खूब पानी पीएं। एम्नियोटिक द्रव्य की मात्रा का ध्यान रखा जाएगा। यदि मामला न संभले तो डॉक्टर जल्दी डिलीवरी की सलाह भी दे सकते हैं।

हाइड्रमनिओस

यह क्या है? शिशु के आसपास एम्नियोटिक द्रव्य की मात्रा जरूरत से ज्यादा हो जाती है। हालांकि बिना किसी इलाज के इसका संतुलन कायम हो जाता है।

यदि जमाव ज्यादा हो तो यह शिशु में स्नायु तंत्र, गैस्टेशनल विकृति या निकलने की क्षमता में कमी का सूचक हो सकता है। इससे मैम्ब्रेन जल्दी फटने, प्रीटर्म लेबर, प्लेसेंटल एवरप्शन, ब्रीच या गर्भनाल के प्रोलैप्स होने का खतरा बढ़ जाता है।

यह कितना सामान्य है? :- यह उसे 4 प्रतिशत गर्भावस्थाओं में होता है। यदि शिशु जुड़वां हो या माँ की मधुमेह का इलाज न हो तो, ऐसा हो सकता है।

इसके संकेत व लक्षण क्या हैं? :- इसके कुछ खास लक्षण नहीं होते–

- शिशु की हलचल का ज्यादा पता नहीं चलता
- गर्भाशय का आकार काफी बढ़ जाता है
- पेट के निचले हिस्से में तकलीफ
- अपच
- टाँगों में सूजन
- सांस लेने में तकलीफ
- गर्भाशय संकुचन

डॉक्टर द्वारा भीतरी जांच या अल्ट्रासाउंड के दौरान इसका पता चलता है।

आप व आपके डॉक्टर क्या कर सकते हैं? जब तक द्रव्य का जमाव ज्यादा रहेगा आपको लगातार डॉक्टर के पास जांच के लिए जाना होगा यदि जमाव गंभीर हुआ तो आपको एमनियोसेंटेसिस करवाना पड़ सकता है। यदि लेबर से पहले ही पानी की थैली फट जाए तो डॉक्टर को बुलाने में देर न करें।

प्रीटर्म प्रीमेच्योर रप्चर ऑफ मैम्ब्रेन

यदि 37 सप्ताह से पहले पानी की थैली फट जाए तो इसेपी.वी.आर.ओ.एम. कहते हैं। इसकी

वजह से शिशु का समय से पहले जन्म हो सकता है या उसे किसी तरह का संक्रमण हो सकता है।

यह कितना समान्य है? यह 3 प्रतिशत से भी कम मामलों में होता है। धूम्रपान करने वाली, एस.टी.डी. रोगों से ग्रस्त, योनि से रक्तस्राव होने के रोग या प्लेसेंटल एवरप्शन वाली महिलाओं को इसका खतरा ज्यादा होता है। यदि जुड़वां शिशु हों या बैक्टीरियल वैजिनिओसिस हो तो खतरा और भी बढ़ जाता है।

आप जानना चाहेंगी

यदि प्रीमेच्योर शिशु को आईसीयू में नवजात को भर्ती किया जाए तो आप कुछ ही दिनों में स्वस्थ नवजात के साथ घर-वापसी कर सकती हैं मेडीकल तकनीकों को धन्यवाद।

आप जानना चाहेंगी

पी.पी.आर.ओ.एम. को सही वक्त पर पहचानने व इलाज करने से माँ व शिशु स्वस्थ रहते हैं। शिशु का समय से पूर्व जन्म होने पर भी उसे आईसीयू में रख कर सुरक्षा दी जा सकती है।

इसके संकेत व लक्षण क्या हैं? योनि से द्रव्य का स्राव होता है। मूत्र व एम्नियोटिक द्रव्य में फर्क जानने के लिए उसे सूंघ कर देखें। मूत्र की गंध अमोनिया जैसी होगी। यदि द्रव्य संक्रमित न हो तो उसकी गंध बुरी नहीं होती। यदि आपको इस बारे में कोई भी शक हो तो डॉक्टर को बताने में देर न करें।

आप व आपके डॉक्टर क्या कर सकते हैं? :- यदि 34 सप्ताह के बाद मैम्ब्रेन फटी है तो शिशु की डिलीवरी कर दी जाएगी। यदि अभी डिलीवरी होना संभव नहीं है तो आपको अस्पताल में रखा जाएगा व संक्रमण से बचाने के लिए एंटीबायोटिक्स दिए जाएँगे। शिशु के फेफड़े मजबूत करने के लिए स्टीरॉयड दिए जाएँगे। यदि शिशु डिलीवरी के लिए काफी छोटा है तो इस प्रक्रिया को रोकने की दवाएँ दी जाएँगी।

ऐसा बहुत कम होता है कि मैम्ब्रेन अपने-आप ठीक हो जाए व द्रव्य का रिसाव बंद हो जाए। यदि ऐसा हो तो आपको घर जाने की इजाजत मिल जाएगी बस थोड़ा सावधान रहने को कहा जाएगा।

क्या इससे बचाव हो सकता है? :- यदि आप पी.पी.आर.ओ.एम. से अपना बचाव चाहती है तो योनि संक्रमण से बचें क्योंकि उसी वजह से यह होता है।

प्रीटर्म या प्रीमेच्योर लेबर ऐसा प्रसव जो बीसवें सप्ताह के बाद लेकिन 37वें सप्ताह से पहले शुरू हो, प्रीटर्म लेबर कहलाता है।

यह कितना सामान्य है? यह एक आम समस्या है। धूम्रपान, मदिरापान, मादक द्रव्यों के सेवन, कम वजन, ज्यादा वजन, अपर्याप्त पोषण, मसूड़ों के संक्रमण, एस.टी.डी., लेक्टीरियल, मूत्राशय मार्ग व एम्नियोटिक द्रव्य के संक्रमण, अक्ष्यम सर्विक्स, यूटेराइन की गड़बड़ी, माँ की लंबी बीमारी, प्लेसेंटल एवरशन व प्लेसंटा प्रीविया की वजह से इसका खतरा बढ़ जाता है। 17 से कम व 35 से अधिक आयु की महिलाओं, मल्टीपल शिशुओं की मांओं व प्रीमेच्योर डिलीवरी का इतिहास रखने वाली महिलाओं में भी इसका खतरा बढ़ जाता है।

इसके संकेत व लक्षण क्या हैं? :- इसमें निम्नलिखित लक्षण शामिल हो सकते हैं-

- मासिक धर्म की तरह ऐंठन
- नियमित संकुचन, जो स्थिति बदलने पर तेज हों।
- पीठ पर दबाव
- पेल्विक पर दबाव
- योनि से रक्तस्राव

■मैम्ब्रेन फटना
■सर्विक्स का खुलना (अल्ट्रासाउंड से पता चलेगा)

आप व आपके डॉक्टर क्या कर सकते हैं? शिशु जितने दिन कोख में रहता है उसके स्वास्थ्य व सुरक्षा के लिहाज से अच्छा ही होता है इसलिए प्रसव को रोकना ही प्राथमिक उद्देश्य होना चाहिए। यदि संकुचन भी हो रहा हो तो डॉक्टर स्थिति के हिसाब से अंदाजा लगाएँगे कि आपको घर पर ही आराम करना है या अस्पताल में रह कर दबाएँ व इंजेक्शन लेने हैं। आपकी स्थिति के हिसाब से दवा व इंजेक्शन दिए जाएँगे। यदि डॉक्टर को ऐसा लगे कि डिलीवरी रोकने से आपको या शिशु को किसी भी तरह का खतरा हो सकता है तो वे उसे स्थगित करने का कोई उपाय नहीं करेंगे।

क्या इससे बचाव हो सकता है? सभी प्रीटर्म बर्थ रोके नहीं जा सकते क्योंकि उनके कारणों पर हमारा बस नहीं चलता। हालांकि प्रसव-पूर्व अच्छी देखभाल, बढ़िया खान-पान दांतों की अच्छी देखभाल , कोकेन व मदिरा जैसे नशीले पदार्थों के त्याग, जांच व संक्रमण से बचाव के उपाय अपनाकर डॉक्टर के सभी निर्देशों का पालन करके, काफी हद तक प्रीटर्म बर्थ को रोक सकते हैं। जिन महिलाओं को पहले से भी यह समस्या रही हो, उनके लिए भी कोई न कोई उपाय किया जा सकता है।

प्रीटर्म लेबर का पता लगाना

आजकल कई प्रकार के टेस्टो, जांच की मदद से प्रीटर्म लेबर का अनुमान लगाया जा सकता है। गर्भाशय या योनि के स्राव एफ एफ एन की मदद से इसका पता चलता है। यदि जांच में पॉजिटिव नतीजा आए तो प्रीटर्म लेबर को रोकने के कदम उठाने चाहिए। यह टेस्ट उन्हीं महिलाओं में किया जाता है, जिन्हें इसका ज्यादा खतरा हो। इसके अलावा सर्विक्स की लंबाई मापने का स्क्रीनिंग टेस्ट भी होता है इसमें अल्ट्रासांउड की मदद से सर्विक्स की लंबाई मापी जाती है अगर वह छोटी हो या खुल रही हो तो उसे रोकने के उपाय किए जा सकते हैं।

सिंफिसिस प्यूविस डिसफंक्शन

यह क्या है? एस.पी.डी. का मतलब है कि आपकी पेल्विक बॉन के लिगमेंट में काफी हद तक खिंचाव-सा आ जाता है, जिस वजह से उनमें दर्द रहने लगता है।

यह कितना सामान्य है? ऐसा 300 में से 1 मामले में होता है। हालांकि विशेषज्ञ मानते हैं कि 2 प्रतिशत से अधिक गर्भवती महिलाओं के साथ ऐसा होता है किंतु वे इसे पहचान नहीं पातीं।

इसके संकेत व लक्षण क्या हैं? पेल्विक क्षेत्र में तेज दर्द होता है व चलने में परेशानी होती है। कई बार यह दर्द ऊपरी जांघों व पैरीनियम तक भी आ जाता है। यदि पैदल चलें, भार उठाएँ या फिर कोई भी काम करते समय एक पाँव ऊंचा उठाएँ तो यह दर्द और भी तेज हो जाता है। कई मामलों में ऐसी हालत भी हो जाती है, जिसमें पेल्विस, श्रोणि प्रदेश व नितंबों में भयंकर दर्द होने लगता है।

आप व आपके डॉक्टर क्या कर सकते हैं ? कोई भी भार न उठाएँ व ज्यादा चल-फिर कर स्थिति को बिगड़ने न दें । पेल्विक को सहारा देने के लिए बेल्ट लगाएँ व आराम करें कीगल 9 व पेल्विक टिल्ट से मांसपेशियों को मजबूती मिलेगी। दर्द गंभीर हो तो डॉक्टर से पूछ कर दर्द निवारक दवा लें या वैकल्पिक उपचार पद्वति अपनाएँ।

कई बार उस वजह से योनिमार्ग से

डिलीवरी होना मुश्किल हो जाता है अत: डॉक्टर सी-सैक्शन की सलाह दे सकते हैं। यदि डिलीवरी के बाद भी लिगामेंट सामान्य अवस्था में न आएँ तो डॉक्टर से दवा लेनी पड़ेगी।

कार्ड नॉट्स व टैंगल्स

यह क्या है? कई बार गर्भ नाल में गांठ पड़ जाती है या वह शिशु के आसपास लिपट जाती है। कुछ गांठें डिलीवरी के दौरान या फिर गर्भावस्था में शिशु के हिलने से पड़ती हैं। यदि यह गांठ ढीली है तो कोई दिक्कत नहीं होती लेकिन इसके कसने पर शिशु को रक्त प्रवाह व ऑक्सीजन मिलने में बाधाा आती है ऐसा बहुत कम होता है लेकिन तभी होता है जब शिशु बर्थ कैनाल से नीचे आ रहा हो।

यह कितना सामान्य है? हर 100 में से 1 मामले में ऐसा होता है लेकिन गांठ ढीली होती है। कोई 2000 में से 1 मामला ऐसा होता है जब गांठ कसने की वजह से परेशानी खड़ी हो जाती है। इससे शिशु को कोई खतरा नहीं होता। जो शिशु अपनी गैस्टेशनल आयु से अधिक होते हैं या जिनकी गर्भ नाल बड़ी होती है, उनके लिए इसका खतरा ज्यादा होता है। शोधकर्ताओं ने पता लगाया है कि पर्याप्त पोषक की कमी, मादक द्रव्यों से, जुड़वां शिशु होने आदि से यह खतरा काफी बढ़ जाता है।

इसके संकेत व लक्षण क्या हैं? 37वें सप्ताह के बाद शिशु की हलचल घटना ही इसका सबसे बड़ा लक्षण है। यदि ऐसा प्रसव के दौरान होगा तो शिशु के मॉनीटर पर अनियंत्रित हृदय गति का पता चलने लग जाएगा।

आप व आपके डॉक्टर क्या कर सकते हैं? यदि आप शिशु की गतिविधियों पर नजर रखें तो बेहतर होगा। यदि डिलीवरी के दौरान ऐसी गांठ पड़ जाए तो डॉक्टर शिशु की सुरक्षित डिलीवरी के लिए कोई न कोई कदम उठाएँगे। कई बार सी-सैक्शन ही सबसे बेहतर उपाय होता है।

टू-वैसल कॉर्ड

यह क्या है? एक सामान्य गर्भ नाल में तीन रक्त नलिकाएं होती हैं पहली, जो शिशु तक ऑक्सीजन व पोषण पहुँचाती हैं तथा बाकी दो, व्यर्थ पदार्थ को माँ के रक्तप्रवाह व प्लेसेंटा तक पहुँचाती है कुछ मामलों में एक वेन तथा एक आर्टरी ही होती है।

यह कितना सामान्य है? 1 प्रतिशत सिंगल व 5 प्रतिशत मल्टीपल प्रेगनेंसी के मामलों में ऐसा होता है। यदि माँ की उम्र 40 से ज्यादा हो या उसे मधुमेह हो तो खतरा और भी बढ़ जाता है।

इसके संकेत व लक्षण क्या हैं? इसके कोई संकेत या लक्षण नहीं होते। केवल अल्ट्रासाउंड जांच से ही इसका पता चलता है।

आप व आपके डॉक्टर क्या कर सकते हैं? ऐसा होने पर भी गर्भावस्था सामान्य रहती है तथा शिशु को कुछ नहीं होता अत: चिंता न करें। केवल आपकी गर्भावस्था व शिशु की बढ़त पर थोड़ा ज्यादा ध्यान दिया जाता है।

असामान्य प्रेगनेंसी जटिलताएँ

ऐसी असामान्यताएँ प्राय: दुर्लभ होती हैं। औसतन गर्भवती महिलाओं को इनका सामना नहीं करना पड़ता। यदि आपको निम्नलिखित में से किसी भी अवस्था या रोग का सामना करना पड़े, तभी इस बारे में पढ़ें व ध्यान रखें कि डॉक्टर अपने हिसाब से उस रोग का इलाज कर सकते हैं। उसका हमारे से कोई लेना-देना नहीं होगा।

मोलर गर्भावस्था

यह क्या है? इस अवस्था में प्लेसेंटा एक सिस्ट की तरह असामान्य रूप से बढ़ता है कई बार भ्रूण के ऊतक होते हैं। और कई बार नहीं होते।

ऐसा तब होता है जब पिता के दो सैट क्रोमोसोम का मेल माँ के एक सैट क्रोमोसोम से होता है या माँ के क्रोमोसोम से बिल्कुल नहीं होता। गर्भधारण के कुछ सप्ताह बाद ही इसका पता चल जाता है। सभी मोलर प्रेगनेंसी का अंत मिसकैरिज के रूप में होता है।

यह कितना समान्य है? ऐसा 1000 में से किसी एक मामले में होता है अतः यह दुर्लभ है। 15 से कम व 45 से अधिक आयु की महिलाओं या जिन्हें मल्टीपल मिसकैरिज हो चुका हो, उनके लिए मोलर प्रेगनेंसी का खतरा ज्यादा होता है।

आप जानना चाहेंगी

एक बार मोलर प्रेगनेंसी का मतलब यह नहीं कि दूसरी बार भी ऐसा ही होगा। केवल 1 से 2 प्रतिशत मामलों में ही ऐसा दोहराव होता है।

इसके संकेत व लक्षण क्या हैं? इसके लक्षण निम्नलिखित हैं–

- लगातार भूरा स्राव
- गभीर जी मिचलाना व उल्टी
- ऐंठन की वजह से तकलीफ
- उच्च रक्तचाप
- गर्भाशय का अधिक बड़ा आकार
- गर्भाशय का ढीलापन
- भ्रूण ऊतकों की कमी
- माँ के शरीर में थाइरॉइड हार्मोन की अधिक मात्रा

आप व आपके डॉक्टर क्या कर सकते हैं? ऐसा कोई भी लक्षण दिखते ही डॉक्टर को बताएं। कई बार इन लक्षणों को सामान्य गर्भावस्था से अलग करके देखना थोड़ा मुश्किल होता है लेकिन आप अपनी सहज बुद्धि पर विश्वास रखें। यदि कुछ गलत लगे तो तसल्ली पाने के लिए डॉक्टर की सलाह ले लें।

यदि अल्ट्रासाउंड से मोलर प्रेगनेंसी का पता चले तो डी एंड सी की मदद ली जाएगी व आपको 1 साल तक गर्भधारण न करने की सलाह दी जाएगी।

कोरियोकारसिनोमा

यह क्या है? यह गर्भावस्था का कैंसर है, जो प्लेसेंटा की कोशिकाओं में हो जाता है। ऐसा मोलर प्रेगनेंसी, मिसकैरिज या एबार्शन के बाद हो सकता है। तब भ्रूण के बिना प्लेसेंटा के कुछ ऊतक पनपने लगते हैं। केवल 15 प्रतिशत मामलों में ही सामान्य गर्भावस्था के बाद ऐसा होता है।

आप जानना चाहेंगी

कोरियोकारसिनोमा की सही समय पर पहचान व इलाज से उर्वरता प्रभावित नहीं होती। हालांकि इलाज के एक साल बाद ही गर्भधारण की सलाह दी जाती है।

यह कितना सामान्य है? यह बहुत दुर्लभ है। केवल 4000 प्रेगनेंसी में से कोई ऐसा मामला होता है।

इसके संकेत व लक्षण क्या हैं? इसके लक्षण निम्नलिखित हैं–

- मिसकैरिज या मोलर प्रेगनेंसी के बाद भीतरी रक्तस्राव
- प्रेगनेंसी खत्म होने पर भी एचसीजी का स्तर न घटे

■योनि, गर्भाशय या फेफड़ों में ट्यूमर

आप व आपके डॉक्टर क्या कर सकते हैं?
ऐसा कोई लक्षण पाते ही डॉक्टर को बताएँ किंतु याद रखें कि इस रोग को कीमोथैरेपी व रेडिएशन से अच्छी तरह संभाला जा सकता है व आराम भी आ जाता है।

इक्लैंपसिया

यह क्या है? प्रीक्लैंपसिया में बदल जाता है। मां को किस अवस्था में यह बीमारी हुई है, उसी के हिसाब से तय होता है कि तत्काल डिलीवरी की जाए या नहीं। इससे मां की जान को भी खतरा हो सकता है। सही मेडिकल देखभाल से इस अवस्था में भी स्वस्थ प्रेगनेंसी व डिलीवरी हो सकती है।

यह कितना सामान्य है? 2000 से 3000 मामलों में से कोई एक मामला ही ऐसा होता है, खासतौर पर ऐसी महिला को जिसे प्रसव पूर्व कोई मेडिकल देखभाल न मिले।

> ## आप जानना चाहेंगी
> यदि प्रसव पूर्व सही देखभाल मिले तो प्रीक्लैंपसिया या इक्लैंपसिया की नौबत ही नहीं आती।

इसके संकेत व लक्षण क्या हैं? डिलीवरी के आसपास या डिलीवरी के 24 घंटे बाद दौरा पड़ना हो इसका सबसे बड़ा लक्षण है।

आप व आपके डॉक्टर क्या कर सकते हैं?
यदि आपको पहले से प्रीक्लैंपसिया है तो डॉक्टर रोकथाम के लिए दवा व ऑक्सीजन देंगे, प्रसव शुरू करेंगे या सी-सैक्शन करेंगे। यदि हालत संभल जाए तो सामान्य डिलीवरी भी की जा सकती है।

क्या इससे बचाव हो सकता है? सही देखभाल व नियमित जांच से आप प्रीक्लैंपसिया के खतरे से बच सकती हैं। यदि इस रोग का पता चल जाए तो बचाव के सभी उपाय अपनाएं ताकि इक्लैंपसिया का डर न रहे।

कोलिसटेसिस

यह क्या है? इस प्रकार की गर्भावस्था में लीवर में अमाशय रस बनने लगते हैं तथा रक्तप्रवाह में घुल जाते हैं जब यह आखिरी तिमाही में होता है तब हॉर्मोन अपनी चरम सीमा पर होते हैं यह डिलीवरी के बाद ठीक हो जाता है।

इससे भ्रूण की थकान, प्रीटर्म या स्टिल बर्थ का खतरा बढ़ जाता है इसलिए सही समय पर इलाज होना जरूरी है।

यह कितना सामान्य है? :– यह 1000 में से 1-2 मामलों में होता है। मल्टीपल प्रेगनेंसी, लीवर की मरीज या परिवार में ऐसी हिस्ट्री रखने वाली महिला के साथ इसका खतरा ज्यादा होता है।

इसके संकेत व लक्षण क्या हैं? गर्भावस्था के अंतिम दिनों में हाथों पैरों पर खुजली महसूस होती है।

आप व आपके डॉक्टर क्या कर सकते हैं?
कुछ दवाओं या लोशन की मदद से इन लक्षणों व प्रभावों को घटाया जा सकता है। कई बार इन अमाशय रसों के लिए भी दवा देनी पड़ती है। यदि इसकी वजह से मां या शिशु को कोई खतरा हो तो डिलीवरी जल्दी करनी पड़ सकती है।

डीप वीनॅस थ्रम्बोसिस

यह क्या है? डी.वी.टी. में डीप वेन में रक्त का थक्का जम जाता है। ऐसा जांघों के आसपास वाले इलाके में होता है। ऐसा डिलीवरी के आसपास व प्रसव के बाद होता है। ऐसा इसलिए होता है क्योंकि कुदरत को भय है कि शिशु जन्म के समय काफी रक्तस्राव होगा इसलिए वह इन अंगों में रक्त का जमाव कर देती है। इस तरह शरीर के निचले हिस्से का रक्त हृदय तक नहीं पहुंच पाता। गर्भाशय के बड़े आकार की वजह से भी ऐसा होना संभव नहीं होता। यदि डी.वी.टी. का इलाज न हो तो फेफड़ों में जमाव होने पर, जान को भी खतरा हो सकता है।

यह कितना सामान्य है? ऐसा 1000 से 2000 मामलों में ही होता है। ऐसा प्रसव के बाद भी हो सकता है। यदि उम्र ज्यादा हो, धूम्रपान करती हों, परिवार में किसी की ऐसी हिस्ट्री हो, हाइपरटेंशन, मधुमेह आदि हो तो इसका खतरा और भी बढ़ सकता है।

इसके संकेत व लक्षण क्या हैं? इसके संकेत व लक्षण निम्नलिखित हैं–
- टांग में भारीपन व दर्द का एहसास
- पिंडली या जांघों में भारीपन
- हल्की से गंभीर सूजन
- पैरों में ऐंठन
- यदि रक्त का थक्का फेफड़ों तक आ जाए तो
- छाती में दर्द
- सांस लेने में तकलीफ
- कफ के साथ खांसी व कफ में खून
- हृदय गति व श्वास गति तेज होना
- होंठ व अंगुलियों की पोरों का नीला पड़ना
- बुखार

आप व आपके डॉक्टर क्या कर सकते हैं? यदि आपको पहले भी यह रोग हो चुका है तो डॉक्टर को इसकी सूचना दें। यदि एक टांग में सूजन या दर्द महसूस हो तो डॉक्टर को बताने में देर न करें।

अल्ट्रासाउंड या एमआरआई से रक्त के थक्के का पता चल सकता है। यदि ऐसा है तो आपको रक्त पतला करने की दवा दी जा सकती है। यदि प्रसव का समय पास हो तो यह दवा रोक दी जाती है। एक मॉनीटर से लगातार इसकी जांच की जाती है।

यदि यह थक्का फेफड़ों तक पहुंच जाए तो जल्द से जल्द इलाज कराना पड़ सकता है।

क्या इससे बचाव हो सकता है? :- पर्याप्त मात्रा मे व्यायाम करें व शरीर की गति बनाए रखें ताकि रक्त के थक्के न बनें। यदि इनका खतरा ज्यादा हो तो टांगों में स्पोर्ट होज़ पहनें।

प्लेसेंटा एक्रीटा

यह क्या है? जब प्लेसेंटा असामान्य रूप से यूटेराइन वॉल से जुड़ा हो तो यह प्लेसेंटा एक्रटा कहलाता है। इसकी वजह से प्लेसेंटा की डिलीवरी के समय भारी रक्तस्राव हो सकता है।

यह कितना सामान्य है? 2,500 मामलों में से, किसी एक मामले में ऐसा होता है। प्लेसेंटा एक्रीटा में प्लेसेंटा यूटेराइन की दीवार में काफी गहराई तक चला जाता है लेकिन उसकी मांसपेशियों को नहीं भेदता। प्लेसेंटा एक्रीटा में ये मांसपेशियों को भी भेद देता है प्लेसेंटा प्रीविया में ये न सिर्फ यूटेराइन दीवार को भेदता है बल्कि दीवार के दूसरे हिस्सों में छेद करते हुए, शरीर के दूसरे अंगों से भी जुड़ जाता है।

यदि आपको पहले सी-सैक्शन हुआ हो या प्लेसेंटा प्रीविया हुआ हो तो इसका खतरा बढ़ जाता है।

इसके संकेत व लक्षण क्या हैं? इसके कोई लक्षण नहीं होते। यह अवस्था डॉपलर अल्ट्रासाउंड या डिलीवरी से पता चलती है।

आप व आपके डॉक्टर क्या कर सकते हैं बदकिस्मती से, आप इस मामले में कुछ नहीं कर सकतीं। डिलीवरी के बाद प्लेसेंटा को सर्जरी से निकाल देना चाहिए ताकि रक्तस्राव रोका जा सके। कई मामलों में जब रक्तस्राव किसी भी तरह नहीं रुकता तो पूरा गर्भाशय निकालना पड़ सकता है।

वासा प्रीविया

यह क्या है? इस अवस्था में, शिशु को माँ से जोड़ने वाली कुछ रक्त नलिकाएँ गर्भनाल से बाहर आकर सर्विक्स के पास टिक जाती हैं। जब प्रसव के दौरान संकुचन से गर्भाशय का मुख खुलता है तो नलिकाएँ फूट जाती हैं, जिससे शिशु को नुकसान हो सकता है। यदि डिलीवरी से पहले इस अवस्था का पता चल जाए तो 100 प्रतिशत शिशु का सी-सैक्शन से जन्म हो सकता है।

यह कितना सामान्य है? किन्हीं 5,200 मामलों में से कोई एक मामला ऐसा होता है। जिन महिलाओं को प्लेसेंटा प्रीविया हो, यूटेराइन सर्जरी हुई हो या मल्टीपल प्रेगनेंसी रही हो, उनके लिए इसका खतरा ज्यादा होता है।

इसके संकेत व लक्षण क्या हैं? :-इसके कोई लक्षण नहीं होते हालांकि दूसरी/तीसरी तिमाही में रक्तस्राव हो सकता है।

आप व आपके डॉक्टर क्या कर सकते हैं? कलर डॉपलर अल्ट्रासांउड की मदद से इस बीमारी का पता चल सकता है। ऐसी महिलाओं का 37 वें सप्ताह से पहले ही सी-सैक्शन कर दिया जाता है ताकि प्रसव-पीड़ा शुरू ही न हो। शोधकर्ता अध्ययन कर रहे हैं कि लेज़र थेरेपी की मदद से वासा प्रीविया का इलाज हो सकता है या नहीं।

शिशु का जन्म व उसके बाद होने वाली जटिलताएँ

इनमें से कई समस्याएँ प्रसव या डिलीवरी से पहले सामने नहीं आतीं इसलिए आप भी उन्हें पहले से पढ़कर चिंतित न हों। ये परेशानियाँ शिशु जन्म के बाद होती हैं। यहाँ इन्हें इसलिए दिया गया है ताकि आपको इनमें से कोई दिक्कत हो तो आपको उसके बारे में पूरी जानकारी हो।

फैटल डिसट्रेस

यह क्या है? जब गर्भाशय में शिशु के पास ऑक्सीजन की भरपाई नहीं होती तो इसे फैटल डिसट्रेस कहते हैं ऐसा प्रसव से पहले या इसके दौरान हो सकता है। ऐसा अनियंत्रित मधुमेह, प्रीक्लैंपसिया, एम्नियोटिक द्रव्य की कम या अधिक मात्रा, गर्भानाल के घटने या बढ़ने या माँ द्वारा रक्त नलिकाओं पर दबाव पड़ने की स्थिति में ऐसा हो सकता है। इससे शिशु को ऑक्सीजन की कम मात्रा मिलने लगती है।

ऑक्सीजन की घटी मात्रा या शिशु की हृदयगति से तत्काल सी-सैक्शन करना पड़ता है वरना उसके लिए खतरा बन सकता है।

यह कितना सामान्य है? हर 100 में से 1 मामला ऐसा हो ही जाता है।

इसके संकेत व लक्षण क्या हैं? यदि शिशु को पूरी तरह ऑक्सीजन नहीं मिलेगी तो उसकी हृदय गति घट जाएगी, उसकी हलचल में कमी आएगी तथा वह डिलवीर के समय गर्भाशय में ही मल (मैकोनियम) कर देगा।

आप व आपके डॉक्टर क्या कर सकते हैं? यदि शिशु के हलचल में कमी महसूस हो तो अपने

डॉक्टर को बताएँ। अस्पताल में फैटल मॉनीटर की मदद से जांच होगी। यदि इसके लक्षण हुए तो आपको ऑक्सीजन दी जाएगी व आई बी. लगाया जाएगा ताकि शिशु की हृदय गति सामान्य हो सके। बाईं ओर लेटने से भी रक्त नलिकाओं पर दबाव घटेगा। यदि ये तकनीकें काम न आईं तो डिलीवरी करनी होगी।

कॉर्ड प्रोलैप्स

यह क्या है? कॉर्ड प्रोलैप्स तब होता है, जब गर्भनाल सर्विक्स से फिसलकर, बर्थ कैनाल में आ जाती है। ऐसी अवस्था में डिलीवरी के दौरान शिशु को ऑक्सीजन की कमी हो सकती है।

यह कितना सामान्य है? 300 में से किसी एक मामले में ऐसा होता है, कुछ गर्भावस्था जटिलताओं से प्रोलैप्स का खतरा बढ़ जाता है। जिनमें हाइड्रमजिमोस, ब्रीच या प्रीमैच्योर डिलीवरी को शामिल कर सकते हैं। यह दूसरे जुड़वां की डिलीवरी के समय भी हो सकता है। यदि शिशु का सिर बर्थ कैनाल में सैट होने से पहले ही पानी की थैली फट जाए, तो भी खतरा बढ़ जाता है।

इसके संकेत व लक्षण क्या हैं? यदि यह नाल योनि तक आ जाए तो आप इसे देख सकती हैं या छू सकती हैं। यदि यह शिशु के सिर के नीचे दबेगी तो फैटल मॉनीटर पर फैटल डिस्ट्रेस के लक्षण दिखेंगे।

आप व आपके डॉक्टर क्या कर सकते हैं? इस बारे में पहले से जानने का कोई उपाय नहीं है। फैटल मॉनीटर के बिना तो इस बारे में पता नहीं चल सकता। यदि आपको घर में ऐसा एहसास हो तो अपने हाथों व घुटनों के बल बैठें ताकि पेल्विक क्षेत्र पर ज्यादा दबाव न पड़े। यदि वह योनि मार्ग से दिखे तो उसे साफ तौलिए से संभालें। अपने शरीर का निचला हिस्सा ऊंचा करके लेटें। डॉक्टर आपको आपकी अवस्था के हिसाब से किसी दूसरी मुद्रा में लेटने को कह सकते हैं। इसके बाद जल्दी से सी-सैक्शन करना होगा।

शोल्डर डिस्टोकिया

यह क्या है? इस अवस्था में लेबर या डिलीवरी के दौरान शिशु के दोनों कंधे मां की पेल्विक बोन में फंस जाते हैं व शिशु बर्थ कैनाल में नीचे की ओर जाने लगता है।

यह कितना सामान्य है? ऐसा अक्सर अधिक वजन वाले शिशुओं में होता है। अनियंत्रित या गैस्टेशनल मधुमेह से ग्रस्त माँओं को इस स्थिति का सामना करना पड़ सकता है। यदि आपकी डिलीवरी दिए गए समय के बाद भी न हो या आपके साथ पहले भी ऐसा हुआ हो तो दोबारा होने का खतरा बढ़ जाता है। हालांकि इन कारणों के न होने पर भी प्रसव के दौरान शोल्डर डिस्टोकिया हो सकता है।

इसके संकेत व लक्षण क्या हैं? ऐसी अवस्था अचानक ही प्रसव के दौरन पैदा होती है।

आप व डॉक्टर क्या कर सकते हैं? माँ के पेट पर दबाव देकर या उसकी स्थिति बदल कर कई तकनीकें अपनाई जाती हैं ताकि शिशु की सुरक्षित डिलीवरी हो सके।

क्या इससे बचाव हो सकता है? अपने वजन का ध्यान रखें। शिशु का वजन भी जरूरत से ज्यादा न बढ़ने दें। मधुमेह को नियंत्रित रखें। प्रसव के दौरान ऐसी पोजीशन बनाएं ताकि शोल्डर डिस्टोकिया की नौबत ही न आए।

सीरियस पैरीनियल टीयर्स

यह क्या है? जब डिलीवरी के दौरान शिशु का बड़ा सिर बाहर आता है तो योनि व गुदा मार्ग के बीच वाले हिस्से पर दवाब की वजह से कट आ सकते हैं।

फर्स्ट डिग्री टीयर्स में सिर्फ त्वचा फटती है। सैकेंड डिग्री टीयर्स में त्वचा के साथ योनि

की मांसपेशियाँ भी फटती हैं लेकिन गंभीर टीयर्स में योनि की त्वचा, उत्तम व पैरीनियल की मांसपेशियाँ भी फटती हैं। इनसे प्रसव के बाद काफी तकलीफ होती है। तथा पेल्विक क्षेत्र से जुड़ी कई समस्याएँ भी हो जाती हैं। गर्भाशय के मुख पर भी कट आ सकते हैं।

यह कितना सामान्य है? योनिमार्ग से होने वाली डिलीवरी में इसका थोड़ा बहुत खतरा तो होता ही है। हालांकि गंभीर किस्म के कट ज्यादा महिलाओं को नहीं लगते।

इसके संकेत व लक्षण क्या हैं? रक्तस्राव होता है। जख्म भरने पर हल्की खारिश व दर्द होता है।

आप व डॉक्टर क्या कर सकते हैं? ऐसे कट में टांके लगा दिए जाते हैं। इसके लिए पहले लोकल एनस्थीसिया देते हैं।

यदि चीरा लगा है तो कटि स्नान, आइस पैक, एंटीसैप्टिक स्प्रे, दवा व जख्म को खुली हवा में रखने से जल्दी आराम आ जाएगा।

क्या इससे बचाव हो सकता है? प्रसव से पहले कीगल व्यायाम व पैरीनियल की मालिश से उस हिस्से को ज्यादा बेहतर स्ट्रैच कर सकते हैं। प्रसव के दौरान गर्म सेंक व मालिश भी बेहतर रहेंगे।

यूटेराइन रप्चर

यूटेराइन की दीवार में यदि पहले किसी सर्जरी, सी-सैक्शन फायब्रायड रिमूवल की वजह से कमजोर बिंदु हो लेबर और डिलीवरी के दौरान उस हिस्से में चीरा आ सकता है। इससे पेट से अनियंत्रित रक्तस्राव होने लगता है तथा उस हिस्से की तरफ जाने लगता है, जहाँ से प्लेसेंटा पेट में प्रवेश करता है।

यह कितना सामान्य है? यदि किसी महिला को पहले सी-सैक्शन या यूटेराइन रप्चर न हुआ हो तो उसे ऐसी दिक्कत नहीं होती जो महिलाएँ सी-सैक्शन के बाद योनि मार्ग से डिलीवरी करवाती हैं या जिनमें भ्रूण की स्थिति या उस मान्य प्लेसेंटा की जटिलता होती है, उनके लिए खतरा बढ़ जाता है। जिन महिलाओं के छः से अधिक बच्चे हों या वे मल्टीपल प्रेगनेंसी में हों, उनके लिए भी खतरा होता है।

इसके संकेत व लक्षण क्या हैं? पेट में तेज दर्द होता है। फैटल मॉनीटर पर शिशु की घटती हृदयगति दिखने लगती है। माँ का रक्तचाप व हृदय गति घट जाते हैं, सांस लेने में तकलीफ होती है तथा बेहोशी होने लगती है।

आप व डॉक्टर क्या कर सकते हैं? यदि आप पहले सी-सैक्शन या सर्जरी करवा चुकी हैं, जिस दौरान यूटेराइन वॉल पूरी तरह काटी गई थी तो लेबर के सही तरीके का चुनाव करना होगा यदि ऐसा भयानक हो जाए तो सी-सैक्शन के बाद गर्भाशय की मरम्मत की जरूरत होती है व आपको संक्रमण से बचाने के लिए एंटीबायोटिक्स दिए जाते हैं।

क्या इससे बचाव हो सकता है? जिन महिलाओं को इसका खतरा हो, उनके लिए फैटल मॉनीटरिंग जरूरी हो जाती है ताकि किसी भी जटिलता का पता लग सके। यदि वे पहले सी-सैक्शन के बाद योनि मार्ग से डिलीवरी कराने जा रही हैं तो उनका प्रसव आरंभ दवाओं से नहीं कराना चाहिए।

यूटेराइन इन्वर्ज़न

यह क्या है? ऐसा तब होता है जब यूटेराइन वॉल टूट जाती है तथा अंदर वाला हिस्सा बाहर की ओर आ जाता है। कई बार यह सर्विक्स व योनि से भी बाहर को उभर आता है। हालांकि इसके सभी कारणों का पता नहीं चल सका लेकिन इसका इलाज न होने पर हेमरेज और सदमा लग सकता है। हालांकि ऐसा भी संभव

नहीं कि कोई इसे देखने के बावजूद अनदेखा कर देगा व इलाज नहीं कराएगा।

यह कितना सामान्य है? ऐस 2000 में से किसी 1 मामले में होता है। यदि पिछली डिलीवरी में ऐसा हो चुका हो, या प्रसव का समय लंबा खिंच जाए, प्रीटर्म लेबर रोकने की दवाएँ दी जाएँ या पहले कई योनिमार्ग से डिलीवरी हो चुकी हो तो इसका खतरा बढ़ जाता है। यदि गर्भाशय जरूरत से ज्यादा ढीला हो तो यह भी बाहर को आ सकता है या शिशु जन्म के तीसरे चरण में कॉर्ड को ज्यादा जोर से खींचा जाए।

इसके संकेत व लक्षण क्या हैं?
■ पेट में दर्द
■ तेज रक्तस्राव
■ माँ को सदमे के संकेत
■ कई बार गर्भाशय भी योनि से दिखने लगता है।

आप व डॉक्टर क्या कर सकते हैं ? खतरे के कारण पहचानने के बाद डॉक्टर को उनकी सूचना दें। यदि आपके साथ ऐसा हुआ तो डॉक्टर उस हिस्से को हाथों से सही जगह बिठाने की कोशिश करेगा तथा मांसपेशियों के संकुचन के लिए दवा देगा। यदि यह तरीका काम न आए तो सर्जरी करनी पड़ सकती है। आपको रक्त की कमी के लिए रक्त भी चढ़ाना पड़ सकता है। संक्रमण रोकने के लिए एंटीबायोटिक्स दिए जाएंगे।

क्या इससे बचाव हो सकता है? यदि आपको पहले भी ऐसा हो चुका है तो डॉक्टर को अवश्य बताएँ क्योंकि आपके लिए इसका ज्यादा खतरा हो सकता है।

प्रसव के बाद अत्यधिक रक्तस्राव

यह क्या है? डिलीवरी के बाद होने वाला रक्तस्राव तो सामान्य है। लेकिन कई बार गर्भाशय जन्म के बाद इतना नहीं सिकुड़ता, जितना उसे सिकुड़ना चाहिए जिससे उस जगह से भारी रक्तस्राव होने लगता है, जहाँ से प्लेसेंटा जुड़ा था। यदि गर्भाशय में प्लेसेंटा का अंश रह जाए, तो भी ऐसा हो सकता है। इसकी वजह से डिलीवरी के फौरन बाद संक्रमण भी हो सकता है।

यह कितना सामान्य है? यह 2 से 4 प्रतिशत गर्भावस्था मामलों में होता है। यदि लंबे प्रसव काल के बाद, गर्भाशय जगह पर न आए मल्टीपल प्रेगनेंसी की वजह से ढीला पड़ गया हो शिशु बड़ा हो या एम्नियोटिक द्रव्य की अधिकता हो, प्लेसेंटा का आकार असामान्य हो, कोई फायब्रायड हो या डिलीवरी के समय माँ काफी कमजोर हो तो पोस्टपार्टम हेमरेज का खतरा हो सकता है।

इसके संकेत व लक्षण क्या हैं? इसके निम्नलिखित संकेत हो सकते हैं :-
■ लगातार कई घंटे तक भारी रक्तस्राव
■ कुछ दिन बाद भी लाल रक्त स्राव होता रहे
■ बड़े-बड़े थक्के निकलें
■ पेट में निचले हिस्से में सूजन या दर्द बना रहे।

खून की कमी की वजह से बेहोशी सिर चकराना या सांस लेने में तकलीफ जैसी समस्या पैदा हो सकती है।

आप व आपके डॉक्टर क्या कर सकते हैं जब प्लेसेंटा की डिलीवरी हो जाएगी तो डॉक्टर जांच से पता लगाएँगे कि उसका कोई अंश भीतर तो नहीं रह गया। वे आपको पिटोसिन देंगे या गर्भाशय की मालिश करेंगे ताकि वह सिकुड़ जाए व रक्तस्राव ज्यादा न हो। स्तनपान कराने से भी गर्भाशय संकुचन में मदद मिलेगी।

यदि प्रसव के बाद पहले सप्ताह में भारी

बार-बार कम वजन वाले शिशु का जन्म

एक माँ जो पहले कम वजन वाले शिशु को जन्म दे चुकी है। यह जरूरी नहीं कि उसका दूसरा शिशु भी कम वजन वाला ही होगा अध्ययनों से पता चला है कि बाद वाले शिशु पहले शिशु की तुलना में थोड़े भारी ही होते हैं। पहला शिशु कमजोर क्यों था, इस बात पर भी काफी कुछ निर्भर करता है। यदि वह कारण पता चल जाए तो जल्द से जल्द समस्या का समाधान हो सकता है। ऐसी माँ को दूसरे शिशु को जन्म देने से पहले संभावित खतरे से जुड़े सभी कारणों पर विचार कर लेना चाहिए।

रक्तस्राव बंद न हो, तो डॉक्टर को बताएं। ऐसे में आपको रक्त भी चढ़ाना पड़ सकता है।

क्या इससे बचाव हो सकता है? आखिरी तिमाही में या प्रसव के बाद ऐसी कोई दवा न लें जिससे रक्त जमने में बाधा आए। इस तरह असामान्य रक्तस्राव की संभावना घट सकती है।

शिशु जन्म के बाद संक्रमण

यह क्या है? कई बार महिलाओं को शिशु जन्म के बाद संक्रमण भी हो जाता है क्योंकि आपके शरीर के भीतरी अंग पूरी तरह से बंद नहीं हुए होते। किसी में टांके नरम भी हो सकते हैं। कैथीटर की वजह से ब्लैडर या किडनी में संक्रमण हो सकता है। गर्भाशय में छूटे प्लेसेंटा के अंश से भी संक्रमण हो सकता है लेकिन इनमें से एंडोमैट्रीटिस (यूटेश्रस की लाइनिंग) का संक्रमण सबसे ज्यादा सामान्य है।

यदि इन संक्रमणों का इलाज न हो पाए तो ये खतरनाक हो सकते हैं क्योंकि ये काम करने की सारी ऊर्जा सोख लेते हैं व आपको कमजोरी घेर लेती है। आप प्रसव के बाद आसानी से संभल नहीं पातीं व शिशु की ओर पूरा ध्यान नहीं दे पातीं।

यह कितना सामान्य है? करीब 8 प्रतिशत गर्भावस्थाओं में संक्रमण होता है सी-सैक्शन या मैम्ब्रेन का रप्चर हुआ हो तो संक्रमण का खतरा बढ़ जाता है।

इसके संकेत व लक्षण क्या हैं? वे निम्नलिखित हैं-

- बुखार
- संक्रमित हिस्से में दर्द
- बदबूदार स्राव
- सर्दी लगना

आप व डॉक्टर क्या कर सकते हैं? यदि 100 से ज्यादा उससे तेज बुखार है तो डॉक्टर को बुलाने में देर न करें। एंटीबायोटिक दवाएँ लेने के साथ-साथ भरपूर आराम भी करें। तरल पदार्थों की मात्रा बढ़ा दें। स्तनपान करा रही हैं तो डॉक्टर को बता दें ताकि वे आपके लिए दवा चुनते समय सावधानी रखें।

क्या इससे बचाव हो सकता है? थोड़ा साफ-सफाई का ध्यान रखें। जख्मों पर दवा लगाएँ। रक्तस्राव में टैंपून की बजाए पैड लगाएं। इस तरह आप निश्चित ही संक्रमण से अपना बचाव कर सकती हैं।

अगर आपको बैडरेस्ट की सलाह दी गई है

बिस्तर पर मैगजीन के ढेर व टी.वी. का रिमोट हाथ में थामे लेटने की कल्पना कितनी अच्छी लगती है, लकिन ऐसा तब तक ही होता है जबकि यह बैडरेस्ट निर्देश के रूप में न हो। बिस्तर पर पड़ते ही आपको पता चल जाता है कि यह कोई मजाक नहीं है। आप सरपट भाग

कर कोई काम नहीं कर सकतीं और सारा दिन आपके बिस्तर के पास मन बहलाने के लिए भी कोई नहीं होता। ऐसे में आप यह भी भूल जाती हैं कि स्वस्थ गर्भावस्था व शिशु के लिए ही डॉक्टर ने आपको यह सलाह दी है।

अधिकतर डॉक्टरों का यही मानना है कि बैडरेस्ट लेने से कई जटिल गर्भावस्था की दिक्कतें भी घट जाती हैं। इस तरह सर्विक्स पर ज्यादा दबाव नहीं पड़ता, हृदय पर दवाब पड़ने से किडनी के लिए रक्त प्रवाह बढ़ता है, जिससे फालतू तरल पदार्थ निकलने में आसानी रहती है, शिशु को पर्याप्त ऑक्सीजन व पोषक मिलता है, आपके रक्तप्रवाह में तनाव के हार्मोन घटते हैं, जिनकी वजह से संकुचन हो सकता है।

जो मॉए, 35 से ऊपर की हों, मिस कैरिज की हिस्ट्री रही हो, मल्टीपल प्रेगनेंसी हो प्रेगनेंसी में जटिलता हो या फिर कोई पुराना रोग हो, उन सबको बैडरेस्ट लेने की सलाह दी जाती है।

इससे प्रीटर्म लेबर की संभावना घटने के साथ-साथ बाकी खतरे भी घट जाते हैं। इसके अपने नुकसान भी हैं। लंबे समय तक बैडरेस्ट लेने वाली महिलाओं को नितंबों व मांसपेशियों का दर्द सहना पड़ता है। त्वचा में जलन, सिर-दर्द या अवसाद भी हो सकता है। हिलने-डुलने की कमी की वजह से छाती में जलन, कब्ज, टांगों में सूजन या पीठ में दर्द की शिकायत हो सकती है। भूख भी खुलकर नही लगती जो कि शिशु की सेहत के लिए ठीक नहीं है।

आप इन टिप्स की मदद से अपनी काफी परेशानियाँ घटा सकते हैं।

■बिस्तर पर थोड़ा हिलें-डुलें। करवट लेकर लेटें। अपने शरीर का सही संतुलन बनाए रखने के लिए तकिए लगा लें। हर थोड़ी देर बाद करवट बदलें।

■डॉक्टर से पूछकर बाजू हिलाने के व्यायाम करें। बैठे-बैठे शरीर के जिन अंगों को हिला सकें उन्हें हिलाएँ।

■डॉक्टर से पूछें कि क्या आप स्ट्रैचिंग व्यायाम कर सकती हैं। बिस्तर पर लेटे-बैठे टांगों को धीरे से अकड़ाएँ व पांवों को घुमाएँ ताकि टांगों में खून न जमे व मांसपेशियों की मजबूत बनी रहे।

■ध्यान दें कि आप क्या व कितना खा रही हैं। यदि आप पोषक आहार लेने की बजाए स्नैक्स से काम चला रही हैं तो शिशु के वजन पर इसका असर हो सकता है। इनके अलावा जरूरत से ज्यादा वजन भी परेशानी की वजह हो सकता है इसलिए हमेशा कुछ न कुछ खाने की आदत न पालें।

■आपको तरल पदार्थों की भरपूर मात्रा लेनी है ताकि अपच, कब्ज व छाती में जलन जैसी परेशानियों से बच सकें। आपके बिस्तर के पास पानी व पेय पदार्थों की भरपूर मात्रा होनी चाहिए।

■ज्यादा लेटने से छाती में ज्यादा जलन हो सकती है। यदि हो सके कुछ खाते समय थोड़ा बैठ जाएँ।

■डिलीवरी के बाद संभलने में थोड़ा वक्त लगेगा इसलिए ज्यादा उम्मीदें न पालें। आपकी मांसपशियों की खोई मजबूती धीरे-धीरे ही वापिस आएगी। अपने-आप को संभलने का मौका दें। चहलकदमी, प्रसव के बाद योग व तैराकी से मदद मिल सकती है।

■आपके पास फोन पड़ा रहे ताकि अन्य दोस्तों व रिश्तेदारों से बातचीत करके मन बहला सकें। अगर लैपटॉप रख लेंगी तो ई-मेल की भी सुविधा हो जाएगी। इस तरह बिस्तर पर बैठे-बैठे आपका संपर्क सबसे रहेगा।

■सुबह पति के जाने से पहले ही सारा सामान बिस्तर के पास रखवा लें। आपके छोटे फ्रिज में पानी, फल, दही, चीज़ व सैंडविच हमेशा पड़े रहें। फोन, मैगजीन, किताबें व टी.वी. का रिमोट भी पास होना चाहिए।

■पूरे दिन की रुटीन बना लें ताकि आपको बोरियत महसूस न हो और आप बेहतर महसूस कर सकें।

■अगर आपको घर में रहकर ही थोड़ा-बहुत काम करने की इजाजत मिली हुई है तो अपने बॉस को अपनी हदें बता दें ताकि आप पर काम का जरूरत से ज्यादा बोझ न पड़े।

■यदि आप चाहें तो बड़े मजे से शिशु के लिए ऑनलाइन खरीदारी कर सकती हैं। उसके कपड़े, पालना, पलंग व बेबी सिटर का इंतजाम

बैडरेस्ट के प्रकार

जब डॉक्टर आपकी गतिविधियां सीमित करना चाहें तो इसे बैडरेस्ट कहते हैं वे आपको बताते हैं कि आप क्या कर सकती हैं और क्या नहीं कर सकतीं। आइए आपको इनके बारे में बताएँ।

शेड्यूल रेस्टिंग :- कुछ मांओं को प्रतिदिन विभिन्न समय तक आराम करने की सलाह दी जाती है ताकि आगे आने वाले खतरे को टॉला जा सके। कई डॉक्टर कामकाज घटाने; सीढ़ियाँ न चढ़ने-उतरने या लंबे समय तक खड़े न रहने को कहते हैं।

मोडीफाइड बैडरेस्ट :- आपको घर का कामकाज, गाड़ी चलाना या ऑफिस जाना मना होता है। आप थोड़ा बहुत हल्का काम कर सकती हैं। बिस्तर से सोफे तक जा सकती हैं या अपने लिए सैंडविच बना सकती हैं लेकिन आपको सीढ़ियाँ चढ़ने-उतरने की इजाजत नहीं मिलेगी।

स्ट्रिक्ट बैडरेस्ट :- आपको सख्ती से आराम करने की सलाह दी गई है यानी नहाने-धोने के अलावा आप बिस्तर पर रहेंगी। आपको अपना सारा जरूरी सामान बिस्तर के आसपास हाथ की पहुंच में रखना होगा ताकि किसी की मदद न मिलने पर आपको बार-बार उठना न पड़े।

अस्पताल में बैडरेस्ट :- यदि आपको लगातार चीज़ के साथ आई.वी. की भी जरूरत है तो आपको अस्पताल में आराम करना होगा। आपके पाँव सिर से थोड़े ऊंचे कर दिए जाएंगे ताकि शिशु थोड़े समय तक कोख में टिके व अपना विकास पूरा लें।

भी तो आपको ही करना है।

■ऑनलाइन डिनर ऑर्डर करें ताकि शाम को पति के घर लौटने पर उन्हें सरप्राइज दिया जा सके।

■मेल सर्विस से डी.वीडी. मंगाएं। वे सब फिल्में देखें, जिन्हें आप समय की कमी की वजह से आज तक नहीं देख सकी थीं। इसके बाद तो आपको ऐसा समय व मौका नहीं मिलेगा।

■मौज-मस्ती क्यों न हो जाए। दोस्तों को बुला कर पिज़्ज़ा पार्टी करें। सफाई भी उन्हें ही करनी पड़ेगी।

■अपने नन्हे-मुन्ने के लिए कुछ स्वेटर व मोजे बुनें। टाइम भी पास होगा और आपको खुशी भी मिलेगी।

■सारे फोटो एलबम में व्यवस्थित करें अपनी फोन बुक को कंप्युटर में डालें। शिशु के बधाई थैंक्स नोट वगैरह, सारे काम कंप्यूटर से करें।

■अपने मन को पूरी खुशी दें। बाल संवारें, मेकअप करें। ब्यूटी-पार्लर से किसी को घर बुलवाकर ब्यूटी केयर करवाएँ। यह न सोचें कि मुझे कौन देखने वाला है। आप अच्छी दिखेंगी तो आपके मन को भी खुशी मिलेगी।

■अपने बिस्तर की चादर बदलें व आसपास की हर चीज को साफ व व्यवस्थित रखने को कहें।

■अपने विचारों व सोच को डायरी में लिखें। ये डायरी मन को शांत करेगी व आपका टाइम भी पास होगा।

■जब भी मन उदास हो तो शिशु के अल्ट्रासाउंड की तस्वीरें देखें और अपने-आप को याद दिलाएँ कि उसे इस दुनिया में लाने के लिए ही आप आराम कर रही हैं।

अध्याय-23

गर्भावस्था में हुई हानि का सामना करना

गर्भावस्था को एक ऐसा खुशनुमा सफर माना जाता है, जिसमें रहस्य, रोमांच, उत्तेजना, उमंग, शिशु से जुड़े सपने, भय व घबराहट आदि भी शामिल होते हैं। हालांकि ऐसा हमेशा संभव नहीं हो पाता। यदि आपको गर्भावस्था में कोई चोट पहुंची है या आपने अपना नवजात शिशु खो दिया है तो आप बेहतर जानती हैं कि यह दुख शब्दों की सीमा से कहीं परे है। यह अध्याय आपको ही समर्पित है ताकि आप इतने बड़े दु:ख से ऊपर उठने की हिम्मत जुटा सकें।

मिसकैरिज

हालांकि यह गर्भावस्था की शुरूआत में ही हो जाता है। इसका मतलब यह नहीं कि इसका कोई दु:ख नहीं होता। आपने कितनी जल्दी अपना शिशु क्यों न खोया हो, इससे होने वाला दु:ख सच्चा होता है। चाहे आपने अल्ट्रासाउंड में भी शिशु को न देखा हो, पर उससे एक नाता तो जुड़ता ही है, न! गर्भावस्था की खबर पाते ही आप शिशु के सपने देखने लगती हैं और स्वयं को मां मानने लगती हैं और फिर महीनों की उत्तेजना व उमंग पल-भर में खत्म हो जाती है। आप उदासी व निराशा में डूब जाती हैं। आपको गुस्सा आता है कि मेरे साथ ही ऐसा क्यों हुआ। आप उन मित्रों व परिवार जन से स्वयं को विरक्त पाती हैं, जिसके यहां शिशु का जन्म हुआ हो। शुरूआत में तो कुछ भी खाना-पीना व सोना तक छूट सकता है। आप काफी रो सकती हैं और हो

सकता है कि आप एक आंसू भी न बहाएँ। यह सब कुदरती प्रक्रियाएँ हैं और बिल्कुल सामान्य हैं।

दरअसल कुछ दंपत्तियों के लिए शुरूआत में हुई यह हानि झेलना भी काफी भारी होता है। क्यों? कई लोग तीसरे माह तक यह खबर किसी को बताते नहीं, ऐसे में उन्हें सहारा देने वाला भी कोई नहीं होता। यहाँ तक कि लोगों के बताने के बावजूद उन्हें इतनी साहनुभूति व सहारा नहीं मिल पाता, जितना कि गर्भावस्था बीतने के बाद मिलता। वे कह सकते हैं। कोई बात नहीं, आप दोबारा कोशिश कर सकते हैं. कोई बात नहीं, अभी तो शुरूआत ही थी। आपके पास शिशु की कोई याद तस्वीर नहीं होती। उसके अंतिम संस्कार की कोई प्रक्रिया नहीं होती ताकि माँ-बाप का दु:ख कुछ घट सके।

एक व्यक्तिगत प्रक्रिया

ऐसी हालत में कोई भावनात्मक फार्मूला काम नहीं आता। सभी व्यक्ति निजी रूप से इसका सामना करना चाहते हैं। हो सकता है कि आपको इस दुःख से उबरने में ज्यादा समय लगे या यह भी हो सकता है कि आप जल्दी ही इस सदमे से उबर जाएँ। हो सकता है कि आप जल्दी से दोबारा कोशिश करने को उत्सुक हों। याद रखें, यहाँ वही प्रतिक्रिया सामान्य है, जो आपको सामान्य लगे। अपने-आप को संभालने के लिए आप जो भी करना बेहतर समझें, वही करें।

याद रखें कि इस मिकैरिज की वजह से आपको अपनी मर्जी से दुख मनाने या न मनाने की पूरी छूट है। आप किसी भी तरह अपने मन का भार हल्का कर सकती हैं।

शायद आप दोनों किसी निकट परिवारिक सदस्य की मदद लेना चाहें। यदि आप किसी से अपनी भावनाएं बांटना चाहें तो आपको पता चलेगा कि अधिकतर महिलाओं को अपने प्रजनन वर्षों में ऐसे मिसकैरिज का सामना करना पड़ता है परंतु आपको उनके बारे में पता नहीं था। यदि आप किसी से अपना दुख नहीं बांटना चाहते, तो इसे अपने तक ही रखें।

याद रखें कि आप उस दिन के शोक को हमेशा याद रख सकते हैं। या उस दिन को हर साल याद रख सकते हैं। उस दिन कोई नए पेड़-पौधे लगाएँ, एक शांत पिकनिक करें, अपने साथी के साथ कहीं बाहर खाने पर जाएँ।

आपको अपने गम को मनाने का पूरा हक है, तभी आप धीरे-धीरे इसके असर से निकल पाएँगे। यदि आपने इस शोक से निकलने की कोशिश नहीं की तो आप ठीक से खा-पी नहीं सकेंगे, रातों को नींद नहीं आएगी, परिवार से कट जाएँगे, तो हालात बिगड़ने पर व्यावसायिक सलाह भी लेनी पड़ सकती है।

अपने-आप को यकीन दिलाएँ कि आप दोबारा गर्भवती होकर माँ बनने की क्षमता रखती हैं।

दोहरे मिसकैरिज का सामना

हालांकि इससे दुःख की मात्रा काफी बढ़ जाती है। आप निराश, निरुत्साहित व चिड़चिड़ी हो जाती हैं। आपके मन व शरीर को सदमे से उबरने में काफी समय लग सकता है। कई शारीरिक लक्षण भी उभर सकते हैं। दूसरों से अपने मन की पीड़ा बांटें। स्वयं को समझाएँ कि इसमें आपकी कोई गलती नहीं है। डॉक्टर की सलाह लें। अपने साथी की मदद से मन का दुःख हल्का करें। इन भावनाओं को मन से निकालकर सोचें कि आपने हर हालत में एक शिशु की माँ बनना ही है।

गर्भाशय में ही मृत्यु

जब आपको सैकड़ों घंटों तक शिशु की कोई हलचल सुनाई नहीं देती तो मन डर जाता है। उससे भी बुरा तब होता है, जब आपको पता चलता है कि आपका अजन्मा शिशु नहीं रहा।

शिशु की धड़कन सुन नहीं रही, वह गर्भाशय में ही मर गया, यह सुनकर दिल को गहरी चोट लगती है और आप अचानक इस बात का यकीन नहीं कर पातीं। आपकी अवस्था के हिसाब से ही डॉक्टर तय करते हैं कि आगे क्या किया जाना चाहिए। आपका शोक भी उस माता-पिता से कम नहीं है, जिनका शिशु जन्म के दौरान या जन्म के फौरन बाद ही नहीं रहता।

जन्म के दौरान या उसके बाद शिशु की मृत्यु

कई बार डिलीवरी के तुरंत बाद शिशु नहीं रहता महीनों शिशु का इंतजार करने के बाद

आप खाली हाथ घर लौटती हैं। यह एक ऐसा दु:ख है, जिसकी भरपाई कोई नहीं कर सकता। आपको इस शोक से उबरने के लिए स्वयं ही हिम्मत करनी होगी।

■शिशु को गोद में लें, उसे कोई नाम दें अपनी पीड़ा को स्वीकारें। आप किसी बेनाम जीव के लिए दु:ख कैसे मना सकते हैं इसलिए शिशु को वहीं कोई नाम दें। चाहे डॉक्टर की राय में उसे देखना ठीक न हो क्योंकि हो सकता है कि वह शिशु आपकी कल्पना जैसा न हो लेकिन उसे देखने पर उसकी मृत्यु स्वीकारना कहीं आसान हो जाएगा। आपको उसके अंतिम संस्कार करने का व उसे अलविदा कहने का अवसर मिल जाएगा। यदि आप उसे कहीं दफनाती हैं तो आप आने वाले समय में वहाँ फूल चढ़ाने भी जा सकती हैं।

■उसकी कोई यादगार, पाँव की छाप जैसी कोई चीज़ अपने पास रखें। उसकी खूबसूरती को मन में बसाएँ; जैसे प्यारे बाल, पतली अंगुलियाँ या गुलाबी गाल वगैरह।

प्रसव के बाद अवसाद व मृत्यु

प्रसव के बाद अवसाद व उत्तेजना से दु:ख और भी गहरा जाता है। हालांकि इसे शिशु की वजह से होने वाले अवसाद से अलग करके पहचानना थोड़ा मुश्किल है लेकिन इलाज तो दोनों में ही चाहिए। जरूरत पड़ने पर व्यावसायिक मदद लेने में संकोच न करें। अपने डॉक्टर की सलाह से किसी मनोवैज्ञानिक से मिलें। थेरेपी व दवा की मदद से आराम आ जाएगा।

शिशु की मृत्यु के बाद दूध सूखना

यदि शिशु नहीं रहा तो भी आपके पास उसकी एक यादगार बची है। आपके स्तनों में उसके लिए दूध भरा हुआ है। यदि शिशु नहीं रहा तो स्तनों में उतर आए दूध को संभालना मानसिक व शारीरिक दोनों से काफी तकलीफदेह हो सकता है। यदि आपको स्तनपान कराने का मौका ही नहीं मिला तो स्तनों में रक्त संकुलता हो जाएगी। ऐसे में गर्म पानी से न नहाएँ, निप्पलों को न रगड़ें या स्तनों से दूध न निकालें वरना और दूध बनेगा।

यदि कुछ दिन स्तनपान के बाद शिशु की मृत्यु हुई हो, अपनी नर्स या डॉक्टर से सलाह लें। आपको हाथ या पंप से दूध निकालने की सलाह दी जाएगी ताकि स्तनों में दूध की कितनी मात्रा बनती है, यह उतना ही और बन जाएगा। आपके स्तनों में दूध की कितनी मात्रा बनती है, यह शिशु द्वारा दूध पीने की मात्रा पर निर्भर करती है। स्तनपान छुड़ाने या पंप इस्तेमाल करना बंद करने के बाद भी कई सप्ताह महीनों तक स्तनों से दूध की बूंदें निकल सकती हैं।

यदि आपके पास पर्याप्त मात्रा में दूध रहा हो तो आप इसे मिल्क बैंक को दान भी दे सकती हैं। इससे आपके मन को भी शांति मिलेगी।

■डॉक्टर से शिशु की रिपोर्ट लें ताकि आपमें हकीकत कबूलने की हिम्मत आ सके। आपको डिलीवरी रूम में ही काफी कुछ बताया गया होगा लेकिन दवाओं, हार्मोन व अवस्था व सदमे की वजह से आप सब कुछ आसानी से समझ नहीं पाई होंगी।

■दोस्तों व संबंधियों से कहें कि आपने घर पर शिशु के स्वागत की जो तैयारियाँ की थीं उन्हें यूं ही रहने दें वरना घर लौटने पर इस नंगी हकीकत को कबूल करने में और भी परेशानी

होगी।

■याद रखें कि गम भुलाने की इस प्रक्रिया में आपको अकेलेपन, रोष, क्रोध व अवसाद की अवस्था से गुजरना पड़ सकता है। हर कोई अलग तरह से प्रतिक्रिया देता है। हो सकता है कि आप कुछ और महसूस कर रही हों।

■यह दौर काफी कठिन होगा। आपकी नींद व खाना-पीना छूट जाएगा। दुख व अवसाद में घिर जाएंगी। बच्चों व पति पर झल्लाएंगी। आपको आधी रात को अपने उस शिशु का रोना सुनाई देगा। अपने प्रियजन से घिरे होने के बावजूद स्वयं को अकेला पाएँगी। आपको लगेगा कि आप स्वयं एक बच्चा बन जाएँ जिसे कोई दुलारे, सहलाए व कंधो से लगाए। यह सब सामान्य है।

■रोएँ-जितना जी चाहे दिल खोलकर रोएँ।

■याद रखें कि पिता भी दुःखी होते हैं। माना कि शिशु को उसने नौ महीने तक पेट में नहीं रखा लेकिन फिर भी उसका दुःख किसी मायने में आपसे कम नहीं है। उसे अपने भावों को छिपा कर आपके पास मजबूत बनकर आना पड़ रहा है। आप दोनों मिलकर इस बारे में बात करें ताकि मन हल्का हो जाए। एक-दूसरे का सच्चा सहारा ही इस समय काम आएगा।

■एक-दूसरे का ध्यान रखें। अपने गम में इतने मग्न न हों कि दूसरे की सुध ही न रहे। ऐसे हालात में कई बार रिश्तों में भी दरार आ जाती है। माना कि कभी-कभी आप अकेला रहना चाहेंगी लेकिन साथी का दुःख बाँटना भी जरूरी है।

■दुनिया का अकेले सामना न करें। अगर आप पहली बार मिलने वालों के सवाल से कतरा रही हैं तो जवाब देने के लिए किसी सहेली को साथ लें। वह तकरीबन हर जगह इस खबर को पहुंचा देंगी और आपको इस बारे में खुलासा नहीं करना पड़ेगा।

■कई बार इस मौके पर दोस्तों व रिश्तेदारों को अफसोस जताना नहीं आता। उन्हें समझ ही नहीं आता कि वे क्या कहें। वे कुछ ऐसी बातें कह सकते हैं, जो दिल को ज्यादा चोट पहुंचाती हैं, जैसे मुझे पता है कि तुम क्या महसूस कर रही हो, अच्छा हुआ कि मोह पड़ने से पहले ही शिशु चल बसा, हालांकि उनके कहने का मतलब यही है कि आपको सहानुभूति दी जाए लेकिन वे अपने आप को सही तरीके से प्रकट नहीं कर पाते और आपका दिल दुखा देते हैं।

■अपने खास रिश्तेदारों या माँ-बाप को सहारा लें। वे आपके दुःख को समझेंगे और आपको संभलने में मदद करेंगे।

■अपना ध्यान रखें। भावनात्मक अवस्था आपकी शारीरिक अवस्था को नुकसान पहुंचा सकती है। सही समय पर खाएँ-पिएँ व सोएँ। व्यायाम भी काफी असरदायक रहेगा। खाने की इच्छा न होने पर भी थाली लगाकर बैठें। गुनगुने पानी से नहाएँ। रात को खाने के बाद टहलें। अपने गम को कुछ देर के लिए भुलाकर कोई फिल्म देखें या किसी मित्र के यहां हो आएँ। जिंदगी तो रुकती नहीं और आपको उसके साथ जीना है।

■याद रखें कि शिशु की मौत का गम मनाने के लिए आप अपने हिसाब से चलें। चाहें तो पति-पत्नी इस दुःख को बाँटें या फिर दोस्तों, रिश्तेदारी या बिरादरी को साथ लें।

■अपने बच्चे की याद में कोई भलाई का काम करें। चाइल्ड केयर सेंटर के लिए किताबें खरीदें। अनाथालय में चंदा दें। अपने घर या पार्क में कोई नया पौधा रोपें।

■धर्म व आध्यात्म से भी आपके मन को शांति मिलेगी।

■गम के घेरे से निकलने के बाद ही दोबारा गर्भवती होने के बारे में सोचें ताकि भावी शिशु की देखरेख में कमी न हो।

■माना कि यह दुःख भूलने वाला नहीं है लेकिन इस घटना के छः से नौ महीने के भीतर भी आपका दुःख कम न हो, केंद्रित होने में मुश्किल हो, जीवन के लिए रस न रहे तो आपको व्यावसायिक मदद लेनी चाहिए।

■अपराधबोध की भावना न पालें। इसकी वजह से आपको दुःख के घेरे से निकलने में परेशानी हो सकती है। अगर आपको लगता है कि आपकी देखरेख में कमी से शिशु नहीं रहा तो व्यावसायिक मदद लें ताकि आपको एहसास

हो सके कि यहां आपकी कोई गलती नहीं थी। आप मन हल्का करने के लिए अजन्मे शिशु के नाम पत्र भी लिख सकती हैं, जिसमें आपकी सारी पीड़ा, दुख, आत्मसंदेह व अपराधबोध आ जाए।

जुड़वां में से एक शिशु की मृत्यु

जिन माता-पिता के यहाँ जुड़वां या तीन शिशुओं में से एक की मौत हो जाती है तो उन्हें अफसोस व खुशी का जश्न एक साथ मनाने पड़ते हैं।

■एक शिशु के जीवित रहने से दूसरे की मौत का अफसोस कम नहीं होता। आपका दिल चूर-चूर हो जाता है। आपको उस शिशु की मौत का गम मनाने का पूरा-पूरा हक है। आपको अपने शिशु की मौत को एक हकीकत माना होगा, तभी आप उस गम से उबर पाएँगे।

■अपने जीवित शिशु के लिए मन में उमड़ते प्यार को न दबाएँ। उसके भाई-बहन की मृत्यु का मतलब यह नहीं कि उसे आपके प्यार से वंचित होना पड़ेगा। उसके अच्छे स्वास्थ्य के लिए भी जरूरी है कि आप उसे दिल से अपनाएँ।

■खुशखबरी गम के साथ आई है, इसका मतलब यह नहीं कि आप उसका जश्न न मनाएँ। यदि आपको ऐसा मुश्किल लगे तो पहले अपने मृत शिशु का अफसोस मनाएँ फिर दूसरे शिशु की दावत दें।

■हो सकता है कि आप स्वयं को इसके लिए दोषी मानने लगें कि आपको ही ज्यादा शिशु संभालने की फिक्र हो रही थी या आप लड़की चाहती ही नहीं थी। याद रखें कि आपकी इच्छा या कल्पना का उस मौत से कोई लेना-देना नहीं है।

■मान सकते हैं कि आप महीनों से जुड़वां के आने की तैयारी कर रहे थे लेकिन एक ही शिशु को घर ले जा पाएँगे। ऐसे में निराशा

स्वाभाविक है लेकिन इसे अपने ऊपर हावी न होने दें।

■जुड़वां में से एक शिशु की मौत की खबर स्वयं न देना चाहें तो अपनी किसी सहेली को साथ लें। कुछ समय तक घर से निकलने पर उसे साथ रखें ताकि आपको लोगों के सवालों का जवाब न देना पड़े।

■लोग आपसे सहानुभूति जताने व जीवित शिशु को आशीर्वाद देने के चक्कर में कुछ ऐसी बातें कह सकते हैं, जिनसे आपके दिल को चोट पहुंचेगी। ऐसे में अपने निकटजन से अपनी भावनाएँ बांटें। उन्हें बताएँ कि जीवित शिशु के लिए खुश होने के साथ-साथ आप उस मृत शिशु के लिए भी दुखी हैं।

■अवसाद को स्वयं पर हावी न होने दें। इस तरह आपकी व शिशु की देखरेख में कमी आ सकती है। अपने शिशु की मानसिक व शारीरिक आवश्यकताओं की पूर्ति के लिए हिम्मत जुटाएँ।

दुःख की व्यवस्था

कई बार डॉक्टर कह सकते हैं कि मल्टीपल प्रेगनेंसी में किसी एक शिशु को खत्म करना जरूरी है क्योंकि वह जिंदा नहीं रह पाएगा या उसकी वजह से दूसरे शिशु की भी मृत्यु हो सकती है, ऐसे में अपने मन पर अपराधबोध न लें। डॉक्टर की सलाह लें। वे जैसा कहें, वैसा करने में ही आपकी भलाई है। जो भी फैसला लें, शांत व ठंडे दिमाग से लें।

अपने मित्रों व साथी की मदद लें। यदि रोने को चाहे तो रो लें पर यह न सोचें कि अपने एक शिशु को पाने के लिए दूसरे को बलिदान किया है। धर्म व आध्यात्म का सहारा लें। यदि चाहें तो दूसरों को बताएँ, यदि न चाहें तो अपने तक ही सीमित रखें।

दोबारा कोशिश करना

ऐसे सदमे के बाद दोबारा गर्भवती होने का

क्यों?

इस सवाल का हमेशा कोई जवाब नहीं होता लेकिन आपको नवजात की मृत्यु का असली कारण पता लगाना ही होगा। शिशु की पूरी जांच व गर्भावस्था हिस्ट्री से ही पता लगाया जा सकता है कि ऐसा क्यों हुआ। यदि शिशु भ्रूण में ही मर जाए या स्टिलबर्थ हो तो किसी अच्छे पैथेलॉजिस्ट विशेषज्ञ द्वारा प्लेसेंटा की जांच होनी चाहिए। इस तरह आप अपनी भावी गर्भावस्था को सुरक्षित बना पाएँगी।

फैसला करना आसान नहीं होता। यह व्यक्तिगत फैसला काफी तकलीफदेह भी हो सकता है

- इस प्रक्रिया के लिए तैयार होने पर स्वयं को बधाई दें क्योंकि ऐसा फैसला लेने के लिए काफी साहस चाहिए।
- सही समय वही है, जो आपको सही लगे। आपको भावनात्मक रूप से तैयार होने में थोड़ा या फिर अधिक समय लग सकता है। अपने दिल की सुनें। किसी के कहने में न आएँ व पूरी तरह तैयार होने पर ही गर्भधारण करें।
- अपने डॉक्टर से पूछें कि क्या आप शारीरिक रूप से माँ बनने के लिए स्वस्थ हैं। यदि आप तैयार नहीं हैं तो गर्भ धारण के लिए शारीरिक रूप से फिट हों।
- हो सकता है कि यह गर्भावस्था पहले से कहीं अधिक चिंता व तनाव लाए क्योंकि आपको पता है कि हर गर्भावस्था का अंत सुखद नहीं होता। आपके मन में अनहोनी का डर समाया है। आप नए शिशु को खुलकर अपनाने से भी डरेंगी। आपको शरीर के हर छोटे-बड़े बदलाव से चिंता होगी जो कि स्वभाविक ही है। बस इतना ध्यान रहे कि इन भावनाओं की वजह से शिशु के पोषक में कमी न आए। पिछली घटना की ओर मुड़कर देखने की बजाए आने वाले शिशु पर ध्यान केंद्रित करें व याद रखें कि गर्भावस्था में एक शिशु की मृत्यु के बावजूद अधिकतर माँएं स्वस्थ शिशुओं को जन्म देती हैं। व उनकी गर्भावस्था भी पूरी तरह सामान्य होती है।

■ ■ ■

भाग-8

आपका अगला बच्चा

अध्याय-24

अगले शिशु की तैयारी

कितना अच्छा होता अगर हम अपनी मर्जी से पूरी जिंदगी को प्लान कर पाते। अक्सर हमारी बनी-बनाई योजनाओं के पुल मिनटों में टूट कर बिखर जाते हैं और हम उन पर जरा भी नियंत्रण नहीं कर पाते।

कितना अच्छा होता कि हम पूरी योजना से गर्भधारण करते और शिशु को जन्म देते, इस तरह हमें जीवनशैली में आवश्यक सुधार लाने का भी पूरा मौका मिल जाता लेकिन ऐसी सुविधा कितनी महिलाओं को मिल पाती है। मासिक धर्म की गड़बड़ी व बर्थ कंट्रोल के उपाय वगैरह कारणों से ऐसा करना संभव नहीं हो पाता। इस किताब में भी गर्भधारण से पूर्व की तैयारी पर जोर दिया गया है हालांकि सभी महिलाएँ शुरूआत से ही इतना ध्यान न रख पाने के बावजूद स्वस्थ शिशुओं को जन्म देती हैं।

वैसे अब तो परिवार नियोजन की तकनीकें काफी कारगर होती जा रही हैं इसलिए आप बड़े आराम से अपनी प्रेगनेंसी की पूरी योजना बना सकती हैं। ज्यों ही इस बारे में सचेत हो, उसी दिन से अपने शरीर पर ध्यान देना शुरू कर दें। इस समय की गई देखभाल न केवल आपकी संतान, बल्कि उसकी संतान के लिए भी फायदेमंद होगी।

भावी माता-पिता कई तरह से प्रजनन क्षमता बढ़ा सकते हैं ताकि भावी शिशु पूरी तरह स्वस्थ हो। यदि आप पहले से ही गर्भवती हो चुकी हैं, तो भी घबराएँ नहीं, बस यह अध्याय छोड़ कर पहले अध्याय से पढ़ना शुरू कर दें।

गर्भधारण करने से पहले माँ क्या करे

संपूर्ण शारीरिक जांच :- अपने पारिवारिक डॉक्टर से मिलें। पूरी जांच से पता चल जाएगा कि पहले से ही किसी इलाज की जरूरत तो नहीं है।

दंत चिकित्सक से मिलें :- जी हाँ डेंटिस्ट से मिल कर दांतों की अच्छी तरह जांच करवाएँ। एक्स-रे, फिलिंग, दाँत की सर्जरी वगैरह, जो भी करवाना हो इसी समय करवा लें क्योंकि गर्भावस्था के दौरान यह सब नहीं हो पाएगा। आपके मसूड़े भी स्वस्थ होने चाहिए। अध्ययनों से पता चला है कि मसूड़ों की बीमारी से प्रीटर्म बर्थ का खतरा बढ़ जाता है। घर में ही दाँतों व मसूड़ों की पूरी देखभाल शुरू कर दें।

डॉक्टर से मिल कर गर्भधारण से पूर्व जांच करवाएँ :- इस समय हड़बड़ाहट नहीं है इसलिए आसानी से डॉक्टर चुना जा सकता है। अपने आसपास तलाशें कि कौन सा डॉक्टर आपके लिए बेहतर चुनाव हो सकता है। फिर उनसे मुलाकात का समय लें चाहे आप किसी दाई से ही प्रसव क्यों न कराना चाहें, पर इस समय डॉक्टर से जाँच करा लेना आवश्यक है। यदि आप जांच के बाद हाई-रिस्क ग्रुप में नहीं आतीं तो अपनी मर्जी से डॉक्टर, दाई व प्रसव का तरीका चुन सकती हैं। यदि आप हाई-रिस्क ग्रुप में हैं तो माँ-शिशु के स्वास्थ्य को ध्यान में

रखते हुए किसी विशेषज्ञ की सेवाएँ लेना ही बेहतर होगा।

अपनी प्रेगनेंसी हिस्ट्री पर नज़र डालें :- कहीं आपको पहले गर्भपात या समय से पहले प्रसव जैसी शिकायत तो नहीं रही? या फिर गर्भावस्था में कोई दूसरी जटिलता तो नहीं आई थी। डॉक्टर से पूछें कि इस विषय में क्या-क्या सावधानी बरती जा सकती है।

अपनी माँ की प्रेगनेंसी हिस्ट्री पर नज़र डालें :- पता लगाएँ कि आप भी डैश बेबी तो नहीं। 1971 तक गर्भपात रोकने के लिए डाईथाईइज़टिलसेजिसट्रल नामक जो दवा दी जाती थी वह प्रजनन अंगों को नुकसान पहुँचा सकती थी। यदि आप की मम्मा ने वो दवी ली थी तो आपको भी योनि और गर्भाशय मुख की कोलोपोस्कोपी करा लेनी चाहिए।

टेस्ट करवाएँ :- गर्भधारण से पूर्व निम्नलिखित टेस्ट कराने की सलाह दी जा सकती है।

- हीमोलोबिन या हीमेटोक्रिट (अनिमिया की जांच)
- आर$_4$ फैक्टर, यदि आप निगेटिव है तो साथी की जाँच होगी। यदि वे भी नेगेटिव हुए तो फिर ज्यादा सोचने की कोई बात ही नहीं है।
- रुबेला टिटर
- बैरीमेला टिटर
- मधुमेह की जाँच के लिए मूत्र
- ट्यूबरक्लोस्थिति
- हेपेटाइटिस बी—यदि आप हाई रिस्क समूह में आती हैं।
- साइटोमिगेलोवायरस-एंट्टीबॉज़ (यदि यह समझाया हो तो इलाज के छः माह बाद ही गर्भधारण करें)
- टॉमनोप्लाज़मोसिस टिटर (अगर आपकी बिल्ली कच्चा माँस खाती है या आप दस्तानों के बिना बागवानी करती हैं अथवा पॉश्चराइज़ फ्री दूध लेती है, इस पुस्तक में पहले चर्चित सुझावों पर अम्ल करें।
- थायराइड (इससे गर्भावस्था व संतान की मानसिक क्षमता प्रभावित हो सकती है। गर्भधारण से पूर्व इसकी जाँच अवश्य कराएँ । यदि परिवार में किसी को पहले यह रोग हो चुका है, तब तो यह और भी जरूरी हो जाता है।
- एस. टी. डी. (यौनजनित रोग) सभी गर्भवती महिलाओं को एस. टी. डी. जाँच करानी चाहिए, जिनमें सिफलिस, गोनास्यिा, क्लामीडिया, हर्मीज, ध्यूमन पैपीलोमा वायरस, वैक्टीरियल बैंजीनेसिस, गारडनरेला वैजनीटिस व एच. आई. वी शामिल हैं। चाहे आप अपने लिए ऐसा सोच भी नहीं सकतीं, फिर भी जाँच कराना बेहतर होगा।

इलाज कराएँ :- अगर टेस्ट में किसी रोग का पता चले तो इलाज कराने में देर न करें। किसी भी तरह की सर्जरी या मेडीकल इलाज से न हिचकिचाएँ। अब आपको जननांगों से जुड़ी छोटी सी भी तकलीफ का भी इलाज करा लेना चाहिए; जैसे–

- यूटेराइन पोलिप्स, फायब्राइस, सिस्ट, ट्यूमर
- एंडोमैट्रिओसिस
- पेल्विक से जुड़े रोग
- मूत्राशय संक्रमण
- यौन जनित रोग

यदि किसी भी मामले में सर्जरी करानी पड़े तो उसके छः माह बाद ही गर्भधारण करें।

टीकाकरण पूरा कराएँ :- यदि आपने पिछले दस वर्षों में टिटनेस–डिपथीरिया बूस्टर नहीं लिया तो अवश्य लें। एम.एम.आर. वैक्सीन लें तो गर्भधारण से पूर्व तीन महीने तक इंतजार कर लें। हैपटाइटिस की के बारे में भी सचेत रहें व सही समय पर चिकित्सा कराएँ।

क्रॉनिक रोगों पर काबू पाएँ

यदि आप दमा, मधुमेह, मिरगी, हृदय रोग आदि किसी भी लंबे रोग से ग्रस्त हैं तो गर्भधारण से पहले, डॉक्टर से पूछ कर अपने इन रोगों पर

नियंत्रण पाएँ व अपना पूरा ध्यान रखने की कोशिश करें। यदि एलर्जी की कोई दवा लेने की आवश्यकता हो तो उसे भी अभी ले लें। डिप्रेशन भी आपकी राह में रुकावट बन सकता है इसलिए अपनी बड़ी योजना शुरू करने से पहले इस पर काबू पा लें।

जेनेटिक स्क्रीनिंग :- यदि आप या आपके साथी को कोई जेनेटिक डिसमॉर्डर (सिकल तैल, पैलासीमिया, हीमोफीलिया, सिस्टिम फाइब्रोसिस, प्रस्कचुलर डिस्ट्रोफी या एक्स सिंड्रोम आदि) है या डाऊन सिंड्रोम जैसी कोई दूसरी जन्मजात विकृति है, आप दोनों के वंश में पहले ऐसा कोई रोग हुआ है तो जैनेटिक विशेषज्ञ से मिलें। यदि आप कॉकेशियन हैं तो सिस्टिक फाइब्रोसिस, यहूदी-यूरोपिलन हैं तो टे-शेक, यदि फ्रेंच-कैनेडियन या आइरिश-अमरीकरन है तो सिकल-सैल, यदि ग्रीक-इटैलियन या दक्षिण पूर्वी एटिचाई या फिलीपीन मूल से हैं तो थैलासीमिया की जांच कराएँ। यदि पिछली गर्भावस्था में भी ऐसी कोई जेनेटिक परेशानी हो चुकी है तो राय अवश्य लें।

बर्थ कंट्रोल का उपाय :- यदि किसी जन्म नियंत्रण उपाय से आने वाली गर्भावस्था प्रभावित होती हो तो उसे बदल दें। यदि गर्भ निरोधक गोलियाँ लेती हैं तो योजना बनाने से काफी समय पहले से इन्हें छोड़ दें। कोशिश करें कि गर्भधारण से पहले दो मासिक धर्म नियमित रूप से आ जाएँ। यदि मासिक धर्म नियमित होने में समय लगे तो हिम्मत न हारें यदि आई यू डी इस्तेमाल करती हैं तो इसे निकलवा दें। किसी भी तरह की गर्भनिरोधक दवा का प्रयोग बंद कर दें। यदि चाहें तो स्पर्मीसाइड रहित कंडोम इस्तेमाल कर सकती हैं।

आहार में सुधार :- सबसे पहली और खास बात यह है कि भोजन में फॉलिक एसिड की मात्रा बढ़ाएँ। अध्ययनों से पता चला है कि गर्भधारण से पहले व गर्भावस्था के प्रारंभिक चरण में इस की पर्याप्त मात्रा लेने से न्यूटल ट्यूब दोष काफी घट जाते हैं। यह साबुत अनाज व हरी पत्तेदार सब्जियों में भरपूर मात्रा में पाया जाता है। इसके साथ-साथ इसकी दवा भी ली जा सकती है।

जंक, फूड और रिफाइंड शुगर की मात्रा घटा दें। साबुत अनाज, फल, सब्जियाँ व कम वसायुक्त डेयरी पदार्थ लें। सैचुरेटिडवसा की मात्रा घटा दें, इसके कारण गर्भावस्था में जी मिचलाने व उल्टी की समस्या बढ़ सकती है। गर्भधारण से पहले प्रतिदिन दो प्रोटीन तथा तीन कैल्शियम सर्विंग अवश्य लें।

यदि आपकी खाने-पीने की आदतें स्वस्थ नही हैं या फिर किसी दूसरे तरह के ईटिंग डिसआर्डर से ग्रस्त हैं तो अपने डॉक्टर की राय से विशेष आहार लें।

आदर्श वजन :- जरूरत से ज्यादा या कम वजन गर्भधारण में समस्या बन सकता है। यदि जरूरत महसूस हो तो कैलोरी की मात्रा घटाएँ। वजन घटाते समय धीरे-धीरे वजन घटाएँ चाहे गर्भधारण प्रक्रिया को दो महीने आगे ले जाना पड़े। कुपोषण के कारण भी गर्भ धारण करना मुश्किल हो जाता है। यदि आप क्रैश डाइट पर थीं तो सामान्य रूप से खाते हुए शरीर को अपने आकार में आने दें, फिर गर्भ धारण करें।

विटामिन व मिनरलएप्लीमेंट लें :- आहार में बदलाव के साथ-साथ विटामिन व मिनरल युक्त एप्लीमेंट भी अवश्य लें। अध्ययनों से पता चला है कि गर्भधारण से पहले ही विटामिन व मिनरल का एप्लीमेंट लेने वाली महिलाओं में उल्टी, जी मिचलाना या मार्निंग सिकनेस जैसी शिकायतें कम पाई गईं। जिंक लेने से भी फायदा होता है। इसके अलावा दूसरे पोषक सप्लीमेंट न लें क्योंकि इनकी अधिक मात्रा भी घातक हो सकती है।

शेप बनाएँ पर, आराम से :- यदि कसरत को दिनचर्या में शामिल करेंगी तो शरीर स्वस्थ रहेगा व आने वाले समय के लिए स्वंय को तैयार भी कर पाएगा। फालतू वजन भी घट

जाएगा लेकिन ज्यादा मेहनत वाली कसरत न करें। कई बार शरीर का तापमान अधिक होने पर भी गर्भधारण में कठिनाई होती है अति तो किसी भी चीज की बुरी होती है इसलिए व्यायाम करें पर, आराम से!

ड्रग्स से बचें :- कोकेन, क्रेक, मरिजुआना, हेरोइन आदि ड्रग्स गर्भावस्था में खतरनाक हो सकते हैं। गर्भ धारण करने में मुश्किल होती है यदि गर्भावस्था शुरू हो भी जाए तो भी भ्रूण को नुकसान पहुँचता है। मिसकैरिज, समय से पहले शिशु के जन्म वगैरह का खतरा बना रहता है। चाहे आप कभी-कभी ही क्यों न लेती हों, इन्हें लेना बंद करें। यदि मुश्किल लगे तो व्यावसायिक मदद लें।

फालतू दवाओं से बचें :- गर्भधारण की योजना बनाने के बाद कोई भी दवा अपने डॉक्टर से पूछे बिना न खाएँ। योनि में किसी भी तरह की रखने वाली दवा भी डॉक्टर से पूछ कर ही इस्तेमाल करें।

दवाओं को जाँचें :- आप अपनी किसी बीमारी के लिए जो दवा सालों से खाती आ रही हैं। पता करें कि कहीं गर्भावस्था में वह घातक तो नहीं होगी। कम से कम छः महीने पहले ऐसी किसी भी दवा का सेवन बंद कर दें। शिशु होने के बाद भी ध्यान रखें क्योंकि स्तनपान कराने से भी दवा का असर उस तक पहुँच सकता है। कई बार खुराक घटाने से बात बन जाती है।

कुछ दवाएँ तो काफी खतरनाक साबित हो सकती हैं इसलिए समय-समय पर डॉक्टर की राय लेती रहें।

हर्बल या वैकल्पिक दवाएँ :- यह जरूरी नहीं कि सभी हर्बल दवाएँ सुरक्षित ही होंगीं। कुछ दवाएँ गर्भधारण में रुकावट पैदा कर सकती हैं। ऐसी कोई भी हर्बल या वैकल्पिक किसी भी रूप में हानिकारक हो सकती है इसलिए अपेक्षित सावधानी रखें।

कैफीन की मात्रा घटाएँ :- चाय, कॉफी आदि की मात्रा अभी से घटानी शुरू कर दें ताकि आगे चल कर दिक्कत न हो। कुछ अध्ययनों से पता चला है कि कॉफी की अधिक मात्रा भी आपको नुकसान पहुँचा सकती है यानी गर्भधारण करने में परेशानी हो सकती है। वैसे भी इसकी अधिक मात्रा कई अन्य तरीकों से भी शरीर को हानि पहुँचाती है।

मदिरा का सेवन न करें :- गर्भ धारण की योजना बनाने के बाद प्रतिदिन मदिरा का सेवन करना नुकसानदायक होगा। मासिक धर्म का चक्र भी गड़बड़ा सकता है इसलिए इसका सेवन बिल्कुल न करें।

धूम्रपान न करें :- तंबाकू से शिशु को भी कैंसर का खतरा हो सकता है, आपको गर्भधारण करने में परेशानी हो सकती है। अपने शिशु को धुँआ रहित पर्यावरण दें।

रेडिएशन के अधिक सम्पर्क में न आएँ :- यदि एक्स-रे कराना जरूरी हो तो प्रजनन अंग ढककर ही करवाएँ। याद रखें कि गर्भधारण की योजना बनाने के बाद आप कभी भी गर्भवती हो सकती हैं इसलिए पहले से ही सावधानी बरतें। अपने डॉक्टर को इस बारे में सूचना दे दें ताकि वे भी इस ओर से सावधानी रखें। गर्भधारण के बाद रेडीऐशन तभी करवाएँ, जब बहुत ज्यादा जरूरी हो।

खतरनाक रसायनों से बचें :- कुछ रसायन गर्भधारण व भ्रूण के विकास में रुकावट बन सकते हैं। आप काम के दौरान इस बात का खास ध्यान रखें। मेडीसन, आर्ट, फोटोग्राफी फ्रेमिंग व लैंडस्केपिंग; हेथर ड्रैसिंग व कॉस्मेटो लॉजी, ड्राईक्लीनिंग व कारखाने आदि में विशेष रूप से सावधानी रखें। यदि हो सकते तो कुछ समय के लिए ऐसे स्थान से हट जाएँ। अपना तबादला करवा लें।

कई बार लैड की अधिक मात्रा भी नुकसान करती है। यह आपके काम के अलावा

घर या पानी में भी हो सकती है घरेलू जहरीले पदार्थों के भी निकट संपर्क में न आएँ। यदि आपके रक्त का स्तर अधिक है तो विशेषज्ञ की राय ले कर उसकी चिकित्सा करवाएँ ताकि शरीर में लैड की मात्रा घट सके।

वित्तीय मजबूती :- शिशु के आने से पहले ही अपना वित्तीय बजट भी बना लें क्योंकि आने वाले समय में आपको काफी धन चाहिए। अपनी हैल्थ इंश्योरेंस करवाएँ ताकि प्रसव का खर्च मिल सके। पता कर लें कि ऑफिस मे मेटरनिटी लीव मिलेगी या नहीं इस तरह आप बाद में कई तरह की परेशानियों से बच जाएँगी।

ध्यान देना शुरू करें :- एक बार सारी अपेक्षित सावधानी रखने के बाद अपनी योजना पर ध्यान देना शुरू करें। यदि आप चक्र के सबसे फर्टाहल पीरियड में शारीरिक संबंध बनाती हैं तो जल्दी से जल्दी गर्भ धारण की संभावना बढ़ जाती है। किसी डायरी में प्रत्येक मासिक चक्र का पहला दिन नोट करें। यह भी पता लगाएँ कि आप औव्यूलेट कब हुई थीं। अक्सर चक्र के बीच में ओव्यूलेशन होता है। लेकिन अनियमित चक्र वाली महिलाओं के लिए मासिक धर्म से पहले दसवे तथा बाद में सत्रहवें दिन में गर्भधारण की संभावना बढ़ जाती है। कुछ महिलाओं को ओव्यूलेशन का साफ रूप से पता चलता है तो कई इसे नहीं पहचान पातीं। इस दौरान आपकी योनि का स्राव, अंडे की सफेदी की तरह तथा लिसलिसा होता है जिसे खींचा जा सकता है। साथ ही पेट के निचले हिससे या पीठ के एक ओर हल्का दर्द भी महसूस होता है। यदि नोट करें तो बैसल तापमान में अंतर से भी पता लगा सकती हैं इसके लिए आपको वी.वी.टी. थर्मामीटर लेना होगा। सुबह बिस्तर से उठने से पहले अपना तापमान जाँच लें। आव्यूलेशन चक्र शुरू होने से पहले यह तापमान न्यूनतम होता है और फिर तेजी से बढ़ता है यदि आप यह सब पता नहीं लगा पा रहीं, आपके चक्र अनियमित हैं या आप कोई आसान तरीका पाना चाहती हैं तो इसके लिए बाजार में होम ओव्यूलेशन प्रीडिक्टर किट भी मिलती है। इसकी मदद से आप अपनी योजना को सफल बना सकती हैं। इस तरह डिलीवरी की सही तारीख जानने में भी आसानी होगी।

आराम करें:- जी हाँ, यह शायद सबसे अहम बात है। तनाव से तो बात और बिगड़ती ही है। रिलैक्सेशन तकनीक सीखें, ध्यान लगाएँ व तनाव से बचें।

पूरा समय दें :- किसी भी स्वस्थ गर्भावस्था को आरंभ होने में सामान्यत: 6 महीने लग सकते हैं। यदि जल्दी से बात न बने तो तनावग्रस्त न हों, डॉक्टर के पास जाने से पहले अपने-आप को पूरा समय दें। यदि आप 35 वर्ष से ऊपर की हैं तो कम से कम 6 महीने कोशिश करने के बाद ही डॉक्टर की राय लेने जाएँ।

गर्भधारण करवाने से पहले डैड क्या करें :-

डॉक्टर से मिलें :- अपनी शारीरिक जाँच कराके तय कर लें कि आप टेस्टीकल सिस्ट, ट्यूमर या डिप्रेशन जैसे किसी रोग से ग्रस्त नहीं हैं या आपको ऐसा कोई रोग नहीं है जो आपके साथ की स्वस्थ गर्भावस्था में रुकावट पैदा कर सके।

किसी भी तरह की दवा लेने से पहले पता कर लें कि उसका असर आपकी यौन क्षमता पर तो नहीं पड़ेगा। कई बार उनकी वजह से स्पर्म की संख्या घट भी जाती है, उम्मीद है कि आप ऐसा तो नहीं चाहेंगे।

जैनेटिक स्क्रीनिंग कराएँ, अगर जरूरत हो तो:- यदि परिवार में पहले ऐसा हो चुका है तो गर्भाधारण से पहले जैनेटिक स्क्रीनिंग अवश्य करवा लें।

बर्थ कंट्रोल के तरीके छोड़ दें :- यदि आपकी पत्नी बर्थ कंट्रोल का कोई तरीका अपना रही है या कोई गोलियाँ ले रही है तो वह सब बंद कर दें। कम से कम दो मासिक चक्र खुल कर होने दें। यदि चाहें तो उस दौरान स्पर्मीसाइड के बिना कंडोम इस्तेमाल करें।

आहार में सुधार :- आहार जितना बेहतर होगा, गर्भधारण के लिए स्पर्म भी उतने ही स्वस्थ होंगे। गर्भधारण से पूर्व माता-पिता, दोनों को ही पौष्टिक आहार लेना चाहिए। कोशिश करें कि आपके आहार में विटामिन सी, ई, जिंक, कैल्शियम व विटामिन डी की भरपूर मात्रा हो। गर्भधारण करवाने से पहले विटामिन-मिनरल का सप्लीमेंट लें। इनमें थोड़ा फौलिक सीसा भी होगा तो आपके काम आएगी। यदि आप मधुमेह के रोगी हैं तो ब्लडशुगर नियंत्रित कर लें।

जीवनशैली में सुधार :- शोध व अध्ययनों से पता चला है कि अगर गर्भधारण करवाने से पहले पुरुष साथी किसी भी तरह के ड्रग्स लेता है तो इससे उसकी यौन क्षमता प्रभावित होती है। ड्रग्स व शराब से न केवल स्पर्म की संरचना व गुणवत्ता प्रभावित होती है बल्कि टेस्टोसेहरान का स्तर भी घट जाता है। शिशु में जन्मजात दोष भी आ सकते हैं। शिशु का वजन घट सकता है। यदि आप ड्रग्स व शराब छोड़ सकें तो आपके महिला साथी के लिए भी ऐसा करना आसान हो सकता है।

धूम्रपान न करें :- धूम्रपान करने से स्पर्म की संख्या घटती है तथा गर्भधारण करवाने में कठिनाई हो सकती है। यह धुँआ आपके आने वाले शिशु व महिला साथ के लिए भी खतरनाक है इसलिए इससे बचाव करना जरूरी है।

इनसे बचें :- जी हां, पेंट, वार्निश, मैटल डीग्रीसर व पेस्टीसाइड आदि में ऐसे हानिकारक रसायन पाए जाते हैं, जिनके कारण आपको गर्भ धारण करवाने में कठनाई हो सकती है। इनसे बचें या जहाँ तक संभव हो, इनके अधिक निकट संपर्क में न आएँ।

उन्हें रखें शीतल :- जी हाँ, हम आपके वृषणों (टेस्टीकल) की बात कर रहे हैं। यदि इन्हें जरूरत से ज्यादा गर्माहट मिले तो भी स्पर्म की संख्या घट सकती है। इन्हें बाकी शरीर के तापमान से थोड़ा ठंडा रखना ही बेहतर होता है। हॉट टब, हॉट बाथ, सोना बाथ, टाइट कपड़े व अंतर्वस्त्रों का ज्यादा प्रयोग न करें। सिंथैटिक पेंट व अंडरवियर भी गरमी के दिनों में ज्यादा गर्म होते हैं।

उन्हें रखें सुरक्षित :- यदि आप फुटबॉल, सॉकटए बास्केट बॉल या घुड़सवारी जैसे खेल खेलते हैं तो शरीर के इन नाजुक अंगों की सुरक्षा का पूरा ध्यान रखें। जरूरत से ज्यादा साईकलिंग भी नुकसान पहुँचा सकती है क्योंकि उसमें लगातार निचले अंगों पर दवाब पड़ता है। यदि वह हिस्सा साइकिल चलाते समय थोड़ा सुन्न सा लगे तो गर्भधारण के दिनों में उसका इस्तेमाल न करना ही बेहतर होगा। परेशानी बढ़ने पर डॉक्टर के पास जाने से न घबराएँ।

शांत रहें :- यह आप दोनों के लिए बहुत अहमित रखता है। तनाव से न केवल काम क्षमता घटेगी बल्कि स्पर्म की संख्या में भी कमी आएगी। इस बारे में ज्यादा न सोचें, सब कुछ प्राकृतिक तौर पर सहज हो जाएगा।

इसके बाद.......?

एक नई शुरूआत का वक्त है। गर्भधारण से पूर्व की तैयारी होने के बाद गर्भधारण वाले अध्याय से पढ़ना शुरू कर दें और इसका पूरा आनंद लें!

परिशिष्ट

गर्भावस्था के दौरान होने वाले सामान्य टेस्ट

डॉक्टर आपकी अवस्था के हिसाब से कुछ टेस्ट घटा-बढ़ा सकते हैं। यह काफी हद तक आपकी मेडीकल हिस्ट्री और उनके व्यावसायिक मत पर भी निर्भर करता है। अधिक जानकारी के लिए यह सूची देखें।

टेस्ट व कब किए जाएँगे	प्रक्रिया	कारण
ब्लड टाइप। पहली बार	बाँह से खून निकाल कर जांच होगी	आरएच टाइप या कैल फैक्टर की जांच होगी
होमेटोक्रिट या हीमोग्लोबिन पहली बार फिर 20 सप्ताह बाद	बाँह से खून ले कर जांच होगी	इससे आयरन की कमी, रक्ताल्पता या आयरन सप्लीमेंट की जानकारी होगी।
रुबेला टिटर, पहली भेंट	बाँह से खून ले कर जांच होगी	रुबेला (जर्मन मीजल्स) के लिए रोग प्रतिरोधक क्षमता की जांच।
सिफलिस टेस्ट। पहली भेंट	बाँह से खून ले कर जांच होगी!	सिफलिस संक्रमण हुआ तो तत्काल इलाज से भ्रूण को हानि से बचा सकते हैं।
एच.आई.वी. जाँच। पहली भेंट	बाँह से खून ले कर जांच होगी	पता लगने से माँ के इलाज में आसानी होगी व बच्चे तक संक्रमण नहीं जाएगा।
हैपेटाइटिस की स्क्रीन। पहली भेंट	बाँह से खून ले कर जांच होगी	यदि हैपटाइटिस बी का इंफेक्शन हो तो पहले ही माँ की जांच से भ्रूण का इलाज हो सकता है।
पैप स्मीयर। पहली भेंट	सर्वाइकल से स्राव ले कर कोशिकाओं की जांच होगी	सर्वाइकल कैंसर या किसी दूसरी दूसरी अनियमितता की जांच के लिए।

टेस्ट व कब किए जाएँगे	प्रक्रिया	कारण
गोनोरिया कल्चर व जेनीटल हर्पीज़। पहली भेंट	योनिस्राव का लैब में क्लचर होगा	संक्रमण हुआ तो इलाज किया जाएगा।
क्लामीडिया टेस्ट। पहली भेंट	सर्विक्स, यूरेथ्रा या रैक्टम के आसपास के हिस्से की जांच होगी	यदि संक्रमण हुआ तो जांच की जाएगी।
मूत्र में बैक्टीरिया। पहली भेंट	मूत्र की जांच	यह संक्रमण की निशानी है, इसका इलाज किया जाएगा।
ड्रग स्क्रीन। पहली	मूत्र के नमूने की जांच	गर्भावस्था में नशीली दवाओं का सेवन खतरनाक है। पता चलने पर इलाज होना जरूरी है।
ब्लड प्रेशर। हर भेट में	इसे ब्लड प्रेशर मापक यंत्र या किसी भी इलैक्ट्रौनिक यंत्र मापा जाता है।	हाइपरटेंशन या प्रीक्लैम्पसिया का पता चलता है।
मूत्र में ग्लूकोज़। हर भेंट में	मूत्र की जांच एक डिप स्टिक से होती है	अधिक मात्रा गैस्टेशनल डायबिटीज़ का संकेत देती है।
मूत्र में प्रोटीन	मूत्र की जांच एक डिप स्टिक से होती है।	अधिक मात्रा मूत्राशय संक्रमण या प्रीक्लैंपसियर का संकेत देती है।
ड्रिपल स्क्रीन। 15 से 18 सप्ताह में ग्लूकोज़ टॉलरेंस टेस्ट। 28वें सप्ताह में	बाँह से खून ले कर जांच होगी एक ग्लूकोज़ ड्रिक पिलाने के बाद बाँह से खून निकाल कर जांच	भ्रूण की स्क्रीनिंग से दोषों का पता लगेगा। गैस्टेशनल मधुमेह की जांच
ग्रुप की स्टेप टेस्ट 37वें सप्ताह के आसपास	योनि व काल बाट के आसपास तथा मूत्र की जांच	प्रसव के दौरान चिकित्सा हो हो सकती है ताकि नवजात की की सुरक्षा हो सके।

गर्भावस्था के दौरान वैकल्पिक उपाय

लक्षण	प्रक्रिया	कारण
पीठ में दर्द	गर्माहट बचावात्मक उपाय	हल्के गुनगुने पानी से नहाएँ एक तौलिए में में हीटिंग पैड लपेट कर 15 मिनट रखें ऐसा दिन में 3 से 4 बार करें। व्यायाम, उचित शारीरिक पोस्चर!
चोट लगने पर गूमड़ उभरना	आइस पैक ठंडा सेंक	बाजार में मिलने वाला आइस पैक लें या सब्जियों के बंद पैकेट को पूरी तरह ठंडा कर लें। आधा घंटा रखें। अगर आराम न आए तो फिर से आधे घंटे के लिए रखें ठंडे बर्फीले पानी में एक नरम कपड़ा भिगोएँ। इसे निचोड़ कर चोट वाले स्थान पर रखें। ठंडक निकलने पर फिर से पानी में भिगोएँ।
बाजू, कलाई या पैरों पर गूमड़	ठंडे पानी में भिगोएँ	खुले पानी में बर्फ मिला कर ठंडा कर लें व उसमें हाथ-पैर भिगोएँ। यदि चाहें तो आधा घंटा रख लें।
जलन	ठंडा सेंक	ठंडा सेंक
ठंडी लगना। जुकाम	सेलाइन नोज़ ड्राप्स विक्स वेपोरब अतिरिक्त द्रव्यों की मात्रा इन्हेलेशन	बाजार से यह दवा लें या 1/4 छोटे चम्मच नमक में 1 औंस पानी मिला कर, दोनों नथुनों में कुछ बूँदें डालें। 5-10 मिनट इंतजार करके नाक छिड़कें। दिए गए निर्देशानुसार इस्तेमाल करें। हर घंटे में 8 औंस द्रव्य की मात्रा लें जैसे जूस, पानी व चिकन सूप आदि। दूध की मात्रा कुछ दिन घटा दें भाप की केतली, स्टीम वैपोराइज़र वगैरह लें व सिर के ऊपर कपड़ा तान कर भाप लें। दिन में 3-4 बार 15-15 मिनट तक भाप लें। अगर ज्यादा गर्माहट लगे तो और भाप न लें

लक्षण	प्रक्रिया	कारण
	नेज़ल स्ट्रिप	दिए गए निर्देशानुसार
खांसी (जुकाम या लू से)	इन्हेलेशन द्रव्य की अतिरिक्त मात्रा	जुकाम (देखें) जुकाम (देखें)
डायरिया	अतिरिक्त मात्रा	प्रति घंटा 8 औंस पानी लें। जूस या क्लीयर सूप भी ले सकती हैं।
(बुखार) 100^0 से अधिक होने पर डॉक्टर बुलाएँ। 102^0 से अधिक होने पर तुरंत डॉक्टर बुलाएँ। कोई दवा ले कर बुखार हल्का करने की कोशिश करें।	ठंडे पानी से स्नान स्ट्रिज़ बाथ	गुनगुने पानी से भरे टब में बैठें। इस आइस क्यूब डाल कर ठंडा करती रहें। कंपकंपी होने पर नहाना बंद कर दें। कटोरे में पानी, आइस क्यूब व। ढ़मून रविंग अल्कोहल मिला कर तौलिया भिगोएँ व शरीर पोंछें।
हीमरॉथड्स	स्टिल बाथ	हल्के गुनगुने पानी के टब में दिन में 2-3 बार बैठें
पेट या त्वचा पर खुजली	बचावात्मक उपाय	शुष्क साबुन न लें व ज्यादा देर तक गर्म पानी में न नहाएँ। गीले शरीर पर माइश्चराइज़र लगाएँ
आँखें में खुजली। पानी आना	गर्म सेंक	हल्के गुनगुने पानी में तौलिया भिगोकर सेंक करें
मांसपेशियों की सूजन। चोट	आइस पैक, ठंडा सेंक ठंडे पानी में भिगोना (24 से 48 घंटे)	गूमड़ (देखें)
मांसपेशियों की सूजन, चोट	48 घंटे बाद, गर्म पानी में भिगोएँ, गर्म पानी से स्नान हीटिंग पैड	गर्म पानी में तौलिया भिगो कर लपेटें। इसे प्लास्टिक बैग से ढक कर,ऊपर से हीटिंग पैड लगाएँ। दिन में दो बार 1-1 घंटा रखें।

लक्षण	प्रक्रिया	कारण
नाक बंद होना		जुकाम (देखें)
साइनसिटिस	बार-बार गर्म व ठंडा सेंक	गर्म पानी में कपड़ा भिगो कर निचोड़ें। दर्द घटने तक रखें फिर ठंडा सेंक करें। बारी-बारी से गर्म-ठंडा सेंक दें
गले में दर्द। खराश	गरारे	गुनगुने पानी में हल्का नमक मिला कर 5 मिनट तक गरारे करें। जरूरत पड़ने पर हर दो घंटे बाद करें

गर्भावस्था में कैलोरी तथा वसा की आवश्यकता

किसी व्यक्ति के वजन, कार्य स्तर व मेटाबॉलिज्म के अनुसार ही उसके लिए वसा व कैलोरी निश्चित होती है।

हालांकि निम्नलिखित तालिका से आप इस विषय में मोटा अंदाजा लगा सकती हैं।

आपका आदर्श वजन पाऊंड	गतिविधि का स्तर	प्रतिदिन कैलोरी की आवश्यकता	अधिकतम वसा की आवश्यकता	अधिकतम पूर्व वसा की आवश्यकता
100	1	1500	50	2 1/2
100	2	1800	60	3 1/2
100	3	2500	83	5
125	1	1800	60	3 1/2
125	2	2175	72	4
125	3	3050	101	6
150	1	2100	70	4
150	2	2550	85	5
150	3	3600	120	7 1/2

अपनी गतिविधि का स्तर इस प्रकार निकालें–1. आरामदायक 2. मध्यम सक्रिय 3. पूर्णतया सक्रिय (बहुत कम महिलाएँ तीसरी श्रेणी में आती हैं)

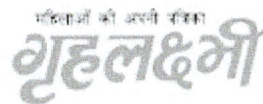

महिलाओं की अपनी पत्रिका

गृहलक्ष्मी

क्या करें जब माँ बनें

- मेरे सवाल

- मेरे अनुभव

- मेरे यादगार पल

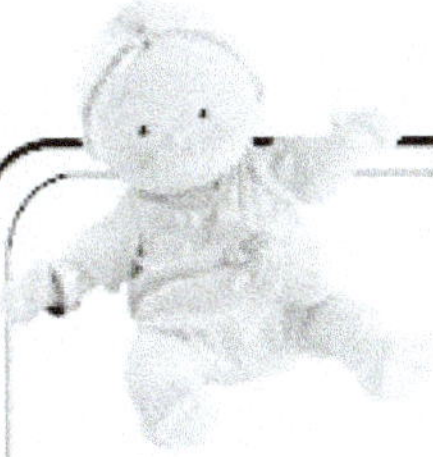

प्रति सप्ताह आपका वजन

सप्ताह 1: ____

सप्ताह 2: ____

सप्ताह 3: ____

सप्ताह 4: ____

सप्ताह 5: ____

सप्ताह 6: ____

सप्ताह 7: ____

सप्ताह 8: ____

सप्ताह 9: ____

सप्ताह 10: ____

सप्ताह 11: ____

सप्ताह 12: ____

सप्ताह 13: ____

सप्ताह 14: ____

सप्ताह 15: ____

सप्ताह 16: ____

सप्ताह 17: ____

सप्ताह 18: ____

सप्ताह 19: ____

सप्ताह 20: ____

सप्ताह 21: ____

सप्ताह 22: ____

सप्ताह 23: ____

सप्ताह 24: ____

सप्ताह 25: ____

सप्ताह 26: ____

सप्ताह 27: ____

सप्ताह 28: ____

सप्ताह 29: ____

सप्ताह 30: ____

सप्ताह 31: ____

सप्ताह 32: ____

सप्ताह 33: ____

सप्ताह 34: ____

सप्ताह 35: ____

सप्ताह 36: ____

सप्ताह 37: ____

सप्ताह 38: ____

सप्ताह 39: ____

सप्ताह 40: ____

सप्ताह 41: ____

सप्ताह 42: ____

सप्ताह 43: ____

सप्ताह 44: ____

सप्ताह 45: ____

सप्ताह 46: ____

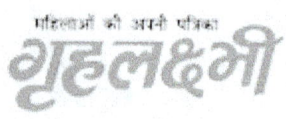

महिलाओं की अपनी पत्रिका

गृहलक्ष्मी

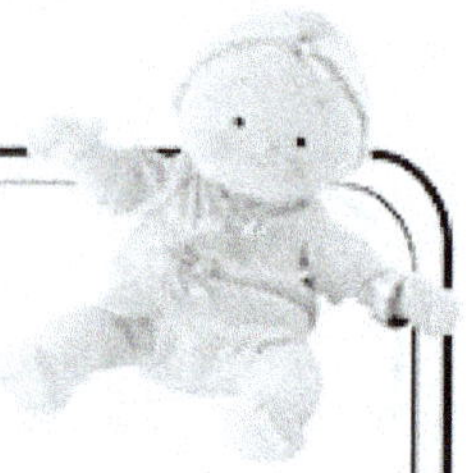

पहला महीना

मेरे सवाल

मेरे अनुभव

मेरे यादगार पल

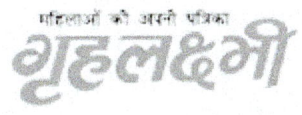

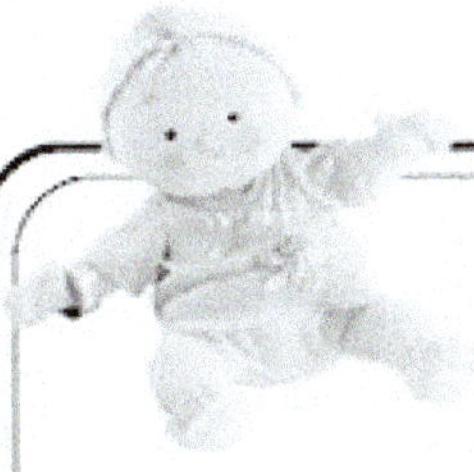

पहला महीना

मेरे सवाल

मेरे अनुभव

मेरे यादगार पल

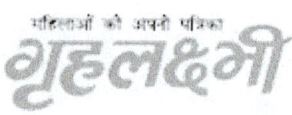

महिलाओं की अपनी पत्रिका

गृहलक्ष्मी

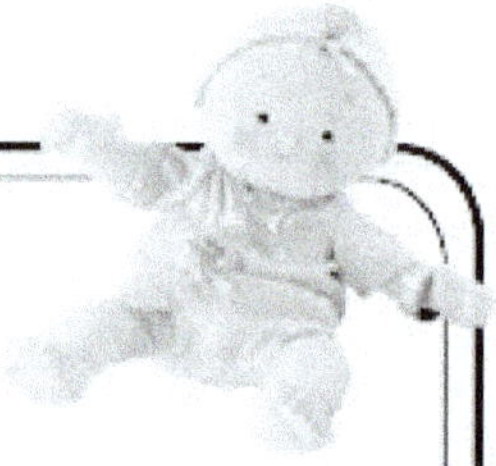

दूसरा महीना

मेरे सवाल

मेरे अनुभव

मेरे यादगार पल

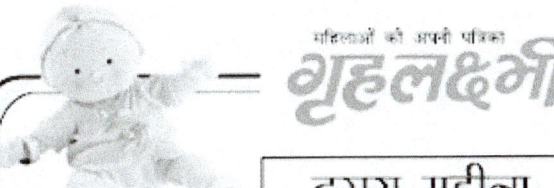

दूसरा महीना

मेरे सवाल

____

____

____

____

____

मेरे अनुभव

____

____

____

____

____

मेरे यादगार पल

____

____

____

____

____

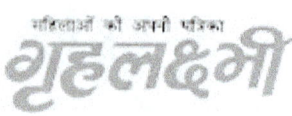

तीसरा महीना

मेरे सवाल

_____

_____

_____

_____

मेरे अनुभव

_____

_____

_____

_____

मेरे यादगार पल

_____

_____

_____

_____

_____

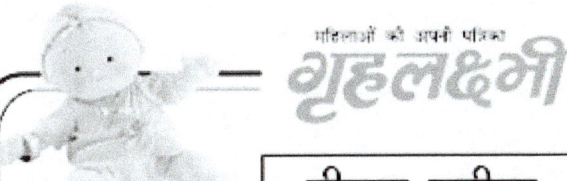

तीसरा महीना

मेरे सवाल

मेरे अनुभव

मेरे यादगार पल

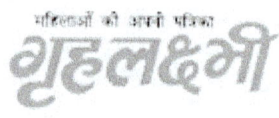

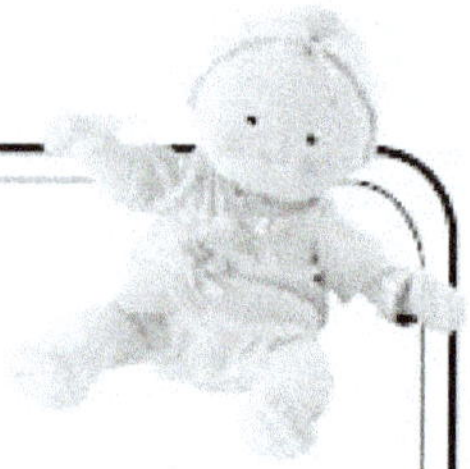

चौथा महीना

मेरे सवाल

मेरे अनुभव

मेरे यादगार पल

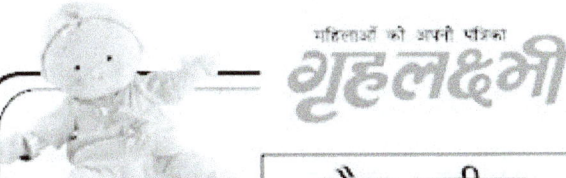

महिलाओं की अपनी पत्रिका
गृहलक्ष्मी

चौथा महीना

मेरे सवाल

____

____

____

____

____

मेरे अनुभव

____

____

____

____

____

मेरे यादगार पल

____

____

____

____

____

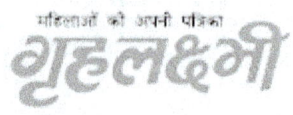

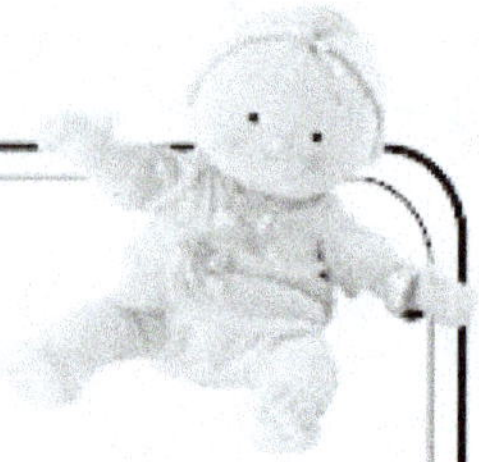

पांचवां महीना

मेरे सवाल

मेरे अनुभव

मेरे यादगार पल

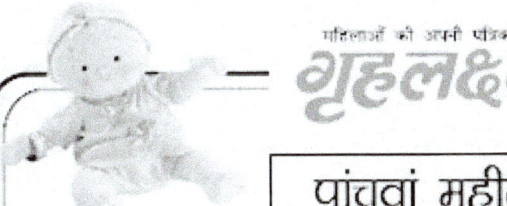

पांचवां महीना

मेरे सवाल

_____

_____

_____

_____

मेरे अनुभव

_____

_____

_____

_____

मेरे यादगार पल

_____

_____

_____

_____

_____

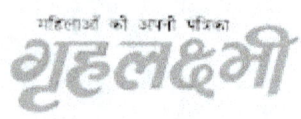

छठा महीना

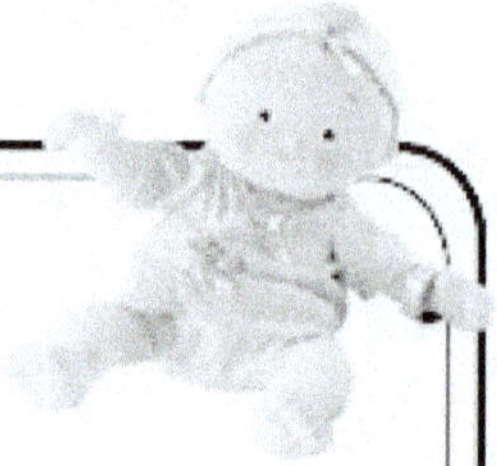

मेरे सवाल

मेरे अनुभव

मेरे यादगार पल

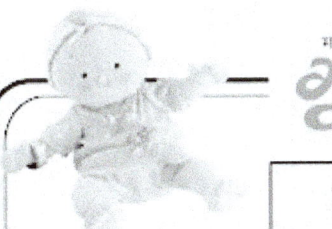

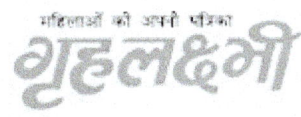

छठा महीना

मेरे सवाल

मेरे अनुभव

मेरे यादगार पल

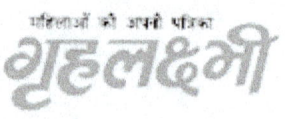

सातवां महीना

मेरे सवाल

_____
_____
_____
_____

मेरे अनुभव

_____
_____
_____
_____

मेरे यादगार पल

_____
_____
_____
_____
_____

महिलाओं की अपनी पत्रिका
गृहलक्ष्मी

सातवां महीना

मेरे सवाल

_____
_____
_____
_____

मेरे अनुभव

_____
_____
_____
_____

मेरे यादगार पल

_____
_____
_____
_____
_____

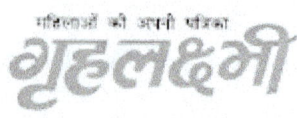

महिलाओं की अपनी पत्रिका
गृहलक्ष्मी

आठवां महीना

मेरे सवाल

_____
_____
_____
_____

मेरे अनुभव

_____
_____
_____
_____

मेरे यादगार पल

_____
_____
_____
_____
_____

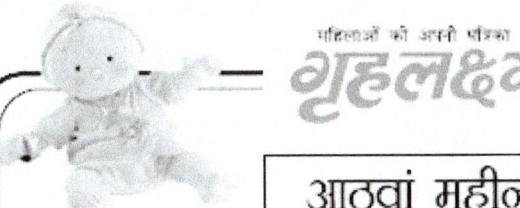

आठवां महीना

मेरे सवाल

मेरे अनुभव

मेरे यादगार पल

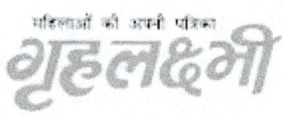

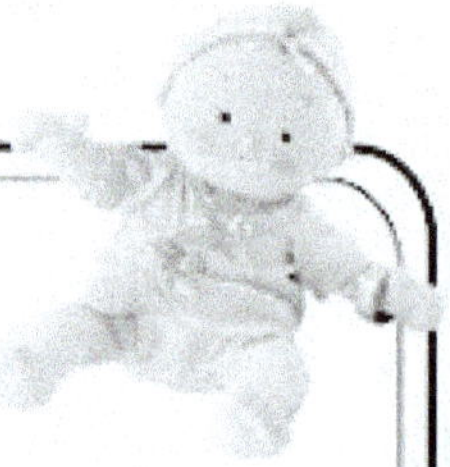

नौवां महीना

मेरे सवाल

मेरे अनुभव

मेरे यादगार पल

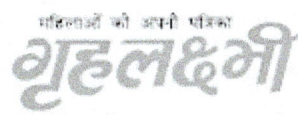

महिलाओं की अपनी पत्रिका

गृहलक्ष्मी

नौवां महीना

मेरे सवाल

_____

_____

_____

_____

मेरे अनुभव

_____

_____

_____

_____

मेरे यादगार पल

_____

_____

_____

_____

_____

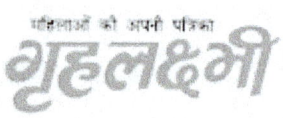

प्रसव पीड़ा और जन्म

मेरे सवाल

_____

_____

_____

_____

मेरे अनुभव

_____

_____

_____

_____

मेरे यादगार पल

_____

_____

_____

_____

_____

_____